마르셀 프루스트(1871~1922)

레베이옹 성 프루스트는 1894~95년까지 레이날도 앙과 이곳에 머물며 소설에 대한 영감을 얻었다.

가족 프루스트, 어머니 잔 베이유, 동생 로베르. 프루스트는 9세 무렵 천식 발작을 일으킨 뒤 평생 많은 의사의 도움을 받으며 치료를 받았지만 낫지 않아 어머니의 각별한 배려를 받았다.

〈콩도르세 하교시간〉 장 베로. 1903.
프루스트는 상류사회 자제들이 모이는 자유로운 분위기의 명문학교인 콩도르세 중학교를 다녔으며, 특히 철학을 시적으로 다루는 철학학급 교사 알퐁스 다를뤼를 만나 큰 영향을 받았다.

아나톨 프랑스(1844~1924) 소설가, 비평가로 프루스트가 작가로서 영감을 받은 실제 인물. 화자가 동경하는 대작가 베르고트로 등장한다.

레옹티아 아르만 데 카일라브 작품 속 베르뒤랭 부인으로 제1차 세계대전 뒤 게르망트 대공과 결혼하여 사교계의 정점에 이른다.

〈셀레스트 알바레〉 장 클로드 푸흐노. 1957.
프루스트의 가정부로 1913년부터 그가 죽을 때까지 헌신적으로 보살펴주었으며 소설에서 실명으로 등장한다. 앙투
안 비베스트는 프루스트가 진정으로 사랑한 사람은 어머니와 셀레스트라고 단언했다.

로얄 그룹 제임스 티소. 1868. 오르세 미술관
1852년 파리의 상류 사회, 또는 사회적인 대립축을 이루는 12명을 선발한 맴버로 만들어진 그룹

〈델프트 풍경〉 요하네스 베르메르. 1660. 마우리츠하위스 미술관
프루스트는 헤이그에서 열린 베르메르 전시회에서 〈델포트 풍경〉을 보고 감탄한 뒤 〈베르고트의 죽음〉의 소재로 썼
으며 죽기 전에 다시 한 번 보게 되어 감격해하였다.

〈베니스의 곤돌라〉 클로드 모네. 1908. 낭트 미술박물관
인상파 회화를 좋아했던 프루스트는 자연묘사나 인물 성격을 회화작품을 통해 은유적으로 표현했다.

《소돔과 고모라》 키스 반 동겐. 1947.
알베르틴이 그녀의 여자친구 앙드레와 춤추는 모습을 보면서 화자는 둘의 관계를 의심하게 되고 그 의혹은 다른 계기를 통해 더욱 깊어진다.

MARCEL PROUST

A LA RECHERCHE DU
TEMPS PERDU

TOME VI

LA PRISONNIÈRE

(SODOME ET GOMORRHE III)

*

nrf

PARIS
ÉDITIONS DE LA
NOUVELLE REVUE FRANÇAISE
3, RUE DE GRENELLE. 1923

《잃어버린 시간을 찾아서Ⅵ–갇힌 여인》(1923) 속표지

세계문학전집082

Marcel Proust

À LA RECHERCHE DU TEMPS PERDU

잃어버린 시간을 찾아서 IV

마르셀 프루스트/민희식 옮김

동서문화사

디자인 : 동서랑 미술팀

잃어버린 시간을 찾아서 I Ⅱ Ⅲ Ⅳ Ⅴ

차례

제4편

소돔과 고모라

Sodome et Gomorrhe

제3장

샤를뤼스 씨의 비애/그의 거짓 결투/'트랑사틀랑티크' 선의 정거장들/
알베르틴에 지친 나는 그녀와 헤어지려고 한다

나는 졸려 쓰러질 듯했다. 내가 머무는 층까지 승강기로 겨우 올라왔는데,
운전한 이는 평소의 엘리베이터 보이가 아니라 사팔뜨기 도어맨이었다. 그는
멋대로 수다를 떨기 시작했다. 자기 누나는 여전히 부유한 신사와 같이 사는
데, 한번은 그 누나가 얌전한 생활에 질려 집을 박차고 친정으로 돌아와 있었
다. 신사가 일부러 이 도어맨과 그 밖에 부자가 된 형들과 누나의 어머니를 찾
아오자, 어머니는 당장 그 철없는 딸을 신사 댁으로 돌려보냈다는 것이다. "아
시겠지만 누나는 당당한 귀부인입니다, 나리. 피아노도 치고, 에스파냐말도 잘
합니다. 당신을 승강기에 태워주는 이런 하찮은 고용인의 누나라곤 믿기 어렵
죠. 누나는 뭐든지 할 수 있습니다. 누나는 귀부인이며 자기 몸종도 있어요. 어
느 날 제 마차를 가진다 해도 나는 안 놀랄 겁니다. 생김새도 썩 예쁘죠. 당신
이 그녀를 본다면, 좀 거만하게 느낄지 모르나 과연 예쁘구나 이해하실 거예
요. 아니! 그렇게 보이는 것도 당연해요. 좀 별난 생각을 곧잘 하거든요. 호텔
에서 나올 적에는 반드시 서랍장 속이나 옷장 속에다 볼일을 보아, 나중에 청
소하는 하녀에게 조그만 추억을 선사합니다. 가끔 마차 안에서도 그런 짓을
해요. 그리고 마차삯을 치른 다음 몰래 한 모퉁이에 숨어, 마차를 다시 닦아
야만 하는 마부가 투덜대는 걸 구경하면서 웃어대죠. 또한 우리 아버지는 용
케 내 작은형을 위해 이전에 사귄 인도의 왕자를 찾아냈습니다. 물론 이쪽과
는 양식이 다르죠. 하지만 지위는 훌륭합니다. 이 세상에 여행이라는 게 없었
다면, 그건 아마 꿈속의 이야기였을걸요. 여태껏 출세하지 못한 건 나뿐입니다.
그러나 누가 압니까? 우리 가족은 운이 좋습니다. 나도 언젠가 대통령이 될지
도 모르는 일이죠. 그나저나 우리, 너무 많이 수다를 떨었네요(나는 한마디도
안 했거니와 상대의 수다를 들으면서 졸기까지 했지만). 그럼 안녕히 주무십쇼,

나리. 이거! 고맙습니다. 세상 사람이 다 나리같이 착한 마음씨를 가졌다면 가난한 사람들이 없어질 텐데. 하지만 누나의 말마따나, 가난한 사람도 있어야죠. 내가 부자가 되었을 때 놈들한테 엿 좀 먹이게. 아차, 지나친 표현을 용서하십쇼. 안녕히 주무십시오, 나리."

어쩌면 우리는 매일 밤 잠자는 동안 괴로움을 체험하는 위험을 감수하고 있을지도 모른다. 다만 그런 괴로움은 의식 없는 상태라고 생각하는 잠 속에서 느껴지는 괴로움이므로 존재하지 않은 것처럼 여겨진다.

라 라스플리에르에서 늦게 돌아오는 이런 밤은 몹시 졸렸다. 그러나 주위가 식어감에 따라서 나는 곧 잠들지 못한다. 난롯불이 마치 등잔불을 켠 듯이 비치기 때문이다. 하지만 그것은 일순 타오르는 한낱 장작불에 지나지 않아—등잔불, 어둠이 내릴 적의 햇빛과 마찬가지로—너무나 센 그 빛이 곧 사그라지고 나는 잠 속에 들어간다. 이를테면 잠은 우리가 들어가는 두 번째 방이다. 우리는 우리 방을 나와 그 별실에 자러 가는 것이다. 그 방에는 전용 벨이 있어 이따금 그 시끄러운 소리가 난폭하게 우리를 깨우는데, 귀로 오롯하게 그 소리를 들었건만 누른 이는 아무도 없다. 그 방에도 하인들이 있고, 특정한 손님들이 우리를 부르러 온다. 우리는 일어날 채비를 하는데 그 순간 곧바로 또 하나의 방, 깨어 있을 적의 방에 옮겨짐으로써, 그 방이 텅 비고 아무도 오지 않은 것을 확인하게 된다. 그 두 번째 방에 사는 종족은 초기의 인류처럼 남녀 양성이다. 거기서는 한 사내가 잠시 뒤에 여인의 모습으로 나타난다. 거기서는 사물도 인간이 되며, 인간도 친구였다가 적이 되기도 한다. 잠자는 사람한테 그런 잠 속에서 흐르는 시간은 깨어난 사람이 생활을 꾸려 나가는 시간과는 전혀 다르다. 어떤 때는 그 흐름이 훨씬 빨라 15분이 하루 같고, 어떤 때는 훨씬 느려 가볍게 한잠 잤거니 여겼는데 온종일 잔 경우도 있다. 그런 때 우리는 잠의 수레에 실려 깊이 내려가는데, 회상은 그 수레를 뒤따르지 못하고 정신은 그 깊이에 못 미쳐서 가던 길을 되돌아올 수밖에 없는 것이다.

잠의 수레를 끄는 용마는 해를 끄는 그것과 똑같이 한결같은 걸음으로 대기 속을 걸어나간다. 어떠한 장애도 그것을 막지 못하며, 그렇게 고른 잠을 따라잡으려면 우리와 관계없는 운석 같은 것이(어떤 미지의 손으로 창공에서 던져져) 하늘에서 뚝 떨어져야 한다(그렇지 않으면 잠은 멈출 까닭이 없으므로 영원토록 똑같은 움직임을 계속할 것이다). 그러면 우리는 비로소 잠의 방향을 갑작스레 바꿔 현실 쪽으로 돌아오게 해, 거침없이 생활의 테두리 안으로 끌고 와—그런 테두리 안에 가까워짐에 따라 잠든 자는 실생활의 온갖 잡음을 막연히 듣게 되는데, 처음엔 왜곡되었던 그 소리가 점점 또렷하게 들리면서—갑자기 깨달음에 이르게 한다. 이러한 잠은 별안간 깨달음의 대륙에 착륙한다.

그 깊은 잠에서 새벽빛을 받으며 깨어난 자는 자기가 누군지 모르고, 아무도 아니며, 새로 태어나 뭐든 할 수 있는 상태가 된다. 뇌(腦)는 여태껏 살아온 과거라는 게 사라져서 텅 비어버린다. 그런 느낌이 특히 심해지는 건 깨달음의 대륙에 급격히 착륙했을 때, 곧 망각의 법의(法衣)로 숨겨진 잠의 사념들이 깨달음에 따라 천천히 되돌아올 여유조차 없을 때일 것이다. 그런 때 우리는 (하기야 우리라고조차 말하지 못하지만) 칠흑 같은 폭풍우 속을 지나온 듯하다. 아무튼 속이 빈 하나의 '우리'가 그런 시커먼 폭풍우 속에서 아무런 생각 없이 누운 그대로 나온다. 이처럼 인간이 물체나 다름없는 상태로 누워서 아무것도 모르다가, 이윽고 기억이 되돌아와서 의식이나 인격을 회복시켜줄 때까지 몽롱한 상태로 있다니, 대체 어떤 쇠망치로 일격을 받았기에 이렇단 말인가. 그런데 이와 같은 두 가지 깨달음을 경험하려면, 혹여 깊은 잠이라 해도 습관의 법칙에 지배되는 잠은 피해야 한다. 습관은 모든 것을 그 그물 속에 가두어놓고 빈틈없이 감시하기 때문이다. 우리는 그러한 습관의 그물눈을 피해, 자는 게 아니라 다른 일을 하는 줄로 여길 때 잠자야 한다. 요컨대 예상도 못했던 잠, 아무 말도 하지 않는 가운데 반성도 따르지 않는 그런 잠을 자야 한다.

적어도 내가 라 라스플리에르에서 만찬에 참석한 다음 날 아침의 깨달음은 대체로 방금 설명한 바와 같았고, 모든 일은 그런 식으로 진행됐다. 나는 그것을 입증할 수 있다. 지금의 나, 죽음이 풀어주기를 기다리면서 덧문을 꼭 닫고 살며, 세상일을 하나도 모르고, 올빼미같이 옴짝달싹하지 않으며, 또 올빼미같이 어둠 속에서밖에 사물을 보지 못하는 나, 이같이 괴상한 인간인 나는 이를 체험으로 증명할 수 있다. 모든 일은 그런 식으로 진행된다. 그런데 아마도 틈을 막는 이부자리 하나가, 회상의 내적인 대화와 잠의 끊임없는 수다를 잠든 사람의 귀에 들리지 않게 하는 것 같다. 왜냐하면(이는 더욱 널따랗고 신비로운, 우주와 같은 최초의 체계에서도 쉽게 설명되겠지만) 깨어나기 시작하는 순간에, 잠든 사람은 다음 같은 속마음의 목소리를 들으니까. '오늘 저녁 만찬회에 와주시겠어요? 그럼 얼마나 즐거울지!' 그리고 '암, 즐거울걸. 가야지' 하고

제4편 소돔과 고모라 2003

생각한 다음, 좀더 확실한 깨달음이 이어지면서 그는 느닷없이 떠올린다. '할머니는 앞으로 2, 3주일밖에 못 사신다고 의사가 장담하는데.' 그는 초인종을 울린다. 그리고 울면서 생각한다. 이에 응해 찾아오는 사람은 전같이 그의 할머니가 아니다. 죽어가는 할머니가 아니라 아무래도 상관없는 하인일 거다. 게다가 잠이 그를 아주 멀리 데리고 갔을 때, 추억과 사념이 사는 이 세계를 떠나서 자기라는 길동무도 사라진 외로운 천공(天空)의 저쪽으로 데려가는 경우, 그는 시간과 그 척도의 영역 바깥에 있었던 것이다. 하지만 이미 하인이 방에 들어와 있다. 그는 감히 시간을 묻지 못한다. 그도 그럴 것이 잠을 잤는지, 몇 시간이나 잤는지 모르니 말이다(몇 시간이긴커녕 며칠 동안이 아닐까 생각한다. 그토록 몸이 나른해지며 정신은 쉬고 마음은 고향을 그리워하는 정으로 가득차, 오랫동안 먼 나라를 여행하고 온 기분이 드는 적이 있다).

물론 하루라고 여겼는데 시계를 보니 15분에 지나지 않는다는 시시한 이유로 시간은 유일하다고 우기는 사람도 있다. 그러나 15분에 지나지 않음을 확인하는 그땐 이미 그는 깨어난 인간이며, 깨어난 인간의 시간 속에 빠진 그 사람은 이미 또 하나의 시간, 잠의 시간을 버린 상태다. 아니, 또 하나의 시간이라기보다 어쩌면 그것은 그 이상의 것, 또 하나의 삶이라 하겠다. 잠 속에서 누리는 즐거움을 흔히 우리는 인생에서 맛본 즐거움의 수 속에 넣지 않는다. 모든 쾌락 가운데 가장 속된 육체적 욕망의 즐거움에 대해서 말하더라도 그렇다. 한번 잠이 깨면 그날(너무 지치고 싶지 않다면) 끝없이 되풀이하진 못하는 그런 즐거움을 잠자며 맛보아, 일어났을 때 짜증을 느끼지 않았던 인간이 우리 가운데 하나라도 있는가? 그것은 행복을 하나 잃은 듯한 느낌이다. 다시 말해 우리는 우리의 여느 삶이 아닌 또 하나의 삶에서 즐거움을 가졌던 것이다. 우리는 꿈속의 피로와 즐거움(그것은 대체로 깨어나자마자 이내 사라져버리지만)을 어떤 셈속에 넣기는 하나, 결코 평소 생활의 셈속에는 넣지 않는다.

나는 두 가지 시간이라고 말했다. 그러나 어쩌면 시간은 한 가지밖에 없을지도 모른다. 깨어난 사람의 시간이 잠자는 사람에 대하여 유효하다는 뜻에서가 아니라, 또 하나의 삶, 곧 잠든 사람의 삶은—그 깊은 부분이—시간의 범주에 속하지 않을지도 모르니까. 나는 라 라스플리에르에서 만찬에 참석한 다음 날 푹 잠들었을 적에 그러한 것을 떠올렸다. 실은 이런 일이 있었기 때문이다. 깨어난 나는 열 번이나 초인종을 울렸는데도 하인이 오지 않아 슬슬 화가

났다. 열한 번째에 겨우 하인이 들어왔다. 그런데 그게 첫 번째로 울린 초인종이었다. 그때까지의 열 번은 내가 아직 계속 잠자는 채로 여러 차례 초인종을 울리려 했던 것에 지나지 않았다. 마비된 내 손은 꿈쩍도 안 했던 것이다. 그런데 그런 아침(그리고 그 결과가 '잠은 시간의 법칙을 모르나 보다'라고 나로 하여금 말하게 하지만) 깨어나려는 내 노력은, 특히 내가 지금까지 자고 있던 그 잠의 컴컴하고도 어슴푸레한 덩어리를 시간의 틀 속에 집어넣으려는 노력이었다. 그것은 쉬운 일이 아니다. 잠은 두 시간 잤는지 이틀 잤는지 모를 뿐더러 그 지표를 제공하지도 못한다. 그런 지표를 바깥에서 찾지 못해 시간 안으로 돌아가지 못하면 우리는 다시 5분쯤 잠드는데, 그 5분이 때로는 세 시간 같다.

내가 늘 말했듯이—또 경험했듯이—잠이야말로 가장 강한 최면제다. 두 시간 깊이 잠들어 수많은 거인과 격투하고 또 수없이 굳은 우정을 맺은 다음에는, 베로날*¹을 몇 그램 먹은 것보다도 깨어나기 어렵다. 그러므로 나는 그 노르웨이 철학자의 입을 통해 그가— "저명한 나의 동료, 실례, 나의 동업자"라고 말하는 부트루*²한테 들었다는 얘기로—최면제 때문에 일어나는 기억의 특수한 변화를 베르그송 씨가 어떻게 생각했는지 알고, 깜짝 놀랐던 것이다. 노르웨이 철학자의 얘기에 따르면, 베르그송 씨는 부트루 씨에게 이렇게 말했다고 한다. "당연한 이야기지만 가끔 알맞은 분량으로 먹는 최면제는 우리 일상 생활의 기억, 우리 안에 굳건히 자리잡은 그 건전한 기억에 아무런 영향을 미치지 않아요. 그러나 더 높고 더 불안정한 또 다른 기억이 있습니다. 나의 동료 가운데 고대사를 강의하는 사람이 있습니다. 하루는 그가 내게 말했지요. 어젯밤 최면제를 한 알 먹고 잤더니 다음 날 강의에서 필요한 그리스말 인용문이 생각나지 않았다고요. 그런데 그 알약을 먹어보라고 권한 의사는 기억에 조금도 영향이 없다고 딱 잘라 말했답니다. 그래서 역사가는 상대를 깔보는 투로 거만하게 대꾸했지요. '그야 당신은 그리스말 인용문을 주워섬길 필요가 없을 테니까.'"

베르그송 씨와 부트루 씨의 이 대화가 정확한 것인지는 나도 모른다. 노르웨이 철학자는 통찰력이 깊고 명석하며 다른 이의 얘기에 열심히 귀를 기울이는 사람이지만, 그래도 그가 잘못 알아들었는지도 모른다. 개인적으로 내 경험은

---

*¹ 최면제의 상품명.
*² 프랑스의 철학자(1845~1921). 베르그송의 스승.

그와 반대의 결과를 얻어왔다. 수면제를 먹고 잔 다음 날 아침의 망각은, 하룻밤의 자연스럽고도 깊은 잠을 지배하는 망각과 부분적으로나마 신비한 엇비슷한 점이 있다. 그런데 두 경우에 내가 잊는 것은, 보들레르의 시구가 아니다. 그 시구는 오히려 '팀파논(tympanon)*¹같이' 내 귀를 시끄럽게 한다. 또 위에 인용한 철학자들 가운데 한 사람의 사상 개념도 아니다. 오히려 그것은—내가 잘 때는—나를 둘러싼 일상 사물의 실재 자체이며, 이처럼 사물에 대한 지각이 사라지면서 나는 허황된 생각을 하게 된다. 또 내가 잊는 것은—내가 부자연스러운 잠에서 깨어난 다음에 외출할 때는—포르피리오스(Porphyrios)*²나 플로티노스의 체계가 아니라—그런 체계에 대해서라면 다른 날과 마찬가지로 얼마든지 논할 수 있는데—보내기로 약속한 초대에 대한 답장이다. 그것은 기억 속에서 사라지고 대신에 완전히 빈 공간만 남는다. 드높은 관념은 제자리에 남아 있다. 수면제에 의해 쓸모없어진 것은 자질구레한 일에서의 행동력이고, 모든 나날의 생활 이것저것의 추억을 그때그때 척척 떠올리고 붙잡는 데 필요한 활동력이다. 뇌가 파괴된 뒤 육체의 존속에 대해 이러니저러니 여러 설이 있는데, 나는 오히려 뇌가 변화할 때마다 거기에 단편적인 죽음이 존재한다고 지적하고 싶다. 우리는 자기의 모든 회상을 지니고 있는데 다만 그 전부를 기억하는 능력이 없다고, 베르그송 씨의 설에 따라 노르웨이의 위대한 철학자는 말했다. 나는 더 이상 이야기를 질질 끌지 않기 위해 그 말을 그대로 여기에 옮기지 않았다. 다만 회상의 전부를 기억하는 능력이 없다니. 그럼 우리가 떠올리지 못하는 회상이란 뭔가? 아니, 더 깊이 생각해보자. 우리는 최근 30년 동안의 회상조차 일일이 기억하지 못하지만, 그 회상에 푹 잠겨 있는 셈이다. 그럼 어째서 30년에 한정하는가? 어째서 그 전생이라는 걸 탄생의 저쪽까지 늘어뜨리지 않는가? 내 뒤에 남겨진 회상의 커다란 부분을 내가 전혀 모르는 이상, 그것들이 내 눈에 보이지 않으며 그것들을 떠올리는 능력이 내게 없는 이상, 내가 모르는 그 거대한 덩어리 속에 회상이라는 것, 내 인생보다 훨씬 이전으로 거슬러 올라가는 회상이라는 것이 없다고 누가 말할 수 있겠는가? 내가 내 몸속에, 내 둘레에 내가 떠올리지 못하는 수많은 회상을 가질 수 있다면, 그런 망각은(내게는 볼 능력이 없으니까 이것은 적어도 사실상의 망각인

---

*1 그리스 로마 시대의 모든 북 종류를 말함.
*2 그리스의 철학자(233~304)로서 플로티노스의 제자.

데) 내가 다른 인간의 몸속에서, 극단적으로 말해 다른 행성의 생명체 속에서
보냈던 삶에 대한 망각일지도 모른다. 어쨌든 하나의 같은 망각이 모든 걸 잊
게 한다. 그렇다면 노르웨이 철학자가 또렷하게 그 실재성을 말한 영혼의 불멸
이란 무슨 뜻인가? 내가 죽은 다음에 될 존재는, 태어나서 여기까지 이른 지금
의 나란 인간을 기억할 리가 없다. 지금의 내가 태어나기 전에 있던 나를 떠올
리지 못하듯.

　호텔 종업원이 들어왔다. 나는 그에게 내가 여러 번 초인종을 울렸다고는
말하지 않았다. 여태껏 초인종을 울리는 꿈을 꾼 것을 알아챘기 때문이다. 하
지만 나는 그 꿈이 현실만큼이나 뚜렷한 지각을 가졌단 생각에 오싹해졌다.
그렇다면 거꾸로 지각도 꿈의 비현실성을 갖지 않을까?

　나는 딴전을 부려, 아까 누가 그렇게 여러 번 초인종을 울렸느냐고 종업원에
게 물었다. 그러자 그는 아무도 울리지 않았다, 분명하게 말할 수 있다, 울렸다
면 기록이 남았을 거라고 말했다. 그렇지만 내게는 미친 듯이 되풀이해서 울
리는 벨 소리가 들렸고, 그 소리가 아직 내 귀에 울려 앞으로도 며칠은 그대
로 들릴 성싶었다. 하지만 이렇게 잠잘 때의 회상이 죽지 않고 깨어난 생활 속
에 던져지는 경우는 드물다. 우리는 그런 운석을 셀 수 있을 정도다. 만약 꿈
이 만든 게 하나의 관념이라면 그것은 순식간에 산산이 흩어져 흔적도 없이
사라진다. 그러나 이 경우 잠은 소리를 만들어냈다. 관념보다 훨씬 물질적이며
단순한 만큼, 그 소리는 더 오래 이어졌다.

　나는 호텔 종업원이 알려주는 아침 시각이 비교적 이른 데 놀랐다. 그래도
나는 잘 잤던 것이다. 길게 이어지는 건 얕은 잠이다. 그것은 깨어 있음과 잠
의 중간쯤 되는 존재로, 깨어 있을 때의 관념을 조금 흐릿하지만 지속적으로
간직하여, 우리에게 쉬는 느낌을 주려면 깊은 잠보다도 훨씬 많은 시간을 필
요로 하기 때문이다. 반대로 깊은 잠은 짧아도 충분할 수 있다. 그런데 나는
또 다른 이유에서도 잘 잤다는 느낌이 들었다. 우리는 '지쳤구나' 하는 생각만
으로 피로감을 느끼듯이, '잘 쉬었다'는 생각만으로 충분히 쉰 느낌을 만들어
낸다. 나는 110살이 된 샤를뤼스 씨가, 자신의 어머니 베르뒤랭 부인이 제비꽃
한 다발을 50억 프랑이나 주고 샀다며 그녀의 양쪽 뺨에 따귀를 때리는 꿈을
꾸었다. 그래서 나는 깨어 있을 때의 관념이나 일상생활의 온갖 가능성과는
반대되는 꿈을 꾼 것을 알고 푹 잤음을 확신했다. 잘 쉬었다는 느낌이 들기엔

그것으로 충분했다.

샤를뤼스 씨가 베르뒤랭네 집에 부지런히 드나드는 이유를 이해할 수 없었던 나의 어머니는, 그 샤를뤼스 씨가 누구와 함께 발베크 그랑 호텔의 한 객실에 저녁 식사 하러 왔었는지 내가 얘기했더라면 매우 놀랐으리라(그 일은 내가 알베르틴을 깜짝 놀라게 해주려고 말없이 토크 모자를 주문한 날 일어났다). 초대된 손님은 바로 캉브르메르 부부의 사촌누이가 부리는 사내종이었다. 그 사내종은 아주 멋들어진 옷차림을 하여, 남작과 함께 휴게실을 지났을 때 관광객들의 눈에는 생루 말마따나 '사교인인 체'하는 것으로 보였다. 교대 시간이 되어서였던지 때를 지어 신전 계단을 내려오는 '레위 족속'인 젊은 보이들은 막 도착한 두 사람에게 주의를 기울이지 않았다. 한편 샤를뤼스 씨도 시선을 떨구면서 보이들에게 관심이 없다는 걸 보이려고 했다. 그는 그들 한가운데에 길을 트는 듯 보였다. "번창하여라, 성스러운 백성의 정다운 희망이여." 그는 머리에 떠오른 라신의 시구를 다른 뜻으로 인용하면서 중얼댔다. "뭐라고 말씀하셨습니까?" 고전문학을 통 모르는 사내종이 물었다. 샤를뤼스 씨는 대답하지 않았다. 남의 질문 따위엔 귀 기울이지 않고 마치 호텔에 딴 손님들이 없기라도 한 듯, 이 세상에 자기 자신 즉 샤를뤼스 남작밖에 없기라도 한 듯 똑바로 나아가는 걸 자랑으로 삼았기 때문이다. 그러나 "오너라, 오너라, 내 딸들"이라는 조자베트(Josabeth)*¹의 대사를 계속하다 그는 갑자기 혐오감을 느껴, 조자베트처럼 "딸들을 불러오라"는 대사를 덧붙이지는 않았다. 그 어린 보이들은 성별이 완성되는 나이, 다시 말해 샤를뤼스 씨의 마음에 드는 나이에 아직이르지 않았기 때문이다.

하기야 그가 쉬브르니 부인의 사내종에게 편지를 썼던 건 이 사내종을 마음대로 다룰 수 있으리라고 믿어 의심치 않았기 때문이지만, 그래도 그는 이 사내종이 좀더 남자다울 거라 기대했다. 그런데 막상 만나 보니 뜻하지 않게 좀더 여성적이었다. 그는 사내종에게 말했다. 자기가 착각한 모양이라고, 볼일이 있는 사람은 쉬브르니 부인의 다른 하인인 것 같다고. 사실 샤를뤼스 씨는 마차에서 그 사내종을 본 적이 있었다. 그 사내종은 매우 촌스러운 놈으로, 이

---

*1 라신의 〈아탈리〉에 나오는 인물. 이 구절의 세 인용문은 모두 〈아탈리〉의 시구.

사내종과는 정반대였다. 이 사내종은 나긋하게 행동할수록 제 위치가 높아진 다고 믿었다. 그런 사교인의 자질이 샤를뤼스 씨의 마음을 끌었다고 굳게 믿던 그는, 남작이 누구를 두고 하는 말인지조차 깨닫지 못했다. "같이 일하는 친구 라곤 하나밖에 없는데 그 녀석을 당신이 눈여겨보았을 리가 없죠. 볼품없고 막돼먹은 시골뜨기니까요." 하지만 어쩌면 남작의 눈에 띈 게 그놈인지도 모 른다는 생각에 그는 자존심이 상했다. 남작은 곧 그것을 알아채고, 자기의 조 사 폭을 넓히기 위해 이렇게 말했다. "아니 뭐, 나는 꼭 쉬브르니 부인의 하인 들하고만 사귀겠다는 맹세를 한 건 아니야." "어느 집 하인이라도 괜찮으니 자 네 친구들을 많이 소개해주지 않겠나? 이곳 사람이어도 좋고, 어차피 자네도 오래지 않아 파리로 갈 테니 파리 사람이어도 좋네." "그건 좀 어려운데요!" 사 내종은 대답했다. "나는 같은 계급의 사람과는 누구와도 친하게 지내지 않습니 다. 놈들과는 일에 대해서밖에 말하지 않습니다. 그러나 당신에게 소개할 수 있는 썩 좋은 분이 있습니다." "누군데?" 남작이 물었다. "게르망트 대공." 샤를 뤼스 씨는 그런 나이 든 사내밖에 권해주지 않는 데 실망했고, 게르망트 대공 이라면 새삼 사내종 따위한테 소개받을 필요도 없었다. 그래서 그 제의를 무 뚝뚝하게 거절했는데, 사내종의 사교인인 체하는 시건방짐에 너무 실망하지 않게 마음을 다잡고서 자기가 원하는 인간의 부류와 취향을, 경마 기수 따위 의 예를 들어 설명하기 시작했다. 이때 옆을 지나간 공증인의 귀에 자신의 말 이 들릴까 우려한 그는 남이 떠올릴지도 모르는 것과는 딴판인 이야기를 지껄 이는 걸로 보이려고, 그저 대화를 이어가는 체하면서 들으란 듯이 힘 있게 말 했다. "암, 이 나이에도 아직 골동품을 수집하는 취미가 있소. 예쁜 골동품을 좋아하지. 나는 옛 청동이나 오래된 샹들리에 미친단 말씀이야. 아름다움을 숭배하거든." 그러나 샤를뤼스 씨는 그토록 재빨리 일어난 화제의 변화를 사내 종에게 이해시키려고 어쩌나 한마디 한마디 힘을 주고, 더더구나 공증인의 귀 에 들리라고 어쩌나 큰 목소리로 지껄였는지, 그 연극은 이 공증인보다 더 예 민한 귀에 걸렸다면 속뜻이 곧바로 드러날 정도였다. 그러나 공증인도 호텔의 다른 손님도 누구 하나 눈치채는 이가 없었다. 그들은 옷 잘 입은 이 사내종을 어느 외국의 멋쟁이로 생각했다.

그런데 사교계 사람들이 그렇게 속아 넘어가서 이 사내종을 아주 세련된 아메리카 사람으로 착각했다면, 그와 반대로 하인들은 이 사내가 그들 앞에 나타나자 금세 그 정체를 알아챘다. 도형수(徒刑囚)가 도형수를 한눈에 알아보듯, 아니 어쩌면 그보다 더 빠르게, 그들은 한 동물이 다른 동물의 냄새를 맡듯이 멀리서 그 냄새를 맡아냈다. 우두머리 사환들이 눈을 들었다. 에메는 의심하는 눈길을 보냈다. 소믈리에는 어깨를 으쓱하고 나서, 입을 손으로 가리고 (그러는 게 예의인 줄 믿어) 모두에게 들리도록 비꼬는 한마디를 했다. 또 시력이 약해진 우리 프랑수아즈 할멈마저 그랬다. 이때 '시종들 방에 저녁 식사 하러 가려고 계단 아래를 지나가다가 고개를 든 그녀는, 호텔 손님들이 조금도 수상히 여기지 않는 곳에 한 하인이 있는 걸 알아보았다—늙은 유모 에우리클레이아가 향연 자리에 참석한 구혼자들보다 훨씬 먼저 오디세우스를 알아본 것처럼. 그녀는 샤를뤼스 씨가 그와 함께 다정하게 걷는 걸 보고서 허를 찔린 표정을 지었다. 마치 여태껏 말로만 들어와 곧이듣지 않았던 나쁜 소문이, 난데없이 가슴을 에는 듯한 사실로 그녀의 눈에 띄기라도 한 듯. 그녀는 이 사건에 대해 내게는 물론 아무에게도 말하지 않았지만, 그것은 그녀에게 큰 충격을 준 듯했다. 왜냐하면 그때까지는 그토록 호의를 보였건만, 뒷날 파리에서 쥘리앙*¹을 만날 기회가 있을 때마다, 늘 예의를 차리면서도 냉담하고 무척 서먹한 태도를 취했기 때문이다.

그런데 이 사건은 반대로 다른 사람으로 하여금 내게 속내 이야기를 할 마음이 나게 했다. 그는 바로 에메였다. 내가 샤를뤼스 씨와 스쳐 지났을 때, 나를 만날 줄 몰랐던 샤를뤼스 씨는 한 손을 들면서 나에게 외쳤다. "안녕한가!" 자기는 뭐든지 할 수 있으니 괜히 몸을 숨기지 않는 게 도리어 교묘한 수라고 생각하는 대귀족다운 뻔뻔함, 적어도 겉으로는 그러한 뻔뻔함이 태도에서 드러났다. 그런데 에메는 이때 샤를뤼스 씨를 의심의 눈길로 관찰하다가 어디로 보나 하인인 자와 함께인 사람에게 내가 인사하는 걸 보고서, 그날 저녁 나한테 그 사람이 누구냐고 물었다. 그도 그럴 것이 요즘 에메는 나와 담소, 아니 그의 말을 빌리면—그런 잡담이 지닌 이른바 철학적인 성격을 강조하기 위해서이겠지만—나와 '토론'하기를 좋아했기 때문이다. 나는 내가 저녁 식사를 하는 동안 그가 같이 앉아 식사를 함께하기는커녕 내 곁에 가만히 서 있는 게 아무래도 민망하다고 여러 번 말했는데, 그는 '그런 옳은 이치'를 따지는 손님

---

*1 쥐피앙의 별명.

은 처음 보았다고 딱 잘라 말했다.

　그런데 지금 그는 두 사환과 얘기하고 있었다. 두 사환은 무슨 연유인지 내게 인사했다. 그들의 얼굴은 낯설었지만 이야기 속 울림은 어디서 들어본 듯싶었다. 에메는 두 사람 다 그가 반대하는 약혼을 한 탓에 둘을 훈계하던 참이었다. 에메는 내 의견을 물었으나, 나는 두 사람을 모르니 의견이 있을 수 없다고 말했다. 하지만 두 사람이 이름을 대자, 그들이 리브벨에서 여러 번 내 시중을 들었던 일이 떠올랐다. 그러나 하나는 코밑수염을 길렀고, 다른 하나는 코밑수염을 면도하고 머리를 짧게 깎았다. 그래서 그들 어깨 위에 얹힌 머리는 이전과 똑같은 머리지만(노트르담의 잘못된 수리에서처럼 잘못 얹힌 머리는 아니지만), 내 눈에 띄지 않았던 것이다. 마치 아무리 샅샅이 뒤져도 눈에 띄지 않는 물건이 어처구니없게도 모든 사람의 눈에 잘 띄는 벽난로 위에 있건만 아무도 알아보지 못하듯. 그들의 이름을 알자마자 나는 그들 목소리의 어렴풋한 음악을 확실히 알아들었다. 그들의 이전 얼굴이 다시 떠올랐기 때문인데, 얼굴이 그 목소리의 음악을 확정했다. "이들이 결혼하고 싶답니다. 영어도 모르는 주제에!" 에메는 내가 호텔 일에 대해 아는 게 없어서, 외국어를 모르면 좋은 자리를 기대할 수 없다는 사정을 잘 알지 못하는 걸 깜박 잊고 나에게 말했다.

　저녁 식사를 하러 온 이 손님이 샤를뤼스 씨라는 것쯤이야 에메는 쉽사리 알 테고, 또 나의 첫 발베크 체류 중 남작이 빌파리지 부인을 만나러 왔을 때 에메는 식당에서 남작의 시중을 들었는지라 금세 그를 기억할 터였다. 그렇게 생각한 나는 에메에게 남작의 이름을 말했다. 그런데 에메는 샤를뤼스 남작을 기억하지 못할 뿐만 아니라, 그 이름을 듣고 크게 놀란 것 같았다. 그는 나에게, 내일 깊숙이 넣어둔 편지를 찾아오겠다, 당신이라면 그 글을 해독할 수 있을 거라고 말했다. 발베크에서 보낸 첫해에 샤를뤼스 씨가 베르고트의 책을 내게 주려고 했을 때 일부러 에메를 부르려 한 바 있고, 그 다음 내가 생루와 그 애인과 셋이서 점심을 먹었던 파리의 식당에서도 샤를뤼스 씨가 거기까지 우리를 쫓아와 에메를 다시 보았을 게 틀림없는 만큼, 나는 그의 말에 더욱 놀랐다. 첫 번째는 잠든 뒤고 두 번째는 일하는 중이라 에메가 샤를뤼스 씨의 심부름을 몸소 할 수 없었던 것은 사실이다. 그래도 나는 에메가 샤를뤼스 씨를 모른다고 주장했을 때 그의 진실성에 대해 큰 의심을 품었다. 또한 그는 남작의 마음에 들었음이 틀림없다. 발베크 호텔의 모든 층의 주임들처럼, 게르망트 대공의 여러 하인들처럼, 에메는 대공의 혈통보다 더 오래된 혈통에, 따라서 더욱 고귀한 혈통에 속했다. 어느 살롱을 찾아갔을 때, 손님은 처음에 혼자구나 생각할 때가 있다. 그러나 곧 주방에 한 우두머리 사환이 조각처럼 서 있는 걸 언뜻 본다. 에메는 전형적인 붉은 머리칼의 에트루리아 사람인데 샴페인을 지나치게 마신 탓에 좀 늙어 보여, 콩트렉세빌 약수의 신세를 질 날도 머지않은 듯했다. 그런데 손님 모두가 이들에게 시중들어 주기만을 부탁하는 건 아니다. 젊은 사환들은 양심적이고 부지런하나, 밖에 애인이 와 기다리면 빠져나가버린다. 그래서 에메는 그런 놈을 착실하지 않다고 꾸중한다. 에메에겐 비난할 자격이 있었다. 그는 착실함, 그 자체였다. 그에겐 처자식이 있고, 처자식을 위한 야심도 있었다. 그래서 별난 여인이나 별난 사내가 그에게 신청을 하면 혹여 밤을 새우는 한이 있더라도 그는 이를 물리치지 않는다. 뭐니뭐니해도 일을 우선시하기 때문이다. 이처럼 그는 샤를뤼스 씨의 마음에 들 부류인지라 샤를뤼스 씨를 모른다고 말했을 때 나는 거짓말이라고 생각했다.

그러나 이는 잘못된 생각이었다. 그때 사환이 남작에게 에메는 잠들었다(또는 외출했다)고 말하고(다음 날 에메는 사환을 심하게 꾸짖었다), 또 한 번은 그가 일하는 중이라고 말한 것은 사실이었다. 하지만 상상력은 현실을 뛰어넘어 추측한다. 또 사환의 당황한 모양이 그 변명의 진실성에 대해 틀림없이 샤를뤼스 씨의 마음속에 의심을 불러일으켜 그의 감정을 상하게 했을 수도 있는데, 에메는 그런 줄 꿈에도 몰랐던 것이다. 그리고 이미 보았듯이 에메를 샤를뤼스 씨의 마차 쪽으로 못 가게 막은 사람은 생루였고, 어떻게 해선지 모르나 우두머리 사환의 새 주소를 알아냈던 샤를뤼스 씨는 그 마차 안에서 또다시 실망감을 맛보았다. 그런 줄 몰랐던 에메가, 생루와 그 애인과 같이 내가 점심 먹은 날 저녁, 게르망트네 가문이 든 봉인으로 밀봉된 편지를 받았을 적에 얼마나 놀랐을지는 쉽게 짐작할 수 있다. 분별 있는 무식자에게 호소하는 유식자의 일방적인 무분별의 보기로써 여기에 그 편지의 몇 구절을 인용하겠다.

"절하고 아룁니다, 저의 영접과 예를 얻고자 헛되이 애쓰는 수많은 이들이 안다면 경탄해 마지않을 만큼 노력을 했는데도, 저는 당신에게 부탁받은 바는 없으나 서로의 체면상 당신에게 하는 게 옳다고 생각한 몇 가지 설명을 직접 여쭈는 기회를 얻지 못했습니다. 까닭에 직접 말로 여쭈는 편이 더 쉬웠을 것을 이렇게 글로 적습니다. 무엇을 감추리오. 발베크에서 당신을 처음 보았을 때 당신 얼굴이 진실로 싫었습니다." 그리고 샤를뤼스 씨가 큰 애정을 품었던 죽은 친구와 그가 닮았다는 사실—두 번째 날에 겨우 알아본 사실—에 대한 고찰이 이어진다. "그때 제 머리에 퍼뜩 떠오른 게 있습니다. 저의 죽은 벗이 트럼프를 하면서 그 쾌활한 성격으로 제 슬픔을 없애주었듯이, 당신도 일에 방해가 되지 않을 정도만 저와 같이 트럼프 놀이를 하며 죽은 벗이 아직 살아 있다는 환상을 저에게 줄지도 모른다는 생각이었습니다. 그리고 제가 사환을 시켜 당신한테 책을 가져오라고 부탁했을 때, 틀림없이 당신이 했을 것 같은 추측—어떤 고매한 감정의 이해라기보다는 차라리 한낱 하인(남에게 봉사하기 (servir)를 싫어했으니 이 하인(serviteur)이란 이름을 들을 까닭이 없는 이)의 능력 범위 안의 얼마간 어리석은 추측인 듯싶습니다만—아무튼 그 추측의 성질이 어떠한 것이었건, 그때 당신은 내가 누구이며 무엇인지 모르시면서 이미 당신이 잠들었노라는 답변을 나에게 보냄으로써, 아마 스스로 체면을 세우신 줄로 아셨나봅니다. 그러나 실례되는 행동으로써 인간의 품위가 높아지는 줄로 여기는 것은 잘못입니다. 당신에게는 애당초 그 품위라는 것이 도무지 없었으니, 더 말해 무엇하리까. 그 이튿날 아침, 우연히 당신과 이야기를 할 기회가 없었다면 영영 인연은 끊어졌을 겁니다. 저의 죽은 벗과 당신이 어찌나 닮았는지, 당신 주걱턱의 보기 흉한 꼴까지 눈에 안 들어올 정도라, 저는 깨달았습니다. 아마도 틀림없이 당신이 제 마음을 다시 꽉 잡게 하고자, 죽은 벗이 이 순간 당신에게 그 좋은 표정을 빌려주어, 당신에게 주어진 이 유일한 기회를 놓치지 않도록 한 걸. 과연 저는 이제 바라는 게 없거니와 이승에서 당신과 다시 만날 기회도 없을 테니, 새삼 비속한 물질적인 문제를 섞을 마음이야 없지만, 죽은 벗의 기원에 순종해(왜냐하면 저는 성도(聖徒)들의 마음이 통함과, 산 자의 운명에 죽은 자의 의지가 끼어듦을 믿으니까) 죽은 벗과 사귀듯 당신과 사귀었더라면 얼마나 행복했을지 모르오. 죽은 벗은 마차도 있고 하인도 여러 명 있는 신분이었는데, 저는 그를 마치 내 아들같이 사랑했으므로 내 수입의 대부분을 그를 위해 충당해도 그건 몹시 자연스런 일이었습니다. 그런데 당신은 그와는 달리 홀로 결정해버렸습니다. 책을 저한테 가져오라는 부탁에, 당신은 외출할 일이 있다는 대답을 인편에 보냈습니다. 또 오늘 아침에 제 마차까지 와달라고 사람을 통해 부탁했을 때, 이런 표현이 신성모독에 속하지 않길 바랍니다만, 당신은 세 번째로 나를 부인했습니다. 이 봉투 안에 제가 발베크에서 당신에게 줄 셈이던 고액의 돈을 넣지 않음을 용서하시기를. 저로서는 잠깐이나마 저의 모든 것을 같이 나누고자 생각했던 분에 대하여 이 정도의 액수에 그치는 게 얼마나 가슴 아픈지 모릅니다. 적이나 당신의 식당에서 네 번째 헛된 시도가 일어나지 않기만을 바랄 뿐입니다. 저의 인내도 한계가 있기에 (그리고 여기서 샤를뤼스 씨는 제 주소, 만날 수 있는 시각 따위를 적어놓았다). 그럼, 안녕히. 저의 죽은 친구와 딱 닮은 당신이기에 아주 어리석지는 않을 거라고 생각합니다. 그렇지 않으면 관상학이 거짓 학문이 되는 거니까. 저는 어느 날 당신이 이 사건을 다시 생각할 때, 반드시 어떤 뉘우침과 미련을 느끼리라 확신하는 바입니다. 저는 솔직히 말해 티끌만큼의 서운함도 품지 않는 걸 믿어주시기를. 하기야 이 세 번째 헛된 교섭이 아닌 좀더 달콤한 추억을 안고서 헤어지고 싶었습니다마는. 그러나 이 허무한 사건도 쉬 잊히리. 우리 둘은 당신이 발베크에서 가끔 봤을 그 한순간 엇갈린 두 척의 배와 같은 것. 멈춰서면 두 배에 다 좋은 일이 있었으련만. 한쪽 배가 판단을 달리해 이윽고 두 배는 수평선 너머로 사라지고, 서로의 만남은 물거품이 됩니다. 하지만 마지막 이별에 앞서 서로 상대에게 인사하니, 저도 이 편에서 인사 올립니다. 당신의 행운을 빌면서, 샤를뤼스 남작 올림."

에메는 이 편지를 끝까지 읽지조차 않았다. 뭐가 뭔지 하나도 모르겠고 무슨 속임수가 아닐까 의심했기 때문이다. 그 남작이 누구인지 내가 설명해주니, 에메는 어떤 생각에 잠기는 듯했다. 아마 샤를뤼스 씨가 예측했던 그 미련을 느끼는 모양이었다. 어쩌면 에메는 마차든 뭐든 다 친구들에게 줘버리는 사람에게 그때 일을 변명하는 편지를 썼을지도 모른다. 그러나 그 사이에 샤를뤼스 씨는 모렐과 사귀게 되었다. 하기야 모렐과의 관계는 아마 정신적인 것이었을 테니, 샤를뤼스 씨는 이따금 하룻밤을 위해, 이제 막 내가 휴게실에서 마주친 것 같은 남자를 찾아내곤 했다. 하지만 이제는 이미 그 격정을 모렐 말고 다른 데로 돌릴 수 없게 되었다. 수년 전에는 그 감정이 아직 자유로워 오로지 에메와 맺어지기를 바라는 마음에서, 우두머리 하인이 내게 보여준 편지, 그것을 본 내가 샤를뤼스 씨에게 미안함을 느꼈던 그 편지를 쓰게 했던 것이다. 그 편지는 정열이 밀고 가는 눈에 보이지 않지만 세찬 힘을 잘 보여주었다. 수영을 하다가 자기도 모르게 강물의 흐름에 떠내려가는 사람처럼, 사랑에 빠진 사내는 정열에 휩싸여 순식간에 시점(視點)을 잃어버리고 만다. 그리고 샤를뤼스 씨의 경우에는 그 사랑의 반사회적 성격 때문에 이것이 한층 두드러져 보였다. 물론 정상적인 사랑에서도, 사랑에 빠진 사내가 제 욕망·미련·실망·계획 따위를 연이어 지어내면서 어느 미지의 여성에 대하여 한 편의 소설 같은 세계를 만들어낼 경우, 그 컴퍼스의 두 다리는 틀림없이 꽤나 먼 거리까지 벌어질 것이다. 하물며 그런 거리는 일반적이지 않은 열정의 성격과, 샤를뤼스 씨와 에메의 신분 차이를 통해 유난히 넓어졌다.

나는 날마다 알베르틴과 외출했다. 그녀는 그림을 다시 그리기로 결심해, 연습 삼아서 먼저 생장 드 라 에즈의 성당을 그리기로 했다. 이제 이 성당은 아무도 드나들지 않아 망각에 묻혀버린 곳, 어디에 있는지 알기도 어렵고 안내 없이는 찾아낼 수 없는 외진 곳, 에프르빌(Épreville) 정거장에서 30분 이상 가서 케톨므 마을의 마지막 가옥을 지나서도 한참 더 가야 하는 곳이었다. 에프르빌 이름의 유래에 대해서는 주임 사제의 서적과 브리쇼가 알려준 내용이 들어맞지 않았다. 서적에 따르면 에프르빌은 옛 스프르빌라(Sprevilla)이고, 브리쇼가 지적한 어원은 아프리빌라(Aprivilla)였다.

먼저 우리는 페테른과 반대 방향, 곧 그라트바스트 쪽으로 가는 작은 기차를 탔다. 그러나 때마침 복선 철도라서 점심 식사 뒤 바로 떠난다는 게 이미 무리였다. 나는 좀더 늦게 떠나는 편이 좋았다. 버쩍버쩍 타는 듯한 공기는 그저 빈둥거리며 시원한 음료나 마시고픈 소망을 불러일으켰다. 그런 공기가 어머니 방과 내 방을 채우고 있었다. 마치 한증막처럼 방의 방향에 따라 실내 온도를 달리하면서. 햇빛을 받아 눈부신 무어식(式) 흰빛으로 물결 모양이 새겨진 어머니의 화장실은 해가 비치는 그 회벽들 탓에 우물 바닥에 잠겨 있는 듯했다. 한편 높은 곳에 네모꼴로 뚫린 창 속에는 하늘이 있고, 그곳을 보드라운 물결이 겹쳐진 채 연이어 미끄러져 가는 게 보였다. 그 하늘은(마음속에 품은 욕망 탓인지) 푸른 물로 가득 찬 목욕용 수영장이 옥상에 설치돼 있는 것 같기도 하고, 창에 걸어놓은 거울에 거꾸로 비치는 것 같기도 했다.

이런 타는 듯한 더위에도 우리는 1시 기차를 탔다. 알베르틴은 열차 안에서 무척 더워했고, 땀을 뻘뻘 흘리며 머나먼 길을 걸어갈 때에는 더 더워했다. 나는 그녀가 도착하자마자 햇빛이 닿지 않는 축축한 성당에서 옴짝달싹하지 않고 그림만 그리다가 감기나 들지 않을까 걱정되었다. 게다가 우리가 엘스티르를 처음 방문했을 무렵부터, 그녀가 돈이 없어 못 누리던 사치뿐만 아니라 보잘것없는 안락마저 좋아하는 걸 눈치챘던 나는, 발베크의 마차 임대업자와 상의해서 날마다 우리를 데리러 마차를 한 대 보내달라는 합의를 보았다.

더위를 피하려고 우리는 샹트피의 숲길로 접어들었다. 길가 수풀 속에서 서로 울어대는 새들 가운데에는 바다새에 가까운 것들도 섞여 있었다. 그 새들은 눈에 보이지 않아서 눈을 감았을 때와 똑같은 편안함을 주었다. 마차 안 알베르틴의 옆에서 그 팔에 얽어매진 나는 이들 오케아니데스*[1]의 목소리를 들었다. 그러다가 우연히 그러한 음악가 하나가 한 가지에서 다른 가지로 날아가는 걸 언뜻 보았을 때, 그 음악가와 노래 사이에 연관성이 거의 없어서, 나는 마차에 놀라 대뜸 날아오르는 그 작은 몸에서 노래의 본체를 본 듯한 생각이 도무지 들지 않았다.

마차는 우리를 성당까지 데리고 갈 수 없었다. 나는 케톨므 마을을 나오는 곳에서 마차를 멈추게 하고서는 알베르틴에게 또 보자고 말했다. 왜냐하면 그녀는 다른 사적이나 그림에 대해 말하듯 이 성당에 대해서도 "당신과 함께 보면 얼마나 즐거울까!" 말하면서 나를 질겁하게 한 적이 있기 때문이다. 그런 즐거움이라면 나는 맛볼 수 있을 성싶지 않았다. 아름다운 것 앞에서 나는 혼자가 아니고서는, 또는 혼자인 채 침묵을 지키지 않고서는 즐거움을 느끼지 못했다. 그리고 이처럼 남과는 같이 맛보지 못하는 예술적 감동을 그녀가 내 덕분에 맛볼 수 있다고 여긴 이상, 차라리 그녀를 혼자 있게 하고 나는 떠나는 편이 더욱 현명하다고 생각했다. 지금 떠나지만 해질 무렵에는 데리러 오겠다, 그동안 마차를 타고 되돌아가서 베르뒤랭 부인이나 캉브르메르네를 방문하거나 아니면 발베크에서 어머니와 함께 한 시간쯤 보내겠지만, 더 멀리는 안 가겠다고 나는 그녀에게 말했다.

적어도 처음에는 정말로 그렇게 했다. 한번은 알베르틴이 변덕이 나서 나에게 이런 말을 했기 때문이다. "아이 시시해. 자연이란 모든 일을 고약하게 만들었네요. 생장 드 라 에즈를 이쪽에, 라 라스플리에르를 저쪽에 놓아, 어느 한 장소를 택하면 온종일 그곳에 갇힌 신세가 되니." 나는 맞춘 토크 모자와 너울을 받자마자, 제 불행을 스스로 불러들이는 줄도 모르고 생파르조(Saint-

---

*1 바다의 요정으로 대양의 신 오케아노스의 딸들.

Fargeau, 주임 사제의 책에 따르면 어원은 상크투스 페레올루스(Sanctus Ferreolus) 였다)로 자동차 한 대를 보내라고 주문했다. 아무것도 몰랐던 알베르틴은 호텔 앞에서 붕붕 울리는 엔진 소리를 듣고 깜짝 놀랐다가, 그 자동차가 우리를 위해 온 것인 줄 알고는 뛸 듯이 기뻐했다. 나는 그녀를 내 방에 잠시 데리고 올라갔다. 그녀는 기뻐서 깡충깡충 뛰며 물었다. "우리 베르뒤랭네를 방문하러 가는 거죠?" "응. 하지만 그런 옷차림을 하고선 안 가는 게 좋겠어. 이제부터 당신 자동차를 가지니까. 자, 이거라면 딱 어울리겠지." 그러고 나서 나는 숨겨두었던 토크 모자와 너울을 꺼냈다. "내 거예요? 어머나! 친절하셔라!" 그녀는 내 목을 끌어안으면서 외쳤다. 계단에서 우리와 만난 에메는, 알베르틴의 멋진 차림새와 우리의 승용차에 우쭐해졌다. 그도 그럴 것이 발베크에는 자동차가 드물었기 때문이다. 그는 우리 뒤를 기꺼이 따라 내려왔다. 알베르틴은 새 옷차림을 남의 눈에 좀더 띄게 하고 싶어서, 포장을 치워달라고 나에게 부탁했다. 나중에 둘이서 더 편하게 있고 싶어질 때 내리면 그만이라는 것이었다. "이봐." 에메는 꼼짝도 하지 않는 낯선 운전사에게 말했다. "포장을 걷어올리라는 분부가 안 들리나?" 에메는 오랜 호텔 생활로 이미 높은 지위를 차지했으므로, 프랑수아즈를 '마님' 대우하는 삯마차의 마부처럼 소심하지 않았다. 먼저 소개가 없어도 그는 처음 보는 평민한테 그걸 하라는 식으로 말했다. 그것이 그의 귀족주의적인 멸시인지 민중주의적인 우애의 행동인지 아무도 모르지만. "나는 한가하지 않습니다." 나를 모르는 운전사는 대답했다. "나는 시모네 아가씨를 태우러 왔습니다. 당신을 모실 수 없습니다." 에메는 웃음보를 터뜨렸다. "이봐 얼간이." 에메는 운전사에게 대꾸하고는 이렇게 말하며 그를 곧 이해시켰다. "이분이 바로 시모네 아가씨이고, 자네한테 포장을 걷어올리라고 분부한 분이 바로 자네 주인이야." 또 에메는 알베르틴에게 사사로운 호감은 품지 않았지만, 나 때문에 그녀의 멋진 옷차림이 덩달아 자랑스러워 운전사에게 살짝 속삭였다. "어때! 날마다 모시고 싶을걸, 이런 공주님을!"

처음으로, 다른 날처럼 알베르틴이 그림을 그리는 동안 나 혼자 라 라스플리에르에 가지 않게 되었다. 그녀는 나와 함께 거기에 가고 싶어했다. 그녀는 가는 길에 여기저기 들를 수 있을 거라고 생각했으나, 생장 드 라 에즈에 먼저 가서 그 주변을 드라이브하는 건 불가능하다고 믿었다. 방향이 전혀 달라서 그곳에는 다른 날 가야겠거니 했다. 그런데 운전사 말로는 생장에 들러서 가는 건 20분밖에 안 걸려 누워서 떡 먹기다, 우리가 바란다면 거기에 몇 시간 머무를 수 있으며 더 멀리 나갈 수도 있다, 케톨므에서 라 라스플리에르까지 35분도 안 걸린다는 것이었다. 우리는 자동차가 내달려 준마(駿馬)의 스무 걸음을 단번에 껑충 뛰어넘은 순간 이를 깨달았다. 거리란 시간에 대한 공간의 비례 관계에 지나지 않고, 관계와 함께 변한다. 어떤 장소에 가는 어려움을 우리는 이수(里數)와 킬로미터로 설명하는데, 그런 어려움이 줄어들면 이 표현은 헛것이 된다. 예술도 그 때문에 변한다. 다른 마을과는 별세계에 있는 것 같은 어느 한 마을도 차원이 변한 풍경 속에서는 이웃이 되고 마니까. 아무튼 어쩌면 둘 더하기 둘이 다섯이 되고 일직선이 두 점 사이의 최단 거리가 아닌 세계가 존재한다는 사실을 배우기보다, 같은 날 오후에 생장과 라 라스플리에르를 전부 들르는 일은 누워서 떡 먹기라고 하는 운전사의 말을 듣는 편이 알베르틴으로서는 더 놀라웠다. 두빌과 케톨므, 생마르스 르 비외와 생마르스 르 베튀, 구르빌과 발베크 르 비외, 투르빌과 페테른도 마찬가지로 각각 연결이 가능한 것이다. 이러한 두 곳은 지난날 메제글리즈와 게르망트의 두 방향처럼 이제까지 저마다 다른 날이라는 독방에 엄중히 감금되어, 같은 사람의 눈이 같은 날 오후에 이 두 곳을 모두 보는 건 불가능했다. 그러나 이제 그곳들은 단번에 70리를 날 수 있는 장화를 신은 거인의 손으로 해방되어, 우리의 간식 시간 주위에 모여들어 각자의 종루와 탑을, 가까운 숲이 늘 그 모습을 드러내 보이려고 안달하는 예스런 정원을, 한곳에다 모으는 것이었다.

코르니슈(Corniche)라는 낭떠러지 길 아래에 이르자 자동차가 칼 가는 소리 같이 죽 이어지는 소리를 내며 단숨에 오르니, 바다는 쑥쑥 낮아져 우리 아래에 펼쳐졌다. 몽쉬르방의 촌스러운 옛 가옥들이 자기네 포도밭이나 장미나무를 가슴에 꼭 껴안으면서 우리를 향해 달려왔다. 그런가 하면 라 라스플리에르의 전나무들은 저녁 바람이 일 적보다 더 일렁거리며 우리를 피하려고 사방으로 달려갔다. 이윽고 내가 본 적 없는 새 하인이 현관 층계에 나타나 문을 열고, 그러는 동안 정원사의 아들은 조숙한 얼굴에 호기심을 나타내면서 엔진 부근을 뚫어지게 바라보고 있었다. 월요일이 아니라서 베르뒤랭 부인을 만날 수 있을지 몰랐다. 그도 그럴 것이 손님을 맞기로 되어 있는 월요일 말고는, 갑작스레 그녀를 만나러 가는 건 경솔한 행동이기 때문이다. 물론 그녀는 '원칙적으로(en principe)' 집에 있을 테지만. 스완 부인은 자기도 작은 동아리를 만들고, 설령 헛수고일 때가 많다 해도 스스로 움직이지 않고서 손님을 끌려고 노력하던 시절에 같은 표현을 썼는데, 그녀는 이를 어긋나게 '원칙에 따라서(par principe)'로 해석했다. 어쨌든 이는 오직 '대부분'이라는 뜻이니, 수많은 예외가 있었다. 베르뒤랭 부인은 외출하기 좋아했을 뿐만 아니라 마님으로서의 의무를 아주 멀리 밀고 나가는 버릇이 있었기 때문이다.

오찬에 손님을 대접할 때 모두가 커피·리큐어와 궐련을 들고 나면(더위와 소화 때문에 노곤해진 손님들로서는 테라스의 나무 그늘에 앉아서 저지(Jersey) 섬의 여객선이 칠보 같은 바다 위를 지나가는 걸 바라보는 편이 더 좋았지만) 그녀의 프로그램은 한 바퀴 산책으로 옮겨갔다. 그동안 손님은 억지로 마차에 앉아 하는 수 없이 두빌 주변에 많이 있는 경승지 이곳저곳으로 끌려다녔다. 그러한 향연의 제2부는, 그래도(일어나서 마차를 탄다는 수고를 하고 나면) 손님에게 적잖은 즐거움을 선사했다. 그들은 맛난 요리, 뛰어난 포도주, 거품 이는 능금주로 이미 산들바람의 시원함과 풍경의 장려함에 쉬 도취될 준비가 되어 있었다. 베르뒤랭 부인은 좀 낯선 사람들에게 그런 곳을 제 소유지의(조금 먼 느낌이 들지만) 부속으로서 구경시키곤 했다. 그녀의 오찬에 참석한 이상 그들은 구경하러 갈 수밖에 없었는데, 거꾸로 말하면 이 마님한테 초대되지 않았더라면 그런 경승지를 영영 몰랐으리라.

모렐의 연주와 이전 데샹브르의 연주 위에 독재권을 휘둘렀듯 그녀는 산책 위에도 자기 혼자 권력을 휘두르며, 풍경까지 작은 동아리의 중요한 부분으로 만들고 말았다. 하지만 그런 자부심은, 그래도 처음에 생각했던 만큼 사리에 어긋나지는 않았다. 베르뒤랭 부인은 캉브르메르네 사람들이 라 라스플리에르의 실내장식과 뜰의 정리에서 나타내는 그 몰취미를 경멸했을 뿐만 아니라, 그들이 근처를 산책하거나 또는 손님에게 산책을 시키는 그 독창성 없는 방법도 업신여겼다. 그녀의 눈으로 보면 라 라스플리에르가 진가를 발휘하기 시작한 건 그곳이 그녀의 작은 동아리의 쉼터가 되고 나서부터이다. 또한 그녀는 캉브르메르네 사람들이 언제나 사륜마차를 타고 바닷가의 기찻길을 따라, 하필 이 근처의 딱 하나 시시한 길을 고르고 골라서 오가는 걸 보아, 예부터 이 고장에 살면서도 이 고장을 통 모르는 것 같다고 딱 잘라 말했다. 이 말은 맞는 말이었다. 상상력이 모자란 캉브르메르네 사람들은 이 지방이 너무 가까우므로 진부하게 느껴졌는지, 판에 박힌 듯 언제나 같은 장소를 같은 길로 가기 위해서밖에 외출하지 않았다. 물론 캉브르메르네 사람들은 그들의 고장을 그들에게 가르쳐주겠다고 하는 베르뒤랭네의 자부심을 크게 비웃고 있었다. 그러나 캉브르메르네 사람들은 물론이고 그들의 마부조차도 막상 그 고장을 가르쳐달라고 하면, 기막히다는 말을 들을 만한 숨겨진 곳으로 우리를 안내할 수는 없었으리라. 그런데 베르뒤랭 씨는 다른 사람 같으면 도저히 들어갈 엄두도 내지 못할 황폐한 사유지의 울타리를 넘어가거나, 또 마차를 타고는 도저히 갈 수 없는 길을 마차에서 내려 헤쳐 나가며 우리를 안내하는 것이었다. 그러면 그 보람으로 반드시 기막힌 풍경이 펼쳐졌다.

사실 라 라스플리에르의 뜰은 주위 몇 킬로미터에 걸친 산책 장소를 전부 간추린 어떤 축도와 같은 것이었다. 먼저 그 위치가 한쪽은 골짜기를 향하고 또 한쪽은 바다를 내려다보는 높은 곳인 데다, 이를테면 바다 쪽만 해도 나무들 사이에 여기저기 공간이 나 있어, 이쪽에서 수평선이 바라다보이는가 하면 저쪽에서는 또 하나의 수평선이 보이는 것이었다. 그런 조망대에는 각각 걸상이 있다. 사람들은 차례로 거기에 앉아 발베크를, 파르빌을, 두빌을 바라본다. 한 방향으로만 향해 있는 곳에도 걸상 하나가 낭떠러지 위에 조금 쑥 나오거나 들어가 놓여 있다. 이런 걸상에서 바라보면 눈앞의 초록빛 울창한 숲 너머로 수평선이 펼쳐진다. 그 수평선은 거기서 벌써 한껏 넓어졌는가 싶더니, 우리가 계속해 작은 오솔길을 가는 동안에 한없이 커져 다음 걸상까지 이르면 바다의 원형극장 전체가 한눈에 보인다. 거기서는 물결 소리가 똑똑히 들리는데, 뜰의 가장 깊숙한 곳까지는 울리지 않는다. 그 깊숙한 곳에 서면 물결은 여전히 보이나, 소리는 더 이상 들리지 않는다. 라 라스플리에르의 이러한 휴식처는 주인 부부 사이에 '조망'이라는 이름으로 불린다. 과연 이 장소들은 바닷가와 숲의 이름난 곳인 인근의 가장 아름다운 '조망'을 성관 둘레에 모으고 있었다. 그것들은 멀리서 보면 매우 작게 보여, 하드리아누스(Hadrianus)*¹가 그 별궁 안에 여러 지방의 가장 유명한 기념물의 소품을 모았던 것과 비슷하다. '조망'이라는 낱말에 붙는 이름은 그 바닷가의 이름뿐만 아니라, 만(灣)의 건너편 기슭에 보이는 곳의 이름일 경우도 많았다. 파노라마가 펼쳐진 가운데서도 그 장소는 특별히 두드러져 보였다. 손님은 베르뒤랭 씨의 서재에서 책 한 권

---

*1 로마 황제(76~138).

을 빌려 한 시간쯤 '발베크의 조망'에 읽으러 갈 수도 있거니와, 갠 날이면 '리브벨의 조망'에 리큐어를 마시러 갈 수도 있다. 그렇지만 그것도 너무 센 바람이 불지 않는 날에 한해서니, 주위에 나무가 무성한데도 그런 높은 장소의 공기는 사납기 때문이다.

베르뒤랭 부인이 오후에 꾸미는 마차 산책으로 얘기를 되돌리면, 마님은 그런 산책에서 돌아와 '이 해안을 우연히 지나간' 사교계의 아무개가 놓고 간 명함을 보면 기쁜 체하지만 실은 그 만남을 놓친 것을 몹시 애석하게 여겼다. 그리고(방문한 사람은 그저 '집'을 구경하러 들렀거나, 또는 예술적인 살롱으로 유명하나 파리에선 드나들 수 없는 살롱의 부인을 하루만 사귀려고 들렀거나 했을 뿐이지만) 남편인 베르뒤랭 씨를 통해 그가 이번 수요일 만찬에 올 수 있도록 재빨리 그를 초대했다. 상대가 그 전에 떠나야 하거나 돌아오는 길이 늦어질까봐 걱정하는 일도 빈번한데, 그러면 베르뒤랭 부인은 월요일이면 언제나 간식 시간에 집에 있을 거라고 타협안을 내놓는다. 그런 다과회는 인원수가 많지 않으며, 나는 이미 파리에서 게르망트 대공부인 댁이나 갈리페 부인 또는 아르파종 부인 댁에서 더욱 빛나는 그런 다과회를 경험했다. 그러나 이곳은 파리가 아니라서, 나로서는 환경의 아름다움이 모임의 즐거움뿐만 아니라 모인 사람의 품격을 더하게 하는 듯했다. 이를테면 어느 사교인과 만난다는 것은 파리에서라면 조금도 기쁘지 않지만, 라 라스플리에르에서는 그 사람이 멀리 페테른이나 샹트피의 숲을 지나왔다면 그 성격도 가치도 변해 즐거운 사건이 되었다. 때때로 그것은 내가 잘 아는 사람, 스완네 집에서 만나기 위해서라면 내가 한 걸음도 나아가지 않았을 사람이었다. 하지만 그런 사람의 이름도 이 해안의 절벽 위에서는 달리 울렸다. 마치 극장에서 자주 듣는 배우의 이름이 특별 공연 광고지에 다른 색으로 인쇄되자, 배경의 뜻하지 않은 변화로 갑자기 그 명성이 더 자자해지는 것같이.

시골에선 체면을 차리지 않는 법이라, 그런 사교인은 묵고 있는 집 사람들을 흔히 데리고 와서 베르뒤랭 부인한테 변명으로, 자기가 묵고 있는 집의 사람들이니 저버릴 수 없었다고 낮은 목소리로 말한다. 그래 놓고선 묵고 있는 집의 사람들에게는, 그가 어떤 예의로써 단조로운 바닷가 생활에 그런 심심풀이를 제공하고, 재치 있는 이들의 모임에 그들을 데려와서 으리으리한 저택을 구경시키고 훌륭한 다과회를 맛보게 해주는 체했다. 그래서 그다지 값어치

없는 몇몇 사람들로 한 모임이 이루어졌다. 시골에서라면 비좁은 뜰에 초라하게 보이는 나무 몇 그루가 있는 것만으로, 파리의 가브리엘 큰길이나 몽소 거리에선 대부호만 누릴 수 있을 놀라운 매력을 띤다. 또 파리의 야회에선 이류쯤 되는 사교인들도 라 라스플리에르의 월요일 오후에는 그 값어치를 다 발휘했다. 창 사이의 한 가지 색으로 칠해진 벽 아래, 붉은 가두리를 댄 상보로 덮인 식탁에는 갈레트, 노르망디의 푀유테(feuilleté),*¹ 산호 구슬 같은 버찌로 가득 찬 배 모양의 타르트, 디플로마트(diplomate)*² 따위가 나온다. 그 둘레에 앉은 초대객들은 곧 창문 너머의 하늘빛 우묵한 대접 같은 바다—초대객들을 보는 눈으로 같이 봐야만 하는 바다—를 배경 삼아서 깊은 변모를 거쳐 비할 데 없이 귀중한 것으로 변했다. 그뿐만이 아니다. 그런 초대객들을 보기 전부터 월요일 베르뒤랭 부인의 성관을 찾아오는 사람들은, 파리에서라면 호화로운 저택 앞에 서 있는 멋들어진 마차를 보아도 질린 시선을 보낼 텐데, 라 라스플리에르 앞 큰 전나무 아래에 멈춰 선 두세 대의 허름한 마차는 보기만 해도 가슴이 뛰는 걸 느낀다. 아마 시골의 환경이 다르기 때문이고, 사교계에 대한 인상이 그런 변화 덕분에 새로워지기 때문이리라. 또한 그들이 베르뒤랭 부인을 만나러 가기 위해 빌린 허름한 마차가 아름다운 산책을 떠올리게 하면서, 하루 삯으로 '두둑이' 요구한 마부의 비싼 '요금'을 떠올리게 했기 때문이다. 그렇지만 새로 온 사람에 대한 호기심은 그 사람의 속성을 잘 몰라서 저마다 '어떤 사람일까?' 자문하는 데서도 기인하는데, 그 물음은 쉽사리 대답할 수 있는 게 아니었다. 캉브르메르네나 다른 집에 일주일간 지내러 올 법한 사람이 누구인지 짐작도 안 가기 때문이다. 그럼에도 모두가 즐겁게 그런 물음의 답을 찾으려 하는 것은, 시골에서 쓸쓸히 살다보면 긴 시간 만나지 못했던 이들을 만나거나 한 번도 만난 적 없는 이에게 소개되는 것도 파리 생활에서와는 딴판으로 진절머리나지 않거니와, 우편집배원이 오는 시간마저 즐거워지는 시골의 적적한 생활의 텅 빈 공간을 그것이 감미롭게 메워주기 때문이다.

우리가 자동차로 라 라스플리에르에 온 날은 월요일이 아니었다. 그러므로 찾아올 손님이 없는 베르뒤랭 부부는 누군가를 만나고 싶은 욕구, 날씨 요법을 위해 가족들한테서 멀리 떨어져 외로움 속에 갇힌 병자가 창으로 몸을 던

---

*¹ 여러 겹 껍질로 된 과자.
*² 비스킷. 과일 설탕 조림과 크림 따위로 만든 과자의 하나.

지고 싶어지는 욕구, 남녀 모두 그 마음이 혼란해지는 그러한 욕구에 사로잡혀 있었던 게 틀림없었다. 왜냐하면 민첩한 새 하인이 벌써 이 집의 말씨에 익숙해져서 우리한테 "마님께서는 외출하시지 않았다면 '두빌의 조망'에 계실 테니까 가보고 오겠습니다" 대답하고, 곧 돌아와 우리에게 말했기 때문이다. "마님께서 만나시겠답니다."

우리는 그녀의 머리가 좀 흐트러진 걸 알아챘다. 가끔 사육장, 뜰의 화초밭과 채소밭을 돌며 공작과 암탉에게 모이를 주고, 달걀을 모으고 과일과 꽃을 따 왔기 때문이다. 과일과 꽃은 이른바 '테이블에 길을 만들기'를 위한 재료들이었다. 이 길이라는 것은 바깥 정원의 길을 떠올리게 하는 모형이었는데, 그러한 길은 이 테이블에 유용한 것이나 맛있는 것만 올라오는 게 아니라는 뜻으로 품위를 더해주었다. 왜냐하면 배라든가 거품 낸 달걀 등 정원에서 온 수많은 선물 주위에, 줄기를 높이 자른 치자며 카네이션이며 장미며 금계국이 늘어서고, 그 사이로 마치 꽃으로 꾸며진 방향 표지 기둥 사이를 가듯 저 멀리 바다를 미끄러져가는 배가 유리창 너머 어렴풋이 보였기 때문이다. 베르뒤랭 부부는 하인이 알린 방문객을 맞이하기 위해 꽃을 꽂다가 그만두었는데, 그 손님이 알베르틴과 나라는 걸 알고서 좀 놀란 표정을 지었다. 그 표정을 보고서 나는, 새 하인이 일에 열심이지만 아직 내 이름이 귀에 익지 않아서 잘못 전해, 이를 들은 베르뒤랭 부인은 낯선 손님이지만 아무라도 좋으니 만나고 싶은 욕구에 들여보내라고 말했음을 짐작했다.

새 하인은 우리가 이 집에서 맡은 역할을 이해하고자 문가에서 이 광경을 물끄러미 보고 있었다. 그러다가 성큼성큼 달려가버렸다. 그는 겨우 어제 고용된 사람이었다. 알베르틴은 베르뒤랭 부부에게 토크 모자와 너울을 실컷 보이고 나서, 둘이서 할 일이 있으니 너무 늑장부리진 못한다는 걸 떠올리게 하려고 나를 흘깃 보았다. 베르뒤랭 부인은 느긋하게 간식까지 들고 갈 바랐으나 우리는 거절했다. 그때, 내가 기대하고 있던 알베르틴과의 산책의 즐거움이 물거품으로 돌아갈지도 모르는 한 계획이 드러났다. 베르뒤랭 부인은 우리와 헤어질 결심이 서지 않아선지, 아니면 새로운 심심파적을 놓치기가 섭섭해선지 우리를 따라나서려고 한 것이다. 하지만 그녀가 그런 제의를 해도 상대가 기꺼워하지 않는 경우를 예전부터 겪어왔기에 이번 제의 또한 우리에게 환영받을 거란 확신이 없었다. 그래서 그녀는 이런 제의에 대한 켕기는 기분을 감추고 몹시 자신만만한 태도를 꾸며, 우리의 대답을 알고 있다는 표정을 지으면서 우리에겐 묻지도 않고, 마치 우리에게 은혜를 베푸는 양 남편에게 다음과 같이 말했다. "그럼 내가 두 분을 배웅하겠어요!" 그와 동시에 그녀의 입술 위에 부자연스러운 미소가 떠올랐다. 어떤 사람들이 베르고트에게 거만한 태도로 "나도 당신 책을 샀습니다만 좋더군요" 말할 때 그들 입술에서 이미 보았던 미소였다. 그것은 사람들이 필요할 때—철도편과 이삿짐 마차를 빌려 쓰듯이—남한테서 빌리는 그 집단적이자 보편적인 미소였다. 다만 아주 세련된 몇몇 사람들, 이를테면 스완이나 샤를뤼스 씨 같은 사람의 입술에는 그러한 미소가 떠오르는 모습을 본 적이 없었다.

이때부터 나의 방문은 망가지기 시작했다. 나는 그녀의 말을 이해 못하는 체했다. 그러나 잠시 뒤 베르뒤랭 씨마저 함께 간다는 사실이 뚜렷해졌다. "그래도 베르뒤랭 씨한테는 너무 멀걸요." 나는 말했다. "천만에요." 베르뒤랭 부인은 덮어놓고 신이 나서 나에게 말했다. "저이의 말로는 지난날 많이 다닌 길을 젊은이와 함께 다시 가보는 게 무척 재미날 거라네요. 때에 따라서는 저이가 운전사 옆에 탈 거예요. 무서워하지 않거든요. 그리고 우리 둘은 얌전하게 기차로 돌아오겠어요. 사이좋은 부부처럼. 보세요. 저이가 기뻐하는 모습을." 그녀는 남편에 대해, 썩 인품 좋은 노인이 된 대화가 동심으로 돌아가서 자기 손자들을 웃기려고 재미있는 그림을 되는 대로 그리며 기뻐하는 이야기를 하듯이 말했다. 내 침울함을 더 크게 한 점은, 알베르틴이 나와 침울함을 나누기는커녕 오히려 이대로 베르뒤랭 부부와 함께 여러 고장을 돌면 재미있을 거라고 생각하는 듯 보인 것이었다. 하지만 그녀와 함께 즐거운 시간을 보내려 했던 내 마음은 더할 수 없이 절실한 것이어서, 나는 부인의 참견으로 그것을 망치고 싶지 않았다. 그래서 나는 거짓말을 꾸며댔다. 베르뒤랭 부인의 성가신 뻔뻔함에 맞서 어쩔 수 없이 한 거짓말이었건만, 아뿔싸! 이번엔 알베르틴이 말대답했다. "실은 방문할 데가 있어서요." 내가 말하자 알베르틴이 물었다. "어떤 방문?" "나중에 설명하지. 꼭 가야 해." "그래요! 그럼 우리는 그동안 기다리죠." 모든 걸 포기한 베르뒤랭 부인이 말했다. 마침내 그토록 갈망한 행복을 빼앗길지도 모른다는 고민이, 실례를 무릅쓸 용기를 내게 주었다. 나는 베르뒤랭 부인에게 귀엣말로, 알베르틴이 가슴속에 품어온 근심에 대해 나와 의논하기를 바라므로 나는 꼭 그녀와 단둘이 될 필요가 있다고 둘러대며 딱 거절했다. 부인은 화난 모습과 노기에 떨리는 목소리로 내게 말했다. "좋아요. 안 가 겠어요." 나는 그녀가 몹시 화난 걸 눈치채고, 조금 양보하는 기색을 보이려고 했다. "그러나 어쩌면……." "안 가겠어요." 그녀는 더욱 화가 나 되풀이했다. "안 간다면 안 가는 거예요."

나는 그녀와 사이가 아주 틀어진 줄 알았다. 하지만 그녀는 문가에서 우리 를 불러 세워, 오는 수요일회에 '결석하지' 말기를, 이런 것을 타면 밤에 위험하 니 기차로 작은 단체와 함께 오기를 당부했다. 또 그녀가 우리를 위해 싸게 한 네모꼴 타르트와 사블레를 신입 하인이 자동차 포장 속에 넣는 걸 잊었기 때 문에, 그녀는 이미 뜰의 언덕을 내닫기 시작한 자동차를 멈추게 했다.

우리는 다시 출발했다. 작은 가옥들이 꽃들을 가지고 달려와 잠시 우리를 배웅했다. 고장의 풍모는 꼭 변한 듯했다. 우리가 각 고장에 대해 만들어내는 지형학(地形學)의 심상에서 공간의 관념이 맡은 소임은 별로 대단치 않다. 시 간의 관념이 고장 사이를 더 크게 떼어놓는 건 이미 말했다. 그러나 그뿐만이 아니다. 이를테면 우리가 늘 외딴 곳이라 여기는 어느 고장은 딴 고장과의 공 동 척도(尺度)가 없어, 거의 세계 밖에 있는 듯 보인다. 마치 우리 인생에서 떨 어져 있는 군대 시절이라든가 어린 시절에 우리가 사귄 사람들이, 다른 무엇 과도 이어지지 않는 것처럼. 내가 발베크에 처음으로 머문 해, 빌파리지 부인 은 보몽(Beaumont)[1]이라는 바다와 숲밖에 보이지 않는 언덕으로 곧잘 우리를 데리고 갔다. 거기에 가는 데 그녀가 마부한테 매번 지나도록 했던 길, 오래된 나무들이 무성해 그녀가 가장 아름답다고 생각한 그 길은 오르막이라서, 그녀 의 마차는 보통 걸음으로 갈 수밖에 없었으므로 시간이 꽤 오래 걸렸다. 꼭대 기에 이르면 우리는 마차에서 내려 좀 거닐었다. 그리고 다시 마차를 타 같은 길로 돌아왔는데, 그 사이 아무 마을도 아무 별장도 만나지 않았다. 나는 보 몽을 뭔가 신기하며 아주 멀고 높은 곳으로 알고, 또 보몽에서 다른 곳을 가 는 길로 접어든 적이 없어서 거기가 어디에 있는지 전혀 알지 못했다. 게다가 거기에 이르는 데 마차로 꽤 많은 시간이 걸리기도 했다. 분명히 거기는 발베 크와 같은 현(또는 같은 주)에 속했으나, 내게는 그곳이 딴 차원에 있고 특수한 치외 법권을 누리는 것처럼 느껴졌다.

---

[1] 아름다운 산이라는 뜻.

그러나 자동차는 어떤 신비도 존중하지 않는다. 앵카르빌의 집들이 아직 내 눈에 비치고 있는데도 자동차는 이미 그곳을 지나 파르빌(파테르니 빌라, Paterni villa)에 이르는 해안의 옆길을 내려가고 있었다. 우리가 달리는 고원(高原)에서 언뜻 바다를 본 나는 이 근처를 뭐라고 부르느냐고 물었다. 그러고는 운전사가 내게 대답하기도 전에, 옳지 보몽이구나 알아챘다. 알고 보니 지금까지 경편 철도를 탔을 적마다 나는 아무것도 모른 채 그 옆을 지나가곤 했던 것이다. 사실 거기는 파르빌에서 2분밖에 안 걸리는 곳이었다. 이를테면 내 연대의 한 장교가 명문 태생으로서는 몹시 친절하고 소탈해 단순히 명문 출신이라고 하기에는 매우 신비스러운 어떤 특별한 인간처럼 느껴졌는데, 어느 만찬회에서 나와 자리를 같이한 아무개의 처남이나 사촌이라는 사실이 밝혀진 경우와 같다. 보몽도 다른 곳하고는 그처럼 동떨어져 있는 줄 알았는데 졸지에 다른 곳과 연결됨으로써, 그 신비성을 잃고 이 고장에 자리를 잡게 된 것이다. 그 사실은 더 나아가 나에게 다음과 같은 생각마저 품게 하여 불안을 불러일으켰다. 즉 보바리 부인이건 산세베리나 부인이건, 폐쇄된 소설의 분위기 밖에서 만났다면 아마도 다른 여성들과 똑같은 여자로 보였을지도 모른다.

나는 마음껏 환상의 날개를 펴게 하는 기차 여행을 좋아하므로, 자동차를 앞에 놓고 알베르틴이 나타낸 환희에는 아무래도 따를 수 없었다. 자동차는 병자마저도 원하는 곳으로 데려다주며, 가는 곳을—이제까지 내가 생각해 왔듯이—개성적이고 움직일 수 없는 아름다움의 유일한 본질이라 여기는 생각을 방해하기 때문이다. 또한 내가 전에 파리에서 발베크로 갈 때에 탄 기차와 달리 자동차는, 가는 곳을 일상생활의 우발적인 일에서 벗어난 하나의 목적, 거의 관념적인 목적 같은 것으로 만들어주지는 않았다. 기차의 경우 가는 곳은 그곳에 닿고 나서까지 여전히 그 관념적인 목적의 성질을 남겨두고 있다. 도착한 곳이 아무도 살지 않으며 오로지 소도시의 이름만을 지니고 있는 휑뎅그렁한 장소이기 때문이다. 그 정거장은 다만 하나의 구체화이기라도 한 듯이, 우리에게 이제야 겨우 그곳에 가게 되었구나 하는 생각이 들게 한다.

자동차의 경우는 그렇지가 않다. 자동차라는 놈은 그처럼 환상적으로 우리를 한 소도시에 데려가는 일이 없었다. 마치 극장의 관객들이 온갖 환상을 품듯, 그 지역의 이름이 요약하는 전체의 개념 속에 우리가 하나의 소도시를 그리는 일은, 자동차의 경우에는 받아들여지지 않았다. 자동차는 우리를 무대 뒤로 끌어들여, 그곳에 사는 사람들에게 길을 묻기 위해 멈춰 서기도 했다. 그러나 그처럼 무람없는 전진의 대가라도 치르듯이, 운전사가 길이 서툴러 오던 길로 되돌아가는 따위의 시행착오도 있게 마련이니, 그때마다 전경(前景)이 샤세 크루아제(chassé-croisé)*¹를 하는 바람에 성이 언덕이나 교회나 바다와 '구석차지 놀이'를 하듯 어지럽게 자리를 바꾸기 시작한다. 성이 고목나무 잎 그늘에 숨지도 못하고 정신없이 움직이는 새에 우리는 그 성에 다가가고 만다. 이렇게 자동차는 그 눈을 벗어나려고 여기저기로 피해 다니는 한 소도시를 꼼짝 못하게 흐려놓고, 그 수도시 둘레에 그리는 원을 차차 좁혀간다. 마침내 자동차는 그 소도시 쪽으로 곧바로, 거의 수직으로 돌진하다가 골짜기 속에서 고꾸라지듯이 멈춘다. 이런 까닭에 유일한 목표 지점도 자동차에 의하여 급행열차의 신비를 잃어버린 듯이 여겨진다. 자동차는 기차와는 반대로 목적지를 드러나게 하고 컴퍼스로 잰 것처럼 그 위치를 확정하여, 정성스러운 탐험가의 손처럼 누구보다도 면밀한 정확성을 가지고 고장의 진정한 기하학과 아름다운 '토지 측량' 방식을 느낄 수 있도록 도와준다는 인상을 우리에게 주는 것이다.

공교롭게도 이때는 내가 몰랐으며 2년이 더 지나서 겨우 알게 된 사실은, 이 운전사의 단골손님 가운데 하나가 샤를뤼스 씨라는 점이다. 그리고 이 운전사에게 지불하는 일을 맡아 그 돈의 일부를 몰래 차지한 모렐이(운전사한테 주행 거리를 세 배 다섯 배 늘리게 했다), 운전사와 무척 사이가 좋아져(남들 앞에서는 아는 사이가 아닌 체하면서) 그 자동차를 먼 소풍에 사용했다는 점이다. 이때 내가 이를 알았더라면, 또 얼마 안 가서 베르뒤랭 부부가 이 운전사에 대해 가지게 된 신용이 이상과 같은 이유에서 생각도 못한 사이에 생겼다는 것을 내가 알았더라면, 그다음 해 파리에서 보낸 내 생활의 수많은 슬픔, 알베르틴과 관련된 수많은 불행은 피할 수 있었으리라. 그러나 나는 전혀 알아채지 못했다.

샤를뤼스 씨가 모렐과 함께 자동차로 하는 산책 자체는 내게 직접적인 흥밋거리가 못 되었다. 애초에 그런 산책은 보통 해안에 있는 식당에 점심이나 저녁을 먹으러 가는 정도였다. 그런 식당에서 샤를뤼스 씨는 신세 망친 늙은 하

---

*1 상대가 발을 미끄러뜨리면서 위치를 바꾸는 동작을 가리키는 무용 용어.

인, 값을 치르는 소임을 맡은 모렐은 몹시 인심 좋은 귀족으로 통했다. 여기서 그런 식사의 예를 하나 든다면 다른 날의 식사도 미루어 알 수 있을 것이다. 그것은 생마르 르 베튀에 있는 길쭉한 모양의 식당에서 벌어진 정경이었다.

"이것 좀 치워줄 수 없을까?" 샤를뤼스 씨가 직접 보이들에게 말을 건네지 않으려고 중개인에게 말하듯 모렐에게 청했다. 샤를뤼스 씨가 '이것'이라고 가리킨 것은 시든 세 송이 장미꽃으로, 호의를 품은 우두머리 사환이 식탁을 장식할 셈으로 놓은 것이었다. "그러죠." 모렐이 난처해하며 말했다. "장미를 싫어하십니까?" "아니, 오히려 이런 요구로 내가 장미를 좋아하는 걸 증명한 셈이지. 여긴 장미가 없으니까(모렐은 놀란 표정을 지었다). 그러나 사실 나는 별로 좋아하지 않는다네. 이름엔 꽤 예민하거든. 장미란 좀 고우면 바로 드 로스차일드 남작부인 또는 니엘 원수부인이라고 불리는데, 그런 얘기를 들으면 오싹하지. 자네는 이름을 좋아하나? 콘서트에서 연주하는 곡 가운데 예쁘다고 생각한 제목이 있었나?" "〈슬픈 시〉라는 게 하나 있습니다." "지독하군." 샤를뤼스 씨가 뺨이라도 한 대 치듯이 날카로운 목소리로 대답했다. "그나저나 내가 샴페인을 주문하지 않았나?" 그는 우두머리 사환에게 말했다. 사환은 두 손님 옆에 거품 이는 술이 찰찰 넘치는 두 잔을 놓으면서 자기가 샴페인을 가지고 온 줄 믿어 마지않았다. "네. 그렇습니다만……." "치우게. 싸구려 샴페인 축에도 못 끼는 이런 끔찍한 것을. 이런 것은 퀴프(cup)라고 불리는 구토제로, 쉬어버린 포도주에다 탄산수를 넣고 썩은 딸기를 세 알쯤 섞어 만들지." 그는 모렐 쪽으로 머리를 돌리면서 말을 이었다. "자네는 제목이라는 게 뭔지 모르나 보군. 더구나 자네가 가장 자신 있는 곡을 연주할 적에도 사물의 영매(靈媒)에 대한 측면을 깨닫지 못하나 보군." "무슨 말씀이죠?" 모렐은 남작이 한 말을 전혀 이해 못해, 어느 오찬회에 대한 초대와 같은 이로운 정보를 못 알아들었을까 봐 물었다.

샤를뤼스 씨는 그 "무슨 말씀이죠?"를 질문으로 여기지 않았으므로, 결국 모렐은 대답을 받지 못한 채 화제를 바꿔야겠다고 생각해 관능적인 방향으로 이야기를 돌렸다. "저기 보세요. 귀여운 금발 아가씨가 꽃을 파네요. 당신이 좋아하지 않는 꽃을. 저 여인에게도 틀림없이 좋아하는 계집애가 있을 거예요. 그리고 안쪽 식탁에서 식사하는 저 할머니도요." "어떻게 너는 단박에 알지?" 샤를뤼스 씨가 모렐의 통찰력에 감탄해 물었다. "이 정도야 뭐! 1초 안에 알아채죠. 우리 둘이서 사람들 속을 산책한다면, 내 육감이 절대 틀리지 않는다는 걸 아실걸요." 이때 이 사나이다운 아름다움 속에 소녀의 분위기를 지닌 모렐을 바라보고 있는 사람이 있었다면, 그가 어떤 여인들을 한 눈에 알아보는 것과 똑같이 그녀들도 그를 한눈에 알아보는 은밀한 신통력을 이해했을 것이다.

모렐은 쥐피앙을 밀어내고 대신 그 자리에 들어앉고 싶었다. 재봉사가 남작한테서 우려내는 수입을 자기 '고정급'에 덧붙이고 싶은 막연한 꿈을 꾸고 있었다. "지골로(gigolo)*¹라면 나는 더 잘 알아요. 틀림없다는 것을 보여드릴 수 있죠. 곧 발베크의 장날인데, 여러 가지를 볼 겁니다. 또 파리에서도요! 실컷 재미 보실걸요." 그러나 하인의 유전적인 조심성이 그로 하여금 꺼내기 시작한 말의 방향을 돌려놓게 했다. 그래서 샤를뤼스 씨는 여전히 아가씨에 대한 얘기로 여겼다. "아시겠어요?" 모렐은 그 자신한테 덜 위험하다고 판단되는 수(실제는 더 부도덕한 수인데도)를 써서 남작의 성욕을 자극하려고 말했다. "내 꿈은 매우 순결한 젊은 아가씨를 찾아내, 나를 사랑하게 하고 그 동정을 빼앗고 마는 겁니다." 샤를뤼스 씨는 모렐의 귀를 살짝 꼬집고 싶어 못 견뎠다. 하지만 아무것도 모르는 척 덧붙였다. "그런 짓을 한댔자 무슨 이득이 있나? 만일 그 동정을 빼앗고 나면, 자넨 결혼해야만 하는데." "결혼한다고요?" 모렐은 크게 외쳤다. 그는 남작이 취했다고 생각했거나, 아니면 현재 자신의 말상대가 의외로 조심성 많은 사람이란 점을 미처 떠올리지 못했던 것이리라. "결혼이라뇨? 천만에! 결혼한다는 약속이야 해도, 일만 잘 풀리면 그날 밤 안으로 차버리죠." 샤를뤼스 씨에겐 허구가 일시적인 육감의 기쁨을 일으킬 때는 그 허구에 동의하고, 잠시 뒤 그 기쁨이 물러가면 손바닥을 뒤집듯 그 동의를 거두어들이는 버릇이 있었다. "정말 너는 그렇게 할 텐가?" 그는 모렐 곁에 몸을 바싹 대며 싱글벙글하면서 말했다. "물론이죠!" 모렐은 자신의 쾌락 가운데 한 가지가 무엇인지를 남작에게 숨김없이 설명하는 게 그의 흥을 깨지 않는다는 걸 눈치채고 말했다. "그건 위험하이." 샤를뤼스 씨가 말했다. "미리 봇짐을 싸놓고, 주소를 남겨두지 않고서 훌쩍 사라지면 그만이죠." "그럼, 나는?" 샤를뤼스 씨가 물었다. "함께 떠나겠죠. 물론." 그런 경우 남작이 어떻게 될지 조금도 관심이 없어 생각해보지도 않던 모렐이 서둘러 말했다.

---

*1 매춘부의 기둥서방. 나이 많은 여자에게 기생하는 제비족.

"그런데 실은 아주 마음에 드는 아가씨가 있습죠. 공작님 저택 안에 가게를 차린 재봉사 아가씨입니다." "쥐피앙의 딸이야!" 남작이 외치는 순간, 소믈리에가 들어왔다. "맙소사! 그 애는 안 돼." 남작은 말했다. 제삼자가 나타나 그의 마음이 조금 가라앉았는지, 또는 가장 성스러운 사물마저 더럽히는 데에 만족을 느끼는 이 같은 추잡한 실없는 말에, 자기가 우정을 느끼는 인간을 끌어들이는 데에는 그 또한 결심이 서지 않아선지 덧붙였다. "쥐피앙은 갸륵한 사람이야. 딸은 귀엽고. 그들을 괴롭히는 건 지독한 짓이야." 모렐은 말이 지나쳤다고 느껴 입을 다물었지만, 그 눈길은 허공에 그린 그 아가씨 위에 쏠려 있었다. 그는 지난 어느 날 이 아가씨 앞에서 자기를 '위대한 예술가'로 불러달라고 나한테 부탁했고, 또 이 아가씨에게 조끼를 주문한 적이 있었다. 부지런한 아가씨는 휴가를 보낸 적이 없었는데, 나중에 알게 된 바로 그녀는 바이올리니스트가 발베크 근처에 있는 동안 그 잘생긴 얼굴을 끊임없이 생각했던 모양이다. 모렐이 나와 함께 있는 모습을 본 그녀는 그를 어엿한 '신사'로 착각해 그 얼굴도 기품 있어 보인 것이다.

"나는 쇼팽의 연주를 들은 적이 없네만." 남작이 말했다. "들으려고 하면 들을 수도 있었을걸. 나는 스타마티(Stamati)[1]에게 개인 지도를 받았는데, 그분이 내 숙모인 시메 댁에 이 〈야상곡〉 거장의 연주를 들으러 가는 걸 막았지." "참으로 어리석은 짓을 했군요!" 모렐이 큰 소리로 말했다. "그렇지 않아." 샤를뤼스 씨가 날카로운 목소리로 생기 있게 대꾸했다. "그분은 현명하셨지. 내가 특별한 '성격' 탓에 쇼팽의 영향을 크게 받을 걸 그분은 알았던 거야. 하지만 그건 아무래도 좋아. 나는 아주 젊었을 때 음악을 그만두었으니까. 하긴 다른 것도 다 그만뒀지만. 그래도 생각해보면" 하고 그는 천천히 콧소리로 덧붙였다. "연주를 들었다는 사람들도 여전히 살아 있으니까, 어떤 것인지 알려줄지도 모르지. 그러나 결국 쇼팽은, 자네가 믿지 않는 영매 이야기로 돌아가기 위한 기회를 만들려고 인용했을 뿐이네."

한번 허물없는 말[2]을 집어넣은 다음 샤를뤼스 씨의 말이 갑자기 여느 점잖빼고 거만스러운 투로 되돌아갔다는 점을 독자는 주목할 것이다. 그것은 모렐

---

[1] 프랑스의 작곡가·피아니스트(1811~70).
[2] 샤를뤼스 씨가 모렐에게 처음에는 자네(vous)로 호칭하다가 중간에 너(tu)라고 하고, 또다시 갑자기 자네라고 호칭하는 데에 주목.

이 젊은 아가씨를 강간한 다음 후회 없이 '차버린다'는 그 착상이 샤를뤼스 씨에게 갑자기 오롯한 쾌락을 맛보게 했기 때문이다. 그러자 그의 성욕은 잠시 가라앉았으며 얼마 동안 샤를뤼스 씨와 바뀌어 있었던 사디스트(이거야말로 진짜 영매다)는 달아나고, 예술적인 세련미와 감수성과 선량함이 넘치는 참된 샤를뤼스 씨가 이야기를 이어받게 된 것이다. "요전에 자네는 〈사중주곡 제15번〉의 피아노를 위한 편곡을 연주했는데 그런 모양으로 편곡한 자체가 이미 엉터리야. 그 이상 피아노답지 못한 건 또 없으니까. 그건 영광스러운 '귀머거리'*3이 너무나 팽팽하게 당겨진 현(絃)이 귀에 나쁘다고 말하는 작자들을 위해 개작된 거야. 그런데 바로 그 현의 지나치리만큼 날카로운 신비성이 그 곡이 지닌 거룩함의 실체거든. 어쨌거나 모든 악장을 바꿔버린 자네의 연주는 정말 엉망이었어. 그런 곡은 자기가 작곡하고 있듯이 연주해야 하네. 한동안 귀먹음과 재능 상실에 괴로워하는 젊은 모델이 잠시 멈춰 서 있는 거야.

그러다 문득 성스러운 열광에 사로잡혀, 그는 연주한다. 첫 소절을 작곡한다. 그러자 그 같은 첫머리의 노력에 기진해 그는 그 예쁜 머리카락을 이마 위에 늘어뜨리고, 베르뒤랭 부인은 이에 기뻐한다. 그리고 그는 한숨 돌리면서 델포이 신탁을 눈앞에 실현하고자 꺼낸 영묘한 음의 잿빛 실체를 짜 맞추기 시작한다. 이윽고 다시 기운을 내어 참신한 영감에 사로잡혀 그 퍼내고 퍼내도 마르지 않는 지고한 악절로 뛰어든다. 이는 베를린의 명수(샤를뤼스 씨는 멘델스존을 그렇게 가리킨 듯싶다)가 끈기 있게 본뜬 걸세. 단 하나의 초월적이고도 생동감 있는 이런 연주법이야말로, 내가 파리에서 자네한테 시킬 연주법이야." 샤를뤼스 씨가 이 같은 충고를 했을 때, 모렐은 우두머리 사환이 무시당한 장미와 '구토제'를 가져가는 걸 보고 놀랐던 것보다 훨씬 더 놀랐다. 샤를뤼스 씨의 연주법이 자기 '바이올린반(班)'에 어떤 결과를 빚어낼지 걱정스럽게 생각해보았기 때문이다.

그러나 그는 언제까지고 그런 숙고를 계속할 순 없었다. 왜냐하면 샤를뤼스 씨가 그에게 거만한 태도로 다음같이 말했기 때문이다. "우두머리 사환한테 봉 크레티앵(Bon Chrétien)*4이 있는지 물어보게." "봉 크레티앵? 알아듣지 못하겠는데요." "과일을 먹을 차례가 아닌가. 배를 가리켜 하는 말이지. 캉브르메르

---

*3 베토벤을 가리키는 말.
*4 선량한 기독교 신자.

부인 댁에는 분명히 그게 있을 거야. 왜냐하면 그녀는 에스카르바냐스 백작부인이고, 이 부인은 그것을 가졌으니까. 티보디에 씨가 백작부인에게 배를 보내자 부인은 말했다네. '어머, 군침이 도는 봉 크레티앵이네요' 하고 말씀이야."[*1] "뭐가 뭔지 모르겠는데요." "나도 아네, 자네가 아무것도 모른다는 건. 몰리에르도 읽어보지 않았다면…… 좋아, 그런 식으로 주문하기 어렵다니, 아주 간단히 주문하게나. 바로 이 근처에서 나는 배 '라 루이즈 본 다브랑슈'라는 것을." "라……." "아니, 그만두게. 자네가 그렇게 서투르니 다른 것을 주문하겠네. 내가 더 좋아하는 것을. 이보게, 두아예네 데 코미스(Doyenné des Comices)[*2]가 있나? 샤를리, 자네는 이 배에 대해 에밀리 드 클레르몽 토네르 공작부인이 쓴 아름다운 글을 꼭 읽어봐야 해." "죄송합니다, 손님. 없습니다." "트리옹프 드 조두아뉴는 있나?" "없습니다." "비르지니 달레는? 파스 콜마르는? 없어? 좋아. 그럼 이 가게에는 아무것도 없으니 돌아가지. '뒤세스 당굴렘'은 아직 여물지 않았고 말씀이야. 자, 샤를리. 가세."

샤를뤼스 씨로서는 불행하게도, 양식이 모자라는 그는 아마 모렐과의 관계가 순결했던 탓으로 이 무렵부터 바이올리니스트에게 기묘한 호의를 베풀려고 이리저리 애썼는데, 한편 모렐은 그런 호의를 전혀 이해할 수 없었다. 더구나 모렐은 그 성질의 됨됨이가 미치광이 같은 데다 배은망덕하고도 천해, 샤를뤼스 씨의 호의에 대해 날로 더해가는 무뚝뚝함과 난폭한 언동으로밖에 대답하지 않았다. 샤를뤼스 씨도 전에는 그토록 거만했건만 지금은 아주 소심해져서 진짜 절망의 발작 속에 빠지고 말았다. 어떻게 모렐이 자기가 본인보다천배나 더 중요한 샤를뤼스 씨 같은 인물이 된 줄로 믿어, 보잘것없는 일에서도 귀족 취미에 대한 남작의 거만한 가르침을 고스란히 받아들이면서 비틀어지게 이해했는지 독자는 보게 되리라. 어쨌든 알베르틴이 생장 드 라 에즈에서나를 기다리는 동안 더할 수 없이 간단히 말해두겠다. 모렐이 귀족계급보다 위로 치는 무엇이 있다고 하면(그리고 그것은 특히 운전사와 함께—'남의 눈에 안띄게, 남이 모르게'—젊은 아가씨들을 찾아나서는 데 즐거움을 느끼는 인간의 심

---

*1 몰리에르의 작품 〈에스카르바냐스 백작부인〉에 나오는 장면. 시골 귀족인 티보디에 씨가 배를 비유 삼아 백작부인에게 연모의 정을 말하며, 나는 이 배같이 선량한 기독교 신자다, 이 '봉 크레티앵'인 배를 드시라는 편지를 씀.
*2 배의 한 종류.

보치고는 꽤 귀족적인 행동 원리였다고 할 만하지만) 그것은 예술가로서 그의 명성이고, 바이올린반 학생들의 평판이었다. 그는 샤를뤼스 씨를 손아귀에 넣고 있다는 사실에 우쭐해서는 상대를 무시하거나 바보 취급을 하곤 했다. 그 것은 내가 내 종조할아버지의 집에서 일했던 그의 아버지 직업을 비밀로 해두 겠다고 약속하자마자, 그가 나를 깔보던 것과 똑같은 고약한 짓이었다. 한편 그는 면허장을 가지고 있는 예술가로서의 모렐이라는 이름이 한낱 귀족의 '이름'보다 더 뛰어나다고 생각했다. 그래서 샤를뤼스 씨가 순수한 정신적 애정을 바라는 꿈에서 그의 가문 칭호를 모렐에게 주려고 했을 때, 모렐은 단호히 거 절했다.

　알베르틴이 생장 드 라 에즈에 남아 그림 그리겠다는 말을 꺼내면 나는 자 동차를 타고, 구르빌과 페테른뿐만 아니라 때로는 생마르 르 비외나 크리크토 까지 발을 옮겼다. 그리고 그녀를 데리러 돌아왔다. 그녀와 상관없이 바쁘고, 다른 즐거움 때문에 그녀를 버릴 수밖에 없는 체하면서도, 나는 그녀밖에 생 각하지 않았다. 대체로 구르빌을 내려다보는 넓은 벌판보다 더 멀리 나가지 않 았는데, 그 벌판은 콩브레에서 메제글리즈 쪽으로 막 올라가는 언저리의 벌판 과 좀 비슷해, 나는 알베르틴과 꽤 떨어진 곳에 있으면서도 어쩐지 기뻤다. 내 눈길이야 그녀에게까지 닿을 수 없으나, 지금 내 곁을 지나치는 이 힘차고도 부드러운 바닷바람은 내 눈길보다 훨씬 멀리 이를 수 있기에. 그 바람은 무엇 에도 방해받지 않고 단숨에 케톨므까지 내려가, 생장 드 라 에즈를 우거진 잎 새로 감싸는 나무들의 가지가지를 흔들어대면서 내 연인의 얼굴을 쓰다듬는 다. 그렇게 해서 마치 함께 노는 두 어린이가 이따금 서로 모습이 안 보이고 목 소리가 닿지 않는 곳에 떨어져 있으면서도 꼭 매여 있는 걸 느끼는 경우처럼, 이렇게 한없이 떨어진 위험 없는 장소에 내가 숨어 있어도, 어쩐지 그녀와 나 사이에 한 줄기 끈이 이어졌구나 하는 기분이 들었다.
　나는 바다가 보이는 길로 돌아왔는데, 지난날 그런 길에 이르면 나뭇가지 사이로 바다가 나타나기 전에 눈을 감고 생각하곤 했다. 내가 이제부터 보려 는 건, 아직 생물이 없던 때 그대로 광기와 같은 태곳적의 용틀임을 계속하는 대지의 오랜 선조님이시다 하고. 그러나 지금의 내게 그 길은 알베르틴을 다 시 만나러 가기 위한 수단에 지나지 않았다. 길이란 다 비슷해서 어디까지 곧

바로 달리고 어디부터 도는지 나는 알고 있었다. 그러면 나는 전에 스테르마리아 아가씨를 생각하면서 이러한 길을 지난 적이 있던 것을, 또한 알베르틴을 조금이라도 빨리 보고 싶다는 지금의 마음과 똑같은 생각을, 지난날 파리에서 게르망트 부인이 지나가는 거리를 내려가며 품었던 일이 떠올랐다. 그런 길들은 속속들이 단조로운 것으로, 내 성격이 가는 방향을 가리키는 정신적인 의미도 지니고 있었다. 그 길들은 자연스러운 것이었으나 그러한 것들과도 관계가 있었다. 그 길들은 나로 하여금 나의 운명이란 환상만을 좇는 게 아닌지, 내가 좇는 자의 현실성은 대부분이 내 상상에 의해 만들어진 것은 아닌지 떠올리게 했다.

세상에는 별난 사람도 있다. 바로 내가 어려서부터 그러했는데, 그 사람에게는 남들에게 인정받는 고정된 값어치를 지닌 재산, 성공, 높은 지위 따위가 셈속에 들지 않는다. 이런 인간에게 필요한 것은 환영(幻影)이다. 그들은 환영을 위해 다른 모든 걸 희생한다. 온갖 노력을 기울이며, 어떤 환영을 만나려고 수단 방법을 가리지 않는다. 그러나 환영은 곧 사라진다. 그러면 그들은 또 다른 환영의 뒤를 좇으나, 결국 첫 환영으로 돌아올 따름이다. 발베크에 온 첫해, 내가 보았던 바다를 배경으로 나타난 젊은 아가씨 알베르틴. 그 알베르틴을 내가 좇아다니는 건 이번이 처음은 아니었다. 물론 내가 처음으로 사랑한 알베르틴과 내가 거의 옆을 떠나지 않는 지금의 알베르틴 사이에 다른 여인들이 끼여 있었던 것은 사실이다. 다른 여인들, 특히 게르망트 공작부인이. 아마 사람들은 말하리라. 그렇다면 왜 그토록 질베르트 때문에 고뇌했는가? 또 게르망트 부인의 친구가 된 내가 결국 부인을 생각지 않게 되고 오로지 알베르틴을 생각한다면, 왜 그토록 게르망트 부인 때문에 고뇌했는가? 마찬가지로 환영 애호가였던 스완이라면 죽기 전에 이 물음에 대답할 수 있었으리라. 뒤쫓다가 잃어버리고 다시 새로이 찾는 환영, 때론 단 한 번만이라도 힐끗 보고 싶어, 또 금방 달아나는 현실 아닌 생활에 잠시나마 닿고 싶어 다시금 추구하는 환영, 발베크에서 더듬어가는 수많은 길은 이런 환영으로 가득 차 있었다. 이런 길의 나무들, 배나무, 사과나무, 위성류(渭城柳)는 나보다 오래 살겠지. 나는 그런 나무들에게서, 아직 영원한 잠의 종이 울리지 않는 동안 서둘러 일을 시작하라는 충고를 받는 듯했다.

나는 케톨므에서 차를 내려 가파르고 움푹한 길을 달려 내려갔다. 널빤지

다리를 디뎌 시냇물을 건넜다. 그리고 가시투성이 붉은 장미나무가 꽃을 활짝 피운 모양새와도 닮은, 작은 첨탑들로 꾸며진 성당 앞에서 그림 그리고 있는 알베르틴을 발견했다. 합각(合閣)머리의 삼각 면만이 편편했다. 웃음 띤 듯한 석재 표면에는 천사들이 손에 초를 들고, 20세기의 남녀 한 쌍인 우리 앞에서 의연하게 13세 의식을 거행하고 있었다. 알베르틴이 화폭 위에 그리려고 한 것은 그러한 천사들의 모습이었다. 그녀는 엘스티르를 흉내내 힘차게 화필을 놀리면서 대가에게 들은 대로, 자신이 알고 있는 다른 모든 천사와 이 천사들을 구별하는 고귀한 리듬을 따르고자 애쓰고 있었다. 그러다가 그녀는 그림 도구를 챙겨 들었다. 우리는 서로 기대면서 작은 성당을 뒤로하고 움푹한 길을 올라간다. 작은 성당은 마치 우리를 보지도 않았단 듯이 끊임없이 졸졸 흐르는 시냇물 소리만 조용히 듣고 있다.

　이윽고 자동차가 달린다. 우리는 올 때와는 다른 길로 접어들었다. 마르쿠빌 오르퀼뢰즈 앞을 지나갔다. 반쯤은 새롭고 반쯤은 수리된 그 성당 위의 기울어져가는 태양은 여러 세기 동안의 녹슨 빛처럼 아름다운 빛깔로 성당을 감싸 안고 있었다. 그 빛깔을 통해 크고 얕은 돋을새김이 반은 액체, 반은 빛살인 유동적인 층 밑에서만 그 모습을 보이는 것 같았다. 성모 마리아, 엘리사벳 성녀, 요아킴(Joachim) 성자*¹가 거의 말라버린 미세한 소용돌이 속을 수면에 닿을락 말락, 또는 햇볕에 닿을락 말락 헤엄치고 있다. 뜨거운 먼지 속에 원기둥 위로 불쑥 솟아오른 수많은 현대의 조각상들은 지는 해가 흩뿌리는 금빛 너울의 중간 높이까지 우뚝 서 있다. 성당 앞쪽 큰 사이프러스는 어떤 성스러운 토지에 뿌리내린 듯하다. 우리는 잠깐 그 나무를 구경하려고 차에서 내려 근방을 걸었다. 알베르틴은 밀짚 토크 모자와 비단 스카프를 자기 의식과 이어진 손발과 마찬가지로 실감 나게 느꼈다(이것들은 그녀에게 쾌적한 감각의 중심이었다). 성당을 한 바퀴 도는 동안 그녀는 또 다른 자극을 받았다. 그것은 나른한 만족감으로 나타났으며, 나에게는 그 표정이 매력적이었다. 스카프와 토크 모자는 최근 들어서 우연히 내 연인의 한 부분이 됐을 뿐인데도 내겐 벌써 정다운 것이라, 나는 저녁 공기에 휩싸여 사이프러스 언저리에 자국을 남기고 다니는 그것들을 눈으로 좇았다. 그녀 자신의 눈엔 보이지 않을 테지만, 그

---

*1 성모 마리아의 아버지.

런 멋들어진 맵시가 내게 좋은 인상을 자아낸다는 건 짐작해선지, 그녀는 모자에 잘 어울리도록 머리를 살짝 기울이며 내게 생긋거렸다.

"내 마음에 안 들어요. 고친 모습이니까." 그녀는 내게 성당을 가리키며, 따라할 수 없는 옛 돌의 귀중한 아름다움에 대해 엘스티르가 그녀에게 한 말을 떠올리면서 말했다. 알베르틴은 고친 부분을 곧바로 알아볼 수 있었다. 음악에 대한 그녀의 취향은 참으로 형편없지만, 그 대신 건축에 대해 이미 지니고 있는 취미는 그 정확성에 놀랄 뿐이다. 나 또한 엘스티르와 마찬가지로 이 성당을 좋아하지 않아서, 금빛 햇살이 스며든 정면이 내 눈앞에 우뚝 서 있는 걸 보아도 전혀 즐겁지 않았다. 이것을 구경하려고 내가 차에서 내린 건 오직 알베르틴을 기쁘게 하기 위해서였다. 그나저나 그 인상파의 거장은 자기 자신과 모순되지 않나 하고 나는 생각해보았다. 어째서 그는 이러한 객관적인 건축물 가치를 우상처럼 숭배하며, 석양과 어우러진 성당의 변모를 고려하지 않는 걸까? "역시 안 되겠어요." 알베르틴은 내게 말했다. "나는 이 성당이 싫어요. 그 오르귈뤼즈(Orgueilleuse)[*1]라는 이름은 좋아하지만. 그렇지, 브리쇼 씨에게 꼭 물어봐야겠어요. 생마르에 베튀를 붙여서 부르는 이유를. 저기, 다음번에 거기에 가지 않겠어요?" 그녀는 검은 눈으로 나를 바라보면서 말했다. 그 검은 눈 위에, 토크 모자가 이전의 작은 폴로 모자처럼 내려와 있었다. 모자의 너울이 하늘하늘 나부꼈다.

나는 그녀와 다시 자동차에 탔다. 다음 날 함께 생마르에 간다고 생각하니 마음이 들떴다. 다들 해수욕밖에 생각하지 않는 이런 더운 날엔 그 생마르 성당의 마름모꼴 기와를 얹은, 장밋빛 연어와도 같은 예스러운 두 종탑은 가볍게 안으로 굽어 꿈틀거리는 듯싶어, 마치 머리끝이 날카로운 늙은 물고기가 비늘에는 갈색 이끼가 긴 채 움직임 없이 투명한 푸른 물속에 우뚝 선 듯한 모습이었다.

마르쿠빌을 떠나 지름길로 가려고 어느 네거리에서 옆길로 들어서니 거기에 한 농가가 있다. 가끔 알베르틴은 거기서 차를 세우게 하고, 차 안에서 마실 음료를 혼자 가서 구해오라고 부탁한다. 칼바도스나 능금주 같은 것을. 그리고 절대로 거품이 일지 않는다고 들었는데, 우리는 그 능금주로 온몸이 흠

[*1] '오만한'이라는 뜻.

빽 젖었다. 우리는 서로 몸을 바싹 붙인다. 농가 사람들의 눈엔 닫힌 차 안의 알베르틴 모습이 거의 안 보일 정도이다. 나는 그들에게 병을 돌려주고, 우리는 다시 출발한다. 마치 우리 둘만의 생활을 이어가기 위해서인 양. 그들은 그것이 연인들의 생활이라고 추측할 것이다. 목을 축이기 위해 잠시 차를 멈춘 것은 그런 생활의 대수롭지 않은 한순간에 지나지 않을 거라고 상상하리라. 알베르틴이 능금주 병을 비운 다음의 우리 모습을 그들이 보았다면 더욱 그렇게 생각했을 것이다. 여느 때라면 신경 쓰지 않았을 텐데 과연 이때의 알베르틴은, 그녀와 나 사이의 틈이 더 이상 견딜 수 없는 성싶었다. 삼베 치마 밑으로 그녀의 다리가 내 다리에 바싹 다가섰다. 그녀는 그 뺨을 내 뺨에 댔다. 파랗게 질린 뺨은 오직 광대뼈 언저리만 빨갛게 달아올라 마치 변두리 아가씨들처럼 그곳에 뭔가 열정과 빛바램이 섞여 있었다. 이런 순간 그녀는 성격뿐만 아니라 목소리도 순식간에 변해서 본디 소리를 잃고 낮게 갈라진 대범한, 거의 외설한 목소리가 되었다.

날이 어두워졌다. 치마와 토크와 더불어 그녀가 내게 기대고 있음을 느끼며, 만나는 연인들이 늘 이렇듯 나란히 있는 모습을 떠올리는 게 얼마나 기쁘냐! 어쩌면 나는 알베르틴에게 연정을 품었으나 그것을 그녀가 알아차리게 내버려 둘 용기가 없었는지도 모른다. 그러므로 내 마음속에 사랑이 있더라도, 그것은 경험으로 억누를 수 있게 되기까지는 가치 없는 사실로서밖에 존재할 수 없었다. 그런데 이런 연정은 내겐 이룰 수 없는 것이며, 인생 설계의 범주 밖에 있는 것 같았다. 한편 나의 질투는 알베르틴에게서 영원히 떨어져야만 완전히 가라앉으리라는 것을 알았지만, 도리어 질투는 알베르틴의 곁을 떠나지 말아야겠다는 쪽으로 부추겼다. 나는 그녀의 곁에서마저 질투를 느끼곤 했는데, 그럴 때 내 마음속에 질투를 눈뜨게 한 상황이 되풀이되지 않도록 조절하곤 했다.

이를테면 어느 화창한 날 우리 둘은 리브벨에 점심을 먹으러 갔다. 식사를 하거나 차를 마실 때 쓰이는 복도처럼 길쭉한 휴게실의 커다란 유리문은, 햇살을 받아 금빛으로 반짝이는 잔디밭을 마주 보며 활짝 열려 있고, 조명으로 가득 찬 식당은 이 잔디밭의 한 부분처럼 보였다. 장밋빛 얼굴과 불꽃같이 구불거리는 검은 머리칼을 지닌 보이가 이 넓은 공간을 전보다 덜 빠른 걸음으로 뛰어다니고 있었다. 그도 그럴 것이 이젠 수습 보이가 아니라, 식탁의 우두머리 사환이 되었기 때문이다. 그래도 아직 그에게는 부지런함이 자연스럽게 배어 있다. 때로는 먼 식당 안에 있는 듯싶다가도 때로는 바깥 정원에서 점심 먹는 편을 좋아하는 손님들을 시중든다. 마치 한 젊은 달리기 신(神)의 연달은 석상이 여기저기에 놓여 있는 것처럼, 그의 모습은 이곳저곳에서 눈에 띄었다. 그 석상의 몇몇은 건물 안에 있었다. 그러나 그것은 바깥 못지않게 밝은 건물로, 그대로 바깥을 향해 뻗어 초록빛 잔디밭에 이어졌다. 그런가 하면 다른 몇몇 석상은 야외의 나무 그늘이나 빛 속에 나타나는 게 보였다. 그런 그가 잠시 우리 곁에 왔다. 그때 알베르틴은 내가 하는 말에 건성으로 대답했다. 그리고 눈을 크게 뜨고 그를 바라보고 있었다. 잠깐 나는 사랑하는 이의 곁에 있으면서도 그 사람과 떨어져 있는 듯한 느낌이 들었다. 알베르틴과 그 보이는 내가 있어 서로 말을 섞지는 않지만 이상야릇한 대면을 하고 있는 성싶었다. 내가 모르는 그 옛날에 그들이 거듭한 밀회의 계속일지도 모르며, 어쩌면 그저 그가 그녀에게 던진 눈길의 결과일지도 몰랐다―즉 나는 방해되는 제삼자이며, 그들은 내게 들키지 않으려고 몰래 행동하는 것이다. 주인이 보이를 난폭하게 불러 그가 물러가고 나서도 알베르틴은 점심을 계속 먹는 가운데 이제는 이 식당과 정원을, 여기저기 검은 머리털의 달리기 신이 나타나는 갖가지 장식의 환한 경주로로밖에 보지 않는 듯했다. 한순간 나는 보이의 뒤를 쫓아가기 위해 그녀가 나 혼자 식탁에 버리고 가진 않을까 걱정되었다. 그러나 다음 날부터 나는 그런 고통스러운 인상을 천천히 잊기 시작했고, 마침내 다시 떠올리지 않게 되었다. 두 번 다시 리브벨에 오지 않으리란 결심을 했으며, 여기에 와본 게 처음이라고 딱 잘라 말하는 알베르틴도 절대 다시 오지 않겠다고 약속했기 때문이다. 그리고 나는 내가 함께 와서 그녀의 즐거움을 빼앗아 버렸다고 그녀가 믿지 않도록, 그 날쌘 다리의 보이가 그녀만 보고 있던 건 아니라고 주장했다.

　그 뒤에도 나는 가끔 전에 그랬듯이 혼자 리브벨에 술을 잔뜩 마시러 갔다. 마지막 잔을 비우면서 나는 흰 벽에 그린 로자스(rosace)*1를 바라본다. 내가 느끼는 즐거움을 로자스에 옮겼다. 이 세상에서 로자스만이 나를 위해 존재했다. 나는 흔들리는 눈빛으로 그것을 좇고, 그것에 닿다가, 결국 그것을 잃

----

*1 장미꽃 모양의 장식.

는다. 미래가 어찌 되든, 나는 로자스만으로 충분했다. 머물러 있는 한 마리 나비 주위를 팔랑팔랑 맴도는 또 한 마리의 나비처럼, 나는 이 최상의 일락(逸樂) 행위 안에서 상대와 더불어 삶을 마치려 했다. 그런데 나는 아무리 보잘것없는 것일지라도, 인간이 평소에 그다지 주의를 기울이지 않는 만성적인 병과도 닮은 고통이 내 안에 존재한다는 것은 위험하다 생각했다. 아주 보잘것없지만 만약 예견할 수도 피할 수도 없는 사고가 일어난다면, 이러한 고통은 더할 수 없이 중대한 결과를 가져올 테니까. 이 고통의 원인인 여자들은 그 고통을 위로할 만한 것을 가지고 있으리라. 그러나 얼마 전 엄청난 고통을 경험해서 그 진통제를 절실히 구해야 한다면 몰라도, 그렇지 않은 지금 같은 때는 어쩌면 한 여자를 포기하는 데 더할 나위 없이 좋은 순간일지도 몰랐다. 이러한 드라이브 덕분에 내 고뇌는 진정되었기 때문이다. 당장은 그런 드라이브를 다음 날에 거는 기대와 같은 것으로만 생각하고, 그다음 날 자체도 그것이 내게 욕망을 불러일으킬망정 전날과 다른 날일 리가 없다고 생각했지만, 그래도 사실 그 드라이브는 그때까지 알베르틴이 있던 장소, 그녀의 숙모나 친구 집 등등 내가 그녀와 함께할 수 없었던 장소에서 멀어진다는 매력이 있었다. 구체적으로 설명할 수 있는 기쁨의 매력이 아니라, 오로지 불안을 가라앉히는 매력이긴 하지만. 그래도 그것은 매우 강렬한 매력이었다. 왜냐하면 우리가 그 앞에서 능금주를 마셨던 농가, 또는 알베르틴이 토크 모자를 쓰고 나와 성당 앞을 거닐던 일을 떠올렸을 때, 그녀가 거기에 있다는 느낌이 새로 수리된 성당의 대단치 않은 심상에 어찌나 귀한 가치를 단번에 덧붙였는지, 석양에 물든 성당 정면이 나의 추상 속에 스며들려는 순간, 아픔을 가라앉히는 커다란 젖은 찜질 같은 것이 내 심장에 닿는 느낌이 들었기 때문이다.

나는 알베르틴을 파르빌에 내려놓는다. 그러나 저녁에 다시 그녀와 만나 어둠 속 모래사장에 가서 그녀 곁에 누울 셈이다. 물론 나는 그녀와 하루가 멀다하고 만나지는 않았지만, 그래도 스스로에게 이러한 얘기를 할 수 있었다. '그녀가 만일 어떻게 시간을 보내고 어떤 생활을 하는지 얘기한다면 거기서 가장 큰 자리를 차지하는 건 역시 나다.' 이렇듯 우리는 함께 오랜 시간을 보냈는데 그런 시간이 나의 나날에 어찌나 감미로운 도취를 가져다주었던지, 파르빌에 이르러 한 시간 뒤 그녀에게 다시 보낼 자동차에서 그녀가 뛰어내렸을 때도, 자동차 안에 홀로 남은 나는 그녀가 헤어지기 전 꽃이라도 남겨놓은 듯

외로움을 느끼지 않는다. 그러니까 어쩌면 그녀를 날마다 보지 않고서도 지낼 수 있을지도 모른다. 나는 행복한 기분으로 그녀와 작별하고, 이 행복이 불러오는 진정 효과는 며칠 동안 이어질 것 같았다.

하지만 그때, 알베르틴이 숙모나 여자친구에게 말하는 소리가 들려왔다. "그럼 내일 8시 30분이야. 늦지 않도록 해. 그 사람들은 8시 15분에 채비를 다 끝낼 테니까." 사랑하는 여인의 입에서 나오는 말이란 위험한 지하수를 품은 땅과 비슷하다. 그 말속에 눈에 안 보이는 수층(水層)의 존재가 느껴지며 거기서 차가운 습기가 스며든다. 여기저기에서 스며나오는 부정(不貞)한 말이 눈에 띄지만, 수층 자체는 여전히 숨어 있다. 그러한 알베르틴의 말이 귀에 들려오자, 나의 안심은 와르르 무너져 내렸다. 내 앞에서 그저 넌지시 말했던 8시 30분의 그 비밀스러운 모임에 그녀가 가는 걸 방해하고자, 나는 그녀에게 다음 날 아침에 만나자고 청하고 싶었다. 아마 처음 몇 번은 그 계획을 단념하는 걸 섭섭해하면서도 나를 따르겠지. 그러나 곧 끊임없이 그녀의 계획을 훼방하려는 내 욕구를 알아차리겠지. 이런 나이기에 모든 걸 비밀로 했겠지. 하기야 내가 빠지는 그런 모임은 하찮은 것임에 틀림없으며, 그녀가 나를 초대하지 않는 건 거기에 오는 아무개를 내가 저속하고 진저리나는 여인으로 생각할까 봐서인지도 모른다.

이렇게 나는 알베르틴의 생활과 맞닿은 하루하루를 보내고 있었는데, 이런 생활은 불행하게도 나한테만 영향을 미친 게 아니었다. 그녀는 나를 안심시키는가 하면 내 어머니를 불안하게 만들고, 어머니 입에서 그 말이 나옴으로써 나의 안심을 무너뜨렸다. 이러한 생활을 끝내는 것은 내 의지로만 가능하므로 어느 날, 머잖아 이 생활을 끝내야겠다는 마음을 먹고서 만족하여 호텔에 돌아온 적이 있다. 그때 내가 운전사에게 저녁 식사 뒤 알베르틴을 데리러 가라고 일러둔 말을 들은 어머니가 내게 말했다. "돈을 너무 쓰는구나!(프랑수아즈 같으면 이 말을 단순하고도 뚜렷한 표현으로 더 강하게 '돈이 줄줄이 도망간다'라고 말했을 것이다) 신경 써다오." 어머니는 말을 계속했다. "샤를 드 세비녜*1처럼 되지 않도록. 그 어머니가 말했지. '그 애의 손은 도가니예요. 돈이 녹아요'라고 말이야. 그리고 어지간히 자주 알베르틴과 외출하는구나. 너무 지나치잖

---

*1 세비녜 부인의 외아들로서 방탕아.

니. 알베르틴도 어리석은 짓이라고 생각할 거야. 네 기분이 좋아진다면야 나도 기쁘지만, 그러니까 만나지 말라는 건 아냐. 다만 둘이 너무 함께 있지는 말았으면 해."

그러지 않아도 알베르틴과의 내 생활은 큰 즐거움을 잃은 나날—적어도 실감할 수 있는 큰 즐거움을 잃은 생활—이 되었다. 머잖아 평온한 때를 골라서 이 생활을 바꿀 작정이었다. 그러나 어머니의 그런 충고로 위협받게 되자, 그 생활은 얼마 동안 다시 필요한 것이 되었다. 나는 어머니의 말 때문에 오히려 결심이 두 달쯤 늦어질 것 같다, 그런 요구가 없었다면 요번 주말로 그 생활은 끝이 났을 거라고 말했다. 어머니는 그 충고가 순식간에 빚어낸 엉뚱한 결과에 웃기 시작했다(나를 슬프게 하지 않으려고). 그리고 나의 굳센 의지가 다시 생겨나는 걸 방해하지 않도록 다시는 그런 말을 하지 않겠다고 내게 약속했다. 하지만 할머니가 돌아가신 뒤로, 어머니는 웃을 때마다 갑자기 그 웃음을 딱 그쳐 마지막에는 거의 괴로움에 흐느끼는 것 같은 표정이 되곤 했다. 그것은 한순간이지만 할머니를 잊었다는 후회에서이거나, 그런 망각이 어머니의 쓰라린 근심을 더욱 되살아나게 해서다. 어머니 마음속에는 할머니와의 추억이 고정관념처럼 뿌리내리고 있으며, 그것이 걱정을 일으킨다. 그런데 이번엔 거기에 또 하나의 걱정이 더해진 듯하다. 나에 대한 걱정, 알베르틴과 나의 친밀한 교제가 낳을 결과에 대한 걱정이다. 그렇지만 내가 조금 전 불평을 한 탓에 어머니는 이제 이 친밀한 교제를 막을 용기가 없었다. 그러나 어머니는 내 생각이 옳다고 이해한 것 같지는 않았다. 어머니는 내가 할머니나 어머니의 잔소리를 들으면 오히려 불안과 동요를 느껴, 그만큼 일이나 규칙적인 생활을 시작할 수 없게 된다는 내 말에 더 이상 내게 간섭하지 않았던 사실을 떠올린 것이다. 하지만 할머니나 어머니가 순순히 침묵하고 내 의견을 받아들여주었어도, 나는 도무지 규칙적인 생활을 하려 들지 않았다.

저녁 식사 뒤 자동차가 알베르틴을 데리러 출발했다. 아직 해가 다 지지 않은 시각이다. 더위는 누그러졌으나 낮에 타는 듯이 더웠던 만큼, 우리 둘은 지금껏 겪지 않은 시원함을 꿈꾼다. 그때 우리의 열 있는 눈에 아주 가느다란 달이 보였다. 내가 게르망트 대공부인 댁에 갔던 날 저녁이나 알베르틴이 내게 전화 걸던 날 저녁의 달과 같이. 그것은 마치 눈에 보이지 않는 칼이 하늘에서 벗기기 시작한 어느 과일의 하늘거리는 얇은 껍질처럼 보이고, 또 그 안에서

刀집어낸 성성한 과일의 살 덩어리처럼 보였다. 때로는 내가 몸소 그녀를 데리러 가기도 하는데, 늘 평소보다 조금 늦은 시각이었다. 그녀는 멘빌의 시장 상점가 앞에서 나를 기다린다. 처음엔 그녀를 몰라봤다. 안 온 게 아닌가, 그녀가 내 말을 착각한 게 아닌가 하고 나는 걱정한다. 그 순간 흰 바탕에 푸른 물방울 무늬 블라우스를 입은 그녀가, 젊은 아가씨라기보다 팔팔한 동물같이 가볍게 껑충 뛰어올라 차 안 내 옆자리로 들어오는 걸 본다. 그리고 그녀는 암캐처럼 금세 나를 한없이 애무하기 시작한다. 완전히 날이 어두워져 호텔 지배인의 말마따나 하늘이 온통 별의 양피지같이 될 무렵, 우리는 샴페인을 한 병 들고 숲으로 산책하러 가지 않으면, 아직 사람들이 희미하게 밝은 둑 위를 거닐고 있지만 두 걸음 앞 어두운 모래사장에서는 아무것도 알아차리지 못할 그들의 눈을 꺼리지 않고, 모래언덕의 낮은 곳에 가서 눕는다. 처음 보았을 때 바다의 수평선을 배경으로 지나가던 아가씨들의 육체, 나긋나긋한 가운데 여자다움과 바다와 활기찬 운동선수의 아름다움이 생생하게 숨 쉬는 똑같은 육체를, 지금 나는 파르르 떠는 하나의 빛줄기로 물가에 금을 긋는 잔잔한 바닷가에서 덮개를 덮은 채 꼭 끌어안는다. 그리고 우리는 지루한 줄 모르고 바다 소리에 귀를 기울인다. 바다가 숨을 죽이고 썰물이 멈추었다는 생각이 들 만큼 오래 조용히 있을 때에도, 드디어 우리 발밑에서 숨을 내쉬며 몹시 기다리던 달콤한 속삭임을 시작할 때에도, 우리는 그 목소리에 귀를 기울인다.

마침내 나는 알베르틴을 파르빌로 보낸다. 그녀의 집 앞에 이르면 남이 볼까 봐 우리의 입맞춤을 멈춰야 한다. 아직 자고 싶지 않다는 그녀는 다시 나와 함께 발베크까지 온다. 그리고 이번엔 정말 마지막이라며 다시 그녀를 파르빌에 데리고 간다. 자동차 시대 초기 운전사들은 어느 시간에 자도 괜찮은 사람들이었다. 사실 내가 발베크로 돌아온 것은 언제나 아침 이슬이 내리기 시작할 무렵이었다. 이번에야말로 나는 혼자였다. 그러나 나는 아직도 여자친구가 옆에 있을 때와 똑같은 기분에 싸여 있었고, 잔뜩 채운 입맞춤은 좀처럼 줄어들지 않는다. 책상 위를 보니 전보인지 엽서인지 한 통 와 있다. 역시 알베르틴한테서다! 내가 혼자 자동차로 돌아오는 동안에 그녀가 케톨므에서 나를 생각한 걸 알리려고 쓴 것이다. 나는 그것을 거듭 읽으며 잠자리에 든다. 그때 커튼 위로 새어들어오는 밝은 아침 햇살을 언뜻 보고는 생각한다. 밤새 키스를 하며 지샌 우리는 서로 사랑하는 게 틀림없다고.

다음 날 아침 둑 위에서 알베르틴을 만났을 때, 그녀가 오늘은 바빠 함께 산책할 수 없다는 대답을 할까 봐, 나는 그녀에게 산책하자는 청을 되도록 늦춘다. 그녀가 쌀쌀하게 딴 데 정신이 팔린 태도를 지으면 지을수록 나는 더욱 불안스럽다. 그녀와 아는 사이인 사람들이 지나간다. 아마도 그녀는 오후를 위해 나를 떼어놓은 여러 계획을 세웠음이 틀림없다. 나는 그녀를 물끄러미 바라본다. 알베르틴의 그 아름다운 몸을, 그 장밋빛 얼굴을. 그 얼굴은 내 눈앞에 수수께끼 같은 의지와 알 수 없는 결의를 보이고 있다. 그 결의야말로 그날 내 오후의 행복 또는 불행을 만들어낼 것이다. 이처럼 내 앞에 한 젊은 아가씨라는 우의적이자 숙명적인 형태를 지니고 있는 것은, 하나의 정신 상태이며, 한 인간 존재의 미래였다. 그러다가 드디어 나는 결심하고 되도록 아무렇지 않게 묻는다. "오늘도 오후부터 밤까지 같이 산책하지 않겠어?" 그러자 그녀가 대답한다. "응, 기꺼이." 그 순간 장밋빛 얼굴 속에서 나의 긴 불안은 감미로운 안심으로 바뀌고, 그 얼굴 모양을 더욱 귀중하게 만든다. 그런 얼굴이야말로 언제나 내게 폭풍우가 지나간 뒤에 느끼는 안도와 진정을 안겨준다. 나는 혼자 몇 번이고 중얼거린다. '얼마나 착한 아가씨이더냐. 얼마나 사랑스러운 아가씨이더냐!' 이런 흥분은 술기운으로 인한 그것보다야 덜 풍요하고 우정의 그것보다야 덜 깊지만 사교 생활의 흥분보다는 훨씬 뛰어나다.

　우리가 자동차를 취소하는 건, 베르뒤랭네 집에서 만찬회가 있는 날과 알베르틴이 나와 같이 자유롭게 외출할 수 없는 날뿐이었다. 나는 알베르틴이 자유롭지 못한 날을 이용해, 나를 만나고 싶어하는 사람들에게 내가 발베크에 있다는 걸 알렸다. 생루에게도 그런 날에는 와도 좋다고 해두었다. 다만 그런 날에만 오도록 못을 박았다. 왜냐하면 그가 갑작스레 찾아와 그를 알베르틴과 만나게 해서, 내가 모처럼 누리는 행복감이 무너져 나의 질투가 되살아날지도 모르는 위험을 무릅쓰는 것보다 차라리 내가 알베르틴을 만나는 걸 스스로 포기하는 편이 낫다고 생각했기 때문이다. 게다가 나는 생루가 떠나가기 전까지 마음을 놓을 수가 없었다. 그러므로 그는 섭섭해하면서도 내 쪽에서 부르지 않으면 절대 발베크에 오지 않는다는 약속을 착실히 지켰다. 지난 날 게르망트 부인이 그와 함께 지내는 시간을 떠올리면서, 그토록 그를 보고 싶어하던 나였는데! 인간이란 끊임없이 상대와의 위치를 바꾼다. 직접 느낄 순 없어도 영원히 계속되는 이 세계의 걸음 속에서 우리는, 한순간의 광경 속에 상대를 움직이지 않는 존재로 바라본다. 그런데 상대를 바라보는 그러한 한순간은 너무나 짧아서, 우리는 그를 끌고 가는 운동의 존재를 미처 느끼지 못한다. 그러나 우리는 두 개의 다른 시점(時點)에서 얻게 되는 그의 심상을 기억 속에서 골라내기만 하면 된다. 서로 다른 시점이지만 적어도 상대 자체는 두드러진 변화를 했다고 여겨지지 않는 시점의 심상이다. 그러면 그 두 심상 사이의 차이가 우리와의 관계에서 상대가 이동한 거리를 알려준다.

생루는 베르뒤랭네에 대해 말을 꺼내 나를 소름끼치도록 불안케 했다. 자신도 초대되도록 도와달라고 부탁하면 어쩌나 초조했다. 그렇게 되면 내 마음속의 쉴 새 없는 질투 때문에, 거기서 내가 알베르틴과 같이 맛보는 즐거움이 사라질 테니까. 하지만 다행히 로베르는 정반대로 그런 사람들과 전혀 사귀고 싶지 않다고 털어놓았다. "싫으네." 그는 말했다. "그런 짜증 나는 교권주의적인 사람들은." 나는 처음 그가 베르뒤랭네 사람들에게 붙인 '교권주의적'이라는 수식어가 이해되지 않다가, 생루의 말을 끝까지 듣고 보니 그의 생각을 알 수 있었다. 그것은 지식인이 곧잘 써서 남을 놀래게 하는 유행어에의 양보였다. 그는 말했다. "그들은 부족을 만들고 있어. 수도회와 예배당을 만드는 중이야. 자네도 그것이 작은 종파가 아니라곤 말 못하겠지. 집단에 속한 사람들에겐 갖은 애교를 떨지만, 집단에 속하지 않는 사람들에겐 깔보는 표정만 짓지. 햄릿처럼 죽느냐 사느냐가 아니라, 집단에 소속하느냐 또는 소속하지 않느냐일세. 자네도 거기에 속하고, 외삼촌 샤를뤼스도 그렇지. 어쩔 수 없어. 나는 전부터 그런 게 싫으니, 하는 수 없지."

내가 오라는 때만 나를 만나러 오라고 생루에게 강요한 규칙을, 나는 물론 라 라스플리에르, 페테른, 몽쉬르방 등지에서 천천히 교제를 맺은 이들 누구에게나 똑같이 엄격하게 적용했다. 그리고 호텔 창문 너머로 뭉게뭉게 피어오르는 3시 열차의 연기가 파르빌의 낭떠러지 굽이 속에서 형태를 갖춘 채 초록빛 산비탈 허리에 오랫동안 걸려 있는 걸 보았을 때, 아직은 신령처럼 그 작은 구름 밑에 숨어 있지만 곧 나와 간식을 함께 먹으러 오는 사람이 있겠구나 하고 나는 확신했다.

말해두지만 미리 내게 오기로 허락받은 그 방문객이 사니에트인 적은 없다. 그래서 나는 자주 나 자신을 나무란다. 그러나 사니에트는 자신이 남을 지루하게 하는 인간이라고 생각하므로(물론 그의 이야기보다 그의 방문이 더욱 남을 진저리나게 하지만), 그는 남들보다 학식 있고 총명하며 훌륭함에도, 그의 곁에선 누구나 즐겁기는커녕 모처럼의 오후를 망치고 마는 견딜 수 없는 우울함만을 느끼게 되었다. 차라리 사니에트가 스스로 일으킬까 봐 두려워하는 그 지루함을 솔직하게 털어놓고 말했다면, 사람들은 분명 그의 방문을 그렇게까지는 싫어하지 않았으리라. 지루함은 고통 가운데에서도 가장 견디기 쉬운 것 가운데 하나이고, 그가 일으키는 지루함도 어쩌면 남들의 상상 속에만 존재하는 것으로, 이를테면 그는 얌전하고 겸손한 성격 탓에 타인의 암시에 감염돼서 자기가 지루하다고 생각한 걸지도 몰랐다. 하지만 그는 자기가 인기 없음을 결코 보이고 싶지 않아, 감히 나서지도 못했다. 사니에트가 사람들 앞에서 의기양양하게 우렁찬 인사를 던지는 이들 흉내를 내지 않은 것은 물론 잘한 일이었다. 그들은 오랫동안 만나지 못한 친구가 낯선 화려한 사람들과 같이 칸막이 관람석에 있는 걸 보면 재빨리 과장되게 인사하면서 만나게 되어 기쁘고 감동적이다, 즐거움을 다시 맛보게 되어서 그런지 얼굴색이 좋다는 말을 건넨다. 그러나 사니에트는 이와 반대로 너무나 대담하지 못했다. 그는 베르뒤랭 부인네 집이나 작은 열차 안에서, 폐가 안 되면 발베크에 나를 만나러 가도 좋겠느냐고 나한테 말할 수도 있었으리라. 그리고 나는 그 제의에 그리 놀라지 않았을 것이다. 그런데 그는 아무 제의도 하지 않았다. 오히려 잔뜩 찌푸린 얼굴과 구운 칠보같이 단단한 눈길을 보였다. 그 눈길 속에는—그 자리에 다른 더 재미있는 사람이 없는 한—상대를 방문하고픈 숨 막히는 욕망과 그런 욕망을 보이지 않으려는 의지가 들어 있었다. 그러면서 그는 나에게 초연한 태도로 말하는 것이었다. "요즘 어떤 예정이 있으신지요? 내가 발베크 근방에 갈지도 몰라서 여쭤보는 말이지만. 아니 뭐, 상관없는 일입니다. 그냥 여쭈었을 뿐입니다."

이런 태도는 속이 뻔히 들여다 보였다. 우리 감정을 반대로 나타내려는 뒤집힌 암호는 사실 너무나 쉽게 풀린다. 그러니 자신이 초대 안 된 것을 어떻게든 감추려고 '너무나 초대를 많이 받아 어디부터 가야 할지 갈피를 못 잡겠는데요' 말하는 이들이 대체 왜 있는지 이상스러울 정도다. 게다가 그의 아무렇지도 않은 듯한 태도는 아마 그 애매함을 만들어내는 탓인지, 단순히 지루함의 원인이 될까 봐 품는 두려움이나 상대를 만나고 싶은 욕망의 솔직한 고백뿐이라면 결코 느끼게 하지 않았을 것, 곧 어떤 불쾌감·혐오감을 일으켰다. 그런 태도는 그저 사교적인 예절만 차리는 관계 안에 존재하며, 마치 연애 관계에서 말하는 가식적인 제의, 짝사랑하는 사내가 여인에게 별로 원하지는 않는다고 둘러대면서도 내일 만나자고 하는 그 가식적인 제의이다. 아니, 그런 제의조차 하지 않고 일부러 냉담한 체 꾸미는 태도이다. 사니에트의 인품은 어쩐지 우리로 하여금 세상에서 둘도 없는 상냥한 투로 다음과 같은 대답을 하게 만드는 그 무엇을 풍겼다. "저, 마침 이번 주는 안 되겠는데요. 사실은……."

이리하여 나는 사니에트 대신 다른 사람들을 오게 했다. 그들은 사니에트가 지닌 값어치에는 도저히 못 미치지만, 사니에트처럼 침울로 가득 찬 눈길이 아니었고, 사니에트처럼 남에게 하고 싶은 방문 신청을 모두 꾹 참고 억누르느라 일그러진 입이 아니었다. 공교롭게도 사니에트는 꼬불꼬불한 기차 안에서 나를 만나러 오는 초대 손님과 마주치지 않은 적이 거의 없었다. 그 사람은 이를테면 베르뒤랭네 집에서 나에게 '목요일에 찾아갈 테니 잊지 마시기를' 말하지 않아도 그렇게 날 만나러 온다. 이날은 내가 사니에트에게 한가하지 않다고 명확히 말했던 날이다. 그러한 연유로 마침내 그는 떠올릴 것이다. 이 삶이란 그를 밀쳐내진 않더라도, 그가 모르는 사이에 계획된 심심풀이로 가득한 것이리라.

한편 인간이란 결코 단 하나의 인격이 아니다. 그토록 조심스러운 그는 도리어 병적으로 주책없기도 했다. 단 한 번 그가 내 의사를 무시하고 무턱대고 나를 찾아온 일이 있는데, 그때 누구한테서 온 것인지 모르는 편지 한 통이 책상 위에 펼쳐져 있었다. 잠시 뒤 나는 그가 내 말을 건성으로밖에 듣지 않는 걸 알아차렸다. 그는 어디서 왔는지 전혀 모르는 그 편지에 정신이 쏠려 있었다. 나는 그 구운 칠보 같은 눈동자가 당장에라도 눈에서 튀어나와 하찮은 편지, 그러나 그의 호기심을 끈 이 편지에 달라붙지나 않을까 끊임없이 생각했다. 마치 새가 어쩔 수 없는 운명으로 뱀에게 빨려들어가는 것 같았다. 마침내 견딜 수 없게 된 그는 내 방을 정돈하는 척하며 먼저 편지의 자리를 바꿨다. 그것만으론 모자라서, 편지를 들어 무의식적으로 그러는 척 뒤집고 다시 뒤집었다. 또 그는, 한번 엉덩이를 붙이면 여간해선 돌아가지 않는 버릇이 있다. 그날 몸이 편치 않았던 나는 그에게 다음 열차를 타고 돌아가도록 30분 안에 떠나기를 부탁했다. 그는 내가 편치 않다는 걸 의심하지 않았으나 이렇게 대답했다. "한 시간하고 15분쯤 있다가 떠나겠습니다." 그 뒤 나는 그를 초대할 수 있을 때 초대하지 않은 것을 뉘우쳤다. 어쩌면 내가 그의 악운을 쫓아줄 수 있지 않았을까. 그 덕분에 남들도 그를 초대했을지 모른다. 그렇게 되면 그는 나를 곧바로 저버렸을 테니, 나의 초대는 그를 기쁘게 하면서도 그를 몰아내는 두 가지 이익을 가져왔으리라.

손님이 다녀간 뒤 며칠은 방문 예약이 없었으므로 자동차가 알베르틴과 나를 데리러 왔다. 그리고 우리가 호텔에 돌아오면, 에메는 호텔의 첫 계단에 서서 호기심 많고도 탐욕스러운 눈을 번쩍이며, 내가 운전사에게 봉사료를 얼마나 주는지 훔쳐보는 것을 자제할 수 없었다. 내가 아무리 은전이나 지폐를 꽉 쥐어 손안에 숨겨도 에메의 눈길은 내 손가락을 벌렸다. 그러나 그는 곧 고개를 딴 데로 돌렸다. 그는 신중하고 예의 바르며 비교적 적은 수익에도 만족했으니까. 하지만 남이 받는 돈은 그의 마음에 억누를 수 없는 호기심을 부추겨 군침 나게 하였다. 그런 짧은 순간 주의 깊고도 열정적인 그는, 쥘 베른의 소설을 읽는 어린이, 또는 식당에서 가까이 앉아 식사하다가, 자신은 주문 못하거니와 먹고 싶지도 않은 꿩을 옆 식탁에서 자르는 걸 보고서, 잠시 중요한 일을 잊고 그 새 요리에 애정과 부러움이 섞인 부드러운 눈길을 쏟아붓는 사람과도 같았다.

이렇게 자동차로 하는 산책은 날마다 이어졌다. 그런데 한번은, 내가 승강기로 방에 올라갈 때 엘리베이터 보이가 말했다. "그분이 와서 당신에게 전갈을 남기고 갔습니다." 이 말을, 엘리베이터 보이는 아주 쉰 목소리로 내 얼굴에 기침을 뱉고 침을 튀기며 말했다. "심한 감기에 걸려서!" 그가 덧붙였다. 마치 말하지 않으면 내가 그 감기를 알아차릴 수 없기라도 한 듯. "의사는 백일해라고 해요." 그러더니 내게 다시 기침과 침을 퍼붓기 시작했다. "힘들 텐데 그만 말하시지." 나는 그에게 친절히 말했으나, 그것은 꾸며낸 연기였다. 속으론 병이 옮진 않을까 전전긍긍했다. 그렇지 않아도 숨이 자주 가쁜데 백일해에 걸렸다간 여간 괴롭지 않을 거다. 그러나 그는 병 걸린 티를 내기 싫어하는 명창처럼 무슨 명예라도 건 듯이 끊임없이 떠들며 침을 튀겼다. "뭐, 별일 아닙니다." 이렇게 그는 말했다(자네는 그렇겠지만 내겐 그렇지 않다네, 하고 나는 생각했다). "게다가 나는 머잖아 파리에 돌아갑니다(그것 잘됐군. 그전에 내게 옮기지만 않는다면). 제 생각에 파리는 매우 멋진 곳 같습니다. 여기나 몬테카를로보다 더 멋진 곳임에 틀림없습니다. 안내원들이나 손님들, 철 따라 몬테카를로에 간 우두머리 사환들까지, 파리는 몬테카를로에 비하면 별로 멋지지 않다고 자주 말했지만 말입니다. 아마 그 사람들의 착각일 거예요. 그렇지만 우두머리 사환쯤 되려면 바보가 아니라야 합니다. 여러 주문을 받고 예약석을 잡아두려면, 머리가 필요하죠! 각본이나 책을 쓰는 것보다 더 대단한 일이라고 하는 이들도 있죠."

내가 머무는 층에 거의 다 이르렀을 때 엘리베이터 보이는 누름단추의 기능이 나쁘다고 나를 다시 아래에 내려놓았다. 그리고 눈 깜짝할 사이에 그것을 고쳤다. 나는 걸어서 올라가는 편이 더 낫겠다고 말했는데, 그 속에는 백일해에 걸리기 싫다는 뜻이 숨어 있었다. 그러나 엘리베이터 보이는 다정하면서도 전염성을 지닌 기침을 해대며 나를 다시 승강기 안으로 밀어넣었다. "이제는 조금도 위험하지 않습니다. 누름단추를 고쳤으니." 그가 쉬지 않고 지껄이는 걸 본 나는 발베크와 파리와 몬테카를로의 아름다움 비교보다도, 방문객의 이름과 그가 남기고 간 전갈을 알고 싶어서 그에게 물었다(마치 뱅자맹 고다르로 우리를 성가시게 하는 테너를 향해, 오히려 드뷔시의 곡을 노래해달라고 부탁하듯). "대체 누가 나를 만나러 왔지?" "어제 당신과 함께 외출한 분이십니다. 그분 명함을 찾으러 갔다 오겠습니다. 프런트에 있으니까요."

전날 나는 알베르틴을 데리러 가기 전에 동시에르 역에 로베르 드 생루를 내려주었으므로, 엘리베이터 보이가 말하는 사람이 생루인 줄 알았는데, 놀랍게도 찾아온 이는 운전사였다. '당신과 함께 외출한 분'이라는 말로 운전사를 가리킨 그는 내게, 그로서는 노동자도 사교인과 똑같이 분이라고 불리는 신사라는 점을 가르쳐주었다. 다만 말로서만 배운 교훈이다. 왜냐하면 나는 지금까지 한 번도 계급을 구별한 적이 없었으니까. 운전사를 분이라고 부르는 소리를 듣고서 내가 느낀 놀람은, 백작이 된 지 일주일밖에 안 되는 X백작이 "백작부인께서는 피곤하신 모양입니다"라는 내 말을 듣고서 누구 이야기인가 싶어 뒤를 돌아볼 때와 같은 놀람이며, 그것은 오로지 그리 부르는 습관이 없었던 탓이다. 나는 여태껏 노동자와 부르주아와 대귀족 사이에 차별을 둔 적이 없었으며, 그들 모두 친구로 삼았을 것이다. 그리고 그중에서도 노동자를 제일 좋아하고 그 다음이 대귀족이지만, 이는 기호라기보다, 대귀족에게는 부르주아와 달리 노동자에 대한 예의를 더 요구할 수 있기 때문이다. 그것은 대귀족이 노동자를 깔보지 않기 때문이거나, 누구에게나 기꺼이 공손하기 때문이다. 사람들이 크게 기뻐하리란 걸 알기에 기꺼이 미소를 뿌리는 예쁜 여인들처럼.

서민을 사교계 인간과 대등하게 여기는 나의 이런 사고방식은 사교계 인간들에겐 쉽게 인정을 받았지만 나의 어머니를 만족시켰다고는 말 못한다. 하지만 어머니가 그런 사람들 사이에서 인간적으로 어떤 차별을 행한 것은 아니다. 프랑수아즈가 고민을 하거나 몸이 아프거나 하면, 어머니는 그때마다 가장 친한 친구와 같은 우정과 헌신을 기울여 프랑수아즈를 위로하거나 간호했다. 다만 어머니는 할아버지의 영향을 너무 많이 받은 나머지, 사회적으로는 세습 계급을 구별할 수밖에 없었다. 콩브레 사람들이 아무리 착한 마음과 다감한 성품을 가지고 훌륭한 인간 평등론을 몸에 익혔다 한들 소용없었다. 예컨대 하인이 방자하게 나를 2인칭인 '당신'이라 부르기 시작하더니 그대로 슬그머니 3인칭 높임말을 점점 쓰지 않게 되기라도 하면, 어머니는 그러한 주제넘은 행동에 불만을 품었다. 그것은 생시몽의 《회상록》에서 그럴 권리가 없는 귀족이 평계를 내세워 공문서에 '전하'의 칭호를 쓸 적마다, 또는 당연히 공작들에게 치러야 할 예를 점점 치르지 않을 적마다 느끼는 바와 똑같은 불만이었다. '콩브레 기질'이란 게 있었는데, 그 기질은 어찌나 고집 센지 그것을 무너뜨리려면 몇 세기에 걸친 어짊(내 어머니의 어짊은 그지없었다)과 평등론이 필요했을 정도다. 그런 기질의 몇 조각이 어머니 마음속에 허물어지지 않은 채 남아 있는 건 부인할 수 없다. 어머니는 하인에게 손을 내밀기가, 그에게 쉽사리 10프랑을 내주기보다 훨씬 힘들었을 것이다(하기야 10프랑 쪽이 하인을 훨씬 더 기쁘게 했지만). 어머니로서는 그 생각을 입 밖에 내건 내지 않건, 주인은 주인이고 하인은 어디까지나 부엌에서 식사하는 인간이었다. 그래서 자동차 운전사가 나와 같이 식당에서 식사하는 걸 본 어머니는 불만스러운 표정을 지으며 나에게 말했다. "친구로선 운전사보다 훨씬 나은 사람이 있을 것 같구나." 마치 결혼에 대한 얘기가 나와, '결혼 상대라면 더 나은 사람이 있을 텐데' 말하듯.

운전사(다행히도 나는 이 운전사를 저녁 식사에 초대할 생각은 꿈에도 없었다)는 철 따라 그를 발베크에 파견했던 자동차 회사가 내일 곧바로 파리에 돌아오라 말했음을 내게 전하러 왔다. 이 운전사는 잘생기고 늘 복음서의 말씀처럼 진실만을 말하는 듯한 숨김없는 말투를 썼으므로, 이러한 이유도 나에게는 진실로 다가왔다. 그러나 그것은 반밖에 맞지 않았다. 물론 실제로 발베크엔 더 이상 일이 없었다. 어쨌거나 회사 측은 그 성변화(聖變化)*¹의 성스러운 핸들에 매달린 젊은 전도사의 정직성을 반밖에 믿지 않아, 그가 되도록 빨리 파리에 돌아오기를 바랐다. 그리고 과연 이 젊은 사도는 샤를뤼스 씨에게 주행거리를 기적처럼 늘리는 곱셈을 썼다면, 그와 반대로 회사에 보고할 때에는 그동안 번 금액을 여섯으로 나누는 나눗셈을 썼다. 그 결과 회사 측은, 발베크에선 더 이상 아무도 자동차로 산책하지 않는다, 철로 보아 그게 사실임직하다, 그게 아니라면 누군가가 회사를 속이고 있다고 판단했다. 어느 경우라도 최선책은 운전사를 파리로 불러들이는 거라고 생각했다. 그렇다고 파리에 일이 있는 것도 아닌데 말이다. 운전사 또한 가능하다면 비수기는 피하고 싶었으리라.

나는 앞서—그땐 몰랐고 또 알았다면 여러 괴로움에서 벗어났을 텐데—이 운전사가 모렐과(남들 앞에서는 서로 모르는 척해도) 매우 친한 사이라고 말했다. 그러나 그에게 떠나지 않아도 될 방법이 있는 걸 모른 채, 그날부터 우리는 산책을 위해 마차를 빌리는 걸로 만족해야만 했다. 또는 가끔 알베르틴의 기분을 달래려, 승마를 좋아하는 그녀를 위해 안장 없는 말을 빌리기도 했다. 마차는 하나같이 엉망이었다. "지독하게 헌 마차!" 알베르틴이 말한다. 더구나 나는 가끔 혼자 있고 싶을 때가 있었다. 날짜를 정할 생각은 없었지만, 이제 나는 이런 생활을 끝장내고 싶었다. 일을 하지도 않고 쾌락에 빠져들지도 못하는 이 생활을 도저히 용서할 수 없었다. 그렇지만 가끔 나를 붙들고 있는 습관이 갑자기 없어지기도 했다. 그것은 보통 희열과 더불어 살고 싶다는 욕망으로 가득 찬 나의 옛 자아가, 잠시 현재의 자아와 바뀌는 때였다. 특히 이 도피 욕망을 강하게 느낀 것은 어느 날 알베르틴을 그 숙모 집에 남겨둔 채 말을 타고 베르뒤랭 부부를 만나러 가다가, 베르뒤랭 부부가 아름다움을 자랑했던 숲 속에서 황량한 길로 접어들었을 즈음이었다.

그 길은 절벽의 생김새를 따라 오르막인 듯싶다가도 이어 우거진 숲에 둘러싸여 황량한 협곡으로 깊이 들어갔다. 한순간, 나를 둘러싼 벌거숭이 바위들과 그 사이로 보이는 바닷가가 마치 다른 세계의 조각들처럼 내 눈앞에 나부꼈다. 나는 이 산과 바다가 공존하는 풍경이, 게르망트 공작부인 댁에서 본 엘

---

*1 미사 중에 빵과 포도주가 그리스도의 몸과 피로 변하는 거룩한 변화의 예식.

스티르의 그 탄복할 만한 두 수채화 〈뮤즈를 만난 시인〉과 〈켄타우로스를 만난 젊은이〉의 배경이 된 곳임을 알았다. 그러한 추상이 지금 내가 있는 곳을 현실 세계의 바깥에 모두 옮겨놓아, 나는 엘스티르가 그린 선사 시대의 젊은 이처럼 산책을 하다가 신화 속 인물과 마주치더라도 조금도 놀라지 않았으리라. 갑자기 내가 탄 말이 뒷발로 일어섰다. 어떤 이상한 기척을 들었던 것인데, 나는 땅에 떨어지지 않으려고 말을 가까스로 진정시켰다. 그러고서 그 기척이 들려오는 성싶은 쪽으로 눈물 가득 찬 눈을 쳐들었다. 그러자 머리 위 50미터 쯤 되는 곳에 햇빛을 받아 반짝이는 커다란 두 강철 날개 사이에 뭐가 타고 있는 것이 보였다. 그 얼굴은 뚜렷하지 않지만 인간의 얼굴과 비슷했다. 처음으로 신인(神人)을 목격한 그리스 사람이 그랬을지도 모를 만큼 나는 감동했다. 눈물이 흐르고 있었다. 그도 그럴 것이 기적이 머리 위에서 들려오는 걸 알아 채자마자, 내가 처음으로 보려는 것이 비행기라는 생각에—이 무렵에는 아직 비행기가 희귀했다—울음이 복받쳐 올라왔기 때문이다. 그때의 나는 곧 신문 에서 감동 어린 말이 나오리란 것을 느낄 때처럼, 와락 울음을 터뜨릴 준비를 한 채 비행기 모습이 보이기만을 기다렸을 뿐이다. 그런데 비행사는 어느 방향 으로 갈지 망설이는 듯했다. 나는 느꼈다. 그의 앞쪽에는—습관이 이 몸을 포 로로 잡아두지 않았다면, 내 앞쪽에도—공간과 삶의 온갖 길이 열려 있는 것 이다. 비행사는 더 멀리 나아가더니 잠시 바다 위를 돌다가 갑자기, 중력과는 반대되는 어떤 인력에 이끌리는 듯, 제 조국에 되돌아가듯, 그 금빛 날개를 가 볍게 흔들고 곧장 하늘로 돌진했다.

운전사 얘기로 되돌아가면, 그는 모렐에게 부탁해서 베르뒤랭 부부가 브레 크(break)*²를 자동차로 바꾸게 했을 뿐만 아니라(베르뒤랭 부부는 신도들에게 더할 수 없이 너그러웠으니까 이는 비교적 쉬웠다), 좀더 어려운 일로, 그 우두 머리 마부인 예민하고 성격이 음침한 젊은이를 자신, 곧 운전사로 바꾸기까지 했다. 그것은 며칠에 걸쳐 다음 같은 방법으로 이뤄졌다. 모렐은 먼저 마차에 말을 연결하는 데 필요한 도구를 마부한테서 전부 훔쳐냈다. 어느 날엔 재갈 이 없고, 어느 날엔 재갈 사슬이 온데간데없었다. 또 한번은 마부석의 방석이 가뭇없었고, 채찍, 덮개, 총채, 해면, 영양 가죽 장갑도 흔적 없이 사라졌다. 그

---

*2 대형 사륜마차.

래도 그는 그때마다 이웃 사람들한테서 도구를 빌려와 사태를 수습했다. 하지만 그 바람에 일이 늦어져서, 화가 난 베르뒤랭 씨한테 잔소리를 들은 그는 침울하고 음침한 생각에 빠지게 되었다. 운전사는 어서 고용되고 싶어 모렐에게 곧 파리로 돌아가게 된 것을 알렸다. 단호한 수단을 써야만 했다. 그래서 모렐은 베르뒤랭 씨의 하인들에게 말했다. 젊은 마부 녀석이 숨어서 기다렸다가 그들 여섯 명을 한꺼번에 해치워버리겠다고 떠들어대던데, 잠자코 보고만 있을 수 없지 않느냐고. 또 자기 처지에서는 끼어들 수 없지만 그들이 선수를 칠 수 있게 미리 알려주는 거라고 했다. 그래서 그들은 베르뒤랭 부부와 그 벗들이 산책하러 나간 사이, 다같이 마구간에 있는 젊은 마부를 때려눕히기로 결정했다. 그것은 이제부터 생기는 일의 계기에 지나지 않지만, 그 관계자들이 나중에 내 관심을 끌게 되므로 덧붙여 말해두는데, 그날 베르뒤랭네 별장에 피서를 와 있던 한 친구가 마침 그날 저녁에 떠나기로 되어, 부부는 그 전에 그와 함께 주변을 걷고 싶어했다.

모두가 산책을 떠나려 할 때였다. 그날 함께 산책하며 나무 그늘에서 바이올린을 켜기로 되어 있던 모렐이 놀랍게도 나에게 말했다. "실은 팔이 아픈데요. 베르뒤랭 부인에게 아프다고 말하기 싫어서 하는 부탁입니다만 하인 하나를, 그렇지, 호우슬러를 데리고 가 내 악기를 들도록 부인에게 청해주시죠." "다른 하인이 좋지 않을까." 나는 대답했다. "그 하인은 만찬을 위해 필요하니까." 그러자 모렐의 얼굴에 화난 표정이 스쳤다. "천만에. 소중한 바이올린을 아무에게나 맡기고 싶지 않습니다." 나는 이 선택의 까닭을 나중에 알았다. 호우슬러는 젊은 마부와 무척 사이좋은 형제였다. 만일 이 하인이 집에 있었다면 마부를 도와줬을 것이다. 산책 도중, 모렐은 형인 호우슬러의 귀에 들리지 않게 낮은 목소리로 말했다. "저 녀석 좋은 놈이죠. 하긴 그 동생도 그렇지만. 만약 술 마시는 못된 버릇만 없다면······" "뭐요? 마신다고?" 베르뒤랭 부인은 술 마시는 마부를 거느리고 있다는 생각에 새파랗게 질려서 말했다. "부인께서는 모르셨습니까? 나는 늘 생각했습니다. 그가 당신들을 태우는 동안 사고를 일으키지 않은 게 기적이라고." "그럼 남들도 태우는군요?" "조금만 조사해봐도 아실 거예요. 그가 마차를 몇 번이나 전복시켰는지. 오늘도 그의 얼굴은 멍투성이죠. 어떻게 죽지 않고 살았는지 모르지만, 끌채까지 부러뜨렸죠." "오늘은 아직 그를 보지 못했는데." 베르뒤랭 부인은 그 화가 자기에게 생겼을지도 모른다는 생각에 부들부들 떨면서 말했다. "몸서리나네요." 그녀는 산책을 그만두고 돌아가려 했으나, 모렐은 시간을 끌기 위해 한없이 변주되는 바흐의 아리아를 연주했다. 저택에 돌아가자마자 베르뒤랭 부인이 차고에 가보니, 마차 끌채가 새것으로 바뀌었고 마부 호우슬러는 피투성이가 되어 있었다. 그녀는 그에게 아무 잔소리도 하지 않은 채, 이제 마부가 필요치 않으니 돈을 받고 나가라고 말하려 했는데, 마부가 스스로 나가겠다고 청해 모든 일이 끝났다. 그는 돌이켜 생각해 안장 따위가 매일 사라진 것도 동료들의 원한 탓임을 깨달았으나 그들을 고발할 마음은 들지 않았으며, 또 아무리 버텨보았자 결국 두들겨 맞아 반죽음 꼴로 쫓겨나고 말 거라 생각했다.

운전사는 다음 날 고용되었다. 뒤에 베르뒤랭 부인은(다른 사람을 고용해야만 했을 때) 이 운전사가 마음에 들어, 어떤 경우에도 믿을 수 있는 사람이라면서 내게 추천했다. 아무것도 모르는 나는 파리에서 그를 날품팔이로 고용한다. 그러나 이 이야기를 하기엔 아직 너무 이르다. 이런 일은 알베르틴의 이야기에서 다시 나올 것이다. 지금 우리는 라 라스플리에르에 있다. 나는 알베르틴과 함께 처음으로 만찬에 참석하러 온 참이다. 그리고 샤를뤼스 씨도 모렐과 함께 와 있다. 이때 모렐의 아버지는 1년에 3만 프랑의 고정 수입이 있고, 마차 한 대와 많은 조수, 정원사, 분부에 따르는 소작인을 거느린 '관리인'으로 꾸며지고 있었다. 어쨌든 지금은 너무 이르므로 독자에게 모렐의 심술궂은 인상을 그리 강하게 남기고 싶지 않다. 그는 오히려 모순으로 가득 찬 사내로, 어떤 날은 참으로 다정다감하기도 하다.

물론 나는 마부가 쫓겨난 것을 알고 놀랐는데, 그보다도 그 후임자가 알베르틴과 나를 여기저기 태워주었던 운전사인 것을 보고 더욱 놀랐다. 하지만 그가 들려준 복잡한 자초지종에 따르면, 그는 먼저 파리에 돌아갔으나 다시 베르뒤랭네에게 고용되어 돌아왔다고 한다. 나는 그것을 조금도 의심치 않았다. 마부의 해고에 대해 모렐이 내게 말을 걸었다. 그런 훌륭한 젊은이가 가버려서 유감스럽게 생각한다는 것을 일부러 내게 알리기 위해서였다. 그리고 평소에 내가 혼자 있는 걸 보면 글자 그대로 기쁨에 겨워 나한테 덤벼들었다. 그뿐만 아니라 내가 라 라스플리에르에서 모두에게 환영받는다는 걸 알고, 또한 나에게 자신과의 관계를 부정하게 해서 그의 주인 행세를 할 가능성을 모두 없애버렸으므로(하기야 나는 그런 행세를 할 생각은 꿈에도 없었지만), 그는 아무 위험도 없는 인간과의 친교에 대해 짐짓 냉담한 체하는 자신의 독선을 느껴 나를 피하는 태도를 버렸다. 나는 그의 태도 변화를 샤를뤼스 씨의 영향 탓으로 돌렸다. 실제로 모렐은 샤를뤼스 씨 덕분에 어떤 점에서는 견해가 더욱 넓어져 좀더 예술가적인 인간이 되었으나, 한편으로는 스승의 거침없고도 한시적인 거짓말 솜씨까지 그대로 이어받아 더욱 어리석어진 듯했다. 사실 내가 떠올릴 수 있는 것은 샤를뤼스 씨가 그에게 말했을지도 모른다는 것뿐이다. 나중에 들은 이야기지만, 알베르틴이 모렐을 잘 알고 있다는 것을 그 무렵의 내가 어찌 알 수 있었을까?(이것 또한 확실치 않았다. 알베르틴과 관계된 앙드레의 모든 단언은 특히 시간이 지나면 더욱 믿을 수 없는 성싶었으니 까닭인즉, 전에 보았듯이 앙드레는 알베르틴을 진정으로 좋아하지 않았으며 오히려 그녀를 질투하고 있었기 때문이다) 어쨌든 그것이 사실이라면 알베르틴도 모렐도 놀라울 만큼 날 속여왔다는 말이 된다.

마부를 해고한 이 무렵 모렐이 내게 취한 새로운 태도는 그에 대한 내 의견을 바꾸게 했다. 애당초 내가 그를 몹쓸 사람이라고 생각한 것은, 이 젊은이가 나를 필요로 했을 때 나에게 보인 치사한 태도에서 유래했다. 이 비열한 사나이는 나를 이용하고선 손바닥 뒤집듯이 나를 무시하여, 마주쳐도 못 본 체하기에 이르렀다. 그 밖에도 돈으로만 맺어진 샤를뤼스 씨와의 관계, 그리고 무궤도한 수성(獸性) 본능이 모두 뚜렷한 사실이었으니, 수성 본능이(경우에 따라) 채워지지 않거나 갈등이 생기거나 하면, 그것이 그를 우울하게 만들었다. 그러나 그런 성격은 한결같이 추하기만 한 게 아니라 모순투성이였다. 그것은 중세기의 옛 서적과 같이, 오류와 너절한 전통과 외설로 가득한 잡다하고 이상한 혼합물이었다. 처음에 나는 그가 예술 분야에서 진짜 거장으로 불리는 만큼 한낱 연주자로서의 기교를 넘은 우수한 인격을 지녔다고 생각했다. 한번은 내가 일을 시작하고픈 나의 소망을 말하니까 그는 말했다. "일하시오. 유명해지시오." "누구의 말이죠?" 내가 물었다. "퐁탄(Fontanes)[1]이 샤토브리앙에게." 그는 또한 나폴레옹의 어떤 사랑 편지도 잘 알고 있었다. 나는 과연 모렐은 교양이 넘치는 사내라고 생각했다. 하지만 그가 어디서 읽었는지 모를 이 말은, 그가 동서고금의 문학을 통틀어서 유일하게 아는 문구임에 틀림없었다. 왜냐

---

[1] 프랑스의 시인, 대학교수(1757~1821).

하면 그는 매일 저녁 그것을 내 앞에서 되풀이했으니까. 또한 자기에 대해서 내가 남에게 말하지 못하게 하려고 다음과 같은 말을 되뇌었다. 그는 이것도 문학적 인용이라고 여기는 듯싶었지만, 실은 프랑스의 것도 아니고, 숨기기를 좋아하는 하인 말고는 누구에게도 무의미한 말이었다. 즉 "의심 많은 자를 의심하라(Méfions-nous des méfiants)." 결국 이 어리석은 격언에서 퐁탕이 샤토브리앙에게 한 말까지 다다르면, 변화무쌍하나 생각보다 모순이 적은 모렐의 성격 대부분을 돌아본 셈이다.

이 젊은이는 조금이라도 돈이 되는 일이면 무슨 짓이든 양심의 가책 없이 해대는 남자—아마도 지나친 신경 흥분을 느끼거나 이상하게 짜증이 나긴 하겠지만, 이런 것에 대해 양심의 가책이라는 말은 가당치도 않으리라—, 자기에게 이익만 있다면 온 가족을 한 사람도 빠짐없이 고통 속에, 심지어 상(喪)을 당하는 슬픔 속에 빠뜨리는 일마저도 서슴지 않는 남자였다. 이 젊은이는 언제나 돈이 먼저였다. 선의 따위는 말할 것도 없고, 가장 단순하고 자연스러운 인간적 감정도 모두 돈만 못하다고 생각했다. 그러나 이것만큼은 돈보다 먼저라고 여겼으니, 바로 음악 학교에서 최우수상을 타는 자신의 졸업 자격과 플루트나 대위법(對位法)*² 학급에서 누가 자기를 비방하지 않을까 하는 문제였다. 그러므로 그가 몹시 분노하거나 매우 침울해져서 손도 못 댈 만큼 심술을 부리는 일은, 그가 세상의 흉계라고 부르는 것(악의 있는 인간과 마주친 몇몇 특수한 경우를 일반화한 말일 것이다) 때문에 일어났다. 그는 남의 이야기는 절대로 하지 않고 자기 목적을 숨긴 채 모든 사람을 경계함으로써, 그러한 흉계에서 벗어날 수 있다는 자신을 가지고 있었다(내가 파리에 돌아온 뒤에 일어난 일로 보아서는, 불행히도 발베크의 운전사에게는 그의 의심이 '작용하지' 않았던 모양이다. 아마도 그는 운전사가 자신과 같은 부류의 인간이며, 곧 그의 좌우명과는 반대로 좋은 뜻으로 의심 많은 인간—교양 있는 사람들 앞에서는 고집스럽게 침묵을 지키지만 야비한 무리하고는 금세 터놓고 이야기하는 의심 많은 인간—이라 여긴 듯싶다). 그는 의심 많은 성질이 언제나 그를 궁지에서 벗어나게 하여, 가장 위험한 모험 속으로도 몰래 숨어들 수 있게 해준다고 생각했는데, 이는 반드시 틀린 생각이라고는 할 수 없다. 그래서 베르제르 거리의 건물*³

─────────────────

*2 둘 이상의 독립된 선율이나 성부를 동시에 결합시켜 곡을 만드는 작곡법.
*3 음악 학교를 가리키는 말.

에서는, 그에게 불리한 사실은 전혀 증명되지 않을 뿐더러 입에 오르는 일조차 불가능해 보였다. 이리하여 그는 일을 하고, 유명해지고, 아마도 뒷날 흠잡을 데 없는 관록으로, 온 세상에 그 이름을 자랑하는 음악 학교의 콩쿠르에서 바이올린 심사위원장이 될 것이다.

그러나 이렇게 모델의 모순을 차례차례 늘어놓는 것은 그의 두뇌를 몹시 논리적인 것으로 생각하게 하는 결과가 되리라. 사실 그의 본성은 너무 구겨져서 뭐가 뭔지 알 수 없는 종이 한 장 같았다. 그에게는 꽤 훌륭한 신조도 있는 듯했고, 또 잘 쓰는 글씨지만 철자를 지나치게 많이 틀려 미관을 망친 글씨로 몇 시간 동안 남동생에게 편지를 썼다. 누이동생들을 대하는 태도가 좋지 않다, 너는 누이동생들의 오빠이자 기둥이라고 하는 한편, 누이동생들에겐 오빠에게 버릇없게 굴지 말라고 타일렀다.

이윽고 여름도 다 갔다. 두빌에 이르러 열차에서 내릴 때, 안개 속에 가려진 태양은 연보랏빛 하늘에 떠 있는 하나의 붉은 덩어리일 뿐이었다. 저녁이 되자 근처 소금기를 머금은 우거진 풀밭 위에 장엄한 고요가 내리고, 그것이 수많은 파리 사람들—대부분이 화가—을 두빌로 시골 생활을 즐기러 오게 했다. 이 고요에 습기가 더해지자 그들은 일찌감치 작은 별장으로 돌아갔다. 몇몇 별장에는 벌써 등잔불이 켜져 있었다. 오로지 몇 마리 암소가 그대로 남아 음매음매 울면서 바다를 바라보고 있는가 하면, 어떤 암소들은 인간한테 더 흥미가 나서 우리 마차 쪽으로 눈길을 돌린다. 한 화가가 작은 언덕 위에 화가(畫架)를 세우고, 이 장엄한 고요와 부드러운 석양빛을 그리려 애쓰고 있다. 아마 암소들은 모르는 사이에 무보수로 화가의 모델이 될 것이다. 왜냐하면 그 명상적인 모양과 인간들이 사라진 뒤의 고독한 모습은 저녁이 풍기는 휴식의 강한 인상에 그 나름으로 이바지했으므로.

몇 주일이 더 지나자 가을이 깊어지고 낮이 아주 짧아져서, 조금만 산책을 해도 어두워졌다. 하지만 이런 변화 또한 즐거웠다. 오후에 근처를 한 바퀴 돌면 늦어도 5시에 돌아와 저녁 식사용 옷으로 갈아입어야 했는데, 이 무렵 둥글고 붉은 태양이 벌써—내가 전에 싫어했던—비스듬한 거울 한가운데까지 내려와 있어, 그리스 사람들이 적의 군함에 붙였던 불처럼 나의 온 책장 유리문 속에서 바다를 불태우고 있었다.

스모킹을 입는 동안에 어떤 몸짓이 주문되어 기운차고도 경박한 나를 불러 일으켰다. 그것은 생루와 같이 리브벨에 저녁 식사를 하러 갔을 때와 불로뉴 숲 섬 만찬에 스테르마리아 아가씨를 데리고 가던 저녁의 내 모습과 같았다. 나는 무의식중에 그때와 같은 노래를 흥얼거렸다. 그걸 깨달았을 때 처음으로 나는 이 노래에 의해 간헐적으로 나타난 가수의 존재를 알아봤다. 이 가수는 이 노래밖에 몰랐다. 내가 이 노래를 처음으로 부른 것은, 알베르틴을 사랑하기 시작했을 즈음이다. 이때는 그녀와 결코 아는 사이가 되지 못할 거라고 생각했다. 그 다음은 파리에서였는데, 그녀를 사랑하기를 그만두었을 때, 처음으로 그녀를 내 것으로 만들고 난 며칠 뒤였다. 그리고 지금은 그녀를 다시 사랑하게 되고 그녀와 함께 만찬에 가려는 참이었다. 그래서 지배인은 매우 섭섭한 것 같았다. 내가 결국 라 라스플리에르에 묵게 되어 그의 호텔을 저버리지 않을까 걱정한 지배인은, 르 베크의 늪의 물이 '웅크리고(괴어 있다는 뜻)' 있으므로 별난 열병이 유행한다는 말을 들었다고 험담했다. 내 삶이 이렇게 세 쪽으로 펼쳐지는 것을 보고서 나는 그런 다양성을 기뻐했다. 게다가 우리가 잠시 옛날의 자기, 다시 말해 지금까지의 오랜 자기와 다른 옛 자기로 돌아갈 때, 감수성은 현재와 달리 습관에 의해 줄어들지 않아서 보잘것없는 충격에도 생생한 인상을 받아, 그 인상은 전에 받은 습관적인 인상을 희미하게 하며, 우리도 이 인상의 강함 때문에 술기운의 일시적인 흥분과 더불어 이 인상에 달라붙는다.

경편 기차역까지 우리를 데려다주는 합승마차나 삯마차에 탈 무렵에는 이미 날이 어두웠다. 휴게실에서 재판소장은 우리에게 말했다. "허! 라 라스플리에르에 가시나! 거참, 베르뒤랭 부인도 뻔뻔스럽군요. 오로지 저녁 식사 때문에 이런 어둠 속에서 당신들을 한 시간이나 기차를 타게 하다니. 게다가 밤 10시에 심한 바람을 뚫고 같은 길을 되돌아와야 하니 원. 당신들은 할 일이 무척 없나 봅니다." 그는 두 손을 비비면서 덧붙였다. 그는 그렇게 말함으로써 초대받지 못한 불만과 함께 당신들이 하는 짓 따위를 할 '틈이 없다'는—혹여 그것이 가장 하찮은 일 때문이라 해도—'바쁜' 인간의 만족을 나타냈다.

물론 보고서를 작성하고 숫자를 다루며 상거래 편지에 답장 쓰고 주식가격 추이를 좇는 인간이, 이쪽을 비웃으면서 "당신같이 할 일이 하나도 없는 사람으로서는 그것도 좋지"라고 말할 때, 즐거운 우월감을 느끼는 것은 당연한 이

치이다. 더구나 그런 우월감은, 이쪽의 심심풀이가 〈햄릿〉을 쓰거나 그저 그
것을 읽는 것일 때에는 한층 경멸을 띤 감정, 아니 그 이상의 더 심한 감정이
된다(왜냐하면 외식은 바쁜 사람도 하니까). 그러나 이 점에서 바쁜 사람들은
사려가 부족하다. 그들은 마땅히 다음 같은 점을 생각해봐야 할 것이다. 그들
의 눈에 한가한 사람의 웃기는 파적거리로 보이는 이해(利害)를 초월한 교양이
란, 이쪽이 그것을 즐기는 모습을 그들이 목격한다면 그렇게 보일 테지만, 사
실 바쁜 사람의 경우에도 그런 교양은 그들 자신의 직업에서 특출한 인물을
만들어낸다. 그런 인물은 바쁜 사람들보다 특별히 뛰어난 사법관이나 행정관
은 아닐지 모르나, 그가 빨리 승진하면 바쁜 사람들은 단숨에 굴복하고 중얼
거린다. "정말 교양이 대단해. 참으로 뛰어난 인물이야." 하지만 특히 재판소장
이 이해하지 못한 것은, 라 라스플리에르에서의 이런 만찬에 나가는 내 즐거움
이 그의 옳고도 비난 섞인 말처럼 '진짜 여행이라도 하듯이' 보이는 점이었다.
본디 여행 그 자체가 목적이 아니려니와 그런 데서 아무 즐거움도 구하지 않
는 만큼 나에겐 여행이 보다 생생한 매력으로 다가왔고, 지금부터 갈 모임이
매력적이었는데, 그 모임도 이를 둘러싼 분위기에 따라서 즐거움이 좌우된다.
　내가 호텔의—내 집이 된 호텔의—따스함을 버리고 알베르틴과 함께 기차
에 탔을 때 주위는 이미 어두웠다. 객차 유리창에 비치는 램프 불빛은 헐떡거
리는 작은 기차가 멈춰 설 때마다 어느 역에 도착했는지 알려주었다. 코타르
가 우리를 못 볼까 봐서, 또 정거장 이름을 소리치는 목소리가 들리지 않아서,
나는 객실의 문을 열었다. 그러나 차 안에 뛰어든 것은 신도들이 아니라 바람·
비·찬 공기였다. 새까만 어둠 속에서 나는 벌판을 분간하고 바다의 소리를 들
었다. 우리는 평탄한 들판을 달렸다. 우리가 작은 핵심과 한데 섞이기에 앞서,
알베르틴은 가지고 온 금으로 된 화장품 가방에서 작은 거울을 꺼내 얼굴을
비춰 보았다. 사실 처음 얼마 동안은 알베르틴이 만찬에 앞서 화장을 고칠 수
있도록 베르뒤랭 부인은 그녀를 자기 화장실에 올려 보냈다. 그리하여 얼마 전
부터 깊은 평온을 누리던 나도 이때는 알베르틴을 계단 밑에서 놓아줄 수밖
에 없어서 불안과 시기가 섞인 작은 동요를 느꼈으며, 작은 동아리와 어울려
살롱에 혼자 있는 동안에도 2층에서 알베르틴이 뭘 하고 있는지 궁금해 몹시
걱정스러웠다. 그래서 다음 날 나는 가장 멋들어진 물건에 대해 샤를뤼스 씨
에게 의견을 여쭤본 다음, 부랴사랴 전보로 카르티에 상점에 화장품 가방을

주문했는데, 그것이 알베르틴의 기쁨이 되는 동시에 내 기쁨도 되었다. 그 가방은 나에게 평온을 보증하면서 내 여자친구의 배려도 보증해주었다. 왜냐하면 내가 베르뒤랭 부인네 집에서 서로 떨어져 있는 걸 내가 싫어한다는 사실을 그녀는 확실히 눈치챘을 테니까. 그래서 만찬 전에 할 화장을 객차 안에서 마치려고 마음 쓰곤 했다.

몇 달 전부터 베르뒤랭 부인의 단골손님에 샤를뤼스 씨가 들어가게 되었다. 그것도 가장 충실한 손님으로. 동시에르 서부역의 기다림방이나 플랫폼에 멈추는 승객들은 일정하게 매주 세 번, 반백 머리털에 검은 콧수염을 기르고 입술을 붉게 칠한 이 통통한 사내가 지나가는 모습을 보았다. 그 입술 연지는 계절의 끝 무렵보다 한여름에 더욱 눈에 띄었는데, 뙤약볕을 받아 더 생생해진 연지가 더위로 반쯤 녹았기 때문이다. 경편 기차 쪽으로 가면서 그는 슬쩍 엿보는 눈길을(오로지 감정가로서의 습관에서, 그도 그럴 것이 지금 그는 그를 순결한 인간으로 또는 적어도 보통의 경우 성실한 인간으로 만들어주는 감정을 품고 있으므로) 노동자, 군인, 테니스복을 입은 젊은이들에게 던질 수밖에 없었다. 그렇게 추상적이면서도 겁 많은 눈길을 던진 다음, 그는 곧 눈꺼풀을 내려 눈을 거의 다 감았다. 그 모양에는 기도를 외는 성직자의 경건한 몸짓과, 유일한 사랑에 몸과 마음을 다 바치는 아내 또는 예절 바른 아가씨의 조심성이 있었다. 베르뒤랭 부인의 신도들은 그가 자기들을 못 봐서 다른 찻간에 타는 줄로 믿었다(셰르바토프 대공부인이 곧잘 그러듯이). 그런데 그는 사실 자기와 같이 있는 모습을 남에게 보였을 때 상대가 만족할지 싫어할지 몰라, 보고 싶으면 상대편에서 자기에게 오도록 선택의 자유를 주는 인간으로서 그러는 것이었다.

코타르 의사는 처음에 샤를뤼스 씨를 만나러 갈 마음이 없어서 그를 혼자 그 찻간에 내버려두기를 바랐다. 의학계에서 높은 지위를 차지하고부터 그 타고난 망설이는 성격을 고쳐 거드름을 피우게 된 그는, 빙그레 웃으며 몸을 뒤로 젖히고 코안경 위로 스키를 바라보면서, 짓궂은 마음 때문에 또는 친구들의 의견을 넌지시 파악하려고 말했다. "이해하시나, 내가 혼자라면, 총각이라면……. 그러나 아내가 있으니, 그를 우리와 같이 여행하게 해도 좋은지 먼저 여러분의 의견을 묻고 싶은데요." 이렇게 의사는 속삭였다. "무슨 얘기죠?" 코타르 부인이 물었다. "아무것도 아니에요. 당신과는 관계없어요. 여자가 끼어들 일이 아니랍니다." 의사는 눈을 깜박이면서, 학생과 환자들 앞에서 그가 곧잘 하는 시치미를 떼고 농담하는 태도와 전에 베르뒤랭네 집에서 재치 있는 말을 한 뒤 으레 보였던 불안해하는 태도 사이에 중용을 지키는 당당한 자기만족과 더불어 대답했다. 그리고 그는 낮은 목소리로 말을 이었다. 코타르 부인의 귀는 '단체원'과 '타페트(tapette)'*¹라는 낱말밖에 분간하지 못했는데, 평소 의사의 언어에서 전자는 유대인을, 후자는 혀가 잘 도는 인간을 가리키는지라, 코타르 부인은 문제의 샤를뤼스 씨가 수다스러운 이스라엘 사람임에 틀림없다고 결론을 내렸다. 그녀는 그런 보잘것없는 문제 때문에 남작을 따돌리는 까닭을 몰라, 그를 혼자 내버려두지 않기로 요구하는 게 동아리 최고참 여성 회원인 자신의 의무라고 생각했다. 그래서 우리는 여전히 주저주저하는 코타르를 앞에 세우고, 샤를뤼스 씨의 찻간 쪽으로 한 걸음 두 걸음 나아가게 되었다.

구석 자리에서 발자크의 책을 읽고 있던 샤를뤼스 씨는 이런 망설임을 알아차렸는데, 눈은 쳐들지 않았다. 그러나 귀먹은 벙어리가 남들이 느끼지 못하는 공기의 흔들림으로 등 뒤에 사람이 온 걸 알아채듯, 샤를뤼스 씨도 자기에 대한 남의 차가움을 미리 아는 데 날카로운 감각을 갖고 있었다. 지나치게 예민한 이 감각은 정신의 온 분야에 작용하는 습관이 있어서, 샤를뤼스 씨의 마음속에 갖가지 공상적인 괴로움을 만들어냈다. 서늘함을 느끼자마자 위층의 창문 하나가 열려 있구나 단정하고는 화를 버럭 내면서 재채기를 시작하는 신경증 환자처럼, 샤를뤼스 씨는 만일 어떤 사람이 그의 앞에서 생각에 잠긴 모습을 보이면 자기가 그 사람에 대해 지껄인 말을 누군가가 그 사람한테 고자질했구나 결론지었다. 아니, 실은 상대가 그의 앞에서 방심한 모습, 침울한 표정, 웃는 표정 따위를 지을 필요조차 없이, 그가 그것을 멋대로 지어냈다. 그 반면 다정한 모습을 지으면 그의 귀에 안 들어간 욕설을 감추기 쉬웠다. 코타르의 망설임을 단번에 알아챈 샤를뤼스 씨는, 눈을 내리깐 독서가가 자기들을 아직 못 봤겠거니 생각한 신도들이 적당히 다가왔을 때 손을 불쑥 내밀어 그들을 깜짝 놀라게 했다. 다만 코타르에 대해서는, 이 의사가 내민 손을 스웨이드 장갑을 낀 손으로 잡지 않은 채, 숙인 온몸을 대뜸 힘차게 바로 세우는 것

---

*1 '수다쟁이', 비어(卑語)로는 '남색가(男色家)'.

으로 그쳤다. "꼭 댁과 같이 동행하고 싶어서요. 이렇게 구석에 혼자 계시게 해서야 쓰겠어요. 함께하는 게 우리에게는 큰 기쁨이에요." 코타르 부인이 사근사근한 목소리로 남작에게 말했다. "매우 영광입니다." 남작은 냉랭한 태도로 고개를 숙이면서 겉대답을 했다. "나 무척 기뻤어요. 댁이 마침내 이 고장을 택하셨다는 얘기를 듣고서요. 그럼 정하셨네요, 댁의 막……." 그녀는 막사(幕舍)*²라고 말하려다가, 이 낱말이 너무나 히브리적이라서 유대인에게는 불쾌한 빈정거림처럼 들릴까 봐 그만 뚝 그쳤다. 그래서 말을 고쳐 익숙한 다른 표현을 골랐는데, 그것은 꽤나 거창한 말이었다. "다시 말해 '댁의 터주'를 안치할 곳을(이런 숭배의 대상은 기독교에 속하지도 않고, 또 죽은 지 오래된 종교의 신이라서 신봉하는 사람도 없으니 남의 비위를 건드릴 걱정이 없었다). 우리는 불행하게도 새 학기의 시작이랑 의사의 병원 근무가 있어서, 한곳에 오래 머무를 수 없답니다." 그리고 마분지 상자 하나를 남작에게 보이면서 말했다. "게다가 우리 여성이란 얼마나 불행한지 몰라요. 우리의 벗 베르뒤랭네 집같이 가까운 데 가는 데도 이런 온갖 종류의 짐을 챙겨야 하니 말이에요."

그러는 동안 나는 남작이 읽던 발자크의 책을 바라보고 있었다. 그것은 첫해 그가 내게 빌려주었던 베르고트의 책처럼, 무턱대고 산 가제본이 아니었다. 그것은 그의 서가의 책으로, '샤를뤼스 남작 장서'라는 명문(銘文)이 찍힌 것이었다. 그런 책에는 간혹 게르망트 가문의 독서 취미를 나타내기 위해 '바쁜 중에도 한가한 짬이 있음' 또는 '고생 없이는 아무것도 없음'이라는 명문이 찍히기도 했다. 그러나 오래지 않아 우리는 그것이 모렐을 기쁘게 하려고 다른 명문으로 바뀌는 걸 보리라. 잠시 뒤 코타르 부인은 좀더 남작 개인에 대한 것이라고 생각하는 화제를 꺼냈다. "내 의견과 같으신지 모르지만, 이보세요. 나는 생각이 넓어요. 그래서 내 생각으로는, 성실히 믿기만 한다면 어떤 종교라도 좋다고 생각해요. 난 그 신교도를 보기만 해도 광견병에 걸리는 사람들과는 달라요." "나는 내 종교가 참된 것이라고 배웠습니다." 샤를뤼스 씨가 대답했다. '이분은 광신자야.' 코타르 부인은 생각했다. '스완은 이보다 너그러웠는데, 만년을 빼놓는다면. 하기야 그이는 개종했지.' 그런데 그러기는커녕, 남작은 알다시피 태어났을 때부터 기독교 신자일 뿐만 아니라 중세기풍으로 독실한 신자였

---

*2 고대 유대의 이동식 성막(聖幕).

다. 13세기 조각가들과 마찬가지로 그에게 기독교 성당이란, 낱말의 산 뜻으로 볼 때, 완전히 현실로 여겨지는 수많은 인물이 사는 곳이었다. 곧 예언자, 사도, 천사, 인간으로 나타난 '말씀'이신 예수 그리스도를 둘러싼 온갖 성자, 그 어머니와 남편, 영원하신 아버지, 온갖 순교자와 박사, 그런 인물들이 커다란 돋을새김으로 군상같이 붐비며 대성당의 현관이나 안을 가득 채운 곳이었다. 샤를뤼스 씨는 그런 성스러운 인물들 가운데 영원한 아버지와 그의 사이를 잇는 수호천사로 대천사 미카엘, 가브리엘과 라파엘을 택했다. 그는 이 세 천사와 자주 대담을 가지고, 영원한 아버지의 옥좌 앞에 서는 이 대천사들은 그의 기도를 영원한 아버지에게 전하는 것이다. 그러므로 코타르 부인의 잘못된 생각이 나로선 퍽 웃겼다.

이제 종교적인 영역을 떠나 말하겠는데, 코타르 의사는 시골 아낙네인 어머니가 가난한 머리에서 짜낸 최고의 얄팍한 보따리를 받들고 파리에 올라와서, 의학으로 출세하려는 인간이 여러 해 동안 헌신해야만 하는 거의 순 물질적인 연구에 몰두했다. 그 결과 교양을 쌓을 틈이 없었던 그는 큰 권위는 얻었으나 경험이 없었다. 그래서 이 '영광입니다'라는 말을 글자 그대로 해석해, 허영심이 강한 탓으로 그 말에 만족하면서도 착한 탓으로 측은한 생각이 들었다. "불쌍한 샤를뤼스." 그는 그날 밤 아내에게 말했다. "그가 우리한테 '같이 여행하는 게 영광입니다' 말했을 때 왠지 마음이 아프더군. 쯧쯧. 아마 녀석은 사귀는 사람이 없어서 겸손해졌나 봐."

이윽고 자비로운 코타르 부인의 인도를 받을 필요도 없이, 신도들은 처음에 샤를뤼스 씨 곁에서 느꼈던 거북함이 적든 많든 간에 결국 그 거북함을 극복하는 데 성공했다. 물론 그의 앞에 있으면서 그들이 끊임없이 염두에 둔 것은, 스키가 폭로한 이야기와 이 동행자의 몸에 포함된 성적 이상(異常)의 관념이었다. 그러나 그 이상조차 그들을 끌어들이는 어떤 매력으로 작용했다. 그들은 그 이상이, 말재주는 훌륭하지만 신자들에게 제대로 평가받지 못하는 그의 대화에 어떤 풍취를 주는 것처럼 느꼈다. 그래서 브리쇼 자신의 가장 재미나는 대화도 그것에 비하면 좀 시들하다고 여기게 되었다. 하기야 처음부터 사람들은 샤를뤼스 씨의 지성이 뛰어난 점을 알아보고 마음에 들었던 것이다. "천재는 광기의 이웃이다"라고 의사는 떠벌렸는데, 지식에 굶주린 셰르바토프 대공부인이 아무리 캐물어도 그는 더 이상 그 어떤 말도 하지 않았다. 이 공리(公理)가 천재에 대해 그가 알고 있는 전부였으며, 게다가 이런 공리는 장티푸스와 관절염의 경우처럼 증명된 것이라고는 생각하지 않았기 때문이다. 그리고 저명인사가 되고서도 여전히 예절을 못 익힌 그는 이렇게 대꾸했다. "질문은 쓸모없습니다. 대공부인, 캐묻지 마시기를. 나는 쉬려고 바닷가에 왔으니. 게다가 들으셔도 내 말을 이해 못하십니다. 의학을 모르시니까." 이 말에 대공부인은 둘러대면서 입을 다물었는데, 속으로 코타르를 매력 있는 사내라고 생각하고, 또 저명인사란 반드시 가까이하기 쉽지 않다는 걸 깨달았다. 그래서 이 첫 무렵에 사람들은 이미 샤를뤼스 씨를 그 성도착이라는 악덕(이라 할까, 아무튼 일반적으로 그렇게 부르는 것)에도 지성이 뛰어난 사람이라고 생각하게 된 것이다. 그런데 지금에 와서는 그저 어렴풋하게, 그 악습 때문에 그를 남들보다 지적이라고 생각하게 되었다. 대학교수나 조각가에게 교묘히 선동된 샤를뤼스 씨가 그의 독특한 경험, 비밀스럽고 세련되며 매우 기괴한 경험에서 얻은 사랑·질투·아름다움에 대한 간단한 잠언(箴言)을 뱉으면, 그것이 신도들한테는 낯섦의 매력을 띠었다. 마치 예부터 프랑스 극예술이 보여주던 심리와 비슷한 어떤 심리가, 러시아나 일본의 연극에서 그 나라 배우를 통해 상연될 때 새로운 매력을 띠듯이. 그러나 샤를뤼스 씨의 귀에 안 들릴 때면 사람들은 위험을 무릅쓰고 고약한 농담을 해댔다. "저런!" 조각가가, 인도의 무희같이 속눈썹이 긴 젊은 철도원한테서 샤를뤼스 씨가 눈을 못 떼는 것을 보면서 속삭였다. "남작이 저 승무원에게 윙크하기 시작하면, 우리는 좀처럼 도착 못할 거야. 열차는 뒷걸음치겠지. 저 노려보는 꼴 좀 보시지. 이건 경편 기차가 아니라 케이블카에 탄 거야."

그러나 결국 샤를뤼스 씨가 안 오기라도 하면 다들 실망감을 느꼈다. 흔해 빠진 사람들 사이에 끼여 여행한다는 실망감, 자기 옆에 화장으로 울긋불긋한 그 배뚱뚱이, 속마음을 감춘 그 사람, 기묘한 냄새를 풍겨 그 과일을 맛볼 생각만 해도 속이 뒤집힐 수상한 외국 과일 상자 같은 그 인물이 없다는 실망감이었다. 이 관점에서 보면 남성 신도들은 샤를뤼스 씨가 차에 타는 생마르탱 뒤 센과, 모렐이 신도들과 합류하는 역인 동시에르 사이의 짧은 여정에서 한층 강렬한 만족을 느꼈다. 왜냐하면 바이올리니스트가 거기에 없는 한(그리고 부인들과 알베르틴이, 사내들의 대화를 방해하지 않으려고 따로 무리지어 있는 경우), 샤를뤼스 씨는 어떤 화제를 기피하는 기색을 보이지 않으려고 '고약한 품행이라는 딱지가 붙은 것'에 대해서도 태연히 얘기했기 때문이다. 알베르틴은 그에게 방해가 되지 않았다. 그녀는 자기가 있어서 마음대로 대화를 나누지 못할까 봐 염려하는 젊은 아가씨다운 상냥한 배려심에서 늘 부인들과 같이 있었다. 나는 그녀가 나와 같은 찻간에 있기만 하면 내 곁에 없어도 쉽사리 견딜 수 있었다. 이제는 그녀에게 질투도 사랑도 거의 느끼지 않게 된 터라, 내가 그녀와 만나지 않는 날에 그녀가 뭘 하는지 생각해보지도 않았기 때문이다. 그 반면 만나고 있는 동안은, 아슬아슬하게 배신을 감출 수 있는 간단한 칸막이만 있어도 견디지 못했다. 그녀가 부인들과 같이 이웃 칸에 가기라도 하면 나는 금세 그 자리에 엉덩이를 붙일 수 없어, 지껄이고 있는 브리쇼나 코타르 또는 샤를뤼스 씨의 기분을 언짢게 할 위험을 무릅쓰고, 그들에게 자리를 뜨는 까닭을 댈 틈도 없이 벌떡 일어나서 그들을 팽개쳐버리고, 뭔가 틀을 벗어난 일이 일어나지 않는가 보기 위해 이웃 칸으로 가는 것이었다.

　동시에르까지 가는 동안 샤를뤼스 씨는 듣는 이의 기분이 언짢건 말건 상관없이 때로는 아주 까놓고 그런 품행에 대해 말하며, 자기 생각에 그 품행은 훌륭하지도 고약하지도 않다고 떠벌렸다. 그는 제 품행이 신도들의 정신 속에 한 점 의혹도 일으키지 않았다고 믿어 마지않아, 넓은 마음을 보이려고 능란하게 이야기를 펼쳤다. 그가 나중에 자주 쓰게 된 표현에 따르자면 이 세상엔 '자기를 주시하고 있는' 인간이 몇몇 있다고 그는 굳게 믿었다. 그러나 그는 그런 인간의 수는 서넛을 넘지 않거니와 이 노르망디 해안에는 한 사람도 없다고 상상했다. 그토록 세심하고도 의심 많은 사람이 그런 환상을 품었다니 놀라울 따름이다. 조금 사정을 알 법한 사람들에 대해서도 그는 상대의 지식이 막연한 것에 지나지 않을 거라고 은근히 믿어, 이것저것 얘기하는 중에 상대의 추측을 무너뜨릴 수 있다고 여겼다. 하지만 상대는 그저 예의상 그의 말을 곧이듣는 척했을 뿐이다. 나만 해도 그랬다. 그는 내가 그에 대해 뭘 알며 어떤 추측을 하는지 눈치챘으면서도, 그런 내 견해를 실제와 달리 먼 옛날의 것으로 생각하고 또 그런 지식이란 더할 수 없이 총괄적이라고 믿어서, 자기 말을 믿게 하려면 세부의 두세 군데만 부정하면 그만이라고 상상했다. 그런데 그렇기는커녕, 전체의 총괄적인 지식이라는 게 늘 세부의 지식에 앞서고 보니, 전체적인 지식은 세부의 조사를 한없이 쉽게 해주고 세부를 가리는 힘을 때려 부수니까, 위선자로 하여금 숨기려는 것을 숨기지 못하게 한다. 샤를뤼스 씨는 신도나 신도들의 어느 친구에게 초대받으면, 복잡하고 교활한 수단을 부려 열 사람쯤 늘어놓으면서 그 안에 슬쩍 모렐의 이름을 끼워 넣었다. 그럴 때 그는 스스로 깨닫지 못한 채, 그가 모렐과 함께 그 저녁에 초대된다면 안성맞춤이니 기쁘겠다는 뜻에 대해 그때마다 다른 이유를 대지만, 초대한 쪽은 이유를 곧이듣는 체하며, 그런 이유 대신에 늘 같은 단 하나의 이유를 알아챘다. 그가 남들이 모르는 줄 아는 이유, 곧 그가 모렐을 사랑한다는 이유였다.

마찬가지로 베르뒤랭 부인도, 샤를뤼스 씨가 절반은 예술적이고 절반은 인도적인 동기를 들면서 모렐에게 기울인 제 관심의 동기를 말하는 것을 그대로 받아들이는 체하면서, 이 바이올리니스트에 대한 그의 친절, 그녀의 말로는 눈물겨운 그 친절에 대해 남작에게 뜨겁게 사례하기를 그치지 않았다. 그런데 모렐과 그가 기차 타고 오지 않아 늦었던 어느 날, 마님의 "그 아가씨 일행만 안 왔네!"라는 말을 샤를뤼스 씨가 들었다면 얼마나 놀랐을까. 남작은 라 라스플리에르를 거의 떠나지 않고 거기서 전속 사제 또는 고정 신부 같은 얼굴을 하고 있었으며, 가끔(모렐이 이틀 동안 외출 허가를 받았을 때) 둘이 여기서 이틀 밤을 묵은 적도 있던 만큼, 그런 소리를 들었다면 더욱 가슴이 철렁 내려앉았으리라. 둘이서 묵을 때 베르뒤랭 부인은 그들에게 서로 통하는 두 방을 주고, 그들이 편히 있도록 이렇게 말했었다. "음악을 하고 싶으면 마음껏 하세요. 벽이 성벽같이 두꺼운 데다 2층에는 두 분밖에 안 계시고, 남편은 언제나 깊은 잠에 빠지니까요." 그런 날 샤를뤼스 씨는 대공부인 대신에 역까지 새 손님들을 마중하러 가는데, 베르뒤랭 부인이 건강 상태가 좋지 않아 못 나왔다는 변명을 하면서 부인의 상태를 어찌나 잘 설명하는지, 초대객들은 이런 경우에 적당한 표정을 짓고 들어오다가, 마님이 가슴과 등을 드러낸 드레스 차림으로 활기차게 돌아다니는 걸 보고서 놀라 냅다 고함을 질렀다.

샤를뤼스 씨는 잠깐 베르뒤랭 부인을 위해 신도들 중의 신도, 제2의 셰르바토프 대공부인이 되었던 것이다. 베르뒤랭 부인이 그의 사교계 지위에 대해 아는 것이라곤 대공부인의 지위보다 훨씬 더 확실하지 않았다. 그 대공부인이 작은 핵심밖에 방문하려 하지 않는 건 그녀가 남들을 깔보기도 하거니와 이 작은 핵심을 특히 좋아하기 때문이라고, 베르뒤랭 부인은 상상했다. 사실 자기들이 교제할 수 없는 인간을 모두 지긋지긋한 사람으로 취급하는 것은 베르뒤랭 부부 특유의 체면치레였으므로, 대공부인이 멋을 싫어하는 강철 같은 사람이라는 가설을 베르뒤랭 부인이 진심으로 믿을 리가 없었다. 그래도 베르뒤랭 부인은 제 소견을 끝내 고집해, 대공부인이 지긋지긋한 사람들과 교제하지 않는 건 지적인 취미에서 나온 본심 때문이라고 굳게 믿었다. 하기야 지긋지긋한 인간 수도 베르뒤랭 부부의 시야에서 점점 줄어들었다. 바닷가에서의 생활은 파리에서라면 그 장래의 결과가 두려워서 망설여지는 자기소개도 쉽게 만들어주었다. 아내 없이 발베크에 온 귀하신 양반들은 그 덕에 모든 일이 쉬워졌다. 그들은 라 라스플리에르에 가까워지기 위해 말을 붙여, 지긋지긋한 인간에서 품위 있는 인간으로 변해가고 있었다. 게르망트 대공도 그랬다. 물론 아무리 게르망트 대공부인이 그곳에 있지 않더라도, 만일 드레퓌스파의 인력이 라 라스플리에르로 통하는 비탈길을 단숨에 올라가게 할 만큼 강력한 힘을 갖지 않았다면, 그도 베르뒤랭네 별장에 '총각인 체'하고 갈 결심은 서지 않았으리라. 공교롭게 그날 마님은 외출 중이었지만. 하기야 베르뒤랭 부인에겐 그와 샤를뤼스 씨가 같은 사회의 인간인지 확실하지 않았다. 남작은 게르망트 공작을 제 형이라고 말하긴 했으나, 그건 어쩌면 협잡꾼의 거짓말인지도 몰랐다. 그가 그처럼 멋들어지게 차려입고 베르뒤랭네에 충실하고 친절해도, 부인은 게르망트 대공과 그를 같이 초대하기를 망설였다. 그녀는 스키와 브리쇼에게 의논했다. "남작과 게르망트 대공을 붙여놔도 괜찮을까요?" "글쎄요, 둘 가운데 한쪽이라면 아마도……" "한쪽? 그게 내게 무슨 도움이 됩니까?" 베르뒤랭 부인은 초조해하며 다시 입을 열었다. "난 둘을 붙여놔도 괜찮을지 궁금한 거라고요." "음! 부인, 그건 어려운 문제로군요." 베르뒤랭 부인은 어떤 악의도 없었다. 그녀는 남작의 품행을 알긴 했지만, 오해하기 쉬운 그런 표현을 썼을 때 마음속으로 남작의 품행을 조금도 생각하지 않고, 오로지 대공과 샤를뤼스 씨를 함께 초대할 수 있을지, 서로 뜻이 맞을지 알고 싶었을 뿐이다. '작은 동아리'의 예술가들이 즐겨 쓰는 상투적인 그런 말씨의 사용에 그녀는 아무 악의도 두지 않았다.

게르망트 씨를 자랑하려고, 그녀는 오찬을 든 다음, 해안의 뱃사람들이 출범 준비를 구경시키는 어느 자선회에 그를 데리고 가려 했다. 그러나 모든 일을 직접 할 틈이 없는 그녀는 그 직무를 신도들 중의 신도인 남작에게 맡겼다. "아시겠죠, 뱃사람들이 한군데 붙은 섭조개처럼 옴짝달싹하지 않으면 못써요. 그들이 여기저기 뛰어다니면서 출항 준비랄까, 뭐라고 하는지 모르지만, 하여튼 그것을 사람들한테 구경시켜야 해요. 발베크 플라즈 항구에 자주 가시는 당신이니, 별문제 없이 연습을 잘 시키실 테죠. 나보다 잘하실 거예요, 샤를뤼스 님, 젊은 뱃사람들을 움직이는 일을. 그나저나 게르망트 씨 때문에 우리는 고생하겠지요. 그는 자키 클럽의 바보일 거예요. 어머! 맙소사, 내가 자키 클럽에 대해 욕을 하다니! 아마 당신도 그 회원이시죠. 남작님, 대답이 없으시네요, 거기 회원이시죠? 어때요, 우리와 같이 나가시겠어요? 아, 맞아요. 여기 받은 책이 있어요. 당신 마음에 들 거예요. 루종(Henry Roujon)[1]의 책. 제목이 근사해요.《사내들 중에서》.[2]

　나로서는 샤를뤼스 씨가 자주 셰르바토프 대공부인 역할을 대신하는 게, 내가 대공부인과 하찮으면서도 심각한 이유 때문에 사이가 틀어져 있던 만큼 다행스러웠다. 어느 날 내가 작은 열차 안에서 여느 때와 다름없이 셰르바토프 대공부인에게 친절을 다하고 있다가, 거기에 빌파리지 후작부인이 타는 걸 보았다. 사실 빌파리지 부인은 뢱상부르 대공부인 댁에 몇 주일 지내러 와 있었지만, 알베르틴과 날마다 만나는 필요에 매인 나는, 후작부인과 왕족인 그 집 부인이 여러 번 초대했으나 한 번도 응하지 않았다. 돌아가신 할머니의 벗을 보자 죄책감을 느낀 나는 순 의리로(셰르바토프 대공부인 곁을 떠나지 않고서) 후작부인과 꽤 오래 담소했다. 나는 전혀 몰랐지만, 빌파리지 부인은 내 이웃에 있는 이가 누군지 잘 알며 그녀와 사귀고 싶지 않다는 생각도 했다. 빌파리지 부인은 다음 정거장에서 내렸는데, 나는 그녀가 내리는 데 돕지 않은 것을 후회까지 하면서 대공부인 옆에 돌아와 앉았다. 그러나—마치 그 지위가 튼튼치 못해서 제 욕을 남이 들을까 봐, 남이 자기를 업신여길까 봐 겁내는 사람이 자주 갑자기 변하듯—분위기가 눈에 띄게 바뀌어 있었다. 〈양세계 평론〉 잡지에 몰두한 셰르바토프 부인은 내 물음에 겨우 입술 끝으로 대답하는 둥 마는 둥 하다가 드디어 편두통이 난다고 말했다. 나는 내가 뭘 잘못했는지 몰랐다. 대공부인에게 작별인사를 했을 때 그 얼굴에는 여느 때의 미소가 빛나지 않았으며, 그녀는 무뚝뚝하게 턱을 끄덕여 인사했을 뿐 손도 내밀지 않았다. 그리고 그 뒤로 내게 다시는 말을 건네지 않았다. 하지만 그런 그녀도—무엇을 이야기했는지는 모르지만—베르뒤랭 부부에겐 이야기를 한 모양이다.

───────────

*1 프랑스 한림원 회원, 소설가(1853~1914).
*2 '사내들 사이에서'를 틀리게 말함.

내가 셰르바토프 대공부인에게 정중히 인사하는 게 좋지 못한 행동인지 그들에게 묻자마자, 다들 한결같이 서둘러 대답했다. "아니! 안 돼, 안 돼! 그럴 필요 없지! 그녀는 친절한 행위를 싫어해!" 그렇게 대답한 것은 나와 대공부인 사이를 틀어놓기 위해서가 아니었다. 그녀가 친절한 행위에 무감각하며, 세상의 겉치레에 움직이지 않는 영혼을 지녔다는 걸 모두가 믿게 하는 데 성공했기 때문이다. 인간 사회에서 다음 같은 규칙—물론 예외도 있지만—곧 목석같은 사람이란 남의 마음에 들지 못한 약자라는 것, 또 사람들의 평가 따위 아랑곳없이 속된 사람이 약점으로 여기는 다사로운 애정을 가진 자들만이 실은 강자라는 규칙을 이해하려면 갖가지 인간을 봐야 하니, 이를테면 불우한 시대에는 애정을 담은 미소를 띠면서 하찮은 신문기자의 거만한 인사를 소심하게 구걸하던 정치가가, 권력을 쥐고 나선 가장 완고하고 강경하며 가까이할 수 없는 사람으로 통하는 경우라든가, 코타르(새 환자들이 단단한 철봉으로 여기는)의 몸을 쭉 편 자세를 봐두는 게 필요하고, 일반적으로 인정되는 셰르바토프 대공부인의 거만한 태도와 속물근성 반대가, 어떤 실연의 분함과 어떤 속물근성의 실패에서 생겨났는지 알 필요가 있다.

하기야 셰르바토프 대공부인을 엄하게 비판할 순 없다. 이와 비슷한 경우가 얼마나 많은가! 어느 날 게르망트 가문 한 분의 장례식에서, 내 옆에 있던 어떤 명사가 키 크고 잘생긴 신사를 가리키며 말했다. "게르망트네 사람들 중에서 저이가 가장 굉장한, 가장 별난 사람입니다. 공작의 동생이죠." 나는 경솔히 그가 틀렸다고, 저 신사는 게르망트네와는 아무 관계도 없는 사람으로, 푸르니에 샤를로베즈라고 대답했다. 명사는 등을 돌리고, 그 뒤 다시는 내게 인사하지 않았다.

학사원 회원이자 고관이며 스키와 아는 사이인 대음악가가, 조카딸이 있는 아랑부빌에 들러 베르뒤랭네의 수요일회에 왔다. 샤를뤼스 씨는 (모렐의 청에 따라) 그에게 특별히 싹싹했는데, 특히 파리에 돌아가서 그 아카데미 회원이, 갖가지 비공개 연주회나 총연습 따위에서 모렐이 바이올린을 연주하는 장소에 샤를뤼스 씨가 드나들 수 있도록 허락해주길 바라서였다. 그 아카데미 회원은 아첨까지 받은 데다 본디 애교 있는 사람이라 쾌히 약속하고 또 그 약속을 지켰다. 남작은 이 인물이 자기를 위해 보여준 친절에 깊이 감동했다(하기야 이 사람은 오로지 여성만을 깊이 사랑했지만). 그리고 문외한이 들어갈 수 없는 공적인 장소에서 모델을 만날 수 있게 편의를 봐주는 한편, 특별한 반향을 일으킬 게 틀림없는 연주회를 위해 같은 재능을 가진 다른 많은 사람 가운데에서 특히 이 젊은 바이올리니스트를 지명하여 그에게 이름이 알려질 기회를 준 이 유명한 예술가의 마음씨에 샤를뤼스 씨는 감동해 마지않았다. 그러나 샤를뤼스 씨가 몰랐던 사실은, 이 거장이 바이올리니스트와 그 고상한 비호자 사이의 관계를 훤히 알고 있었다는 점이니, 이 점에서 이 사람은 거듭 공덕을 베푼 셈이었다. 더 적절히 말하자면 두 곱으로 죄를 지었으니, 그만큼 샤를뤼스 씨는 이 사람에게 더욱 감사해야 마땅했다. 이 사람은 여성에 대한 사랑 말고 다른 사랑을 이해 못하며 그 사랑만이 그의 음악에 영감을 주므로, 물론 두 사람의 관계에 공감하는 일 없이, 오로지 도덕에 대한 무관심, 직업적인 배려와 상냥한 성질, 사교상의 친절, 속물근성에서 두 사람을 도왔을 뿐이다. 그는 그런 두 사람의 관계가 어떤 성격인지에 대해서는 깊이 생각해본 적이 거의 없어, 라 라스플리에르에서의 첫 만찬회에서 샤를뤼스 씨와 모렐에 대해 스키에게 물어보았을 때도 한 사내와 그 애인에 대해 말하듯 이렇게 물어보았을 정도이다. "함께 된 지 오래입니까?" 하지만 그는 뼛속까지 사교인이라 당사자들이 눈치채지 못하도록 신경을 쓰고, 모렐의 동료들 사이에 나쁜 소문이 나돌면 그것을 당장 그치게 하고는 모렐에게 "요즘에는 누구나 다 그런 험담을 듣네" 하고 아버지같이 말하면서 안심시키고자 마음먹었다. 또 그는 남작에게도 끊임없이 친절을 베풀어, 남작은 이 유명한 거장의 마음속에 그렇게 큰 악덕 또는 미덕이 있는 줄이야 상상도 못한 채 그의 태도를 훌륭하고도 자연스러운 것으로 생각했다. 그도 그럴 것이 샤를뤼스 씨가 없는 자리에서 사람들이 이러니저러니 하는 말들이나 모렐에 대한 '있는 말 없는 말'을, 샤를뤼스 씨에게 고자질할 만큼 비열한 영혼을 가진 사람은 아무도 없었기 때문이다. 그렇지만 이런 간단한 상황에서도 충분히 드러나는 것은, 일반적으로 헐뜯겨 어디에도 변호자 없는 그런 것, 예컨대 뒷구멍으로 하는 '험담' 같은 것도—우리 자신이 대상이라 유독 불쾌한 것이건, 제삼자에 대해 우리가 몰랐던 사실을 알려주는 것이건—그 나름대로 심리적인 값어치가 있다는 점이다. 그런 험담은, 우리가 실상(實相)인 줄 믿으나 사실 겉모습에 지나지 않는 사물에 대해 꾸며낸 견해를, 정신이 모른 체하지 못하도록 방해한다. 험담은 관념론 철학자의 마술사 같은 능란함과 더불어 겉을 뒤집어서, 짐작하지 못한 안감 천의 한구석을 재빨리 내보인다. 샤를뤼스 씨는 다정스러운 한 친척 여인이 "메메가 나를 사랑하다니 말도 안 되는 소리를? 이래 봬도 난 여자예요!" 말하는 걸 과연 떠올릴 수 있었겠는가. 그렇지만 그 여인은 샤를뤼스 씨에 대해 참되고도 깊은 애착을 가지고 있었다.

그러고 보면 베르뒤랭 부부의 경우에도 샤를뤼스 씨는 이들의 애정과 호의에 기대를 걸 권리가 하나도 없거니와, 그즈음 그들이 샤를뤼스 씨가 없는 자리에서 나누던 담화(나중에 보겠지만 그것은 한낱 담화만이 아니다)가 그가 상상하고 있는 바와는 무척 달랐고, 다시 말해 그가 그 자리에 있을 때 듣던 담화의 단순한 되풀이와는 크게 달랐다고 해도 어찌 놀라겠는가? 베르뒤랭 부부가 자기를 어떻게 생각하는지 샤를뤼스 씨의 머리에 퍼뜩 떠올랐을 때, 그가 이따금 혼자 몽상에 잠기는 장소인 작은 이상(理想)의 정자(亭子)를 다정스러운 명문(銘文)으로 꾸미는 것은 어디까지나 그가 그 자리에서 직접 듣던 담화뿐이었다. 그 정자의 분위기가 어찌나 기분 좋고 안락한지, 거기서 쉬면 어찌나 기운이 나는지, 샤를뤼스 씨는 잠들기 전에 잠시 그곳에 들어가 제 근심을 풀고서 미소 지으며 나오곤 했다. 그러나 우리에게 그런 정자는 두 겹으로 되어 있다. 다시 말해 우리가 하나밖에 없다고 생각하는 건물과 마주하는 또 하나의 건물이 있다. 이 건물은 평소에 우리 눈에 안 띄지만 이게 진짜이며, 우리 눈에 익은 건물과 잘 어울리나 영 다르다. 그리고 그 장식에서 우리는 예상했던 것을 하나도 알아보지 못한다. 그 건물은 뜻하지 않은 적의로 찬 밉살스러운 상징으로써 우리를 소름끼치게 할 것이다. 샤를뤼스 씨가 어떤 험담을 듣는 바람에, 불만을 품은 출입 상인 또는 쫓겨난 하인이 방문마다 숯으로 음란한 낙서를 그린, 그런 뒷계단 가운데 하나를 거쳐서 적대적인 반대쪽 정자 안으로 들어갔더라면 얼마나 소스라쳤을까!

우리는 어떤 새가 타고난 방향감각이 없는 만큼이나 투시감각도 거리감각도 없어서, 우리에게 아무 관심도 기울이지 않는 남의 호의를 아주 가깝게 상상하고, 그러는 동안 도리어 우리가 남의 근심거리가 되고 있음을 짐작하지 못한다. 이와 같이 샤를뤼스 씨는, 제 몸이 헤엄치는 물이 어항 유리 저쪽까지 뻗어 있는 줄 아는 붕어처럼 속아 살았다. 어항은 그 유리에 물을 비추는데, 붕어는 제 바로 곁의 그늘에서 자기 모습을 보며 즐기는 구경꾼이나 전능한 양어가의 모습은 못 본다. 그러나 이윽고 예측할 수 없는 운명의 순간이 다가오면서—하기야 남작의 경우 그러한 때는 아직 미루어져 있지만(그때 파리에서 양어가가 되는 사람은 베르뒤랭 부인일 텐데)—그때 양어가는 무자비하게도 고기를 그 즐겁게 노는 곳에서 건져내어 다른 곳으로 던져버린다. 뿐만 아니라 민족도 그것이 개인의 집합에 지나지 않는 이상, 이 물고기처럼 뿌리 깊고 집요하며 어쩔 도리 없는 맹목 상태의 보다 광대한 보기, 하지만 부분적으로는 서로 똑같은 보기를 우리에게 얼마든지 제공하고 있다. 그런데 샤를뤼스 씨가 뒤에서 남의 비웃음을 사는 뻔뻔스러운 말을 아무 쓸모없는 기교로 치장하여 작은 동아리 사람들에게 함부로 떠벌리는 것을 저 맹목 상태 탓이라고 해도, 그러한 맹목은 적어도 지금 그에게 아직 심각한 지장을 주지 않았고, 발베크에서 그런 지장이 일어날 리도 없었다. 확실히 소량의 단백질과 당(糖)과 조금 불규칙한 심장 박동만으론, 그런 줄 모르는 사람에게는 정상 생활을 계속하는 데 방해가 되지 않는다. 그러나 의사만은 그 점에서 치명적인 지장의 조짐을 알아차린다. 현재 모렐에 대한 샤를뤼스 씨의 흥미는—플라토닉이건 아니건—그저 남작으로 하여금 모렐이 없는 자리에서, 모렐을 썩 잘생긴 젊은이로 생각한다는 말을 기꺼이 내뱉게 하는 정도였다. 그럴 때 남작은 남들이 그런 말을 아주 자연스럽게 들을 거라고 생각했다. 그래서 그는 마치 법정에 호출되어 자기에게 불리해 보이는 세부 진술마저 태연히 해버리는 교활한 인간같이 행동했다. 그런 진술은 자기에게 불리한 만큼, 무대에서 보는 피고의 상투적인 항의보다 더 자연스럽고 덜 비속하다고 생각되기 때문이다. 마찬가지로 늘 동시에르 우에스트와 생마르탱 뒤 셴 사이의 기차 안에서—돌아가는 길로는 이 반대—샤를뤼스 씨는 매우 별난 품행을 지닌 이로 생각하는 사람들에 대해 기꺼이 얘기했는데, "요컨대 다들 별나다고 말하지만, 나는 그 까닭을 모르겠단 말씀이죠. 실은 하나도 별나지 않거든요" 하고 덧붙임으로써, 자기가 얼마나 얘기 상대와 맘 편히 지내는지 자기 자신에게 이해시켰다. 과연 그는 그러했다. 단, 작전의 주도권을 쥔 사람이 그이고, 듣는 쪽이 그의 말을 믿었거나 예의에 신경 써서 말없이 있다는 조건에서.

　모렐의 미모에 감탄하지 않을 때면 샤를뤼스 씨는 자기 감탄이 악덕이라고 불리는 어떤 특수한 기호와 아무 관계가 없기라도 한 듯 그런 악덕을 논했는데, 더구나 이 악덕이 자기와는 조금도 상관없다는 듯이 떠벌렸다. 가끔 이 악덕을 고유명사로 부르기조차 주저하지 않았다. 그가 읽는 발자크 책의 아름다운 장정을 바라본 다음, 내가 《인간 희극》 가운데 어느 것을 가장 좋아하느냐고 그에게 묻자, 그는 한 고정관념 쪽으로 생각을 돌리면서 대답했다. "글쎄 어느 것일까, 《투르의 신부》와 《버림받은 여인》같이 작은 세밀화일까 또는 《환멸》 시리즈처럼 커다란 벽화일까. 뭐요! 《환멸》을 모른다고? 아름답지, 카를로스 에레라가 사륜마차로 성관 앞을 지나가다가 그 이름을 묻자 그것이 라스티냐크, 그가 전에 좋아한 젊은이의 저택임을 아는 대목. 그때 신부는 몽상에 잠기네. 스완이 썩 재치 있게 이름 붙인, 그 남색(男色)의 《올랭피오의 슬픔》*¹에 빠지지. 그리고 뤼시앵의 죽음! 누군지 생각나지 않네만, 같은 점에 흥미를 가진 어떤 사람은, 당신의 생애에서 가장 슬펐던 사건이 뭐냐는 질문에 '《화류계 여인의 영화와 몰락》에 나오는 뤼시앵 드 뤼방프레의 죽음'이라고 대답했다더군."*² "올해는 발자크가 대유행입니다. 지난해 염세주의처럼." 브리쇼가 이렇게 말하며 참견했다. "하지만 내 말이 발자크 열에 들뜬 사람들 마음을 아프게 하더라도, 아니 뭐 내가 문학계의 잔소리꾼이 되거나 문법적인 오류 조서를 만들 생각은 전혀 없지만, 터놓고 말해 당신이 유별나게 과대평가하시는 그 기막힌 졸작의 구질구질한 즉흥 작가를 나는 늘 좀스러운 삼류 문사로 생각했습니다. 당신이 말씀하시는 그 《환멸》로 말하자면, 남작, 나도 그걸 전문가의 열정으로 머리를 쥐어짜면서 읽어보았습니다. 그러나 솔직히 이 대중 소설은 과장된 허튼소리, 이중 삼중으로 알지 못할 횡설수설인데(이를테면 《행복한 에스더》, 《나쁜 길이 이끄는 곳》, 《사랑은 언제 늙은이들에게 되살아나》 등등), 이것이 이해할 수 없는 인기로 한때 걸작의 지위에 올라 《로캉볼(Rocambole)》*³처럼 이상야릇한 인상을 늘 내게 주었습니다."

"당신은 인생을 모르시니까 그런 말을 하십니다." 남작은 이중으로 화가 나서 말했다. 그는 자신의 예술가로서의 이론도, 또 다른 이론도 브리쇼가 이해 못하고 있는 걸 느꼈기 때문이다. 브리쇼가 대답했다. "물론 프랑수아 라블레 선생처럼 말하면, 나를 매우 소르보나그르(Sorbonagre),*⁴ 소르보니콜

---

*1 위고의 장시(長詩).
*2 오스카 와일드를 말함. 또한 《화류계 여인의 영화와 몰락》은 발자크의 작품.
*3 퐁송 뒤테라유(1829~71)의 연속 대중 소설.
*4 소르본 교수.

(Sorbonicole)*⁵하고도 소르보니포름(Sorboniforme)*⁶이라고 말하시겠죠. 그렇지만 나는 동료들과 마찬가지로 책이 성실함과 삶의 인상을 주는 쪽을 좋아하는데, 그 식자들은 그렇지가 않아서……."

"라블레의 15분*⁷이로군요." 코타르 의사는 조금의 의심도 없이 자기 재치에 자신 있는 모양으로 참견했다. "그 식자들은 겉치레의 대가인 샤토브리앙 자작한테 복종하고 불로뉴 숲 수도원 교단(敎團)의 규칙에 따르면서, 인문주의자들의 엄한 규율대로 문학의 맹세를 했죠. 샤토브리앙 자작님이……." "샤토브리앙 오 폼(Chatcaubriant aux Pommes)*⁸이라뇨?" 코타르 의사가 말참견했다. "그가 그 단체의 수호신입니다." 브리쇼는 의사의 농담에 개의치 않고 계속해서 말했다. 의사는 대학교수의 말에 깜짝 놀라 샤를뤼스 씨를 불안스레 바라보았다. 코타르는 브리쇼가 좀 눈치 없다고 생각한 것이다. 한편 코타르의 곁말은 셰르바토프 대공부인의 입술에 잔미소를 꽃피웠다. "교수의 말씀과 더불어, 완벽한 회의주의자인 의사의 신랄한 비꼬기도 결코 그 권리를 잃지 않네요." 그녀는 의사의 '곁말'을 잘 알아들었다는 걸 나타내려고 붙임성 있게 말했다. "현자는 반드시 회의주의자입니다." 의사가 대답했다. "크 세즈(Que sais—je, 나는 무엇을 아는가)'입니다. '그노티 세아우톤(Gnothi Seauton, 너 자신을 알라)' 소크라테스도 말했습니다. 옳은 말씀, 모든 일에 지나침은 잘못이죠. 그러나 그 말 하나로 소크라테스의 이름이 오늘까지 전해져왔다는 게 놀라울 뿐입니다. 그 철학 속에 뭐가 있습니까? 거의 아무것도 없지요. 그런데 샤르코와 그 밖의 사람들은 천 배나 더 주목할 만한 일들을 했습니다. 더구나 그 일은 적어도 그 어떤 것 위에, 이를테면 진행마비와 더불어 나타나는 병증으로 동공반사 정지 같은 것 위에 세워져 있어요. 그런데 그들은 거의 기억 속에서 사라졌으니! 그러한 사실을 생각할 때, 요컨대 소크라테스도 그다지 뛰어난 인간이 아닙니다. 할 일이 하나도 없어 온종일 어슬렁어슬렁 걸어다니거나, 하찮은 일로 왈가왈부 입씨름하거나 하며 지낸 이들이죠. 그리스도처럼 '서로 사랑할지어다' 말할 뿐. 이 아니 좋습니까." "여보……." 코타르 부인이 애원했다. "물론, 안사람은 반

*5 '소르본 색이 짙은'이라는 라블레식 조어.
*6 '소르본의 틀에 박힌'이라는 라블레식 조어.
*7 라블레가 음식점에서 식사한 다음 값을 못 치러 쩔쩔맸다는 '15분간 딱하게 됐다'는 뜻.
*8 감자를 곁들인 소고기 요리.

대하죠. 여성이란 다 신경증 환자니까." "하지만 여보, 나는 신경증이 아닌걸요." 코타르 부인이 중얼댔다. "뭐라고? 신경증이 아니라고? 아들이 아플 때마다 안사람은 불면증 증상을 보이죠. 하지만 뭐, 결국 소크라테스나 다른 사람들이 탁월한 교양을 위해서, 남에게 보여줄 만한 재능을 갖기 위해서 필요하다는 점은 인정합니다. 나도 항상 강의 첫날 학생들 앞에서 '그노티 세아우톤'을 인용합니다. 부샤르 의사도 이를 알고, 나를 칭찬해주셨죠."

"나는 그다지 형식을 위한 형식을 주장하는 사람도 아니려니와, 시에서 수만 가지의 운(韻)을 뒤쫓으려고도 하지 않습니다만." 브리쇼가 말을 이었다. "아무튼 《인간 희극》은—아니 조금도 인간답지 않은—선량하고도 심술궂은 오비디우스가 말했듯이, 예술성이 내용을 뛰어넘는 작품들과 너무나 동떨어져 있습니다. 결국 우리가 택할 것은 산허리의 오솔길입니다. 곧 르네*¹가 냉엄한 교황의 의무를 거룩하게 이루어낸 발레 오 루(Vallée—aux—Loups)*²와, 집행관의 입회인들에 들볶인 오노레 드 발자크가 종교의 열렬한 사도로서 어느 폴란드 여인을 위해 철자 틀린 악문을 횡설수설 계속 끼적거린 레 자르디(Les Jardies)*³에서 똑같은 거리에 있는, 뫼동 주교관*⁴ 또는 페르네의 오두막집*⁵으로 통하는 오솔길입니다." "샤토브리앙은 말씀 이상으로 생생하게 현대에 살아 있고, 또 발자크는 뭐라고 해도 위대한 작가란 말씀이오." 샤를뤼스 씨는 브리쇼 말에 화내지 않으려고 지나치게 스완의 취미가 스며든 투로 대답했다. "게다가 발자크는 다른 사람들이 전혀 모르는 정열, 거기에 불명예스런 낙인을 찍기 위해서만 연구하는 열정에까지 정통했죠. 불후의 명작 《환멸》은 새삼 말할 것도 없이, 《사라진》이나 《금빛 눈의 아가씨》나 《사막에서의 정열》이나, 어지간히 수수께끼 같은 《가짜 정부》만 해도, 나의 주장을 뒷받침해줍니다. 이렇듯 발자크의 '자연에서 벗어난' 특징에 대해 스완에게 얘기한 일이 있는데, 그때 그는 '당신은 텐(Taine)*⁶과 같은 의견이다' 말하더군요. 나는 텐 님과 아는 사이라는 영광은 못 누렸지만." 샤를뤼스 씨는 덧붙였다(사교계 사람들은 이처

---

*1 샤토브리앙의 소설 《르네》에 나오는 주인공.
*2 직역하면 '이리의 골짜기', 샤토브리앙의 영지.
*3 파리 교외에 있던 발자크의 집.
*4 라블레의 집.
*5 볼테르의 집.
*6 프랑스의 비평가, 철학자, 문학사가(1828~93).

럼 귀에 거슬리는 습관을 따라 대작가에게 쓸데없는 '님'자를 붙임으로써, 경의를 표한다, 간격을 지킨다, 그리고 그들이 대작가와 아는 사이가 아니라는 걸 확실히 나타낸다고 믿는다). "나는 텐 님과 아는 사이가 아니었으나 그와 같은 의견임을 큰 영광으로 생각했소." 하기야 이런 우스꽝스러운 사교 습관에도 샤를뤼스 씨는 지성이 높았으므로, 만일 어떤 옛 결혼이 그의 가문과 발자크 가문 사이에 인척 관계를 맺어주었다면 틀림없이 만족을(그것도 발자크에 못지않은 만족을) 느끼고, 더구나 아랫사람에 대한 훌륭한 겸양 표시인 듯 그 만족을 스스로 뽐내기를 참지 못했으리라.

가끔 생마르탱 뒤 셴의 다음 정거장에서 젊은이들이 열차에 타곤 했다. 샤를뤼스 씨는 그들을 바라볼 수밖에 없었는데, 젊은이들에게 쏠리는 눈길을 서둘러 거두고 숨기려 했다. 하지만 그 태도가 도리어 진짜 비밀보다 더 특수한 비밀을 감추고 있는 느낌을 주었다. 즉 그는 젊은이들을 알고 있는데 본의 아니게 그런 기색을 상대에게 보이고 말아, 꾹 참고 서둘러 우리 쪽으로 머리를 다시 돌린 듯했다. 마치 부모들 사이가 좋지 않아 친구들에게 인사하는 걸 금지당한 아이가, 그 친구들을 우연히 만났을 적에 반사적으로 머리를 쳐들었다가 가정교사의 엄한 감시 밑에 눈을 곧 내리뜨는 모양으로.

아까 발자크에 대해 논하면서 샤를뤼스 씨가 《화류계 여인의 영화와 몰락》의 한 대목을 《올랭피오의 슬픔》에 비유해 그리스말을 인용했을 때, 그 말을 들은 스키·브리쇼·코타르는 아마 비꼬기보다 만족스런 미소를 띠면서 서로 얼굴을 바라보았다. 그 미소는 드레퓌스한테 그 자신의 사건을 이야기시키거나 또는 황후한테 그 치세 시절을 이야기시키는 데 성공한 만찬 참석자들이 띠던 미소였다. 사람들은 샤를뤼스 씨가 이 화제에 대해 좀더 이야기하게 만들 셈이었으나, 어느새 동시에르에 도착해, 모렐이 우리와 함께했다. 샤를뤼스 씨는 모렐 앞에서 늘 조심스럽게 말을 삼간다. 스키가 뤼시앵 드 뤼방프레에 대한 카를로스 에레라의 사랑 이야기로 남작을 데리고 돌아오려 했을 때, 남작은 숨은 뜻이 있는 듯 난처한 태도를 짓다가, 드디어(사람들이 스키의 말을 듣지 않는 걸 보고서) 딸 앞에서 외설한 이야기가 오가는 걸 눈치챈 아버지처럼 엄하게 나무라는 듯한 표정을 보였다. 그래도 스키가 고집 세게 계속하려 드니까 마침내 샤를뤼스 씨는 눈을 부릅뜨고 목소리를 높여, 코타르 부인과 셰르바토프 대공부인과의 담소에 열중해 어차피 이쪽 이야기를 안 듣고 있는 알베르틴을 가리키면서, 뜻을 뚜렷이 나타내는 투로, 또 버릇 없는 인간에게 훈계하려는 듯이 두 가지 뜻을 함께 넣어 암시하는 투로 일렀다. "이제는 저 아가씨의 흥미를 끌 수 있는 얘기를 합시다." 그러나 나는 당장 깨달았다. 그에게 젊은 아가씨란 알베르틴이 아니라 모렐이라는 것을. 게다가 곧 그는, 모렐 앞에서 그런 대화를 하지 말자고 부탁하면서 쓴 말투로 내 해석의 정확함을 증명했다. 그는 바이올리니스트에 대해 다음같이 나에게 말했다. "여보게, 그는 자네가 생각할지도 모르는 그런 인간이 전혀 아닐세. 매우 정숙한 애지. 언제나 얌전하고, 썩 착실한 애지." 이런 말로 미루어 샤를뤼스 씨가 성도착을, 여인들한테 마음이 그렇듯 젊은이들한테 불길한 위험으로 여김을 알 수 있었다. 또 그는 모렐에 대해 '착실한'이라는 형용사를 썼는데, 그것은 젊은 여직공에게 쓰일 때와 같은 뜻이었다.

그때 브리쇼는 화제를 바꾸려고, 앵카르빌에 오래 있을 셈이냐고 나에게 물었다. 나는 앵카르빌이 아니라 발베크에 묵고 있다고 몇 번이나 그에게 주의를 줬는데도 헛일, 그는 늘 틀렸다. 앵카르빌 또는 발베크 앵카르빌이라는 이름씨로 연안 일대를 가리키고 있었기 때문이다. 그렇듯 같은 것을 사람들과는 좀 다른 이름씨로 부르는 이들이 있게 마련이다. 포부르 생제르맹의 한 귀부인은 게르망트 공작부인에 대해 말할 때마다 나에게, 제나이드 또는 오리안 제나이드를 만난 지 오래되느냐고 물었는데, 나는 처음엔 무슨 말인지 몰랐다. 아마도 게르망트 부인의 한 친척 여인 이름이 오리안이라서 혼동을 피하기 위해 게르망트 부인을 오리안 제나이드로 부른 시절이 있었던 것 같다. 마찬가지로 처음에는 정거장이 앵카르빌에 하나만 있어서, 거기서 마차로 발베크에 갔는지도 모른다.

"무슨 얘기를 하셨어요?" 알베르틴은 샤를뤼스 씨가 급작스럽게 아버지의 엄숙한 말투로 변한 데 놀라 물었다. "발자크에 대해서." 남작이 급히 대답했다. "오늘 저녁 아가씨는 그야말로 카디냥 대공부인*¹ 옷차림이군요. 만찬회 때 대공부인의 첫 옷차림이 아니라, 그 다음 옷차림이군요." 이런 일치가 생겨난 것은, 내가 알베르틴의 옷을 고를 때 엘스티르 덕분에 그녀가 갖춘 취미에서 영감을 받았기 때문이다. 엘스티르는 검소를 중히 여겼는데, 그것은 이제 프랑스

---

*1 발자크의 소설 《카디냥 대공부인의 비밀》에 나오는 주인공.

풍의 부드러움과 순함이 어울리지 않는다면 영국풍이라고 부를 검소함이었다. 엘스티르가 좋아하는 드레스는 흔히 디안 드 카디냥 옷처럼 회색의 조화로운 배합을 우리 눈에 선보였다. 알베르틴 옷차림의 참된 가치를 감상할 줄 아는 사람은 거의 샤를뤼스 씨밖에 없었다. 그의 눈은 알베르틴의 옷차림에서 어디가 희귀하며 어디에 가치가 있는지 바로 알아챘다. 그는 천의 이름을 결코 틀리지 않았거니와 만든 사람도 알고 있었다. 다만 그는—특히 여인들의 옷에 대해선—엘스티르가 허용하는 것보다 좀더 화려하고 빛깔 있는 것을 더 좋아했다. 그래서 그날 저녁 그녀는 암고양이 같은 조그만 장밋빛 코를 구부리면서 반쯤 생글생글 반쯤 불안해하는 눈길을 내게 던졌다. 회색 크레프드신 치마 위에 회색 체비엇 양털 겉옷을 입은 알베르틴은 과연 회색 한 가지로만 이루어진 인상을 주었다. 그러나 그녀가 겉옷을 입거나 벗거나 하는 데 헐렁헐렁한 소매를 잡아 내리거나 쳐들거나 하는 손이 필요해, 내게 도와달라는 신호를 하면서 겉옷을 벗자, 드러난 소매는 매우 부드러운 타탄체크 모양으로 장밋빛, 엷은 파랑, 초록빛 도는 푸른빛, 비둘기 털빛이라, 마치 회색 하늘에 무지개가 나타난 듯했다. 그녀는 이 효과가 샤를뤼스 씨의 마음에 들었는지 궁금했다. "오!" 남작은 황홀해져서 외쳤다. "이건 한 줄기 빛이요 색채의 프리즘(prisme)입니다. 치하해 마지않소." "하지만 이분의 공인걸요." 알베르틴은 나를 가리키면서 얌전히 대답했다. 그녀는 내게서 받은 선물을 남에게 보이는 걸 좋아했으므로. "빛깔을 겁내는 이는 차려입을 줄 모르는 여인들뿐이죠." 샤를뤼스 씨는 이어 말했다. "속되지 않은 화려함과 싱겁지 않은 부드러움이 있어야죠. 그야 아가씨는, 속세에서 떠난 몸인 듯이 보이려고 한 카디냥 부인과는 다르죠. 카디냥 부인은 그런 관념을 그 회색 옷차림으로 차근차근 아르테즈[*2]에게 심어주려고 했거든요."

이 옷의 말 없는 표현에 흥미를 느낀 알베르틴은 샤를뤼스 씨에게 카디냥 대공부인에 대해 물었다. "음! 참으로 좋은 중편소설입니다." 남작은 꿈꾸는 듯이 말했다. "나는 디안 드 카디냥이 에스파르 부인과 같이 산책한 작은 정원을 알죠. 그곳은 내 사촌누이의 정원입니다." 브리쇼가 코타르에게 속삭였다. "사촌누이의 정원이 어쩌고저쩌고하는 문제가 족보와 마찬가지로 이 훌륭하신

[*2] 발자크의 작품 《카디냥 대공부인의 비밀》에 나오는 인물, 에스파르 부인도 같음.

남작에게는 무조건 값어치를 지니는 모양입니다. 그러나 우리처럼 거기를 산책할 특권도 없고, 그 귀부인도 모르며, 귀족의 칭호도 못 가진 자들한테, 그런 정원이 무슨 흥미가 있겠어요?" 왜냐하면 브리쇼는 예술작품처럼 옷과 뜰에도 흥미를 가질 수 있다고는 생각하지 못했고, 또 샤를뤼스 씨가 카디냥 부인의 작은 산책로를 머릿속에 그려본 것이 발자크 작품에 그려져 있는 대로라고는 꿈에도 몰랐기 때문이다. 남작은 계속해서 나에게 그 사촌누이 이야기를 했다. "자네도 그분을 아시네." 그리하여 나를, 샤를뤼스 씨와 같은 사회의 인간은 아닐망정 적어도 그 사회에 드나드는 인간이면서도 작은 동아리에 귀양온 아무개처럼 대해서 기쁘게 하려고. "어쨌거나 자네는 빌파리지 부인 댁에서 그분을 만났을 거야." "보크뢰 성관을 갖고 계신 빌파리지 후작부인인가요?" 브리쇼가 열띤 표정으로 물었다. "그렇소, 아시오?" 샤를뤼스 씨는 무뚝뚝하게 물었다. "아니요, 전혀." 브리쇼는 대답했다. "그러나 우리 동료인 노르푸아가 해마다 휴가의 얼마 동안을 보크뢰에서 지내죠. 거기 주소로 그에게 편지를 부친 일이 있습니다."

나는 모렐의 흥미를 끌려고, 노르푸아 씨는 아버지의 친구라고 말했다. 하지만 그의 표정은 조금도 변하지 않았으며 아무런 반응도 없었다. 그 정도로 그는 나의 부모를 하찮은 인간으로 보아, 그의 아버지가 하인으로 일했던 내 종조할아버지와는 하늘과 땅 차이라고 여겼던 것이다. 하기야 종조할아버지는 집안의 다른 사람들과는 반대로 어지간히 '잘난 체하기' 좋아해서, 그 하인들에게 눈부신 추억을 남겨놓았다. "빌파리지 부인은 탁월한 여인인 것 같아요. 그러나 나는 아직 내 눈으로 그 점을 판단한 적이 없거니와, 내 동료들도 마찬가지죠. 노르푸아는 학사원에서는 예의와 호의로 가득하나, 아직 아무도 후작부인에게 소개를 하지 않았거든요. 아는 이들 가운데 부인의 초대를 받은 사람은, 부인과 옛날부터 교제하던 우리 친구 튀로 당쟁(Thureau-Dangin)[*1]뿐입니다. 아, 가스통 부아시에(Gaston Boissier)[*2]도, 부인이 그의 연구 논문을 읽고 특별히 흥미를 느껴 그를 만나고 싶어했죠. 그는 한 번 만찬에 초대되어 홀딱 반해서 돌아왔습니다. 부아시에 부인은 아직 초대를 못 받았지만." 이러한

[*1] 역사가, 아카데미 프랑세즈의 종신 사무국장(1837~1913).
[*2] 《새 고고학적 산책》을 쓴 소르본 대학 교수. 아카데미 프랑세즈의 종신 사무국장(1823~1908).

이름에 모렐은 한없이 감동한 듯 미소지었다. "아아! 튀로 당쟁." 그는 내가 노르푸아 후작과 나의 아버지에 대해 말했을 때는 그토록 무관심했으면서 이번에는 관심 있는 모양으로 나에게 말했다. "튀로 당쟁은 당신의 종조할아버지와 단짝이었습니다. 한 귀부인이 아카데미 프랑세즈의 입회 연설회의 중앙 자리를 하나 원했을 때, 종조할아버지께서 말씀하셨어요. '튀로 당쟁에게 편지를 쓰겠소.' 물론 자리표가 곧 왔죠. 아시다시피 튀로 당쟁 씨는 종조할아버지님의 부탁을 감히 거절하지 못했거든요, 뒤탈이 두려워서. 부아시에(Boissier)[*3]의 이름도 들으니 반갑네요. 종조할아버지께서 정월 초하루에 귀부인들에게 보내는 물건을 전부 그곳에 주문하셨으니까. 나는 거기를 잘 알죠, 그 심부름을 했던 사람과 친했거든요." 사실 친했던 정도가 아니라, 심부름을 했던 사람은 그의 아버지였다.

내 종조할아버지를 추억하는 모렐의 이러한 다정스러운 이야기 가운데 어떤 것은, 우리 식구가 그저 할머니 때문에 이사 와 살고 있는 게르망트네 저택 일부에 그대로 눌러앉아 있을 셈은 아니라는 사실과 관련 있었다. 가끔 좋은 데가 있으면 이사하자는 얘기가 나왔다. 그런데 이 문제에 대해 샤를 모렐이 내게 한 권고를 이해하려면, 전에 종조할아버지가 말제르브 큰거리 40번지의 2에 살았던 일을 알아야 한다. 결과적으로 내가 그 장밋빛 드레스를 입은 부인 이야기를 해버려서 부모님과 아돌프 종조할아버지 사이를 틀어놓은 그 운명적인 날이 오기까지 우리는 아돌프 종조할아버지 댁에 자주 갔는데, 그래서 우리집에선 '종조할아버지 댁'이라고 말하는 대신에 '40번지의 2'라고 말했다. 어머니의 사촌누이들은 더할 나위 없이 자연스럽게 어머니에게 말하곤 했다. "그렇구나! 이번 일요일엔 안 되겠네, 40번지의 2에서 저녁을 먹을 테니." 내가 친척 아주머니를 뵈러 가려면, 식구들은 맨 먼저 '40번지의 2'에 가보라고 거듭 부탁했다. 그 집을 맨 먼저 찾아오지 않았다고 종조할아버지가 화내지 않도록. 그 건물은 종조할아버지의 것이었는데 사실 임차인을 매우 까다롭게 골라서, 임차인들은 다 친구거나 언젠가 친구가 되는 이들뿐이었다. 남작인 바트리 육군 대령은 수리비를 손쉽게 타내려고 날마다 40번지의 2에 와서 종조할아버지와 같이 여송연 한 대를 피웠다. 대문은 늘 닫혀 있었다. 창문 하나에 세탁

[*3] 파리의 과자점. 모렐이 아카데미 회원인 가스통 부아시에와 혼동하고 있음.

물이나 양탄자가 널린 게 종조할아버지 눈에 띄기라도 하면 화가 나서 안으로 들어가, 오늘날의 순경보다 더 재빨리 거두게 했다. 그러나 결국 가옥을 나눠 세준 데는 변함이 없어, 그에게 남은 공간은 두 층과 마구간뿐이었다. 그런데도 건물의 썩 좋은 손질 상태를 칭찬해주면 그가 기뻐하는 걸 알아, 세 든 사람들이 마치 종조할아버지가 그곳의 유일한 거주자인 것처럼 그 '작은 저택'의 안락함을 예찬하기라도 하면, 종조할아버지도 그다지 부인하지 않고 그런 앞뒤 안 맞는 말을 지껄이게 내버려두었다. '작은 저택'은 확실히 안락했다(종조할아버지가 그 시대의 온갖 발명품을 거기에 끌어들였으므로). 하지만 그 건물은 조금도 두드러지지 않았다. 다만 종조할아버지 혼자 짐짓 겸손한 척 '나의 오두막'이라 말하면서도 마음속으로는, 안락하며 호화롭고 매력적이란 점에서 이 작은 저택과 비교될 수 있는 데가 파리에 없다고 여겨, 아무튼 그런 생각을 하인, 하인의 마누라, 마부, 식모의 머리에 깊이 심어준 것이다. 샤를 모렐은 이 신념 속에서 성장했다. 그리고 이 신념을 버리지 않았다. 그래서 그가 나와 담소하지 않는 날도, 열차 안에서 내가 아무개에게 이사할지도 모른다고 말하면, 바로 그는 내게 미소 지으면서 잘 아는 체 눈을 깜박이며 말했다. "그야! 40번지의 2 같은 데라야 하죠! 그런 데라면 당신 가족한테 딱 맞을 걸요. 당신 종조할아버지께선 그 점에 대해 훤히 알고 계셨습니다. 온 파리를 찾아본들 40번지의 2만한 데가 없을 거라고 확신합니다."

카디냥 대공부인의 이야기를 하는 샤를뤼스 씨의 표정이 무척 우울했다. 나는 이 소설이 그에게, 그와 그다지 관계없는 사촌누이의 작은 뜰만을 생각하게 한 것이 아님을 알아챘다. 그는 깊은 몽상에 빠졌다가 자기 자신에게 말하듯 외쳤다. "《카디냥 대공부인의 비밀》! 참으로 걸작이다! 자신의 나쁜 평판이 사랑하는 사내에게 알려질까 봐 그토록 겁내는 디안, 그 무시무시한 심각함, 그 무시무시한 고통! 그야말로 영원한 참이자, 겉보기보다 훨씬 보편적인 참! 얼마나 광범하게 널린 참이냐!" 샤를뤼스 씨는 이런 말을 서글프게 입 밖에 냈는데, 그 슬픔에서 그가 얼마쯤 매력도 발견하고 있는 게 느껴졌다. 확실히 샤를뤼스 씨는 제 품행이 어느 정도까지 알려져 있는지 또는 알려져 있지 않은지 몰라, 파리에 돌아가면 자신이 모렐과 함께 있는 모습을 보고 모렐의 가족들이 끼어들어 자기 행복을 위태롭게 할지도 모른다는 생각에, 얼마 전부터 걱정이 산더미 같았다. 분명 지금껏 그는 충분히 있을 법한 이 일을 몹시 언짢고도 괴로운 일로밖에 여기지 않았으리라. 그런데 남작은 훌륭한 예술가였다. 그래서 조금 전부터 제 처지를 발자크가 묘사한 카디냥 부인의 처지와 겹쳐본 결과 지금은 이를테면 소설 속으로 도피해, 그에게 닥쳐올지도 모르는 불운의 위협 앞에 여전히 벌벌 떨면서도, 스완이나 생루라면 틀림없이 '무척 발자크적'이라고 불렀을 그런 것을 불운 속에서 발견하며 위안으로 삼았던 것이다. 이처럼 샤를뤼스 씨가 카디냥 대공부인과 동화하는 것은, 그가 이미 갖가지 보기를 보인 바 있는 습관적인 정신 전환 덕분에 누워서 떡 먹기만큼 쉬웠다. 게다가 이 동화가 이루어질 경우 사랑의 대상인 여인을 그저 젊은이로 바꾸기만 하면, 정상적인 남녀 관계의 주위에 벌어지는 사회의 번잡한 모든 과정이 즉시 이 젊은이 주위에 펼쳐지는 것이었다. 어떤 이유로 책력이나 시간표를 한번 고치고 나면, 한 해를 몇 주일 늦게 시작하거나 자정을 15분 빨리 치게 하거나 해도, 하루는 그대로 24시간이며 한 달은 30일일 테니까, 시간 측정에서 비롯되는 모든 것은 계속 똑같을 것이다. 숫자들 사이의 관계가 늘 같은 이상, 모든 일을 아무 혼란도 일으키지 않고서 바꿔버릴 수 있다. '중앙 유럽 시간'이나 음력을 받아들여 쓰는 생활에서도 마찬가지다.

여배우를 부양할 때 느끼는 자부심도 샤를뤼스 씨와 모렐의 관계에서 한몫했던 성싶다. 처음 만난 날 샤를뤼스 씨는 즉시 모렐의 신상을 조사했다. 물론 그는 모렐이 지체가 낮은 집안 출신임을 알았다. 그러나 우리가 사랑하는 고급 매춘부는 가난한 집안의 딸이라 해서 매력을 잃는 게 아니다. 그 반면 샤를뤼스 씨가 모렐의 신상에 대해 편지로 문의한 저명한 음악가들은—스완을 오데트에게 소개하는 마당에, 오데트를 보기보다 까다롭고도 인기 있는 여인으로 설명했던 그 친구들처럼 특수한 속셈은 품지 않고서—신진을 떠벌려서 칭찬하려는 유명인의 단순하고 평범한 생각으로 남작에게 대답했다. "암! 위대한 재능, 대단한 인재로, 물론 아직 젊긴 하지만 훌륭한 사람들에게 높이 평가되고 있으니 앞길이 창창합니다." 그리고 성도착을 모르는 인간의 버릇대로 모렐의 남성미에 대해 말했다. "게다가 연주하는 모습이 아름다워요. 연주회에서 누구보다도 빼어납니다. 머리털이 곱고, 자세가 우아하며, 얼굴도 아리땁고, 마치 초상화에 그려진 바이올리니스트 같아요." 이리하여 샤를뤼스 씨는 본디 인기가 많았던 모렐의 사람됨을 알게 되자 더욱 마음이 자극되어, 그를 파리로 데리고 돌아가는 일을 기쁨으로 삼았고, 그를 위해 비둘기집을 지어 그가 늘 그리로 돌아오게 되기를 꿈꾸었다. 그 밖의 시간에는 모렐이 자유롭게 지내기를 원했다. 자유 시간은 모렐의 직업상 필요하거니와, 샤를뤼스 씨는 모렐에게 아무리 많은 돈을 주어도 그가 연주가로서 일을 계속하길 바랐기 때문이다. 이런 생각은, 인간이란 뭔가 해야 한다, 인간은 재능으로밖에 값어치가 없으니, 귀족 칭호나 돈이란 숫자 뒤에 줄줄이 붙어서 그런 인간의 가치를 배로 늘리는 영(0)에 지나지 않는다는 게르망트 집안 특유의 생각에서 나오기도 하고, 한편 바이올리니스트가 늘 한가해서 그의 곁에 있고 보면 아무래도 지루해할 거라는 두려움에서 온 것이기도 했다. 또한 그는 앞으로 대연주회 때 이렇게 혼잣말하는 기쁨을 포기하고 싶지 않았다. '지금 갈채받는 저 젊은이는 오늘 밤 내 집에 있겠지.' 고상한 사람들은 사랑을 할 때 그것이 어떤 형태의 사랑이건, 이제까지 자기 허영에 만족을 가져다주었다고 생각하는 이전의 유리한 조건을 깨뜨릴지도 모를 짓으로 거드름을 피운다.

모렐은 내가 자기에게 아무런 악의도 없다는 사실, 샤를뤼스 씨에게 깊이 빠져 있으면서도 두 사람에 대해서는 그 육체적인 면에 전혀 관심없다는 사실 따위를 알게 되자, 나에게 따뜻한 호의를 보여주었다. 마치 고급 창부가, 어떤 사나이가 자기에게 욕망을 품고 있지 않다는 사실을 알게 되고, 또 그 사나이가 자기 애인의 좋은 친구이며 그들 사이를 원만하게 맺어줄 인간이라는 사실을 알게 되었을 때와 같이. 그는 전에 생루의 애인인 라셀이 한 말과 어김없이 똑같은 말을 내게 했을 뿐만 아니라, 샤를뤼스 씨가 내게 여러 번 전한 바에 따르면, 라셀이 나에 대해 로베르에게 한 말과 똑같은 것을 모렐은 내가 없는 자리에서 샤를뤼스 씨에게 말했다. 곧 "그녀는 자네를 매우 좋아하네" 말한 로베르처럼, 샤를뤼스 씨는 나에게 말했다. "그는 자네를 매우 좋아하네." 그리고 조카가 자기 애인을 위해 그랬듯, 외삼촌인 샤를뤼스 씨는 모렐을 위해 자주 나에게 그들과 함께 식사하러 오기를 청했다. 게다가 이 두 사람 사이에는 로베르와 라셀 사이 못지않게 파란이 끊이질 않았다. 물론 샤를리(모렐)가 자리를 뜨면, 샤를뤼스 씨는 바이올리니스트가 자기 앞에서 얼마나 착한지 뽐내면서 칭찬해 마지않았다.

한편 샤를리는 신도들이 다 있는 자리에서도 자주 눈에 띄게 기분 나쁜 얼굴을 했는데, 이는 남작이 바라는 명랑하고도 온순한 모양이 아니었다. 나중에 샤를뤼스 씨가 약해져서 이런 모렐의 버릇없는 태도마저 용서하게 되자, 바이올리니스트는 점점 더 짜증을 감추려고 애쓰지 않을 뿐만 아니라 오히려 짜증이 난 체까지 했다. 나는 샤를리가 군인 친구들과 함께 있는 찻간에 들어온 샤를뤼스 씨를, 친구들에게 눈짓하면서 어깨를 으쓱하고 맞이하는 꼴을 본 적이 있다. 어떤 때는 샤를뤼스 씨를 보고도, 사뭇 진저리나는 아무개가 오기라도 한 듯, 조는 체한 적도 있다. 또는 그가 기침을 하기 시작하자 다른 사람들은 와자하게 웃어대며 샤를뤼스 씨 같은 사람들의 부드러운 말씨를 비웃으려고 흉내내거나 샤를리를 한구석으로 끌어당겼다. 그러면 끝에 가서 샤를리가 하는 수 없는 듯 샤를뤼스 씨 곁으로 돌아오곤 했는데, 샤를뤼스 씨의 가슴은 그런 모든 화살로 꿰뚫렸다. 그가 얼마나 그런 못된 행위를 참아왔는지 헤아릴 수조차 없을 정도다. 그같이 매번 다른 형태의 아픔은 샤를뤼스 씨로 하여금 그때마다 행복이란 문제를 새로 제기케 했다. 이전의 관계가 몹시 불쾌한 추억으로 오염되어감에 따라, 그는 더욱더 요구가 많아질 뿐만 아니라 뭔가 다른 것을 바라게 되었다.

그렇지만 그러한 갈등 장면이 나중에 아무리 괴로운 것이 됐다 해도, 처음에는 프랑스 서민 출신답게 단순하며 보기에 순진하고, 아무에게도 구속받지 않는 자랑으로 가득 찬 듯한 모렐의 풍모가 그에게 매력을 입혔음을 인정해야 한다. 물론 그것은 가짜였다. 사랑을 하는 인간은 늘 헛된 시도를 되풀이하며 비싼 값을 치러야만 하지만, 사랑을 하지 않는 인간은 곧바르고 꺼떡도 없는 우아한 길을 편히 따라갈 수 있으므로, 그만큼 그런 거짓된 풍모는 모렐에게 더 유리했다. 그런 풍모는 종족의 특권으로 모렐의 얼굴에 존재했는데, 그의 마음은 어둡게 닫혀 있는데도 그 얼굴만은 어찌나 밝게 트였는지, 샹파뉴 지방의 대성당에 꽂힌 새 그리스 양식의 우아함으로 꾸며져 있는 듯했다. 평소에는 허세를 떨고 있어도 뜻밖의 순간에 샤를뤼스 씨와 눈길이 마주치면, 그는 작은 동아리 사람들 앞에서 거북한 듯 낯을 붉히며 눈을 내리깔았는데, 그런 데서 남작은 소설을 읽어내고 더할 나위 없이 기뻐하곤 했다. 하지만 그것은 한낱 노여움과 굴욕의 표시였다. 그런 노여움은 가끔 말로 나타났다. 왜냐하면 평소에 모렐이 아무리 침착하고 철저히 단정했던들 자주 무너지기도 했기 때문이다. 때로는 남작이 그에게 한마디 하면 모렐의 입에서 건방진 대꾸가 딱딱한 말투로 튀어나와, 그곳 사람들의 감정을 상하게 한 적도 있었다. 샤를뤼스 씨는 슬픈 모양으로 고개를 떨어뜨리고 아무 대답도 하지 않았다. 그는 사랑하는 자녀들의 냉담함이나 박정함이 조금도 눈에 들어오지 않았다고 믿는 아버지의 자비로운 능력을 발휘해서 여전히 바이올리니스트를 온갖 말로 칭찬했다.

하기야 샤를뤼스 씨도 늘 온순하지만은 않았으나, 그 반항은 흔히 목적을 이루지 못했다. 가장 큰 이유는, 그가 사교계 사람들과 함께 살아온 탓에 자신이 상대에게 일으키는 반응을 어림잡을 때, 선천적인 것은 아닐망정 적어도 후천적으로 상대가 얻었을 비속함을 먼저 헤아렸기 때문이다. 그런데 지금 그는 그런 것보다도, 오히려 모렐의 몸속에서 시민계급의 일시적인 무관심의 경향에 맞닥뜨리게 됐다. 샤를뤼스 씨에게는 불행하게도, 콩세르바투아르와 그곳에서의 좋은 평판이 문제가 될 때(나중에 더욱 중대해지는 이 문제는 그 무렵 아직 나타나지 않았지만), 모렐에게는 모든 일이 관심 밖이라는 걸 몰랐다. 그래서 이를테면 부르주아는 허영심에서, 귀족은 이익 때문에 자유롭게 이름을 바꾸지만 이 젊은 바이올리니스트의 경우는 달라, 모렐이라는 이름이 바이올린 최우수상과 굳게 붙어 있어서 개명은 불가능했다. 샤를뤼스 씨는 모렐의 모든 것, 그 이름까지 전부 손에 쥐고 싶었다. 모렐의 세례명이 샤를뤼스와 비슷한 샤를리며, 또 둘이서 자주 만나는 소유지가 레 샤름(les Charmes)*¹이라는 것을 생각해낸 그는, 부르기 좋은 아름다운 이름이 예술가 명성의 반을 차지하니까, 바이올린의 명수는 망설임 없이 그들의 밀회 장소를 암시하는 '샤르멜'이라는 이름을 가져야 마땅하다고 모렐을 설득하려 했다. 모렐은 어깨를 으쓱했다. 마지막 논거를 들 때 샤를뤼스 씨는 운 나쁜 생각이 머리에 떠올라 그런 이름을 가진 하인이 있다고 덧붙였다. 이 말은 젊은이의 맹렬한 노기에 기름을 부은 꼴밖에 되지 않았다. "옛날 우리 조상이 왕의 시종, 시종장(侍從長)의 칭호를 자랑 삼던 시대가 있었다네." "또 다른 시대도 있었죠." 모렐이 거만하게 대답했다. "우리 조상이 당신네 조상의 목을 댕강 자르던 시대도." 샤를뤼스 씨는 결국 '샤르멜'이란 이름을 도로 거둬들이고 대신에 모렐을 양자로 삼아, 자기 마음대로 쓸 수 있는 게르망트 가문의 칭호 가운데 하나를 그에게 주려고 했다(그러나 나중에 알듯이 여러 사정으로 그럴 수 없었지만). 그런데 설령 이 바이올리니스트에게 칭호를 준다 해도, 그가 모렐이라는 이름에 붙은 예술

---

*1 '매혹'이라는 뜻.

가로서의 명성과 '학급'에서 생길 비난을 생각해 거절했으리라는 걸, 만일 샤를뤼스 씨가 짐작할 수 있었다면 매우 놀랐으리라. 이렇듯 모렐은 베르제르 거리를 포부르 생제르맹 위에 놓고 있었다. 어쨌든 샤를뤼스 씨는, 모렐을 위해 'PLVS VLTRA CAROLS'*²라는 고대 명문을 넣은 상징적인 반지를 만들게 하는 것만으로 얼마간 만족했다.

물론 이러한 낯선 적 앞에서 샤를뤼스 씨는 작전을 바꿨어야 옳다. 그러나 누가 그럴 능력이 있단 말인가. 게다가 샤를뤼스 씨에게 실수가 있었다면 모렐도 마찬가지다. 두 사람 사이를 갈라지게 한 일 자체보다도 모렐에 대한 샤를뤼스 씨의 신용을 한때나마 더욱 떨어뜨린 것은(하지만 이 한때라는 것이 결정적이었는데), 모렐의 몸속에는 준엄함 앞에 아첨 떨고 부드러움에 무람없이 대답하는 천한 품성만 있는 게 아니라는 사실이었다. 이 같은 성격의 천함과 더불어, 나쁜 교양에서 비롯된 복잡한 신경쇠약까지 있었다. 이 신경쇠약은 그가 잘못을 저지르고 있거나 폐를 끼치고 있는 상황에서 눈며, 남작의 마음을 풀어주기 위해 온갖 친절함과 상냥함과 명랑함이 필요한 바로 그 순간에, 그는 침울하고 퉁명스런 인간이 되고 말았다. 그래서 상대가 찬성해주지 않을 걸 뻔히 아는 시비를 일부러 하려 들며, 보잘것없는 이유와 그 보잘것없음을 더욱 강조하는 날카로운 사나움과 더불어 제 악의에 찬 반대 의견을 고집했다. 그도 그럴 것이 모렐은 금세 논리에서 밀려도 또 다른 시비를 만들어내어, 그 안에서 그의 무지와 어리석음을 한껏 펼쳐 보였으니까. 그런 무지와 어리석음도, 그가 남의 마음에 들려고 상냥하게 굴 때는 거의 눈에 띄지 않았다. 반대로 침울한 기분이 폭발하면 그런 결점밖에는 눈에 띄지 않아서, 그것은 괜찮은 것에서 없애버려야 할 대상으로 변했다. 그런 때 샤를뤼스 씨는 맥이 다 빠져서 더 좋은 내일에 희망을 걸 뿐이었는데, 한편 모렐은 남작 덕분에 호화롭게 사는 것도 잊고 교만한 연민을 담아 비꼬는 미소를 띠며 말했다. "나는 아무한테서 아무것도 받은 적이 없어요. 그래서 고맙다는 말 한마디 할 사람이 없죠."

어쨌든 한동안 샤를뤼스 씨는 마치 사교계 인사를 대하듯이 화풀이를 계속했는데, 그 화풀이가 진짜건 가짜건 쓸데없는 짓이었다. 하지만 늘 그렇지

---

*2 Plus Ultra Carlos(카를로스보다 나은 자)를 일부러 달리 쓴 것. 카를로스는 앞에서 말한 발자크의 소설에 나오는 보트랭(Vautrin)의 아호임.

도 않았다. 이를테면 어느 날(이라고 하지만 이 첫 무렵에서 얼마 뒤) 남작이 샤를리와 나와 함께 베르뒤랭네의 오찬에서 돌아오고 있었는데, 남작은 그 오후의 끝과 저녁을 바이올리니스트와 동시에르에서 지내리라 여기고 있었다. 그런데 열차에서 내리는 마당에 바이올리니스트가 '안 됩니다. 할 일이 있어서'라는 대답과 함께 작별인사를 하자 샤를뤼스 씨는 어찌나 실망했던지, 아무리 불행을 참으려 해도 끝내 출입구 앞에 멍하니 서서 눈물을 흘리고 말았는데, 나는 그 속눈썹의 마스카라가 눈물로 녹는 걸 보았다. 그 괴로움을 보다 못한 나는, 사실 알베르틴과 둘이 동시에르에서 그 오후를 끝낼 예정이었지만, 알베르틴의 귀에 대고 속삭였다. 까닭이야 모르나 몹시 슬픈 듯싶은 샤를뤼스 씨를 혼자 내버려두고 싶지 않다고. 정다운 내 여자친구는 기꺼이 승낙했다. 그래서 나는 샤를뤼스 씨에게, 내가 좀 함께 가도 괜찮겠느냐고 물었다. 그도 제안에는 동의했으나, 그 때문에 내 사촌누이에게 폐가 되면 미안하다고 사양했다. 나는 마치 아내한테 하듯 그녀에게 부드럽게 명령했다. "먼저 돌아가, 오늘저녁 다시 만날 테니." 그리고 그녀가 마치 남편에게 하듯 마음대로 하라는 허락과 자기도 샤를뤼스 씨를 좋아하니 그에게 당신이 필요하다면 그 청을 들어주라는 동의의 말을 하자, 나는 어떤 감미로움을 맛보았다(틀림없이 마지막으로, 왜냐하면 나는 그녀와 헤어질 결심을 했으니까).

우리, 남작과 나는 걸어갔다. 그는 뚱뚱한 몸을 좌우로 흔들며 예수회 수사같이 눈을 내리깔고, 나는 그 뒤를 따르며, 어느 카페까지 갔다. 우리 앞에 맥주가 나왔다. 나는 샤를뤼스 씨의 눈이 불안에 휩싸여 어떤 계획에 몰두한 걸 느꼈다. 갑자기 그는 종이와 잉크를 청하더니 몹시 빠르게 글을 쓰기 시작했다. 한 장 또 한 장을 글씨로 덮어가는 동안, 그 눈은 울분이 끓어넘치는 공상으로 번쩍거렸다. 여덟 장쯤 썼을 때, "자네에게 중요한 볼일을 부탁할 수 있을까?" 그는 내게 말했다. "이 쪽지를 봉투에 넣어주게, 반드시 봉해야지. 마차를 타든지, 가능하다면 빨리 가도록 자동차를 타시게. 모렐은 옷을 갈아입으려고 들를 테니까, 틀림없이 아직 제 방에 있을 걸세. 불쌍한 녀석, 헤어질 때 허세를 부리려고 했단 말씀이야. 하지만 마음속은 나보다 더욱 서글펐을 게 틀림없어. 이 쪽지를 녀석에게 전해주게나. 그리고 어디서 나를 만났느냐고 묻거든, 자네가 도중에 동시에르에 내려서(하기야 이건 사실이지) 로베르를 만나려고 했다가(이건 아마 사실이 아니겠지만) 우연히 나를 만났는데, 내가 낯선 사람과 있더라, 보아하니 내가 머리끝까지 화가 난 듯싶고, 뜻하지 않게 입회인을 보내니 어쩌니 하는 말을 들은 듯하다고, 그에게 말해주시게(나는 사실 내일 결투하네). 특히 내가 이런 일을 부탁했다고는 녀석에게 말하지 말게. 녀석을 데려오려고 애쓰지 않아도 좋네만, 자네와 같이 오고 싶어한다면 말리지 마시게. 자, 그럼 부탁하오. 이 일은 녀석을 위해서야. 자네 덕분에 크나큰 비극을 피할 수 있겠군. 자네가 떠난 사이, 나는 입회인에게 편지를 쓰겠네. 나 때문에 자네 사촌누이와의 산책을 방해했구려. 그녀가 나를 원망하지 않기를 바라고, 또 그럴 거라 믿네. 고상한 아가씨니까, 사정의 중대성을 판단할 만한 아가씨인 줄 내가 아니까. 나 대신 감사의 말을 전해주게. 물론 나는 아가씨께 몸소 신세를 지고, 또 신세지게 된 게 기쁘기 그지없군그래."

　나는 샤를뤼스 씨가 정말 딱했다. 샤를리가 원인인 듯한 결투를 그가 말릴 수도 있었을 것 같아, 보호자 곁에 남아 있지 않고 그처럼 냉담하게 훌쩍 떠나버린 데 나는 분개했다. 내가 더욱 화가 난 것은, 모렐이 사는 집에 이르러 바이올리니스트의 목소리를 알아들었을 때였다. 그는 즐거운 기분을 드러내다 못해 가슴 가득히 〈토요일 저녁, 일 다음에〉라는 유행가를 노래하고 있었다. 모렐이 지금쯤 서글퍼하고 있다는 걸 남이 믿어주기를 바랐고, 또 아마 자신도 믿고 있을 그 불쌍한 샤를뤼스 씨가 이런 모렐의 목소리를 들었다면! 샤를리는 나를 보자 기쁜 나머지 춤추기 시작했다. "여! 자네(아차, 이렇게 불러 실례, 빌어먹을 군대 생활을 하다 보면 못된 버릇이 몸에 배게 마련이라), 당신을 이런 데서 만나다니 서쪽에서 해가 떴군요! 오늘 저녁 할 일이 없으니, 부디 같이 지냅시다. 좋다면 여기 그대로 있어도 좋고, 원하신다면 보트 타러 가도 좋습니다. 음악을 해도 좋죠, 나는 아무래도 좋습니다." 나는 발베크에서 저녁 식사를 해야 한다고 그에게 말했다. 그는 거기에 초대받고 싶어 안달이 났으나 나는 싫었다. "그렇게 바쁘다면 왜 오셨죠?" "샤를뤼스 씨의 편지를 가져왔지." 이 이름을 듣자 그의 명랑한 모습은 사라지고 얼굴이 일그러졌다. "뭐야! 이렇게까지 나를 성가시게 하다니! 이건 마치 내가 노예 같군! 자네도 참 친절도 하시지. 나는 이런 편지는 뜯지 않아. 못 만났다고 전하시죠." "뜯어보는 게 좋지 않을까? 뭔가 중요한 이야기 같던데." "천만의 말씀. 당신은 그 늙어 빠진 악당의 거짓말, 악마 같은 술책을 모르시지. 나를 오게 하려는 속임수입니다. 제기랄! 갈까 보냐. 오늘 저녁은 평화롭게 지내고 싶으니까." "그러나 내일 결투가 있지 않소?" 나는, 그도 알고 있거니 짐작해 모렐에게 물었다. "결투?" 그는 깜짝 놀라며 말했다. "전혀 모르는데요. 아무튼 나하곤 상관없죠. 그 더러운 영감, 죽고 싶다면 멋대로 죽으라지. 아니, 하지만 어쩐지 좀 마음에 걸리는데 요. 그 편지를 읽어볼까요. 운이 좋으면 내가 돌아와서 읽어볼 수 있게 편지를 놓고 왔다고 그에게 말씀하시구려."

모렐이 지껄이는 동안, 나는 샤를뤼스 씨가 그에게 준 훌륭한 책들이 방 안 가득 쌓여 있는 것을 어리벙벙하게 바라보았다. 바이올리니스트는 종속의 표 시로 저 자신을 모욕하는 듯한 '남작에게 속함' 따위의 장서 명문(臧書銘文) 이 적힌 책은 거절했으므로, 남작은 불행한 사랑의 일편단심을 즐기는 감상적 (感傷的)인 기교를 발휘해 그것을 다른 명문들로 바꾸었는데, 그것은 옛 조상 에게서 유래하는 명문을 애틋한 우정에 관련된 여러 가지 경우에 따라 제본 공에게 주문해서 만들게 한 것이었다. 이따금 그것은 간결하고도 자신만만한 것이었다. 이를테면 'Spes mea(나의 희망)' 또는 'Exspectata non eludet(나의 희망 을 저버리지 않도다)' 등등. 때로는 그저 참고 따르는 'J'attendrai(나는 기다리노 라)' 같은 것도 있었다. 또 어떤 것은 'Mes plaisir du mestre(임과 한 몸인 이 기쁨)' 처럼 성적이었다. 또는 시미안 가문에서 빌려온 것으로서 푸른 탑과 백합꽃이 뿌려져 본디와는 다른 뜻으로 쓰인 문구, 순결을 권하는 말인 'Sustentant lilia turres(탑은 백합을 받쳐주도다—제후(諸侯)는 왕을 지키도다—강한 자는 깨끗하 고 가련한 것을 지키도다)'도 있었다. 그 밖에, 절망한 자가 지상에서 자기를 원 하지 않았던 사람에게 천상에서 만날 것을 약속하는 'Manet ultima caelo(나의 마지막 집은 천상에 있도다)' 따위가 있고, 또 손이 닿지 않았던 포도송이는 덜 익은 것으로 생각하고, 손에 넣지 못했던 것은 애초에 구하려 하지 않았다는 태도를 지으면서, 샤를뤼스 씨는 어떤 명문에서 다음과 같이 말하고 있었다. 'Non mortale quod opto(내가 원하는 것은 불멸하리로다).' 그러나 그것들을 모두 읽기에는 시간이 없었다.

아까 종이 위에 이 편지의 글을 냅다 갈겨쓰던 샤를뤼스 씨가 마치 펜을 달 리게 하는 영감의 악마한테 사로잡힌 듯 보였다면, 두 송이 붉은 장미로 둘러 싸인 사자와 'Atavis et armis(조상과 무기에 의하여)'라는 글자가 든 봉인을 뜯어 읽기 시작한 모렐의 얼굴은 샤를뤼스 씨가 그것을 썼을 때만큼이나 열정적이 라서, 남작이 펜으로 부랴사랴 겹게 한 이 종이 위를 달리는 모렐의 눈길은 남작의 펜 속도에 못지않았다. "아아! 제기랄!" 그는 외쳤다. "꼴좋게 됐군! 어디서 그를 찾는다? 지금 그가 어디 있는지 모르잖아." 서두른다면 그가 기력을 되찾으려고 맥주를 주문했던 그 카페에 아직 있을지도 모른다고 나는 넌지시 말했다. "돌아올지 어떨지 몰라." 그는 가정부에게 말하고 나서 혼잣말로 덧붙였다. "형편을 봐야 알겠지." 몇 분 뒤 우리는 카페에 이르렀다. 나는 샤를뤼스 씨가 나를 언뜻 본 순간 떠올린 표정을 주의 깊게 살폈다. 내가 혼자 오지 않은 것을 보자, 호흡과 생기가 그에게 되살아난 듯했다.

사실 이날 저녁, 모렐 없이 지낼 수 없다는 기분이 든 그는, 연대의 두 장교가 바이올리니스트에 대해 샤를뤼스 씨의 욕을 했다는 고자질을 들어 그 장교들에게 입회인을 보내기에 이르렀다는 가짜 결투를 생각해냈던 것이다. 모렐은 추문이 나돌아 제 군대 생활이 엉망이 될까 봐 허겁지겁 달려왔다. 이 점에서 모렐은 절대로 틀리지 않았다. 왜냐하면 제 거짓말을 더욱 사실답게 만들려고, 샤를뤼스 씨는 이미 두 친구에게(하나는 코타르였다) 입회인이 되어달라는 편지를 보냈기 때문이다. 그래서 만일 바이올리니스트가 오지 않았다면, 광기에 사로잡힌 샤를뤼스 씨는(슬픔을 격노로 바꾸기 위해) 무턱대고 두 입회인을 어떤 장교한테 보냈을 테고, 그 장교와 결투하는 게 그의 화풀이가 되었으리라. 이 동안 샤를뤼스 씨는 자기가 프랑스 왕가 이상으로 순수한 혈통임을 떠올리면서, 그 주인과는 사귀기도 싫었을 집의 우두머리 하인의 아들 때문에 이토록 초조해하다니 나도 속이 어지간히 없구나 하고 혼잣말로 중얼거렸다. 한편으로 그는 이제 악당들과의 교제에서밖에 즐거움을 느끼지 못한다 하더라도, 그런 놈들이 답장을 보내지 않거나 예고도 없이 약속한 모임에 오지 않고 사죄조차 하지 않는 뿌리 깊은 습관에, 그것이 흔히 연정에 대한 일인 만큼 몹시 감정이 상해서, 다른 시간도 안달복달 답답하고 머리끝까지 화가 나서, 가끔 하찮은 일에도 수많은 편지를 보내고 꼼꼼하게 시간을 지키려하는 대사 및 대공들과의 교제를 그리워하곤 했다. 아쉽게도 그런 계급의 사람들에겐 이제 관심이 없지만, 아무튼 그들은 그에게 어떤 휴식을 주기도 했다. 모렐의 짓거리에 익숙해짐에 따라서 그는 자기가 모렐에 대해 얼마나 힘이 없는지 알게 되었다. 더럽지만 습관이 돼버린 교우 관계가 너무도 많은 장소와 시간을 차지하는 바람에, 업신여김을 받고 보람 없는 애원을 하는 콧대 높은 대귀족에게 한 시간도 남겨주지 않는, 모렐의 생활에 자기가 얼마나 비집고 들어갈 수 없는지 샤를뤼스 씨는 깨달았다. 그래서 그는 이 자리에 음악가가 오지 않을 거라 굳게 믿었고, 이러다가 그와 영원히 절교하게 될까 봐 애태우고 있었다.

　모렐의 모습을 본 순간 샤를뤼스 씨는 그만 외마디 소리를 억누를 수가 없었다. 그러나 곧 자기가 이겼다는 걸 알고는, 화해 조건을 제시하고 거기서 되도록 많은 이익을 얻으려 했다. "뭣 하러 왔나?" 그는 모렐에게 말했다. "또 자네는?" 나를 노려보면서 덧붙였다. "이 사람을 끌고 오지 말라고 일부러 자네에게 부탁했는데." "이분이 나를 끌고 온 게 아닙니다." 모렐이 말했다. 순진한 척 아양을 부리며, 인습적이자 시대에 뒤떨어진 번민하는 눈길을 샤를뤼스 씨에게 보내며, 남작을 껴안고 실컷 울고 싶은 듯이. "이분이 말리는데도 왔어요. 우리 둘의 우정을 봐서라도 제발 이런 미친 짓을 마시옵기를 무릎 꿇고 빌러 왔습니다." 샤를뤼스 씨는 기뻐 어쩔 줄 몰랐다. 이런 반응은 그의 신경을 너무나 강하게 자극했다. 그래도 그는 꾹 참았다. "어지간히 적절하지 못한 데서 우정을 내세우는군." 그는 무뚝뚝하게 대답했다. "우정에 따르자면 자넨 오히려 나한테 찬성해야 할 게 아닌가. 내가 어리석은 자의 무례를 눈감아주려는 마음이 없어졌으니. 더구나 이 애정이란 것도 전에는 좀더 훌륭했는데, 어쨌든 자네의 부탁을 들어주고 싶어도 이제는 어쩔 수 없어. 입회인에게 이미 편지를 보냈고, 그들도 분명 받아들일 테니까. 자네는 나에 대해 늘 얼간이같이 처신해왔어. 내가 자네에게 나타냈던 편애를 정당한 권리로 뽐내지도 않고, 자네가 특무 상사나 하인 무리 틈에서 군대 규율에 매여 사는 동안 내가 품은 우정이 자네한테 얼마나 비할 바 없는 자랑스러움을 주었는지 사람들에게 이해시키려 하지도 않고서, 자네는 애써 변명만 하며, 어리석게도 제대로 감사하지 않는 것으로 제 가치를 증명하려고 했단 말씀이야." 그는, 어떤 장면들이 그에게 깊은 굴욕을 주었는지 눈치 못 채게 덧붙였다. "물론 이 점에서 자네는 남들의 질투에 휘둘렸다는 것밖에 죄가 없지. 그건 나도 알아. 그러나 내가 자네를 택한 결과 자네에게 돌아갈 온갖 이익이 질투를 불러온다는 걸, 자네의 친구들이 자네와 나 사이를 틀려고 자네를 부추기는 한편으로 자네 자리를 가로채려고 애쓴다는 걸 짐작 못하다니, 그 나이를 먹고도 자네는 왜 그렇게 어린애(그것도 버릇없는 어린애) 같은가? 이 점에 대해 자네가 믿는 여러 사람들한테서 내가 받은 편지를 자네에게 알릴 필요가 있다고는 생각지 않았지. 그런 상것들의 말 따위, 나는 그들의 부질없는 비웃음과 마찬가지로 무시하지. 다만 내가 걱정하는 인간은 오직 자네뿐이야. 난 자네를 좋아하니까. 그러나 애정에도 한계가 있는 법이야, 물론 자네도 알아챘을 테고."

이 '상것'이라는 낱말은 그의 아버지가 그것이었던 만큼 모렐의 귀에 따갑게 들렸으리라. 하지만 바로 그의 아버지가 그것이었으므로, 질투에 의한 온갖 사회적인 불행에 대한 설명은, 너무 간단하고 또렷하면서도 부조리하지만 또한 단단한 것이어서, 마치 낡은 속임수가 연극의 관객에게 먹히고 또 성직자의 위협이 신자들에게 통하는 것처럼 늘 어떤 계급의 '갈채'를 받았는데, 어쨌든 이 설명은 모렐의 마음속에서, 인간 불행의 원인은 모두 질투에 있다고 믿는 프랑수아즈나 게르망트 부인의 하인들과 거의 같은 정도로 강한 믿음을 얻게 되었다. 그는 친구들이 제 자리를 훔치려 했음을 의심치 않았다. 그래서 이 비참한 결투, 다만 꾸며낸 일에 지나지 않는 결투 이야기를 듣고 참담한 기분을 느꼈다. "아아! 야단났군." 샤를리는 외쳤다. "나는 살아남지 못해요. 그런데 그 입회인들은 장교를 찾아가기에 앞서 당신을 만나기로 되어 있지 않습니까?" "글쎄, 그럴 거라고 생각하네만. 한 입회인에게 내가 오늘 저녁 여기 있겠다고 말해두었지. 그에게 이런저런 지시를 내릴 거야." "그분이 오기 전에 당신에게 해명하고 싶은데요. 아무튼 당신 곁에 있게 해주십쇼." 모렐은 다정하게 부탁했다. 그것은 샤를뤼스 씨가 바라는 바였다. 하지만 그는 얼른 받아들이지 않았다.

"내가 '귀여운 자식은 매로 키워라'는 속담을 실천하는 줄로 생각한다면 잘못이야. 내가 귀여워하는 사람은 자네지만, 우리 사이가 틀어진 다음에도, 자네에게 피해를 입히려고 비겁한 짓을 한 놈들을 혼내주려고 하는 거니까. 그놈들은 나 같은 인간이 어째서 자네처럼 껄렁한 녀석과 어울리게 되었는지 물어보기까지 했지만, 남을 헐뜯는 그런 질문에 나는 여태껏 내 사촌인 라 로슈푸코 가문의 가훈으로만 대꾸했지, 곧 '그것은 내 기쁨이다'라고 말씀이야. 자네에게 여러 번 얘기했듯이 이 기쁨이야말로 나의 최대 기쁨이 될 가능성이 있었어. 자네 혼자 함부로 높이 올라간들 내 가치가 낮아질 리 없으니까." 그러고 나서 거의 미친 듯이 오만한 충동에 휩싸여 두 팔을 쳐들면서 고래고래 외쳤다. "탄투스 아브 우노 스플렌도르(Tantus ab uno splendor, 유일자에게서 온 이토록 찬란한 빛)! 겸양은 자신의 비하(卑下)가 아니로다!" 그는 자부심과 환희에 들떠 이렇듯 열광적인 소리를 한 다음 다시 침착하게 덧붙였다. "나는 나의 두 적이 신분은 떨어져도, 내가 수치심 없이 흘릴 수 있는 피와 똑같이 고귀한 피를 가졌길 바라네. 하긴 이 점에 대해서는 신중하게 신상을 조사해놓았으니 안심이야. 만일 자네가 내게 얼마간 감사의 정을 품었다면, 오히려 나를 자랑스럽게 여겨야 하네. 이제 자네가 얼마나 바보인지를 깨달았으니, 마침내 숙명적인 상황에 이르러, 내 조상같이 '죽음이란 삶이로다' 말하면서 자네 때문에 조상의 용맹한 투쟁심을 되찾고 있으니까."

샤를뤼스 씨는 진심으로 이렇게 말했다. 모렐에 대한 애정에서뿐만 아니라, 그 조상한테서 이어받았다고 소박하게 믿고 있는 호전적인 기질에서 자신이 싸우게 되었다는 생각에 기뻤던 것이다. 처음에는 모렐을 오게 하려고 꾸민 결투에 지나지 않았으나 지금은 그것을 단념하기가 유감스럽기 짝이 없었다. 그는 어떤 일을 시작하든지 그때마다 스스로 곧 용감하고도 이름 높은 게르망트 원수와 하나가 되는구나 하고 여길 수밖에 없었는데, 이것이 남의 경우라면 결투하러 가는 이런 행위마저 조금도 대수롭지 않다고 생각했다. "썩 훌륭한 광경일 거야." 그는 한 마디 한 마디 낭송하듯 읊조리면서 진심으로 우리에게 말했다. "〈새끼 독수리〉의 사라 베르나르의 모습이 어쨌다는 거야? 똥이야. 〈오이디푸스〉를 연기하는 무네 쉴리? 똥이지. 님(Nîmes)의 투기장에서 해보라지, 기껏해야 대낮에 나타난 핏기 없는 허깨비 꼴이 되겠지. 그런 게 무슨 가치가 있나? 이 듣도 보도 못한 광경, 옛 원수의 후손이 싸우는 모습에 비하면." 이런 생각만으로도 샤를뤼스 씨는 기쁨을 억누르지 못해 몰리에르를 떠올리게 하는 허공 찌르기를 시작했다. 우리는 깨질까 봐 맥주잔을 얼른 끌어당기면서, 이 솜씨라면 장검을 맞부딪치자마자 적수도 의사도 입회인도 죄다 상처 입히지 않을까 걱정스러웠다. "이 얼마나 화가의 관심을 끌 광경이냐 말씀이야! 자네 엘스티르와 아는 사이지." 그는 나에게 말했다. "모시고 오게나." 그분은 지금 이 해안에 없다고 나는 대답했다. 그러자 샤를뤼스 씨는 전보는 칠 수 있지 않느냐고 내게 넌지시 말했다. "그 화가를 위해 하는 말씀이야. 뭐니뭐니 해도 재미있는 일이지, 거장으로서—내 의견으론 그는 거장이지—이 같은 민족 부활의 본보기를 화폭에 담는다는 것은. 아마 이런 일은 한 세기에 한 번도 일어나기 힘들걸." 그는 잠자코 있는 나에게 이렇게 덧붙였다.

아무튼 샤를뤼스 씨가 처음에 정말 허구로 여겼던 결투를 생각하는 데 기뻐 어쩔 줄 몰랐다고 하면, 모렐은 이 결투로 생길 소문 덕분에 연대 '군악대'

에서 나온 험담이 베르제르 거리의 전당인 콩세르바투아르까지 퍼질지도 모른다는 생각에 전전긍긍했다. '학급'에서 이미 이 일을 다 알 것 같아, 그는 결투라는 관념에 도취되어 쉴 새 없이 손짓 발짓을 해대는 샤를뤼스 씨한테 점점 더 집요하게 들러붙었다. 모렐은 결투 날이라고 꾸며진 모레까지 곁에 있게 해달라고 남작에게 간청했다. 남작을 감시해 이성의 목소리를 듣도록 노력해보려고. 이토록 다정한 제의가 샤를뤼스 씨의 마지막 망설임을 이겨냈다. 남작은 어찌어찌 핑계를 찾아 마지막 결정을 모레까지 미루겠다고 말했다. 이런 투로 일을 단번에 처리하지 않음으로써, 샤를뤼스 씨는 적어도 이틀 동안 샤를리를 붙잡아두고 또 그 사이를 이용해 결투를 단념하는 교환 조건으로 그에게서 앞날을 위한 약속을 얻어낼 줄 알았다. 결투 자체가 매력적이라서 그만두기가 섭섭하다고 남작은 말했다. 하기야 이는 진정으로 한 말이었으니, 그는 적수와 장검을 부딪치거나 총알을 주고받는 결투를 늘 재미로 삼아왔기 때문이다.

드디어 코타르가 왔다. 그것도 매우 늦게. 왜냐하면 입회인의 소임을 맡아 기쁘고도 흥분돼서 오는 길에 카페나 농가마다 들러, 미안하지만 '100호실' 아니 '작은 집'*1이 어디냐고 물었기 때문이다. 그가 오자마자 남작은 그를 별실로 데리고 갔다. 샤를리와 내가 회담에 참석하지 않는 편이 더 규정에 맞는다고 생각했고, 또 하찮은 방을 고귀한 분들의 임시 집무실이나 회의실로 만드는 데 능숙했기 때문이다. 코타르와 단둘이 되자 그는 먼저 뜨겁게 감사의 뜻을 표했다. 그러더니 고자질로 들은 말이 실제로 지껄여진 흔적은 없는 듯하여, 앞으로 다른 문제가 없는 한 사건은 막을 내렸다고 여겨, 이 뜻을 의사가 두 번째 입회인에게 알려주기를 바란다고 꽤 또렷하게 말했다.

위험은 사라지도다. 코타르는 실망했다. 좀 화를 내고 싶기까지 했다. 그러나 그는 퍼뜩, 당대의 가장 훌륭한 의학 업적을 쌓은 은사 한 분이 처음에 겨우 두 표 차로 아카데미에 들어가지 못했을 때 화를 꾹 참고 뽑힌 경쟁자에게 악수하러 다가갔던 일을 떠올렸다. 그래서 코타르 의사도 어차피 정해진 일에 눈을 부릅뜬들 무슨 소득이겠냐고 단념하고, 참으로 겁 많은 인물이라 아무래도 그냥 넘길 수 없는 것이다라고 중얼거린 다음, 잘됐다, 해결이 나서 기쁘다고 덧붙였다. 샤를뤼스 씨는 그의 형인 게르망트 공작이 내 아버지의 짤

---

*1 화장실을 말함.

막한 외투 깃을 바로잡아주었던 것처럼, 아니 오히려 게르망트 공작부인이 서민계급 여인의 허리를 안아주기라도 하듯, 의사가 송충이처럼 징그러웠음에도 그에게 감사를 표하고 싶어서 제 의자를 의사의 의자에 바싹 가져갔다. 그리고 성도착자로서가 아니라 게르망트네 사람으로서 의사에게 작별인사를 하려고, 육체적인 쾌감을 얻기는커녕 도리어 육체적인 불쾌감을 이겨내면서, 말의 콧등을 쓰다듬으며 설탕 덩어리를 주는 주인의 착한 마음씨로 의사의 손을 잡아 잠깐 어루만졌다. 코타르는 지금껏 남작의 소행에 대해서 나돌고 있는 좋지 못한 소문을 들었다는 내색은 한 번도 한 적이 없었지만, 속으로는 분명 그가 아직 그다지 겪어 보지 못한 '비정상적인' 인물의 부류에 남작이 속한다고 여기고 있었다(그는 늘 그렇듯 부적절한 낱말을 써서 진지한 말투로 베르뒤랭 씨의 어떤 하인에 대해 "그 녀석 남작의 정부가 아닙니까?"라고까지 말했다). 그래서 코타르는, 이 손의 애무는 강간 직전의 서막이며 결투 따위는 핑계에 지나지 않는구나, 자기는 남작의 함정에 걸려 이런 외딴 방에 끌려와 이제 강간당하고 말겠구나라고 떠올렸다. 겁에 질려 의자에 못박힌 코타르는 몸을 일으킬 용기도 없이 공포에 사로잡혀 두 눈을 두리번거릴 뿐, 마치 인간의 살을 먹을지도 모르는 야만인의 손안에 떨어진 듯했다.

마침내 샤를뤼스 씨가 그의 손을 놓아버리고는 어디까지나 상냥하게 대하려고 말했다. "우리와 같이 뭣 좀 드시러 갑시다. 왜 있잖소, 옛사람이 마자그랑(mazagran)*¹이나 글로리아(gloria)*²라고 부르던 것, 오늘날에는 고고학적인 진품으로, 라비슈의 연극이나 동시에르의 카페에서밖에 찾지 못하는 음료 말입니다. '글로리아'야말로 이 자리에 딱 알맞고, 이 상황에도 어지간히 잘 어울리는 게 아닐지? 어떻소?" "나는 금주 연맹의 회장입니다." 코타르가 대답했다. "내가 본보기가 되지 못한다는 소문이 나는 덴 어떤 시골의 돌팔이가 지나가는 걸로 충분할 겁니다. '오스 호미니 수블리메 데디트 카엘룸케 투에리(Os homini sublime dedit caelumque tueri, 그는 인간에게 숭고한 얼굴과 하늘을 보는 특권을 주었도다).*³"그는 아무 연관도 없는데 이런 인용을 덧붙였다. 그의 머릿속에 저장된 라틴어 인용문이 어지간히 적었기 때문이다. 하기야 그걸로도 제

---

*1 냉커피.
*2 영광의 찬송가. 여기서는 구어로 브랜디를 탄 커피.
*3 오비디우스의 글.

자들을 깜짝 놀라게 하기엔 충분했지만. 샤를뤼스 씨는 어깨를 으쓱하고 코타르에게 이 일은 비밀로 해달라고 부탁했다. 무산된 결투의 동기가 순전히 지어낸 것이었던 만큼, 제멋대로 택한 상대 장교의 귀에 들어가면 곤란했기 때문이다.

그 뒤 그는 코타르를 우리에게 데리고 왔다. 우리 넷이 마시는 동안 코타르 부인은 문 밖에서 남편을 기다리다가, 샤를뤼스 씨가 부인의 모습을 똑똑히 보았으면서도 들어오라고 하지 않자 직접 들어와서 남작에게 인사했다. 그러자 남작은 마치 하녀를 대하듯 의자에 앉은 채 손을 내밀었는데 아첨을 받는 임금 같기도 하고, 멋없는 여인을 식탁에 앉히기 싫어하는 속물 같기도 하며, 친구들하고만 있는 게 즐거워 방해받기를 원치 않는 이기주의자 같기도 했다. 그래서 코타르 부인은 그대로 서서 샤를뤼스 씨와 남편에게 말했다. 그러나 아마도 예의라든가 범절이라는 것은 게르망트네만의 특권이 아니라 아무리 멍청한 두뇌도 번쩍 비추어 이끄는 힘을 지녔기 때문인지, 아니면 본인이 아내를 지나치게 속이는 만큼 이따금 어떤 속죄로서 아내에게 결례하는 놈에게 맞서 아내를 지키는 의무를 느끼기 때문인지, 코타르 의사는 이제껏 내가 본 적 없는 모양새로 갑자기 눈살을 찌푸리더니 샤를뤼스 씨와 아무런 의논 없이 주인인 체 말했다. "이봐, 레옹틴, 그렇게 서 있지 말고 앉구려." "하지만 방해가 되지 않습니까?" 코타르 부인은 샤를뤼스 씨에게 머뭇거리며 물었는데, 샤를뤼스 씨는 의사의 말투에 깜짝 놀라 대답도 못했다. 그러자 이번에도 샤를뤼스 씨에게 틈을 주지 않고 코타르가 위엄 있게 대꾸했다. "앉으라고 했잖아."

잠시 뒤 자리를 피하자 샤를뤼스 씨는 모렐에게 말했다. "다행히 자네 실수가 잘 해결된 이 사건을 종합해서 결론을 하나 얻었네. 자네는 스스로 처신할 줄 모르니까, 군복무가 끝나면 내가 직접 자네를 자네 아버지한테 데리고 가겠어. 라파엘 대천사가 신의 사자로 어린 토비아를 데리고 간 것처럼 말일세." 그리고 남작은 호기롭게 기쁜 듯이 싱글벙글하기 시작했으나, 모렐은 그렇게 끌려가리라 생각하니 하나도 달갑지 않아 남작의 기쁨을 함께 나누지 못하는 듯했다. 자신을 대천사에 비유하고 모렐을 토비아에 빗대는 기쁨에 취한 샤를뤼스 씨는 제 말의 목적, 그의 바람대로 모렐이 그와 함께 파리로 돌아갈지 알기 위해 속을 떠보는 걸 그만 잊고 말았다. 자신의 일방적인 사랑, 아니 자기에 대한 사랑(자부심)에 도취된 남작은, 바이올리니스트가 지은 뾰로통한 표정을 못 보았거나 못 본 체했다. 그는 모렐 혼자 카페에 남겨두고 나서 자랑스러운 미소를 띠며 나한테 말했던 것이다. "자네 보았나? 내가 그를 어린 토비아에 비유했을 때 그가 얼마나 기뻐했는지? 그건 말일세, 두뇌가 명석하니까 바로 깨달았기 때문이야. 앞으로 그가 보살핌을 받아야 하는 아버지는, 수염 북슬북슬한 험상궂은 하인인 육신의 아버지가 아니라, 정신의 아버지, 곧 나라는 걸. 그에게는 얼마나 자랑스러운 일인가! 그가 얼마나 의기양양하게 머리를 쳐들었나! 내 마음속을 깨닫는 순간 그의 기쁨은 어떠했겠나! 앞으로 그는 날마다 외칠 게 확실하이, '오, 신이여, 당신의 종 토비아에게 긴 나그넷길의 선도자로서 축복받는 대천사 라파엘을 보내주신 신이여, 당신의 종인 우리가 늘 그에 의해 보호되옵고 그의 〈도움〉을 받도록 하옵소서'." 남작은, 자기가 어느 날 신의 옥좌 앞에 앉을 거라는 확신을 품고 다음같이 덧붙였다. "별로 필요치 않아서 내가 천상의 사자임을 그에게 알리지 않았으나, 그는 스스로 이를 깨달아 행복에 말문이 막혔던 거야!" 그리고 샤를뤼스 씨는(거꾸로 행복에 말문이 막히지 않아), 미친놈인 줄 알고 뒤돌아보는 몇몇 사람을 개의치 않고 혼자 두 팔을 번쩍 올리면서 힘껏 외쳤다. "할렐루야!"

이 화해는 샤를뤼스 씨의 고민을 아주 잠깐 없애줬을 뿐이었다. 모렐은 무척 먼 데로 연습하러 떠나 샤를뤼스 씨가 그를 만나러 갈 수도, 나를 그에게 보내 말을 전할 수도 없었던 적이 있는데, 그럴 때 자주 모렐은 남작한테 비관적이고도 다정한 편지를 보내, 무시무시한 일 때문에 2만 5천 프랑이 필요하게 되어 아무래도 이 세상과 작별해야 하나 보다고 하소연했다. 그는 무시무시한 일이 뭔지 쓰지 않았는데, 만약 써 보냈더라도 틀림없이 지어낸 이야기였으리라. 돈 자체로 말하면, 샤를뤼스 씨는 그 행위가 자기를 대단치 않게 생각하는 것이며 또한 샤를리가 남의 총애를 얻도록 도와주는 꼴임을 깨닫지 못했더라면 기꺼이 보내주었을 것이다. 그래서 한마디로 거절하는 그의 전보문들은 무뚝뚝하며 그 목소리처럼 단호한 가락이었다. 전보의 효과를 굳게 믿었을 때, 그는 모렐이 차라리 자기와 영원히 헤어져주기를 바라 마지않았다. 이유인즉 그런 일이 일어나지 않을 거라는 자신이 있는 그는, 이 피할 수 없는 관계에서 앞으로 생길 온갖 지장을 알아차렸기 때문이다. 그러나 모렐한테서 아무 답장도 오지 않으면 그는 잠들지 못한 채 계속 안절부절못했다. 이처럼 우리가 모르는 사이에 일상생활에서 겪는 일과 우리 눈에 띄지 않는 마음속의 깊은 현실이라는 게 과연 헤아릴 수 없이 많다. 그래서 그는 모렐에게 2만 5천 프랑을 필요케 한 그 엄청난 사건에 대해 온갖 가정을 세우며, 갖가지 형태를 부여하고 그것에 여러 고유명사를 차례로 붙였다. 이런 때 분명 샤를뤼스 씨는(이즈음 줄어가던 그의 속물근성은, 서민에 대한 점점 커지는 그 호기심에 의해, 추월당하진 않았을망정 적어도 이미 따라잡혔음에도) 형형색색 우아한 옷들이 소용돌이치는 상류 사교계 모임을 왠지 그렇게 회상했을 것이다. 그곳에서는 매력 있는 남녀들이 그에게서 이욕을 떠난 쾌락밖에 구하지 않으며, 아무도 '그를 속이려는' 생각을 하거나 당장 2만 5천 프랑을 받지 못하면 자살해버릴 듯싶은 '무시무시한 일'을 꾸며내지 않았다. 그리고 이런 때, 어쩌면 나보다 더 많이 콩브레 기질을 지녔으며 봉건적인 긍지를 독일풍의 거만에 접붙인 그는, 하인 따위의 진정한 애인이 되려면 반드시 희생을 치러야 하며 서민계급은 상류계급과 전혀 다르다는 사실을 분명히 깨달았으리라. 요컨대 그는 내가 늘 그렇게 했던 바와는 달리, 서민계급을 '믿지 않았던' 것이다.

작은 열차의 다음 역 멘빌, 이 또한 모렐과 샤를뤼스 씨와 관련된 한 사건을 떠올리게 한다. 그 이야기를 하기에 앞서 말해둘 것은, 멘빌에 다다르자(폐를 끼치지 않으려고 라 라스플리에르에 묵기 싫어하는 멋쟁이 신참을 발베크에 데리고 오던 때) 나중에 얘기할 장면만큼은 심하진 않지만 좀 보기 딱한 장면이 벌어졌다는 것이다. 가벼운 손짐을 가지고 열차에 탄 신참은, 으레 그랑 호텔이 좀 멀다고 생각하지만, 발베크에 이르기까진 불편한 별장들이 있는 작은 해변밖에 없으므로, 사치와 안락을 좋아한 나머지 긴 여행길을 꾹 참아내고 있었다. 그런데 열차가 멘빌에 멈추는 순간 그는 난데없이 호화로운 건물이 우뚝 서 있는 걸 보았다. 신참은 그것이 바로 매춘부 집이라는 걸 꿈에도 몰랐다. "더 멀리 안 가렵니다." 신참은 실리에 밝고 분별 있기로 유명한 코타르 부인에게 말했다. "저기 내게 딱 맞는 데가 있군요. 발베크가 여기보다 더 좋을지 확실치도 않는데 계속 타고 가봤자 무슨 소용이 있을까요? 척 봐도 쾌적한 시설이 다 갖춰져 있을 것 같은데요. 저 정도면 당당히 베르뒤랭 부인을 모실 수 있겠어요. 사실 사례 겸 부인을 위해 작은 모임을 가질 생각이거든요. 저기라면 발베크보다 오시기도 편할 테죠. 부인에게 아주 어울리는 곳인 듯합니다. 또 댁의 부인에게도 말이지요, 친애하는 코타르 교수. 살롱도 많겠죠, 여기 계시는 귀부인님들도 그 살롱에 모시겠습니다. 우리끼리 이야기지만, 왜 베르뒤랭 부인께서 라 라스플리에르 따위에 세드는 대신 이곳을 거처로 정하지 않으셨는지 모르겠네요. 라 라스플리에르 같은 옛 가옥보다 이쪽 건물이 더 건강에 좋습니다. 라 라스플리에르는 아무래도 축축하고 깨끗하지도 못합니다. 더운 물이 안 나오니 마음대로 씻지도 못하고요. 멘빌이 훨씬 더 쾌적할 것 같습니다. 저기라면 베르뒤랭 부인께서도 마님의 역할을 완벽하게 하셨을 텐데. 어쨌든 사람마다 취미가 달라서, 나는 이곳에 자리잡겠습니다. 코타르 부인, 나와 함께 내리지 않겠습니까? 어서 빨리, 열차가 곧 떠나니까요. 저 집에 나를 안내해주십시오. 머잖아 부인 댁같이 될걸요, 자주 드나드시게 될 테니까. 부인에게 썩 어울리는 집인데요." 이 운수 나쁜 신참의 입을 틀어막으려고, 특히 내리지 못하게 하려고 사람들은 몹시 애를 태웠다. 그러나 신참은 실수에서 흔히 나오는 고집 때문에 막무가내로 가방을 들었다. 베르뒤랭 부인도 코타르 부인도 그를 만나러 거기에 절대 가지 않을 거라고 우리가 아무리 말해도 쇠귀에 경 읽기였다. "어쨌든 나는 저기에 묵을 겁니다. 베르뒤랭 부인께서는 저기 있는 내게 편지 주시면 그만이죠."

모렐에 대한 추억은 더 특수한 사건과 관계가 있다. 그 밖에도 많은 일이 있었지만, 여기서는 작은 열차가 멈추고, 역원이 동시에르요, 그라트바스트요, 멘빌요 하고 외침에 따라서 작은 바닷가 또는 부대 소재지가 떠올리게 하는 특수한 작은 사건만을 적어보겠다. 나는 이미 멘빌(Maineville=Media villa)[1]과, 가정주부들의 항의에 아랑곳없이 얼마 전 그곳에 세워진 호화로운 매춘부 집 때문에 그곳이 대단해진 일에 대해 말했다. 그러나 어떤 점에서 멘빌이 모렐과 샤를뤼스 씨에 대한 내 기억과 관련 있는지를 이야기하기에 앞서 짚고 넘어가야 할 점이 있다. 모렐이 자못 중요한 일처럼 어느 자유로운 시간을 간직하려고 애쓰는 것과, 일이 있다면서 그 시간을 대수롭지 않게 허비하는 것 사이에 모순이 있다는 점이고(이 점에 대해서는 나중에 더 자세히 말하겠거니와), 또 같은 모순이 그가 샤를뤼스 씨에게 하는 다른 변명 가운데에도 있다는 점이다. 남작에게 이욕을 떠난 체하는 그는(보호자가 관대해서 손쉽게 그런 수를 부릴 수 있었다), 개인 지도 따위를 하기 위해 저녁을 제멋대로 보내고 싶을 때마다 꼭 탐욕스런 미소를 띠고 다음 같은 말을 덧붙여 핑계로 삼았다. "게다가 그

---

[1] 페르시아 사람의 마을.

일로 40프랑을 벌거든요. 적잖은 돈이죠, 가게 해주십쇼. 사정 다 알잖습니까. 내 이익이 된다니까요. 제기랄, 난 당신처럼 금리만으로 먹고살 팔자가 아니라고요. 지위도 쌓아야 하고, 푼돈이라도 생길 때마다 벌어놓아야 하니까요."

개인 지도를 하고 싶다는 모렐의 말은 아예 거짓은 아니었다. 한편 어떤 돈이든 똑같다는 말은 틀린 말이다. 제 손으로 벌고 보면 낡아빠진 화폐에서도 빛이 반짝거린다. 만일 그가 정말 개인 지도를 위해 외출했다면, 그것은 아마 그가 개인 지도를 마치고 떠날 때에 생도가 내주는 금화 두 푼이 샤를뤼스 씨의 손에서 떨어진 금화 두 푼과 다른 효과를 낳아서였을 것이다. 그리고 금화 두 푼을 준다면 큰 부자도 몇 킬로 길을 멀다 하지 않을 텐데 하인의 아들에게는 그 몇 킬로가 몇십 리에 해당한다. 그러나 샤를뤼스 씨는 바이올린 개인 지도의 사실성에 대해 여러 번 큰 의심을 품었는데, 이 음악가가 다른 핑계, 물질적인 관점에서 동떨어진 데다 앞뒤가 안 맞는 핑계를 자주 꾸며댔던 만큼 그 의심은 점점 더 크게 자라났다. 이와 같이 모렐은 의식적으로나 무의식적으로나 자기 생활의 모습을 어둡게, 몇몇 부분만이 겨우 분간되게 나타낼 수밖에 없었다. 한 달쯤 그는 밤에는 자유로운 몸이란 조건으로 샤를뤼스 씨의 말을 순순히 따랐다. 밤에는 대수학 공부를 계속하고 싶다는 이유였다. 그 다음에 샤를뤼스 씨를 보러 가냐고? 설마! 안 될 말씀, 대수학 강의는 늦게까지 계속되는 일이 잦았다. "그래 새벽 2시까지도?" 남작이 물었다. "가끔." "하지만 대수학이라면 책으로도 쉽게 배워." "그러면 편하겠죠. 그야 강의를 들어도 제대로 이해 못하거든요." "그렇다면 대체 왜? 더구나 대수학은 자네에게 아무 도움도 안 되지 않나." "그냥 그게 좋아요. 내 신경쇠약을 없애주니까." '대수학 때문에 밤에 자유 시간을 원하는 게 아닌지도 몰라.' 샤를뤼스 씨는 생각했다. '경찰의 끄나풀 노릇을 하는 걸까?' 어쨌든 모렐은 아무리 말려도 대수학 또는 바이올린 때문이라며 자기를 위해 늦은 시간을 남겨두었다.

한번은 어느 쪽도 아닌 경우로, 뤽상부르 공작부인을 방문하기 위해 이 바닷가에 며칠 지내러 온 게르망트 대공이 우연히 모렐을 만나, 그가 누군지도 모르고 자기 정체도 밝히지 않은 채, 50프랑을 주고서 멘빌의 매춘부 집에서 그와 하룻밤을 함께 지낸 일이 있었다. 모렐 처지에선 게르망트 대공에게서 받는 벌이와, 갈색으로 그을린 젖가슴을 드러내 보인 여인들에게 둘러싸인 즐거움으로, 이를테면 꿩 먹고 알 먹기였다. 그런데 어떻게 해선지 모르나 샤를뤼스 씨가 이 일과 장소를 눈치챘다. 다만 모렐을 유혹한 색마의 이름은 알 수 없었다. 그는 질투로 미쳐 그 색마를 알아내려고 쥐피앙에게 전보를 쳤다. 쥐피앙은 이틀 뒤에 도착했다. 그리고 다음 주 초에 모렐이 또다시 외출하겠다고 기별했을 때, 남작은 쥐피앙에게 부탁했다. 그 집 여주인을 매수해, 그녀가 자기와 쥐피앙을 숨겨줘 그 장면을 몰래 엿보게 설득해달라고. "알아모셨습니다. 해보죠, 귀염둥이 님." 쥐피앙이 남작에게 대답했다. 이 불안이 샤를뤼스 씨의 정신을 얼마나 혼란스럽게 하며, 또 그 때문에 잠깐 그의 정신 활동을 얼마나 풍요롭게 했는지 상상할 수 없다. 사랑은 이렇듯 참으로 사념의 지질학적인 융기(隆起)를 일으킨다. 샤를뤼스 씨의 정신은 며칠 전만 해도 매우 평탄한 벌판과 비슷해 땅바닥에서 솟아오른 한 덩어리 관념조차 눈에 띄지 않았건만, 이제는 그곳에 난데없이 바위처럼 단단한 산이 우뚝 솟아났다. 그것도 어떤 조각가가 거기서 대리석을 날라 가는 대신에 그 자리에서 끌로 새기기라도 한 듯, 분노·질투·호기심·부러움·미움·괴로움·거만·공포·사랑 따위의 거대하고도 거창한 군상이 되어 꿈틀대는 산이.

그러는 동안에 모렐이 사정이 있어서 외출하겠다던 저녁이 왔다. 쥐피앙은 임무를 완수했다. 그 집 여주인은 그와 남작이 밤 11시 즈음에 오면 숨겨주기로 했다. 샤를뤼스 씨는 이 호화로운 매춘부 집(근처의 멋쟁이들이 다 오는 집)에 이르기까지 세 거리를 살금살금 걸으며, 혹시 방 안에서 모렐이 들을까 봐 목소리를 낮추며 쥐피앙에게 더 작은 목소리로 말하라고 애원했다. 그런데 소리 죽여 현관에 들어서자마자, 이런 장소에 익숙지 않은 샤를뤼스 씨는 깜짝 놀라고 말았다. 기가 막히게도 증권거래소나 경매장보다 더 시끄러운 데 들어온 기분이었다. 그가 주위에 모여드는 여자들에게 더 낮은 목소리로 말하라고 부탁해도 헛일. 하기야 그녀들의 목소리도 '뚱쟁이 할멈'이 냅다 지르는 공매와 낙찰 소리로 들리지 않게 되었다. 이 할멈은 선명한 갈색 가발을 썼고 주름살 투성이인 그 얼굴은 공증인이나 에스파냐의 신부같이 근엄했는데, 교통 정리하는 순경처럼 번갈아 문들을 여닫게 하면서 우레 같은 목소리로 끊임없이 명령했다. "손님을 모셔라, 28번 에스파냐 방에." "통행 금지." "문을 다시 열어. 노에미 아가씨를 청하는 손님들, 아가씨는 페르시아 방에서 대기." 샤를뤼스 씨는 큰길을 건너야 하는 촌사람처럼 쩔쩔맸다. 쿨리빌의 옛 성당 현관의 기둥머리에 조각된 주제보다 훨씬 덜 불경한 비교를 한다면, 계집애들의 목소리가 지칠 줄 모르고 한결 낮은 음으로 할멈의 명령을 되풀이하는 게, 마치 시골 성당의 잘 울리는 실내에서 소리 내어 교리 문답을 읽는 생도들의 목소리를 듣는 것 같았다. 아까 거리에서는 혹시 모렐이 창가에 있어 자기 소리가 들릴까 봐 겁냈던 샤를뤼스 씨도, 방에서는 바깥이 조금도 보이지 않는 걸 깨닫고 이 넓은 계단 여기저기에서 마구 울려 퍼지는 소리에 휩싸여 이제는 그리 허둥대지 않게 되었다.

그 골고다 언덕 끝에서 그는 노에미 아가씨를 발견했다. 이 아가씨는 그와 쥐피앙을 숨겨주기로 되어 있는데, 먼저 그들을 으리으리하지만 아무것도 보이지 않는 페르시아 방에 처넣었다. 아가씨는 모렐이 아까 오렌지 주스를 주문했는데 그것을 가져다주고 나서, 두 손님을 곧 옆방이 보이는 객실로 안내하겠다고 샤를뤼스 씨에게 말했다. 그녀는 다른 손님도 있으니까 그때까지 그들이 심심하지 않도록 '똑똑한 색시'를 보내겠다면서, 마치 옛날이야기에서처럼 두 사람에게 약속했다. 그렇게들 불렀기 때문이다. '똑똑한 색시'는 페르시아 가운을 입고 있었는데 그것을 자주 벗으려 들었다. 샤를뤼스 씨가 그러지 말라고 부탁하자, 그녀는 한 병에 40프랑이나 하는 샴페인을 가져오게 했다. 모렐은 사실 이 동안 게르망트 대공과 함께 있었다. 그는 체면치레로 방을 잘못 안 체하면서 두 여인이 있는 어느 방에 들어갔고, 두 여인은 서둘러 두 사내만 있게 했던 것이다. 샤를뤼스 씨는 그런 줄도 모르고 꿍얼꿍얼 욕을 늘어놓으며, 여기저기 문들을 열고 싶어하면서 노에미 아가씨를 다시 불러오라고 했다. 노에미 아가씨는, 모렐에 대해 그녀 자신이 쥐피앙에게 말해주었던 내용과 들어맞지 않는 이야기를 지껄이는 똑똑한 색시를 보고, 그녀를 몰아내고 곧 그 대신 '얌전한 색시'를 보냈는데, 이 아가씨는 더 자세한 이야기는 조금도 말하지 않고 도리어 이 집이 얼마나 믿음직한 곳인지 얘기하더니, 마찬가지로 샴페인을 시켰다. 남작은 몹시 화를 내면서 또다시 노에미 아가씨를 불렀다. 그러자 아가씨는 두 사람에게 말했다. "네, 좀 오래 걸리네요. 색시들이 여러 자세를 취하는데도, 그 사람은 아무 짓도 하려고 들지 않네요." 마침내 남작의 온갖 회유와 공갈 앞에, 노에미 아가씨는 난처하다는 태도로 5분 이상은 더 기다리게 하지 않겠다고 두 사람에게 다짐하면서 나갔다. 그 5분이 한 시간이나 계속되고 나서, 겨우 노에미는 하늘을 찌를 듯 격노한 샤를뤼스 씨와 몸 둘 바를 모르는 쥐피앙을 조금 열린 어느 문 쪽으로 살금살금 데리고 갔다. "썩 잘 보일 거예요. 하기야 지금은 그다지 재미없어요. 그 사람 세 색시하고 있는데, 연대 생활을 얘기해주는 중이니까요."

드디어 남작은 문틈과 거울을 통해서 안을 구경할 수 있었다. 하지만 죽을 듯한 무서움에 사로잡혀 어쩔 수 없이 몸을 벽에 기댔다. 눈앞에 있는 건 그야 모렐이었다. 그러나 사교(邪敎)의 비술과 마법이 아직 존재하기라도 하듯, 그에게서 몇 미터 떨어진 곳에서 옆얼굴을 보이고 있는 것은 오히려 모렐의 망령이자 미라였다. 나사로*[1]처럼 부활한 모렐도 아니고 모렐의 유령, 모렐의 환영, 저세상에서 돌아오거나 이 방에 마법으로 불려온 모렐이었다(그러고 보니 이 방 안에는, 벽과 긴 의자 등등 곳곳에 마법 부적 같은 무늬가 그려져 있었다). 모렐은 죽은 사람처럼 색채를 모두 잃고 있었다. 아까까지 함께 어울려 즐거워하며 놀았을 게 틀림없는 여인들 사이에서, 창백해진 그는 어색한 몸짓으로 꼼짝 않고 서서 가만히 굳어 있었다. 앞에 놓인 샴페인을 마시려고 힘 빠진 팔을 천천히 내밀다가 축 늘어뜨렸다. 종교가 영혼 불멸을 얘기하면서 허무마저 포함된 어떤 것을 들려주는 경우처럼 어슴푸레한 인상을 주는 광경이었다. 여인들은 그를 질문으로 괴롭혔다. "아시겠어요?" 노에미 아가씨가 남작에게 낮은 목소리로 말했다. "애들이 그에게 연대 생활에 대한 얘기를 시키고 있어요. 재미나시죠?—그녀는 깔깔대며 말했다—만족하세요? 저분 조용하네요, 안 그래요?" 그녀는 덧붙였다. 마치 죽어가는 인간에 대해 말하듯. 여인들은 더욱 끈질기게 질문했지만 생기 없는 모렐은 대답할 힘도 없었다. 뭔가 한마디 중얼대는 기적조차 일어나지 않았다. 샤를뤼스 씨는 잠깐 머리를 갸우뚱하다가 금세 진실을 깨달았다. 곧 쥐피앙이 교섭하러 갔을 때 저지른 실수 때문인지 아니면 거듭 부탁한 비밀을 절대 지키지 못하게 하는 팽창력 때문인지, 이런 여인들의 경솔한 성격 탓인지, 경찰을 두려워해서인지, 어쨌든 두 신사가 이 자리를 구경하기 위해 비싼 값을 치렀음을 누가 모렐에게 귀띔했으며, 누군가가 게르망트 대공을 빠져나가게 하고서 그 자리에 세 여인을 놔두고는, 깜짝 놀란 나머지 마비되어 벌벌 떠는 가련한 모렐을 이런 상태에 놓아둔 것이다. 사실 샤를뤼스 씨 위치에서는 모렐의 모습이 잘 안 보이는데도, 모렐은 두려워서 말도 못하고, 떨어뜨릴 것 같아서 감히 잔을 들 힘도 없이 온몸에 남작의 눈길

---

*[1] 신약 성경에 나오는 인물로, 죽은 지 4일 만에 예수가 회생시킨 사람.

을 느끼고 있었다.

그런데 이 말썽은 게르망트 대공에게도 좋지 않게 끝났다. 샤를뤼스 씨의 눈에 안 띄게 끌려나왔을 때, 대공은 이 사건의 장본인이 누군지 짐작 못하고서 뜻밖의 실패에 화가 나, 여전히 자기 신분을 숨긴 채 내일 밤 그가 세든 작은 별장에서 만나자고 모렐한테 간청했다. 그는 그 별장에 짧게 머물 예정이었는데도, 우리가 전에 빌파리지 부인 댁에서 주목했던 바와 똑같은 괴벽에 따라, 자택에 있는 느낌을 좀더 느끼기 위해 집안의 수많은 기념품으로 그곳을 꾸며놓았다. 어쨌든 모렐은 그다음 날, 끊임없이 뒤돌아보며 샤를뤼스 씨가 뒤따라오거나 숨어 있지는 않은지 바들바들 떨면서, 수상한 사람이 하나도 없는 걸 확인한 다음에 드디어 별장 안으로 들어섰다. 하인이 나와 그를 손님방으로 모시면서 주인님(그의 주인은 들킬까 봐 하인에게 대공의 이름을 부르지 말라고 일러두었다)에게 알리러 가겠다고 말했다. 그러나 모렐이 혼자되어 머리털이 흐트러지지나 않았는지 거울을 들여다보려고 했을 때, 환각 같은 게 보였다. 벽난로 위 사진들이 바이올리니스트의 눈에 익은, 이미 샤를뤼스 씨의 집에서 본 적이 있는, 게르망트 대공부인, 뤽상부르 공작부인, 빌파리지 부인의 사진이라 먼저 그를 아연케 했다. 또한 그는 샤를뤼스 씨의 사진을 보았다. 그것은 조금 뒤에 처져 있었다. 남작이 이상하게 노려보는 눈길을 모렐 위에 붙박아 놓고 있는 듯했다. 공포에 질려 얼빠진 모렐은 첫 충격에서 벗어나자, 이건 샤를뤼스 씨가 그의 충실함을 시험하고자 놓은 덫이라고 생각했다. 그래서 구르다시피 별장 계단을 내려가 걸음아 날 살려라 하고 길거리로 뛰쳐나갔다. 게르망트 대공이(이번엔 모든 일에 빈틈이 없는지, 상대가 위험 인물이 아닌지, 잠깐 사귄 사람에게 필요한 준비를 다 했다고 여긴 다음) 손님방에 들어왔을 때는 아무도 없었다. 혹시 도둑일까 봐 대공은 연발 권총을 쥐고 하인과 같이 그다지 넓지 않은 집을 샅샅이 뒤졌다. 작은 뜰 구석구석과 지하실까지 뒤졌으나 헛수고, 확실히 와 있는 줄 알았던 녀석의 모습이 온데간데없었다. 대공은 그다음 주에 여러 번 모렐과 마주쳤다. 그러나 그때마다 위험 인물인 모렐은 오히려 대공이 더 위험한 놈이었기라도 하듯 달아났다. 의혹 속에 파묻힌 모렐은 영영 그 의혹을 없애지 못해, 파리에 가서까지 게르망트 대공의 모습을 보기만 해도 달아나곤 했다. 이리하여 샤를뤼스 씨는 그를 절망시킬 부정(不貞)에서 보호되었으며, 또 이러저러해서, 특히 어찌 이렇게 됐는지 조금도 떠올려보지 못한 채 복수했다.

그런데 내가 들은 이런 말썽에 대한 회상은 벌써 다른 회상으로 바뀐다. 왜 냐하면 TSN선은 그 '낡은 차'다운 걸음을 다시 시작하여, 정거장마다 계속해 서 여행객들을 내리거나 태우거나 하기 때문이다.

그라트바스트에서는 가끔 크레시 백작, 피에르 드 베르쥐 씨가 탔다(사람들 은 그저 크레시 백작이라고 불렀다). 그는 누이가 거기에 살아, 누이와 함께 오 후를 지내러 갔다 온 길이었다. 그는 가난하지만 품위가 높은 귀족으로, 나는 그와 그다지 친밀하지 않은 캉브르메르네 사람들을 통해 아는 사이가 되었다. 더할 수 없이 수수하다 못해 거의 비참한 살림에 이르게 된 그에게는 여송연 한 대나 '음료' 한 잔이 얼마나 소중한지 몰랐다. 이를 알아차린 나는, 알베르틴 을 볼 수 없는 날 그를 발베크에 초대하는 버릇이 들었다. 아주 세련되고 말재 주가 썩 좋으며, 하얀 눈 같은 머리털에 남을 호리는 푸른 눈을 가진 그는, 분 명히 그 자신이 겪었던 지주(地主) 생활의 편함과 족보에 대해서는 특히 매우 번지르르하게 입술 끝으로 얘기했다. 그의 반지에 새겨져 있는 게 뭐냐고 묻 자, 그는 겸허한 미소를 띠며 대답했다. "베르쥐(verju)[1] 포도나무의 가지죠." 그 리고 그는 술맛을 감정하는 기쁨과 더불어 덧붙였다. "우리 집안의 가문(家紋) 은 베르쥐 포도나무 가지입니다—내 성이 베르쥐니까 그것을 상징해서—녹 색 줄기와 잎이 붙은 가지지요." 그러나 내가 발베크에서 그에게 베르쥐 포도 주밖에 대접하지 않았다면 분명 그는 실망했으리라. 그는 가장 비싼 포도주를 좋아했는데, 아마도 평소에는 그런 술을 먹지 못하기 때문이고, 그런데도 술에 대한 안목이 높기 때문이며, 그 맛을 좋아하기 때문이고, 어쩌면 지나치게 빠 져 있기 때문일 것이다. 그러므로 내가 그를 발베크에서의 저녁 식사에 초대 하면 그는 세련된 지식을 가지고 식사를 주문했는데, 너무 많이 먹었으며, 특 히 데워야 할 포도주는 데우고 식혀야 할 포도주는 얼음으로 차갑게 해서 마 셨다. 저녁 식사 앞뒤에 그는 포트와인이나 고급 브랜디에 대해 그가 바라는 날짜와 번호를 지시했다. 마치 일반에게 알려져 있지 않으나 그는 잘 알고 있 는 어느 후작 영지의 설립 과정을 가리키기라도 하듯.

나를 마음에 들어하던 에메는 내가 그런 저녁 식사에 손님을 초대하면 기

---

*1 신맛이 강한 포도의 하나.

뻐하며 보이들에게 외쳤다. "25번 식탁을 빨리 차려라." 아니, 그는 '차려라'라고 조차 말하지 않고, 그 식탁이 그를 위해 차려지는 것이라도 하듯, "차려다오" 말했다. 우두머리 사환의 언어란 사환 반장이나 부반장, 보통 사환 따위의 언어와 전혀 달랐다. 그래서 내가 계산서를 청할 때 에메는 우리를 시중한 사환에게, 마치 날뛰는 말을 달래듯 손등으로 진정시키는 듯한 동작을 되풀이하면서 말했다. "너무 덤벼들지 말게(계산을 위해), 침착하게, 아주 침착하게." 그러다가 사환이 메모한 계산서를 가져가려 하면, 에메는 제 충고가 엄밀히 지켜지지 않았을까 봐 사환을 불러 세운다. "잠깐, 내가 직접 계산하겠네." 내가 상관없다고 말하자 그는 대꾸한다. "내 방침에 따르면, 좀 상스러운 말로 손님을 등쳐먹어서는 못쓰니까요."

지배인으로 말하자면, 내가 초대한 사람의 옷차림이 수수하고, 늘 같으며, 꽤 낡은 걸 보고서(그렇지만 만일 이 사람에게 재산만 있었다면, 그만큼 발자크풍의 멋쟁이처럼 호화롭게 옷 입는 기술을 잘 발휘했을 사람도 없었으리라), 나를 배려해서 일이 다 잘되어가는지 멀리서 감독하며, 또 균형이 안 잡힌 식탁 다리 밑에 굄목을 받치도록 눈짓하는 정도로 만족했다. 이 지배인은 접시닦이로 사회에 처음 나왔다는 과거를 숨겼음에도, 남처럼 직접 일을 할 줄 모르는 게 아니었다. 그는 어느 날 특별한 사정이 있어서 손수 새끼 칠면조 살코기를 칼질한 일이 있었다. 나는 외출해서 구경을 못했으나 나중에 들은 바에 따르면, 그는 성직자같이 위엄을 갖추고 당당하게 칼질을 했단다. 조리대 주위에는 조금 거리를 두고 경건히 그를 둘러싼 사환들 무리가, 기회랍시고, 요리를 배우려고 하기보다 그에게 잘 보이려는 마음에서 감탄하듯 입을 벌리고 있었다. 하기야 정작 지배인은(희생물의 뱃속을 찬찬히 들여다보면서 거기에서 어떤 징조라도 헤아렸는지 숭고한 임무를 띤 날카로운 눈을 떼지 않아), 사환들의 얼굴을 보아도 본 게 아니었지만. 이 제물을 바친 제사장은 내가 없다는 것조차 깨닫지 못했다. 이를 알았을 때 그는 매우 섭섭하게 생각했다. "뭐라고요? 내가 직접 새끼 칠면조를 칼질하는 걸 구경하지 않으셨다고요?" 나는 여태껏 로마도, 베네치아도, 시에나도, 마드리드의 프라도 미술관도, 드레스덴의 미술관도, 인도 제국도, 〈페드르〉에 나오는 사라 베르나르도 구경 못했는데 하는 수 없다고 단념하고 있으니, 그 새끼 칠면조의 칼질도 그런 유감스런 일의 목록에 넣겠다고 그에게 대답했다. 그중 연극과 비교(〈페드르〉에 나오는 사라)한 것만큼은 그도 이해한 듯했다. 그도 그럴 것이 그는 내 입을 통해, 대공연날에 형인 코클랭이 대사가 딱 한마디 있거나 아예 없는 초심자 역을 맡았었음을 알았기에. "그래도 당신을 위해 섭섭하기 짝이 없는데요. 언제 내가 다시 칼질을 할지? 대사건이 일어나지 않고서야. 전쟁이라도 일어나지 않고서야(과연 휴전이 필요했다)." 이날부터 일력이 바뀌어서 다들 다음과 같이 날짜를 세게 되었다. '그건 내가 손수 새끼 칠면조를 칼질한 날의 다음 날이다.' '그건 바로 지배인이 손수 새끼 칠면조를 칼질한 지 일주일째 되는 날입니다.' 이처럼 이 해부는 그리스도 탄생 또는 이슬람력의 헤지라처럼 특별한 달력의 처음이 되었는데, 다른 달력만큼 널리 퍼지지도 오래가지도 않았다.

크레시 씨가 생활에서 느끼는 외로움은 이제 말을 가지지 못하는 것과 맛좋은 음식을 먹지 못하는 데서 오기도 했으나, 캉브르메르 가문이나 게르망트 가문은 다 한 가지라고 생각할지도 모르는 이웃들하고만 사귀는 데서도 비롯했다. 현재 르그랑댕은 르그랑댕 드 메제글리즈라고 스스로 일컫지만 사실 조금도 그럴 자격이 없다. 이 사실을 내가 안다는 걸 눈치챘을 때, 마시던 술에 얼근해 있던 크레시 씨는 기뻐 어쩔 줄 몰라했다. 그의 누이는 아는 체하는 얼굴로 나에게 말했다. "오빠는 당신과 얘기할 때만큼 즐거워한 적이 없어요." 실제로 캉브르메르네의 낮은 신분과 게르망트네의 높은 신분을 아는 인간, 진짜 상류 사회의 존재를 실감하고 있는 인간을 이곳에서 찾아내고부터 그는 살맛을 느꼈다. 마치 지구상의 온 도서관이 불타버리고 아주 무지한 종족이 나타난 뒤, 한 늙은 라틴어 학자가 그 앞에서 호라티우스의 시구를 인용하는 걸 듣고서는 다시 일어나 삶에 대한 믿음을 되찾기라도 하듯. 그러므로 그가 열차에서 내릴 때마다 나에게 꼬박꼬박 '다음번은 언제죠, 우리의 작은 모임은?' 물었던 것은, 식객의 탐욕스러운 식성에서만큼이나 박식가의 왕성한 식욕에서였고, 또 그가 발베크의 회식을, 그에게는 소중하지만 누구와도 얘기할 수 없던 화제에 대해 담소하는 기회 같은 것으로 보고, 따라서 그런 회식을 일정한 날 위니옹 클럽*1의 산해진미 앞에 애서가 협회의 사람들이 모이는 그 만찬회와 비슷한 것으로 여겼기 때문이다.

그는 제 가문에 한해서 매우 겸손해서, 그것이 매우 고귀한 가문이고, 크레

---

*1 세르클 드 뤼니옹(cercle de l'union), 파리 마들렌 큰거리 11번지에 있는 남자들의 사교 클럽.

시 칭호를 가진 영국 가계(家系)에서 갈라져 나와 프랑스에 정착한 정당한 분가임을 내가 안 것은 크레시 씨를 통해서가 아니었다. 그가 진짜 크레시라는 걸 알았을 때, 나는 게르망트 부인의 조카딸이 찰스 크레시라는 아메리카 사람한테 시집갔던 일을 이야기하고, 그 아메리카 사람과 그는 아무 인척 관계가 없다고 생각한다며 그에게 말했다. "하나도 없죠." 그는 말했다. "이를테면—하기야 우리 가문은 그토록 저명하지 않으나—몽고메리, 베리, 찬도스 또는 카펠이라는 이름의 수많은 아메리카 사람이, 펨브로크(Pembroke)*²나 버킹엄이나 에섹스라는 가문 또는 베리 공작과 관계가 없듯이." 나는 여러 번이나 농담으로, 나와 아는 사이인 스완 부인이 전에 고급 창부였는데 오데트 드 크레시라는 이름으로 유명했다는 사실을 그에게 이야기할까 생각했다. 그러나 알랑송 공작이라면 남이 그 앞에서 에밀리엔 알랑송에 대해 지껄여도 그다지 기분 나빠하지 않을지 모르나, 크레시 씨 앞에서 그런 농담까지 꺼낼 만큼 나는 그와 친한 사이라고는 느끼지 않았다. "그이는 매우 고귀한 가문 태생입니다." 어느 날 몽쉬르방 씨가 내게 말했다. "그 선조의 이름은 셀로르(Saylor)*³입니다." 그리고 덧붙이기를, 앵카르빌 위에 있는 그의 옛 성은 이제 거의 사람이 살 수 없게 되었으며, 살림이 넉넉한 가정에서 태어났으나 오늘날 너무나 몰락한 그는 그곳을 손보아 고칠 힘이 없지만, 그래도 그 성에는 아직 가문의 옛 명문(銘文)이 남아 있다고 했다. 그 명문은 이곳에 둥지를 튼 맹금 한 무리가 옛적 날아다녔을 때의 성미 급함으로 풀이되든, 또는 오늘날에 와서 이 높다랗고 황량한 소굴에서 몰락해가는 자신을 바라보며 다가오는 죽음을 기다리고 있는 상태로 풀이되든, 나에게는 무척 아름다워 보였다. 과연 이런 이중의 뜻으로 셀로르라는 이름을 가지고 재미있게 만든 것이 이 명구, '느 세 뢰르(Ne sais l'heure, 세월을 모르노라)'이다.

에르몽빌에서 가끔 쉬브르니(chevregny) 씨가 탔다. 브리쇼 씨의 말에 따르면 이분의 이름은, 카브리에르(Cabrières)*⁴ 추기경의 이름처럼 '염소(chèvres)가 모이는 곳'이라는 뜻이었다. 이분은 캉브르메르네 친척이었다. 그래서 그는 상류 사회의 멋을 틀리게 평가한 캉브르메르네 사람들에 의해 자주 페테른에 초대되

---

*2 몽고메리 가문 선조의 이름.
*3 직역하면 때를 안다. 곧 sais lors를 한데 묶은 조어(造語).
*4 직역하면 어린 염소(cabri)가 모이는 곳(ières).

었으나, 눈부신 다른 초대객이 없는 경우에 한해서였다. 1년 내내 보솔레유에 사는 쉬브르니 씨는 캉브르메르네 사람들 이상으로 촌티가 풀풀 났다. 그래서 그는 파리에 가서 몇 주일 지냈을 때, '구경할 게 한가득'이라 하루도 헛되이 보낼 수 없었다. 어느 연극을 구경했느냐고 누가 물어보면, 하도 많은 연극을 급히 소화한 나머지 얼떨떨해져서 뭐가 뭔지 모르고 말 때가 있을 정도였다. 그러나 이런 어리벙벙함은 오히려 드물었다. 왜냐하면 그는 파리의 사물에 대해, 드물게 거기에 가보는 이들 특유의 상세함과 더불어 정통했기 때문이다. 그는 내게 볼 만한 '새로운 것'들을 권했다("그건 한번 볼 만합니다"라고). 하지만 그는 작품을 평가할 때 즐거운 하룻저녁을 보낼 수 있느냐 없느냐 하는 관점에서밖에 생각하지 않아, 과연 그것이 예술사에서 '새로운 것'을 세울 수 있을는지 의심해볼 정도까지의 심미적 관점은 알지 못했다. 이처럼 뭐든지 다 같은 면으로 비평하면서 그는 말했다. "한번은 오페라 코미크 극장에 갔는데 상연 작품이 그저 그렇더군요. 〈펠레아스와 멜리장드〉라는 것인데, 신통치 못한 작품입니다. 페리에(Perier)[1]는 여전히 잘하지만, 다른 작품에서 보는 편이 좋습니다. 그런데 짐나즈 극장에서는 〈성주의 부인(La Châtelaine)〉[2]을 상연하더군요. 두 번이나 보러 갔습니다. 꼭 가보시오, 볼 만합니다. 배우들이 황홀하도록 썩 잘 연기하더군요. 프레발, 마리 마니에, 바롱 피스도 나옵니다." 그는 내가 들어본 적도 없는 배우들의 이름까지 주워섬겼는데, 게르망트 공작처럼 님·부인·아가씨라는 높임을 붙이는 법이 없었다. 게르망트 공작은 똑같이 지나치게 격식을 차린 경멸하는 투로 '이베트 길베르 아가씨의 노래'와 '샤르코 씨의 실험'에 대해 얘기했는데, 쉬브르니 씨는 그런 높임을 쓰지 않고 마치 볼테르나 몽테스키외라고 말하듯, 코르나리아라든가 드엘리라고 말했다. 이유인즉 그의 안에서는, 파리의 모든 것에 대해서 그러듯이 배우들에게도 멸시하는 태도를 보이려는 귀족의 욕망이, 허물없이 보이려는 촌사람의 욕망에 지고 있었기 때문이다.

캉브르메르 부부는 아무리 보아도 젊은 시절은 지났지만 페테른에서는 아직 '젊은 부부'라고 불렸는데, 내가 이른바 그 '젊은 부부'와 같이 라 라스플리

---

[1] 프랑스 가수(1869년 태생), 펠레아스 역을 처음으로 함.

[2] 알프레드 카퓌(1858~1922)의 통속 희극. 〈펠레아스와 멜리장드〉와 마찬가지로 1902년에 초연.

에르에서 식사했던 첫 만찬회 뒤로, 늙은 캉브르메르 후작부인은 곧바로 편지 수천 통 속에서도 그 필적을 알아볼 수 있는 편지 한 통을 내게 써 보냈다. 그 내용은 다음과 같다. '당신의 사촌 매씨를 데리고 오세요. 이루 말할 수 없이 아름다우며—사랑스러운—호감 가는 그 아가씨를. 얼마나 커다란 기쁨일까요, 즐거움일까요.' 그녀의 표현엔 편지를 받는 이가 기대하는 점진적인 발전이 늘 빠져 있었다. 그래서 결국 나는 이러한 '디미누엔도(diminuendo)'의 본질에 대한 의견을 바꿔, 그녀가 일부러 그런 표현을 썼다고 생각했으며, 아울러 거기에서 생트 뵈브로 하여금 낱말의 온갖 올바른 결합을 깨뜨리게 하고 좀 습관적인 모든 표현을 변질시키게 한 악취미와 똑같은 것—다만 사교 방면에 옮겨진 것—을 발견하고야 말았다. 이 편지의 글투에서는 서로 다른 스승에게서 배웠을 게 틀림없는 두 방식이 맞서고 있었다. 그 두 번째 방식은, 평범한 형용사들을 겹쳐 쓸 때 하강음계식(下降音階式)으로 쓰면서 완전한 화음으로 끝나는 걸 피하는 방식으로, 부인으로 하여금 그 평범함을 메우게 했으리라. 그 반면 내가 깨닫게 된 것은, 이런 역점진법(逆漸進法)이 아들인 후작이나 사촌누이들에 의해 쓰이면, 그것이 후작 미망인의 경우와 달리 세련되지 못하고 서투르다는 점이었다. 그도 그럴 것이 이 집안에서는 먼 친척들까지도 젤리아 숙모에게 감탄해 그녀를 흉내냈으므로, 이 세 형용사의 방식은 지껄이면서 감격의 한숨을 내쉬는 방식처럼 크게 유행했기 때문이다. 이러한 모방은 핏속에도 전해져, 집안의 어느 여자아이가 어려서부터 재잘거리다가 침을 꿀꺽 삼키려고 잠깐 멈추면, 식구들은 "젤리아 숙모의 피를 이어받았나 봐" 말하고, 머잖아 그 여자아이의 윗입술이 엷은 수염 같은 솜털로 덮이게 되리라 예상하면서 그 아이가 가지고 있을 음악적 소질을 키워줘야겠구나 결심하는 것이었다.

캉브르메르네 사람들과 베르뒤랭 부인의 교제는 오래지 않아 갖가지 이유 때문에, 캉브르메르네 사람들과 나 사이보다 좀 멀어지게 되었다. 캉브르메르네 사람들은 베르뒤랭 부인을 초대하고 싶었다. '젊은' 후작부인은 나한테 건방지게 말했다. "그분을 초대한들 뭐가 문제겠어요. 시골에서는 아무나 만나는데, 별로 대단치도 않은 일이죠." 그러나 속으로 적잖이 걱정스러웠던 그들은 예의에 대한 그들의 소망을 실천할 방법에 대해 내게 자주 의논했다. 그런데 그들이 나와 알베르틴을 생루의 친구들, 이 지방의 일류 멋쟁이들이자 구르빌 별장의 소유자들이며, 베르뒤랭 부인이 은근히 사귀고 싶어 안달이 나 있는 노르망디의 상류계급 사람들보다 더 격이 높은 이들과 같이 초대한 일이 있었다. 그러므로 나는 캉브르메르네 사람들에게 그들과 함께 베르뒤랭 부인을 초대해보기를 권했다. 그러나 페테른 성관의 사람들은 귀족 친구들의 불만을 살까 봐(그들은 그토록 소심했다), 또는 베르뒤랭 부부가 지적이지 않은 사람들과 자리를 같이해 심심해할까 봐(그들은 그토록 단순했다), 아니면 여러 종류를 섞었다가 '실수'할까 봐(그들은 그토록 경험이 풍부하지 못한 인습으로 머릿속이 젖어 있었다), 그래서는 함께 손발이 맞지 않을 것이다, 그래서는 '탈'이 있을 것이다, 차라리 베르뒤랭 부인을 초대하는 건 다른 만찬회(그녀의 작은 동아리를 다 초대하는)로 미루는 편이 좋겠다고 말하는 것이었다. 그래서 오는 만찬회—생루의 친구들과 어울리는 멋진 만찬회—에는 작은 핵심에서 모렐만을 초대하기로 했다. 그러면 샤를뤼스 씨도 그들이 화려한 손님들을 초대했음을 간접적으로 알게 될 테고, 또한 음악가야 바이올린을 가지고 와달라고 부탁하면 초대 손님들을 위해 훌륭한 심심풀이가 되어줄 테니까. 그들은 그 목록에 코타르도 끼워넣었다. 코타르의 사람됨이 활기 있어 만찬회에서 '분위기를 잘 띄운다'고 캉브르메르 씨가 단언했기 때문이며, 가족 가운데 누가 병에 걸리는 경우엔 의사와 친해두면 편리할 테니까. 그러나 '안사람과 길을 트지 않으려'고 남편만 초대했다.

베르뒤랭 부인은 작은 동아리의 두 회원이 그녀를 빼놓고 페테른의 '친한 사이끼리'의 만찬회에 초대되었음을 알았을 때 격분했다. 처음에는 승낙하려던 의사에게 그녀는 거만한 답장을 받아쓰게 했다. 그 가운데 "우리는 그날 저녁 베르뒤랭 부인 댁에서 저녁 식사 함으로"란 문장에서 이 '우리'라는 복수는, 캉브르메르네 사람들에게 주는 교훈임에 틀림없으니, 코타르 부부가 두 몸이지만 한마음이라는 걸 보이기 위해서였다. 모렐로 말하면, 베르뒤랭 부인은 그에게 그다지 무례한 행동을 시킬 필요가 없었다. 그가 스스로 그렇게 했기 때문인데, 앞뒤 사정은 다음과 같다. 우리가 이미 보았듯이 샤를뤼스 씨에 대해 모렐은, 쾌락에 대해서는 남작을 괴롭히는 자립성을 가졌더라도, 다른 분야에서는 남작의 영향을 더욱더 뚜렷이 느끼게 되어, 이를테면 남작은 젊은 바이올린 명수의 음악 지식을 넓히고 그 양식을 더욱 순화했다. 그러나 적어도 우리 이야기의 지금 단계에서는 아직 단순한 영향에 지나지 않았다. 그러나 남작이 말하는 것은 무엇이나 다 믿고서 모렐이 행동에 옮기는 한 분야가 있었다. 눈 딱 감고, 게다가 미치광이같이. 그도 그럴 것이 샤를뤼스 씨의 가르침이 엉터리였을 뿐만 아니라, 만약 그것이 대귀족에게는 유효할지라도 모렐이 그대로 하면 우스꽝스러운 것이 되었기 때문이다. 모렐이 그토록 스승의 말을 곧이곧대로 믿고 온순하게 따랐던 분야란, 바로 사교 생활이었다. 샤를뤼스 씨를 알기 전에는 사교계의 지식이 하나도 없었던 바이올리니스트는, 남작이 그에게 보여준 거만하고도 간략한 스케치를 선 그대로 받아들였다. "빼어난 가문이라는 게 몇몇 있지." 샤를뤼스 씨는 모렐에게 말했다. "첫째가 게르망트 가문으로, 프랑스 왕가와 맺은 인척 관계가 열넷이나 있고, 게다가 그것은 프랑스 왕가에게 무엇보다도 큰 경사라네. 마땅히 프랑스 왕위를 이어받아야 했던 이는 알동스 드 게르망트였지, 루이 르 그로(Louis le Gros)*¹가 아니었어. 이복형제라 해도 루이가 동생이었으니까. 루이 14세 때 우리 가문은 왕제(王弟)의 죽음에 임해, 왕과 똑같은 할머니의 자손으로서 상복을 입었다네. 또 게르망트 가문에 비하면 한참 떨어지지만, 그나마 손꼽을 만한 건 라 트레모유 가문이지. 나폴리 왕과 푸아티에 백작의 자손들이야. 그리고 위제스 가문, 그렇게 유서 깊진 않아도 개중에는 가장 오래된 귀족이야. 뤼인 가문, 아주 새로우나 인척 관계로 빛나지. 그 다음은 슈아죌 가문, 아르쿠르 가문, 라 로슈푸코 가문 따위야. 그렇군, 노아유 가문을 하나 더 넣겠네, 툴루즈 백작이야 어쨌든. 그리고 몽테스키외 가문, 카스텔란 가문, 뭐 깜빡한 게 없다면 대강 이쯤이야. 캉브르메르드(Cambremerde)*² 후작이니 바트페르피슈(Vatefairefiche)*³ 후작이니 하는 어중이떠중이로 말하면, 상하귀천(上下貴賤)의 차이가 없거니와 자네 연대의 피우피우(Pioupiou)*⁴와 조금도 차이가 없다네. 자네가 카카(caca)*⁵ 백작부인네에 피피(pipi)*⁶하러 가건, 피피 남작부인네에 카카하러 가건 마찬가지야. 결국 자네 명성이 땅에 떨어진다 이거지, 밑씻개처럼 똥 묻은 걸레를 들고서 말씀이야. 웩, 퉤퉤!" 모렐은 좀 짤막한 듯한 이 역사 강의를 온갖 정성을 다해 머릿속에 새겨두었다. 그래서 그는 자신이 게르

*1 루이 6세(1104~37).
*2 진출(進出) Cambremer에다 de를 붙임으로써 merde(똥)라는 뜻이 됨.
*3 엉뚱한 일이다! 꿰져라! 뜻의 숙어 Va te faire fiche를 한데 엮어 인명화함.
*4 속어로 보병(步兵).
*5 지지, 똥.
*6 오줌, 쉬.

망트네 한 사람이라도 된 것처럼 사물을 판단하게 되어, 그 가짜인 라 투르 도 베르뉴네 사람들과 자리를 같이해, 자기가 그들을 업신여기는 걸 거만한 악수로써 느끼게 할 기회를 목을 길게 빼고 기다렸다. 한편 캉브르메르네 사람들에 대해서는, 그들이 '연대의 피우피우 이상의 것'이 아니었음을 그들에게 나타낼 기회가 마침내 왔다. 모렐은 그들의 초대에 대답하지 않다가, 만찬회 날 저녁 마지막 시간에 전보로 거절하고는 마치 황태자처럼 행동하기라도 한 듯 기뻐했다.

그런데 몇 마디 더 해야 할 것은, 일반적으로 샤를뤼스 씨는 그 성격의 결점이 활동을 시작할 때마다 얼마나 까다롭고 좀스러운 인간이 되는지, 더구나 평소에는 그토록 섬세하고 고상한 그가 얼마나 어리석은 인간이 되는지 상상도 할 수 없다는 점이다. 그런 성격의 결점은 과연 되풀이되는 어떤 정신병이라 하겠다. 그런 현상을 여성 아니 남성도 포함하여, 뛰어난 지성을 갖췄지만 과민한 신경 장애로 고민하는 이들에게서 발견하지 못한 사람이 있겠는가? 그들이 행복하고 평온하며 주위 사람들에게 만족할 때, 그들은 귀중한 재능으로 모두를 탄복하게 하고, 글자 그대로 그들의 입에서 나오는 말은 진리의 말씀이다. 그런데 두통과 상한 자존심만으로 모든 것이 싹 변한다. 맑은 지성은 갑자기 흐려지고 경련을 일으키며 오므라들어, 이제는 신경질 나고 의심 깊은 자아, 태도를 짐짓 꾸미면서 공연히 불쾌한 짓만 하는 자아를 반사할 뿐이다.

캉브르메르네 사람들은 머리끝까지 화가 났다. 또 그 사이에 다른 말썽도 있어서 그들과 작은 동아리의 관계에 긴장된 공기를 불어넣었다. 우리, 곧 코타르 부부, 샤를뤼스 씨, 브리쇼, 모렐과 내가 라 라스플리에르의 만찬에서 돌아올 적에 있었던 일이다. 그날 낮 우리가 만찬회에 갈 때, 아랑부빌의 친구 집에 점심을 먹으러 가던 캉브르메르네 사람들이 같은 열차에 탔다. 그리고 돌아오는 길에 나는 샤를뤼스 씨한테 말했다. "그토록 발자크를 좋아하시며 또 현대 사회에서도 발자크를 인식할 줄 아시는 당신이라면, 분명 캉브르메르네 사람들이 이른바 '시골 생활 정경'에서 빠져나온 것 같다고 생각하시겠지요." 그런데 샤를뤼스 씨는 마치 캉브르메르 집안사람들의 친한 벗이기라도 한 듯, 또 내 지적에 감정이 상한 듯, 내 말을 딱 끊고 퉁명스레 대답했다. "자네가 그런 말을 하는 건 여편네가 서방보다 뛰어나기 때문이겠지." "절대 아닙니다! 내가 말하려는 것은 '시골의 뮤즈'도, 바르즈통 부인*¹도 아니고, 다만……." 샤를 뤼스 씨는 또다시 내 말을 막았다. "오히려 모르소프 부인*²이란 말인가." 기차가 정차하고 브리쇼가 내렸다. "우리가 그토록 손짓 발짓 다 했는데도 눈치채지 못하다니, 당신도 참 심하신데." "무슨 말씀이세요?" "아니, 브리쇼가 캉브르메르 부인에게 홀딱 반한 걸 못 알아차리셨습니까?" 나는 코타르 부부와 샤를뤼스 씨의 태도를 통해 그것이 작은 핵심 안에서 아무도 의심치 않는 사실임을 알았다. 거기서는 웬지 그들의 악의가 느껴졌다. "저런, 자네가 그녀에 대해 말했을 때 그가 얼마나 당황했는지 자네 눈에는 안 띄었단 말인가." 샤를뤼스 씨가 이어 말했다. 그는 자신이 여자 경험이 풍부하며, 또 여인이 돋우어주는 감정을 평소에 겪고 있기라도 한 듯이 자연스럽게 말하기를 즐겼다. 그러나 모든 젊은이에 대한—그 애정이 주로 모렐에게 쏠렸음에도—어렴풋하게 아버지다운 말투가, 그가 떠벌리고 있는 여색가로서의 견해를 뒤엎었다. "오! 이런 아이들은 말이야." 그는 꾸며낸 듯한 가락으로 날카롭게 말했다. "모든 일을 가르쳐주어야 한다네. 마치 갓난애와도 같이 순진하니까. 사내가 언제 여자를 사랑하는지 알아보지 못하거든. 내가 자네 나이 때는 더 놀아났었는데." 그는 이렇게 덧붙였다. 그는 건달 말씨를 즐겨 썼는데, 아마 거기에 취미가 있기 때문이거나, 어쩌면 그런 말씨를 피함으로써, 오히려 그가 그런 말씨를 쓰는 무리들과 친하게 지낸다는 것을 스스로 밝히는 꼴이 될까 봐 염려했기 때문일지도 모른다.

며칠 뒤 나는 명백한 사실에 무릎 꿇고 말아, 브리쇼가 후작부인에게 열중해 있는 걸 인정해야만 했다. 공교롭게 그는 그녀의 집에서 여러 차례 오찬을 대접받았다. 베르뒤랭 부인은 드디어 제재할 때가 왔다고 생각했다. 작은 핵심의 정책으로 봐도 간섭이 필요하다고 보았거니와, 그녀는 그런 때에 터져나오는 변명과 갈등 같은 것에 점점 더 강한 흥미를, 귀족 사회와 마찬가지로 부르주아 사회에서도 한가함이 꼭 낳게 되는 그 흥미를 가졌던 것이다. 라 라스플리에르에서 크나큰 놀라움을 맛봤던 어느 하루, 우리는 베르뒤랭 부인이 브리쇼와 같이 한 시간이나 사라진 것을 보았다. 나중에 들은 바에 따르면, 그때 그녀는 브리쇼에게 캉브르메르 부인이 그를 우롱하고 있다는 것, 그가 그녀

---

*1 발자크의 소설 인물.
*2 발자크의 소설 《골짜기의 백합》의 여주인공.

의 살롱에서 웃음거리라는 것, 그가 노년의 체면을 잃어가며 교육계에서의 지위를 위태롭게 하고 있다는 것을 한바탕 막힘없이 쏟아냈다. 그녀는 브리쇼가 파리에서 동거하는 세탁부며 그들 사이에서 난 계집애 얘기까지 감동 어린 말씨로 지껄이고 말았다. 그녀는 그를 휘어잡는 데 성공했고, 브리쇼는 이제 페테른에 발길을 끊었다. 하지만 그 괴로움이야 어찌 적으랴, 이틀 동안 아주 눈이 멀지 않았나 보기에 딱할 정도였고, 아무튼 이때에 그의 병이 급격히 악화되어 영영 고쳐지지 않았다.

한편 캉브르메르네 사람들은 모렐에게 많이 화가 나서, 한번은 일부러 모렐을 빼놓고 샤를뤼스 씨를 초대했다. 남작에게서 답장이 없자 그들은 실수했을까 봐 걱정이 되어, 앙심을 품어봤자 손해만 보는구나 깨닫고는 뒤늦게 모렐에게 초대장을 보냈다. 이 천한 짓은 남작의 세력을 보여주는 듯해서 그를 미소 짓게 했다. "우리 둘이서라면 나는 승낙한다고 답장 쓰거나." 남작은 모렐에게 말했다. 만찬날이 되어 페테른의 큰 손님방은 손님을 기다렸다. 캉브르메르네 사람들은 사실 멋진 세계의 꽃인 페레 부부를 위해 만찬회를 베풀고 있었다. 그러나 그들은 샤를뤼스 씨를 언짢게 할까 봐 어찌나 걱정했는지, 페레 부부와 사귀게 된 게 쉬브르니 씨를 통해서였건만, 만찬날 우연히 페테른에 들른 그를 본 순간 캉브르메르 부인은 안달이 났다. 집안사람들은 되도록 빨리 그를 보솔레유로 쫓아내려고 온갖 핑계를 짜내보았으나 때는 늦어버렸다. 그는 페레 부부와 안뜰에서 스쳐 지나갔고, 페레 부부는 그가 내쫓기는 걸 보고는 그의 굴욕감 못지않은 불쾌감을 느꼈다. 하지만 기어코 캉브르메르네 사람들은 미묘한 차이, 집안끼리는 개의치 않으나 남들 앞에서만은 헤아리는 미묘한 차이에서 쉬브르니 씨를 촌사람으로 판단하여, 그의 모습이 샤를뤼스 씨의 눈에 안 띄기를 바랐다. 바로 그런 남들이야말로 그 차이를 눈치채지 못하는 유일한 사람들이건만. 그래도 우리는 자기가 벗어나려고 애쓰는 상태에 그대로 머물러 있는 친척을 남들에게 보이기 싫어한다.

페레 부부로 말하면, 이들은 가장 높은 정도로 이른바 '매우 훌륭한' 사람들이었다. 물론 이 부부를 그렇게 부르는 이들의 눈에는 게르망트네 사람들, 로앙네 사람들과 그 밖의 사람들도 똑같이 훌륭한 사람들이었으나, 그들에 대해선 그 가문의 명성 덕분에 굳이 훌륭하다고 말할 필요도 없었다. 그런데 페레 부인 어머니의 고귀한 가문과, 그녀와 남편이 자주 드나드는 몹시 폐쇄적인 동아리는 아무도 몰랐다. 그래서 사람들은 이들의 이름을 말한 다음, '더할 나위 없이 훌륭한' 사람들이라고 그때마다 설명을 덧붙였다. 그들의 알려지지 않은 이름이 그들을 높은 산의 꽃으로 만들었나? 어쨌거나 페레 부부가, 이를테면 라 트레모유네 사람들이 교제했을 이들과 벗이 아님은 사실이다. 페레 부부가 해마다 캉브르메르네의 오후 모임 가운데 하나에 오려면, 이 라 망슈 지방에서 바닷가의 여왕이라고 불리는 캉브르메르 노후작부인의 지위가 필요했다. 이번에 캉브르메르네 사람들은 그런 페레 부부를 만찬에 초대했고, 또 샤를뤼스 씨가 부부에게 어떤 효과를 줄지 크게 기대하고 있었다. 그래서 손님 중에 샤를뤼스 씨가 있다는 걸 슬쩍 귀띔했다. 뜻밖에 페레 부인은 샤를뤼스 씨와 아는 사이가 아니었다. 캉브르메르 부인은 생생한 만족감을 느꼈다. 특별히 주요한 두 물질을 처음으로 합치려는 화학자의 미소가 그녀 얼굴에 감돌았다.

이윽고 문이 열렸다. 캉브르메르 부인은 모렐 혼자 들어오는 걸 보고서 자칫 정신을 잃을 뻔했다. 장관의 불참을 둘러대는 소임을 맡은 비서처럼, 몸이 불편해 안타깝다는 왕자의 뜻을 대신 전하는 신분 낮은 아내처럼(오말 공작을 위해 클랭샹 부인이 자주 그렇게 했듯), 모렐은 더할 나위 없이 경쾌한 투로 알렸다. "남작께서는 못 오실 겁니다. 몸이 좀 불편해서요. 어쨌든 저는 그렇기 때문이라고 생각합니다만. 이번 주일 동안 그분을 못 뵈었습니다." 이 마지막 말을 통해서까지 그는 캉브르메르 부인을 절망시켰다. 그녀는 모렐이 언제나 샤를뤼스 씨와 만난다고 페레 부부에게 말한 처지였으니까. 캉브르메르 부부는 남작이 안 와서 도리어 모임 분위기가 편해진 체하며, 모렐의 귀에 들리지 않게 손님들한테 말했다. "그분 없이도 잘해 나가겠지요, 안 그래요, 도리어 더 재미날 거예요."

그러나 캉브르메르 부부는 사실 몹시 화가 났다. 그들은 베르뒤랭 부인이 꾸민 음모라고 짐작해, 눈에는 눈 이에는 이, 베르뒤랭 부인이 그들을 라 라스플리에르에 다시 초대했을 때 캉브르메르 씨는 이렇게 말했다. 제 집을 다시 보고 작은 단체에 다시 참석하는 즐거움을 억누르지 못해서 왔으나, 자기 혼자뿐이며, 후작부인은 섭섭하게도 의사가 외출하지 말라고 해서 못 왔다고. 캉브르메르 부부는 이 외짝 출석으로, 샤를뤼스 씨를 징계함과 더불어 베르뒤랭 부부에게 제한된 예의밖에 갚을 의무가 없음을 보인 셈이었다. 마치 그 옛날 왕비들이 공작부인을 배웅하면서 다음 방의 중간쯤까지만 갔듯이.

몇 주일 뒤 그들은 거의 앙숙이 되었다. 캉브르메르 씨는 나한테 변명했다. "사실 샤를뤼스 씨와는 성미가 맞지 않습니다. 그는 지독한 드레퓌스파라서……" "말도 안 돼요!" "아니…… 아무튼 그 사촌인 게르망트 대공은 그래요. 그래서 많은 비난을 받고 있다니까. 내 친척 가운데 거기에 눈치 빠른 이가 있거든요. 나는 그런 사람들과 사귀지 못합니다. 그러다간 모든 친척과 틀어지게요." 캉브르메르 부인이 말했다. "게르망트 대공이 드레퓌스파니까, 더 잘됐네요." 그 조카딸과 혼인 이야기가 나도는 생루도 드레퓌스파니. 그게 아마 결혼의 이유겠지요." "여보, 우리가 몹시 아끼는 생루를 드레퓌스파라고 말하다니, 그러지 마오. 그런 주장을 경솔하게 털어놔선 못써요." 캉브르메르 씨가 말했다. "군대 안에 소문이 자자하게 나겠소!" "그는 전에 드레퓌스파였지만, 이제는 그렇지 않습니다." 나는 캉브르메르 씨에게 말했다. "그런데 게르망트 브라사크 아가씨와의 혼인 이야기는 정말입니까?" "그렇다는 소문입니다만, 당신이 더 잘 아실 텐데." "되풀이하지만, 그이는 나한테 자기가 드레퓌스파라고 말했어요" 하고 캉브르메르 부인이 말했다. "하기야 무리도 아니죠. 게르망트네 사람들은 절반은 독일 사람이거든요." 그러자 캉캉이 말했다. "바렌 거리의 게르망트네 사람들이라면 참으로 그렇다고 말할 수 있지. 그러나 생루는 아니야. 그가 아무리 독일 혈족과 촌수가 가깝더라도 소용없는 게, 그 아버지께서 프랑스 대귀족 칭호의 유지권을 확보해놓았거든. 다시 말해 1871년에 병역에 다시 돌아가 전쟁터에서 가장 빛나게 전사했거든. 이 점에 대해선 아무리 엄격해도 어쩔 수 없어. 칭송하든 폄하하든, 과장해서는 안 돼. '인 메디오……비투스(In medio……virtus, 덕(德)은……중간에).'*1 뭐라더라, 생각나지 않는걸. 코타르 의사가 한 말인데. 그 사람 늘 재치 있는 말을 하지. 아무래도 라루스 소사전을 하나 집에 놔둬야겠어."

라틴말 인용문에 대한 의사 표시를 피하려고, 또 생루에 대한 이야기에선 남편이 그녀를 어리석다고 생각하는 듯하니 그 화제를 그만두려고, 캉브르메르 부인은 '마님' 쪽으로 화제를 돌렸다. 그녀와의 불화야말로 더 설명할 필요가 있다고 생각했으므로. "우리는 베르뒤랭 부인한테 라 라스플리에

---

*1 in medio stat virtus(덕은 중간에 선다, 곧 중용지도)가 생각나지 않았던 것임.

르를 기꺼이 세놓았죠." 후작부인이 말했다. "다만 곤란한 것은, 빌려 든 가옥뿐만 아니라 거기에 딸려 있는 목장이며 오래된 벽걸이며 그 밖에 임대 계약서에 들어 있지 않은 오만 가지를 그녀는 다 제 것으로 여기고, 한술 더 떠서 우리와 친하게 지낼 권리까지 있다고 믿는 듯싶다는 점이에요. 그것은 가옥과는 전혀 다른 것들입니다. 관리인이나 대리인을 통해 모든 일을 분명히 해두지 않았던 게 우리의 실수입니다만. 무슨 난리를 치든 페테른 사람들한텐 그까짓 것 아무래도 좋아요. 하지만 그 베르뒤랭 할멈이 바람에 휘날려서 엉망이 된 머리를 하고 나의 초대일에 오는 건 우리 시누빌 아주머니께서 보기라도 한다면, 어떤 얼굴을 하실지 눈에 선해요. 샤를뤼스 씨로 말하자면, 물론 그분은 매우 훌륭한 사람들과 사귀지만, 아주 이상한 사람들과도 친한가 봐요." 나는 그게 누구냐고 물었다. 대답할 말이 궁해진 캉브르메르 부인은 드디어 이렇게 말하고 말았다. "모로인지 모리유인지 모뤼인지, 이름은 정확하게 기억나지 않지만, 하여튼 한 사내를 돌보고 있는 게 그이라고들 하더군요. 물론 바이올리니스트인 모렐과는 아무 관계없지만." 그녀는 얼굴을 붉히면서 덧붙였다. "나는 베르뒤랭 부인이 라 망슈 지방에서 우리 가옥에 세를 들었으니 파리에서도 나를 방문하는 게 당연한 권리일 거라고 상상하고 있다는 느낌이 들었을 때, 깨끗이 인연을 끊어야 할 때가 되었음을 깨달았죠."

'마님'과의 이런 불화에도, 캉브르메르 부부는 그 신도들과 사이가 나쁘지 않아, 같은 기차에 타면 으레 우리 찻간에 들어왔다. 두빌에 거의 다 오면 알베르틴은 마지막으로 거울을 다시 꺼내, 때로는 장갑을 바꾸거나 모자를 잠깐 벗고는 내가 사 준 대모빗으로 헝클어진 머리를 빗으며, 머리칼을 풍성하게 부풀리고, 필요하면 목덜미까지 규칙적으로 파인 골짜기처럼 늘어뜨린 곱슬곱슬한 머리 위로 곱게 튼 머리를 들어올리기도 했다. 마중 온 마차에 먼저 올라타면, 우리는 이제 자기가 어디에 있는지 모른다. 길이 밝지 않기 때문이다. 차바퀴의 소음이 더 커져서 마을을 지나고 있구나 알아차리고는, 이제 도착했다고 여겼는데 아직 들판 한가운데 있어 먼 종소리를 듣거나 하며, 우리는 스모킹을 입었다는 사실도 잊고 가물가물 졸면서 어둠 속에서 끝없이 흔들린다. 그러다 우리는 멀리서 기차를 타고 온 데다가 그 어떤 철도에도 따르게 마련인 조그만 사고까지 겪은 터라서, 밤도 깊었는데 파리로 되돌아가는 길의 거의 절반 정도는 실려온 기분이 든다. 갑자기 마차가 잔 모랫길로 미끄러져 들면서 우리가 저택 정원에 들어섰다는 것을 퍼뜩 깨닫게 하는가 싶자, 우리를 다시 사교 생활로 끌어들이는 살롱의 불빛, 다음에는 식당의 불빛이 눈앞에서 환하게 빛을 낸다. 그 식당에서 이미 오래전에 지나간 듯싶은 8시 치는 소리를 듣고, 시간이 단숨에 거꾸로 가는 것 같은 강한 충격을 느끼지만, 한편 불빛에 빛나는 만찬 식탁에는 헤아릴 수 없는 요리와 고급 포도주가, 연미복 차림의 사나이들과 반(半)야회복을 입은 여자들 주위에 쉴 새 없이 놓이고 있어서, 마치 정식 만찬회같이 보인다. 다만 그것과 다른 점은, 시골과 해변을 오가는 본디 엄숙한 밤 시간이 이런 사교 목적을 위해 불려오면서 짜낸, 어둡고 기묘한 베일 두 겹에 이 만찬회가 싸여 있다는 점이었는데, 따라서 그것이 이 만찬의 성질을 바꿔놓았던 것이다.

우리는 마차를 타고 돌아가기 위해, 휘황찬란한 살롱의 눈부시지만 금세 잊혀질 호화로운 사치와 작별해야만 했다. 나는 알베르틴이 나 없는 사이에 다른 사람들과 함께 타는 일 없이 반드시 나하고만 같이 탈 수 있도록 마차에 미리 손을 써두었는데, 그 이유는 흔히 또 다른 데에 있었다. 곧 어두운 마차 속에서 단둘이 여러 수작을 할 수 있었기 때문이고, 내리막길에서 서로 몸이 부딪칠 때에, 더구나 갑자기 빛이 새어 들거나 할 때에 서로 끌어안을 핑계가 되었기 때문이다. 캉브르메르 씨는 아직 베르뒤랭 부부와 앙숙이 아니었을 때 나에게 물었다. "이렇게 안개가 심한데, 혹시 당신도 호흡 곤란을 일으킬 것 같지 않습니까? 내 누이도 오늘 아침 심한 발작을 일으켰죠. 허! 당신도 그랬군요." 그는 만족스러운 듯 말했다. "오늘 밤 누이에게 이 일을 말해주겠습니다. 돌아가자마자 누이가, 당신이 최근 오랫동안 발작을 일으키지 않았는지 물어볼 게 뻔하거든요." 하기야 그는 누이의 발작에 대해 말하기 위해서 내 발작을 말할 뿐이었고, 두 발작의 차이를 밝히려고 내 증상의 특징을 캐물었던 것이다. 그러나 그런 차이에도 누이의 호흡 곤란이야말로 전형적인 증세라고 생각한 그는, 누이의 호흡 곤란에 '잘 들었던' 요법을 남들이 내 호흡 곤란에 대해 처방하지 않았다는 사실을 도저히 믿지 못했다. 그래서 그는 내가 그런 요법을 시도하지 않았다는 사실을 알고는 화를 냈다. 하기는 어떤 식이 요법을 철저하게 따르기보다 더 힘든 일이 있다면, 그것은 식이 요법을 남들에게 강요하지 않는 일이니까. "아, 이거 실례했소. 나야 문외한이지만, 당신은 마침 여기에 아레오파고스(Areopagos)*¹의, 아니 그 방면의 지식의 샘 앞에 계시오. 코타르 교수는 그 점에 대해서 어떻게 생각하시던가요?"

그런데 나는 다른 기회에 또 한 번 그 아내를 만났다. 그녀가 전에 내 '사촌누이'에겐 별난 취미가 있다고 말한 적이 있어, 그것이 무슨 뜻인지 알고 싶었기 때문이다. 그녀는 그런 말을 한 걸 부인하다가 마침내 솔직히 털어놓았다. 내 사촌누이와 함께 있었던 듯한 어느 여인에 대해 얘기했던 거라고. 이름은 모른다고 하다가 결국, 만약 틀리지 않았다면 그녀는 은행가의 아내로 리나, 리네트, 리제트, 리아, 요컨대 그런 따위의 이름이라고 말했다. '은행가의 아내'라는 말은 연막을 치려고 끼워넣은 속임수에 지나지 않는다고 나는 생각했다. 그것이 사실인지 알베르틴에게 물어보고 싶었다. 그러나 나로서는 물어보는 것보다 다 아는 체하는 편이 더 좋았다. 게다가 물어본댔자 알베르틴은 아무 대답도 안 했으리라. 아니면 그저 'non(아니)'이라고 대답하되, 그 'n'은 몹시 우물거리고, 반대로 'on'은 거의 외치다시피 말했을 것이다. 알베르틴은 자기에게 불리할 듯싶은 사실은 절대 말하지 않았지만, 그 사실 없이는 설명할 수 없는 다른 사실은 이야기했다. 따라서 사실이라는 것은, 남이 하는 말 그 자체가 아니라, 차라리 남이 하는 말에서 흘러나오는 흐름, 눈으로 볼 수는 없어도 잡을 수는 있는 흐름이다. 그래서 당신이 비시에서 사귀었다는 여자는 나쁜 취미를 가진 여자였겠지 하고 캐물었더니, 그녀는 내가 생각하는 그런 여자가 결코 아니다, 자기에게 나쁜 짓을 하게 한 적은 한 번도 없었다고 잘라 말했다. 그런데 다른 어느 날, 그런 취미를 가진 인간에 대한 나의 호기심을 이야기하노라니까, 알베르틴은 자기는 모르지만 비시의 그 부인에게는 그런 여자친구가 있다면서, 부인이 '자기한테 소개해주기로 약속'했다고 덧붙였다. 그런데 비시의 부인이 그녀에게 그런 약속을 했다면 알베르틴은 그 약속을 좋아한 셈이며, 또 비시의 부인은 그런 제의를 하면 알베르틴이 기뻐하리란 것을 알고 있었던 셈이다. 하지만 어차피 알베르틴에게 그런 점을 내세워 반박해봤자, 나는 자신의 지식을 그녀에게서밖에는 얻지 못하는 것으로 보였으리라. 그래서 그녀는 더 이상 정보를 주지 않게 되었을 테고, 나는 아무것도 알지 못하게 되어 만만한 상대로 여겨졌을 것이다. 더구나 지금 우리는 발베크에 있고, 비시 부

---

*1 그리스의 최고 법원.

인과 그 여자친구는 망통에 살고 있었다. 떨어져 있다는 사실, 위험이 있을 수 없다는 사실이, 나의 의혹을 빨리 없애버렸다.

캉브르메르 씨가 정거장에서 내게 말을 걸 때, 나는 보통 알베르틴과 둘이서 어둠을 이용하여 비밀스런 짓을 하고 있었다. 다만 어둠이 오롯하지 못할까 봐 알베르틴이 몸부림을 치는 바람에 그만큼 애를 먹었지만. "코타르가 우리를 보았을 게 틀림없다니까요. 보지는 않았대도 헐떡거리는 당신 목소리를 들었을 거예요. 마침 모두 당신의 숨차는 현상, 호흡 곤란에 대해서 얘기하고 있었거든요." 마차가 두빌 역의 불빛 속으로 들어서자 알베르틴은 내게 말했다. 그리고 우리는 여기에서 돌아가는 기차를 탔다. 그런데 갈 때와 마찬가지로 돌아오는 길이 나에게 어떤 시적인 인상을 줌으로써, 내 마음속에 여행을 하고 싶은 욕망, 새로운 생활을 하고 싶은 욕망을 불러일으켜, 거기에서 알베르틴과의 결혼 계획을 포기하고 심지어 우리 관계를 결정적으로 끊고 싶은 욕망까지 일어나게 했는데, 동시에 우리 관계는 모순돼 있으므로 이런 걸 끊는 일쯤은 무척 쉽게 여겨지는 것이었다. 왜냐하면 갈 때와 마찬가지로 올 때에도, 정거장마다 저마다 다른 벗들이 우리 찻간에 올라타기도 하고 플랫폼에서 우리에게 인사를 보내기도 해서, 잠깐 공상의 즐거움이야 단숨에 눌러버릴 기세로, 우리를 끊임없이 편안하게 해주는 사교의 즐거움이 그 자리를 지배했기 때문이다.

이미 정거장에 닿기 전에 정거장의 이름은(그것을 내 귀로 들은 날부터, 곧 할머니와 같이 발베크로 여행을 갔던 첫날 저녁부터, 나로 하여금 그토록 꿈꾸게 한 정거장 이름은), 알베르틴의 질문을 받은 브리쇼가 그 어원을 우리에게 자세히 설명해주던 저녁부터, 완전히 인간적인 것으로 변해 그 야릇한 어감을 잃어버리고 말았다. 처음에 나는 피크플뢰르(Fiquefleur), 옹플뢰르(Honfleur), 플레르(Flers), 바르플뢰르(Barfleur), 아르플뢰르(Harfleur) 등과 같은 지명들 끝에 붙어 있는 플뢰르(fleur, 꽃)를 아름답다고 생각했으며, 브리크뵈프(Bricquebœuf) 끝에 붙은 뵈프(Bœuf, 황소)를 재미있다고 생각했다. 하지만 브리쇼가(기차를 함께 탄 첫날에), 플뢰르는 '포르(port, 항구)'라는 뜻이고 피오르(fiord, 노르웨이의 협만)와 마찬가지이며, 뵈프는 노르망디 사투리의 부드(budh)로서 '오두막(cabane)'을 뜻한다고 내게 가르쳐준 순간, 꽃도 황소도 모두 사라졌다. 그는 다른 보기를 얼마든지 들었으므로, 처음에는 특수하다고 생각되던 게 일반화

되고 말았다. 브리크뵈프는 엘뵈프(Elbeuf)라는 동네 이름과 이어졌다. 처음에는 그 고장만큼이나 개성적인 이름이다 싶었던 펜드피(Pennedepie) 같은 이름은, 이치로는 도저히 설명할 수 없는 기묘한 것이 태곳적부터 그 안에 섞여 들어가, 노르망디의 어떤 치즈처럼 향토적이고 구수하며 딱딱한 단어를 빚어내고 있는 듯했는데, 펜(pen)은 갈리아어로 '산(山)'이라는 뜻으로, 펜마르크(Penmarch)에서도 아펜니노(Appennino) 산맥에서도 찾아볼 수 있다는 사실을 알고 실망했다.

　기차가 멈춰 설 때마다, 손님이 들어오지 않는다 해도 누군가와 악수를 나눌 일은 있다는 것을 알고 있었으므로, 나는 알베르틴에게 말했다. "얼른 브리쇼에게 물어봐요, 당신이 알고 싶다던 이름이 많았잖아. 마르쿠빌 로르귈뢰즈(Marcouville l'Orgueilleuse)에 대해서도 말했지." "그 오르귈뢰(orgueil, 자랑)라는 게 참 좋아요, 으쓱대는 마을이에요." 알베르틴이 말했다. 그러자 브리쇼가 대답했다. "실은 그보다 더 으쓱대지요. 만약에 프랑스어로 변하지 않았거나, 아니, 바이외 주교의 기록집에서 발견되는 마르쿠빌라 쉬페르바(Marcouvilla superba)와 같은 후기 라틴어로도 변하지 않은 더욱 오래된 어형, 보다 노르만어에 가까운 어형, 마르퀼피빌라 쉬페르바(Marculphivilla superba) 곧 메르쿨프(Merculph)[*1]의 마을, 영지라는 뜻으로 당신이 해석하신다면 말입니다. 이처럼 빌(ville, 동네)이라는 철자로 끝나는 거의 모든 지명에서, 지금도 당신은 이 해안에 우뚝 서 있는 노르만의 사나운 침략자들의 환상을 볼 수 있을 겁니다. 에르몽빌(Hermonville)에서는 손님방 문 앞에 선 우리의 명의(名醫) 모습밖에 못 봤죠. 사실 그 모습은 고대 스칸디나비아의 우두머리하고는 아무런 관계도 없어요. 하지만 눈을 감아보시오, 저 유명한 노르만족의 우두머리 헤리뭉드(Herimund)의 모습이 보일 겁니다(Herimundivilla, 헤리뭉드 마을). 모두들 루아니와 발베크 해안 역 사이에 있는 이 길은 가면서도, 루아니에서 옛 발베크로 가는 그 경치 좋은 길은 왜 안 가는지, 나는 도무지 알 수 없지만, 베르뒤랭 부인은 아마 여러분과 마차를 같이 타고 이쪽 길을 산책했을 테죠. 그때 보셨겠지만, 거기에 앵카르빌(Incarville) 곧 비스카르(Wiscar)의 마을이 있고, 또 베르뒤랭 부인 댁 조금 못미처에 투르빌(Tourville)이 있는데, 이것은 투롤(Turold)의 마

――――――――――

[*1] 노르만족의 조상.

을입니다. 하기야 이렇게 노르만인만 만나게 되는 건 아닙니다. 알망(Allemands, 독일인)도 이 근처까지 왔던 모양이오(옴낭쿠르(Aumenancourt)는 알마니쿼르티스(Alemanicurtis, 알망의 통로)가 변한 것이죠). 아, 저기 저 젊은 장교에겐 말하지 마시오. 말했다간 그 사촌 집에 갈 마음이 싹 가실지도 모르니까. 그리고 색슨 사람(Saxons)도 있었어요. 시손(Sissonne)의 샘이라는 게 그 증거입니다(베르뒤랭 부인이 좋아하는 산책 장소 가운데 하나인데, 과연 그럴 만도 해요). 영국에도 미들섹스(Middlesex)니 웨섹스(Wessex)니 하는 곳이 있듯이 말입니다. 그리고 이건 잘 알 수 없지만 고트인(Goths), 곧 괴(gueux, 망나니)라고 불리던 자들도 이 근처까지 왔던 듯싶고, 또 무어족(Maures)도 그랬나 봐요. 모르타뉴(Mortagne)라는 이름은 모르타니아(Mauretania)에서 온 것이거든요. 고트 사람의 발자취는 구르빌(Gourville=Gothorumvilla)이라는 이름에 남아 있어요. 라틴 사람(Latins)의 흔적도 라니(Lagny=Latiniacum)에 남아 있는 형편이고요."

"나는 토르프옴(Thorpehomme)에 대해서 설명을 듣고 싶소만." 샤를뤼스 씨가 말했다. "옴(homme, 사나이)이란 말은 알겠는데 말씀이야." 그는 이렇게 덧붙였는데, 그때 조각가 스키와 코타르는 서로 뜻깊은 눈짓을 주고받았다. "다만 토르프(Thorp)라는 말은 뭔지요?" "옴은 말입니다. 남작, 당신이 아주 자연스럽게 생각하시는 그러한 뜻이 전혀 아닙니다." 브리쇼가 대답했다. 코타르와 조각가를 짓궂게 바라보면서. "여기서 옴이란, 어머니가 속하지 않은 그 성(性)*¹하고는 아무 상관도 없어요. 옴은 홀름(holm)으로서, 작은 섬이라는 뜻이지요. 한편 토르프, 곧 마을에 대해서는, 제가 이미 이 젊은 분에게 싫증나도록 설명한 숱한 말 속에 자주 나왔습니다. 따라서 토르프옴 속에는 노르만인 우두머리 이름은 없고, 노르만어 낱말만이 있다 이겁니다. 이 일대가 얼마나 게르만화(독일화)되어 있는지 아시겠지요." "그건 좀 지나친 말씀 같은데요." 샤를뤼스 씨가 말했다. "나는 어제 오르주빌(Orgeville)에 갔습니다만……." "그거라면 남작, 아까 토르프옴에서 뺏은 사나이를 당신에게 돌려드리리다. 유식한 체하는 말이 아니라, 로베르 1세*²의 문서에 따르면 오르주빌은 오트게르빌라(Otgervilla), 곧 오트게르(Otger)*³의 영지입니다. 이러한 지명은 모두 옛날 봉건

━━━━━━━━

*1 남성을 가리키는 말.

*2 1028~35년 무렵의 노르망디 공작.

*3 샤를마뉴 대왕 휘하의 귀족인 오지에 르 다누아(Ogier le Danois)를 말함인지 모르겠음—플

제후의 이름이지요. 옥트빌 라 브넬(Octeville la Venelle)은 라브넬(l'Avenel)에서 온 겁니다. 아브넬(Avenel) 가문은 중세의 명문이었습니다. 지난번에 베르뒤랭 부인이 우리를 데리고 갔던 부르그놀르(Bourguenolles)는 부르 드 몰(Bourg de Môles), 즉 몰의 도시라고 씌어 있더군요. 그도 그럴 것이, 그 마을은 11세기에 보두앙 드 몰(Baudoin de Môles)에 속했던 겁니다. 라 셰즈 보두앙(La Chaise—Baudoin)이라는 마을도 마찬가지예요. 아, 이거 벌써 동시에르에 도착한 모양인데요." "어렵쇼, 장교들이 떼 지어서 타려 드는군." 샤를뤼스 씨가 짐짓 놀란 체하면서 말했다. "아니, 이건 선생들을 위해서 드리는 말씀이오. 난 상관없지. 여기서 내리니까." 그러자 브리쇼가 말했다. "들었나요, 의사 선생? 남작께선 장교들한테 마구 짓밟힐까 봐서 겁이 나는 겁니다. 하지만 그들이 여기 모이는 건 그 임무상 당연하지요. 왜냐하면 동시에르(Doncières)는 바로 생시르(Saint—Cyr)니까요. 생시르, 곧 도미누스 시리아쿠스(Dominus Cyriacus)예요. 상크투스(sanctus, 거룩한)나 상크타(sancta, 거룩한)가 도미누스(dominus, 주인)나 도미나(domina, 주인)로 바뀌는 고장 이름은 많지요. 그런데 이 조용한 군인 도시의 분위기는 어딘지 생시르나 베르사유, 아니 퐁텐블로와도 닮은 데가 있는걸요."

이렇게 기차로 돌아가는 동안(갈 때도 마찬가지였지만) 나는 알베르틴에게 몸단장하라고 이르곤 했다. 암농쿠르, 동시에르, 에프르빌, 생바스트 등에서 기차에 오르는 사람들을 잠시 응대해야 한다는 걸 알기 때문이다. 사실 나는 그러한 응대가 그다지 싫지 않았다. 이를테면 에르몽빌(헤리뭉드의 영지)에서는 쉬브르니 씨를 응대하게 된다. 그는 다른 손님을 맞이하러 온 길에 왔으니 어쩌니 하고 찾아와서는, 나에게 내일 몽쉬르방으로 오찬을 하러 와달라는 부탁을 하고 간다. 또 동시에르에서는, 생루의 부탁을 받고(그에게 시간이 없을 때) 찾아온 그의 멋진 한 친구가 갑자기 들이닥치는 수가 있다. 그 친구는 코크 아르디(Coq Hardi, 용감무쌍한 싸움닭)장(莊)에서의 장교들 모임이나 프장 도레(Faisan Doré, 황금꿩)정(亭)에서의 하사관 모임에 오라는 보로디노 대위의 초대장을 나에게 전한다. 생루도 자주 왔는데, 그가 있는 동안 나는 남들이 눈치채지 못하게 알베르틴을 감시했다―하기야 그렇게 경계해봤자 아무 소용도 없었지만.

레이아드판 주.

그런데 단 한 번, 나는 감시를 멈춘 적이 있었다. 역에 오래 멈춰 섰던 어느 날, 블로크는 우리에게 인사하러 왔다가 아버지가 기다린다면서 곧바로 물러 가버렸다. 그의 아버지는 최근 작은아버지의 유산을 받아, 라 코망드리라는 별장을 빌려 들고, 정복 차림의 몇몇 마부가 모는 역마차를 타고 싸돌아다니는 걸 대감 생활이라 여기고 있었다. 그런데 그때 블로크는 내게 마차까지 같이 가기를 청했다. "어서 빨리, 그 네발짐승들은 성미가 급하니까. 자, 신들의 귀여움을 받는 사나이, 어서 가세, 아버지가 기뻐할걸." 그러나 나는 알베르틴을 생루와 함께 기차에 두고 가는 게 걱정스러웠다. 내가 등을 돌리고 있는 동안 그 둘이서 말을 주고받고, 다른 찻간으로 가고, 서로 미소 짓고, 서로 몸을 맞붙게 할지도 몰랐다. 알베르틴에게 들러붙은 내 눈길은 생루가 거기에 있는 한 그녀한테서 뗄 수 없었다. 그런데 자기 아버지에게 인사하러 가 주기를 부탁했던 블로크는, 내게 하나도 지장이 없건만(기차가 적어도 15분간 정거장에 그대로 멈출 거라고 역원이 알려 거의 모든 승객이 하차했으니, 그들을 다시 태우지 않고선 기차는 출발하지 않을 테니까), 그 부탁을 거절한 나를 예의 모르는 놈으로 본 게 뻔했고, 이어서 내 거절을—이 경우에 내 행동이 그에게는 결정적인 대답이었다—분명히 속물근성 탓으로 돌리는 게 확실했다. 그도 그럴 것이 나하고 같이 있는 사람들의 이름을 그가 모르지 않았기 때문이다. 실은 조금 전 샤를뤼스 씨는, 지난날 블로크와 친해지려고 했던 것을 잊어버렸는지 또는 개의치 않는지 이번에도 나한테 말했었다. "여보게, 자네 친구를 소개해주게. 자네 행동은 나에 대한 결례야." 그러고서 그는 블로크와 담소했고, 상대가 마음에 썩 들었던지 "또 만납시다"라는 은혜를 블로크에게 베풀었다. "그럼 하는 수 없군. 자네는 내 아버지에게 인사하러 100미터를 걷기도 싫다 이거지. 아버지가 정말 기뻐하셨을 텐데." 블로크가 나에게 말했다. 내 가슴은 쓰라렸다. 우의가 없는 꼴로 보인 게, 더더구나 블로크로 하여금 내게 우의가 없다고 믿게 한 그 이유 때문에. 즉 '명사'들 앞에서는 내가 부르주아 친구에게 태도를 싹 바꾸는 놈이라고 블로크가 생각한 걸 느껴서.

이날부터 블로크는 내게 이전 같은 우정을 보이지 않게 되고, 더 괴롭게도, 내 성격에 대해 이전 같은 존경을 품지 않게 되었다. 그러나 나를 찻간에 그대로 있게 한 동기에 대해 그의 오해를 풀어주려면, 그가 나를 어리석은 속인(俗人)으로 믿게 내버려두기보다 몇 배나 더 괴로웠을 어떤 것—내가 알베르틴에 대해 질투하고 있는 것—을 그에게 말해야 했으리라. 그러므로 이론상 우리는 늘 솔직하게 자기 마음을 밝혀서 오해를 피해야 한다고 생각하지만, 인생에서는 흔히 없애지 못할 정도로 그런 오해를 거듭해 나가는데, 그것을 풀 수 있는 드문 기회가 왔을 때도 그것을 풀려면, 도리어 친구가 우리의 죄로 돌리는 상상적인 잘못 이상으로 그 친구 마음을 상하게 할 어떤 것을—이는 지금의 내 상황은 아니지만—폭로해야 하거나, 또는 오해 이상으로 우리를 궁지에 빠뜨릴 어떤 비밀의 고백—이것이 지금 내가 빠져 있는 처지이지만—을 해야 한다. 게다가 그를 따라갈 수 없었던 이유를 블로크에게 설명할 순 없었으니, 내가 설명도 없이 그저 언짢게 생각 말아달라고 말했다면, 나는 그가 언짢아하는 줄 알면서도 거절한 셈이니 결국 상대의 감정은 더욱 상했을 것이다. 지금은 이 운명(fatum) 앞에 순순히 머리를 숙이는 수밖에 없었다. 실은 알베르틴과 자리를 같이한 사실이 그를 배웅하지 못하게 했건만, 그는 반대로 명사와 자리를 같이한 것이 배웅을 안 한 이유인 줄로 안다. 운명이 이렇게 되기를 바랐던 것이다. 나로 말하면 그런 명사들이 지금보다 엄청 더 훌륭했더라도, 그런 사람들하고만 자리를 같이했다면 결국은 주로 블로크에게만 마음 쓰면서 예의를 다하기 위해 애썼을 텐데. 이와 같이 가까운 두 운명 사이에 금이 가고 그것이 점점 벌어져서 영원히 회복되지 않기엔, 우연하고 부조리한 하나의 사고(이 경우 알베르틴과 생루가 같은 자리에 있는 것)가 두 운명 사이에 끼어드는 것으로 충분하다. 그리고 내 경우에는 블로크의 우정보다 더 아름다운 우정이면서도, 무의식적으로 불화를 빚어낸 장본인이 상대로 하여금 어쩌면 그 자존심을 회복시켜 잠시 사라졌던 공감을 되찾게 했을지도 모를 일을 영원히 설명하지 않고 지나감으로써, 그대로 깨져버린 우정도 있다.

블로크의 우정보다 더 아름다운 우정이란 말은 지나친 말이 아닐 것이다. 블로크에겐 온갖 결점이 있어서 나를 더없이 불쾌하게 만들곤 했다. 그런데 우연히 그것이 알베르틴에 대한 내 애정과 마주치게 되어, 그 결점을 아주 참을 수 없는 것으로 만들었다. 그래서 내가 로베르를 눈으로 살피면서 블로크와 얘기한 이 짧은 동안에도, 블로크는 그가 봉탕 부인네에서 점심 먹었던 일, 다들 나에 대해 이야기하며 '헬리오스*¹가 기울 때까지' 칭찬했던 일을 내게

＊1 태양.

말했다. 나는 생각했다. '좋아. 봉탕 부인은 블로크를 천재로 생각하니까, 그가 내게 바쳤을 영광된 찬사야말로 남들의 천 마디보다 더 좋은 효과를 냈을 테고, 알베르틴의 귀에도 들어가겠지. 머잖아 그녀는 내가 얼마나 '뛰어난' 인간인지 알게 될 거야. 아무렴, 이 이야기를 그녀의 작은어머니가 이미 전하지 않은 게 오히려 이상하지.' "그래." 블로크는 덧붙였다. "다들 자네를 칭찬했네. 나혼자만이 깊은 침묵을 지켰지, 마치 음식물을 입에 넣은 듯이. 진짜 식사 이야기가 아닐세. 그건 평범한 식사였어. 그때 나는 타나토스*¹와 레테*²의 행복한 형제, 몸과 혀를 부드러운 끈으로 동여매는 거룩한 히프노스*³가 애용하던 양귀비 열매를 입에 머금은 것만 같았다네. 물론 자네를 존경한다는 점에서 나는 같이 초대됐던 탐욕스러운 들개 떼에 못지않아. 그러나 나는 자네를 이해하니까 존경하지만, 그들은 자네를 이해함 없이 존경하네그려. 솔직히 말해, 나는 뭇사람 앞에서 자네 이야기를 그렇게 지껄이기엔 자네를 몹시 존경한다네. 내 가슴속 깊숙이 품은 것을 큰 목소리로 찬양하다니, 그건 나로서는 엄청나게 신을 모독하는 행위일 걸세. 자네에 대해 누가 무엇을 물어봐도 소용없었지, 크로니온(Kronion)*⁴의 딸인 성스러운 '수치심(Pudeur)'이 끝까지 내 입을 다물게 했던 걸세."

나는 불쾌한 표정을 짓는 나쁜 취미는 없었다. 그러나 내 생각에 이 '수치심'이라는 것은—크로니온과 관련되기보다 더 많이—다음과 같은 감정들과 통하는 느낌이었다. 즉 그것은 그대들이 군림하는 신비로운 전당이 무식한 독자와 언론인들에게 짓밟힐까 봐, 그대들을 존경하는 비평가들로 하여금 그대들에 대한 이야기를 삼가게 만드는 그 점잖음(pudeur)이다. 그것은 그대들만 못한 인간들 속에 그대들을 섞지 않으려고 그대들에게 훈장을 주지 않는 정치가들의 신중함(pudeur)이다. 그것은 그대로 하여금 무능한 X씨의 동료가 되는 수치를 벗어날 수 있게 하려고 그대에게 찬성표를 던지지 않는 아카데미 회원의 삼감(pudeur)이다. 그리고 마지막으로 그것은, 죽은 아버지는 그럴 만한 공적이 있어서 그 무덤 위에 더할 나위 없이 경건한 꽃다발이 놓이는 것이련만 고인은

---

*1 죽음.
*2 망각.
*3 잠.
*4 제우스 신을 가리키는 호메로스풍 이름 가운데 하나.

오히려 친한 사람들 사이에서 자기 이름이 오르내리길 바랄 거라면서 부디 조용히 놔두기를, 죽은 아버지에 대해서 아무것도 쓰지 말기를 우리에게 부탁하는 자식들, 고인을 언제까지고 살아 있는 사람처럼 대하면서 그 주위를 영광으로 감싸는 일은 멈춰주길 바라는 자식들의, 보다 존경스럽지만 더욱 죄스러운 수치심(pudeur)이다.

그런데 내가 그 아버지에게 인사하러 가지 못하는 이유를 몰랐던 블로크가 나를 괴롭히면서, 봉탕 부인네에서 내 평판이 나빠지게 했던 것을 털어놓으며 내 감정을 상하게 했다면(어째서 알베르틴이 이 오찬을 전혀 이야기하지 않았는지, 또 내가 나에 대한 블로크의 애정을 말했을 때 어째서 그녀가 침묵을 지켰는지, 이제야 나는 이해했지만), 이 젊은 이스라엘인은 샤를뤼스 씨에겐 노여움과는 딴판인 인상을 주었다.

확실히 블로크는 지금, 내가 잠깐이라도 고상한 사람들과 떨어질 수 없을 뿐만 아니라, 또한 그런 사람들(이를테면 샤를뤼스 씨)이 그에게 다가갈지도 모른다는 생각에 내가 그를 질투하여 둘 사이를 방해하고 서로 맺어지지 않도록 애쓴다고 믿고 있었다. 그런데 남작도 사실 내 동창생과 더 오래 마주하지 못한 것을 섭섭해했다. 다만 습관에 따라 그는 그런 기색을 보이지 않았다. 그는 아무런 내색 없이 내게 블로크에 대해 몇 마디 질문을 하기 시작했는데, 데면데면한 게 흥미 없다는 투였고, 내 대답을 들을 마음도 없어 보였다. 초연한 태도로, 관심이 없다기보다는 아예 멍하니 심심풀이로 단조로운 노랫가락을 중얼대듯, 그리고 나에 대한 한낱 예의를 차리듯이 물었다. "영리한 모양이군. 뭔가 쓰고 있다고 말하던데, 재능은 있나?" 나는 샤를뤼스 씨한테, 그에게 다시 만나자고 말씀하신 게 매우 친절하셨다고 말했다. 그런데 남작은 이 말을 들었다는 기색을 전혀 보이지 않았다. 내가 같은 말을 네 번이나 되풀이했는데도 잠자코 있었다. 그래서 샤를뤼스 씨가 다음같이 한 말을 내 귀로 들었다고 여겼을 때, 나는 내 귀가 환청에 희롱당하기라도 했나 의심하고 말았다. "그는 발베크에 살고 있나?" 남작은 이렇게 어렴풋한 물음의 투로 흥얼거렸는데, 언뜻 듣기에 이토록 꺼림칙한 의문문을 끝내는 데 프랑스말이 의문부호(?)밖에 갖지 못한 게 안타까울 정도였다. 하기야 그런 부호는 거의 샤를뤼스 씨한테만 도움이 되겠지만. "아뇨, 그의 집안은 이 근처 '라 코망드리(la commanderie)*¹를 빌려 지내고 있습니다."

알고 싶던 것을 알고 나자, 샤를뤼스 씨는 블로크를 업신여기는 체했다. "끔찍하군!" 그는 쇳소리 나는 힘찬 목소리를 되찾아서 외쳤다. "'라 코망드리'라고 불리는 고장이나 저택은 전부 말타 기사단(내가 그 회원이지만)에 의해 처음으로 세워지거나 소유되거나 했네. '탕플(Temple, 성당)' 또는 '카발리(Cavalry, 기병)'라는 장소들이 탕플 기사단에 의해 창설되었듯이. 내가 라 코망드리에 산다면 무척이나 자연스러운 일일 테지. 하지만 유대인이라니! 하기야 놀랄 건 없지. 그 종족의 특유하고 기묘한 신성 모독 취미의 소행이야. 유대인은 돈을 모아 별장을 살 만하게 되면, 번번이 수도원이라는 뜻인 르 프리외레(le Prieuré), 라베(l'Abbey), 르 모나스테르(le Monastère), 라 메종 디외(la Maison—Dieu)라고 불리는 것을 고르지. 나는 어느 유대인 관리와 거래를 한 일이 있는데, 그 사람이 어디 살았을 것 같나? 퐁 레베크(Pont—l'Evéque)*²였다네. 그 사람이 브르타뉴에 좌천되었는데, 거기는 또 퐁 라베(Pont—l'Abbé)*³란 말씀이야. 성주간(聖週間)에 라 파숑(la Passion)*⁴이라 일컫는 그 천한 구경거리가 있을 때 극장 절반을 차지하는 게 유대인이네. 그들은 다시 한 번 그리스도를, 아니 적어도 그 인형을 십자가에 매달자는 생각에 흥분해 있지. 하루는 라무뢰 음악회에서, 내 옆자리에 어느 부유한 은행가인 유대인이 있었네. 베를리오즈의 〈그리스도의 어린 시절〉을 연주하니까 그는 아연실색했지. 그런데 오래지 않아 〈성금요일의 기적〉이 연주되자 그는 다시 평소처럼 더없이 행복한 표정을 짓더군. 자네 친구가 라 코망드리에 살다니, 가엾게도! 사디즘이란 말씀이야! 내게 가는 길을 가르쳐주겠나?" 그는 다시 무관심한 표정을 지으면서 덧붙였다. "우리의 유서 깊은 땅이 그와 같은 신성 모독에 어떻게 견디고 있는지 언제 보러 가야겠으니. 어쨌든 안타까운 일이로군, 그는 보기에 똑똑하고 섬세하니 말씀이야. 그가 파리의 탕플 거리에 산다면 그건 엎친 데 덮친 격이지!"

이렇게 말한 샤를뤼스 씨는 오로지 자기 이론을 지지하는 새로운 보기를 찾고 있는 척했는데, 실제론 내게 일석이조의 질문을 했으며 주된 목적은 블

---

*1 직역하면 기사령(騎士領).
*2 직역하면 '주교교(主教橋)'.
*3 직역하면 '신부교(神父橋)'.
*4 그리스도 수난극.

로크의 주소를 아는 것이었다. "확실히." 브리쇼가 토를 달았다. "탕플 거리는 전에 쉬발리 뒤 탕플이라고 불렸습니다. 이에 대해서, 남작, 한 말씀드려도 될까요?" 대학교수가 말했다. "뭐? 뭐요?" 샤를뤼스 씨는 퉁명스럽게 대꾸했다. 그런 참견이 자기가 알아내고 싶은 정보를 얻는 데 방해가 되므로. "아니, 아무 것도 아닙니다." 브리쇼가 질려서 대답했다. "발베크의 어원에 대한 것인데 전에 나한테 질문한 이가 있어서요. 그래서 말인데 파리 탕플 거리는 지난날 바르 뒤 베크(Barre du–Bec) 거리라고 불렸습니다. 왜 그런고 하니, 노르망디의 베크 수도원이 파리의 그곳에 법정의 바르(barre)*5를 가지고 있었기 때문이죠." 샤를뤼스 씨는 잠자코 못 들은 체했다. 이는 그의 거만한 태도 가운데 하나였다. "자네 친구는 파리의 어디에 살지? 파리 거리 4분의 3이 성당이나 수도원의 이름에서 비롯한 거니까, 계속되는 신성 모독 행위에 딱 알맞지. 유대인이라고 해서 라 마들렌 큰길이나 포부르 생토노레 또는 생토귀스탱 광장에 못 살게 할 수야 없단 말씀이야. 그들이 파르비 노트르담 광장, 아르쉬베셰 강둑, 샤누아네스 거리, 또는 아베 마리아 거리에 살 곳을 택함으로써 더 교묘하게 신성 모독 행위를 하지 않는 한, 그들의 곤란을 헤아려야 하네."

우리는 블로크가 현재 살고 있는 곳의 주소를 몰라 샤를뤼스 씨에게 가르쳐주지 못했다. 그러나 나는 그 아버지의 사무실이 블랑 망토(Blancs–Manteau)*6에 있는 걸 알고 있었다. "저런! 참으로 도덕적이지 못하군." 샤를뤼스 씨는 외쳤다. 비꼬는 노여움으로 냅다 지르는 그 자신의 외침 소리에 깊은 만족을 느끼는 모양으로. "블랑 망토 거리." 그는 철자 하나하나를 쥐어짜듯 발음하며 빙그레 웃으면서 되풀이했다. "이 무슨 신성 모독인고! 생각 좀 해보게, 블로크 씨에 의해 더럽혀진 그 블랑 망토란 성모 마리아의 종들이라고 하는 탁발 수도회의 것이며, 그들을 그곳에 살게 하신 분이 성왕 루이였거든.*7 그때부터 그 거리는 늘 수도회에 속해 왔다. 이 신성 모독이 더욱더 악마적인 까닭은, 블랑 망토 거리에서 엎어지면 코닿을 곳에 한 거리가 있는데, 이름은 잊었지만*8 하여튼 그 거리는 온통 유대인들에게 점령되어 있기 때문이지. 점

---

*5 법정 안의 난간.
*6 직역해서 '흰 외투'.
*7 성왕 루이가 1258년에 창설함.
*8 로지에 거리(La rue Rosiers)—플레이아드판 주.

포들 앞에 히브리 글자가 나붙고, 무교병(無酵餠)*¹을 만드는 가게며 유대인 푸줏간이 있어, 거기는 아주 파리의 유대인 거리지. 그러니 블로크 씨는 거기에 사는 게 당연해. 물론 그렇고말고."

샤를뤼스 씨는 어지간히 허풍 떠는 뽐내는 말투에 이어, 또 심미적인 이야기를 꺼내려고, 유전적인 무의식 반응을 보여서 뒤로 쳐든 그 얼굴에 루이 13세 시대의 늙은 근위병과 같은 표정을 띠며 말했다. "나는 이런 문제를 전부 예술적인 관점에서밖에 다루지 않네. 정치란 내가 나설 일이 아니려니와, 또 블로크가 거기에 속한다 한들 블로크 때문에 한 민족 전체를 비난할 순 없는 노릇이지. 그 민족은 스피노자를 유명한 아들로 치니까, 게다가 나는 유대교 회당을 드나드는 데서 꺼낼 수 있는 아름다움을 모르기엔 렘브란트에게 몹시 탄복하고 있네. 요컨대 게토, 즉 유대인 거리란 동종 혼합이며, 가장 완전한 만큼 더욱 아름답지. 하기야 이 민족은 실속 차리는 본능과 탐욕이 사디즘과 섞여 있으니까, 내가 말한 히브리 거리와 가까우며 이스라엘인의 푸줏간이 손 닿는 데 있다는 편리함이, 자네 친구로 하여금 블랑 망토 거리를 거처로 택하게 했을 걸세. 참으로 묘한 이야기지! 게다가 이상한 유대인 한 사람이 산 곳도 그 근처인데, 이 유대인은 성체 빵을 끓였다는 거야. 그런 뒤 남들도 그 짓을 흉내내어 그 유대인 자신을 끓였다더군. 이건 더욱더 이상한 일이지, 왜냐하면 유대인의 몸이 신의 몸만큼 값어치가 있다는 뜻이니까. 어쩌면 우린 자네 친구와 의논해서 블랑 망토 성당을 구경하러 갈 수도 있겠군. 생각해보게, 오를레앙 공 루이가 장 상쾨르에게 암살된 뒤,*² 그 유해를 안치한 곳이 거기야. 이 암살은 불행하게도 국민을 오를레앙 가문에서 벗어나도록 하지 못했네. 하기야 나는 개인적으로 사촌인 샤르트르 공작과 매우 친하네만, 요컨대 오를레앙 가문은 찬탈자 무리지. 루이 16세를 무참히 죽이게 하고, 샤를 10세와 앙리 5세를 왕좌에서 밀어낸 것도 그들이지. 그런데 그건 혈통이라네. 그들의 조상 가운데에는 므시외(Monsieur)*³—이렇게 불렸던 것은 아마도 그가 놀랄 정

---

*1 누룩을 넣지 않고 만든 빵. 유대인들이 출애굽의 수난과 하느님의 은혜를 기념하기 위해 먹음.
*2 1407년 11월 23일 밤의 사건.
*3 프랑스 왕의 동생에게 붙이던 칭호. 여기서는 루이 10세의 동생, 오를레앙 가문의 필립을 말함. 섭정은 그 아들인 오를레앙 공(1715~23).

도로 잔소리 심한 할멈 같아서였겠지만—와 섭정과 그 밖에도 많은 이들이 있지. 얼마나 못된 가문이냐 말씀이야!" 유대인을 따돌리거나 히브리인을 감싸는 이 수다—겉모양을 중시하느냐 또는 숨은 의도를 중시하느냐에 따라 그 어느 쪽으로도 해석되는 수다—는, 모렐이 내게 속삭인 말로써 나한테는 희극적으로 멈추었다. 아마 샤를뤼스 씨가 이를 들었다면 발끈했으리라. 블로크가 샤를뤼스 씨에게 준 인상을 깨달을 수밖에 없었던 모렐은, 내 귀에다 대고 블로크를 '쫓아 보내'줘서 고맙다 말하며 짓궂게 덧붙였다. "그는 그대로 여기 있고 싶었을걸요, 그게 다 질투죠. 내 자리를 차지하고 싶었던 겁니다. 과연 유대 놈이야!"

"이토록 오래 정차할 거면, 자네 친구에게 몇 가지 의식에 대한 설명을 부탁할걸 그랬군. 어디, 그를 다시 붙들어오지 않겠나?" 샤를뤼스 씨는 의심에서 나오는 걱정스런 표정으로 나에게 부탁했다. "그럴 수 없습니다. 마차 타고 떠났어요, 게다가 나한테 화도 났고." "고마워, 고마워요." 모렐이 내 귀에다 속삭였다. "터무니없는 이유를 다 대는군. 마차 따윈 얼마든지 따라잡을 수 있지, 자네가 자동차를 타고 가도 아무도 안 말리니까." 이처럼 샤를뤼스 씨는 모든 것이 자기 앞에서 머리 숙이는 일에 익숙한 인간답게 대꾸했다. 그러나 내가 잠자코 있자, 그는 거만하게 마지막 희망을 걸며 나에게 말했다. "좀 별난 것인 모양인데, 그 마차는 어떤 건가?" "덮개가 없는 역마차인데 벌써 라 코망드리에 닿았을걸요." 불가능에 부딪친 샤를뤼스 씨는 단념하고 농담하는 체했다. "알 만하군. 그들은 쓸데없이 값만 비싼 쿠페*⁴ 앞에서 꽁무니를 뺐을걸세. 그건 가장 낮은 등급의 마차였을 테지."

드디어 기차가 다시 출발하는 신호가 들려, 생루는 우리 곁을 떠났다. 그러나 이날은 우리 찻간에 올라온 그가, 블로크를 따라가면 그를 알베르틴과 함께 남겨두게 된다는 생각으로 저도 모르게 나를 괴롭힌 유일한 날이었다. 다른 때는 그가 있어도 나는 괴롭지 않았다. 왜냐하면 알베르틴은 내가 온갖 불안에서 벗어날 수 있도록 어떤 핑계를 찾아내 로베르에게서 멀리 떨어져 앉았으므로, 실수로라도 로베르의 몸에 닿을 리 없고 악수하기조차 쉽지 않았기 때문이다. 로베르가 들어오자마자 그녀는 눈을 딴 데로 돌려, 다른 승객 아무

---

*4 지붕 있는 2인승 사륜마차.

하고나 드러내놓고 여봐란듯이 담소하기 시작하고, 생루가 가버릴 때까지 그 연기를 계속했다.

이렇듯 생루가 동시에르에서 우리를 찾아와도 나는 고통은커녕 거북함조차 느끼지 않았으니, 다른 사람들의 방문과 별다를 게 없었다. 그들의 방문은 모두 쾌적해서, 이를테면 이 땅의 경의와 환대를 내게 가져다주었다. 여름의 끝 무렵부터 발베크에서 두빌에 이르는 이 길에서, 해질녘 생피에르 데 지프 역에서는 석양에 물든 봉우리의 눈처럼 절벽 꼭대기가 한순간 장밋빛으로 반짝이는데, 이 역이 멀리 보일 때 내 머릿속에 떠오른 것은(첫날 저녁에 그 우뚝 솟은 기묘한 모양을 본 순간, 발베크까지 가지 않고 기차를 돌려 파리로 되돌아가고 싶다는 강한 욕망을 북돋우면서 갑자기 나를 덮쳤던 그 울적함은 물론 아니거니와), 엘스티르가 나에게 말해준 이 근처의 아침 풍경, 즉 해 뜨기 직전에 무지개의 일곱 빛깔이 온통 바위 표면에 반사된 풍경, 어느 해 모래 위에서 이 화가의 모델이 되어주던 소년을 그가 몇 번이고 침대에서 깨우던 그 시각의 풍경도 아니었다. 생피에르 데 지프(Saint-Pierre-des-Ifs)*¹란 이름은 다만 샤토브리앙이나 발자크에 대해서 얘기를 나눌 수 있는 독특한 인물, 하얀 분칠을 한 50대 노인의 나타남을 나에게 예고했을 뿐이다. 또한 저녁 안개에 싸여 지난날 그토록 나를 몽상케 했던 앵카르빌의 낭떠러지도 이제는 마치 태고의 사암(砂岩)이 투명해진 듯, 그 너머에서 내가 보는 것은, 캉브르메르 씨의 아저씨 뻘 되는 이의 아름다운 저택으로, 그곳은 내가 라 라스플리에르에서 저녁 식사를 하기 싫거나 발베크에 돌아가고 싶지 않거나 하면 언제라도 기꺼이 맞이해줄 사람들이 사는 곳이었다. 이처럼 첫 무렵의 신비함을 잃어버리고 만 것은 이 지방의 고장들 이름뿐만 아니라, 이 고장들 자체였다. 그리하여 어원을 따져봄으로써 벌써 신비성을 절반쯤 잃었던 고장 이름은 더한층 격이 낮아졌다.

돌아오는 길에 기차가 에르몽빌에서, 생바스트에서, 아랑부빌에서 멈추면, 우리는 얼른 알아볼 수 없는 그림자를 발견했다. 눈이 나쁜 브리쇼라면 아마도 밤의 어둠을 틈타 나타난 헤리뭉드나 비스카르나 헤림발드*²의 유령으로 보았을지도 모른다. 그러나 그 그림자는 기차에 다가왔다. 어떤 때 그것은 베

---

*1 직역하면, 주목(朱木)이 무성한 거룩한 암석.
*2 모두 노르만족의 우두머리들.

르뒤랭네와 완전히 사이가 틀어진 캉브르메르 씨에 지나지 않았다. 손님들을 배웅하던 그는 내게로 와서 어머니와 아내의 말을 전하며, 나를 며칠 페테른에 '납치하고' 싶은데 생각이 있느냐고 묻고, 페테른에 묵는 동안, 내게 글룩의 전곡을 노래해줄 뛰어난 여가수와, 나와 멋들어진 게임을 벌일 유명한 체스 선수가 잇달아 올 텐데, 그렇다고 이런 놀이가 바다에서 낚시와 요트 놀이를 하는 데 방해가 되진 않으며 베르뒤랭네 만찬회에도 지장이 안 될 거라고 말했다. 또 베르뒤랭네 만찬회를 위해, 캉브르메르 후작은 명예를 걸고 나를 '빌려주겠다', 되도록 편의를 봐 안전하게 보내주겠다고 내게 약속했다. "그러나 그렇게 높은 데 가는 게 당신 몸을 위해 좋다고는 생각할 수 없는데요. 내 누이라면 견디지 못할 겁니다. 눈 뜨고 볼 수 없는 꼴로 돌아오겠죠! 게다가 누이는 요즘 건강이 썩 좋지 않습니다. 그래요, 당신도 헐떡헐떡 발작이 심하군요! 그러면 내일쯤 당신도 못 일어나실 수 있지!" 그리고 그는 자지러지게 웃었는데 악의가 있는 게 아니라, 거리에서 절름발이가 나동그라지는 걸 보거나 귀머거리와 담소하는 걸 보고서 그만 웃음을 터뜨리는 행동과 같았다. "그런데 요즘은? 뭐라고요, 2주일 동안이나 발작이 없었다고요? 그거 참 멋지군요! 그럼 정말이지 페테른에 묵으러 오셔서, 당신의 호흡 곤란 발작에 대해 내 누이와 같이 이야기하셔야겠는데요."

앵카르빌에서 혼령처럼 밤의 어둠을 틈타 오는 이는 몽페이루(Montpeyroux)[3] 후작이었다. 사냥 때문에 자리를 비우느라 페테른에 못 갔던 그는 장화를 신고 꿩깃으로 장식한 모자를 쓴 채, 떠나는 사람들과 악수하러 '기차까지' 온 김에 나하고도 악수하며, 내게 방해되지 않는 요일에 아들을 방문시키겠다고 알리고, 아들을 맞아줘서 참으로 고맙고 또 내 덕분에 그가 조금이라도 책을 읽을 줄 알게 되면 기쁘기 그지없겠다고 말했다. 어떤 때는 소화시키러 나왔다고 말하는 크레시 씨가 담배를 한 대 피우며, 여송연을 한 대 또는 여러 대 받으면서 내게 말했다. "그래, 맞아! 우리의 다음번 루쿨루스(Lucullus)[4]풍 향연날이 언젠지 아직 말씀 안 하셨죠? 얘기할 게 아무것도 없었나요? 그렇지, 몽고메리 가문의 두 줄기 종파 문제를 얘기하다 만 것을 잊지 마시기를. 그 이야기는 끝내야죠. 그럼 당신만 믿겠습니다."

---

[3] 라블레풍의 조어로서, 직역하면 '고산 지방의 적갈색 머리의 사람'이라는 뜻.
[4] 기원전 1세기의 로마 장군으로 사치와 많은 재산으로 유명함.

다른 사람들은 그저 신문을 사러 와 있었다. 또 다른 수많은 이들이 우리와 잠시 잡담을 나누었는데, 그들은 잠깐 벗들을 만나는 것 말고는 아무것도 할 게 없다는 이유만으로, 그들의 작은 별장에서 가장 가까운 정거장 플랫폼에 나와 있는 거라고 나는 짐작했다. 작은 기차의 이러한 정거장도 요컨대 다른 것처럼 사교 생활의 한 환경이다. 그리고 기차 자체도 자기에게 주어진 이 소임을 의식하는 모양인지, 뭔가 인간의 상냥함 같은 것을 터득하고 있었다. 참을성 많고 온순한 기차는 늦은 승객들이 다 타기까지 오래오래 기다리고, 만일 출발해도 태우고 가라는 신호를 보내오는 이들이 있으면 거두어들이기 위해 멈추었다. 그러면 그들은 숨을 헐떡거리며 쫓아온다. 이 점에서 그들은 기차와 비슷했으나, 인간은 전속력으로 기차를 따라잡으려 하고 기차는 침착하게 속도를 떨어뜨린다는 점에서 달랐다. 그와 같이 에르몽빌, 아랑부빌, 앵카르빌, 노르만인의 위대한 정복 사업조차 이젠 내게 떠올리게 하지 못했고, 지난날 그 고장들이 저녁의 축축한 공기 속에 잠기는 걸 보면서 내가 느꼈던 이해할 수 없는 슬픔에서 이 몸이 아주 벗어났음을 섭섭해하는 듯했다. 동시에르! 내가 거기를 실제로 알고 꿈에서 깨어난 뒤에도 그 이름 속에, 기분 좋게 차가운 거리들과 환히 밝혀진 진열창들, 맛 좋은 새 고기가 얼마나 오랫동안 남아 있었는지! 동시에르! 그곳도 이젠 모렐이 차에 타는 역에 지나지 않는다. 에그르빌(Égleville=Aquilae villa)은 셰르바토프 대공부인이 자주 우리를 기다리고 있는 정거장이다. 멘빌은 날씨 좋은 저녁, 알베르틴이 그다지 피곤하지 않아 나와 잠시 더 함께 있고 싶을 때 내리는 역이었다. 거기서 가파른 언덕길로 간다면, 파르빌(Parville=Paterni villa)에서 내려서 걷는 것과 별 차이 없었다.

나는 첫날 저녁 내 가슴을 조였던 고독에 대한 불안감을 이젠 느끼지 않을 뿐만 아니라, 그런 불안이 다시 눈뜰 염려도 없고 타향에 혼자 있는 느낌도 들지 않았다. 이 땅은 밤나무와 위성류로 풍요로운 데다 우정으로 풍성하여, 그 우정은 지나오는 역을 따라 길디긴 사슬을 이루다가, 이따금 길게 이어지는 푸르스름한 언덕이 우툴두툴한 바위 그늘이나 한길 보리수 뒤에 숨듯이 잠깐잠깐 끊어지지만, 그래도 중계역마다 친절한 귀족이 대표로 나와 성의 어린 악수로 나의 갈 길을 막고는, 지루함을 덜어주면서 힘이 들면 나와 같이 가주겠다고 제의했다. 또 한 사람이 다음 정거장에 나와 있을 테지. 그러니 이 작은 열차의 기적 소리는 다른 벗을 만날 수 있도록 막 악수한 벗을 우리 곁에서 떠나게 했을 뿐이다. 드문드문 있는 별장들과 거의 빠른 걸음 속도로 그 근처를 달리는 기차 사이의 거리가 어찌나 가까운지, 플랫폼이나 기다림방 앞에서 그 성관의 주인이 우리를 부를 때면 어쩐지 그 성관 현관이나 방 창문에서 부르는 생각이 들어, 이 작은 지방 철도가 시골의 거리이고 외딴 귀족 별장이 도시의 저택 같았다. 때로는 누군가의 '안녕' 인사도 들을 수 없는 정거장이지만, 침묵은 충족된 안도감을 지니고 있었다. 그 침묵은 가까운 별장에서 일찍 잠자리에 든 정겨운 벗의 잠으로 만들어져 있음을 알기 때문이요, 만약 내가 잠자리를 얻기 위해 그들을 깨운다면, 나의 그러한 방문은 아마 대환영을 받았을 것이기 때문이다.

습관은 우리 시간을 가득 채운다. 그러므로 처음 닿았을 때 하루의 열두 시간은 완전히 비어 있어서 무슨 일에나 쓸 수 있었던 어떤 도시에서, 몇 달 뒤에는, 자유로운 시간이라고는 조금도 남지 않게 될 것이다. 더구나 지금의 나라면 우연히 하루 정도 시간이 비더라도, 전에는 성당을 둘러보기 위해 발베크에 왔건만 그 성당을 보려고 하루를 보낼 생각도 나지 않았으려니와, 엘스티르가 그린 풍경의 현장을 그의 아틀리에에서 보았던 그 소묘와 맞대어보는 데 하루를 쓸 생각도 없이, 오히려 페레 씨네 집에 체스나 한 판 두러 갈 생각을 했으리라. 나에게 발베크가 그야말로 친구로 가득 찬 고장이 된 것은, 이곳이 전부터 지녔던 매력과 더불어서 나를 나쁜 길로 빠지게 하는 영향력을 가지게 됐다는 뜻이다. 갖가지 식물이 자라는 경작지(culture)*¹처럼 나누어진 이 바닷가 일대에는 온갖 교양을 갖춘 친구들이 흩어져 있었다. 나는 이 친구들을 방문하는 데 어쩔 수 없이 여행의 형식을 취했지만, 이제 이 여행도 잇따른 방문의 사교적인 즐거움밖에 없었다. 지난날 고장의 이름은 나의 흥분거리라서 그 하찮은 《성관연감(城館年鑑)》도 망슈 지방 부분 페이지를 넘기는 내게 기차 시간표와 똑같은 감동을 일으켰는데, 지금은 같은 고장의 이름들이 어느 사이 친근하게 되고 말았는지 이 시간표 또한, 나는 그 동시에르 경유 발베크―두빌행의 페이지를 주소록과 마찬가지로 천연덕스럽게 찾아볼 수 있었을 것이다. 이 무척이나 사교적인 골짜기의 나라, 산허리에 수많은 친구가 보이다가 안 보이다가 하면서 널리 깃들여 살고 있는 이 지방에선, 저녁을 알리는 시적

---

*1 농토·교양·문화라는 뜻도 됨.

인 외침은 이젠 올빼미나 개구리 울음이 아니라 크리크토(Criquetot)*¹ 씨의 '재미 좋으시오?'이거나, 브리쇼의 '카이레!'*²였다. 이 분위기는 더 이상 번민을 일으키지 않았으며 오로지 인간이 풍기는 냄새로 가득 차, 나는 쉽사리 숨 쉴 수 있고 지나치게 마음이 진정되기까지 했다. 조금이나마 내가 거기서 얻어낸 이득이 뭔고 하니, 사물을 실속 차리는 관점에서만 보게 되었다는 점이다. 나는 알베르틴과 결혼하는 것이 미친 짓 같다는 생각이 들었다.

---

*1 쇠붙이가 삐걱거린다는 동사 Criqueter의 라블레풍 인명화(人名化).
*2 그리스 말로 '안녕'.

제4장

알베르틴 쪽으로 급선회/새벽녘의 슬픔/
나는 알베르틴을 데리고 곧장 파리로 출발

나는 알베르틴과 결정적으로 헤어지기 위해 하나의 기회만을 기다렸다. 그러던 어느 날 저녁, 어머니는 병으로 죽어가는 할머니의 여동생 한 분을 위로하기 위해, 돌아가신 할머니가 그러기를 바랐듯이 그동안에 내가 바다 공기를 실컷 마시도록 나를 두고 그다음 날 콩브레로 떠나게 되었다. 그 기회에 나는 어머니에게, 알베르틴과는 절대 결혼하지 않기로 결심했으며, 그녀와 만나는 것도 머지않아 그만둘 작정이라고 말해버렸다. 이러한 말로 떠나기 전날 어머니에게 만족을 줄 수 있음이 나는 기뻤다. 과연 어머니는 그것이 어머니에게도 크나큰 만족임을 숨기지 않았다. 이 점에 대해서는 알베르틴과도 해결을 봐야 했다.

그녀와 함께 라 라스플리에르에서 돌아오는 길, 신도들 가운데 아무개는 생마르르 베튀에서, 아무개는 생피에르 데 지프에서, 아무개는 동시에르에서 내려 찻간에 우리 둘만 남았을 때, 그날따라 유난히 기분 좋고 그녀로부터 해방된 느낌이 든 나는 드디어 이 얘기를 꺼내기로 마음먹었다. 게다가 실은, 지금 내가 사랑하는 건 발베크의 젊은 아가씨들 가운데 하나, 다른 아가씨들처럼 요즘 이곳에 없지만 오래지 않아 돌아올 한 아가씨(물론 그 아가씨들 전부가 내 마음에 들었다. 왜냐하면 처음 내가 이곳에 왔던 날처럼, 그 하나하나가 나머지 다른 아가씨들의 진수(眞髓)의 어떤 부분을 지녀, 마치 특별한 겨레붙이 같았으니까) 곧 앙드레였다. 그녀는 며칠 안에 발베크에 다시 올 테고, 어차피 곧장 나를 만나러 오겠지. 그때 자유의 몸으로 있으면서, 내키지 않으면 그녀하고도 결혼하지 않고 언제든 베네치아로 훌쩍 떠나고 싶다. 다만 떠나기 전까지 그녀를 완전히 내 것으로 만들어놓고 싶지만. 그러기 위해 내가 취할 방법은, 그녀에게 너무 성급히 다가가지 않는 것이겠지. 이번에 그녀가 와서 함께 담소할 때, 나는 그녀에게 이렇게 말하리라. '몇 주일 더 일찍 못 만난 게 참으로 섭섭한데요! 그러면 당신을 사랑했을 텐데. 지금은 이미 마음을 정했죠. 그러나 그건 아무래도 좋고, 우리 자주 만납시다. 나는 또 하나의 사랑으로 침울하니까요. 그러니 나를 부디 위로해주시기를.' 나는 이런 대화를 생각하면서 속으로 싱글벙글했다. 이런 투로 나가면 앙드레는 내가 정말 그녀를 사랑하지 않는다고 착각할 테니까. 그러면 앙드레는 내게 물리지 않을 거고, 나는 즐겁고 부드럽게 그녀의 애정을 이용할 테니까. 하지만 그러기 위해서는 너무 둔하게 굴 순 없으니, 지금 알베르틴과 진지하게 결말을 지을 필요가 있었다. 또 내가 그녀의 친구한테 헌신할 결심을 한 이상, 그녀 곧 알베르틴은 내가 그녀를 사랑하지 않는다는 사실을 잘 알 필요가 있었다. 이를 빨리 그녀에게 얘기해야만 했다. 앙드레가 내일 당장에라도 올는지 모르니까.

그런데 파르빌에 가까워지자, 나는 오늘 저녁엔 시간이 없으며, 어차피 내 결정은 이제 돌이킬 수 없으니 그녀에게는 내일 전하는 게 좋겠단 생각이 들었다. 그래서 나는 베르뒤랭네 집 만찬회에 대해 그녀와 같이 이야기하는 것으로 그쳤다. 그녀는 기차가 파르빌 바로 앞 정거장인 앵카르빌을 막 출발하는 순간에 외투를 입으면서 나에게 말했다. "그럼 내일도 다시 베르뒤랭, 잊지 마세요. 당신이 데리러 오기로 했으니." 나는 어지간히 무뚝뚝하게 대답할 수밖에 없었다. "그러지, 내가 '그만두지' 않는 한. 그런 생활이 정말 시시하다는 생각이 들기 시작했거든. 아무튼 거기에 우리가 간다면, 라 라스플리에르에서 보내는 내 시간이 절대로 헛되지 않게, 연구 대상이 되고 기쁨이 될 무언가 크게 흥미로운 것을 달라고 베르뒤랭 부인에게 부탁해야겠지. 올해 발베크에선 그다지 재미를 못 봤거든." "듣기 싫은 말이네요, 하지만 탓하지 않겠어요. 당신 신경이 날카로워진 모양이니까. 그 기쁨이란 뭐죠?" "베르뒤랭 부인이 그 작품을 썩 잘 알고 있는 한 작곡가의 곡을 날 위해서 연주시키는 기쁨. 나 또한 그 작품 하나는 아는데 그 밖에도 여러 가지 있는 모양이라, 그 악보가 출판되었는지, 그것이 초기 작품과 다른지 꼭 알고 싶거든." "어떤 작곡가?" "귀여운 예쁜아, 네게 뱅퇴유라는 이름을 알려준들 헛수고일 거야."

그런데 우리가 아무리 가능한 한 온갖 관념을 머릿속에 굴려본들 진실은 결코 그 안에 없다. 진실은 뜻하지 않을 때 밖에서 닥쳐와, 우리 몸에 무시무시한 침을 놓아 영원한 상처를 남긴다. "당신이 얼마나 웃긴지 모르죠." 알베르틴은 일어나면서 대답했다. 기차가 멈추어가고 있었으므로. "그 이름만 들어도 당신이 상상조차 못할 만큼 많은 것들이 떠오른다고요. 그뿐만이 아니라 베르뒤랭 부인 없이도, 나는 당신이 원하는 정보를 모두 가르쳐줄 수 있을걸요. 생각 안 나요? 나를 어머니같이 언니같이 돌봐준, 나보다 나이 많은 여자친구에 대해 얘기한 적이 있잖아요. 나는 그 여자친구와 트리에스테(Trieste)[*1]에서 나의 가장 좋은 해를 보냈죠. 또 몇 주일 안에 나 세르부르에서 그 친구를 만나기로 했어요. 거기에서 우리는 함께 여행 갈 거예요(좀 괴상야릇한 계획이지만, 내가 바다를 얼마나 좋아하는지 당신도 알죠). 그래, 바로 이 친구예요(어머, 당신이 상상할지도 모르는 그런 여인이 전혀 아니라니까!), 보세요, 참으로 야릇하죠, 그 사람이 바로 뱅퇴유의 딸과 가장 사이좋은 친구라나요. 그러니 나도 뱅퇴유의 딸을 당신과 거의 똑같이 잘 알아요. 나 그녀들을 언제나 언니라고 부른다고요. 당신은 나한테 음악에 대해 아무것도 모른다고 말했죠. 하기야 옳은 말씀이지만, 당신의 귀여운 알베르틴도 음악에 대해 당신에게 도움이 될 수 있다는 걸 유감없이 보여드리겠어요.'"

우리가 파르빌 정거장에 들어가고 있을 때, 콩브레와 몽주뱅에서 이토록 먼 곳에서, 뱅퇴유가 죽은 지 이토록 오랜 뒤에 발음된 이러한 말에, 하나의 심상이 내 마음속에서 반응하여 활동하기 시작했다. 참으로 오랜 세월 동안 마음속에 품어왔으니, 지난날 내가 그것을 담아두면서 그것이 해로운 힘을 가졌음을 알아챘다 하더라도, 세월이 흐르면 마땅히 그런 힘을 아주 잃을 거라고 믿었을 심상. 그것이 내 마음속에 생생하게 보존되어 있었던 것이다. 마치 신들의 힘으로 죽음을 벗어나서 정한 날에 아가멤논의 살해자를 벌하고자 고국에 돌아온 오레스테스같이. 나를 괴롭히기 위해서, 아, 그렇지, 어쩌면 할머니를 죽게 내버려둔 나를 벌하고자, 그 심상은 오래도록 거기에 파묻힌 듯하던 어둠의 바닥에서 갑자기 솟아올라 '복수자'처럼 덤벼들었다. 내가 인과응보인 두려워할 만한 새 생활을 시작하게 만들려고. 어쩌면 악행이 한없이 낳은 불길한 결과를 내 눈에 뚜렷이 보여주기 위해. 그 결과는 악행을 범한 사람들뿐만 아니라, 아아! 그 몽주뱅의 아득한 옛날의 어느 날 오후, 덤불 뒤에 숨어서(스완의 사랑 이야기를 재미나게 들었을 때와 마찬가지로) '안다'는 그 불길하고도

[*1] 이탈리아와 유고슬라비아의 국경 지대에 있는 항구.

고난이 따르게 마련인 길을 위험스럽게도 내 앞에 펼쳐버렸던 나처럼, 기묘하고도 재미있는 광경을 구경했을 뿐인 인간, 구경했을 뿐이라고 생각했던 인간에게도 주어졌다.

이와 더불어 나는 내 가장 큰 괴로움 속에서 얼마간 자랑스러운, 얼마간 즐거운 느낌을 받았는데, 그것은 충격을 받고 껑충 뛰어오른 사람이 평소 아무리 노력해도 기어오르지 못할 높은 곳에 어쩌다 이른 듯한 느낌이었다. 사피즘(sapphisme)*¹의 전문가인 뱅퇴유 아가씨와 그 여자친구가 알베르틴과 친하다는 사실. 그것은 내가 여태껏 그럴 리 없다 생각하면서도 상상했던 바와 비교하면, 1889년 만국 박람회에 나온, 한 가옥에서 이웃 가옥으로 이어지는 게 고작이었던 작은 통화관, 오늘날 거리를 지나고 도시며 들이며 바다를 건너 나라와 나라까지 서로 연결하는 전화 사이의 하늘과 땅 차이가 그곳에 있었다. 그것은 이제 막 내가 상륙한 무섭고도 꺼림칙한 미지의 땅이자, 짐작하지 못한 번민의 새로운 전개였다. 그런데 우리를 휩쓰는 이 현실의 대홍수는, 우리의 소심하고도 자질구레한 추측과 견주면 엄청난 것이긴 해도, 추측을 통해 분명히 예감되고 있었다. 그것은 틀림없이 내가 이제 막 알게 된 것, 알베르틴과 뱅퇴유 아가씨의 절친한 사이 같은 것, 내 머리만으론 생각해낼 수 없었을 테지만 어렴풋이 두려워하던 그 무엇으로, 그 때문에 나는 전에 앙드레 곁에 있는 알베르틴을 보면서 어쩐지 걱정되었던 것이다. 우리가 번민 속에 충분히 파고들지 못하는 까닭은 흔히 창조적 정신이 모자라기 때문이다. 그리고 가장 가혹한 현실도 번민과 함께 어떤 아름다운 발견의 기쁨을 준다. 이유인즉 그런 현실은, 우리가 오래전부터 의심치 않고서 그대로 되새겨온 사물에 새롭게 뚜렷한 꼴을 주는 데 지나지 않기 때문이다.

기차는 파르빌에 멈추었다. 승객이라곤 우리 둘뿐이라서, "파르빌!" 외치는 승무원의 목소리는 그런 수고가 쓸데없다는 느낌 때문인지 맥빠진 소리였다. 물론 그것은 습관—그런 수고를 마치게 하는 습관, 꼼꼼함과 무기력함을 그에게 한꺼번에 불어넣는 습관—탓이기도 했고, 더더구나 졸음 때문이기도 했다. 내 눈앞에 있던 알베르틴은 목적지에 닿은 걸 알고서, 우리가 있던 찻간에서 두세 걸음 걸어 나가 승강구 문을 열었다. 그런데 내리기 위해 그녀가 한 이 동

---

*1 그리스의 여류 시인 사포(Sapho)와 제자들이 즐겼다는 데서 나온 말. 여자끼리의 동성애.

작은 내 심장을 참을 수 없을 만큼 갈기갈기 찢었다. 마치 내 몸에서 두 걸음 떨어진 곳에 알베르틴의 몸이 독립된 공간을 차지하고 있는데도, 우리를 갈라놓는 이 공간, 성실한 화가라면 우리 사이에 반드시 그려넣어야 할 이 공간이 사실 겉모양에 지나지 않기라도 하듯, 또 마치 참된 현실에 따라서 사물을 바르게 다시 그리고자 원하는 사람이라면, 지금 알베르틴을 내게서 좀 떨어진 데 놓을 게 아니라 내 심장 가운데 놓아야만 하듯. 내게서 멀어지는 알베르틴이 내 마음을 어찌나 아프게 했는지, 나는 그녀를 쫓아가 죽을힘을 다해 그 팔을 잡아당겼다. 그리고 부탁했다. "도저히 안 되려나, 오늘 밤 발베크에 와서 자는 건?" "안 돼요. 난 졸려서 쓰러질 것 같아요." "와준다면 정말로 기쁠 텐데……." "그럼 좋아요, 이해가 안 가지만. 어째서 더 일찍 말하지 않았죠? 아무튼 남을게요."

알베르틴에게 다른 층의 방 하나를 정해준 다음 내 방에 돌아왔다. 어머니는 자고 있었다. 나는 창가에 앉아, 얇은 칸막이 너머에 있는 어머니의 귀에 들리지 않도록 흐느낌을 삼켰다. 나는 덧문을 닫을 생각조차 못했다. 눈을 쳐들자 내 눈앞의 하늘에, 엘스티르가 석양을 보고 그렸던, 리브벨의 식당에 있는 습작에서 봤던 것과 똑같은 어렴풋한 붉은빛이 보였다. 나는 발베크에 도착한 첫날 기차에서도 이와 똑같은 어두운 광경을 보고 감동했던 기억을 떠올렸다. 다만 이때는 이 심상 뒤에 따라오는 것이 밤이 아니라 새 하루였지만. 그러나 어떠한 하루도 이제 내게는 새롭지 않으려니와, 내 마음속에 행복에 대한 소망을 불러일으키지도 않을 테지. 그것은 오로지 이 몸에 더 버틸 기운이 남지 않을 때까지 내 고통을 질질 끌 테지. 코타르가 앵카르빌의 카지노에서 말했던 진실이 이제 내겐 털끝만 한 의심도 남기지 않았다. 내가 알베르틴에 대해 오래전부터 두려워했으며 어렴풋이 의심해온 것, 내 본능이 그녀의 존재 전체에서 맡아낸 것, 내 희망으로 다루어진 추리력이 내게 점점 인정하지 못하게 했던 것, 그것은 분명 사실이었다! 이제 알베르틴의 등 뒤에서 내가 보는 건 바다의 푸른 파도 봉우리가 아니라 몽주뱅의 방이었다. 그 방에서 그녀는 뱅퇴유 아가씨의 팔에 안겨, 낯선 쾌락에 겨운 신음 섞인 웃음을 흘리고 있었다. 그런 기호를 가진 뱅퇴유 아가씨가 알베르틴같이 예쁜 처녀한테 어찌 그 기호를 만족시켜달라고 조르지 않았으랴. 또 알베르틴도 그것을 싫어하지 않고 동의했으리라. 그 증거로 둘의 사이는 나빠지기는커녕 오히려 더욱 친밀해지지 않았는가. 로즈몽드의 어깨에 턱을 얹은 알베르틴이 생글생글 웃으며 로즈몽드의 얼굴을 빤히 쳐다보면서 그 목에 입맞췄던 우아한 동작, 뱅퇴유 아가씨를 내게 떠올리게 하던 그 동작, 그러나 나는 한 몸짓으로 나타낸 교태가 반드시 같은 성벽의 결과로서 생긴다고 해석하는 데는 망설였다. 그런데 누가 알랴, 알베르틴이 그 짓을 뱅퇴유 아가씨한테서 직접 배웠을지?

어두운 하늘이 점점 환해졌다. 여태껏 더할 나위 없이 수수한 것, 카페오레 한 잔, 빗소리, 우렁찬 바람 소리에도 미소 짓지 않고선 눈뜬 적이 없었던 나, 그런 나는 곧 밝아올 하루, 그리고 그 다음에 올 모든 나날이 이제는 영원히 행복을 가져다주지 않으려니와, 내 고뇌의 계속을 가져오리라는 걸 느꼈다. 나는 아직 삶을 사랑했다. 그러나 이젠 거기서 잔혹한 것밖에 기대할 수 없다는 걸 알고 있었다. 나는 승강기로 달려가, 너무 이른 시간인데도 벨을 울려서 야간 근무하는 엘리베이터 보이를 불렀다. 그에게 알베르틴의 방에 가달라고 부탁하고, 중요한 이야기가 있으니 방에서 기다려주길 바란다는 전언을 맡겼다. "아가씨가 직접 오시겠답니다." 그는 대답하러 왔다. "곧 이곳으로 오십니다." 정말로 오래지 않아 알베르틴이 실내복 차림으로 들어왔다. 나는 더할 수 없이 낮은 목소리로 그녀에게 말하면서, 어머니와는 이 칸막이(지금 이 얄팍한 칸막이는 어쩔 수 없이 낮은 목소리로 속삭이게 만들어서 귀찮았으나, 지난날 옆방 할머니의 생각을 썩 잘 알아챌 수 있었을 때는 어떤 투명한 음악처럼 느껴졌다) 하나로밖에 떨어져 있지 않으니 어머니를 깨우지 않도록 목소리를 높이지 말라고 부탁했다.

"이런 시각에 깨워 미안해. 사실 말이지. 그대가 이해해주도록, 그대가 모르는 일을 한 가지 얘기해야겠어. 여기 올 적에 나는 결혼할 예정이던 여인, 나를 위해 모든 걸 버릴 결심을 한 여인과 헤어졌어. 그 여인은 오늘 아침 여행을 떠나기로 되어 있었지. 그래서 나는 일주일 전부터 날마다 생각해봤지, 내가 그 여인에게 돌아간다는 전보를 치지 않을 용기가 있을까 하고 말이야. 나는 그만한 용기가 있었어. 하지만 어찌나 가슴이 아팠는지 죽고 싶을 정도였어. 그래서 어젯밤 발베크에 묵으러 와주지 않겠느냐고 부탁한 거야. 죽는 마당에 작별인사를 하고 싶어서." 그러고 나서 나는 눈물을 펑펑 흘리며 나의 거짓을 그럴듯하게 만들었다. "세상에, 가엾어라. 그런 줄 알았다면 밤새 당신 곁에 있었을 텐데." 알베르틴이 이렇게 외쳤다. 이렇게 외치는 그녀의 머릿속에는, 내가 어쩌면 그 여인과 결혼할지도 모르고 그렇게 되면 그녀는 '훌륭한 시집'을 갈 기회를 놓친다는 생각은 떠오르지도 않았다. 그토록 그녀는, 내가 그 원인은 감출 수 있었지만 그 실체와 생생한 느낌은 숨길 수 없었던 슬픔에 진심으로 감동했다. 그녀가 말했다. "그러고 보니 어제 라 라스플리에르에서 돌아오는 길에 당신은 내내 안절부절못하며 슬퍼했죠. 난 다 알았어요. 무슨 일인가 걱정했지요." 사실 내 슬픔은 파르빌에 닿았을 때 시작되었다. 다행히 알베르틴은 내 신경질을 슬픔과 혼동하고 있지만 이것도 사실 전혀 달라, 내 안절부절못함은 아직두 앞으로 ㄱ녀와 같이 며칠을 더 살아야 한다는 싫증에서 나온 것이었다. 그녀는 덧붙였다. "나 이제는 당신 곁을 안 떠날래, 이대로 쭉 여기 있을래요." 그녀는 바로—그녀만이 내게 줄 수 있는—이 몸에 심한 아픔을 일으키는 독소에 맞서는 유일한 약을 내게 주었다. 하기야 이 약은 독소와 같은 물질로, 하나는 달고 다른 하나는 쓰나 둘 다 똑같이 알베르틴에게서 생겨났다. 이때에 알베르틴—나의 아픔—은 내게 괴로움을 일으키기를 그치며, 나를—약인 알베르틴으로서—회복기 환자처럼 편안해지게 했다.

그러나 나는 그녀가 오래지 않아 발베크를 떠나 셰르부르에, 셰르부르에서 트리에스테에 가려는 걸 알고 있었다. 그녀의 이전 버릇이 되살아나고 있는 것이다. 내가 무엇보다 바라는 바는, 알베르틴이 배를 타지 못하게 하고 그녀를 파리에 데리고 가는 것이었다. 물론 그녀가 원한다면 파리에서는 발베크에서보다 더 쉽게 트리에스테에 갈 수 있긴 하다. 하지만 먼저 파리에 가서 보자. 그렇지, 게르망트 부인에게 부탁하면, 뱅퇴유 아가씨의 여자친구에게 간접적으로 영향을 줘서 그녀가 트리에스테에 머무르지 않고 다른 곳에서 직장을 갖도록 할 수 있을지 모른다. 이를테면 내가 빌파리지 부인 댁에서, 아니 게르망트 부인 댁에서도 만난 적 있는 그 아무개 대공 댁에 근무시킬 수 있을지 모른다. 이 대공이라면 알베르틴이 이분 댁에 가서 그 여자친구를 만나려 해도, 게르망트 부인에게 미리 이야기를 듣고 두 여인을 못 만나게 할지도 모른다.

물론 알베르틴에게 그런 기호가 있는 이상, 그녀는 파리에서 그것을 만족시켜줄 상대를 얼마든지 찾아낼 수 있을 것이다. 그러나 질투의 움직임은 하나하나가 특수하며, 그 하나하나의 감정을 불러일으킨 인간—이번 경우에는 뱅퇴유 아가씨의 여자친구—의 흔적을 간직한다. 그러므로 지금 내 크나큰 걱정거리는 뱅퇴유 아가씨의 여자친구였다. 전에 나는 수수께끼 같은 정열과 더불어 오스트리아에 대해서 생각했다. 왜냐하면 알베르틴이 그 나라에서 왔고(그녀의 작은아버지가 그곳 대사관 참사관이었다), 그 나라의 지리적 특징, 인종, 사적, 풍경 같은 것을, 나는 지도나 사진첩에서 보듯이 알베르틴의 미소나 몸짓에서 볼 수 있었기 때문이다. 하지만 그런 수수께끼 같은 정열을 나는 지금도 느꼈는데, 다만 이번에는 거꾸로 소름끼치는 영역에서 느꼈다. 그렇다. 알베르틴은 거기서 왔다. 그 나라에서 그녀는 어느 집에 가든, 뱅퇴유 아가씨의 여자친구나 다른 여인을 다시 만날 수 있는 것이다. 어린 시절의 버릇이 되살아나겠지.

그녀들은 석 달 뒤 크리스마스를 위해, 그 다음 정월 초하루를 위해 모이겠지. 이 두 명절을 생각만 해도 나는 이미 슬펐다. 지난날 새해 휴가 내내 질베르트와 헤어져 있었을 때 느꼈던 슬픔의 기억이 무의식중에 떠올라서. 긴 저녁 식사와 섣달그믐 밤의 밤참을 들고 나서 다들 명랑하게 신이 나 있을 때, 알베르틴은 그곳 여자친구들과 함께, 그녀가 앙드레를 상대로 취하는 걸 내 눈으로 본 것과 똑같은 자세를 취하겠지. 그때 앙드레에 대한 알베르틴의 우정이야 순수했을지 몰라도, 이번 자세는 그 옛날 몽주뱅에서 내 눈앞에 크게 비쳤던, 여자친구한테 뒤쫓긴 뱅퇴유 아가씨의 자세와 같은 것이리라. 여자친구는 뱅퇴유 아가씨 몸을 간질이더니 그녀를 덮치려 한다. 그 뱅퇴유 아가씨 얼굴에, 지금 나는 알베르틴의 활활 타는 얼굴을 겹쳐 본다. 그런 알베르틴이 달아나면서, 그러다가 몸을 내맡기면서, 깊은 곳에서 치미는 괴상한 웃음을 흘리는 게 들린다. 지금 느끼는 이 괴로움에 비하면, 동시에르에서 생루가 나와 함께 있는 알베르틴을 만나, 그녀가 그에게 아양 부리는 짓을 했던 날 내가 겪었던 질투 따위야 뭐가 대수로운가. 마찬가지로, 내가 스테르마리아 아가씨의 편지를 기다리던 날 그녀가 내게 주었던 첫 입맞춤, 그런 입맞춤을 어느 사내가 가르쳐주었을까 곰곰이 생각하면서 겪었던 질투 따위야 뭐가 대수로운가. 생루나 어느 젊은이를 통해 일어난 이런 질투는 아무것도 아니었다. 그 경우에는 기껏해야 연적을 두려워하는 정도이며, 연적에게 이기기 위해 싸우기만 하면 된다. 그런데 이번에는 연적이 나와 같은 남자가 아니었고, 무기도 달랐다. 나는 똑같은 경기장에서 싸울 수 없었으며, 알베르틴에게 같은 쾌락을 줄 수도, 그녀의 쾌락을 정확히 이해할 수도 없었다.

살아가면서 우리는 가끔 하찮은 권한과 모든 장래를 맞바꾸려 들기도 한다. 나는 이전에 블라탱 부인과 벗이 되고자 삶의 모든 이익을 포기하려 했는데, 그녀가 스완 부인의 친구였기 때문이다. 그리고 오늘, 알베르틴이 트리에스테에 안 갈 수만 있다면 나는 온갖 괴로움을 참아냈을 테고, 그래도 모자란다면 그녀에게까지 괴로움을 지웠을 것이다. 그녀를 외따로 있게 가두고, 그녀가 가진 몇 푼 안 되는 돈도 모두 빼앗아, 무일푼이라서 여행이 불가능하게끔 했으리라. 이전에 내가 발베크에 가보고 싶었을 때 출발을 서두르게 한 것은, 페르시아풍 성당과 새벽녘 폭풍우를 보고 싶다는 소망 때문이었다. 그리고 지금 알베르틴이 트리에스테에 갈지도 모른다고 생각할 때 내 심장을 갈가리 찢는 것은, 그녀가 거기서 뱅퇴유 아가씨의 여자친구와 같이 크리스마스 이브를 지낼 거라는 사실이었다. 왜냐하면 상상력의 성질이 바뀌어 감수성의 영역으로 이동한들, 수많은 심상을 한꺼번에 알맞게 나누진 못하기 때문이다. 뱅퇴유 아가씨의 여자친구가 지금 셰르부르 또는 트리에스테에 없다, 그녀는 알베르틴을 만날 수 없다고 말해주는 사람이 있다면, 나는 얼마나 감미로운 기쁨의 눈물을 흘렸을까! 내 삶과 내 앞날이 얼마나 달라졌을까!

이처럼 내 질투 영역을 더할 나위 없이 제한하는 것은 아무 근거도 없는 짓이며, 알베르틴은 그러한 기호를 지니고 있는 이상 그것을 다른 여인들과도 실컷 만족시킬 수 있다는 걸 나는 알고 있었다. 하기야 그런 아가씨들이라도 다른 데서 알베르틴과 만난다면 이토록 내 마음을 아프게 하진 않았을지도 모른다. 지금 이렇듯 이해할 수 없는 적의에 찬 분위기가 퍼져나오는 곳은 트리에스테였으며, 알베르틴이 거기서 즐길 것을 내가 느끼는 낯선 세계, 그녀 자신의 추억과 우정과 어린 시절의 사랑이 남아 있는 미지의 세계에서였다. 이 분위기는 지난날 콩브레에서 어머니가 내게 잘 자라고 말해주러 오지 않고서 낯선 손님들과 담소하는 목소리가, 포크 소리에 섞여 식당에서 내 방까지 들려왔을 때와 같은 분위기였다. 그리고, 스완으로서는, 오데트가 야회복 차림으로 어떤 환락을 찾으러 간 그 집들을 가득 채웠던 것과 같은 분위기였다. 지금 내가 생각하는 트리에스테는, 깊은 생각에 잠긴 주민들이 살고 금빛 석양이 지며 종소리가 구슬프게 울리는 매혹적인 고장이 아니라, 지금 바로 불태워버려 현실 세계에서 없애고 싶은 저주받은 도시였다. 이 시가는 내 마음속에 빠지지 않는 날카로운 못처럼 박혀 있었다. 오래지 않아 알베르틴을 셰르부르와 트리에스테로 떠나게 해야 한다니 생각만 해도 오싹했다. 그렇다고 발베크에 그대로 있게 하는 것도 싫었다. 왜냐하면 내 연인과 뱅퇴유 아가씨 사이의 친밀한 관계가 거의 확실하게 밝혀진 지금, 알베르틴이 나와 같이 있지 않는 시간에(그 작은어머니 때문에 며칠이나 그녀를 전혀 만날 수 없는 일조차 있었다) 블로크의 사촌자매나 어쩌면 딴 여인들에게 몸을 내맡기고 있는지도 모른다는 생각이 들었기 때문이다. 오늘 저녁에라도 그녀가 블로크의 사촌자매를 만날지도 모른다는 생각에 미칠 것 같았다. 그래서 그녀가 며칠 동안 내 곁을 떠나지 않겠다고 말하자, 나는 그녀에게 대답했다. "사실 나는 파리에 돌아가고 싶어. 나와 같이 안 떠날래? 그리고 파리의 우리집에 와서 한동안 같이 살지 않겠어?"

　나는 어떤 대가를 치르더라도 그녀를 혼자 있지 못하게 만들어야 했다. 적어도 며칠 동안은, 그녀를 내 곁에 잡아둬 뱅퇴유 아가씨의 여자친구를 못 만나게 해야 했다. 실제로 그녀는 나와 단둘이서 살게 될 거다. 왜냐하면 어머니는 아버지가 시찰 여행을 떠나는 틈을 이용해, 할머니의 뜻에 따라 할머니의 자매 한 분의 곁에서 며칠 지내기 위해 콩브레에 가기로 되어 있었으니까. 어머니는 그 이모를 좋아하지 않았다. 그분은 할머니한테 깊은 사랑을 받으면서도 자매의 도리를 다하지 못했기 때문이다. 이처럼 어린이들은 어른이 되어도, 그들에 대해 좋지 못했던 원한을 품고 기억한다. 그러나 할머니가 다 된 어머니는 원한을 품을 수 없었다. 할머니가 보낸 삶은 어머니로서는 티 없이 순진한 동심의 나날 같아, 거기서 어머니는 추억을 긷고, 그 추억의 다사로움이나 쓰라림이 어머니의 행동을 결정했다. 그 이모는 어머니에게 매우 귀중한 이야기들을 들려줄 수 있었을 텐데, 이제는 그러기도 어려울 것 같았다. 이모는 중태였으니까(암이라고 한다). 어머니는 아버지를 돌보느라 더 일찍 그녀를 보러 가지 못한 것을 뉘우쳤다. 그런 만큼 당신 어머니라면 틀림없이 하셨을 이 문병을 꼭 해야겠다고 생각했다. 어머니는 할머니의 아버지 기일(忌日)에(이분은 매우 나쁜 아버지였다), 할머니가 꼬박꼬박 그 무덤 위에 바치던 꽃을 이제 자신이 바치고 있었다. 이와 같이 어머니는 반쯤 열려가는 무덤을 향해서도, 그 이모가 내 할머니에게 살아 있을 때 해주지 않았던 다사로운 말을 걸려고 했다. 어머니는 콩브레에 있는 동안은 이런저런 집 공사를 할 예정이었다. 할머니가 늘 하고 싶어하면서도 딸이 감독해줘야 한다면서 미루던 일이었다. 그래서 공사는 아직 시작되지 않았다. 어머니는 아버지보다 먼저 파리를 떠남으로써 아버지를 괴로운 슬픔에 빠뜨리지 말아야겠다고 생각했던 것이다. 사실 아버지는 어머니와 슬픔을 나누고는 있었지만, 어머니만큼 깊은 비탄에 빠져 있지는 않았다.

"어머나! 지금 그럴 순 없을 거예요." 알베르틴이 내게 대답했다. "어째서 당신은 그렇게 빨리 파리에 돌아가야 하죠? 그 여인이 떠났기 때문에?" "그 여인이 본 적도 없는 이런 소름끼치는 발베크에 있느니보다, 내가 그 여인과 친해진 곳에 있는 편이 더 아늑할 테니까."

알베르틴은 나중에 정말 깨달았을까? 다른 여인이 존재하지 않고, 또 지난밤에 내가 아주 비관해 죽고 싶었던 게, 그녀가 경솔하게 뱅퇴유 아가씨의 여자친구와 친하다고 말했기 때문임을. 알았을지도 모른다. 그럴 법하게 생각이 드는 순간이 있다. 그러나 어쨌든 이날 아침, 그녀는 다른 여인의 존재를 믿었다. "그렇다면 당신은 그 여인과 마땅히 결혼해야 해요." 그녀가 말했다. "그러면 당신은 행복할 거예요, 또 그 여인도 확실히 행복할 거예요." 나는 그녀에게 다음같이 대답했다. 사실 그 여인을 행복하게 만들 수 있다고 생각했으므로 그럴 결심을 할 뻔했다, 얼마 전, 앞으로 내 아내에게 많은 호사와 기쁨을 주고도 남을 막대한 유산이 손에 들어와, 나는 그 사랑하는 여인의 큰 희생을 하마터면 받아들일 뻔했다고. 알베르틴이 내게 무시무시한 번뇌를 겪게 한 뒤에 이토록 상냥하게 대해주자, 나는 감사의 정에 얼근히 취했다. 그래서 마치 여섯 잔째 브랜디를 따라주는 카페 보이에게 기꺼이 한 재산을 주겠다고 약속하듯이 그녀에게 말했다. 앞으로 내 아내는 자동차와 요트를 가질 텐데, 그대는 그토록 자동차와 요트를 좋아하니까, 내가 사랑하는 여인이 그대가 아닌게 무척 안타까운 일이다, 나는 그대를 위해 완벽한 남편이 되었을 텐데, 그러나 아직 희망이 있으니, 어쩌면 앞으로도 우린 서로 즐겁게 만날지도 모른다고. 그렇기는 해도 술주정뱅이조차 주먹이 무서워서 길 가던 사람한테 치근거리길 삼가듯이, 나도 질베르트를 사랑했던 시절이라면 무심코 해버렸을 경솔한 짓은 하지 않았다. 즉 내가 사랑하는 것은 그녀, 알베르틴이라고 고백하는 짓 말이다.

"그러니까 나는 자칫 그 여인과 결혼할 뻔했어. 그렇지만 감히 할 용기가 없었지. 젊은 여인을 나처럼 병약하고 따분한 사람 곁에서 살게 하고 싶지 않아서." "별말씀을 다 하시네, 다들 당신 곁에서 살기를 바랄 거예요. 다들 얼마나 당신의 환심을 사려고 애쓰는지 생각해보라고요. 베르뒤랭 부인 댁에서는 늘 당신 애기만 나오고, 또 고급 사교계에서도 그렇다고 하던데. 그럼 그 여인은 당신에게 상냥하지 못했군요? 당신이 스스로를 의심하게 만들었으니. 알 만해요. 그 여인이 어떤 인간인지. 인정머리 없는 여인이에요. 정말 밉네요, 아아! 내가 그 여인의 처지였다면……." "천만에, 아주아주 상냥한 여인이야. 지나칠 정도로. 베르뒤랭네 사람들과 그 밖의 사람들은 안중에도 없어. 내가 사랑하는 그 여인, 내가 단념해버린 그 여인을 빼곤, 내 소중한 사람은 귀여운 알베르틴밖에 없어. 너뿐이야. 함께 있으면서 나를 얼마간 위로해줄 수 있는 사람은 —적어도 첫 무렵에." 나는, 그녀의 기를 꺾지 않도록, 요 며칠 동안 수많은 부탁을 할 수 있게 덧붙였다. 나는 결혼 가능성을 어렴풋하게 암시하기만 했다. 두 사람의 성격이 맞지 않아서 도저히 이루어질 것 같지 않다고 말하면서.

질투에 사로잡힐 때마다 나는 하는 수 없이, 생루와 '라셀 캉 뒤 세뇌르'의 관계나 스완과 오데트의 관계의 기억에 늘 시달린다. 그리하여 내가 남을 사랑하게 되면 상대의 사랑을 못 받게 된다, 오직 이해관계만이 나에게 한 여인을 묶어둘 수 있다는 생각으로 기울기 일쑤였다. 오데트와 라셀의 본보기에 따라서 알베르틴을 판단하는 것은 어처구니없는 짓인지도 모른다. 그러나 문제는 그녀가 아니라 나였다. 내 질투가 나로 하여금 매우 과소평가하게 한 것은 바로 상대에게 불어넣는 감정이었다. 어쩌면 틀린 이 판단에서, 틀림없이 수많은 불행이 생겨나 우리에게 덤벼들 것이다.

"그럼, 파리로 가자는 내 초대를 거절하는 거요?" "지금 내가 떠나는 건 작은어머니가 찬성하지 않으실 거예요. 그리고 나중에 내가 가더라도, 그런 모양으로 당신 댁에 묵는 건 이상해 보이지 않을까요? 파리에선 내가 당신 사촌 여동생이 아니라는 게 금방 들통날 테니."—"좋아! 우리 둘은 약혼한 사이라고 해두지. 아무려면 어때? 사실이 아니라는 걸 그대가 아는 바에야." 잠옷에서 고스란히 나온 알베르틴의 목은, 힘차고, 금빛이며, 결이 거칠었다. 나는 그녀를 꼭 껴안고 목에 입맞췄다. 어린 시절 내 가슴에서 결코 떼어놓을 수 없다고 믿은 어린애다운 슬픔을 가라앉히기 위해 어머니를 꼭 껴안고 입맞췄던 것처럼 순수하게.

알베르틴은 옷을 갈아입으러 가려고 내 곁을 떠났다. 더구나 그녀의 헌신은 벌써 약해지고 있었다. 아까 그녀는 잠깐이라도 내 곁을 떠나지 않겠다고 말했다(나는 그녀의 결심이 오래가지 않으리라는 걸 느꼈다. 우리 둘이 발베크에 그대로 있기라도 하면, 그녀가 오늘 저녁에라도 나 몰래 블로크의 사촌자매를 만나지 않을까 두려울 정도였다). 그런데 벌써 그녀는 지금부터 멘빌에 갔다가 오후에 나를 보러 다시 돌아오겠다고 말했다. 어젯밤 집에 안 돌아갔으니 편지가 쌓여 있을지도, 작은어머니가 걱정하고 있을지도 모른다면서. 나는 대답했다. "그 때문이라면 엘리베이터 보이를 보내서 작은어머니한테 그대가 여기 있다는 말을 전하고 그대 편지를 찾아오게 할 수도 있어." 그러자 상냥히 굴고 싶지만 굴복된 데 약이 오른 그녀는 미간에 주름살을 짓다가 곧 매우 상냥하게 말했다. "하긴 그래요." 그러고 나서 엘리베이터 보이를 심부름 보냈다.

알베르틴이 내 곁을 떠난 지 15분도 지나지 않았는데 엘리베이터 보이가 와서 가볍게 문을 두드렸다. 설마 내가 알베르틴과 담소하는 동안, 엘리베이터 보이가 멘빌에 갔다 왔다고는 생각하지 않았다. 그는 알베르틴이 작은어머니에게 편지를 쓴 것, 내가 바란다면 그녀는 오늘이라도 파리에 갈 수 있다는 것을 알리러 왔다. 하기야 그녀가 구두로 그런 말을 전하게 한 건 잘못이었다. 이른 아침인데도 벌써 지배인의 귀에 그 말이 들어가, 미치다시피 된 그가 내게 와서 마음에 들지 않는 일이라도 있는지, 정말 떠나는지, 오늘은 아무래도 바람이 걱정하는('걱정되는'이라는 뜻) 날씨라서 하다못해 며칠 기다릴 수 없는지 물었기 때문이다. 나는 블로크의 사촌자매가 이곳을 돌아다니는 지금, 특히 알베르틴을 보호할 수 있는 유일한 친구인 앙드레가 발베크에 없으니, 알베르틴을 이곳에 절대로 두고 싶지 않다는 사실을 그에게 하나하나 설명할 마음은 없었다. 또한 발베크란 병자가 숨을 못 쉬게 되는 장소이므로, 만약 죽는 한이 있더라도 또 한 밤을 여기서 지내진 않겠다고 결심한 것도 말하기 싫었다. 더구나 나는 비슷한 하소연에 계속 맞서 싸워야 했다.

첫 싸움은 호텔에서 일어났다. 마리 지네스트와 셀레스트 알바레가 붉어진 눈을 하고 있었던 것이다(마리는 막았던 급류를 터놓은 듯한 흐느낌을 냅다 터뜨리고, 좀더 성질이 느른한 셀레스트는 마리에게 진정하라고 타일렀는데, 마리가 아는 단 하나의 시구 '이승에선 온 라일락꽃이 죽도다'를 중얼거리자, 셀레스트는 더 참지 못해 그 라일락꽃 빛깔 얼굴에 눈물이 가득 퍼졌다. 하기야 그녀들은 그날 저녁이 되자 나를 잊었겠지만). 다음에 지방 철도의 작은 열차 안에서 나는 그토록 남의 눈에 띄지 않게 조심했건만 결국 캉브르메르 씨와 부딪치고 말았다. 내 여행 가방을 본 그는 창백해졌다. 모레의 모임에 내가 오기를 기대했기 때문이다. 그는 내 호흡 곤란이 기후의 변화에 관계 있으니, 그 때문에 떠나기엔 10월이 좋을 거라고 설득하려 들어 나를 성가시게 했다. 아무튼 '출발을 일주일 미룰' 수 없겠느냐고 물었는데, 내가 그 어이없는 말씨에 화난 것은, 사실 그 제안이 나로선 참을 수 없는 일이었기 때문이다. 그가 그런 말을 찻간에서 지껄이는 동안, 열차가 정거장에 멈출 때마다 나는 헤림발드나 비스카르 같은 노르만족 우두머리의 귀신보다도 더 무시무시한 게 나타날까 봐 가슴 졸였다. 그것은 초대되기를 조르는 크레시 씨였고, 더욱 무시무시한 것은 나를 초대하고 싶어 안달이 난 베르뒤랭 부인이었다. 그러나 이런 것은 몇 시간 뒤에 일어날 일이다. 나는 아직 거기까지 이르지 않았다. 그저 지금 나는 죽을힘을 다하는 지배인의 하소연에 맞닥뜨리고 있을 뿐이다. 나는 지배인을 내쫓았다. 아무리 낮은 목소리로 수군거린들 어머니를 깨울까 봐 겁이 나서.

　나는 혼자 방에 남았다. 처음 도착했을 때 그토록 불행하게 여겼던 천장이 너무나 높은 이 방, 스테르마리아 아가씨를 그토록 다정다감하게 생각했고, 바닷가에 멈추는 철새들같이 알베르틴과 그 여자친구들이 지나가는 걸 엿보았던 방, 내가 엘리베이터 보이를 시켜 그녀를 데려오게 했을 때 그토록 감동 없이 그녀를 차지했던 방. 이곳에서 나는 할머니의 상냥한 마음을 느끼고 그 다음에 할머니의 죽음을 실감했다. 아침 햇살이 바닥까지 비치는 이 방의 덧문을, 나는 내 손으로 열고서 처음으로 바다의 첫 지맥(支脈)을 보았다(알베르틴은 우리 포옹을 남이 보지 못하게 내 손으로 덧문을 닫게 했다). 나는 변치 않는 사물과 맞대어보면서 나 자신의 변화를 뚜렷이 의식했다. 그렇지만 우리는 인간을 대하듯 사물에 익숙해진다. 그러다가 문득 우리는 깨닫는다. 그 사물이 전에는 다른 뜻을 품고 있었으며, 그 뜻을 모두 잃어버리고 말았을 때에도 오늘날의 사건과는 매우 다른 사건들을 둘러싼 틀로서 존재했다는 사실을. 그때처럼 유리 끼운 책장들에 둘러싸여 같은 천장 밑에서 이루어진 온갖 행위의 다양성과 그런 다양성이 품고 있는 인간의 마음과 삶의 변화는, 무대장치의 변함없는 끄떡없음에 의해 더욱 커지며, 장소의 통일성에 의해 더욱 강화되는 성싶다.

　한순간 이런 생각이 두세 번 머릿속에 떠올랐다. 이 방과 이 책장이 있는 세계, 그 안에서 알베르틴의 더할 나위 없이 작은 존재인 이 세계는, 어쩌면 한 지적인 세계 곧 유일한 현실 세계이고, 그에 비해 나의 슬픔은 고작 소설을 읽을 때에 느끼는 슬픔 같은 것이라, 오직 어리석은 자만이 그런 슬픔을 엿가락 늘이듯 삶 속에 늘어뜨리는 게 아닐까. 그러니 이 현실 세계에 이르려면, 서커스에서 종이 바른 고리를 통과하듯이 내 괴로움을 뚫고 나가서 그 세계에 다시 들어가려면, 그리하여 소설을 다 읽은 다음에는 가공의 여주인공 행동에 아랑곳하지 않듯이 알베르틴의 행동에 더 이상 개의치 않으려면, 어쩌면 내 의지를 살짝 나타내는 것만으로 충분하지 않을까. 게다가 내가 사랑한 여인들도 그녀들에 대한 내 사랑에 꼭 들어맞은 적이 한 번도 없었다. 내 사랑은 순수했다. 왜냐하면 나는 그녀들을 만나서 나만의 것으로 하기 위해 모든 일을 제쳐놓았으니까. 어느 날 저녁, 오지 않는 그녀들을 기다리다 못해 흐느껴 울기도 했으니까. 그러나 그녀들은 나의 그 같은 사랑의 심상이었기보다는, 오히려 그런 사랑을 깨워서 절정까지 올려 보내는 특성을 지니고 있었다. 그녀들을 눈으로 보고 그 목소리를 귀로 들었을 때, 나는 그녀들 안에서 내 사랑과 비슷한 것이나 내 사랑을 설명할 수 있는 것을 하나도 찾아내지 못했다. 그렇지만 나의 유일한 기쁨은 그녀들을 보는 것, 나의 유일한 걱정은 그녀들을 기다리는 것이었다.

이를테면 그녀들과 아무 관계없는 힘이 우연히 자연에 의해 그녀들에게 덧붙여져서, 그 전류와도 같은 힘의 작용이 결과적으로 내 사랑을 북돋아서, 나의 모든 행동을 이끌며 나의 모든 괴로움을 일으켰다고 할 수도 있으리라. 하지만 그런 것은 그 여인들의 아름다움, 지혜로움 또는 착한 마음과는 전혀 달랐다. 우리 몸에 전류가 통하듯 나는 내 사랑에 감전돼, 그 사랑에 흔들리며 살고 그 사랑을 느꼈다. 그러나 한 번도 사랑을 보거나 생각하는 데 이를 수 없었다. 오히려 나로선 이런 사랑에서(흔히 사랑과 함께 생기지만, 사랑을 이루기에 모자란 육체적인 쾌락에 대한 이야기는 잠시 미뤄두기로 하고) 우리가 여성이라는 겉모습 아래, 마치 비밀스런 신들을 대하듯이 여성에게 부차적으로 따르는 그러한 보이지 않는 힘을 향해서 말을 건다는 생각까지 하고플 정도다. 우리에게 필요한 것은 이 여신들이 베푸는 은혜이고, 우리는 실제의 기쁨을 발견하지 못한 채 여신들과의 접촉을 찾고 또 찾는다. 여성은 남몰래 만나는 동안 우리를 그런 여신들에게 소개하는 것일 뿐이지, 그 이상은 거의 하지 않는다. 우리는 봉헌물(奉獻物)로서 보석이며 여행을 약속하고, 뜨겁게 사랑한다는 뜻의 틀에 박힌 말과 반대로 무관심하다는 뜻의 상투어를 발음한다. 우리는 그녀에게서 새로운 밀회 약속을, 그것도 기꺼이 동의하는 밀회 약속을 얻기 위해 온갖 노력을 다한다. 그런데 여인이 위와 같은 숨은 힘을 못 갖추었다면, 정말로 우리는 그 여인 자체를 위해서 이렇게 애를 쓸까? 그러기는커녕 먼저 그 여인이 떠나버리면, 우리는 그 여인이 어떤 옷을 입고 있었는지조차도 아리송하려니와 그 여인을 주의 깊게 보지도 않았던 사실을 깨닫는다.

시각(視覺)이야말로 정말로 우리를 속이는 감각이구나! 알베르틴의 몸같이 더할 나위 없이 사랑받는 인간의 몸마저, 몇 미터, 아니 몇 센티미터 떨어져 있어도, 우리에게서 멀게 보인다. 거기에 깃들인 영혼도 마찬가지다. 그런데 우리에 대한 이 영혼의 위치가 어떤 이유로 심하게 바뀌어서, 그녀가 우리 아닌 다른 사람을 사랑하고 있음이 드러났다고 해보자. 그런 때 우리는 갈기갈기 찢긴 심장의 고동에 의해, 몸과 마음을 다해 사랑하는 이가 있던 데가 우리에게서 몇 걸음 떨어진 곳이 아니라 우리 마음속임을 느낀다. 우리 마음속, 다만 얼마쯤 표면적인 부분 말이다. 그런데 '그 여자친구, 그것은 뱅퇴유 아가씨'라는 말은 나로선 찾아낼 수 없었던 '열려라, 참깨'란 주문으로, 알베르틴을 산산조각 난 내 심장 깊숙이 들여보내고 말았다. 문은 그녀를 들여보내고 나서 다시 닫혀, 내가 100년 동안 찾아본들 문을 다시 여는 방법은 알아내지 못하리.

이런 말을, 나는 아까 알베르틴이 내 곁에 있는 동안만은 잠깐 듣지 않고 있었다. 심한 불안을 달래기 위해 콩브레에서 어머니를 껴안았듯이 알베르틴을 껴안으면서, 나는 어느 정도 알베르틴의 순결을 믿었다. 아니 적어도 내가 발견한 그녀의 악덕에 대해 계속 생각하고 있지는 않았다. 그러나 혼자가 된 지금, 말상대가 입을 다물자마자 들리는 귀울림처럼 그런 말이 다시 윙윙 울리기 시작했다. 이제 나는 그녀의 악덕을 의심할 여지도 없었다. 점점 솟아오르는 햇빛은 내 주위 사물의 모양을 바꾸면서 잠깐 그녀에 대한 내 위치를 옮겨놓아, 다시금 나의 괴로움을 더 가혹하게 의식하게 했다. 이토록 아름답고, 이토록 괴롭게 시작되는 아침은 일찍이 본 적이 없었다. 햇빛에 밝게 빛나기 시작하지만 더 이상 아무런 흥미도 끌지 않는 풍경, 어제까지만 해도 찾아가고 싶은 욕망으로 나를 가득 채웠던 온갖 풍경을 생각하면서, 나는 복받치는 울음을 참을 수 없었다. 바로 그때였다. 미사에서 빵과 포도주를 바치는 기계적 움직임처럼, 그러나 내 처지에선 평생토록 매일 아침마다 모든 환희를 죽여 바쳐야 하는 피비린내 나는 봉헌식을 상징하는 동작처럼—이는 새벽마다 새로이 장중하게 반복되는 나날의 내 슬픔과 내 상처의 피인데—태양의 황금 알은 한데 엉길 때의 농도 변화가 일으키는 균형의 파괴로 떠밀려서, 그림에서 보는 가시 모양의 불길에 휩싸여 막을 탁 찢고 나타났다. 그 전부터 태양이 막 뒤에서 나올 순간을 떨면서 기다리고 있다는 것을 느낄 수 있었건만, 이제 태양은 딱딱하게 굳은 신비로운 붉은 막을 그 빛의 홍수 밑에 지워버리고 말았다.

나는 내 울음소리를 들었다. 이 순간 뜻하지 않게 문이 열렸다. 가슴을 두근대는 내 앞에 할머니가 서 있는 것 같았다. 이미 몇 번이나 겪었지만 오로지 잠잘 때만 겪었던 할머니의 나타남. 그럼 이번에도 모두 꿈에 지나지 않나? 아니다! 나는 말똥말똥 깨어 있었다. "나를 돌아가신 네 할머니와 비슷하다고 생각했나 보구나." 어머니가 말했다—그 인물은 바로 어머니였으니까. 질겁한 나를 진정시키려는 듯 부드럽게, 그리고 또 결코 아양떨 줄 몰랐던 수수한 보람의 아름다운 미소로써 할머니와 닮았음을 스스로 고백하면서. 근심스러운 눈과 부쩍 늙은 두 볼 둘레에 꾸불꾸불 휘감겨 붙은 풀어 헤친 머리털, 그 희끗희끗한 타래, 할머니 것을 그대로 물려 입은 실내복. 이런 것들 때문에 잠깐 어머니를 알아보지 못해, 나는 내가 잠들어 있는 건지 아니면 할머니가 되살아난 건지 당황했던 것이다. 오래전부터 이미 어머니는, 어린 내 눈에 익었던 젊고도 잘 웃는 어머니라기보다 오히려 할머니를 닮아 있었다. 그러나 나는 그 점을 너무나 생각해보지 않았다. 이를테면 오래 계속해서 책을 읽던 사람이 멍하니 시간 가는 줄 깨닫지 못하다가, 문득 주위에서 늘 똑같은 궤도로 움직이는 태양이 어제 똑같은 시각의 태양을 떠올리게 해, 제 주변에 해넘이를 준비하는 똑같은 조화와 일치를 가져오는 걸 보듯. 어머니는 미소 지으며 나의 착각을 지적했다. 그도 그럴 것이 할머니와 그토록 닮은 게 어머니에게는 기쁜 일이라서.

"잠결에 우는 소리가 들리는 것 같아서 와봤단다. 그 소리에 깨어났거든. 그런데 왜 그러니, 누워 있지 않고? 눈에 눈물이 글썽하구나. 무슨 일이니?" 나는 두 손으로 어머니의 얼굴을 감쌌다. "어머니, 큰일났어요. 어머니가 내 마음이 잘도 변하는구나 생각할까 봐 겁이 나요. 어제 어머니한테 알베르틴에 대해 너무나 좋지 않게 말했는데, 그 말은 사실 옳지 않았거든요." "그래서, 뭐가 문제니?" 어머니는 이렇게 말하고 나서 해돋이를 언뜻 보고, 그 어머니를 생각하면서 쓸쓸히 미소 짓더니, 내가 언제나 객관적으로 바라보지 않는 걸 할머니가 슬프게 여기던 그 풍경을 맛보란 뜻에서 내게 창을 가리켰다. 그러나 어머니가 가리키는 발베크의 바닷가, 바다, 해돋이 뒤에, 나는 어머니 눈에도 띌 정도의 절망감과 더불어 몽주뱅의 방을 보았다. 거기서는 장밋빛으로 물든 채 큰 암고양이처럼 몸을 움츠리고 코언저리에 짓궂은 표정을 띤 알베르틴이, 어느 사이에 뱅퇴유 아가씨의 여자친구 자리를 차지해, 아가씨처럼 음탕스러운 웃음을 터뜨리며 말하고 있었다. "흥! 본들 대수야, 더 좋지. 내가 감히 이 늙은 원숭이한테 침 못 뱉을 줄 알아?" 창 너머로 펼쳐져 있는 경치 뒤에 내가 본 것은 그런 정경이었다. 앞 풍경은 뒤 정경 위에 한 반사처럼 겹쳐진 우중충한 너울에 지나지 않았다. 정말로 앞 풍경 자체는 한 폭의 그림처럼 거의 비현실 같았다. 맞은편 파르빌 절벽의 돌출부에 있는 작은 숲, 우리가 전에 고리찾기 놀이를 하고 놀았던 그 숲에 그려진 무성한 수풀은 가파르게 기울어지며 바다까지 다다르고, 수면은 아직 온통 금빛 잿물로 칠해져 있었다. 언젠가 내가 알베르틴과 함께 그곳으로 낮잠을 자러 갔다가, 해가 지는 광경을 보면서 일어나던 그 시각처럼. 새벽의 자갯돌을 빈틈없이 깔아놓은 수면에 장밋빛과 푸른빛 헝겊 조각처럼 아직 떠돌고 있는 찢긴 밤안개 속을, 배 몇 척이 비스듬한 빛에 미소 지으면서 지나갔는데, 그 비스듬한 햇빛은 저녁 무렵 그 배들이 돌아오는 때처럼 그 돛과 기울어진 돛대의 끝을 노랗게 물들이고 있었다. 왠지 으스스하고 쓸쓸한 허깨비 같은 이 광경은 순수한 저녁놀을 떠올리게 했지만, 실제 저녁처럼 그 전에 이미 흘러간 낮 시간으로 뒷받침되고 있는 게 아니라, 거기서 나누어져 그저 집어넣어진 것, 몽주뱅의 심상보다 훨씬 흐리터분한 것이었으니, 결국 몽주뱅의 무시무시한 심상은 그로 인해 지워지지도, 덮여지지도, 감춰지지도 않았다—회상과 몽상의 시적이고도 헛된 심상이었다.

"하지만 말이다." 어머니가 말했다. "너는 나에게 알베르틴 욕은 한마디도 하지 않았어. 그녀가 좀 성가시다, 결혼할 생각을 단념해 만족스럽다고 했을 뿐이야. 그처럼 울 만한 이유가 못 돼. 생각 좀 해봐라, 네 엄마는 오늘 떠나는데, 커다란 늑대 씨를 이런 상태로 내버려두고 가는 게 얼마나 슬프겠니. 더구나, 불쌍한 아가야. 너를 위로해줄 틈이 없구나. 내 짐이야 다 꾸려져 있지만, 출발하는 날은 그래도 바쁘게 마련이니까." "그런 일이 아니라니까요." 이렇게 말하면서 나는 앞날을 계산하며, 나의 의지를 신중하게 검토하며 확실히 깨달았다.

알베르틴이 뱅퇴유 아가씨의 여자친구에게 그토록 오랫동안 애정을 느껴온 이상, 그녀는 결백할 리 없었다. 알베르틴은 분명 악덕의 전망을 전해 받았다. 아니 그녀의 온갖 몸짓을 봐도 알 듯이 애초에 그녀는 악덕의 소질, 내 염려가 여러 번 예감했으며 그녀가 결코 그 짓에 탐닉하기를 그치지 않았을(어쩌면 지금도 내가 곁에 없는 틈을 타 빠져 있을) 악덕의 소질을 타고난 것이다. 그리 생각한 나는, 이런 말로써 내가 어머니에게 끼치는 걱정이 어머니 입을 통해 드러나지 않을망정 분명 심각하게 생각에 잠긴 어머니 얼굴에, 내게 슬픔을 주느냐 해를 주느냐 하는 두 가지 중대사를 비교할 때 늘 떠올리는 표정으로 나타나리란 것—그 표정은 이를테면 콩브레에서 어머니가 체념하고 내 곁에서 자기로 했을 때 처음으로 보여준 것이며, 이제는 그것이 나에게 코냑을 마셔도 좋다는 허락을 내렸을 때의 할머니 표정과 아주 비슷했는데—을 알면서도 어머니에게 말했다.

"나는 어머니를 걱정시키려 해요. 첫째 어머니가 원하듯이 여기 남지 않고, 나 어머니와 함께 떠날 거예요. 그러나 이건 아직 아무것도 아니에요. 이곳은 내 몸에 해로워서 돌아가고 싶을 뿐이니까. 그보다도 잘 들으세요, 너무 상심 마시고. 저, 나 거짓말했어요. 어제 나쁜 악의는 없었지만 어머니를 속여버렸어요. 나는 밤새워 곰곰 생각해봤죠. 꼭 이렇게밖에 할 수 없어, 그것도 곧바로 정해야 해. 나는 지금 제대로 알아차렸으니까. 다시는 맘이 변하지 않을 테니까. 이렇게 하지 않으면 나 살아갈 수 없을 테니까. 그러니까 나, 어떤 일이 있어도 알베르틴과 결혼하고 말 거예요."

제5편
간힌 여인
La Prisonnière
(소돔과 고모라Ⅲ)

제1부

　이른 아침, 얼굴을 벽 쪽으로 돌린 채 창문의 두툼한 커튼 위쪽으로 새어드는 햇살이 어떤 빛깔인지 보지 않아도 나는 이미 그날의 날씨를 알 수 있었다. 길에서 처음 들리는 소리가 습기 때문에 부드럽게 굴절되어 들려오는지, 아니면 차갑게 개인 아침이 드넓게 펼쳐져 텅 빈 울림 좋은 공간을 화살처럼 떨면서 들려오는지에 따라 날씨를 알 수 있는 것이다. 첫 전차 소리가 들리자마자 나는 전차가 빗속에서 얼어 있는지 푸른 하늘을 향해 출발하는지 가려낸다. 또는 그런 소리보다 먼저 더 빠르고 날카로운 것들이 흩어져 나의 잠 속으로 숨어들어 와 눈이 올 것을 예고하는 어떤 슬픔을 펼쳐놓을지도 모른다. 그리고 그것이 가끔 얼굴을 내미는 난쟁이에게 수많은 태양의 찬가를 노래하게 해 아직 잠든 채 미소 짓는 나, 감은 눈꺼풀이 눈부실 채비를 하는 나로 하여금 그 노랫소리가, 음악과 더불어 더없이 행복하게 눈을 뜨게 할지도 모른다. 나는 이 무렵 바깥 생활을 주로 내 방 안에서 느껴 알고 있었다. 밤에 블로크가 나를 찾아올 때마다 내 방에서 이야기 소리가 흘러나온다고 소문을 낸 사실을 나는 안다. 어머니는 콩브레에 있었고 내 방에서 누굴 본 적이 없는 그는 내가 혼잣말하는 걸로 결론지었다. 한참 뒤에야 그즈음 알베르틴이 나와 함께 살고 있다는 사실을 안 블로크는 남들 눈에 띄지 않게 내가 그녀를 숨겼다고 굳게 믿고, 그즈음 내가 외출을 꺼려한 까닭을 알아냈노라 말한다. 물론 그것은 그의 착각이지만, 그가 그렇게 생각한 것도 무리는 아니었다. 현실이란 필연적이라 할지라도 언제나 모두 다 추측할 수 있는 건 아니기 때문이다. 사람들은 남의 생활에 대해 어떤 정확한 내용을 알게 되면 흔히 거기서 곧바로 부정확한 결론을 끌어내어, 새로 발견한 사실이 전혀 관계 없는 것들까지 설명한다고 믿는다.

　발베크에서 돌아와, 파리에서 연인과 함께 같은 지붕 아래에서 살게 된 것, 두루 돌아다니면서 여행에 나서려던 계획을 단념한 것, 내 방에서 겨우 스무 걸음 남짓한 복도 끝에 장식 융단을 드리운 아버지의 서재가 그녀 방이 된 것, 매일 밤 늦게 내 곁을 떠나기에 앞서 그녀가 내 입속에 혀를 살며시 들이밀면, 그것이 마치 날마다 먹는 빵처럼 영양이 많은 음식과도 같았던 것, 그러면서 그것은 우리에게 안겨준 고통으로 인해 어떤 정신적인 감미로움을 띠게 된 모든 육체의, 거의 신성하다고 할 수 있는 성격을 지녔다고 여긴 것, 지금 그런 생각을 하면서 비교하다가 퍼뜩 떠오른 것은, 보로디노 대위가 특별 조처로 병사(兵舍)에 묵게 해준 밤이 아니라—그 친절도 결국 한때의 불쾌함을 덜어줄 뿐이라는 점이었다—아버지가 내 침대 옆 작은 침대에서 자도록 어머니에게 일러준 그날 밤이었다.*¹ 이처럼 인생은 피할 길 없어 보이던 고통에서 뜻하지 않게 우리를 다시 한 번 벗어나게 해줄 때 서로 다른 형태로, 때로는 정반대의 형태로 일어나므로, 주어진 혜택을 똑같은 것으로 인정하는 일이 분명한 모독이라는 생각마저 든다.

커튼을 친 침실의 어둠 속에서 내가 이미 깨어 있음을 프랑수아즈에게 전해 들은 알베르틴은 자기 욕실 욕조에 들어가 목욕하면서 스스럼없이 흥얼댔다. 그러면 나는 끝까지 기다리지 않고 그녀의 욕실 옆에 있는 쾌적한 내 욕실로 들어갔다. 예전에 어느 극장 지배인은 수십만 프랑을 들여 옥좌(玉座)에 진짜 에메랄드를 박아 장식했고, 거기에서 왕비 역을 맡은 프리마돈나가 연기를 했는데, 러시아 발레단 덕분에 조명을 잘 비추기만 하면 진짜처럼 호화로우며 더욱 변화무쌍한 보석을 뿌릴 수 있음을 알게 되었다. 이미 이 장식은 진짜에 견주면 실체가 없는 허상이었지만, 그에 못지않게 우아한 것은 아침 8시에 햇살이 욕실 안에 창조해내는 장면으로, 정오 무렵에 가까스로 침대를 떠날 때 늘 거기에서 보아온 것과는 다른 무엇으로 변해 있었다. 두 욕실의 창문은 바깥에서 보이지 않도록 투명 유리가 아닌 한 세대 이전에 유행했던 서리가 긴 듯한 우툴두툴한 구식 유리로 덮여 있었다. 태양은 느닷없이 이 유리의 모슬린을 노랗게 금빛으로 물들이고, 습관에 따라 오랫동안 숨겨져 있던 옛 젊은이의 모습을 내 안에 살그머니 드러내어, 마치 대자연 한가운데 금빛 잎이 우거진 나뭇가지 앞에 있듯이 수많은 추억으로 나를 도취케 만들었다—게다가

---

*1 제1편 《스완네 집 쪽으로》 참조.

잎이 무성한 나뭇가지에는 새 한 마리도 있었다. 알베르틴의 지저귀는 노랫소리가 끊임없이 들려왔기 때문이다.

상심은 어리석은 것,
근심에 귀 기울이는 이는 더욱 어리석은 이

나는 알베르틴을 몹시 사랑했으므로, 음악에 대한 그녀의 악취미에도 나도 모르게 미소를 짓고 말았다. 하기야 이 노래는 지난여름 봉탕 부인을 황홀하게 했는데, 얼마 안 되어 어리석은 노래라는 말을 듣고 난 뒤로, 부인은 손님들이 있을 때면 대신 다음의 노래를 알베르틴에게 부르도록 했다.

이별의 노래는 심란한 샘에서 솟는다

이번에는 '저 아이가 귀에 못이 박이도록 들려주는 마스네(Massenet)*2의 구식 유행가'라는 핀잔을 듣게 되었다.

구름이 지나가느라 해가 가려지자 잎이 우거진 수줍은 유리 커튼이 빛을 잃고 다시 희끄무레해지는 듯했다.

두 화장실의 칸막이 벽은 매우 얇았다(알베르틴의 화장실에는 내 것과 똑같이 욕실이 붙어 있는데 집 반대쪽에도 또 하나의 욕실이 있어서, 어머니는 내가 시끄러워할까 봐 한 번도 이곳을 사용하지 않았다). 그래서 우리 둘은 저마다 욕실에서 몸을 씻으면서 벽 너머로 이야기하며, 물소리 말고는 아무것도 가로막지 않는 수다를 쉴 새 없이 이어갔다. 좁은 호텔에서는 옆방과 붙어 있어서 이런 친밀감을 나눌 수 있는 일이 흔하지만 파리에서는 아주 드물었다.

그 밖의 시간에 나는 누운 채 마음껏 몽상에 잠겼다. 내가 벨을 울리기 전에는 절대로 내 방에 들어와서는 안 되었는데 머리맡의 누름단추가 불편한 장소에 있어서 벨을 울리기도 번거롭고 찾기도 귀찮아서, 혼자라는 사실에 만족하고 잠깐 꾸벅꾸벅 졸기도 했기 때문이다. 하지만 알베르틴이 우리집에 머무는 것에 전혀 무관심하지는 않았다. 확실히 그녀를 여자친구들에게서 떼어놓

---

*2 프랑스의 작곡가(1842~1912). 작품으로 〈마농〉이 유명.

은 뒤 내 마음은 새로운 고뇌에서 한결 가벼워졌다. 평온한, 거의 움직이지 않는 상태로 마음의 상처도 아물어가는 듯했다. 그러나 알베르틴이 가져온 이 평온도, 결국은 기쁨이라기보다 고통의 가라앉음이었다. 이 평온이 나로 하여금 모진 고뇌 때문에 이제껏 느끼지 못한 수많은 기쁨을 맛보지 못하게 했다는 뜻이 아니다. 알베르틴 덕분에 그런 기쁨을 느꼈다기보단—첫째로 이제 나는 거의 그녀를 아름답다고도 여기지 않게 되었으며, 함께 있으면 따분해서 내가 그녀를 사랑하지 않음을 분명히 느꼈다—오히려 알베르틴이 곁에 있지 않을 때 그 기쁨을 맛보았다. 그래서 나는 잠에서 깨어나자마자 그녀를 불러들이지는 않았다. 특히 날씨가 좋은 날은 더욱 그러했다. 앞서 말한 태양의 찬가를 노래하는 내 안의 난쟁이가 그녀보다 더 많은 행복을 가져옴을 알고 있었기에, 먼저 잠깐 이 인물과의 만남을 즐기는 게 보통이었다. 한 인간은 많은 인물로 이루어져 있는데, 그중에서 맨 먼저 겉쪽에 나타나는 자가 반드시 본질적인 건 아니다. 내 안에는 그들이 병으로 차례차례 쓰러지고 난 뒤에도 두셋은 더 끈기 있게 살아남을 터이고, 특히 두 개의 작품이나 두 개의 감각 사이에 공통된 부분을 발견했을 때 비로소 행복을 느끼는 한 철학자가 남으리라. 그러나 마지막에 남는 자는 콩브레의 안경원이 진열창 안에 놓아두던 날씨를 알리는 인형, 해가 비치면 두건을 벗고 비가 내릴 것 같으면 두건을 다시 쓰는 그 인형과 꼭 닮은 꼬마가 아닐까—나는 이따금 그렇게 생각했다. 이 꼬마가 얼마나 제멋대로인지 나는 잘 안다. 이를테면 내가 갑자기 호흡 곤란에 빠져서 한 차례 비가 시원스레 내리면 발작이 가라앉을 듯한데, 요놈은 아랑곳하지 않고 기다렸던 첫 빗방울이 떨어지면 금방 침울해져서 뾰로통한 표정으로 두건을 푹 눌러쓴다. 반대로 내가 죽음을 맞이하는 순간 다른 모든 '자아'가 죽어 없어지고 숨을 거칠게 몰아쉬는 사이에도 햇살이 한 줄기라도 비치면 이 청우계(晴雨計)와도 같은 난쟁이는 생기발랄하게 두건을 벗고 '야아! 드디어 날이 개는구나!' 노래를 부르기 시작할 게 틀림없다.

벨을 눌러 프랑수아즈를 부른다. 〈피가로〉 지를 펼친다. 이 신문사에 보냈던 원고, 아니, 원고라고 할 만한—실은 며칠 전에 페르스피에 의사의 마차 안에서 마르탱빌 종탑을 바라보고 쓴 문장을 최근에 다시 찾아내어 조금 손보았을 뿐인—것이 실렸는지 살펴보았으나 결국 실리지 않음을 확인한다. 그러고 나서 어머니의 편지를 읽는다. 어머니는 젊은 아가씨가 나와 단둘이 사는 건 이상하며, 남 보기에도 거북한 일이라고 여겼다. 처음에 발베크를 떠날 즈음, 어머니는 내가 몹시 풀이 죽어 있는 걸 보고 나를 혼자 보내는 것에 불안해 했지만, 알베르틴이 우리와 함께 떠나는 사실을 알고, 또 알베르틴의 여행 가방이 우리 집 가방(발베크 호텔에서 나는 이 짐 가방 곁에서 울며 밤을 지새웠다)과 나란히 열차에 실리는 것을 보고 기뻐했을 게 틀림없다. 알베르틴의 여행 가방은 길쭉하고 검은 관 같아서, 그것이 우리집에 삶을 가져올지 죽음을 가져올지 나는 전혀 알지 못했다. 그러나 나는 그 점을 생각해보려고도 하지 않았다. 저 빛나는 아침, 발베크에 머물던 두려움도 지나가고, 오로지 알베르틴을 데리고 간다는 기쁨에 사로잡혔기 때문이었다. 어머니도 처음에는 이 계획에 반대하지 않았지만(마치 중상 입은 아들을 헌신적으로 간호해주는 애인에게 감사하듯이, 어머니는 알베르틴에게 상냥하게 말을 건넸다), 이 계획이 몹시 완벽하게 이루어지고, 더구나 부모님이 없는 집에서 젊은 아가씨의 체류가 길어지자 결국 반대하게 되었다.

그렇지만 어머니가 나에게 한 번이라도 그런 반대 의사를 분명히 비쳤다고 말할 수는 없다. 이전에도 나의 신경질이나 게으름을 비난하지 않게 되었을 때처럼, 현재 어머니의 걱정은—나는 그런 줄 전혀 짐작도 못 했거나, 아니면 알려고 하지 않았다—내가 약혼하겠다고 말했던 아가씨에게 그 약혼을 미루는 조건을 달면 내 삶이 어두워지지 않을까, 뒷날 아내에 대한 나의 애정이 덜하진 않을까, 만에 하나라도 어머니가 세상을 떠난 뒤 알베르틴과 결혼하여 어머니를 슬프게 했다는 후회의 씨를 뿌리는 것은 아닐까 하는 점이었다. 어머니는 혼자 힘으로는 도저히 내 결심을 돌이킬 수 없다고 생각해, 차라리 그 결심을 받아들인 것처럼 보이고 싶었던 것이다. 그런데 그 무렵 어머니를 만난 사람들은 한결같이, 어머니가 자기 어머니를 잃은 슬픔과 더불어 끊임없이 무엇인가를 근심하는 모습이었다고 나에게 전했다. 이 정신적 긴장과 내적 갈등 탓에 어머니는 관자놀이에 피가 몰려서 뜨거워진 머리를 식히려고 언제나 창문을 열어두곤 했다. 그러나 나에게 '나쁜 영향을 주진' 않을까, 내 행복으로 보이는 것을 해치진 않을까 두려워 결심하지 못했다. 어머니는 봉탕 부인보다 까다롭게 보이고 싶지 않았으므로 알베르틴을 잠깐 집에 두는 걸 금하는 결심조차 할 수 없었다. 누구보다도 이 일과 관계 깊은 봉탕 부인이 이를 예의에 어긋난 일로 보지 않는 사실에 어머니는 적잖이 놀랐다. 아무튼 어머니는 바로 이 무렵 콩브레로 떠나게 되었고, 게다가 나의 왕고모가 밤낮을 가리지 않고 어머니의 간호를 필요로 했기 때문에 몇 달 동안 콩브레에 머무르게 될지 몰라서(결국 그렇게 되었지만), 할 수 없이 우리 둘만 남겨두는 결과가 되었으므로 골치를 앓았다. 콩브레에서는 르그랑댕의 선의와 헌신 덕분에 어머니는 모든 일이 수월했다. 르그랑댕은 나의 왕고모와 절친한 사이가 아님에도 그 어떤 수고도 마다하지 않았다. 파리에 돌아가기를 다음 주 또 다음 주로 미룬 것은 오로지 왕고모가 그의 어머니의 벗이기 때문이며, 또 불치의 환자가 그에게 간호받기를 좋아해 그 없이는 배길 수 없음을 느꼈기 때문이다. 속물주의는 영혼을 망치는 중병이기는 하나, 어느 한 부분에만 관계 있어서 영혼 전체를 망치지는 않는다.

한편 나는 어머니와는 달리, 어머니의 콩브레 행을 크게 기뻐했다. 그녀가 콩브레에 가지 않았다면, 뱅퇴유 아가씨에 대한 알베르틴의 우정(알베르틴에게 이것을 숨기라고 말할 수도 없으므로)이 드러나지 않을까 두려워했을 것이다. 이것이 드러나는 날엔 어머니는 결혼은 어림없다고 생각했을 테고—하기야 결혼에 대해서는 아직 알베르틴에게 어떤 결정적인 말도 하지 말라고 어머니가 나에게 일러왔으며, 나 자신도 이 결혼을 생각하기가 더욱 견딜 수 없게 되었다—뿐만 아니라 알베르틴이 얼마 동안 집에서 지내는 것조차 절대 허락하지 않았으리라. 이처럼 중대한 이유가 있음을 어머니는 미처 몰랐지만, 아무튼 한편으로는 나의 할머니, 조르주 상드의 숭배자이자 마음의 고귀함을 미덕으로 생각하는 할머니의 개방적인 교육을 본떴고, 다른 한편으로는 나의 좋지 않은 영향을 받았기 때문에, 이 두 결과로 인하여 어머니는 이전 같으면, 또는 지금이라도 상대방이 파리 또는 콩브레의 중산층 벗들이라면 그 행실을 엄히 비난했을 여인들에 대해서도 내가 마음이 훌륭한 사람들이라고 칭찬하면, 나를 더할 나위 없이 사랑해주는 여인들이기에 대체로 관대한 태도를 보였다.

어쨌든 체면 문제 말고도, 어머니는 알베르틴을 견디지 못했을 것이다—어머니는 콩브레나 레오니 고모, 친척들한테서 하나하나 하는 일마다 꼼꼼한 습관을 물려받았는데, 나의 연인은 그런 관념이라곤 조금도 없었기 때문이다. 알베르틴은 문 하나 닫으려 하지 않았고, 아무 문이라도 열려 있으면 개나 고양이처럼 서슴없이 드나들었으리라. 그녀의 좀처럼 다루기 힘든 매력이란, 젊은 아가씨라는 점보다 이런 애완동물 같은 점이었다. 방에 들어왔는가 하면 나가고 어디든 뜻하지 않은 곳에서 모습을 드러내고, 또—이는 나에게 크나큰 마음의 안식이었는데—침대에 있는 내 곁으로 뛰어들어와 거기에 자리를 잡고 꼼짝하지 않았으며, 더욱이 다른 인간처럼 방해하지도 않았다. 그렇지만 그녀도 마침내 나의 수면 시간을 존중하게 되어, 내가 벨을 울리기 전에는 내 방에 들어오지 않을 뿐만 아니라 기척도 내지 않게 되었다. 이런 규칙을 그녀에게 강요한 건 프랑수아즈다. 콩브레의 하녀들은 주인의 가치를 존중하고, 적어도 주인에게 속해야 한다는 판단을 남들도 따르게 했는데, 프랑수아즈도 그런 하녀였다. 낯선 방문객이 부엌일 하는 하녀와 나누어 가지라며 프랑수아즈에게 얼마쯤의 돈을 주면, 돈을 미처 건네기도 전에 프랑수아즈가 기민성과 신중함과 기력을 평등하게 발휘하여 부엌일 하는 하녀에게 한바탕 훈시를 늘어놓기 때문에, 부엌일 하는 하녀들은 프랑수아즈한테 배운 대로, 망설이지 않고 똑똑하게 큰 목소리로 사례의 말을 해야 했다. 콩브레의 주임사제도 천재적 인물은 아니었지만 마땅히 해야 할 바는 알고 있었다. 사즈라 부인의 사촌 가운데 신교도가 있었는데, 그 딸은 이 주임 사제의 지도로 가톨릭으로 개종했으며 그 가족도 나무랄 데 없는 태도로 사제를 대하고 있었다. 그 무렵에 메제글리즈의 한 귀족과 혼담이 나왔다. 신랑 측 부모가 가정 조사차 사제에게 써 보낸 편지는 꽤 건방졌고, 그 내용에 아가씨가 신교도 출신임을 경멸하는 문구가 있었다. 콩브레의 주임사제가 이에 대해 어찌나 준엄한 답장을 보냈던지, 메제글리즈의 귀족은 굽신거리며 백팔십도로 달라진 두 번째 편지를 보내, 그 아가씨와 백년가약을 맺게 되면 더할 나위 없는 행운일 거라고 간원해왔던 것이다.

알베르틴이 내 잠을 방해하지 못하도록 한 것이 특별히 프랑수아즈의 공로라고만은 할 수 없다. 그녀는 관례에 젖어 있었던 것이다. 알베르틴이 아무 생각 없이 내 방에 들어가고 싶다거나 나에게 뭘 부탁해달라는 말을 하면 프랑수아즈는 묵묵부답이거나 무뚝뚝하게 대꾸했으므로, 알베르틴은 풍습이 딴판인 이 낯선 세상, 위반은 엄두도 못 낼 법칙이 지배하는 세상에 왔구나, 깨닫고 망연자실했다. 알베르틴은 이미 발베크에서 이 점을 예감했었는데, 파리에 와서는 반항도 하지 않고 아침마다 참을성 있게 내가 벨을 울리고 나서야 기척을 냈다.

프랑수아즈가 알베르틴을 바꾸게 한 것은 이 늙은 하녀 자신에게도 유익했다. 그 덕분에 프랑수아즈가 발베크에서 돌아온 뒤로 줄곧 땅이 꺼지게 내쉰 한숨이 차츰 가라앉았다. 탄식의 원인인즉, 열차에 올라탈 즈음에야 그랑 호텔의 '여주임'에게 작별인사를 하는 걸 까맣게 잊었음을 깨달았기 때문이었다. 그 '여주임'은 충마다 돌아다니며 사정을 살피던 수염 난 여인으로, 프랑수아즈와는 잘 모르는 사이면서도 비교적 그녀에게 친절했다. 프랑수아즈는 기어코 열차에서 내려 호텔로 되돌아가 여주임에게 작별인사를 하고, 내일 떠나겠다고 우겨댔다. 나는 그녀에게 무엇이 옳고 그른지 말해줄 요량으로, 게다가 발베크에 있는 것이 갑자기 참을 수 없어 그렇게 못 하게 했는데, 그 때문에 프랑수아즈는 열에 들뜬 듯한 병적인 심술이 났는지 풍토의 변화만으로는 물리치지 못하고 결국 파리까지 끌고 온 것이었다. 프랑수아즈의 '법규'에 따르면, 생탕드레 데 샹 성당의 돋을새김에 나타나 있듯이, 원수의 죽음을 원하는 것이나 적을 죽이는 것도 법도에 어긋나지 않지만, 마땅히 해야 할 일이나 답례를 하지 않거나 버릇없는 여인처럼 떠나기 전에 여주임에게 인사하지 않는 건 흉악무도한 짓이기 때문이다. 집으로 돌아가는 내내 여주임에게 작별인사를 하지 않았다는 기억이 시시각각 되살아나는지 프랑수아즈의 뺨은 소름 끼칠 만큼 진홍으로 물들었다. 파리에 닿을 때까지 물 한 방울, 음식 한 조각 입에 대지 않았는데, 이것은 아마 우리에게 벌을 주려고 하기보다 오히려 이 기억이 '위장'에 실제 '무게'를 내려놓았기 때문일 것이다(어느 사회 계급이든 저마다의 병리학이 있게 마련이다).

어머니는 날마다 나에게 반드시 세비녜 부인을 인용한 편지를 써 보냈는데, 그 이유 가운데 하나는 할머니에 대한 추억 때문이었다. 어머니는 다음과 같이 썼다. "샤즈라 부인께서 비밀히 전해 내려오는 아침 식사에 우리를 초대하셨단다. 돌아가신 네 할머니 같으면 세비녜 부인을 인용하여, 사교의 번거로움을 강요하지도 않으면서 우리를 고독에서 구해내는 식사라고 하셨겠지." 나는 처음에 바보스럽게도 어머니에게 이런 내용의 답장을 써 보냈다. "이 인용을 보셨다면, 당신 어머님은 금세 당신인 줄 알아보셨겠지요." 그러자 3일 뒤 다음과 같은 답장을 받았다. "철없는 애야, '당신 어머님' 따위의 고약한 말버릇을 쓰면서 세비녜 부인의 이름을 빌린 건 적절하지 않아. 세비녜 부인은 그 따님 그리냥 부인에게 했듯이 너에게 대답했을 거다. '그럼 할머니가 너한테 남이니? 나는 한가족으로 생각해왔는데.'"

그러는 동안 알베르틴이 제 방에서 나왔다 들어갔다 하는 발소리가 들려온다. 나는 벨을 울린다. 이제 곧 앙드레가 운전사(모렐의 친구로, 베르뒤랭네가 빌려준 운전사)와 함께 알베르틴을 찾아올 시각이기 때문이다. 나는 알베르틴에게 머지않아 결혼을 할 수 있을지도 모른다고 얘기해왔지만, 명확하게 말한 적은 한 번도 없었다. 내가 "어떨는지 모르지만 아마 가능할 거야" 말하면, 그녀 자신도 겸허한 태도로 어두운 미소와 더불어 머리를 설레설레 흔들면서 "천만에, 가능하지 않을 거예요" 말했는데, 그것은 '내가 너무 가난하다'는 뜻이었다. 장래 계획에 대한 한 '하나도 확실치 않다'고 말하면서도, 당장은 될 수 있는 데까지 그녀가 기쁘고 쾌적한 생활을 누리도록 노력했는데, 아마 이 또한 그녀로 하여금 나와 결혼하고 싶어하도록 무의식적으로 애쓴 것인지도 몰랐다. 그녀도 이런 온갖 사치를 즐거워하며 웃어댔다. "앙드레 어머니는 내가 그분처럼 부유해진 걸 보면 약이 바짝 오를걸요. 그분이 '말도 마차도 그림도' 지닌 부인이라고 불리는 신분이 됐으니 말이야. 어머나, 그분이 그렇게 말하더라는 얘기를 당신에게 하지 않았었나? 정말, 그분은 재미나요! 그림 따위를 말이나 마차와 동격으로 높이다니, 깜짝 놀랄 일이죠."

나중에 알게 되겠지만, 바보스런 말버릇이 아직 남아 있음에도, 알베르틴의 정신은 놀랄 만큼 자랐다. 이는 나에게 아무래도 좋았다. 여인의 정신적 탁월성 따위는 나의 관심 밖이므로, 누군가에게 상대방의 뛰어난 점을 지적한다 하더라도 괜한 참견일 뿐이었다. 다만 셀레스트의 신기한 재능만이 아마 나를 기쁘게 했을 것이다. 이를테면 알베르틴이 없다는 말을 듣고 이 틈을 타서 셀레스트가 "침상에 하강(下降)하신 천상의 신이여" 말하면서 다가오면 나도 모르게 배시시 웃고 말았다. "그런데 셀레스트, 어째서 '천상의 신'이지?"—"뭐라고요? 이 더러운 지상에 우글우글하는 인간들과 티끌만치도 닮은 데가 있다고 생각하신다면, 그건 아주 틀린 생각입니다!"—"그런데 어째서 침상에 '하강하신' 거지? 보는 바와 같이 누워 있는데."—"누워 있는 게 결코 아니지요. 이 모습을 누가 누워 있는 걸로 보겠습니까? 하늘에서 잠깐 쉬러 내려오신 거죠. 지금 입으신 새하얀 잠옷, 목의 움직임, 비둘기와 꼭 닮았답니다."

알베르틴은 하찮은 것을 말하는 데도, 몇 년 전 발베크에서 보았던 어린 아가씨라고는 생각할 수 없을 정도로 아주 다른 표현을 썼다. 어떤 정치적 사건을 비난하는 데 "격이 다르다고 생각해"라는 말까지 쓸 정도였으며, 또 이 무럽인지 확실치 않으나 어떤 책의 글이 나쁘다고 생각하면 다음과 같이 말하는 버릇을 배웠다. "재미있네. 그러나 뭐랄까, '마치 돼지가 쓴 것' 같아."

내가 벨을 울리기 전에는 내 방에 들어오지 말라는 금지령을 그녀는 재미있어 했다. 그녀도 우리집의 인용 버릇이 몸에 배어, 수도원 기숙여학교 시절에 연기한 극 중에서 내가 그녀한테 좋다고 말했던 작품을 인용해, 늘 나를 아하수에로스*¹ 왕에 비교했다.

　　부르심 없이 어전에 나타나는 패씸한 자
　　전부 죽음의 대가를 받으리

　　아무도 이 엄명을 면치 못하니,
　　귀, 천, 남, 녀, 가리지 않고 죄는 모두 한가지

　　이 몸 또한……
　　남들과 똑같이 이 법 아래 있으니,
　　미리 알리지 않고 왕의 귀를 더럽히고자 하면,
　　왕께서는 이 몸을 찾아오시든지, 아니면 나를 부르셔야 하지요*²

그녀는 육체적으로도 변했다. 속눈썹이 긴 푸른 눈은—더 길어져—본디 모습이 남아 있지 않았다. 빛깔은 같았지만 물에 녹은 듯이 되어버렸다. 그래서 그녀가 눈을 감으면, 마치 커튼을 쳐서 바다가 보이지 않게 된 느낌이었다. 밤마다 그녀와 헤어지고 나서 내가 유달리 떠올리는 건 아마 그녀 몸의 이 부분일 것이다. 아침이면 정반대로 머리칼의 곱슬곱슬한 모양이 마치 처음 보는 새로운 것인 양 오래도록 한결같은 놀라움을 안겨주었다. 젊은 아가씨의 웃음 짓는 눈 위에 피는 검은 제비꽃의 곱슬곱슬한 관만큼 아름다운 게 또 있을까? 하기야 미소는 더욱 깊은 우정을 보여준다. 하지만 꽃피는 머리칼의 윤기가 자르르 흐르는 작은 곱슬은 더욱더 육신과 관계가 깊어, 육체를 잔물결로 달라지게 한 듯해 한층 더 욕망을 자극한다.

――――――――――
*1 구약성서 〈에스더〉에 나오는 페르시아의 왕.
*2 라신 작 〈에스더〉 제1막 3장.

내 방에 들어오면 그녀는 침대로 뛰어올라, 때로는 나의 지성이 어떤 건지 밝혀내려고 하다가 격정에 사로잡혀 나와 헤어지느니 차라리 죽는 게 낫다고 진심으로 맹세했는데, 이는 어김없이 그녀를 부르기에 앞서 내가 면도한 날이었다. 어째서 자기가 이러이러한 것을 느끼는지 분별 못하는 여인들처럼, 알베르틴도 그러했다. 이런 여인들은 사내의 말쑥한 살갗 때문에 기쁨을 느껴도, 그것이 앞으로 자기에게 행복을 바칠 듯한 그의 정신적인 장점 때문이라고 풀이한다. 그러나 수염이 자라는 대로 내버려둠에 따라 이 행복도 줄어들며 필연적이지 않을 수도 있다.

나는 그녀에게 어디 갈 셈이냐고 묻는다. "앙드레가 뷔트 쇼몽*³에 데려가고 싶은가 봐요. 나 아직 가본 적이 없으니까." 그녀의 수많은 말 속에, 특히 이 말 뒤에 거짓말이 숨어 있는지를 도저히 알아낼 수가 없었다. 게다가 나는 앙드레가 알베르틴과 함께 간 곳을 숨기지 않고 모두 말해준다고 믿고 있었다. 발베크에서 알베르틴에게 싫증났을 때, 나는 앙드레한테 다음과 같은 거짓말을 할 작정이었다. "귀여운 앙드레, 좀더 일찍 당신과 다시 만났더라면 분명 당신을 사랑했을 텐데! 그런데 지금 내 마음은 다른 사람한테 매여 있단 말이야. 그래도 우린 자주 만날 수 있어. 왜냐하면 다른 여인에 대한 사랑이 내게 큰 고통을 주고 있거든, 당신이 나를 위로해주면 좋겠어." 그런데 3주일이 지나자 이 거짓말은 사실이 되어 버렸다. 앙드레는 발베크에서도 그렇게 여겼을지 모르지만, 파리에 와서도 이 말이 실은 거짓말이고 내가 사랑하고 있는 사람은 자기라고 여긴 것 같다. 진실이란 참으로 끝없이 바뀌고 변하는 것이어서 남들은 알아보기 힘드니까. 아무튼 앙드레가 알베르틴과 둘이서 한 일을 숨김없이 나에게 얘기하리라는 걸 알고 있었으므로, 거의 날마다 알베르틴을 찾아와 달라고 부탁했고 앙드레도 이를 승낙했던 것이다. 그리하여 나는 근심 없이 집에 남을 수 있었다. 게다가 앙드레는 작은 모임의 아가씨들 가운데 하나이므로, 내가 알베르틴한테서 원하는 걸 전부 얻어줄 거라는 신뢰감도 주었다. 실제로 지금은 앙드레야말로 내 마음을 가라앉힐 수 있는 존재라고 해도 지나친 말이 아닐 것이다.

한편, 내가 알베르틴의 안내역으로(발베크로 돌아가는 계획을 단념하고 파

---

*3 파리 북동부에 있는 자연 공원.

리에 있던) 앙드레를 택하게 된 것은 발베크에 있을 적에 그녀가 나에게 애정을 품고 있었다고 알베르틴이 얘기해주었기 때문인데, 그때는 반대로 내가 그녀를 진저리나게 하지나 않았을까 겁내던 무렵인지라 그즈음에 그녀의 애정을 알았더라면 나는 아마 앙드레를 사랑했을 것이다. "어머나, 몰랐군요?" 알베르틴이 나에게 말했다. "그렇지만 우린 그것을 알고 놀려대었는데요. 게다가 앙드레가 당신의 따지는 말투를 흉내내기 시작했는데 정말 몰랐나요? 특히 당신과 막 헤어지고 와서는 당신과 만났는지를 일일이 물어볼 필요도 없을 만큼 더 눈에 띄었죠. 앙드레가 당신과 헤어지고 오는 길인지 한눈에 알 수 있었거든요. 우리는 슬쩍 서로 얼굴을 쳐다보며 웃곤 했죠. 마치 새까만 연탄 장수가 자기는 연탄 장수가 아니라고 주장하는 것 같았어요. 제분업자라면 제분업자라고 말하지 않아도 온몸이 밀가루투성이에다, 부대 멘 자국이 선명하게 나 있죠. 앙드레도 그랬어요, 당신처럼 눈썹을 움직이는 거랑, 그 긴 목이랑. 뭐라고 해야 옳을지 모르겠네요. 당신 방에 있던 책을 내가 들고 나와 밖에서 읽는다고 해봐요. 그래도 남들은 당신 책인 줄 금세 알아요. 그도 그럴 것이 당신의 더러운 흡입기 자국이 나 있으니까. 사소한 일이지만 뭐라고 할까, 별것 아니지만 그래도 결국 만만치 않은 일이라고나 할까요. 누군가가 당신을 칭찬하거나 당신을 존경하는 듯한 태도를 보일 때마다 앙드레는 황홀해하곤 했어요."

아무튼 내 뒤에서 뭔가 꾸미는 게 있어서는 안 되므로, 나는 오늘은 뷔트 쇼몽 말고 생클루*1나 다른 데로 가보라고 권했다.

물론 나는 알베르틴을 티끌만치도 사랑하지 않았으며, 이 점은 나도 잘 알고 있었다. 사랑이란 아마도 어떤 격렬한 감동 뒤에 영혼을 움직이는 소용돌이의 파급에 지나지 않나 보다. 발베크에서 알베르틴의 입을 통해 뱅퇴유 아가씨의 이야기를 들었을 때, 몇몇 파도가 내 마음을 온통 뒤흔들었지만 지금은 그것도 멈추고 말았다. 나는 이제 알베르틴을 사랑하지 않았다. 그도 그럴 것이, 발베크의 열차 안에서 알베르틴의 소녀 시절 얘기를 듣고, 아마 몽주뱅을 이따금 방문했을지도 모르겠다고 느꼈을 때 받았던 고통도 이미 아물어 흔적도 남아 있지 않았기 때문이다. 그 점을 여러모로 궁리해본 끝에, 지금은

---

*1 파리 교외 산책지로 유명함.

그 고통도 나아 사라져버렸다. 그러나 이따금—웬 까닭인지 모르겠으나—알베르틴의 어떤 말투가 나로 하여금 상상케 했다. 그녀는 아직 짧은 생애 동안에 많은 찬사와 사랑의 고백을 들었을 테고, 게다가 기쁘게, 말하자면 육감과 더불어 그것을 받았을 게 틀림없다고. 그래서 그녀는 무슨 말에도 '정말? 정말 그래?' 말하나 보다. 만약 그녀가 오데트처럼 '그런 허튼 소리, 정말 그래?' 했다면 나는 근심하지 않았을 것이다. 이런 우스꽝스러운 말투는 여인의 정신이 지닌 어리석음으로 풀이되기 때문이다. 하지만 알베르틴이 '정말?' 하고 물을 때의 태도는 한편으로, 세상사를 스스로 이해 못하는 인간, 마치 남과 같은 능력을 갖고 있지 않은 듯 남의 증언에 의지하려는 인간이라는 기묘한 인상을 주었다(아무개가 '우리가 떠난 지 한 시간이 지났어' 또는 '비가 오는군' 말하면, 그녀는 이렇게 묻는다. '정말?'). 그러나 다른 한편, 불행히도 바깥세상의 현상을 쉽게 이해하지 못한다는 사실이 '정말? 정말 그래?' 하는 입버릇의 진짜 원인일 리는 없었다. 오히려 이런 말버릇은 조숙한 사춘기 이래로, '당신처럼 아름다운 분을 한 번도 본 적이 없습니다', '당신을 매우 사랑합니다. 나는 엄청나게 흥분해 있답니다'라는 말에 대한 그녀의 대답인 듯싶었다. 이런 단언에 대하여 아양 있게 승낙하는 듯한 겸허를 담아 '정말? 정말 그래?'라는 대답이 나오곤 했는데, 지금 알베르틴에게 이 말버릇은 다음과 같은 나의 단언에 대한 의문형 대답으로밖에 쓰이지 않았다. "이봐, 한 시간 이상이나 잤어."—"정말?"

나는 알베르틴에게 전혀 사랑을 느끼지 않았고, 둘이서 지내는 순간을 기쁨으로 헤아리지도 않았지만, 그래도 그녀가 시간을 보내는 방법은 여전히 걱정되었다. 하긴 내가 발베크에서 도망친 것은 그녀를 두 번 다시 어떤 사람들과 만나지 못하게 하려는 심산이었다. 그녀가 그들과 시시덕거리며 나를 웃음거리 삼아 고약한 짓을 할까 봐서, 발베크를 떠나 그런 모든 나쁜 교제를 단번에 끊어버릴 속셈이었다. 게다가 알베르틴은 지나치게 수동적인 여자인 데다 잊어버리고 순종하는 능력이 풍부하여, 그 관계는 정말로 끊어져 나를 괴롭히던 공포증도 낫게 했다. 그러나 공포의 대상인 확실치 않은 악(惡)이 여러 꼴로 변하는 것처럼, 공포도 갖가지 꼴을 갖출 수 있다. 고뇌가 지나가고, 질투가 아직 다른 사람들 속에 재현되기 전에는 나도 잠깐 평온을 맛보았다. 그런데 만성적인 병은 사소한 계기로, 마치 이 질투의 본질인 인간의 악덕이 사소한 기회를 틈타(잠깐의 금욕 뒤에) 다시 다른 사람들을 상대로 발휘되듯이 재발하게 마련이다. 나는 알베르틴을 공범자한테서 떼어놓아 나의 환각을 내쫓을 수도 있었다. 하지만 알베르틴에게 상대 여인들을 잊게 하고 그 집착을 잘라 버릴 수는 있어도, 그녀의 쾌락 취미 또한 만성적이어서 새로운 기회만 있으면 다시 시작될 것이다. 더욱이 파리는 발베크와 마찬가지로 많은 기회를 준다.

어떤 도시에 있더라도 그녀는 스스로 상대를 찾을 필요조차 없었다. 악은 알베르틴의 몸 안에만 있는 게 아니라, 쾌락의 기회라면 다 좋다는 남들의 몸 안에도 있으니까. 한 여인의 눈길이 다른 한 여인에게 금세 이해되어, 굶주린 두 여인을 서로 가까이 다가가게 한다. 솜씨 좋은 여인이라면 못 본 체하면서 눈치를 채고, 옆골목에서 기다리는 여자에게 5분쯤 지나 다가가서 두세 마디로 밀회를 약속하기는 누워서 떡 먹기다. 무슨 일이 일어날지 누가 알랴. 그리고 알베르틴에게는, 이런 짓을 계속하고자, 그녀 마음에 들었던 파리의 어떤 곳에 다시 가보고 싶다고 나에게 말하는 것 정도야 매우 간단했다. 그러므로 그녀가 늦게 돌아오거나 산책이 수상쩍을 만큼 오래 걸리거나 하는 것만으로 (어쩌면 육체적인 이유 따위는 전혀 개입시키지 않고도 쉽게 설명할 수 있을지도 모르지만) 내 고통은 당장에 되살아나 이번에는 발베크와는 다른 본보기에 연관되어, 나는 전과 마찬가지로 그것을 깨부수려고—마치 한때의 원인을 깨뜨리면 타고난 악도 깨뜨릴 수 있다는 듯이—애쓰곤 했다. 나는 알베르틴의 변심 능력, 얼마 전까지도 애정의 대상이었던 사람을 잊고 사뭇 미워하기까지 하는 그녀의 힘을 공범 삼아 이런 파괴 행위에만 마음을 쓰면서, 그녀가 차례차례 쾌락을 나누던 전혀 알지 못하는 상대 여자에게 가끔 심각한 고뇌를 주었음을 깨닫지 못했다. 하지만 그런 고뇌는 아무리 주어봤자 도움이 될 만한 게 없었다. 왜냐하면 상대 여자가 버림받아도 다른 여자가 번갈아 들기 때문에, 그녀가 간단히 버린 여자들이 띄엄띄엄 계속되는 한 줄기의 길(나에게는 또 하나의 비정한 길)과 나란히, 그저 짧은 순간의 휴식으로 군데군데 조금씩 끊긴 길이 끝없이 뻗어나가니까 말이다. 따라서 잘 생각해보면, 내 고통은 알베르틴이나 내가 죽지 않는 한 끝날 리 없었다. 처음 파리에 도착했던 무렵에는, 앙드레와 운전사가 내 애인을 데리고 드라이브한 것에 대하여 보고했지만, 나는 그래도 안심하지 못하고 파리 근교가 발베크 근교 못지않게 잔혹한 곳이란 생각이 들어, 알베르틴을 데리고 며칠 동안 여행을 떠나기도 했다. 그러나 어디를 가나 그녀의 아리송한 행동은 여전해서, 그것이 고약스러운 일일 거라는 가능성은 조금도 줄어들지 않고 감시만 더욱더 어려워져 결국 그녀와 함께 파리로 돌아오고 말았다. 사실 발베크를 떠나면서 나는, 고모라를 떠남으로써 알베르틴을 고모라에서 떼어내는 줄 여겼는데, 아뿔싸! 고모라는 온 세상 구석구석에 흩어져 있었던 것이다. 나는 반은 질투에서, 반은 이런 쾌락에 대한 무지와 어리석음에서(사실 이것은 매우 드문 일인데), 나도 모르는 사이에 알베르틴이 번번이 내 손아귀에서 빠져나가는 숨바꼭질을 반복하게 되었다.

나는 불쑥 그녀에게 물었다. "그런데 말이야, 알베르틴, 언젠가 질베르트 스완과 아는 사이라고 말한 적이 있는 것 같은데, 내가 잘못 생각한 건가?"—"맞아요, 수업 시간에 말을 건네왔어요. 프랑스 역사 공책을 갖고 있다고요. 게다가 아주 친절해서, 나에게 그 공책을 빌려주었어요. 다음 수업 시간에 바로 돌려주었지만."—"내가 싫어하는 부류의 여인이던가?"—"천만에! 정반대예요."

그러나 나는 이런 살피는 듯한 잡담에 골몰하기보다 오히려 산책하지 않고 쌓아온 기운으로 자주 알베르틴의 산책을 상상했고, 또 계획이 실행되지 않아 고스란히 보존되어 있는 열의를 담아 알베르틴에게 말을 건넸다. 내가 생트샤펠 성당의 그림 유리창을 다시 보러 가고 싶다고, 그녀와 단둘이 그걸 구경할 수 없어 매우 섭섭하다고 했더니, 그녀는 부드럽게 나에게 말했다. "그렇게 그림 유리창이 마음에 든다면 좀더 기운을 내봐요, 함께 가보게. 채비가 다 될 때까지 기다릴게요. 그리고 나와 단둘이 가는 게 좋다면 앙드레는 돌려보내면 그만인 걸요. 다음에 다시 오라고 하죠." 하지만 함께 외출하자는 그녀의 말에 내 마음은 금세 가라앉아, 집에 남아 있어도 한결 안심되었다.

이와 같이 앙드레와 운전사한테 알베르틴을 감시시키면서 내 마음의 동요를 가라앉히는 책임을 떠맡겼으므로, 내가 미처 상상조차 못한 결과로 감각이 마비되어, 남이 앞으로 하려는 걸 알아채고 방해하는 데 필요한 지성의 온갖 상상력과 의지의 육감이 내 몸 안에서 딱딱하게 굳고 힘이 빠지고 말았다. 게다가 본디 나에겐 가능성의 세계가 현실에 존재하는 우연성의 세계보다 언제나 더 크게 열려 있던 만큼, 그것은 더욱더 위험스러운 조짐이었다. 가능성의 세계는 남의 마음을 알아보는 데 도움이 되지만, 이것만으로는 개개인에게 속 아넘어간다. 나의 시샘은 어떤 고뇌 때문에 여러 영상으로 생겨난 것이지, 있을 법한 확률에 의한 게 아니었다. 그런데 인간이건 민족이건 그 생애에는(따라서 나의 삶에도) 자기 안에 한 사람의 경시총감, 총명한 외교관, 경찰청 장관이 필요한 날이 있기 마련인지라, 그런 인물은 동서남북으로 펼쳐진 공간에 숨겨진 가능성을 몽상하는 대신 정확하게 추리하여 다음과 같이 생각한다. "독일이 이렇게 선언한 것은 사실 별개의 일을 실행하고자 하기 때문이다. 막연히 다른 짓을 하려는 게 아니라 바로 이것 아니면 저것을 노리고 있기 때문이며, 어쩌면 이미 시작했는지도 모른다."—"이 인물이 도망친 것은 A, B, D의 목적을 향해서가 아니라 C의 목적을 향해서니까, 따라서 수사해야 할 지점은……." 유감스럽게도 이와 같은 능력은 나에겐 그다지 발달되어 있지 않았으며, 더구나 남이 대신 감시를 맡아준 뒤로는 마음의 평온에 길들여져서 이 능력이 차츰 마비되어 힘을 잃고 없어졌던 것이다.

내가 집에만 있고 싶어한 이유를 알베르틴에게 말하기란 불쾌하기 그지없었다. 나는 그녀에게, 의사가 누워 있으라고 해서 그렇다고 해두었지만, 사실이 아니었다. 만약 사실이라 해도, 의사의 명령 때문에 내가 애인과 함께 가지 않을 리 없었다. 의사에게는 알베르틴이나 앙드레와 함께 있는 시각에는 오지 않도록 부탁해놓았다. 여러 이유 가운데 하나, 슬기로움의 이유만을 말해두겠다. 알베르틴과 함께 외출한 순간부터 잠시라도 그녀가 내 곁에 없으면 나는 불안해지고 만다. 나는 그녀가 누구에게 말을 건네지는 않았나, 또는 누구한테 추파를 던지지는 않았나 상상한다. 그녀가 그다지 기분이 좋지 않으면 나 때문에 어떤 계획을 망치거나 미룬 것으로 생각한다. 현실이란 알지 못하는 것에 이르는 실마리에 지나지 않으며, 우리는 알지 못하는 것에 깊이 들어갈 수 없다. 그렇다면 차라리 아무것도 모르고, 될 수 있으면 생각하지 말고, 아무리 사소할망정 구체적인 사실을 질투에 제공치 않는 편이 낫다. 그러나 불행하게도 바깥 생활이 없어도, 사건은 또한 내적 생활에 의하여 생겨나게 마련이다. 알베르틴과 함께 산책을 하지 않는 대신 나 혼자 사색에 잠겨 있을 때 부딪치는 생각들이 이따금 나에게 현실의 작은 조각을 던져주곤 했는데, 그 조각이 마치 자석처럼 끌어당기는 소량의 알지 못하는 것들은 곧바로 내게 고통을 준다. 인간이 진공기(眞空器) 같은 공간 속에 살아도 연상이나 추억은 계속 작용한다.

이러한 내면의 충격은 곧바로 일어나지는 않았다. 그래서 알베르틴이 산책을 나가자마자, 나는 잠시나마 혼자가 된 기쁨에 가슴이 뛰고 생기를 되찾곤 했다. 나는 막 시작된 하루의 즐거움을 누리려고 한다. 그러나 그것을 맛보려고 하는 제멋대로인 변덕스러운 욕망—순전히 나 혼자만의 기분—만으로는 쾌락을 내 힘이 미치는 곳에 두지 못했을 것이다. 그러기에는 그때의 특별한 날씨가 이런 즐거움에 대한 과거의 영상을 나에게 불러일으킬 뿐만 아니라, 실제로 지금 쾌락이 있다는 사실—우연의 사정, 따라서 무시할 수 있는 사정 때문에 집에 죽치고 있는 사람들은 물론 그렇지 않은 모든 사람에게도 그것이 바로 옆에 있다는 사실—또한 입증해줘야만 했다. 이를테면 맑게 갠 날에는, 어쩌나 춥고 거리의 소음이 잘 들려오는지 마치 집 벽을 떼어놓은 듯한 느낌이 들고, 전차가 지나갈 때마다 그 소리는 은장도로 유리집을 두드리는 것처럼 울린다. 하지만 나는 특히 내 안에서 마음의 바이올린이 켜는 새로운 소리에 도취되었다. 그 바이올린의 현은 바깥 기온이나 빛의 간섭과 굴절에 따라 죄어들기도 하고 늘어나기도 한다. 우리 존재는 단조로운 일상의 습관 때문에 침묵해버린 악기와도 같은데, 온갖 음악의 원천인 이러한 차이와 이러한 변화에서 마음의 노래가 생겨난다. 어느 날 어느 때의 날씨가 한 가락에서 또 다른 가락으로 우리를 이동시킨다. 우리는 잊고 있던 곡을 떠올린다. 그 곡의 수학적 필연성을 알아챌 수도 있으련만, 우리는 처음 잠깐은 그것이 무슨 곡인지도 모르고 노래한다. 비록 외부의 변화라고 해도, 이런 내적인 변화만이 나에게 바깥세상을 새롭게 해준다. 오래전부터 굳게 닫혔던 통로가 내 머릿속에서 다시 열린다. 어느 때의 생활, 어떤 산책의 즐거움이 내 마음에 다시 자리잡는다. 파르르 떠는 바이올린의 현 주위에서 온몸을 부르르 떨며, 나는 이런 특별한 상태를 위해서라면 습관이라는 지우개로 지운 과거와 미래의 생활을 희생해도 후회치 않았을 것이다.

먼 길을 떠나는 알베르틴을 따라가지 않으면 내 마음은 오히려 더 멀리 방황한다. 나 자신의 감각으로 이 아침을 맛보기를 거부했으므로, 나는 공상 속에서 그와 비슷한 모든 아침, 지나갔거나 또는 앞으로 다가올 아침을 즐겼다. 좀더 정확히 말하면 그것은 아침의 한 전형으로, 이와 같은 아침은 한결같이 간헐적으로 나타나기 때문에 나는 그 전형을 금세 알아보았다. 그도 그럴 것이 강한 바람이 필요한 페이지를 손수 넘겨서 내 눈앞에 그날의 복음을 퍼뜨리므로, 나는 침대에서 그것을 따라 읽을 수 있기 때문이다. 이 이상적인 아침은 이와 비슷한 세상의 모든 아침과 똑같은 영속성의 실재로 내 정신을 가득 채우고 나에게 어떤 환희를 전달하는데, 나의 병약한 상태도 이 경이로운 환희를 줄이지 못했다. 더없는 행복이란 우리가 건강할 때보다 사용치 않은 기운이 남아돌 때 얻는 수가 많으므로, 우리는 기운을 북돋우거나 활동을 제한함으로써 그 더없는 행복에 이를 수 있다. 나는 침대 속에서 내 안에 넘치는 기운을 바깥으로 내보내지 않고 한껏 보존했는데, 그 기운은 마치 움직임을 방해받은 기계가 제자리에서 빙빙 돌듯이, 나를 펄쩍 뛰게 하고 설레게 했다.

프랑수아즈가 불을 지피러 와서 불쏘시개로 섶나무 가지를 몇 개 던지자, 여름 동안 잊고 있던 그 냄새가 벽난로 주위에 그려낸 마법의 원에 둘러싸여, 콩브레나 동시에르에서 독서에 빠져 있는 느낌이 들기 시작했다. 이렇듯 파리의 내 방에 있으면서도, 메제글리즈로 산책 나가려는 참이거나 또는 야외 연습을 하고 있는 생루와 그 친구들을 만나러 가는 참이거나 한 듯이 마음이 들떠온다. 기억이 수집한 갖가지 추억과 재회하면 누구나 다 기쁨을 품지만, 환자에게는 그 기쁨이 더욱 충만해지기도 한다. 육체적인 고통에 시달리며 나날이 쾌유에 대한 기대를 거는 사람은, 이 추억과 비슷한 경치를 자연 속에 찾으러 갈 수조차 없지만 한편으로는 머지않아 그렇게 할 수 있다는 확신을 품고 있으므로, 욕망과 공복 상태에서 추억과 마주 보는 셈이라 그것을 한갓 추억이나 풍경화로 여기지 않기 때문이다. 하지만 나에게 그것은 추억에 지나지 않으며 다만 기억으로밖에 재회할 수 없을망정, 추억은 똑같은 감각이 지닌 효력으로 나와 나의 모든 것을 느닷없이 다시 전에 그것들을 보았던 어린이나 소년으로 만들어버린다. 변한 것은 바깥 날씨나 방 안의 냄새뿐만 아니라, 나이가 들면서 내 몸 가운데 일부가 달라지고, 나는 딴 사람이 된다. 차가운 공기 속에 떠도는 불쏘시개 냄새가 과거의 토막처럼, 어느 옛 겨울을 떠난 눈에 보이지 않는 성엣장처럼 내 방 안에 들어오면, 마치 여러 가지 세월의 줄무늬 같은 이러한 향기와 희미한 불빛이 저마다 방에 줄무늬를 만든다. 나는 그 세월 속에 다시 잠겨 들어 그것이 어느 해인지 알아차리기도 전에, 버린 지 오래된 희망의 희열에 빠져 있는 나 자신을 깨닫는다. 태양이 내 침대까지 와서 말라빠진 내 몸의 투명한 벽을 통과하여 나를 데우고, 수정처럼 화끈 달아오르게 한다. 그러면 나는 허기진 회복기의 환자가 아직 금지된 음식을 머릿속으로 이것저것 실컷 먹듯이, 알베르틴과의 결혼은 남에게 헌신한다는 지나치게 무거운 임무를 떠맡는 셈이 되고, 또한 끊임없이 눈앞에 그녀가 있기 때문에 어쩔 수 없이 나 자신을 떠나 멍하니 살아야 하며, 영영 고독의 기쁨을 빼앗기며 한평생을 망치지 않을까 하는 걱정이 들었다.

고독의 기쁨만이 아니다. 설령 하루 동안 욕망만을 원한다 하더라도, 어떤 욕망—사물이 아니라 인간이 일으키는 욕망—의 성격은 개인적인 것이다. 그러므로 내가 침대에서 나와 창문 커튼을 잠깐 젖혀보는 건 음악가가 잠시 피아노 뚜껑을 열듯이, 발코니와 거리의 햇빛이 내 추억과 정확하게 같은 장단인지 확인하고자 할 뿐만 아니라, 동시에 바구니를 든 세탁소 여인, 푸른 덧옷을 입은 빵집 여인, 흰 소매 달린 옷에 앞치마를 두르고 우유병을 늘어뜨린 채 갈퀴를 쥔 우유 장수 여인, 가정교사의 뒤를 따라가는 금발의 새침한 아가씨 등 요컨대, 두 음의 차이로 음악의 한 악절이 변해버리듯, 양적으로 하찮것없는 실루엣의 차이로도 남들과 딴판으로 달라지는 하나의 영상을 보고자 함이었다. 이것을 보지 않고는, 행복을 원하는 내 욕망에 그날 하루가 내놓는 여러 가지 목표가 줄어들었을 것이다. 그러나 머릿속으로 상상할 수 없는 여인들의 모습을 실제로 보고 기쁨이 고조되면, 거리나 동네나 세계가 더욱 바람직스럽고 탐구할 만한 곳이 되면서 더불어 나는 낫고 싶다, 외출하고 싶다, 알베르틴 없이 자유로워지고 싶다는 갈망을 느꼈다. 내가 꿈에 그리던 미지의 여성이 어떤 때는 걸어서, 어떤 때는 자동차를 타고 전속력으로 집 앞을 지나갈 때, 내 몸이 그녀를 따라잡는 눈길을 따라가지 못하고 창문의 총구멍에서 화승총[1]으로 발사된 총알처럼 그녀에게 달려들어, 도망치는 그녀의 얼굴—이렇게 틀어박혀 있어선 절대로 맛보지 못할 행복이 나를 기다리고 있는 얼굴—을 붙들어두지 못함을 탄식한 게 도대체 몇 번인가!

이와는 반대로 나는 이제 알베르틴한테서 알아낼 게 하나도 없었다. 나날이 그녀의 아름다움이 덜해지는 것 같았다. 다만 그녀가 남들의 정욕을 자극했다는 것을 알면 나는 다시 괴로워하기 시작하며, 그녀를 두고 남들과 다투고 싶어지고 그때만 그녀가 드높은 영광으로 빛나듯 돋보였다. 그녀는 내 고통의 원인은 될 수 있어도, 기쁨은 조금도 주지 않았다. 나의 서글픈 애착은 오로지 고통에 의해서만 계속되었다. 고통이 가시고 더 이상 고통을 진정시킬 필요가 없어지면, 곧바로 나는 잔혹한 심심풀이처럼 나의 온 주의력을 모아서, 그녀는

---

[1] 화약심지의 불로 터지게 만든 구식 총.

나에게, 나는 그녀에게 있으나마나 한 존재임이 틀림없다고 느꼈다. 이런 상태를 계속 견딜 수 없어서, 이따금 내가 완전히 나을 때까지 우리 둘 사이를 갈라놓을 만한 어떤 무시무시한 일을 그녀가 저질렀다는 사실을 알게 된다면 얼마나 좋을까 하는 생각까지 들었다. 그렇게 되면 우리는 다시 화해하여, 서로 맺은 유대를 지금과는 다르게, 좀더 나긋나긋하게 다시 강화할 수 있을 테니까.

당장은, 나는 내 곁에 있는 그녀에게 내 힘으로는 줄 수 없을 듯한 행복의 환영을 헤아릴 수 없는 상황이나 쾌락을 빌려 마련해주려고 애썼다. 나는 병이 낫는 대로 베네치아로 떠나고 싶었지만, 만약 알베르틴과 결혼한다면 어떻게 이를 실행하겠는가? 파리에 몸을 두고도 움직일 결심이 서는 건 오직 그녀와 함께 외출하기 위해서일 만큼 그녀를 질투하는데. 오후 내내 집에 있을 때도 내 마음은 산책하는 그녀의 뒤를 쫓아 푸르스름한 먼 지평선을 그리며, 나라는 중심의 둘레에 불안하고 어렴풋한 이동 지대를 만들어냈다. 나는 생각한다. '만약 알베르틴이 산책하는 도중에 이제는 내가 결혼 얘기를 꺼내지 않는다는 사실을 깨닫고, 내가 이별의 말을 할 새도 없이 두 번 다시 돌아오지 않을 결심으로 그 길로 숙모 집으로 가버린다면, 나를 이별의 고통에서 크게 구해줄 텐데!'

마음의 상처가 아물자 내 심정은 애인의 심사에 맞지 않기 시작했다. 공상으로 그녀가 있는 곳을 옮기고, 내게서 그녀를 멀리 떼어놓아도 더 이상 고통은 없었다. 아마 내가 없다면 다른 누군가가 그녀의 남편이 될 것이다. 그리고 자유의 몸이 된 그녀는 나를 소름 끼치게 하던 모험(aventure)*1을 하겠지. 그러나 날씨는 쾌청하고, 그녀가 저녁에 돌아올 것도 확실하므로, 혹여 그녀가 잘못을 저질렀을지도 모른다는 생각이 떠올라도, 나는 쉬이 머릿속 한구석에 그런 생각을 가두어둘 수 있었다. 두뇌의 한구석에서는, 가공인물의 악덕이 내 현실 생활에 아무 중요성도 없듯 아무래도 좋은 게 되어버린다. 나는 헐거워진 사고(思考)의 경첩을 움직이면서 마치 근육 운동과 정신의 새로운 의견을 합친 것처럼, 머릿속으로 느끼는 육체적이고도 정신적인 에너지를 사용하여 여태껏 내가 갇혀 있던 근심을 뛰어넘어 자유로운 공기 쪽으로 움직이기 시작

---

*1 여기서 '모험'이란 동성애를 말함.

한다. 거기서 바라보면, 알베르틴과 다른 남성의 결혼을 방해하고 그녀의 동성애적 기호를 막고자 나의 모든 것을 바치는 일은, 그녀를 알지 못하는 이도 그렇게 생각하겠지만, 나 자신의 눈에도 어처구니없는 짓으로 보였다.

더구나 질투란 간헐적인 병 가운데 하나로, 그 원인이 변덕스럽고 조건이 없으며, 똑같은 병자인 경우에는 언제나 같지만, 다른 병자는 전혀 다를 수도 있다. 천식 환자 중에도 창문을 열고 센 바람이나 산의 맑은 공기를 들이마셔야 발작이 가라앉는 이가 있는가 하면, 도시 한복판에서 그것도 약의 증기가 꽉 찬 방 안으로 도망쳐야 발작이 가라앉는 이도 있다. 아무리 질투가 강한 사람이라도 상대에게 어떤 예외를 허용하지 않는 이는 거의 없다. 어떤 이는 상대방이 솔직히 말해준다면 배신을 해도 상관없다고 하고, 다른 이는 모르게 해주기를 바란다. 이 점에서는 양쪽이 모두 똑같이 어리석다. 후자는 상대가 진실을 숨긴다는 점에서 완전히 속아넘어가는 셈이며, 전자는 이 진실 속에서 고뇌의 양식을, 그 증대와 갱신을 요구하기 때문이다.

뿐만 아니라, 질투의 이 상반된 두 괴벽은 그것이 상대의 고백을 애원하건 거부하건 흔히 말이 되지 않는 법이다. 질투하는 사내들 중에는 애인이 멀리 떨어진 곳에서 관계하는 남자들에게는 질투하지만, 자기 허락을 얻고 자기 가까이에서, 눈앞은 아니지만 적어도 같은 지붕 밑에서 딴 남자에게 몸을 내주는 걸 용서하는 이도 있다. 이런 경우는 젊은 여인에게 반한 노인들에게 많다. 그들은 여인의 마음에 들기가 어렵고 때로는 여인을 만족시키는 데 무력함을 느껴서, 배신을 당하느니 차라리 자기 집 옆방에서, 여인에게 못된 일을 부추길 능력은 없지만 기쁘게 해줄 수는 있을 성싶은 남자를 드나들게 하는 쪽을 택하는 것이다. 이와는 정반대되는 이들도 있다. 그들은 자기가 알고 있는 거리에는 단 1분이라도 애인 혼자 나가지 못하게 하며 글자 그대로 애인을 노예 상태로 묶어두면서, 애인이 무슨 짓을 할지조차 상상할 수 없는 낯선 곳이라면 한 달이라도 여행을 허락한다. 나는 알베르틴에 대한 질투를 가라앉히는 이런 두 가지 괴벽을 갖고 있었다. 만약 그녀가 내 곁에서 내가 부추긴 쾌락을 누렸다면 나는 질투하지 않았을 것이다. 그 쾌락을 완전히 내 감시 아래에 두면 거짓말에 대한 염려를 하지 않아도 될 테니까. 또 만약 그녀가 내가 모르는 먼 곳에 가버려서, 그녀의 생활을 상상할 수도 없고 알게 될 가능성이나 유혹조차 사라진다면 분명 질투를 느끼지 않을 것이다. 어느 경우라도 완전한 지식

또는 완전한 무지에 의해서 의혹이 한꺼번에 사라지리라.

땅거미가 지기 시작하자 나는 또다시 추억을 통하여 시원한 옛 분위기에 잠겨, 오르페우스가 이 세상에 알려지지 않은 그윽한 공기를 들이마시듯, 이 분위기를 감미롭게 호흡했다. 그러나 이미 하루해가 저물어가며 내 안에 저녁의 애수가 스며들어온다. 알베르틴이 돌아오기까지 시간이 얼마나 남았는지 무심코 괘종시계를 쳐다본 나는, 옷을 갈아입고 집주인인 게르망트 공작부인한테 내려가서 알베르틴에게 선물할 예쁜 장신구에 대해 이것저것 물어볼 여유가 있는지 따져보았다. 때로는 험한 날씨에도 거리낌 없이 안마당을 가로질러, 넓적한 모자에 모피 외투 차림으로 일 보러 나가는 공작부인과 마주친 적도 있었다. 공작 영지도 공국(公國)도 없어진 지금, 게르망트 공작부인이라는 이름은 아무런 의미도 없으므로, 수많은 지식인에게는 그녀가 평범한 부인에 지나지 않는다는 사실을 나도 잘 알고 있었다. 하지만 나는 인간과 고장의 장점을 즐기는 조금 다른 독특한 관점을 지니고 있었다. 그녀가 공작부인, 대공부인, 자작부인으로서[1] 소유하던 여러 토지의 모든 성관을, 궂은 날씨에도 개의치 않는 이 모피 외투 차림의 부인이 몸에 지니고 있는 것 같았다. 마치 현관 응접실에 조각된 인물들이, 자기가 세운 대성당 또는 자기가 수호한 도시를 손에 쥐고 있는 듯했다. 그러나 국왕의 사촌누이뻘 되며 모피 외투를 입은 공작부인의 장갑 긴 손에서 이런 성관과 숲들을 볼 수 있는 것은 내 마음눈뿐이었다. 내 맨눈은 비가 올 듯한 날에 공작부인이 아무런 거리낌 없이 손에 든 우산밖에 식별하지 못했다. "비가 안 온다고 누가 장담한다지요. 가지고 가는 게 좋아요. 멀리 가면 마차삯이 너무 '비싸게' 들지도 모르니까요." 공작부인의 말씨에는 '너무 비싸다', '분수에 넘친다' 또는 '너무 가난하다'는 말이 줄기차게 나왔는데, 그만큼 부유하면서 입으로는 가난하다고 떠드는 게 재미있어선지, 또는 그처럼 명문 귀족이면서 시골뜨기인 체하고, 가난한 자들을 깔보는 한낱 부자들처럼 재산을 중요시하지 않는 게 우아하다고 여겨서 그러는 건지 통 알 수가 없었다. 어쩌면 이것은 오히려 공작부인 생애의 한때에 입에 밴 말버릇으로, 이미 부유했지만 많은 소유지의 유지비에 비추면 아직 부족하여 어느 정도 돈의 궁색을 느끼면서도 그 사실을 감추는 기색을 보이기 싫어서 그랬는지

---

[1] 프랑스에서는 한 사람이 여러 가지 칭호를 갖기도 함.

도 몰랐다. 농담으로 자주 말하는 것은 흔히 그 농담과는 반대로 당사자가 난처하거나 난처해하는 꼴을 보이기 싫은 것이므로, 아마 그 농담을 듣는 이가 그것을 곧이들어주지 않으면 다행이라고 마음속으로 기대할 것이다.

어쨌든 나는 보통 이 시각에 공작부인이 집에 있다는 사실을 알고 있어서 정말 다행스러웠다. 알베르틴이 알고 싶어했던 것을 부인에게 차근차근 묻기에는 그 편이 나았기 때문이다. 그래서 나는 한갓 실제적인 편의 때문에 부인을 이용한다는 목적으로 간다는 게 얼마나 이상한지는 거의 생각해보지도 않고, 내 소년 시절에 신비로운 존재였던 게르망트 공작부인에게 내려갔다. 마치 전에는 그 초자연적인 기계의 신비성 앞에 경탄해 마지않던 바를 지금은 생각조차 하지 않고, 재봉사를 부르거나 얼음을 주문하는 데 전화를 사용하듯.

자질구레한 장신구가 알베르틴에게는 커다란 기쁨을 주었으므로, 나는 날마다 그녀에게 새로운 선물을 할 수밖에 없었다. 그녀가 창문에서 또는 안뜰을 지나다가, 우아함에 관계되는 것이라면 무엇이든 재빨리 찾아내는 그 눈으로, 게르망트 부인의 목이나 어깨나 손에서 숄이나 에톨(étole)*²이나 파라솔을 보고 황홀해하며 나에게 그 이야기를 하면, 이 아가씨의 타고난 까다로운 취미(게다가 엘스티르의 회화라는 우아한 수업으로 더욱 세련되어진 취미)가 한낱 유사품에 지나지 않는 것—보통 사람의 눈에는 진품의 대용이 되는 예쁜 물건이지만, 실제로는 전혀 다른 한낱 유사품—으로는 전혀 만족하지 않음을 알고 있었다. 그래서 나는 공작부인을 찾아가서 알베르틴의 마음에 든 물건이 어디서, 어떻게, 어떤 모양으로 만들어졌는지, 똑같은 것을 손에 넣으려면 어떻게 해야 하는지, 그것을 만든 이의 비결과 그 방법의 매력(알베르틴이 '멋'이니 '기품'이니 하고 말하는 것)은 어디에 있는지, 또 내가 주문해야 할 장신구의 정확한 이름—재료의 아름다움은 매우 중요하기에—과 재질은 무엇인지 남몰래 설명을 듣곤 했다.

발베크에서 돌아왔을 때, 내가 게르망트 공작부인이 같은 저택의 맞은편에 살고 있다고 알베르틴에게 말하자, 그녀는 이 위대한 칭호와 이름을 듣고 무관심하다기보다 오히려 적의를 띠고 멸시하는 태도를 보였는데, 이것은 자존심이 강한 발끈하는 성미의 소유자가 보이는 무력한 욕망의 표시였다. 알베르

---

*2 여성의 어깨에 걸치는 긴 숄. 영어로는 스톨(stole).

틴의 성품이 아무리 훌륭했더라도, 그 성품이 지니고 있는 여러 장점은 취미라는 어떤 제약 속에서 아니, 제약이라기보다는 우리가 단념할 수밖에 없었던 취미—알베르틴의 경우에는 속물근성이며, 바로 증오라 불리는 것—에 대한 애도 속에서 발전할 수밖에 없다. 하기야 사교계 인사들에 대한 알베르틴의 증오는 그녀 마음속에 그다지 큰 자리를 차지하지 않았는데, 그래도 혁명 정신, 다시 말해서 귀족에 대한 짝사랑이라는 그 일면, 게르망트 공작부인의 귀족풍 프랑스적 성격과는 정반대쪽에 새겨진 이 일면 때문에 내 마음에 들었다. 알베르틴은 처다보지도 못할 이 귀족풍 따위는 마음에도 두지 않았을 터인데, 엘스티르가 공작부인을 두고 파리에서 가장 옷을 잘 입는 여인이라고 말했던 기억을 떠올려, 한 공작부인에 대한 공화파적인 멸시 대신 세련된 여성에 대한 강렬한 흥미를 품게 된 것이다. 알베르틴은 자주 나에게 게르망트 공작부인에 대해 물어보고, 자신의 몸치장에 대한 의논을 하러 내가 공작부인한테 가는 것을 좋아했다. 물론 나는 스완 부인과 의논할 수도 있었고, 한번은 그 때문에 편지를 쓰기까지 했다. 그러나 게르망트 공작부인 쪽이 옷차림에서는 한결 뛰어나다고 생각했다. 공작부인이 외출하지 않았음을 확인하고, 알베르틴이 돌아오면 즉시 알리라고 일러놓은 뒤, 부인한테 잠깐 내려가서 공작부인이 안개 같은 회색 크레프드신 드레스에 폭 잠기듯이 싸인 것을 보자, 나는 복잡한 여러 가지 원인에 의하여 이보다 더할 수 없을 것같이 느껴지는 그 모습을 그대로 받아들였으며, 그 광경이 퍼트리는 분위기, 진주 빛깔 안개로 어렴풋한 오후 끝 무렵 같은 분위기에 잠겼다. 반대로, 노랑과 붉은 불꽃무늬의 중국풍 실내복이라면 타오르는 석양을 보듯 지그시 바라보았다. 이 옷들은 마음 내키는 대로 바꿀 수 있는 낡은 겉치레가 아니라, 그날의 날씨나 어느 시각의 특유한 빛처럼 하나의 시적 현실로 다가왔다.

게르망트 공작부인이 몸에 걸치는 드레스나 실내복 중에서 일정한 의도에 가장 잘 어울리는 특수한 뜻을 지닌 듯이 보이는 것은, 포르투니(Fortuny)[1]가 베네치아의 고대 무늬를 본떠서 만든 드레스였다. 그것을 입고서 손님을 기다리며 손님과 담소하는 공작부인의 자태는 이상한 중후함을 띤다. 마치 의상이 오랜 숙고의 결실인 듯, 담소가 소설의 한 장면처럼 일상생활과 동떨어진 듯

---

[1] 에스파냐의 일류 디자이너(1871~1949).

이 보이는 특수한 품위를 옷에 부여한 것은, 그 옷의 역사적인 성격인가, 아니면 옷의 개성인가? 발자크의 소설에서는, 여성들이 어떤 특정한 손님을 맞아야 하는 날에는 일부러 어느 특정한 옷을 입는다. 오늘날의 옷에는 이만한 품격이 없는데, 포르투니의 드레스는 예외이다. 소설가의 묘사에는 어떤 모호한 점도 남아서는 안 된다. 이 드레스는 엄연히 현실에 존재하고, 그 사소한 무늬까지도 예술작품에 못지않게 자연스레 자리잡고 있으니까. 이 드레스 또는 저 드레스를 입기 전에 여인은 거의 비슷한 두 드레스 중에서 단순히 하나를 택하는 게 아니라, 하나하나가 매우 개성적이고 특별한 이름을 붙일 만한 두 드레스 가운데 하나를 택해야 한다.

그러나 나는 드레스에 정신이 팔려 그것을 입은 여성을 마음에 두지 않는 것은 아니다. 게르망트 공작부인도 이 무렵에는 내가 아직 부인을 사모하던 때보다 훨씬 보기 좋았다. 전보다 공작부인한테 기대하는 바가 적어(나는 더 이상 부인을 만나러 가는 게 아니었다), 혼자서 벽난로의 장작받침대에 발을 올려놓고 있을 때에 느끼는 근심 없는 평온과도 비슷한 기분으로, 마치 옛말로 쓰인 책을 읽기라도 하듯 나는 부인의 말에 귀를 기울였다. 부인이 꺼낸 이야기 속에서 현대의 말투나 문장에서는 찾아볼 수 없게 된 순수한 프랑스풍 우아함을 맛볼 수 있어서, 내 마음이 자유로워졌다. 나는 부인의 이야기를 프랑스 민요처럼 즐겁게 듣고 있었다. 지난날 부인이 메테를링크를 비웃는 말을 들은 적이 있는데, 나는 그 이유도 이해할 수 있었다(문학적 유행은 뒤늦게 영향을 미치는데, 유행에 예민한 여성의 연약성 때문에 지금은 부인도 메테를링크를 찬미하고 있지만). 마치 메리메가 보들레르를, 스탕달이 발자크를, 쿠리에(Courier)[*2]가 빅토르 위고를, 메이야크가 말라르메를 비웃은 걸 이해하듯이. 비웃는 이가 비웃음을 받는 이에 비해 견해는 좁지만, 더욱 순수한 어휘를 가지고 있다는 사실도 나는 잘 알고 있었다. 게르망트 공작부인의 어휘는 생루 어머니의 어휘 못지않게 듣는 이를 매혹할 만큼 순수했다. 옛 표현과 낱말의 참된 발음은, '실제로는(en réalité)' 대신 '사실은(au fait)', '특히(en particulier)' 대신 '유난히(singulièrement)', '망연자실(frappé de stupeur)' 대신 '소스라치다(étonné)'라는 말을 쓰는 현대 작가의 공허한 모방 속에서가 아니라, 게르망트 공작부인이

---

*2 프랑스의 평론가·번역가(1772~1825). 풍자적인 논객(論客).

나 프랑수아즈 같은 사람들과 이야기할 때 접할 수 있다. 나는 다섯 살 때 프랑수아즈한테서 Tarn(지명)을 '타른'으로 발음하지 않고 '타르(Tar)'로, Béarn(지명)을 '베아른'으로 발음하지 않고 '베아르(Béar)'로 발음한다고 배웠다. 그래서 스무 살에 사교계로 나갔을 때, 봉탕 부인이 발음하듯이 베아른 부인이라고 말하지 말아야 한다는 사실을 새삼 배울 필요가 없었던 것이다.

공작부인의 마음 가운데 아직 남아 있는 지주적인, 거의 농민적이라 할 수 있는 일면을 부인이 의식치 않았다거나 그 점을 조금도 자랑하지 않았다고 말하면 거짓말이다. 그러나 부인의 경우에 그것은 시골뜨기인 체하는 귀부인의 거짓 소박성도 아니고, 알지도 못하는 시골 사람들을 업신여기는 부유한 여인들에게 비웃음을 퍼붓는 공작부인다운 오만도 아니며, 도리어 자기가 소유하는 것의 매력을 알고 그것을 근대풍으로 칠해 망치려고 하지 않는 여인의, 거의 예술에 가까운 취미였다. 이와 마찬가지로, 디브(Dives)*¹에서는 누구나 다 노르망디 태생인 '정복왕 기욤'이라는 식당의 주인을 잘 알고 있었다. 이 사내는 자기가 경영하는 여관에—아주 드물게도—호텔처럼 근대적인 호화로움을 부리지 않았으며, 백만장자인데도 노르망디 시골뜨기 말투와 작업복을 버리려고 하지 않았다. 그는 시골에서 곧잘 하듯이 손님을 일부러 부엌으로 데리고 가서 손수 저녁 식사를 만들어주었는데, 어떤 으리으리한 호텔 식당의 음식보다 맛있고 값도 비쌌다.

귀족의 옛 가문에 아무리 향토적인 정기가 있다 한들 그것만으로는 충분치 않다. 이 정기를 경멸하지 않는 총명함과 그것을 사교적인 잿물로 지워버리지 않을 만한 현명함을 갖춘 인물이 그 가문에 태어나야 한다. 공교롭게도 게르망트 공작부인은 재기가 넘치는 파리지엔으로, 내가 부인을 알고 지냈을 때부터 시골티라고는 그 억양 정도밖에 남아 있지 않았다. 그러나 적어도 부인이 처녀 시절을 이야기할 때는, 그 말투로(지나치게 노골적인 사투리도 아니고, 반대로 학식 있는 체 선멋 부리는 말투도 아닌) 조르주 상드의 《사랑의 요정》이나 샤토브리앙의 《무덤 저편의 회상》에서 인용한 몇 가지 전설의 매력적인 절충어(折衷語)를 만들어냈다. 특히 공작부인에게서, 부인과 함께 시골 사람들이 등장하는 이야기를 듣는 게 나의 즐거움이었다. 성관과 마을 사이를 가깝게 하

---

*1 프랑스 북부 지방의 시가.

는 이런 이야기는 옛 이름이나 옛 풍습 때문에 어쩐지 깊은 풍취를 돋우었다. 예전 영주로 어느 지방과 교섭을 유지하고 있는 한 귀족은 지금도 그 지방의 특색을 지니고 있어서, 매우 간단한 말을 해도 우리 눈앞에 프랑스의 역사 지도가 그대로 펼쳐졌다.

자기 나름의 낱말을 지어내려는 겉멋이나 속셈은 전혀 없었지만, 공작부인의 발음은 그야말로 대화로 된 프랑스 역사 박물관이었다. '종조할아버지인 피트 잠(Fitt–Jam)'이라고 말하는 부인의 말투가 하나도 놀랄 게 없었던 것이다. 알다시피, 피츠 제임스(Fitz–James) 가문 사람들은 프랑스의 대귀족이라고 자칭하며, 그들의 이름이 영국식으로 발음되는 것을 싫어하기 때문이다. 또한 어떤 이름을 문법 규칙대로 발음해야 한다고 믿어온 사람들이, 게르망트 공작부인이 달리 발음하는 것을 듣고는 갑자기 자기들은 상상도 못 했던 그 발음을 흉내내려고 애쓰는 그 숫저운 태도도 참으로 놀라웠다. 공작부인의 증조할아버지는 샹보르 백작을 섬겼는데, 부인은 남편이 오를레앙파[2]가 된 사실을 야유하기 위해 곧잘 '우리 프로슈도르프(Frochedorf)[3]의 옛 신하'라고 일컬었다. 그러자 그때까지 프로슈도르프를 프로스도르프(Frohsdorf)[4]로 발음해야 옳다고 생각하던 손님들은 당장 절개를 굽히고 프로슈도르프라고 발음했다.

한번은 내가 게르망트 공작부인에게, 언젠가 부인의 조카라고 소개받았는데 이름을 잘 알아듣지 못했던 인상 좋은 젊은이가 누군지 물어보니까, 공작부인은 목구멍 깊숙한 곳에서 매우 크게 발음했지만 한 마디 한 마디를 끊지 않아서, 나는 여전히 그 이름을 알아들을 수 없었다. "세 르…… 이 에옹, 프레르 아 로베르(C'est l'…… i Èon, frère à Robert). 그 앤, 자기 머리 모양이 옛날 웨일스 사람 같다고 무척 자랑한답니다." 나는 겨우 부인이 'C'est le petit Léon(그 애는 레옹이에요)'이라고 말한 줄로 짐작했다(다시 말해서 레옹 공작이니, 사실 로베르 드 생루의 외사촌뻘이었다). 부인은 말을 이었다. "하지만 저는 그게 정말 웨일스의 머리 모양인지 모르겠어요. 그 애의 옷차림은 정말이지 맵시 있기는

---

[2] 오를레앙 왕가의 후예인 파리 백작을 왕위에 앉히려 했던 왕당파로서 부르봉 왕가와는 적대 관계.

[3] 샹보르 백작이 소년 시절부터 추방되어 살던 고장의 이름.

[4] 프로슈도르프의 프랑스식 발음.

하지만, 그다지 웨일스풍은 아니랍니다. 우리가 조스랭*¹의 로앙*² 댁에 묵었을 때 성당 순례에 간 적이 있어요. 브르타뉴 지방 곳곳에서 꽤 많은 시골 사람들이 모였더군요. 레옹*³ 지방에서 온 키다리 농사꾼이 로베르의 이종사촌 동생이 입은 베이지색 반바지를 바라보고 입을 딱 벌렸어요. '자넨 어째서 나를 뚫어지게 보지? 아마 내가 누군지 모르나 보군.' 레옹이 말했죠. 그 농사꾼이 모른다고 말하자, 이렇게 말했어요. '나는 자네의 영주일세.' 그러자 그 농부가 모자를 벗고 사과하면서, '아아, 그러세요! 난 또 영국분인 줄 알았죠' 하지 뭐예요." 내가 이 말을 계기로 이야기를 로앙 가문 쪽으로 밀고 나가자(로앙 가문과 게르망트 가문은 여러 차례 혼인으로 맺어진 사이였다), 부인의 이야기는 파르동제(祭)가*⁴ 지니는 애수 어린 매력을 발산했고, 또 참다운 시인인 팡피유*⁵라면 '올렉스 불로 구운 메밀 크레페의 떫은 맛'이라고 할 풍취를 돋우었다.

로 후작(알다시피 그의 만년은 비참하여, 귀머거리가 된 그는 맹인인 H부인네 집으로 옮겨졌다)에 대하여, 부인은 그분의 덜 비참한 시절 이야기를 해주었다. 그 무렵 게르망트 영지에서 벌어진 사냥 뒤에 그는 실내화로 갈아 신고 영국 왕과 함께 홍차를 마셨는데, 이처럼 그는 자신을 영국 왕보다 아래로 생각지 않고 아무 거리낌 없이 행동했다고 한다. 부인은 이 이야기를 눈앞에 선히 그려 보이며, 페리고르 지방의 얼마간 교만한 귀족들이 지니는 근위 기병(近衛騎兵)의 호방한 기품까지 이 인물에게 덧붙였다.

또한 부인은 언제나 지주답게 한갓 사람의 신분을 확인할 때도 어느 고장 태생인지 주시했는데, 토박이 파리지엔으로서는 도저히 못할 노릇이었다. 그래서 앙주, 푸아투, 페리고르 같은 간단한 고장 이름이 부인의 대화 속에 갖가지 풍경을 되살아나게 했다.

게르망트 공작부인의 발음과 어휘로 되돌아가서 말하자면, 귀족이란 이 부분에 참으로 보수적인 태도를 보인다. 이 보수적이라는 낱말이 지닌 조금 유치한, 조금 위험스런, 진화에 반항하는 것, 그러나 예술가로서는 재미스러운 것

---

*1 브르타뉴 지방의 이름.
*2 역사상 유명한 이 지방의 명문.
*3 브르타뉴 북서부의 고장 이름. 레옹 공작은 이곳 지방의 자손.
*4 브르타뉴 지방에 예부터 내려온 성당 순례행사.
*5 레옹 도데의 부인.

따위를 동시에 품은 보수적인 태도이다. 나는 장(Jean)이라는 낱말을 옛적에는 어떻게 썼는지 알고 싶었다. 빌파리지 부인의 조카한테서 편지를 받고서 그것을 우연히 알게 되었는데, 이 인물은—세례 때에 받은 이름, 고타 연감*6에 실린 그대로—장 드 빌파리지 부인(Jehan de Villeparisis)이라고, 아름답지만 발음을 하지 않는, 마치 문장(紋章) 같은 h를 곁들여 서명했다. 기도서나 그림 유리창 안에 주홍빛 또는 남빛으로 채색되어 사람들의 감탄을 받는 h와 똑같았다.

유감스럽게도 나는 이 방문을 오래 끌 만한 여유가 없었다. 가능하면 알베르틴보다 먼저 집에 돌아가 있고 싶었기 때문이다. 게르망트 공작부인한테서는 옷에 대한 지식을 조금밖에 얻어내지 못했지만, 이 지식은 내가 알베르틴을 위해, 젊은 아가씨가 입을 수 있는 범위 내에서 비슷한 의상을 주문하는 데 유익했다.

"예를 들면 부인께서 게르망트 대공부인 댁에 가시기에 앞서 생퇴베르트 부인 댁에서 저녁 식사를 하기로 되어 있던 날 새빨간 드레스에 빨간 구두 차림을 하셨는데, 들은 적도 본 적도 없어 전혀 아는 바가 없지만 정말 아름다웠어요. 마치 핏빛으로 물든 커다란 꽃과 불타오르는 루비 같았지요. 그건 이름이 뭐죠? 젊은 아가씨도 입을 수 있을까요?"

공작부인은 롬 대공부인 시절에 스완한테 찬사를 받았을 때처럼 피곤한 얼굴에 찬란한 표정을 확 드러내며 눈물이 나올 만큼 까르르 웃으면서, 은근히 빈정거리듯이 또는 어떠냐는 듯이 기쁜 기색으로 브레오테 씨를 바라보았다. 브레오테 씨는 그 시각이면 늘 와 있었다. 그는 인텔리 냄새가 나는 이 횡설수설에 젊은이의 육체적인 흥분이 숨어 있다고 생각해선지, 외알안경 너머로 너그럽고 다정한 미소를 띠고 있었다. 그 꼴을 본 공작부인은 '왜 저런다지? 머리가 돌았나봐' 말하고 싶은 눈치였다. 그러고서 응석 부리는 모습으로 내 쪽으로 몸을 돌리며, "내 모습이 불타오르는 루비였는지 핏빛 꽃 같았는지는 모르지만, 분명 붉은 드레스를 입었던 기억은 나는군요. 그건 그 무렵에 만든 붉은 견수자랍니다. 옳지, 젊은 아가씨가 입어도 나쁘지 않겠네요. 그러나 당신 친구분은 저녁에는 외출하지 않는다고 말씀하셨죠? 그건 정식 야회복이라 외출복으로 입기는 힘들어요."

---

*6 귀족 가계와 외교 관계를 기록한 연감.

기묘하게도 그다지 옛일도 아닌 이 야회에 대하여, 게르망트 공작부인은 자기 옷밖에 기억하지 못했다. 이제부터 말하겠지만 그녀는 마땅히 자기 마음에 걸렸을 한 가지 사실을 잊고 있었다. 무릇 행동가는(사교계 인사들은 현미경으로 보아야 겨우 보일까 말까 한 행동가지만, 분명 행동가임은 틀림없다) 한 시간 뒤에 어떤 일이 일어날지에 주의를 집중하고 있으므로 정신적 과로에 빠져 더할 수 없이 사소한 것만 기억하나 보다. 이를테면 노르푸아 씨는 자기가 예측한 독일과의 동맹이 결국 맺어지지 않은 사실을 지적받으면 흔히 다음과 같이 말했는데, 상대를 속이거나 자기가 잘못 생각하지 않았음을 보이려고 그런 것도 아니었다. "그거 이상하군, 난 통 기억이 안 나는걸. 무엇보다 나답지 않은 말이잖소. 그런 문제를 얘기할 때 난 늘 말수가 적은 편이니까. 또 위업 (偉業)의 성공을 내가 예측하다니, 절대로 그럴 리가 없지. 위업이란 흔히 한때의 기분에 좌우되기 쉬워 대체로 우격다짐으로 끝나기 마련이니까. 그야 먼 훗날에는 독일과 프랑스의 접근이 이루어질지도 모르고, 그것이 두 나라에 매우 이로울 테지. 프랑스도 손해 보는 장사는 하지 않을 거라고 나도 생각하지만, 결코 입 밖에 낸 적은 없어. 아직 때가 이르니까. 내 의견을 말하자면, 우리가 옛 원수에게 정식 관계를 요구한다면 대실패에 직면하고 큰 타격을 받을 거라, 이 말씀야." 노르푸아 씨는 거짓말을 한 게 아니라 다만 잊어버린 것이다. 하기야 사람은 깊이 생각하지 않은 것, 남을 모방하거나 주위의 여론에 자극되어 뇌리에 박힌 것은 금세 잊고 만다. 여론이 변하면 그와 함께 우리 기억도 변한다. 외교관 이상으로 정치가들은 한때 자기가 주장하던 상황을 기억하지 못한다. 그들이 앞서 한 말을 취소하는 것도 지나친 야심이라기보다는 기억의 결핍 탓이다. 하물며 사교계 사람들은 거의 아무것도 기억하지 않는다.

게르망트 공작부인은 자기가 붉은 드레스 차림이던 야회에 쇼스피에르 부인이 와 있던 기억이 나지 않으니, 분명 나의 착각이라고 우겼다. 그런데 실은 그 야회 이래, 공작뿐만 아니라 공작부인까지도 쇼스피에르 집안의 일로 머리가 복잡했던 것이다! 그 까닭은 다음과 같다. 게르망트 공작은 자키 클럽의 회장이 죽었을 때 그 클럽의 최고참 부회장이었지만, 회원 중에서 교제 범위가 좁고 자기를 초대해주지 않는 사람들에게 반대표를 던지는 것을 유일한 기쁨으로 삼는 이들이, 회장 투표에서 공작에게 반대하는 운동을 펼쳤다. 한편 공작은 자기가 뽑힐 것을 확신했으며, 또 사교계에서의 지위에 비하면 회장 자리는 대단치 않은 것이어서 선거 운동조차 하지 않았다. 그러나 그들은 공작부인이 드레퓌스파라고(드레퓌스 사건은 이미 오래전에 끝장이 났으나 20년이 지나도 여전히 입에 오르내릴 정도였는데, 그때는 사건이 끝난 지 2년밖에 되지 않았다) 소문을 퍼뜨렸고, 로스차일드네 사람들을 집에 들이며, 요즘에는 독일인 피가 절반 섞인 게르망트 공작 같은 국제적인 인사를 지나치게 우대한다고 떠벌렸다. 반대 운동은 유리하게 펼쳐졌다. 클럽에 속한 사람들이란 늘 저명인사에게 심한 질투를 하며, 거부(巨富)를 미워하게 마련이다. 한편 쇼스피에르의 재산도 적지 않았지만, 아무도 그것을 불쾌하게 생각지 않았다. 그는 한 푼도 낭비하지 않았고, 부부의 거처도 수수했으며, 부인이 언제나 검정 모직 옷을 입고 외출했기 때문이다. 음악을 매우 좋아하는 부인은 게르망트 공작부인보다 더 많은 가수를 초대하여 간소한 마티네를 곧잘 열곤 했는데, 아무도 이것을 문제 삼지 않았다. 이러한 모임은 다과(茶菓)도 남편도 없이, 라 셰즈 거리의 눈에 띄지 않는 집에서 이뤄졌기 때문이다. 오페라 극장에서도 쇼스피에르 부인은 이목을 끌지 않았다. 부인과 늘 붙어다니던 이들의 이름은, 샤를 10세 측근의 가장 과격한 '울트라(ultra, 과격파)'를 떠올리게 했지만, 그저 겉에 드러나지 않는 비사교적인 이들일 뿐이었다. 회장 선거 날이 되자 모두의 예상을 깨고 눈에 띄지 않는 어둠이 눈부신 빛을 이겨내, 두 번째 부회장이던 쇼스피에르가 자키 클럽 회장으로 뽑혔고, 게르망트 공작은 참패하여 그대로 첫 번째 부회장에 머무르게 되었다. 그야 물론 자키 클럽 회장이 된다는 게 게르망트 집안 같은 일류 왕후 귀족으로서는 대수롭지 않은 일이다. 그러나 자기 차례인데 그렇게 되지 않았다는 것, 쇼스피에르 따위에게 더욱 많은 표가 모였다는 것—더욱이 이태 전 오리안은 쇼스피에르 부인의 인사에 답례하지 않았을 뿐만 아니라, 생판 모르는 박쥐[*1]한테 인사받았다며 분개까지 했다는데—이 공작에게는 심한 타격이었다. 그는 이런 실패에 초연하다고 우기며 스완과의 옛 친교가 실패의 원인이라고 딱 잘라 말했다. 하지만 사실 그는 좀처럼 화가 풀리지 않았다. 꽤 특수한 현상이지만, 그때까지 게르망트 공작은 '분명히(bel et bien)'라는 낡은 표현을 한 번도 쓴 적이 없었다. 그러나 자키 클럽의 선

---

*1 쇼스피에르 부인이 항상 검정 옷을 입어서 부르는 말.

거가 끝난 뒤부터 사람들이 드레퓌스 사건을 화제로 삼자마자 이 '분명히'가 그의 입에서 튀어나오게 되었다. "드레퓌스 사건, 드레퓌스 사건 하고 간단히 말들 하지만 이 말은 적절치 않아. 이건 종교적 사건이 아니라 '분명히' 정치적 사건이거든." 드레퓌스 사건이 화제에 오르지 않는 한 5년 동안이라도 '분명히'를 듣지 않고 지낼 수 있었겠지만, 5년이 지나 드레퓌스의 이름이 다시 입에 오르기라도 하면, 그 즉시 자동적으로 '분명히'가 되돌아오곤 했다. 하긴 공작도 이 사건을 가지고 왈가왈부하는 데 몸서리가 나서, 이 사건이 '많은 불행을 일으켰다' 말하곤 했는데, 실제로 그가 느끼는 불행은 단 하나, 자키 클럽 회장 선거에서의 낙선뿐이었다.

그러므로 내가 지금 말하는 그 오후, 게르망트 공작부인이 사촌누이*¹ 야회에 붉은 드레스를 입고 간 사실을 내가 지적한 오후에 대해서, 브레오테 씨는 무슨 말을 하려다가 그도 잘 모르는 아리송한 어떤 연상작용으로 오므린 입 끝에 혀를 움직이며 이렇게 말을 꺼내 적잖은 아픔을 겪었다(어째서 드레퓌스 사건을 꺼낸다지? 한갓 붉은 드레스를 떠올렸을 뿐인데. 물론 불쌍한 브레오테 씨는 남을 기쁘게 해주는 일밖에 생각하지 않으니 털끝만 한 악의도 없지만). "드레퓌스 사건에 대한 말인데……." 그러나 드레퓌스라는 이름만 듣고도 게르망트 공작의 유피테르풍 눈썹이 찡그려졌다. 브레오테 씨는 말했다. "우리 친구 카르티에(독자에게 미리 말해두지만, 이 카르티에는 빌프랑슈 부인의 동생으로, 같은 이름의 보석상*²과는 아무 관계가 없다)가 어지간히 재치 있고 세련된 이야기를 하는 걸 들었는데요. 하기야 별로 놀랄 일도 아니죠. 그 사람이야 기지를 싸게 팔 만큼 풍부하니까요."—"어머." 오리안이 말을 가로막았다. "나라면 사지 않겠어요. 그 카르티에라는 분에게 늘 진저리가 나니까요. 샤를 드 라 트레모유 부부 댁에 갈 때마다 그 진저리나는 분과 마주치는데, 그 부부께서는 그의 어디가 그렇게 마음에 드는지 모르겠어요."—"마 예르 뒤예스(ma ière duiesse)."*³ C의 발음이 잘 안 되는 브레오테가 대답했다. "카르티에에게 아주 엄하시군요. 하긴 그가 트레모유 댁에 좀 지나치게 뿌리를 내렸는지도 모르지만, 야를*⁴에게

---

*1 게르망트 대공부인.
*2 루이 프랑수아 카르티에가 연 보석상.
*3 정확한 발음은 '마 셰르 뒤셰스(ma chère duchess)', 친애하는 공작부인.
*4 '샤를(Charles)'의 틀린 발음.

는, 뭐랄까요? 어떤 충실한 아카테스(Achates)*⁵ 격인데, 요즘에는 이런 인물도 보기 드물죠. 어쨌든 내가 들은 명언(名言)이란 이렇습니다. 졸라 씨가 소송 사건으로 형 선고를 받으려고 했던 것은, 그가 아직 경험하지 못한 투옥된다는 감각을 몸소 겪어보려 했기 때문이라고 카르티에가 말했답니다."—"그래서 체포되기 전에 도망쳤나요?" 오리안이 말을 가로챘다. "말의 앞뒤가 맞지 않아요. 그리고 사실일망정, 나는 그런 얘기는 어리석기 그지없다고 생각해요. 당신은 그게 재치 있다고 생각하시나요!" 브레오테 씨는 반박당하자 달아나려 들면서 대답했다. "아 아닙니다, 나의 진애(ierre)하는*⁶ 오리안. 제가 한 말이 아닙니다. 전 들은 대로 되풀이할 따름이죠. 부디 옳게 판단해주시기를. 어쨌든 이 말 때문에 카르티에가 그 훌륭한 라 트레모유한테 심한 꾸지람을 받게 되었죠. 더 할 나위 없이 당연한 게 라 트레모유는 자기 살롱에서, 뭐랄까, 현재 진행되고 있는 사건을 화제로 삼기를 매우 싫어하는 성미인 데다, 더구나 알퐁스 로스차일드 부인이 그 자리에 있어서 더욱 난처했거든요. 그래서 카르티에가 라 트레모유한테 혹독한 꾸지람을 듣게 되었다는군요." 공작이 아주 기분 나빠하며 말했다. "알퐁스 로스차일드 집안사람들은 그 가증스런 사건에 대한 언급을 솜씨 좋게 피하긴 하나, 유대인들이 모두 그렇듯이 마음속으로는 드레퓌스파요. 그러니 아드 호미넴(ad hominem) 논법*⁷을 더욱 적극적으로 사용해서 유대인들의 기만을 들추어내야 한단 말이오(공작은 아드 호미넴이라는 표현을 엉터리로 쓰는 경향이 있었다). 이를테면 어느 프랑스인이 도둑질을 하고 살인을 저지른 경우 그 범죄자가 나와 같은 프랑스인이라고 해서 내가 그를 무죄라 믿어야 한다고 생각지 않소. 그런데 유대인들은 사정을 잘 알면서도 동족 가운데 한 사람이 매국노인 것을 결코 인정하려 들지 않거든. 게다가 동족의 범죄가 얼마나 무시무시한 결과를 가져왔는지(물론 공작은 쇼스피에르의 저주받을 당선을 생각하고 있었다) 전혀 신경도 쓰지 않소. 이봐요, 오리안, 유대인 전부가 배신자를 지지한다는 이 사실은 유대인으로서도 견디기 버거운 노릇일 거야. 범죄자를 지지하는 게 그들이 유대인이라서가 아니라고는 말 못하겠지."— "아니오, 말하겠어요." 오리안이 대꾸했다(벼락치는 유피테르에게 맞서면서 드레

---

*5 그리스 신화에 나오는 인물, 아이네이아스의 용감한 벗.
*6 '친애하는(chère)'의 틀린 발음.
*7 라틴어. 인신공격 방법.

퓌스 사건보다 '지성'을 중히 여기고 싶은 욕망을 가벼운 짜증과 함께 느꼈던 것이다). "바로 그 사람들은 유대인이자, 그들 자신이 누구인지 알기 때문에 분명히 이해하고 있는지도 몰라요. 유대인이라 해서 반드시 드뤼몽*¹ 씨가 말하듯이 배신자이자 반프랑스적이 아니라는 걸요. 그야 물론 드레퓌스가 그리스도교 신자였다면 유대인들은 그토록 관심을 갖지 않았을 테죠. 하지만 반대로 드레퓌스가 유대인이 아니었다면 사람들이 그토록 쉽사리, 조카인 로베르의 말마따나 선험적으로 그를 배신자로 몰지는 않았을 거예요. 유대인은 그것을 느꼈기 때문에 관심을 보인 거예요."—"여자들은 정치를 통 몰라." 공작은 부인을 노려보면서 꽥 소리 질렀다. "그 가공할 범죄는 한낱 유대인 문제가 아니라, '분명히' 프랑스에 무시무시한 결과를 가져올 수도 있는 국가적인 대사건이야. 프랑스에서 유대인이란 유대인은 모두 추방해야 마땅해. 물론 여태껏 갖가지 제재 수단을 취해온 건 나도 인정하지만, 그 제재가(터무니없는 것이라 이 점을 재검토해야 마땅하지만) 유대인에게 가해지기는커녕 그들의 가장 뛰어난 적수에게 가해졌단 말이야. 덕분에 우리 조국으로서는 불행하게도, 이 일류 인사들이 고립되고 말았어!"

나는 분위기가 심상치 않은 것을 알아차리고 서둘러 드레스 이야기를 끄집어냈다. "생각나십니까, 공작부인. 부인께서 처음으로 나에게 호의를 보여주셨을 때……."—"처음으로 내가 호의를 보였을 때요?" 공작부인은 내가 한 말을 되풀이하고 웃으면서 브레오테 씨를 바라보았다. 브레오테 씨는 코끝을 세우며 게르망트 공작부인에게 예의 치레로 열없이 미소를 띠고, 녹슨 칼을 가는 듯한 목소리로 어렴풋한 쇳소리를 냈다. "노란 빛깔 드레스에 커다란 검정 꽃을 달고 계셨습니다."—"그것도 마찬가지예요. 야회복이니까."—"그리고 제가 아주 좋아하는 수레국화 모자! 하지만 그건 다 지난 일이죠. 나는 그 젊은 아가씨에게, 부인께서 어제 입으신 것 같은 모피 외투를 만들어주고 싶은데요. 그걸 보여주실 수 없겠습니까?"—"보여 드리고 말고요. 안니발(Hannibal)*² 님은 곧 볼일이 있어 돌아가실 테니까 내 방으로 오세요. 하녀가 다 보여드릴 테니까. 당신 마음에 드는 건 다 빌려드리겠는데, 다만 칼로, 두세, 파캥 같은 일류 의상점의 물건을 여느 옷가게에 주문하면 결코 같은 물건이 나오지 않는

*¹ 그 무렵 대표적인 반(反)유대주의자.
*² 브레오테 후작의 이름.

다는 점은 유념하세요."—"아무 의상점에 시킬 생각은 아예 없습니다. 다른 물건이 되고 마는 것을 잘 아니까요. 그런데 어째서 다른 물건이 되어버리는지, 그 까닭을 여쭈어보고 싶군요."—"당신도 알다시피 나도 설명할 줄 몰라요. 바보에다 시골뜨기 말씨나 쓰는 나니까. 짐작건대 그건 말이에요, 손재주와 요령 탓이죠. 모피라면 내 단골 모피상을 소개해드리겠어요. 그렇게 해두면 턱없이 비싸게 받지는 못 할 거예요. 그래도 8천에서 9천 프랑은 들 겁니다."—"그리고 요전번 저녁에 입으셨던 묘한 냄새 나는 실내복 말이에요. 빛이 바랬고 솜털이 많고 반점과 금빛 줄무늬가 있어 마치 나비의 날개 같은?"—"아아, 그건 포르투니 의상점의 가운이에요. 그거라면 그 아가씨도 집에서 입을 수 있겠지요. 나한테 많이 있어요. 보여드릴게요. 마음에 드시면 드릴 수도 있어요. 사촌언니 탈레랑의 실내복도 꼭 보여드리고 싶군요. 그녀한테 빌려달라고 편지를 보내야지."—"그리고 예쁜 구두도 신으셨던데, 그것도 포르투니의 것인가요?"— "아뇨, 어떤 구두를 말씀하시는지 알겠네요. 그건 런던에서 맨체스터 공작부인인 콩쉬엘로와 함께 물건 사러 다니면서 발견한 금빛 송아지 가죽이에요. 훌륭한 물건이죠. 어떻게 금빛으로 물들였는지 끝내 알 수 없었으나, 마치 금 가죽 같아요. 그 한가운데 조그마한 다이아몬드가 달려 있지요. 유감스럽게도 맨체스터 공작부인은 돌아가셨지만, 괜찮으시다면 워위크 부인이나 말보루 부인에게 편지로 비슷한 것을 구해달라고 부탁해볼게요. 어쩌면 나한테 가죽이 남아 있을지도 모르겠네. 있다면 파리에서 구두를 짓게 할 수 있을 텐데. 오늘 저녁 안으로 찾아봐서 알려드리죠."

나는 될 수 있으면 알베르틴이 돌아오기 전에 공작부인 곁에서 물러나려고 애썼으므로, 게르망트 공작부인 댁에서 나오면 때마침 안마당에서 샤를뤼스 씨와 모렐과 부딪칠 때가 있었다. 그들은 쥐피앙네 집으로 차를 마시러 가는 중이었는데, 그게 남작에게는 무엇보다 큰 행복이었다! 나는 날마다 두 사람과 엇갈리지는 않았지만, 그들은 날마다 그곳으로 갔다. 하기야 변함없는 습관이라는 게 보통 그 습관의 어리석음과 관련된다는 점은 주목해야 한다. 혁혁한 행동이란 보통 이따금밖에 하지 못한다. 그런데 괴벽자가 스스로 모든 즐거움을 끊고, 자기 몸에 크나큰 고통을 주는 몰상식한 생활은 가도 가도 조금도 변하지 않는다. 만약 호기심이 생긴다면 10년마다 이 불행한 인물을 만나보라. 그가 변함없이 일어나야 할 시각에 잠자고, 거리에서 암살당할 일밖에 없는 시각에 나돌아다니며, 덥다고 찬 것을 마셔 늘 감기 든 몸을 보양하는 꼴을 보리라. 이런 생활과 단호히 연을 끊으려면, 단 하루만 조금의 기력을 내면 될 것이다. 그런데 이런 생활이 흔히 기력 없는 인간의 속성이니 어쩌랴. 의지만 있다면 이토록 참혹하게 되지는 않았을 단조로운 생활에는 악덕이라는 또 하나의 측면이 있다. 샤를뤼스 씨가 모렐과 같이 쥐피앙네 집에 차를 마시러 갔을 때 이 두 가지 측면이 함께 엿보이곤 했다. 단 한 번, 이 나날의 습관에 폭풍우가 엄습한 적이 있었다. 하루는 쥐피앙의 조카딸이 모렐에게 "그럼 내일 또 와요. 차를 한턱낼 테니" 말하자, 남작은 거의 양녀로 삼을 셈이었던 여자아이의 그 말투가 너무나 상스럽다고 사리 있게 판단했던 것이다. 그러나 남의 비위를 거스르고 저 자신의 노기에 도취하기를 좋아하는 샤를뤼스 남작인지라, 그냥 이 점에 대하여 아가씨에게 예절을 가르치라는 충고로 끝내도 좋으련만, 돌아가는 길에 모렐에게 한바탕 맹렬한 욕지거리를 퍼붓고야 말았다. 그는 안하무인인 오만한 말투로 말했다. "'투셰(toucher, 촉감)'와 '타크트(tact, 감각)'가 반드시 밀접한 관계는 아닌가 보군. 자네는 촉각 덕분에 후각이 정상적으로 발달하지 못했네그려. 차를 한턱낸다—아마 15상팀짜리 차겠지—는 이런 악취 풍기는 표현의 오물 냄새가 내 고귀한 코를 찌르는데도, 자네는 먼산 바라보듯 모르는 체했으니 말이야. 우리집에서 자네가 바이올린 솔로를 마쳤을 때 방귀 한 방으로 보상받은 적이 한 번이라도 있었나? 언제나 열광적인 박수갈채 아니면 박수갈채보다 더 말재주 좋은 침묵이었지. 입가에서 터져나오는 흐느낌을 억누르지 못할까 하는 두려움에서 오는 침묵이 아니었나? 물론 자네 약혼녀가 뿌려대는 것과는 차원이 다르지."

관리가 상관에게 이런 원색적인 비난을 받으면 다음 날 틀림없이 꼭 내쫓긴다. 그런데 샤를뤼스 씨에게는 모렐을 해고하는 것만큼 뼈아픈 일이 없었고, 또 말이 좀 지나치지 않았나 걱정된 그는 아가씨에 대하여 세심하고도 달짝지근한, 동시에 무의식중에 무례함을 드러내는 찬사를 늘어놓기 시작했다. "참 귀여운 아가씨야. 자네가 음악가라서 그 아가씨가 목소리로 자네를 호렸나 보군. 사실 그녀의 목소리는 높은 가락이 매우 훌륭해. 마치 자네가 올림음으로 반주하기를 기다리고 있는 것 같다니까. 낮은 가락은 그다지 마음에 들지 않지만 말이야. 그건 아마 그 애의 묘하게 길고도 가느다란 목, 다 끝났거니 하고 보면 더 뻗어 있는 세 겹의 목과 관계가 있을 테지. 그 애는 몸의 세부야 평범하지만, 전체의 윤곽이 내 마음에 쏙 든단 말씀이야. 재봉하는 애라서 가위질도 잘할 테니, 자신의 아름다운 모습을 종이로 오려내어 나에게 주면 좋겠는데."

샤를리*¹는 이런 말로 찬양된 약혼녀의 매력을 여태껏 의식한 적이 없었으므로, 이 찬사도 귀담아듣지 않았다. 그래도 그는 샤를뤼스 씨에게 대답했다. "알았어요, 몽 프티. 다시는 그런 말버릇을 못 하도록 따끔하게 혼을 내겠어요." 이와 같이 모렐이 샤를뤼스 씨를 '몽 프티(mon petit)'*²라고 불렀다고 해서, 이 잘생긴 바이올리니스트가 겨우 남작의 3분의 1밖에 안 되는 제 나이를 몰랐던 건 아니다. 또 쥐피앙과 같은 생각을 품고서 그렇게 말한 것도 아니며, 오로지 어떤 관계에서는 애정(모렐의 경우는 꾸며진 애정, 다른 사람에게는 진정한 애정)이 생기기 전에 나이 차 같은 건 마땅히 암묵리에 없어졌을 거라는 단순한 생각에서 그런 것이었다.

이 무렵 샤를뤼스 씨는 다음과 같은 내용의 편지를 받은 일이 있다. "친애하는 팔라메드, 언제 자네를 만나게 될까? 자네가 없어서 나는 견딜 수 없이 쓸쓸하네. 자주 자네 생각을 한다네. 자네를 그리워하며, 피에르가." 샤를뤼스 씨는 친척 중에서 이처럼 허물없이 편지를 써 보낸 이가 누굴까 궁금했다. 자기를 잘 아는 사람임에는 틀림없는데, 글씨가 낯설었다. 고타 연감의 몇 줄에 걸쳐 실린 왕후들의 이름이 며칠 동안 샤를뤼스 씨의 머릿속에 떠올랐으나 마침내 봉투 뒷면에 쓰인 주소로 별안간 모든 것이 밝혀졌다. 편지를 쓴 사람은 바로, 샤를뤼스 씨가 때때로 가는 도박장의 안내인이었다. 이 안내인은 샤를뤼스 씨에게 이런 투로 편지를 보내도 실례되지 않는 줄로 착각했고, 그러면서도 그의 눈에 샤를뤼스 씨는 크나큰 위신을 중시했으나 자기를 여러 번 안아준 인물이므로, 그의 순진한 상상에서는 자기에게 애정을 보여준 인물에게 무람없이 말하지 않는다면 매정스러운 짓이라고 생각했던 것이다. 샤를뤼스 씨는 마음속으로 이 무람없음을 크게 기뻐했다.

그는 보구베르 씨에게 편지를 보여주려고 어느 마티네에서 돌아가는 길에 그를 배웅까지 했다. 그렇다 하더라도 샤를뤼스 씨는 보구베르 씨와 함께 걷는 건 질색이었다. 그가 외알안경을 눈에 대고 두리번거리며 지나가는 젊은이

---

*1 모렐의 애칭.

*2 영어로 번역하면 'my baby' 곧 '우리 아기'.

들을 바라보기 때문이다. 게다가 샤를뤼스 씨와 함께 있으면 방종으로 기울어, 남작이 몹시 싫어하는 말투를 썼다. 그는 닥치는 대로 남성 이름을 여성형 *[1]으로 바꾸었고, 또 매우 우둔한 사람인지라 이를 재치 있는 농담으로 생각하며 끊임없이 큰 소리로 웃곤 했다. 그러면서도 그는 외교관 지위에 대한 집착이 대단해서, 거리 한가운데서 상스럽게 웃다가도 때마침 지나가는 사교계 인사, 특히 지나가는 공무원을 보면 번번이 질겁해 웃음을 멈추곤 했다. "저 귀여운 전보배달원 말이오." 얼굴을 찡그린 남작을 팔꿈치로 툭툭 치면서 말했다. "나하고 좀 절친한 사이였는데 발을 끊어버렸단 말씀이야, 더러운 놈 같으니! 저기 갈르리 라파예트 백화점 배달원은 또 얼마나 멋있습니까! 맙소사, 무역국장이 지나가는군. 지금 내 모습을 눈치채지 않았으면 좋겠는걸! 만에 하나 장관한테 일러바치면 난 정직당할지도 몰라요. 더더구나 장관도 그것 같아서 더 위험하다니까요." 샤를뤼스 씨는 초조해했다. 드디어 그는 더 이상 참을 수 없는 이 산책을 그만두기 위해 그 편지를 꺼내 대사에게 읽어주기로 결심하고, 부디 비밀을 지켜달라고 부탁했다. 그는 샤를리를 애정 깊은 사내로 여기게 하려고, 샤를리가 알면 질투할 거라는 핑계를 내세웠다. 그는 우스우리만큼 선량함을 보이면서 덧붙였다. "뭐니뭐니해도 되도록 남에게 고통을 주지 않게 늘 애써야 하니까요."

쥐피앙의 가게로 화제를 돌리기에 앞서, 작자로서는 이런 기묘한 묘사가 독자에게 불쾌감을 주었다면 진심으로 유감스럽다는 뜻을 말해두고 싶다. 일부에서(사소한 문제이긴 하나), 이 책에는 다른 계급에 비하여 귀족계급의 타락이 더 심하게 강조되어 있다고 생각하는 이가 있다. 그러나 만약 그렇다 치더라도 별로 놀랄 게 없다. 매우 오랜 가문의 사람들은 언젠가 붉은 주먹코와 비뚤어진 턱 같은 이채로운 특징을 보이는데, 그들은 그걸 '혈통'이라 여기고 감탄한다. 하지만 뿌리 깊이 남을 뿐 아니라 갈수록 더해지는 이런 특징 중에도 눈에 보이지 않는 게 있으니, 즉 성향과 기호다.

그런 것 따위는 우리와 관계없으며 오히려 우리 가까이 있는 진실에서 시를 추려내야 한다고 말하는 이도 있을 테고, 만일 그 말에 근거가 있다면 더욱 중대한 반대 의견이 될 것이다. 실생활에 가까운 현실에서 뽑아낸 예술이 실제

---

*1 예를 들면 François를 Françoise로. Jean을 Jeanne로.

로 존재하고, 또 그것은 예술의 최대 영역을 차지하고 있음이 확실하다. 그러나 우리가 늘 느끼고 생각하는 모든 것과 동떨어진 정신에서 흘러나오는 행동, 너무나 동떨어져 있기 때문에 이해될 수 없어서, 마치 이유 없는 광경처럼 우리 앞에 벌어지는 행동이, 크나큰 흥미와 때로는 아름다움마저 자아낼 수 있다는 것도 사실이다. 다리우스의 아들 크세르크세스[2]가 자기편 함대를 집어삼킨 바다를 채찍으로 매질하게 했다는 옛일만큼 시적인 게 또 있겠는가?

모렐은 자기 매력이 아가씨에게 엄청난 힘을 발휘한다는 점을 이용하여, 남작의 꾸지람을 마치 자기 의견인 듯 아가씨에게 전한 게 확실하다(마치 날마다 초대하던 절친한 사람과 어떤 이유로 사이가 틀어지거나 또는 남의 눈에 띄지 않게 남몰래 밖에서만 만나게 된 결과, 그의 모습이 살롱에서 영영 가뭇없어진 듯이). '차를 한턱낸다'는 표현이 양복점에서 자취를 감추고 말았기 때문이다. 샤를뤼스 씨는 만족스러웠다. 모렐에게 미치는 자기 영향력이 증명되었고, 아가씨의 완전한 아름다움을 깨뜨리는 옥의 티도 사라졌기 때문이다. 게다가 그런 부류의 사람이 다 그렇듯이, 샤를뤼스 씨는 모렐과 약혼한 사이나 다름없는 아가씨의 진정한 벗으로서 그들의 결합을 열렬히 원하면서도 두 사람 사이에 그다지 해가 되지 않을 불화를 마음대로 만들어낼 수 있는 힘을 갖고 있는 것도 적잖게 자랑스러워하며, 그의 친형인 게르망트 공작 못지않게 올림포스의 신들처럼 이 불화의 바깥과 그 위에 군림하고 있었다.

모렐은 전에 샤를뤼스 씨에게, 쥐피앙의 조카딸을 사랑하고 있으며 그녀와 결혼하고 싶다고 말했었다. 남작으로서는 젊은 벗이 약혼녀를 방문하는 데 함께하여, 관대하고 조심성 있는 미래의 시아버지 노릇을 하는 게 싫지 않았다. 그로서는 그만큼 즐거운 일도 없었던 것이다.

내 개인적인 의견인데, '차를 한턱낸다'는 말투의 장본인은 바로 모렐이다. 재봉사 아가씨는 사랑에 눈이 멀어 뜨겁게 사랑하는 이의 말씨를 흉내냈던 것이고, 그래서 아가씨의 고운 말씨 가운데 그 추함이 어울리지 않았던 것이다. 독특한 말씨, 그와 어울리는 귀여운 동작, 샤를뤼스 씨의 두둔 때문에 그녀에게 일을 맡긴 단골손님 대부분은 그녀를 친구처럼 집에 맞이하고 만찬에 초대하여 그들의 교제 사이에 끼게 했다. 그러나 아가씨는 남작의 허락을 받지 않

---

[2] 페르시아의 국왕. 백만 대군을 이끌고 그리스를 침공했는데 살라미스 해전(Salamis 海戰)에서 크게 패함(A.D. 480).

고서는, 또 그에게 형편 좋은 저녁이 아니고서는 초대에 응하지 않았다. '재봉사 아가씨가 사교계에 드나든다고? 말도 안 되는 소리!' 이렇게 생각하는 이도 있을 것이다. 그러나 돌이켜보면, 지난날 알베르틴이 한밤중에 나를 찾아온 것, 지금 나와 함께 살고 있는 것 또한 이와 이슷비슷한 일이다. 설령 재봉사 아가씨에게는 있음직한 이야기가 아닐지 몰라도 알베르틴 쪽은 전혀 그렇지 않았다. 그녀는 아버지도 어머니도 없어서, 내가 처음에 발베크에서 그녀를 난봉꾼의 정부로 생각했을 만큼 자유스러운 생활을 누리고 있었다. 그녀의 가장 가까운 친척인 봉탕 부인은 스완 부인네 집에 가서도 이미 조카딸의 뻔뻔한 태도만을 지껄여댔으니, 이제는 조카딸을 부유한 사람과 결혼시킬 수만 있다면, 또 자기에게 얼마간의 돈이 굴러들어오기만 한다면, 조카딸이 무슨 짓을 한들 눈을 딱 감고 있었기 때문이다(아무리 상류 사회라도 지체는 매우 높으나 더없이 가난한 어머니들은 아들을 운 좋게 부유한 집안의 딸과 결혼시키면, 자기는 젊은 부부의 부양을 받으며 좋아하지도 않는 며느리한테서 모피 외투며 자동차며 돈을 받았고, 대신 며느리를 기꺼이 모두에게 소개했다).

언젠가 재봉사 아가씨들도 사교계에 드나드는 날이 틀림없이 올 것이며, 나는 그것을 조금도 괘씸하게 여기지 않을 것이다. 그러나 쥐피앙의 조카딸은 하나의 예외에 지나지 않고, "제비 한 마리가 찾아왔다고 해서 봄이 온 것은 아니다"라는 속담처럼 아직 그날의 도래를 예상할 수 있는 현상은 아니다. 아무튼 쥐피앙 조카딸의 변변치 못한 지위에 어떤 이들은 미간을 찌푸렸지만 모렐은 그렇지 않았다. 그도 그럴 것이, 어느 점에선 지독하게 우둔한 그가 자기보다 천 배나 슬기로운 이 아가씨를 '오히려 우둔'하다고 생각했을 뿐만 아니라(우둔하게 보인 건 아마 그녀가 모렐을 사랑하고 있었기 때문이다), 그녀가 자기를 초대한 상류 부인들을 내세우지 않아서, 그들은 그녀가 사기꾼이거나 재봉사의 조수가 귀부인인 체 꾸몄거니 추측하고 있었기 때문이다. 물론 초대한 이들은 게르망트가 사람들도 그 벗들도 아니었다. 그들은 부유하고 고상한 중산층 여인들로, 재봉사 아가씨를 초대하는 일이 체면에 먹칠한다고 생각지 않을 만큼 자유스런 정신의 소유자들이지만, 한편으로는 샤를뤼스 남작이 정정당당하게 날마다 찾아가는 아가씨를 두둔해주는 것에 어떤 만족감을 품는 비굴한 마음도 있었다.

남작은 이 두 사람의 결혼을 생각만 해도 기뻤다. 결혼하기만 하면 모렐을 빼앗길 염려가 없다고 생각했기 때문이다. 그런데 쥐피앙의 조카딸은 아주 어린 시절에 한 번 '잘못'을 범한 일이 있는 듯하다. 샤를뤼스 씨는 그녀를 모렐에게 입에 침이 마르도록 칭찬하면서도, 속으로는 이 이야기를 털어놓아 모렐의 분통이 터지게 하여 불화의 씨를 뿌리는 것도 나쁘지 않다고 생각했으리라. 샤를뤼스 씨는 몹시도 심통이 고약했지만 선량한 사람들 대부분—자기 선량함을 증명하기 위하여 이 남자 또는 저 여자를 칭찬하지만, 정말로 평화를 가져올 덕담은 좀처럼 입 밖에 내지 않고 겉으로는 가까운 체하면서도 실제로는 멀리하고 꺼림칙하게 여기는 사람들—과 비슷했기 때문이다. 그런데도 남작은 그 '잘못'에 대해 아무런 암시도 하지 않았는데, 이는 두 가지 이유에서였다. '만약 모렐한테 약혼녀가 순결을 잃은 몸이라고 말하면, 녀석은 자존심이 상해 나를 원망할 거야. 게다가 녀석이 그 애한테 홀딱 반하지 않았다고 누가 장담한다지? 한마디도 꺼내지 않으면, 이 한때의 불도 빨리 꺼져서 내 마음대로 그들 사이를 조종할 수 있게 되겠지. 녀석은 이제 내가 바라는 범위 안에서만 그 애를 사랑하게 될 거야. 그러나 만약 약혼녀의 과거 실수를 말한다면 샤를리 녀석, 사실은 아직 홀딱 반해서 질투하게 되는지 몰라. 그렇게 되면, 이쪽에서 마음대로 할 수 있는 한때의 풋사랑을 내 잘못으로 걷잡을 수 없는 진짜 연애로 바꾸게 될 거야.' 샤를뤼스 씨는 이 두 가지 이유로 침묵을 지켰는데, 보기에는 한갓 신중한 행위로 보여도 실상은 칭찬받을 만한 일이었다. 샤를뤼스 씨와 같은 사람들에게는 침묵이 거의 불가능하기 때문이다.

그리고 이 아가씨에게는 감미로운 매력이 있어, 샤를뤼스 씨가 그녀의 사진을 몇백 장이든 갖고 싶을 만큼, 여성에 대한 그의 심미적인 기호를 만족시켜주었다. 그는 모렐처럼 우둔하지 않아서 나무랄 데 없는 부인들이 아가씨를 초대한다는 사실을 알고 매우 기뻤다. 그 부인들의 훌륭한 신분을 잘 식별하고 있었던 것이다. 그러나 그는 (자기 지배력을 유지하려고) 이 사실을 샤를리에게 말하지 않았다. 이런 점에 아주 무딘 샤를리는 여전히 '바이올린 수업'과 베르뒤랭네를 빼면 게르망트가와 남작이 열거한 거의 왕족이라고 할 만한 몇몇 가문이 있을 뿐, 나머지는 '찌꺼기'고, '어중이떠중이'에 지나지 않는다고 믿고 있었다. 이렇게 말한 샤를뤼스 씨의 표현을 샤를리는 글자 그대로 곧이들었던 것이다.

수많은 대사부인과 공작부인들이 1년을 하루같이 학수고대해도 나타나지 않는 샤를뤼스 씨, 크루아 대공에게 한 발 물러나 길을 내주어야 하므로 그와는 식사 자리를 같이하지 않는 샤를뤼스 씨가, 이들 지체 높은 부인들과 귀족들을 피하여 얻은 그 여가에 어째서 한낱 재봉사 조카딸 집에서 시간을 보내는가! 첫째, 가장 큰 이유는 모렐이 거기에 있기 때문이다. 그러나 만약 모렐이 거기에 없어도, 나는 그것이 있을 법한 일이라고 생각한다. 그렇지 않다면 에메의 웨이터나 생각할 법한 그런 판단을 하는 셈이다. 부호는 늘 화려한 새 옷을 입고, 일류 신사는 예순 명이나 되는 손님을 초대하여 저녁 식사를 즐기고, 자동차를 타지 않고서는 외출하지 않는다고 생각하는 건 식당 종업원 정도다. 이러한 생각은 오해다. 흔히 부호는 늘 같은 낡은 옷을 입으며, 일류 신사는 식당에서 종업원들하고밖에 사귀지 않고, 집에 돌아가면 하인들과 트럼프 놀이나 하는 게 보통이다. 그래도 분명 뮈라 대공에게 머리 숙이는 걸 거부하는 데는 변함이 없다.

샤를뤼스 씨가 젊은 두 사람의 결혼을 기뻐하는 까닭 가운데는 쥐피앙의 조카딸이 말하자면 모렐 인격의 연장이라, 남작이 모렐에 대하여 갖고 있는 권력과 지식이 한꺼번에 확충된다는 이유가 있었다. 바이올리니스트의 장래 아내를 부부간에 사용하는 뜻으로 '속이는' 것쯤은 샤를뤼스 씨가 꿈에도 양심의 거리낌을 느끼는 바가 아니었으리라. 그러나 '젊은 부부생활'을 조종하고, 자신이 모렐 아내의 가공스럽고도 전능한 보호자라고 느끼는 것—그녀는 남작을 신처럼 모실 텐데, 이는 소중한 모렐이 아내 마음속에 이 생각을 불어넣었음을 증명하는 셈이고, 따라서 그녀 안에 모렐이 가진 어떤 것이 포함되리라—이 샤를뤼스 씨의 지배 형태를 변화시켜, 그의 '것'인 모렐 안에 또 하나, 남편이라는 존재를 낳게 했다. 다시 말해서 샤를뤼스 씨한테, 모렐 가운데 있는 새로운 뭔가, 곧 야릇한 사랑의 대상이 되는 걸 알려주었다. 일찍이 이런 지배가 없었던 만큼 바야흐로 강대하게 되는지도 모른다. 모렐이 홀몸, 이를테면 맨몸이었을 때는 다시 정복할 수 있다는 확신을 가져서 자주 남작에게 반항하곤 했으나, 먼저 결혼하고 나면 제 가정·집·장래를 생각하여 금세 겁을 낼 것이며, 샤를뤼스 씨는 더욱 광범하고 강력하게 그 의사를 밀고 나갈 수 있을 테니까. 이와 같은 생각, 또 필요하면 심심한 밤에 부부 싸움도 시킬 수 있다는 생각(남작은 여태껏 전쟁 그림을 싫어한 적이 없었다)에 샤를뤼스 씨는 기쁘기 그지없었다. 하지만 그보다도 젊은 부부가 자기를 의지하며 살아간다고 생각하니 즐거웠다. 모렐에 대한 샤를뤼스 씨의 애정은 다음과 같이 생각할 때 새로운 감미로움을 되찾았다. '녀석은 완전히 내 것이니만큼 놈의 여편네도 내 것이 되겠지. 그들은 내 비위를 거스르지 않는 방식으로만 행동하게 될 것이며, 내 변덕에 순종할 테지. 따라서 그 아가씨는 내가 거의 잊고 있던 사실, 그러나 내 마음에 애절하게 울리는 사실의 표시(여태껏 내가 보지도 못했던 표시)가 될 테지. 다시 말해서 온 세상에, 내가 그들을 보호하여 의식주를 돌봐주는 것을 지켜보는 사람들에게, 그리고 나 자신에게, 모렐이 내 것이라는 점을 드러내는 표시가 되는 거야.' 남들에게도 자기에게도 이 사실을 명백히 하는 것이 무엇보다 샤를뤼스 씨를 기쁘게 했다. 좋아하는 것을 소유한다는 건 애정 자체보다 커다란 기쁨이기 때문이다. 남들의 눈에 제 소유를 감추는 이들은 대부분 소중한 것을 빼앗기지나 않을까 염려하는 것이다. 그런데 이와 같이 조심스럽게 입을 다물고 있으면, 소유에서 오는 행복은 줄어들고 만다.

   이전에 모렐이 남작한테 자기 소망은 젊은 여인, 특히 이 아가씨를 유혹하는 것이며, 목적을 이루기 위해서라면 결혼 약속도 마다하지 않겠지만, 몸을 망쳐놓고서는 '쏜살같이 도망치겠다'고 말한 적이 있음을 기억할 줄 믿는다. 그런데 샤를뤼스 씨는 모렐에게서 쥐피앙의 조카딸에 대한 사랑 고백을 듣고는 이 일을 까맣게 잊어버리고 말았다. 더구나 모렐 자신도 그랬나 보다. 모렐이 파렴치하게 털어놓았으며, 어쩌면 교묘하게 과장했을지도 모르는 자신의 본성과, 그 본성이 다시 날뛰던 때 사이에는 엄청난 간격이 있었던 모양이다. 모렐은 아가씨와 강하게 맺어짐에 따라서 그녀가 점점 마음에 들고 사랑하게 되어, 본디 저 자신조차 제대로 모르는 우둔한 성품인지라, 어쩌면 아가씨를 영원토록 사랑하게 될지도 모를 일이라고까지 상상하고 있었다. 확실히 그의 첫 소망, 그 나쁜 계획은 아직 그대로였으나, 그 위에 많고 많은 감정을 겹겹으로 덮어, 이제는 바이올리니스트가 제 행위의 참된 동기는 그런 사악한 소망이 아니었다고 주장해도 결코 본마음이 아니라고는 부인하지 못할 정도였다. 더구나 스스로 확실히 의식하지는 못했지만, 이 결혼이 일단은 그에게 필요하다고 생각했던 한때도 있었다. 그즈음 모렐은 꽤 심하게 손이 떨려서, 할 수 없이 바이올린을 그만둘 경우까지 생각해보아야 했다. 그는 자기 손재주 말고는 믿을 수 없을 만큼 게으름쟁이여서, 어떻게든 남에게 신세를 질 필요가 있었고, 신세 질 바에야 샤를뤼스 씨보다 쥐피앙의 조카딸에게 신세 지는 편이 나았다.

그녀와의 결합은 그에게 더욱 큰 자유를 줄 터이고, 쥐피앙의 조카딸에게 부탁하여 아무 때나 늘 바뀌는 수습 여공들과 놀아나며 여자를 마음대로 골라잡을 수도 있고, 또 그녀에게 몸을 팔게 하여 부유한 아름다운 부인들도 손에 넣을 수 있을 테니까. 장래의 아내가 고분고분 거기에 응하지 않을는지도 모른다거나, 응할 만큼 타락했는지도 모른다는 것은 모렐의 계산에 조금도 들어가지 않았다. 하기야 경련이 그치자 이런 계산은 뒤로 물러나 순수한 사랑에 자리를 내주었다. 샤를뤼스 씨가 주는 월급이 있으면 바이올린만으로 충분했고, 게다가 자기가 아가씨와 결혼해버리면 샤를뤼스 씨의 까다로운 요구도 틀림없이 누그러질 것이다.

자신의 사랑과 자유를 위해서도 모렐에게 결혼은 발등에 떨어진 불이 되었다. 그는 쥐피앙을 통해 그 조카딸에게 청혼했고, 쥐피앙은 조카딸의 의사를 물었다. 하기는 물어볼 필요조차 없었다. 바이올리니스트에 대한 아가씨의 열정은 마치 풀어 흐트러뜨린 머리카락처럼, 두리번거리는 눈길에 깃든 기쁨처럼 온몸을 감싸고 있었다. 한편 모렐은 자기에게 쾌적하거나 이득이 되는 것에는 거의 무엇에나 도덕적인 감동을 느끼고, 사리에 맞는 말을 내뱉으며, 때로는 눈물마저 글썽거리는 됨됨이를 지녔다. 따라서 그는 일찍이 샤를뤼스 씨에게 유혹이니 처녀를 더럽히니 하며 노골적으로 비열한 이론을 늘어놓은 주제에, 이번에는 쥐피앙의 조카딸한테—만약 이런 말을 그에게 적용할 수 있다면—진심으로 감상적인 말들을 해댔던 것이다(하는 일 없이 놀고먹으면서 살고 싶어하는 숱한 청년 귀족들이 부유한 중산계급의 매력적인 아가씨에게 지분거리는 말씨도 감상적인 법이다). 다만 모렐은 자기에게 기쁨을 주는 자에 대한 남다른 열광과 그 상대와 맺는 엄숙한 맹세가 양면성을 지니고 있었다. 그 상대가 자기에게 기쁨을 주지 않게 되자마자, 또는 맺은 약속을 지켜야 한다는 의무가 귀찮아지기라도 하면, 상대는 금세 모렐에게 반감을 사게 되고, 그는 이 반감을 자기 자신에게 정당화한다. 그리고 얼마 동안 신경증에 시달린 뒤 또다시 안정을 되찾으면, 설령 순전히 도덕적인 관점에서 문제를 고찰하더라도, 자신이 모든 의무에서 자유로워진 몸이라는 사실을 이 반감으로 스스로에게 증명하는 것이었다.

예를 하나 들어보면, 발베크 체류가 끝날 무렵 그는 어떤 일로 가진 돈을 몽땅 털렸는데, 샤를뤼스 씨에게 감히 말도 꺼내지 못하고 그 돈을 빌려줄 사람을 찾았던 적이 있었다. 일찍이 그는 아버지한테서(이 아버지는 그에게 결코 '돈 꾸는 자'가 되지 말라고 일렀지만) 돈을 빌리는 경우에는, 청하는 상대에게 '볼일에 대하여 말씀드리고자'라든가 '볼일이 있어 뵙고자'라고 써 보내는 게 예의라고 배운 바 있었다. 이 마법의 서식이 모렐을 어찌나 호렸는지, '볼일이 있어' 뵙기를 청하는 즐거움 때문만이라도 그는 돈 털리기를 바라 마지않았을지도 모를 일이다. 나중에 가서야 이 서식이 그의 생각만큼 효과가 없음을 알았다. 이런 일도 아니면 모렐이 아예 편지를 보낼 리가 없는 사람들이, 편지를 받은 지 5분 안에 '볼일에 대하여 말씀을 들으려고' 답장을 보내지 않는다는 사실을 알게 된 것이다. 답장이 오지 않은 채 오후가 지나가자, 청을 받은 자가 여행 중이거나 병중일 수도 있고, 설사 그렇지 않을망정 아직 집에 돌아오지 않았거나 따로 써야 할 편지가 있을지도 모를 일인데, 모렐의 머리에는 이런 생각이 떠오르지 않았다.

요행히 다음 날 아침에 만나자는 약속을 받으면 그는 상대에게 다가가 이렇게 말한다. "답장이 없어서 이상하다고 생각하던 터였습니다. 무슨 일이 있지나 않았는지 걱정이 돼서요. 그럼 여전히 몸은 건강하시죠?" 등등. 그래서 그는 발베크에 있을 때 '볼일'이 있다는 말도 없이 블로크를 소개해달라고 나에게 부탁해왔는데, 블로크는 그가 일주일 전에 열차 안에서 매우 언짢은 태도를 보인 바로 그 상대였다. 블로크는 주저하지 않고 그에게—라고 하기보다는, 니생 베르나르에게 빌려주게 했다—5천 프랑을 빌려주었다. 이날부터 모렐은 블로크를 숭배하게 되었다. 그는 눈물을 글썽거리며 어떻게 하면 생명의 은인에게 보답할 수 있을까 곰곰이 생각했다. 결국 내가 모렐을 위해 다달이 1천 프랑을 샤를뤼스 씨에게 요구하는 소임을 짊어지고, 이 돈을 곧바로 모렐이 블로크에게 주며, 이런 식으로 블로크는 빠른 시일 내에 빌려준 돈을 도로 거두어들일 예정이었다.

첫 달, 모렐은 아직 블로크의 고마움에 젖어 있어서 돈을 받는 즉시 1천 프랑을 그에게 보냈다. 그런데 그 뒤 나머지 4천 프랑은 다른 데 쓰는 편이 더 흥미롭다고 생각해선지 그는 말끝마다 블로크를 욕하기 시작했다. 블로크의 그림자만 봐도 금세 침울해지곤 하던 차에, 블로크가 모렐에게 빌려준 정확한 액수를 잊어버리고 4천 프랑 대신 3천 500프랑을 달라고 했다. 바이올리니스트로서는 500프랑을 이득 보는 셈인데도, 그는 이와 같은 사기에 대해서는 동전한 푼도 지불할 수 없으며, 오히려 채권자는 고소당하지 않는 것만도 다행으로 여겨야 한다고 대답하려 했다. 이런 말을 하는 그의 눈은 이글이글 타오르고 있었다. 그뿐인가, 그는 블로크와 니생 베르나르 씨한테 자기를 원망할 이유가 없다고 말하는 걸로 만족하지 않고, 이윽고 자기가 그들에게 원망을 품지 않는 걸 고맙게 여겨야 한다고 떠벌렸다. 그러다 니생 베르나르 씨가 티보(Thibaud)[*1]도 모렐 못지않은 명수라고 말하자, 모렐은 이와 같은 말은 직업상 자기에게 손해 끼치는 사건이므로 법정에 나가 싸워야겠다고 생각하기 시작했다. 그리고 프랑스에는 따로 유대인을 벌하는 기관이 없어진 지 이미 오래라는 이유로(모렐의 반유대주의는 한 유대인한테 5천 프랑을 빌려 썼다는 데서 오는 자연스러운 결과였다) 장전된 권총을 몸에 지니지 않고는 외출하지 않게 되었다.

강한 애정 뒤에 오는 이 같은 모렐의 조바심은 머지않아 재봉사의 조카딸에 대해서도 일어나게 된다. 하기야 이 변심에는 샤를뤼스 씨가 자기도 모르는 사이에 한몫 끼었을 것이다. 왜냐하면 그는 깊게 생각해보지도 않고 곧잘 그들에게 지분거리며, 둘이 일단 결혼하면 자기는 다시 그들을 찾아보지 않을 테다, 그들을 자신에게서 독립시키겠다는 등 본의 아닌 말을 했기 때문이다. 이 발상 자체만으로는 모렐을 아가씨한테서 떼어내기에 절대로 충분치 못했으나, 그것이 모렐의 정신 속에 남아 있다가 이와 비슷한 생각, 더구나 일단 결혼한 뒤에는 이별의 강력한 원인이 되는 다른 생각과 기회만 있으면 결합하려고 했던 것이다. 그렇다고 내가 샤를뤼스 씨와 모렐을 그다지 자주 만났던 것은 아니다. 내가 공작부인 댁에서 나왔을 때는 두 사람이 벌써 쥐피앙네 가게로 들어간 적이 많았다. 부인 곁에 있는 게 어찌나 즐거운지, 알베르틴이 집에 돌아오기를 기다리는 동안의 불안을 잊을 뿐만 아니라 그녀의 귀가 시간마저 잊어버렸기 때문이다. 나는 게르망트 공작부인 댁에서 밤늦도록 있던 나날 중, 한 작은 사건이 일어난 날의 일을 따로 말해두고자 한다. 그때는 이 사건의 잔혹한 뜻을 전혀 깨닫지 못했고, 오랜 시간이 지나서야 겨우 이해했다. 그날 오후가 끝날 무렵 게르망트 공작부인은 내가 좋아하는 걸 알고 있었으므로, 남프랑스 지방에서 보내온 고광나무 꽃을 주었다. 내가 공작부인과 헤어져 집에

[*1] 프랑스의 바이올리니스트(1880~1953).

왔을 때 알베르틴은 이미 돌아와 있었다. 나는 계단에서 앙드레와 마주쳤는데, 내가 들고 온 강한 꽃향기가 그녀에겐 불쾌한 듯했다.

"저런, 벌써 돌아왔어?"—"조금 전에요. 그런데 알베르틴이 편지를 써야 하니 나는 이만 돌아가라고 해요."—"뭔가 나쁜 일을 꾸미고 있는 거 아닌가?"—"천만에, 숙모에게 보낼 편지를 쓰나 봐요. 그나저나 알베르틴은 강한 향을 싫어하니 이 고광나무 꽃은 좋아하지 않을걸요."—"그래? 공연히 가져왔군! 프랑수아즈한테 일러서 계단 층계참에 두라고 해야겠어."—"당신 몸에 밴 고광나무 꽃 냄새를 알베르틴이 모를 줄 아시나 봐. 월하향(月下香) 향기와 이 냄새가 아마 가장 끈덕질 거예요. 그리고 프랑수아즈는 시장에 간 모양이에요."—"하필 오늘 열쇠가 없으니 어떻게 집에 들어간다지?"—"벨을 누르면 그만이죠 뭐. 알베르틴이 열어줄 거예요. 머지않아 프랑수아즈도 돌아올 테고."

나는 앙드레에게 작별인사를 했다. 벨을 울리자마자 금세 알베르틴이 문을 열러 왔는데, 그것은 어지간히 번거로운 일이었다. 프랑수아즈가 집에 없어서, 어디서 불을 켜야 하는지 알베르틴이 몰랐기 때문이다. 겨우 그녀는 나를 안으로 들일 수 있었는데, 고광나무 꽃 냄새에 쏜살같이 달아나버렸다. 내가 꽃을 부엌에 두러 간 사이에, 그녀는 편지 쓰기를 그만두고(왜 그만두었는지 나는 까닭을 몰랐다) 내 방에 들어와서 나를 부르고는 내 침대에 누웠다. 그때까지도 아직 나에게는 이런 모든 일이 더할 나위 없이 자연스럽고, 기껏해야 조금 석연치 않은, 아무래도 좋은 일이라는 생각밖에 들지 않았다. 실은 그녀가 하마터면 앙드레와 같이 있는 현장을 들킬 뻔했으므로, 어수선한 자기 침대를 보이지 않으려고 전깃불을 다 끄고 시간을 끌다가 내 방에 들어와서 편지 쓰는 체했던 것이다. 이런 일은 나중에 가서 독자의 눈에 띌 테지만, 나는 그것이 정말로 사실인지 아닌지 끝끝내 알지 못했다.

이 사건만 빼놓고는, 알베르틴이 집에 돌아온 뒤 내가 공작부인 댁에서 늦을 때도 늘 평상시 그대로였다. 알베르틴은 내가 저녁 식사 전에 그녀와 함께 외출하고 싶어하는지도 몰라, 언제나 응접실에 아무렇게나 모자·외투·양산을 어질러놓았다. 나는 집 안으로 들어서서 이런 물건들을 보니, 곧장 집의 공기가 숨쉬기에 편하게 바뀌어 희박한 공기 대신 행복이 집을 가득 채우고 있음을 느낀다. 나는 슬픔에서 구원된다. 이런 하찮은 것들을 보는 것만으로도 알베르틴을 소유한다는 실감이 끓어올라, 나는 그녀 곁으로 달려가곤 했다.

게르망트 공작부인 댁으로 내려가지 않는 날이면 알베르틴이 돌아올 때까지 심심풀이로 엘스티르의 화집(畵集)이나 베르고트의 책을 뒤적였다. 그러자 —오로지 눈과 귀에 호소하는 성싶은 작품이라도 그것을 맛보려면 각성된 지성이 밀접하게 이 두 감각과 협력해야 하므로—나도 모르는 사이에, 지난날 내가 아직 알베르틴을 몰랐던 무렵에 그녀가 내 마음속에 일게 했던 갖가지 꿈, 일상생활에 묻히고 만 꿈을 마음속에서 끄집어냈다. 나는 그 꿈을 도가니 속에 던지듯 음악가가 작곡한 악절이나 화가가 그린 형상(形象) 속에 던져, 지금 읽고 있는 작품의 양분으로 삼았다. 그 때문에 확실히 작품이 더욱 생기 있게 보인다. 그러나 알베르틴 또한, 우리가 드나들 수 있는 두 세계, 같은 하나의 대상을 번갈아 배치할 수 있는 현실 세계에서 꿈속 세계로 옮겨져, 그로써 물질의 짓누르는 듯한 압력에서 벗어나 유동적인 사념의 공간에서 노닐 수 있으므로 적잖은 득을 보았다. 나는 잠시나마, 돌연히 이 보잘것없는 아가씨에게 뜨거운 애정을 느낄 수 있었다. 이 순간 그녀는 엘스티르나 베르고트의 작품처럼 보이며, 나는 공상과 예술을 통하여 한 걸음 물러나 그녀를 바라보면서 짧은 흥분을 느낀다.

　이윽고 그녀가 돌아왔다는 기별을 받았지만 내가 혼자 있지 않을 때는 그녀의 이름을 대지 말라고 일러두었다. 이를테면 블로크가 와 있을 때, 나는 그를 잠깐 더 머무르게 하여 그가 내 애인과 만나지 못하도록 신경을 썼다. 그녀가 내 집에 묵고 있고, 내가 집에서 그녀를 만나고 있다는 사실마저 숨겨왔기 때문이다. 그토록 나는 내 친구 가운데 어느 놈이 그녀에게 반하지 않을까, 그녀를 밖에서 기다리지 않을까, 아니면 복도나 응접실에서 잠깐 만나는 틈에 그녀에게 눈짓으로 밀회를 약속하지 않을까 전전긍긍했던 것이다. 머지않아 치맛자락이 바스락거리는 소리가 나고, 알베르틴이 자기 방으로 가는 기척이 들린다. 나 혼자가 아닌 것을 알면, 그녀는 조심스럽게, 그리고 아마 전에 라 라스플리에르 성관의 만찬에서 내 질투심을 자극하지 않으려고 마음을 썼듯이 내 방에 들어오려고 하지 않았다. 그러나 딱히 그 때문만도 아니었음을 나는 퍼뜩 이해했다. 기억을 더듬어보았다. 지난날 내가 처음 만났던 알베르틴을 돌이켜 생각해보면, 그녀는 갑작스럽게 다른 여인, 지금의 알베르틴으로 변해버리고 말았다. 그 변화의 책임은 나 자신에게 지울 수밖에 없었다. 우리 둘이 한갓 사이좋은 친구였을 때라면 아무렇지 않게, 기꺼이 털어놓았을 것들도,

내 사랑을 받고 있다고 여기자마자 또는 '사랑'이라는 이름으로는 의식하지 못했더라도 아무튼 내가 꼬치꼬치 알고자 하고, 알게 된 것에 괴로워하면서도 더욱더 캐내려는 마음을 품고 있음을 짐작하자마자 그녀는 절대로 입 밖에 내지 않았다. 그날부터 그녀는 나에게 모든 걸 숨기게 되었다. 내가 여느 남자친구는 물론이려니와 여자친구와 함께 있다고 생각해도 그녀는 내 방을 피하곤 했다.

전에 내가 젊은 아가씨 이야기를 하자 그녀는 생생한 흥미로 눈을 반짝이며 이렇게 말했다. "그분을 모시도록 해요. 아는 사이가 되면 재미있을 거예요."—"하지만 당신이 말하는 좋지 못한 부류의 여인이야"—"그렇담 더 재미있을 거예요." 그 무렵이었다면 나는 모든 걸 알 수 있었을 것이다. 그 작은 카지노에서 그녀가 앙드레의 가슴에서 제 가슴을 떼어냈을 때도, 내가 있었기 때문이 아니라 코타르가 있었기 때문이었다. 틀림없이 그녀는 코타르가 좋지 않은 소문을 퍼뜨릴 거라고 생각했던 것이다. 그렇지만 그즈음부터 그녀는 이미 고집스러워지기 시작하여 신뢰의 말도 다시는 그 입술 밖으로 나오지 않았고, 행동도 매우 조심스러웠다. 그녀는 내 마음을 움직였을지도 모르는 온갖 것을 자기 몸에서 떨쳐버렸다. 그녀의 생활 가운데 내가 알지 못하는 부분에 하나의 성격을 붙여주고, 나의 무지를 이용해 그것이 무해함을 강조했다. 그래서 지금 이 변모가 완성되어, 내가 혼자가 아니면 그녀는 제 방으로 곧장 가곤 했는데, 이것은 방해하지 않겠다는 뜻일 뿐 아니라, 남들에게 무관심하다는 걸 나에게 보이기 위해서였다. 그녀가 나한테 영영 다시는 하지 않을 한 가지가 있었다. 내가 아무래도 상관없었던 때에만 그녀가 하던 것, 내가 아무래도 상관없었으므로 그녀가 쉽사리 했던 것은 바로 고백이었다. 이래서 나는 늘 재판관처럼 피고의 신중치 못한 말, 피고의 유죄성에 연관짓지 않고도 설명될 성싶은 말에서 확실치 못한 결론을 끄집어낼 수밖에 없는 것이다. 그리고 그녀는 언제나 나를 질투심 많은 사내, 그녀를 재판하는 사내라고 느낄 것이다.

우리의 약혼 생활은 마치 재판과 같아서, 알베르틴은 죄수처럼 겁내고 있었다. 지금은 다른 사람 이야기가 나오면, 노인들을 빼놓고는 남성이건 여성이건, 그녀는 곧장 말끝을 딴 데로 돌려버린다. 아직 내가 그녀를 질투한다고 깨닫지 못했을 무렵에 알고 싶은 것을 물어보았어야 옳았다. 그런 때를 이용해야 한다. 그때라면 애인도 자신이 어떤 쾌락을 경험했는지, 어떤 수단을 부려 남들의 눈에서 제 쾌락을 감추는지도 죄다 말해준다. 그러나 이제 더 이상 그녀는 발베크에서 했듯이 나한테 속내를 내비치진 않을 테지. 그 무렵에 절반은 그것이 진실이었기 때문에, 또 절반은 나에게 그 이상의 애정을 보이지 않는 변명으로 그녀가 고백했는데, 그도 그럴 것이 그즈음부터 이미 나는 그녀를 귀찮게 했고, 또 내가 그녀에게 기울인 호의 덕분에 그녀는 남들만큼 애정을 나타내지 않아도 내게서 남들 이상의 애정을 얻을 수 있음을 알아챘기 때문이다. 이제는 그 무렵처럼 다음과 같은 속내는 듣지 못할 테지. "누구를 사랑하는지 남에게 보이다니 어리석어요. 나는 그 반대죠. 아무개가 마음에 들면 그 사람에게 특별한 관심이 없는 체하죠. 그러면 아무도 눈치채지 못하거든요." 이런 말을 한 사람이 지금의 알베르틴, 자기는 솔직하며 누구에게도 무관심하다고 우겨대는 알베르틴과 같은 인물이라니! 이제 와선 그녀도 나에게 이런 원칙을 주장하지 않을 테지! 지금은 나와 이야기할 때 나에게 불안감을 줄지도 모르는 아무개에 대해, "글쎄요! 난 몰라요. 그 여자를 바라보지도 않았는걸. 하찮은 여자겠죠 뭐" 말하면서 그 원칙을 적용하는 게 고작이었다. 때때로 그녀는 나에게 들킬 것 같은 일들을 앞질러 털어놓을 때도 있었지만, 그 고백이 어떤 사실을 왜곡하여 무죄를 선언하려고 하는지 알기도 전에 이미 그 말투로 거짓말임이 훤히 들여다보이곤 한다.

알베르틴의 발소리에 귀를 기울이고, 오늘 저녁은 그녀도 더는 외출하지 않을 거라는 생각에 기뻤다. 지난날 도저히 벗이 될 성싶지도 않던 이 아가씨가, 지금은 날마다 제 집에 돌아온다는 것이 바로 내 집에 돌아오는 것이로구나 하고 새삼 놀라웠다. 발베크에서 그녀가 호텔에 묵으러 오던 날 밤에 느꼈던 신비와 육감이 섞인 기쁨, 짧고 단편적인 그 기쁨이 완전해지고 안정되어, 여태껏 텅 비었던 내 거처를 가정적인 따사로움, 거의 가정적이라고 해도 괜찮을, 끊임없이 복도까지 넘치는 평화로 가득 채우고 있어, 내 모든 감각은 때로는 실제로, 또 혼자 있을 때는 그녀의 귀가를 기다리며 상상 속에서 그 느긋한 평화를 조용하게 양식으로 삼았다. 친구와 있을 때 알베르틴의 방문이 다시 닫히는 소리가 나면, 나는 부랴사랴 친구를 밖으로 끌고 나가 그가 계단까지 내려간 것을 확인하고 난 뒤에야, 필요하다면 나 자신도 계단을 몇 층계 내려가고서야 친구를 놓아주었다.

복도에서 알베르틴이 내 쪽으로 걸어온다. "이봐요, 내가 옷을 갈아입는 동안 앙드레를 당신한테 보내겠어요. 당신에게 저녁 인사 한다고 잠깐 들렀으니까." 그녀는 친칠라(chinchilla)*¹ 모피 모자에서 늘어진 긴 잿빛 베일, 내가 발베크에서 그녀에게 선물한 그 베일을 여전히 얼굴 둘레에 나풀거리면서 제 방으로 돌아가는 모습이, 마치 그녀의 감시를 부탁했던 앙드레가 이제부터 나에게 낱낱이 보고하여 둘이서 벗과 만났던 애기 따위를 하면서, 내가 상상조차 할 수 없는 그날 하루 동안의 산책이 펼쳐진 막연한 장소를 조금이라도 확인하려는 것을 꿰뚫어보고 있기라도 한 듯했다.

앙드레의 결점이 뚜렷하게 드러나, 내가 그녀와 처음 만났을 무렵만큼 좋아 보이지 않게 되었다. 지금의 그녀에게는 까다로운 조바심 같은 게 피부로 드러나, 내가 알베르틴과 나에게 즐거웠던 일을 어쩌다 입 밖에 내기라도 하면, 그녀의 얼굴에는 바다 위에 '스콜'이 일듯이 금세 불안한 먹구름이 끼었다. 그러나 앙드레는 나에게 가장 친절한 사람들보다 더 친절했으며, 또 나를 더욱 좋아하고 있음은—나는 몇 번이나 그 증거를 보았다—변함없었다. 그런데 남이 조금이라도 행복해 보이지만 그것이 자기가 가져다준 게 아니면, 누가 문을 힘껏 쾅 닫을 때처럼 언짢고 불쾌한 인상을 썼다. 그녀가 관계하지 않는 고통은 받아들이나, 기쁨은 그렇지 않다. 내가 병을 앓는 것을 본다면, 그녀는 마음 아파하고 나를 가엾게 여겨 간호해주었으리라. 하지만 내가 하찮은 만족을 맛보아도, 예컨대 책을 덮고 "독서로 두 시간이나 즐겁게 지냈는걸. 참 재미나는 책이야!" 말하면서 기분 좋게 기지개를 켜도, 어머니나 알베르틴이나 생루를 기쁘게 했을 게 틀림없는 이 말이 앙드레에게는 아마도 단순히 비위에 거슬렸을 뿐인지도 모르나 어떤 격렬한 비난의 감정을 일으켰다. 나의 만족이 그녀에게는 숨길 수 없는 조바심을 일으켰다. 이 결점보다 더 심한 결점도 있었다. 어느 날 내가 경마·도박·골프에는 박식하지만 그 밖의 것에 대해서는 전혀 교양이 없던, 발베크의 작은 모임에서 함께 만나던 한 젊은이에 대해서 이야기하자, 앙드레는 비웃기 시작했다. "그 사람 아버지는 도둑이었어요. 하마터면 심문받을 뻔했죠. 그래서 부자(父子)가 더욱더 허풍떨지만, 난 이 소문을 퍼뜨리는 게 재미있으니 어쩌겠어요. 무고죄로 고소할 테면 하라지. 멋들어지게 진술할 테니까!" 그녀의 눈이 반짝반짝 빛났다. 그런데 그 아버지는 아무런 부정

---

*1 다람쥐와 비슷한 남미산 동물.

도 저지르지 않았으며, 앙드레도 다른 이들과 마찬가지로 그 점을 잘 알고 있었다. 다만 그녀는 그 아들한테 멸시받고 있는 줄 여기고, 그를 난처하게 하고 수치가 되는 것이 없을까 찾던 나머지, 공상 속에서 자기가 진술하러 출두 명령을 받는 허구를 지어내어 자초지종을 되풀이하는 사이에, 그녀 자신도 그것이 거짓이라는 점을 잊어버리고 말았는지도 모른다.

앙드레가 이 같은 사람이 되고 나니(설령 그 한때의 지랄 같은 증오를 보이지 않았더라도), 금방 뒤틀리기 쉬운 성미—열정적이고 선량한 그녀의 본성을 차가운 조바심의 띠로 두르는 이 성미—만으로도 그녀를 만나고 싶지 않다는 생각이 들었다. 하지만 내 애인에 대하여 그녀만이 줄 수 있는 정보가 나의 흥미를 강하게 끌어, 매우 드문 그 기회를 소홀히 할 수는 없었다. 앙드레가 들어와서 등 뒤로 문을 닫는다. 그녀들이 한 여자친구를 만났다는데, 알베르틴은 이 여자친구에 대해 나에게 한 번도 말한 적이 없었다. "둘이서 무슨 얘기를 했지?"—"모르겠어요. 난 알베르틴이 그녀와 함께 있는 틈을 타서 털실을 사러 갔거든요."—"털실을 사러?"—"그래요, 알베르틴이 부탁하기에."—"그럼 더욱이 가지 말았어야지. 당신을 멀리 떼어놓으려고 그랬는지 모르는데."—"그러나 그 여자친구를 만나기 전에 부탁받은걸요."—"아아, 그래!" 나는 한숨을 내쉬며 대답한다. 하지만 금세 의혹에 사로잡힌다. '어쩌면 알베르틴이 미리 그 여자친구와 만나기로 해놓고, 적당한 때에 앙드레를 떼어놓으려고 핑계를 꾸민 것은 아닐까?' 게다가 이전의 가정(앙드레가 반드시 진실만을 말하고 있는 게 아니라는 가정)이 옳지 않다는 확신이 나에게 있나? 앙드레는 알베르틴과 한통속인지도 모를 일이었다.

나는 이전에 발베크에서 이렇게 생각한 적이 있다. 애정이란 한 인간에게 품는 것이지만, 질투는 오히려 그 인간의 행위를 대상으로 삼는 듯하고, 상대가 모든 행위를 털어놓는다면 사랑의 고뇌는 쉽사리 나을 것 같다. 질투란 그것을 느끼는 이가 아무리 교묘하게 감추려고 해도 소용없는 일로, 질투를 불어넣은 여인의 눈에 재빨리 간파되어 이번에는 여인이 교묘한 술수를 부리게 된다. 여인은 나를 불행하게 만들지도 모르는 일을 속이려 들고, 또 쉽사리 속여넘긴다. 그도 그럴 것이 아무것도 모르는 한 사내가, 무의미한 한마디에 어떠한 거짓이 숨어 있는지 어떻게 밝혀내겠는가? 우리는 이 한마디조차도 다른 말 중에서 가려내지 못한다. 여인이 겁내며 한 말도 무심코 흘려버리고 만다.

나중에 혼자가 되어 이 말을 돌이켜보면, 사실에 전혀 들어맞지도 않아 보인다. 그러나 우리는 이 말을 정확히 기억하는가? 이 말에 대하여, 또 자기 기억의 정확성에 대하여, 우리 마음속에서 저절로 생겨난 의혹이 어떤 신경질적인 상태에 빠져 있을 때, 정말로 손수 빗장을 질렀는지, 쉰 번이나 다시 끼워도 처음과 마찬가지로 흐릿한 그런 의혹과 매우 비슷해 보인다. 끝없이 한 가지 행동을 되풀이해도 우리를 의혹에서 벗어나게 하는 명확한 기억은 영원히 생겨날 수 없다. 이게 문이라면 쉰한 번째에 다시 닫을 수도 있겠다. 하지만 불안감을 주는 한마디는 과거에 불확실한 형태로 들은 거라 우리 힘으로 다시 듣지 못한다. 그래서 우리는 아무것도 숨기지 않은 다른 말에 주의를 기울이게 된다. 단 하나의 요법, 그런데도 우리는 받아들일 수 없는 요법은 더욱더 알고 싶어하는 욕망을 품지 않기 위하여 아무것도 모른 채 있는 것이다.

질투는 간파되자마자 상대 여인한테 믿지 못하는 표시로 여겨져, 그것이 이쪽을 속이는 떳떳한 핑계가 된다. 더구나 어떤 사실을 알고자 먼저 거짓말하고 속인 것은 우리 쪽이다. 앙드레나 에메는 아무 말 하지 않겠다고 약속했으나 과연 약속을 지킬까? 블로크는 모르기 때문에 아무런 약속도 할 수 없었지만, 만약 알베르틴이 이 세 사람 가운데 누구하고 몇 마디만 한다면, 생루라면 '정보의 대조'라고 할 방법으로 금세 꿰뚫어볼 것이다. 내가 그녀에게는 무관심하고, 애당초 그녀를 감시하다니 도덕상 있을 수 없다고 우길 때, 그것이 거짓말이라는 사실을. 그러므로 알베르틴의 행동과 관련하여 늘 내가 품는 끝없는 의혹은 너무나 확실하지 않아 고통조차 일으키지 못했다. 의혹과 질투의 관계는 마치 슬픔에 대하여 막연한 상태에서 마음의 안정이 생기는 저 망각의 시초가 품는 관계와 비슷하지만, 그 의혹에 이어 지금 막 앙드레가 가져온 대답의 한 조각이 금세 새로운 의문을 나에게 던졌다. 나는 내 둘레에 펼쳐진 광대한 지대의 작은 한 부분을 탐색하면서, 그저 내가 알 수 없는 것, 우리가 실제로 상상해보려 해도 영영 알 수 없는 타인의 실생활을 멀리멀리 밀어낼 뿐이었다. 내가 앙드레한테 계속해서 묻는 동안, 알베르틴은 나에게 천천히 질문할 틈을 내주려고(이것을 그녀는 알아채고 있었을까?), 제 방에서 느릿느릿 옷을 갈아입고 있었다.

"알베르틴의 숙부와 숙모께서 나를 퍽 좋아하시나 봐." 내가 앙드레의 성미를 깜빡 잊고 경솔하게 말했다. 곧장 그녀의 끈적거리는 얼굴이 변해버린 즙처

럼 탁해지기 시작했다. 영원히 흐려 있을 것만 같았다. 불쾌한 듯이 입을 비죽
거렸다. 내가 처음으로 발베크에 머무른 해, 앙드레는 잔걱정이 많은 성미에도,
작은 동아리 아가씨들이 다 그렇듯 젊디젊은 쾌활함을 발휘했었다. 그러나 그
모습은 이제 흔적도 없고, 지금은(그 뒤로 앙드레가 나이를 더 먹은 것은 사실
이지만) 그 쾌활함도 사라져버렸다. 그러나 나는 무심코 앙드레가 나와 작별하
고 집으로 저녁 식사를 하러 가버리기 전에, 그 쾌활함을 돌이켜보려고 했다.
"오늘 어떤 사람이 당신을 한없이 칭찬하던데." 나는 그녀에게 말했다. 그러자
곧 그녀의 눈은 기쁨으로 반짝거리며, 진정으로 나를 좋아하고 있는 듯이 보
였다. 그녀는 내 시선을 피하고, 갑자기 아주 동그랗게 된 두 눈으로 어렴풋이
웃고 있었다. "그게 누구죠?" 그녀는 솔직하고도 탐욕적인 흥미와 더불어 물었
다. 내가 이름을 대자, 그 사람이 누구든 간에 그녀는 기뻐해 마지않았다.

　이윽고 돌아갈 시각이 되어 그녀는 물러갔다. 알베르틴이 내 곁으로 다시
돌아왔다. 입고 있던 옷을 벗고, 예쁜 크레프드신으로 된 실내복 또는 일본 기
모노 중에서 한 가지를 골라 몸에 걸치고 있었다. 이런 옷들은 내가 전에 게르
망트 공작부인한테 자세한 설명을 들었던 것으로, 그 가운데 몇 가지는 스완
부인이 편지로 자세한 보충 설명을 해주었다. 스완 부인의 편지는 다음과 같이
시작되었다. "오랫동안 뵙지 못하다가 나의 티 가운(tea-gown)[1]에 대한 당신의
편지를 읽으니 유령에게서 소식을 받은 느낌이었어요." 알베르틴이 신고 있는
다이아몬드를 박은 검은 구두는 프랑수아즈가 성이 나서 나막신이라고 부르
던 것인데, 그녀가 손님방 창 너머로 언뜻 보았던 게르망트 공작부인이 저녁에
집에서 신고 있던 것과 비슷하다. 그 뒤에 알베르틴이 신은 뒷굽 높은 슬리퍼
는 금빛 송아지 가죽인가 친칠라 모피였는데, 그녀가 내 집에 살고 있다는 증
거 같아서(다른 신은 그렇지가 않았다) 보기에 즐거웠다. 그녀는 내가 선물하지
않은 아름다운 금반지 같은 물건들도 갖고 있었다. 거기에 달려 있는 날개 펼
친 수리 한 마리가 훌륭했다. "숙모가 주셨어요." 그녀는 말했다. "때로는 숙모
도 그런대로 친절하세요. 스무 살이 된 기념으로 주셨거든요. 하지만 이걸 끼
고 있으면 나이 든 것 같아요."

　이런 온갖 예쁜 장신구에 알베르틴은 공작부인보다 훨씬 강한 애착을 갖고

---

[1] 가정에서 오후의 다회(茶會)에 입는 우아한 여성복.

있었다. 까닭인즉, 소유를 방해하는 모든 게 다 그렇듯이(이를테면 내 경우, 병은 여행을 곤란하게 만드는 동시에 몹시 동경하게 만들었다) 가난은 부유보다도 더 인심이 후해서, 도저히 살 수 없는 옷보다도 더 많은 것, 옷에 대한 욕망을 여자들에게 안겨준다. 이 욕망이야말로 옷에 대한 상세하고도 깊은 지식이다. 그녀로서는 이런 물건을 제 돈으로 마련할 수 없었으므로, 나는 그런 것들을 마련해 그녀를 기쁘게 하려고 애썼기 때문에, 우리 둘은 드레스덴이나 빈에 보러 가고 싶어서 참을 수 없는 그림을 미리 훤히 꿰고 있는 학생들과 같았다.

한편 수많은 모자와 옷가지에 둘러싸인 부유한 여인들은 애초부터 아무런 욕망도 품지 않고 미술관에 들어가므로 오로지 현기증과 피곤과 싫증밖에 느끼지 못하는 관람객들과 같다. 알베르틴은 이런저런 차양이 없는 모자, 검은담비 외투, 소매에 장미 빛깔 안감을 댄 두세(Doucet) 의상실의 실내복 같은 것을 눈여겨보고, 갖고 싶어했다. 욕망의 특성인 배타성과 면밀성으로 그것을 다른 것에서 분리해, 그 안감이나 스카프를 허공에 뚜렷이 떠올리면서, 그 온갖 부분을 샅샅이 알고 있었다. 알베르틴에게—또한 그 물건의 특징·장점·멋은 어디에 있으며, 그것을 만든, 절대 남이 따라할 수 없는 명장(名匠)의 솜씨란 어떤 것이냐에 대한 설명을 듣기 위해 게르망트 공작부인을 찾아갔던 나에게도—이러한 것들은 대단히 매력이 넘치는 것으로 보였으나, 탐내기도 전에 물리고 마는 공작부인으로서는—나 또한 몇 년 전에 우아한 아무개 부인과 함께 지루한 의상실 순방을 했을 때 보았다면—느끼지 못했을 매력들이었다.

아닌 게 아니라 우아한 여성 알베르틴도 점점 그렇게 되어갔다. 이와 같이 내가 장만해 준 장신구들은 가장 예쁜 종류들로, 게르망트 부인이나 스완 부인의 온갖 세련된 취미가 깃들어 있었는데, 이제는 알베르틴도 그런 것들을 수 없이 갖게 되었기 때문이다. 그러나 아무리 많이 갖고 있든, 처음에 그녀가 이런 것들 하나하나를 따로 좋아한 이상 아무래도 좋았다. 어떤 화가에 열중하고, 다음에 다른 화가에 정신을 쏟다가, 나중엔 미술관 전체에 감탄하고 마는 경우도 있다. 그렇다고 해서 감탄의 감정이 차가운 건 아니다. 이 감탄은 잇달아 생기는 애정으로, 하나하나의 애정은 그때그때 오직 하나뿐인 애정이며, 마침내 꼬리를 물어 하나로 합쳐진 것이니까.

게다가 그녀는 경박한 여성이 아니어서 혼자 있을 때는 곧잘 책을 읽었고, 나와 둘이 있을 때는 소리 내어 읽어주었다. 그녀는 더없이 총명한 여성이 되었으며, 이렇게 말한 적도 있었다(하기야 그녀의 착각이었지만). "당신이 없었다면 나는 그전처럼 바보였을 테니, 생각만 해도 소름이 끼쳐요. 아니라고 하지마세요. 당신은 내가 꿈에도 생각지 못한 사상의 세계를 열어주었어요. 내가이만큼 된 것도 다 당신 덕분이에요."

알다시피, 그녀는 내가 앙드레에게 끼친 영향에 대해 이야기할 때도 비슷한말을 했다. 하지만 두 아가씨 중 누가 나에게 어떠한 감정을 품고 있었을까?또 알베르틴이나 앙드레나, 그 실체는 무엇이었나? 이를 알려면, 아가씨들이여,그대들을 움직이지 못하도록 붙들어둬야 할 것이다. 줄곧 딴 사람으로 변하는그대들에 대한 끝없는 기대 속에서 그만 빠져나와야 할 것이다. 그대들을 붙들어놓으려면, 사랑을 멈추고 늘 뜻밖의 모습으로 끝없이 나타나는 그대들에대해 더 이상 알려고 하지 말아야 할 것이다. 아아, 아가씨들이여, 아아, 회오리바람 속에 연달아 비치는 빛줄기여, 그 회오리바람 속에 언제 다시 그대들이나타날까 가슴 두근거리지만, 어지러울 지경으로 빠른 빛 때문에 그대들의 모습을 제대로 알아볼 수도 없구나. 이 빛의 속도, 우리는 이것을 모르는 채 지나올 수도 있었겠지. 모든 것이 멈춰 있다고 보였을 수도 있었겠지. 하지만 우리는 성적 매력에 사로잡혀 달려간 것이다. 그대들에게로, 늘 다른 모습으로늘 우리의 기대를 앞지르는 황금 물방울인 그대들에게로. 만날 때마다 아가씨의 모습은(우리가 그 모습을 알아보자마자 지금껏 품어온 추억과 기대하던 욕망을 산산조각 내면서) 전번과는 전혀 다르게 변하여, 우리가 만들어낸 그녀의안정된 성격은 한낱 허구로, 용어상의 편의로밖에 생각되지 않는다.

예컨대 한 아름다운 아가씨가 온화하며 애정 깊고 섬세하며 감정이 풍부하다는 소문을 들었다고 하자. 우리 상상력은 그 말을 곧이곧대로 믿는다. 그러다가 장밋빛을 띤 그녀의 둥근 얼굴이 잘게 물결치는 금발에 싸여 처음으로나타났을 때, 이 수녀처럼 정숙한 여성은 그 미덕으로 우리의 열정을 식혀, 결코 우리가 원하는 애인이 되지 못하는 것은 아닌지 걱정스러울 정도다. 하지만 첫선을 보이자마자 우리는 그 고귀한 마음을 믿은 나머지 얼마나 많은 속내를 보이고, 둘이서 얼마나 많은 계획을 짰던지! 그러나 며칠이 지나서, 우리는 그토록 속내를 털어놓았던 것을 후회하기 시작한다. 장밋빛 아가씨가 두번째로 만날 때는 복수의 여신처럼 음탕스럽고 맹렬한 말을 입에 담기 때문이다. 며칠 동안 가로막혀 은밀히 맥박 쳤던 장미 빛깔이 이번에는 차례차례 다른 면을 드러내기 시작하는데, 어쩌면 이 아가씨들의 모습은 바깥의 어떤 사태를 일으키거나 변화시키는 데 작용하는 직접적인 원인에 의하여 변한 것인지도 모른다. 그리고 이것이 바로 내가 발베크에서 만난 아가씨들의 몸에 일어난 일이었다. 우리에게 어느 숫처녀의 얌전함과 깨끗함을 칭찬하는 이가 있는데, 나중에 가서 그 사람은 좀더 짜릿한 쪽이 우리 마음에 드는 줄 알고, 이 숫처녀에게 더 대담하게 굴라고 권한다. 그녀 자신은 본디 그 어느 쪽이었을까? 아마도 그렇지 않고, 오히려 인생의 어지러운 흐름 속에 무한한 가능성을 지닌 아가씨였을 것이다. 이를테면 발베크에서, 노인들의 정수리에 가랑이가 닿을락 말락 하게 뛰어넘어 그들을 대경실색케 한 뜀뛰기 아가씨[1]처럼 어떤 의연한 점(그것을 우리는 우리 식으로 굴복시키려고 했다) 속에 모든 매력이 있었는데, 이 아니 실망스러운 일이냐. 남들에게 그토록 비정했던 그녀의 추억에 자극받아 우리가 다정스러운 말을 속삭일 때, 그녀는 표정을 달리하여 지금부터 시작이라는 듯이 대답한다. "저는 소심하기 짝이 없어요. 처음 뵙는 분한테는 조리 있게 말도 못할 만큼 겁이 많아서, 사귄 지 2주쯤은 지나야 제대로 얘기할 수 있답니다." 강철이 어느새 솜으로 변하고, 그녀 스스로 견고함을 죄다 잃어서 이젠 때려부수려야 부술 게 하나도 없다. 그녀 스스로 한 일이긴 하지만, 우리 탓은 아닐까. 우리가 그 '비정'에 보낸 다정한 말이—설령 상대가 이해타산을 살피지 않았더라도—그녀에게 다정한 여자가 되라고 끊임없이 암시했는지 모르니까(이런 사실이 우리를 적잖이 섭섭하게 하지만, 그래도 그다지 난감한 일은 아니다. 이만한 친절에 고마워하는 마음이 일어, 냉혹한 이를 꺾은 기쁨보다 더 많은 정이 우리를 부추길지도 모르니까).

빛나는 이 아가씨들에게도 매우 뚜렷한 성격을 정해주는 날이 언젠가 올지도 모르겠지만, 그때는 그녀들이 더 이상 우리 관심을 끌지 못할 테고, 또 우리가 마음속으로 기다리는 아가씨들과는 다른 사람이 나타나 그때마다 새로 구현된 여인의 모습이 우리 마음을 뒤집어엎는 일도 없게 되리라. 그때 우리 무관심이 그녀들의 움직이지 않는 모습을 지어내어, 그것을 정신의 판단에 맡길 것이다. 그러나 정신도 특별히 단정적인 결론을 내리진 않는다. 한 여인에게서 눈에 띄는 결점이 다행히도 또 다른 여인에게 없다고 판단한 뒤에도, 정신

---

[1] 앙드레를 가리킴, 제2편 《꽃피는 아가씨들 그늘에》 참조.

은 이 결점을 귀중한 장점의 뒷면으로 여길 테니까. 그러므로 사람이 관심을 잃었을 때 비로소 활동을 시작하는 지성의 그릇된 판단이 아가씨들의 성격을 안정된 것으로 규정하지만, 그 성격도 우리에게 별다른 것을 가르쳐주지는 못한다. 마치 우리의 기대가 만들어내는 어지러운 속도 때문에 매일 매주 그녀들이 전혀 딴 사람의 모습으로 나타나는데, 이러한 줄달음질을 계속하느라고 그녀들을 분류하거나 위치 결정도 못 할 때 날마다 나타나는 엉뚱한 얼굴이 우리에게 아무것도 가르쳐주지 못하는 것과 같다. 여러 차례 말한 터라 새삼 되풀이할 필요도 없지만, 보통 사랑이란 아가씨의 인상과 가슴 설렘의 결합이며(이마저 없다면 아가씨는 당장 꼴불견으로 비칠 것이다), 그 두근거림은 덧없고, 끝없는 기대나 그 아가씨에게 '바람 맞은' 경험과 떼어놓을 수 없는 것이다. 이 사실은 변화무쌍한 아가씨들을 눈앞에 둔 공상적인 젊은이들에게만 들어맞는 게 아니다. 나중에 알게 되었는데, 이 이야기가 일어난 때에 쥐피앙의 조카딸은 이미 모렐과 샤를뤼스 씨에 대한 견해를 바꿨나 보다. 우리집 운전사는 모렐에 대한 그녀의 연정을 부추기려고 그녀에게 바이올리니스트의 마음이 얼마나 섬세한지 떠들어댔었는데, 그녀도 그 말을 곧이들을 만한 마음 상태였다.

한편 모렐은 샤를뤼스 씨가 자기에게 사형 집행인의 역할을 하고 있다고 귀가 아프도록 그녀에게 말했으므로, 샤를뤼스 씨의 애정을 알아채지 못한 그녀는 그것이 남작의 고약한 마음씨 때문이라고 생각했다. 게다가 그녀는 모렐과 만날 때마다 샤를뤼스 씨가 폭군 같은 자세로 끼어드는 것을 깨달을 수밖에 없었다. 또 그 증거로, 사교계 부인들이 지독하게 고약스런 남작의 성미에 대해 왈가왈부하는 것을 듣곤 했는데, 얼마 전부터 그녀의 판단이 완전히 뒤집어졌다. 그녀는 모렐이 자기에게 자주 다정하게 굴며 실제로 감수성이 풍부한 마음씨를 보여주기는 하지만, 천성이 아주 고약하고 불성실한 인간임을 발견했고(그렇다고 그에 대한 사랑이 식은 건 아니지만) 반면에 샤를뤼스 씨에게서는 비정함이 섞여 있기는 하지만, 자기가 몰랐던 상상 못할 만큼 광대한 선량함을 발견했던 것이다. 이렇듯 그녀는 바이올리니스트와 그 후원자가 각각 어떤 인간인지 전에는 명확한 판단을 내릴 줄 몰랐다. 그와 마찬가지로 나도 날마다 앙드레를 만나고 알베르틴과 함께 살고 있음에도, 그녀들을 명확히 판단할 줄 몰랐다.

책을 읽어주지 않는 밤, 알베르틴은 음악을 들려주거나 나와 장기를 두거나 잡담을 했는데, 그 어떤 것이든 나의 입맞춤으로 중단되곤 했다. 우리 관계는 더할 나위 없이 단순해서 참으로 아늑했다. 삶이 공허했던 알베르틴은 내가 요구하는 것에 부랴부랴 복종했다. 이 아가씨 뒤에는, 마치 발베크에서 악단의 연주 소리가 울려올 즈음 방 커튼 밑으로 비치는 자줏빛 햇살 저편처럼, 물결치는 푸르스름한 바다가 진주처럼 빛나고 있었다. 정말 그녀는(마음속으로 나를 친근하게 생각하는 습관이 들어, 이제는 숙모 다음으로 나를 그녀 자신과 구별하기 어려운 인간으로 여기고 있었는지 모르나) 내가 처음으로 발베크에서 만난 그 젊은 아가씨, 평평한 폴로 모자를 쓰고 웃음을 머금은 눈으로 나를 계속 바라보던 신비로운 아가씨, 물결 위에 윤곽을 드러낸 실루엣처럼 날씬하던 그 아가씨가 아닌가. 기억 속에 그대로 간직된 이런 초상을 다시 찾아낼 때, 지금 알고 있는 그 존재와는 전혀 다른 모습에 놀라고, 그럴 때 우리는 습관이 날마다 어떠한 모습을 만들어내는지 알게 된다.

파리의 화롯가에 있는 알베르틴의 매력 속에는, 일찍이 바닷가를 따라 펼쳐지던 꽃피는 건방진 아가씨들의 행렬이 내 마음속에 불어넣었던 욕망이 아직 살아 있다. 라셀을 무대에서 물러나게 한 뒤에도 생루가 무대 생활의 매혹을 그녀에게서 느꼈듯이, 내가 발베크에서 멀리 부랴사랴 데리고 와 우리집에 가둬버린 알베르틴의 마음속에도, 해수욕장 생활이 지닌 흥분, 사회적인 혼란, 불안스런 허영심, 방황하는 욕망 따위가 헤아릴 수 없을 만큼 많이 남아 있었다. 지금의 그녀는 새장 속에 갇힌 몸이어서, 그녀를 내 방으로 부르지 않은 밤까지 있을 정도였다. 지난날 다들 그 뒤를 따랐으며, 내가 호된 고생을 마다하고 붙잡으려 해도 자전거를 타고 쏜살같이 달려가던 그녀, 엘리베이터 보이에게 부탁해도 데려올 수 없었고, 그쪽에서 찾아올 가망이 거의 없는데도 하룻밤을 꼬박 새워 기다리던 그녀였는데. 지난날 알베르틴은, 호텔 앞에서 불처럼 타오르는 바닷가의 위대한 여배우처럼 이 자연의 극장에 나갈 때 뭇사람들의 시샘을 일으키며, 아무에게도 말을 건네지 않고, 졸졸 따라다니는 무리를 팔꿈치로 떠밀며 여자친구들을 흘겨보지 않았던가? 그처럼 갈망의 대상이던 이 여배우는 바로 나 때문에 무대에서 물러나 여기 우리집에 갇혀, 누구의 욕망도 미치지 못하며 이제는 아무도 찾아낼 수 없는, 어떤 때는 내 방에 있고, 어떤 때는 제 방에서 소묘나 조각에 열중하게 된 것이 아니었나?

아닌 게 아니라 발베크에 머물기 시작했을 무렵, 그녀와 나의 생활은 평행선을 걷고 있는 것 같았는데, 내가 엘스티르를 찾아갔을 때 서로 가까워져 둘의 관계가 깊어짐에 따라 발베크에서, 파리에서, 그리고 다시 발베크에서 마침내 엇갈리고 말았다. 첫 번째와 두 번째 발베크 체류는 같은 별장에서 이뤄지고, 거기에서 같은 아가씨들이 같은 바다 앞에 나타나지만, 이 두 장면의 차이는 그야말로 하늘과 땅 차이! 두 번째 체류 때 나는 이미 알베르틴의 친구들을 잘 알고 있었고, 저마다의 얼굴에는 장점도 단점도 또렷이 새겨져 있었지만, 그 무리 속에서 옛 모래의 별장 문을 삐걱거리며 나타날 때마다, 또 지나가는 길에 몸이 위성류 가지에 스쳐 가지가 살랑댈 때마다, 으레 내 가슴을 설레게 하던 그 싱싱하고 신비로운 미지의 여인들을 다시 알아볼 수 있을까? 그녀들의 맑고 커다란 눈은 그 사이 어딘가로 사라지고 말았다. 아마도 그녀들이 이미 어린애가 아니기 때문이리라. 또한 로마네스크한 첫해의 여배우들, 내가 끊임없이 이것저것 캐어보고 싶어한 넋을 빼앗는 여성들이 더 이상 신비의 존재로 보이지 않은 탓도 있으리라. 그녀들은 내 변덕에 순종하는 한낱 꽃피는 젊은 아가씨에 지나지 않아, 나는 꽃 중에서 가장 예쁜 장미 한 송이를 꺾었음에, 수많은 손에서 이 장미꽃을 빼앗음에 적잖은 자랑을 느꼈다.

서로 이토록 다른 발베크의 두 정경 사이에는, 파리에서 지낸 몇 년의 간격이 있고, 그 긴 시간이 흐르는 동안에 알베르틴의 방문이 여러 차례 있었다. 나는 삶의 갖가지 시간 동안 나에 대하여 다른 위치를 차지하는 그녀를 보곤 했는데, 그 위치는 차례차례 찾아오는 공간의 아름다움과 그녀를 만나지 않고 지낸 두 번 다시 오지 않는 기나긴 때를 실감케 했다. 그리고 이 시간의 투명한 깊이 속에서 내 눈앞의 장밋빛 아가씨가 신비한 그림자를 드리우며 힘찬 돋을새김으로 형성되어 갔다. 이 돋을새김은 나의 알베르틴, 곧 잇따라 생기는 온갖 영상이 쌓여서 만들어졌을 뿐 아니라, 내가 짐작조차 못한 지성, 감정의 커다란 장점, 성격의 결함 등이 가득 채워져서 이루어졌다. 알베르틴은 그 장점이나 결함을 그녀 자신의 발아기, 증식기, 어두운 빛깔을 한 그 육신의 개화기마다 그녀의 본성에 덧붙여, 전엔 있으나마나 한 이 본성을 지금은 규명하기 어렵게 만들어버렸다. 그도 그럴 것이 인간이란—우리가 자주 그들을 꿈에 본 결과, 베노초 고촐리가 그린 초록빛 도는 배경에 뚜렷이 드러나는 인물처럼 보이게 된 사람들, 그 변화를 오직 그들을 바라보는 위치, 그들과의 거리,

또는 조명 탓으로만 여기게 된 사람들마저—우리와의 관계로 변하는 동시에 그들 자신 내부도 변하기 때문이다. 이와 같이 전에는 다만 바다를 배경 삼아 그려졌을 뿐인 모습에도, 어느 결에 윤색과 응결과 양감(量感)의 변화가 일어났던 것이다.

게다가 내게 있어 알베르틴 속에 살아 있는 것은 해질 무렵의 바다뿐만 아니라, 이따금 달 밝은 밤에 모래톱에 조는 바다이기도 했다. 사실 때때로 내가 아버지 서재로 어떤 책을 찾으러 가려고 몸을 일으키면, 알베르틴은 그동안 누워 있어도 되느냐고 묻고, 돌아와 보면 아침부터 오후에 걸친 긴 바깥 산책에 지쳐 내가 방을 잠깐 비운 사이에 벌써 잠들어버린 적도 있었는데, 그럴 때면 나는 그녀를 깨우지 않았다. 일부러 꾸밀 수 없을 성싶은 자연스런 자태로 길게 내 침대에 누워 있는 그녀의 모습이란, 꽃이 핀 기다란 줄기가 거기에 놓여 있는 듯했다. 실제로도 그랬다. 이럴 때면 나는, 마치 잠든 채 식물이 되어버린 듯한 그녀가 없을 때밖에 갖지 못하는 몽상 능력을 그녀 곁에서 되찾곤 했다. 이처럼 그녀가 잠이 들면 사랑의 가능성을 어느 정도 회복했다. 나는 혼자 있을 때 그녀를 생각할 수 있지만, 그녀가 그곳에 없으므로 가질 수는 없었다. 그녀가 눈앞에 있으면 그녀에게 말을 건네지만, 마음이 나 자신에게서 멀어져 그녀를 생각할 수 없었다. 그녀가 잠자고 있으면 그녀에게 말을 건네지 않아도 괜찮고, 그녀가 나를 물끄러미 바라보지 않고 있음도 알고 있다. 더 이상 나 자신의 겉모습으로 살 필요가 없어지는 것이다.

알베르틴이 눈을 감고 의식을 잃어갈수록, 내가 그녀를 알게 된 날부터 나에게 환멸을 안겨주었던 그 갖가지 인간적 성격을 하나하나 벗어던졌다. 이제 그녀는 초목의 의식 없는 생명, 내 생명과는 더욱 다르고 이상한 것임에도 더더욱 나의 것이 된 생명으로 살아 있을 따름이었다. 그녀의 자아는 둘이서 이야기할 때처럼 마음속에 숨긴 사념이나 시선을 통해 끊임없이 새어나오지도 않았다. 그녀는 바깥에 있는 온갖 자기를 불러들여, 그 몸 안에 도피시키고 가두어서 엉기게 했다. 나는 그녀의 몸을 시선과 두 손으로 안으면서, 그녀가 깨어 있을 때는 느끼지 못하는 인상, 그녀를 오롯이 소유한다는 인상을 받았다. 그녀의 목숨이 내 손안에 들어와, 가벼운 숨결을 내뿜고 있었다. 바다의 미풍처럼 부드럽고, 달빛인 양 몽환적으로 살랑살랑 내쉬는 신비로운 숨결, 그녀의 잠결에 나는 귀를 기울인다. 그녀가 잠들어 있는 한, 나는 그녀를 몽상하면서 물끄러미 볼 수도 있고, 또 이 잠이 더욱 깊어지면 그녀의 몸에 닿고 껴안을 수도 있었다. 그때 내가 느끼는 것은 무생물처럼 자연의 아름다운 것을 눈앞에 두었을 때와 마찬가지로, 순수하고 비물질적이며 신비스런 애정이었다. 사실 조금이라도 깊이 잠들면 그녀는 금세 그때까지의 한낱 식물이 아니었다. 나는 그녀의 잠 가장자리에서 몽상하면서, 결코 물리지 않으며 한없이 맛볼 수 있을 것 같은 신선한 관능의 즐거움을 느꼈는데, 그때 그녀의 잠은 드넓게 펼쳐진 하나의 풍경인 듯싶었다. 그녀의 잠은 내 곁에 고요하고 감미로운 관능을 일어나게 하는 그 무엇을 내려놓았는데, 그것은 마치 호수처럼 고요해져 나뭇가지들도 거의 흔들리지 않고, 사람들은 모래사장에 드러누워 끝없이 썰물이 부서지는 소리를 듣는 발베크 만의 보름달 밤 같았다.

나는 방 안에 들어서려다 기척을 낼까 봐 문지방에 멈춰 서 있었다. 귀에 들리는 것은 오로지 그녀의 입술에서 사라져가는 숨결, 간헐적이고 고른 썰물 같은, 그러나 더욱 잔잔하고 부드러운 그 숨결뿐이었다. 이 숭고한 소리에 귀를 기울일 즈음, 눈앞에 누운 아리따운 갇힌 여인의 온 인격과 온 생명이 그 소리 속에 압축되어, 소리 자체가 되어버린 듯싶었다. 차들이 시끄럽게 거리를 지나간다. 그녀의 이마는 까딱하지도 않고, 여전히 맑다. 숨결도 가볍게 그저 필요한 공기를 들이쉬고 있을 따름이다. 나는 그녀의 잠에 방해되지 않을까 살펴보고는 조심스레 앞으로 나가, 침대 옆에 있는 의자에 앉았다가 다시 침대 위에 앉는다.

나는 알베르틴과 함께 담소하거나 놀면서 즐거운 밤들을 보냈지만, 잠든 그녀를 물끄러미 볼 때만큼 감미로운 밤도 없었다. 그녀가 수다를 떨거나 트럼프 놀이를 하면서 배우도 흉내내지 못할 자연스러움을 보였다고 해도, 그녀의 잠이 선사하는 것은 한결 더 깊은 자연스러움, 한결 드높은 자연스러움이었다. 장밋빛 얼굴을 따라 늘어진 탐스러운 머리채는 침대 위 그녀 옆에 놓여, 이따금 흐트러진 머리칼 한 타래가 엘스티르의 라파엘풍 유화의 원경(遠景)에 곧게 서 있는 희미하고 가냘픈 달빛 속의 나무들처럼 원근 효과를 내고 있었다. 알베르틴의 입술은 닫혀 있으나, 눈꺼풀은 내 위치에서 봤을 때 전혀 감겨 있지 않은 듯이 보여서, 그녀가 정말 잠들어 있는지 의심스럽기도 했다. 그래도 아무튼 감긴 눈꺼풀은 그 얼굴에, 눈에 의해 완전한 연속성을 주고 있었다. 시선을 잃는 동시에, 금세 그 얼굴에 여느 때 없던 아름다움과 위엄을 띠는 사람들이 있게 마련이다.

나는 발아래 누운 알베르틴을 물끄러미 바라본다. 이따금 우거진 나뭇잎이 갑작스레 이는 산들바람에 잠깐 파르르 떨듯 이해할 수 없는 가벼운 흔들림이 그녀 몸을 지나간다. 그녀는 머리카락에 손을 대고 나서 뜻대로 되지 않자 다시 손을 가져갔는데, 그 손짓이 어찌나 정연하고 고혹적으로 보이는지 나는 그녀가 깨어났거니 여긴다. 천만에. 그녀는 여전히 잠 속에 조용히 빠져 있다. 그리고 이제는 꼼짝도 하지 않는다. 힘을 빼고 가슴에 손을 올려놓은 품이 어찌나 천진한지, 나는 그녀의 어린애 같은 진지함, 그 순진함과 귀여움을 보고 터져나오는 웃음을 참아야 했다. 단 하나의 알베르틴 가운데 숨은 여러 알베르틴을 알고 있는 나는, 아직도 더 많은 알베르틴이 내 곁에 누워 있는 걸 보는 느낌이었다. 여태껏 보지 못했던 것 같은 초승달 모양의 눈썹이 물총새의 보드라운 보금자리처럼 방울 모양의 눈꺼풀을 에워싸고 있다. 혈통, 유전, 악습이 그 얼굴에 떠올라 있다. 머리 위치를 바꿀 때마다 그녀는 새로운 여인을 만들어내는데, 내가 꿈에도 생각지 못한 여인이었다. 나는 한 아가씨가 아니라 헤아릴 수 없는 아가씨를 소유한 듯싶었다. 그녀의 숨결은 조금씩 조금씩 깊어져 가슴을 규칙적으로 들어올리고, 그 가슴 위에서는 물결치는 대로 흔들리는 쪽배나 닻줄처럼 깍지 낀 손과 진주 목걸이가 같은 리듬으로 고르게, 그러나 저마다 다른 모양으로 움직인다. 그러면 그 잠이 찬물때가 되고, 의식의 암초가 깊은 잠의 바다로 뒤덮여 이제는 그 암초에 부딪힐 위험도 없다고 느낀 나는, 단호하게 소리 없이 침대 위에 올라가 그녀 곁에 몸을 눕히고 한쪽 팔로 그녀의 허리를 안으며 빰과 가슴에 입술을 댄다. 그리고 자유스런 다른 손을 그 몸의 온 부분에 올려놓으면, 그 손 또한 진주 목걸이와 마찬가지로 알베르틴의 숨결에 들어올려지고, 나 자신도 그 고른 움직임에 가볍게 흔들렸다. 이렇게 나는 알베르틴의 잠이라는 배에 몸을 실었다.

그녀의 잠은 어쩌다가 적잖이 불순한 기쁨을 맛보게 할 때도 있었다. 이를 맛보기 위해 나는 아무 동작도 필요 없이, 마치 흐르는 물에 노를 내맡기듯 한쪽 다리를 그녀의 다리 위에 늘어뜨리고, 날면서 조는 새가 끊어졌다 이어졌다 하며 날갯짓하듯 이따금 노에 가벼운 진동을 가하면 그만이었다. 평상시에는 결코 볼 수 없는 그녀 얼굴의 한 면, 매우 아름다운 한쪽을 골라 물끄러미 바라본다. 아무개가 써 보내는 편지가 모두 비슷비슷하면서도 실제로 알고 있는 본인과는 딴판인 모습을 그려내어 두 번째 인격을 꾸며내기도 한다는 사실을 꼭 이해하지 못하는 것은 아니다. 그러나 그에 비하면, 한 여인이 다른 아름다움을 갖추어 딴 성격을 상상케 하는 또 하나의 여인에, 마치 로디카(Rodica)와 도디카(Doodica)*1처럼 연결되어, 한쪽은 옆에서 다른 한쪽은 앞에서 봐야 한다면 이 얼마나 야릇한 일인가. 그녀의 숨소리는 점점 더 거칠어지면서 쾌감에 헐떡이는 듯한 착각을 자아내어, 나의 쾌감이 극에 이르렀을 때 그녀에게 입을 맞추어도 그 잠은 그치지 않았다. 이런 순간에 나는 그녀를 의식도 저항력도 말도 없는 자연의 사물처럼 더욱 완전히 소유한 느낌이 들었다. 잠든 그녀가 이따금씩 중얼중얼하는 말도 개의치 않았다. 그 말뜻이 낯선 것은 물론이려니와 또 그 말이 가리키는 것이 한 번도 만난 적 없는 누구이든 간에, 이따금씩 가벼운 전율에 그녀의 손이 잠깐잠깐 경련을 일으키는 게, 내 손, 내 뺨 위에서였으니까.

　나는 몇 시간 동안 꼼짝하지 않고 물결이 부서지는 소리에 귀 기울이듯, 이 해타산을 떠난 고요한 애정을 품고 그녀의 잠을 음미했다. 우리를 심히 괴롭힐 수 있는 사람들이 아니고서는, 긴장이 풀렸을 때 이처럼 깊게 가라앉은 고요를 주지 못할 것이다. 나는 우리 둘이서 얘기할 때처럼 그녀에게 대답할 필요가 없었다. 그녀가 얘기할 때에는 내가 자주 그렇게 했듯이 잠자코 있을 수 있더라도, 그녀의 목소리가 들리면 또한 이처럼 깊이 그녀 안으로 들어갈 수 없었던 것이다. 그녀의 청아한 숨결과 이는 듯 마는 듯한 산들바람처럼 마음 가라앉히는 중얼거림을 듣고 시시각각으로 마음에 거두어들이고 있으려니, 하나의 생리적인 온 존재가 내 앞에서, 내 것이 되었다. 지난날 달빛을 받으며 바닷가에 가만히 누워 있을 때처럼 나는 할 수만 있다면 언제까지나 그녀의 모습을 물끄러미 바라보며, 그녀의 숨소리에 귀 기울이고 싶었다. 때때로 바다가 험악해지고 폭풍우가 해구 안까지 느껴지는 듯하면, 나는 그녀의 코고는 소리를 지나가는 바람 소리 삼아 그녀를 음미했다.

　너무 더우면 그녀는 거의 잠들어 있으면서도, 가끔 기모노를 벗어 안락의자에 내던지곤 했다. 그녀가 잠든 사이, 나는 그녀가 받은 편지들이 전부 이 기모노 안주머니에 있다고 생각해본다. 편지를 받으면 늘 거기에 넣곤 했기 때

---

*1 이들 둘은 샴쌍둥이.

문이다. 누군가의 서명이나 밀회 약속 같은 몇 글자만으로도 거짓말을 증명하고 의혹을 풀 단서가 될 것이다. 알베르틴이 곤히 잠든 기색을 살핀 뒤, 나는 여태껏 오랫동안 뒤척임 하나 없이 그녀를 물끄러미 바라보던 침대 발치를 떠나, 이 여성의 비밀이 무방비 상태로 안락의자에 사뿐히 놓인 것을 느끼며 뜨거운 호기심에 사로잡혀 한 걸음 내딛는다. 아마도 이 걸음을 내딛는 것은 잠자는 그녀를 꼼짝하지 않고 바라보다가 드디어 피곤해진 탓인지도 모르겠다. 이렇게 알베르틴이 깨어나지 않을까 흘끔흘끔 뒤돌아보면서 살금살금 안락의자까지 간다. 거기서 멈춰 서서, 지금까지 오랫동안 알베르틴을 물끄러미 바라보던 것처럼 이번에는 기모노를 바라본다. 그러나 (그리고 내가 한 짓이 잘못인지도 모르지만) 나는 결코 기모노에 손을 대거나, 호주머니에 손을 넣어서 편지를 살펴본 적이 없다. 끝내 결심이 서지 않자, 나는 살금살금 거기서 떠나 알베르틴의 침대 곁으로 돌아와 다시 그녀의 잠자는 모습을 물끄러미 바라보기 시작한다. 어쩌면 나에게 정말 많은 일을 말해줄지도 모르는 기모노가 의자 팔걸이에 걸쳐 있는데도, 한마디도 해주지 않는 그녀의 모습을. 신선한 바다 공기를 마시려고 발베크의 호텔 방 하나를 하루에 100프랑을 내고 빌리는 사람들이 있듯이, 나는 그녀를 위해서라면 더 많은 돈을 써도 당연하다고 여겼다. 왜냐하면 내 뺨 가까이 그녀의 숨결이 느껴지고, 내 입으로 그녀의 입을 반쯤 열면 내 혀에 그녀의 생명이 전해지니까.

하지만 잠자는 그녀의 모습을 보는 기쁨, 활발하게 움직이는 그녀를 만져 느끼는 기쁨 못지않게 감미로운 이 기쁨에 또 하나의 기쁨, 곧 깨어날 그녀를 보는 기쁨이 마침표를 찍었다. 그것은 더더욱 깊고 신비스러운 것으로, 그녀가 나와 함께 산다는 기쁨 자체였다. 오후에 그녀가 차에서 내려 돌아오는 곳이 내 집이라고 생각하는 건 내게 즐거운 일임이 틀림없었다. 그러나 그보다 더욱 즐거운 것은 그녀가 깊은 잠에서 꿈의 계단 마지막 몇 층계를 다 올라와 의식과 생명의 세계에 다시 살아나는 곳이 다름 아닌 내 방 안이라는 사실. 그녀가 잠시 '여기가 어디지?' 하고 의아하다는 듯 주위에 있는 물건들과 조금 눈부신 전등빛을 보고 내 집에서 깨어난 것을 확인하면, '아아 그렇구나, 우리집이었구나' 하고 스스로 대답할 수 있다는 사실이었다. 이 모호하고 감미로운 첫 순간에, 나는 새삼 그녀를 더욱 완전하게 소유한 듯한 느낌이 든다. 외출에서 돌아왔을 때 알베르틴이 곧장 자기 방으로 들어가는 것과 달리, 그녀가 주위를 둘러보자마자 금세 내 방이 그녀를 에워싸는데도 알베르틴의 눈에는 아무런 혼란의 빛이 보이지 않았으며, 잠들지 않았던 것처럼 잔잔했기 때문이다. 잠에서 막 깨어난 망설임이 그녀의 침묵으로 나타났으나, 눈길에는 아무런 망설임도 보이지 않았다.

말을 할 수 있게 되면, 그녀는 '나의' 또는 '나의 소중한'이라고 말하고 그 뒤에 내 세례명을 붙이곤 했는데, 만약에 이 책의 작가와 같은 이름을 나에게 붙인다면 '나의 마르셀' 또는 '나의 소중한 마르셀'이 되었으리라. 그때부터 나는 집에서 부모님이 나를 똑같이 '나의 소중한'이라고 부르며, 알베르틴이 나에게 건네는 감미로운 말에서 세상에 단 하나뿐인 가치를 빼앗는 것을 허락하지 않았다. 그녀는 이 말을 하면서 약간 입을 삐죽 내밀었는데, 그것을 내가 입맞춤으로 바꾸곤 했다. 이와 같이 그녀는 조금 전 순식간에 잠들어버린 듯이, 순식간에 깨어나고 말았다.

발베크에 머물기 시작할 무렵과 지금과는 그녀를 보는 나의 눈도 달라졌다. 그러나 그 중요한 원인은 내가 시간 속을 이동했기 때문도 아니고, 또 지난날 바닷가를 거니는 그녀를 비추던 햇빛과는 달리 전등빛을 받으면서 내 곁에 앉아 있는 아가씨를 바라본다는 사실도 아니며, 또한 알베르틴의 정신이 사실상 풍요로워지고 그녀 자신의 힘으로 진보했다는 사실도 아니었다. 더욱 긴 세월이 두 영상을 떼어놓았더라도 이처럼 빈틈없는 변화는 일어나지 않았을 것이다. 알베르틴이 뱅퇴유 아가씨의 친구들 손에 길러졌다고 해도 지나친 말이 아님을 내가 알았을 때, 그러한 본질적인 변화가 돌연 일어났다. 전에는 알베르틴의 눈 속에서 이상야릇한 뭔가를 본 듯하면 마음이 끓어올랐는데, 지금은 그 눈에서, 또는 눈만큼이나 마음속을 비추어 어떤 때는 매우 온화하게 굴다가 금세 뾰로통해지는 그 뺨에서, 비밀을 모두 내쫓아버린 순간이 아니고서는 행복을 맛볼 수 없었다. 내가 간절히 바랐던 모습, 죽음과 맞바꾸어도 좋다고 생각했던 모습은 이제 알지 못하는 생활을 지닌 알베르틴이 아니라, 가능한 한 나에게 알려진 알베르틴이었다(바로 이 때문에 이 사랑은 불행하지 않고서는 지속될 수가 없었다. 본디부터 비밀에 대한 욕구를 만족시킬 수 없는 사랑이었기 때문이다). 아득한 세계를 반영하는 알베르틴이 아니라, 오로지 나와 함께하고, 나와 닮기만을 바라는 그녀—사실 그렇다고 생각되는 순간도 있었다—미지의 허상이 아니라, 바로 내 소유물의 영상으로서의 알베르틴이었다.

한 인간에 대한 고뇌의 한때, 그 사람을 붙들 수 있을까 놓치지나 않을까 하는 불안 속에서 어떤 애정이 생기는 경우, 이 애정은 그것을 만들어낸 심리적 동요의 흔적을 남겨, 우리가 같은 사람에 대하여 생각할 때마다 보아 온 것을 거의 떠올리지 못한다. 물결치는 바닷가에서 알베르틴을 보았던 내 첫인상이 그녀에 대한 내 애정 속에 얼마간 남아 있을는지 모르나, 실제로 이와 같은 사랑 속에, 그 힘 속에, 그 고뇌 속에, 그 평온함에 대한 욕망과 마음 가라앉는 평화로운 회상으로의 도피에, 그 회상에 잠겨 사랑하는 여인한테 혹여 내가 모르는 밉살스러운 점이 있다 해도 전혀 알고 싶지 않은 그 기분 속에, 과거의 인상 따위는 작은 자리밖에 차지하지 못하는 법이다. 설사 과거의 인상을 간직하더라도 이런 사랑은 아주 다른 것으로 이루어진다!

때때로 나는 그녀가 집에 돌아오기 전에 불을 꺼버리기도 한다. 캄캄한 어둠 속, 겨우 벽난로의 잉걸불에 의지하여 그녀는 내 곁에 눕는다. 내 손과 내 뺨만이 그녀를 알아볼 뿐, 달라진 그녀를 알아볼까 봐 언제나 겁내는 내 눈에는 그녀의 모습이 들어오지 않는다. 이런 눈 먼 사랑 덕분에, 아마도 그녀는 자기가 여느 때보다 더 다정스러운 애정에 잠겨 있음을 느꼈는지도 모른다.

나는 옷을 벗고 드러누워서, 침대 한구석에 앉은 알베르틴과 놀이나 입맞춤으로 중단된 대화를 계속한다. 만약 다른 사람을 차례로 좋아하다가 잇달아 버린다고 하더라도, 한 인간의 존재와 성격에 흥미를 품게 하는 단 하나가 곧 욕망이다. 욕망 안에서 우리는 자기 본성에 끝까지 충실한다. 어느 날, 알베르틴을 '귀여운 아이'라고 부르면서 입맞추는 순간에 언뜻 거울에 비친 내 모습을 보고 나서, 자신의 얼굴에 떠오른 구슬프고도 정열적인 표정, 이제는 생각나지 않는 질베르트 곁에서도 전에 이런 표정을 지었을 것이며, 또 앞으로 알베르틴을 잊어버린다면 아마 다른 여인 곁에서 이런 표정을 지을지도 모르는 이 표정을 보고 나는 생각했다. 한 개인에 대한 마음을 초월하여(본능은 현재의 상대를 유일한 참된 사랑으로 생각하려 하겠지만), 지금 나는 뜨겁고도 고뇌로 가득 찬 헌신의 의무를 여성의 젊음과 아름다움에 봉헌물(奉獻物)처럼 바치고 있다. 그래도 이와 같이 알베르틴을 밤마다 곁에 두고 싶어하는 욕망 속에는 '봉헌물'로 젊음을 기리는 이 욕망이나 발베크의 갖가지 추억과 더불어 이제껏 내 생애에 없던 것, 아니 내 삶에 전혀 새로운 것은 아닐지라도 적어도 이제까지의 연애에는 없었던 그 무엇이 섞여 있었다. 그것은 아득한 콩브레의 밤, 어머니가 내 침대에 몸을 구부려 입맞춤과 함께 안정을 가져다준 이래 내가 한 번도 느끼지 못했던 마음을 가라앉히는 힘이었다. 만약에 이때 누가 나한테 너는 아주 선량한 인간이 못 된다, 더욱이 언젠가는 타인의 기쁨을 빼앗으려 할 거라고 말했다면, 나는 틀림없이 놀라 쓰러졌을 것이다. 나는 그 무렵 나 자신을 전혀 모르고 있었던 게 분명하다. 알베르틴을 영원히 내 집에 머무르게 하려는 기쁨은 적극적인 기쁨이라기보다, 꽃피는 아가씨들 모두가 다 번갈아 맛볼 수 있는 세상으로부터 그녀를 갈라놓았다는 기쁨이어서, 그녀는 내게 크나큰 기쁨을 주진 못할망정 남들한테서 기쁨을 빼앗은 셈이었기 때문이다. 이것이 야심이든 영광이든 아무래도 좋았으리라. 더더구나 나는 증오의 정을 느낄 수 있는 성미가 아니었다. 그래도 육체적으로 사랑한다는 것은 분명 나에게, 수많은 경쟁자에게 맞서 승리를 누리는 것이었다. 몇 번이고 되풀이해도 부족하지만, 그것은 무엇보다도 마음의 진정이었다.

알베르틴이 집에 돌아오기 전에 아무리 그녀를 의심하거나 몽주뱅의 방에 있는 그녀를 상상해보아도, 그녀가 실내복 차림으로 내 안락의자 앞에 앉거나, 또는 자주 그렇게 하듯이 내가 누워 있는 침대 발치에 앉자마자, 나는 의심을 그녀의 마음속에 맡기곤 했다. 마치 신자가 자신을 버리고 기도하듯이, 그녀에게 의심을 내주어 덜어냈다. 저녁 내내 그녀는 내 침대에서 장난스럽게 몸을 동그랗게 웅크린 커다란 암고양이처럼 나와 희롱댈 때도 있었다. 좀 통통한 여성에게 특유한 가냘픔을 더하는 요염한 눈매를 지으면서 장밋빛 예쁘장한 코끝을 더욱 좁히면 장난기가 넘쳐 달아오른 얼굴이 되었다. 장밋빛 도는 밀랍과도 같은 볼에 검은 머리칼 한 타래를 길게 늘어뜨리고, '어서 이 몸을 당신 뜻대로 해줘요' 말하듯 두 눈을 스르르 감으며 두 팔을 벌린 적도 있었다. 나와 헤어질 즈음에 밤인사를 하러 그녀가 다가오면, 나는 그 튼튼한 목의 양쪽에, 거의 가족처럼 친근해진 그 다정스러운 목에 입맞추었다. 그때 나는 그 목이 좀더 햇빛에 거무스름하게 타고 좀더 살결이 거칠어도 좋다고 생각했다. 마치 이런 두드러진 특징이 알베르틴의 성실함을 증명하기라도 하듯이.

"심술쟁이 씨, 내일 우리와 함께 안 가실래요?" 그녀가 헤어지기에 앞서 묻는다. "어디 가는데?"—"그거야 날씨에 따라, 당신에 따라. 오늘 낮에 뭘 좀 쓰셨어요? 못 썼다구요? 그럼 산책에 나가지 않은 게 헛일이네요. 아참, 아까 내가 돌아왔을 때 내 발소리인지 알아들었어요? 나인 줄 짐작했어요?"—"물론

이지, 내가 모를 성싶어? 아무리 많은 발소리 사이인들, 우리 귀여운 바보아가씨의 걸음걸이를 내가 모르겠소? 아, 그렇지. 내 부탁이니, 잠자리에 들기 전에 그 바보아가씨의 신을 내가 벗기게 해주오. 참말 귀엽구려, 새하얀 드레스 속에 장밋빛으로 물든 당신의 자태가."

이런 게 나의 대답이었다. 이 육감적인 표현 가운데, 어머니나 할머니 특유의 또 다른 표현도 찾아볼 수 있다. 왜냐하면 내가 점점 아버지를 비롯한 피붙이들과 조금씩 닮아갔기 때문인데, 날씨에 비상한 흥미가 있는 아버지와도—물론 나와는 전혀 다른 투로, 그도 그럴 것이 만약 같은 일이 되풀이된다고 해도 그것은 번번이 큰 변화를 동반하기 때문이다—닮아갔다. 아니, 아버지뿐이랴. 나는 레오니 고모와도 점점 닮아갔다. 그렇지 않다면 나는 알베르틴을 감시 없이 혼자 내버려두고 싶지 않다는 핑계로, 당장 그녀와 함께 외출했을 것이다. 신앙이 두터운 레오니 고모는 나와 공통점이 하나도 없다고 확신하고 있었다. 쾌락에 급급한 나와, 쾌락과는 담을 쌓고 온종일 묵주를 헤아리는 이 광신자 고모와는 언뜻 보아도 정반대였다. 또 문학으로 생계를 꾸리지 못하여 괴로워하던 나와는 달리, 고모는 가족 중에서, 독서가 허송세월이나 '놀이'가 아니라는 사실을 좀처럼 이해 못하던 유일한 분이었다. 그래서 온갖 진지한 일을 금하고 오로지 기도로 성스러운 날을 지켜야 할 부활절 주일에도 독서만은 괜찮았던 것이다. 여하튼 나는 날마다 좀처럼 침대에서 일어날 수 없는 것이 기분이 언짢은 탓이라고 생각했는데, 그 원인은 바로 한 사람에게 있었다. 알베르틴도 아니고, 내가 사랑하는 누군가도 아니며, 사랑하는 이보다 더 강한 힘을 나에게 휘두르는 한 존재, 내 몸 안으로 옮겨와 질투에 불타는 나의 의혹이 옳은지 그른지 따지지 않고 침묵시키거나, 적어도 그 의혹이 근거 있는 것인지 살피러 나가는 일조차 덮어놓고 할 만큼 폭군적인 인물, 다름 아닌 레오니 고모였다. 나는 아버지보다 한 술 더 떠서, 아버지같이 청우계를 살펴보는 것만으로는 만족하지 않고 드디어 나 자신이 살아 있는 청우계가 되어버렸으며, 또 레오니 고모의 지배 아래 놓여 있었던지라 방 안에서 꼼짝 않고, 경우에 따라서는 침대에 누운 채 날씨를 관찰하게 된 게 아닐까? 마찬가지로 나는 지금 알베르틴에게 어떤 때는 어린 시절 콩브레에서 어머니에게 말했던 투로, 어떤 때는 할머니가 나에게 말했던 투로 얘기하곤 했다. 인간이 어느 나이를 넘어서면, 자기 어린 시절 영혼과 지금 우리를 있게 한 선조의 영혼이 우리에게 그 부귀와 저주를 듬뿍 퍼부어, 우리가 현재 느끼는 새로운 감정에 협력하려고 든다. 우리는 그들의 묵은 모습을 지우고 새 감정에 그것을 녹여 완전히 새로운 창조물을 완성한다. 이와 같이 나의 가장 옛 시절에서 시작되는 온 과거와 또 그 저편에 있는 내 피붙이의 과거가, 알베르틴에게 품은 나의 불순한 사랑에 어머니가 자식을 대하고 자식이 어머니를 대하는 다사로운 애정을 합하고 있었다. 우리는 어느 때에 이르면, 아득히 멀리서 찾아와 우리 주위에 모여든 온 피붙이를 맞이해야만 한다.

알베르틴이 내 말대로 신을 벗기 전에, 나는 그녀의 네글리제를 살짝 걷어 본다. 탄력 있게 솟은 예쁘장한 두 가슴이 어찌나 둥그스름한지 육체의 한 부분이라기보다, 두 알의 과일처럼 거기서 익어 있는 느낌이었다. 그녀의 아랫배는(남자였다면 잡아 뜯어낸 조각상에 여전히 박혀 있는 쐐기처럼 보기 흉한 곳을 가리듯이) 허벅지 윗부분에서 두 개의 꽃잎으로 닫혀 있는데, 그 꽃잎이 그리는 곡선은 태양이 저문 뒤의 지평선처럼 조는 듯이, 마음이 아늑해지는 수도원을 떠올리게 했다. 그녀는 신을 벗고 내 곁에 누웠다.

오, '남성'과 '여성'의 위대한 자태여. 거기에 '만물 창조'에 의하여 나뉜 것이 맨 처음의 청정함과 찰흙의 겸손으로써 합치려 하고, 하와*¹는 '남성' 곁에서 눈을 뜨자 놀라서 복종한다. 마치 '남성'이 아직 외톨이였을 때 자기를 만드신 신 앞에 복종하는 것처럼. 알베르틴은 검은 머리 뒤로 두 손을 깍지 끼고 허리를 들어올렸으며, 늘어뜨린 다리는 고니가 목을 길게 뻗었다가 다시 제자리로 구부리듯 구부러져 있었다. 그녀가 고개를 완전히 돌리면 (앞에서 보면 그처럼 착하고 아름다운 얼굴이) 다빈치의 회화(戱畵)처럼 뒤틀리고 보기 흉한 일면이 나타나, 여간첩 같은 심술·탐욕·음흉을 엿보는 느낌이 들었다. 집에 이런 간첩이 숨어 있다가 이렇게 옆모습으로 정체를 드러낸다면 얼마나 소름이 끼쳤으랴. 나는 얼른 알베르틴의 얼굴을 양손으로 감싸 앞으로 돌려놓았다.

"나에게 약속해요, 내일 함께 외출하지 않거든 일하겠다고요." 그녀는 네글리제를 올리면서 말했다. "그러지, 하지만 아직 실내복은 입지 마." 때로는 그녀 옆에서 내가 잠든 적도 있었다. 방이 어느새 싸늘해져 장작이 필요했다. 등 뒤의 초인종을 찾아보아도 손에 닿지 않아, 구리로 된 창살을 두루 더듬어보았

*1 이브.

지만 초인종은 매달려 있지 않았다. 그러자 둘이서 나란히 누워 있는 모습을 프랑수아즈에게 보이기 싫어 침대에서 뛰어내리는 알베르틴에게 나는 말했다. "그러지 마. 잠깐 침대에 다시 올라와, 초인종을 찾지 못했으니까."

보기에 감미롭고도 유쾌하며 순진스러운 순간, 그러나 거기에는 꿈에도 생각지 못한 파탄의 가능성이 쌓여 있다. 그 때문에 온갖 생활 중에서 사랑의 생활이 가장 심한 대조를 이루어, 가장 즐거운 순간 뒤에 뜻하지 않은 유황과 송진의 비가 내리기 시작하지만, 우리는 그 불행에서 교훈을 꺼낼 용기도 없이 곧바로 재난밖에 튀어나오지 않는 분화구 옆에 다시 집을 짓기 시작한다. 나는 행복이 영원히 계속되리라고 믿는 사람들처럼 근심 걱정이 없었다. 하기야 고뇌가 생겨나려면 바로 이 평온함이 필요했다—또 이 평온함이 이따금 고뇌를 진정시키러 돌아올 것이다—그러므로 남성이 자기에 대한 여성의 호의를 자랑삼아 떠들어댈 때, 남들에게나 자기 자신에게 진실을 말하는 줄 안다. 하지만 잘 따져보면 그 관계 한가운데에는 남들에게 밝히지 않은 비밀의 형태로, 또는 질문이나 조사에 의해 저절로 드러나는 식으로, 끊임없이 고통스런 불안이 흐르고 있다. 그러나 이 불안도 그전의 평온 없이는 생기지 않았을 것이다. 불안이 생겨난 뒤에도 고뇌를 견디고 결렬을 피하려면 때때로 평온이 필요하므로, 여인과의 동거가 알고 보면 남모르는 지옥이라는 사실을 숨기고, 둘만의 오붓한 평화인 양 과시하는 것도 하나의 올바른 견해를 보여주는 일이며, 원인과 결과의 일반적인 유대를 표현하고, 고뇌의 생산을 가능케 하는 양식 한 가지를 나타낸다.

나는 알베르틴이 우리집에 살고 있으며, 내일도 나나 앙드레와 함께가 아니면 외출하지 못하게 되어 있는 사실에 이제는 놀라지 않았다. 이런 동거의 습관, 내 생활을 한정하고 그 속에 알베르틴 말고는 아무도 들어오지 못하게 하는 이런 기본 방향, 또한(건축가가 공사를 시작하기 훨씬 전에 건축 도면을 설계하듯이, 아직 내가 모르는 차후 생활의 미래 도면에 그어진) 그 기본선과 평행하며 그것보다 더욱 넓고도 머나먼 선으로 인해 내 안에는 외딴 암자처럼 미래의 수많은 사랑의 얼마쯤 엄숙하고도 단조로운 양식이 그려져 있었다. 이것이 그려진 것은 사실 발베크의 밤, 작은 열차 안에서 알베르틴이 누구에게 양육되었는지 나에게 털어놓은 뒤에, 내가 어떤 대가를 치르고라도 그녀가 어떤 영향력에서 벗어나 며칠 동안 내 곁을 떠나지 못하게 하고 싶었던 그날 밤의 일이었다. 그 뒤로 나날이 뒤이어 지나가면서 이런 습관은 기계적인 것이 되어버렸다. 그러나 '역사'가 전통적 의식의 뜻을 발견하고자 하듯, 극장에도 가지 않을 만큼 몸을 가두고 있는 이 은둔 생활의 뜻을 묻는 사람이 있었다면 나는 이렇게 대답했을 것이다(실은 그렇게 대답하고 싶지 않았다). 이 은둔 생활의 시작은 어느 밤의 불안이고, 한 여성의 유감스러운 소녀 시절을 알아버린 나는 설사 그녀가 스스로 원하더라도 앞으로는 같은 유혹에 몸을 맡길 가능성이 없음을 나 자신에게 증명하고 싶었던 거라고. 나는 이제 그런 가능성을 좀처럼 생각하지 않지만, 그래도 가능성은 어렴풋하게 내 의식에 남아 있음이 틀림없다. 그 가능성을 나날이 파괴한다—또는 파괴하려고 애쓴다—는 사실이야말로 이제는 그다지 아름답지도 않은 볼에 하는 입맞춤이 여전히 감미롭게 느껴지는 이유였다. 얼마쯤 깊은 육감적 즐거움 뒤에는 언제나 오래 지속되는 위험이 따르게 마련이다.

* * *

나는 알베르틴에게, 함께 외출하지 않을 때는 꼭 일을 하겠다고 약속했다. 그러나 이튿날이 되자 마치 우리 둘이 자는 사이에 집이 기적처럼 여행이라도 다녀온 듯, 나는 풍토도 다르고, 날씨도 다른 곳에서 눈을 떴다. 새 나라에 상륙했을 때는 새로운 환경에 익숙해져야 하므로 일이 손에 잡힐 리가 없다. 나에게는 하루하루가 딴 나라였다. 나의 게으름부터가 새로운 형태를 띠기 때문에 도저히 같은 게으름 같지도 않았다. 형편없이 궂은 날씨라 해도, 부슬부슬 하염없이 내리는 비가 집으로 들이치는 것만으로도 마치 뱃놀이를 나온 듯이 감흥이 솟고, 미끄러지는 듯한 상쾌함과 마음 가라앉는 고요가 느껴진다. 또 화창한 날에 침대에 조용히 누워 지내는 일은 나무줄기처럼 자기 주위에 그림자를 빙그르르 한 바퀴 돌게 하는 일이었다. 또 새벽 미사를 드리러 가는 여인들처럼 가까운 수도원에서 울리는 첫 번째 종소리가 은은한 가랑비로 어두운 하늘을 희뿌옇게 물들이면서 따스한 바람에 금세 풀어헤쳐 흩뜨러질 때면, 나는 어수선하면서도 즐거운 폭풍우의 하루를 느꼈다. 그런 날 이따금 오락가락하면서 지붕을 적시는 비가 바람 한 줄기나 햇살 한 가닥에 금세 그쳐버리면, 지붕은 비둘기 같은 소리로 속삭이면서 빗방울을 굴려, 바람이 다시 방향을 바꿀 때까지 잠깐 비치는 햇빛에 무지갯빛으로 반사하는 초록빛을 띤 자주색 슬레이트가 반짝인다. 날씨가 아무 때나 변하고, 하늘이 갑자기 바뀌며, 뇌우(雷雨)가 잇따르는 이런 날에는, 게으름뱅이라도 말하자면 자기를 대신하여 대기(大氣)가 펼치는 활동에 흥미를 느껴, 하루를 헛되이 보냈다고 생각지 않는 법이다. 마치 폭동이나 전쟁이 일어나 학교 수업을 쉰 학생에게 그 시간들이 공허하게 생각되지 않는 것이나 마찬가지로. 왜냐하면 법원 주변을 서성거리거나 신문을 읽거나 하는 사이에, 공친 수업 대신 눈앞에 일어난 사건 속에서 지성을 연마하는 데 유익한 일이나 게으름 피울 핑계를 찾아낸 기분이 들기 때문이다. 또한 이런 날은 우리 생애에 어떤 예외적인 위험이 일어나는 날, 여태껏 아무것도 하는 일 없이 세월을 보냈던 자도 닥친 위험을 운 좋게 해결한다면 이 기회에 근면한 습관이 들 거라고 여기는 나날에 견주어볼 수 있겠다. 이를테면 유달리 위험천만한 상태에서 벌어지는 결투에 나가야 하는 아침이라고 하자. 그때 머릿속에, 어쩌면 목숨을 잃을지 모르는 순간에 느닷없이 삶의 가치가 떠오른다. 이 삶을 바탕 삼아 작품을 쓰기 시작할 수도 있거니와, 하다못해 쾌락 정도는 맛볼 수 있었건만, 그는 정말 인생을 하나도 누릴 줄 몰랐다. '만약에 죽지 않고 이 결투를 치르면, 당장 열심히 일할 테다, 그리고 한껏 즐길 테다!' 마음먹는다. 실제로 갑자기 그 눈에 삶의 가치가 더 크게 보였다. 이 현상은 그가 평소에 구하던 사소한 무엇이 아니라 삶이 줄 수 있으리라 생각하는 전부가 삶에 있다고 여기기 때문이다. 그는 삶을 자기 욕망에 따라 보아서, 경험상으로 자기가 앞으로 지낼 법한 삶, 곧 평범한 삶으로 보지 않는 것이다. 삽시간에 삶은 일·여행·등산 같은 온갖 굉장한 일로 가득 차고, 그는 이 결투가 불행한 결과로 끝나 자신에겐 그런 일도 모두 불가능하리라고 생각한다. 그런데 사실은 결투가 문제가 되기 전부터 나쁜 습관 때문에 그것이 이미 불가능한 일이 되어버렸고, 결투라는 사고 없이도 그 나쁜 습관은 계속되었을 것이다. 그런데 그는 상처 하나 없이 집으로 돌아온다. 하지만 즐거움·소풍·여행 등 죽음으로 영영 잃어버리지 않을까 한순간 전전긍긍하던 온갖 것에서 한결같은 장애를 발견한다. 일에 대한 계획은 결국—특수한 상황은 전부터 그 인간 속에 담겨 있던 것, 곧 근면한 자의 경우는 부지런함, 나태한 자의 경우는 게으름이 자극되므로—깨끗이 포기하고 만다.

　나도 이러한 인간이 그러하듯이 이전에 뭔가 써보겠다고 결심한 뒤부터 줄

곧 이래 왔다. 그 결심을 한 지도 오래되었는데 나에겐 어제 일같이 느껴졌으니, 나날을 일어나지 않은 셈으로 보았기 때문이다. 나는 오늘도 변함없이 소나기가 잠깐 갠 하늘 아래 하는 일 없이 지내면서, 내일은 꼭 일을 시작하자고 스스로에게 약속한다. 그러나 하늘이 구름 한 점 없이 개면, 나는 달라진다. 금빛 종소리는 꿀처럼 빛을 품고 있을 뿐만 아니라, 빛의 감각도 품고 있다(게다가 김 빠진 잼 맛도 품고 있었는데, 콩브레에서는 식사를 물리고 난 식탁에 꿀벌처럼 언제나 종소리가 갈팡질팡했다). 이처럼 해가 눈부신 날 온종일 눈감고 지내는 것은, 더위를 피해 덧문을 꼭 닫아두는 것과 매한가지로 허용되는 일, 흔히 있고 건강에도 좋으며 즐겁고 계절다운 일이었다. 두 번째 발베크 체류의 첫 무렵, 내가 밀물의 푸르스름한 흐름 사이에 울리는 오케스트라의 바이올린 소리를 들은 것도 이런 날씨였다. 그 무렵에 비하면, 오늘날 나는 알베르틴을 얼마나 손안에 꼭 쥐고 있는가! 어떤 날은 시각을 알리는 종소리가 그 음향권 내에 습기나 빛을 신선하고 강력하게 펼쳐놓아서, 마치 비나 해의 매력이 눈먼 이를 위해서 또는 음악적으로 번역된 듯싶었다. 따라서 이럴 때 눈 감고 침대에 누운 채, 나는 세상 온갖 것을 소리로 바꿀 수 있으며, 오로지 귀에만 들리는 세계도 눈에 보이는 세계 못지않게 다양할 거라고 생각했다. 쪽배에 몸을 실은 듯 느긋하게 하루하루 과거로 거슬러 올라가, 나 자신이 선택하지 않은 추억, 조금 전까지는 눈에 보이지도 않다가 기억이 골라잡을 사이도 주지 않고서 이어 보여주는 황홀한 새 추억을 음미하면서, 나는 햇볕이 내리쬐는 판판한 곳을 계속해 한가로이 거닐었다.

발베크의 아침 연주란 옛일이 아니다. 비교적 최근인 그때에 나는 알베르틴에게 거의 관심이 없었다. 있기는커녕 도착한 첫 며칠 동안 나는 그녀가 발베크에 와 있는지조차 몰랐다. 그럼 누구한테 들어서 알았나? 그렇지, 에메였다. 그날은 오늘처럼 화창한 날이었다. 에메 녀석! 나를 다시 만나 퍽 기뻐했으나 그는 알베르틴을 좋아하지 않았다. 누구나 다 좋아할 수 있는 여자는 아니니까. 그렇지, 그녀가 발베크에 있다고 알려준 이는 에메였다. 그런데 그는 어떻게 그것을 알고 있었나? 아무렴! 우연히 만난 그녀가 좋지 않은 부류의 여인이라고 생각했던 거다. 여기까지 와서 에메가 얘기해준 때와는 다른 각도로 그의 얘기에 다가가자마자, 이제껏 행복하게 미소 지으면서 물 위를 항해하던 내 생각은 기억의 이 장소에 남몰래 놓아둔, 눈에 보이지 않는 위험스런 수뢰에 부딪힌 것처럼 갑자기 폭발했다. 에메는 우연히 만난 그녀를 좋지 않은 부류의 여인으로 생각했다고 말했다. 좋지 않은 부류의 여인이라니, 무슨 뜻일까? 그때 나는 저속한 부류라고 해석했는데, 미리 그의 입을 막아버리려고, 그녀에게 기품이 있다고 딱 잘라 말했기 때문이다. 하지만 그런 뜻이 아니었다. 아마 고모라의 부류라는 뜻이었을까? 그녀는 여자친구와 함께 있으면서, 서로 허리를 껴안고 다른 여인들을 물끄러미 바라보며, 내 앞에서 한 번도 보인 적 없는 '부류'임을 실제로 보이고 있었는지도 모른다. 상대 여인은 누굴까? 에메는 어디서 이 꺼림칙한 모습의 알베르틴을 만났을까? 나는 에메가 했던 말을 정확하게 생각해내어, 그것이 내가 상상하는 바와 관련이 있는지, 아니면 그저 저속한 태도에 대하여 말하려 했던 것인지 분간하려고 애썼다. 그러나 아무리 생각해봐도 소용없었다. 물어보는 인간과 기억을 제공하는 인간은 슬프게도 같은 인간, 즉 나이기 때문에, 잠시 둘로 나누어지기도 하나 아무것도 덧붙일 수가 없었다. 아무리 물어봐도 대답하는 사람은 나이므로, 더는 아무것도 알 수 없었다.

　나는 이젠 뱅퇴유 아가씨를 생각하지 않았다. 새 의혹이 생긴 만큼, 나를 괴롭히는 시새움의 발작 또한 새로운 것이었다. 아니, 그렇다기보다 오히려 이 의혹의 계속이자 연장에 지나지 않았다. 무대도 마찬가지로 이젠 몽주뱅이 아니라, 에메가 알베르틴을 만났던 길이다. 대상은 몇몇 여자친구, 그중 아무개가 그날 알베르틴과 함께 있었는지 모른다. 어쩌면 엘리자베트라는 여인, 아니면 카지노에서 알베르틴이 보지 않는 체하면서 거울에 비치는 모습을 은밀히 바라보던 두 아가씨일지도 모른다. 알베르틴은 그 두 아가씨와 어떤 관계가 있었는지 모르려니와, 블로크의 사촌누이인 에스테르와도 관계가 있었던 게 틀림없다. 만약 이런 관계가 제삼자에 의해 폭로되었다면 나는 그것만으로 반죽음이 되었을 터이지만, 그럴 거라 상상하는 게 나라서, 나는 고통을 덜기 위해 적당한 애매성을 더하고 있었다. 속았다는 관념을 의혹이라는 형태로 날마다 엄청나게 마시는 셈이지만, 이 관념은 어떤 잔인한 한 마디를 주사함으로써 아주 적은 양으로도 사람을 죽일 수 있다. 아마도 그래선지, 또 자기 보존 본능에서 나온 유도체 때문인지, 질투하는 남성은 무고한 사실에 대하여 제멋대로 무서운 의혹을 품는 법인데, 그 같은 인간은 명백한 증거를 보아도 처음에는 절대로 인정하려 들지 않는다. 게다가 연정이란 불치병으로, 류머티즘이 잠깐 가라앉았다 싶으면 대신 간질성 편두통이 일어나는 체질과 같다. 질투의 의혹이 가라앉자, 나는 알베르틴이 다정스럽게 굴지 않았다는 생각에, 분명 앙드레와 함께 나를 우롱했다고 여기며 그녀를 원망했다. 혹시나 앙드레가 나와 나눈 얘기를 모두 알베르틴한테 털어놓는다면, 그녀는 어떻게 생각할까? 그러자 나는 소름이 오싹 끼쳐 앞날이 무시무시하게 보였다. 이러한 비애는, 새로운 질투의 의혹이 나를 다른 탐색으로 몰아넣든지, 아니면 반대로 알베르틴의 애정이 나타나는 것을 보고 내 행복 따위야 하잘것없다고 생각하기 전에는 물러가지 않았다. 그 젊은 아가씨는 어떤 여자였을까? 에메한테 편지를 써 보내, 어떻게 해서든 만나봐야 한다. 그리고 나서 그가 한 말을 확인하기 위해 알베르틴과 얘기하고 따져서 그녀가 사실대로 말하도록 해야 한다. 하지만 당장 그게 블로크의 사촌누이일 거라고 생각한 나는, 이유를 짐작도 못하는 블로크에게 사촌누이의 사진만이라도 보여달라고, 아니, 될 수 있으면 그녀와 만나게 해달라고 부탁했다.

질투 때문에 얼마나 많은 인간과 시가와 길이 마구 알고 싶어지는지! 질투란 알고 싶은 갈망이며, 이 갈망 탓에 우리는 서로 아무 관계없는 점에 대하여 차례차례 생각할 수 있는 온갖 지식을 얻게 되지만, 다만 참으로 알고자 하는 지식만은 얻지 못한다. 의혹은 어떤 순간에 생겨날지 전혀 알 수 없다. 그도 그럴 것이 갑자기 뚜렷하지 않았던 한마디, 뭔가 있을 듯한 알리바이를 떠올릴 수 있기 때문이다. 하지만 그 상대를 다시 만나고 싶은 것은 아니다. 나중에 생기는 질투, 상대와 헤어진 뒤라야 생기는 둔감한 질투라는 게 있다. 아마도 나에게는 마음속에 어떤 욕망을 간직해두는 습관이 있었나 보다—이를테면 여자 가정교사를 따라가는 모습을 창 너머로 보곤 했던 상류층 아가씨에 대한 욕망, 생루가 나한테 말했던 매음굴에 드나든다는 아가씨에 대한 욕망, 아름다운 하녀들, 특히 퓌트뷔스 부인의 몸종에 대한 욕망, 이른 봄에 시골로 가서 산사꽃이나 꽃이 활짝 핀 사과나무나 폭풍우를 보고 싶은 욕망, 베네치아에 대한 욕망, 일을 시작하고픈 욕망, 누구나 누리는 삶을 꾸려 나가고 싶다는 욕망—이런 온 욕망을 채우지 못하고서 마음속에 간직한 채, 언젠가 반드시 이를 만족시키겠다고 스스로 약속하는 것으로 그치고 마는 습관이다. 샤를뤼스 씨한테 '하루 미루기'라고 혹평받았듯이 끊임없이 하루하루 연기하는 이 오랜 습관, 아마 이 습관이 내 몸 안에 퍼져나가, 질투의 의혹마저 억눌러버린 것이다. 알베르틴과 함께 있는 현장에서 에메가 보았다는 그 아가씨(어쩌면 아가씨들일지도 모른다. 내 기억 속에서 애기의 이 부분은 어렴풋하고 아리송하여, 말하자면 판단이 불가능했다)에 대하여 언젠가는 반드시 알베르틴의 변명을 듣고 말겠다고 마음속으로 벼르면서도, 나는 습관 탓에 그 일을 미루곤 했다. 어쨌든 질투가 얼굴에 드러나 알베르틴의 마음을 상하게 할까 봐서, 오늘 저녁에는 애기를 꺼내지 않기로 했다.

그러나 다음 날 블로크가 사촌누이인 에스테르의 사진을 보내 오자, 나는 이것을 부랴사랴 에메에게 보냈다. 그리고 나는 그날 아침에 알베르틴이 쾌락을 거부했던 일, 그것은 틀림없이 그녀를 피곤케 했을 쾌락이었음을 떠올렸다. 그럼 그녀는 그 쾌락을 다른 누구를 위하여 남겨두려 했었나? 어쩌면 그날 오후를 위해서일지도 모르지. 그럼 대체 누구를 위하여? 이와 같이 질투는 끝이 없는 법이다. 왜냐하면 사랑하는 이가 죽어서 다시는 그 행위로 인해 질투를 일으킬 수 없어도, 모든 사건이 지나간 뒤에 기억 속에서 회상 자체가 돌연 현실의 사건처럼 행세하기 시작하여, 그때까지 우리가 밝히지 못하던 회상, 하찮은 것으로 생각하던 회상마저, 외적인 사실 하나 없이 우리가 오직 그것을 회상했다는 사실만으로 새롭고 무시무시한 뜻을 지닐 수 있기 때문이다. 둘이서 있을 필요도 없이 방 안에서 홀로 이것저것 생각하는 것만으로, 혹여 사랑하는 이가 죽은 뒤라 해도 그녀의 새로운 배신은 생긴다. 그러므로 사랑에서도 일상생활에서도 미래뿐만 아니라 흔히 미래보다 뒤에 이뤄지는 과거까지 두려워해야 하며, 그것도 뒤늦게 아는 과거뿐만 아니라, 오랫동안 자기 안에 고이 간직해온 과거, 갑자기 해독이 가능해진 과거가 문제로 떠오른다.

어쨌거나 오후가 끝날 즈음, 마침내 알베르틴이 내 곁에 와서 내게 마음의 진정을 주는 시각이 다가왔다고 생각한 나는 정말 행복했다. 공교롭게도 그 저녁은 진정을 가져다주지 못하던 저녁이자, 마치 이전에 어머니의 기분을 상하게 했던 날, 어머니를 다시 부를 용기도 없으면서 잠을 이루지 못하리라는 느낌이 드는 그런 날, 어머니가 해주던 입맞춤처럼 알베르틴이 나와 헤어지는 순간에 내게 한 입맞춤이 여느 때와 아주 달라 나의 마음을 가라앉혀주지 못할 것 같은 저녁이었다. 그런 저녁이란, 지금처럼 알베르틴이 뭔가 나에게 알리고 싶지 않은 다음 날의 계획을 품고 있는 저녁이었다. 만약 그녀가 계획을 털어놓았다면, 나는 알베르틴이 아니면 아무도 마음속에 일으키지 못하는 열정으로 그 계획을 확실히 이뤄내고자 했을 것이다. 한데 그녀는 한마디도 하지 않았으며, 애당초 아무 말도 할 필요가 없었다. 집에 돌아온 지 얼마 안 되어, 아직 그녀가 내 방 앞에서 커다란 모자나 챙 없는 토크를 쓴 채로 있을 때, 나는 벌써 완강하고 악착스러우며 억압할 수 없는 미지의 욕망을 엿보았다. 그런데 그런 저녁이야말로 내가 더할 나위 없이 다정한 마음으로 그녀가 돌아오길 기다리고, 깊은 애정과 더불어 그녀에게 달려들 작정이었던 저녁이었다. 아아, 옛날 내가 애정에 넘쳐 부모에게 달려가면 그날따라 두 분은 냉정하고 화를 내던 때가 있었는데, 이런 것은 애인 사이에 일어나는 불화에 비하면 아무것도 아니다. 애인 사이에서 고뇌는 훨씬 깊고 훨씬 더 견디기 힘들며, 마음의 훨씬 더 깊숙한 곳까지 뿌리를 내리고 있다.

그렇지만 그날 저녁, 알베르틴은 계획에 대해 내게 한마디 흘릴 수밖에 없었다. 나는 그녀가 내일 베르뒤랭 부인을 방문할 예정임을 금세 알았는데, 이 방문 자체로써는 내 마음을 언짢게 할 게 하나도 없었다. 그러나 거기서 누구와 만나서, 어떤 쾌락을 준비할 것이 틀림없었는데, 그렇지 않고서야 그녀가 이토록 그 방문에 집착할 리가 없었다. 다시 말해서 그녀가 몇 번이고 '꼭 하고 싶은 건 아니에요' 되풀이할 리가 없었다. 어떤 민족은 문자를 하나로 이어지는 상징으로 여기고 나서 비로소 표음문자를 사용하게 되었는데, 나는 일상생활에서 이런 민족의 발전과는 반대 방향을 밟아왔다. 오랫동안 그들의 현실적 삶과 사상을 그들이 스스로 제공하는 직접적인 표현 속에서만 찾아온 나는, 그들이 사실을 말하지 않는 탓에 오히려 진실의 합리적이자 분석적인 표현과는 다른 증언만 중요시하게 되었다. 당황한 상대의 얼굴에 핏기가 오르거나, 갑자기 침묵하거나 하는 것과 똑같은 식으로 해석하지 않으면, 말 자체도 나에게 무엇 하나 가르쳐주지 않았다. 어떤 부사(副詞)—이를테면 캉브르메르 씨가 나를 '작가'로 여기고, 어느 날 베르뒤랭네 집을 방문했던 일을 이야기하면서 전에는 나에게 한마디도 말을 건네지 않다가, 느닷없이 이쪽을 돌아보고 '마침 보렐리가 거기에 있었는데' 말했을 때의 '마침'과 같은 부사—그것은 말로 표현할 수 없는 두 가지 관념이 무의식적으로, 때로는 위험한 결합으로 붙어 솟구쳐 나오는 것인데, 화자가 그 두 가지 관념을 설명하지 않더라도 나는 적당한 분석법과 전기분해술(電氣分解術)로 두 가지 관념을 추려낼 수 있으며, 또 그런 부사야말로 장광설보다 많은 것을 일깨워주었다. 알베르틴은 곧잘 말 속에 이런 귀중한 혼합물을 이것저것 섞기 때문에, 나는 서둘러 그것을 '처리'하여 명확한 관념으로 바꾸려고 했다.

만약 낱낱의 구체적 사실을 발견하기 어렵더라도—사실을 알고자 한다면 많고 많은 실행 방법 중에서도 경험을 바탕으로 간첩 행위를 하는 수밖에 없다—반대로 진실은 나타나기 쉽고, 적어도 예감할 수 있다는 건, 연정을 품고 있는 자들에게는 매우 가공할 일이다. 나는 발베크에서 그녀가 지나가는 젊은 아가씨들을 마치 손으로 만지듯이 갑자기 뚫어지게 바라보는 모습을 자주 봤다. 또 그런 뒤에 우연히 그 아가씨들이 내가 아는 이들이면, 그녀는 다음같이 말했다. "저 사람들을 이리 오게 하면 어때요? 마주 보고 마구 욕설을 퍼부어 주고 싶으니 말이에요." 그런데 최근, 아마도 그녀가 내 마음속을 깊이 파고든 뒤로는 아무도 초대해달라고 청하지 않고, 한마디도 입 밖에 내지 않으며, 눈길을 돌리지도 않는다. 그 눈매가 방심한 얼빠진 표정을 짓고 있던 모습은, 전에 자력(磁力)을 갖춘 눈매와 마찬가지로 마음의 비밀을 드러내고 있었지만 이런 일로 그녀를 나무라거나 그녀에게 물어볼 수는 없었다. 이렇게 하찮고 사소한 일을 가지고 내가 '헐뜯는' 재미로 꼬치꼬치 따진다고 톡 쏘아붙일 게 뻔하니까. 지나가는 저 아가씨를 '왜 뚫어지게 보았지?' 묻기조차 어려운데, '왜 저 아가씨를 보지 않았느냐?' 물어보기란 더 어렵다. 그렇지만 나는 그 눈길 속에 담긴, 시선으로 증명되는 섬세한 모든 것을 잘 알고 있었다. 또는 적어도, 만일 알베르틴의 말을 믿으려 하지 않았다면, 그녀 얘기의 모순을 알아차렸듯이 마땅히 알았으리라. 그런데 나는 헤어진 지 오래되고 나서야 처음으로 그런 모순을 알아차린 적이 많았으므로, 온 밤을 고통으로 지새우며 다시는 그 일을 입 밖에 내지 않겠다고 다짐하면서도, 여전히 주기적으로 일부러 기억을 더듬곤 했다. 발베크의 바닷가나 파리의 거리에서 이런 한낱 슬쩍 엿보는 눈길이나 곁눈질에 대해서도, 나는 이런 눈길을 일으킨 상대 여인이 그저 지나가는 욕망의 대상이 아니라 오래전부터 아는 사이는 아닐까, 아니면 그녀가 소문으로만 듣던 아가씨가 아닐까 생각했던 적이 있는데, 바로 소문으로 듣던 그 아가씨라는 걸 알면 이번에는 그런 소문을 퍼뜨린 이가 있다는 사실에 몹시 놀라 얼굴빛이 하얗게 질릴 노릇이었다. 그만큼 그 아가씨는 알베르틴과 도저히 벗이 될 수 없는 인간 같았다. 그러나 현대의 고모라는 전혀 생각지도 않은 곳에서 나타나는 여러 조각으로 이루어진 퍼즐이다. 언젠가 리브벨에서 성대한 만찬회를 본 일이 있는데, 거기에 초대된 부인들 가운데 10명가량은 적어도 내가 이름을 아는 이들이었다. 그들은 닮은 데라고는 전혀 없는 부인들이면서도 서로 빈틈없이 잘 어울려, 이처럼 혼잡스러우면서도 초록이 동색인 만찬회를 본 일이 없을 정도였다.

거리를 지나가는 아가씨들에 대해 다시 이야기하자면, 상대가 나이 든 부인이나 노신사였다면, 알베르틴도 결코 그처럼 뚫어지게 바라보거나, 또는 반대로 보지 않는 척하면서 조심스럽게 흘깃거리지 않았을 것이다. 아내에게 배신당한 사내들은 아무런 낌새도 채지 못했을 것 같지만 사실 다 아는 법이다. 하지만 질투로 한바탕 소동을 일으키기에는 더 구체적인 자료가 필요하다. 또한 질투는 사랑하는 여인에게서 거짓말하는 성향을 발견하는 데 도움이 되지만, 여인이 질투받고 있음을 알게 되면 오히려 그 성향을 백 곱절 끌어올린다. 여인은 우리를 불쌍하게 여기든 두렵게 여기든, 또는 우리의 질문을 본능적으로 피하든 못 본 체하든 간에(전에 거짓말을 한 적이 없는 경우는 그 정도에 따라) 거짓말을 한다. 그야 물론 경박한 여성을 사랑하는 남성의 눈에는 그녀가 처음부터 정숙한 여성으로 보이는 경우도 있다. 그러나 얼마나 많은 사랑이 철저히 상반된 두 시기를 포함하고 있는가! 처음 무렵에 여인은 쾌락에 대한 자기 기호나 그 때문에 보낸 난잡한 생활에 대하여 스스럼없이 얼마쯤 사실을 헤아려 말하지만, 어느덧 그 사내가 질투하여 자기 행실을 염탐하고 있음을 느끼면 완강히 그 모든 것을 부인한다. 그러면 사내는 처음에 무엇이든 다 털어놓았던 때를 그리워하지만, 동시에 그때의 추억이 지금 그를 괴롭힌다. 만약 여인이 여전히 모든 것을 고백했더라면, 매일같이 뒤쫓아도 알 수 없었던 죄의 비밀을 그녀 스스로 밝히는 셈이 되었을 텐데. 더욱이 그것이야말로 얼마나 큰 헌신, 얼마나 크나큰 신뢰와 우정을 증명하는 일이냐! 만일 그녀가 바람을 안 피우고는 살 수 없어서 그 쾌락을 상대에게 털어놓고 상대도 그것에 참여시킨다면, 적어도 참된 친구로서 바람 피우는 셈이 되리라. 이와 같이 사내는 둘이서 사랑하기 시작할 무렵에 꿈꾸던 것이라고 생각한 생활을 그리워하지만, 그 생활은 어느새 불가능해지고 사랑 또한 무시무시한 고통으로 변해버리고 말아, 그것이 경우에 따라 이별을 피할 수 없게도 또 불가능하게도 만든다.

내가 알베르틴의 거짓말을 해독하는 글자가 표의문자는 아닐망정, 때로는 그것을 거꾸로 읽어볼 필요가 있었다. 이를테면 그날 저녁, 그녀는 거의 깨달지 못했을 이런 말을 대수롭지 않게 던졌다. "내일, 어쩌면 베르뒤랭 댁에 갈지도 몰라요. 아직 갈지 어떨지 모르지만, 그다지 가고 싶지 않거든요." 이는 다음과 같은 유치한 철자 바꾸기(anagramme) 고백이다. '내일 베르뒤랭 댁에 가요. 그건 아주 확실해요, 나에게 아주 중대한 일이니까요.' 겉으로 봤을 때의 주저는 속셈이 결정되어 있다는 뜻이며, 방문을 예고하면서 이 방문의 중요성을 맞비쳐 떨어지게 하는 것이 목적이었다. 알베르틴은 무를 수 없는 결심을 말할 때면 늘 회의적인 말투를 썼다. 나의 결의도 굳건했다. 베르뒤랭 부인을 방문하지 못하게 조처하자! 질투란 보통 사랑에 대한 갖가지 것들을 억누르고 싶은 불안한 욕구에 지나지 않는다. 나는 내가 가장 사랑하는 사람들이 안심하고서 헛된 희망을 품고 있는 것을 보면, 그 안심이 가짜라는 걸 보여주고 위협하고 싶은 제멋대로의 욕망이 부글부글 끓어오르는데, 이것은 틀림없이 아버지한테 물려받은 욕망일 것이다. 알베르틴이 나 몰래 외출 계획을 짜놓은 사실을 눈치챘을 때, 만일 터놓고 말해주었다면 더욱 쉽고 즐겁게 외출하도록 무엇이든 해주었으련만, 오히려 나는 그녀에게 겁주려고, 그날은 나도 외출할 작정이라고 대수롭지 않게 말했다.

나는 베르뒤랭네 방문이 불가능해지는 다른 쪽의 산책을 알베르틴에게 넌지시 비추기 시작했는데, 일부러 무관심한 말투로 나의 조바심을 숨기려고 애썼다. 그러나 그녀는 낌새를 알아차리고 말았다. 내 조바심은 그녀의 마음속에서 전류처럼 강력한 반대 의사에 부딪쳐 심하게 격퇴되었다. 알베르틴의 눈속에 불꽃이 솟구치는 게 보였다. 하지만 이제 와서 눈동자가 하는 말에 얽매인들 무슨 소용인가? 왜 진작 주목하지 못했을까. 어떤 종류의 눈은(평범한 인간의 경우에도) 그날 가고 싶은 여러 장소—그러나 가고 싶은 걸 숨기고 싶은 장소—가 있기 때문에 수많은 조각으로 이루어 있는 듯이 보이는데, 알베르틴의 눈도 그런 눈이었다. 늘 시치미를 떼고 꿈틀하지도 않는 수동적인 눈, 하지만 실은 동적이며, 완강히 가려고 하는 약속 장소까지의 거리가 몇 미터 또는 몇 킬로미터인지 잴 수 있는 눈, 마음이 끌리는 쾌락에 미소 짓기보다 오히려 약속 장소에 가기 어려울까 봐 비탄과 낙심에 후광처럼 빛나는 눈. 이러한 눈을 가진 여성은 당신 품 안에 안겨 있어도 도망치는 존재다. 그녀들이 주는 감동, 더욱 아름다운 여인도 주지 못하는 감동을 이해하려면, 그녀들이 움직이지 않는 존재가 아니라 움직이는 존재라는 걸 계산에 넣고, 물리학에서 속도를 표시하는 기호에 해당하는 어떤 기호를 그녀들의 인격에 덧붙여야 한다.

그러한 여인은 당신이 그날의 계획을 방해하면, 이제껏 숨겨왔던 기쁨을 털어놓는다. "나는 정말 좋아하는 아무개와 5시에 차를 마시러 가고 싶었던 거예요!" 그런데 만약에 반년 뒤 당신이 문제의 인물과 아는 사이가 되면, 당신 때문에 계획을 망친 아가씨, 당신의 올가미에 사로잡혀 자유스런 몸이 되고픈 마음에, 당신이 보이지 않는 시각에는 날마다 좋아하는 사람과 그렇게 차를 마셔왔다고 털어놓은 그 아가씨를 상대는 한 번도 자기 집에 초대한 적이 없고, 함께 차를 마신 적도 없거니와, 초대하고자 했더라도 바로 당신 때문에 늘 바쁘다고 그 아가씨가 거절했었다는 사실을 알게 되리라.

그렇다면 그녀가 함께 차를 마시러 가곤 한다고 말하며, 제발 가게 해달라고 간청하던 그 사람, 어쩔 수 없이 핑계로 내세운 그 사람은 이 사람이 아니라 딴 사람이었다! 또한 딴 일이었던 것이다! 다른 일이란 뭐냐? 다른 사람이란 누구냐?

유감스럽게도 아득히 먼 곳을 바라보는 이 서글픈 눈매, 지향 없는 눈매는 거리 정도야 가늠하게 해주겠지만 방향을 가리키지는 않는다. 가능성의 끝없는 벌판이 펼쳐진다. 우연히 현실이 눈앞에 나타나도 아주 가능성 밖에 있으므로, 우리는 갑작스레 솟아난 이 벽에 부딪혀 얼떨결에 벌렁 나자빠진다. 움직임과 도망을 확인할 필요조차 없다. 우리가 멋대로 그렇게 생각하면 그만이다. 그녀가 편지를 써 보내겠다고 약속하면, 우리 마음은 곧 평온해져서 더 이상 그녀를 사랑하지 않게 된다. 그런데 그 편지가 오지 않는다. 아무런 기별도 없다. '무슨 일이라도 생겼나?' 불안이 되살아나고, 애정도 되살아난다. 슬프게도, 우리의 연정을 자아내는 이는 이런 여인들이다. 왜냐하면 우리가 그녀들 때문에 느끼는 새로운 불안 하나하나가 그녀들의 인격의 일부를 빼앗는 걸로 보이기 때문이다. 우리는 자신 말고 다른 인물을 사랑하는 줄 믿고서 고통을 감수해왔다. 그런데 깨닫고 보니, 사랑은 우리의 비애에 따라서 변하는 작용이고, 사랑은 아마도 비애 그 자체이며, 검은 머리 아가씨는 거의 사랑의 대상조차 아니었다. 그러나 뭐니뭐니해도 이런 여인들이야말로 유달리 연정을 돋우는 이들이다.

보통 사랑이 한 육체를 대상으로 삼는 것은 마음의 동요나 그 육체를 잃을 염려, 되찾을 수 있을지에 대한 불안이 그 육체에 녹아들어 있을 경우뿐이다. 그런데 이런 불안은 육체와 밀접한 관계를 갖고 있으며, 육체에 아름다움마저 넘어서는 장점을 덧붙이므로, 빼어난 미녀들에게도 마음을 움직이지 않는 한 남성이 남에게는 밉상으로밖에 보이지 않는 한 여인을 뜨겁게 사랑하는 이유의 한 가지가 되는 것이다. 이런 여인들, 이 도망치는 여인들은 그 본성과 우리의 불안으로부터 날개를 얻는다. 우리의 바로 곁에 있을 때마저, 그녀들의 눈길은 머지않아 날아가겠다고 말하는 성싶다. 아름다움마저 넘어서는 이 아름다움은 날개를 달아준 것인데, 그 증거로 자주 그 여성이 연달아 날개를 갖기도 하고 갖지 않기도 하는 것처럼 보이는 일이 일어난다. 우리가 그녀를 잃지나 않을까 두려워하면 다른 모든 여성을 잊고 만다. 그녀를 확실히 붙잡아두면 곧 다른 여인이 좋아진다. 이러한 동요와 확신이 한 주 간격으로 갈마드는 수도 있으므로, 어느 여인은 한 주 동안 사내가 자기 때문에 온갖 즐거움을 희생하는 것을 목격하다가도, 다음 주에는 자신이 희생되는 현상이 언제까지나 되풀이되는 것이다. 이런 사실은(평생에 적어도 한 번은 사랑이 식어서 그 여성을 잊어버린다는 모든 남성의 경험에 비추어) 한 사람이 우리 마음의 동요에 의해서 이미 안으로 스며들지 않게 되었거나 또는 아직 스며들지 않았을 때, 그 사람 자체가 얼마나 시시해지는지 모르고서는 이해할 수 없다. 물론 우리가 말하는 '도망하는 존재'란 도저히 내 것이 될 가망이 없는 사로잡힌 여인, 갇힌 여인을 두고 하는 말이기도 하다. 그래서 남자는 여자의 도망을 도와주거나 유혹을 슬쩍슬쩍 내비치는 뚜쟁이를 미워하지만, 오히려 깊숙한 방에 들어앉은 여자를 사랑할 경우에는 여자를 옥에서 빼내어 자기에게 데려오기 위해 제 발로 뚜쟁이를 찾아간다. 빼앗은 여자와의 관계가 남에 비하여 오래 가지 않을 경우, 그 원인은 여자를 손에 넣을 수 없는 게 아닌가 하는 걱정과 도망가지나 않을까 하는 불안이 우리가 갖는 사랑의 전부이기 때문이며, 일단 남편의 손에서 빼앗고, 무대에서 끌어내며, 우리를 버리려는 유혹에서 치유되어 우리 마음의 동요에서 분리되고 나면, 여자는 오직 그녀 자신에게 거의 무가치한 사람이 되고 말아, 이리하여 오랫동안 열애의 대상이었던 여자가, 그녀에게 버림받을까 봐 겁내던 남자에게 이윽고 버림받게 되기 때문이다.

　나는 위에서 '어째서 눈치채지 못했을까?' 생각했다. 하지만 사실은 발베크에 머물던 첫날부터 나는 그것을 알아채고 있었던 게 아닐까? 살결 아래 숨하게 숨어 있는 존재—상자에 들어 있는 트럼프 한 벌이나, 아직 가보지 못한 문

닫힌 성당이나 극장보다, 아니 쉴 새 없이 갈마드는 대군중 이상의 존재—가 꿈틀거리는 듯한 아가씨, 나는 알베르틴이 그런 아가씨라는 것을 꿰뚫어보았던 게 아닐까? 그저 숱한 존재뿐 아니라 숱한 존재에 대한 욕망, 관능적인 추억, 숱한 존재를 요구하는 불안한 마음을 숨긴 아가씨라는 걸. 그러나 나는 발베크에서는 흔들리지 않았다. 그녀의 뒤를 쫓아 잘못된 길을 서성이는 신세가 될 줄은 꿈에도 몰랐기 때문이다. 아무튼 이리하여 알베르틴은 내게, 잔뜩 쌓아 올려진 숱한 존재와 그 존재에 대한 숱한 욕망, 숱한 관능적인 추억으로 가득 찬 충실한 인간이 되었다. 그리고 어느 날 그녀 입에서 '뱅퇴유 아가씨'라는 이름을 들은 지금은 그녀의 옷을 벗기고 그 육체를 보고 싶은 게 아니라, 그 육체를 통하여 그녀의 추억과 다음번의 열렬한 밀회가 적힌 비망록을 모두 읽으려 했던 것이다.

가장 하찮아 보이는 것일지라도, 사랑하는 사람(또는 거짓말로 순식간에 우리 마음을 사로잡는 사람)이 우리에게 그것을 숨기면 그것은 곧바로 얼마나 비상한 가치를 띠는가! 고통 자체가 고통의 원인이 된 인간에게 반드시 사랑이나 미움의 정을 품게 하는 건 아니다. 아픔을 주었다고 해서 외과 의사를 원망하지는 않는다. 그러나 얼마 동안 당신은 나의 전부라고 말해온 여인, 게다가 그녀 자신은 우리의 전부가 아니던 여인, 우리가 만나서 입맞추며 무릎에 앉혀놓고 즐기던 여인, 그런 여인이 돌연 저항을 보여 우리가 마음대로 다루지 못하는 여인임을 알게 되면, 그것만으로도 우리는 아연실색한다. 그때 우리는 곧잘 실망하여 잊었던 옛 고뇌를 떠올린다. 한낱 이 여인에 의해서가 아니라, 자신의 과거에 점점이 이어져 있는 다른 여인들의 배신에 의해서 일어났던 고뇌를 다시 살아나게 한다. 게다가 사랑이 다만 거짓으로 자극되어왔으며, 우리를 괴롭힌 여인의 손으로 우리 고뇌를 달래주길 바라는 욕구에 지나지 않는 세상에서 어찌 살고 싶은 용기가 나겠는가, 어찌 죽음에서 몸을 지키려는 행동을 할 수 있겠는가. 이 거짓과 저항을 발견했을 때 느끼는 실망에서 헤어나려면, 우리보다 그녀의 생활과 더 관련이 있을 듯한 이들의 도움으로, 저항하고 거짓말하는 그녀에게 덮어놓고 손을 써서, 우리도 속임수를 쓰다가 결국 미움을 받게 되는 한심한 방법이 있긴 하다. 그러나 이와 같은 사랑의 괴로움은, 병자가 몸의 위치를 바꿔 허망한 안락을 구하지 않고는 못 배기는 괴로움과 똑같다. 슬프게도, 이 정도의 수단이라면 수두룩하다! 오로지 마음의 불안에서 생겨난 이런 사랑의 공포는, 우리가 우리 안에서 하찮은 말을 쉴 새 없이 늘어놓는 데서 비롯된다. 더군다나 이런 연정을 느끼게 하는 여인이 우리에게 육체적으로 온전한 기쁨을 주기란 매우 드문 일인데, 그 여인을 택한 것이 우리의 신중한 기호가 아니라 가끔씩 찾아드는 한순간의 고뇌이기 때문이다(이 한순간은 우리 성격의 약함 때문에 끝없이 늘어나고, 우리는 밤마다 마음속에서 과거의 경험을 되풀이하다가 마침내 진정제에 의존할 만큼 추락한다).

사실 알베르틴에 대한 내 애정에는 여린 의지 때문에 그만 빠지고 마는 진정 행위(鎭靜行爲)가 있었다. 결코 정신적 사랑이 아니었기 때문이다. 그녀는 나에게 육신의 만족을 주었고, 게다가 영리한 여성이었다. 하지만 이런 따위는 다 군더더기였다. 내 마음을 차지하던 것은 그녀의 총명한 말이 아니라, 그녀 행실에 의혹을 품게 하는 한마디였다. 나는 그녀가 정녕 이렇게 말했나 아니면 저렇게 말했나, 어떤 태도로, 언제, 무슨 말에 대한 대답으로 그렇게 말했는지 생각해내려고 기를 쓰며, 나와의 대화 처음부터 끝까지, 언제 그녀가 베르뒤랭 댁에 가고 싶다고 말했고, 나의 어떤 말에 그녀 얼굴에 성난 표정이 나타났는지 재구성하려 했다. 아무리 중대한 사건이 일어난들, 나는 그 진실을 파악하고 사건이 일어났을 때의 분위기나 정확한 어감을 되살리고자 그토록 수고하지는 않았을 것이다. 그야 물론 이와 같은 불안이 견딜 수 없을 정도에 다다른 뒤, 하룻밤 사이에 완전히 진정되는 적도 간혹 있기는 하다. 이를테면 사랑하는 여인이 가기로 되어 있는 야회, 그 정체에 대하여 며칠을 두고 골머리를 앓아온 그 야회에 나 또한 초대되어 가게 되자, 여인은 나에게만 마음을 쓰고 나에게만 말을 건넨다. 여인을 데리고 돌아왔을 때는 이제 불안도 씻은 듯 사라져, 먼 길을 걷고 난 뒤에 깊은 잠에 빠질 때 곧잘 맛보는 것과 똑같은 오롯한 안정과 기운의 회복과 휴식을 경험한다(하지만 대부분의 경우는 불안을 다른 불안으로 바꿀 뿐이다. 우리 마음을 진정시켜야 할 문장 속에 있는 한 마디가 다른 방향으로 의심의 눈을 돌리게 하는 것이다). 틀림없이 이와 같은 안정은 비싼 대가를 치를 만한 값어치가 있을 것이다. 하지만 자발적으로 불안 따위를, 더더구나 비싼 값을 치르지 않는 편이 더 간단하지 않겠는가! 게다가 한때의 안정이 아무리 그윽해도, 언젠가는 불안에 먹혀 들어가리라는 것을 잘 안다. 그뿐이랴, 이 불안은 흔히 우리를 안심시키려는 목적에서 나온 한마디로 되살아나기도 한다. 질투의 요구나 우리의 맹신은 사랑하는 여인이 상상하는 것보다 크다. 그녀가 아무개는 그저 친구에 지나지 않는다고 맹세하면 우리는—꿈에도 생각지 못했건만—그가 그녀의 친구였다는 사실을 알고 정신이 아찔해진다. 반대로 여인이 성실을 보이고자 오늘 오후 어떻게 해서 둘이 함께 차를 마시게 되었는지 얘기하면, 그녀의 한마디마다 눈에 보이지 않던 것, 꿈에도 생각지 못한 것이 형태를 갖추어 나타난다. 그녀는 상대가 자기한테 정부가 되어달라고 청하더라고 고백한다. 그러면 우리는 그런 제의를 그녀가 잠자코 듣고 있었나 싶어 부아가 치민다. 물론 거절했다고 그녀는 말한다. 그러나 잠시 뒤에 그녀의 얘기를 떠올리면, 정말 거절했는지 의심스러워진다. 왜냐하면 그녀가 말한 갖가지 일 사이에는 논리적이자 필연적인 유대가 빠져 있으며, 그 유대야말로 얘기한 사실보다도 더욱 이야기의 진실성을 증명하는 것이기 때문이다. 그리고 그녀의 말투에는 건방진 어조가 있지 않았던가. '싫다고 분명히 말했지요'라는 어조는 계급에 관계없이 여인이 거짓말을 할 때 반드시 보이는 말투이다. 그렇지만 나는 거절한 그녀에게 감사하며, 잔인한 고백이지만 앞으로도 이런 이야기를 그때마다 꼭 들려달라고, 관대한 도량을 보여 그녀를 격려해야 한다. 기껏해야 이런 지적을 하는 게 고작이다. "그런데 그 사내가 예전부터 그런 제의를 했다면, 왜 그 사람과 차 마시는 걸 승낙했지?"—"그가 나를 원망 못하도록, 내가 상냥하지 않다고 말 못하게 하려고요." 그러면 나는, 차를 거절했다면 나에게 더욱 상냥하게 군 셈이 되었을 터인데 하고 대꾸할 기운조차 나지 않는다.

또한 나는 그녀에게 누를 끼치지 않고자 내가 그녀의 애인이 아니라고 말했는데, 알베르틴은 옳다고 말하여 나를 몸서리나게 했다. "왜냐하면 당신은 정말 내 애인이 아닌걸요." 그녀는 이렇게 덧붙인다. 사실 나는 정말 그녀의 연인이라고 말할 수 없었는지도 모른다. 그렇다면 우리 둘이 함께하는 그 모든 것을, 그녀는 맹세코 정부가 아니었다고 말한 뭇사내들과도 했다고 생각해야 옳단 말인가? 알베르틴이 뭘 생각하고 누굴 만나며 누굴 사랑하고 있는지 기어코 알고자 하는 소망—이 욕구 때문에 모든 걸 희생하다니 이 얼마나 야릇한가. 그도 그럴 것이, 나는 이전에 질베르트에 대하여 사람들의 이름과 갖가지 사실을 알고자 하는 똑같은 욕구를 느꼈지만, 이제 와서는 그런 게 아무래도 좋았기 때문이다! 이와 비교하여, 알베르틴의 행동이 그 자체로서보다 흥미가 없다는 사실도 나는 잘 이해하고 있었다. 첫사랑이 우리 마음에 남기는 취약

성이 뒷날 계속되는 몇몇 사랑에 길을 터주기는 하지만, 사랑의 징후나 고뇌가 같은데도 사랑을 고치는 방법을 가르쳐주지 않으니 이상한 노릇이다. 하기야 과연 사실을 알 필요가 있을까? 무엇인가 숨기는 것이 있는 여인들의 거짓말과 신중함은 처음부터 일반적으로 알 만한 게 아닌가. 그것이 오해일 가능성이 있는가? 우리는 그들에게 이야기시키고 싶어 안타까울 지경인데, 여인들은 입 다물고 있는 것이 미덕인 줄 안다. 그리고 자기 공범자에게 '난 절대로 아무 말도 하지 않아. 누가 뭘 알더라도 내가 입 밖에 낸 게 아니야. 난 절대로 아무 말두 하지 않으니까' 하고 단언한 게 틀림없다.

우리는 한 여성을 위해 재산도 목숨도 내던지려 한다. 그렇지만 늦든 이르든 10년만 지나면 그 여성에게 재산을 주지 않으려니와, 그 여성보다 제 목숨을 더 아끼게 되리라는 건 뻔한 사실이다. 왜냐하면 그때 이 여성은 우리에게서 떨어져 홀로, 무가치하게 남아 있기 때문이다. 우리를 남에게 연관시키는 것은 지난밤 야회의 추억이라든가 내일 마티네에 거는 기대처럼 헤아릴 수 없이 얽힌 뿌리, 수없이 둘러친 실, 벗어날 수 없는 습관의 씨실, 끝없이 계속되는 씨실이다. 후한 인심 덕에 재산을 모은 구두쇠가 있듯이, 우리는 결국 인색함 때문에 재산을 소비하는 낭비자로서, 우리가 삶을 바치는 건 그 사람 탓이 아니라, 그가 자기 주위에 비끄러맨 우리의 모든 시간과 온 나날—이에 비하면 아직 누리지 않은 생활, 비교적 먼 미래의 생활 같은 건 아주 멀리 외떨어지고 낯설어 우리 생활이 아닌 것으로 여겨진다—때문이다. 그러므로 그 사람보다 더 중대한 이 유대에서 몸을 빼내야 하는데, 유대는 잠시 상대에 대한 의무감을 만들어내서, 그 의무감 때문에 우리는 그의 비판이 두려워 떠나지 못한다. 그런데도 세월이 흐르면 감히 이를 버리게 되고—왜냐하면 우리에게서 나누어진 상대는 이미 우리와 다른 존재니까—또 우리 스스로 지어낸 그 의무감도(모순같이 보이기도 하나 의무감이 우리를 결국 자살에 이르게 하는 경우에도) 실은 자기 자신에 대한 의무감에 지나지 않는다.

만약 내가 알베르틴을 사랑하지 않는다 할지라도(어떤지 확실치 않으나), 그녀가 내 곁에서 차지하고 있는 자리는 결코 기이하지 않다. 우리는 우리가 좋아하지 않는 것하고만 살기 때문이며, 그걸 우리와 함께 살게 하는 것은 오로지 견디기 힘든 애정—그 대상이 여인이건, 고장이건, 고장을 포함한 여인이건—을 죽이기 위해서니까. 만일 새삼 상대가 떠나버리면 우리는 또다시 상대를 사랑하지는 않을까 걱정이 될 것이다. 알베르틴에 대해서는 아직 이 정도까지 이르지 않았다. 그녀의 거짓말과 고백으로는 알 수 없는 진실을 밝히는 일이 여전히 남아 있었기 때문이다. 그녀는 숱한 거짓말을 늘어놓았는데, 그 이유는 자기가 사랑받고 있는 줄로 믿는 여자가 다 그렇듯이 거짓말하는 것으로 만족하지 않고, 그 이상으로 본디 천성이 거짓말쟁이였기 때문이다. 게다가 몹시 변덕스러워서, 이를테면 남들에 대한 생각을 말할 때마다 본심을 말한다 하더라도 번번이 하는 말이 달랐을 것이다. 그녀의 고백은 더할 수 없이 드물고 입 밖에 내다가도 뚝 그치므로, 과거에 대한 고백이면 사실과 사실 사이에 긴 공백 기간이 여러 개 남겨져, 그 모든 공백 기간에 걸쳐 나는 그녀의 생활을 다시 머릿속으로 그려야 했는데, 그러려면 먼저 그녀의 생활에 대해 알아야 했다.

한편 현재에 대해서는 프랑수아즈의 점쟁이 같은 말을 내가 해석할 수 있는 한, 알베르틴은 부분적인 사항뿐만 아니라 전체에 대하여 거짓말을 하고 있으며, '언젠가는 모두' 나에게 들키고 말겠지만 프랑수아즈는 그것을 알면서도 나한테 말하고 싶어하지 않아 나도 감히 물어볼 용기가 나지 않았다. 더구나 프랑수아즈는 전에 윌라리에게 품었던 것과 똑같은 질투 같은 감정을 느껴선지, 대체로 사실 같지 않은 말을 몹시 애매하게 말했다. 그 말의 은근한 암시를 가까스로 추측해보면, 가련한 갇힌 여인(여성을 좋아하는 여인)이 누구와 결혼하고 싶어하는데, 상대는 내가 아닌 듯하다는 도저히 사실 같지 않은 말이었다. 그것이 사실이라면, 아무리 정신감응술(精神感應術)에 능한들 어떻게 프랑수아즈가 그걸 알아냈겠는가. 물론 알베르틴의 얘기를 들어도 이 점은 조금도 밝혀지지 않았다. 그녀의 얘기는 멈추기 시작한 팽이 색깔 하나하나처럼 날마다 정반대로 변하기 때문이다. 게다가 프랑수아즈는 증오 때문에 이렇게 지껄이는 듯싶었다. 어머니가 집에 없는 동안 프랑수아즈가 나에게 다음과 같은 말을 하지 않는 날, 내가 그걸 들으며 꾹 참지 않은 날은 하루도 없었다. "물론 도련님은 친절하셔요. 이 할멈이 입은 은혜는 무덤에 가서도 잊지 않을 거랍니다(그 뜻은 아마 감사에 알맞은 자격을 갖추라는 것이리라). 그러나 도련님의 친절이 흉계를 집에 끌어들이신 거예요. 영특한 분이 보기 드문 바보를 중히 여기시다니요. 품행이 단정하고 재기가 남다르며 모든 일에 당당하고, 겉도 속도 왕자 같은 분이, 질 나쁘고 속된 너절한 여인의 말만 곧이듣고, 속고,

또 40년이나 댁에 살아온 이 할멈을 모욕해도 내버려두시니 집 안에 역한 냄새가 진동을 합니다요."

프랑수아즈가 알베르틴에게 원한을 품은 것은 특히 가족이 아닌 사람에게 명령받고, 살림이 늘어나 피로하기 때문인데, 늙은 하인의 건강을 해치는 이 피로만으로도(그래도 프랑수아즈는 자기가 '능력이 없지' 않다며, 남이 자기 일을 돕는 걸 싫어했다) 그 달뜬 신경과 앙심 깊은 노기를 설명하기에 충분하리라. 프랑수아즈는 분명 알베르틴이 쫓겨나면 쾌재를 불렀을 것이다. 그것이 프랑수아즈의 소원이었다. 이 소원만으로도 늙은 하녀에겐 위로가 되고, 그녀의 마음을 안정시켰으리라. 그러나 내 생각에 원인은 오직 그것만이 아니었다. 이와 같은 증오는 과로에 빠진 몸에서만 일어날 리가 없었다. 프랑수아즈에게는 위로니 마음의 안정이니 하는 것보다도 잠이 필요했다.

알베르틴이 옷을 갈아입으러 간 동안 되도록 재빨리 손을 쓰려고 나는 전화 수화기를 집어들어 비정한 여신의 구원을 청했으나 다만 여신의 격노를 일으켰을 뿐, 그 노기는 '말씀 중'이라는 말로 표현되었다. 사실 앙드레는 어떤 사람과 이야기하는 중이었다. 나는 그녀의 통화가 끝나기를 기다리면서 생각했다. 18세기의 여성 초상화에서는 기다리는 얼굴, 뾰로통한 표정, 흥겨워하는 모습, 몽상에 빠진 자태를 표현코자 교묘하게 배치를 해놓고 있는데, 이런 초상화를 아주 새롭게 하려는 많은 화가들, 현대의 부셰와 프라고나르 등은 어째서 아무도 '편지'나 '클라브생' 따위 대신 '전화 앞에서'라고 제목 붙일 만한 장면을 그리지 않는 걸까. 이 장면에서는 아무도 보는 이 없는 줄 알고, 그만큼 더 전화하는 여인의 입가에 있는 그대로의 미소가 스스럼없이 떠오를 텐데. 마침내 앙드레가 내 목소리를 들었다. "내일 알베르틴을 데리러 오시죠?" 알베르틴이라는 이름을 발음하면서, 나는 게르망트 대공부인 댁의 야회에서 스완이 나에게 "오데트를 만나러 오시죠?" 말했을 때 느꼈던 부러움을 돌이켜보고, 또 성을 붙이지 않은 이름에는 뭐니뭐니해도 강한 느낌이 있어서, 그것은 모든 이의 눈에도 오데트 자신에게도, 스완의 입이 아니고서는 지니지 못하는 절대적인 소유의 뜻을 띠고 있구나 하는 생각을 떠올렸다. 이렇듯 한 인간의 온 생활을 지배하는 것은, 내가 연정을 느낄 때마다 얼마나 감미로워 보이던가! 그러나 실은 성을 붙이지 않고 이름만 부르게 되는 것은 이미 무관심해졌거나, 아니면 습관이 애정을 무디게 하지 않았더라도 애정의 감미로움이 고통으로 변했다는 것이다. 거짓말은 매우 하찮은 것이다. 우리는 거짓말에 둘러싸여 생활하면서 그것을 아주 대수롭지 않게 여기고, 누구를 괴롭히는 것도 아니라는 생각에 예사롭게 거짓말을 하지만, 질투는 그 거짓말에 괴로워하고, 거짓말이 감추고 있는 것보다 더 많은 것을 거기에서 본다(가령 연인이 우리와 함께 밤을 보내길 거부하고 연극을 보러 가는 것도 실은 얼굴빛이 어두운 것을 보이고 싶지 않아서이다). 그런데도 진실이 감추고 있는 내용은 보지 못한다. 그러나 질투는 아무것도 얻지 못한다. 왜냐하면 거짓말을 하지 않는다고 맹세한 여자들은 아무리 위협해도 자신의 성격을 고백하길 거부할 테니까. 나는 앙드레에게 이런 투로 '알베르틴'이라고 말할 수 있는 게 나뿐임을 알고 있었다. 그렇지만 알베르틴에게도, 앙드레에게도, 또 자신에게도, 내가 무가치하다는 느낌이 들었다. 또 애정이 부딪치는 불가능도 알고 있었다. 우리는 사랑의 대상인 인간이 육체에 갇혀 우리 눈앞에 누워 있거니 상상한다. 천만에! 사랑은 누군가 과거에 차지했던, 또 앞으로 차지할 시간과 공간의 온 장소에 널려 있다. 한 인물이 거쳐간 어떤 장소, 어떤 시간과의 접촉을 가지고 있지 않는 한 우리는 이 인물을 소유한 게 아니다. 그런데 이런 지점을 모두 손에 넣기란 불가능하다. 만약 그런 지점이 분명히 지시되어 있다면 거기까지 손을 뻗을 수 있을지도 모른다. 하지만 우리는 아무리 더듬어도 그것을 찾을 길이 없다. 그러므로 시기, 질투, 번뇌가 일어난다. 우리는 당치도 않은 발자취를 좇는 데 귀중한 시간을 낭비하고, 진실이 옆에 있는 줄 깨닫지 못한 채 지나쳐버린다.

그러나 눈이 빙빙 돌 지경으로 날쌘 시녀들을 거느린 성마른 여신 하나가, 내가 지껄이기 때문이 아니라 아무 말도 하지 않는다고 벌써부터 화내고 있었다. "여보세요, 말씀하세요! 아까부터 연결되어 있어요. 끊겠어요." 하지만 끊지는 않았다. 그리고 대시인답게—교환원 아가씨는 언제나 대시인이다—앙드레의 존재를 환기시키면서, 이 알베르틴의 벗을 그녀의 주소·거리·생활 자체의 독특한 분위기로 감쌌다.

"당신이군요?" 앙드레의 목소리는, 소리를 빛보다 더 빠르게 하는 힘을 가진 여신에 의하여 눈 깜짝할 사이에 나에게 닿았다. 나는 대답했다. "어디라도 괜찮으니, 가고 싶은 데 가. 베르뒤랭 부인 댁만 빼놓고. 내일은 기어코 알베르틴을 베르뒤랭 댁에서 멀리 떨어뜨려놔야 하거든."—"그렇지만 마침 내일은 거기 가기로 되어 있는 걸요."—"아아, 그래!"

나는 잠깐 이야기를 멈추고 나무라는 시늉을 해야만 했다. 까닭인즉, 프랑수아즈가 종두(種痘)만큼 겁나고 비행기만큼 위험한 것이기나 한 듯이 고집스럽게 전화 거는 법을 배우려 하지 않는 주제에—배우면 아무 지장 없이 통화는 그녀에게 맡기고, 나는 전화 거는 수고를 덜었을 텐데—내가 특히 프랑수아즈에게 숨기고 싶은 비밀 통화를 하고 있으면 당장 방 안에 들어오기 때문이다. 프랑수아즈가 어제부터 방에 있던 물건들을, 한 시간 더 그대로 놓아두어도 전혀 지장 없을 갖가지 물건을 느릿느릿 옮기거나, 또 벽난로에—나는 불청객의 존재와 교환원 아가씨가 끊기나 않을까 하는 근심으로 활활 달아올라 하나도 소용없었건만—장작을 새로 넣느라고 늑장 부리다가 겨우 방 밖으로 나가자마자, 나는 앙드레에게 말했다. "미안해, 방해하는 이가 있어서 말이야. 그런데 알베르틴이 내일 베르뒤랭 댁에 가기로 되어 있는 건 확실한가?"—"분명 확실하죠. 당신이 싫어하더라고 알베르틴에게 말할까요?"—"아니, 그러지마. 어쩌면 나도 당신들과 같이 갈지도 모르니."—"어머!" 앙드레는 난처하다는 듯이 나의 대담성에 질린 듯한 목소리를 냈는데, 이에 나는 더욱더 고집스러워질 뿐이었다. "그럼, 안녕. 하찮은 일로 방해해서 미안." 앙드레는 "천만에요" 말하고(지금은 전화가 보급되어 있어서, 이전에 '다과회'를 둘러싸고 그랬던 모양으로, 전화를 둘러싸고 특수한 미사여구가 널리 퍼지고 있었다), 이렇게 덧붙였다. "당신 목소리를 들어 아주 기뻤어요."

나도 비슷한 미사여구를 앙드레보다 더 진심으로 말해도 좋았으리라. 그도 그럴 것이 나는 여태껏 앙드레의 목소리가 이처럼 남들과 다른 줄 깨닫지 못했는데, 새삼스럽게 이 목소리에 한없이 감동했기 때문이다. 그래서 나는 다른 이들의 목소리, 특히 여인의 목소리를 떠올렸다. 정확하게 한 가지 질문을 하려고 정신을 가다듬어 느리게 내는 목소리, 또는 자신이 하는 얘기에 담긴 열광의 물결에 휩쓸려 숨 가빠하다가 때로는 뚝 끊어지기까지 하는 목소리. 나는 발베크에서 사귄 젊은 아가씨들의 목소리, 질베르트의 목소리, 할머니의 목소리, 게르망트 공작부인의 목소리를 하나하나 떠올렸다. 그 목소리가 모두 다르고, 저마다 독특한 말투의 틀로 만들어져, 제각기 다른 악기를 연주하는 느낌이 들었다. 몇십, 몇백, 몇천이나 되는 '목소리'가 한꺼번에 갖가지 음향을 내며 조화로운 경배사(敬拜詞)가 되어 천주님 쪽으로 올라가는 것에 비한다면, 옛 화가가 그린 '낙원'의 음악 천사(天使) 서넛의 연주는 얼마나 보잘것없는가.

나는 수화기를 놓기에 앞서 속죄의 뜻으로, 음속을 지배하는 여신에게 나의 하찮은 말을 전하기 위해 벼락보다 백 배나 빠른 힘을 써주신 데 대하여 짧게 사례했다. 그러나 나의 사례에 대한 대답으로, 전화가 찰칵 끊어졌을 뿐이었다.

　내 방에 돌아온 알베르틴은 검정 새틴 드레스를 입고 있어서 여느 때보다 더 창백하게 보였고, 파랗게 질린 다정한 파리지엔, 탁한 공기와 사람의 훈기, 아마도 방탕한 습관으로 시든 파리지엔으로 보였다. 볼의 붉은 기가 눈을 화려하게 꾸미고 있지 않아서 더욱 불안스럽게 보였다. 나는 그녀에게 말했다. "알아맞혀 봐, 내가 막 누구한테 전화 걸었는지. 앙드레였어."—"앙드레에게?" 알베르틴은 외쳤는데, 그 목소리는 이런 단순한 소식에 이해 가지 않을 만큼 수선스럽고 놀라며 동요하는 투였다. "요전 날 우리가 베르뒤랭 부인과 만난 일을 앙드레가 잊지 않고 말했나요?"—"베르뒤랭 부인하고? 글쎄, 생각나지 않는걸." 나는 그 이야기에 무관심한 체하며, 알베르틴이 내일 어디 가는지 알려 준 앙드레를 배신하지 않으려고 다른 일을 생각하는 척하며 대답했다. 그러나 누가 알랴, 앙드레가 정말로 나를 배신하지 않을는지를. 베르뒤랭 댁에 결코 가지 못하게 해달라고 내가 부탁하더라고 내일 알베르틴에게 얘기하지 않을까? 이와 비슷한 부탁을 내가 여러 번 했다는 걸 이미 누설하지 않았을까? 앙드레는 절대로 고자질하지 않았다고 단언했으나 요즘 알베르틴 얼굴에서 줄곧 내게 품어 온 신뢰의 기색이 싹 가시고만 인상을 받았으므로, 이 단언의 가치도 흔들리기 시작했다.

　사랑의 괴로움은 잠깐 멎었다가 금세 다른 형태로 다시 시작된다. 사랑하는 여인이 이제는 첫 무렵의 강한 공감도 적극적인 정열도 보여주지 않는 것을 보고 우리는 한탄해 마지않고, 그 이상으로 그녀가 잃어버린 공감이나 애정을 다른 남자에게 품는다는 사실에 괴로워한다. 그러다가 이 괴로움에서 더욱 잔혹한 새로운 아픔, 즉 어젯밤 야회에 대해 그녀가 한 거짓말과 그 야회에서 나를 배신했을 게 틀림없다는 의혹 쪽으로 마음이 쏠린다. 사랑하는 여인이 보이는 상냥함에 이 의혹도 풀리고, 우리 마음이 진정되는 것도 잠깐, 그때 잊었던 한마디가 퍼뜩 되살아난다. 쾌락에 억척스러운 여인이라는 말을 들은 적이 있건만, 내가 경험한 바로는 그녀는 번번이 목석 같았다. 다른 이에게는 어떤 광란을 보였을지 상상해본다. 그녀에게는 내가 대단치 않은 존재임을 느끼고, 함께 이야기하는 동안에도 권태스러운, 뭔가 그리워하는 쓸쓸한 그녀의 모습이 눈에 선하다. 그녀가 첫 무렵 나를 기쁘게 해주던 옷은 다른 남자를 위해 아껴두는지, 둘만 있을 때 걸치는 옷은 변변치 못하기가 시커먼 하늘과 같다. 반대로 그녀가 다정스러우면 이 아니 즐거운 순간이냐! 그러나 나를 꾀려는 듯 자그마한 혀를 내미는 걸 보자, 이렇게 수없이 여자들을 꾀었겠지, 그래서 내 옆에서 그 여인들을 마음에 두지 않고서도 오랜 습관으로 몸에 익은 행동이 기계적으로 나타나는 것이겠지 하는 생각이 든다. 그러다가 다시 그녀를 지루하게 하는 게 아닌가 싶은 느낌이 되살아난다. 하지만 이 괴로움도, 그녀의 생활을 해치는 알지 못하는 것이나 알지 못하는 장소를 생각하면 갑자기 시시해 보이기 시작한다─전에 그녀가 있던 곳, 또 결정적으로 거기서 생활할 작정은 아닐지라도 내가 곁에 없을 때면 지금도 거기에 가 있을지 모를 곳, 그녀가 내게서 멀리 떨어져 더 이상 내 것이 아니고, 나와 같이 있는 것보다도 행복한 곳─이리하여 질투는 등댓불처럼 돌고 돈다. 게다가 질투란 떨쳐버릴 수 없으며 늘 새 모습으로 다시 나타나는 악마 같기도 하다. 그런 변화무쌍한 꼴을 뿌리째 없애서 사랑하는 이의 모습을 한평생 간직할 수 있더라도, '악령'은 더욱더 비극적인 다른 꼴을 만들 것이다. 곧 우격다짐으로 여인의 충실함을 얻었다는 절망, 내가 사랑받고 있지 않다는 절망이다.

알베르틴과 나 사이에는 종종 침묵의 방해물이 가로놓여 있었는데, 그것은 아마도, 불만을 말해도 아무 소용없다고 생각한 그녀가 입을 다물어버리기 때문일 것이다. 알베르틴이 매우 다정스럽게 구는 저녁이 있기는 했어도, 발베크에서 그녀가 나한테 "당신은 참으로 친절하세요" 말할 때 내가 알게 된 자연스러운 마음의 움직임을, 이제 그녀는 갖고 있지 않았다. 그때는 그녀의 마음속에 있는 것이 하나도 숨김없이 나에게 전해지는 느낌이었는데, 지금은 불평이 있어도 말하려 들지 않았다. 아마도 말해보았자 어쩔 수 없으며, 말하지 않아도 잊을 리 없다고 생각해선지 모르지만, 그래도 이 불만 때문에 그녀의 말이 의미심장하고 신중해지거나 또는 둘 사이에 넘을 수 없는 침묵의 거리가 놓이게 되었다.

"앙드레에게 뭐하러 전화를 걸었죠?"─"좀 물어볼 게 있어서. 내가 내일 그대들과 함께해도 괜찮은지, 괜찮다면 라 라스플리에르 이래 베르뒤랭 씨에게 한번 찾아뵙겠다고 한 약속을 이 기회에 지키려고 하는데 어떻겠느냐 물어보려고."—"마음대로 하세요. 그런데 오늘 밤에는 안개가 너무 짙네요. 내일도 확실히 안개가 심하겠지요. 당신 몸에 해롭지 않을까 해서 하는 말이에요. 물론 저는 당신이 우리와 같이 가주시면 좋아요. 하지만." 그녀는 건성으로 덧붙였다. "베르뒤랭 댁에 갈지 말지 난 아직 모르겠어요. 아주 친절히 대해주셨으니까 가긴 가야겠지만요. 당신을 빼놓곤, 나한테는 가장 소중한 분들이지만, 마음에 들지 않는 사소한 구석이 있어요. 그나저나 봉 마르세(Bon Marché)*¹나 트루아 카르티에(Trois Quartiers)*²에 가서 흰 갱프(guimpe)*³를 사야겠어요. 이 드레스는 너무 검으니까."

백화점이란 곳은 많은 사람들로 몸이 스치는 데다가 나가는 곳이 많아서, 아무리 찾아봐도 차가 다른 곳에서 기다려 찾지 못했다는 핑계가 생김직해, 나는 절대로 알베르틴 혼자 백화점에 가는 걸 허락하지 말아야겠다고 결심했다. 무엇보다도 나는 안절부절못하는 처지였다. 실은 깨닫지 못하고 있었지만, 진작 알베르틴과 헤어졌어야 할 때에 이른 것이었다. 왜냐하면 그녀는 내게 이미 한 여성이 아니라, 시간과 공간 속에 산산이 흩뿌려져 밝힐 수조차 없는 일련의 사건, 해결 불가능한 일련의 문제가 되었기 때문이다. 또는 우리가 크세르크세스처럼, 우스꽝스럽게도 배를 삼켜 벌벌 두드려대는 바다가 되어버렸기 때문이다. 이 시기가 시작되면 남성은 반드시 손을 들고 만다. 일찌감치 이것을 깨닫고, 기진맥진케 하는 무익한 싸움, 사방팔방에서 상상력의 한계에 부닥쳐 옴짝달싹 못하게 된 싸움을 질질 끌지 않아도 되는 인간이야말로 행운아다. 이 싸움에서 질투로 수치도 잊고 괴로움에 몸부림치며, 예전에는 늘 자기 곁에 있던 여인이 잠시라도 다른 사내에게 눈길을 보내기만 해도 어떤 음모가 있는 게 아닌가 상상하며 심한 고통을 느끼던 이도, 마침내 단념하고 그녀 혼자, 때로는 그녀의 애인인 줄 뻔히 아는 사내와 함께 외출하게 내버려두는데, 이처럼 아무것도 알 수 없는 것보다는 적어도 정체를 아는 고문의 괴로움을 택하기 때문이다! 어떤 리듬을 찾느냐가 문제이며, 찾아 나서는 습관적인 그 리듬에 맞춰 따라가기만 하면 된다. 신경질적으로 단 한 번의 만찬회도 거르지 않던 사람이 다음에는 지긋지긋하도록 오랜 휴양을 한다. 얼마 전까지

---

*1 백화점.
*2 고급 의상실.
*3 목이 깊게 파인 드레스 밑에 입는 소매 없는 블라우스.

추잡스럽던 여인이 속죄의 눈물을 흘리기 시작한다. 잠도 휴식도 줄여가면서 사랑하는 여인의 행실을 염탐하던 질투심 강한 자도 그녀 자신의 욕망이라는 그 광대한 신비의 세계와 시간에는 당할 수 없음을 깨닫고, 여인을 혼자 외출하게 내버려두며, 다음에는 홀로 여행을 떠나도 대수롭지 않게 넘겨버리고, 그러다가 결국 헤어진다. 이리하여 질투는 양식이 떨어져서 끝장난다. 지금까지 오래 끌어온 것은, 끊임없이 양식을 구해왔기 때문이다. 하기야 나는 이런 상태에 이르려면 아직 멀었지만.

　분량으로 따지자면, 분명 나는 알베르틴의 시간을 발베크에서보다 더욱 많이 가지고 있었다. 지금은 언제든 마음 내키는 대로 자유롭게 알베르틴과 함께 산책할 수 있다. 이 무렵, 파리 주변에는 선박이라면 항구에 해당하는 비행기 격납고가 차례차례 세워지고 있었으며, 또 라 라스플리에르 근처에서 어떤 비행사가 조종하던 비행기 때문에 내가 탄 말이 뒷발로 일어섰던 거의 신화적인 만남이 나에게 자유의 한 상징처럼 여겨졌던 날부터, 나는 해질 무렵 산책의 목적지로 이런 비행장 한 곳을—운동이라면 다 좋아하는 알베르틴도 기뻐하여—즐겨 택했다. 끊임없는 출발과 도착의 활기찬 광경, 바다를 좋아하는 이라면 이것이 선창가 산책 또는 바닷가 산책의 큰 매력이며, 하늘을 좋아하는 이들에게는 공항 부근을 이리저리 돌아다니는 매력이 된다. 그 광경에 이끌려 그녀와 나는 비행장으로 향하곤 했다. 언제나 닻을 내린 듯 가만히 쉬고 있는 몇 대의 기체 사이를 누비며 여러 정비사가 비행기 한 대를 가까스로 끌어내고 있었는데, 그 모양이 바다를 돌아다니려는 관광객의 부탁으로 쪽배 한 척이 모래 위로 끌려나가는 듯했다. 다음에 엔진이 돌기 시작하고, 기체가 앞으로 달려나가 날아오르자, 돌연 비행에 도취되고 경직되어 오금이 붙어버린 듯이 수평의 스피드가 육중한 수직 상승으로 변하여 직각으로 천천히 올라간다. 알베르틴은 기쁨을 참지 못하고, 비행기가 하늘로 떠올랐으므로 막 돌아오고 있는 정비사들에게 이것저것 설명을 구한다. 그동안 비행사는 이미 몇 킬로미터를 날아가 있었다. 우리가 물끄러미 바라보고 있던 커다란 배는 푸른 하늘에 거의 보일까 말까 한 하나의 점에 지나지 않다가, 공중 산책이 점차 막바지에 접어들자 조금씩 그 구체성·크기·부피를 되찾고, 그리하여 귀항의 때가 다가온다. 알베르틴과 나는 비행기가 땅 위에 내려왔을 때, 저녁의 고요와 청명함을 저 멀리 고독의 지평선까지 가서 만끽하고 온 하늘의 산책자를 부러운 눈으로 바라보았다. 그러고서 우리 둘은 비행장을, 또는 우리가 구경 간 어느 미술관이나 성당을 나와, 함께 저녁 식사 시간 전에 돌아온다. 그렇건만 나는 발베크에서처럼 산책으로 기분을 가라앉히고 돌아오는 게 아니었다. 발베크에서는 산책하는 날이 드물었지만, 산책은 오후 동안 죽 계속되어서 스스로도 흐뭇했으며, 또 산책하고 나서는 하늘을 아무 생각 없이 멍하니 꿈꾸듯 바라보고 있으면 텅 빈 하늘에 두둥실 떠오르듯, 나는 그 산책이 알베르틴 삶의 다른 부분에서 벗어나 무리진 꽃으로 아름답게 피어나는 것을 멀리서 바라보았다. 그 무렵 알베르틴의 시간은 오늘만큼 많이 나에게 속해 있지 않았다. 그렇지만 더욱 강하게 내 것이 된 듯싶었다. 왜냐하면 나는 오로지 그녀가 나와 함께 보내는 시간만을—내 연정은 마치 특별한 호의를 받은 것처럼 오직 둘만의 시간을 즐겼다—생각했기 때문이다. 지금은—내 질투심이 배신의 가능성을 불안스럽게 찾아서—다만 그녀가 나 없이 보내는 시간만이 문제였다.

그런데 내일, 그녀는 명백히 그런 틈을 내려고 마음먹었나 보다. 그러니 괴로워하기를 그만두든지, 사랑하기를 그만두든지 선택하는 수밖에 없다. 그도 그럴 것이, 사랑이란 처음에 욕망으로 만들어지고, 다음에는 괴로운 불안으로 유지되기 때문이다. 나는 알베르틴의 삶 일부가 내게서 도망치는 것을 느끼고 있었다. 사랑은 괴로운 불안에서나 행복한 욕망에서나, 전부를 요구한다. 그것은 정복해야 할 한 부분이 남아 있지 않는 한 생기지도 않으며 계속 존재하지도 않는다. 사람은 자기가 아직 완전히 소유하지 않은 것 말고는 사랑하지 않는다. 알베르틴이 베르뒤랭 집에 안 갈지도 모르겠다고 말한 것도 거짓말이었지만, 내가 베르뒤랭네에 가고 싶다고 말한 것 또한 거짓말이었다. 그녀는 다만 나와 같이 외출하지 않으려는 것뿐이었고, 나는 당장 실행에 옮길 의사가 조금도 없는 이 계획을 뚱딴지같이 꺼내, 그녀의 가장 예민해 보이는 점에 다가가서 그녀가 숨기고 있는 욕망을 몰아내, 내일 내가 곁에 있으면 그 욕망을 채우는 데 방해가 된다는 걸 억지로 고백시키려고 한 것에 지나지 않았다. 결국 그녀는 갑작스럽게 베르뒤랭네에 가기가 싫어졌다고 말함으로써 실토하고만 셈이었다.

"베르뒤랭 댁에 가고 싶지 않거든, 트로카데로(Trocadéro)*¹에서 굉장한 자선

＊1 1878년 만국 박람회용으로 지은 건물.

공연이 있는데." 그녀는 거기나 가자는 내 이야기를 수심에 잠긴 얼굴로 들었다. 나는 발베크에서 처음으로 질투를 느꼈을 때처럼 또다시 그녀에게 매정하게 굴기 시작했다. 그녀 얼굴에 실망의 빛이 어렸다. 한편 나는 어렸을 때 부모님에게서 곧잘 들었던 이유, 이해를 얻지 못하는 어린 마음에 어리석고 야박하게 생각했던 그 이유를 꺼내 애인을 나무랐다. "어림도 없어. 아무리 침울한 얼굴빛을 지어도 동정 못해." 알베르틴에게 말했다. "몸이 아프다거나, 어떤 불행이 닥치거나, 가족 중 아무개를 여의거나 했다면야 동정하겠지. 하지만 당신은 하찮은 일에는 마구 훌쩍이는 시늉을 하면서도 그런 일에는 눈물 한 방울 떨어뜨리지 않겠지. 그리고 난 말이야, 사랑한답시고 말로만 떠들어대면서 변변치 않은 도움도 못 되는 사람, 내 장래와 관계되는 중대한 편지를 맡겨도 그것을 챙기는 걸 멍하니 잊어버리는 그런 사람의 감수성 따위야 하나도 고맙지 않거든."

이 비슷한 말을―우리가 입에 담는 말의 대부분은 누군가 한 말의 암송에 지나지 않는 법이다―어머니가 가끔 입에 담았다. 어머니는 (아버지가 독일을 몹시 싫어함에도 독일말을 몹시 예찬하던 어머니는 독일 사람이 엠핀둥(Empfindung, 감수성)과 엠핀델라이(Empfindelei, 감상)를 구별하듯이, 내게 진정한 감수성과 감상을 혼동해선 안 된다고 설명했다) 한번은 내가 울었을 때, 네로는 아마 신경질적이었는지 모르지만 그렇다고 해서 네로가 위대한 인간이었던 건 아니라고까지 말했다. 사실, 자라면서 둘로 나뉘는 식물처럼 본디 나는 오로지 다정다감한 어린이였다. 그러나 지금은 남의 병적인 감수성에 분별과 엄격으로 대응하는 정반대의 인간, 지난날 나를 대할 때 부모가 취하던 태도를 보이는 한 인간이 그 어린아이와 마주 보고 있다. 누구나 조상의 생명을 제 몸 안에 물려받기 마련이니까, 처음에 내 몸속에 존재하지 않았던 냉정하고 짓궂은 인간이 아마도 다정다감한 인간과 하나가 되었는지도 모른다. 또 부모님의 성격이 그랬으니 내가 이렇게 된 것도 자연스런 일이었다. 게다가 새로운 '자아'가 만들어졌을 때 이 '자아'의 말투는 이전에 내가 당한 그 비아냥대는 꾸지람의 기억 속에 모두 준비되어 있다가, 지금 남에게 말할 때 아주 자연스럽게 내 입에서 튀어나왔다. 흉내와 연상으로 내가 그것을 불러일으켰는지, 아니면 생식력이 섬세하고도 신비하여 선조와 똑같은 억양·몸짓·태도를 내 몸속에 박아서 마치 식물의 잎에 무늬를 그리듯이 모르는 사이에 그것을 새기기라도 했는지 모르겠다. 왜냐하면 알베르틴에게 제법 그럴싸하게 말하다가도, 이따금 할머니의 목소리가 들려오는 듯한 생각이 들었으니 말이다. 게다가(헤아릴 수 없는 무의식의 흐름이 내 안에서 더할 수 없이 사소한 손놀림까지도 부모님과 똑같은 윤회 속으로 끌어들인 결과) 내가 노크하는 방법까지 아버지와 똑같았으므로, 어머니는 아버지가 들어오는 줄 알았던 적도 있었다지 않는가.

그러나 이분자(異分子)의 결합은 생명의 법칙이며 잉태(孕胎)의 원리이자, 이윽고 알게 되듯이 수많은 불행의 원인이기도 하다. 보통, 인간은 자기와 닮은 것을 아무 이유 없이 미워하며, 또 바깥에서 보는 저 자신의 결점에 몹시 화를 낸다. 이와 같은 결점을 천진난만하게 드러내는 나이가 지나, 이를테면 더할 나위 없이 흥분해야 할 순간에도 차가운 표정을 짓는 이는, 자기보다 젊거나 순진하고, 또는 더욱 어리석은 남이 똑같은 결점을 드러내면, 이런 결점을 얼마나 미워하는지 모른다! 예민한 사람들 중에는, 자신이 참고 있는 눈물을 남의 눈에서 보고는 버럭 화를 내는 이도 있다. 애정이 있음에도, 아니 애정이 깊으면 깊을수록 불화가 가정을 쉬이 지배함은 가족이 서로 몹시 닮아 있기 때문이다.

나나 사람들 대부분이 그렇듯이, 어쩌면 두 번째 나라는 사람은 자기에 대해서는 열광적이고 예민하지만, 경험 없는 사람에게 오랜 기간에 걸쳐 조언과 도움을 베풀어주는 유경험자·선배처럼 남에게는 현명한 멘토(Mentor)인 첫 번째 나의 한 면에 불과할지도 모른다. 내 가족들도 나와의 관계에서 보거나 그들 자신의 모습을 똑바로 보거나에 따라 마찬가지였으리라. 할머니와 어머니의 경우, 나에 대한 두 분의 엄격성은 고의로 지어낸 것으로 두 분 자신도 가슴 아팠을 게 뻔했으며, 어쩌면 아버지의 매정함도 감수성의 겉모습에 지나지 않았을 것이다. 전에 사람들이 아버지를 가리켜 "얼음장 같은 매정함 아래 풍부한 감수성을 감추고 있는 분이야. 특히 수줍은 감수성을 갖고 있는 사람이지" 말했을 때, 나는 그 말이 내용으로 보아 틀리고 표현으로 보아 아주 낡았다고 생각했는데, 어쩌면 이 말은 인간이 내면 생활과 사회적 관계라는 이중성을 갖고 있다는 진실을 표현한 게 아니겠는가. 서투른 감수성 표현이 필요할 때 점잔 부리는 의견이나 비꼬는 말을 내뱉는 아버지의 냉정함은, 그 밑바닥에 비밀스런 감수성의 그치지 않는 뇌우를 숨기고 있던 건 아닐까. 이 냉정함이야말로 아버지 특유의 성격이었는데, 지금의 나 또한 모든 이에게 같은 냉정함을 꾸미며, 때에 따라서는 알베르틴에게도 이를 포기하지 않았다.

내 생각에, 그날 나는 정말 알베르틴과 헤어지고 베네치아로 떠나려는 결심을 했나 보다. 그러나 나를 그녀와의 관계에 다시 얽어맨 건 노르망디 탓이었다. 전에 내가 이 지방 때문에 그녀를 시샘했던 건, 그녀가 노르망디에 가고 싶다고 말해서가 아니었다(다행히도 그녀의 계획은 내 마음의 옛 상처에 한 번도 닿지 않았다). 내가 "마치 앙프르빌에 사는 당신 숙모님의 벗에 대한 얘기를 하고 있는 것 같군" 말하자 그녀는 성이 나서, 입씨름에서 자기에게 유리한 증거를 되도록 많이 주워 모으려는 이가 다 그렇듯, 내가 틀리고 그녀가 옳다는 것을 의기양양하게 증명하며, "하지만 앙프르빌에는 숙모의 벗이라곤 아무도 없어요. 나도 간 적이 없는걸요" 대꾸했기 때문이다. 그녀는, 어느 날 저녁 나에게 거짓말로 그 부인은 감정을 품기 쉬운 분이니 아무래도 차 마시러 가봐야겠다, 그분을 만난다고 해서 당신의 우정을 잃고, 그 때문에 자기가 자살하게 될망정이라고 했던 사실을 까맣게 잊었던 것이다. 나는 이 거짓말을 그녀에게 상기시키지 않았다. 그러나 이 거짓말에 나는 맥을 추지 못했으며, 이별을 다음 기회로 미루었다. 사랑을 받고자 하면 성실함도 능숙한 거짓말도 필요없다. 여기서 사랑이란 서로 간에 주는 고통을 두고 하는 말이다.

이날 저녁 할머니가 나에게 했던 흠잡을 데 없는 투로 내가 알베르틴을 나무란 것도, 또 아버지의 막무가내 투를 흉내내 베르뒤랭 댁에 따라가겠다고 말한 것도 전혀 비난받을 일이 아니라고 생각했다. 아버지는 뭔가 결정한 일을 알릴 때 반드시 그 대단치 않은 결정 자체와는 어울리지 않을 만큼 더할 수 없는 정도의 동요를 일으키는 말투였으므로 우리가 그런 대수롭지 않은 일에 매우 슬퍼하는 걸 어리석게 여겼는데, 이 슬픔도 실은 아버지가 준 충격의 영향인 셈이었다. 아버지의 이런 독단은—할머니의 너무나 강직한 분별심과 마찬가지로—오랫동안 나의 예민한 본성의 바깥쪽에 있어서 소년 시절 동안 나를 마구 괴롭혔는데, 그것이 내 본성에 채워지는 동시에 이 예민한 본성은 제멋대로의 기분이 어떤 곳을 겨누면 효과적인지 아주 명확히 가르쳐주었던 것이다.

본디 도둑이었던 사람이나 적국(敵國) 사람만큼 뛰어난 밀고자는 없다. 거짓말 잘하는 집안에서 이렇다 할 이유 없이 동생이 형을 찾아왔다가 돌아가는 참에 문가에서 다른 애기를 나누다가 그 끝에 가서 뭔가를 묻고 대답을 듣는 둥 마는 둥 하는 모습을 보이면, 오히려 형의 눈에는 이 질문이야말로 찾아온 까닭이었다고 눈치채게 된다. 왜냐하면 형 자신도 가끔 쓰는 수로, 이 어물거리는 태도나 돌아가는 참에 여담처럼 이야기 사이로 슬쩍 끼워넣는 낱말을 잘 알기 때문이다. 또한 병적(病的)인 가족, 혈연의 감수성, 우애 있는 기질 같은 것도 있다. 이러한 가족은 공통된 침묵의 언어에 환히 통해, 그 때문에 집안에서 말하지 않고서도 서로 이해한다. 그렇다면 신경질적인 인간보다 더 남의 신경을 달뜨게 하는 자가 있을까? 더구나 이런 경우의 내 행동에는 아마도 더 일반적이며 깊은 원인이 있었나 보다. 곧 사랑하는 이를 미워하는, 짧고 피할 길 없는 순간—사랑하지 않는 사람과는 한평생 계속되기도 하는 순간—에는 상대방의 동정을 사기 싫어서 선량하게 보이려 하지 않고, 오히려 더 심술궂게 굴거나 더 행복한 척하며, 이 행복을 정말로 밉살스러운 것, 한때이거나 또는 오래 계속될 적이 된 상대의 마음을 아프게 하고 싶어하는 원인 말이다. 나는 오직 자신의 '성공'을 부도덕한 것으로 보이고 남들을 격노시키고 싶어서, 얼마나 많은 사람 앞에서 일부러 스스로를 나쁘게 말했던가! 오히려 그 반대의 길을 좇아, 자기 선의를 끝까지 숨기는 대신 담담하게 나타내야 옳았으리라. 사람이 결코 남을 미워하지 않고 늘 사랑할 줄 안다면, 그러기는 분명 쉬울 것이다. 그러면 남을 행복하게 하고, 감동시키며, 남에게 사랑을 받을 수 있는 일밖에 말하지 않는 내가 참으로 행복해 보였을 테니!

물론 나는 알베르틴을 약올린 걸 얼마간 후회하여 다음과 같이 생각했다. '만일 내가 그녀를 사랑하고 있지 않다면 그녀는 더 고마워할 거야. 그녀한테 이토록 심술궂진 않을 테니까. 아니지, 아냐. 손해 보는 점도 있지, 지금보다 덜 친절하게 굴 테니까.' 나는 자신을 정당화하기 위해, 그녀를 사랑하고 있다고 말할 수도 있었으리라. 그러나 이런 사랑 고백은 알베르틴에게 새삼스레 알리는 바가 아무것도 없을 뿐만 아니라, 애정이 유일한 핑계인 나의 엄중함이나 기만 이상으로, 나에 대한 그녀의 심정을 차갑게 만들었을 것이다. 사랑하는 이에게 엄하게 굴고 속임수를 쓰는 건 얼마나 자연스러운가! 우리가 만일 아무개에게 관심을 보이면서도 여전히 그에게 온순히 굴고 그의 희망에 호의를 보인다면, 이 관심은 거짓이다. 생판 남이야 관심 밖이고, 관심이 없으면 악의 따위도 품지 않는다.

밤이 깊어갔다. 알베르틴이 자러 가기 전에 화해하여 다시 입맞춤을 나누려면 어물어물할 틈이 없다. 그런데도 둘 중 누구도 먼저 굽히려 들지 않았다.

아무튼 그녀가 머리끝까지 약이 올라 있다는 것을 눈치챈 나는, 이 기회를 틈타 에스테르 레뷔의 이야기를 꺼냈다. "블로크의 말로는(이건 거짓말이었다) 당신이 그 사촌누이 에스테르와 절친한 사이였다고 하던데."—"당장 만나도 누군지 못 알아볼 거예요." 알베르틴은 애매하게 말했다. "나는 에스테르의 사진을 봤단 말이야." 내가 성을 내며 덧붙였다. 이 말을 하면서 나는 알베르틴 얼굴을 바라보지 않아, 그 표정을 알 수 없었다. 그녀가 한마디도 하지 않았으니 그 표정만이 유일한 대답이었는데.

이와 같은 밤, 알베르틴 곁에서 내가 느끼는 것은 콩브레에서 어머니의 입맞춤이 주던 마음의 진정이 아니라, 그와 반대로 어머니가 나에게 역정이 났거나 또는 손님 때문에 잘 자라는 인사도 제대로 해주지 않고 방에 올라와주지도 않던 밤의 고뇌였다. 그 고뇌가 연정 속에 옮겨진 게 아니라, 고뇌 자체였다. 모든 정념(情念)의 분열이 일어났을 때, 그 고뇌도 한순간은 연정의 특수한 고뇌로 변하여 그 연정에만 채워졌지만, 지금은 어린 시절과 마찬가지로 다시금 나눌 수 없게 되어 온갖 정념에 두루 퍼져 있는 성실이었다. 마치 알베르틴을 애인인 동시에 누이로서, 딸로서, 그뿐만 아니라 매일 밤 잘 자라고 인사해주는 어머니—내가 어린애처럼 다시 그 필요를 느끼기 시작한 어머니—로서 내 침대 가까이 부를 수 없게 되지나 않을까 두려워하는 내 모든 감정이, 마치 겨울날처럼 일찍 저물 것 같은 내 생애의 이른 저녁에 한데 모여 서로 합쳐지기 시작한 기분이었다. 그러나 어린 시절의 고뇌를 느낀다고 해도 그 고뇌를 느끼게 하는 사람은 변하고, 그에 대한 마음도 달라지며, 내 성격조차 바뀌어, 지난날 어머니에게 구하듯 알베르틴에게 고뇌를 가라앉혀달라기는 불가능했다. 나는 이제 쓸쓸하다는 말을 입 밖에 낼 나이가 아니었다. 그저 비탄에 잠겨, 나를 행복한 해결 쪽으로 이끌어주지도 못하는 시시한 일을 말하는 것으로 그쳤다. 나는 고통스러운 진부한 말 속에서 발을 동동 구르고 있었다. 하찮은 사실이 우리의 사랑과 조금이라도 들어맞으면, 그 우연을 발견한 사람에게—트럼프로 점치는 여인이 예언한 더할 나위 없이 평범한 사실이 뒤에 가서 어쩌다가 이루어지는 따위의 우연이겠지만—우리는 진정으로 찬사를 바치게 마련이다. 나도 이런 제멋대로의 해석으로, 프랑수아즈를 베르고트나 엘스티르보다 한결 탁월한 인물이라고 믿을 정도였다. 까닭인즉, 이전 발베크에서 프랑수아즈가 다음과 같이 말했기 때문이다. "그 아가씨는 앞으로 도련님의 화근이 될 뿐일 걸요."

점점 알베르틴이 밤인사를 할 시각이 다가왔고, 드디어 그녀가 입을 열었다. 그러나 그날 밤 그녀와의 입맞춤은 입술이 닿았는지도 모를 만큼 건성이어서 어찌나 불안한지, 나는 그녀가 문 쪽으로 가는 걸 바라보며 가슴을 두근대면서 생각했다. '뭔가 핑계를 대서 알베르틴을 다시 부르자. 붙잡아서 화해하자. 그러려면 서둘러야지. 몇 걸음만 걸으면 방 밖으로 나가버릴 테니. 이제 두 걸음, 한 걸음, 막 손잡이를 돌린다. 연다. 이미 늦었다. 문이 닫혔다!' 그래도 어쩌면 늦지 않았을지 모른다. 나는 이전 콩브레에서 어머니가 입맞춤으로 내 마음을 진정시켜주지도 않고 가버렸을 때처럼, 알베르틴의 뒤를 냅다 쫓아가려고 했다. 그녀를 다시 보지 않고선 마음의 평화를 얻지 못할 것이다. 다시 본다는 건 여태껏 없던 어떤 중요한 일이 되겠지. 혼자서 이 쓸쓸함을 떨쳐버리지 못한다면 알베르틴 곁으로 빌러 가는 수치스런 버릇이 들지도 모른다. 이런 생각을 하면서 내가 침대에서 뛰어내렸을 때, 그녀는 이미 제 방에 들어가버렸다. 나는 그녀가 방에서 나와 나를 불러주지 않을까 하는 희망에 복도를 오락가락했다. 그녀의 방문 앞에 조용히 서서 나를 부르는 희미한 소리라도 놓칠세라 귀를 기울였다. 잠깐 내 방으로 되돌아가, 손수건이나 핸드백처럼, 그녀에게 없으면 곤란하겠다는 표정을 지으며 그녀 방에 들어갈 핑계가 될 만한 물건들을 혹시 잊고 가지 않았나 주위를 살펴보았다. 전혀 없다. 다시 그녀의 방문 앞에 가서 섰다. 하지만 이미 문틈으로 빛도 보이지 않았다. 알베르틴은 불을 끄고 누워 있었고, 나는 어떤 기회가 오지 않을까 하는 희망에 문 앞에 서 있었다. 그러다가 오랜 시간이 흐른 뒤 방으로 돌아간 나는 꽁꽁 언 몸을 이불 속에 묻고 밤새 눈물지었다.

그러나 이런 밤이라도 때로는 꾀를 부려 알베르틴의 입맞춤을 얻은 적이 있었다. 그녀가 눕자마자 이내 잠들어버리는 사실을 알고(그녀도 알고 있었다. 그 증거로 몸을 눕히자마자 그녀는 본능적으로 내가 선물한 슬리퍼를 벗고, 제 방에서 하듯이 반지를 빼어 옆에 놓았다), 또 그녀의 잠이 얼마나 깊고 깨어남이 얼마나 부드러운지 잘 아는지라, 나는 뭔가 찾으러 나간다는 핑계를 꾸며서 그녀를 내 침대에 눕게 했다. 돌아오면 그녀는 이미 잠들어 있었으며, 눈앞에는 다른 여인, 그녀가 똑바로 누워 있을 때 되는 다른 여인이 보였다. 하지만 금세 그녀는 다른 사람으로 변했다. 내가 그 곁에 드러누워 다시금 옆에서 보게 되었기 때문이다. 그녀의 손을 잡아도, 어깨나 뺨에 손을 대도 깨지 않았다. 그녀의 머리를 안아 고개를 돌려 내 입술에 대고, 그 팔을 내 목에 둘러도 여전히 잠들어 있었다. 멈추지 않는 시계처럼, 동물이 어떤 자세를 취해도 살아갈 수 있듯이, 또 덩굴나무나 메꽃이 어떤 받침을 괴어주어도 계속해 그 가지를 뻗어나가듯이 내 손길이 닿을 때마다 그녀의 숨결만이 변했다. 마치 내가 그녀라는 악기를 타면서, 그 현의 한 줄 또 한 줄에서 다른 가락을 넣으며 가락 바꿈이라도 하는 것 같았다. 내 질투심은 사그라지기 시작한다. 알베르틴의 그 고른 숨결이 뜻하듯이, 그녀가 다만 숨 쉬는 존재에 지나지 않음을 느꼈기 때문이다. 순 생리적 기능을 표현하는 숨결, 말의 부피도 침묵의 부피도 없는 유동체(流動體)와도 같은 숨결, 온갖 악을 잊고서 인간보다 속 빈 갈대가 내는 소리라고도 할 만한 이 숨결은 글자 그대로 천상의 것으로 여겨졌다. 이 순간 내게는 알베르틴이 육체적으로뿐만 아니라 정신적으로도 세상의 모든 것에서 벗어난 듯한 느낌이었고, 그 숨결은 천사들의 노랫소리로 들렸다. 그렇지만 이 숨결 속에, 어쩌면 기억이 가져다준 수많은 사람의 이름이 연주되고 있을 게 틀림없다는 생각이 퍼뜩 들었다.

때로는 이 음악에 인간의 목소리가 끼어든 적도 있었다. 알베르틴이 뭐라고 말을 흘리면 얼마나 그 뜻을 알고 싶었는지! 우리 둘이서 이러니저러니 말하던 인물, 내게 질투심을 일으키던 이의 이름이 그녀의 입에 오른 적도 있었으나, 나를 별로 마음 아프게 하지는 않았다. 왜냐하면 그 이름을 입에 올린 것도, 그녀가 나와 함께 그 인물에 대해 이야기하던 것을 기억해냈을 뿐인 듯했기 때문이다. 그러던 어느 날 저녁 그녀는 눈감은 채 비몽사몽 중에 나한테 다정스럽게 "앙드레" 하고 말했다. 나는 조금의 동요도 내색하지 않았다. 그리고 웃으면서 말했다. "꿈을 꾸는군. 나는 앙드레가 아니야." 그녀도 방그레 웃으며 말했다. "그런 게 아니라, 아까 앙드레가 당신한테 뭐라고 말했는지 물어보려고 한 거예요."—"난 또 당신이 이런 모습으로 앙드레 옆에서 잠든 적이 있는 줄 알았지."—"어머나, 당치도 않은 생각을 다 하셔." 그녀는 이 대답을 하기에 앞서 순간 손으로 얼굴을 가렸다. 그러고 보니 그녀의 침묵은 바로 장막이고, 바깥쪽의 다정스러움은 오로지 그 밑바닥에 내 마음을 쥐어뜯을 여러 가지 추억을 간직한 것일 뿐이었다. 그녀의 삶은, 우리가 아무래도 좋은 이들에 대해 늘 수다를 떨 때는 재미나는 얘기나 험담에 지나지 않으나, 어떤 이가 길을 잘못 들어 우리 마음속에 깊숙이 들어와 있을 때는 그 사람의 삶을 해명하는 귀중한 열쇠인 듯싶어, 그 밑의 세계를 알기 위해서라면 목숨조차 아깝지 않을 사건들로 가득 차 있었던 것이다. 그러자 알베르틴의 잠이 나에게는 거의 보일까 말까 한 그 세계의 밑바닥에서 이해할 길 없는 비밀의 고백이 이따금 솟아오르는 마법의 나라처럼 생각되었다. 그러나 보통 알베르틴이 잠들어 있을 때는 그 순진함을 되찾은 듯이 보였다. 내가 그녀의 자세를 바로 잡아주었지만 자는 동안 금세 자신의 것으로 취해버린 자세 그대로, 그녀는 나에게 몸과 마음을 모두 맡길 모양이었다. 얼굴에서 꾀바르고도 상스러운 표정이 말끔히 가시고, 내 쪽으로 팔을 뻗어 내 몸에 그 손을 올려놓을 때 우리 둘은 상대에게 완전히 몸을 맡기고 풀리지 않도록 단단히 얽어매진 듯싶었다. 그녀의 잠도 그녀를 내게서 떼어놓는 게 아니라 여전히 그녀에게 우리 애정을 의식시켰다. 아니, 오히려 결과적으로는 애정이 아닌 모든 것을 없애버리고 있었다.

내가 그녀에게 입맞추고 잠깐 밖에 나갔다 오겠다고 말하면, 그녀는 눈을 반쯤 뜨고 놀라는 투로 말한다―사실, 이미 밤중이었다―"아니 그 모습으로 어딜 가시는 거예요? 네?" 그녀는 내 이름을 부르며 다시 잠들어버렸다. 그녀의 잠은 이를테면 그 밖의 생활의 소멸, 친근한 애정의 말이 이따금 날아오르는 단조로운 침묵에 지나지 않았다. 그 말을 서로 연결하면 불순물이 사라진 애정의 순수한 대화, 남모르는 친밀한 분위기를 자아냈을 것이다. 이와 같이 잔잔한 잠은 아이가 잘 자는 걸 기뻐하는 어머니처럼 나를 황홀케 했다. 사실 그녀의 잠은 어린애의 잠 같았다. 눈 뜰 때도 어린애 같아, 어디에 있는지 의식하기도 전부터 어찌나 자연스럽고 사랑스러운 표정을 짓는지, 내 집에 와서 살기 전부터 그녀는 혼자 자지 않는 습관, 눈을 뜨면 옆에 누가 있다는 습관이 들어 있던 게 아닌가 하는 생각에, 나는 격렬한 불안에 휩싸였다. 하지만 그녀의 천진난만함에는 그런 불안보다 더 강한 매력이 있었다. 나 또한 어머니처럼, 그녀가 늘 상쾌한 기분으로 잠에서 깨어나는 것에 경탄해 마지않았다. 곧 그녀는 의식을 되찾고, 두서없이, 그저 새의 지저귐 같은 귀여운 말을 자아낸다. 평소에 그다지 눈에 띄지 않던 목이 지금은 이루 말할 수 없이 아름답게 돌변하여, 잠에 감긴 눈이 잃어버린 중요한 역할을 맡고 있었다. 그녀의 눈은 늘 나의 말상대였는데, 눈꺼풀을 내린 뒤로는 말을 건넬 수 없었던 것이다. 크게 뜬 눈이 지나치게 표현하는 것을 감은 눈이 모두 없애며, 얼굴에 순진하고도 장중한 아름다움을 더하듯이 알베르틴이 깨어나는 결에 중얼대는 말, 뜻이 없지는 않으나 침묵으로 토막토막 잘라지는 이 말에는, 평소의 대화처럼 입버릇이나 상투적 말씨, 천한 말투로 더럽혀지지 않은 깨끗한 아름다움이 있었다. 게다가 알베르틴을 깨울 마음만 있으면 아무런 두려움도 없이 깨울 수 있었다. 그녀의 깨어남은 우리가 보냈던 지난 저녁과는 아무 관련이 없으며, 아침이 밤에서 태어나듯이 깨어남도 그녀의 잠에서 나오리라는 사실을 알고 있었기 때문이다. 그녀는 눈을 반쯤 뜨고 미소 짓더니 내게 입술을 내밀었고, 나는 그녀가 무슨 말도 하기 전에, 해 뜨기 앞서 아직 적막한 정원처럼 싱싱하고 마음을 가라앉히는 그 입술을 맛보았다.

알베르틴이 베르뒤랭 댁에 갈지도 모르고 안 갈지도 모른다고 말하던 그 저녁의 다음 날, 나는 아침 일찍 깨어나 아직 몽롱한 가운데 강한 기쁨을 느꼈으며, 봄의 하루가 겨울 한가운데 놓여 있음을 깨달았다. 밖에는 도자기 땜장이의 뿔피리나 의자 수리공의 나팔을 비롯하여, 갠 날에는 시칠리아의 목동으로 착각하기 쉬운 염소젖 장수의 피리에 이르기까지 가지각색의 악기를 위하여 세분해서 쓰인 민요의 주제가 경쾌하게 아침 공기를 편곡하여 '축제일을 위한 서곡'을 자아내고 있었다. 청각이라는 영묘한 감각이 바깥 거리를 데리고 와서 모든 선을 다시 그리고, 거기를 지나가는 온갖 꼴을 묘사하며 우리에게 그 색채를 보인다. 빵집이나 우유 가게의 덧문은 어젯밤 여성들의 행복에 대한 온갖 가능성 위에 내려졌다가도, 지금은 젊은 여점원들의 꿈을 향해 투명한 바다를 건너고자 출항 준비 중인 배의 도르래처럼 가볍게 말려 올라갔다. 내가 다른 거리에 살았다면, 이 덧문 올리는 소리가 나의 유일한 즐거움이었을 것이다. 하지만 내가 사는 거리에는 다른 여러 가지가 나의 기쁨을 자아냈고, 나는 그중 하나라도 늦잠 때문에 놓치고 싶지 않았다.

귀족적이면서도 서민적인 게 옛 귀족가의 정취이다. 흔히 대성당의 정문에서 그다지 멀지 않은 곳에 여러 작은 가게들이 늘어서 있는 것처럼(그 가게의 상호가 남아 있는 일마저 있다. 예컨대 루앙 대성당 정문 근처에서 책 장수들이 책을 늘어놓고 팔았기 때문에 이를 '책방 문'이라고 일컫듯이), 고귀한 게르망트 저택 앞에는 온갖 장사꾼들이—하긴 행상이지만—지나가곤 하여 때로는 가톨릭 전성기 때의 옛 프랑스를 떠올리게 했다. 그도 그럴 것이, 근처의 작은 집집을 향해 소리치는 행상인의 재미난 외침에는 아주 드문 예외를 빼놓고 노래다운 가락이 하나도 없었기 때문이다. 〈보리스 고두노프(Boris Godounov)〉*¹나 〈펠레아스와 멜리장드(Pelléas et Mélisande)〉의 낭송—거의 느끼지 못할 조바꿈으로 엷게 칠해진 낭송—에 못지않게 노래답지 않았다. 한편 그것은 미사 중에 신부가 읊는 시편을 연상시켰다. 거리의 정경은 이를테면 이 미사의 소박한 장사치풍의, 그렇지만 절반은 엄숙한 의전풍(儀典風)의 모사(模寫)일 따름이다. 내가 거기에 이토록 기쁨을 느끼게 된 것은 알베르틴과 같이 살게 되고 나서부터였다. 그 외침들은 그녀가 눈뜰 때의 명랑한 신호인 듯했고, 바깥 생활에 나의 관심을 쏠리게 하면서 더불어, 소중한 존재가 내가 원하는 그대로 끊임없이 곁에 있어준다는 사실이 지닌 마음을 가라앉히는 힘을 더 잘 느끼게 해주었다. 거리에서 호객하여 파는 음식들 중에는, 나는 싫어해도 알베르틴의 입맛에 썩 맞는 것도 있어서 프랑수아즈가 어린 하인을 시켜 사러 보내곤 했는데, 아마 그 아이는 서민 무리에 섞이는 게 좀 부끄러웠는지도 모르겠다. 이렇게 조용한 구역에서는(사물의 기척들도 이젠 프랑수아즈 심술의 원인이 아니었고, 또 나로서는 즐거움의 씨가 되고 말았다) 〈보리스〉의 더할 수 없이 서민적인 음악, 하나의 가락이 변화하여 다른 가락으로 옮겨가도 첫머리 음조는 거의 변함이 없는 대중의 음악—음악이라기보다 차라리 대중의 말—과 마찬가지로, 서민이 부르는 레치타티보(recitativo)*²가 저마다 다른 조바꿈을 나타내면서 똑똑히 들려왔다. 이를테면 "경단고둥 사려, 경단고둥 한 봉지에 단돈 두 푼!" 하는 소리를 들으면 사람들은 이 보기 흉한 작은 고둥을 담아서 파는 봉지 쪽으로 몰려든다. 알베르틴이 없었다면, 같은 시각에 팔러 오는 식용달팽이와 마찬가지로, 나는 경단고둥 따위는 거들떠보지도 않았을 것이다. 달팽이 장수도 분명 무소르크스키*³의 서정미 없는 낭송을 떠올리게 했지만, 그뿐만이 아니었다. 이유인즉, 마치 '지껄이는' 투로 "달팽이 사려. 물이 좋습니다, 아주 고와요." 한 뒤에 달팽이 장수는 드뷔시가 음악으로 옮긴 마테를링크풍의 애수

---

*1 러시아의 작곡가 무소르크스키(1839~81)의 오페라 작품.
*2 오페라나 종교극 따위에서 대사를 말하듯이 노래하는 형식.
*3 러시아의 작곡가(1839~81).

와 어렴풋한 느낌을 담아, 〈펠레아스〉 작곡가가 라모(Rameau)*4풍을 띠는 비통한 피날레 가운데 하나('이 몸 패할 운명일망정, 이 몸을 이기는 이 그대일까?')에서처럼 노래하는 우수를 담고서, "열두 개에 여섯 푼으로 사아려······" 덧붙였기 때문이다.

나는 달팽이 장수가 내는 매우 분명한 이 말이, 어째서 멜리장드도 기쁨을 가져다줄 수 없었던 옛 성에서 모든 얼굴을 어둡게 만든 비밀처럼 신비로운 가락, 더할 나위 없이 간략한 말로 온 슬기로움과 숙명을 표현코자 하는 늙은 아르켈*5의 사념처럼 심원에서 한숨짓듯 얼토당토않은 가락으로 나왔는지 번번이 이해하기 어려웠다. 알몽드의 늙은 왕이나 골로*6가 '이건 또 무슨 일이냐. 남들이 괴상하다고 여길 테지. 쓸데없는 사건이란 없을지도 몰라'라든가, '겁낼 것 없다······ 불쌍하게도 그 사람도 모두 다 그렇듯이 한갓 신비스런 여인이었지'라고 할 때의 점점 더 부드러워지는 그 목소리의 가락이야말로, 달팽이 장수가 하염없이 애절한 곡조로 "열두 개에 여섯 푼으로 사아려······" 되풀이할 때의 가락이었다. 그러나 이 형이상학적인 비탄은 무한의 기슭에서 사라질 새도 없이 날카로운 나팔 소리로 중단된다. 이번엔 음식 장수가 아니다. 가극의 각본은 이러했다. "개털 깎아요, 괭이털 잘라요, 꼬리털도 귀털도 잘라요."

남자건 여자건 장사치마다 기발한 생각과 재치로, 내 침대에서 듣고 있는 이런 모든 음악 대사 속에 곧잘 갖가지 다른 말을 집어넣는다. 그래도 한 낱말 가운데, 특히 그 낱말을 두 번 되풀이할 때 넣는 의식(儀式) 같은 쉼은 끊임없이 옛 성당의 추억을 불러일으켰다. 당나귀가 끄는 작은 수레에 몸을 실은 채, 그 수레를 문 앞마다 세우고는 안마당으로 들어간 헌옷 장수가 채찍을 손에 쥐고 성가를 부른다(psalmodier).*7 "헌옷, 헌옷 장수요, 허언······ 옷(Habits, marchand d'habits, ha······bits)." 헌옷(Habits)이란 낱말의 마지막 두 음절 사이의 쉼은 성가에서 'Per omnia saecula saeculo······rum(세세에 이르도록)' 또는 'Requiescat in pa······ce(그는 평안히 쉴지어다)'라고 노래할 때와 똑같은 쉼이었다. 물론 헌옷 장수가 그 헌옷이 세세에 이르리라고 믿을 리 없었고, 평안한 마지

*4 프랑스의 작곡가(1683~1764).
*5 〈펠레아스와 멜리장드〉에 나오는 알몽드의 노왕(老王).
*6 〈펠레아스와 멜리장드〉에 나오는 알몽드 왕의 손자.
*7 '성시(聖詩)를 읊조리다. 넋두리하다'는 뜻도 됨.

막 휴식을 위하여 헌옷을 수의로 제공할 리도 없었지만. 더구나 아침 이 시각에 이르면 수많은 동기가 서로 달라붙기 시작하여, 청과 장수 아낙네도 작은 수레를 밀면서, 호칭 기도로 그레고리오 성가풍처럼 나누어서 쉬고 있었다.

A la tendresse, à la verduresse

Artichauts tendres et beaux

Ar-tichauts

연해요, 파랗고 싱싱해요

연하고 깨끗한 아티초크

아……티초크

하기야 아낙네가 대송성가집(代誦聖歌集)도 모르려니와, 4는 사학(四學)*¹을, 3은 삼학(三學)*²을 상징한다는 칠음(七音)*³도 모를 테지만.

화창한 나날에 어울리게 빛나는 남부 지방의 곡을 갈대 피리나 백파이프로 연주하면서, 소의 힘줄로 만든 채찍을 손에 쥐고, 베레모를 쓴 작업복 차림의 사내가 집 앞마다 멈춘다. 개 두 마리를 데리고 염소 떼를 모는 염소치기였다. 멀리서 오므로 꽤 늦게서야 이 구역을 지나간다. 아낙네들이 사발을 들고 아이들을 기운 차리게 할 젖을 받으러 달려나온다. 그러나 이 기특한 목자의 피레네풍 가락에 벌써 칼갈이의 종소리가 섞인다. 그가 외친다. "칼이나 가위, 면도날 가시오." 톱날 세우는 장인도 이에 맞서 겨루지 못한다. 그도 그럴 것이 반주 없이, "톱날 세우려, 톱 고치려" 외칠 따름이었으니까. 한편 땜장이는 훨씬 기세 좋게 냄비며 프라이팬 할 것 없이 땜질할 가지가지를 모두 늘어놓으면서 후렴을 붙인다.

Tam, tam, tam

---

*1 중세의 7자유술(七自由術) 중 상위(上位)에 속하는 사학예(四學藝)로, '산술(算術), 음악, 기하(幾何), 천문학'을 말함.

*2 그 하위(下位)에 속하는 삼학예(三學藝)로 '문법, 수사(修辭), 논리학(論理學)'을 말함.

*3 아르티쇼 삼음(artichauts, 三音), 탕드르 보 사음(tendres et beaux, 四音).

C'est moi qui rétame

Même le macadam,

C'est moi qui mets des fonds partout,

Qui bonche tous les trous,

Trou, trou, trou

땜, 땜, 땜,

머캐덤(macadam)*4도 때우는

땜장이요,

밑을 갈아요,

구멍을 막아요,

구멍, 구멍, 구머엉

그리고 키 작은 이탈리아 사람들이 붉게 칠한 커다란 깡통을 들고, 거기에 번호—'당첨'과 '꽝'—를 표시하고, 따르라기를 따르락대면서 "자아, 재미들 보시오, 마님네들, 한판 하시라구요" 하며 꾀고 있다.

프랑수아즈가 〈피가로〉 지를 가져왔다. 슬쩍 훑어만 보아도 내 원고가 여전히 실리지 않았음을 알아차렸다. 프랑수아즈는 내게, 알베르틴이 내 방에 들어와도 좋은지 물었다고 했다. 알베르틴은 아무튼 베르뒤랭 댁을 방문하는 걸 단념하고, 앙드레와 둘이서 말 타고 잠깐 산책한 뒤에 내가 권한 대로 트로카데로의 '특별 마티네(la matinée extraordinaire)'—그다지 대단한 건 아니며 오늘날에는 마티네 드 갈라(matinée de gala)라고 불린다—에 갈 예정이라고 전해달라 했다고 한다. 그녀가 베르뒤랭 부인을 만나러 간다는 소망—아마도 좋지 못한 소망이리라—을 단념한 것을 알게 된 나는 싱글벙글하면서 "오라고 해!" 말하고, 가고 싶은 데 가라지, 나는 아무 상관없으니까 하고 생각했다. 오후의 끝 무렵 땅거미가 지기 시작할 즈음에 이르면, 내가 틀림없이 침울한 생판 다른 인간이 되어, 알베르틴의 사소한 드나듦에도 신경을 곤두세우게 되리라는 사실을 알고 있기는 하나, 아침 일찍 더더구나 이처럼 화창한 날엔 그런 건 개의

---

*4 잘게 깨뜨린 돌을 깔아 만든 도로.

치도 않았다. 나는 이 무사태평의 원인을 금세 뚜렷하게 의식했는데, 그래도 평온한 마음에는 변함이 없었다.

"당신이 깨어났으니 가도 된다고 프랑수아즈가 다짐해주어서." 이렇게 말하면서 알베르틴이 들어왔다. 그녀는 무턱대고 창문을 열어 나를 감기 들게 하지 않을까 걱정하곤 했는데, 그보다도 내가 잠들어 있을 때 들어오는 것을 더 겁내었다. 알베르틴은 다음과 같이 덧붙였다. "들어가도 괜찮죠? 당신한테

'Quel mortel insolent vient chercher le trépas?'
(죽음을 자청하는 무엄한 자, 어디 사는 누군고?)

하고 꾸중 듣고 싶진 않으니까." 그리고 그녀는 내 마음을 크게 혼란케 하는 그 웃음을 지었다. 나도 똑같은 농담조로 대답했다.

"Est-ce pour vous qu'est fait cet ordre si sévère?"
(그와 같은 엄명을 내린 것은 그대 때문인가?)

그래도 혹시 그녀가 이 명령을 어길까 봐서 덧붙였다. "하긴 당신이 나를 깨웠다면 불같이 화냈겠지만."—"알고 있어요. 걱정 말아요." 나는 분위기를 누그러뜨리려고 여전히 그녀와 〈에스더〉의 한 장면을 연기하는 척하면서 덧붙였다—그동안에도 거리에서는 장사치들의 외침이 계속되고 있었는데, 우리 말소리에 묻혀 무슨 말인지 전혀 알아들을 수 없었다.

Je ne trouve qu'en vous je ne sais quelle grâce.
Qui me charme toujours et jamois ne me lasse.

이 마음을 사로잡아 결코 싫증나지 않는, 알 수 없는 이 매력은
그대를 두고 따로 구할 길 없는 매력이어라.^자공^

(하지만 마음속으로는 '아니, 사실은 줄곧 싫증나게 하지' 생각하고 있었다.) 그리고 어젯밤 그녀가 한 말을 떠올리고, 다음에 다른 일에도 내 말을 순순히

따르도록, 베르뒤랭네 방문을 단념해준 것을 야단스레 감사하면서 말했다. "알베르틴, 당신은 당신을 사랑하는 나는 믿지 않고, 당신을 사랑하지 않는 사람들을 더 믿나 봐(사랑하는 사람을 믿지 않는다는 말은 매우 부자연스러워 보이는 표현이지만, 실은 사랑하는 사람만이 상대를 알고자, 계획을 방해하고자 거짓말한다)." 그리고 이런 거짓말을 덧붙였다. "이상하게도 당신은 내가 당신을 사랑하는 걸 믿지 않아. 그야 내가 당신을 '열렬히 사랑'하지는 않지만 말이야." 그러자 이번에는 그녀가 믿는 사람이라곤 없다고 거짓말하고, 내가 자기를 사랑하고 있는 줄 잘 알고 있다고 분명하게 말했는데, 이는 그녀의 본심이었다. 하지만 보아하니 이 말에는, 나를 거짓말쟁이이자 염탐꾼으로 여기지 않겠노라는 뜻은 포함되어 있지 않았다. 그녀는 마치 그렇게 하는 게 깊은 애정에서 비롯된 어쩔 수 없는 결과이며, 또 그녀 자신은 나보다 더욱 지독한 인간이라고 생각하는 듯, 나를 용서해주는 성싶었다.

"부탁이니 요전처럼 말 위에서 재주 부리는 짓만은 제발 하지 말아줘. 생각해봐, 알베르틴. 만에 하나 사고라도 나면 어떡해!" 나는 물론 알베르틴에게 아무런 재앙도 일어나지 않기를 바랐다. 그러나 그녀가 말에 올라탄 채 어디로든 그녀 마음에 드는 곳으로 훨훨 떠나버려 두 번 다시 집에 돌아오지 않는다면 얼마나 좋으랴! 그녀가 다른 곳에서 행복하게 살아준다면, 그곳이 어디든 간에 내 알 바 아니며, 모든 일이 얼마나 간단하랴! "어머, 잘 알고말고요. 내가 죽으면 당신은 이틀도 살아 있지 못하고, 스스로 목숨을 끊겠죠." 이렇게 우리 둘은 거짓말을 주고받았다. 하지만 본심으로 말하는 진실보다 더 깊은 진실이, 간혹 성실성과는 다른 방법으로 표현되거나 예고되는 경우도 있다.

"바깥에서 나는 소리, 시끄럽지 않아요?" 그녀가 물었다. "난 듣기 좋지만, 당신은 그렇지 않아도 잠이 얕잖아요." 그러나 나는 도리어 아주 깊이 잠드는 적도 있었다(이것은 이미 말한 바지만, 다음에 일어날 사건 때문에 다시 적어둔다). 특히 아침이 되고서야 겨우 잠들었을 때 더 깊었다. 이와 같은 깊은 잠은—평균적으로—평소보다 네 배나 더 몸과 마음을 쉬게 하므로, 잠에서 막 깨어나자마자 네 배나 더 오래 곤하게 잠잔 느낌이 들지만 실은 4분의 1밖에 되지 않는다. 그러니 열여섯 배나 되는 굉장한 착각은 깨어날 때 많은 아름다움을 주며, 삶을 말 그대로 새롭게 하는 것으로, 음악에 비한다면 안단테(andante)의 팔분음표가 프레스티시모(prestissimo)의 이분음표와 같은 길이가 되는 그런 급격한 리듬의 변화에 해당하며, 각성 상태에서는 경험할 수 없는 것이다. 깨어났을 때의 삶은 거의 늘 똑같아서, 여행길의 환멸도 이 탓이다. 꿈이란 정말 인생의 가장 조잡한 재료로 만들어진 듯싶으나, 이 소재는 '가공'되고 반죽되어—깨어 있을 때와 같은 시간 제한 따위 없이, 듣도 보도 못한 높이까지 아무런 방해 없이 뾰족하게 뻗어올라—결국 그 본디 꼴을 알아보지 못하게 된다. 이런 행복이 찾아들어 칠판에 그려진 듯한 나날의 흔적이 잠이라는 칠판지우개로 머리에서 깨끗이 지워진 아침에는 내 기억을 되살리는 일이 필요했다. 사람은 잠이나 발작으로 인한 건망증 탓에 잊어버린 기억도 의지력으로 되찾을 수 있는데, 눈이 떠짐에 따라 또는 마비 상태가 사라짐에 따라 그것이 점차 되살아난다. 나는 겨우 몇 분 사이에 여러 시간을 보냈으므로, 프랑수아즈를 불러서 현실에 꼭 알맞은 말, 그 시간에 어울리는 말을 하려고 생각하면서, 무심코 "이봐, 프랑수아즈, 벌써 저녁 5시가 됐는데 어제 오후부터 모습을 보이지 않더군그래" 하고 입 밖에 내지 않으려고, 동시에 꿈을 쫓아버리려고 내부의 자제력을 총동원해야 했다. 일부러 내 꿈을 짓밟고 나 자신을 속이면서, 한편은 힘을 다하여 나를 침묵시키면서 뻔뻔스럽게 정반대의 말을 꺼내는 것이었다. "프랑수아즈, 벌써 10시지!" 나는 아침 10시라고 말하지 않고, 그저 '10시'라고만 했는데, 그것은 이 믿을 수 없는 '10시'라는 말을 되도록 자연스러운 말투로 발음한 척하기 위해서였다. 그렇지만 여전히 비몽사몽인 내가 이제껏 생각하고 있는 바를 말하지 않고 이런 말을 하려면, 달리는 열차에서 뛰어내린 사람이 선로를 따라 얼마간 달리면서 용케 쓰러지지 않고는 못 배기는 것과 같은 균형을 잡는 노력이 들었다. 그 사람이 얼마간 달리는 것은, 지금 막 떠난 장소가 엄청난 속도로 움직이는 장소로, 움직이지 않는 땅바닥과는 아주 달라서 땅바닥에 발 붙이기가 좀처럼 익숙하지 않기 때문이다.

꿈의 세계가 각성 세계와 다르다고 해서 각성의 세계가 그릇되다는 뜻은 아니다. 도리어 그 반대다. 잠의 세계에서는 우리 지각이 몹시 혼잡하여, 하나하나의 지각에 다른 지각이 겹쳐 부피가 늘어나는데 눈도 닫혀 있으므로, 깨어났을 때는 얼떨떨하여 뭐가 뭔지 판별조차 할 수 없다. 프랑수아즈가 왔던 걸까, 아니면 내가 부르다 지쳐서 프랑수아즈한테 갔던 걸까? 이런 때, 허점을 드러내지 않는 유일한 수단은 침묵이다. 마치 자기가 관련된 사건을 조사한 판사에게 잡혀서도, 그 사건이 뭔지 아직 털어놓고 말하지 않을 때처럼. 프랑수아즈가 왔던 걸까, 또는 내가 갔던 걸까? 잠들어 있는 게 프랑수아즈고, 내가 그녀를 깨운 건 아닐까? 오히려 프랑수아즈는 내 가슴속에 갇혀 있던 게 아니었나? 이 갈색 어둠 속에서는 인간도 그 상호 행위도 거의 구별할 수 없고, 현실은 호저(豪猪)의 몸속처럼 불투명하며, 거의 없는 것과 다름없는 지각은 어떤 종류의 동물의 지각처럼 느껴진다 해도 지나친 말이 아니기 때문이다. 물론 이와 같은 깊은 수면에 앞서는 맑은 광기 속에도 예지의 조각들이 반짝반짝 떠다니고 텐(Taine)이나 조지 엘리엇의 이름이 머리에 떠오르는 일이 있다고 해도, 각성 세계가 아침마다 이것을 계속할 수 있다는(꿈이 밤마다 계속되지 않는 반면에) 점에서 우월하다. 그러나 각성 세계보다 더 현실적인 다른 세계도 있을지 모른다. 각성 세계만 하더라도 예술 혁명이 일어날 적마다 변화하고, 또한 예술가와 무지한 바보를 구분하는 재능과 교양의 차이에 의해서도 그 모양이 바뀌는 것을 우리는 목격하지 않았는가.

한 시간 더 잤을 때는 흔히 몸이 마비되어 손발의 사용법을 다시 생각해 내야 하고, 말하는 법을 다시 배워야 한다. 의지력만으로는 잘 되지 않는다. 지나치게 자서 자기 자신이 이미 존재하지 않는 것이다. 깨어남의 감각은 기계적으로나 무의식적으로나 거의 되돌아오지 않으며, 마치 수도관 속에서 수도꼭지의 닫힘을 느끼는 것과 같다. 해파리보다 더 축 늘어진 삶이 이어지고, 만약 뭔가를 생각할 수 있더라도 기껏해야 바닷속에서 끌려나왔거나 또는 도형장에서 돌아왔구나 한 느낌 정도다. 하지만 그때 하늘 위에서 '기억술(mnémotechnie)'의 여신이 몸을 굽혀 '밀크 커피를 가져오게 하는 습관'이라는 형태로 부활케 하는 희망을 내밀어준다. 하기야 기억이 늘 그렇게 갑자기 간단하게 주어지는 것은 아니다. 잠이 천천히 깨어남 쪽으로 옮겨가는 처음 몇 분 동안에는 흔히 자기 곁에 갖가지 다른 현실이 있어, 트럼프 놀이에서 카드를 골라잡듯이 그중 하나를 자유로이 택할 수 있다고 생각한다. 지금은 금요일 아침이고 산책에서 막 돌아온 길이라거나 또는 바닷가에서 홍차를 마시는 시간이라는 식으로. 내가 잠들어 있었다든가 잠옷 차림으로 누워 있다든가 하는 생각은 대부분 맨 나중에 온다.

이 부활은 곧바로 오지 않는다. 초인종을 울린 줄 알았지만 실은 울리지 않고 정신 나간 말을 중얼거린다. 동작만이 사념을 되찾아주며, 실제로 누름단추를 눌렀을 때라야 처음으로 느릿느릿, 그러나 똑똑히 말하게 된다. "벌써 10

시군. 프랑수아즈, 밀크 커피를 가져다줘요."

오오 기적! 프랑수아즈는 아직 내가 비현실의 바다에 완전히 잠긴 것도, 그 바다 밑에서 기를 쓰고 괴상한 질문을 해댄 것도 전혀 눈치채지 못했다. 프랑수아즈는 사실 이렇게 대답했다. "10시 10분입니다." 이 말로 나는 정신을 차린 것처럼 보이고, 끝없이 내 마음을 흔들어대던 기괴한 대화를 들키지 않을 수 있었다(산과 같은 거대한 허무에 꼼짝 못하게 되어 생명을 빼앗기지 않았던 나날에 한해서). 나는 의지의 힘으로 현실계로 되돌아온 것이다. 나는 아직 남은 잠의 부스러기를, 곧 이야기를 위해 현존하는 유일한 독창(獨創), 유일한 혁신을 맛보고 있었다. 각성 상태의 이야기는 그 어떤 문학적 기교로 미화된들, 아름다움의 원천인 어느 신비로운 이질감(mysterieuses différence)을 품지 못하기 때문이다. 물론 아편이 지어내는 아름다움을 이야기하기란 쉽다. 그러나 수면제 없이는 잠들지 못하는 자는 뜻밖에 자연스럽게 한 시간 잠든 것만으로도, 그에 못지않게 신비하고도 더욱 신성하며 광대한 아침 풍경을 발견하리라. 잠자는 시간이나 장소를 바꾸고, 약으로 잠을 불러들이거나, 또는 반대로 하루만 자연스런 잠으로 되돌아오거나 하면—수면제로 잠드는 버릇이 든 자로서는 이야말로 가장 별난 잠이다—그것만으로도 사람은 정원사가 만들어내는 카네이션이나 장미의 변종보다 천 배나 많은 잠의 변종을 얻기에 이른다. 정원사는 감미로운 꿈과 같은 꽃들을 손질하는가 하면 악몽과 같은 꽃들을 만들어내기도 한다. 그런데 나는 어떤 잠버릇이 들면, 홍역에 걸린 듯하거나, 또는 그보다 더 괴로운 일이지만, 발베크에 있을 때 할머니(이제는 내 머리에 전혀 떠오르지도 않는)가 죽는 줄 알고 내가 당신의 사진을 받길 바랐을 적에, 내가 그만두시라고 놀렸기 때문에 할머니가 슬퍼하셨던 생각이 떠올라 몸을 덜덜 떨면서 깨어났다. 눈을 뜨면, 나는 부랴사랴 할머니한테 달려가서 '그건 오해십니다'라고 설명하고 싶어진다. 그러나 내 몸은 벌써 따뜻해지기 시작한다. 홍역 진단은 빗나갔고, 할머니는 저 멀리 사라져 더 이상 내 마음을 괴롭히지 않았다.

때로는 이 온갖 잠 위에 갑자기 어둠이 달려들기도 한다. 나는 캄캄한 거리를 겁먹은 채 걷고 있다. 배회하는 자들의 발소리가 들린다. 갑자기 손님을 마차에 태워 보내는 일을 업으로 삼는 여인, 멀리서 보면 젊은 남자 마부처럼 보이는 그 여인들 가운데 하나가 순경과 입씨름을 벌인다. 어둠에 싸인 마부석 위에 여인의 모습이 보이진 않지만, 재잘거리는 목소리에서 나는 그녀의 단아한 얼굴과 젊디젊은 육체를 느꼈다. 그 마차가 떠나기 전에 타려고 나는 어둠 속을 걸어 그녀 쪽으로 갔다. 하지만 마차는 멀리 있다. 다행히도 순경과의 말다툼은 계속되었다. 나는 멈춰 있는 마차를 가까스로 따라잡았다. 거리 근처는 가로등으로 환하여, 그 여인의 모습이 보였다. 여인임에는 틀림없지만 나이들고, 몸집이 장대하며, 모자에서 흰머리가 비쭉 삐져나오고, 얼굴의 한 부분은 붉게 문드러져 있다. 나는 거기를 떠나면서 생각했다. '여성의 젊음이란 이런 건가? 과거에 만났던 여인을 갑작스럽게 다시 만나고 싶어도 이미 할머니가 되어 있는 건가? 욕망을 부추기는 젊은 여인이란 연극의 배역처럼 초연 여배우가 시들면 그 역을 신인에게 넘겨야만 하는 것인가? 그러나 그렇다면 이미 같은 여인이 아니다.'

　그리고 슬픔이 내 마음에 스며들어왔다. 이와 같이 잠 속에는 마치 르네상스의 '피에타(Pietà)*¹처럼 수많은 피티에(pitié, 연민)가 있다. 하지만 피에타와 달리 대리석에 조각되어 있지 않고, 반대로 형태가 정해져 있지 않다. 그래도 나름의 쓸모가 있다. 그것은 깨어나 있을 때의 차디찬, 때로는 악의에 찬 분별심 중에 너무나 잊으려고만 하는 일면, 사물에 대한 좀더 인간적인 견해를 떠올리게 해준다는 점이다. 이렇게 나는 프랑수아즈에게 늘 연민을 간직하자고, 발베크에서 스스로 다짐했던 기억을 떠올렸다. 적어도 오늘 아침나절에는 프랑수아즈가 우두머리 사환과 다퉈도 화내지 않도록 애써보자, 남들이 심술궂게 굴어대는 프랑수아즈를 될 수 있으면 다정스럽게 대하자. 오늘 아침나절만이다. 그리고 머잖아 좀더 안정된 기준을 내 손으로 정하려고 노력해야 한다. 민중이 오로지 감정뿐인 정책에 언제까지나 다스려지지 않듯이, 인간은 그 꿈의 추억에 언제까지나 지배되지 않으니까. 이미 꿈의 기억은 날아가기 시작했다. 꿈을 묘사하기 위해 생각해내고자 하면 할수록 더 빨리 꿈을 쫓아 보내게 된다. 이제 눈꺼풀은 눈 위에 굳게 닫혀 있지 않았다. 꿈을 다시 구성하려고 하면 눈꺼풀은 완전히 열릴 것이다. 한쪽은 건강과 예지, 또 한쪽은 정신적인 기쁨, 늘 이 두 가지 가운데 하나를 택해야 한다. 나는 비겁하게도 언제나 전자를 택해왔다. 게다가 내가 포기했던 위험한 힘은 상상보다 더 위험스러운 것이었다. 연민이나 꿈은 홀로 날아가지 않는다. 잠

─────────────

*1 성모 마리아가 예수의 시체를 안고 슬퍼하는 모습을 그린 회화나 조각.

잘 때의 상태를 이렇게 저렇게 바꾸어보면 사라져가는 것은 오직 꿈만이 아니다. 며칠 동안, 때로는 몇 년 동안 꿈꾸는 능력뿐만 아니라 잠드는 능력마저 잃고 만다. 잠은 하늘이 주신 은혜지만 불안정하여 희미한 자극에도 곧바로 증발하고 만다. 잠보다 고정된 습관은 밤마다 친구인 잠을 일정한 장소에 붙잡아놓고 온갖 충격에서 잠을 보호하지만, 습관이 장소를 옮기고 속박을 풀면 잠은 수증기처럼 사라진다. 잠은 젊음이나 사랑을 닮아서 잃으면 두 번다시 찾지 못한다.

이런 온갖 잠 속에서는, 음악의 음정(音程)처럼 간격이 늘어나거나 줄어듦에 따라서 아름다움을 지어낸다. 나는 그 아름다움을 즐기곤 했지만, 짧은 순간이라도 잠 속에 빠지면, 파리의 온갖 행상이나 식료품 장수의 삶이 아주 또렷하게 느껴지는 외침의 절반 이상을 못 듣고 말았다. 그러므로 나는(슬프게도 이와 같은 늦잠 버릇과, 라신이 묘사한 아하수에로 왕의 가혹한 페르시아식 엄명이 이윽고 내게 어떤 비극을 가져오게 되는지 예측하지 못했다) 이런 외침을 하나도 빼놓지 않고 듣고자 일찍 일어나려고 애썼다. 알베르틴도 이 외침을 좋아한다는 것을 알게 된 기쁨, 누워 있으나 나 자신도 외출한 기분이 드는 기쁨에 곁들여, 내가 외침 속에서 상징적으로 들었던 것은 바깥 분위기와 부산한 위험스러운 생활이었다. 그리고 그 생활 한가운데를 알베르틴이 돌아다닐 때는 반드시 내 감시 아래 두어, 말하자면 감금을 밖으로 길게 늘려서 내가 바라는 시각에 그녀를 거기서 떼어내어 내 곁으로 돌아오게 하는 것이었다.

그래서 나는 알베르틴에게 진심으로 대답할 수 있었다. "천만에. 난 저 외치는 소리가 듣기 좋거든. 당신도 좋아하는 걸 아니까."—"굴 배가 왔어요, 굴이 왔어요."—"어머! 굴이래요, 무척 먹고 싶었는데!" 다행스럽게도 알베르틴은 절반은 변덕스러운, 절반은 온순함에서 막 탐낸 것을 금세 잊어버리고, 내가 굴은 프뤼니에 음식점에 가서 먹는 게 더 맛있다고 말하기도 전에, 귀에 들려오는 생선 장수 아낙네의 외침에 따라 연달아 다른 것을 탐내었다. "작은 새우 사세요, 물 좋은 작은 새우요. 펄펄 뛰는 가오리도 있습니다. 아주 싱싱해요."—"튀김감으론 대구요, 튀김으로 안성맞춤입니다."—"고등어 있습니다, 싱싱하기가 바다에서 막 잡아올린 것 같은 고등어, 갓 잡은 고등어예요. 자아 마님들 보세요, 참 좋은 고등어가 있습니다."—"신선한 홍합 사려, 맛 좋은 홍합 사세요!" 나도 모르게 '고등어(maquereau)*¹가 왔습니다' 하는 기별에 섬뜩했다. 그러나 이 기별이 설마하니 우리 운전사를 가리키는 것은 아닌 성싶어, 나는 내가 매우 싫어하는 고등어라는 생선밖에 생각하지 않았기에 불안이 오래 계속되지 않았다. "어머, 홍합이에요! 나 홍합 먹고 싶어요." 알베르틴의 말에 내가 대꾸했다. "이봐, 발베크에서라면 맛있겠지만 여기선 별 맛이 없어. 그리고 말이야, 생각해봐, 코타르가 홍합을 두고 뭐라고 말했나." 그런데 마침 가까이 다가온 청과 장수 아주머니가, 코타르가 더욱더 엄하게 금하던 것의 이름을 외쳐, 내 충고는 그만큼 더 공교롭게 되었다.

양상추 사려, 양상추요!
안 사도 좋아요, 보기만 하시구려.

그래도 알베르틴은 "아르장퇴유산(産) 아스파라거스가 있습니다. 훌륭한 아스파라거스가 있어요"라고 외치는 청과 장수의 물건을 반드시 사게 하겠다는 약속을 받아내고서야, 양상추를 단념했다. 뭔가 숨은 뜻이 있는 듯한 목소리, 좀더 야릇한 것을 팔러 온 듯한 목소리가 넌지시 말했다. "통이요. 통!" '어렵쇼 고작 통이군.' 실망했지만 하는 수 없다. 이 낱말이 거의 온통 다음의 외침으로 뒤덮였기 때문이다. "유리, 유리……장이요, 부서진 창유리 갈아요, 유리, 유리……장이." 이 또한 그레고리오 성가풍의 쉼이지만, 고물 장수의 외침 만큼 생생히 교회 전례(敎會典禮)를 떠올리게 하지는 못했다. 고물 장수는 자신도 모르게 교회 의전에서 꽤 자주 나오듯이, 기도를 하다가 갑자기 목소리를 멈추는 그 방식을 재현하고 있었다. 신부는 'Praeceptis salutaribus moniti et divina institutione formati audemus dicere(하느님의 자녀되어 구세주의 본분대로 삼가 아뢰오니)'라고 낭송하면서 마지막 'dicere'를 강하게 발음한다. 중세의 신앙심 깊은 민중이 성당 앞뜰에서 소극과 풍자극을 상연했듯이, 고물 장수가 정중하게 느릿느릿 뇌까린 다음에, 7세기의 위대한 교황 그레고리 1세가 정한 발음법에 어울리도록 마지막 음절을 거칠게 발음하자, 그 'dicere'가 떠오른다. "누더기랑, 고철들 파시오(이 두 마디는 성가처럼 느릿느릿 발음하고, 그 다음 두 음절도 마

---

*¹ '포주, 뚜쟁이, 기둥서방'이라는 뜻도 있음.

찬가지지만, 마지막이 'dicere'보다 더 센 가락으로 끝난다). 토끼 가죽, 라 발랑스(la Valence),*¹ 맛 좋은 발랑스, 싱싱한 오렌지." 별다를 것도 없는 부추마저 "자아 보기 드문 부추", 양파는 "우리 양파 단돈 여덟 푼"이라는 기세로, 마치 알베르틴이 자유의 몸이 되면 거기에 휩쓸려 허우적거렸을지도 모르는 사나운 파도의 메아리인 양 울려와, 'Suave, mari magno(유쾌하여라, 넓고 큰 바다에)'의 기분 좋은 느낌을 띠었다.*²

자아 당근 사아려,
한 다발에 단돈 두 푼.

"어머!" 알베르틴이 환성을 질렀다. "양배추, 당근, 오렌지래요. 다 내가 먹고 싶은 거예요. 프랑수아즈에게 당장 사오라고 하세요. 당근 크림조림을 만들라고요. 그걸 함께 먹으면 얼마나 즐거울까. 지금 들리는 소리가 모두 맛난 음식으로 둔갑하다니. 그렇게 해요! 프랑수아즈한테 가오리 버터구이를 만들라고 해요. 정말 맛있다고요!"—"알아모시겠습니다. 아무튼 그만 가봐. 그렇지 않으면 청과 장수가 외치는 것을 다 사오라고 해야 할 테니."—"좋아요. 이제 그만 나가죠. 하지만 다음부터 저녁 식사는 우리가 외침을 듣는 것만으로 해요. 아이, 재미있어라. 그 '푸른 강낭콩, 귀여운 강낭콩, 자아 푸른 강낭콩 사려'라는 소리가 들려오려면 아직 두 달이나 기다려야겠군요. 귀여운 강낭콩이라니, 그럴듯해요! 난 말이에요, 비네그레트(vinaigrette)*³를 듬뿍 얹은 홀쭉한 강낭콩이 좋아요. 마치 먹는 것 같지 않잖아요. 이슬처럼 산뜻하니까. 아이, 속상해! 아직 멀었으니. 그 하트 모양 크림치즈처럼 말이에요. '크림, 크림, 맛 좋은 치즈!' 그리고 퐁텐블로의 샤슬라(chasselas)*⁴ 포도주. '맛좋은 샤슬라'도 아직 멀었고."
나는 샤슬라의 계절까지 이대로 그녀와 함께 지낼 생각을 하니 소름이 끼쳤다. "이봐요, 내가 호객 소리를 들은 것만 좋다고 했지만 물론 예외도 있어

---

*1 에스파냐 발렌시아 지방의 오렌지.
*2 루크레티우스의 《만물의 본성에 대하여》 중 한 구절. 그 다음 구절은 '바람 일어 파도가 출렁일 즈음, 뭍에서 남의 위험을 바라봄은 즐겁도다'임.
*3 식초, 올리브유, 소금, 후추 등을 섞어서 만든 소스.
*4 황금빛을 띤 후식용 포도주.

요. 그러니까 르바테 과자점에 들러 우리 두 사람분의 아이스크림을 주문해도 괜찮겠지요. 당신은 아직 아이스크림의 계절이 아니라고 말씀하실지 모르지만, 나 무척 먹고 싶어요!" 나는 르바테 과자점에 들르자는 계획에 놀라 당황했다. '괜찮겠지요'라는 말 때문에 이 계획이 더욱 확실하고도 수상쩍었기 때문이다. 그날은 베르뒤랭 댁의 손님맞이 날이었는데, 스완이 르바테가 가장 좋은 과자점이라고 일러준 뒤로, 베르뒤랭네 사람들은 거기서 아이스크림과 조각 케이크를 주문해왔다. "이봐 알베르틴, 난 아이스크림에 대해 왈가왈부하지 않겠어. 그렇지만 주문은 내게 맡겨 그 과자점이 푸아레 블랑슈, 르바테, 리츠가 될는지 모르지만 말이야. 하여간 생각해보자구."—"그럼 외출하시는 거예요?" 그녀가 경계하는 투로 말했다. 그녀는 늘 입버릇처럼 내가 더 자주 외출하면 기쁘겠다고 말하면서도 막상 내가 집을 비울 듯이 말하면 금세 불안한 표정을 지으니, 가끔씩 외출해주면 참 기쁘겠다는 말도 아마 본심이 아닌 듯싶었다. "외출할지도 모르고 안 할지도 몰라. 알다시피 난 미리 계획을 세우는 법이 없으니까. 아무튼 아이스크림은 거리에서 외치며 팔러 다니는 것도 아닌데 갑자기 왜 그게 먹고 싶지?" 이에 대한 그녀의 대답은 그녀 속에 숨어 있던 풍부한 지성이나 취미가 발베크 이후 얼마나 빠르게 성장해왔는지 절실하게 보여주는 것이었다. 그녀에 따르면 오직 내 영향을 받고 언제나 같이 생활했기 때문에 몸에 밴 말이라지만, 나 자신은 대화 속에 절대로 문학적 표현을 쓰면 안 된다고 어떤 알지 못하는 사람에게 금지라도 당한 듯이 절대로 입 밖에 낸 적이 없었던 듯싶은 말이었다. 아마도 우리 미래는 서로 같지 않을 것이다. 나는 이런 예감마저 들었다. 알베르틴이 기다렸다는 듯이 대화에 끼워넣는 비유가 완전히 문어체 같아서, 나로서는 아직 잘 모르는 쓰임새, 더욱 신성한 쓰임새를 위하여 아껴두어야 할 말로 여겨졌기 때문이다.

그녀는 이렇게 말했다(어떻든 간에 나는 그녀의 이 말에 깊이 감동했는데, 다음과 같이 생각했기 때문이다. '물론 나는 그녀처럼 말하지 않을 것이다. 그러나 내가 없었다면 그녀 또한 이런 말을 하지 않았으리라. 그녀는 내 영향을 강하게 받고 있으니까 나를 사랑하지 않을 리 없다. 그녀는 내 창작물이다'). "외치고 다니는 장사치의 음식을 좋아하는 건, 광시곡(狂詩曲)처럼 들리던 것이 식탁에 오르면 성질이 변해서 내 미각을 자극하며 호소하기 때문이에요. 아이스크림은 어떤가 하면(당신은 틀림없이 유행에 뒤떨어진 모양, 여러 가지 건물 모양으로 생긴 틀에 넣어 얼린 그 아이스크림을 주문할 게 분명하기 때문에 하는 말이지만), 신전, 성당, 오벨리스크, 바위 등을 입속에 넣을 적마다, 그림 있는 지도를 먼저 찬찬히 바라보고 나서 목구멍 속에서 그 지도의 산딸기나 바닐라의 건물을 시원함으로 바꾸는 듯한 기분이 들거든요." 나는 좀 지나친 미사여구라고 생각했다. 그러나 그녀는 내가 미사여구라고 생각한 것을 짐작하고는 계속해서 말하다가 비유가 썩 잘됐을 때는 잠깐 그치고 까르르 웃었는데, 그 웃음이 매우 육감적이어서 나에겐 지독히 잔혹스러웠다. "저런, 호텔 리츠에 가면 초콜릿이나 산딸기가 든 방돔 탑* 1 아이스크림이 있을지도 모르는데, 그러려면 여러 개를 사서 '차가움'을 칭송하며 길에 탑이나 기둥을 바치듯 줄지어 세워야 하잖아요? 호텔 리츠에선 산딸기 오벨리스크도 만드는데, 그걸 불타는 사막 같은 내 갈증난 목구멍 속에 여기저기 세우는 거예요. 그리고 그 장미 빛깔의 화강암을 목구멍 깊은 곳에서 녹이면 오아시스보다 더 훌륭하게 갈증을 달래주겠죠(여기서 억누를 수 없는 웃음이 터져나왔다. 미사여구를 훌륭하게 사용한 만족에선지, 또는 그처럼 잇따라 한결같은 심상을 늘어놓으며 표현하는 자기 자신을 비웃어선지, 아니면 아뿔싸, 자기 몸속에서 실제로 누리는 쾌락과 똑같은 뭔가 맛나고도 시원한 것을 느끼는 육체적인 관능에선지). 리츠의 아이스크림이 간혹 몽로즈(Mont Rose)* 2처럼 높다란 봉우리로 보이기도 해요. 레몬 아이스크림이라도 건물 모양이 아니라, 엘스티르가 그린 산처럼 비쭉비쭉 거칠다면 나쁘지 않아요. 다만 그때엔 너무 새하얗지 않고 좀 누르스름하여, 엘스티르가 그린 산의 눈처럼 빛깔이 충충하고 희끄무레해야 볼품이 있답니다. 아이스크림은 그리 크지 않아도, 작은 셔벗이라도 괜찮아요. 그 레몬 아이스크림이 아주 작게 축척(縮尺)되어도 분명 산임에는 틀림없으니, 마치 일본의 분재를 보면 작지만 그래도 삼나무, 떡갈나무, 만치닐인 걸 단번에 알아보듯이, 상상 속에서 그걸 본디 크기로 확대하거든요. 그래서 내 방에 작은 도랑을 만들고, 그 가를 따라서 분재를 몇 개 늘어놓고 보면, 어린애들이 길을 잃을 만한 큰 숲이 강 쪽으로 비탈져 있는 듯한 느낌이 들겠죠. 마찬가지로 누르스름한 레몬 아이스크림 밑 언저리에는 마부, 나그네들, 역마차 따위가 뚜렷이 보이는데, 내 혀의 소임이란 그 위에 차가운 눈사태를 일으켜 그걸 모두 뒤덮는 거예요(그녀

---

* 1 나폴레옹의 명령에 따라 파리의 방돔(Vendôme) 광장에 세워진 탑.
* 2 스위스와 이탈리아의 국경에 있는 몬테로사(Monte Rosa) 산.

는 잔인한 쾌감과 더불어 그렇게 말해 내 질투를 불러일으켰다)."

그녀는 계속했다. "사실은 산딸기지만, 반암(斑岩)으로 된 베네치아 성당의 기둥을 하나씩 내 혀로 무너뜨리다가, 남겨둔 부분을 신자들 머리 위로 폭삭 떨어뜨리는 것과도 같아요. 아무렴, 이런 건물들은 전부 그 튼튼한 주춧돌에서 슬슬 녹는 시원함이 벌써 꿈틀거리는 내 가슴속으로 옮겨가고말고요. 하지만 아이스크림 말고도, 온천 광고처럼 자극적인 것도 따로 없지요. 몽주뱅의 뱅퇴유 댁에 있을 때는 근처에 좋은 아이스크림 가게가 없었지만, 우린 곧잘 정원에서 프랑스 일주하는 셈치고 날마다 다른 약수를 마셨어요. 따르자마자 잔 바닥에서 금세 흰 구름이 뭉게뭉게 솟아올라 재빨리 마시지 않으면 가라앉아 가뭇없어지는 비시(vichy) 약수 같은 물말이에요." 그러나 몽주뱅의 이야기를 듣는 게 너무 고통스러워 나는 그녀의 말을 가로막았다. "시끄럽게 떠들어서 미안해요. 그럼 가볼게요." 발베크 이래 이 어이한 변화냐. 그때는 엘스티르라 한들 알베르틴에게 이처럼 풍부한 시정(詩情)이 있는 줄 짐작도 못했으리라. 그야 물론 셀레스트 알바레에 비하면 개성도 기발함도 부족한 시정이다. 셀레스트는 전날 밤에도 나를 만나러 와서, 누워 있는 나를 보고 이렇게 말했다. "어머나, 하늘에서 침대로 두둥실 내려오신 폐하시여!"—"그런데 셀레스트, 어째서 하늘이지?"—"아무와도 닮지 않았으니까요. 이 더러운 땅 위를 이리저리 떠도는 인간 같은 면을 조금이라도 가지고 있다고 생각하신다면 큰 착각이에요."—"하지만 어째서 '두둥실' 내려오지?"—"자고 있는 사람처럼 보이지 않으니까요. 침대에 있는 것도 아니고, 움직이지도 않으니, 마치 천사들이 내려와서 사뿐히 두고 간 것 같아요." 셀레스트가 하는 식의 말을, 알베르틴은 상상도 못할 것이다. 그래도 연정이란 식어가는 중에도 한쪽으로 치우치기 마련이라서, 나는 셔벗의 그림 지도가 더 마음에 들었고, 이 비유의 값싼 아름다움이 내겐 알베르틴을 좋아하는 하나의 이유인 것처럼, 또 내가 그녀에 대한 영향력을 갖는 동시에 그녀가 나를 사랑한다는 하나의 증거로 보였다.

알베르틴이 나가자, 나는 그녀가 줄곧 곁에 있다는 것이 얼마나 피곤한 일인지 느꼈다. 알베르틴은 부산스레 움직이지 않고서는 못 배기고, 그 부산함으로 내 잠을 깨우며, 문을 연 채 내버려두어 나를 언제나 추위에 떨게 한다. 이리하여 나로 하여금—그다지 대단한 병으로 보이지 않는데도 그녀와 함께 외출하지 않을 그럴듯한 핑계를 꾸미려고, 또한 누군가를 그녀와 같이 가게 하려고—날마다 셰에라자드 못지않은 솜씨를 부리도록 강요하는 알베르틴. 흥미로운 이야기를 잘하는 페르시아 여인은 교묘하게 자신의 죽음을 늦추었건만, 불행하게도 나는 똑같은 궁리를 하면서도 내 죽음을 재촉할 뿐이었다. 이와 같이 인생에는, 나처럼 사랑의 질투나 몸이 약한 탓에 건강한 젊은 상대와 생활을 함께할 수 없는 데에서 생긴 상황만은 아니지만, 그래도 동거 생활을 계속하든가 이전처럼 서로 다른 생활로 되돌아가든가 하는 선택이 거의 의학상의 문제로 제기되는 여러 상황이 있다. 두뇌의 휴식이나 마음의 휴식(나날의 과로를 계속하느냐, 아니면 고독의 고통으로 되돌아가느냐)—이 두 가지 휴식 가운데 어느 쪽에 자기를 희생시켜야 하는가?

아무튼 나는 앙드레가 알베르틴과 함께 트로카데로에 가준다는 게 고마웠다. 물론 운전사의 정직함을 의심하는 것은 아니나, 아주 작은 일이긴 해도 요즘 일어난 몇 가지 사건으로 인해, 그의 감시나 적어도 그 감시의 엄격함이 아무래도 이전같지 않다는 느낌이 들었기 때문이다. 이를테면 바로 얼마 전에 알베르틴을 운전사하고만 베르사유에 보냈을 때, 알베르틴은 돌아와서 나에게 레제르부아르 식당에서 점심을 먹었다고 말했다. 그런데 운전사는 바텔 식당에서 먹었다고 했으므로, 그 어긋남이 드러난 순간 나는 핑계를 대고 알베르틴이 옷을 갈아입는 틈을 타서 운전사한테 따지러 내려갔다(우리가 발베크에서 만난 그 운전사이다). "자넨 바텔에서 점심을 먹었다고 했는데, 알베르틴 아가씨는 레제르부아르라고 말하는군. 도대체 어떻게 된 거지?" 운전사가 대답했다. "저는 바텔에서 먹었다고 말씀드렸지만, 아가씨께서 어디서 드셨는지는 모르겠는데요. 베르사유에 도착하자마자 합승마차를 타시겠다며 가버리셨거든요. 먼 길을 가실 때는 그렇지 않은데, 합승마차가 더 좋으시다나요." 나는 당장, 그녀가 혼자 있었구나 하는 생각에 화가 머리끝까지 치밀었다. 하지만 고작 점심때뿐 아닌가. 나는 사근사근한 투로 말했다(적극적으로 알베르틴을 감시시키고 있는 걸로 보이면, 그녀가 내게 제 행동을 숨기고 있다는 뜻도 되어 이중으로 치욕적이었으므로 그렇게 보이기는 싫었기 때문이다). "알베르틴과 함께는 아니더라도, 적어도 같은 식당에서 식사해도 좋았을 텐데"—"그렇지만 아가씨께서는 저녁 6시에 아름 광장으로 오라고 하셨거든요. 점심 식사 뒤에 곧바로 모시러 가기로 한 게 아니었어요."—"허어, 그래!" 나는 풀이 죽은 것을 내색하지 않으려고 애쓰면서 말했다. 그리고 방으로 올라갔다. 알베르틴은 일곱 시간이 넘도록 혼자서 하고 싶은 대로 했던 것이다. 합승마차 건이 그저 운전사의 감시를 따돌리기 위한 궁여지책이 아닌 것은 나도 잘 알고 있었다. 거리에 나가면 알베르틴은 합승마차를 타고 느긋하게 산책하기를 좋아했다. 그러는 편이 주위 광경이 더 잘 보이며 공기도 더 상쾌하다는 게 그녀의 주장이었다. 그러나 그녀가 일곱 시간 동안 뭘 하고 보냈는지, 나는 절대로 알지 못할 것이다. 나에겐 그녀가 그 시간을 이럭저럭 보낸 것이 틀림없다고 상상할 용기도 없었다.

　운전사가 큰 실수를 저질렀다고 생각했지만, 그 뒤론 그를 완전히 신뢰하게 되었다. 만약 티끌만큼이라도 알베르틴과 한패가 되어 있었다면, 아침 11시부터 저녁 6시까지 그녀를 방임했던 것을 절대 털어놓을 리가 없었기 때문이다. 운전사가 왜 고백했는지에 대한 다른 이유가 있다면, 터무니없기는 하지만 단 하나밖에 없을 것이다. 즉 운전사와 알베르틴 사이에 어떤 시비가 생겨, 그래서 나에게 사소한 진실을 누설하여 자기가 잠자코만 있는 인간이 아님을 보이고, 또 이처럼 대수롭지 아니한 첫 번째 경고 뒤에도 그녀가 순순히 따르지 않으면 솔직하게 모두 털어놓고 말겠다는 뜻을 그녀에게 보이고 싶어서이다. 그러나 이 설명은 허망하고 터무니없다. 첫째로 알베르틴과 그 사이에 있지도 않은 말다툼을 가정해야 하고, 또 언제나 상냥하고 선량한 이 쾌활한 운전사에게 협박 근성을 부여해야 하기 때문이다. 게다가 그 다음다음 날에, 내가 정신 나간 의혹에 사로잡혀 잠깐 그렇게 여겼던 것은 당치 않은 생각이며, 그가 신중하고도 날카로운 눈으로 알베르틴을 감시한다는 사실을 알았다. 나는 그를 따로 붙잡고, 베르사유의 일에 대해 그한테 들었던 내용을 다시 꺼내면서, 친절하고도 거침없는 태도로 이렇게 말했다. "이틀 전 자네가 이야기한 그 베르사유 산책 말인데, 정말 잘해주었네. 자네가 하는 일은 늘 빈틈없거든. 다만 참고로 대수롭지 않은 말 몇 마디만 들어주게, 정말 대단치 않은 일이지만 말이야. 봉탕 부인께서 나한테 그 조카딸의 보호를 맡긴 뒤로, 나는 무거운 책임감을 느낀다네. 무슨 사고나 나지 않을까 걱정이 태산 같고, 아가씨를 내가 몸소 모시고 다니지 못하는 게 여간 미안스럽지 않아. 그러니 자네가 알베르틴 아가씨를 어디든 모시고 다녀주면 고맙겠네. 자네라면 매우 믿음직하고, 운전 솜씨도 아주 훌륭하니 사고날 일도 없고 말이야. 그렇게 해주면 하나도 걱정이 없겠어." 사도(使徒)를 연상케 하는 매력적인 운전사는 십자가 모양과 닮은 성스러운 핸들 위에 손을 놓고서 히죽거렸다. 그러고 나서 다음과 같이 말했는데, 그 말(내 마음의 불안을 내쫓고, 곧바로 환희로 채워주는 말)에 나는 그의 목을 끌어안고 싶은 마음이었다. "걱정 마세요. 아가씨에게 사고날 리가 없죠. 핸들을 잡고 아가씨를 모시지 않는 때는, 내 눈이 아가씨의 뒤를 두루 따라다니니까요. 베르사유에선 말입니다, 전혀 낌새도 채지 못하게, 이를테면 아가씨와 같이 시가를 돌아다닌 셈이죠. 레제르부아르에서 아가씨는 궁전으로 가셨다가 트리아농으로 가셨는데, 저는 보지 않는 척하면서 그 뒤를 줄곧 따라다녔습니다. 전혀 들키지 않았죠. 아니 뭐, 아가씨한테 들켰던들 별일 없었을 테지만. 저 또한 온종일 하는 일 없으니 궁전을 구경하는 게 매우 당연하니까요. 더구나 아가씨께서도 틀림없이 알고 계실 테니까요. 제가 책을 즐겨 읽고, 온갖 진귀한 옛것에 관심이 많은 줄 말입니다(이 말은 사실이었다. 만일 그가 모렐의 친구인 줄 알았다면 나는 깜짝 놀랐을 것이다. 그는 바이올리니스트를 훨씬 능가하는 섬세함과 취미를 갖고 있었다). 뭐 어쨌든 아가씨한테 들키지 않았죠."—"그래도 알베르틴 아가씨는 틀림없이 친구들과 만났을 텐데, 베르사유엔 친구가 많거든."—"아뇨, 내내 혼자시던데요."—"길 가는 이들이 흘끗흘끗 보았겠지, 매력적인 젊은 아가씨가 혼자니까!"—"그야 그렇죠. 그래도 아가씨께선 거의 그런 줄 모르시나 봐요. 계속 안내서만 정신없이 보시다가, 고개를 들어 그림을 보곤 하시던데요." 확실히 베르사유에 산책 갔던 날 알베르틴이 내게 주었던 건 궁전의 '그림엽서' 한 장, 또 한 장은 트리아농의 그림엽서였으므로 운전사의 얘기에 더욱더 믿음이 갔다. 이 친절한 운전사가 한 걸음 두 걸음 그녀의 뒤를 따라가 준 마음씨에 나는 깊이 감동했다. 그러나 어찌 이 정정(訂正)—이틀 전의 얘기를 충분히 보충하는 형식의 정정—이, 운전사가 내게 고자질한 것을 알고 기겁한 알베르틴이 이틀 사이에 상대에게 굽히고 들어가 그와 화해한 데서 생긴 줄 어찌 꿈엔들 생각했으랴! 그런 의혹은 털끝만큼도 일어나지 않았다.

　운전사의 얘기가 알베르틴이 나를 속이지 않았을까 하는 근심을 모두 없애주어, 자연히 애인에 대한 내 열도 식고, 베르사유에서 그녀가 지낸 하루도 그다지 내 관심을 끌지 않게 된 것만은 확실하다. 그렇지만 운전사의 설명이 알베르틴의 결백을 증명하여 그녀를 더욱더 진저리나는 여성으로 보이게 했더라도, 그것만으로 내 기분을 이토록 빨리 가라앉히지는 못했을 것이다. 그보다, 며칠 사이에 애인의 뺨에 생긴 여드름 두 개가 아마도 내 마음을 더 심하게 바꿔놓았는지도 모른다. 하여간 내 심정은 우연히 만난 질베르트의 몸종이 털어놓은 뜻밖의 속내에 의해, 눈앞에 없으면 그 존재조차 떠올리지 않을 정도로 그녀한테서 더욱 멀어졌다. 내가 질베르트 집에 날마다 가던 때, 질베르트는 한 젊은이를 사랑하고 있었는데 나보다 그와 더 자주 만나던 사실을 이제야 몸종에게 들어서 알게 된 것이다. 그 무렵에도 나는 문득 그런 의심을 품고, 그 몸종에게 캐묻기까지 했었다. 그러나 몸종은 내가 질베르트에게 반해 있음을 알고 있었으므로 그 사실을 부인했으며, 질베르트 아가씨가 한 번도 그 젊은이를 만난 적이 없다고 딱 잘라 말했다. 그런데 지금은 내 연정이 죽은 지 오래이고, 몇 년 전부터 질베르트의 편지에 답장 한 장 보내지 않음을 알고 있기 때문에—또한 아마도 이젠 질베르트를 섬기고 있지 않기 때문에—내가 몰랐던 사랑의 일화를 자기가 먼저 자세하게 얘기해주었다. 몸종은 그걸 아주 당연한 일로 생각했던 것이다. 나는 그 무렵에 몸종이 맹세한 말을 떠올리며, 그때에는 그녀도 사정을 잘 알지 못했던 거라고 생각했다. 천만에. 스완 부인의 분부로, 내가 사랑하던 아가씨가 혼자되자 곧바로 그 젊은이에게 알리러 갔던 사람이 바로 몸종 자신이었다. 그 무렵에 내가 사랑한 아가씨…… 하지만 나는 생각해보았다. 나의 옛 사랑은 스스로 그렇게 생각하는 것처럼 싸늘하게 식어버렸는가. 실제로 이 이야기가 나를 괴롭히고 있지 않은가. 질투가 죽은 연정을 깨울 수 있다고는 생각되지 않아, 내가 받은 슬픈 인상의 일부는 적어도 자존심이 상한 탓이라고 상상했다. 내가 싫어하던 몇몇 이들, 그때 또는 그러고 나서 좀 지난 뒤에도—그 뒤에 사정은 아주 달라졌지만—내게 모욕적인 태도를 보이던 수많은 사람들은 내가 질베르트에게 열중해 있는 동안, 실은 내가 그녀에게 속고 있음을 훤히 알고 있었기 때문이다. 또한 과거를 돌아보면, 질베르트에 대한 내 연정에도 얼마간 자존심이 섞여 있지 않았나 하는 의문마저 들었다. 왜냐하면 내가 애정에 들떠 행복하던 그 무렵, 내가 싫어한 이들이 이미 내가 애인한테 완전히 속고 있음을 알고 있었다고 깨닫자 새삼 이토록 괴로웠기 때문이다. 아무튼 그것이 사랑이건 자존심이건, 질베르트는 내 마음속에서 거의 죽은 여인이었지만, 그래도 완전히 죽지 않아, 이 애수가 알베르틴에 대하여 내가 지나치게 걱정하는 것을 가로막았다. 그만큼 그녀는 내 마음속에 비좁은 자리밖에 차지하지 못했다. 그런데도(이 긴 여담 뒤에) 다시 알베르틴과 그 베르사유 산책으로 화제를 돌리면, 베르사유의 그림엽서는(그러고 보니 각각 다른 인간을 향해 엇갈리는 두 질투가 동시에 마음을 사로잡는 일이 있는 걸까?) 서류를 정리할 때 시선이 그 위를 향할 적마다 내게 얼마쯤 불쾌한 인상을 주곤 했다. 만일 운전사가 이토록 훌륭한 남성이 아니었다면, 그의 두 번째 얘기가 알베르틴의 그림엽서에 들어맞은들 별로 대수로운 뜻을 갖지 못했을 거라고 생각했다. 베르사유에 간 사람이 보내는 것이라곤 첫째로 궁전 아니면 트리아농의 그림엽서밖에 더 있겠는가. 다만, 세련된 취미를 가져 어떤 석상에 열중한 자가 그림엽서를 고르거나, 또는 속물이 역마차의 정류장이나 베르사유 샹티에르 역의 풍경을 고르는 때도 있지만.

하긴 속물이라고 단정하는 건 잘못인지 모른다. 어쩌다 베르사유에 온 기념으로 이런 그림엽서를 사는 게 반드시 속물만은 아니기 때문이다. 두 해 동안 지성인과 예술가들은 시에나나 베네치아, 그라나다를 시시한 곳으로 여기고, 보잘것없는 합승마차나 각종 객차를 보고서 '이것이야말로 진짜 아름다움이다' 말하곤 했다. 그러다가 이 경향도 예외 없이 사라졌다. 사람들이 다시 '귀중한 과거 유물을 파괴하는 모독'을 고려하게 됐는지 아닌지는 모른다. 아무튼 일등 객차가 베네치아 성 마르코 성당보다 무조건 더 아름답다고 여기는 경향은 그쳤다. 그래도 사람들은 여전히 '바로 거기에 삶이 있다, 회고는 날조다'라고 말한다. 하지만 거기에서 명확한 결론을 이끌어내지는 못했다.

나는 운전사를 무조건 신뢰했지만 알베르틴이 그를 따돌리려고 할 때 자기가 간첩으로 보일까 두려워서 감히 거절 못하는 경우가 만에 하나라도 생길까 봐, 그때까지 운전사만으로 충분했으나, 앞으로는 앙드레가 거들지 않으면 알베르틴을 외출시키지 않기로 했다. 전에는 그녀를 운전사와 단둘이서(그 뒤로 다시는 그만한 용기가 나지 않았지만) 사흘 동안이나 집을 비우게 하여, 발베크 부근까지 마음대로 가게 한 적도 있었다. 그녀는 그토록 오픈카로 쏜살같이 길을 달리고 싶어했다. 내 마음의 잔잔함이 호수와 같았던 그 사흘 동안. 하기야 그녀가 연이어 보낸 그림엽서가 브르타뉴 우체국의 졸렬한 사무(여름엔 양호하나 겨울엔 아마도 엉망이 되는) 탓으로, 알베르틴과 운전사가 돌아온 지 일주일 만에 도착하긴 했지만. 두 사람은 더할 나위 없이 씩씩하여, 파리로 돌아온 그날 아침부터 아무 일 없었다는 듯 일과인 산책을 다시 시작했다. 그러나 베르사유 일이 있고 난 뒤부터 나는 변했다. 어쨌든 나는 오늘 알베르틴이 트로카데로의 그 '특별' 마티네에 가겠다고 해서 기뻤는데, 앙드레라는 동반자가 있어서 더욱 마음 든든했다.

 알베르틴이 외출하고 난 뒤 나는 이런 생각을 버리고 잠깐 창가로 갔다. 처음에 주위는 고요했으나, 양 내장 음식 장수의 호각과 시가전차의 경적이 정적을 깨뜨렸고, 마치 엉터리 조율사처럼 다른 옥타브로 공기를 진동시켰다. 그러다가 교차하는 모티브가 점점 뚜렷해지며 거기에 새로운 몇몇 주조가 가담했다. 다른 호각 소리도 들려왔다. 뭘 파는지 모르지만 장수의 호각 소리는 전차의 경적과 아주 비슷하고 또 삽시간에 지나가버리지도 않았기 때문에, 엔진이 없거나 또는 고장으로 오두 가두 못하는 전차 한 대가 죽어가는 짐승처럼 이따금 비명을 지르고 있는가 싶었다.

 만일 앞으로 이 귀족 주택가를 떠나게 된다면—아주 서민적인 구역으로 이사 가지 않는 한—작은 거리나 도심지의 큰 거리는(과일 장수나 생선 장수 등이 큰 식료품점을 차려놓고 있어서 행상의 외침이 무용지물이 되어 큰 소리로 외친들 들리지 않을 테니까) 변변치 못한 장사꾼들과 음식 장수들이 외치는 그 호칭 기도를 모조리 박살내고 싹 쓸어내어, 아침 일찍부터 나를 황홀케 하는 오케스트라도 들리지 않아 침울해서 도저히 못 살 곳으로 생각하게 될 것이 틀림없었다. 보도에 어느 볼품없는 여인(또는 보기 흉한 유행을 좇는 여인)이 지나치게 밝은 염소털 팔르토 사크(paletot sac)* 1를 걸치고 지나간다. 아니다, 여인이 아니었다. 염소가죽 외투를 입은 운전사가 걸어서 차고로 가는 길이었다. 일류 호텔에서 뛰어나온 심부름꾼들이 알록달록한 제복 차림으로 자전거에 몸을 딱 붙이고 올라타, 아침 기차로 도착하는 여객들을 마중하러 역 쪽으로 쏜살같이 달리고 있었다. 어디선가 바이올린 같은 울림이 들려왔는데, 자동차가 지나가기 때문이거나 내가 전기주전자에 물을 가득 넣지 않았기 때문이었다. 교향악이 한창일 때 유행에 뒤진 '아리아'가 어울리지 않게 울려왔다. 늘 자기 곡조에 딸랑이로 반주를 곁들이는 봉봉 장수 대신, 장난감 장수가 갈대 피리에 잡아맨 꼭두각시를 사방으로 움직이고 그 밖에도 여러 꼭두각시를 데리고 오면서, 대(大)그레고리우스의 전례 낭송법, 팔레스트리나가 개혁한 낭송법, 근대 작곡가의 서정적 낭송법 같은 것에는 아랑곳없이, 시대에 뒤진 순수 멜로디파인 그가 목청을 다 뽑아 노래하기 시작했다.

---

*1 자루같이 생긴 짧은 외투.

자아, 아버님들, 어머님들,
귀여운 자녀분을 기쁘게들 하소.
만든 이도 나, 파는 이도 나,
그 돈으로 그렁저렁 살아가는 내 신세.
트라 라라라, 트라 라라라 레르,
트라 라라라라라
자아, 어린이 여러분, 장난감 사세요!

　베레모를 쓴 키 작은 이탈리아 상인들은 이 '아리아 비바체(aria vivace)'*¹와 겨루어볼 생각도 못 하고 조용히 작은 인형을 내밀기만 하며 지나갔다. 그러다 날카로운 피리 소리가 끼어들어 장난감 장수는 멀리 쫓겨나고, 그가 노래하던 '자아, 아버님들, 어머님들'은 프레스토(presto)*²지만 막연하게 되어버린다. 이 피리는 동시에르에서 내가 아침마다 듣던 그 용기병 가운데 한 사람이 부는 것일까? 아니다. 그 뒤에 이런 말이 이어지기 때문이다. "오지그릇이나, 사……기 그릇 고쳐. 유리, 대리석, 수정, 뼈, 상아, 골동품도 고칩니다. 자아, 수선장이가 왔습니다."
　왼쪽에 햇살이 후광처럼 비추고, 오른쪽에 소 한 마리가 통째로 매달려 있는 한 푸줏간 안에는 키다리에다 비쩍 마른 금발의 사환이 하늘색 깃 밖으로 목을 쭉 빼고서, 어지러울 지경으로 잽싸게 세심한 주의를 기울이며, 한쪽에서 상등 쇠고기 등심을, 또 한쪽에서 최하등의 볼깃살을 가려 반들반들 윤나는 저울에 달곤 했는데, 그 저울 위에 있는 십자가에는 아름다운 쇠사슬이 늘어져 있었다. 보아하니 남은 일이라곤 진열창에 콩팥, 등심살, 갈비를 늘어놓는 일뿐이지만, 그는 푸줏간 주인이라기보다 '최후의 심판'날에 천주를 위해 '선인'과 '악인'을 분류하여, 그 영혼의 무게를 다는 잘생긴 천사와 같은 인상을 주었다.
　한편 또다시 가늘고 미묘한 피리 소리가 공기 속에 울려퍼졌다. 그것은 기병대가 행진할 때마다 프랑수아즈가 뭔가 부서지지 않나 걱정하던 파괴의 징조가 아니라, '골동품 장수'가 '수선'을 약속하는 신호였다. 그는 우직한 건지 엉

*1 매우 빠른 아리아.
*2 매우 빠르게.

큼한 건지 어쨌든 매우 절충적인 인물로서, 무엇을 전문으로 하는 것이 아니라 잡다한 일에 솜씨를 부리곤 했다. 빵 배달하는 여자아이들이 '점심'용 플뤼트(flûte)*³를 서둘러 바구니에 담고 있었으며, 우유 가게 여자아이들은 기세 좋게 우유병을 작은 갈퀴에 걸고 있었다. 나는 이 여자아이들의 모습을 향수에 젖어 바라보았지만, 정말 이것이 그들의 본모습이라고 여겨도 좋을까? 창에서 내려다보면 가게 안에 있거나 달음질치는 모습밖에 보이지 않는 그 여자아이들 중 하나를 잠깐이나마 내 곁에 붙잡아둔다면, 그 아이는 생판 다른 사람이 되지 않을까? 바깥출입을 안 하는 데서 얼마나 큰 손해를 입고 있는지, 다시 말해서 그 하루가 얼마나 풍부한 보물을 주고 있는지 평가하려면, 생기 있는 프리즈(frize)*⁴처럼 기다랗게 펼쳐지는 생활 속에서 빨랫감이나 우유병을 든 한 여자아이를 붙들어, 포르탕(portant)*⁵ 사이에서 움직이는 무대장치의 실루엣처럼 내 방 문틀 가까이 잠깐 그녀를 데리고 와서 주의 깊게 그 모습을 바라보고, 뒷날 같은 여인인 줄 알아볼 수 있도록 그 신상에 대해 뭔가를 알아두어야만 하리라. 마치 조류학자나 어류학자가 이주를 확인코자 놓아주기 전 철새 다리나 물고기 배에 표시를 해두는 것처럼.

그러므로 나는 프랑수아즈에게, 늘 빨랫감을 받으러 오거나 빵과 우유를 배달하러 오는 여자아이들 중 아무나 오면, 심부름시킬 게 있으니—프랑수아즈도 곧잘 이 여자아이들에게 심부름을 시켰다—나에게 보내라고 일렀다. 이 점에서 나는 엘스티르에게 견줄 만했다. 엘스티르도 아틀리에 안에 죽치고 있어야 할 몸인지라, 봄이 와서 숲에 제비꽃이 활짝 폈다는 소식을 들으면 애타게 보고 싶어하며, 문지기 아낙네를 시켜 그 꽃다발을 사오게 했다. 그때 엘스티르가 보았다고 여긴 것은 보잘것없는 식물이 놓여 있는 탁자가 아니라, 그가 전에 보았던 몇천인지 모를 푸른 꽃 아래 구불구불 휘어진 풀줄기들과 그 숲에 깔린 풀의 양탄자, 그리고 꿈을 불러일으키는 꽃향기가 아틀리에 안을 투명하게 둘러싼 공상의 한 지대였다.

세탁소 여자애가 일요일에 올 리 없는데, 빵 배달하는 여자애도 공교롭게 프랑수아즈가 집을 비운 사이에 초인종을 눌러, 바구니에 담은 플뤼트를 층

---

*3 가늘고 긴 빵.
*4 건축물의 벽면과 코니스 사이에 두르는 띠 모양의 장식.
*5 무대장치의 지주(支柱).

계참에 놓고 가버렸다. 과일 가게 여자애야 더 늦게 올 터였다. 한번은 내가 치즈를 주문하러 우유 가게에 들른 적이 있는데, 점원들 가운데 유달리 눈에 띈 여자애, 정말 별난 금발에다가 어린 티가 나지만 키도 크고 배달하는 다른 여자애들 한가운데서 꿈꾸는 듯이 새침한 태도를 짓고 있는 여자애가 있었다. 멀리서 보았고 잠깐 들렀을 뿐이어서 그녀가 어떻다고 자세히 말할 수는 없지만, 다만 너무 빨리 자란 듯싶었고, 또 그 탐스러운 머리칼은 특징 있는 머리라기보다는 구불구불 선을 이루는 만년설을 양식적으로 조각한 듯한 느낌을 주었다. 그 밖에 눈에 띈 것은 윤곽이 뚜렷한 코로, 여윈 얼굴에(아이에게는 매우 드물게) 새끼 독수리의 부리를 떠올리게 했다. 하지만 그녀 주위에 있는 무리 때문에 그녀를 자세히 눈여겨보지 못한 건 아니었다. 처음 본 뒤로 내가 그녀에게 어떠한 감정을 품게 했는지, 새침한 반발심인지, 비아냥대는 마음인지, 나중에 그 동료들에게 말하게 될 멸시의 정인지, 그게 알쏭달쏭했기 때문이기도 하다. 내가 한순간에 그녀에 대하여 짐작하던 이런저런 추측이 그녀 둘레에 두꺼운 탁한 공기를 감돌게 했다. 그녀는 자태를 감추는 여신처럼 벼락이 크게 치는 구름 사이로 사라졌다. 왜냐하면 심정의 동요는 구체적인 눈의 결함 이상으로 정확한 지각을 방해하는 커다란 원인이기 때문이다. 이 여자애는 지나치게 여윈 주제에 엄청나게 이목을 끄는 데가 있고, 사람에 따라선 그녀의 매력이라고 부를지도 모를 게 너무 많아서 오히려 나에게 불쾌한 인상을 주었지만, 그래도 그 때문에 우유 배달하는 다른 여자애들을 알아보지 못하는, 나아가 하나도 생각나지 않게 하였다. 이 여자애의 활처럼 굽은 코, 생각에 잠긴 듯한 개성적인, 남을 판단하는 듯이 보이는 매우 불쾌한 그 눈길은 마치 금빛 번갯불이 주위 경치를 어둡게 하듯이 동료들을 어둠 속에 담그고 말았던 것이다. 이래서 내가 치즈를 주문하러 찾아간 우유 가게에서 기억하는 것은(텅 빈 얼굴에 모양이 다른 코를 열 번이나 다시 붙여 볼 만큼이나 눈여겨보지 않은 얼굴을 '기억한다'고 말할 수 있다면) 내 마음에 들지 않던 이 여자애뿐이었다. 하지만 연정이 시작되기에는 이것으로 충분했다. 그래도 만일 프랑수아즈가, 그 여자애는 아직 어리지만 여간 조숙하지 않은지라 지나치게 몸치장을 하는 바람에 근처에 빚을 져서 조만간 해고될 거라고 나에게 말하지 않았다면, 나는 그 별난 금발 여자애를 잊어버리고 그녀를 다시 만나고 싶다고 생각하지도 않았으리라. '아름다움이 행복을 약속한다'고 말한 이가 있다. 그러나 반대로 쾌락의 가능성이 아름다움의 맨 처음일 수도 있다.

　나는 어머니의 편지를 읽기 시작했다. "콩브레에 와서 내 사념이 새까맣게 되진 않았을망정, 적어도 거무스름한 잿빛이 되었구나. 나는 늘 너를 생각하고, 너를 보고 싶은 마음뿐이다. 네 건강, 네 일, 네가 멀리 떨어져 있는 상황, 날이 저물어갈 무렵에 이런 생각에 잠기면 어떠한 심정인지 알겠니?" 세비녜 부인의 여러 인용문 너머로 나는 알베르틴이 우리집에 오랫동안 머무르는 것과 내가 이 약혼녀에게 결혼 의사를 명확히 드러내지 않았음에도 어머니의 근심이 점점 더 뿌리박혀 가는 걸 보고, 어머니가 난처해하고 있음을 느꼈다. 어머니가 이 이상 단도직입적으로 말하지 않은 것은, 내가 편지를 내팽개치지 않을까 염려되어서다. 그래도 어머니는 넌지시 내가 편지를 받았음을 곧바로 알리지 않는다고 나무라곤 했다. "너도 알다시피 세비녜 부인은 이렇게 말씀하셨다. '멀리 떨어져 있을 때는, 보내신 서신을 잘 받았습니다, 라는 첫머리로 시작되는 편지도 웃음거리가 안 되지요.'" 어머니는 가장 근심하는 일에 대해서는 말하지 않고, 나의 돈 씀씀이가 헤픈 것을 지적하며 화를 냈다. "그 많은 돈이 다 어디로 사라진다지? 네가 샤를 드 세비녜처럼 자신이 뭘 하고 싶은지도 모르고서, '단번에 두세 사람'이 된 기분으로 사는 것만으로도 내 마음은 어지간히 아프단다. 적어도 돈 씀씀이에는 샤를 드 세비녜의 흉내를 내지 않도록, 이런 말을 하지 않도록 힘써 다오. 곧 '그 애는 자신도 모르게 돈을 쓰고, 도박하지 않고도 돈을 잃으며, 아무리 갚아도 빚이 줄지 않는 수를 발견했답니다.'" 내가 어머니의 편지를 막 다 읽었을 때 프랑수아즈가 돌아와, 언젠가 내가 얘기했던 좀 지나치게 대담한 우유 가게의 여자애가 마침 와 있다고 말했다. "도련님의 편지를 부치거나, 먼 거리가 아니면 심부름도 잘할 겁니다. 마치 '빨간 모자(Chaperon Rouge)'*¹ 같은 아이랍니다." 프랑수아즈는 여자애를 데리러 갔다. 프랑수아즈가 여자애를 안내하면서 떠드는 소리가 들려왔다. "자아 어서, 왜 그런다지. 복도가 있어 무서운 게냐? 바보 같구나, 네가 이렇게 어색해할 줄은 몰랐다. 손이라도 잡아주련?" 프랑수아즈는 자신이 주인을 존경하듯 남에게도 존경을 표하게끔 시키는 수를 터득한 하녀답게, 옛 거장의 화폭에 그려져 있는 사랑의 중매 여인들—그 곁에서는 사랑하는 남녀들조차 거의 셈속에

---

*1 프랑스의 동화에 나오는 가련한 소녀.

들어가지 않을 정도로 존재감이 흐릿하다—을 기품 있게 만드는 그런 위엄을 지니고 있었다.

엘스티르가 제비꽃을 바라볼 때는, 제비꽃이 뭘 하는지 마음 쓸 필요도 없었을 것이다. 그런데 우유 가게의 여자애가 들어오자마자 나는 정관자(靜觀者)로서의 침착성을 잃고, 오로지 편지를 부쳐달란다는 지어낸 말을 사실임직하게 보이려는 것밖에 마음에 없었다. 나는 그녀를 눈여겨보려고 불러들인 기색을 감추려고, 그녀를 보는 둥 마는 둥 허겁지겁 편지를 쓰기 시작했다. 그녀는 손님을 기다리는 집에서 우연히 만나는 예쁜 아가씨에게서도 도저히 찾아보지 못할 듯한 알 수 없는 매력을 풍기고 있었다. 벌거벗지도, 분장도 하지 않은 틀림없는 우유 가게 아가씨는 다가갈 틈이 없을 때는 더할 나위 없이 예쁘다고 느끼게 하는 그런 아가씨로, 인생의 영원한 욕망과 영원한 애착을 얼마쯤 자아냈다. 결국에는 길을 바꾸어 내게로 흘러올 욕망과 회한의 이중의 흐름. 이중이라고 여긴 까닭은, 우리는 알지 못하는 것—키나 몸의 균형, 차가운 눈매, 새침한 태도—에서 틀림없이 굉장한 아가씨일 거라고 추측하지만 다른 한편으로는 그 아가씨가 뚜렷한 전문 직업을 갖고 있고, 그 특별한 복장에 의하여 우리 세계와는 다른 꿈 같은 것으로 여겨지는 그녀의 세계로 우리를 도피시켜주기를 바라기 때문이다. 또한 연애의 호기심에 대한 법칙을 간단한 형태로 요약하자면, 눈결에 언뜻 본 여인에게 다가가서 어루만진 여인 사이의 거리가 최대라는 것이다. 옛날 유곽이라고 불리던 곳의 여인들, 아니 고급 창부들마저(그녀들이 고급 창부라는 사실을 알고 나면) 그다지 이쪽의 마음을 끌지 않는 것은, 그녀들이 다른 여인만큼 아름답지 않아서가 아니라, 모든 준비를 끝내고 있는 탓이다. 얻어내고자 원하는 바로 그것을 그녀들이 벌써부터 내밀고 있는 탓이다. 곧 정복한 여인이 아니기 때문이다. 이때 간격은 최소다. 매춘부는 거리에서 벌써 미소를 짓고 있는데, 나중에 단둘이 되었을 때에도 그런 미소를 지으리라.

그런데 우리는 조각가다. 여인이 이쪽에 드러낸 모습과 전혀 딴판인 조각상을 그녀에게서 얻고자 한다. 바닷가에서 쌀쌀하고 오만한 아가씨를 만났다고 치자. 또는 카운터에서 진지하게 일하면서, 동료의 놀림감이 되지 않으려고 해선지 모르지만 묻는 말에 퉁명스럽게 대답하는 점원 아가씨나, 묻는 말에 변변히 대꾸도 못하는 과일 가게 아가씨를 보았다고 치자. 그러면 태깔스런 그 바닷가의 아가씨나, 남의 입방아를 꺼리는 점원 아가씨나, 과일 가게의 덤덤한 아가씨는 이쪽에서 그럴듯한 말로 구워삶으면 정말로 고집 센 태도를 누그러뜨리고는 일하던 팔을 우리 목에 감아줄까. 동의하는 미소를 띠면서, 그 쌀쌀하고 무표정하던 눈길을 우리 입으로 가져오지 않을까. 나는 이것을 시험하지 않고서는 못 배길 것이다—일하는 동안의 매서운 눈매가 지닌 그 아름다움이여! 그때 점원 아가씨는 동료에게 욕먹을까 봐서 겁이 나 이쪽의 끈질긴 눈길을 피했지만 이제 단둘이 마주 보고 사랑놀음을 이야기할 때가 되면, 환하게 빛나는 웃음의 무게로 그 눈을 사르르 내리깔지 않을까! 점원 아가씨, 열심히 다리미질을 하는 세탁소 아가씨, 과일 가게 아가씨, 우유 가게 아가씨—바로 그 아가씨가 마침내 내 애인이 되려 할 때, 전자와 후자의 간격은 최대로 벌어져 아슬아슬한 맨 끄트머리까지 확대되고, 직업상 몸에 밴 몸짓에 의하여 변화한다. 일을 하는 팔은 밤마다 입맞추려고 입을 내밀 때 재빨리 이쪽 목에 아라베스크처럼 부드럽게 감기는 팔과는 전혀 딴판인 다른 것이 된다. 그러므로 우리는 그 직업 때문에 멀리 떨어져 있는 것처럼 느껴지는 착실한 아가씨들에게 끊임없이 불안한 접근을 되풀이하면서 평생을 보내고 만다. 먼저 우리 품에 안기고 나면 그녀들은 전과는 생판 다른 인간이 되어, 우리가 뛰어넘으려고 꿈꾸던 거리가 사라진다. 그러나 우리는 다른 여인들과 다시 같은 짓을 되풀이하며, 그 계획에 모든 시간과 돈과 힘을 쏟고, 첫 밀회를 놓칠까 봐 느릿느릿 모는 마부에게 화를 버럭 내고 열을 낸다. 물론 이 첫 밀회로 환상이 가뭇없이 없어지리라는 것도 잘 안다. 개의치 않으리라. 환상이 계속되는 한, 그것을 현실화할 수 있는지 시험해보고 싶다. 그때, 전에 그 쌀쌀함에 마음 끌린 세탁소 아가씨가 머릿속에 떠오른다. 연정의 호기심이란 고장 이름이 우리 마음속에 일으키는 호기심과 같아서, 늘 환멸을 느끼면서도 또다시 생겨나 결코 물릴 줄 모른다.

오호라! 가는 줄이 팬 금발 머리채의 우유 가게 여자애는 내 곁에 서자, 내 마음에 눈뜬 수많은 공상과 욕망의 허물을 벗겨, 본디 그녀 모습으로 되돌아갔다. 흔들리는 구름 같은 나의 상상도 더 이상 그녀의 눈을 어리게 하고 마음을 어지럽게 하지 않았다. 그녀는(내가 기억을 붙들어두지 못하고 잇달아 떠올린 열 개의 코, 스무 개의 코 대신) 단 하나의 코밖에 없음을 겸연쩍어하는 듯했고, 그 코도 예상 밖에 주먹코여서 바보스런 인상을 주었으며, 어쨌든 끝없는 변화의 힘을 잃고 있었다. 잡혀서 옴짝달싹 못하고, 폭로된 그 가련한 꼴에 무엇 하나 덧붙일 수 없게 된 이 하늘의 작은 새는 이미 내 상상력을 협력자로 모시고 있지 않았다. 꼼짝 않는 현실 속에 빠진 나는 다시 튀어오르려고 애썼다. 그러자 가게 안에서 알아채지 못한 그녀의 뺨이 매우 예쁘게 보여, 나는 주눅이 들었지만 버젓한 태도를 보이려고 우유 가게 여자애에게 말했다. "미안하지만 거기에 있는 〈피가로〉 지를 이리 줘요. 아가씨에게 가달라고 할 장소의 이름을 봐야 하니까." 그러자 그녀는 곧바로 신문을 잡으려고, 웃옷의 붉은 소매를 팔꿈치까지 드러내며 능숙하고 귀여운 손짓으로 신문을 내밀어 주었다. 그 손의 무람없는 재빠름, 보드라운 모양, 진홍색이 내 마음에 들었다. 나는 〈피가로〉 지를 펴면서 뭔가를 말하려고, 눈을 쳐들지 않은 채 여자애에게 물었다. "아가씨가 입은 붉은 뜨개옷은 뭐라고 하지? 아주 예쁜데."—"이거 골프(golf)*1예요." 어떤 유행이든 간에 반드시 격이 낮아지는 법이라서, 몇 년 전까지 알베르틴의 친구들처럼 비교적 고상한 사람들의 독점물 같아 보이던 의상이나 말들이 지금은 일하는 여인들의 몫이 되어 있었다. "정말 괜찮을까? 좀 멀리까지 가게 될 텐데." 나는 〈피가로〉 지에서 기사를 찾는 체하면서 말했다. 이와 같이 내가 그녀에게 시키려는 심부름이 힘들다는 기색을 보이자, 당장 그녀에게도 난처한 빛이 또렷했다. "실은 오후에 자전거 타고 소풍을 가기로 했어요. 우리는 일요일밖에 노는 날이 없거든요."—"그나저나 그처럼 아무것도 쓰지 않고 나가면 춥지 않아?"—"왜 아무것도 안 쓰고 가나요, 폴로를 써요. 머리숱이 많으니까 폴로도 소용없긴 하지만." 나는 고개를 들어 누르스름한 곱슬머리를 바라보았다. 그 소용돌이치는 머리칼이 내 가슴을 때리면서, 느닷없이 눈부신 아름다움의 회오리바람 속으로 나를 데려가는 느낌이 들었다. 나는 다시 신문을 계속 읽었다. 그저 버젓한 태도를 꾸미고 시간을 벌려고 읽는 체하면서도, 눈에 들어오는 글자의 뜻은 분명 이해했다. 그리고 다음 글자가 나를 깜짝 놀라게 했다.

"오늘 오후 트로카데로의 대강당에서 치러질 예정인 마티네 프로그램에 레아 아가씨의 이름을 추가한다. 레아 아가씨는 〈네린의 흉계〉에 출연하기로 승낙했다. 물론 레아 아가씨가 맡은 네린은, 그 활기로 보나 그 뇌쇄적인 쾌활성

*1 소매가 긴 여성용 외투.

으로 보나 실로 비할 데 없이 아주 훌륭한 인물이다." 발베크에서 돌아온 뒤로 겨우 아물기 시작한 마음의 상처에 감아둔 붕대를 갑자기 뜯어낸 느낌이었다. 고뇌의 밀물이 북받쳐 올랐다. 레아는, 알베르틴이 어느 날 오후 카지노에서 남몰래 거울을 통해 눈여겨보던 그 두 아가씨와 친한 여배우였다.

발베크에 있을 때 알베르틴은 레아의 이름을 듣고서, 그만큼 훌륭한 인물을 의심쩍게 생각하다니 불손하기 짝이 없다는 듯 유달리 엄숙한 말투로 말했었다. "거짓말! 그분은 그런 여자가 아니야. 아주 훌륭한 분이야." 불행하게도 나는 알베르틴이 이런 투로 단호하게 말하면, 계속 바뀌는 단정의 첫 단계로밖에 보이지 않았다. 첫 단정 뒤에, "난 그런 분 몰라요"라는 두 번째 단정이 따라온다. 처음에 "의심할 수 없는" 인물이라고 말한 다음에(두 번째 단계로) "난 그런 분 몰라요"라고 부인했지만, 세 번째 단계에 이르면 모른다고 말했던 것을 조금씩 잊기 시작하여 자신도 모르게 '앞뒤가 어긋난' 말로 그 사람을 알고 있다고 얘기한다. 첫 번째 망각이 끝나 새 단정을 내리면, 두 번째 망각, 곧 그 사람은 의심할 수 없는 인물이라고 말했던 것을 잊기 시작했다. 내가 "그 여인은 그런 짓에 물든 사람이 아냐?" 물으면, 그녀는 대답한다. "물론이죠. 다 아는 사실인걸요!" 그러나 그 즉시 엄숙한 말투로 되돌아와서, 첫 번째 단정이 매우 축소된 어렴풋한 메아리라고도 할 수 있는 단정이 내려진다. "그래도 나한테는 늘 빈틈없이 예의 바르던데요. 물론 이상하게 굴면 호되게 당하리라는 걸 알고 있었던 거죠. 그나저나 대수롭지 않은 일이니, 그분이 늘 내게 예의 바르게 대해준 걸 감사해야죠. 상대가 어떤 인간인지 알아볼 줄 아는 분인가 봐."

진실은 뚜렷한 하나의 이름과 옛 뿌리를 간직하므로 기억에 남는데, 위기를 피하려고 꾸며낸 거짓말은 금방 잊기 마련이다. 알베르틴도 이 마지막 거짓말, 즉 네 번째 거짓말을 잊어버리고, 어느 날 속내를 털어놓아 나의 신뢰를 얻을 셈으로, 처음에 더할 나위 없는 분이라고 했다가 다음에 그런 사람 모른다고 말한 그 여인에 대하여 이렇게 실토하고 말았다. "그분 나에게 반했어요. 서너 번이나 나한테 자기 집까지 같이 가지 않겠느냐 물었어요. 다들 보는 한낮에 그분과 같이 밖에 나가는 거라면 조금도 거북하지 않았지만, 그래도 그분 집 앞에 이르면 난 늘 핑계를 대고 한 번도 올라가지 않았어요." 그리고 얼마 뒤 알베르틴은 그 부인 집에서 보았던 물건들의 아름다움을 암시했다. 이렇게 조금씩 좁혀 나가면 그녀로 하여금 진실을 거짓 없이 사실대로 밝힐 수 있겠지만, 그 진실은 생각했던 것보다 심각한 게 아닐는지도 모른다. 그녀는 동성의 애정을 탐닉하기 쉬울지 모르나 남성 애인을 더 좋아할 거고, 지금 내가 그녀의 애인으로 있는 이상 레아 따위는 꿈에도 생각지 않을 테니까.

아무튼 여러 여인에 대한 그녀의 앞뒤 어긋난 모든 단정을 하나로 종합해 보이기만 해도 그녀가 저지른 잘못을 받아들이게 하기엔 충분하리라(이런 잘못은 천문학 법칙과 마찬가지로, 현실 속에서 관찰하고 파악하느니보다 추리로 찾아내는 편이 훨씬 수월하다). 그런데 그녀는 어떤 단정을 내리든 간에, 자기가 얘기한 것이 처음부터 지어낸 이야기에 지나지 않음을 인정하지 않고, 오히려 맨 나중에 한 말이 거짓이라며 먼저 한 단정을 취소할 테니까, 그렇게 되면 나의 온 생각들은 무너지고 말 것이다. 《아라비안나이트》에도 이런 이야기들이 있고, 그것은 우리에게 매력적으로 보이지만 사랑하는 여인이 지어낸 거짓 이야기는 우리를 괴롭힌다. 그러나 그 괴로움 때문에 우리는 인간성의 바깥쪽에서 머무는 데 만족하지 않으며, 인간성의 인식에 더 깊이 파고들어갈 수 있게 된다. 고뇌는 우리 마음속을 꿰뚫고, 또한 고통스러운 호기심을 통해 우리는 어쩔 수 없이 그 속으로 깊이 빠져든다. 그러므로 우리는 자신에게 진실을 숨길 권리가 없음을 느끼게 되며, 그로 인해 허무를 확신하고 영예에 무관심한 죽어가는 무신론자조차도, 남은 마지막 몇 시간을 바쳐 발견한 진실을 사람들에게 알리고자 애쓴다.

물론 레아에 대해서는 아직 첫 번째 단정을 들었을 뿐, 알베르틴과 아는 사이인지조차 알 수 없는 단계였다. 그러나 결국 마찬가지였다. 알베르틴이 트로카데로에서 이 벗과 만나거나 또는 이 알지 못하는 여인과 벗이 되는 것을 기어코 막아야 한다. 나는 그녀가 레아와 아는 사이인지 아닌지를 모른다고 서술했다. 그렇지만 사실 나는 발베크에서 그 점을 다름 아닌 알베르틴 본인의 입을 통해서 들어 알고 있었던 게 틀림없었다. 왜냐하면 망각이 알베르틴에게서처럼 내게서도, 그녀가 단정한 사실의 대부분을 없애버렸기 때문이다. 기억이란 우리 생활의 갖가지 사실을 복제하여 늘 눈앞에 보존하는 게 아니라, 오히려 하나의 허무이므로 거기에서 우리는 실제와의 유사에 의해 이따금 죽은 추억을 다시 살려서 끄집어낼 수 있다. 또한 이 잠재적인 기억 속에 빠지지 않은 수많은 사소한 사실이 있고, 그것들은 우리에게 영원히 마음대로 다룰 수 없는 것으로 남는다. 우리는 사랑하는 이의 현실과 관련되지 않는다고 믿으면 아무 주의도 기울이지 않으며, 우리가 모르는 어떤 사실이나 사람들에 대하여 그녀가 뭐라고 말했는지, 그 말을 하면서 어떤 표정을 지었는지 금세 잊어버린다. 따라서 뒷날 그 사람 때문에 질투심이 일어날 때에도 질투한 게 오해는 아닌지, 애인이 그토록 서둘러 외출한 것이나 우리가 너무 일찍 돌아왔으므로 외출하지 못하게 되었다며 그토록 불만스러워한 것도 실은 그 사람과 관계있는 게 아닌지를 알 수가 없다. 그것을 알고자 질투심은 과거를 뒤져 결론을 내리고 하지만 단서 하나 잡지 못한다.

늘 과거를 돌아다보는 점으로 보아, 질투심은 자료라고 하나도 없이 역사를 꾸며낼 수밖에 없는 역사가라고나 할까. 질투는 언제나 뒤늦게야 성난 황소처럼 내닫지만, 창끝으로 자기를 쿡쿡 찔러 약 올리는 씩씩한 인물, 그 현란한 솜씨와 속임수로 잔인한 관객의 갈채를 받는 인물은 이미 몸을 피한 뒤다. 질투는 헛되이 몸부림친다. 질투는 종잡을 수 없다. 마치 우리가 꿈속에서 깨어 있을 때에 잘 아는 사람을 찾아갔다가 집이 비어 있어서 못 만나고는 섭섭해하면서, 그 사람은 꿈에서는 다른 사람이며, 다른 인물의 얼굴로 꾸미고 있을지도 모른다는 생각이 들 때 느끼는 불안감, 또는 깨어나서 꿈에 본 이것저것을 확인하려 할 때 느끼는 더욱 큰 불안감과 같다. 그런 말을 하면서 알베르틴은 어떤 표정을 지었더라? 즐거워하지 않았던가, 휘파람까지 불지 않았던가? 휘파람은 누군가를 그리워하거나, 내가 곁에 있는 게 귀찮거나 안달이 날 때밖에 불지 않는데? 아무개와 아는 사이라든가 모르는 사이라든가, 말하자면 지금 단호하게 하는 말과 모순된 사실을 말하지 않았나? 우리는 이를 모르거니와 앞으로도 영영 모를 것이다. 우리는 미덥지 않은 꿈의 부스러기를 한사코 찾아대는데, 그동안에도 애인과의 생활은 계속된다—어리석게도 우리에게 중대한 사실은 전혀 깨닫지 못한 채 별 볼일 없는 것에만 주의를 기울이는 생활, 우리와 실제로 관계없는 사람들의 악몽에 시달리며 망각과 공백과 허망한 불안으로 가득 찬 생활, 하룻밤 꿈 같은 생활을.

나는 우유 가게 여자애가 여전히 거기에 서 있는 것을 깨닫고, 아무래도 심부름 가야 하는 데가 너무 머니 수고해주지 않아도 괜찮다고 그녀에게 말했다. 그러자 여자애도 너무 멀면 난처하다고 했다. "오후에 멋진 시합이 있거든요. 꼭 구경 가고 싶어서요." 나는 여자애가 머지않아 '운동을 좋아한다'고 말할 테고, 또 몇 년 안 가서 '내 삶을 산다'느니 하는 말을 하게 되리라는 것을 짐작했다. 나는 여자애에게 수고하지 않아도 좋다고 딱 잘라 말하며 5프랑을 내주었다. 그러자 전혀 뜻밖의 일이었는지 또는 아무 일도 하지 않고 5프랑이나 받았으니 심부름을 하면 더 많이 받을 줄로 생각해서인지, 여자애는 시합 같은 건 아무래도 좋다고 말하기 시작했다. "심부름 할 데가 멀어도 괜찮아요. 잘해볼게요." 그러나 나는 여자애를 문 쪽으로 밀어냈다. 혼자 있고 싶었다.

알베르틴이 트로카데로에서 레아의 벗들과 만나는 걸 기어코 막아야 했다. 꼭 그렇게 해야 하고, 반드시 성공해야 했다. 그런데 실은 아직 어떻게 해야 좋을지조차 몰라, 나는 처음 잠깐 동안 손을 펴고 멍하니 바라보다가 손가락 마디로 똑똑 소리내었다. 정신이 구하는 것을 찾지 못하고 지쳐서 잠깐 걸음을 멈추면, 마침 들판 한가운데에서 기차가 멎었을 때 비탈에서 바람에 살랑거리는 잡초들의 뾰족한 잎끝이 차창 밖으로 보이듯이, 무관심하게 보아온 사물들이 정신에 똑똑하게 나타나기도 하기 때문이다(하기야 정신의 멈춤이 반드시 좋은 결과를 낳는 것만도 아니어서, 사로잡힌 짐승이 겁에 질려 몸을 움츠리거나 어안이 벙벙해서 눈알만 두리번거리는 거나 매한가지일 적도 있다). 또는 내 몸을 모든 준비를 다 끝낸 상태에 놓고—몸 안에는 지성을, 또 지성 안에는 그 누군가에 대한 행동 수단을 품은 채—이 몸을 무기 삼아 레아와 그 두 벗한테서 알베르틴을 떼어놓을 일격을 가하고 싶기 때문이기도 했다.

물론 이날 아침 프랑수아즈가 나한테 와서 알베르틴이 트로카데로에 갈 거라고 말했을 때, 나는 '알베르틴이야 마음대로 하라지' 생각했고, 찬란한 날씨라서 저녁 무렵까지 그녀 행동에 그다지 마음을 쓰지 않을 작정이었다. 그러나 나를 이토록 근심 걱정 없게 만든 것은 내가 생각한 바와 같이 아침나절의 태양만이 아니었다. 알베르틴이 베르뒤랭 댁에서 시작하거나 또는 행동에 옮길지도 모르는 계획을 그녀로 하여금 포기하게 만들고, 나 자신이 택한 마티네, 그녀가 그 목적으로 어떠한 준비도 했을 리 없는 마티네에 가게 했으므로, 그녀의 행동은 당연히 결백할 수밖에 없다고 생각한 탓이었다. 이와 마찬가지로, 좀 있다가 알베르틴이 "나 자살해도 상관없어요" 말한 것도, 그녀가 스스로 죽지 않을 것을 확신하고 있었기 때문이다. 이날 아침은 내 앞에, 그리고 알베르틴 앞에(눈부신 해보다도 더) 한 영역이 펼쳐져 있어, 투명하고 변하기 쉬운 이 영역을 통해 나는 그녀의 행동을, 그녀는 자기 목숨의 소중함을 서로 알아보았던 것이다. 즉 눈에 보이지 않으나, 우리를 둘러싼 공기와 같이 진공(眞空)과 동일시할 수 없는 확신, 우리 주위에 변하기 쉬운 대기, 어떤 때는 쾌적하나 흔히 숨 쉬기 힘든 대기를 만들어서, 그 변화의 형태를 기온·기압·계절의 변화와 마찬가지로 빈틈없이 조사하여 기록해둘 값어치가 있는(왜냐하면 우리의 나날은 육체적이자 정신적인 독자성을 지니고 있으므로) 확신 말이다.

나는 이날 아침 스스로는 깨닫지 못했지만, 〈피가로〉 지를 다시 펴보기 전까지만 해도 명랑하게 휩싸여 있던 확신, 알베르틴의 행동은 해롭지 않다는 그 확신이 이제 온데간데없이 사라지고 말았다. 나는 더 이상 살기 좋은 하루를 살고 있지 않았다. 알베르틴이 레아와 그리고 그 이상으로 손쉽게 그 두 아가씨와 옛정을 나누지 않을까, 만약 예상한 대로 이 두 아가씨가 레아에게 박수갈채를 보내고자 트로카데로에 갔다면, 막간에 알베르틴과 다시 만나기란 누워서 떡 먹기가 아니냐 하는 불안이 살기 좋은 하루 한가운데 또 다른 하루를 만들어내고, 그 안에 내가 살고 있었다.

뱅퇴유 아가씨는 이미 머리에 떠오르지도 않았다. 레아라는 이름에 질투를 불태우며, 카지노에서 두 아가씨 옆에 있던 알베르틴의 모습을 떠올렸다. 그도 그럴 것이, 내가 기억 속에 간직하고 있는 건 따로따로 흩어져 완전하지 못한 수많은 알베르틴의 온갖 옆얼굴과 순간 사진에 지나지 않았으므로, 내 질투심 또한 붙잡을 수 없는 동시에 고정된 수많은 표정과 그것을 알베르틴의 얼굴에 일으킨 사람들에 한정되어 있었던 것이다.

발베크에서 알베르틴이 그 젊은 두 아가씨 또는 같은 부류의 여인한테서 지나치게 흘끔거리는 눈길을 받았을 때 그녀의 표정을 나는 기억하고 있다. 마치 스케치하려는 화가처럼 활기차게 두루두루 훑어보는 그 눈길에 빈틈없이 뒤덮인 얼굴, 쏟아지는 눈길을 고스란히 받으면서 아마도 은근히 쾌감을 맛보고 있었을 터이나 내가 있어서인지 깨닫지 못하는 체하던 얼굴을 보았을 때, 내가 느낀 고통을 떠올렸다. 알베르틴은 금방 정신 차리고 나한테 말을 건넸는데, 앞서 잠깐 움직이지 않은 채로 있다가 허공을 보고 미소를 지으며 마치 사진을 찍을 때처럼 태연한 체하면서 쾌감을 애써 감추었다. 또는 사진기 앞에서 한결 자극적인 자세―동시에르에서 우리가 생루와 산책했을 때 그녀가 취하던 자세―를 취하고 있기라도 한 듯이 생글생글하며 혀로 입술을 적시고, 개를 희롱하는 듯한 시늉을 했다.

확실히 이때의 알베르틴은 지나가는 여자애들에게 관심을 받았을 때와는 전혀 달랐다. 그때 그녀의 눈길은 도리어 지나가는 여자애들 몸 위에 부드럽게 찰싹 달라붙어서 파고들어가, 눈길을 떼면 상대의 살갗이 벗겨질 것만 같았다. 그러나 이런 때의 눈길은 적어도 괴로운 듯이 보일 정도로 뭔가 심각한 것을 그녀에게 안겨주어, 두 아가씨 곁에서 그녀가 짓던 맥없이 행복스러운 눈길에 비하면 오히려 생기 있어 보였다. 나로선 그녀가 남의 가슴속에 불어넣은 욕정 때문에 생글생글하는 표정보다, 이따금 그녀 자신이 느끼는 게 틀림없는 욕망의 어두운 표정이 더 좋았다. 그녀가 남의 욕정을 활활 일으켰다는 의식을 아무리 감추려고 한들, 그 의식은 몽롱하게 관능적으로 그녀를 적시고 휘감으며, 그녀 얼굴을 온통 장밋빛으로 물들였다. 이럴 때 그녀가 몸속에 어중간하게 간직해둔 모든 것이 그녀 둘레에 퍼져 나를 몹시 괴롭히곤 했다. 내가 보지 않는 곳에서도 그녀가 이것을 가슴속에 간직해둘지 누가 알랴? 내가 그 자리에 없다면, 그녀는 두 아가씨의 제안에 대담하게 응하지 않을까? 확실히 이런 추억은 내게 큰 고통을 주었다. 그것은 마치 알베르틴이 취향을 모두 털어놓고 전반적으로 그녀의 불성실함을 고백하는 것처럼 보였으므로, 그녀가 그 시각 그때에 다짐하여 내가 곧이곧대로 믿고 싶던 맹세도, 내가 했던 불완전한 조사의 부정적인 결과도, 어쩌면 알베르틴과 짜고서 했을지도 모를 앙드레의 보증 따위도 도저히 그것을 이길 수 없었다. 알베르틴이 모든 배신 행위를 아무리 부인한들, 부정하는 당당한 진술보다 더 강력한 헛나온 한마디나 그 눈길만으로도, 그녀가 하나하나의 사실 이상으로 한사코 감추고 싶던 진실, 인정하느니 차라리 죽기를 택했을 그녀의 성벽은 어김없이 무너지고 말았다.

누구라도 자기 마음을 털어놓고 싶지 않는 법이다. 이런 추억으로 고민하면서도 트로카데로의 마티네 프로그램이 나로 하여금 알베르틴을 아쉬워하는 정에 또다시 눈뜨게 했음을 부인할 수 있을까? 어떤 여인들에게는 잘못이 때로는 매력이 되고, 또 잘못에 뒤이은 갑작스런 선량함도 우리에게 마음의 평온을 가져와 매력이 되는데, 알베르틴도 그런 여인 가운데 하나였다. 그런 여인과 함께 사는 이는 건강이 이틀도 지속되지 않는 병자같이, 끊임없이 마음의 평온을 되찾아야 한다. 게다가 그런 여인들을 사랑하는 동안에 그녀들이 저지른 잘못 이상으로, 사귀기 이전에 저지른 잘못이 있고, 또 무엇보다 첫 잘못, 곧 그녀들의 본성이 있다.

사실 어떤 사랑을 고통거리로 만드는 것은 사랑 이전에 여성에게 남성의 사랑을 부추기는 원죄 같은 게 있기 때문이다. 따라서 남성이 그 죄를 잊어버리면 그다지 여성을 원하지 않게 되며, 다시 사랑하려면 또다시 괴로워해야 한다. 하나하나의 사실에 관심을 갖는 것은, 그것이 보편적인 의미를 지니고 있기 때문이며, 또 영영 알 길 없는 잔혹한 현실의 눈에 보이지 않는 급류 속에서 우연히 우리 정신 속에 결정(結晶)된 사실에 단편적인 호기심을 기울이는 것은, 여행하고 싶거나 여인과 사귀고 싶은 욕망 못지않게 유치한 것에 지나지 않는다. 하지만 지금은 알베르틴을 두 아가씨와 못 만나게 할 것, 또 정말로 그녀가 레아와 아는 사이인지 알아볼 것, 이것이 가장 큰 관심거리였다. 하기야 그 결정물(結晶物)을 깨뜨릴 수 있을지라도 금세 다른 결정물이 대신 들어설 것이다. 어제 나는 알베르틴이 베르뒤랭 부인 댁에 갈까 봐 걱정이었다. 그런데 지금은 마음에 이미 레아밖에 없다. 눈가리개를 두른 질투는 주위를 둘러싼 어둠 속에서 무엇 하나 찾아내지 못할 뿐만 아니라, 다나이데스의 임무*¹나 익시온(Ixion)의 형벌처럼*² 쉴 새 없이 같은 동작을 되풀이하는 모진 형벌의 하나이다. 설사 두 젊은 아가씨가 거기에 없다 하더라도, 곱게 분장하여 갈채의 영광에 빛나는 레아가 알베르틴에게 어떤 인상을 남기고, 어떤 꿈을 줄 것인가? 또 내 집에서는 억제될지라도, 그걸 채워줄 수 없는 이 생활에 싫증 나게 할 어떤 욕망을 불어넣을 것인가!

그뿐인가, 알베르틴이 레아와 아는 사이라, 그 무대 뒷방으로 찾아가지 않을지 누가 안단 말인가? 레아가 그녀와 모르는 사이라 할지라도, 발베크에서 그 모습을 언뜻 본지라 알아보고서 무대 위에서 신호를 보내, 그 때문에 알베르틴이 무대 뒷문을 열고 들어가지 않는다고 누가 장담할 수 있겠는가? 위험이란 멀리 물리칠 때 비로소 피할 수 있는 것으로 보이게 마련이다. 현재의 위험은 아직 물리치지 못해, 물리치지 못할까 봐 그만큼 더 겁났다. 그렇지만 알베르틴에 대한 애정, 의식하고자 하면 거의 사라지는 느낌이 드는 이 애정이, 지금의 격심한 고뇌로 인해, 말하자면 그 증거를 내게 들이대는 것 같았다. 이제 나는 다른 걱정 없이, 오로지 그녀를 트로카데로에 그대로 있지 않게 하는 방

---

*1 그리스 신화에 나오는 다나오스의 50명의 딸 중에서 49명은 혼례 첫날밤에 남편을 죽였기에 구멍 난 두레박으로 물 푸는 형벌을 받음.
*2 익시온은 제우스의 아내 헤라를 범하려고 한 죄로, 수레바퀴에 손발이 묶여 엄청난 속도로 영원히 도는 형벌을 받음.

법만을 강구했다. 레아를 그곳에 못 가게 할 수만 있다면 아무리 많은 금액이라도 마다하지 않고 바쳤을 것이다. 따라서 머릿속으로 지어내는 관념보다 실제로 행하는 행동으로 애정이 증명되는 거라면, 나는 알베르틴을 정말 사랑하고 있는 셈이었다. 그런데 이 고뇌가 다시 닥쳐와도, 내 마음속에 있는 알베르틴의 영상은 조금도 견고해지지 않았다. 그녀는 보이지 않는 여신처럼 나를 괴롭혔다. 나는 천 가지 억측을 하면서 고통을 피하고자 했으나, 그래도 여전히 애정을 실감할 수는 없었다.

먼저 레아가 정말 트로카데로에 가는지를 확인해야 했다. 우유 가게 여자애에게 2프랑*¹을 쥐어서 내보낸 뒤, 나는 레아와 가까운 사이인 블로크에게 전화를 걸어 물어보았다. 그는 아무것도 몰랐으며, 내가 이런 일에 관심 갖는 자체가 놀라운 모양이었다. 빨리 가봐야 한다며, 프랑수아즈는 나들이 채비를 다 마쳤는데, 나는 아직인가 하고 생각했다. 나는 어머니에게 오늘 하루 종일 프랑수아즈를 빌려 달라고 부탁하고,*² 내가 침대에서 일어나 준비하는 동안에, 프랑수아즈에게 자동차를 잡으라고 일렀다. 프랑수아즈는 트로카데로에 가서 표를 사고, 회장을 구석구석 뒤지며 알베르틴을 찾아 내 쪽지를 전할 예정이었다. 나는 쪽지에, 알베르틴도 알다시피, 발베크에 있을 때 내가 그 사람 때문에 하룻밤을 상심으로 지새웠던 그 부인한테서 방금 편지 한 통을 받아 마음이 뒤숭숭하다고 썼다. 다음 날 아침에 그녀가 왜 자기를 곁으로 부르지 않았느냐고 나무랐던 일을 언급했다. 그러니—하고 나는 썼다—미안하지만 마티네를 희생하고 집에 돌아와, 내 마음을 진정시키고자 함께 바깥공기를 쐬러 가주지 않겠는가. 그런데 내가 옷 갈아입고 나갈 채비를 하기까지 오래 걸릴 듯하니, 프랑수아즈가 있는 김에 트루아 카르티에(이 상점은 봉 마르셰보다 작아서 덜 걱정되었다)에 가서 그녀가 갖고 싶어하던 흰 명주 망사의 갱프를 사면 고맙겠는데, 등등.

쪽지는 아마 물거품으로 돌아가지 않을 것이다. 사실 나는 알베르틴과 아는 사이가 되고 나서도, 되기 전에도, 그녀가 평소에 무엇을 했는지 전혀 몰랐다. 그러나 그녀의 이야기 중에는(그 점을 내가 말하면, 잘못 들은 거라고 말할 테지만) 뭔가 모순되거나 대조적이라 고쳐야 할 게 있어, 눈앞에서 벌어진 범행처

---

*1 5프랑이었음.
*2 어머니는 콩브레에 있으므로 이 부분은 모순임.

럼 결정적으로 보였지만, 그 점을 알베르틴에게 들이밀어보아도 별로 도움이 되지 않았다. 그녀는 속임수를 들킨 아이처럼 금세 몸가짐을 갖추고, 번번이 나의 잔혹한 공격을 물거품으로 돌아가게 해서 형세를 회복했다. 나에게만 잔혹한 공격이었다. 그녀는 세련된 말투를 쓰려는 의도가 아니라, 불쑥 튀어나온 경솔한 말을 얼렁뚱땅 얼버무리기 위해서, 문법학자가 파격구문(破格構文)*3인가 뭔가로 부르는 것과 얼마쯤 비슷한 방식으로 갑작스레 문장을 뛰어넘겨 버렸다. 여인들의 얘기를 하다가 "생각나요, 요즘 나" 말하고 '16분 쉼표'를 찍은 다음 느닷없이 '나'가 '그녀'로 변한다. 자기는 순진한 산책자로서 언뜻 보기만 했지 절대로 몸소 한 짓이 아니며, 행동의 주체는 늘 자기가 아니었다는 뜻이다.

그녀가 스리슬쩍 도망쳤으므로, 나는 그 끝머리가 어떻게 되었는지 스스로 매듭지어보려고 첫머리를 정확하게 떠올리려 했다. 그러나 끝머리를 조마조마 기다린 탓에 첫머리가 잘 생각나지 않아서(어쩌면 내가 만만치 않게 관심 두는 표정을 보고 그녀가 얘기를 빗나가게 했는지도 모르지만), 나는 그녀의 진짜 생각이 뭔지, 진짜 추억이 뭔지 여전히 근심스러웠다. 공교롭게도 애인이 하는 거짓말의 맨 처음은, 우리 자신의 사랑이나 천직의 처음과 매한가지다. 그것이 형성되고 하나의 덩어리가 되어 지나가도, 우리는 깨닫지 못한다. 한 여인을 어떻게 사랑하기 시작했나 돌이켜보고 싶을 때는 이미 그 여인을 사랑한 지 오래다. 사랑하기 이전의 몽상에서는 야, 이거 사랑의 전조인데, 조심해야지 하고 생각지 않는다. 그런데 몽상은 거의 우리가 깨닫지 못하는 사이에 불현듯 앞으로 나아간다. 이와 마찬가지로 비교적 드문 예외 말고는, 내가 여기에 알베르틴의 거짓말과(같은 문제에 대하여) 그녀가 처음에 단언한 것들을 여러 차례 대조한 것은 다만 얘기의 편의 때문이다. 이런 첫 단언은 내가 장래를 알아보지 못했거니와 또 어떤 모순된 단언이 이에 대응할는지 잠작도 못하여 대부분 깨닫지 못한 채 지나고 말아, 확실히 내 귀에는 들렸어도 알베르틴의 쪽 이어지는 말에서 그걸 외따로 떼어놓을 수 없었던 것이다. 나중에 뻔한 거짓말을 듣고, 또는 불안스런 의심에 사로잡혀 이를 생각해내려고 하나, 헛일이다. 내 기억은 적당한 때 예고를 받지 못했으며, 사본을 떠둘 필요조차 없다고 생

---

*3 선행사 없이 관계대명사만 사용하는 생략법의 하나.

각했던 것이다.

　나는 프랑수아즈에게 알베르틴을 밖으로 데리고 나오면 전화로 알리고, 또 그녀가 좋아하건 싫어하건 집으로 데려오라고 일렀다. "당치도 않아요, 도련님을 보러 돌아오기 싫을 리가 있겠어요?" 프랑수아즈가 대답했다. "하지만 나를 보러 돌아오는 게 그렇게 기쁠지는 잘 모르겠는데."—"좋아하지 않는다면 배은망덕한 인간이죠." 프랑수아즈는 다시 대꾸했다. 몇 년 전 고모 집에서 욀라리가 그녀에게 일으키던 선망의 쓰라림을 지금 알베르틴이 새삼 일으키고 있었던 것이다. 알베르틴이 내 곁에 있는 이유는 그녀가 원해서가 아니라 내가 바랐기 때문인 줄 모르는(자존심 때문에, 또 프랑수아즈가 언짢아하지 않도록 나는 될 수 있으면 이 점을 숨기고 싶었다) 프랑수아즈는 알베르틴의 능력에 감탄하면서도 미워하고, 다른 하인들에게 말할 때는 알베르틴을 '배우'라느니 나를 농락하는 '아첨꾼'이라느니 하는 별명으로 불렀다. 프랑수아즈는 아직 감히 그녀와 전쟁 상태에 돌입하지 못하여, 그녀를 친절한 표정으로 대하고 알베르틴과 나의 관계에서 그녀에게 온갖 시중을 들고 있다고 나에게 자랑하곤 했지만, 마음속으로는 지금 나한테 그녀의 욕을 아무리 해도 소용없고 덕볼 게 없다고 생각하며 기회만 엿보고 있었다. 하지만 알베르틴에게서 빈틈을 하나라도 발견하면, 그것을 크게 넓혀 우리 둘 사이를 딱 갈라놓겠다고 벼르고 있었다. "배은망덕하다고? 아냐. 프랑수아즈, 배은망덕한 건 나야. 알베르틴이 나에게 얼마나 잘해주는지 프랑수아즈는 몰라(사랑받는 체하는 게 어찌나 감미롭던지!). 자, 빨리 가봐요."—"한걸음에 달려갈게요, 프레스토(presto)로."

　프랑수아즈의 어휘는 그녀의 딸 영향으로 조금씩 변하기 시작했다. 모든 언어는 이와 같이 새말이 더해짐으로써 순수성을 잃는다. 나는 프랑수아즈의 말씨가 아름다웠던 시절(Belle Époque)을 알고 있었는데, 그것이 이처럼 타락(décadence)한 데는 나에게도 간접적인 책임이 있었다. 만약에 프랑수아즈의 딸이 자기 어머니와 사투리로만 말했다면, 어머니의 고전적인 말씨를 이처럼 더할 나위 없이 너절한 말투로 타락시키지는 않았으리라. 물론 모녀가 사투리를 더 이상 쓰지 않는 것은 아니다. 모녀가 내 곁에서 뭔가 비밀 이야기를 할 때는 부엌으로 가서 문을 걸어잠그는 대신 내 방 한가운데서 꼭 닫은 문보다도 더 넘기 힘든 방벽을 쌓아 올렸다. 곧 사투리를 쓰곤 하던 모녀가 오로지 늘 사이좋게만 지내지 않는 성싶은 낌새는, 내가 알아들을 수 있는 단 한 마디

'메자스페라트(m'esasperate)'*1가 빈번하게 입 밖으로 튀어나오는 것을 보아 짐작했다(물론 분노(exaspération)의 대상이 나일 때는 다른 문제지만).

공교롭게도 듣도 보도 못한 언어라도 늘 듣다보면 배우게 마련이다. 그게 사투리인 점이 나로선 유감이었다. 까닭인즉, 나는 머지않아 그 사투리를 거의 익혔는데, 만일 프랑수아즈가 늘 페르시아말을 지껄였다면 내가 페르시아말도 못지않게 잘 배워 썩 훌륭했을 테니까. 프랑수아즈는 나의 진보를 알아채자 말투를 더 빨리 했고, 뒤질세라 딸도 그렇게 했지만 아무 소용없었다. 프랑수아즈는 내가 사투리를 알아듣게 되자 몹시 슬퍼했다가, 내가 지껄이는 사투리를 듣고 기뻐했다. 사실 이 기쁨은 비웃음이었다. 왜 그런고 하니, 고생 끝에 내가 그녀와 거의 엇비슷하게 발음하게 되었다고 해도, 그녀가 보기에 내 발음은 하늘과 땅 차이여서 이 점이 기쁘기 그지없었기 때문인데, 이윽고 몇 년 전부터 이미 떠올리지도 않게 된 고향 사람들을 못 만나는 현실을 섭섭해하기 시작했다. 내가 엉망으로 지껄이는 사투리를 그들이 들으면 배꼽이 빠지도록 웃을 테니, 그 웃음소리가 귀에 쟁쟁하다는 것이었다. 이런 생각을 하는 것만으로도 그녀는 싱숭생숭 섭섭해하면서, 눈물이 줄줄 흐르도록 웃을 거라는 시골 사람 누구누구의 이름을 주워섬겼다. 하지만 발음이야 어쨌든, 내가 사투리를 썩 잘 알아듣게 됐다는 슬픔에는 어떠한 기쁨도 섞이지 못했다. 남이 들어오는 걸 막고자 해도 상대가 만능열쇠나 쇠지레를 쓸 수 있다면 열쇠는 쓸모없는 게 된다. 내 사투리가 쓸모없는 방어벽이 되자, 그녀는 딸과 표준말을 쓰기 시작했는데, 그것이 어느새 가장 너절한 시절의 프랑스어가 되어버렸다.

채비가 다 됐는데, 프랑수아즈에게서는 아직 전화가 오지 않았다. 전화를 기다릴 것도 없이 떠나야 할까? 정말 프랑수아즈가 알베르틴을 찾아낼까? 알베르틴은 무대 뒤로 가버렸는지도 모른다. 프랑수아즈와 맞닥뜨려도 고분고분 따라오지 않을지도 모른다. 30분쯤 지나 전화벨이 울리자, 내 가슴속에 기대와 두려움이 소란스럽게 출렁였다. 전화국 직원의 명령 아래 하늘을 날아대는 한 무리의 음향이 눈 깜짝할 새 나에게 가져온 것은, 남자 교환원의 목소리지 프랑수아즈의 목소리가 아니었다. 프랑수아즈는 조상 대대로 그러했듯, 선

---

*1 메그자스페레(m'exaspéré, 아이 속상해)의 사투리.

조께서 모르던 것에는 겁을 덜컥 내고 시무룩해지므로, 전염병 환자를 방문할 망정 수화기에는 한사코 다가가지 않았다. 홀로 입석에 서 있는 알베르틴을 찾아냈는데, 알베르틴은 먼저 돌아간다고 앙드레에게 알리러 갔을 뿐, 곧 프랑수아즈한테 돌아왔다는 전언이었다. "화내지 않던가? 아, 실례! 아가씨가 화내지 않더냐고 거기 있는 부인에게 물어봐주시오."—"화내기는커녕 정반대라고 여쭈어달랍니다. 또 혹여 아가씨께서 불만이 있더라도 겉으로는 알 수 없다고요. 두 분께서는 이제부터 트루아 카르티에 들렀다가 2시쯤 돌아가시겠다는 말씀입니다."

나는 2시란 곧 3시를 뜻함을 이해했다. 이미 2시는 지났으니까. 절대로 시간을 정확히 보지도 말하지도 못한다는 게, 프랑수아즈의 특수하고도 고칠 수 없는 습관적 결함, 말하자면 병적인 결함이었다. 그녀의 머릿속에서 도대체 어떤 일이 일어나는지 알 길이 없었다. 프랑수아즈는 이와 같이 자기 시계를 보고, 2시일 때는 지금 1시입니다, 또는 3시입니다 말하곤 했는데, 이때 일어나는 현상이 그녀의 시각 탓인지 사고(思考) 탓인지, 아니면 언어 탓인지 나에겐 영 이해가 가지 않았다. 확실한 건 이런 현상이 늘 일어난다는 점이다. 인류는 매우 늙었다. 유전과 교배가 좋지 못한 버릇과 올바르지 않은 반사작용에 극복할 수 없는 힘을 더하고 말았다. 어떤 사람은 장미나무 옆을 지나치면 재채기를 하거나 숨을 헐떡이곤 한다. 또 어떤 이는 막 칠한 페인트의 냄새에 발진(發疹)이 생긴다. 여행 중에 복통을 일으키는 이가 헤아릴 수 없을 만큼 많고, 도둑의 자손은 돈 많고 도량이 넓으면서도 단돈 50프랑을 훔치고 싶은 유혹을 참지 못한다. 그런데 프랑수아즈가 시간을 정확히 말할 수 없는 까닭이 무언지 알고자 해도, 아직 그녀에게서 이 점에 대하여 아무런 설명도 들은 적이 없다. 그녀의 확실치 않은 대답은 늘 나를 화나게 했는데도, 프랑수아즈는 자기 잘못을 변명하려고도 그 이유를 설명하려고도 하지 않았다. 입을 꼭 다물고, 내 말이 들리지 않는 체하는 그녀를 보고 있노라면, 나는 분통이 터지곤 했다. 하다못해 단 한 마디의 변명이라도 듣고 싶었다. 그 변명을 가루가 되도록 때려부숴도 모자랄 판이었으나, 그녀는 한마디도 없이 시치미를 뗀다.

아무튼 오늘 일은 의심할 여지도 없었다. 알베르틴은 프랑수아즈와 함께 3시에 돌아올 테고, 레아나 그 친구와는 만나지 않을 거다. 이렇게 알베르틴이 그녀들과 옛정을 다시 맺을 위험성이 사라져버리자, 그게 내 눈에 금세 대단치 않게 보이는 동시에 내가 얼마나 간단히 그런 자질구레한 일에 쫓겨다녔는지 깨닫고는, 어째서 쫓아버리지 못할 거라고 생각했는지 의아했다. 나는 알베르틴에게 고마운 마음을 강하게 느꼈다. 결국 알베르틴은 레아의 친구를 만나러 트로카데로에 갔던 게 아니었으며, 나의 신호 하나로 마티네에서 돌아온다는 건 상상 이상으로 앞으로도 알베르틴이 내 것임을 증명하는 셈이었다. 이 감사한 마음은 자전거에 탄 자가, 조금만 더 기다려달라는 그녀의 쪽지를 가져왔을 때 더 커졌다. 쪽지에는 그녀가 곧잘 쓰는 귀여운 표현이 드러나 있었다. "사랑하는 나의 소중한 마르셀, 자전거를 탄 이분처럼 빨리는 못 돌아가요. 더 빨리 당신 곁에 가고파, 이 자전거를 빌리고 싶을 정도랍니다. 어째서 당신은 내가 화낼 거라고 생각하죠? 당신과 함께 있는 때만큼이나 즐거운 일이 나에게 따로 있을지도 모른다는 생각을 어떻게 할 수 있나요? 단둘이 외출하면 정말 좋죠. 앞으로도 늘 단둘이서만 외출한다면 더욱 멋질 텐데. 정말 도대체 무슨 생각을 하신 거죠? 심술궂은 마르셀! 고약한 마르셀! 마음을 담아서, 당신의 알베르틴 올림."

내가 사준 드레스, 전에 말했던 요트, 포르튀니의 실내복, 이 모든 것이 이와 같은 알베르틴의 순종으로 되돌아오고, 아니 보태져서 그 하나하나가 마치 내가 행사하는 특권처럼 생각되었다. 지배자의 의무와 임무는 그 권리와 마찬가지로 지배권의 일부이며, 지배란 무엇인지 정의하고 증명하기 때문이다. 그리고 그녀가 인정하는 나의 권리야말로 바로 내 임무에 진정한 성격을 내보이고 있었다. 나에겐 내 소유의 한 여성이 있다. 별안간 내가 일러 보낸 한마디에, 곧 돌아가겠습니다, 데리러 온 대로 돌아가겠습니다 하고 공손하게 나에게 전화로 알리는 여인이 있다. 난 스스로 생각한 이상으로 상대를 마음대로 다루는 지배자인 것이다. 생각한 이상으로 지배자이며, 즉 생각한 이상으로 노예인 것이다. 이제 나는 알베르틴을 만나고 싶다는 조바심을 조금도 느끼지 않았다. 지금쯤 그녀는 프랑수아즈와 함께 물건을 사러 다니는 중이며, 머지않아 둘이 함께 돌아올 거라는 확신—가능하면 좀더 늦게 와주면 좋겠는데—이 잔잔하게 반짝이는 별처럼 밝히는 이 한때를 지금은 나 혼자 보내는 편이 더 즐거울 것 같았다. 나는 알베르틴에 대한 애정에 들떠 침대에서 일어나 외출할 채비를 했지만, 그 애정 때문에 외출의 재미를 빼앗길지도 모른다. 나는 오늘 같은 일요일에는 귀여운 여공들이나 미디네트(midinette),*¹ 코코트(cocotte)*²들이 불로뉴 숲을 산책하고 있을 게 틀림없다고 생각했다. 나는 이 미디네트라든가 프티트 우브리에르(petites ouvrière)*³라는 낱말과(마치 무도회 기사에서 어떤 고유 명사, 어느 젊은 아가씨의 이름을 보았을 때 흔히 일어났듯이), 또 흰 코르사주나 짧은 치마의 심상에서 그 등 뒤에 나를 사랑해줄지도 모르는 미지의 여성을 내어놓은 결과, 내 멋대로 욕망을 자아내는 여인들을 만들어내어 '썩 괜찮은 여인들일 테지!' 생각한 것이다. 그러나 나 혼자 외출하지 않을 바에야 그녀들이 좋건 나쁘건 무슨 소용이 있겠는가?

나는 아직 혼자 있는 기회를 타서, 햇빛이 악보를 읽는 데 방해가 되지 않도록 커튼을 반쯤 치고, 피아노 앞에 앉아 거기에 놓여 있는 뱅퇴유의 소나타를 손에 잡히는 대로 펴고 치기 시작했다. 아직 좀 있어야 하지만 알베르틴이 돌아올 것만은 확실했으므로 나는 시간적 여유와 마음의 평온을 한꺼번에 얻고 있었던 것이다. 그녀가 프랑수아즈와 함께 돌아온다는 안심에 가득 찬 기대와 그녀의 순종에 대한 신뢰, 그리고 바깥 햇빛 못지않게 마음을 따뜻하게 해주는 마음속 빛의 행복감에 잠겨, 나는 내 사고를 자유롭게 다루어, 그 방향을 잠깐 알베르틴한테서 떼어내 소나타 쪽으로 돌릴 수 있었다. 지금은 소나타 속에서도, 관능적인 모티프와 불안의 모티프의 배합이 알베르틴에 대한 내 애정에 꼭 들어맞고 있었지만—전에는 이 애정에 오래도록 질투가 없었으므로, 나는 그런 감정을 전혀 모르겠다고 스완에게 털어놓았을 정도였다—나는 주목하려고 하지 않았다. 오히려 나는 소나타를 다른 관점에서 잡아 소나타 자체를 어느 대음악가의 작품으로 보면서, 소리결을 타고 콩브레의 나날—몽주뱅이나 메제글리즈가 아니라 게르망트를 산책한 나날—로, 나 자신도 예술가가 되고자 바라 마지않던 나날로 돌아가 있었다. 끝내 이 야심은 버렸지만 그로 말미암아 나는 뭔가 현실적인 것을 단념했던가? 삶은 예술을 버린 나를 위로해줄 것인가? 예술에는 우리의 참된 인격이 생활 속 행동에서는 얻지 못하는 어떤 표현을 찾아내는 따위의, 더욱 깊은 현실이 있는 것인가? 사실 위대한 예술가들은 저마다 다른 예술가와 매우 달라 보이며, 우리가 일상생활에서 헛

---

*1 의상점에서 일하는 여점원.

*2 고급 창부.

*3 여공 아가씨.

되이 구하는 강렬한 개성을 깊이 실감케 한다!

내 생각이 여기까지 미쳤을 때, 소나타의 한 소절에 강한 감동을 받았다. 잘 알고 있는 마디이지만, 주의력을 집중하면 예전부터 알던 것이라도 달리 보이며, 이제껏 보지 못했던 것을 알아보는 법이다. 뱅퇴유가 바그너와 딴판인 어떤 꿈을 거기에 표현해놓고 있음에도, 이 소절을 연주하면서 나는 무심코 〈트리스탄〉이라고 중얼대며 방긋 웃을 수밖에 없었다. 어느 집안과 친한 이가 그 집안의 손자 말투나 행동거지에서 당사자도 깨닫지 못하는 할아버지의 특징을 발견하고 미소 짓는 것처럼. 그때 사람들은 정확히 어디가 닮았는지 사진을 바라보게 마련인데, 나 또한 악보대에 있는 뱅퇴유의 소나타 위에 〈트리스탄〉—바로 이날 오후 라무뢰 관현악단이 그 발췌곡을 연주했다—의 악보를 포개놓았다. 나는 바이로이트의 거장에게 감탄할 때, 니체처럼 예술에서나 인생에서나 자기 마음을 꾀는 아름다움에서 도피하는 것을 의무로 여기는 사람들, 〈트리스탄〉에서 몸을 떼어내 〈파르지팔〉을 부정하고 정신적인 금욕을 지키면서 고행을 되풀이해 피투성이 십자가의 길을 밟아가다가, 드디어 순수 인식과 〈롱쥐모의 우편배달부〉*4에 심취하여 자신을 높이는 사람들 따위가 품는 의심은 하나도 없었다. 간절하고도 덧없는 주제를 거듭 들으면서, 나는 바그너의 작품이 지닌 온갖 현실적인 것을 이해했다. 그 주제는 어느 하나의 막(幕)에 찾아왔다가 멀어지는가 하면 다시 나타나고, 때로는 멀리서 졸고 있는 듯 거의 초연하다가 또 때론 어렴풋하면서도 절박하게 다가오며, 내적으로 서로 밀접하게 마치 오장육부에서 울려나오듯이 들려, 하나의 모티프라기보다 신경통의 재발인 듯싶었다.

이 점에서 음악은 알베르틴과의 관계하고는 아주 달라서, 나 자신의 내면으로 내려가 거기에서 새로운 것을 발견하는 데 도움이 된다. 내가 생활이나 여행에서 헛되이 구해오던 다양성에 대한 향수는 햇볕에 빛나는 소리의 물결이 내 곁에 휘몰아쳤다가 사라지는 이 소리결을 통해 나에게 왔다. 이중의 다양성은 첫째로, 스펙트럼이 빛의 구성을 밖으로 나타내 보이듯, 바그너의 화성(和聲)이나 엘스티르의 색채가 남에 대한 애정으로는 밝혀내지 못하는 타인의 감각이 지닌 질적인 정수(精髓)를 우리에게 이해시킨다. 다음으로, 실제로 다

---

*4 프랑스의 작곡가 아돌프 아당(1803~56)의 희가극(喜歌劇). 1836년에 상연됨.

양할 수 있는 유일한 방법, 곧 여러 개성을 하나로 합함으로써 작품 자체의 안에 나타나는 다양성이 있다. 서푼 짜리 음악가는 기사나 시종을 그린답시고 사실 그들에게 똑같은 음악을 노래하게 하는데, 바그너는 그와 반대로 각 명칭 아래 다른 현실을 두어, 그의 시종은 나타날 때마다 복잡하고도 단순한 또 다른 모습을 보이며, 쾌활하고도 봉건 시대다운 갖가지 윤곽과 맞부딪치면서 장대한 음향의 세계를 새긴다. 여기에서 한 음악의 완전무결성이 생겨난다. 사실 이는 하나의 음악이지만 여러 음악으로 가득 채워져, 그 하나하나가 하나의 존재로 이루어져 있다. 하나의 존재는 자연계의 순간적 모습이 주는 인상이다. 그 자연이 선사하는 감정과 전혀 관계없는 것마저 외형적이자 완전히 한정된 현실성을 간직한다. 새의 지저귐, 사냥꾼의 뿔피리 소리, 목동이 부는 갈대 피리의 가락이 지평선에 음향의 실루엣을 뚜렷이 그려낸다. 물론 바그너는 이 실루엣에 다가가서, 그것을 잡아채, 오케스트라 속에 넣어서 가장 드높은 음악적 이념에 복종시키고자 했지만, 한편으론 마치 소목장이가 연장으로 파내는 나무의 섬유나 유다른 질을 존중하듯이 그 실루엣의 근본 특성을 언제나 존중했다.

줄거리와 나란히, 또 한갓 이름뿐인 등장인물이 아닌 개개의 구체적 인물들과 나란히, 자연계의 정관(靜觀)에게도 제자리가 주어져서 이런 풍요로운 작품을 이루고 있음에도, 나는 이것들이 19세기의 온갖 위대한 작품에 특유한 불완전한 성격―경탄할 만한 것이지만―을 나눠 갖고 있다고 생각했다. 19세기의 위대한 작가들은 그 작품을 완성하지 못했으나, 반면에 그들은 마치 작가인 동시에 비평가인 듯이 글을 쓰는 자신을 응시하고, 작품의 바깥에 서서 작품을 뛰어넘은 한 새로운 아름다움을 자기 관찰에서 끄집어내, 그때까지 없던 단일성(單一性)과 위대함을 뒤늦게 작품에 부과했다. 자기가 쓴 여러 소설에서 뒤늦게 《인간희극》*¹을 본 사람*²이나, 어울리지 않는 시문 또는 평론에 《여러 세기의 전설》이나 《인류의 성서》*³라고 이름 붙인 이들은 새삼 말할 필요도 없겠지만, 이 미슐레에 대해 몇 마디 해보면, 그는 19세기를 썩 잘 나타낸 인물로, 그 최대의 아름다움은 작품 자체보다 오히려 작품에 대한 그의 태도

---

*1 발자크의 작품.
*2 발자크를 가리킴.
*3 쥘 미슐레(Jules Michelet, 1798~1874)의 작품.

에서, 곧 《프랑스사》나 《프랑스 혁명사》가 아니라 이 두 저서에 붙인 머리말에서 찾아야 하지 않을까? 머리말은 곧 책을 마친 다음에 쓴 문장이다. 그는 거기서 제 작품을 돌이켜 고찰하면서, 여기저기에 대부분 '말하자면'으로 시작하는 문장을 덧붙여야 했다. 그런데 이 '말하자면'이라는 말투는 학자의 세밀한 배려라기보다 음악가 특유의 카덴차(cadenza)*4이다. 또 하나의 음악가, 지금 나를 매혹한 바그너는 서랍에서 감미로운 한 곡조를 꺼내, 작곡할 때에는 미처 생각지 못했던 작품 속에 뒤늦게 꼭 필요한 주제로서 그 곡조를 도입한다.

　뒤이어 신화에서 줄거리를 딴 최초의 오페라, 두 번째 오페라, 그리고 또 하나의 오페라, 이런 식으로 작곡해 나가다 갑작스레 자기가 4부작*5을 만들어낸 것을 깨닫고, 분명 황홀감을 맛보았으리라. 바그너는 발자크가 자기 작품에 대해 타인과 같은, 또 부모 같은 눈길을 던져, 어느 작품에는 라파엘의 정순함이, 다른 작품에는 복음서의 소박함이 있다고 평가하여 돌이켜 그것에 조명을 비추는 사이에, 별안간 자기 작품을 연결해 똑같은 작중 인물이 여기저기 등장하는 연작으로 만들면 더 훌륭할 거라고 깨닫고, 그 이음매를 잇는 마지막 한 필, 최고의 한 필을 덧붙였을 때와 똑같은 도취감에 얼마쯤 휩싸였을 것이다. 뒤에 오는 진정한 단일성이다. 그렇지 않으면 이 단일성도, 표제나 부제를 써서 유일한 초월적 의도를 추구해온 것같이 보일 뿐인 범용한 작가들의 수많은 체계처럼 산산조각이 나고 말았을 것이다. 진정한 단일성은 뒤에 온 것인 만큼, 또한 이젠 서로 합할 수밖에 없는 많은 작품 사이에 단일성이 발견되는 그 열광의 한순간에서 생겨난 만큼 더욱 현실적인 단일성인지도 모른다. 미처 의식하지 못한 단일성, 따라서 이론만 내세우지 않고 생명이 약동하며, 다양성을 밀쳐내지 않고 집필 의욕을 잃게 하지 않던 그 단일성은 한 주제의 인공적인 전개 때문에 요구된 게 아니라, 한순간의 영감에서 생겨 외따로 만들어진 곡이, 이윽고 다른 곡과 하나로 모일 때의 단일성이다(다만 이번에는 한 곡이 아니라 작품 전체가 문제이지만).

　이졸데*6가 돌아오기까지의 오케스트라 대합주에 앞서, 반쯤 잊고 있던 목동이 갈대 피리를 연주하여 작품 전체를 자기 쪽으로 끌어당긴다. 이졸데의

*4 악곡을 끝내게 하는 화음들의 결합.
*5 바그너가 20여 년간 작곡한 〈니벨룽의 반지〉를 가리킴.
*6 바그너 작 〈트리스탄과 이졸데〉.

배가 가까워짐에 따라, 오케스트라는 피리 가락을 붙들어 그것의 모양을 바꿔 자기도취에 합치고, 그 리듬을 부수며, 그 음조를 빛내고, 속도를 올리며, 기악 편성을 다양화하여 천천히 고조되는데, 아마 바그너 자신도 기억 속에서 목동의 가락을 발견하고 작품에 가져와, 그것에 온 뜻을 담았을 때 똑같은 기쁨을 느꼈을 게 틀림없다. 게다가 이 기쁨은 절대로 그를 버리지 않는다. 바그너에게 시인으로서의 비애가 아무리 크다고 할지라도, 그 비애는 창조자의 환희로 위안받아 초월되고—즉 불행하게도 얼마쯤 파괴되고—만다.

그런데 나는 조금 전에 뱅퇴유의 작은악절과 바그너의 작은악절 사이의 동일성을 주목했을 때와 마찬가지로, 그 불카누스(Vulcanus)*¹풍 솜씨에도 마음이 흔들렸다. 위대한 예술가들이 철저하고도 확고한 독창성을 갖추고 있는 듯한 착각을 주는 것은 이 솜씨 탓이 아닐까? 이 독창성은 겉으로는 초인간적인 어떤 현실의 반영으로 보이나, 실은 솜씨 좋은 고수의 산물이 아닐까? 만일 예술이 그것에 지나지 않는다면, 삶보다 더한 현실이 아니며, 나도 그다지 후회할 필요가 없다. 나는 계속 〈트리스탄〉을 연주하고 있었다. 음향의 벽으로 바그너와 분리되어 있으면서도, 나는 바그너가 뛰어오르며 자신의 기쁨을 나눠 가지라고 부르는 노래를 듣고 있었다. 지크프리트의 젊디젊은 불멸의 웃음과 두들기는 망치 소리가 더욱더 높아지는 것을 듣고 있었다. 그러나 이 악절들이 교묘하게 달구어져 단련되어 있으면 있을수록, 작자의 능숙한 기술은 악절을 더 자유로이 땅에서 하늘로 날려보내는 데 이바지할 뿐이었다. 새와 같은 악절은 로엔그린*²의 백조라기보다 내가 발베크에서 보았던 비행기, 힘을 상승력으로 바꿔 물 위를 날아 허공으로 사라져버린 그 비행기와도 같았다. 하늘 높이 솟아올라 바람을 가르며 나는 새가 힘찬 날개를 갖고 있듯, 아마도 글자 그대로 물질적인 그 장치, 신비호(神秘號)라 부르는 120마력 엔진이 있고서야 비로소 무한의 저편을 탐색하러 나설 수 있겠지만, 그럴 경우 아무리 높게 난들 엔진의 힘찬 굉음이 공간의 고요를 만끽하기에는 얼마간 방해될 것이다!

여태까지 음악의 추억을 더듬어 몽상에 잠겨 있던 나는 웬일인지 방향을 바꿔 현대의 일류 연주자들을 떠올리다가, 좀 과대평가지만 모렐도 그 속에

---

*1 로마 신화에 나오는 불과 대장장이 신. 유피테르와 유노의 아들.
*2 바그너의 오페라 〈로엔그린〉의 주인공.

끼워넣었다. 그러자 사념이 갑자기 방향을 획 돌려, 모렐의 성격 중 몇몇 특이점을 생각해내기 시작했다. 하기야—모렐을 좀먹는 신경쇠약과 연관시킬 수는 있을지라도 그것과 혼동해서는 안 되지만—모렐은 자기 생활에 대해 곧잘 이야기를 하곤 했지만, 매우 흐리멍덩한 영상으로 이야기해서 뭐가 뭔지 분간하기가 지독하게 힘들었다. 이를테면 그는 자유로운 밤을 보장받는다는 조건 아래 철저히 샤를뤼스 씨가 시키는 대로 했는데, 이 조건을 붙인 이유는 저녁 식사 뒤 대수학 강의를 들으러 갈 수 있기를 바라기 때문이었다. 샤를뤼스 씨는 그것을 허락했으나, 강의 뒤에 만나자고 말했다. "어림없어요. 이건 이탈리아 옛 그림인걸요(이렇게 옮겨 썼지만 이 농담에는 아무 뜻도 없다. 그전에 샤를뤼스 씨가 모렐에게 《감정교육》*³을 읽게 한 적이 있는데, 프레데리크 모로*⁴가 끝에서 두 번째 장에서 이 말을 해서, 모렐은 '어림없어요' 말할 적에 반드시 농담으로 '이건 이탈리아 옛 그림인걸요(c'est one vieille peinture italienne)*⁵ 말을 덧붙였다). 강의는 흔히 늦게까지 계속 된다구요. 늦게까지 수고해주시는 선생님께 안 그래도 폐가 많은데, 당연히 언짢아하실 거예요. 혹시 제가……."—"그러나 여보게, 대수에 강의는 필요치 않아. 수영이나 영어와는 달리 책으로 충분히 배울 수 있단 말이야." 샤를뤼스 씨가 응수했는데, 그는 대수 강의 속에 예의 뜬구름을 잡는 듯한 정경이 있음을 생각해내고 반박한 것이다. 아마 여인과 동침하려는 거겠지, 아니면 모렐이 수상한 방법으로 돈벌이하려고 비밀경찰과 서로 짰다면 형사들과 함께 원정을 나가는지도 몰라. 또 누가 알겠어, 더 고약하게 어떤 매춘굴에서 필요한 지골로(gigolo)의 차례를 기다리는지? "그야 책이 더 쉽지요." 모렐이 샤를뤼스 씨한테 대답했다. "대수 강의는 하나도 못 알아듣겠거든요."—'그럼 왜 내 집에서 공부하지 않지? 집이 더 편할 텐데.' 샤를뤼스 씨는 이렇게 대답할 수도 있었건만, 그 말을 입 밖에 내진 않았다. 그래 보았자, 꾸며낸 대수 강의가 춤이나 그림처럼 휴식 없는 수업으로 둔갑하여, 오직 밤시간을 남겨두는 데 요긴한 조건만 남을 게 뻔하니까. 이에 대해 샤를뤼스 씨는

---

*3 플로베르의 소설.

*4 《감정교육》의 주인공.

*5 플로베르의 《감정교육》끝 부분에 주인공 프레데리크와 아른 부인의 대화에 있는 구절. 원수 부인이라는 별명을 가진 로자네트의 초상화를 바라보며, 이 여인이 낯익다고 말하는 부인에게 프레데리크는 "어림없어요. 이건 이탈리아의 옛 그림인걸요"라고 말하고 속임.

적어도 부분적으로 자기가 잘못 생각했음을 깨달았다. 모렐이 자주 남작 집에서 방정식을 푸는 데 몰두했기 때문이다. 샤를뤼스 씨는 대수가 바이올리니스트에게 무슨 도움이 되겠느냐고 반대했다. 모렐은 그것이 심심풀이이자 신경쇠약을 이겨내기 위한 기분전환이라고 반박했다. 아마 샤를뤼스 씨는 밤에만 한다는 이 빠질 수 없는 불가사의한 대수 강의의 정체가 뭔지 알아볼 수도 있었으리라. 그러나 모렐의 행동에 얽힌 실타래를 풀기에는, 샤를뤼스 씨가 너무나 사교계 일에 사로잡혀 있었다. 찾아온 손님과 방문, 클럽에서 지내는 시간, 만찬회 초대, 밤의 연극 구경 따위에 다른 생각을 할 여유가 없었고, 모렐의 포악스러우면서도 엉큼하고 심술궂은 말과 행동을 생각해볼 짬도 없었다. 소문에 따르면 모렐은 이제껏 거쳐온 다른 환경과 여러 거리에서 천연덕스런 얼굴로 악랄함을 마음껏 발휘했으므로, 사람들은 그에 대한 얘기를 할라치면 몸서리를 치며 목소리를 낮추고, 감히 아무 얘기도 하지 못한다는 것이었다.

그날 좀처럼 돌아오지 않는 알베르틴을 마중하려고 피아노에서 물러나 안마당으로 내려갔을 때, 공교롭게 언뜻 내 귀에 이런 심술궂고 요란스런 울림이 들려왔다. 쥐피앙의 상점 앞을 지나칠 때, 가게 안에는 모렐이 머잖아 그의 아내가 될 거라고 내가 생각한 아가씨와 단둘이 있었는데, 모렐은 내가 듣지 못했던 시골 사투리, 평소에 억눌러온 매우 야릇한 사투리를 쏟아내며 고래고래 소리를 지르고 있었다. 말의 내용도 그에 못지않게 묘했으며, 제대로 된 프랑스어가 아니었는데, 본디 모렐의 지식이란 수박 겉핥기였다. "밖으로 나가란 말이야. 두루미 다리, 두루미 다리, 두루미 다리."[1] 그는 가련한 아가씨에게 아까부터 자꾸 같은 말만 되풀이하고 있었다. 분명 아가씨는 처음에 그 의미가 무엇인지 몰랐지만, 이윽고 부들부들 떨면서 거만하게 그의 앞에 딱 버티고 서 있었다. "나가라고 했잖아. 이 두루미 다리, 두루미 다리야. 네가 어떤 년인지 말해줄 테니까 네 아저씨를 당장 찾아오란 말이야, 이 매춘부야."

바로 이때 한 친구와 담소하면서 돌아오는 쥐피앙의 목소리가 안마당에서 들렸다. 나는 모렐이 몹시 겁이 많은 것을 알고 있었으므로, 곧 있으면 상점에 들어올 쥐피앙과 그 친구에게 굳이 내 힘을 빌려주지 않아도 괜찮다고 여겨,

---

[1] 원어는 grand pied-de-grue로, '두루미'라는 grue는 '매춘부'라는 뜻도 있다. 직역하면 '두루미의 긴 다리'. 'faire le pied de grue'라는 숙어는 '한곳에 서서 오래 기다린다'는 뜻. 여기서는 'grande grue(큰 매춘부)'라고 해야 옳은 말임.

모렐과 부딪히지 않으려고 내 방으로 돌아갔다. 모렐은 그토록 쥐피앙을 불러 오라고 대들던 주제에(틀림없이 아무런 근거 없는 협박으로 아가씨를 벌벌 떨게 하여 휘어잡으려고), 안마당에서 쥐피앙의 목소리가 들리기가 무섭게 허둥지 둥 달아났다. 차마 내 입에 담을 수도 없는 망발을 글자로 옮겨보았자 하찮은 것이 되며, 내가 얼마나 두근거리는 가슴을 안고 방으로 돌아갔는지 설명하지 못할 것이다. 그러나 우리가 인생에서 목격하는 이런 정경은 군인이 적진 공격 에서 기습 효과라고 일컫는 것처럼 엄청난 힘을 가져와, 내가 아무리 알베르 틴이 트로카데로에 있지 않고 머지않아 내 곁으로 돌아옴을 알고서 잔잔하며 침착한 기분이 되려고 해도, 귓속에서는 이미 열 번이나 되풀이 외친 그 '두루 미 다리, 두루미 다리'라는 소리, 내 마음을 산란케 한 그 말투가 여전히 쟁쟁 하게 울리고 있었다.

　내 흥분은 조금씩 가라앉았다. 알베르틴이 곧 돌아오겠지. 곧 벨 소리가 들 려올 테지. 나는 느끼고 있었다. 내 삶이 이전의 예상과는 달라졌으며, 이와 같이 한 여인이 있고 그녀가 돌아오면 약속대로 함께 외출하게 되리라는 것을. 나라는 존재의 활동력은 샛길로 빠져서 그 여인을 아름답게 꾸미는 쪽으로 차츰 돌려진다. 그래서 나는 마치 하나의 나무줄기가, 키는 자랐지만 풍성한 열매 때문에 무거워지고, 미리 모아두었던 모든 양분을 그 열매에 빨려버리 고 마는 꼴이라고 생각했다. 한 시간 전에 남아 있던 불안과는 달리 알베르틴 이 돌아온다는 사실로 내 마음에 일어난 침착은 아침에 그녀가 떠나기 앞서 내가 느꼈던 침착보다 큰 것이었다. 이는 미래를 예상하는—온순한 애인 덕에 나는 거의 미래를 지배하는 주인이었다—더욱 튼튼한 침착, 곧 곁으로 다가올 연인의 피할 수 없지만 이를테면 성가신 존재에 의해 채워지고 안정을 얻는 침 착으로, 가족과 같은 감정과 단란한 행복에서 생겨나는 것(행복을 우리 안에 서 찾지 않아도 괜찮게 하는 것)이었다. 알베르틴을 기다리는 동안 내 마음속 에 커다란 평화를 가져다준 감정에 못지않게, 그 뒤 그녀와 함께 산책하면서 실감한 바도 이와 같은 것이었다. 그녀는 잠깐 장갑을 벗었다. 내 손을 잡으려 는 속셈이거나, 또는 그녀의 새끼손가락에 봉탕 부인이 준 반지와 나란히 끼고 있는 반지, 겉면이 물처럼 펼쳐진 밝은 빛깔의 넓적한 루비 반지를 보여 나를 어리둥절케 하려는 속셈이다. "또 새 반지인가. 알베르틴, 당신 아주머니는 마 음도 후하시군!"—"아니에요, 아주머니가 준 게 아니라구요." 그녀가 웃으면서 말했다. "내가 산 거예요. 당신 덕분에 저축을 많이 할 수 있으니까. 어떤 이의 반지였는지도 몰라요. 르 망에서 내가 묵었던 호텔 주인에게 돈 없는 나그네가 두고 간 거래요. 호텔 주인은 이걸 어떻게 해야 할지 몰라 아주 헐값에 팔려고 했어요. 그래도 내가 사기엔 너무 비쌌어요. 당신 덕분에 나 지금은 세련된 부인들과 어울리게 되었으니까, 호텔 주인이 아직도 이걸 갖고 있는지 사람을 시켜 물어봤죠. 그래서 내 손에 들어오게 된 거예요."—"그러고 보니 반지투성이 군, 알베르틴. 내가 준 건 어디에 낀다지? 하여간 아주 예쁜 반지야. 루비 둘레에 새겨진 것이 뭔지 알 수 없지만, 마치 얼굴을 찡그린 남자 같군. 내 시력이 좋지 못해서."—"시력이 좋더라도 별반 다르지 않을 거예요. 나도 잘 모르겠는 걸요."

지난날 회상록이나 소설을 읽다가 남성이 늘 여성과 함께 외출하고 함께 차를 마시는 대목에 부딪치면, 나도 그렇게 해보았으면 하는 생각을 곧잘 했었다. 때로는 그 실행에 성공했다고 여긴 적도 있었다. 이를테면 생루의 애인과 함께 저녁 식사를 하러 간 것처럼 말이다. 그러나 이전에 소설에서 선망하던 대상의 역할을 바로 지금 내가 맡고 있는 중이라고 아무리 생각해봐도, 그 관념은 내가 라셀 곁에 있다면 즐거울 거라고 이해시킬 뿐, 그 즐거움을 안겨주진 않았다. 실제로 현실에 존재했던 뭔가를 흉내내려고 할 때마다, 우리는 그 뭔가가 흉내내고자 하는 생각에서 생겨나는 게 아니라 어떤 무의식의 힘, 현실에 존재했던 힘에 의하여 생겨난다는 걸 잊어버리기 때문이다. 그런데 라셀과 함께 산책하며 미묘한 기쁨을 느끼고 싶다 아무리 소망해도 도저히 얻을 수 없었던 그 특별한 감명을, 지금은 전혀 구하지도 않았는데, 그것과 아주 다른 진지하고 심각한 몇몇 이유 때문에 느끼고 있었다. 예를 하나 들면, 질투 때문에 알베르틴과 멀리 떨어져 있지 못하고, 또 내가 외출할 수 있는 이상 나 없이 그녀가 산책하러 가도록 내버려두지 못한다는 이유이다. 나는 이제야 처음으로 이 감명을 실감했는데, 그 이유는 인식이 관찰하려는 바깥의 사물에서 오는 게 아니라 무의식적 감각에서 오는 것이기 때문이다. 이전에는 한 여인이 나와 같은 마차에 타더라도, 현재 내가 알베르틴에게 품고 있는 바와 같은 욕망이 끊임없이 그 여인을 재창조하지 않는 한, 또 내 눈길의 부단한 애무가 한평생 원하기를 바라 마지않는 기색을 그녀에게 쉴 새 없이 주지 않는 한, 혹여 관능이 진정되어도 여전히 그 기억은 남아 이 피부 빛깔 아래에 육체의 풍미와 감촉을 숨겨두지 못하는 한, 관능과 관능을 끓어오르게 하는 상상력과 하나가 된 질투심이 중력 법칙 못지않은 강력한 힘으로 끌어당기는 이 여인을 내 곁에 균형 잡힌 상태에 두지 않는 한, 그녀는 현실에서 내 곁에 있는 게 아니었기 때문이다.

우리가 탄 마차는 가로수길과 큰길을 빠르게 달려 내려가, 늘어선 저택들이 태양과 추위를 장밋빛으로 엉기게 한 듯이 보여, 이전에 전등이 켜지는 시각까지 국화꽃 빛깔에 부드럽게 싸여 있던 스완 부인네 집을 방문한 나날을 떠올리게 했다.

문 앞에 서서 햇빛을 받아 반짝반짝 빛나는 과일 가게 여자애와 우유 가게 여자애, 내가 욕망을 품기만 하면 감미로운 모험 속으로, 소설의 출입구—물론 그 소설을 경험하는 일은 없을 것이다—로 데려갈 수 있을 성싶은 여주인공들은 내가 방의 창문을 등지고 있을 때처럼 자동차 유리창 탓에 서로 떨어져 있었으므로 똑똑히 볼 틈도 없었다. 당장 알베르틴한테 차를 멈추라고 부탁할 수도 없는 노릇이고, 벌써 젊은 여인들의 모습은 사라져서 보이지 않았기 때문이다. 나는 그녀들을 감싼 금빛 안개 속에서 겨우 그 모습을 알아보고, 그 싱싱함을 눈으로 어루만질 뿐이었다. 술집의 계산대 아가씨, 거리에서 수다 떠는 세탁소 아가씨를 언뜻 보고 사로잡힌 감동은, 여신의 모습을 알아보았을 때의 감동이었다. 올림포스 산이 존재하지 않게 된 뒤로 그 주민들은 땅 위에 살고 있다. 그리고 신화의 그림을 그릴 때 베누스나 케레스(Ceres)*¹의 모델로 가장 비천한 생업에 종사하는 서민 아가씨를 선택하는 화가들은 모독 행위를 범하기는커녕, 오히려 여신들이 잃어버린 장점과 특질을 그녀들에게 덧붙이고, 그것을 돌려주었을 따름이다.

"이봐, 바보 같은 알베르틴 양, 트로카데로는 어땠지?"—"난 정말 기뻐요. 거기서 머뭇거리지 말고 빨리 나와요, 당신과 함께 산책하게 됐으니. 그 건물 다비우(Davioud)*²가 지은 거죠, 아마."—"나의 귀여운 알베르틴은 학식도 깊으신 걸! 당신 말대로 다비우 맞아. 난 잊고 있었지만."—"당신이 잠만 자는 사이에 당신 책을 꺼내 읽거든요, 게으름뱅이 양반아. 건축물로서는 어지간히 시시하지 않아요?"—"허어 이거, 순식간에 참으로 머리가 좋아졌는데(정말이었다. 그

---

*1 곡물의 여신.
*2 19세기 프랑스의 건축가, 트로카데로 궁전 설계자(1824~81).

러나 나는 다른 것은 어쨌든 간에 적어도 그녀가 내 집에서 지낸 시간을 아주 헛되지 않다고 여기고 만족하는 것이 나쁘지 않았다). 그럼 널리 바르지 못한 것으로 여겨지고 있지만, 실은 내가 구하는 진리에 꼭 들어맞는 게 몇 가지 있는데, 말해볼까. 알베르틴, 인상주의가 뭔지 알지?"—"물론이죠."—"그럼 좀 생각해봐. 그, 마르쿠빌 로르괴외즈 성당이 생각나? 엘스티르가 새것이라서 싫다고 말한 그 성당 말이야. 그런데 엘스티르는 자기가 신봉하는 인상주의와 좀 모순되지 않아? 건축을, 거기에 포함된 전체의 인상에서 외따로 떼어놓고, 그것이 녹아 있는 빛의 밖으로 옮겨놓고, 고고학자처럼 건축 자체의 고유 가치만을 문제로 삼다니 말이야. 엘스티르가 그림을 그릴 때는, 병원이나 학교나 벽에 붙은 광고지고 뭐고 할 것 없이, 그 옆에 있는 훌륭한 대성당과 떼려야 뗄 수 없는 인상을 자아내 모두 같은 가치를 갖고 있잖아? 생각해봐, 알베르틴. 그 성당의 정면이 햇볕에 얼마나 그을려 있었는지. 마르쿠빌의 돈을새김된 성자들도 얼마나 또렷하게 햇살 속에 떠올라 있었지? 건축물이 새로운들 상관없지, 예스럽게 보이기만 한다면. 아니 예스럽게 보이지 않아도 괜찮아. 옛 거리가 지니는 시적 정서가 마지막 한 방울까지 짜내어진들, 새 거리에 얼마 전 새로 지은 부유한 프티부르주아의 집들, 갓 켜낸 돌이 새하얗게 보이는 집들 사이로 난 골목을 누비며 7월 한낮에 장사치들이 점심 먹으러 교외로 돌아가기 시작할 즈음의 찌는 듯한 공기를 찢는 듯한 목소리로 부르짖지 않을까? 어두컴컴한 식당, 칼 놓은 유리 그릇의 프리즘이 샤르트르 대성당의 유리 그림처럼 온갖 아름다운 빛깔을 던지는 식당 안에서 점심 식사가 다 차려지기를 멍하니 기다리는 동안에 풍겨오는 버찌 냄새처럼 시큼한 소리로 말이야."—"당신 정말 좋은 분이야! 혹시 내가 총명한 여자가 된다면 그건 다 당신 덕분이에요."—"좋은 날씨에 왜 트로카데로에서 눈을 뗀다지, 기린 목처럼 생긴 탑이 파비아(Pavia)*¹의 수도원과 같다고 느껴지는데 말이야?"—"그리고 나, 땅 위에 그처럼 우뚝 솟아 있어선지, 당신이 갖고 있는 만테냐의 복제화가 생각나던데요. 그 그림 아마 세바스티아누스 성자였죠. 멀리 콜로세움처럼 생긴 시가가 있고, 마치 트로카데로를 쏙 뺐어요."—"그것 봐! 그런데 어떻게 만테냐의 복제화를 보았지? 놀라운데."

---

*1 이탈리아 북부에 있는 도시.

우리는 서민적인 거리에 와 있었다. 가게마다 카운터 뒤에 서 있는 미천한 베누스의 모습이 마치 카운터에 변두리 제단(祭壇) 같은 풍치를 자아내, 나는 그 밑에서 한평생을 지내고 싶었다.

젊은 나이에 죽음을 앞둔 사람처럼, 나는 알베르틴이 내 자유에 마침표를 찍음으로써 빼앗긴 쾌락을 하나하나 손꼽아 세어보았다. 파시(Passy)*2에서는 혼잡에 밀린 아가씨들이 서로 허리를 껴안고 찻길에까지 나와 있고, 그 미소가 나를 호렸다. 분명히 알아볼 여유가 없기는 했으나, 그래도 이 미소는 아무리 칭찬해도 부족하지 않을 것이, 사실 어떤 사람들 무리 속에서도, 특히 젊은 이들 속에서는 조각상처럼 기품 있는 얼굴을 만나는 일이 드물지 않다. 그러므로 주색에 빠진 사내한테 축일의 서민 무리는, 마치 고고학자에게 고대 화폐가 나오는 파헤친 땅이 고귀하듯 귀중하다. 우리는 불로뉴 숲에 이르렀다. 만약 알베르틴이 나와 함께 외출하지 않았다면, 지금쯤 샹젤리제의 원형극장에서 바그너의 폭풍우 같은 음악을 듣고 있을 테지. 그 폭풍우는 오케스트라의 마룻줄을 모두 뒤흔들고, 내가 아까 피아노로 연주하던 갈대 피리의 가락을 가벼운 거품처럼 자기 쪽으로 이끌어 공중에 흩뿌리며, 반죽하고, 모양을 바꾸며, 나누어, 천천히 기세 좋게 치는 회오리바람 속으로 끌어들일 텐데. 나는 하다못해 이 산책이나마 빨리 끝내고 일찌감치 집으로 돌아가고 싶었다. 알베르틴에게 말하지 않았지만, 나는 그날 밤 베르뒤랭 댁에 가볼 결심이었기 때문이다. 베르뒤랭네에서 최근 초대장을 받았지만, 나는 그것을 다른 초대장과 함께 휴지통에 버리고 말았다. 하지만 이날 밤만은 생각을 고쳤는데, 알베르틴이 오후에 베르뒤랭 댁에서 어떤 사람들을 만나려고 했는지 살펴보고 싶어서였다. 사실 알베르틴과 나의 관계는(모든 것이 한결같이 계속되고 모든 일이 정상적으로 이어지더라도) 한 여인이 다른 여인으로 옮아가는 데에만 도움이 되는 때에 이르러 있었다. 아직 조금은 그녀가 마음에 걸리지만. 우리는 매일 밤 미지의 여인을 찾으러, 특히 그녀와 아는 사이지만 나는 모르는 여인들을 찾으러, 그녀 삶을 얘기해줄지도 모르는 여인들을 찾으러 급히 나간다. 사실 그녀 자신이 스스로 내준 모든 것은 이미 내 소유로 만들어 없애버렸다. 물론 그녀의 삶 또한 그녀 자신의 것임에 틀림없으나, 바로 그게 내가 모르는 부

---

*2 파리 제16구에 있는 고급 주택가. 여기서 불로뉴 숲이 멀지 않음.

분, 물어봐도 소용없던 것으로, 어쩌면 다른 사람에게서 알아낼 수 있을지도
몰랐다.

알베르틴과의 생활 때문에 베네치아 여행은 못할망정, 적어도 아까처럼 내
가 혼자였다면 맑게 갠 일요일의 햇볕 속에 흩어져 있는 젊은 미디네트들과
사귈 수도 있었을 것이다. 내가 본 그 여점원들의 아름다움은 그녀들을 생기
있게 하는 미지의 삶이 대부분을 이루고 있었다. 우리가 보는 그녀들의 눈동
자에는 뭘 보고, 뭘 떠올리며, 뭘 기대하고, 뭘 경멸하는지 모르는 어떤 눈길
이 스며들어 있고, 그녀들은 그것을 떼어낼 수조차 없다. 이 생활, 눈앞에 지나
가는 사람의 생활이 어떠한 것인지에 따라, 그녀들의 찌푸린 눈썹, 벌름거리는
콧구멍이 또 다른 가치를 띠는 게 아닐까? 곁에 알베르틴이 있으므로 나는 그
녀들에게 다가가지 못하고, 또 그 때문에 아마 그녀들을 끊임없이 원했는지도
모른다. 계속해 살아가고자 하는 욕망, 일상적인 것보다 감미로운 뭔가에 대
한 믿음을 잃지 않으려는 자는 모름지기 시가를 산책하시구려. 골목이나 큰길
에 여신들이 득실득실하니까. 그런데 여신은 인간을 다가가게 하지 않는다. 여
기저기 나무 사이나 카페 출입구에서 마치 성스러운 숲 기슭의 님프처럼 한
여종업원이 주위를 살피고 있고, 한편 그 안쪽에는 젊은 세 아가씨가 곁에 커
다란 홍예문처럼 자전거를 세워놓고 앉아 있었는데, 마치 죽지 않는 여신 셋
이 구름이나 전설의 하늘말(天馬)에 팔꿈치를 기대고 신화 속의 여행을 하는
듯했다. 나는 알베르틴이 이 아가씨들을 주의 깊게 볼 적마다, 금세 내 쪽으로
눈길을 돌리곤 하는 걸 주목했다. 그러나 그녀의 강렬한 눈길이나 그 강렬함
과는 달리 금세 눈길을 돌리는 것에도, 나는 그다지 가슴 쓰리지 않았다. 사
실 눈길의 강렬함으로 말하면, 알베르틴은 피로 탓인지 주의 깊은 인간 특유
한 눈길 탓인지, 상대가 내 아버지건 프랑수아즈건 몽상에 잠긴 듯이 이런 눈
으로 바라보는 일이 잦았다. 또 내 쪽으로 눈길을 돌리는 빠릿빠릿한 행동으
로 말하면, 알베르틴은 내가 의심하는 사실을 알고 있어, 부당한 의심일지라도
그 미끼를 던지고 싶지 않기 때문인지도 몰랐다.

하기야 나는 젊은 아가씨들에게 알베르틴이 쏟는 관심(대상이 젊은 사내라
할지라도 마찬가지이다)을 보고 괘씸한 노릇이라고 여기는 주제에, 자신은 티끌
만 한 죄악감 없이—죄악감은커녕 알베르틴이 옆에 있어서 차를 멈추고 내려
가지 못하는 것을 오히려 그녀의 죄라고 여기면서—모든 미디네트에게 주의를

쏟고 있었다. 인간은 자기 자신이 욕망을 품는 건 아무 잘못이 없다고 여기면서, 남이 욕망을 가지면 용서할 수 없다고 생각한다. 자기 자신에 대한 것, 사랑하는 여인에 대한 것, 그 사이의 엄청난 차이는 오로지 욕망뿐 아니라 거짓말과도 관계가 있다. 이를테면 늘 몸이 약한데 그걸 숨기고 튼튼하게 보이려고 할 때, 악습을 감출 때, 남의 감정을 해치지 않고서 자기 편리한 대로 행동할 때, 거짓말보다 더 일상적인 게 있는가? 거짓말은 가장 필요하면서 가장 널리 쓰이는 자기 보호 수단이다. 또한 거짓말은 우리가 사랑하는 여인의 생활에서 쫓아내고 싶은 것, 몰래 살펴보다 눈치채고, 곳곳에서 죽도록 미워하는 바로 그것이다. 거짓말은 우리 심정을 뒤집어놓고, 그것 하나로 관계를 충분히 파탄내며, 더욱 큰 잘못을 감추고 있는 듯한 인상을 준다. 그 잘못이 어찌나 완벽하게 숨겨져 있는지 잘못 자체를 꿈에도 의심해보지 않는 경우는 별개지만. 이토록 어떤 병의 원인이 되는 균에 예민하다니 이 얼마나 이상한 상태인가! 그 병원균이 널리 퍼져 다른 사람들한테는 해롭지 않아도, 이미 면역성을 잃어버린 불행한 인간에게는 목숨이 걸린 중요한 일이다.

이 예쁜 아가씨들의 삶은—오랫동안 바깥출입을 안 해서 지나는 길에 이런 아가씨들을 만나는 일이 드물어선지—내게, 실현하기 쉽다 해서 상상력이 무뎌지지 않는 이들과 마찬가지로, 여행이 약속하는 으리으리한 여러 시가에 못지않게 이미 알고 있는 바와 동떨어진 바람직스러운 뭔가로 보였다.

벗이 된 여인들 곁에서나 방문한 시가에서 환멸을 느껴도, 나는 또한 새 여인과 새 시가의 매력에 사로잡혀, 그것이 현실에 존재한다고 믿어 의심치 않았다. 그러므로 오늘 같은 봄날씨에는 과연 향수를 불러일으키는 베네치아, 알베르틴과 결혼하면 못 갈지도 모르는 베네치아를 파노라마로 본들, 스키였다면 실제 시가보다 더 색조가 아름답다고 할지 모르지만, 내게는 결코 베네치아 여행을 대신할 수 없을 테고, 나와는 상관없이 정해진 베네치아까지의 긴 거리는 반드시 넘어야 할 거리로 생각되었다. 마찬가지로 뚜쟁이 할멈이 수를 써서 주선해준 미디네트가 아무리 고운들, 지금 벗과 웃으면서 나무 밑을 지나가는 저 볼품 없는 미디네트를 대신할 수 없으리라. 비록 홍루(紅樓)에서 만나는 여인이 더 예쁘더라도 이만하지는 않을 것이다. 우리는 미지의 여인의 눈을 한낱 평평하고 작은 오팔이나 마노를 보듯이 바라보지 않기 때문이다. 그녀들의 눈을 무지갯빛으로 물들이는 작은 빛, 반짝이게 하는 금강석 가루, 이것이 그녀들의 사념·의사·기억에 대해 우리가 눈으로 알아볼 수 있는 전부이며, 그 뒤에는 우리가 모르는 그녀의 가족이 살아 있고, 우리가 부러워하는 그 벗들이 살고 있음을 알고 있다. 붙잡기 어렵고 다루기 힘든 그 전부를 붙들고 나서야, 한낱 육체적인 아름다움 이상의 본디 가치에 눈길을 주게 된다(같은 한 젊은 이인데도, 저분이 웨일스의 왕자라고 들으면 여인의 공상 속에 굉장한 로망이 일어나고, 잘못 보았다고 깨달으면 그를 거들떠보지 않는다는 사실로 설명될 수 있겠다).

홍루에서 미디네트를 만난다면, 그건 그녀 몸에 젖은 미지의 생활, 우리가 육신과 함께 소유하고자 열망하는 그 미지의 생활이 사라진 여인과 만나는 것이다. 실상 한낱 보석이 되고 만 눈, 꽃의 주름처럼 아무런 뜻도 없는 찌푸린 코에 다가가는 것과 같다. 당치도 않다. 만일 미디네트의 실체를 계속 믿고자 한다면, 마침 실제로 보고 있는 피사 시가, 만국 박람회의 구경거리가 아닌 피사 시가의 실체를 믿고자 할 때 긴 기차 여행을 해야 하듯이, 그녀의 저항과 만나면서 내가 가는 방향을 그 저항에 맡기고 수치를 무릅쓰며 앞으로 나아가 공격을 거듭하여 밀회 약속을 받아내 일터의 나가는 곳에서 상대를 기다리며, 이 아가씨의 생활을 이루고 있는 삽화를 조금씩 알아가고, 내가 구해 마지않던 쾌락을 감싸고 있는 것을 헤쳐나가야 하리라. 그녀의 유다른 습관과 특수한 생활 때문에 내가 다다르고 싶고 움켜잡고 싶은 그녀의 마음이나 호의는 나와의 사이에 놓여 있는 거리를 반드시 건너야 하리라. 그러나 이와 같은 욕망과 여행의 유사성 자체 때문에 나는 결심했다. 눈에 보이지 않지만 믿음처럼 또는 물리적 세계에서의 기압처럼 강한 그 힘, 미지의 시가나 여인을 높이 치켜세우지만 그것에 가까이 가면 그 밑에서부터 빠져나가, 순식간에 그것을 비속하기 그지없는 현실로 굴러떨어지게 하는 그 힘의 성질을 언젠가는 조금이나마 밝혀보리라. 저 앞에서는 또 한 여자애가 꿇어앉아 자전거를 고치고 있었다. 수리가 끝나자 젊은 처녀는 자전거에 올라탔는데, 사내가 하듯이 걸터앉지는 않았다. 잠깐 자전거가 흔들거려, 소녀의 몸에 마치 돛이나 커다란 날개가 돋아난 듯했다. 그러다가 반인반조(半人半鳥) 같고, 천사나 동방의 요정 같은 이 여자애는 앞으로 달려나가 눈 깜짝할 사이에 멀어졌다.

알베르틴이라는 존재와 알베르틴과의 동거로 빼앗긴 것이 바로 이상과 같다. 그녀에게 빼앗겼다고? 오히려 그녀 덕에 주어졌다고 생각해야 옳지 않을까?

만약에 알베르틴이 나와 같이 살지 않고 자유의 몸이었다면, 나는 이 여인들이 오로지 알베르틴의 욕망이나 쾌락의 대상이 될 수 있으며, 아마도 정말로 그럴 거라고 상상했을 테고, 또 사실 그러했을 것이다. 그녀들은 악마의 춤 속에서, 어떤 이에게는 '유혹'의 자태를 뽐내는 것처럼 또 다른 이의 가슴에는 화살을 쏘아대는 무녀(舞女)들처럼 보였으리라. 나는 미디네트들, 여자애들, 여배우들을 지독하게 미워했을 거다! 증오의 과녁이 된 그녀들은 이승의 아름다움에서 제외되고 말았겠지. 그런데 나는 알베르틴을 마음대로 하게 되어 그녀들 때문에 속을 썩이지 않아도 되었고, 그녀들은 이승의 아름다움으로 되돌아갔다. 마음에 질투를 심는 침을 잃어서 더 이상 해롭지 않은 그녀들을 나는 한껏 찬미하고, 눈길로 어루만질 수 있었다. 언젠가는 좀더 친밀하게 애무할 수 있겠지. 알베르틴을 가둠과 동시에, 나는 산책이나 무도회나 극장 안에서 바스락거리는 그 오색영롱한 날개를 죄다 이승에 돌려주었지만, 알베르틴은 이미 그 유혹에 질 수 없었으므로 그 날개는 또다시 내 마음을 흔들어놓고 말았다. 날개는 이제 세상의 아름다움을 이루고 있었다. 그런데 예전부터 알베르틴의 아름다움을 이룬 것도 이 날개였다. 나는 알베르틴을 신비스러운 새로 보았기 때문에, 다음에는 숱한 사람들의 욕망의 대상이자, 어쩌면 이미 남의 것이 되어 있을지도 모를 바닷가의 위대한 여배우로 여겼기 때문에 그녀가 굉장하다고 생각했던 것이다. 어디서 왔는지 모를 갈매기 같은 아가씨들에게 둘러싸여, 어느 날 저녁 느긋하게 둑 위를 걷고 있던 새 한 마리, 그 알베르틴도 사로잡혀 내 집에 갇힌 몸이 되자, 나 말고 다른 사람들의 것이 될 모든 기회와 더불어 그 색채 또한 모두 잃고 말았다. 그녀의 아름다움은 조금씩 사라져갔다. 질투는 상상의 기쁨이 줄어드는 것과는 틀림없이 다른 차원에 속해 있었지만, 그래도 다시 바닷가의 화려한 빛에 싸인 그녀를 발견하기 위해서는 예전처럼 나 없이 산책하는 그녀 곁에 이 여자 저 남자가 다가가는 광경을 상상해야만 했다. 이와 같이 타인의 정욕의 대상이 됨으로써 그녀가 금세 그전처럼 아름답게 보일 때도 있었으나, 그래도 나는 그녀가 집에 머문 나날을 분명히 둘로 나눌 수 있었다. 첫 번째 시기가 나날이 빛을 잃어 갔을망정 그녀가 아직 바닷가의 무지갯빛으로 빛나는 위대한 여배우였던 때라면, 두 번째 시기는 희뿌연 갇힌 여인이 되어 빛바랜 그녀 자신으로 바뀐 결과, 그녀에게 색채를 돌려주려면 내가 과거를 번쩍이는 섬광처럼 돌이킬 필요가 있던 때였다.

이따금 그녀에게 아무런 관심도 느끼지 않을 적에 어쩌다 먼 추억이 되살아나는 일이 있었다. 아직 그녀를 모르던 무렵, 나와 사이가 아주 나쁘던 아무개 부인은 이제 와서 보면 알베르틴과 어떤 관계가 있던 게 거의 확실한데, 바닷가에서 그 부인 곁에 있던 그녀가 나를 건방지게 바라보며 까르르 웃어댄 일이 있었다. 푸르게 빛나는 바다가 온 주위에 찰랑거리고 있었다. 바닷가의 햇볕을 받으며 벗들 가운데 섞여 있던 알베르틴이 가장 아름다웠다. 늘 넓고 큰 바다에 둘러싸여 나를 모욕했던 눈부신 아가씨, 그녀를 찬미하는 부인에게 무엇보다 귀중한 알베르틴이었다. 모욕은 결정적인 작용을 가져왔다. 부인은 아마도 발베크로 돌아가서, 햇볕에 빛나며 찰랑대는 바닷가에 알베르틴의 모습이 더 이상 보이지 않음을 깨달았을 테니까. 그러나 부인은 모르리라, 그 소녀가 지금은 내 집에서 살며 나에게만 속해 있다는 사실. 넓고 큰 푸른 바다와 이 아가씨를 사랑한 것도 잊고서 다른 이들에게로 향하는 부인의 애정은 알베르틴이 나에게 가한 모욕 위에 다시 떨어져, 눈부시고 깨지지 않는 보석함 속에 가두고 말았다. 그때 이 부인에 대한 증오가 내 가슴을 물어뜯기 시작했다. 이는 알베르틴에 대한 증오이기도 했다. 뭇사람의 귀여움을 받던 탐스러운 머리채의 아가씨, 바닷가에서 폭소로 나를 모욕하던 아가씨에 대한 감탄 섞인 증오였다. 부끄러움, 질투, 첫 욕망과 눈부신 배경의 추억이 알베르틴에게 다시금 옛 아름다움, 옛 가치를 부여했다. 이와 같이 그녀가 내 방에서 내 곁에 있거나, 또는 내가 기억 속에서 그녀에게 바닷가의 화려한 옷을 입히고 악기의 가락에 맞춰 둑 위에서 자유로이 움직이게 하면, 그녀 곁에서 내가 느끼는 좀 답답한 싫증과 아름다운 영상과 애석한 마음으로 가득 찬 부르르 떠는 욕정이 엇갈려 뒤섞였다. 어떤 때는 이 환경에서 빠져나가 내 것이 되어 별 값어치가 없는 여인이 되고, 어떤 때는 이 환경에 다시 숨어들어 내가 알 길 없는 과거 속으로 도망쳐, 절친한 그 부인 곁에서 파도의 물보라나 현기증 나는 태양처럼 내 마음을 아프게 하는 알베르틴, 바닷가에 다시 있거나 내 방에 다시 돌아오거나 하는, 어떤 물속이나 땅 위의 양쪽에서 다 가능한 삶의 애정 속에 있는 알베르틴.

다른 곳에서는 수많은 소녀가 모여 공놀이를 하고 있었다. 소녀들 모두 해가 있는 동안을 놓치고 싶지 않았던 것이다. 2월의 나날은 날씨가 화창할 때도 금세 저물어, 그 찬란한 빛도 땅거미 지는 것을 늦추지 못하기 때문이다.

햇살이 다 사그라지기까지 아직은 여유가 있어 희미한 빛이 우리를 감싸고 있었다. 우리는 센 강까지 차를 몰고 가서, 차에서 내려 오랫동안 걸었다. 알베르틴은 겨울철 푸른 물 위에 비친 붉은 돛, 멀리 생클루가 줄이 진 푸석한 돌처럼 토막토막 보이는 환한 지평선에 홀로 핀 개양귀비같이 웅크린 기와집을 감탄 어린 눈으로 바라보았으나, 나는 그녀 덕분에 제대로 음미할 수도 없었다. 나는 얼마간 그녀에게 팔을 내주기까지 했다. 그러자 내 팔 밑에 휘감은 그녀의 팔이 우리 두 사람을 한 존재로 엮어, 우리 둘의 운명이 서로 연관된 느낌이 들었다.

발아래에는 나란히 비친 두 그림자가 바짝 붙어 황홀한 그림을 그려내고 있었다. 그야 물론 집에서도, 알베르틴이 나와 함께 살고 내 침대에 눕는다는 것만으로도 굉장하다고 생각했다. 그러나 내가 매우 좋아하는 불로뉴 숲의 이 호숫가 나무 아래, 태양이 내 그림자 옆 가로수길의 모래 위에 엷은 먹빛으로 그려내는 게 그녀의 그림자, 그녀의 다리와 상반신의 순수하고도 단순화된 그림자라는 사실이야말로, 집 안의 것을 바깥에 자연 한가운데로 내놓는 거나 마찬가지였다. 그리고 나는 두 그림자가 녹아 붙는 걸 보고, 실제로 두 육체가 서로 다가가 하나가 되는 것에 비하면 확실히 물질적이지는 않지만, 친밀감은 그것 못지않다고 느꼈다. 우리는 차에 다시 올라탔다. 집으로 돌아가는 차가 구불구불한 좁은 길로 들어섰다. 겨울의 나무들은 폐허처럼 담쟁이덩굴과 가시나무를 걸치고 있어 마법사가 머무는 곳에라도 향하는 듯했다. 어두컴컴한 나무 그늘에서 나오자마자 숲의 어귀는 아직 한낮처럼 환해, 저녁 식사 전에 내가 하고 싶은 것들을 다 할 여유가 있을 것만 같았다. 그러나 잠시 뒤 차가 개선문 가까이 갔을 때쯤, 마치 멈춘 큰 시계의 글자판을 보고 자기가 늦은 줄 여기듯 파리의 높은 하늘에 벌써 보름달이 나타난 것을 알아보고, 나도 모르게 깜짝 놀랐다. 운전사한테는 집에 돌아간다고 일러두었다. 그녀에게도, 그것은 내 집에 돌아간다는 뜻이었다. 아무리 사랑하는 여인이 곁에 있을지라도 그녀가 나와 작별하고 자기 집으로 돌아가야 한다면, 지금 차 안 내 곁에 앉아 있는 알베르틴의 존재를 통해 만끽하고 있는 마음의 평온은 얻지 못할 것이다. 알베르틴의 존재는 나를 외톨이가 되는 텅 빈 시간 쪽으로 데려가는 게 아니라, 나의 내 집, 또한 그녀의 내 집이자, 내가 그녀를 소유하고 있다는 구체적 상징인 내 집에서 더욱 안정되고 바깥과 차단된 결합으로 이끌었다.

소유하려면 반드시 원하는 게 필요하다. 한 줄, 한 면, 한 부피라도, 우리의 애정이 그걸 차지하지 못하는 한 소유란 없다. 그런데 둘이서 산책할 때의 알베르틴은 나에게 지난날의 라셀처럼 육체와 옷으로만 이루어진 헛된 잔해가 아니었다. 나의 눈·입술·손에 의한 상상력이 발베크에서 그녀 몸을 굳건히 쌓아 올리고 부드럽게 윤을 냈으므로, 지금 이 차 안에서 그 몸을 만지고 받쳐주기 위하여 일부러 알베르틴을 끌어안거나 바라볼 필요도 없었다. 오직 그 목소리를 듣는 것으로, 또 그녀가 아무 말 없어도 내 곁에 있음을 느끼는 것으로 충분했다. 한데 엮인 내 다섯 가지 감각이 그녀를 온통 감싸고 있었다. 그리고 집 앞에 이르러 그녀가 더할 수 없이 당연한 듯 차에서 내렸을 때, 나는 잠깐 그대로 서서 운전사한테 나중에 다시 오라고 이르면서, 나보다 앞서 안으로 들어가는 알베르틴을 향한 눈길을 여전히 거두지 못하고 있었다. 게다가 이토록 점잖게, 다홍빛을 호사스럽게 두르고 나를 사로잡은 알베르틴이, 내가 소유한 여인답게 더할 나위 없이 자연스레 나와 더불어 집으로 돌아와, 벽에 의지하면서 집 안으로 사라지는 모습을 볼 때 내가 맛보는 것은 분명 활기 없는 가정적인 평온함이었다.

다만 불행하게도 그날 저녁 그녀의 방에서 마주 앉아 저녁 식사 하는 동안 그녀가 지은 구슬프고 지친 표정으로 미루어보아 판단한다면, 그녀는 이곳을 감옥으로 여기는 것 같았다. 그 라 로슈푸코 부인[*1]과 같은 생각인 듯했다. 리앙쿠르처럼 아름다운 저택에 있으니 만족하지 않느냐고 물었을 때, 부인은 '아름다운 감옥이란 없다'고 대답했었다. 나는 처음에 알베르틴의 표정을 알아채지 못했다. 오히려 그녀만 없다면(그녀와 함께라면, 그녀는 호텔에서 온종일 수많은 사람들과 만날 테고, 나는 심한 질투로 고통받을 테니까) 지금쯤 베네치아의 뱃바닥처럼 낮은 작은 식당에서 저녁 식사를 하고 있으련만, 거기서 이슬람식으로 쇠시리를 둘러친 작은 홍예문 너머로 대운하가 보이련만, 하는 생각에 대단히 유감스러웠다.

알베르틴이 내 집에 있는 바르브디엔의 커다란 청동상에 크게 감탄한 사실을 덧붙여 말해줘야겠다. 블로크가 너무나 떳떳하게 추하기 짝이 없다고 말한 청동상을 어째서 버리지 않고 그대로 두냐고 놀라워한 것은 틀림없이 옳

[*1] 《잠언집》 저자의 부인. 리앙쿠르는 남편의 영지(領地).

은 경악이 아니었다. 나는 그와는 달리, 예술적 가구를 마련하거나 방을 장식하려고 한 적이 한 번도 없었다. 그러기에는 너무나 게으르고, 늘 눈앞에 뭐가 있든 전혀 무관심했다. 내 취미가 그런 걸 개의치 않으니, 실내를 오밀조밀 꾸미지 않는 것도 당연하지 않는가. 그래도 청동상은 치울 수 있었을 것이다. 그러나 추악하고 어수선한 물건도 매우 유익한 구실을 하는 때가 있다. 우리는 우리를 이해 못하는 여인, 우리와 취미가 동떨어진 여인을 사랑할 때도 있는데, 그녀는 이런 추악한 물건에는 정신을 빼앗기나, 아름다운 것이라도 그 아름다움이 한눈에 드러나지 않는 것에는 혹하지 않는다. 그런데 현혹을 유효하게 쓸 수 있는 건 바로 우리를 이해 못하는 이들한테만이며, 사리를 분별할 줄 아는 이들에게는 우리의 지성만으로 충분하다. 물론 알베르틴은 좋은 취미를 갖기 시작했지만, 그래도 아직 이 청동상에 어떤 존경을 품고 있었으며, 그 존경이 내게로 튀어와서 나에 대한 경의가 되었다. 그것이 알베르틴이 바치는 경의인 이상, 내게는 (얼마쯤 불명예스런 청동상을 그대로 두는 것보다 훨씬) 중요했다. 나는 알베르틴을 사랑하고 있으니까.

그런데 어느 순간 갑자기 내가 노예라는 의식이 나를 짓누르지 않고, 이 상태를 더 지속하고 싶다고 생각했다. 알베르틴도 자신이 노예라고 느끼고 있는 것만 같았기 때문이다. 그야 물론 내 집에 있는 게 싫지 않느냐고 물어 볼 적마다, 그녀는 으레 이보다 더 행복한 곳은 없다고 대답했다. 그러나 이 말은 자주 뭔가 그리워하며 안절부절못하는 태도와 모순되었다. 확실히 그녀가 내 예상대로의 성벽을 가졌다면, 도저히 그 성벽을 만족시키지 못하여 안절부절못하는 게 틀림없었다. 하지만 나는 그 때문에 매우 마음이 진정되어, 그녀를 의심한 것이 부당했다는 가정이 가장 사실에 가깝다고 느낄 정도였다. 그러나 이 가정으로는 아무래도 석연치 않은 게, 알베르틴이 이상하리 만큼 열심히 절대 혼자가 되지 않도록, 절대 자유로운 몸이 되지 않도록, 집에 돌아올 때는 문 앞에서 잠시도 걸음을 멈추지 않도록 애쓰는 점, 전화 걸러 갈 적마다 그녀가 한 말을 나에게 고자질할 만한 누군가를, 예컨대 프랑수아즈나 앙드레를 여봐란 듯이 데리고 가는 점, 앙드레와 함께 외출하고 나서는 언제나 넌지시 앙드레와 나를 단둘이 두어 외출의 온 과정을 보고할 수 있도록 하는 점을 보였기 때문이다. 이와 같은 비할 바 없는 온순함과 대조적으로, 금세 가시긴 하지만 이따금 짓는 그 초조한 표정은 알베르틴이 묶인 쇠사슬을 떨쳐낼 계획을 세우고 있는 게 아닌가 하는 의심을 품게 했다.

　게다가 몇 가지 부수적인 사실이 내 추측에 힘을 실었다. 이를테면 나 혼자 외출한 날, 파시 근처에서 지젤을 우연히 만나 이것저것 잡담한 적이 있었다. 그러다 나는 지젤에게 이런 일을 알려줄 수 있다는 사실이 은근히 자랑스러워서, 알베르틴과는 줄곧 만나고 있노라고 말했다. 지젤은 어디서 알베르틴을 만날 수 있는지 물었다. '마침' 그녀에게 할 말이 있다는 것이었다. "뭔데요?"—"알베르틴과 친한 아가씨 친구들에 대한 일이에요."—"친구라니 어떤 친구인데요? 어쩌면 내가 정보를 줄 수 있을지도 모르죠. 그렇다고 알베르틴을 만나지 못하게 하려는 건 아니지만."—"옛 친구예요, 이젠 이름조차 생각나지 않는걸요." 지젤은 뒷걸음질치면서 아리송하게 대답했다. 그리고 내게 티끌만 한 의혹도 남기지 않을 만큼 신중하고도 조심스럽게 이야기했다고 굳게 믿으면서 사라졌다.

　그러나 거짓말이 그 모습을 드러내는 데는 많은 것을 요구하지 않는다! 이름조차 모르는 옛 친구에 대한 일이라면, 어찌하여 '마침' 알베르틴에게 얘기할 필요가 있겠는가? 코타르 부인의 입버릇인 '때마침 잘됐어요'와 사촌뻘인 이 '마침'이라는 부사는 일정한 인물에 대한, 특별한, 때맞은, 어쩌면 긴급할 때만 쓰이는 부사가 아닌가. 게다가 '아니 뭐, 이름조차 생각나지 않아요' 말하면서(이야기가 여기까지 온 순간에 갑자기 물러갈 준비를 하듯, 몸도 덩달아 뒤로 물리면서) 하품하듯 입을 멍하게 벌린 꼴이, 그녀 얼굴을, 또 그 얼굴에 어울리는 목소리를 거짓 표정으로 만들었다. 그와 달리 '마침'이라고 말했을 때 긴장되고 생기가 넘치며 적극적이던 표정은 진실된 얼굴이었다.

　나는 지젤에게 캐묻지 않았다. 한들 무슨 소용이 있겠는가? 확실히 그녀의 거짓말은 알베르틴과 달랐다. 또 확실히 알베르틴의 거짓말이 내게 더욱 사무쳤다. 그러나 먼저 두 아가씨의 거짓말에는 하나의 공통점이 있다. 곧 두 사람 다 거짓말을 하고 있다는 점으로, 이 사실은 어떤 경우라도 분명하다. 하지만 거짓말 속에 숨은 진실은 뚜렷하지 않다. 다 아는 바와 같이, 살인범은 저마다 자신은 모든 일을 잘 궁리했으니 잡힐 리 없다고 믿지만 결국 거의 예외 없이 잡히고 만다. 반대로 거짓말쟁이는 꼬리 잡히는 일이 드문데, 특히 거짓말쟁이 중에서도 사내의 사랑을 받고 있는 여인은 더욱 그러하다. 여인이 어딜 갔는지, 거기서 뭘 했는지 도무지 알 길이 없다. 그러나 여인이 입을 열어 마음속에도 없는 말을 지껄이면서 그 말속에 진실을 감추고 말하지 않을 때는 곧바로 거짓말인 게 드러나며, 질투심은 더해진다. 거짓말인 줄 짐작하면서도, 진실을 알 수 없기 때문이다.

지금까지 보아온 바와 같이 알베르틴에게는 거짓말이라는 인상을 주는 수많은 특징이 있었는데, 특히 거짓말할 때의 그 얘기에는 어딘지 불충분한, 생략된, 있음직하지 않은 점이 있다거나, 또는 되레 그럴듯하게 보이려고 하찮은 사실을 마구 덧붙이는 경향이 있었다. 그런데 이 말들은 거짓말하는 이의 의도와는 달리 전혀 사실이 아니다. 어떤 사실에 귀를 기울이는 사람이 그저 그럴듯한 것과 어쩌면 사실보다 더욱 그럴듯한 것, 지나치게 그럴듯한 것을 들을 때, 조금이라도 음악적인 귀를 가진 사람이라면, 누구나 틀린 시구나 큰 소리로 잘못 읽은 낱말처럼 금세 사실이 아니라고 느낀다. 사랑에 빠진 남자라면 귀로 느끼면서도 마음에 경보가 울린다. 여인이 베리 거리를 지났는지 워싱턴 거리를 지났는지 몰라 일생이 좌우된다면, 어째서 이렇게 생각해보지 않겠는가. 만약에 그 여인과 몇 년 동안 만나지 않고 참을 수 있는 슬기로움만 있다면, 이 몇 미터 차이나 그 여인 자체도, 결국은 100만분의 1로(즉 알아볼 수 없을 정도의 크기로) 축소되리라. 걸리버를 더욱 크게 만든 것 같은 상대도 소인국 여인이 되어버려서, 어떤 현미경이든 그것이 마음의 현미경이라면—냉정한 기억의 현미경은 가장 강력하고 튼튼하므로—다시는 알아챌 수 없으리라!

아무튼 알베르틴과 지젤 사이에 거짓말이라는 공통점이 있긴 했으나, 지젤의 거짓말은 알베르틴의 거짓말과 다를 뿐만 아니라 앙드레와도 달랐다. 그런데도 그녀들의 거짓말은 저마다 커다란 변화를 보이면서도 서로 어찌나 잘 들어맞는지, 이 작은 동아리에는 이를테면 물샐 틈 없이 꽉 짜인 어떤 상사·출판사·신문사같이 뚫고 들어갈 수 없는 견고성이 있었다. 이러한 회사는 구성원이 가지각색이지만, 불쌍한 작가는 자기가 속고 있는지 아닌지를 절대로 알 수 없다. 신문이나 잡지의 사장은 '성실'이라는 깃발을 선명하게, 다른 신문사 사장이나 극장 지배인, 출판업자에게 보란 듯이 높이 올리고 나면, 그도 결국 자기 입으로 비난한 바와 똑같은 짓을 하고, 수단과 방법을 가리지 않고 이익을 볼 기회를 얻으려고 노려 실행에 골몰하는 것을 어떻게든 숨길 필요가 있는 만큼 더욱더 과장된 성실성을 짐짓 꾸미며 거짓말한다. 거짓말은 추악한 짓이라고(정당의 우두머리로서, 기타 등등으로서) 선언해버리면 남보다 더 자주 거짓말을 할 수밖에 없는데, 그 주제에 점잔 빼는 가면을 벗지도, 성실성의 엄숙한 삼중관(三重冠)*¹을 내려놓지도 않는다. 이 '성실가'와 한 짝인 자는 그와 다른 식으로, 더욱 교묘한 투로 거짓말한다. 그는 자기 아내를 속이듯 통속 희극(vaudeville)풍 꾀를 써서 작가를 속인다. 정직하고 버릇없는 부편집장은 마치 언제까지 집을 완성하겠다고 약속하고는 그날이 와도 아직 공사를 시작조차 않는 건축가처럼 아주 태연하게 거짓말한다. 편집장은 천사와도 같은 마음씨를 가진 자로, 다른 세 사람 사이를 뛰어다니면서, 무슨 일인지도 모른 채 동지적인 배려와 마음씨 착한 연대감에서, 생각지 못한 말로 그들에게 귀중한 도움을 준다. 이 네 사람은 끊임없는 의견 갈등 속에 지내지만, 작가가 모습을 나타내면 그 갈등은 당장 사라진다. 개개의 싸움을 뛰어넘어서, 저마다 위협에 처한 '부대'를 구원코자 달려온다는 위대한 군사적 의무를 떠올리는 것이다. 그런 줄 알아차리지 못한 채, 나는 이 '작은 동아리'에 대하여 줄곧 그 불쌍한 작가의 역할을 맡았다. 알베르틴이 어떤 핑계로 나와 헤어지는 그때 곧바로 함께 여행을 떠날 생각인 벗, 나의 연인에게 작별할 때가 왔다는 둥 머지않아 그때가 올 거라는 둥 기별할 생각인 벗을 마음속에 두고서 지젤이 '마침'이라고 했다면, 그녀는 팔다리가 갈기갈기 찢겨도 실토하지 않을 것이다. 따라서 그녀에게 물어봤댔자 소용없었다.

그러나 나의 의혹을 북돋운 것은 지젤 같은 인물과 맞닥뜨렸기 때문이 아니었다. 이를테면 나는 알베르틴의 유화에 감탄하고 있는데, 알베르틴의 유화는 갇힌 여인의 애처로운 오락이라고 할 만큼 측은한 마음이 들어, 그 솜씨를 칭찬했다. "천만에, 아주 고약해요. 난 한 번도 소묘 수업을 받은 적이 없는걸요."―"아니 왜 어느 저녁인가 발베크에서 소묘 수업 때문에 돌아오지 못한다고 나한테 일러온 적이 있잖아." 나는 그녀에게 그 날짜까지 곁들여 설명하고, 그런 시각에 소묘 수업을 하지 않은 줄 당장 알았다고 말했다. 알베르틴은 얼굴을 붉혔다. "맞아요, 소묘 수업을 받지 않았어요. 나 처음에는 정말 당신에게 많이 거짓말했어요. 인정해요. 그러나 지금은 절대로 거짓말 안 해요." 첫 무렵의 수많은 거짓말이 뭔지 얼마나 알고 싶었던지! 하지만 그 고백도 새로운 거짓말일 줄은 지레 알고 있었다. 그래서 그녀에게 입맞추는 걸로 참았고, 그

---

*¹ 현세·영계·연옥을 다스리는 상징으로 로마 교황이 쓰는 관.

거짓말 중 하나만 말해보라고 졸랐다. "글쎄, 뭐! 예를 들자면, 바닷바람을 쏘이면 기분이 나빠진다는 그런 거예요." 이렇게 성의 없는 그녀의 대답에 나는 더 이상 묻지 않았다.

사랑받아 온 모든 사람, 아니 거의 모든 사람은 우리한테 야누스(Janus)[*2]와 같아서, 떠나갈 때는 우리 마음에 드는 얼굴을, 영원토록 우리 생각대로 될 줄 알 때에는 침울한 얼굴을 내민다. 알베르틴과 함께하는 영속적 생활은 이 이야기에서 말할 수 없는 별난 고통을 안고 있다. 남의 삶을 자기 삶에 비끄러매는 것은 폭탄을 끌어안고 있는 것처럼 위태로운 일로, 이것을 놓아버리면 죄를 물을 수밖에 없다. 미치광이와 친한 이가 느끼는 감정—흥분, 침울, 위험, 불안, 믿었던 것이 나중에는 엉터리로도 진실로도 여겨져 변명조차 할 수 없게 되지 않을까 하는 두려움 같은 감정—을 이와 비교해보라. 이를테면 샤를뤼스 씨가 모렐과 가깝게 지내는 것을 나는 개탄해 마지않았다(금세 그날 오후의 광경이 머리에 떠올라, 나는 가슴 왼쪽이 오른쪽보다 두근두근 부풀어오르는 느낌이었다). 두 사람이 관계를 맺고 있는지는 문제 삼지 않고, 샤를뤼스 씨는 처음에 모렐이 미친 사람인 줄 몰랐던 게 틀림없다. 모렐의 미모와 저속함과 거만한 태도 탓에 남작도 미처 거기까지 생각이 이르지 못했을 것이다. 이윽고 모렐은 우울증이 발작하는 날마다 까닭 없이 자기가 침울한 기분이 드는 건 샤를뤼스 씨 탓이라고 책망하기 시작하고, 교묘하기 짝이 없고 당치 않은 억설을 늘어놓으며 상대가 불신감을 품고 있다고 욕설을 퍼붓고, 죽을힘을 다해 결심을 했노라 위협하곤 했는데, 음험하게도 그 결심 가운데는 자기의 직접적인 이익이 고려되어 있었다. 물론 이런 사실은 다 비유에 지나지 않는다. 알베르틴은 미친 여인이 아니었다.

그녀를 속박하는 쇠사슬을 가벼운 것으로 여기게끔 만드는 가장 교묘한 방법은 나 자신이 그 쇠사슬을 끊으려 한다고 믿게끔 만드는 일이라고 생각했다. 그런데도 이 거짓 계획을 지금 그녀에게 털어놓을 수는 없었다. 그녀가 조금 전 트로카데로에서 그처럼 상냥하게 돌아왔기 때문이다. 헤어지자는 거짓말로 그녀를 상심케 하기는커녕 기껏 내가 할 수 있는 일이라곤, 그녀에게 고마워하는 마음에서 영원히 둘이서 함께 살자는 꿈을 절대로 입 밖에 내지 않

[*2] 로마 신화에 나오는 문의 수호신. 앞뒤에 얼굴이 있어, 과거와 미래를 본다고 함.

는 게 고작이었다. 그녀를 바라보고 있으면 그 꿈을 그녀에게 죄다 말하지 않고 견뎌내기 힘들어, 어쩌면 그녀도 그것을 눈치챘을지도 모른다. 공교롭게도 꿈의 표현은 전염되지 않는다. 점잔을 부리는 노부인처럼 샤를뤼스 씨도 상상 속에서 의젓한 젊은이의 모습만 그린 나머지 그 자신도 의젓한 젊은이가 된 줄 알고, 더욱더 점잔을 빼 우스꽝스러워지면 질수록 그런 줄 여겼는데, 이는 흔히 있는 일이다. 사랑에 빠진 사내의 불행은, 자기가 아름다운 애인의 얼굴을 보고 있을 때 애인도 그의 얼굴을 보는데, 아름다운 것을 보고 느끼는 기쁨으로 그 얼굴이 일그러져서 도리어 추해 보인다는 사실을 깨닫지 못한다는 점이다. 그러나 연애에만 이런 사례가 있는 것은 아니다. 인간은 자신의 육체를 볼 수 없지만, 남에게는 보인다. 인간은 자기 사념을 '뒤따르는데', 그것은 남에게는 보이지 않는 대상이다. 때로는 예술가가 이 대상을 작품 속에서 보여주므로 작품에 감탄한 이들이 작가에게는 환멸을 느끼는 일이 생긴다. 작가 얼굴에 이 내적인 아름다움이 충분히 반영되어 있지 않기 때문이다.

베네치아에 대해 내가 품고 있는 꿈은, 알베르틴에 대한 것이나 내 집에서 지내는 그녀의 심심풀이가 될 법한 꿈뿐이었으므로, 나는 머지않아 주문하러 가야 할 포르튀니의 드레스를 화제로 올렸다. 어떤 새로운 즐거움을 이바지해서 그녀의 기분을 풀어줄까 하고 나는 줄곧 찾고 있었던 것이다. 만약 오래된 프랑스식 은제 식기라도 발견한다면 그것을 선물하여 그녀를 깜짝 놀라게 해주고 싶었다. 사실 요트를 사는 계획을 세웠을 때, 알베르틴은 그 계획은 도저히 이뤄질 수 없을 거라고 생각했다. 나 또한 마찬가지로, 그녀를 품행이 방정한 아가씨라고 생각할 때마다, 이내 그녀와의 생활은 돈이 너무 많이 들어서 결혼은 불가능하다고 여겨지는 것이었다. 그녀는 요트를 사지 못할 거라고 생각하고 있었지만, 그래도 우리는 엘스티르에게 조언을 청했다.

나는 그날 어느 분의 부고(訃告)를 접하고 깊은 슬픔을 맛보았다. 베르고트가 죽은 것이다. 독자도 알다시피 그는 앓은 지 오래였다. 물론 그가 처음에 걸렸던 자연적인 병 때문만은 아니었다. 자연은 짧은 기간의 병밖에 주지 않나 보다. 그런데 의학은 병을 질질 끄는 기술이 있다. 약이 불러오는 소강상태, 투약을 중지함으로써 재발하는 불쾌감, 그것이 병의 환영을 지어내고 환자의 습관은 이것을 고질적으로 만들며 양식화한다. 마치 어린애가 백일해를 앓고 난 뒤에도 오랫동안 기침을 하듯이. 그러다가 점점 약효가 줄어들고 투여량이 늘어난다. 이제는 약을 써도 효험이 없고 오히려 불쾌감이 계속되어 고통을 주기 시작한다. 자연의 병이라면 그토록 길게 이어질 리 없다. 의학이 자연과 맞서 억지로 환자를 병상에 눕히고, 약을 먹지 않으면 죽는다고 협박하여 약을 계속 먹게 한다. 이 지경에 이르면 인공으로 접종된 병이 뿌리내려 2차적인 병, 그러나 진짜 병이 되고 만다. 다만 자연의 병은 나아도 의학이 자초한 병은 절대 낫지 않는다는 차이점이 있을 뿐이다. 의학은 치유의 비밀을 모르기 때문이다.

　베르고트가 바깥출입을 안 한 지 여러 해가 지났다. 게다가 그는 이제껏 사교계를 좋아한 적이 없었다. 아니, 단 하루만 좋아한 다음 다른 모든 것과 마찬가지로 사교계도 멸시해버렸다. 그것도 언제나 그렇듯 독특한 투로, 얻을 수 없으므로 경멸하는 게 아니라 얻자마자 경멸했다. 그는 매우 간소한 생활을 하여 그가 얼마나 부유한지 아무도 추측하지 못했고, 또 아는 사람이라도 오해하여 그를 인색하다고 생각했을 텐데 실은 아무도 따를 수 없을 만큼 후한 사람이었다. 특히 여인들에게, 좀더 분명히 말하면 여자애들에게 너그러웠는데, 사소한 일에 많은 돈을 받은 여자애들이 오히려 미안해할 정도였다. 그는 사랑을 느낄 때만큼 저술이 잘 되는 때가 없음을 알았으므로, 자신의 그런 행동을 스스로 묵인하고 있었다. '사랑'이라고 하면 좀 지나친 말이나, 육체 속에 살짝 파고든 쾌락은 창작을 돕는다. 왜냐하면 다른 쾌락을, 예를 들어 사교의 쾌락같이 아무에게나 엇비슷한 것을 없애버리기 때문이다. 그뿐만 아니라 비록 그 연정이 환멸을 일으키더라도 환멸은 환멸 나름대로, 사랑 없이는 멈춰버릴 게 뻔한 영혼의 바깥쪽을 흔들어놓는다. 그래서 욕망은 작가가 남들한테서 멀어지고 순응하는 것을 방해하고, 어느 나이가 지나면 멈추기 쉬운 정신의 기계에 얼마간 움직임을 준다는 점에서 쓸모없는 게 아니다. 행복해지진 못할망정 행복을 가로막는 갖가지 까닭, 환멸이 갑작스럽게 들이닥치지 않았으면 눈에 보이지 않고 말았을 그 까닭에 대해 인간은 고찰하게 된다. 꿈이 이루어지지 않는 건 다 아는 바지만, 욕망이 없었다면 아마 그 누구도 꿈을 꾸지 않았으리라. 또 부푼 꿈이 좌절하는 걸 보고, 좌절에 의해 가르침을 받는 것도 무익하지 않다. 그러므로 베르고트는 스스로 타일렀던 것이다. "나는 계집애들 때문에 억만장자보다 더 돈을 낭비하지만, 그녀들이 주는 쾌락이나 환멸 덕분에 글을 쓰니 돈벌이도 되지." 이 이론은 경제적으로는 부조리하나, 아마도 그는 돈을 애무로 바꾸고 애무를 돈으로 바꾸는 데서 즐거움을 발견했을 것이다. 게다가 나의 할머니가 돌아가셨을 때, 우리는 피로한 노인은 휴식을 좋아한다는 사실을 알았다. 그런데 사교계에는 오직 수다밖에 없다. 수다는 어리석기 그지없지만, 여자들을 말살하여 그들을 오직 질문과 응답으로 바꾸어버리는 힘이 있다. 그러나 사교계 밖으로 나오면, 여자들은 피로한 노인의 마음을 안온케 하는 대상으로 되돌아간다.

아무튼 이제는 이 모든 게 문제가 아니었다. 베르고트가 집 안에만 틀어박혀 있은 지가 오래되었다고 썼는데, 그는 방 안에서 한 시간 남짓 일어나 있을 때도 숄이나 여행용 담요같이 몹시 추울 때나 기차에 탈 때 어깨에 걸치는 것을 온몸에 두르고 있었다. 가끔 들르는 친구들을 침대 옆에까지 들이고는 변명 삼아 타탄 무늬 숄이나 담요를 가리키며 쾌활하게 말하는 것이었다. "여보게, 어쩔 수 없네그려. 아낙사고라스(Anaxagoras)*¹도 인생이란 나그넷길이라고 하지 않았나." 그는 이렇게 천천히 식어갔다. 열이 조금씩 식어서 이윽고 생명이 없어지고 마는 지구의 미래를 보여주는 작은 지구처럼. 생명이 사라지면 다시 살아날 수도 없다. 먼 미래 세대에까지 인간의 작품이 빛을 보려면 분명 인간이 있어야 하기 때문이다. 이를테면 어떤 종류의 동물이 서서히 닥쳐오는 추위에 오래 버틴다 할지라도 인간이 존재하지 않으면, 설사 베르고트의 명성이 그때까지 계속된다고 해도 눈 깜짝할 사이에 영영 사라지고 말리라. 마지막에 살아남은 동물이 베르고트의 작품을 읽을 리 없는 것이, 성령 강림날의 사도들처럼 그 동물이 배우지도 않고 여러 민족의 언어를 이해할 리 없을 테니까.

죽기 전 몇 달 동안 베르고트는 잠을 못 자 고생했는데, 더 고약하게도 잠들자마자 가위에 눌려 그 때문에 깨어나면 잠드는 걸 피하게 되었다. 오랜 세월 동안 그는 꿈을, 악몽마저 좋아했다. 꿈 덕분에, 또 깨어 있을 때 눈앞에 보이는 현실과 그 꿈이 상반되므로 아무리 나중에라도 깨어나는 찰나에는 잠이 들었다는 깊은 감각이 들기 때문이다. 그러나 베르고트의 악몽은 더는 그렇지 않았다. 그가 말하는 악몽은 예전 같으면 그 머릿속에서 일어난 불쾌한 일을 뜻했다. 하지만 지금은 자기 몸 밖에서 들어오는 것처럼 젖은 걸레를 쥔 손

---

*1 그리스의 철학자(B.C. 500?~428?).

이 보인다. 심술궂은 여인이 그 손으로 그의 얼굴을 문질러 깨우려고 한다. 허리 쪽이 간지러워 참기 힘들다. 한 마부가 버럭 화를 내며—베르고트가 잠결에 마차 모는 솜씨가 서투르다고 중얼대자—미친 듯이 그에게 덤벼들어 그 손가락을 물고 으드득으드득 끊으려 한다. 그리고 자는 동안에 주위가 충분히 어두워지면, 자연은 분장(扮裝)도 하지 않고, 머잖아 그 목숨을 빼앗을 뇌졸중이 엄습한다. 베르고트는 스완이 새로 든 호텔 현관에 차를 대고 내릴 참이었다. 그러자 쓰러질 듯한 현기증이 일어나 그 자리에 못박히고 만다. 문지기가 거들어 그를 내려주려고 하나 그는 앉은 채 몸을 일으킬 수도 다리를 들 수도 없었다. 눈앞에 있는 돌기둥이라도 매달려보고자 했으나, 몸을 지탱할 만큼 버틸 수 있을 것 같지 않았다. 그의 왕진 의뢰를 받아 자랑스러워하던 몇몇 의사들의 진찰 결과, 그는 그 병의 원인이 지나치게 일한(그가 저술하지 않은 지가 20년이 지났건만) 탓이라는 진단을 받았다. 의사들은 그에게 스릴러소설을 읽지 말기를(그는 독서와는 담을 쌓고 있었다), '생명에 꼭 필요한' 햇볕을 더 쪼이기를(자택에 파묻힌 덕분에 그나마 요 몇 년 동안 비교적 건강했는데), 더 영양분을 섭취하기를(그럴수록 몸은 더 마르고, 악몽만 더 기승을 부렸건만) 권했다.

의사 가운데 하나는 남의 의견이라면 죽기로 기를 쓰며 부정하고 짓궂게 놀리는 재능이 있었는데, 베르고트가 다른 의사들이 없는 기회에 그를 만나 그의 기분이 상하지 않도록 다른 의사들의 권고를 자기 의견인 양 꺼내자, 부정하기 좋아하는 그 의사는 베르고트가 자기 마음에 드는 치료를 지시해주기를 원하는 줄 여기고 당장에 그건 안 된다고 금했다. 금하는 이유도 보통 그 자리에서 둘러맞추어 지어낸 말이라, 베르고트가 구체적으로 분명한 이의를 제기하자 부정하기 좋아하는 그 의사는 같은 말 속에서 자신의 주장과도 모순되는 말을 지껄이는 처지가 되었지만, 그래도 새로운 이론을 갖다대며 강경하게 금지를 되풀이했다. 베르고트는 처음에 치료받았던 의사들 중 한 사람에게 다시 진찰을 받았다. 그는 재치가 있노라고 자부하는 자로, 특히 문호 앞에서 더욱 그러했다. 베르고트가 "그렇지만 X박사가 말씀하시던데—물론 오래전 일이지만—이 약을 쓰면 신장과 뇌가 충혈될지도 모른다……" 넌지시 말하자, 의사는 히죽 웃으며 손가락을 올리고 잘라 말했다. "나는 사용(use)하시라고 했지, 남용(abuse)하시라고 말하진 않았습니다. 물론 어떤 약이든 너무 많이 쓰면 양날의 칼이 되고 마니까요."

인체에는, 마음에 도덕적 의무를 분별하는 본능이 있듯 몸에 유익한 것을 분간하는 본능이 있어, 의학 박사나 신학 박사 면허도 그 본능을 대신할 수 없다. 냉수욕이 몸에 해로운 줄 알지만 그래도 냉수욕을 좋아한다고 하자. 그럼 수많은 의사 가운데 반드시 냉수욕을 권장하는 자가 나타날 테지만, 그렇다고 그 의사가 냉수욕을 해롭지 않도록 해주는 건 아니다. 베르고트는 의사들에게 몇 년 전부터 스스로 현명하게 금해왔던 것을 한 가지씩 해도 괜찮다는 허락을 받았는데, 몇 주일이 지나 옛 발작이 재발했고 최근 증상이 악화됐다. 쉴 새 없는 고통에 얼빠지고, 엎친 데 덮친 격으로 악몽과 불면증에 시달렸던 베르고트는 의사를 부르지 않고 갖가지 수면제를 써서 안정을 찾았지만 약을 지나치게 많이 먹었다. 약 하나하나에 덧붙여진 효능서, 그가 믿고 읽어본 효능서에는 잠의 필요성을 강조하면서, 모든 수면제는 독성이 있으며(오직 이 효능서로 감싼 병의 내용물만은 예외로, 절대로 중독을 일으키지 않는다) 약이란 병 이상으로 해를 끼친다고 완곡하게 설명하고 있었다. 베르고트는 그런 약을 모두 써보았다. 어떤 것은 일반적으로 쓰는 약과는 달리, 이를테면 아밀(amyle)과 에틸(étyle)로 만든 약이었다. 성분이 아주 다른 신약을 먹을 때는 반드시 미지의 것에 대한 감미로운 기대가 따르기 마련이다. 애인과의 첫 밀회처럼 가슴이 두근거린다. 새로운 손님은 아직 모르는 어떤 종류의 잠이나 꿈으로 데려가줄까? 이제 약은 몸 안에서 우리 사고력을 지배하기 시작한다. 어떤 모습으로 잠들까? 잠들면 어떤 기괴한 길을 통해 어떤 봉우리로, 아직 사람의 발길이 닿지 않은 어떤 심연으로 이 전능한 스승이 우리를 데리고 갈까? 이 나그넷길을 가는 사이 어떠한 새로운 감각들을 알게 될까? 불쾌감일까? 더없는 즐거움일까? 죽음일까? 베르고트의 죽음이 닥쳐온 것은 그가 이와 같이 너무나 강한 친구들 중 하나(친구일까? 적일까?)에 의지했던 그다음 날이었다.

그는 다음과 같은 상황에서 죽었다. 가벼운 요독증 발작 때문에 그는 안정하라는 지시를 받았다. 그런데 아무개 비평가가, 네덜란드 미술 전람회를 위해 헤이그 미술관에서 빌린 베르메르의 〈델프트의 풍경〉에 대해, 베르고트가 매우 좋아하고 구석구석까지 잘 안다고 여기고 있는 이 〈델프트의 풍경〉 속에 작은 황색 벽(그는 이것이 생각나지 않았다)이 참으로 잘 그려져, 그것만 보아도 진귀한 중국 미술품처럼 알찬 아름다움을 갖추고 있다고 썼으므로, 베르고트는 감자를 조금 먹고 나서 외출해 그 전람회장으로 갔다. 계단을 몇 층

올라가자마자 어지럼증이 일어났다. 그는 수많은 그림 앞을 지나치면서 이것저것 다 부자연스럽고 무미건조하며 쓸데없는 예술이라는 인상을 받아, 베네치아의 궁전, 아니 바닷가의 수수한 인가에 드나드는 바람과 햇볕보다 못하다고 생각했다.

마침내 베르메르의 그림 앞에 섰다. 그의 기억으로는 더 눈부시고, 그가 알고 있는 온갖 그림과 동떨어진 작품이었는데 그래도 비평가의 기사 덕분에 그는 처음으로 작고 푸른 인물이 몇몇 보이는 것과 모래가 장미색인 것을 주의 깊게 살피고, 마지막으로 슬쩍 얼굴을 내밀고 있는 황색 벽면의 값진 질감을 발견했다. 그의 어지럼증은 천천히 심해졌다. 그는 어린이가 노랑나비를 붙잡으려 할 때처럼 이 값진 작은 황색 벽면을 뚫어져라 바라보았다. "나도 이처럼 글을 썼어야 옳았지." 그는 중얼거렸다. '내 최근 작품은 모두 무미건조하단 말이야. 이 작은 황색 벽면처럼 물감을 거듭 덧칠해서 문장 자체를 값지게 만들었어야 옳았어.' 그러는 동안에도 지독한 어지럼증은 그를 놓아주지 않았다. 그의 머릿속에 하늘의 저울이 나타나 그 한쪽 쟁반에 자기 목숨이, 다른 한쪽 쟁반에 황색으로 훌륭히 그려진 작은 벽면이 담겨 있는 게 보였다. 그는 자기가 경솔하게도 이 작은 황색 벽면 때문에 목숨을 희생했구나 느꼈다. '그건 그렇고 석간 3면에 전람회에서 일어난 사건 따위의 기삿거리는 되고 싶지 않은데.'

그는 마음속으로 되풀이했다. '차양 달린 작은 황색 벽, 작은 황색 벽.' 그렇게 중얼거리면서 반원 모양 의자 위로 쓰러졌다. 이 찰나 자기 목숨이 바람 앞의 등불 같다는 생각은 사라지고 다시 낙관적인 기분이 들었다. '그 감자가 설익어 체한 걸 거야. 별일 아니겠지.' 새 발작이 그를 넘어뜨렸다. 그는 의자에서 마룻바닥으로 굴러떨어졌다. 구경꾼들과 수위가 우르르 몰려들었다. 그는 숨져 있었다. 영영 죽어버린 것인가? 누가 그렇다고 분명하게 말할 수 있으랴. 물론 심령술 실험도 종교 교리와 마찬가지로 영혼 불멸의 증거를 보이지 못한다. 오로지 이승에서는 마치 전생에서 무거운 의무를 짊어지고 태어났거나 한 듯 온갖 일이 일어난다고 말할 뿐이다. 땅 위에서 삶을 누리는 조건 속에는 선을 행하고 세심해야 한다는 의무, 남에게 예의 바르게 대해야 한다는 의무마저 그것을 느끼게 하는 아무런 이유도 없다. 또 신을 믿지 않는 예술가에게는 영원히 알려지지 않을 한 화가, 고작 베르메르라는 이름으로 알려져 있을 뿐인한 화가가 정교하고 세련된 솜씨를 다해 작은 황색 벽면을 그려냈듯이, 몇 번이고 되풀이해서 한 가지를 그려야 한다는 의무를 짊어지고 있다고 느낄 아무런 이유도 없다. 설령 그 그림이 칭찬받은들 구더기에게 먹혀가는 그 몸엔 대수롭지 않을 것이다.

이러한 의무는 현세에서 보답을 받는 게 아니며 이 세계와는 동떨어진 세계, 선의나 세심, 자기희생에 기초를 둔 다른 세계에 속해 있는 성싶다. 인간은 그 세계에서 나와 이 지상에 태어나고, 아마도 머잖아 그 세계로 되돌아가 미지의 법도를 따르고 지배를 받으며 다시 살아가는 게 아닐까. 그러나 그에 앞서 인간은 이 세상에서도 그 법도를 따른다. 왜냐하면 누가 적은 것인지도 모르는 채, 마음속에 법도의 가르침을 지니고 있기 때문이다. 모든 깊은 지성의 수고를 통해 타인과 가까워지게 하는 이 법도, 오직 어리석은 자의 눈에만 보이지 않는 법도—아니 때로는 어리석은 자의 눈에도 비친다. 그러므로 베르고트가 영원히 죽지 않았다는 생각에도 일부분 진리는 있다.

베르고트의 육신은 묻혔다. 하지만 장례식날 밤이 깊도록 책방의 환한 진열창에 그의 저서가 세 권씩 놓여 날개 펼친 천사처럼 밤샘하는 것이, 이제 이승에 없는 이를 위한 부활의 상징인 듯싶었다.

이미 말한 바와 같이 나는 그날 베르고트의 죽음을 알았다. 그리고 신문에서—약속이라도 한 듯이 똑같은 기사를 실었다—그가 그 전날에 죽었다고 쓴 부고를 보고 그 부정확성에 경악해 마지않았다. 그 전날이란 알베르틴이 오늘 베르고트 씨를 우연히 만났다고 저녁에 나에게 얘기한 날, 게다가 꽤 오랫동안 베르고트와 담소했기 때문에 그녀가 좀 늦게 집에 돌아온 날이었다. 틀림없이 그가 마지막으로 담소를 나눈 사람은 알베르틴이었을 것이다. 그녀는 나를 통해 베르고트와 알게 되었다. 그 무렵 그와 꽤 오랫동안 만나지 않았으나 그녀가 하도 그를 소개받고 싶어해서, 1년 전엔가 그녀를 데리고 가도 괜찮냐고 이 연로한 대가에게 편지를 써 보낸 적이 있다. 그는 내 청을 들어주기는 했으나, 내 방문이 다른 사람을 기쁘게 하기 위한 것이며, 말하자면 그에 대한 내 무관심을 확증하는 셈이어서 내 생각에 그는 적잖이 슬프게 생각한 것 같았다. 이런 일은 흔하다. 어떤 사람에게, 당신과 오랜만에 담소하는 기쁨 때문이 아니라 제삼자의 일로 만나고 싶다 하면 상대가 완강하게 거절해버려서, 우리가 보살피는 여인은 우리가 능력도 없는 주제에 뽐내기만 한다고 생각할 때가 있다. 그런데 더 흔한 일은, 천재적인 남자나 미모가 수려한 여성이 만나는 데에 동의는 해도, 자기 명성이 창피당하고 애정이 상했다고 느껴, 우리에 대한 감정이 약해져 이제는 고통과 얼마쯤 경멸 섞인 정밖에 남지 않게 되는 경우다.

나는 오랜 뒤에 신문이 부정확하다고 비난한 게 잘못이었음을 깨달았다. 그날 알베르틴은 베르고트를 전혀 만나지 않았기 때문이다. 그러나 그녀가 어찌나 천연덕스럽게 그와 만났다고 이야기했던지, 나는 조금도 그 말을 의심하지 않았던 것이다. 그녀가 거침없이 거짓말하는 교묘한 꾀를 내는 줄은 시간이 꽤 지나서야 알았다. 그녀가 하는 말과 고백은 분명한 사실—곧 우리가 눈으로 보거나, 부인할 수 없는 형태로 아는 것—과 똑같은 성질을 가져서 그녀는 자기 생활 사이사이에 다른 삶의 일화를 이렇게 흩뿌렸는데, 그때 나는 그 허위 사실을 꿈에도 의심치 않고 훨씬 나중에 가서야 겨우 깨닫곤 했다. 나는 지금 '그녀의 고백'이라고 덧붙였는데, 그 까닭은 이렇다. 이따금 나는 이런저런 기묘한 생각이 머리에 떠올라 그녀에게 질투 섞인 의심을 품는 일이 있었는데 그때 과거 속에, 한탄스럽지만 미래 속에서도 그녀 곁에 나 아닌 다른 사람의 모습이 보였다. 내가 확신에 찬 얼굴로 그의 이름을 대면 알베르틴은 대답했다. "그래요, 그분과는 일주일 전에 집 근처에서 우연히 만났어요. 인사하기에 예의상 답례했지요. 그리고 같이 두세 걸음 걸었을까. 그러나 그분과 나 사이엔 아무 일 없었어요. 앞으로도 아무 일 없을 거고요." 그런데 알베르틴은 이 부인과 만난 적도 없었다. 그 증거로 이 여인은 10개월 전부터 파리에 온 적이 없었다. 하지만 내 애인은 아예 처음부터 부정하면 사실처럼 보이지 않을 거라고 생각했던 것이다. 그래서 잠깐 만났노라 이야기를 꾸며내어 거침없이 말했을 때, 내 눈에는 부인이 걸음을 멈추고 알베르틴에게 인사를 건네며 그녀와 함께 몇 걸음 걷는 모습이 떠올랐다. 그때 만일 내가 밖에 나가 있었다면 부인이 알베르틴과 함께 걷지 않았음을 감각의 증언으로 알았을지도 모른다.

그러나 내가 그것이 거짓인 줄 안 것은, 감각의 증언에 의해서가 아니라 쇠사슬같이 연달아 일어나는 추리에 의해서였다(신뢰하는 이들의 말이 더 강력한 추리의 고리를 끼우는 법이다). 감각의 증언을 내세우려면 내가 때마침 밖에 나가 있어야 했는데 그렇지 않았다. 하지만 다음과 같은 가정이 아주 터무니없진 않다고 상상할 수 있다. 곧 알베르틴은(내 모습을 보지 못해) 이 부인과 몇 걸음 걸었노라고 그날 저녁 말했겠지만, 그 시각에 나도 외출해 같은 거리를 지나갔다면 알베르틴의 거짓말을 알았을 거라는 가정이다. 그러나 이것이 정말 확실할까? 내 정신은 손댈 수 없는 어둠에 휩싸여, 알베르틴이 혼자 있는 걸 본 사실마저 의심할지도 모른다. 어떤 착각으로 그 부인의 모습이 보이지 않았을 거라고 이해하고자 한 순간, 내가 잘못 본 것에 별로 놀라지 않을지도 모른다. 왜냐하면 별의 세계보다 더욱 알아보기 힘든 것이 인간의 실제 행동, 특히 우리가 사랑하는 이들, 우리의 의혹에 맞서 자신을 보호할 거짓말로 몸을 견고히 한 이들의 행동이기 때문이다. 이들은 우리 애정을 둔하게 만들어, 있지도 않은 누이나 오빠, 친척, 시누이 등이 외국에 있다고 몇 년 동안 곧이곧대로 믿게 만든다!

감각의 증언 또한 정신작용이므로, 여기에서 확실히 분명한 사실을 만들어낸다. 몇 번이나 알아챘지만, 프랑수아즈의 청각은 실제 발음된 말이 아니라 그녀가 바르다고 여기는 말을 그녀 자신에게 전하므로, 남이 바른 발음으로 넌지시 고쳐주어도 절대로 그녀의 귀엔 들리지 않는다. 우리집 집사의 귀도 같은 구조로 되어 있었다. 그 무렵 샤를뤼스 씨는 전과는 딴판으로 많은 사람 중에서도 금세 눈에 띄는 매우 밝은 빛깔의 바지를 입고 다녔다. 그런데 집사는 피소티에르(pissotière)[*1]라는 말(게르망트 공작이 랑뷔토 화장실이라고 부르는 것을 듣고 랑뷔토 씨가 크게 화낸 그 공중 화장실을 가리키는 말)을 피스티에르(pistière)인 줄로 잘못 알고, 남들이 변함없이 그의 앞에서 피소티에르로 발음하는데도 평생 단 한 사람도 '피소티에르'로 발음하는 것을 들은 적이 없다고 믿고 있었다. 착각은 신앙보다 완고하여 믿는 바를 검토해보지 않게 마련이다. 집사는 줄곧 말하곤 했다. "샤를뤼스 남작님은 확실히 탈이 났나 봐. 그렇게 오래도록 피스티에르에 들어가 있는 걸 보니. 여자 꽁무니만 쫓아다니는 늙은이의 끝장이란 그런 거지. 남작님은 정말 오입쟁이나 걸칠 법한 바지를 입고 다니시잖아. 오늘 아침에도 마님의 심부름으로 뇌이까지 갔었네만, 가는 길에 부르고뉴 거리의 피스티에르에 샤를뤼스 남작님이 들어가는 걸 보았지. 한 시간이 넘었을까. 뇌이에서 돌아오는 길에 보니 그 피스티에르 한가운데에 아직도

[*1] 공중 화장실. 9세기에 파리의 공동 시설을 랑뷔토 백작이 개선하여 만든 것. 여기서 말하는 랑뷔토 씨는 그 후손임.

남작님의 노랑 바지가 보이더란 말이야. 남이 못 보게 언제나 한가운데서 일을 보시거든."

나는 게르망트 부인의 조카딸만큼 아름답고 품위 있으며 젊어 보이는 부인을 본 적이 없다. 그런데 내가 가끔 가는 식당의 문지기가 그녀가 지나가자 이렇게 하는 말을 들었다. "저기 저 할멈 좀 보게, 꼬락서니하고는! 아무리 줄잡아도 팔십 고개는 넘었을걸." 그도 그녀의 나이가 정말 그렇다고 생각하지는 않았을 것이다. 그러나 그의 주위에 모인 안내인들은 그녀가 그 근처에 사는 친절한 두 왕고모 프장사크 부인과 발루아 부인을 찾아뵈려고 이 호텔 앞을 지날 적마다 비웃었고, 문지기가 농담인지 진담인지 어쨌든 '할멈'을 여든 살로 줄잡았듯이 여전히 젊어 보이는 이 아름다운 부인이 여든 살 된 얼굴을 하고 있다고 여겼다. 만약 이 호텔의 두 여자 경리 가운데 습진투성이인 데다 웃음거리가 될 만큼 뚱뚱하나 안내인들의 눈에는 미인으로 보이는 여인보다 그 부인이 훨씬 뛰어나다고 말하면 그들은 배를 그러안고 웃어댔으리라. 아마도 성적 욕망만이—이른바 할멈이 지나가는 걸 보고 성적 욕망이 일어나 안내인들이 돌연 이 젊어 보이는 여인을 갈망했다고 치고—그들의 착오를 말릴 수 있었을 것이다. 보통 사회적인 것으로 생각되지만 알 수 없는 이유 때문에 이 욕망은 일어나지 않았다. 이 점에 대해서는 논의할 게 많으리라. 우리는 누구나 이 우주가 진실이라고 생각하지만, 그것은 개개인마다 다른 우주다. 나는 이야기의 순서상 하는 수 없이 하찮은 이유만을 들었는데, 그렇지 않았다면 더욱 진지한 수많은 이유를 들어, 그때그때의 날씨에 따라 세계가 깨어나는 것을 침대에서 듣는다는 본편(本篇) 첫머리의 묘사가 실은 얄팍한 거짓임을 증명할 수도 있으리라! 그렇다, 나는 어쩔 수 없이 그 얄팍한 줄거리로 거짓말하게 됐다. 하지만 실은 단 하나의 세계가 아니라 몇 백만의 세계, 인간의 눈동자나 지성과 거의 같은 수의 세계가 있으며, 그것이 아침마다 깨어난다.

다시 알베르틴 이야기로 돌아가면, 나는 그녀만큼 생기 있는 거짓말, 생명의 빛깔 자체로 칠해진 거짓말을 하는 기막힌 재능을 타고난 여인을 안 적이 없다. 다만 알베르틴의 친구는 예외로, 그녀 또한 꽃다운 아가씨들 중 하나이며, 알베르틴처럼 장밋빛 피부를 가졌지만 그 옆얼굴이 단정하다고는 할 수 없고, 쑥 들어갔다가 다시 튀어나와서 구불구불 기다랗게 송아리를 이룬 잘크라진 장밋빛 꽃, 이름도 잊어버린 그 꽃과 비슷한 아가씨였다. 그녀는 터무니없는 애기를 꾸며대는 데 알베르틴보다 한 수 위라, 알베르틴이 자주 하듯이 거짓말 속에 언뜻 고통스러운 표정을 섞거나 화난 암시를 풍기는 일이 전혀 없었다. 그래도 나는 의심할 여지도 없이 이야기를 능숙하게 꾸며대는 알베르틴이 정말 매력적이라고 앞서 말했는데, 그때 나는 그녀의 말을 참고 삼아, 그녀가 말한 내용—실은 그녀가 상상으로 지어낸 말—을 눈앞에서 선명하게 보았기 때문이다. 알베르틴은 사실처럼 보이려는 한 가지 생각에 거짓말을 할 뿐, 내가 질투하게 만들려는 따위의 욕망은 하나도 없었다. 알베르틴은 그럴 의도는 없었겠지만, 남의 호의를 받기 좋아했기 때문이다. 나는 이 소설에서 질투가 얼마나 연정을 늘어나게 하는지 지적할 기회가 수없이 있었고 앞으로도 있겠지만, 그건 내가 연정을 품은 사내 처지에 있기 때문이다. 그러나 이 사내에게 조금이나마 기골이 있다면, 이별 때문에 죽는 한이 있더라도 배신으로 여겨지는 행실을 싹싹한 태도로 대할 리 없거니와, 내가 먼저 멀리하거나 또는 멀리하지 않을망정 차갑게 굴자고 스스로를 설득할 것이다. 그러므로 상대 여인은 사내를 그토록 괴롭혀보았자 헛수고가 되는 셈이다. 반대로, 여인이 재치 있는 말과 다정스런 애무로, 사내가 아무리 관심 없는 체한들 그를 괴롭혀오던 갖가지 의혹을 풀어준다면, 사내는 질투심에 떠밀려 절망적인 격렬한 애정은 느끼지 않을지언정 더는 괴로워하지 않을 것이다. 마치 소나기가 한바탕 내린 뒤 큰 마로니에 나무들 잎사귀에 남은 빗방울이 벌써 얼굴을 내민 햇볕에 물들면서 사이를 두고 한 방울 두 방울 떨어지는 것을 볼 때처럼, 행복하고 부드러우며 한시름 놓이는 기분을 느끼고 자기 고통을 낫게 한 여인에게 뭐라고 감사해야 할지 모르겠다고 생각하리라. 알베르틴은 내가 그녀의 다정한 말과 행동에 보답하기를 좋아한다는 사실을 알고 있었다. 그녀가 자기를 결백하게 보이려고 내가 의심조차 하지 않는 이야기를 아무렇지도 않게 꾸며내는 까닭도 이로써 설명되려니와, 그중 하나가 이미 숨진 베르고트를 만났다는 얘기였던 것이다. 그 무렵까지 내가 알고 있던 알베르틴의 거짓말로 말하자면, 이를테면 발베크에서 프랑수아즈가 일러준 거짓말 정도였다. 그 거짓말은 나를 무척 괴롭혀온 것인데 어쩌다가 빠뜨리고 이제껏 쓰지 않았다. "아가씨는 오고 싶지 않은 모양이죠. 그래서 저에게 '외출한 뒤라 만나지 못했다고 전해줄 수 없을까?' 말하던데요." 프랑수아즈가 이렇게 일러주었다. 그녀와 같은 식으로 주인을 아끼는 '아랫사람들'은 주인의 자존심을 상하게 해놓고 좋아라 하기도 한다.

저녁 식사 뒤 나는 일어난 김에, 빌파리지 부인인지 게르망트 부인인지 캉브르메르네 사람들이 될진 아직 모르겠지만 때마침 와 있는 친한 사람들을 만나러 가고 싶다고 알베르틴에게 말했다. 다만 내가 정말로 찾아갈 생각을 하고 있는 집, 베르뒤랭댁 이름만은 입 밖에 내지 않았다. 그녀에게 같이 가지 않겠느냐고 물었다. 그러자 그녀는 입고 갈 드레스가 없다고 핑계댔다. "게다가 머리 상태가 말이 아니에요. 언제까지 이런 머리 모양으로 둘 작정이죠?" 그러고는 내게 갔다 오라는 말 대신 팔을 뻗어 어깨를 으쓱하며 손을 불쑥 내밀었다. 이전에 발베크의 바닷가에서 하던 동작, 그 뒤로는 전혀 하지 않던 동작이었다. 이 잊어버린 동작에 생기가 돈 그녀의 몸은 아직 나를 잘 모를 즈음으로 되돌아갔다. 알베르틴이 퉁명스러우면서도 거드름을 피우듯이 이 동작을 하자 그녀를 처음 만났을 때의 새로움, 알지 못하는 매력, 그녀를 둘러싼 풍경까지 되살아났다. 나는 바닷가를 떠난 뒤로 한 번도 이런 인사를 한 적이 없는 이 젊은 아가씨의 뒤쪽에서 바다를 보았다. "아주머니는 이런 머리꼴을 하고 있으면 늙어 보인다고 하셨어요." 그녀는 침울한 표정으로 덧붙였다. '숙모의 말이 정말이면 좋으련만!' 나는 생각했다. 알베르틴이 소녀처럼 보여서 자기도 덩달아 젊어 보이는 게 봉탕 부인의 유일한 소원, 또한 알베르틴이 나와 결혼해서 자기에게 재산을 안겨줄 그날까지 그녀에게 한 푼도 들지 않았으면 하는 게 부인의 소원이었다. 이와는 반대로, 알베르틴이 나이 들고 추하게 보여서 길에서 뒤돌아보는 사람이 없었으면 하는 것이 나의 바람이었다. 질투하는 사내를 안심시키는 건 애인을 보살피는 여자의 늙은 얼굴이 아니라, 사랑하는 여자의 늙은 얼굴이기 때문이다. 그러나 나는 알베르틴에게 강요한 머리 모양 때문에 그녀가 더욱 갇혀 있다는 느낌을 받지나 않을까 걱정스러웠다. 알베르틴과 떨어져 있어도 이와 같은 새로운 가정적인 감정이 들끓어, 나를 그녀에게 끊임없이 연결시켰던 것이다.

나와 함께 게르망트 댁이나 캉브르메르 댁에 가기가 내키지 않는다고 말하는 알베르틴에게 어디로 갈지 아직 모르겠다고 말해놓고, 나는 베르뒤랭 댁으로 향했다. 베르뒤랭 댁으로 가려고 집을 나와 거기서 들을 연주회를 생각하고, 오늘 오후에 있었던 '두루미 다리, 두루미 다리' 하던 소란—배신당한 사랑, 아마도 질투에 미친 사랑의 소동, 이를테면 인간 여성에게 반한 말 못하는 오랑우탄이나 할 법한 야수적인 소동—을 떠올리면서 거리로 나와 마차를 불러 세우려던 순간에, 한 사내가 길가에 주저앉아 터져나오는 오열을 참느라 애쓰는 소리가 들려왔다. 그쪽으로 가보니 젊은이처럼 보이는 한 사내가 두 손으로 머리를 감싸고 있었다. 외투 밖으로 흰 옷자락이 비어져 나온 것으로 보아 연미복에 흰 넥타이 차림인 듯싶었다. 발소리를 듣고 눈물에 젖은 얼굴을 쳐든 사내는 나를 알아보고 당장 얼굴을 돌렸다. 모렐이었다. 그는 나한테 들킨 줄 알아채고 눈물을 멈추려고 애쓰면서, 너무나 고통스러워서 잠시 쉬고 있는 중이라고 말했다. "오늘, 제가 크나큰 애정을 바쳐온 이를 호되게 욕했답니다. 비겁한 놈이나 할 짓이죠, 상대는 나를 사랑하고 있는데 말입니다." 그가 말했다. "시간이 지나면 그녀도 잊어버릴 거요." 나는 오후의 소동을 들은 기색을 내보이는 셈이 되는 줄 미처 생각지 못하고 이렇게 말했다. 그러나 그는 비탄에 잠겨 있어, 내가 뭔가 알고 있을지도 모른다는 생각을 하지 못했다. "그녀는 잊어버릴지도 모르죠. 하지만 난 잊을 수 없어요. 내가 부끄럽고, 싫어요! 하지만 결국 엎지른 물이니 다시 주워 담을 수도 없어요. 난 화가 나면 내가 무슨 짓을 하는지도 모르게 되거든요. 엎친 데 덮친 격으로 화를 내면 내 몸에도 해로워서 신경이 뒤죽박죽되고 만답니다." 우울증 환자들이 다 그렇듯이 그도 건강을 몹시 걱정하고 있었다.

그날 오후 나는 미처 날뛰는 한 마리 짐승이 뿜어내는 사랑의 분노를 목격했는데, 그날 밤 겨우 몇 시간 사이에 여러 세기가 지나가고, 새로운 감정, 수치와 회한, 비탄의 감정에 휩싸인 모렐은 짐승에서 인간으로 변신하는 과정에서 이미 커다란 비약을 보여주었던 것이다. 그러나 내 귀에는 여전히 '두루미 다리' 소리가 들려서, 나는 그가 다시 야생 상태로 돌아갈까 봐 두려웠다. 게다가 나는 무슨 일이 있었는지 전혀 모르고 있었다. 그도 당연한 것이 샤를뤼스 씨조차 요 며칠, 특히 그날 바이올리니스트의 병과 직접 관계없는 수치스러운 사건이 일어나기 직전까지 모렐의 우울증이 재발한 사실을 전혀 몰랐을 정도니까. 사실 그는 지난달에 약혼자로서 마음껏 함께 외출할 수 있는 쥐피앙의 조카딸에 대해 되도록 빨리, 하지만 아직 조바심을 느끼며 유혹의 손길을 뻗었다. 그러나 그가 정조를 빼앗을 계획을 조금 진행하자마자, 더구나 약혼녀가 소개해줄 다른 아가씨들과 관계를 갖겠다는 망발을 상대에게 했다가 당장에 저항을 받고 격노했던 것이다. 동시에(그녀가 결코 받아들이지 않아서인지, 반대로 몸을 허락해서인지) 그의 욕망은 금세 식고 말았다. 그는 그녀와 헤어질 결심을 했지만, 남작에게 나쁜 버릇이 있긴 해도 자기보다 훨씬 올곧은 사람인 줄 아는지라, 그녀와 손을 끊으면 당장에 샤를뤼스 씨한테 버림받지 않을까 두려웠다. 그래서 그는 2주일 전부터 다시는 아가씨를 만나지 않기로 마음먹고, 샤를뤼스 씨와 쥐피앙이 뒤치다꺼리를 하도록 내버려두고(그는 이보다 더 상스러운 말씨를 사용했지만) 결별을 선포하기에 앞서 어디로든 냅다 줄행랑칠 결심이었던 것이다.

이와 같은 연애의 결말에 그는 좀 암담해졌다. 그래서 쥐피앙의 조카딸에게 저지른 뻔뻔스러운 행태는 그가 전에 남작과 생마르스 르 베튀에서 저녁 식사를 하면서 늘어놓은 이론과 상세한 점까지 빈틈없이 들어맞긴 했으나 아마 실제로는 더할 수 없이 달랐을 테고, 이론상에서는 예상도 못 했던 부드러운 감정이 생겨 실제 행동은 아름답고 감상적인 것으로 바뀌었는지도 모른다. 반대로 현실이 계획보다 더 고약한 단 한 가지는, 계획에서는 이와 같이 그녀를 배신한 뒤에 더는 파리에 머물 수 없다고 생각한 점이었다. 그런데 지금은 이런 간단한 일 때문에 '줄행랑치는' 게 어처구니없는 노릇으로 보였다. 줄행랑치면 남작과 헤어지게 되고, 틀림없이 남작이 몹시 화낼 것이며, 현재 자기 지위를 깨뜨려버리게 된다. 남작에게 받던 돈도 모두 끊길 것이다. 피할 수 없는 일이라는 생각에 신경질이 난 그는 몇 시간이나 훌쩍거리다가, 더 이상 생각하지 않으려고 조심스럽게 모르핀을 먹었다. 그러다가 갑자기 머릿속에, 조금 전부터 천천히 움터 나와 꼴이 잡혀오던 한 가지 생각이 떠올랐다. 아가씨와 헤어지든가 아니면 샤를뤼스 씨와 완전히 틀어지든가 둘 중 하나를 택하지 않아도 된다는 생각이었다. 남작이 주는 돈을 전부 잃는 일은 아주 큰 사건이었다. 이럴까 저럴까 망설이던 모렐은 마치 블로크의 모습을 목격했던 때처럼 며칠 동안 암담한 생각에 잠겨 있었다. 그는 드디어 쥐피앙과 그 조카딸이 자기를 함정에 빠뜨리려고 했던 것이니 이 정도로 끝난 것을 그들이 감지덕지해야 옳다고 판단했다. 육체의 매력으로도 자기를 붙잡아둘 수 없을 만큼 서툴렀으니 결국 잘못은 아가씨 쪽에 있다고 생각했다. 그는 샤를뤼스 씨 집에서의 자기 지위를 희생하는 것이 가당치 않았을 뿐만 아니라, 그 아가씨와 약혼한 뒤 샤를뤼스 씨가 여러 번 그녀에게 사준 값비싼 저녁 식사에까지 미련이 남아 있었다. 모렐은 달마다 나의 숙부한테 'livre(책)'를 가지고 오던 시중꾼의 아들이니 그 저녁 식사가 모두 얼마였는지 알 수 있었을 것이다. 일반인에게는 인쇄된 저작을 뜻하는 livre란 이름씨가 홀수로 쓰일 때, 귀족들이나 시중꾼들에게는 그 단어가 본디 뜻에서 벗어난다. 시중꾼들에게는 가계부라는 뜻이고, 귀족들에게는 방명록을 의미한다(어느 날 발베크에서 뤽상부르 대공비께서 내게 livre를 가져오지 않았다고 말했을 때, 나는 하마터면 《아이슬란드의 어부》*[1]와 《쾌활한 타르타랭》*[2]을 빌려드릴 뻔했는데, 그 순간 대공비께서 말하려는 뜻을 깨달았다. 책이 없어서 심심하다는 게 아니라, 내 이름을 대공비 저택의 방명록에 적어넣기 어렵다는 의미였다).

　자기 행위의 결과에 대한 모렐의 관점은 눈에 띄게 달라져 있었다. 아직 쥐피앙의 조카딸에게 빠져 있던 두 달 전이었다면 이런 태도에 울화가 치밀었을 텐데, 2주 전쯤부터는 당연히 칭찬받아야 할 행위라고 끊임없이 자신을 타일렀던 것이다. 하지만 이런 태도 탓에 그의 신경증이 심해졌고, 오늘 오후에는 안절부절못하며 그녀와의 관계를 끊겠노라고 아무 생각 없이 지껄였다. 그는 언제라도 '분노를 터뜨릴' 마음의 준비가 돼 있었다. 연정의 마지막 흔적이 아직 남아 있어 그녀의 마음을 상하게 할까 두려웠으므로, 잠깐의 발작은 빼놓고 그녀가 아니라 적어도 남작에게만은 언제나 광기 부릴 각오가 돼 있었다. 그렇지만 만찬이 시작되기 전에는 남작에게 아무 말도 하지 않도록 조심했다. 그는 뭐니뭐니해도 연주가로서의 자기 솜씨를 소중히 여기고 있어서(바로 이날 밤 베르뒤랭 댁에서처럼) 연주할 곡이 까다로울 때는, 자기 연주를 서투르게 할지도 모를 재앙의 씨앗을 모두(되도록 그러고 싶었지만, 오후의 소동만으로 이미 정도가 지나쳤다) 피했기 때문이다. 자동차 운전을 좋아하는 외과 의사도 수술이 있는 날에는 운전을 하지 않는 것과 마찬가지다. 그래서 내게 재잘대면서도 그는 손가락을 하나씩 천천히 움직이면서, 손가락이 유연성을 되찾고 있는지 살폈다. 조금 찌푸린 미간은 신경의 뻣뻣함이 아직 덜 풀렸다는 뜻인 성싶다. 그러나 뻣뻣함을 더 심하게 하지 않으려고 그는 얼굴의 주름을 폈다. 마치 잠이 오지 않거나 여인이 손쉽게 품 안에 들어오지 않을 때 조바심치면 칠수록 도리어 잠이나 쾌락의 순간이 더 늦어질까 봐 안절부절못하는 심정을 억누르듯이, 그는 베르뒤랭 댁에서 연주할 때 평소처럼 연주하는 곡에 몰두할 수 있도록 어서 침착을 되찾고 싶어서, 또한 내가 보고 있는 동안에는 자기 고

---

*1 프랑스의 소설가·해군 장교 피에르 로티(1850~1923)의 작품.
*2 프랑스의 소설가 알퐁스 도데(1840~97)의 작품.

통을 인정받고 싶은 마음도 있어서, 결국 가장 간단한 길은 내게 당장 가달라고 부탁하는 것밖에 없다고 생각했다. 하지만 부탁할 필요조차 없는 것이, 떠나가는 게 나도 한시름 놓았다. 몇 분 사이를 두고 같은 집에 가니까 그럴 바에야 같이 가자고 부탁하지 않을까 벌벌 떨고 있던 데다가, 오후의 소동이 너무나 생생하게 기억에 남아서 모렐과 함께 간다는 생각만으로도 나는 몸서리가 났다.

쥐피앙의 조카딸에 대한 모렐의 첫 애정, 그 다음의 무관심 또는 미움의 정이 진실이었을지도 모른다. 그러나 고약하게도 모렐이 그와 같이 행동하며, 죽는 날까지 사랑한다고 맹세한 아가씨를 느닷없이 버리는 게 이번이 처음은 아니었다(또 마지막도 아닐 것이다). 당신을 버리는 비겁한 짓 따위를 하느니 차라리 이걸로 내 머리를 쏘아버리겠다고 다짐하면서 아가씨에게 탄알이 장전된 권총을 보이기까지 한 주제에, 여인을 버리고 후회하기커녕 오히려 상대에게 앙심을 품고 있었다. 그가 이와 같이 처신한 게 이번이 처음도 아니었고, 또 마지막도 아닐 것이다. 그래서 많은 아가씨들의 머리, 모렐이 그녀들을 잊어버리듯이 간단히 그를 잊지 못하는 아가씨들의 머리는—쥐피앙의 조카딸이 모렐을 경멸하면서도 그를 계속 사모하여 오랫동안 괴로워했듯이—내부의 심한 고통에 터질 듯이 아팠다. 왜냐하면 그녀들의 머릿속에는 대리석처럼 단단하고 고대인처럼 아름다운 모렐의 한쪽 얼굴, 꽃이 피어난 듯한 머리칼과 섬세한 눈매, 콧날이 곧은 모렐의 얼굴이 그리스 조각의 파편처럼 갇혀 있다가 툭하고 머리뼈에 부딪쳤기 때문이다—본디 이런 충격을 받게끔 되어 있는 머리뼈도 아니고, 수술 또한 불가능했다. 그러나 세월이 흘러감에 따라 이 단단한 파편도 그다지 심한 아픔을 일으키지 않는 자리까지 물러나 다시는 움직이지 않게 되고 만다. 그것이 있음조차 느끼지 못하게 된다. 이게 망각, 또는 담담한 추억이라는 것이다.

나에겐 그날의 수확이 두 가지 있었다. 한 가지는, 알베르틴의 순종이 가져온 평온 덕분에 그녀와 헤어질 가능성, 곧 그 결심이 생긴 것. 또 하나는 그녀가 돌아오기를 기다리면서 피아노 앞에 앉아 있는 동안에 깊이 생각한 결실로, 되찾은 나의 자유를 바치려고 하는 '예술'이란 굳이 희생을 치를 만한 값어치가 있는 것도 아니며 삶의 바깥에 있으면서 덧없고 부질없는 삶과 관계없는 그 무엇도 아니다, 작품 속에서 얻은 참다운 개성으로 보이는 것도 교묘한 기술에 의한 속임수에 지나지 않는다는 생각이었다. 이날 오후는 내 몸 가운데 또 다른, 더욱 깊은 것을 남겼다 할지라도 그것을 의식하려면 더 있어야 했다. 한편 내가 손에 들어 무게를 정확히 헤아려본 두 가지는 오래 못 갈 운명이었다. 나의 예술관이 오후에 겪은 가치 내림에서 그날 밤 안으로 되올라올 기세에 있었으며, 그 대신 마음의 평온, 곧 나로 하여금 예술에만 마음을 쓰게 하는 자유를 다시 빼앗길 참이었기 때문이다.

내가 탄 마차가 센 강 거리를 따라 베르뒤랭 댁에 가까이 이르자, 나는 마차를 세웠다. 때마침 보나파르트 거리 모퉁이에서 브리쇼가 전차에서 내려, 헌 신문지로 구두를 닦고 엷은 회색 장갑을 끼는 모습을 언뜻 보았기 때문이다. 나는 그쪽으로 다가갔다. 최근에 눈이 더 나빠진 그는 마치 설비를 갖춘 관측소같이 당당하게 새 안경을 쓰고 있었다. 천체망원경처럼 강력하고도 복잡한 안경은 그의 눈에 나사못으로 조여 있는 듯이 보였다. 그는 안경의 강렬한 불꽃을 이쪽으로 돌려 나를 알아보았다. 안경 상태는 매우 훌륭했다. 그러나 안경 너머로, 작고 초췌하고 실룩거리며 죽어가는 멍한 시선이 그 강력한 기계 아래 놓여 있는 게 보였다. 하는 일에 비해 엄청난 국가 보조금을 받는 실험실에서, 완전히 갖추어진 수많은 기구 밑에 숨넘어가기 직전인 벌레 한 마리를 놓은 격이라고 할까. 나는 이미 반쯤은 장님이나 마찬가지인 그에게 팔을 내주어 걷기 쉽도록 도와주었다. "이번에 우리는 대셰르부르(大Cherbourg)[1] 근처가 아니라 소됭케르크(小Dunkerque)[2] 근방에서 만나는군." 그가 말했는데, 나는 그 뜻을 몰라서 매우 난처했다. 그러나 그 뜻을 브리쇼에게 물어볼 용기가 나지 않았다. 무시당할까 걱정하기보다 그의 설명을 듣는 데 지레 겁이 났기 때문이다. 나는 그에게 전에 스완이 매일 저녁 오데트와 만나던 손님방을 보고 싶다고 대꾸했다. "허어, 그처럼 옛일을 아시는가?" 그는 말했다. "하지만 그로부터 시인이 그럴듯하게 말한 grande mortalis aevi spatium[3]가 지났는데."

스완의 죽음은 그때 내 마음을 마구 뒤흔들었다. 스완의 죽음! 이 구절에서

---

[1] 프랑스 북부 노르망디 지방의 항구 도시. 그 근처란 '발베크'를 가리킴.

[2] 프랑스 북부의 항구 도시. 그 무렵 콩티 강기슭 3번지에 소(小)됭케르크라는 의상점이 있으므로, 소됭케르크 근방이라는 뜻은 이 거리에 있는 베르뒤랭 댁을 가리키는 곁말.

[3] 덧없는 세월에서의 긴 공간 ; 로마 역사가 타키투스(Tacitus)가 도미티아누스(Domitianus) 황제의 재위 기간인 서기 81년부터 96년까지를 가리킨 말, 곧 '15년간'이라는 뜻.

스완이란, 오직 '스완의'라는 매김자리 구실을 하는 것만이 아니다. 나는 이 구절을 특수한 죽음, 피할 수 없는 운명에 의해 정해진 스완의 죽음이란 뜻으로 해석한다. 우리는 간단히 '죽음'이라고 말하지만, 실은 인간의 수효와 같은 수의 죽음이 있다. 활동적인 죽음은 속력을 다해 사방팔방으로 쏘다니다가 운명에 따라 아무개에게 향하는데, 우리에게는 그러한 죽음을 알아볼 수 있을 만한 감각이 없다. 2, 3년 뒤라야 비로소 맡은 일에서 완전히 해방되는 죽음도 헤아릴 수 없을 만큼 많다. 그런 죽음들은 분주하게 돌아다녀서, 이를테면 스완의 옆구리에 암의 뿌리를 내리자마자 곧바로 다른 일을 보러 갔다가 되돌아오는 일은, 외과 수술을 마쳐 또다시 새로운 암을 심을 필요가 있을 때뿐이다. 그러다 〈골루아〉 지에서, 스완의 용태가 우려스러웠지만 지금은 병이 깨끗이 나았다는 기사를 읽을 때가 온다. 그런데 그때, 환자가 마지막 숨을 거두기 몇 분 전에, 죽음은 생명을 파괴하는 것이 아니라 지금껏 간병해온 수녀처럼 임종에 참여해 영원히 식어 심장 고동이 멈춘 그 인간의 머리에 마지막 후광을 씌우고 간다. 이렇듯 죽음의 다양성, 그 윤회(輪廻)의 불가사의, 몸에 걸친 상장(喪章)의 색깔이 다음과 같은 신문 기사에 뭔가 인상적인 장면을 연출한다. '샤를 스완 씨가 어제 파리 저택에서 병환이 악화되어 마침내 서거했음을 심심한 애도의 뜻과 더불어 알리는 바다. 순수 파리지앵으로 뛰어난 기지를 발휘했고, 친우 관계에서 또한 택하고 택해 평생토록 우의에 변함이 없었음은 모두가 인정하는 바, 그는 정녕코 우리의 추모를 받으리라. 예술계와 문학계에서도, 그 갈고 닦아 세련된 취미를 갖고서 스스로 즐기는 동시에 모든 사람의 흠모를 받았거니와, 또한 자키 클럽에서는 권위 있는 고참 회원 가운데 한 사람이었으며, 위니옹 클럽 및 농업 클럽 회원이기도 했다. 루아얄 거리의 클럽에서는 얼마 전 탈퇴한 바 있으나, 그는 재치 넘치는 풍모와 명성으로 음악과 회화에 대한 온갖 큰 행사 특히 베르니사주(vernissage)*4에서 참석자들의 호기심을 일으켜 행사를 잘 이끌었다. 언제나 이런 모임에 참여해오던 그도 요 몇 년 사이에는 외출하는 일조차 드물었다. 장례식은...... 등등.'

이런 관점에서 '어엿한 인물'이 아닌 경우, 남에게 알려진 칭호가 없다는 것이 주검의 분해를 더 서두른다. 물론 위제스 공작이라고 칭한들 무명에 가깝

---

*4 미술 전람회 전날 행하는 특별 전시회.

고 뚜렷한 개성이 없기는 하다. 그러나 공작이라는 감투가 얼마 동안 그를 이루던 수많은 요소를 하나로 굳혀준다—마치 알베르틴이 좋아하는 그 뚜렷하게 윤곽을 낸 아이스크림을 이루는 요소처럼. 그런데 부르주아의 경우, 사교계에 뻔질나게 드나드는 사람들도 죽으면 곧바로 이름이 분해되어, '틀이 벗겨져' 녹아버린다. 이미 본 바와 같이 게르망트 공작부인은 카르티에를 라 트레모유 공작의 첫째가는 친우, 귀족 사회의 총아라고 말했었다. 하지만 다음 세대 사람들이 보면 카르티에도 모호하기 그지없는 인물이 되어버려, 보석상인 카르티에의 친척이라고 생각하면 그의 가치가 더 올라갈지 모른다. 살아 있는 동안 아는 게 없었던 자들이 그를 보석상으로 착각했다면 어처구니없는 웃음을 금치 못했을 카르티에지만!

이와는 달리, 스완은 지적으로나 예술적으로 뛰어난 인물이었다. 그로 인해 아무것도 '만들어낸 것'은 없었지만 요행히 좀더 오래 이름을 남기게 되었다. 그러나 당신이 이미 무덤에 가까웠을 즈음, 내가 아직 어려 그다지 절친한 사이가 아니었던 샤를 스완이여, 당신이 어리석은 꼬마로 생각했을 게 틀림없는 한 사내가 당신을 자기 소설의 주인공으로 삼았기에, 당신의 이름은 다시 사람들의 입에 오르내리고 아마도 계속 살아남으리라. 티소(Tissot)가 그린 루아얄 거리 클럽의 발코니 그림[1] 속에서 갈리페, 에드몽 드 폴리냐크와 생모리스[2]들 중에 당신이 섞여 있는 그 그림을 보고 사람들이 그토록 당신 이름을 입에 담는 것도, 스완이라는 작중 인물의 내면에서 당신의 특징을 알아보기 때문이다.

좀더 일반적인 사실로 돌아가서 이야기하면, 스완의 죽음은 예고되었으면서도 뜻밖의 일로, 나는 이전 게르망트 공작부인의 사촌자매 댁에서 야회가 있던 날 밤, 공작부인 댁에서 스완 자신이 자기 죽음에 대해 말하는 것을 들은 적이 있었다. 또는 신문을 훑어보다가 이상야릇한 몇 줄로 넣어진 생게망게한 부고가 언뜻 눈에 띄던 어느 날 저녁, 내가 그 독특하고 가슴 치는 듯한 묘한 느낌을 받은 것도 바로 그 죽음이었다. 그 단 몇 줄만으로 살아 있는 자가 남이 건네는 말에 더 이상 대답할 수 없는 존재로, 곧 단 하나의 '이름', 인쇄된 '이름', 느닷없이 현실 세계에서 침묵의 왕국으로 건너간 이름으로 변하

*1 이 그림은 실재(實在)하고 스완의 모델인 샤를 아스가 회원 중에 섞여 있음.
*2 실재 인물들로 프루스트의 친구.

고 만 것이다. 이 몇 줄로, 나는 지금도 이전 베르뒤랭네 사람들이 살던 집, 그 무렵에는 신문에 실린 몇 글자에 불과한 존재가 아니었던 스완이 가끔 오데트와 만찬을 같이하던 그 집에 대해 좀더 알고 싶었다. 또한 덧붙일 필요가 있었다(이런 동기는 그의 죽음이 갖는 특성적인 야릇함과 관계없었지만, 이 때문에 나는 스완의 죽음을 다른 누구의 죽음보다도 가슴 아프게 생각했다). 바로, 게르망트 대공부인 댁에서 스완과 약속을 하고서도 나는 질베르트를 만나러 가지 않았다. 게다가 스완이 그날 저녁 암시한 '다른 이유' 때문에 그가 일부러 나를 택하여 대공과의 대화를 털어놓는 그 이유를 끝내 듣지 못했고, 밑도 끝도 없는 잡다한 것과 베르메르, 뮈세 씨, 스완 자신, 부셰의 태피스트리, 콩브레에 대해 그에게 묻고 싶은 헤아릴 수 없는 질문이 물 바닥에서 올라오는 거품처럼 차례차례 머리에 떠올랐다. 그야 물론 이제껏 하루 이틀 미루어왔으므로 급한 질문도 아니었지만, 그의 입술이 봉해져 다시는 대답을 얻지 못하게 되자 더없이 중요한 문제처럼 생각되었다.

"천만에." 브리쇼는 말을 이었다. "스완이 아내가 될 여인을 만난 곳은 여기가 아니었지. 적어도 이곳에서의 만남은 아주 끝 무렵, 불이 나서 베르뒤랭 부인의 첫 주택 일부가 타버린 뒤일 걸세."

브리쇼는 마차가 없었으므로, 나는 대학 교수 눈앞에서 분수에 맞지 않는 사치를 드러내 보이지 않으려고 서둘러 마차에서 내려, 브리쇼가 나를 알아보기 전에 마부 곁을 떠나려고 재빨리 말을 건넸으나 공교롭게도 마부가 알아듣지 못했다. 그 결과, 마부는 우리 두 사람 뒤를 따라와서 마중하러 올까요 하고 물었다. 나는 서둘러 그러라고 말하고, 합승마차로 온 교수에게 더욱더 경의를 품었다.

"허어, 마차 타고 오셨군." 그가 엄숙하게 말했다. "네, 아주 우연히 타게 됐죠, 처음이지만. 저는 늘 합승마차를 이용하거나 걷거나 합니다. 그러나 마차를 타고 온 덕분에 오늘 밤 댁까지 모셔다드릴 수 있으면 큰 영광일 겁니다. 너절한 마차이고 둘이 타기엔 좀 좁지만 타주시면 감사하겠습니다. 저한테는 언제나 너그러우시니까요.' '이런 제의를 해도 나에겐 별로 손해가 없지. 알베르틴이 있는 이상 어차피 집에 돌아가야 할 몸이니까.' 나는 생각했다. 아무도 그녀를 찾아올 리 없는 시각에 그녀는 내 집에 있으니까, 오늘 오후 그녀가 곧 트로카데로에서 돌아올 줄 알면서도 딱히 그녀를 서둘러 만나려고 하지 않을 때처럼 나는 내 시간을 자유로이 보낼 수 있었다. 하지만 결국, 오늘 오후와 마찬가지로 내게 한 여인이 있으니 집에 돌아간들 기운을 돋우는 고독의 흥분을 맛보지 못할 거라고 나는 느끼고 있었다. "기꺼이 승낙하오." 브리쇼가 대답했다.

"자네가 이야기한 시절에 그분들은 몽탈리베 거리에 있는 아주 으리으리한 단층집에 사셨네. 그러니까 보통의 이층보다는 낮고 단층보다는 좀 높게 지은 이층인, 중이층(中二層)이 정원을 끼고 있는 집이었지. 물론 지금 사는 집보다 덜 화려했네만, 그래도 나는 베네치아의 앙바사되르 호텔보다 그 집이 더 좋았어." 브리쇼는 오늘 밤 '콩티 강둑'(베르뒤랭의 살롱이 이곳으로 옮겨진 뒤 신도들은 살롱을 이렇게 불렀다)에서 샤를뤼스 씨가 기획한 음악의 '야단법석'이 있다고 일러주었다. 그는 또, 내가 지금 말한 옛 시절에는 작은 핵심도 딴판이었고 가락도 달랐는데, 그것은 다만 손님들이 젊었기 때문만은 아니라고 덧붙였다. 그는 자기가 '순수한 소극'이라고 일컫는 엘스티르의 익살스러운 짓을 언급했다. 어느 날 엘스티르는 모임에 참석하지 않을 것처럼 해놓고는 곧바로 임시 지배인으로 둔갑해 나타나 접시를 나르며, 늘 정숙한 척하는 퓌트뷔스 남작부인의 귓전에 외설스러운 농담을 속삭여 남작부인 얼굴이 약이 올라 홍당무가 되게 했다. 그리고 만찬이 끝나기 전에 자취를 감추었다가 물이 가득 찬 목욕통을 살롱으로 옮기게 하여 손님들이 식탁에서 물러났을 때 거기서 욕설을 냅다 지르면서 알몸으로 불쑥 나타났다는 것이다. 또 브리쇼는 심야 회식 이야기도 해주었다. 엘스티르가 디자인하고, 오리고, 물감을 칠한 종이 의상— 대단한 작품이었다고 한다—을 모든 사람이 걸치고 모였는데, 브리쇼도 한번은 샤를 7세 궁정의 대귀족 차림에 코가 뾰족한 신을 신었으며, 또 한번은 나폴레옹 1세 차림이었는데 엘스티르가 거기에 봉랍으로 레지옹도뇌르 대훈장을 붙여주었다고 한다.

이를테면 브리쇼는 커다란 창문이 있는 살롱, 얄은 소파가 한낮의 태양에 뜨거워져 바꾸지 않고는 앉을 수 없었던 그 무렵의 살롱을 떠올리면서, 그래도 지금의 살롱보다 좋았다고 딱 잘라 말했다. 물론 브리쇼가 말하는 '살롱'이 —성당이라는 낱말이 성당 건물뿐만 아니라 신자의 공동체를 뜻하듯이—오직 단층집뿐만 아니라 그곳에 드나드는 이들, 그들이 거기서 구하던 특수한 기쁨을 뜻하는 줄은 나도 잘 이해하고 있었다. 그의 기억 속에는 그 소파가 특별한 기쁨에 형태를 부여하고 있으며, 베르뒤랭 부인을 찾아온 이가 그 소파에 앉아 부인의 몸치장이 끝나기를 기다리는 동안 집 밖에서는 마로니에의 장밋빛 꽃이, 벽난로 위에서는 꽃병에 꽂은 카네이션이, 그 장미 빛깔로 넘치는 환영의 미소를 지어 방문객에게 우아한 공감의 정을 드러내면서, 여주인의 늦은 출현을 이제나저제나 살피는 듯했다. 그러나 그가 이 살롱이 현재의 살롱보다 낫다고 생각한 이유는, 아마도 우리 마음이 늙은 프로테우스*¹처럼 어떠한 형태에도 속박되지 않고, 사교계 영역에서마저 오랜 고생 끝에 겨우 완성의 영역에 다다른 살롱에서 갑자기 몸을 빼내어, 빛나지 않는 살롱을 좋아하게 되는 일이 있기 때문인지도 몰랐다. 마치 오데트가 오토 사진관에서 찍은 '수정 (修正)한' 사진, 랑테리크에서 물결 모양 머리를 하고 궁전 드레스를 입은 사진보다 니스에서 찍은 작은 '명함판' 사진이 스완의 마음에 들었던 것처럼. 이 명함판 사진에서 오데트는 모직물로 된 망토를 걸치고, 검은 벨벳 리본을 단 삼색제비꽃을 두른 밀짚모자 밑으로 헝클어진 머리칼을 비죽 내밀고 있어, 스무 살도 안 된 멋쟁이 여인인데도(보통 여인은 오래된 사진일수록 나이 들어 보이므로) 스무 살이 넘은 하녀같이 보였다. 아마도 브리쇼는 내가 알지 못하는 일을 나에게 칭찬하여, 내가 갖지 못할 기쁨을 맛보았음을 자랑삼아 보이며 즐거워했는지도 모른다. 게다가 그는 고인이 된 두세 명의 이름을 인용하여, 독특한 말투로 그들의 매력에 신비스런 뭔가를 부여하는 것만으로 내 호기심을 불러일으켰다. 나는 이제껏 들어왔던 베르뒤랭 집안의 얘기가 너무 상스럽다고 느꼈다. 나와 아는 사이였던 스완에게마저 나는 충분한 주의를, 특히 이해를 떠난 주의를 기울이지 않았음을 후회했다. 그가 점심 식사에 돌아올 아내를 기다리는 동안 나를 접대하느라 아름다운 물건을 보여주었을 적에 했던 이야기를 귀담아듣지 않은 것도, 그가 말재주로는 옛 명수에 비견할 만한 사람인 줄 아는 지금, 거듭 아쉽게 생각했다.

베르뒤랭 부인 집에 이를 즈음, 샤를뤼스 씨가 그 큰 덩치를 거대한 배처럼 뒤뚱거리며 이쪽으로 다가오는 것이 눈에 띄었다. 그 뒤에는 초대하지도 않은 깡패인지 거지인지 모를 녀석이 뒤따르고 있었는데, 요즘은 남작이 지나가노라면 사람의 발길이 닿지 않는 모퉁이에서도 반드시 이런 놈이 나타나 상

---

*1 그리스 신화에 나오는 바다의 신. 자유자재로 변신하는 힘이 있다고 함.

어에 동갈방어*¹가 따르듯, 좀 떨어진 간격이긴 해도 언제나 이 강력한 괴물에 멋대로 붙어다녔다. 샤를뤼스 씨는 발베크 체류 첫해에 내가 보았던 그 거만한 낯선 사람의 짐짓 사나이다움을 꾸민 엄한 겉모습과는 너무나 달라, 나는 위성을 거느린 별이 아주 다른 주기(週期)에 들어가 그 정체를 남김없이 드러내고 있는 듯한, 또는 몇 년 전까지는 가벼운 종기에 지나지 않아 쉽게 감출 수 있어 대수롭게 생각지 않았건만 이제는 그 병에 온몸이 좀먹고만 환자를 보는 듯한 느낌이 들었다. 브리쇼가 수술을 받은 뒤 영영 잃은 줄 알았던 시력을 좀 회복하긴 했지만 정말로 남작의 꽁무니를 따르는 부랑자를 알아차렸을까. 그러나 아무래도 상관없었다. 교수는 샤를뤼스 씨에게 우정을 품고 있음에도 라 라스플리에르 이래 그가 곁에 있으면 어떤 거북스러움을 느꼈기 때문이다.

누구에게든지 남의 생활이란, 꿈에도 생각 못한 수많은 오솔길을 어둠 속에 길게 늘이는 것인가 보다. 모든 대화는 거짓말투성이어서 사람들은 그것에 흔히 속지만, 그 거짓말도 적의나 이해관계, 알리고 싶지 않은 방문, 과감하게도 아내 몰래 애인과 보낸 하루의 도피를 완전히 감추지 못하는 법이어서 사람들 사이의 좋은 평판이 나쁜 습관을—알아채지 못하도록—모두 뒤덮지 못한다. 악습이 한평생 알려지지 않을 수도 있다. 간혹 저녁 무렵 선창에서 만난 우연이 나쁜 습관을 폭로하기도 하지만 그런 우연만으로는 대부분 잘 알아채지 못해서, 앞뒤 사정을 아는 제삼자한테서 아무도 모르는 뜻밖의 말을 들어야 한다. 그러나 일단 알려지면 악습은 사람을 겁나게 한다. 도덕성 때문이라기보다 세차게 몰려드는 광기를 느끼기 때문이다.

쉬르주 뒤크 후작부인은 결코 도덕의식이 투철한 이가 아니라서 아들들이 아무리 타락한 짓을 하려고 해도, 누구나 수긍할 수 있는 득실로 설명되는 것이라면 눈감을 위인이었다. 그런데 부인은 샤를뤼스 씨가 찾아올 적마다, 마치 시각을 알리는 시계처럼 정확히 뭔가에 이끌리듯이 아들들의 턱을 꼬집으며, 또 아들들끼리 서로 턱을 꼬집게 한다는 이야기를 듣고, 아들들에게 샤를뤼스 씨와 만나지 못하게 했다. 이제껏 다정하게 지내온 이웃이 식인증(食人症)에 걸린 것은 아닌가 의심스러운, 육체에서 풍기는 섬뜩함에 불안해진 부인은,

---

*1 농어목 전갱이과의 바닷물고기로 상어를 먹이가 있는 쪽으로 안내한다고 함.

남작이 "이제 곧 아드님들을 만날 수 있을까요?" 묻자, 자기 머리 위에 벼락을 부르고 있다는 걸 알면서도 공부하느라 바쁘다느니, 여행 준비로 분주하다느니 대답했다. 무책임은 누가 뭐라든 잘못이나 죄마저도 무겁게 한다. 만약 랑드뤼(Landru)*²가(그가 정말로 여자들을 살해했다는 가정 아래) 이해관계로 살해했다면, 인간은 그 감정에 저항할 수 있으므로 특사를 받을 수도 있지만, 저항할 수 없는 사디즘 때문에 그랬다면 용서받을 수 없을 것이다.

남작과 친해지기 시작했을 즈음에 브리쇼가 늘어놓은 상스러운 농담은, 이미 상투적인 말을 주고받을 사이가 아니라 상대를 속속들이 알게 된 단계에 이르자 어쩐지 거북스러운 것이 되고 말아서, 그것이 그의 실없는 장난기를 덮어 가리게 되었다. 그는 플라톤의 문장이나 베르길리우스의 시구를 암송하여 마음을 달랬다.*³ 그러나 그 시대에는 한 청년을 사랑하는 일이(플라톤의 이론보다도 소크라테스의 해학이 그 사실을 한층 명확히 보여주고 있다), 요즈음 무희를 돌봐주다가 이윽고 약혼하는 일이나 다름없었다는 사실을 마음의 눈까지 멀어버린 그는 이해하지 못했던 것이다. 아니, 샤를뤼스 씨조차도 이해 못 했을지 모른다. 그는 자신의 병적인 괴벽을 일반적인 우정과 혼동하고, 프락시텔레스(Praxiteles)*⁴가 조각한 운동 경기의 우승자들을 오늘날의 온순한 권투 선수로 착각하고 있었다.

1900년부터("경건한 군주를 섬기는 경건한 궁정인은, 신앙심 없는 군주 밑에서는 신앙심이 없었을 것이다"라고 라 브뤼예르는 말했다) 관습적인 동성애는—플라톤의 청년들이나 베르길리우스가 노래한 목자(牧者)들의 동성애도—모두 없어지고, 이제는 오로지 자기 의지로는 어쩔 수 없는 신경증적인 동성애, 남의 눈을 속이고 자신도 속이는 동성애만이 살아남아서 번식을 계속한다는 사실을 샤를뤼스 씨는 외면했다. 그가 이교(異敎) 시대부터의 계보를 단호히 부정하지 않았다면 그건 그의 잘못일 것이다. 현대는 이교 시대의 인체미를 얼마쯤 잃은 대신, 얼마나 많은 정신적 우월을 얻었던가!

이와는 반대로 테오크리토스가 묘사한 소년을 좋아하는 양치기가, 훗날에

---

*2 희대의 살인귀로, 10명의 아내와 소년 1명을 죽였음.
*3 그리스 시대에는 동성애가 지극히 일반적이어서, 브리쇼는 이들의 이야기나 시를 읽고 옛날에도 이랬으니까 하고 스스로를 이해시켰음.
*4 아테네의 조각가(B.C. 370~330?).

는 아마릴리스(Amaryllis)*¹를 위해서 피리를 부는 다른 양치기에 비해 한층 다정하며 섬세하다고 생각할 이유가 조금도 없다.*² 왜냐하면 첫 번째 양치기는 병에 걸린 게 아니라, 시대의 풍습을 따랐을 뿐이기 때문이다. 온갖 장애를 넘어 살아남은 동성애, 수치스럽고 굴욕적인 동성애만이 진실하며 이것만이 그 인간의 세련된 정신적 특질에 어울릴 수 있다. 순전히 육체적인 기호의 사소한 어그러짐, 어떤 감각의 가벼운 결함에 의해, 게르망트 공작에겐 빈틈없이 닫힌 시인과 음악가의 세계가 샤를뤼스 씨에게는 방긋이 열려 있다는 사실이 설명되면, 우리는 육체적인 것과 정신적 특질 사이에 어떤 관계가 있지 않을까 싶어 오싹해진다. 샤를뤼스 씨가 자질구레한 장식품을 좋아하는 주부처럼 실내 장식에 취미를 갖고 있다는 사실은 하나도 놀랄 게 없다. 그러나 베토벤이나 베로네제에게로 통하는 길도 이 얼마 안 되는 틈새인 것이다. 하지만 탁월한 시 한 편을 지은 미치광이가, 자기는 마누라의 악의 때문에 이 정신병원에 잘못 갇혀 있노라고 그럴듯하게 설명한 뒤, 부디 원장에게 이 사유를 전해달라, 이런 여러 사람이 섞여 사는 잡거(雜居)에 갇힌 것을 견딜 수 없노라 하소연하면서 이렇게 결론지으면 정상인들은 또한 겁을 덜컥 낸다. "보세요, 저기 안뜰에서 나한테 말 건네는 남자를, 난 하는 수 없이 맞장구쳐주지만 저 사람은 자기가 예수 그리스도인 줄 알죠. 이것만으로도 내가 어떤 미치광이들과 갇혀 있는지 충분히 증명되죠. 저자가 예수 그리스도일 리가 없어요. 예수 그리스도는 바로 나니까!" 조금 전만 해도 하마터면 정신과 의사에게 착오를 신고하러 갈 뻔했다. 그런데 이 끝말을 듣자마자 또 혹여 그 인물이 날마다 짓는 훌륭한 시편을 생각하더라도, 정상인은 그를 멀리한다. 마치 쉬르주 부인의 아들들이 샤를뤼스 씨를 멀리한 것과 마찬가지로 딱히 어떠한 해악을 끼쳐서가 아니라, 그저 시도 때도 없이 아들들을 초대한 끝에 그들의 턱을 꼬집기 때문이었다.

　　시인은 가여운 존재로다. 특히 베르길리우스처럼 길잡이도 없이, 유황과 역청이 지글지글 끓는 지옥을 가로질러, 하늘에서 쏟아지는 불 속에 몸을 던져 소돔의 몇몇 주민을 데리고 나와야 하는 시인이야말로 가여운 존재로다. 그 작품에는 아무런 매력도 없다. 그 삶에는, 이전의 삶으로 다시 돌려보내진 자가 법의를 벗어던진 게 신앙의 상실 말고는 다른 까닭으로 보이지 않도록 순

*1 베르길리우스의 목가에 나오는 양치기 소녀.
*2 그리스 시대에는 동성애나 이성애나 결과적으로 별다른 점은 없었다는 뜻.

결무구한 독신의 계율을 지키는 바와 같은 엄격함이 있다. 그래도 이 작가들이 다 같지는 않다. 미치광이들을 가까이 대하므로 언젠가는 광기의 발작을 일으키지 않을 의사가 있을까? 그래도 자기가 광인을 상대하는 일을 하게 된 것이, 전부터 자기 안에 있는 잠복성 광기 때문이 아니라고 딱 잘라 말할 수 있는 자야말로 행복한 사람이다. 정신과 의사의 연구 대상은 자주 의사 자신에게 저항하게 마련이다. 그러나 그전에 어떤 숨은 성향이, 어떤 현혹적인 공포가 그로 하여금 이 대상을 택하게 했는가?

남작은 뒤에서부터 따라오는 수상스런 사내(남작이 큰길을 걷거나 생라자르역의 기다림 방을 건너가거나 하면, 이런 자가 은화 5프랑을 벌려는 희망에 줄줄 따라다니며 그를 놓치지 않았다)를 못 본 체하면서, 혹시 상대가 대담하게 말을 건네지 않을까 신경이 쓰여 검게 물든 속눈썹을 얌전하게 내리깔고 있었다. 그 검은 속눈썹은 하얗게 분을 바른 뺨과 대조를 이루어, 그를 엘 그레코(El Greco)*³가 그린 이단 재판의 대법관처럼 보이게 했다. 하지만 이 무시무시한 사제에게는 파문당한 사제 같은 풍모가 있었다. 제 기호를 실현하며 그 비밀을 지켜야 할 필요에서 어쩔 수 없이 갖가지 위태로운 말과 행동을 행한 결과로 남작이 감추고자 애써온 것, 정신적 타락이 말하는 음탕한 생활이 그 얼굴 위에 바로 나타나 있었다. 정신적 타락이란 그 원인이 무엇이건 사실 쉽사리 엿볼 수 있다. 곧바로 형태를 갖추고 얼굴에 드러나, 특히 뺨과 눈언저리에 마치 간장병으로 피부가 황토색이 되거나, 피부병으로 메스꺼운 붉은 기가 돈 아나듯이 육체적으로 번지기 때문이다. 게다가 샤를뤼스 씨가 전에 자신의 가장 비밀스런 장소에 깊숙이 처박아두었던 나쁜 습관이 이제 기름처럼 퍼져 있었는데, 그것은 오로지 분을 하얗게 칠한 두 뺨이라고 하기도 겸연쩍은 늘어진 볼, 되는 대로 몸을 내버려둬서 비대해진 육신의 부풀어오른 가슴이나 불룩한 엉덩판만이 아니었다. 이제는 그의 말씨에도 악습이 넘치고 있었다.

"허어 이거, 브리쇼 교수, 캄캄한 데서 아름다운 젊은이와 산책하시나?" 그는 우리에게 다가오면서 말했다. 한편, 그동안에 기대가 어그러진 부랑자는 그냥 가버렸다. "재미 좋구려! 소르본 대학의 귀여운 학생들에게 널리 알려야겠는걸. 브리쇼 교수가 그다지 착실한 사람은 아니라는 걸 말이야. 하긴 젊은이

─────────

*3 그리스 태생의 에스파냐 화가(1541?~1614).

와 함께 있으니 어지간히 효과가 있나 보군. 브리쇼 교수, 당신도 어린 장미처럼 싱싱한 걸 보니. 자네, 어떤가. 별일 없지?" 그는 진지한 말투로 돌아와 내게 물었다. "웬만하면 콩티 강둑에서는 만나지 말게나. 그나저나 사촌누이는 잘 지내나? 함께 오지 않았나? 여하튼 매력적인 분인데, 안타깝군. 오늘 밤 자네 사촌누이를 만날 수 있을까? 정말이지 예쁜 아가씨야. 그 아가씨가 타고난 재주, 곧잘 옷맵시 낼 줄 아는 재주를 좀더 갈고닦으면 더욱더 예쁠 텐데."

여기서 나는 말해두거니와, 샤를뤼스 씨는 나와는 서로 정반대인 것을 '소유' 하고 있었다. 곧 세밀하게 관찰하여, 여인의 화장(toilette)이건 그림(toile)이건 세부까지 분간할 줄 아는 재능을 갖추고 있었다. 드레스나 모자에 대해 어떤 독설가나 독단적인 이론가는 이렇게 단언할 것이다. 남자에게 사나이다운 매력에 이끌리는 경향이 있다면, 또한 여자의 화장에 대한 타고난 취미나 지식이나 연구가 따르기 마련이라고. 사실 그런 일이 자주 일어나는데, 이를테면 샤를뤼스 씨 같은 인물이 남자에게 육체적 욕망이나 깊은 애정을 모두 독점당한 결과, 여자에 대해서는 그 대신 자기가 가지고 있는 모든 플라토닉한 취미(이 플라토닉이라는 그림씨는 매우 부적절하지만), 또는 간단하게 온갖 취미라고 말해도 괜찮으리라, 그것도 해박한 지식으로 정확히 갈고닦은 취미를 베풀어주는 것이나 다름없다. 이런 점에서 샤를뤼스 씨는 나중에 가서 얻은 '여자 디자이너'라는 별명에 딱 들어맞는다고 할 수 있겠다.

그러나 그의 취미나 관찰력은 다른 사물에도 널리 뻗쳐 있었다. 이미 본 바와 같이 내가 게르망트 공작부인 댁에서 저녁 식사를 한 뒤 그를 찾아갔던 날 밤, 나는 그의 가르침 하나하나에 따라서 겨우 그의 저택에 있는 걸작을 알아보는 형편이었다. 그는 아무도 눈여겨보지 않는 것을 금세 알아보곤 했는데, 예술작품이든 저녁 식사에 나온 요리든 마찬가지였다(그리고 그림과 요리 사이에 있는 모든 것이 여기에 포함된다). 샤를뤼스 씨가 그 예술적 재능을, 형수에게 선물할 부채에 그림을 그리는 정도로 그치는 것을 나는 늘 아깝게 생각했다(게르망트 공작부인이 그 부채를 손에 펴들고 부친다(s'en éventer)기보다, 팔라메드의 우정을 남에게 보이면서 자랑스러워하던(s'en vanter) 광경은 이미 본 바와 같다). 또한 피아노도, 모렐의 현란한 바이올린 연주에 맞추어 정확하게 반주할 수 있는 정도로만 그치고, 더 이상 솜씨를 연마하지 않는다는 사실이 유감스러웠다. 특히 나는 샤를뤼스 씨가 아무 작품도 쓰지 않았다는 사실이 애석했고, 지금도 그렇게 생각한다. 그의 말재주가 뛰어나다고 해서, 또 편지 쓰는 솜씨로 미루어보아서 그가 유능한 작가가 될 수 있었다는 결론을 내릴 수는 없다. 이러한 가치들은 차원이 다르다. 시시한 이야기만 하는 따분한 작자들이 걸작을 써내고, 담화의 왕자들이 뭔가 쓰려고 들면 가장 평범한 작가만도 못할 때가 있다는 사실을 우리는 익히 보아왔다. 그렇지만 나는 샤를뤼스 씨가 산문에 손을 댔다면, 그리고 그에게 익숙한 예술적 주제를 다루는 데서 글을 시작했다면, 불길이 솟구치고 빛은 눈부셔 한낱 사교인에서 대번에 대작가가 되고도 남았을 것으로 믿는다. 나는 그에게 글을 써보라고 거듭 권했지만 그는 결코 손을 대려 하지 않았다. 아마도 단순한 게으름 탓이거나 화려한 연회나 지저분한 장난에 골몰하느라, 또는 남들과 끝없이 허튼 이야기나 하고 싶어하는 게르망트가의 특유한 욕구 탓이리라. 나는 그것이 아깝다. 그의 화려한 화술에서 기지와 독특한 성격을 떼어놓을 수 없으며, 번뜩이는 기지가 찾아낸 것과 안하무인인 성격이 하나가 되어 있는 만큼 나는 더욱 안타깝게 생각한다. 만약 그가 책을 썼다면 살롱—살롱에서 샤를뤼스 씨는 몹시도 야릇한 투로 지성을 발휘하는 순간이 있는데, 그럴 때면 약한 자를 깔아뭉개고, 자기를 모욕하지도 않은 자에게 앙갚음을 하며, 비열하게 친구들 사이를 헐뜯어 서로 멀어지게 하려 들었다—사람들도 그를 존경했을 테고, 이유 없이 미워하지는 않았을 것이다. 만약 그가 책을 썼다면 그의 정신적 가치가 그만큼 따로 떨어져서 악에서 나누어질 것이고, 그다지 남들의 존경을 방해하는 일도 없을 뿐만 아니라 빛나는 숱한 표현이 우정의 꽃을 피웠으리라.

아무튼 뭔가를 조금이라도 쓰게 했다면 거뜬히 해냈을 거라는 내 생각이 비록 과대평가였다 할지라도 그가 글을 썼다면 더없이 유익했을 게 틀림없다. 그는 모든 것을 가려낼 수 있는 분별력이 뛰어난 동시에, 분간한 것들의 이름을 죄다 알고 있었기 때문이다. 나는 그와 이야기를 해도 사물을 보는 법을 배울 수는 없었지만(나의 정신이나 감정이 다른 데로 쏠려 있었으므로), 그래도 분명히 그가 일러주지 않았다면 놓쳐버렸을 것을 보기는 했다. 하지만 그 물건의 이름, 나중에 그 윤곽이나 색채를 찾을 때에 도움이 되었을 그 이름을 나는 번번이 금세 잊어버렸다. 만약 그가 책을 써주었다면 비록 잘된 책이 아닐지라도—그럴 리는 없다고 나는 생각하지만—그것은 참으로 감미로운 사전, 끝이 없고 다함이 없는 일람표가 되었으리라! 하지만 결국 그 누가 알 수 있으랴. 그는 자기 지식이나 취미를 작품으로 만드는 대신, 어쩌면 우리 운명을 거스르는 악마의 사주를 받아서 시시한 수필, 소설, 아무 쓸모없는 여행기, 모험담 등을 썼을지도 모를 일이다.

"아무렴, 자네 사촌누이는 옷맵시를 낼 줄 알아, 아니 모양낼 줄 안다고 하는 편이 정확할 테지만." 샤를뤼스 씨는 알베르틴에 대해서 다시 말을 이었다. "하지만 단 한 가지 의문은 말이야, 그 아가씨만의 아름다움에 걸맞게 입느냐 하는 점이야. 어쩌면 내게도 얼마간 책임이 있을지 모르지. 잘 생각지도 않고 이것저것 권했으니까. 라 라스플리에르 성관에 갔을 적에도 내가 아가씨에게 여러 번 말한 것은—지금은 좀 후회하고 있네만—자네 사촌누이의 개성적인 생김새라기보다는 차라리 그 일대의 풍경이나, 바다가 가깝다는 사실에 영향을 받았을 거야. 그것이 그 아가씨로 하여금 너무 가벼운 느낌이 드는 것 쪽으로 쏠리게 했던 거야. 지금도 눈앞에 선하네만, 참으로 예쁜 얇은 모슬린이나 얇은 비단으로 지은 멋들어진 스카프, 작은 장밋빛 토크 모자—거기에 꽂혀 있던 앙증맞은 장밋빛 깃털도 나쁘지 않았지만—따위를 걸치고 있었지. 그런데 내 생각으론, 그 아가씨의 아름다움은 묵직한 진짜 아름다움이어서 앙증맞은 장식을 꽂는 정도로는 부족하단 말씀이야. 그처럼 숱 많은 머리에 토크 모자가 과연 어울릴까? 오히려 대롱 모양 머리 장식을 꽂으면 더 돋보일걸. 무대 의상 같은 옛날 드레스가 어울리는 부인은 요즘 거의 없지. 하지만 그 아가씨, 아니 이미 어엿한 여인이지만, 그녀의 아름다움은 특별해서 제노바의 벨벳으로 지은 고대 드레스가 어울릴 거야(나는 곧장 엘스티르와 포르튀니 의상실의 드레스를 떠올렸다). 그뿐만 아니라 요즘은 그다지 유행하지 않네만, 찬란한 보석—유행하지 않는다는 말은 최고의 찬사지만 말이야—이를테면 감람석(橄欖石)이나 백철석(白鐵石)이나 비할 데 없는 래브라도라이트[1] 같은 보석을 꿰매 달거나 귀에 늘어뜨리거나 하여 드레스를 더 무게 있게 해도 괜찮다고 생각해. 게다가 그녀 자신도 본능적으로 조금 무거운 아름다움이 요구하는 균형 감각을 지니고 있는 성싶거든. 생각나시나, 라 라스플리에르에 저녁 식사를 하러 갔을 때 그 아가씨는 예쁜 상자랑 묵직한 핸드백을 들고 있지 않았나. 결혼하고 나면 그 속에 분이나 립스틱뿐 아니라 여러 가지를 더 넣을 수 있을 거

---

[1] 캐나다 동부의 래브라도에서 발견된 사장석(斜長石)의 하나. 조회장석(曹灰長石).

야. 너무 야하지 않은 조그만 청금석(靑金石) 상자에 넣은 진주며 루비도 그대로 있을 테지. 그녀는 부자와 결혼할 수 있을 테니까."

"허어, 남작!" 브리쇼가 가로막았다. 그는 샤를뤼스 씨의 이 마지막 말이 내 가슴을 아프게 하지나 않을까 걱정했다. 나와 알베르틴의 관계가 깨끗한지 어떤지, 정말로 사촌남매간인지 조금 의심쩍어하고 있었으니까. "당신은 왜 그렇게 아가씨들에게 관심이 많으십니까!"

"이 못된 사람 같으니, 아이들 앞에서 닥치지 못할까!" 샤를뤼스 남작은 비웃고는, 브리쇼를 침묵시키는 시늉으로 한 손을 내리면서 재빨리 내 어깨에 그 손을 얹어놓았다. "이런, 방해해서 미안하네. 두 사람은 마치 낙엽이 굴러가도 웃음을 터뜨리는 소녀 같으니 나처럼 흥을 깨는 노인네에게는 볼일이 없으실 테지. 하지만 그렇다고 해서 나는 엉덩이에 붙어 고해하러 가는 일 따위는 하지 않을 걸세. 여러분은 이미 목적지에 다다른 것이나 마찬가지니까." 남작은 오후의 소란을 아직 전혀 모르고 있던 터라—쥐피앙은 샤를뤼스 남작한테 이를 알리러 가기보다 다음 습격에 대비해 먼저 조카딸을 보호해야 한다고 판단했던 것이다—더욱 기분이 명랑했다. 따라서 남작은 여전히 두 사람이 결혼하는 줄 굳게 믿어 싱글벙글했던 것이다. 남작처럼 통이 큰 고독한 사람에게는 공상 속의 아버지가 되어 자신의 비극적인 독신 상태를 누그러뜨리는 게 마음의 위안이 되는 듯했다.

"그런데 말씀이야, 브리쇼 교수." 그는 웃으면서 우리 쪽으로 고개를 돌리고 덧붙였다. "그처럼 사이가 좋아 아기자기한 두 사람을 보니 좀 노파심이 나는 군. 두 사람이 마치 애인 사이 같거든. 서로 팔짱을 끼고. 안 그렇소, 브리쇼 교수. 좀 무람없지 않나 이 말씀이야!" 그가 이와 같은 말을 내뱉은 건 나이 들어 사고가 이전처럼 반사작용을 누르지 못하여, 40년 동안이나 조심스럽게 숨겨온 비밀을 이따금 무의식적으로 누설하고 마는 탓이었을까? 또는 게르망트 네 사람들이 다 마음속에 갖고 있는 평민의 의견에 대한 멸시였을까(샤를뤼스 씨의 형인 게르망트 공작이 나의 어머니에게 보이는데도 개의치 않고 태연하게, 창가에서 잠옷의 앞섶을 풀어 헤친 채 수염을 깎는 것도 그 업신여김의 또 다른 형태였다)? 아니면 샤를뤼스 씨는 동시에르에서 도빌까지 가는 찌는 듯이 더운 차 안에서 자세를 흐트러뜨리는 위험한 습관이 몸에 배고 말았나? 넓은 이마에 바람을 넣으려고 밀짚모자를 뒤로 제치듯이 너무나 오래전부터 본디 얼굴에 빈틈없이 썼던 가면을—처음에는 아주 잠깐이지만—느슨하게 하는 습관을 익힌 걸까?

샤를뤼스 씨가 모렐에게 부부 사이처럼 행동하는 모습을 보고, 모렐에 대한 그의 열이 이미 식은 걸 아는 이라면 놀라는 것도 당연하다. 그러나 샤를뤼스 씨는 자신의 나쁜 습관이 가져다주는 쾌락의 단조로움에 신물이 날 때도 있었다. 그는 본능적으로 새로운 보람을 구해 우연히 만난 낯선 사내들을 상대로 녹초가 되고 나면, 그 반대로 자기가 결코 좋아할 리 없다고 굳게 믿어왔던 것으로, '살림' 흉내나 '아버지' 흉내로 옮아갔다. 때로는 그것으로도 흡족하지 않아, 더 별난 것이 필요하여 여인과 함께 하룻밤을 지내러 가기도 했는데, 정상적인 남성이 이와 비슷한 정반대의 호기심에서—어느 경우도 건강치 못한 호기심임에는 변함없지만—일생에 한 번쯤은 사내와 자고 싶어하는 것과 같은 투였다.

샤를리가 있으므로 이제는 베르뒤랭네 작은 동아리에서 주로 지내는 남작의 '신도'다운 생활이 교묘한 위장(僞裝)을 지키려고 오랫동안 그가 치러온 노력을 깨뜨리는 데 미친 힘은, 마치 탐험 여행이나 식민지 체류가 어떤 부류의 유럽인들—그들은 본국(프랑스)에서 자기가 지키던 지도 원리를 외지에서 잃고 만다—에게 끼치는 영향과 같았다. 처음에는 자기가 지닌 변태성을 모르다가 그것을 깨닫고 나면 아연실색하지만, 드디어 그 변태성에 친숙해져서 부끄러움 없이 스스로 인정하게 되어, 남에게 털어놓으면 반드시 위험을 불러온다는 사실조차 깨닫지 못하게 만드는 정신의 변혁이야말로, 샤를뤼스 씨를 아슬아슬한 사회적 속박에서 해방시키는 데 베르뒤랭 댁에서 지낸 시간보다 더 큰 도움을 주었다.

사실 남극이나 몽블랑 정상으로 추방된다 할지라도 내적인 나쁜 습관, 곧 남들과 다른 사고 속에 오래도록 머무르는 것만큼 인간을 남들에게서 떼어놓지는 못한다. 이제 남작은 악습(샤를뤼스 씨는 전에 이렇게 불렀는데)에 대하여 게으름, 부주의, 탐식같이 흔해 빠져서 도리어 애교가 있으며 거의 재미스러운, 한낱 결점의 해도 없고 독도 없는 현상으로 보았다. 자신의 독특한 됨됨이가 남들의 호기심을 일으킨다는 사실을 깨달은 샤를뤼스 씨는 그 호기심을 만족시키고 자극하며 영속시키는 데에 어떤 쾌감을 맛보고 있었다. 이를테면 어느 유대계 신문 기자가 진지하게 읽힐 희망이야 없을지 모르나 호의를 담아 웃는 독자의 기대를 실망시키지 않고자 날마다 가톨릭교의 투사로서 행동하듯이, 샤를뤼스 씨도 작은 동아리에서 세상의 나쁜 풍습을 익살스럽게 비난했다. 마치 남들이 바라지 않는데도 앞에 나가 비전문가의 재주를 보여 기꺼이 제 몫을 다하고자 영어를 흉내내거나 여배우 무네 쉴리(Mounet-Sully)의 흉내를 내듯이.

그래서 브리쇼한테 지금 젊은이와 함께 산책하고 있는 걸 소르본 대학에 일러바치겠다는 샤를뤼스 씨의 공갈은, 할례를 받은 시평 기자(時評記者)가 툭하면 '로마 교회의 만딸'*¹이니 '예수의 성심'이니 하며 위선의 그림자 없이 그저 좀 졸렬한 연기를 섞어 말하는 것과 같은 식이었다. 말 자체가 전에 샤를뤼스 씨가 사용하던 말과 아주 달랐는데, 이 같은 변화의 원인을 찾아보는 것뿐 아니라 억양이나 몸짓에 나타난 변화―지금은 둘 다 샤를뤼스 씨가 전에 신랄하게 비난한 것과 이상하리만큼 닮아 있었다―를 밝혀보는 일도 흥미로울 것이다. 자신의 성에 만족하지 못하고 정신적으로 자신을 이성의 한 사람으로 여기는 성도착자들은 서로 일부러 '마 셰르(ma chère)*²라고 나지막이 부르는데, 현재의 샤를뤼스 씨는 이와 비슷하게 무의식적으로―무의식적인 만큼 더욱더 깊은 곳에서 나온 부름이었다―부르는 것이었다. 샤를뤼스 씨는 이 부자연스러운 '시시(chichi)*³에 오랫동안 반대해왔지만, 사실 이와 같은 '시시'는 전신 마비 환자나 운동실조증 환자가 언젠가는 반드시 어떤 징후를 드러내고 말듯이 샤를뤼스 씨와 같은 인물이 그 병의 어느 단계에 이르렀을 때 취할 수밖에 없는 거동을 충실하고도 천재적으로 본뜬 것에 지나지 않았다.

사실―이것이야말로 아주 내면적인 이 시시가 보여주는 바이지만―내가 알던 온통 검은 옷차림에 머리칼을 짧게 깎은 엄격한 샤를뤼스 씨와 화장을 하고 패물을 주렁주렁 몸에 단 젊은이들 사이에는, 재빠르게 지껄이며 늘 부스럭거리는 흥분한 사람과 느릿느릿 말하며 결코 동요하는 일 없는 신경병 환자 사이와 같은, 순전히 겉으로 드러나는 차이밖에 없다. 이 사람이 똑같은 불안에 시달리며 똑같은 결함에 사로잡힌 줄 아는 의사의 눈으로 보면, 그도 똑같은 신경쇠약에 걸린 환자일 뿐이다. 더구나 샤를뤼스 씨가 늙었다는 사실은

---

*1 프랑스를 가리킴.
*2 영어의 'my dear'에 해당하는 표현으로 상대가 여성인 경우에만 씀.
*3 기교적인 언동, 뽐내는 태도, 점잔 빼기, 격식 차리기 따위.

아주 다른 징조로 알 수 있었다. 이를테면 그의 말속에 어떤 유형의 표현이 엄청나게 늘어나고 차례차례 번식하여 지금은 끊임없이 입 밖으로 튀어나와(예를 든다면 '여러 상황의 연결'이라는 표현), 남작의 말은 마치 하나같이 버팀나무를 필요로 하듯 모두 그것에 의지하는 것이었다.

"샤를리가 벌써 와 있을까요?" 저택 문의 벨을 울리려고 할 즈음에 브리쇼가 샤를뤼스 씨에게 물었다. "글쎄, 모르겠는데." 남작은 말하면서 두 손을 들고 눈을 반쯤 감으며, 입이 가볍다는 비난을 받지 않도록 조심하는 투였는데, 아마도 전에 그의 말실수 때문에 모렐의 책망을 받은 적이 있어 더 신중해졌는지도 모른다(허영심이 강하면서도 겁 많은 모렐은 샤를뤼스 씨와의 관계를 빼기는가 하면 금세 부인하기도 했는데, 전에 샤를뤼스 씨가 지껄인 하찮은 이야기를 중요하게 여긴 적이 있었다). "그 녀석이 뭘 하는지 난 하나도 모르니까." 육체관계를 갖는 두 사람의 대화는 거짓말투성이인데, 남성이건 여성이건 자기가 좋아하는 이에 대해 제삼자와 이야기를 나눌 때에도 거짓말은 더할 나위없이 자연스럽게 생긴다.

"만난 지 오래되었습니까?" 나는 샤를뤼스 씨에게 모렐 이야기를 아무렇지도 않게 꺼낼 수 있는 것처럼 꾸며 보이고, 또 그가 모렐과 완전히 동거하고 있다고 여기지 않는 체하려고 이렇게 물었다. "그 녀석, 오늘 아침 내가 아직 얕은잠에 빠져 있을 때 5분쯤 훌쩍 들렀다 갔는데, 내 침대 끄트머리에 앉아 마치 나를 강간할 듯한 모양새를 하더군." 나는 곧 샤를뤼스 씨가 한 시간 전에 모렐을 만났구나 하고 생각했다. 왜냐하면 한 여인에게 그녀의 애인인 줄 아는 사내—그녀도 이쪽이 그렇게 생각하는 줄 짐작하는 사내—를 언제 만났느냐고 물으면, 만약 그녀가 그와 함께 3시에 차를 마셨다면 "점심시간 전에 잠깐 만났어요" 대답하기 때문이다. 이 두 개의 사실 사이에 있는 유일한 차이는, 하나는 거짓이고 다른 하나는 사실이라는 점이다. 그러나 둘 다 죄가 없다고 해도 좋고, 둘 다 죄가 있다고 해도 좋다. 따라서 왜 여인이(지금의 경우는 샤를뤼스 씨가) 반드시 거짓말을 택하는지 이해하려면, 이런 대답이 본인도 모르는 사이에 여러 요인에 의하여 결정된다는 것을 알 필요가 있다(이 원인으로 말하면 문제되고 있는 사소한 사실과는 너무나 동떨어져 있으므로, 우리는 그것을 하나하나 문제 삼으려 들지도 않는다). 그러나 물리학자에게는, 아무리 작은 덧나무 열매 껍질이라도 그것이 차지하는 위치는 훨씬 커다란 우주를 지배하는 인력과 반발력의 법칙이 작용하여 서로 충돌하거나 균형을 유지하는 사실로 설명된다. 그러한 원인을 참고 삼아 여기에 기술하자면, 먼저 자연스러우면서도 대담한 인간으로 보이려는 욕망, 몰래 만난 사실을 숨기려는 본능적인 몸짓, 스스러움과 과시의 혼합, 자기에게 즐거운 일을 남에게 털어놓아서 사랑받고 있음을 뽐내고 싶은 욕구, 이야기 상대가 알고 있든가 짐작하고 있는—그러면서도 입 밖에 내지 않는—일에 대한 통찰(이 통찰은 상대의 생각을 앞서거나 그에 미치지 못하거나 해서, 문제를 과대평가 또는 과소평가하게 한다), 불장난하고픈 무의식적인 욕망과 더불어 불이 번지는 것을 막으려는 의지 따위가 있다. 이와 같은 여러 법칙이 서로 반대로 작용하여, 저녁에 만났으면서도 아침에 만났다고 말하는 그 연인과의 관계가 결백하고 '플라토닉'하냐, 아니면 현실적인 육체관계에 있느냐에 따라 더욱 일반적인 대답을 하게 만든다.

그렇지만 지금 샤를뤼스 씨는 병세가 악화된 결과, 자기를 위태롭게 하는 일의 처음부터 끝까지의 과정을 폭로하거나 넌지시 비추며 때로는 머릿속에서 만들어내기도 했는데, 그럼에도 대체로 샤를리는 자기와 같은 부류의 인간이 아니며, 두 사람 사이에는 우정밖에 없다고 애써 강조하고 있었다. 그래도(어쩌면 정말인지도 모르나) 그는 어쩌다가 스스로 모순된 말을 할 때가 있었는데(이를테면 마지막으로 모렐과 만난 시간처럼), 그럴 때 그는 자신도 모르게 사실을 말해버렸거나, 어쩌면 자랑하려고, 아니면 감상적으로, 또는 이야기 상대를 당황케 하는 게 재치 있다고 생각해 거짓말을 늘어놓은 것이다. "자네도 알다시피 모렐은 나에게 좋은 친구야." 남작은 계속 말했다. "녀석한테는 진심으로 애정을 품고 있다네. 녀석도 나에게 그럴 게 확실해.(확실하다는 말을 해야 직성이 풀리는 걸 보건대, 그 점을 의심하는 걸까?) 그러나 우리 사이에 다른 관계란 없지. 아무것도 없어. 알아들으시나, 그런 건 없단 말일세." 남작은 마치 여인의 이야기를 하듯이 천연덕스럽게 말했다. "그렇지, 오늘 아침 녀석이 내 발을 잡아당기려고 왔더군. 자는 꼴을 보이기 싫어하는 나를 잘 아는 녀석이 말일세. 자네는 안 그런가? 그것만큼은 정말 소름끼치지. 낭패가 이만저만이 아니거든. 자는 모습은 남한테 보일 만한 게 아니니까. 난 이미 스물댓 살 먹은 청년도 아니고 숫처녀 행세를 하는 것도 아니지만, 그래도 체면은 서도록 하고 싶은 게 인간이 아니겠나."

남작이 모렐과는 좋은 친구 사이라고 이러쿵저러쿵 말한 게 본심인지도 모르거니와, 또 거짓말로 "그 녀석이 뭘 하는지 난 하나도 모르지. 녀석의 생활은 알지 못하니까" 말한 것이 어쩌면 사실이었는지도 모른다(지금 샤를뤼스 씨와 브리쇼와 나, 이렇게 셋이 베르뒤랭 부인 댁으로 향하는 틈을 노려, 여담으로 몇 주일 전의 일을 이야기하고 나서 다시 본 이야기로 돌아오기로 하자). 실은 이 야회가 있고 얼마 뒤에 남작은 모렐에게 온 편지를 무심코 뜯어보았다가 고통과 경악 속에 빠지고 말았다. 이 편지는 나에게도 불똥이 튀어 엄청난 고뇌의 원인이 되었는데, 오직 여인에게만 관심을 보이기로 유명한 여배우 레아가 써 보낸 것이었다. 그런데 모렐에게 보낸 레아의 편지는(샤를뤼스 씨는 모렐이 그녀와 아는 사이일 줄 꿈에도 생각지 않았다) 열렬한 가락으로 씌어 있었다. 여기에 적기엔 너무나 외설스러워 그만두겠지만, 레아가 모렐한테 "추잡한 그대여, 심하시구려", "나의 소중한 아름다운 여인이여, 그대도 틀림없이 그 동아리구려" 따위의, 주로 여성을 상대하는 말씨로 말한 사실은 언급해도 괜찮을 것이다. 이 편지는 다른 수많은 여인들에 대해서 말하고 있었는데, 그녀들은 레아의 친구이면서 모렐의 친구인 듯했다. 또한 모렐이 샤를뤼스 씨를 조롱하는 점과, 레아가 제 생활비를 대주는 장교를 비웃는 내용도 있었는데, 그 장교에 대해서는 이렇게 씌어 있었다. "그이는 편지로 나한테 얌전히 굴어달라고 애원하더라니까! 나의 귀여운 흰 고양이님, 정말 어이없지 뭐예요!"

이는 모렐과 레아의 특별한 관계와 마찬가지로, 꿈에도 생각지 못한 사실을 접한 남작은 특히 '그 동아리'라는 말에 아찔했다. 그는 처음엔 깨닫지 못했지만, 꽤 오래전부터 자신이 '그 동아리'라는 걸 알고 있었다. 그런데 모처럼 얻은 이 개념이 이제 의문스럽게 여겨지기 시작했다. 자기가 '그 동아리'라는 사실을 깨달았을 때, 그는 생시몽이 말했듯이 자신이 여자를 좋아하지 않는다는 것을 알게 된 줄로 생각했던 것이다. 그런데 이제 '그 동아리'라는 표현이 모렐에게는 샤를뤼스 씨가 모르던 넓은 뜻을 지니고 있었고, 따라서 이 편지에 의하면, 모렐이 여자가 여자를 좋아하는 것과 같은 기호를 갖는 '그 동아리'인 사실을 입증하고 있었다. 그러자 샤를뤼스 씨의 질투심은 모렐이 아는 남자들에게만 한정되지 않고, 여자들에게도 널리 퍼져갔다. 즉 '그 동아리'는 그가 점찍었던 사람들뿐 아니라 이 세상에서 삶을 누리는 인간의 방대한 부분이었다. 남성이든 여성이든, 남성을 좋아하는 남성뿐만 아니라 여성을 좋아하는 남성으로도 이루어지게 되었다. 남작은 귀에 익은 낱말이 새 뜻을 갖게 되자, 질투의 증가와 낱말의 정의가 돌연 불충분하게 된 이 이중의 신비 앞에서 지성과 심정의 불안에 시달리는 느낌이었다.

샤를뤼스 씨는 이제껏 실생활에서 한낱 비전문가에 지나지 않았다. 곧 이런 유형의 사건도 그에게 아무런 도움이 되지 않았다. 이런 일로 배반당하고 상처를 입어도, 그는 능숙한 웅변으로 맹렬히 지껄이거나, 음험한 간책을 부려 한껏 드러내버렸다. 그런데 만약 베르고트 정도로 가치 있는 인물이라면, 이와 같은 일이 귀중한 것을 가져다주었을지도 모른다. 이 자체가(마구 행동한다고 하나, 그래도 우리는 동물처럼 자기에게 꼭 알맞은 식물을 택하고 있으므로) 베르고트와 같은 인물이 일반적으로 변변치 못하고 위선적이며 심술궂은 이들과 어울려 사는 까닭을 얼마쯤 설명해주는 건지도 모른다. 이런 이들의 육체적인 아름다움만으로도 작가의 상상력을 충분히 자극하고 호의를 베풀지만, 그렇다고 그 여인의 성격이 변하는 건 아니므로 몇천 미터 아래에 있는 그녀의 생활, 사실 같지 않은 교우 관계, 상상을 뛰어넘은 거짓말, 특히 생각지 못한 방향으로 나아간 거짓말 따위가 이따금 얼굴을 내밀곤 한다. 거짓말, 완벽한 거짓말, 우리와 아는 사이의 사람들이나 우리와 그들과의 관계에 대한 거짓말, 우리가 드러낸 어떤 행위의 동기를 아주 딴판으로 만들어내는 거짓말, 우리의 본성과 좋아하는 것에 대한 거짓말, 자기를 사랑하는 이, 온종일 입맞추면서 자기와 비슷한 성격으로 만들어냈다고 여기는 이에 대하여 우리가 어떻게 느끼는지에 대한 거짓말, 이런 거짓말이야말로 새로운 것과 미지의 것으로 통하는 전망을 열어주고, 잠든 감각을 깨우며, 영원히 모르고 지냈을지도 모르는 세계를 꿰뚫어 볼 수 있는 이승에 드문 것 가운데 한 가지다. 그런데 샤를뤼스 씨는 모렐이 지금껏 주의 깊게 숨겨온 몇몇 사실을 알고 아연실색한 나머지 서민계급과 사귀는 게 잘못이라는 결론을 내렸는데, 이는 그의 실수였다고 말해야겠다. 그리고 또 괴로운 사실도 드러났다(샤를뤼스 씨에게 가장 괴로운 점, 음악 공부를 하러 독일에 간다고 딱 잘라 말했던 모렐이 그 시기에 레아와 함께 여행했던 사실이 드러난 것이었다. 모렐은 이 거짓말을 꾸며내기 위해 몇몇 사람의 호의를 이용했다. 먼저 독일에 있는 그들에게 편지를 써서 거기에서 샤를뤼스 씨에게 전송해 달라고 부탁했는데, 모렐이 독일에 있다고 믿어 의심치 않았던 샤를뤼스 씨는 우체국 소인을 볼 생각조차 하지 않았다). 실제로 이 작품의 마지막 편에서는, 레아에 의해 폭로된 생활이 샤를뤼스 씨를 놀라게 한 것

이상으로, 그가 가족이나 친구들이 경악할 정도로 엄청난 짓을 저지르는 모습을 보게 되리라.

그러나 지금 나는 브리쇼와 함께 베르뒤랭네 문 쪽으로 걸어가는 남작의 뒤를 따라가야 한다. 그는 내 쪽을 돌아다보면서 물었다. "그런데 도빌에서 자주 본 젊은 히브리인 친구는 어떻게 됐지? 자네만 좋다면 언제 한번 그 친구를 저녁 식사에 초대할까 하는데." 사실 샤를뤼스 씨는 마치 남편이나 정부처럼 파렴치하게 사립 탐정을 시켜 모렐의 행동을 조사하게 하고 그걸로 만족하며 여전히 다른 젊은이들에게 주의를 기울이는 짓을 그만두지 않았다. 그가 늙은 하인을 통해 사립 탐정에게 모렐을 감시하도록 시키는 투가 어찌나 노골적이었던지 하인들은 너나없이 자기도 미행당하는 것만 같았고, 한 하녀는 줄곧 탐정이 자기 뒤를 밟고 있거니 생각해 살아 있는 느낌이 들지 않아 이제는 감히 거리에 나가려고도 하지 않았다. 그런데 늙은 하인은 "너 같은 여자야 하고 싶은 대로 하렴! 너 같은 년의 뒤꽁무니를 밟다니 시간과 돈만 축나게! 네 행실이 뭐 남의 관심거리나 되는 줄 아는가 보지!" 비꼬아 소리 질렀다. 그는 주인을 신주 모시듯 하는 하인이라서, 남작의 기호를 조금도 나눠 갖지 않았지만 참으로 정성껏 그 기호에 봉사해 마치 그것이 자기 기호이거나 한 것처럼 말하게 되었기 때문이다. "정말로 하인 중의 백미란 말이야." 샤를뤼스 씨는 그 늙은 하인을 이렇게 평가했다. 사람은 훌륭한 미덕뿐 아니라, 그것을 이쪽의 악덕을 위해 아낌없이 바치는 인간을 더할 나위 없이 존중하게 마련이다.

하기야 모렐의 일로 샤를뤼스 씨가 느끼는 질투는 오직 상대가 사내일 경우뿐으로, 여인들은 추호도 그의 질투심을 일게 하지 않았다. 그리고 이 점은 샤를뤼스 씨 같은 인간에게 거의 일반적인 법칙이다. 자기가 좋아하는 사내가 한 여인에게 애정을 품어도, 그건 다른 동물 세계에서도 일어나는 일이고(사자는 호랑이를 그냥 내버려둔다), 방해가 되기는커녕 오히려 안심시켜준다. 그야 물론 때로는, 정상이 아닌 성욕, 성도착을 성스러운 의무로 여기는 이들이 이와 같은 애정에 진저리를 내기도 한다. 하지만 그때 애인이 이성과의 애정에 골몰한 것을 그들이 원망하는 까닭은 자기를 배신해서가 아니라 상대가 타락했기 때문이다. 샤를뤼스 남작이 아니라도 그와 같은 부류의 사내라면, 바흐와 헨델의 바로크 음악 연주자인 모렐이 푸치니를 연주한다는 광고를 읽기나 한 듯이, 모렐이 여인과 관계를 갖는 것을 보고 분개했으리라. 그러므로 따라서 이해관계에서 샤를뤼스 씨와 같은 사람과의 사랑을 받아들이는 젊은이들도 마치 의사한테 '알코올은 전혀 마시지 않습니다. 탄산수만 좋아합니다' 말하듯이, '젊은 여인' 따위는 신물이 난다고 잘라 말하는 것이다.

그러나 이 점에서 샤를뤼스 씨는 보통 법칙에서 좀 벗어나 있었다. 그는 모렐의 모든 것에 감탄해 마지않았으므로 모렐의 인기를 시샘하기는커녕 연주회나 카드놀이에서의 성공과 같은 기쁨마저 느꼈다. "그런데 말일세, 녀석은 여자와도 하거든." 그는 비밀을 털어놓듯이 미간을 찡그리며, 특히 선망이 섞인 감탄하는 투로 말했다. "녀석 비상하단 말이야." 그는 이어 설명했다. "어디를 가나 유명한 접대부들이 녀석만 쏘아보거든. 지하철이건 극장이건, 어디에서나 녀석은 금방 돋보이지. 귀찮기 그지없다니까! 녀석하고 식당에 가면 언제나 사환이 적어도 세 여인의 연애편지를 가져오거든. 그것도 언제나 미인뿐이야. 하긴 조금도 이상할 게 없지. 어제 녀석을 주의 깊게 뜯어보니 여인들의 심정을 알 만하더군. 녀석 미남이 되었거든. 어딘가 좀 브론치노(Bronzino)*1풍인 데가 있단 말이야, 감탄할 만해." 하지만 샤를뤼스 씨는 자기가 모렐을 좋아함을 남에게 자꾸만 보이고 싶어하면서도, 또 모렐이 자기를 좋아함을 남에게 이해시키고, 어쩌면 자기 자신에게도 이해시키고 싶었던 것이다. 이 귀여운 젊은이가 남작의 사교적 지위에 흠을 낼지도 모르는데 그는 상대를 늘 곁에 잡아두는 것에서 어떤 자존심을 세우고 있었다(지위가 높을수록 속물인 남자들이 허영심 때문에 온갖 관계를 끊고서라도 곳곳에서 애인과 함께 있는 모습을 보이고 싶어하며, 그 애인이 고급 창부나 타락한 여인이라 아무도 집에 초대하지 않음에도 그녀와 맺어지는 걸 자랑으로 여기는 일은 흔하다). 애정에 눈이 멀어 사랑하는 상대와의 여봐란듯한 관계에서 자기만이 느낄 수 있는 명예를 찾아내서인지, 아니면 목적을 이룬 사교적인 야심이 시들어 천한 여자들에 대한 호기심—플라토닉한 만큼 더 강력한 호기심—이 높아진 결과 다른 호기심이 계속 존재하기 어려운 수준에 다다랐을 뿐만 아니라 그것을 뛰어넘었기 때문인지, 아무튼 샤를뤼스 씨는 먼저 달성한 목적을 자존심이 줄기차게 깨뜨리려고 하는 단계에 이르러 있었기 때문이다.

샤를뤼스 씨는 모렐의 존재가 자기 기호에 맞는 다른 젊은이들에게도 방해

---

*1 이탈리아의 마니에리스모(manierismo) 화가(1503~72).

가 되기는커녕 도리어 바이올리니스트로서 모렐의 화려한 명성이나 자신이 작곡가와 기자로서 두각을 나타내기 시작한 것조차, 어떤 경우에는 젊은이들을 낚는 미끼가 될지도 모른다고 생각했다. 용모 단정한 젊은 작곡가를 소개 받으면 남작은 모렐의 재능을 첫머리 삼아 새로 나타난 상대에게 발림말을 쏟아냈다. "나한테 당신의 작품을 가져와 보시구려. 모렐이 연주회나 지방 공연에서 연주할 테니. 바이올린을 위한 곡에 딱 맞는 작품도 정말 드물지! 신작을 발견하면 최고란 말씀이야. 외국인들은 새 작품을 높이 평가하더군. 지방에도 작은 음악 애호 모임이 있어서, 감탄스러운 열정과 훌륭한 이해력을 가지고 음악을 좋아하지." 이에 못지않게 건성으로(왜냐하면 이런 말은 다만 젊은이를 낚는 미끼에 지나지 않으며, 모렐이 그 실현에 동의하는 일은 드물었기 때문이다) 샤를뤼스 씨는, 전에 블로크가 자기도 좀 시심(詩心)이 있다고 말한 적이 있어서—블로크는 '기분이 내킬 때만'이라는 낡은 표현을 덧붙이며 독창적인 말이 머리에 떠오르지 않을 때의 버릇인 자기를 비웃는 듯한 웃음을 띠었다—내게 이렇게 말했다. "그 젊은 이스라엘 사람이 시를 쓴다고 하니 모렐을 위해 나한테 그 시를 가져와보라고 하시구려. 음악이 됨직한 뭔가 아름다운 걸 찾아내는 일은 작곡가에겐 언제나 어려운 고비거든. 오페라 각본도 생각해봄직하네. 그것도 흥미로울 테고, 시인의 재능과 내 후원, 보조적인 여러 상황이 연결된다면 뭔가 가치 있는 게 나올 테니까. 그중에서 첫째로 중요한 게 모렐의 재능이지. 녀석 요즘 많이 작곡하고 글도 쓰는데, 그게 아주 훌륭하거든. 이 이야기는 나중에 계속 하기로 하고. 연주자로서의 재능이 어떤가는(이 점에서 녀석이 이미 어엿한 거장으로 통하는 바를 아시려니와), 오늘 밤 녀석이 뱅퇴유의 곡을 얼마나 잘 켜는지를 보면 알게 되겠지! 정말 놀랍단 말씀이야. 그 나이에, 아직 장난꾸러기 학생 같은데 그만한 이해력을 가졌다니! 하긴 오늘 밤은 학예회 정도지만 며칠 안으로 거창한 연주회가 있을 터. 그러나 오늘 연주가 더욱 운치 있을 걸세. 따라서 자네가 와주어 우리는 아주 기쁘이."

　그는 '우리'라는 표현을 썼는데, 아마 나라님이 '우리는 바라노니' 말하기 때문일 것이다. "어마어마한 곡목이라서 베르뒤랭 부인에게 두 번이나 연주회를 권했지. 며칠 안으로 부인이 자기 벗을 전부 초대하는 연주회가 있을 테고, 오늘 밤 연주회에서는 '주인마님'도 법률 용어에서 말하듯이 권한이 박탈되어 있다네. 초대장을 낸 이가 바로 나거든. 샤를리에게 도움이 되면서 또 베르뒤랭네 사람들도 사귀어서 나쁘지 않을 다른 지역 사회의 몇몇 사람들도 초대해 놓았지. 안 그런가, 아름다운 작품을 대예술가에게 연주시키는 것도 매우 좋지만, 청중이 맞은편 방물 가게 아낙네나 모퉁이의 식료품 장수라면 모처럼의 연주도 빛이 안 나니까. 내가 사교계 인사들의 지적 수준을 어떻게 생각하는지 알 테지만, 그래도 그들은 꽤 중요한 소임을 맡을 수 있단 말씀이야. 개중에도 공적인 사건에 대하여 신문이 하는 역할, 곧 보도 기관으로서의 역할이라는 게 있단 말씀이지. 내가 말하려는 뜻을 알아들으시나. 이를테면 내 형수인 우리안을 초대했다오. 올는지 확실치는 않지만, 설령 온다 한들 형수가 전혀 이해 못할 건 확실하지. 하지만 죄다 이해하라는 게 아니야, 그건 형수의 힘에 겨우니까. 다만 남들에게 지껄여달라는 거지. 이거라면 형수에게 안성맞춤이거니와, 그녀도 틀림없이 그렇게 해주거든. 방법은 여러 가지야. 하룻밤이 지나도 방물 가게 여인이나 식료품 장수가 침묵을 지키는 것과 달리, 모르트마르 댁에서는 다음 날 아침부터 오리안이, 멋진 음악을 들었어요, 모렐인가 하는 이가 연주하는…… 하고 이야기꽃을 피운단 말씀이야. 초대받지 못한 이들은 길길이 날뛰며 말할 테지. '팔라메드는 우리가 자격이 없다고 생각했나 봐요. 그건 그렇고 어떤 사람들이 있는 곳에서 연주했을까.' 오리안의 찬사와는 방향이 다르지만 그게 또한 못지않게 유리한 역선전이 되지. '모렐'의 이름이 줄곧 튀어나와 열 번이나 계속해서 복습한 듯이 뇌리에 새겨지고 마니까. 이러한 여러 상황의 연결이야말로 연주자에게나 베르뒤랭 댁 마님에게나 더할 나위 없이 고마운 일로, 말하자면 손확성기 같은 소임을 한 덕분에 먼 청중에게까지 연주회 소문이 들리게 될 걸세. 정말이지 그럴 만한 가치가 있단 말이야. 녀석이 얼마나 수준이 높아졌는지 곧 눈으로 확인할 테지만. 게다가 녀석에게 새로운 재주가 있다는 걸 발견했지. 여보게, 녀석이 글쎄 문필이 뛰어나, 정말 훌륭하다니까.

전에 생각해본 적이 있었지. 자네는 베르고트의 벗이니까, 자네의 수고로 그 젊은이의 문장을 베르고트에게 잘 말해준다면 결국 나에게 협력해줄 수 있지 않을까, 음악가와 문필가라는 두 가지 재능, 언젠가는 베를리오즈와 같은 권위를 얻을지도 모르는 그 재능에 힘을 실어줄 수 있지 않을까 말일세. 자네라면 베르고트에게 뭐라고 말해야 좋을지 잘 알 테지. 알다시피 유명인이란 흔히 생각할 다른 일이 많고, 남들의 아첨을 받으며, 저 자신 말고는 거의 관심이 없게 마련이니까. 그러나 베르고트는 참으로 소박하고 친절한 분이라서 〈골루아〉 지었는지 어디였는지는 모르나 샤를리의 반은 해학적이며 반은 음악적이라는 그 짤막한 시평을 실어주겠다고 하더군. 정말 잘된 문장이라, 나는 샤를리가 바이올린 재주에 이 앵그르(Ingres)의 붓*¹을 조금만 보태면 아주 만족한다네. 녀석에 대한 일이라면 금세 야단을 떨고 마는 건 나도 잘 알지. 마치 예부터 음악 학교에서 곧잘 보는 자식에게 물렁한 엄마들처럼. 아니, 자넨 그런 줄 몰랐나? 그건 내 미련스러운 부분을 자네가 모르니 그렇지. 나는 말일세, 시험관이 있는 방문 앞에 몇 시간이라도 서서 버틴다네(faire le pied de grue).*² 그냥 가슴이 설레거든. 그런데 베르고트 그분은 녀석의 문장이 썩 잘됐다고 보증해주더군."

　샤를뤼스 씨는 스완을 통해 오래전부터 베르고트와 아는 사이로, 실제 그를 만나러 가서 모렐이 음악에 대한 반쯤 익살스러운 시평 같은 것을 신문에 쓸 수 있게 힘써달라고 부탁한 일이 있었다. 베르고트를 찾아갈 때 샤를뤼스 씨는 어떤 양심의 가책을 느꼈다. 베르고트의 대중배자인 주제에 한 번도 자신을 위해 찾아가지 않았고, 베르고트가 자기에게 기울여주는 지적, 사회적 존중을 이용해 모렐이나 몰레 부인이나 그 밖의 아무개를 추어올리고자 그를 방문한다는 사실을 스스로도 알아차렸기 때문이다. 샤를뤼스 씨도 사교계를 그런 일로 이용하는 거라면 하나도 꺼릴 게 없었지만, 상대가 베르고트이고 보니 옳지 못한 일이라는 생각이 들었다. 베르고트는 사교계 인사들처럼 공리적이지 않고 더욱 가치 있는 인물로 보였기 때문이다. 다만 샤를뤼스 씨는 생활이 몹시 바빠, 이를테면 모렐과 관계되는 일처럼 꼭 해야겠다고 벼르지 않고서는 그럴 여유도 없었다. 더구나 매우 머리가 좋은 샤를뤼스 씨는 머리 좋은 인간과의 대화에 별로 흥미가 없으며, 특히 베르고트는 그의 취미로 보아 지나치게 문사(文士)답고 다른 동아리에 속하며 자기와 같은 편을 들어주지 않아 그와의 대화엔 관심이 없었다.

　한편 베르고트는 샤를뤼스 씨의 공리적인 목적을 잘 알아차렸지만 그래도

---

*1 프랑스의 화가 앵그르(1780~1867)는 바이올린을 썩 잘 켰는데, 능숙한 여기(餘技)를 가리켜 '앵그르의 바이올린'이라고 함. 여기서는 모렐이 바이올린 연주자이므로 '앵그르의 붓'이라고 익살을 섞었음.
*2 두루미 다리를 말함.

그를 나쁘게 여기지는 않았다. 호의를 계속 베풀 순 없었으나 언제나 남을 기쁘게 해주고 싶었고, 이해심이 많고 너그러워서 남에게 설교하는 데에는 기쁨을 갖지 못하는 인간이었기 때문이다. 샤를뤼스 씨의 악습이야 그에게는 티끌만치도 없었지만, 그래도 이 악습을 오히려 샤를뤼스 씨라는 위인을 장식하는 색채의 요소로 보았었다. 예술가로서의 '행동 기준(fas et nefas)'은 도덕적인 범례(範例)를 따르지 않고, 플라톤이나 소도마(Sodoma)*3의 회상 속에 있기 때문이다.

샤를뤼스 씨는 입 밖에 내지 않았지만, 풍자문에 서명하는 것도 손수 쓰는 것도 수치스럽게 여기던 17세기 대귀족처럼, 얼마 전부터 몰레 백작부인을 겨눈 비열한 중상 기사를 모렐에게 쓰게 하고 있었다. 이것은 아무 생각 없이 읽은 일반 독자에게까지 거만하고 공손하지 못하게 보였으니, 하물며 당사자인 젊은 부인에게는 얼마나 잔혹한 기사였으랴. 그녀는 자기가 쓴 편지의 몇몇 구절이, 자기밖에 알아볼 수 없을 만큼 교묘하게 넣어져 있고, 원문대로 인용되면서 더할 나위 없이 잔인한 복수로 그녀를 미친 듯 날뛰게 하려는 뜻이 매우 짙게 담겨 있는 것을 발견했다. 젊은 부인은 이것이 화근이 되어 죽고 말았다. 그러나 발자크풍으로 말할 것 같으면, 파리에서는 눈으로 읽는 신문보다 더 무서운 어떤 입 신문이 날마다 발행되고 있다. 나중에 가서는 이 입소문이 시대에 뒤떨어지면 샤를뤼스 씨 같은 자의 권력도 무(無)로 만들어버리고, 모렐처럼 옛 비호자의 100만분의 1의 가치도 없는 자를 그 위에 세우게 된다. 하지만 적어도 이런 지적 유행은 우둔하기 그지없어, 샤를뤼스 씨 같은 천재는 아무것도 아니고 모렐 같은 어리석은 자도 두말할 나위 없는 권위를 갖고 있음을 곧이듣는다. 그런데 샤를뤼스 남작은 그 냉혹하고 무참한 복수를 했을 때는 그렇게 만만치 않았다. 그 때문에 그는 입속에 쓰디쓴 독액(毒液)을 품고 있어, 화를 내면 그 독액이 스며들어서 볼에 황달을 일으키는가 싶었다.

"베르고트 씨가 오늘 밤 와주면 좋겠구먼, 샤를리가 가장 잘 연주하는 곡을 들을 테니. 그런데 그분은 요즘 통 외출하지 않는다더군. 남한테 시달리는 게 싫어 그렇겠지. 옳은 생각이야.*4 그런데 자네는 아름다운 청춘인데도 요즘

---

*3 이탈리아의 르네상스 시대의 화가(1477~1549?).
*4 이상 베르고트에 대한 샤를뤼스 씨의 말은 베르고트가 죽었다는 사실을 안다면 모순되는 말임을 플레이아드판의 편자도 지적한다. 베르고트의 죽음에 대한 삽화가 나중에 고쳐진

콩티 강독에서 통 보지 못하겠더군. 이제 젊음을 함부로 쓰지 않으시나 보군!" 나는 늘 사촌누이와 같이 외출한다고 말했다. "허어, 들었는가! 사촌누이와 외출하신다는군. 얼마나 순수하냔 말이야!" 샤를뤼스 씨는 브리쇼에게 말하고 나서 다시 내게 이야기했다. "뭐 자네가 하는 일을 이러쿵저러쿵 따지려는 건 아닐세. 젊은이는 마음에 드는 일을 다 하시구려. 다만 나는 한몫 끼지 못하는 게 섭섭할 뿐일세. 게다가 자넨 취미가 썩 좋아. 사촌누이께선 매력 있는 분이니까. 브리쇼에게 물어보시게. 그는 도빌에 있을 적에 그분에게 홀딱 반했었으니까. 오늘 밤 그분이 오시지 않아 모두들 섭섭해하겠는걸. 하지만 모시고 오지 않은 게 잘한 노릇인지도 모르지. 그야 확실히 뱅퇴유의 음악은 감탄할 만하지만 오늘 아침 샤를리에게 들었는데, 어떤 작자의 딸과 그 여자친구가 오기로 되어 있다는군. 두 사람 다 좋지 못한 소문이 자자한 이들이지. 그러니 젊은 아가씨한테는 어찌됐든 곤란하단 말씀이야. 아니, 나 또한 초대한 손님들 때문에 좀 난처해. 대부분 나이 지긋한 분들이니 별일 없겠지만. 그 두 여인도 참석하기로 되어 있긴 한데 어쩌면 오지 않을지도 몰라. 베르뒤랭 부인이 오늘 오후 연주회를 열어 진저리나는 이들, 오늘 밤 와서는 안 되는 이들만을 초대했는데, 이 연주회에 두 여인도 틀림없이 참석하기로 되어 있었다는군. 그런데 아까 저녁 식사 전에 샤를리가 나에게 하는 말이, 우리가 두 뱅퇴유 아가씨라고 부르는 그 여인들이 꼭 참석하기로 되어 있었는데도 오지 않았다지 뭔가."

아까 그토록 알베르틴이 여기 오고 싶어하던 일과(처음엔 결과밖에 몰랐는데 드디어 그 원인을 발견한 듯), 지금 막 들은 뱅퇴유 아가씨와 그 여자친구가 온다는 일(지금껏 몰랐었다)을 언뜻 연관시켜본 나는 무서운 고뇌에 빠졌다. 그런데도 몇 분 전에, 아침부터 샤를리를 보지 못했노라 말한 샤를뤼스 씨가 실은 저녁 식사 전에 만났다고 얼떨결에 털어놓은 사실을 알아차릴 만한

탓이라고. 그러나 역자는 그렇지만은 않다고 본다. 샤를뤼스 씨를 건망증에 걸린 자, 성도착자로서의 자기 생활에 골똘하여 남의 죽음 따위는 염두에 두지 않는 자로 묘사하기 위해 일부러 이런 직설법 과거형과 조건법 과거형을 쓴 것이며, 맨 나중에 '그'라는 대명사를 쓴 것이 바로 이를 증명하는 게 아닐까. 다시 말해서 듣는 이로 하여금 누구를 두고 하는 말인지 몰라 되묻지 않고 그저 흘려듣게 하는 수법이 아닐까 생각한다. 이런 말의 묘미는 '두루미 다리'에서도 엿볼 수 있다. 곧 샤를뤼스 씨가 아침나절에 모렐을 만났다고 하면서도 실은 오후 무렵 그가 벌인 소동을 이미 알고 있음을 넌지시 암시하는 '두루미 다리'라는 말을 써서, '서서 버틴다'는 뜻을 나타내는 따위.

정신적 여유는 있었다. 그러나 나의 고통은 곧 겉으로 드러날 지경이었다. "아니, 왜 그러시나?" 남작이 나에게 말했다. "새파래졌구먼. 어서 들어갑시다. 추위를 타서 그런지 얼굴색이 안 좋아." 샤를뤼스 씨의 말이 내 마음에 불러일으킨 게 알베르틴의 품행에 대한 첫 번째 의혹은 아니었다. 그 밖에도 수많은 의혹이 이미 내 마음속에 자리잡고 있었다. 새로운 의혹이 솟아날 때마다 인간은 생각한다. 한계가 왔다, 이젠 더 참을 수 없다고. 그런데도 의혹은 어떻게든 빈 장소를 찾아내고, 우리의 생명권 안에 새 의혹이 비집고 들어오면, 그 즉시 믿고 싶어하는 수많은 욕망이나 잊고자 하는 수많은 이유와 경쟁하는데, 사람은 금세 의혹에 순응하여 더는 그것을 걱정하지 않게 되고 만다. 의혹은 오직 절반만 치유된 마음의 아픔처럼, 한낱 고통의 위협으로 남는다. 이건 욕망의 뒷면이자 욕망과 같은 질서에 속하며, 욕망과 마찬가지로 우리 사념의 중심이 되어, 욕망이 어디서 비롯하는지 모르는 기쁨을 사방으로 내뿜듯이, 사랑하는 이의 모습과 연관되는 뭔가가 있는 곳이라면 어디든 두루, 끝없는 거리까지도 사고의 내부에 미묘한 애수를 뿜어낸다. 그러나 새 의혹이 본디대로 우리 안에 들어오면, 고통은 다시 깨어난다. '어떻게든 되겠지. 고통을 피할 방법이 있을 테지. 그게 정말일 리는 없으니까.' 당장 스스로 타일러봐도 소용없으니, 첫 순간에는 그걸 정말이라고 믿고 괴로워한다는 사실은 변함이 없다.

이를테면 우리가 팔다리 같은 육체밖에 없다면 삶도 견딜 만했으리라. 불행하게도 우리는 마음이라 일컫는 조그만 기관을 갖고 있어 어떤 병이든 걸리기 쉽고, 또 병에 걸리면 어느 특정한 이의 삶에 대한 모든 것에 더할 수 없는 정도로 예민해진다. 그때 하나의 거짓말—본디 해도 없고 독도 없는 거짓말을 밥 먹듯 하는 이가 자기 자신이건 남이건 우리는 그 가운데서 편안하게 살고 있는데—을 찾아낸다. 그것이 그 특정한 이의 입에서 나온 거짓말이라면, 이 조그만 마음에 견딜 수 없는 발작을 일으켜, 차라리 외과 수술로 이 마음을 떼어내버리면 좋겠다고 생각한다. 뇌에 대해서는 말하지 말자. 우리가 아무리 아픈 치아에 마음을 써도 아픔에는 변함이 없듯이, 발작 중에 사념이 한없이 옳고 그름을 따져본들 발작을 가라앉히진 못하니까. 물론 상대가 언제나 진실을 말하겠다고 맹세한 이상, 속인 상대가 나쁘다.

그러나 우리는 우리 자신이나 타인에 비추어보아도 이런 맹세가 아무 가치도 없음을 잘 알고 있다. 그런데도 우리는, 그녀가 우리를 속여 득을 보았고,

또 우리가 그 미덕을 보고 상대를 택하지도 않았건만 그것을 믿으려 했던 것이다. 그 여성은 언젠가는 분명 우리에게 거짓말할 필요조차 거의 느끼지 않게 될 것이다. 왜냐하면 바로 우리 마음이 거짓말에 무관심하게 되었을 즈음 우리는 그녀의 삶에 무관심해질 테니까. 하지만 우리는 이 점을 알면서도 스스로 목숨을 희생한다. 그 여성 때문에 자살을 결심한다든가, 그녀를 죽여서 사형을 당한다든가, 또는 오로지 그 여성 때문에 몇 년 사이에 전재산을 다 써버린 끝에 무일푼 신세가 되어 스스로 목숨을 끊을 수밖에 없다든가. 더욱이 사람이 남을 사랑할 때 아무리 자기가 안온하다고 생각한들, 반드시 애정은 마음속에서 끊임없이 흔들리며 불안정한 균형 상태에 놓여 있다. 사소한 일로 애정은 행복의 위치에 자리잡는다. 얼굴색은 빛나고, 사랑하는 이뿐만 아니라 사랑하는 이의 눈에 자기를 돋보이게 한 사람들, 좋지 못한 유혹에서 그녀를 지켜준 사람들을 다정다감한 정으로 감싼다. 그러고서 이젠 안심이거니 여긴다. 그런데 '질베르트는 오지 않아요'라든가 '뱅퇴유 아가씨가 초대되었다'라는 한마디로 순식간에, 따로 마련되어 숨어 있던 행복과 내가 그쪽을 향해 뛰어간 온갖 행복이 와르르 무너지며, 해가 가려지고, 나침반이 방향을 바꾸며, 마음속에 폭풍우가 미쳐 날뛰어 결국 언젠가는 견디지 못하고 만다. 그때는—마음이 나약하게도 깨어지고 만 그때는—평소 우리를 존경해 마지않은 친구들도, 이런 하찮은 일이나 이런 인간 때문에 우리가 괴로워하며 죽음에까지 이르고 마는가 하고 탄식한다. 하지만 그들이라고 해서 뾰족한 수가 있겠는가? 한 시인이 유행성 폐렴으로 죽어갈 때, 친구들이 폐렴쌍구균(肺炎雙球菌)을 보고, '여보게나, 이 시인은 재능 있는 인간이니 병이 낫도록 내버려두지 않겠나' 부탁하는 광경을 상상할 수 있겠는가? 뱅퇴유 아가씨에 대한 일인 이상, 의혹은 전혀 새삼스러운 게 아니었다.

그런데 레아와 그 여자친구들 때문에 생긴 오후의 질투가 이 의혹을 물리쳐버렸다. 먼저 트로카데로의 위험이 가시자, 나는 또 한 번 완전한 마음의 평화를 영원히 얻을 줄 느꼈으며 그렇게 믿어 마지않았다. 그러던 차에 앙드레가 나에게 '우리가 여기저기 돌아다녔지만 아무도 만나지 못했어요' 말했던 어느 날의 산책이 유독 새삼스럽게 보였는데, 그녀들이 아무도 만나지 않았긴커녕 그때 뱅퇴유 아가씨가 알베르틴에게 베르뒤랭 부인 댁에서 만나자고 약속한 게 분명했다. 나는 지금 뱅퇴유 아가씨와 그 여자친구를 어딘가에 가둬놓고 알베르틴이 절대로 두 여인을 보지 못하게 할 수만 있다면 기꺼이 알베르틴을 혼자 외출시키고, 가고 싶은 곳에 마음대로 가게 해도 괜찮다고 생각했다. 이는 질투라는 것이, 애인이 사랑할지도 모르는 사람—어떤 때는 이 사람, 어떤 때는 저 사람—이 자아내는 불안의 고통스러운 연장이기 때문인지, 또는 우리의 사고 범위가 좁은 탓에 마음이 그려내는 것밖에 실체화하지 못하고 나머지는 모호한 채로 남겨둠으로써 괴로워할 필요가 없기 때문인지, 아무튼 일반적으로 질투는 부분적인 문제라서 여기저기에만 한정되기 때문이다.

우리는 저택 안마당에 들어가려는 즈음, 우리를 한눈에 알아보지 못했던 사니에트에게 붙잡히고 말았다. "그렇지 않아도 조금 전부터 당신들 얼굴을 주의 깊게 보고 있었습니다. 내가 주저하는 게 안 이상하시오?" 그는 숨찬 목소리로 말했다. 그가 '이상하지 않으시오' 말했다면 잘못된 어법으로 생각했을 것이, 그는 진절머리날 만큼 옛 어법에 친숙해 있었기 때문이다. "게다가 당신들은 어디에 내놓아도 부끄럽지 않은 내 벗인데." 그의 잿빛 얼굴색은 납빛 번갯불이 비치는 듯했다. 지난여름까지만 해도 베르뒤랭 씨에게 욕지거리를 들었을 때밖에 헐떡이지 않았는데, 이제는 쉴 새 없이 숨을 가쁘게 몰아쉬고 있었다. "훌륭한 연주가의 손으로 뱅퇴유의 아직 발표되지 않은 작품이 연주된다죠. 그것도 기이하게 모렐이 탄다죠."—"뭐가 기이하단 말입니까?" 남작이 이 기이하다는 부사를 비난으로 생각해 물었다. 브리쇼가 재빨리 통역을 자청해 설명했다. "우리 친구 사니에트는 박식한 학자로서 옛 시대의 말을 즐겨 쓰는 거요. '기이하게도(singulièrement)'가 오늘날 우리가 말하는 '아주 특히(tout particulièrement)'와 똑같은 뜻이었던 시절의 말을 말이오."

베르뒤랭 부인의 응접실에 들어가자 샤를뤼스 씨가 나에게 일을 하고 있는지 묻기에 그렇지 않다고 말하고, 요즘 은이나 자기로 된 옛 그릇에 많은 흥미를 기울이고 있다고 대답하자, 그는 말했다. "베르뒤랭가의 그릇만큼 아름다운 것을 딴 데서는 좀처럼 못 볼 걸세. 게다가 라 라스플리에르에서 그 그릇을 보았을지도 모르지. 베르뒤랭 집안 사람들은 물건도 친구와 같다며, 어이없게도 전부 라 라스플리에르 성관에 가져갔으니까. 야회가 있는 날에 그걸 다 꺼내기란 보통 일이 아니지만, 그래도 보고 싶은 걸 꺼내 보여달라고 부탁해보겠네." 나는 그러지 말아달라고 부탁했다. 샤를뤼스 씨는 외투 단추를 끄르고 모자를 벗었다. 이제는 머리 꼭대기가 듬성듬성 희었다. 그러나 가을에 단풍이들 뿐만 아니라, 솜으로 싸거나 석고를 발라서 몇몇 잎사귀를 보호해주는 귀중한 나무처럼 샤를뤼스 씨의 머리에 듬성듬성 놓인 흰 머리털은, 그의 얼굴빛에 또 하나의 대조적인 빛깔을 더한 것에 지나지 않았다. 그렇지만 샤를뤼스 씨의 갖가지 표정과 화장과 위선의 덧칠 밑에서는 감출 수 없는 맨 얼굴이 어른거리며, 그의 얼굴은, 거의 모든 사람에게 계속해 감추고 있는 비밀을 나에겐 소리 높여 폭로하고 있는 듯했다. 그의 눈 속에서 내가 당장 비밀을 읽어버린 걸 들킬까 봐 그의 눈을 보기가 거북했다. 싫증도 안 나는지 온갖 가락으로 노골적으로 비밀을 되풀이하여 지껄이는 듯한 그 목소리도 듣기 거북했다. 그러나 비밀은 굳게 지켜지기 마련이다. 왜냐하면 비밀에 다가가는 모든 이가 귀머거리이자 소경이기 때문이다. 아무개를 통해, 이를테면 베르뒤랭네 사람들을 통해 진실을 들어 안 이는 그 진실을 곧이듣긴 하지만, 그것도 오직 샤를뤼스 씨와 직접 친교를 나누지 않는 경우뿐이다. 그의 용모는 나쁜 소문을 퍼뜨리기는커녕 그걸 없애버렸다. 왜냐하면 우리는 어떤 실체에 대해 터무니없는 관념을 품어서, 벗의 낯익은 풍모와 그 실체를 같게 볼 수 없기 때문이다. 또 우리는 남의 악습을 여간해서는 믿기 힘들다. 마치 그 전날 오페라에 같이 간 이가 천재라는 걸 절대로 믿지 않듯이.

샤를뤼스 씨는 자주 드나드는 지위 높은 손님답게 이것저것 명령하며 외투를 내주는 참이었다. 그 외투를 받던 하인은 새로 들어온 아주 젊은 사내였다. 그런데 샤를뤼스 씨는 요즘 자주 이른바 방향감각을 상실하여, 해도 되는 일과 해서는 안 될 일을 분간하지 못하곤 했다. 그가 발베크에서 품었던 그 야무진 욕망, 어떤 화제도 겁내지 않음을 보이고 싶고, 아무개를 거리낌 없이 '그 녀석 예쁘군' 드러내고 싶은, 한마디로 자기와 같지 않은 사람들이 입에 담을 말을 불쑥 내뱉고 싶은 강한 욕망을, 이제는 반대로 자기와 같지 않은 사람들은 결코 입에 담지 않을 말을 함으로써 나타내게 되었다. 그의 생각이 끊임없이 그런 일에 쏠려 있었으므로, 그는 그것이 일반 사람들이 늘 하는 생각이 아니라는 사실을 잊고 말았던 것이다. 그래서 남작은 새로 들어온 하인을 뚫어지게 보면서 으르듯이 집게손가락을 쳐들어 멋들어진 농담을 한답시고 "여보게, 그처럼 나에게 추파를 던지면 용서 못해" 말하고는 브리쇼 쪽으로 돌아보았다. "이 녀석 몹시 우스운 상판이란 말이야. 재미나는 코로군." 그리고 이번에는 더 익살을 부릴 작정이었는지 또는 욕망에 꺾여선지, 집게손가락을 수평으로 내려 잠깐 주저하다가 더는 참지 못하고 자신도 모르게 집게손가락을 곧장 하인 쪽으로 내밀어 그 코끝을 만지며 "아유, 요 거대한 코!" 말한 다음, 브리쇼와 나와 사니에트—그는 세르바토프 대공부인이 6시에 죽었다고 알려주었다—를 데리고 손님방에 들어섰다. 하인은 '별난 놈 같으니!' 생각하며 동료들에게 물었다. "저 남작이란 놈은 나를 놀리는 거야 아니면 머리가 돌았어?" 그러자 "저분은 늘 저러셔." 우두머리 하인이 대꾸했다(실은 그도 남작을 좀 '머리가 돈', 좀 '모자란 놈'이라고 여기고 있었지만). "그러나 마님 친구들 가운데 내가 가장 존경하는 분이라네. 마음은 착한 분이야."

그때 베르뒤랭 씨가 우리를 맞이하러 나왔다. 사니에트는 바깥문이 계속해서 열리곤 하여 감기 들지 않을까 걱정을 하면서도, 하인이 제 옷가지를 맡아 줄 때까지 얌전히 기다렸다. "거기서 뭘 하고 있는 거요? 엎드린 개처럼 굽실굽실하면서?" 베르뒤랭 씨가 그에게 물었다. "옷에 감시하는 사람이 내 외투를 받고 번호표를 주기를 기다리고 있습니다."—"뭐라고요?" 베르뒤랭 씨가 엄한 투로 물었다. "'옷에 감시하는 사람'이라니, 하인이 망령이 드셨나? '옷을 감시한다'고 말해야죠. 중풍 걸린 사람들처럼 말을 다시 배우셔야겠군!"—"무엇에 감시한다는 게 바른 형인데." 사니에트는 띄엄띄엄 중얼거렸다. "르 바퇴(Le Batteux)*¹에 따르면⋯⋯."—"정말 귀찮게 구시는군." 베르뒤랭 씨가 매섭게 소리쳤다. "당신은 어쩌자고 그리 헉헉대신다죠! 7층까지 올라갔다 오셨나?" 베르뒤랭 씨의 무례한 말과 행동으로 말미암아 보관소 일꾼들이 다른 손님을 사니에트보다 먼저 지나가게 했고, 사니에트가 제 옷가지를 내밀자 이렇게 대답했다. "순서가 있습니다. 서두르지 마십쇼."—"허어, 질서정연한 사람들이군. 참으로 유능해. 여러분, 참으로 좋았어." 베르뒤랭 씨는 사니에트를 맨 나중에 통과시키려는 그들을 격려하고자 흐뭇한 미소를 띠며 말했다. 그러고 나서 우리를 보고, "자아, 어서 이리 오시오. 저놈은 바깥바람을 들여보내서 우리까지 죽이려는가 봐요. 손님방에 들어가 몸을 좀 녹입시다. 옷에 감시한다니!" 그는 우리가 방에 들어서자 되풀이했다. "바보 천치 같으니!"—"그 사람 아니꼽게 굴지만, 나쁜 놈은 아니에요." 브리쇼의 말에, 곧바로 베르뒤랭 씨의 까다로운 반박이 뒤따랐다. "나쁜 놈이라고는 말하지 않았습니다. 바보라고 했지."

---

*1 18세기 프랑스의 문법학자.

"올해도 앵카르빌에 가시려나?" 브리쇼가 내게 물었다. "보아하니 우리 마님께선 라 라스플리에르 성관을 또 빌리셨나 봐. 주인과 꽤 다투긴 한 모양이지만 뭐 그런 일쯤 대수롭지 않지. 구름 지나가듯 곧 사라지니까." 이렇게 덧붙인 그의 목소리에는 신문이 '확실히 잘못을 저지르긴 했다, 하지만 잘못을 범하지 않는 자가 어디 있으랴' 쓰는 것과 똑같은 낙관적인 울림이 있었다. 그런데 나는 내가 어떠한 고통에 시달리며 발베크를 떠났는지 생각나, 거기에 다시 가고픈 마음은 티끌만큼도 없었다. 그리고 알베르틴과의 계획도 하루하루 미루어 왔다. "물론 이분은 또 갈 거요. 우리 모두는 그러기를 바라지. 빠져서는 안 될 분이니까." 샤를뤼스 씨가 발림말을 할 작정으로, 남의 기분 따위에는 아랑곳하지 않는 제멋대로의 말투로 잘라 말했다.

우리가 세르바토프 대공부인에 대해 조의를 표하자, 베르뒤랭 씨가 말했다. "그래요. 그분이 매우 중태인 줄 나도 압니다."—"천만에, 그분은 6시에 돌아가셨습니다." 사니에트가 외쳤다. "당신은 늘 과장하죠." 베르뒤랭 씨가 사니에트에게 퉁명스럽게 대꾸했다. 베르뒤랭 씨는 야회를 취소하지 않았으므로 그녀가 아프다고 해두는 편이 좋았던 것이다.

이러는 사이 베르뒤랭 부인은 코타르와 스키를 상대로 중대 회의를 열고 있었다. 지금 막 모렐이 베르뒤랭 부인과 아는 사이인 사람의 초대를(샤를뤼스 씨가 거기에 갈 수 없다는 이유로) 거절했던 것이다. 그런데 부인은 그의 협연을 미리 약속해놓았기 때문에 난처했다. 모렐이 베르뒤랭네 벗의 야회에서 연주를 거절한 이유—머지않아 우리는 더욱더 중대한 이유가 보태지는 것을 볼 테지만—가 힘을 발휘할 수 있었던 것은 보통 유한계급의 고유한, 특히 베르뒤랭네 작은 동아리에 특유한 관습 덕분이었다. 물론 신참자와 지위가 높은 손님이 전부터 아는 사이거나 또는 서로 교제하고 싶어하는 듯한 말을 소곤거리는 기적이 베르뒤랭 부인의 귀에 들어가면('그럼 금요일에 아무개 댁에서'라든가 '어느 날이라도 좋으니 아틀리에로 오세요. 5시까지는 반드시 거기에 있으니, 와주시면 참으로 기쁘겠습니다'라든가), 마님은 안절부절못하며 신참자를 자기 작은 동아리의 빛나는 새 회원이 될 만한 '지위'의 인물인 줄로 짐작하고 한마디도 못 들은 체하면서, 코카인을 일상적으로 쓰는 것 이상으로 드뷔시 음악만을 들은 탓에 눈 밑이 거뭇해진 아름다운 눈길에 음악의 도취만이 줄 수 있는 피로의 빛을 담은 채, 그래도 숱한 4중주곡을 들은 탓에 편두통으로 튀어나온 이마 속으로 반드시 다성부(多聲部) 음악만이 다가 아닌 여러 가지 궁리를 하고 있었다. 마침내 더는 견디지 못하고, 따끔하게 한번 찌르고 싶은 욕망을 1초도 더 참을 수가 없어서, 그녀는 이야기하는 두 사람 쪽으로 달려가 그들을 한쪽 구석으로 데려가서 신참자에게 고참자를 가리키며 말했다. "이분과 함께 저녁 식사에 오시지 않겠어요? 토요일은 어떠세요? 아니면 형편 좋으신 날, 편한 분들과 함께 오셔도 좋구요. 너무 큰 소리는 내지 마세요. 이 오합지졸을 모두 부르는 게 아니니까요(오합지졸이라는 말은 5분 남짓 작은 동아리를 가리키는 낱말이 되었다 신참자에게 많은 기대를 기울인 나머지, 작은 동아리가 잠깐 멸시를 받은 것이다)."

그러나 이와 같이 심취하거나 사람들을 서로 가까워지게 하려는 욕구에는 상반된 얼굴도 있었다. 수요일 모임에 너무 꼬박꼬박 참석할 경우, 베르뒤랭네 사람들에게 정반대의 성향을 띠게 했다. 곧 사이를 틀어 멀어지게 하고 싶은 욕망이었다. 이 욕망은 라 라스플리에르에서 아침부터 저녁까지 얼굴을 맞대고 지낸 몇 달 동안 굳어져 거의 치열한 욕망이 되고 말았다. 베르뒤랭 씨는 어떻게든 남의 실수를 잡아내려고 궁리하여, 사방에 거미줄을 쳐서 아무 잘못 없는 어떤 파리를 반려자인 암컷 거미에게 내주려고 했다. 불만거리가 없을 때는 비웃음거리를 꾸며댔는데, 한 신도가 30분쯤 밖에 나가 있기라도 하면 다른 사람들 앞에서 그를 웃음거리로 만들어, 그의 치아가 늘 몹시 더럽다거나 반대로 묘하게 결벽증이 있어 하루에 스무 번이나 이를 닦는 것을 다른 사람들이 주목하지 못했음에 짐짓 놀라는 시늉을 하기도 했다. 만약에 누군가가 허락 없이 창문을 열기라도 하면, 이 무례함에 '주인'과 '마님'은 격분한 눈길을 주고받았다. 잠시 뒤 베르뒤랭 부인이 숄을 갖다달라고 부탁하면, 이를 핑계 삼아 베르뒤랭 씨가 화난 말투로 투덜거렸다. "아니, 내가 창문을 닫겠소. 누가 함부로 창문을 열었담." 눈앞에서 이 말을 들은 범인은 귀까지 빨개지고 말았다. 포도주를 너무 많이 마신 사람에겐 넌지시 나무라기도 했다. "탈 없으시오? 하기야 노동자의 몸엔 좋지만." 두 신자가 미리 '마님'에게 허락을 구하지 않고 함께 산책이라도 하면, 그것이 아무리 순수한 산책이라도 끝없는 논평을 일으켰다. 모렐과 샤를뤼스 씨의 산책은 결코 순수한 산책이 아니었다. 다만 남작이 라 라스플리에르에 묵지 않았다는(모렐의 병영 생활 때문에) 사실이 포만과 혐오와 구토의 때를 늦추었을 뿐이다. 그러나 그 시간이 이제 막 다가오고 있었다.

베르뒤랭 부인은 몹시 노하여, 샤를뤼스 씨가 모렐에게 얼마나 우스꽝스럽고 불쾌한 역할을 시키고 있는가에 대해 모렐을 '계몽'하고자 결심했다. "그뿐만이 아니랍니다." 부인은 계속했다(그녀는 아무개한테 신세진 게 짐스럽게 느껴지면, 그 수고에 보답하고자 차마 상대를 죽일 순 없으니 중대한 결점을 찾아내 그것으로 감사의 표시에서 당당히 벗어나는 식이었다). "그이가 우리집에서 취하는 태도가 도무지 마음에 들지 않는답니다." 사실 베르뒤랭 부인에게는 모렐이 그녀의 벗들이 초대한 야회를 거절한 것 이상으로, 샤를뤼스 씨를 원망할 만한 더 커다란 이유가 있었다. 샤를뤼스 씨는 자신이 베르뒤랭 부인의 힘만으로는 아무래도 부를 수 없는 인사들을 콩티 강독에 데려와서 마님에게 명예를 가져다주는 줄 여기고 있어서, 베르뒤랭 부인이 초대할 작정인 사람들의 이름을 입 밖에 내자마자 단호한 말투로 무조건 안 된다고 선언했다. 그 고압적인 말투 속에는 변덕스러운 대귀족의 심술 사나운 거만과 연회에 정통한 예술가로서, 타협하고 양보하면 전체의 효과까지 망치고 마니 차라리 자기 작품을 거둬들여 협력을 거절하는 편이 낫다고 생각하는 예술가의 독단주의가 섞여 있었다.

샤를뤼스 씨가 여러 제한을 붙여서 겨우 허가를 내렸던 이는 생틴뿐이었다. 이 남자의 성가신 아내를 피하려고, 게르망트 부인은 날마다 친하게 지내던 그와의 교제를 모두 끊고 말았는데, 샤를뤼스 씨가 머리 좋은 이라고 여겨 여전히 가까이 지내왔던 것이다. 확실히 생틴은 재산과 근거지를 얻을 줄 알고서 소귀족의 피가 섞인 부르주아 사회(누구나 다 큰 부자이며, 귀족의 친척이라고는 하나 대귀족은 생판 모르는 사회)에 들어갔지만, 그래도 전에는 게르망트 집안 사교계의 꽃이라고 불리던 인물이었다. 그러나 베르뒤랭 부인은 생틴 부인의 친정이 귀족이라고 자칭하는 사실을 알면서도 그 남편인 생틴의 지위를 이해하지 못해(우리에게 높다는 인상을 주는 건 대부분 우리 바로 위에 있는 것으로, 구름 위에 있어 눈에 보이지 않는 것은 그렇지 않다), 생틴의 초대를 정당화하려고, 그가 '아무개네 따님과 결혼했기 때문에' 발이 넓다는 점을 들어야 했다. 현실과 정반대인 이와 같은 단정이야말로 베르뒤랭 부인의 무지를 나타내는 것인바, 그로 인해 남작의 연지 바른 입술에 너그러운 경멸과 폭넓은 이해의 웃음을 활짝 피게 했다.

그는 대놓고 깔보아 대꾸하진 않았으나 사교계에 대한 어떤 이론, 그 풍부한 지성과 높은 자존심에 게르망트가의 전통인 경박한 관심이 뒤섞인 이론을 쌓아올리고 있었으므로, 이렇게 운을 떼며 말했다. "생틴은 결혼하기에 앞서 나에게 의논했어야 옳았습니다. 사회생리학이 있듯이 사회우생학(優生學)이 있는데, 어쩌면 내가 그 우생학의 유일한 의사일지도 모르니까요. 생틴의 경우는 논의할 필요조차 없어요. 그 결혼 탓에 그가 거추장스런 큰 짐을 스스로 짊어지고 자기 진가를 감추고 만 게 분명하니까요. 그의 사교 생활은 끝장났어요. 그가 의논하러 왔다면 바로 설명해주었을 테고, 그는 머리 좋은 사람이니 잘 알아들었을 텐데. 그와는 반대로 남을 발아래 두는 높은 지위나 보편적인 지위를 차지하는 데 필요한 모든 걸 갖추었는데, 다만 가공할 동아줄로 땅 위에 매여 꼼짝도 못하는 분이 있었습니다. 나는 그분이 이 동아줄을 끊도록 반은 압력을 가하고 반은 온 힘을 다하여 도와드렸더니 지금 그분은 내 덕분에 자유와 전능한 힘을 얻어 승리의 기쁨을 누리고 있습니다. 그야 물론 본인의 의지도 좀 필요했지만, 대신 얻은 게 얼마나 큽니까! 운명의 산파인 내 충고를 들으면 이렇듯 저 자신의 진가를 발휘하는 법이죠."

하지만 샤를뤼스 씨가 저 자신의 운명엔 효력을 나타내지 못했던 게 분명하다. 효력을 나타낸다는 것은 말재주 좋게 말하고 영리하게 생각한들, 이를테면 유창한 웅변이나 온갖 궁리를 짜내더라도 그것과 다른 것이다. "그런데 나 자신으로 말하면, 나는 철학자이므로 내가 예언한 사회적 반응을 재미있게 참관하나, 거들지는 않습니다. 그래서 나는 나에게 늘 뜨거운 경의를 나타내는 생틴과 교제를 계속해왔답니다. 그의 새로운 거처에서 저녁 식사까지 함께 했었지요. 이전에 그가 몹시 가난했을 때, 협소한 고미다락에 가장 훌륭한 벗들을 모았을 적에는 참 재미있었는데, 지금 사는 곳은 주위가 더할 나위 없이 사치스러워서 도리어 지루하기 짝이 없더군요. 따라서 그를 초대해도 좋아요, 괜찮습니다. 그러나 부인께서 말씀하신 다른 성함에 대해선 모두 거부권을 행사하겠습니다. 부인께서는 나중에 내게 감사하게 될 겁니다. 저는 혼사 전문가인 동시에, 그에 못지않게 야회에 대해서도 전문가니까요. 나는 한 모임을 훌륭하게 만들 권세 있는 인물들도 알거니와, 모임을 망치거나 엉망으로 만들어놓는 이의 이름도 압니다."

샤를뤼스 씨가 이와 같이 남을 받아들이지 않는 근거는 머리가 좀 돌아서 남에게 원한을 품고 있거나, 원한 또는 예술가의 까다로운 취미뿐만 아니라 배우의 솜씨까지 갖고 있기 때문이었다. 어떤 인물이나 사물에 대해 멋들어진 대사를 쏟아내면 그는 되도록 많은 사람들에게 그걸 들려주고 싶어했으나, 같은 대사인 줄 알아차릴 테니 첫 번째 모임에 초대한 이들은 두 번째 무리에서 제외하곤 했다. 광고지를 새로 바꾸지 못해서 관객 쪽을 갈아들이는 격이었다. 대화 중에 갈채라도 받으면 필요에 따라 지방 순회공연도 마다하지 않았을 것이다. 이런 여러 가지 동기가 무엇이든 간에, 샤를뤼스 씨의 거부는 마님의 권리를 훼손하는 인상을 남겨 베르뒤랭 부인의 기분을 상하게 했을 뿐만 아니라 사교상으로도 커다란 손해를 입혔는데, 그건 두 가지 이유에서였다.

첫째는, 쥐피앙보다도 쉽게 노하는 샤를뤼스 씨가 친구로서 가장 많이 어울리는 사람들과 까닭도 없이 사이가 틀어지고 말았다. 그들에게 가하는 첫 번째 징벌은 물론, 베르뒤랭네에서 샤를뤼스 씨가 여는 야회에 그들을 초대하지 않는 것이었다. 그런데 이렇게 초대받지 못한 이들은 흔히 이른바 일류 인사들이었는데, 샤를뤼스 씨의 눈에는 그들과 사이가 틀어진 날부터 높은 지위에서 물러난 사람들로 보였던 것이다. 그의 공상력은 그들과 사이를 두고자 멋대로 상대의 결함을 꾸며냈듯이, 친구가 아니게 되면 당장 그들한테서 모든 중요성을 떼어내는 데도 재간이 있었기 때문이다. 이를테면 죄지은 상대가 매우 유서 깊은 집안의 한 사람이지만, 다만 공작 작위가 19세기 이후에 시작된 것이라고 하자─실례를 든다면 몽테스키외 가문처럼─그러면 그다음 날부터 샤를뤼스 씨에게 중요한 것은 공작 작위가 얼마나 오래되었느냐이지, 가문 따위는 아무런 가치도 없었다. 그는 다음과 같이 외쳤다. "놈들은 공작도 아니요. 몽테스키외 수도원장의 작위가 부당히 어느 친척에게 옮겨갔을 뿐, 아직 80년도 되지 않았습니다. 지금의 공작은, 진짜 공작이라고 친다면 말입니다, 겨우 3대째죠. 위제스 가문, 트레모유 가문, 뤼인 가문 등을 보십시오. 10대째 공작, 14대째 공작입니다. 내 형만 해도 12대째 게르망트 공작이자 17대째 콩동 대공이거든요. 몽테스키외 집안은 옛 가문의 후손이라고 하는 모양인데, 혹여 그 점이 증명된들 그게 뭐가 대수랍니까? 지금은 몰락을 거듭한 끝에 맨 밑바닥으로 곤두박질쳤는데."

이와 반대로 그와 틀어진 상대가 예스런 공작성을 소유한 귀족, 어마어마한 인척 관계를 자랑하며 왕족과도 인척이긴 하나 이 위대한 영예가 순식간에 이

뤄져 가문이 그다지 오래되지 않은 경우, 예를 들어 뤼인 가문 같은 경우에는 반대로 오직 가문만이 중요했다. "좀 물어보겠소만, 알베르티 씨 집안은 루이 13세 치하에 비로소 때를 벗었다는군! 궁정의 후원으로 아무 권리도 없는 공작 작위를 쌓아올릴 수 있었다고 해서, 그게 뭐 큰일이라도 된답니까?"

게다가 샤를뤼스 씨에게는 대화나 우정에서 그것이 줄 수 없는 것을 찾는 게르망트 집안 특유한 성미가 있고, 또 그 밖에 점잖지 못한 혐구의 대상이 되지 않나 처음부터 끝까지 겁내는 증상이 있어서, 아무개에게 호의를 베풀고는 곧바로 상대를 내버려두었다. 그리고 그 호의가 크면 클수록 방치 정도도 심각했다. 그런데 남작이 몰레 백작부인에게 여봐란듯이 보인 친절한 마음씨에 견줄 만한 호의를 받은 이는 아무도 없었다. 혹시 백작부인이 어느 날 어쩌다가 남작에게 차가운 태도를 보임으로써 그의 호의를 받을 가치가 없음을 드러낸 걸까? 백작부인 자신은 한사코 그런 생각을 품은 적이 없었다고 딱 잘라 말했다. 하지만 아무튼 남작은 그녀 이름만 들어도 격노에 사로잡혀 무시무시한 탄핵 연설을 하기에 이르렀다. 베르뒤랭 부인은 몰레 부인에게 매우 상냥스런 접대를 받아왔으며, 또 나중에 확인할 수 있지만 그녀에게 큰 기대를 걸고 있는지라, 마님의 말마따나 백작부인이 자기 집에 와서 '프랑스와 나바라(Navarra)'[1]의 가장 고귀한 이들을 만나리라는 생각에 지레 기쁘기 그지없어, 당장 '드 몰레 부인[2]'을 초대하자는 말을 꺼냈다.

"허어, 별말씀을 다 꺼내십니다그려. 취미란 제각각이라더니." 샤를뤼스 씨가 대꾸했다. "만약 부인께 피플레 부인,[3] 지부 부인, 조제프 프뤼돔 부인[4]들과 담소하는 취미가 있다고 한들 누가 뭐라고 하겠습니까마는, 부디 내가 없는 밤에 그렇게 하시기 바랍니다. 나는 몇 마디만 나누고도 우리가 같은 언어를 쓰지 않는 걸 알아봤답니다. 나는 진짜 귀족의 성함을 말씀드렸는데, 부인께선 아무도 모르는 법관, 교활하고 험담 잘하는 고약스런 평민, 어쭙잖게 공작새를 흉내낸답시고 까마귀처럼 내 형수인 게르망트 공작부인의 거동을 한 옥타브나 낮게 흉내내고서 스스로 예술의 어엿한 보호자인 체하는 너절한 부

*1 피레네 산맥 지방의 옛 왕국.
*2 드(de)는 귀족의 존호인데, 나폴레옹 치하에 생겨난 귀족인 몰레 부인에게는 그것이 없음.
*3 프랑스의 대중소설가인 외젠 쉬(1804~57)의 작품 《파리의 비밀》에 나오는 문지기의 마누라.
*4 두 부인 모두 통속극작가 앙리 모니에(1799~1877)의 회곡에 나오는 속물들의 마누라.

인들의 이름만 꺼내십니다그려. 더욱이 내가 일부러 떼어버린 그 인물들을, 베르뒤랭 부인 댁에서 내가 개최하는 연회에 끌어들이고자 하시니 어떤 무례가 아닐는지요. 그 여자는 태생이 천한 바보에다 성실하지도 않고 재치도 없는 주제에, 어처구니없게도 게르망트 공작부인과 게르망트 대공부인 같은 분의 흉내를 낼 수 있다고 믿고 있습니다. 함께하겠다는 것 자체가 어리석은 생각이에요. 그 여자는 게르망트가의 부인들과는 정반대되는 사람이니까. 한꺼번에 라이헨베르크와 사라 베르나르가 되고자 하는 거나 마찬가지죠. 만약 모순되지 않더라도 아무튼 지독히 가소로운 생각이에요. 가끔씩 내가 공작부인의 과장된 말투에 미소 짓거나 대공부인의 편협함에 슬픈 생각이 들어도, 그건 내 권리입니다. 그러나 이 두 분은 뭐니뭐니해도 혈통에 어울리는 비할 바 없는 품격을 몸에 늘 지니고 계시죠. 부르주아 출신인 그 조그만 개구리가 이 두 귀부인과 동등해지기 위해 몸에 잔뜩 바람을 넣으려고 하다니, 이야말로 배꼽을 쥘 일입니다. 몰레 부인이라니! 두 번 다시 입 밖에 내지 말아야 할 이름입니다. 그렇지 않으면 내가 물러날 수밖에 없구요." 남작은 엷은 미소를 지으며 덧붙였는데, 설사 병자가 뭐라고 한들 병자를 위해 동종요법(同種療法) 의사*[1]의 참여를 단연코 금지하는 의사의 말투였다.

한편 샤를뤼스 씨가 무시해도 괜찮다고 판단한 이들 중에는, 사실 그는 무시할 수 있어도 베르뒤랭 부인은 그럴 수 없는 사람들이 있었다. 명문 출신인 샤를뤼스 씨는 상류 인사가 그다지 필요치 않았지만, 그 인사들이 한자리에 모이고 보면 베르뒤랭 부인의 살롱도 파리의 일류 살롱이 됨직했다. 그런데 베르뒤랭 부인은, 드레퓌스 사건에 대해 저지른 몇 가지 사교적인 실수로 크게 뒤처졌다는 사실을 계산에 넣지 않아도, 이미 몇 번이나 좋은 기회를 놓치고 말았다는 것을 사무치게 느끼기 시작했다. 그렇다고 드레퓌스 사건의 실수가 부인에게 도움이 되지 않은 것도 아니다. "게르망트 공작부인은 사교계에서 모든 걸 드레퓌스 사건에 종속시키는 이들, 재심파(再審派)나 재심 반대파라는 이유로 우아한 부인을 따돌리고 우아하지 못한 부인네를 받아들이는 이들을 매우 언짢게 생각했지만, 반대로 그런 사람들한테서 미온적이다, 사상이 위험하다, '조국'의 이해를 사교계의 예의범절에 종속시킨다고 비난받았음을 독자

---

*1 환자에게 같은 증상을 일으키는 약물을 사용하여 병을 고치는 방법을 쓰는 의사.

에게 이미 말했던가?" 이렇게 독자에게 물어봐도 좋겠는가? 마치 어떤 한 친구와 여러 차례 담소한 끝에 상대에게 알려줄 셈이었던 어떤 생각을 정말로 말해주었는지 스스로는 기억하지 않아 그 친구에게 물어보듯이. 그러나 내가 말했건 안 했건 그 무렵 게르망트 공작부인의 태도는 쉽게 상상할 수 있으며, 다음 시대의 사회적인 관점으로는 아주 올바르게 보일 것이다.

캉브르메르 씨는 드레퓌스 사건이 정보국을 파괴하며, 군기를 문란케 하고, 국군을 약하게 하며, 프랑스 국민을 분열시키려는, 침략 준비를 목적으로 꾸며진 외국의 음모라고 여겼다. 라 퐁텐의 몇몇 우화 말곤 문학과 담을 쌓은 캉브르메르 후작인지라, 그를 대신해서 그 아내가 무자비하게 관찰하는 문학*²은, 불손한 기풍을 조성하여 드레퓌스 사건과 나란히 사회를 뒤집어엎으려 한다고 주장했다. "레나크 씨와 에르비외 씨는 한패예요." 설마 드레퓌스 사건이 사교계를 상대로 여러 가지 음험한 음모를 계획했다고 비난하지는 못하리라. 그러나 확실히 드레퓌스 사건은 사교계의 틀을 부쉈다. 정치의 사교계 침입을 원치 않는 사교계 인사들은, 정치가 군대 속으로 뚫고 들어오지 못하게 하려는 군인과 마찬가지로 앞을 내다볼 줄 아는 지혜가 있다. 사교계란 성적인 기호와 같아서, 아름다우면 그만이라는 이유로 선택을 하고 나면 어떠한 도착 상태에 이를지 모른다. 생제르맹에서는 민족주의라는 이유로 신분이 다른 사회의 부인들을 받아들이는 관습이 생겼다. 이러한 이유는 민족주의와 함께 사라졌지만 관습만은 남았다.

그런데 베르뒤랭 부인은 드레퓌스파임을 이용하여 그녀의 집에 뛰어난 작가들, 드레퓌스파였기 때문에 얼마간 사교적으로 아무런 이용 가치가 없던 작가들을 끌어들일 수 있었다. 하지만 정치적인 정열이란 다른 정열과 마찬가지로 절대 오래 가지 못한다. 새로 등장하는 세대의 사람들에겐 아득하게 먼 옛 세대의 그런 정열이 이해되지 않는다. 이전에 그런 정열을 몸소 느낀 세대마저도 변화하여 정치적인 정열을 느끼긴 하나 그전과 꼭 들어맞지는 않아서 제명된 이들 몇몇의 명예를 회복시킨다. 제명의 이유가 변했기 때문이다. 왕정파(王政派)는 드레퓌스 사건 동안 아무개가 유대인 배척주의자나 민족주의자이기만 하면, 그가 공화파건 급진파건 교권 반대론자건 조금도 개의치 않았다. 만

*2 졸라, 에르비외, 레나크 같은 드레퓌스파 작가를 가리킴.

일 어느 날 전쟁이 일어난다면 애국심은 다른 형태를 취할 테고, 한 작가가 국수주의자라면 그가 드레퓌스파였건 아니었건 문제되지 않을 것이다. 이와 같은 정치적 위기나 예술적 혁신마다 베르뒤랭 부인은 새가 보금자리 짓듯, 당장에는 이용 가치가 없지만 앞으로 그녀의 살롱을 형성할지 모르는 요소들을 조금씩 조금씩 뜯어 모아왔다. 드레퓌스 사건은 이미 지나간 일이지만 아나톨 프랑스는 그녀 곁에 남았다. 베르뒤랭 부인의 강점은 예술에 대한 그녀의 진지한 애정, 신도를 위해 아끼지 않는 수고, 사교계의 다른 인사들을 초대하지 않고 오로지 신도만을 위해 베푸는 으리으리한 만찬회였다. 신도들은 저마다, 베르고트가 스완 부인 댁에서 받은 것과 똑같은 대우를 베르뒤랭 부인 댁에서 받았다. 이런 가까운 사람이 어느 날 사교계 인사들마저 만나러 오고 싶어할 정도로 명사가 된 뒤에도 베르뒤랭 부인 댁에 얼굴을 보이는 것은, 부인의 음식이 포텔 에 샤보(Potel et Chabot)*¹에서 마련한 공식 연회나 샤를마뉴 성자의 축연*²의 요리와 같은 야단스러운 가식이나 군더더기는 조금도 없고, 손님 없는 날에도 똑같이 나오는 더할 나위 없는 가정 요리의 맛을 그대로 지니고 있었기 때문이다.

베르뒤랭 부인 댁에는 극 단원도 잘 훈련되어 완벽한 데다 상연 목록도 일류였는데, 오직 관객이 없었다. 그런데 관객의 취미가 베르고트 같은 이성적이자 프랑스적인 예술에서 떠나, 특히 이국적 음악에 열중하게 된 때부터, 온 외국 예술가의 파리 주재 정식 연락원 격인 베르뒤랭 부인은 요염한 유르벨레티에프 대공부인과 나란히, 마침내 발레뤼스의 무용가들을 위해 늙은 요정 카라보스(Carabosse)*³의—하지만 전지전능한 요정—소임을 맡게 되었다. 발레뤼스의 매력적인 침입—이 유혹에 감식력 없는 비평가들만이 항의했다—은 알다시피 파리에, 드레퓌스 사건만큼 날카롭진 않으나 더욱 순수하고 심미적인, 그러나 비슷하게 강하고 격한 호기심을 불러일으켰다. 여기서도 베르뒤랭 부인은, 사교적인 의미의 결과는 전혀 다르지만, 역시 첫 줄을 차지하게 되었다. 전에 중죄 재판소 법정에서 판사석 바로 밑에 졸라 부인과 나란히 앉은 그녀의

---

*1 파리의 일류 식당.
*2 학교의 수호성인(守護聖人)인 샤를마뉴 성자의 축일(1월 28일)에 학교 측이 우등생들을 위해 축하연을 베푸는 관습이 있음.
*3 지팡이에서 저주받은 운명을 뿜어낸다는 추악한 늙은 꼽추 요정.

모습을 보았던 것처럼, 발레뤼스에 갈채를 보내는 새 시대의 사람들이 앞다퉈 오페라 극장에 몰려들었을 때, 늘 2층 칸막이 일등석에 처음 보는 깃털 장식을 달고 유르벨레티에프 대공부인과 나란히 앉아 있는 베르뒤랭 부인의 모습이 눈에 띄었다. 이전에 재판소에서 흥분한 뒤, 저녁에 피카르와 라보리를 가까이 보고, 특히 최신 소식을 듣고 쥐를랭당(Zurlinden)*⁴이나 루베(Loubet)나 주오(Jouaust)*⁵에게 뭘 기대할 수 있는지 알려고 베르뒤랭 부인 댁에 모이던 때처럼, 이제는 〈셰에라자드〉 나 〈이고르 공(公)(Prince Igor)〉*⁶의 무용에 크게 감동한 나머지 잠자러 갈 생각이 통 나지 않는 이들은 베르뒤랭 부인 댁으로 갔다. 그곳에는 유르벨레티에프 대공부인과 마님이 주관하는 최고의 밤참이 준비되어 있었고, 날렵하게 춤추기 위해 아직 저녁 식사를 하지 않은 무용가들, 연출가들과 무대장치가들, 이고르 스트라빈스키나 리하르트 슈트라우스 같은 대작곡가들이 매일같이 모여 있었으며, 또한 엘베시우스*⁷ 부부의 밤참 때처럼 파리 최고의 귀부인들과 외국의 비전하(妃殿下)들도 이 변함없는 작은 동아리 주위에 섞이는 걸 기뻐했다. 사교계 인사들 가운데 감식력을 공공연히 내세우는 무리와 같은 발레뤼스 사이에 쓸데없는 차별을 붙인 〈레실피드(Les Sylphides)〉*⁸의 연출은 〈셰에라자드〉 보다 어딘가 '세련된' 맛이 있는데 아마 흑인 예술에서 따왔나 봐 하고 입 밖에 낼 법한 무리도, 회화에 비해 좀 꾸민 듯 보일지 모르는 이 발레라는 양식에서 회화의 인상주의와 똑같은 근본적 변혁을 이룩한 이들, 인간의 취미와 연극을 송두리째 바꾼 위대한 개혁자들을 가까이 보고서 황홀해했다.

한편, 만약 샤를뤼스 씨가 봉탕 부인만 따돌렸다면 베르뒤랭 부인도 그리 괴롭지는 않았을 것이다(그녀는 예술 애호가인 봉탕 부인을 오데트네 집에서 알게 되어, 드레퓌스 사건 중 봉탕 부인이 남편과 함께 몇 번 만찬에 온 적이 있었다. 그 남편이 드레퓌스의 재심을 요구하지 않아 베르뒤랭 부인은 그를 물에 물 탄 듯한 인간이라고 폄하했지만, 실은 매우 총명하여 모든 당파와 내통하기 좋아

---

*4 드레퓌스 사건 때 육군 장관.
*5 드레퓌스파 판사.
*6 러시아의 작곡가 알렉산드로 보로딘(1833~87)의 오페라 발레곡.
*7 프랑스 계몽기의 철학자(1715~71), 백과전서파의 한 사람, 그 부인의 살롱이 이름남.
*8 쇼팽 작곡의 발레곡.

하는 사내였다. 라보리와 만찬을 함께함으로써 자기 자주성을 여봐란듯이 드러내며 흐뭇해하고, 또 라보리의 말을 귀담아들으면서도 위험한 말은 한 마디도 입밖에 내지 않았으며, 오로지 온당파에서 인정하는 조레스(Jean Jaurés)[1]의 성실함에 대한 찬사를 그럴듯한 대목에 끼워넣는 인물이었다). 그런데 남작은 봉탕부인과 더불어, 베르뒤랭 부인이 최근 엄숙한 음악회나 전람회나 자선사업회같은 기회에 사귄 귀족계급의 부인들, 샤를뤼스 씨가 어떻게 생각하든 베르뒤랭 부인 댁의 새로운 중추, 귀족의 핵심을 이루는 데 샤를뤼스 씨보다 훨씬 더본질적인 요소가 될 성싶은 부인 몇 사람마저 배척해버렸다. 베르뒤랭 부인은이번 야회야말로 자신의 새 벗들을 샤를뤼스 씨가 데려오는 같은 사회의 부인들에게 합류시킬 절호의 기회라고 보고, 새 벗들이 콩티 강둑에서 남작에게초대된 자기 벗이나 친척을 만나 깜짝 놀라는 모습을 상상하며 지레 기뻐했었다. 그러나 남작의 금지령에 부인은 실망도 했으려니와 화도 머리끝까지 치밀었다. 그리고 이런 조건에서 열리는 야회가 자기에게 이득이 될지 손실이 될지가 문제였다. 적어도 샤를뤼스 씨가 초대한 부인들이 자기에게 진심으로 호의를 갖고 참가해주어 앞으로 친구 사이가 된다면 손실은 대단치 않을 것이다.그렇게 되면 손해가 반으로 줄어, 언젠가는 남작이 외따로 떼어놓고 싶어한 귀족 사교계의 두 무리를 한곳에 모을 수 있으리라. 그날 밤에는 물론 남작을따돌려야겠지만. 이러한 이유로 베르뒤랭 부인은 남작이 초대한 부인들을 가슴 두근대며 기다렸다. 부인들의 심사며, 앞으로 자기가 기대하는 그 부인들과의 관계를 머지않아 알게 될 것이다. 베르뒤랭 부인은 그때를 기다리며 신도들과 이것저것 의논하고 있었는데, 샤를뤼스 씨가 브리쇼와 나를 데리고 들어오는 걸 보고 말을 뚝 그쳤다.

브리쇼가, 부인의 벗인 셰르바토프 대공부인께서 위독하다고 들어 슬픔을금치 못한다고 말하자 놀랍게도 베르뒤랭 부인은 이렇게 대꾸했다. "그래도 나는 솔직히 말해서 털끝만큼도 슬프지 않아요. 마음에도 없는 감정을 뭐 하려고 있는 체하겠어요." 아마 부인이 이렇게 말한 이유는 점점 기력이 빠져, 손님들을 응접하는 동안 슬픈 얼굴을 해야 한다는 생각만으로도 진저리가 났기때문일 것이다. 또는 자존심에서, 오늘 밤 모임을 취소하지 않은 구구한 변명

---

[1] 프랑스 사회당의 창립자(1859~1914). 공명정대하기로 유명한 인물로 드레퓌스파로 활약, 제1차 세계대전 직전에 국수주의자의 손에 암살됨.

을 늘어놓는 듯한 모습을 보이고 싶지 않았을 수도 있다. 한편으로는 체면을 차리기 위한 교묘한 솜씨인지도 모른다. 부인이 나타낸 슬픔의 결여가 대공부인에 대한 특수한 반감이 갑자기 드러난 탓이라고 여기는 게 누구에게나 무감각한 것보다 훨씬 낫고, 또 이처럼 의심할 여지없는 솔직함엔 아무도 꼼짝할 수 없기 때문이다. '베르뒤랭 부인은 대공부인의 죽음에 정말 관심 없나 봐. 그렇지 않고서야 고작 손님을 맞이하는 변명으로 그것보다 훨씬 더 중대한 결점을 스스로 덮어쓸 리가 없지.' 온 손님들은 이렇게 생각한다.

그러나 이때 베르뒤랭 부인이 슬프다고 말한다면, 그건 동시에 즐거움을 단념할 용기가 없다는 고백임을 손님들은 잊고 있다. 그런데 인정 없는 친구로 보이면, 말과 행동이 신중하지 못하고 가벼운 안주인으로 여겨지는 것보다 더 불쾌하고 부도덕한 일이기는 하나, 덜 수치스러우며, 따라서 더 쉽게 고백할 수 있는 것이다. 범죄의 경우, 범인의 위험은 스스로 고백하면 유리할 줄 알고 죄를 스스로 고백하는 데에 있다. 그런데 형벌 없는 과실의 위험은 자존심에 있다. 베르뒤랭 부인은 슬픔 때문에 즐거운 생활을 멈추고 싶지 않아 흔히들 꾸며대는 핑계, 마음속에 있는 애도의 뜻을 겉으로 드러낸들 부질없다고 입버릇처럼 말하는 그 핑계가 아주 낡은 거라고 생각하여, 영리한 범인들(무죄를 주장하는 상투적인 문구도 싫어, 혹여 비난받을 짓을 했대도 나는 조금도 나쁜 짓으로 생각하지 않았을 테지만, 하기야 우연히 그런 짓을 할 기회가 없었다는 말로 무의식중에 반쯤 털어놓는 변명을 늘어놓는다)을 흉내내는 편이 낫다고 생각했던 걸까. 또는 자기 행동에 대한 설명으로 대공부인한테 무관심하다는 주장을 채택하고 말았으므로, 그 고약한 감정의 비탈을 미끄러져 내리기 시작하자, 그러한 감정을 품는 데 어떤 색다른 견해가 있고 그러한 감정을 꿰뚫어보는 데 희한한 슬기가 있으며, 또 그러한 감정을 공언하는 데 어떤 '뱃심'이 있다고 생각했던 것일까.

아무튼 베르뒤랭 부인은 자기에게는 고통이 부족하다고 끝까지 우겼는데, 거기엔 역설적인 심리 분석가나 대담한 극작가와도 같은 어떤 자랑스러운 만족감마저 느껴졌다. "그래요. 참 이상하지만, 그 소식을 듣고도 나 거의 아무렇지 않았거든요. 그야 그분이 살아 계시면 좋죠. 나쁜 분은 아니었으니까요."—"나쁘지." 베르뒤랭 씨가 가로막았다. "바깥주인은 그분을 싫어하세요. 내가 그분을 접대하는 게 나에게 해롭다고 생각하거든요. 하지만 그런 선입견에 이이는 눈이 먼 거예요."—"나는 말이요, 그분과의 교제에 한 번도 찬성한 적이 없었으니, 이 옳음은 인정해야지. 당신에게 늘 말해왔잖아, 나쁜 소문이 자자한 사람이라고."—"그렇지만 난 그런 소문을 전혀 듣지 못했는데요." 사니에트가 대답했다. "뭐라구요?" 베르뒤랭 부인이 외쳤다. "다 아는 얘기인걸요. 나쁜 소문이라기보단, 수치스럽고 명예롭지 못한 소문이죠. 아무렴요. 그러나 그 탓이 아니랍니다. 나도 내 마음을 뭐라고 설명해야 좋을지 모르겠지만, 그분을 싫어하지는 않았어요. 뭐라고 할까, 관심이 거의 없어서 그분이 매우 위독하다고 들었을 때 바깥주인마저 깜짝 놀라, 나한테 '당신은 마치 아무렇지 않은 것 같구려' 말씀하셨답니다. 오늘 저녁 모임도 이이는 연습을 취소하는 게 어떻겠느냐고 했지만, 나는 무슨 일이 있어도 꼭 하겠다고 우겼답니다. 느끼지도 않는 슬픔을 나타내다니, 그건 희극이니까요."

부인은 이렇게 말하는 것을 '자유 극장'*¹풍으로 신기하게 여겼거니와 무엇보다 아주 편리했다. 무신경하다고, 부도덕하다고 털어놓고 나면, 엉성한 도덕을 공언하는 것과 마찬가지로 삶이 단순해지기 때문이다. 비난받을 행동을 해도 성실함에 대한 의무로서 핑계를 찾을 필요조차 없다. 신도들은 잔혹하고 현실적인 희곡, 노골적으로 관찰하는 희곡이 일으킨 존경심과 불쾌감이 섞인 기분으로 베르뒤랭 부인의 말에 귀를 기울이고 있었다. 신도들 대부분은 그들이 사랑해 마지않는 부인이 새로운 형태의 공정성과 자주성을 보여준 데 경탄하면서, 또 아무튼 자기의 경우는 그렇지 않겠거니 생각하면서도 자기 죽음이 머리에 떠올라, 언젠가 그런 날이 오면 콩티 강둑에서 목놓아 슬피 울어줄지 아니면 야회를 그대로 열지 마음속으로 물어보는 것이었다. "야회가 취소되지 않아 나는 정말 만족합니다. 내가 초대한 분들이 계시니까요." 샤를뤼스 씨가 말했다. 그는 이 말로 베르뒤랭 부인의 마음을 언짢게 한 걸 깨닫지 못했다.

그러는 동안에 나는 이날 밤 베르뒤랭 부인 곁으로 가까이 간 사람이라면 누구나 느꼈을 고약한 고메놀(goménol)*² 냄새를 어지간히 맡았다. 그 까닭은 다음과 같다. 알다시피 베르뒤랭 부인은 예술적인 감동을 절대 정신적으로 표현하지 않고, 그 감동을 더욱 피할 수 없는 깊은 것으로 보이고자 육체적으로

---

*1 앙투안(A. Antoine, 1858~1943)의 노력으로 1885년에서 1896년까지 활동한 극단. 철저한 현실주의를 추구함.

*2 비염 치료를 위해 콧속에 바르는 약.

나타내곤 했다. 그런데 부인이 가장 좋아하는 뱅퇴유의 음악 애기를 건네도, 그녀는 마치 그 음악에 아무 감동도 기대하지 않는 듯 태연했다. 그러나 몇 분 동안 거의 얼빠진 눈길로 꼼짝도 않고 있다가, 명확하고 실제적이며 거의 예의를 벗어난 말투로 마치 '담배를 피우셔도 상관없지만 양탄자가 있어서요. 매우 아름다운 것이긴 하지만 그래도 괜찮아요. 다만 이 양탄자는 아주 잘 타는 재질이라 불이 겁난답니다. 당신이 제대로 끄지 않은 담배꽁초를 바닥에 떨어뜨리는 바람에 여러분을 모두 까맣게 태우기라도 하면 큰일이니까요' 말하는 듯이 대답했다. 뱅퇴유에 대해서도 이와 마찬가지였다. 누가 그녀에게 뱅퇴유에 대해 말을 건네도, 그녀는 아무런 찬탄의 말조차 입 밖에 내지 않았지만 좀 지나서 차가운 말투로, 오늘 밤 뱅퇴유의 작품을 연주하게 되어 유감스럽다는 의향을 비쳤다.

"나는 뱅퇴유에게 아무 원한도 없어요. 내 생각에 그분은 현대의 가장 위대한 작곡가죠. 그분의 음악을 들으면 하염없이 울음이 나와버려요(그녀의 '울음이 나온다'는 말에는 비장한 가락이 전혀 없어서, 마치 '잠들어버린다'고 말할 때처럼 자연스러웠다. '잠들어버린다'는 동사 쪽이 한결 진실에 가까울 거라고 어떤 말버릇 고약한 이들이 주장했지만, 아무도 확신할 수는 없었다. 그녀가 손안에 얼굴을 파묻고 음악을 들어서, 드르렁 코고는 듯한 소리가 어쩌면 흐느껴 우는 소리인지도 몰랐기 때문이다). 울음이 나오는 것이 싫은 게 아니에요. 울라면 얼마든지 울 수 있어요. 다만 나중에 지독한 코감기에 걸려 점막이 충혈되고 말아 48시간 뒤에는 술 취한 할멈 꼴이 되고, 목청이 제 기능을 되찾으려면 며칠 동안 수증기를 들이마셔야 한답니다. 그래서 결국 코타르의 제자분이……."―"참, 그 말씀인데, 애도의 뜻을 표하는 걸 까맣게 잊었군요. 불쌍하게도 그 선생이 그렇게 갑자기 세상을 떠날 줄이야!"[*3]―"그렇죠. 그러나 어쩔 수 없는 일이에요. 누구나 다 그렇듯 그분도 돌아가셨을 뿐인걸요. 많은 사람을 죽였으니까 이젠 자기 자신에게 죽음의 창끝을 돌릴 차례였나 보죠. 그래서 지금 말한 바와 같이 코타르의 제자 가운데 한 분―훌륭한 분이셨어요―이 나를 진찰해주셨답니다. 그분은 '치료보다 예방이 낫다'는 어지간히 별난 원칙을 주장하는 분이랍니다. 그래서 음악이 시작되기 전에 코에 약을 발라주셨는데 정말

---

*3 코타르는 나중에도 등장함―플레이아드판 주.

효과 만점이에요. 자식을 잃은 어머니의 몇 명 몫을 울어도 코감기 하나 걸리지 않게 됐답니다. 때때로 가벼운 결막염이 생기기도 하지만 치료 효과가 바로 나타나요. 그렇지 않으면 뱅퇴유의 음악을 계속 듣지 못했을 거예요. 전에는 기관지염이 나을 만하면 또 도지곤 했거든요."

나는 뱅퇴유 아가씨의 얘기를 꺼내지 않고는 더 이상 견딜 수가 없었다. "작곡가의 따님은 안 오셨나요?" 나는 베르뒤랭 부인에게 물었다. "그분의 친구는요?"—"안 오셨어요. 마침 전보를 막 받은 터예요." 베르뒤랭 부인이 내게 어물어물 말했다. "두 분 다 시골에 그대로 있어야 할 일이 생겼다네요." 나는 순간, 뱅퇴유 아가씨 일행이 어쩌면 처음부터 올 리가 없었으며, 베르뒤랭 부인이 연주자와 청중에게 자극을 주기 위해 작곡가의 유족이 온다고 말했던 게 아닐까 생각했다. "아니 그럼, 그 두 분은 오후 연습 때에도 오지 않았습니까?" 남작이 샤를리를 만나지 않은 체하려고 일부러 이상하다는 듯이 물었다. 그 샤를리가 내게 와서 인사했다. 나는 그의 귀에다 대고, 뱅퇴유 아가씨가 오지 않은 이유를 물어보았다. 그는 아무것도 모르는 듯했다. 나는 큰 소리로 말하지 말라는 시늉을 하고, 나중에 다시 얘기하자고 알렸다. 그는 기꺼이 도움이 되겠다고 약속하며 고개를 숙였다. 나는 그가 전보다 예의 바르고 정중해졌음을 알아챘다. 내가 어쩌면 내 의혹을 밝히는 데 도움이 될지도 모르는 샤를리를 칭찬하자, 샤를뤼스 씨는 이렇게 말했다. "녀석은 마땅히 취해야 할 행동을 하고 있을 뿐이지. 버릇없는 태도를 몸에 익힐 바에야 훌륭한 분들과 함께 살 필요가 없으니까."

샤를뤼스 씨의 의견에 따르면, 좋은 예의범절이란 영국풍의 뻣뻣함이 한 점도 없는 옛 프랑스식 예의범절이었다. 그러므로 샤를리가 지방이나 외국 연주 여행에서 돌아와 짐도 풀지 않고 남작 집에 도착할 경우, 별로 보는 눈이 많지 않으면 남작은 느닷없이 그의 두 뺨에 입맞추었다. 아마도 이와 같이 노골적으로 애정을 보임으로써, 이런 행동이 죄일지도 모른다는 생각을 남김없이 떨치려는 뜻도 좀 있을지 모르고, 자기 즐거움을 마다하지 않기 위함인지도 모른다. 그러나 그보다도 오히려 문예 취미 때문에, 또 프랑스의 예스러운 관례를 지키고 이름이나 지위 따위를 세상에 높이 드러내려는 마음 때문일 것이다. 이를테면 증조할머니의 낡은 안락의자를 소중히 간직해 뮌헨 양식이나 모던 양식에 항의하듯이, 아들을 맞이하는 기쁨을 구태여 숨기려 않는 18세기의 다감한 아버지의 애정을 내세워 영국풍의 태연스러움에 대항한 게 틀림없으리라. 이와 같은 부성애 속에 결국 근친상간이 얼마쯤 포함되어 있지 않았을까? 샤를뤼스 씨가 평소에 그 악습을 만족시키는 방법—그 방법에 대해서는 나중에 얼마간 밝혀지겠지만—만으론 아내의 죽음 이래 텅 비어 있던 애정의 욕구를 채우기에 부족했다. 아무튼 그는 여러 번 재혼을 생각한 끝에 지금은 양자를 두고 싶다는 괴벽스런 욕망에 시달렸으며, 주위 사람들 중에는 그 상대가 샤를리는 아닐까 걱정하는 이도 있었다. 그것은 조금도 이상할 바가 없는 일이다. 여성을 사랑하는 정상적인 남성을 위해서 쓰인 문학을 통해서만 정열을 키울 수 있었던 성도착자, 뮈세의 〈밤(les Nuits)〉*¹을 읽고서 남성을 생각하는 성도착자는 마찬가지로, 정상적인 남성의 온갖 사회적인 기능 속에 들어가고 싶어하여 오페라 극장의 오랜 고객이 무희를 거느리듯이 남성 애인을 거느리고 살다 정착하여 결혼하거나, 남성과 동거하며 아버지가 되고 싶은 욕구를 느끼기 마련이다.

샤를뤼스 씨는 이제부터 연주할 곡을 설명해달라는 핑계로 모렐과 함께 한쪽으로 갔는데, 특히 모렐이 그에게 악보를 보이는 동안 이렇게 공공연하게 그들의 비밀스런 친밀을 자랑삼아 보이는 것에 크나큰 평온을 느끼고 있는 듯했다. 그러는 동안 나도 황홀해하고 있었다. 작은 동아리에는 젊은 아가씨가 별로 없었으나, 그 대신 큰 야회날에는 수많은 아가씨가 초대되었기 때문이다. 내가 아는 아가씨들, 뛰어나게 아름다운 아가씨도 몇몇 있었다. 그녀들은 멀리서 나한테 환영의 미소를 보내왔다. 주위의 공기는 시시각각 아가씨들의 아름다운 미소로 장식되었다. 낮과 밤을 듬성듬성 색칠하는 헤아릴 수 없는 장식이었다. 인간이 어떤 분위기를 기억하는 것은 젊은 아가씨들이 거기서 미소 지었기 때문이다.

그런데 샤를뤼스 씨가 이 야회에 참석한 몇몇 명사들과 나눈 은밀한 얘기를 우연히 들은 이가 있다면 아마 놀라 자빠졌을 것이다. 그 명사들이란 두 공작, 유명한 장군, 아무개 대작가, 고명한 의사, 이름난 변호사였다. 그 얘기는 다음과 같다. "그런데 알고 계신지. 그 하인, 아니 내가 말하는 사람은 마차에 타는 녀석 쪽인데……. 댁의 사촌 게르망트네에서, 혹시 아무것도 모르시나?"

---

*¹ 조르주 상드와의 슬픈 사랑을 노래한 시편.

—"아무것도 모르는데요."—"그럴 리가. 그 어귀, 마차가 드나드는 문 앞에 짧은 바지를 입은 금발 녀석이 있었는데, 그 녀석 내 마음에 쏙 들었단 말씀입니다. 아주 얌전하게 내 마차를 불러주더군요. 더 길게 이야기를 나누고 싶을 정도였죠."—"아아 그 녀석 말이군요. 그러나 매몰차게 거절당할 겁니다. 게다가 도도한 녀석이죠. 당신은 한 번에 성공하길 원하는 성미니까, 아마 진력날 거요. 게다가 그 녀석한테는 별수 없다는 것도 알죠. 내 친구 하나가 시도해봤거든요."—"그거 유감이군요. 옆모습이 수려하고 머리칼이 눈부시던데."—"정말 그렇게 좋게 보셨나요? 좀더 자세히 보았더라면 환멸을 느꼈을 거라고 생각합니다만. 아니, 두 달 전만 해도 이 식당에 진짜 아주 뛰어난 물건이 있었는데. 키가 2미터나 되는 대장부로, 살갗이 이상적이고 게다가 그것도 좋아했거든요. 그런데 폴란드로 떠나버렸죠."—"허어! 거긴 좀 먼데."—"누가 압니까? 녀석이 돌아올지. 이 세상에는 반드시 재회라는 게 있으니까요." 사교계의 대야회란 그 깊은 곳의 단면을 잘라낼 수 있는 사람에게는, 의사가 미친 환자들을 초대한 야회와 다를 게 하나도 없다. 환자들은 더할 나위 없이 정상적인 얘기를 주고받으며 몸가짐이 훌륭하여, 앞에 지나가는 노인을 가리키면서 '저이가 잔 다르크입니다'라고 귀에다 속삭일 때만 미친 사람으로 보이는 법이다.

"그 사람을 계몽하는 게 우리 의무라고 생각해요." 베르뒤랭 부인이 브리쇼에게 말했다. "나는 샤를뤼스에게 맞서려고 이러는 게 아니에요. 그 반대죠. 그이는 인상이 좋은 분이고, 그분에 대한 소문도 나의 명예를 해치는 종류가 아닌걸요! 나는 말입니다. 우리의 작은 동아리나 우리끼리만 담소하는 만찬을 생각하면, 부인들에게 들러붙거나, 흥미진진한 얘기도 하지 않고 구석에서 여인에게 하찮은 얘기만 늘어놓는 남자분들이 진저리나요. 그래도 샤를뤼스 씨라면, 스완이나 엘스티르, 그 밖의 분들에게 일어난 일을 조금도 걱정할 필요가 없었답니다. 그분이라면 안심이었어요. 그분이 내 집의 저녁 식사에 오실 때는 사교계의 쟁쟁한 부인들이 다 와 있어도, 환심을 사려는 말이나 행동으로 여러분의 담소를 방해할 리가 절대로 없다는 사실을 알고 있었으니까요. 샤를뤼스 씨는 신부를 대할 때처럼 특별해서 안심이죠. 다만 이곳에 오는 젊은이들에게 좋지 않은 것을 가르치거나, 우리의 작은 핵심을 혼란시키진 말라는 거예요. 그렇지 않으면 여성의 꽁무니나 따라다니는 남자보다 더 고약할지 모르니까요." 베르뒤랭 부인은 진심으로 샤를뤼스 씨에 대한 자신의 관대함을 이와 같이 선언했다. 모든 교회 권력이 다 그렇듯, 부인은 인간적인 약점에 대해서는 크게 신경 쓰지 않았지만, 제 작은 성당에서 권위의 원칙을 약화시키고 전통을 해치며 지금까지의 신조를 바꿔버릴지도 모르는 말과 행동은 예삿일이 아니라고 판단하고 있었다. "그렇지 않으면 나도 맞서야죠. 자기가 초대받지 못했다고 해서 샤를리가 연습에 오는 걸 방해하다니, 뭐 그런 분이 다 있담. 따끔하게 충고를 해야죠. 한마디로 충분한 효과가 나면 좋을 테지만, 안 그러면 그분께 정중히 물러가달라고 할 수밖에요. 그분은 정말 그렇게 오랫동안 샤를리를 방 안에 가둬두기도 하네요." 화자가 제아무리 자기 생각을 자유로이 표현한다고 생각해도 어떤 특수한 화제나 상황에 처하면 거의 필연적으로 평소 쓰지 않는 표현이 기억에 흘러넘쳐, 누구나 배운 내용을 무의식중에 그대로 외는 데 지나지 않는 때가 있기 마련이므로, 베르뒤랭 부인도 거의 누구나 다 입에 담는 것과 똑같은 표현을 써서 이렇게 덧붙였다. "이제는 그 험상궂은 사내가 호위병처럼 샤를리에게 딱 붙어 다니지 뭐예요." 베르뒤랭 씨는 샤를리에게 물어볼 게 있다는 핑계로 그를 잠깐 데리고 나가 말해보겠다고 제안했다. 베르뒤랭 부인은 샤를리가 마음이 혼란스러워져 연주를 망칠까 봐 두려웠다. "그 일은 연주가 끝날 때까지 미루는 게 좋겠어요. 아니, 아주 다른 기회에 하는 게 낫겠죠." 부인은 남편이 옆방에서 샤를리를 계몽하는 중이라는 걸 알 때 느낄 감미로운 설렘을 바라면서도, 혹시 그게 실패로 돌아가 샤를리가 화를 내고 16일 모임을 내팽개치지나 않을까 걱정되었던 것이다.

그날 밤 샤를뤼스 씨를 파멸로 몰아간 것은, 그에게 초대받아 하나 둘 도착하기 시작한 이들의 무례함—이 사교계에서 자주 볼 수 있는 무례함—이었다. 샤를뤼스 씨에 대한 우정과, 이런 장소에 와보고 싶은 호기심에 끌려온 공작부인들은 저마다 야회의 주인이 남작이기나 한 듯 곧장 그에게로 다가갔고, 베르뒤랭 부부의 귀에 모두 들릴 겨우 한 걸음 남짓한 거리에서 나에게 말했다. "베르뒤랭 할멈이라는 분이 어디 있는지 가르쳐줘요. 내가 꼭 소개받아야 한다고 생각하세요? 내일 신문에 내 이름을 내지 않았으면 좋겠는데. 그 때문에 친척들과 사이가 나빠질 수도 있으니까요. 뭐라고요, 저 머리칼이 흰 여인이? 그래도 그리 흉한 생김새는 아니군요." 그런가 하면 그녀가 와 있지 않은데도 뱅퇴유 아가씨에 대한 얘기를 듣고서 공작부인들 가운데 몇몇이 내게 물었다. "아아, 그 소나타의 따님 말인가요? 가르쳐줘요. 어느 분이세요?" 그리고 아는 낯을 여럿 발견한 그녀들은 따로 무리를 짓고 야릇한 호기심에 오도깝스럽게 신도들의 입장을 살펴보고 있다가, 어느 여인의 좀 별난 모자—몇 년 뒤이 모자는 사교계에서 유행하게 되었다—를 서로 손가락질해 보이는 게 고작이었는데, 결국 기대한 만큼 이 살롱도 그녀들이 알고 있는 여느 살롱과 다르지 않음을 유감으로 생각했다. 마치 브뤼앙(Aristide Bruant)*¹에게 욕지거리 듣기를 기대하면서 그가 노래 부르는 주점으로 찾아간 사교계 인사가 주점에 들어서자, 기대한 후렴인 '보게나 저 낯짝, 저 상통, 보게나 저 손님의 얼굴' 대신에 더할 나위 없이 예절 바른 인사로 접대받는 때와 같은 실망을 느꼈던 것이다.

샤를뤼스 씨는 발베크에 있을 적에 내 앞에서, 매우 영리하여 남편에게 뜻하지 않은 행운을 가져다주었음에도, 나중에 남편이 총애를 잃는 돌이킬 수 없는 원인이 되고 만 보구베르 부인을 신랄하게 비평한 일이 있었다. 보구베르 씨를 두텁게 신뢰했던 테오도시우스 왕과 외독시 왕비가 다시금 파리를 방문해, 이번에는 얼마쯤 머무를 예정이어서 그 때문에 여러 날 계속해 연회가 열렸다. 왕비로 말하자면 보구베르 부인과는 10년 동안 본국의 수도에서 사귀어온 사이며, 대통령 부인이나 장관 부인들과는 안면이 없는지라, 연회 동안 이런 부인들과 어울리지 않고 대사부인*²과 둘이서만 지내곤 했다. 보구베르 부인은 남편이 테오도시우스 왕과 프랑스의 동맹을 체결한 공로자이므로 자기 지위도 튼튼한 줄 여겨, 왕비의 호의에 완전히 우쭐해서 자기를 위협하는 위험에 대해서는 아무런 불안도 갖지 않았다. 그 위험은 지나치게 자신만만한 대사 부부에게는 있을 수 없는 부당한 처사라고 생각했지만, 몇 달 뒤에 돌연 보구베르 씨가 자리에서 물러나는 사건으로 이루어졌다. 샤를뤼스 씨는 '시골 기차' 안에서 죽마고우의 실각을 설명하며, 그토록 영리한 부인이건만 왕 부부에 대한 영향력을 최대한으로 이용하여 자기가 아무 영향력도 갖고 있지 않은 것처럼 꾸미고 왕 부부의 호의가 대통령 부인과 장관 부인들에게 가도록 할 뿐 아니라, 그 호의가 보구베르 부부가 일러주어서 그런 게 아니라 자발적인 것으로 믿게 했다면, 그만큼 더 부인들이 만족하여 보구베르 부부에게도 감사

---

*1 프랑스의 샹송가수·작곡가(1851~1925). 파리 하층민의 삶을 노래하여 몽마르트르에서 인기를 끎.
*2 보구베르 부인을 말함.

해 마지않았을 것을, 왜 그렇게 하지 않았을까 머리를 갸우뚱했었다.

그런데 남의 잘못을 알아보는 이도 상황에 따라 좀 분별이 없어지면, 흔히 같은 잘못을 저지르게 마련이다. 샤를뤼스 씨도 마치 자기가 집주인인 양 그가 초대한 이들이 줄지어 와서는 그에게 인사하며 감사의 말을 하는 동안, 그들에게 베르뒤랭 부인한테도 몇 마디 건네라는 부탁을 미처 하지 못한 것이다. 단 한 사람, 자매지간인 엘리자베트 황후나 알랑송 공작부인과 똑같이 고귀한 피가 흐르는 나폴리 왕비만이 자기가 이곳에 온 건 베르뒤랭 부인을 만나는 기쁨 때문이지, 음악 때문도 샤를뤼스 씨 때문도 아니라는 듯 베르뒤랭 부인과 담소하기 시작해, 안주인에게 여러 번 인사를 건네고, 오래전부터 아는 사이가 되고 싶었다고 되풀이하며, 저택을 치하하고, 일부러 찾아온 듯이 수많은 수다를 늘어놓았다. 나폴리 왕비는 조카딸인 엘리자베트(얼마 지나지 않아 벨기에의 알베르 왕자와 결혼한 분)를 꼭 데려오고 싶었는데, 나중에 그 애가 얼마나 섭섭해할까! 하고 말했다.

음악가들이 무대 위에 앉는 것을 보자 그녀는 이야기를 그치고 누가 모렐이냐고 물었다. 이 젊은 음악의 대가를 이토록 큰 영광으로 싸고 싶어하는 샤를뤼스 씨의 본디 목적에 대해 그녀가 착각할 리가 없었다. 그러나 역사상 가장 고귀한 혈통, 가장 풍부한 경험, 회의주의와 자랑을 지닌 피가 몸 안에 흐르는 왕비의 노련한 슬기는, 사촌동생인(그녀와 마찬가지로 바이에른의 한 공작부인의 소생인) 샤를뤼스 씨같이 그녀가 가장 좋아하는 이들이 갖는 피할 수 없는 결점을 한낱 불운한 숙명으로 생각했던 것이다. 이런 불운 때문에 그들에게는 왕비의 지지가 더욱 귀중했고, 따라서 왕비로서도 그들을 지지하는 일에 더욱 큰 기쁨을 느꼈다. 그녀는 이와 같은 곳에 몸소 나와준 데 샤를뤼스 씨가 두 배로 감동하리라는 걸 알고 있었다. 과거에 군인 왕비로서 가에타(Gaeta)*3의 성벽 위에서 손수 총을 잡은 영웅적인 여성이긴 했으나, 이전에 보인 그 용감함에 지지 않을 정도로 마음씨가 착해 언제나 기사도에 따라 약자 편을 들던 나폴리 왕비는, 베르뒤랭 부인이 홀로 따돌림을 당하는 것을 보고—하기야 부인은 왕비의 곁을 떠나지 말아야 하는 기본조차 모르고 있었다—이 야회의 중심이자 자기를 움직인 매력의 초점이 베르뒤랭 부인인 것처럼 행동하려

---

*3 이탈리아의 도시.

고 했던 것이다. 왕비는 거의 외출하지 않으면서도, 오늘 밤에는 또 다른 야회에 가야 해서 끝까지 머무르지 못하는 점을 수없이 사과하고, 또한 자리를 떠날 때 자기 때문에 일부러 일어서지 말라고 당부함으로써, 왕비에게 그와 같은 예의를 지켜야 하는지도 모르는 베르뒤랭 부인의 부담을 덜어주려고 했다.

그렇지만 샤를뤼스 씨가 잘한 일은 인정해야겠다. 그는 베르뒤랭 부인의 존재를 아주 잊어버린 동시에, 그가 초대한 '자기 사교계'의 이들에게도 부인을 잊게 하여 비난을 받았음에도, 이 '음악 행사' 자체에 대해서는 그들이 안주인에게 취하는 무례를 눈감아주지 않았다. 이미 모렐이 단상에 올라 있고 다른 연주자들도 모였는데, 아직 이야기 소리나 웃음소리마저 들리고 "가르쳐주지 않으면 알아채지 못하나 봐요"라는 속삭임 따위가 들려오자, 샤를뤼스 씨는 곧장, 조금 전에 베르뒤랭 부인 댁에 느릿느릿 도착한 몸과는 아주 딴판으로 몸을 뒤로 젖히고 예언자 같은 표정을 지으며 지금은 웃고 떠들 때가 아니라고 말하듯이 엄한 눈초리로 사람들을 노려보았다. 그 매서운 눈초리에 많은 부인들이 수업 중에 선생한테 잘못을 들킨 학생처럼 얼굴을 확 붉혔다. 샤를뤼스 씨의 태도는 매우 당당했지만, 내 눈에는 어딘지 모르게 익살스럽게 보였다. 왜냐하면 불꽃이 튀는 눈초리로 손님들을 위압하는가 싶더니, 지금은 경건한 침묵을 지켜 온갖 사교적 배려를 버려야 한다는 것을 '안내서'처럼 그들에게 보이려고 흰 장갑 낀 손을 고운 이마에 올려, 진지하게 벌써 황홀 상태에 들어간 본보기(모두가 다 그 모습을 따라해야 한다)를 몸소 보이느라, 늦게 온 손님들이나 지금이 위대한 예술의 시간인 것조차 알아채지 못하는 조심성 없는 이들이 보내는 인사에 전혀 응하지 않았기 때문이다. 모두가 최면술에 걸려, 감히 어떤 소리도 내지 못했으며 의자도 움직이지 못했다. 음악에 대한 존경이—팔라메드의 위엄에 의해—우아하나 버릇없는 청중에게 갑자기 심어진 것이다.

작은 단상 위에 모렐과 피아니스트뿐만 아니라 다른 악기의 연주자들도 가지런히 앉는 것을 보고, 나는 뱅퇴유 말고 다른 작곡가의 작품부터 시작한다고 생각했다. 뱅퇴유가 남긴 곡은 피아노와 바이올린을 위한 소나타밖에 없는 줄 알았기 때문이다.

베르뒤랭 부인은 혼자 따로 떨어져 앉았다. 그녀의 흰 이마는 발그레하게 물들어 멋진 반원형을 그렸고, 머리는 18세기의 초상화를 본떠서 좌우로 나뉘어 있었는데 한편으로는 조심하느라 말하지는 않았지만 언제나 이마에 열이 올라서 차가운 공기를 마셔야만 했다. 외따로 앉아 있는 그녀는 장엄한 음악 제전을 주관하는 여신, 바그너 숭배와 편두통의 여신, 거의 비극적인 어떤 노른(Norn),[1] 진저리나는 무리(이 무리 앞에서 그녀는 그들보다 더 잘 아는 음악을 들으며 여느 때보다 더 자기 인상을 얼굴에 드러내지 않으려고 노력했다) 한가운데 악령에 의해 나타난 존재 같았다. 합주가 시작되자, 연주되는 곡을 모르는 나는 미지의 나라에 온 기분이었다. 어느 나라일까? 어느 작곡가의 작품을 듣고 있지? 이 점을 알고 싶었으나, 곁에 그걸 물어볼 사람이 아무도 없었다. 끊임없이 되읽었던 《아라비안나이트》의 한 인물이 되고 싶었다. 어떻게 해야 좋을지 모르는 순간에 느닷없이, 악령이나 넋을 잃을 만큼 아름다운 아가씨가 남들 눈에는 보이지 않지만 어쩔 줄 몰라하는 주인공에게는 모습을 나타내어, 궁금증을 정확히 풀어주기 때문이다.

그런데 이 순간, 나는 바로 그와 같은 마술적인 혜택을 입었다. 마치 이제껏 와본 적이 없는 줄로 알았던 고장, 실은 처음 와보는 방향으로 들어선 고장에서 길 하나를 돌아 언뜻 다른 길로 빠져나가자, 구석구석까지 낯익은 길, 그저 그쪽에서 들어선 적이 없었던 길임을 깨닫고 곧 혼잣말을 하는 것과 같다. "아니 이건 아무개네 집 정원의 쪽문으로 이어지는 길이로군. 그들의 집에서 2분도 안 걸리는 곳이야." 실제로 그들의 딸이 거기에 서 있다. 지나가는 나를 보고 인사하러 온 것이다. 이와 마찬가지로, 나는 한 번도 들은 적이 없는 이 음악 속에서 느닷없이 내가 뱅퇴유의 소나타 한가운데 있음을 알아차렸다. 어떤 예쁜 아가씨보다 더 화려한 그 작은악절이 은빛 장식으로 싸여, 가볍고 보드랍기가 명주 목도리 같은 반짝반짝하는 음향을 쏟아내며, 이런 새로운 차림이지만 뭔지 알 수 있는 모습으로 내게 다가왔다. 그 작은악절을 다시 발견한 기쁨은, 그것이 내게 말 건넬 때의 낯익은 우정 어린 가락, 설득적이지만 단순하고, 영롱하게 빛나는 특유한 아름다움을 퍼뜨리는 가락에 의해 더욱 높아졌다. 하지만 이 경우 그 악절은 내게 길을 가르쳐주었을 뿐, 그 길도 소나타로 통하는 길은 아니었다. 왜냐하면 뱅퇴유의 미발표 작품인 이 곡을 듣는 동시에 눈앞에 놓아두어야 했던 프로그램에 있는 이 부분에 대한 간단한 설명에

---

[1] 북유럽 신화에 나오는 운명의 여신.

의하면, 뱅퇴유는 다만 이 부분에서 어떤 암시를 하고자 재미 삼아 잠깐 작은 악절을 환기시켰음에 지나지 않았기 때문이다. 그래서 떠올리자마자 곧 그 악절은 사라지고, 나는 또다시 미지의 세계로 들어섰다. 하지만 이제 나는 이것이 뱅퇴유가 창조했다고는 생각조차 못했던 하나의 세계라는 사실을 알았고, 또 모든 게 끊임없이 이 점을 내게 단언하고 있었다.

내가 소나타의 우주를 다 알고 나서 소나타에 물려, 그에 못지않게 아름다운 세계, 그러나 다른 세계를 상상해보려고 했을 때, 나는 오로지 이른바 천국을 지상의 목장이나 꽃이나 시내로 얼렁뚱땅 채우는 시인들처럼 상상한 것에 지나지 않았다. 그런데 지금 눈앞에 있는 곡은, 설사 소나타를 몰랐어도 소나타와 똑같은 기쁨을 주는 것이었다. 곧 똑같이 아름다우면서도 전혀 달랐다. 소나타가 백합같이 새하얀 전원의 여명을 향하여 펼쳐지고, 그 경쾌한 순백의 천진성을 다치면서도 흰 제라늄 위에서 소박한 인동덩굴 시렁에 가벼우나 집요하게 휘감기고 뒤얽히는 반면에, 이 새로운 작품은 바다처럼 평탄하고도 평평한 표면 위, 뇌우가 그친 어느 아침의 사무치는 고요와 끝없는 허공 속에서 시작되며, 이렇게 이 미지의 세계는 고요와 밤에서 끌어내어져 장밋빛 먼동 속에서 조금씩 조금씩 내 눈앞에 만들어졌다. 부드러운 전원풍의 천진스러운 순백 소나타에는 전혀 없는 아주 새로운 이 붉은빛이 여명처럼 신비로운 희망으로 온 하늘을 물들이고 있었다. 그리고 벌써 한 노래의 절정이 대기를 세차게 찔렀다. 일곱 음조의 노래, 그러나 아주 낯선 노래, 일찍이 내가 상상했던 어떠한 것과도 전혀 다른 노래, 말로 표현할 수 없으며 날카롭게 지르는 듯한 노래, 이미 소나타에서 들었던 비둘기 울음소리가 아니라, 대기를 찢고 곡의 처음을 적시던 그 진홍색과 똑같이 생생한 노래, 시간을 알리는 수탉의 현묘한 울음처럼 무궁한 아침의 형용키 어려우나 날카로운 부름이었다. 비에 씻겨 전기가 통하는 듯한 차가운 대기—초목이 우거진 소나타의 순결한 세계와는 아주 먼 세계에 있어 질량도 다르고 기압도 다른 이 대기—는 여명의 다홍색으로 물든 약속을 지우면서 시시각각으로 변해갔다. 그렇지만 정오에 이르자 활활 타는 듯한 햇볕 속에서, 그 약속은 무겁고도 촌스러워서 거의 상스러운 행복으로 이루어지는 성싶어, 그 행복 속에서는 둑을 터뜨리고 쏟아져나오듯이 우렁차게 울리는 종소리가 공기를 진동시켜(콩브레의 성당 앞 광장을 뜨겁게 달군 그 종소리와 똑같았다. 그 종소리를 자주 들었을 것이 틀림없는 뱅퇴유는 어쩌면 이 곡을 작곡하는 순간에도 팔레트 위 금세 손에 닿는 물감처럼 기억 속에서 그 종소리를 발견했을지도 모른다) 더없이 중후한 기쁨을 실현하는 듯했다. 솔직히 말해서 이 기쁨의 주제는 심미적으로는 내 마음에 들지 않았다. 거의 추하다고까지 생각했다. 그 리듬은 비틀비틀 땅 위에 질질 끌려가고 있었는데, 막대기로 탁자 위를 잘만 두들기면 그 소리만으로 이 기쁨의 거의 전부를 흉내낼 수 있을 성싶었다. 이 곡에서 뱅퇴유는 영감이 없는 것처럼 보여, 나도 얼마간 주의력을 잃었다.

나는 파트론을 바라보았다. 조금도 움직이지 않는 그녀의 반듯한 자세는, 귀족 동네에 사는 무지한 귀부인들이 머리로 박자를 맞추는 꼴에 항의하는 듯했다. 베르뒤랭 부인은 "나는 이 음악을 알아요! 그럼요, 조금은 알지요! 내가 느끼는 바를 모두 표현하자면 아마 한이 없을 거예요!" 입으로는 말하지 않으나 그녀의 곧게 펴서 꼼짝도 않는 상체와 표정 없는 눈, 뒤로 단정하게 빗어 넘긴 머리가 그녀 대신 느끼는 바를 말해주고 있었다. 그것은 또한 연주자들이여, 힘껏 하려무나. 내 신경에 마음쓰느라 사정을 봐주지 마라. 내가 안단테 (andante)에 비틀거릴까 보냐, 알레그로(allegro)에 소리 지를까 보냐 하고 그녀의 용기를 고하고 있었다. 나는 연주자들을 둘러보았다. 첼로 연주자는 무릎 사이에 끼운 악기를 마음대로 다루었고, 그 기울인 머리의 어딘지 모르게 상스러운 얼굴에는 젠체하는 순간에 본의 아니게 찡그린 표정이 나타났다. 콘트라베이스 쪽으로 몸을 기울인 그는 마치 양배추 껍질을 벗기는 살림꾼의 인내심으로 악기를 더듬고 있었다.

한편 그 곁에 앉은 아직 어린 하프 타는 아가씨는 짧은 치마 차림이었다. 금색의 사각형 하프가 그 몸의 사방팔방에 수평의 빛줄기를 후광처럼 두른 모습이 마치 무당의 굿방에 일정한 모양에 따라 제멋대로 신령을 상징해 그려놓은 선과 비슷하고, 손이 알맞은 때에 딱 맞춰서 여기저기 감미로운 음을 찾으러 가는 폼은 우화에 나오는 어린 여신이 천상의 금빛 격자 앞에 서서 하늘의 별을 하나하나 따고 있는 듯했다. 모렐은 어떤가 하면, 이제껏 다른 머리칼에 섞여 눈에 띄지 않던 귀밑머리가 스르르 풀려 내려 이마에 둥근 고리를 짓고 있었다.

나는 눈에 띄지 않게 고개를 청중 쪽으로 돌려, 샤를뤼스 씨가 이 귀밑머리를 어떻게 생각하는지 확인하려고 했다. 그러나 내 눈은 베르뒤랭 부인의 얼굴, 아니 그 손에 부딪쳤을 뿐이었다. 그녀의 얼굴이 손안에 푹 파묻혀 있었기 때문이다. 파트론은 이 명상하는 자세로써, 자기가 이곳을 성당처럼 여기고 있다는 점, 또 이 음악을 가장 숭고한 기도와 똑같이 생각하고 있다는 점을 보이려고 한 걸까? 어떤 이들이 성당에서 하듯, 남들의 눈길이 부끄러워서 너무 열중해 있는 모습을 숨기려고 하거나, 체면상 좋지 않은 방심이나 물리칠 수 없는 졸음을 감추려고 한 걸까? 음악 소리가 아닌 또 하나의 고른 소리가 나서, 나는 잠깐 마지막 가설이 옳다고 생각했다가, 마침내 알아챘다. 그건 베르뒤랭 부인이 아니라, 부인의 암캐가 드르렁거리는 소리였다.

그러나 승리의 우렁찬 종소리의 주제가 다른 주제로 흐트러지자, 내 마음은 다시금 순식간에 음악에 사로잡혔다. 그리고 이제야 알아차렸다. 이 7중주곡의 내부에서 서로 다른 여러 요소가 번갈아 나타나다가 그 모든 것이 끝에 가서 하나가 되듯이, 뱅퇴유의 소나타도, 또 나중에 알다시피 그의 다른 작품도 이 7중주곡과 비교한다면 전부 소심한 시작(試作)에 지나지 않으며, 지금 내게 계시되는 중인 이 오롯한 승리의 걸작에 비하면 감미롭긴 하나 매우 연약한 음악이라는 사실을. 또 나는 내 일과 비교하여 다음과 같이 생각할 수밖에 없었다. 지금껏 나는 뱅퇴유가 창조한 여러 다른 세계를 생각하면서, 내 사랑의 하나하나가 그러했듯이 그가 만든 우주 또한 그 하나하나가 닫힌 것으로 생각했었다. 하지만 실제는 내 현재의 사랑—알베르틴에 대한 사랑—속에 그녀를 사랑하려 했던 최초의 의도가 있듯이(맨 처음은 발베크, 그 다음은 고리찾기 놀이 뒤, 그리고 그녀가 호텔에 묵으러 왔던 밤, 다음은 파리의 안개 낀 일요일, 이어 게르망트네 연회가 있던 날 저녁, 그리고 다시금 발베크, 끝으로 나와 그녀의 생활이 빈틈없이 합쳐진 파리), 그와 마찬가지로 나는 분명하게 인정해야만 한다. 오직 알베르틴에 대한 사랑뿐 아니라 나의 온 생애를 생각해보면, 다른 몇몇 사랑은 알베르틴에 대한 사랑이라는 가장 광대한 사랑을 준비하는 사소하고도 소심한 시도이자, 그걸 추구하는 호소에 지나지 않았다고.

나는 음악을 뒤따라가기를 멈추고 방심하다 잠시 잊어버린 마음속의 고뇌에 다시 물어보듯, 알베르틴이 최근에 뱅퇴유 아가씨를 만났는지 또다시 생각하기 시작했다. 알베르틴이 시도할지도 모르는 행위가 벌어지는 곳은 사실 내 마음속이기 때문이다. 우리는 벗의 복제를 가지고 있다. 그러나 평소에 그 복제는 우리 상상력이나 기억의 지평선에 위치해, 굳이 말하자면 우리 바깥에 머무른다. 상대가 한 일, 했을지 모르는 일은 마치 어떤 거리를 두고 놓여 있는 물체처럼 무감각밖에 주지 못하듯이, 우리를 괴롭히는 요소를 포함하지 않는다. 이 같은 이들을 슬프게 하는 것들을 우리는 철저히 객관적으로 바라보고, 그것을 동정하여 적절한 말로 한탄할 수 있다. 그 한탄은 우리가 착한 마음씨를 갖고 있다는 인상을 남에게 주나, 우리는 그 슬픔을 실감하지 못한다.

그런데 발베크에서 상처 입은 뒤로 알베르틴의 복제는 내 마음 아주 깊숙이, 뽑아내기 힘든 곳으로 들어가버렸다. 감각이 심하게 뒤틀려 어떤 색깔을 보고 생살을 에는 고통을 받는 환자처럼, 그녀에 대해 목격한 사실은 그대로 내 마음을 해쳤다. 다행히 나는, 그녀와 헤어지고픈 유혹에 아직 굴하지 않았다. 조금 있으면 집으로 돌아가 극진히 사랑하는 아내를 만나듯 그녀와 또 만나야 한다는 권태감도, 그녀에게 의혹을 품고 있는 이 순간도, 즉 그녀에 대하여 내가 무관심해지기 이전에 이별이 찾아오고 마는 불안에 비하면 아무것도 아니었다. 이같이 그녀가 집에서 기다리고, 기다리다 지쳐 어쩌면 제 방에 앉아서 꾸벅꾸벅 졸고 있을지도 모른다는 생각에 잠겨 있을 즈음, 7중주곡의 허물없고 가정적이며 부드러운 한 악절이 나를 살며시 어루만지고 지나갔다. 어쩌면—우리의 내면 생활에서는 모든 게 서로 엉키고 겹치기 마련이므로—이 악절은 뱅퇴유가 오늘날 내 모든 고뇌의 원인인 그의 딸의 잠에서 영감을 얻었는지 모른다. 딸의 잠이 조용한 밤중에 음악가의 노고를 그 평온함으로 감싸주었을 때 그의 머리에 떠올랐던 것인지 모른다. 이 악절은 〈시인이 이야기한다〉는 때에도 〈어린이가 잠잔다〉[1]는 느낌이 드는 슈만의 몽상을 평화롭게 해준 아늑한 고요의 배경으로 내 마음을 가라앉혀주었다. 알베르틴은 잠들어 있을까, 깨어 있을까? 오늘 밤 마음 내킬 때 집으로 돌아가면, 알베르틴, 나의 귀여운 아이를 만날 수 있다.

그렇지만 알베르틴에 대한 사랑보다도 더 신비로운 무엇이 이 작품의 첫머리, 그 새벽의 첫 외침 속에 약속되어 있는 듯했다. 나는 애인에 대한 생각을 머리에서 내쫓고, 오로지 작곡가만을 마음속에 두려고 했다. 사실 그가 거기에 있는 듯했다. 마치 작곡가가 다시 살아나서 그 음악 속에 영원토록 살아 있는 것 같았다. 그가 한 음색을 골라 다른 음색과 조화시킬 때의 그의 기쁨

---

[1] 두 곡 다 슈만의 〈어린이의 정경〉 중의 곡명.

을 느낄 수 있었다. 헤아리기 어려울 만큼 깊은 재능을 겸비한 뱅퇴유는 음악가는 물론 화가조차 흔히 갖지 못하는 타고난 재능, 아주 안정된 색깔뿐만 아니라 매우 개성적인 색깔을 쓰는 재능을 발휘하여, 시간도 그 색깔의 신선함을 변질시키지 못할 뿐만 아니라, 그 색깔의 발견자를 흉내내는 제자들과 그를 넘어서는 대가들마저도, 이 색깔이 지닌 독창성을 가리지 못하기 때문이다. 이 색깔의 출현이 이룩한 혁명의 결과는 결코 명분 없이 다음 시대에 동화되지 않을 것이다. 혁명은 미친듯이 날뛰어 다시 폭발하나, 오직 영원한 개혁자의 작품을 다시 연주할 때뿐이다. 하나하나의 음색은 가장 박식한 음악가들이 배운 세계의 온갖 규칙을 갖고도 따라하지 못할 어떤 색깔로 강조되어 있다. 그러므로 뱅퇴유는 한 시기에 나타나 음악의 역사 중 어느 자리에 고정되어 있음에도, 그의 작품 하나가 연주되자마자 언제나 그 자리를 떠나 맨 앞에 나설 테고, 그 작품은 겉으로 보기에 모순된 성격, 또 실상 사람을 속이는 성격, 지속적인 새로움 때문에 시대적으로 가장 최근 음악가의 작품 뒤에 꽂힌 것으로 보이리라.

이미 피아노 연주로 널리 알려진 뱅퇴유의 교향곡 한 작품을 지금 관현악으로 듣고 보니, 여름 한나절의 햇빛이 어두컴컴한 식당으로 들어서기에 앞서 유리창의 프리즘에 나누어지듯 생각지도 못한 다채로운 보석과도 같은 장막을 걷어내며 《아라비안나이트》의 모든 보석을 들추었다. 하지만 이와 같이 움직이지 않는 빛에 어떻게 삶을, 그리고 영원하며 행복한 움직임을 비할 수 있으랴. 내가 전에 알던 수줍고 쓸쓸하던 뱅퇴유는 한 음색을 골라 다른 음색에 연결시킬 때는 느닷없이 대담해져, 그의 작품을 들으면 한 점의 의심도 남지 않는 하나의 행복감, 말의 모든 뜻에서 가장 강한 행복감을 느꼈던 것이다. 어떤 음색이 일으키는 기쁨, 또 다른 음색을 찾을 때 그 기쁨이 그에게 안겨준 더욱 큰 힘, 그것이 듣는 자를 하나의 발견에서 또 다른 발견으로 이끈다. 아니, 오히려 작곡가가 청중을 몸소 이끌고 간다. 그는 이제 막 찾아낸 색깔 속에서 미칠 듯한 기쁨을 퍼내고, 그 기쁨에서 힘을 얻어, 이 색깔이 불러모으고 있는 성실은 새 색깔을 찾아내 그것에 덤벼드는 것이다. 금관악기와의 만남에서 스스로 숭고한 음이 생겨나자, 작곡가는 황홀경에 빠져 불꽃에 닿은 듯 소스라치며, 마치 미켈란젤로가 사다리에 몸을 잡아매고 거꾸로 매달려 시스티나 성당의 천장에 우렁차게 붓을 휘두르듯, 위대한 음악의 벽화를 그리면서 숨을 헐떡이고, 도취되며, 얼빠지고, 눈앞이 빙빙 돌았다.

뱅퇴유가 죽은 지 벌써 여러 해가 지났다. 그러나 그가 좋아하던 이런 악기들에 둘러싸여, 적어도 그의 생명의 한 부분은 영원히 살아남게 되었다. 그건 다만 그의 인간으로서의 삶뿐인가? 만약 예술이 진정 삶의 연장에 지나지 않는다면, 예술을 위해 희생할 가치가 있겠는가? 예술도 삶과 마찬가지로 비현실적이지 않겠는가? 이 7중주곡을 더욱 귀담아들을수록, 나는 그렇게 생각하지 않았다. 붉은빛을 띤 이 7중주곡은 그 흰 소나타와는 이상하리만큼 달랐다. ㄱ 작은악절이 응답하는 소심한 물음은 이상한 약속을 이행하라고 숨가쁘게 애원하는 소리와는 다르다. 그 약속은 초자연적인 날카로운 소리로 짧게 울리면서, 바다 위에 퍼지는 아직 무기력한 아침 하늘의 붉은 기운을 진동시켰다. 그렇지만 이토록 다른 악절이 사실은 같은 요소로 되어 있었다. 왜냐하면 우리가 느낄 수 있는 우주의 단편은 저택이나 미술관에 여기저기 흩어져 있고, 그것이 이를테면 엘스티르의 우주, 그가 보고 그 안에서 산 우주를 이루는 것처럼, 뱅퇴유의 음악은 상상조차 하지 못하는 한 우주의 매우 귀중하고 낯선 빛깔을 음률에서 음률로, 가락에서 가락으로 펼치고 있으며, 다만 시간을 사이에 두고 그의 작품을 듣기 위해 그 우주가 나뉘어 있을 따름이기 때문이다. 소나타와 7중주의 각기 다른 움직임을 지배하는 아주 다른 두 물음. 하나는 쭉 이어지는 순수한 선을 짧고 많은 물음으로 나누고, 다른 하나는 흩어진 단편을 나눌 수 없는 하나의 뼈대 속에 결합한다. 하나는 매우 조용하고 소심하여 거의 탈속적, 말하자면 철학적이며, 다른 하나는 조급하고 불안하게 호소한다. 하지만 이것들은 내면의 갖가지 해돋이를 향하여 터져나온 똑같은 기도이며, 다만 각각 다른 사상—그가 여러 해 동안 뭔가 새로운 것을 만들고자 발전시킨 다양한 예술적 탐구—이라는 다른 환경을 거치면서 굴절되었을 뿐이다.

기도도 희망도 근본적으로는 같으며, 뱅퇴유의 갖가지 작품에 나타난 변장을 통하여 분간할 수 있는 한편 오직 뱅퇴유의 작품 속에서만 찾아볼 수 있다. 이런 악절에 대해, 음악 평론가라면 다른 대작곡가들의 작품 속에서 유사 관계나 계보를 쉽게 발견할 테지만, 그건 그저 이차적인 이유, 외면적인 유사로서 발견되는 것에 지나지 않으며, 직접적인 인상이라기보다 오히려 이론으로 재간 있게 찾아낸 유사에 지나지 않는다. 뱅퇴유의 이런 악절이 주는 인상은,

과학이 어떠한 결론을 풀어낸 듯이 보이든 간에 개성적인 성질이 엄연하게 존재하듯, 다른 어떤 인상과도 달랐다. 게다가 표면상의 차이에도 오히려 한 작품 속에 깊은 유사, 그가 바란 유사가 인지되는 것은 그가 새롭게 되고자 집요하게 애쓰는 바로 그때이다. 반대로 뱅퇴유가 같은 한 악절을 여러 번 채택하여 가지각색으로 변화시켜, 놀이 삼아 그 리듬을 바꾸거나 첫 형태 그대로 다시 끄집어낼 때의 유사는 고의적인 인상으로, 지성이 만들어낸 것이라 당연히 피상적이어서 별개의 두 걸작 사이에 다른 색깔을 띠고 요란스럽게 울려나오는 숨은 결코 무의식적인 유사만큼 강한 인상을 주지 못한다. 무의식일 때의 뱅퇴유는 언제나 새롭고자 무척 애쓰면서 자기 자신에게 묻고, 온 힘을 다해 창조에 매달리며 저 자신의 깊은 본질에 다다르며, 거기서 어떤 질문을 하든 간에 그의 본질이 같은 어조, 곧 자기 자신의 어조로 이에 답하기 때문이다.

하나의 어조, 뱅퇴유의 이 어조는 두 인간의 목소리 차이, 아니 두 종류의 동물 울음소리 사이에서 느낄 수 있는 다름보다 훨씬 더 큰 차이를 보임으로써 다른 작곡가들의 어조와 구별된다. 어떤 음악가의 사념과 뱅퇴유의 끊임없는 탐구, 수많은 형태로 자기 자신에게 던진 물음이나 그의 평소 고찰 사이에 있는 차이야말로 진정한 다름이다. 뱅퇴유의 고찰은 천사들의 나라에서 이루어지는 것처럼 분석적인 논리 형태를 벗어난 것이어서, 우리는 그 심오함을 대충 헤아리지만, 마치 육신을 떠난 영혼이 영매에게 불려나와 죽음의 신비에 대한 질문을 받고 아무 대답도 할 수 없듯, 이 고찰을 인간의 언어로 옮기지 못한다. 나는 하나의 어조라고 했다. 왜냐하면 오후부터 내게 강한 인상을 주던 후천적인 독창성이나, 음악 평론가들이 여러 작곡가들 사이에서 발견하는 혈연관계를 고려하더라도, 위대한 가수들—독창적인 음악가들—이 그곳을 향하여 올라가고, 어느새 그리로 되돌아오는 것, 그것이 오직 하나뿐인 어조이며, 바로 이것이야말로 영혼이라는, 그 무엇으로도 다시 돌아갈 수 없는 개별적 존재의 증거이기 때문이다.

뱅퇴유가 더욱 장엄하고도 위대한 음악, 쾌활하고도 명랑한 음악을 만들어내, 그가 깨달은 바를 청중의 마음속에 아름답게 반영하고자 할지라도, 뱅퇴유는 자기도 모르는 사이에 그 전부를 큰 물결, 그의 노래를 영원하게 하며 곧바로 그의 노래인 줄 알아보게 하는 큰 물결 밑으로 침몰시킨다. 남들의 노래와 다르고, 그의 모든 노래와 비슷한 이 노래를 뱅퇴유는 어디서 배웠으며, 어디서 들었을까? 예술가란 누구나 다 이와 같이 미지의 조국, 자신조차 잊어버린 조국의 시민인가 보다. 그것은 다른 위대한 예술가가 거기에서 뭍을 향해 돛을 달고 떠나는 조국과는 다른 하나의 조국이다. 뱅퇴유는 만년의 작품에서 겨우 이 조국에 가까워진 것 같다. 그 분위기는 소나타와 똑같지 않고, 묻는 악절은 더욱 어수선하고도 불안했으며 답은 한결 신비스러웠다. 마치 아침과 저녁의 축축한 공기가 악기의 현(絃)에까지 영향을 미치고 있는 듯했다. 모렐이 아무리 훌륭하게 연주해도, 그의 바이올린 소리는 날카롭고 괴상하게 거의 끽끽 비명을 지르는 것 같았다. 이 예리함은 듣기에 쾌적했다. 마치 어떤 목소리에서 어떠한 정신적인 장점이나 뛰어난 지성을 느끼듯. 하지만 그건 사람에 따라 달라 누군가는 불쾌할지도 몰랐다. 세계를 보는 눈이 변하고 순화되어 마음속 조국에 대한 추억과 더욱 비슷해지면, 그것이 음악가의 경우엔 음 전체, 화가의 경우엔 색깔 전체의 변화로 나타나는 게 당연하다. 하기야 총명한 청중은 이를 잘못 보지 않았다. 훗날 사람들은 뱅퇴유의 후기 작품이 가장 심오하다고 말했으니까. 그런데 어느 제목이건 어느 주제건 판단의 지적 재료를 제공하지 않았다. 따라서 사람들은 심오한 진리가 음의 세계로 옮겨져서 그렇거니 짐작할 따름이었다.

음악가들은 이 잃어버린 조국을 기억 못하나, 저마다 언제나 변함없이 무의식중에 이 조국과 어떤 조화를 이루고 있다. 조국에 따라 노래할 때, 음악가는 기쁨에 겨워 열광한다. 때로는 영광에 대한 애착에 이끌려 조국을 배신하기도 하는데, 그때 그는 한때의 영광을 구함으로써 진정한 영광을 피하고, 도리어 영광을 경멸하여 어떤 유일한 노래를 부르기 시작할 때 비로소 영광을 찾게 된다. 그 노래의 단조로움이야말로—다루는 주제가 무엇이건 그 자신과 일치하므로 단조로워지는 것이다—음악가의 영혼을 이루는 요소의 확고한 부동성을 증명한다. 그렇다면 이러한 요소, 우리가 우리 자신을 위해 간직해두어야 하는 실제적인 모든 잔류물(殘留物), 친구끼리도, 스승과 제자끼리도, 애인끼리도 말로 전하지 못하는 것, 각자가 느낀 바를 질적으로 구별하고, 각자가 말의 문턱에서 포기해야만 하는 이 무어라 형용할 수 없는(모든 사람에게 공통되고 아무런 흥미도 없는 외면적인 문제에 그치지 않는 한, 말로 하는 의사소통은 있을 수 없으므로) 이런 요소를 예술이, 이를테면 뱅퇴유나 엘스티르의 예술이 개성이라 일컫는 세계—예술 없이는 어떤 경우에도 절대로 알 수 없는 세계—의 내적 구조를 스펙트럼의 빛으로 바깥에 보여줌으로써 나타나게 하는 게 아닐까? 만약 우리가 날개를 가지고 다른 호흡기관을 지녀서 광대한 우주 공간을 가로지르게 된다 해도, 우리에게 아무런 도움이 되지 않을 것이다. 왜냐하면 우리가 화성이나 금성에 간들, 같은 감각을 지니고 있다면 그 감각은 우리가 거기서 보는 삼라만상에 이 세상의 사물과 똑같은 겉모양을 씌울 테니까. 단 하나의 참된 여행, 회춘의 샘에서 목욕하는 유일한 방법은 새로운 풍경을 찾는 게 아니라 다른 눈을 갖는 것, 다른 한 사람의 눈이 아닌 백 명이나 되는 남의 눈으로 우주를 보는 것, 그들 저마다가 보는 백 가지 세계, 그들 자신인 백 가지 세계를 보는 것이리라. 그리고 우리는 엘스티르 한 사람, 뱅퇴유 한 사람 덕분에, 그러한 예술가들 덕분에 그게 가능해져 말 그대로 이 별에서 저 별로 마음껏 날아다닌다.

내가 온몸을 맡긴, 정다움이 넘치는 악절을 마지막으로 안단테가 끝났다. 다음 악장으로 넘어가기 전에 잠깐 휴식이 있어서 예술가들은 악기를 내려놓았고, 청중은 서로 느낀 바를 주고받았다. 한 공작이 아는 체하려고 말했다. "썩 잘 연주하기란 너무나 어렵구려." 나는 좀더 뜻에 맞는 몇 사람과 담소했다. 그러나 이제 막 내가 이야기를 나누던 천상의 악절에 비하면, 그들의 말 따위는 인간의 표면적인 말이 다 그렇듯, 듣기에 아주 하찮은 것이었다. 나는 천국의 도취를 잃고 무가치하기 짝이 없는 현실 세계로 추락한 천사와도 같았다. 자연에게 버림받은 어떤 생물이 생존 형태의 마지막 증인인 것처럼, 음악이란—이를테면 언어의 발명, 낱말의 형성, 관념의 분석이 없었다고 치면—영혼과 교류하는 오직 하나뿐인 실례가 아니었을까. 그러나 영혼의 교류는 실현되지 않았던 하나의 가능성이다. 인류는 다른 길, 말하고 쓰는 언어의 길로 접어들고 말았다. 이 분석할 수 없는 세계로 되돌아가는 게 어쩌나 매혹적이던지, 천국을 떠나서 인간과 접촉하는 것은 상대가 영리하건 어리석건 나로선 이상하리만큼 하찮게 생각되었다.

나는 음악을 들으면서 인간들을 떠올리고, 그들을 음악에 섞을 수 있었다. 아니 오히려 거의 한 사람에 대한 추억, 알베르틴의 추억 말고는 음악에 섞지 않았다. 안단테를 끝맺는 악절을 더할 나위 없이 숭고하다고 여기며 이토록 위대한 것에 섞인다는 사실—우리를 다시 맺어주고, 알베르틴이 거기서 비장한 목소리를 빌려온 듯한—이 얼마나 큰 명예인지 알베르틴은 모르며, 또 안다고 해도 이해하지 못하는 게 얼마나 불행한 노릇인가 생각했다. 그런데 음악이 멈추자, 거기에 있는 인간들이 너무나 싱겁게 보였다. 차가운 음료가 손에서 손으로 건네졌다. 샤를뤼스 씨는 이따금 한 하인을 붙잡고 말을 건넸다. "안녕한가? 내 속달은 받았나? 와주겠지?" 확실히 이런 말투에는 상대의 비위를 맞출 줄 아는 대귀족, 부르주아보다 더 서민적인 대귀족의 무람없음이 있긴 했지만, 동시에 툭 터놓고 말하는 편이 오히려 무죄로 판단되리라고 믿는 범인의 술책도 섞여 있었다. 그리고 샤를뤼스 씨는 빌파리지 부인이 잘 쓰는 게르망트가의 말투로 덧붙였다. "좋은 녀석이에요. 마음씨가 좋아서 가끔 우리집에서 부리죠." 그러나 남작의 교묘한 솜씨는 역효과를 냈다. 사람들은 남작이 한낱 하인에게 그처럼 친밀한 싹싹함을 보이거나 속달을 보내다니 괴상망측하다고 생각했기 때문이다. 그리고 하인들도 동료 앞인지라 좋아하기는커녕 당황했다.

그러는 사이 7중주곡이 다시 시작돼, 막바지로 나아가고 있었다. 소나타의 두세 악절이 여러 번 반복해서 나타났지만, 매번 다른 리듬을 타고 나오거나 다른 반주를 함께 데리고 오는 식으로 바뀌어서, 삶 가운데 온갖 사물이 되돌아오듯 같으면서도 다른 음악이었다. 어떤 유사성으로 말미암아 악절의 단 하나뿐이자 피할 수 없는 거처로서 한 음악가의 과거를 지정하는지는 이해할 수 없었으나, 이는 그 음악가의 작품 속에서만 발견되고, 끊임없이 그 작품 속에 나타나 그 작품의 여신, 숲의 정령, 수호신이 되는 악절 가운데 하나였다. 나는 7중주곡 속에서 먼저 소나타를 떠올리게 하는 두세 악절을 구별했다. 그러다가 이윽고 소나타의 또 다른 악절—뱅퇴유 작품의 특히 마지막 단계에서 이는 보랏빛 안개, 그 때문에 어느 부분에 춤을 끼워넣을 때에도 춤이 젖빛 속에 갇혀 있는 듯 보이는 보랏빛 안개 속에 잠긴 악절—을 알아차렸다. 그것은 아직 멀리 있어 분명히 알아들을 수 없다. 주저주저 가까이 오면서, 겁내는 듯이 모습을 감추었다가는 다시 돌아온다. 다른 악절—나중에 알았지만 이것도 다른 작품에서 온 악절이었다—에 달라붙어, 또 다른 악절을 불러낸다. 그러면 불려온 악절은 거기에 녹아들자마자, 이번엔 다른 악절을 이끄는 설득력을 갖고서 원무(圓舞)로 들어선다. 숭고한 원무, 하지만 청중 대부분의 눈에는 보이지 않는 원무. 그들의 눈앞에는 어스레한 장막이 드리워져 그 너머로 아무것도 보이지 않았지만, 그들은 권태로움에 몸서리치면서도 제멋대로 감탄을 금치 못했다. 그러다가 이 악절들은 사라지고, 단 하나, 대여섯 번 오간 악절만이 남았다. 얼굴을 알아볼 수 없으면서도 아주 다정하게 쓰다듬는 듯한, 이제까지 어떤 여성이 불러일으킨 욕망과도 아주 다른 악절이라—스완에게 소나타의 작은악절이 그러했듯이—'정말로 손에 넣고자 수고할 만한 가치가 있는 행복이야' 하고 무척 부드러운 목소리로 내게 행복을 내미는 이 악절이야말로—말씨는 알아듣지 못하지만 내가 분명히 이해할 수 있는, 이 눈에 보이지 않는 존재야말로—이제껏 만난 유일한 '미지의 여인'이었는지도 모른다. 마침내 이 악절도 해체되어 소나타의 작은악절처럼 모습이 바뀌어, 첫머리의 신비스런 부름이 되었다. 비통한 기색을 띤 한 악절이 그것에 맞섰으나, 매우 깊고도 막연한 내적인 것, 마치 내장과 같이 유기적인 것이라 독특한 음색이 다시 나타날 적마다 곡의 주제가 되풀이되는 것인지 신경통이 재발하는 것인지 모를 정도였다.

이윽고 두 모티프가 맞붙어 싸우기 시작했는데, 한쪽이 깨끗하게 사라졌는가 싶으면 다음에는 다른 한쪽이 한 부분밖에 보이지 않았다. 사실, 이는 기력의 격돌에 지나지 않는다. 왜냐하면 두 존재가 과감하게 맞서 싸우고 있어도, 그것들은 육체나 겉모습의 이름 같은 거추장스러운 것을 없애버렸고, 나는 한낱 내적인 관객—마찬가지로 이름이나 개별의 존재를 개의치 않는 관객—으로, 오직 그들의 비물질적인 힘찬 싸움이 흥겨워서 우렁찬 그 파란을 열심히 듣고 있었으니까. 마지막으로 승리한 환희의 모티프가 남았다. 그것은 이제 허공 저편으로 던진 불안스러운 부름이 아니라, 낙원에서 온 듯한 헤아릴 수 없이 미묘한 환희였다. 만테냐가 그린 비단옷을 입고 긴 나팔을 부는 대천사가, 벨리니가 그린 작은 하프를 타는 온화하고 장중한 천사와 다르듯, 소나타의 환희와는 다른 환희였다. 나는 알 수 있었다. 환희의 이 새로운 명암, 이승의 것이 아닌 환희 쪽으로 꾀는 이 부름을 내가 영원히 잊지 못하리라는 걸. 하지만 이와 같은 환희가 정말로 언젠가 내게 실현될 것인가? 이 질문은 내게 매우 중요했다. 참된 삶을 세우기 위한 계기나 표적으로써 내가 긴 세월 동안 이따금 체험한 인상, 마르탱빌의 종탑이나 발베크 근교에 늘어선 나무들 앞에서 받았던 인상을, 이 악절이—내 삶의 다른 나머지나 눈에 보이는 세계와는 단절된 것으로서—가장 잘 표현하고 있는 것처럼 보였기 때문이었다.

아무튼 여느 악절과는 아주 다른 이 악절의 어조를 다시 말하면, 이승의 따분한 삶이 주는 것과는 전혀 다른 예감, 내세의 희열을 향한 대담한 접근이 바로 콩브레에서 성모성월(聖母聖月)[*1]에 만난 그 정중하고 보잘것없는 소시민의 내부에 구현되었다니, 이 아니 야릇한 일인가! 특히 미지의 형태를 지닌 환희를 전하는, 내가 이제껏 받은 것 중에서 가장 야릇한 이 계시를 어떻게 그에게서 받게 되었는가? 그가 죽었을 때 남긴 작품이라곤 소나타뿐, 나머지는 해독 못하는 기호로 쓰여 있어 있으나마나 했다는데, 해독 불가능한 기호는 끈기와 지성과 작곡자에 대한 경의에 의하여—뱅퇴유 곁에서 오랫동안 살았으므로 그의 작업 방식을 잘 알고, 오케스트라를 위한 그의 지시도 헤아릴 수 있게 된 유일한 인물, 뱅퇴유 아가씨의 여자친구 손에 의하여—해독된 것이다. 이 대작곡가가 살아 있는 동안 딸이 아버지에게 바치는 숭배의 정을, 그녀는 딸에게 배웠다. 인간에겐 자기 진정과는 반대되는 쪽으로 나아가는 순간이 있게 마련인데, 이 숭배의 정으로 말미암아, 두 아가씨는 이미 얘기한 바와 같이 모독 행위[*2]에 광적인 쾌락을 느꼈던 것이다(아버지를 그리워하는 마음이 바로 딸의 모독 행위에 필요한 조건이었다. 물론 두 아가씨는 이 고귀한 것을 범하는 관능의 쾌락을 거부했어야 옳았을 테지만, 그렇다고 그 모독의 즐거움이 그녀들의 전체 모습을 드러내는 건 아니었다). 더구나 두 아가씨의 육체적이고 병적인 관계, 탁하고 끄느름한 불씨가 숭고하고도 순수한 우정의 불길로 변해감에 따라 그 모독 행위도 천천히 뜸해지다가 결국 완전히 꺼지고 말았다. 뱅퇴유 아가씨의 여자친구는 어쩌면 자기가 뱅퇴유의 죽음을 재촉했을지도 모른다는 생각에 괴로워했으리라. 그러나 뱅퇴유가 남긴 이해하기 어려운 필적을 헤아리며 읽는 데 몇 년을 보내면서 아무도 모를 이 상형 문자의 정확한 해독법을 작성함으로써, 그녀는 그 만년을 어둡게 했던 음악가에게 보상으로 불멸의 영광을 확보해주었다는 위안을 얻었다.

법이 인정하지 않는 관계에서는 정식 결혼으로 생겨나는 유대와 똑같이 다양하고 복잡한, 그저 더욱 견고한 육친의 유대가 생기기 마련이다. 이와 같이 특수한 관계가 아니더라도, 간통이 진정한 사랑에 기인하는 경우, 가족의 감정이나 육친의 의무를 흔들어놓기는커녕 오히려 강화하는 사실을 우리는 날마다 목격하지 않는가? 정식 결혼이 흔히 효력을 잃어버리고 말 무렵 간통은 넋을 불어넣는다. 착한 딸은 어머니의 두 번째 남편의 죽음에 즈음하면 단지 체면상 상복을

[*1] 성모 마리아를 특별히 공경하는 달. 5월을 말함.
[*2] 아버지의 사진 앞에서 동성애 행위를 한 사실, 제1편 《스완네 집 쪽으로》 참조.

입지만, 어머니가 정부로 택한 사내의 죽음을 애도할 때는 눈물이 마르도록 울부짖을 것이다. 게다가 뱅퇴유 아가씨는 다만 사디즘에 빠졌을 뿐이다. 그렇다고 그녀의 행위가 용서되는 것은 아니지만 나중에 그렇게 생각하니 어쩐지 마음이 놓였다. 뱅퇴유 아가씨가 여자친구와 함께 아버지를 모독하는 순간에 이런 짓이 모두 병적인 것, 미치광이 같은 태도에 지나지 않으며, 자기가 하고 싶었던 진짜 악의, 즐거운 악의가 아니라는 점을 알아차렸을 게 틀림없다. 그것은 단지 악의의 흉내에 지나지 않는다는 생각이 그녀의 쾌락을 망쳤을 것이다. 그러나 나중에 이 생각이 그녀에게 되돌아온 적이 있었다면, 그건 그녀의 쾌락을 망쳐놓았듯이 고통도 덜어주었으리라. '그건 진짜 내가 아니었어, 내가 미쳤던 거야. 나는 지금도 아버지를 위해 기도할 수 있고, 아버지가 나를 용서해주실 거라고 기대할 수 있단 말이야.' 그녀는 이렇게 생각했을 것이다. 다만 이 생각은 쾌락을 누리는 동안 그녀의 머릿속에 떠오른 적은 있어도, 고뇌에 시달릴 때는 떠오르지 않았을지도 모른다. 나는 이 생각을 그녀의 정신 속에 심어주었더라면 오죽 좋으랴 생각했다. 그러면 그녀에게 위안을 주고, 그녀와 그녀의 아버지의 추억 사이에 안온한 교류를 터놓아주는 셈이 되니까.

죽음이 가까이 온 것을 모르는 천재 화학자가 판독할 수 없는 문자로 수첩에 적어놓은 여러 발견은 언제까지나 알려지지 않은 채 영원히 파묻히고 만다. 이 수첩 속에서 찾아냈듯이, 뱅퇴유 아가씨의 여자친구는 쐐기 문자를 점점이 찍은 파피루스보다 더 판독이 불가능한 서류에서 이 알려지지 않은 환희의 영원토록 참되고 풍요한 형식을, 다홍빛으로 빛나는 '아침의 천사'가 지닌 신비스런 희망을 찾아냈다. 아마 뱅퇴유만큼은 아닐지 모르나, 그녀도 내게는 이제껏 수많은 고뇌의 원인이었으며, 특히 앞으로도 그렇게 될 테지만 그날 저녁도 알베르틴에 대한 질투를 다시 불러일으켜서 괴로움의 원인이 되었다. 그 대신 그녀 덕분에 야릇한 부름, 죽을 때까지 내 귀를 떠나지 않을 부름이, 내가 모든 쾌락이나 사랑 속에서 발견한 그 허무와는 다른 것—아마도 예술을 통해서 실현 가능한 것이 존재한다는 약속으로, 또 나의 삶이 아무리 덧없어 보여도 적어도 아직 다 끝나지는 않았다는 약속—으로 내게까지 올 수 있었다.

그녀의 수고 덕분에 우리가 뱅퇴유에 대해 알게 된 것은, 사실 뱅퇴유의 모든 작품이었다. 사람들은 소나타의 몇몇 악절만 알고 있었는데, 그것도 이 7중주곡에 비하면 어찌하여 그토록 듣는 이의 감탄을 자아냈는지 이해가 안 갈

만큼 평범하게 보였다. 마찬가지로 오늘날에는 놀라운 일이지만, 〈저녁별의 노래〉, 〈엘리자베트의 기도〉*¹ 같은 하찮은 곡들이 지난 몇 년 동안 연주회에서 열광적인 애호가들의 마음을 자극하여, 〈트리스탄〉, 〈라인의 황금〉, 〈뉘른베르크의 명가수〉*²를 알고 있는 우리 귀에는 싱겁고 빈약하기 짝이 없는 그런 곡이 끝나면 그들은 기진맥진하도록 갈채를 보내며 재청을 외쳐댔다. 그러나 특징 없는 이런 가락도 아주 적은 분량이지만—아마 적은 양이기에 훨씬 쉽게 동화되었겠지만—후기의 걸작이 지니는 독창성을 어느 정도 포함하고 있었다고 생각해봐야 한다. 돌이켜보면 우리에게는 후기 걸작만이 중요한데, 그러한 걸작이었다면 완벽한 만큼 어쩌면 오히려 이해하기 어려웠을 것이다. 특징 없는 가락은 후기 걸작을 위해서 사람들의 마음속에 이해의 길을 준비했는지 모른다. 하지만 특징 없는 가락이 후기의 아름다운 작품에 대한 어렴풋한 예감을 주기는 했으나, 또한 후기 작품의 아름다움을 완전히 미지 상태에 내버려두었다. 뱅퇴유의 경우도 같았다. 만일 그가—소나타 몇 편은 빼놓고—완성한 작품만 남기고 죽었다면 사람들이 그에 대해 알 수 있는 건, 그의 진정한 위대함에 비해 너무나 사소한 것이었으리라. 그 사소함은 이를테면 빅토르 위고가 〈장 임금의 검술 시합〉이나 〈고수(鼓手)의 약혼녀〉,*³ 〈미역 감는 사라〉*⁴를 썼을 뿐,《여러 세기의 전설》과 《정관시집》을 하나도 못 쓰고 죽는 경우와 같다. 우리가 이제 그의 참된 작품으로 여기는 것은 마치 인간의 지각이 닿지 않는 우주, 우리가 어떠한 관념도 갖지 못하는 우주처럼 순전히 잠재적이자 알지 못하는 것으로 남으리라.

　게다가 천재의 재능도, 미덕마저도, 뱅퇴유가 그렇듯이 흔히 겉껍질로 천재를 싸서 보존하는 악덕 사이의, 언뜻 보기에는 대조적인 이 깊은 결합은, 음악이 끝나 주위를 둘러보았을 때 거기에 모인 초대객들 속에서 마치 속된 풍자화를 보듯 알아차리기 쉬웠다. 이 모임은 이번 경우 베르뒤랭 부인의 살롱에 국한되었지만 다른 수많은 모임과 비슷했고, 일반 사람들은 거기에 들어 있는 성분을 모른다. 철학적 기자들은 사정을 조금이라도 알면 이런 모임을 파리지

───────────────

*1 두 곡 모두 바그너 작 〈탄호이저〉 중의 통속곡.
*2 마찬가지로 바그너의 가극.
*3 초기 시집 《오드와 발라드》 중.
*4 《동방시집》 중.

엔 또는 파나미스트(panamistes)*¹나 드레퓌스파라고 부르지만, 거의 같은 것이 페테르부르크, 베를린, 마드리드, 또 어느 시대에도 있을 수 있다는 사실은 꿈에도 생각 못한다. 사실, 참으로 미술가답고 교양 있고 속물적인 미술성(美術省)의 차관과 몇몇 공작부인, 부인과 함께한 세 명의 대사가 그날 밤 베르뒤랭 부인 댁에 와 있었는데, 그들이 거기에 온 직접적인 이유는 샤를뤼스 씨와 모렐의 관계 때문이었다. 그 관계 때문에 남작은 제 젊은 우상의 예술적인 성공을 가장 우렁찬 나팔로 불어대며 젊은 우상에게 레지옹도뇌르훈장을 얻어주고 싶었던 것이다. 그러나 이 모임을 가능케 한 간접적인 이유는, 샤를리와 남작의 관계와 평행한 관계를 뱅퇴유 아가씨와 맺고 있던 한 아가씨가 일련의 천재적 작품을 발표하여 그것이 사람들의 이목을 끈 결과, 뱅퇴유의 동상을 세울 목적으로 오래지 않아 문교부 장관의 후원 아래 기금 모집을 시작하려는 데 있었다. 하기야 이 작품에는 뱅퇴유 아가씨와 그 여자친구의 관계와 마찬가지로, 남작과 샤를리의 관계도 이바지한 바가 있었다. 말하자면 어떤 지름길로써, 이 덕분에 사람들은—물론 예술에 대한 몰이해야 오랫동안 남을 테지만—적어도 전혀 모르고서 몇 년을 더 지냈을지도 모르는 에움길을 거치지 않고 이 작품에 곧장 다다르게 되었다. 철학적 기자들은 그들의 비속한 두뇌로도 이해할 수 있는 사건, 곧 일반적으로 정치적 사건이 일어날 때마다 프랑스에 엄청난 변화가 생겨 그런 야회는 다시 구경하지 못할 줄 안다. 입센, 르낭, 도스토예프스키, 단눈치오, 톨스토이, 바그너, 슈트라우스는 앞으로 감탄의 대상이 되지 못한다고 여기는 것이다. 철학적 기자들은 이런 공식 모임의 등 뒤에 숨겨진 수상쩍은 트집을 잡아내, 그 모임이 찬양하는 예술, 보통 가장 준엄한 예술에 뭔가 퇴폐적인 것이 있다고 주장하기 때문이다. 왜냐하면 이 철학적 기자들이 가장 존경해 마지않는 자들 가운데 더할 나위 없이 자연스럽게, 이와 같은 기묘한 모임—그 기묘성은 그다지 두드러지지 않고 교묘하게 숨겨져 있기는 하지만—의 동기가 되지 않았던 이는 한 사람도 없기 때문이다.

　지금 이 야회에 엉겨 있는 불순한 성분은 다른 뜻에서 나에게 강한 인상을 주었다. 물론 나는 그 성분을 따로따로 알게 되었으므로 남 못지않게 그것들을 분리할 수도 있었다. 그러나 특히 몇 가지 성분, 뱅퇴유 아가씨와 그 여자친

---

*1 1881년 파나마 운하 공사 의옥(疑獄) 사건에 관련된 자들을 말함.

구로 이어지는 성분은 나한테 콩브레의 이야기를 하면서 동시에 알베르틴의 이야기, 즉 발베크에 대해 이야기하고 있었다. 왜냐하면 내가 지난날 몽주뱅에서 뱅퇴유 아가씨를 알아보고 그녀의 여자친구와 알베르틴이 절친한 사이라는 걸 들었기 때문에, 곧 집으로 돌아가면 고독 대신 나를 기다리는 알베르틴을 볼 수 있을 테니까. 또 모렐과 샤를뤼스 씨와 관계있는 성분은 나한테 발베크의 이야기를 하면서—나는 동시에르 정류장에서 그들의 관계가 가까워지는 걸 목격했었다—콩브레와 그 두 방면을 이야기하기도 했다. 샤를뤼스 씨는 콩브레 백작인 게르망트 가문의 한 사람으로, 콩브레에 집을 갖지 않을망정 그림 유리창 속의 질베르 르 모베처럼 콩브레의 하늘과 땅 사이에 살고 있고, 모렐은 나를 장밋빛 옷을 입은 부인에게 소개해준 늙은 하인, 몇 년 뒤에 그 부인이 스완 부인이라는 걸 알아보게 해준 그 늙은 하인의 아들이었기 때문이다.

"멋진 연주죠, 안 그렇소!" 베르뒤랭 씨가 묻자, 사니에트는 더듬거리면서 대답했다. "그렇군요. 다만 나는 모렐이 너무 잘 타서 도리어 이 곡의 전체적인 감정을 조금 흐려놓지 않았을까 염려되지만요."—"흐려놓다니! 도대체 무슨 뜻으로 그런 말을 하는 거죠?" 베르뒤랭 씨가 고함을 질렀다. 그러자 여러 손님들이 쓰러진 사람을 잡아먹으려는 사자처럼 앞다투어 몰려들었다. "아니, 난 모렐이 그렇다는 게 아니라……."—"이 친구, 무슨 뚱딴지 같은 소릴 하는지 자신도 잘 모르나 보군. 뭐가 그렇다고?"—"저어, 다시 한 번…… 들어보아야…… 극한적으로(à la rigueur) 판단을 내리자면……."—"극한적이라니! 돌았군!" 베르뒤랭 씨는 손으로 자신의 머리를 감싸안았다. "이 친구 끌어내야겠어."—"'정확히'라는 뜻으로 한 말입니다.*² 흐, 흐, 흔히들 말하잖아요……. 극한적인 정확성이라고요. 그러니까 나는 정확한 판단을 내릴 수 없다는 뜻으로 한 말입니다."—"그런데 나는 당신한테 꺼지라고 하는 말이오." 베르뒤랭 씨는 잔뜩 성이 나서 이글거리는 눈을 부릅뜨고 손가락으로 문을 가리키며 외쳤다. "내 집에서 그런 말씨는 용서치 않소!" 사니에트는 술 취한 사람처럼 빙그르르 원을 그리듯 휘청거리며 나가버렸다. 그런 꼴로 내쫓긴 것은 초대받지 않았는데 들이닥쳤기 때문이거니 생각한 사람도 있었다. 또 그때까지 그와 매우 친했고, 전날 그에게서 귀중한 책을 빌렸던 한 부인은 이튿날 편지도 곁들이지 않은 채 그

---

*2 à la rigueur라는 말에는 '정확히'라는 뜻도 있음.

책을 종이 한 장으로 간단히 포장하여 그의 주소만을 쓰게 한 뒤, 집사를 시켜 돌려보내고 말았다. 분명히 작은 핵심의 미움을 사는 듯싶은 사람에게 '아무 신세'도 지기 싫었던 것이다. 하기야 사니에트는 이런 무례를 영영 알 수 없었다. 베르뒤랭 씨가 호통을 친 지 5분도 안 되어 한 사내종이 주인 나리에게 오더니, 사니에트가 저택 안마당에서 발작을 일으키며 쓰러졌다고 알렸기 때문이다. 그러나 아직 야회가 끝난 것은 아니다. "집으로 데려다주도록 하게. 별일 없을 걸세." 주인 나리가 말했다. 발베크 호텔의 지배인식으로 말하자면, 그의 개인 저택(hôtel particulier)*1은 이리하여 큰 호텔—급사한 손님이 살아 있을 때에 아무리 훌륭하고 씀씀이가 큰 인물이었다 해도, 다른 손님들이 무서워할세라 잠시 식료품 창고에 주검을 숨겨두었다가, 접시닦이나 양념 장수들이 드나드는 쪽문으로 몰래 내보내는—과 동급이 되었다. 하기야 사니에트가 죽은 건 아니었다. 그는 몇 주일 더 살아 있었지만, 이따금 의식을 되찾았을 뿐 그대로 혼수상태가 계속됐던 것이다.*2

샤를뤼스 씨는 연주가 끝나고 손님들이 그에게 작별인사를 하자, 그들이 도착할 때 저지른 잘못을 되풀이했다. 그는 손님들에게, 안주인한테 가서, 그에게 표했던 감사 말을 그녀와 그 남편에게도 해달라고 부탁하지 않았다. 손님들이 남작 앞에만 길게 한 줄로 늘어서 있었지만 정작 본인은 그걸 알아차리지 못했다. 몇 분 뒤 내게 이렇게 말했기 때문이다. "예술적인 모임 자체가 점점 '성구실(Sacristie)*3 같은 양상을 띠어 퍽 재미나는데." 엎친 데 덮친 격으로, 남작 곁에 좀더 남아 있으려고 온갖 말로 인사말을 길게 늘이기까지 하는 이가 있어, 그러는 동안 남작에게 '그의' 연회 성공을 아직 축하 못한 이들이 한데 모여 발만 구르고 있었다(조금이라도 빨리 돌아가고 싶어한 남편들은 많았지만, 공작부인이면서도 속물인 그 아내들은 그렇지 않았다. "안 돼요, 한 시간이 걸린다 해도 이만큼 애쓰신 팔라메드에게 고맙다는 뜻을 표하지 않고서는 떠날 수 없어요. 요즘 이런 연회를 베풀 수 있는 분은 그분뿐이니까." 아무도 베르뒤랭 부인을 소개해달라고 말할 생각은 없었다. 마치 한 귀부인이 하룻밤 온 귀족 사회 인사를 극

---

*1 '독립된 넓은 개인 저택'이라는 뜻.
*2 그러나 사니에트는 이 책 2500~2501쪽에 다시 등장함.—플레이아드판 주
*3 성당 건물에 이웃해 있는 방. 미사가 끝나면 이곳에서 신부와 신자들이 인사를 나누는 게 상례.

장에 초대해도, 아무도 극장 안내양에게 소개해달라고는 생각하지 않듯이). "어제 내 사촌인 엘리안 드 몽모랑시 댁에 가셨나요?" 모르트마르 부인이 이야기를 질질 끌 속셈으로 물었다. "그게 말이죠, 못 갔어요. 나는 엘리안을 무척 좋아하지만, 초대장의 뜻을 모르겠더라고요. 내 머리가 좀 둔해놔서." 샤를뤼스 씨가 이렇게 덧붙이며 미소를 활짝 띠우자, 모르트마르 부인은 오리안에게서도 자주 들었듯이 이제부터 새로운 '팔라메드의 독설'을 제일 먼저 듣겠구나 생각했다. "두 주일 전 상냥한 엘리안에게서 서신을 받기는 받았습니다. 몽모랑시라는 이름은 좀 문제였으나 아무튼 그 서명 위쪽에 다음과 같은 사랑스런 초대 문구가 보이더군요. '오라버니, 부디 오는 금요일 9시 30분에 저를 생각해주시옵소서'라고. 그 밑에는 그다지 상냥하지 않게 '체코 4중주단'이라는 두 마디가 씌어 있었어요. 이 두 마디가 뭔지 통 모르겠거든요. 아무튼 앞글과 관계없는 것 같았죠. 마치 내가 받은 편지 뒷면에 편지 보낸 이가 '친애하는 벗이여'라는 첫머리로 다른 글을 쓰기 시작한 채 그나마도 다음 글을 빠뜨리고, 깜빡해선지 아니면 종이를 아껴선지 다른 편지지를 쓰지 않고 그대로 편지를 보내왔을 때와 같더군요. 나는 엘리안을 매우 좋아하는 터라 그분을 원망하진 않아요. 다만 '체코 4중주단'이라는 기묘하고도 당치 않은 낱말만은 머릿속에 넣지 않기로 했습니다. 또 나는 꼼꼼한 성미라, 금요일 9시 30분에 몽모랑시 부인을 생각하라는 초대장을 벽난로 위에 놓았지요. 내가 남에게 고분고분하고, 시간을 엄수하며, 얌전하기가 뷔퐁(Buffon)*⁴이 낙타에 대해 말한 것 같은 성격의 인간이라는 점은 다 아시는 바지만." 그러자 샤를뤼스 씨의 입가에 웃음꽃이 더욱더 넓게 피었다. 그는 자기가 그와 반대로 아주 까다로운 인간으로 통하는 줄 스스로도 알고 있었던 것이다. "그래도 낮에 입었던 옷을 벗는 사이 2~3분 늦고 말았지요. 9시 30분이란 곧 10시를 두고 하는 말이거니 생각해 그다지 양심의 가책을 느끼진 않았지만요. 10시 정각이 되자, 포근한 실내복을 입고 푹신한 실내화를 신고서 난로 한구석에 앉아, 엘리안의 요구대로 그분을 생각하기 시작했습니다. 어찌나 열심히 생각했던지 10시 30분이 되어서야 겨우 집중이 흐트러지기 시작하더군요. 그러니 부디 그분에게 전해주십쇼. 그분의 느닷없는 요청에 이 몸은 엄격히 순종했다고요. 그분도 만족하실 테죠."

---

*4 프랑스의 철학자·박물학자(1707~1788). 저서로는 《박물지(博物誌)》가 있음.

모르트마르 부인은 정신이 나가도록 웃었고, 샤를뤼스 씨도 함께 웃어댔다. 부인은 자기에게 허락된 시간을 훨씬 넘긴 줄도 모르고, "그럼 내일은 우리 사촌인 로슈푸코 댁에 가십니까?" 덧붙였다. "허어! 그게 불가능해요. 당신도 초대받으셨겠지만, 초대장대로라면 도저히 상상 못할, 이뤄질 리 없는 '춤추는 다과회(Thé dansant)'라는 것에 나를 초대하신 모양이거든요. 내가 젊었을 때 춤을 썩 잘 추기로 이름났던 몸이지만, 그래도 춤추면서 차를 마시는 재주를 얌전히 해낼 자신은 없다 이 말씀입니다. 나는 먹는 것이든 마시는 것이든 지저분한 건 딱 질색이거든요. 나이가 나이인지라 춤추지 않아도 좋다고 말씀하시겠죠. 그러나 편히 앉아서 차를 마시더라도—게다가 그 차는 춤추는 차니까 맛도 의심스럽지만—나보다 젊은 손님들이 그 나이 무렵의 나보다 춤이 서툴러서 내 연미복에 찻잔이나 엎지는 않을까 전전긍긍하다 보면, 천천히 찻잔을 비우는 즐거움도 없어지고 말 테니까요."

샤를뤼스 씨는 담소 중에 베르뒤랭 부인에 대해 한마디도 하지 않았고, 여러 화제를 닥치는 대로 떠들어대는 것만으로도 만족하지 않았다(진저리 치면서도 얌전히 차례를 기다리는 벗들의 '줄'을 한없이 늘여두는 잔혹한 기쁨, 그가 늘 느껴온 기쁨을 맛보려는 듯했다). 게다가 그는 오늘 야회에서 베르뒤랭 부인에게 책임 있던 부분을 모두 비난하기 시작했다. "찻잔 얘기가 나왔으니 하는 말이지만, 그 묘한 잔은 도대체 뭐죠? 내가 젊은 시절에 푸아레 블랑슈 상점에서 사온 셔벗 그릇이 그랬지만. 아까 누가 내게 말하기를 그 그릇이 '아이스커피' 그릇이라고 하더군요. 그런데 아이스커피라면서 커피도 얼음도 보이지 않으니, 어디에 쓰는지도 알 수 없는 게 참으로 신기한 그릇이다, 이 말씀입니다!" 이렇게 말하면서 샤를뤼스 씨는 흰 장갑을 낀 손을 세워서 입에 대고, 집주인들에게 들리거나 보이는 걸 꺼리는 듯이 눈을 동그랗게 뜨고 신중하게 그쪽으로 눈짓했다. 그러나 이 행동은 속임수에 지나지 않았다. 잠시 뒤에 그는 파트론에게 대놓고 같은 비난을 했으며, 또 조금 있다가 아무 거리낌 없이 함부로 명령했기 때문이다. "아무튼 아이스커피 찻잔만은 삼가십쇼! 친구들 중 아무개 집을 보기 흉하게 만들고 싶다면 그 사람에게 줘버리세요. 하지만 그도 그걸 손님방 안으로 들여서는 안 되죠. 찾아온 손님이 무심코 방을 잘못 찾아온 줄 알 테니까. 요강과 똑같이 생겼거든요."

모르트마르 부인은 목소리를 낮추고, 살피는 눈길로 샤를뤼스 씨를 바라보면서 말했는데, 베르뒤랭 부인을 화나게 할까 봐 걱정되기보다 남작의 기분을 상하게 할까 봐서였다. "그래도 저분은 아직 여러모로 잘 모르고 계실지도 모르니까⋯⋯."—"내가 가르쳐주죠."—"어머." 모르트마르 부인이 웃으며 말했다. "이보다 훌륭한 스승님이 또 있을까! 베르뒤랭 부인은 운도 좋으셔라! 오라버니께서 돌봐주신다면야 가락이 틀릴 리 없죠."—"하여간 오늘 연주에서는 틀린 가락이 없었지요."—"정말 훌륭했어요. 잊을 수 없는 기쁨이 바로 그거죠. 천재 바이올리니스트의 이야기가 나왔으니 말인데요." 부인은 순진하게도 샤를뤼스 씨가 바이올린 '자체'에 관심을 두고 있는 줄 여기고, 이렇게 말했다. "요전에 포레(Fauret)의 소나타를 아주 멋지게 연주하는 걸 들었는데요. 아시는지요, 프랑크라는 바이올리니스트를⋯⋯."—"알죠, 아주 흉악해요." 샤를뤼스 씨는 사촌누이에게 음악적 감각이 없다고 단정하는 듯한 무례한 말씨에도 개의치 않고 대답했다. "바이올리니스트라면 내가 데리고 있는 바이올리니스트로 정하는 게 좋습니다."

샤를뤼스 씨와 사촌누이 사이에 또다시 눈을 내리깔면서 몰래 살펴보는 눈길이 오가기 시작했다. 왜냐하면 모르트마르 부인이 얼굴을 붉히면서 어떻게든 열의를 보여 제 실수를 바로잡고자, 샤를뤼스 씨에게 모렐의 연주를 들려주기 위한 야회를 제안하려 했기 때문이다. 그런데 그녀에게 있어 야회의 목적은 재능 있는 연주자를 밝은 곳에 내놓는 데 있지 않았다. 그게 목적인 것처럼 보이려고 했지만, 그건—사실은—샤를뤼스 씨의 목적이었다. 부인은 이를 가장 운치 있는 야회를 여는 기회로만 보았으며, 벌써 마음속으로 아무개는 초대하고 아무개는 초대하지 않기로 계산하고 있었다. 이 선별은 연회를 베푸는 이들(사교계 신문이 뻔뻔스럽게 또는 어리석게 '엘리트'라고 부르는 사람들)의 최대 관심사인데, 최면술사의 암시 이상으로 당장 눈길—또한 필적—을 뿌리부터 달라지게 만든다. 모렐에게 어느 곡을 연주시킬지(그런 걱정은 안 해도 괜찮다고 여겼으며, 또 사실 그러했는데, 모든 이가 연주 중에는 샤를뤼스 씨 때문에 예절 바르게 침묵을 지킬 테지만, 음악을 들으려고 하는 사람은 하나도 없을 테니까) 생각하기에 앞서 모르트마르 부인은 머릿속으로 '선택받은 부인' 속에 발쿠르 부인을 넣지 않기로 정했다. 이 때문에 그녀는 남몰래 음모를 꾸미는 듯한 표정, 이러니저러니 하는 남의 뒷말을 아무렇지 않게 무시해버릴 수 있는 사교계 부인들마저 아주 비굴해지게 만드는 표정을 짓게 되었다. "친구분의 연주

를 들려주기 위해 내가 연회를 베풀 수 없을까요?" 모르트마르 부인은 낮은 목
소리로 물었는데, 샤를뤼스 씨한테만 말하면서도 발쿠르 부인이 듣지 못할 만
큼 충분한 거리에 있는지 살펴보고자, 홀린 듯이 그쪽으로 곁눈질을 해야만 했
다. '아무렴, 저이는 내 말을 못 들었을 거야.' 모르트마르 부인은 자신의 시선에
안심하고 마음속으로 결론지었는데, 거꾸로 그 눈길은 목적한 바와는 다른 결
과를 불러일으켰다. '저것 봐.' 발쿠르 부인은 그 눈길을 보고서 달리 생각했다.
'마리 테레즈*1가 팔라메드와 뭔가 나를 따돌릴 궁리를 하고 있어.' "내 친구라
니, 내가 돌봐주는 사람을 두고 하는 말이겠죠." 사촌누이의 음악적인 재능에
대하여 그랬듯이, 문법적 지식에도 가차 없는 샤를뤼스 씨가 정정했다. 그리고
미소 지으면서 변명하는 상대의 말 없는 간청도 아랑곳없이, 온 살롱에 들릴
만큼 큰 목소리로 말했다. "되고말고요. 물론 그와 같은 매혹적인 인물을 밖에
내놓으면 언제나 위험이 따르게 마련이지만요. 다른 환경에 들어가면 그 초월
적인 능력도 반드시 줄어들고 말 테니까 말이죠. 어쨌든 환경을 알맞게 만들어
주셔야 합니다." 모르트마르 부인은 자기가 일부러 메조 보체(mezzo-voce)*2로,
피아니시모(pianissimo)*3로 묻는데도 이런 그릇 깨지는 소리로 대답을 들었으
니 헛수고였구나 생각했다. 그러나 그녀의 착각이었다. 발쿠르 부인에겐 아무것
도 들리지 않았다. 한마디도 알아들을 수 없었으니까. 발쿠르 부인에 대한 불
안은 줄어들었다. 만약에 모르트마르 부인이 의표를 찔리지 않았을까, 발쿠르
부인도 초대해야 하지 않을까 초조하고 겁이 나서—친밀한 사이인지라, 상대가
'미리' 알고 있다면 따돌릴 수는 없었다—자기를 위태롭게 하는 위험에서 눈을
떼지 않으려는 듯이 다시 에디트*4 쪽을 향했다가 너무 자주 보지 않으려고
재빨리 내리뜨지 않았다면 그 불안은 곧장 꺼졌을 것이다.

　모르트마르 부인은 야회 다음 날이 되면 에디트에게 편지를 써 보낼 작정이
었다. 이런 종류의 편지란 무심코 사실을 드러내버린 눈길의 마무리로, 본인은
꾀바르게 썼다고 착각할지 모르나 서명을 한 노골적인 고백과도 같은 법이다.
이를테면 '친애하는 에디트, 뵈온 지 오래라서 아쉽답니다. 어젯밤에는 당신이

───────────────

*1 모르트마르 부인의 이름.
*2 작은 목소리.
*3 악보에서, 매우 여리게 연주하라는 말.
*4 발쿠르 부인의 이름.

오시리라고 그리 기대하지 않았습니다('나를 초대하지도 않고서 기대했다고?' 이렇게 에디트가 생각할 법하다). 그런 모임을 그다지 좋아하지 않으시고, 오히려 지루해하시는 줄 아니까요. 그래도 어제 와주셨다면 크나큰 영광이었을 겁니다(모르트마르 부인이 쓰는 '영광'이라는 말은 거짓말을 참말처럼 보이려는 편지에서뿐이었다). 언제라도 마음 내키시면 와주세요. 하기야 어젯밤 오지 않으신 게 오히려 잘한 일인지도 모릅니다. 모임이 아주 엉망이었거든요. 두 시간 앞두고 생각난 모든 일이 다 그렇듯이요 등등.'

그러나 벌써 에디트는 그녀를 슬쩍 엿보는 눈길에서, 샤를뤼스 씨의 복잡한 말 속에 숨어 있는 모든 걸 이해하고 말았다. 게다가 그 눈길이 어찌나 날카로웠던지, 그것이 품고 있는 뚜렷한 비밀과 숨기려는 의도가 발쿠르 부인을 놀라게 한 뒤에, 반대로 초대할 작정이던 젊은 페루인(人)에게까지 옮겨갔다. 의심 많은 이 사람은 무슨 비밀이 있음을 똑똑히 눈치챘지만 그것이 자기에 대한 게 아니라는 사실도 모르고, 금세 모르트마르 부인에게 심한 증오를 느껴 악랄한 장난을 실컷 해주기로 속으로 다짐했다. 그녀가 손님을 대접하지 않는 날에 쉰 명 분의 아이스커피를 보낸다든가, 반대로 그녀가 손님을 초대하는 날엔 신문에 연회가 연기되었다는 기사를 싣게 하든가, 다음 번 야회에 대한 거짓투성이 알림을 발표하여, 여러 이유로 아무도 초대하려 들지 않고 소개받기조차 싫어하는 인사의 이름을 싣거나 하는 따위의 악랄한 장난을 쳐주마 하고 다짐했다.

모르트마르 부인이 발쿠르 부인만을 마음속에 둔 것은 실수였다. 발쿠르 부인의 참가 따위야 한 번 생각해볼 가치도 없을 만큼, 샤를뤼스 씨야말로 계획된 본 야회의 성격을 철저하게 변질시키고자 했다. 모르트마르 부인은 잠시 감각이 매우 날카로워진 상태였으므로 남작이 말한 '환경' 운운하는 말귀의 뜻을 짐작하고 대꾸했다. "하지만 오라버니, 폐를 끼치지는 않겠어요. 질베르(게르망트 대공)한테 모든 일을 맡아달라고 부탁할 테니까요."—"아뇨, 그것만은 말아요. 그분은 초대하지 않을 테니 더욱 그래요. 모든 걸 내가 정하는 대로 합시다. 먼저 무엇보다도 귀가 있어도 듣지 못하는 이들은 초대하지 말 것." 샤를뤼스 씨의 사촌누이는 모렐의 매력에 기대어 야회를 베풀고 자기는 '팔라메드가 와 있으니까' 다른 친척 부인과 다르다고 뻐겨볼 셈이었다. 돌연 그녀는 그런 사념을 샤를뤼스 씨의 위세에서 떼어내, 만약 그가 초대할 사람을 골라잡는 데 간섭을 했다가는 사이가 틀어질지도 모르는 다른 여러 사람에게 옮겼다. 게르망트 대공(그녀가 발쿠르 부인을 제외하고 싶은 것도, 일부는 그녀를 자기 집에 받아들이지 않는 게르망트 대공 때문이었다)이 초대되지 않을 거라는 생각에 그녀는 질겁했다. 그녀의 눈이 불안한 빛을 띠었다. "전등빛이 좀 눈부신가요?" 샤를뤼스 씨가 진지하게 물었지만, 그 속에 숨은 야유는 통하지 않았다. "전혀 아니에요. 나는, 만에 하나 야회를 열면서 질베르를 초대하지 않은 게 그이의 귀에 들어가면 난처해지지는 않을까 생각하고 있었어요. 물론 나 때문이 아니라, 여러 친척들을 생각했을 때 말이에요. 질베르는 고양이 네 마리를 부르는 것보다……."—"바로 그 점이요. 먼저 야옹거리는 재주밖에 없는 고양이*¹ 네 마리를 없애는 일부터 시작합시다. 주위의 수다가 시끄러워 알아듣지 못하셨나 본데, 요컨대 야회를 이용해 이 사람 저 사람에게 예의를 차리느니보다, 참으로 장엄한 모임에는 언제나 있게 마련인 의식을 행하는 게 중요합니다."

말을 마친 샤를뤼스 씨는 다른 손님을 너무 기다리게 했다고 생각해서가 아니라 모렐보다 자기 자신의 초대 명단만 생각하는 여인을 너무 추어올리는 것이 알맞지 않다고 판단하여, 의사가 이걸로 됐다고 판단하고 진찰을 그만두듯이 사촌누이에게 물러가라는 시늉을 했다. 그녀에게 작별인사를 하는 게 아니라, 바로 다음에 온 여인 쪽으로 머리를 돌려버린 것이다. "반갑습니다, 몽테스키외 부인. 훌륭했죠, 안 그래요? 엘렌이 보이지 않던데, 부디 엘렌에게 전해주십쇼. 모든 초대를 거절하는 것이 아무리 고상한 태도라도, 이를테면 엘렌에게도 반드시 예외라는 게 있지요. 그 예외가 오늘 밤처럼 굉장한 것이라면 말입니다. 가끔씩만 모습을 나타내는 것도 좋지만, 가끔이라는 뜻은 부정적인 면에 지나지 않으니, 귀중함을 앞세우는 편이 더 좋을 터. 누이께서 가볼 가치가 없는 곳에는 반드시 결석하시니 나 또한 남 못지않게 탄복합니다만, 거꾸로 오늘 밤같이 기념할 만한 모임에는 참석하시는 게 무엇보다 당연했을 테고, 이미 명성 높은 누이를 더욱 빛나게 해주었을 거라고 전해주시죠." 그리고 그는 세 번째 인물로 넘어갔다.

놀랍게도, 샤를뤼스 씨에게 더할 나위 없이 상냥하게 굴며 아첨 떨고 있는 이 인물은 전에 그에게 몹시 무뚝뚝하게 굴던 아르장쿠르 씨로, 지금은 샤를

---

*¹ 대수롭지 않은 것을 뜻함.

리에게 소개시켜달라며 한번 자기 집에 와주기를 바라 마지않는다고 말하고 있지만, 본디 샤를뤼스 씨 같은 사내에 대하여 참으로 엄하기 그지없던 이였다. 그런데 현재 그는 그러한 사람들에 둘러싸여 살고 있었다. 물론 샤를뤼스 씨와 같은 부류가 된 것은 아니었지만, 얼마 전부터 그는 사교계의 어느 젊은 여인을 뜨겁게 사랑하여 아내를 거의 버리다시피 했다. 이 젊고 슬기로운 여인은 총명한 이들을 좋아해 아르장쿠르 씨도 그 기호를 같이 나누었는데, 그녀가 샤를뤼스 씨를 집으로 무척 초대하고 싶어했다. 그러나 무엇보다 질투가 강한 반면에 좀 능력이 없는 아르장쿠르 씨는 손안에 넣은 여인을 충분히 만족시키지 못함을 깨달아, 그녀를 지키는 동시에 심심풀이도 주고자 했는데, 별탈 없이 이를 실행하려면 그녀를 무해한 남자들로 에워싸고, 그들에게 후궁의 파수꾼 소임을 맡기는 수밖에 없었던 것이다. 이 파수꾼들은 그가 매우 싹싹한 인물이 된 줄로 여기고, 생각했던 것보다 더 총명한 인물이라고 소문내, 아르장쿠르 씨도 그 정부도 이를 기뻐해 마지않았다.

샤를뤼스 씨가 초대한 부인들은 총총히 돌아갔다. 그 대부분은 이렇게 말했다. "굳이 성구실(남작이 샤를리를 곁에 데리고서 돌아가는 손들의 축하 인사를 받고 있는 작은 손님방을 가리킨다)까지 가고 싶진 않지만, 내가 끝까지 남아 있었단 걸 알도록 팔라메드를 보고 가야 하니까." 아무도 베르뒤랭 부인을 마음속에 두지 않았다. 누가 베르뒤랭 부인인지 몰라서 실수로 코타르 의사의 부인한테 작별인사를 하는 체하고, 나에게 "저분이 베르뒤랭 부인맞죠, 안 그래요?" 묻는 이도 여럿 있었다. 아르파종 부인은 안주인의 귀에 들리는 거리에서, "베르뒤랭 씨라는 분에게는 정말로 부인이 계시나요?" 묻기까지 했다. 늦게까지 남아 있던 공작부인들은 그녀들이 알고 있는 살롱과 아주 다르거니 생각했는데, 기대한 만큼 별난 게 하나도 없어 하는 수 없이 엘스티르의 그림 앞에서 터지는 웃음을 억지로 참으며 시간을 때웠다. 그 밖의 것들은 그녀들이 이미 알고 있는 바와 의외로 비슷하여 샤를뤼스 씨를 격찬했다. "팔라메드는 어쩌면 모든 걸 이렇게 잘도 처리하시는지! 차고나 화장실에서 몽환극을 상연해도 틀림없이 황홀할 거야." 가장 고귀한 부인네들은 샤를뤼스 씨에게 제일 열렬한 말로 야회의 성공을 치하했는데, 그중 몇몇은 이 야회의 숨은 동기를 알면서도 당황해하는 기색조차 없었다. 이 사회에서는—아마도 역사의 어느 시기에 그들의 조상이 완전히 자각적으로 같은 영역에 이미 다다랐던 것을 떠올려선지—예의범절을 크게 존중하는 만큼 아주 사소한 염려는 대수롭지 않게 여기고 돌아보지도 않는다. 그녀들 중에는 그 자리에서 샤를리한테 아무 날 밤에 뱅퇴유의 7중주곡을 연주하러 와달라고 권하는 부인도 여럿 있었지만, 그 모임에 베르뒤랭 부인을 초대하고자 생각한 이는 한 사람도 없었다. 베르뒤랭 부인은 화가 머리끝까지 치밀었으나, 구름 위에 올라 둥둥 떠 있는 샤를뤼스 씨의 눈에 그런 기색이 비칠 리 없었다. 그는 예의상 제 기쁨을 파트론에게 나눠주고 싶었다. 예술적인 모임에 대해서 완고한 이론을 고수하는 그가 베르뒤랭 부인한테 다음과 같이 말한 것은, 오만의 범람이라기보다 오히려 자신의 문학 취미에 빠져서였을 것이다.

"어떻습니까, 만족하시죠? 아무렴 만족하시겠죠. 보시다시피 내가 연회에 참견하면 어중간한 성공으로 끝나는 법이 없단 말씀입니다. 댁의 문장학(紋章學)의 개념으로 이 야회의 가치, 내가 댁을 위해 들어올린 무게, 댁을 위해 옮겨놓은 공기의 대단한 분량을 정확히 헤아릴 수 있는지 모르겠지만. 나폴리 왕비와 바이에른 황제 폐하, 그리고 아주아주 오랜 가문의 대귀족이 세 분이나 오셨단 말씀이죠. 만약에 뱅퇴유가 마호메트라면, 우리가 그를 위해 꼼짝하지도 않는 산까지 옮겨놓았다 해도 지나친 말이 아니죠. 생각해보세요. 댁의 야회에 참석코자 나폴리 왕비께서 뇌이(Neuilly)에서 일부러 나오셨단 말입니다. 이는 두 시칠리아(Deux-Siciles) 왕국*[1]을 떠나는 것보다 더 어려운 행차시죠." 그는 왕비를 존경하는 마음을 품으면서도 신랄하게 비꼬며 말했다. "이건 역사적 사건이에요. 아마 왕비께서는 가에타 함락 뒤로 나들이한 적이 한 번도 없었을 테니까. 틀림없이 장래의 역사와 전기에는 왕비 최고의 날로서 가에타 함락과 베르뒤랭가의 야회일이 기록되겠죠. 왕비께서 뱅퇴유에게 더욱 많은 갈채를 보내시고자 곁에 놓으신 부채로 말하자면, 남들이 휘파람 불어 바그너를 야유했다고 해서 메테르니히 부인이 찢은 부채보다도 더 유명한 부채로 역사에 남을 겁니다."—"더구나 그 부채를 놓고 가셨답니다." 베르뒤랭 부인은 왕비가 보이던 호의를 떠올리며 잠깐 노기를 누그러뜨리고 말하면서, 샤를뤼스 씨에게 안락의자 위에 있는 부채를 가리켰다. "허어! 가슴이 찡하군요." 샤를뤼스 씨가 외치며 공손히 그 귀중품 쪽으로 다가섰다. "추악한 부채인 만큼 더욱

---

*1 수도는 나폴리. 1815년에 건국, 1860년에 이탈리아 왕국에 편입됨. 나폴리 여왕은 쫓겨나 현재는 파리에 망명 중. 자가용도 없을 만큼 가난해서 외출이 어려움을 비꼬아 하는 말.

더 심금을 울리는데요. 이 가련한 제비꽃은 듣도 보도 못한 것이군요!" 감동과 야유가 번갈아 온몸을 부르르 떨게 했다. "이럴 수가 있다니. 당신도 이걸 보시고 나처럼 느끼는 바가 있는지 모르겠으나, 스완이 이걸 보았다면 경련을 일으켜 급사했을 거요. 왕비가 가지고 있는 물건들을 경매할 때, 값이 아무리 뛰어도 나는 반드시 이 부채를 사겠소. 한 푼 없는 신세시라 조만간 경매에 붙일 테니까요." 남작은 덧붙였다. 그의 마음속에서는 신랄한 욕지거리와 진지한 경의가 상반된 성격에서 나와 서로 끊임없이 섞이며 충돌하고 있었던 것이다.

욕설과 경의가 똑같은 사실에 차례로 집중되기도 했다. 유복한 인간의 안락함에 푹 젖어 왕비의 빈곤을 비웃다가도, 또한 자주 이 빈곤을 칭찬해온 샤를뤼스 씨는 남들 입에서 두 시칠리아 왕국의 왕비인 뮈라 대공부인에 대한 얘기가 나오자 대꾸했다. "어느 분을 두고 하는 말인지 통 모르겠지만, 나폴리 왕비라면 단 한 분, 그 거룩한 분, 마차도 갖고 계시지 않는 그 왕비밖에 없단 말입니다. 합승마차를 타신 왕비에 비하면 장엄한 마차 행렬도 빛을 잃고, 그 분의 행차를 보면 사람들은 모두 땅바닥에 무릎을 꿇을 테죠."

"이 부채는 미술관에 기부합시다. 하지만 당장은 이걸 찾으러 오느라 합승마차 샀을 낭비하지 않도록 그분에게 돌려드려야겠습니다. 이와 같은 물건의 역사적인 가치로 보자면 이 부채를 슬쩍하는 게 가장 현명한 방법이지만. 그러면 왕비께서 난처해하실 테죠. 모르긴 몰라도 부채라곤 이것밖에 없을 테니!" 그는 웃음을 터뜨리며 이렇게 말했다. "하여간 보시다시피 왕비께서 나를 위해 와주셨다 이 말씀입니다. 또 내가 일으킨 기적은 이뿐만이 아니죠. 내가 오게 한 그 많은 사람을 자유자재로 움직일 수 있는 힘을 가진 인간은 이 시점에서 한 사람도 없답니다. 하기야 저마다의 공적도 마땅히 인정해야죠. 샤를리와 그 밖의 연주자들은 신기와 같은 솜씨를 보여주었고." 그는 너그러운 말투로 덧붙였다. "또 친애하는 파트론 당신도 이 야회에서 맡은 바 소임을 다하셨습니다. 댁의 이름은 이 야회와 함께 영원히 기록될 거예요. 역사에는 잔 다르크가 출전했을 때,*² 그녀를 무장시킨 어린 몸종의 이름도 기록되어 있으니까. 당신은 고리의 구실을 맡으셔서, 뱅퇴유의 음악과 그 천재적 연주자의 융합을 가능케 했습니다. 연주자가 한 유력한 인물, 그것이 나 자신을 가리키는 말

---

*2 프루스트는 '잔 다르크가 출전할 때', 하고 다음에 여백을 남기고 있다. 아마 어떤 삽화를 넣으려다가 그만둔 듯함.

이 아니라면 하늘의 소명을 받은 인물이라고나 할까, 그 인물이 지닌 모든 무게를 이용할 수 있는 전반적 상황의 맥락이 지닌 중요성을 당신은 현명하게도 이해하셨지요. 그리고 매우 적절하게 그 인물로 하여금 오늘의 모임을 권위 있는 것으로 만들고, 모렐의 바이올린 앞에 모든 이의 귀를 집중시킬 수 있는 말재주와 직결된 귀를 가진 이들을 모으도록 요구받으셨던 겁니다. 이를 어찌 수고가 적다 하겠습니까. 오늘 같은 완벽한 성공에서는 가볍게 볼 게 하나도 없습니다. 모두가 힘을 합쳐야지요. 라 뒤라스(La Duras)*¹도 훌륭했고. 요컨대 모든 일이 순조로웠습니다."

훈계하기 좋아하는 그가 결론을 내렸다. "그래서 이간 붙이기 좋아하는 사람들(personnes-diviseur)*²을 초대하는 걸 내가 반대했던 거죠. 그들은 내가 데리고 온 탁월한 인물들 앞에 나오면 숫자의 소수점과 같은 소임이나 맡았을 거요. 다시 말해서 다른 이들이 소수점 이하로 떨어졌을 거라는 말입니다. 이런 것에 대한 내 감각은 썩 정확합니다. 아셨습니까? 뱅퇴유와 그 천재적인 연주자, 당신, 또 감히 말하지만 내게 어울리는 야회를 베푸는 바에야 실수가 있어서야 쓰겠느냐 이 말씀이에요. 라 몰레*³ 따위를 불렀다면 다 엉망이 되고 말았을 겁니다. 물약의 효능을 없애는 그따위 중화액(中和液) 한 방울에 당장 전등이 꺼지고, 조각 케이크도 때를 맞추지 못하며, 오렌지 주스로 모두가 배탈이 났을 거요. 초대해서는 안 되는 인물이란 말입니다. 그 이름만 들어도, 몽환극에서처럼 금속 악기는 아무 소리도 안 나고, 플루트나 오보에도 갑자기 소리가 끊어지고 말았을 거요. 모렐도 가까스로 소리를 내기야 했겠지만 박자가 틀려, 뱅퇴유의 7중주곡은커녕 베크메서*⁴가 장난삼아 지은 것을 우리에게 들려주고, 야유하는 욕설이 난무하는 가운데 끝났을 겁니다. 인간의 영향력을 굳게 믿는 나는, 연주의 밑바닥에 꽃처럼 흐드러지게 핀 어느 라르고(largo)*⁵나—단순한 알레그로(allegro)가 아니라 비할 바 없는 경쾌함(allegro)을

---

*1 올바르게 말하려면 뒤라스 부인이라고 해야 하는데, 여성 관사 La를 붙여 친밀함이나 경시하는 뜻을 나타냄. 저명한 화가나 여배우의 이름에 흔히 La를 붙임.

*2 프루스트의 조어(造語), diviseur라는 낱말은 제수(際數), 그런데 그 원형동사인 diviser는 '나누다, 이간하다'라는 뜻.

*3 마찬가지로 몰레 부인을 얕보아 부르는 명칭.

*4 바그너 작 〈뉘른베르크의 명가수〉에 나오는 인물.

*5 음악에서 빠르기를 지시하는 말. 아주 느리게 연주하라는 말.

지난—피날레(finale)의 만족감이 드높아지고 북돋워지는 속에서, 라 몰레가 없었기 때문에 연주자는 영감을 받았으며, 악기마저도 기쁨에 겨워 참으로 시원시원하게 뻗어나가는구나 하고 썩 잘 알아챘습니다. 그리고 왕후를 모두 접대하는 날, 문지기 마누라 따위는 초대하지 않는 법이니 말입니다."

몰레 부인을 라 몰레라고 부름으로써(큰 호감을 보이긴 했지만, 라 뒤라스라고 불렀듯이), 샤를뤼스 씨는 상대의 가치를 마지못해 인정한 셈이었다. 왜냐하면 이런 부인들은 모두 사교계의 여배우였기 때문이고, 또 이 관점에서 봐도 실제로 몰레 백작부인은 세상에서 특별히 평가할 만큼의 지성을 갖추지 못한 게 사실이었다. 마치 시시한 예술가나 작가들이, 그 동료가 평범하고 변변치 못해서 참다운 재능을 보일 줄 아는 뛰어난 예술가가 하나도 없기 때문에, 또는 뛰어난 개성이 있더라도 독자와 관객이 평범하고 변변치 못해서 이해하지 못하기 때문에, 얼마 동안 천재의 지위를 차지하는 경우를 떠올리게 했다. 몰레 부인은 꼭 들어맞지 않더라도 첫 번째 설명을 택하는 편이 나을 성싶다. 허무의 왕국인 사교계의 각양각색 여인들 사이에는 가치의 차이라는 게 거의 없으며, 오로지 샤를뤼스 씨의 불만이나 상상력이 정도의 차이를 어처구니없이 과대평가하는 일만 있을 뿐이다. 물론 그가 이제 막 말했듯이 예술과 사교계에 대한 것을 뒤죽박죽으로 섞어 아니꼬운 말로 수다를 떨었던 이유는, 할망구 같은 노여움과 사교인으로서의 교양이 그 뛰어난 웅변에 하찮은 주제밖에 제공하지 않았기 때문이다. 차이 있는 세계(monde)란 지구상에 존재치 않고, 인간의 지각은 온 나라를 한결같이 고르게 한다. 하물며 그 세계가 '사교계(monde)'에 존재하랴. 그렇다면 그 세계가 어딘가에 존재하는가? 뱅퇴유의 7중주곡은 꼭 존재한다고 내게 일러주는 듯싶었다. 그러나 어디에?

샤를뤼스 씨는 또한 뒤에서 험담하고 이간하여 나누어 다스리기를 좋아하는 인간인지라 이렇게 덧붙였다. "댁께서 몰레 부인을 초대하지 않은 덕분에 그 여인한테서 '베르뒤랭 부인이 나를 초대한 까닭을 모르겠네요. 나는 그들이 어떤 사람들인지 도무지 알 수가 없어요. 전혀 아는 사이가 아니니까요' 말할 기회를 앗아버린 셈입니다. 지난해에도 몰레 부인은 댁의 사귀자는 끈질긴 교섭에 진저리난다고 말하더군요. 참 바보 같은 여자예요. 다시는 초대하지 마세요. 요컨대 그녀는 그리 특별한 여인이 아니에요. 나도 이렇게 드나드니까, 그녀 따위가 댁에 오는 걸로 이러쿵저러쿵 군소리하고 싶지 않다 이 말씀입니다." 그는 결론을 내렸다. "말하자면 나는 댁의 감사를 받을 만하지요. 야회를 이같이 잘 진행하여 완벽하기 그지없었으니까. 게르망트 공작부인이 불참했지만, 누가 알겠습니까, 어쩌면 더 잘된 일인지. 아무튼 원망 말고 다음 기회에 또 한 번 초대하기로 합시다. 하여간 그분은 잊을 수 없단 말씀이에요. 그 눈이 '잊지 말아주세요' 소곤대고 있으니. 그 눈은 두 포기 물망초와 똑같거든요(나는 나대로 생각했다. 공작부인이 지닌 게르망트 집안의 기질—여기에는 가고 저기에는 안 가겠다는 결심—이 팔라메드에 대한 공포심마저 이겨낸 것으로 보아 이만저만 센 게 아닐 거라고). 이처럼 완벽한 성공을 거두고 보니, 베르나르댕 드 생피에르(Bernardin de Saint-Pierre)[1]처럼 곳곳에 신의 섭리의 손길이 놓여 있다고 생각하고 싶어지는군요. 뒤라스 공작부인도 매우 기뻐했답니다. 당신께 그 뜻을 전해달라고 나한테 당부할 정도였으니까요." 샤를뤼스 씨는 마치 베르뒤랭 부인이 이를 과분한 영광으로 여겨야 한다는 듯이 마지막 말을 강조했다. 분에 넘칠 뿐만 아니라 거의 믿을 수 없는 영광으로 생각해야 한다는 말투였다. 이를 믿게 하려고, 유피테르[2]에 의해 파멸한 사람들같이 발광한 그는 "바로 그렇소" 하고 잇따라 말할 필요를 느꼈다. "뒤라스 부인이 모렐에게 부탁하여 자기 집에서 같은 곡목을 다시 한 번 연주하기로 했습니다. 나는 베르뒤랭 씨를 초대하라고 부탁해볼까 해요." 샤를뤼스 씨는 생각조차 못했지만, 그가 유독 남편한테만 보이는 이 예의는 아내에 대한 극심한 모욕이었다. 그녀는 작은 동아리 안에서 효력을 발휘하는 어떤 모스크바 칙령[3]으로, 연주자 모렐에게 자기의 명확한 허가 없이는 외부 출연을 금지할 권리가 있다고 여겼으므로 뒤라스 부인의 야회 참가를 금지시켜야겠다고 굳게 다짐했다.

샤를뤼스 씨는 이처럼 도도하게 지껄이는 것만으로도, 작은 동아리 안에서 따로 무리 짓는 것을 좋아하지 않는 베르뒤랭 부인의 속을 긁곤 했다. 라 라스플리에르에 있을 적부터 남작이 작은 동아리 전체의 합주에서 제 파트를 지키는 데 만족하지 못한 채 끊임없이 샤를리에게 뭔가 지껄이는 것을 듣고, 베

---

*1 《폴과 비르지니》와 《자연의 연구》의 작자(1757~1814). 그의 이름이 여실히 말해주듯 종교적 자연관이 짙음.
*2 로마 신화의 최고신으로 영어 발음은 주피터.
*3 1812년 나폴레옹이 모스크바 원정 중에 서명한 칙령(勅令). 코메디 프랑세즈에 대한 규칙을 만든 것인데, 그 규칙 가운데 이 극장의 전속 배우가 허가 없이 다른 극장에 출연함을 금하는 조항이 있음.

르뒤랭 부인은 남작을 가리키면서 몇 번이나 소리 질렀었다. "혀도 잘 놀리지! 무슨 혀가 저토록 잘 돌아갈까! 정말 이만저만하지 않은 수다야!" 그러나 이번 수다는 더 고약스러웠다. 제 수다에 취한 샤를뤼스 씨는 베르뒤랭 부인의 소임을 인정하면서도 그것에 좁은 한계를 정해버린 탓에, 부인의 증오심—그녀의 경우 질투의 특수한 사회적인 형태—을 터뜨리고 만 것을 깨닫지 못했다. 베르뒤랭 부인은 작은 동아리의 손님들, 신도들을 진정으로 아껴서 그들을 완전히 파트론의 것, 곧 자기 것으로 해두고 싶었다. 질투 많은 이들이 한지붕 밑에서, 아니 눈앞에서라면 애인이 자기를 속이는—다시 말해 속는 게 아니다—것을 눈감아주듯, 베르뒤랭 부인은 대를 위해 소를 버리려고 사내들이 여성 애인을, 남성 애인을 갖는 걸 눈감아주었지만, 단 그녀의 집 밖에서는 아무런 사회적인 영향을 끼치지 않을 것, 다시 말해 수요일 모임에서만 맺어지고 거기서만 유지된다는 조건하에서였다.

　지난날 오데트가 스완에게 몸을 바싹 붙이고 은밀하게 터뜨린 웃음이 그녀의 분통을 터뜨려놓았었는데, 얼마 전부터 모렐과 남작이 속삭이듯 지껄이는 말이 그러했다. 이와 같은 고통에 대한 그녀의 유일한 위안은 남의 행복을 깨뜨리는 데 있었다. 그녀가 남작의 행복을 오래도록 참아줄 리가 없었다. 어리석게도 남작은 이제 작은 동아리에서 파트론의 자리를 제한하는 태도를 보임으로써 오히려 자기 파멸을 재촉했다. 베르뒤랭 부인의 머릿속에는 모렐이 그녀 없이 남작의 비호 아래 사교계에 드나드는 모습이 선했다. 해결 수단은 오로지 하나, 모렐에게 남작과 그녀 가운데 하나를 택하게 하는 길이다. 그녀는 모렐이 이미 눈치채고 있는 사실이나 앞으로 똑똑히 알게 될 사실을 증거로 보여, 직접 들었거나 꾸며낸 소문을 모두 모렐에게 들려주고, 순진한 자가 빠질 법한 함정을 파놓아 그녀의 비상한 통찰력을 모렐에게 보여줌으로써 그를 휘어잡을 힘을 지니고 있었다. 이 영향력을 이용하여 모렐이 남작보다 자기를 택하게 해야 한다. 오늘 야회에 참석하고서도 자신에게 소개 인사조차 하지 않았던 사교계 부인들이 왜 망설이거나 버릇없이 굴었는지 깨닫자, 베르뒤랭 부인은 다짐했다. "흥! 어떤 족속인지 잘 알지. 우리에게 어울리지 않는 늙어빠진 창부들 같으니라고. 다시는 이 살롱에 발을 들여놓게 하나 봐라." 사실 그녀는 기대했던 것보다 덜 친절하더라고 말하느니 차라리 죽음을 택했으리라.

　"여어! 장군!" 갑자기 샤를뤼스 씨는 베르뒤랭 부인을 제치면서 소리쳤다. 대통령 관저 소속인 델투르 장군을 언뜻 보았기 때문인데, 샤를리가 훈장을 받는 일에 큰 영향력을 마칠 수 있는 이 인물은 코타르와 건강 상담을 몇 마디 한 다음 허둥지둥 돌아가려던 참이었다. "안녕하십니까, 장군. 아니 그래 나한테 작별인사도 없이 몰래 도망치시깁니까?" 남작은 호인다우면서도 자만에 가득 찬 미소를 띠며 말했다. 그도 그럴 것이 자기와 조금이라도 더 대화를 나누는 것을 누구나 다 만족해하는 줄 잘 알고 있었기 때문이다. 게다가 그는 지금 같은 흥분 상태에 있으면, 꽥꽥거리는 목소리로 자기 혼자서 묻고 혼자서 대꾸하는 게 흔한 일이라, 곧장 이렇게 말하기 시작했다. "어떻습니까, 만족하십니까? 아주 훌륭했죠? 그 안단테는 어땠습니까? 인간이 이제껏 만든 음악 중 가장 감동적인 작품이죠. 눈물 없이는 끝까지 듣지 못할 겁니다. 참으로 잘 오셨습니다. 그런데 오늘 아침 프로베르빌에서 고마운 전보를 받았는데, 상훈국(賞勳局) 쪽에서는 처리하기 어려운 여러 일들이 이른바 정리되었다더군요." 샤를뤼스 씨의 목소리는 점점 커져, 마치 법정에서 과장된 말투로 변론하는 변호사처럼 평소의 목청이나 보통 어조와 다르게 날카롭게 올라갔다. 지나친 흥분과 신경의 쾌감으로 목소리가 커지는 모양은, 게르망트 부인이 만찬회를 베풀 때 그녀의 눈길뿐만 아니라 목소리 장단까지 높이 올라가는 것과 비슷했다. 장군이 말했다. "내일 아침에 위병 편으로 편지를 보내, 내가 얼마나 감격했는지 알려드릴 셈이었죠. 직접 말씀드리고 싶었지만 당신이 많은 분들에게 둘러싸여 있어서! 프로베르빌의 후원도 물론 무시 못하나, 저는 장관의 약속을 받아놓았습니다."—"허어! 고맙군요. 그만한 재능에 훈장받을 만하다는 걸 아셨을 테지만. 호요스 대사도 매우 기뻐했지요. 대사부인을 뵙지 못했는데, 만족하시던가요? 하기야 만족하지 않을 사람이 어디 있겠습니까? 듣지 못하는 귀를 가진 자만 빼놓고 말입니다. 그런 자들도 소문 낼 혀를 가지고 있으면 별로 지장 없긴 하지만요."

남작이 장군과 이야기하려고 떨어져나간 틈을 타서, 베르뒤랭 부인은 브리쇼에게 손짓했다. 베르뒤랭 부인이 무슨 말을 꺼낼지 알 리 없는 브리쇼는 부인을 웃게 하려고, 그 이야기가 얼마나 나를 괴롭히는지 짐작도 못하고서 파트론에게 말했다. "뱅퇴유 아가씨와 그 여자친구가 오지 않아 남작이 여간 기쁘지 않나 봐요. 그 둘에겐 남작도 대단히 얼굴을 찡그리니까. 두 사람의 소행을 소름끼치는 짓이라고 잘라 말한 적도 있죠. 상상도 못하시겠지만, 남작은 풍기(風紀)에 대해서는 참으로 결백하고 엄격한 분이세요." 그러나 브리쇼의 기대와는 달리, 베르뒤랭 부인은 조금도 재미있어하지 않았다. "더러운 사람이에요." 그녀가 대꾸했다. "같이 담배 한 대 피우러 가자고 권해보세요. 샤를뤼스가 눈치 못 채는 사이에 바깥분이 저 늙은이의 둘시네아*¹를 데려와서, 어떤 심연 속으로 굴러떨어지려고 하는지 가르쳐줄 테니까요." 브리쇼는 좀 망설이는 듯했다. 베르뒤랭 부인은 브리쇼의 마지막 거리낌을 없애기 위해 말을 이었다. "집에 저런 이가 있으면 잠깐도 마음이 놓이지 않는답니다. 저이가 지금까지 더러운 사건을 일으켜 경찰의 감시를 받고 있음도 잘 알거든요." 악의가 마음속에 치솟아오르면 그 자리에서 있는 소리 없는 소리 꾸며대는 재능이 뛰어난 베르뒤랭 부인은 이런 험담만으로 그치지 않았다. "감옥에 구금된 일도 있나 봐요. 아무렴 그렇고말고요, 매우 정통한 소식통에게서 들었답니다. 게다가 저이와 같은 거리에 사는 어느 분 말로는, 상상도 못할 불한당들을 집으로 끌어들인다지 뭐예요." 남작 집에 자주 드나드는 브리쇼가 그렇지 않다고 말하자, 베르뒤랭 부인은 흥분하여 소리쳤다. "보증하겠어요. 내가 하는 말이니까." 이 표현은 그녀가 좀 어림짐작으로 내뱉은 말을 우길 때 흔히 쓰는 대사였다. "언젠가는 저이도 남의 손에 죽고 말겠죠. 저런 족속이 다 그렇듯. 아냐, 어쩌면 그 정도까지도 못 갈지 모르죠. 그 쥐피앙이라는 녀석이 손톱으로 꽉 쥐고 있으니까요. 저이는 뻔뻔스럽게도 쥐피앙을 내 집에 보낸 일이 있었는데, 그 녀석으로 말하면 옛날에 콩밥 먹던 인간이죠. 난 다 알아요. 그 녀석이 샤를뤼스의 편지를 단단히 움켜 쥐고 있다는데, 무시무시한 내용이라는군요. 그걸 본 사람한테 들었어요. 그 사람이 '만약 그걸 보신다면 기절하고 말 겁니다' 하지 뭐예요. 이렇게 그 쥐피앙이란 녀석은 샤를뤼스를 몽둥이로 조종해 원하는 만큼 돈을 토해내게 하나 봐요. 샤를뤼스 같은 신세가 되어 벌벌 떨며 사느니, 나라면 차라리 죽어버리는 편이 천 배나 나을 거예요. 아무튼 만에 하나라도 모렐의 가족이 샤를뤼스에게 소송을 건다면, 나는 공범자로 문책받고 싶지 않아요. 그래도 모렐이 이런 짓을 계속한다면 더 이상 내 알 바 아니죠. 내 책임은 다한 셈이니까. 안 그래요? 이 일은 어쨌든 웃을 일이 아니에요."

그러고 나서 베르뒤랭 부인은 앞으로 남편이 바이올리니스트와 나눌 대화

---

*1 돈키호테 마음속의 애인, 여기서는 모렐.

에 대한 기대로 벌써 기분 좋은 흥분을 느끼면서 내게 말했다. "브리쇼에게 물어보세요. 내가 용기 있는 벗인지 아닌지. 벗을 구원키 위해서라면 내가 얼마나 헌신적인지도요(그녀는 자기가 브리쇼를 처음에는 세탁소 아가씨와, 다음에는 캉브르메르 부인과 아주 알맞은 때에 멀어지게 했던 그 무렵의 상황을 암시했는데, 그와 같이 사이가 틀어진 끝에 브리쇼는 거의 완전히 시력을 잃었고, 소문에 따르면 모르핀 중독자가 되었다고 한다)."—"비할 바 없는 벗, 통찰력이 뛰어나고 씩씩한 벗이죠." 교수는 순진한 감동을 담아 대답했다. "베르뒤랭 부인 덕분에 나는 크나큰 바보짓을 저지르지 않게 되었다네." 브리쇼는 베르뒤랭 부인이 멀어졌을 때 내게 말했다. "베르뒤랭 부인은 서슴없이 생살에 칼을 댈 분이지. 코타르의 말을 빌리면, 수술도 마다하지 않는 간섭주의자거든. 사실대로 말하네만, 불쌍하게도 남작이 자기 몸에 닥쳐오는 타격을 아직 모르는 게 생각만 해도 가슴 아프구만. 남작은 그 어린 녀석에게 아주 미쳐 있거든. 만약 베르뒤랭 부인이 성공한다면 나락으로 떨어지는 불행한 인간이 또 하나 생기는 거지. 하기야 부인이 실패할지도 모르지. 나는 아무래도 두 사람 사이에 갈등의 씨앗만 뿌리고, 결국 그들을 떼어놓지 못한 채 두 사람과 부인 사이를 틀어놓는 것으로 끝나지 않을까 걱정이군."

이런 일은 지금껏 베르뒤랭 부인과 신도 사이에 자주 일어났다. 하지만 부인의 경우, 자기를 향한 신도들의 우정을 잃기 싫은 욕구가 어느새 이 우정을 신도들 사이의 우정에 의해 어떤 경우에도 절대로 방해받고 싶지 않다는 욕구에 사로잡혀 있음이 뚜렷했다. 동성애도 베르뒤랭 집안의 전통을 상하게 하지 않는 한 그녀의 마음을 해치지 않았으나 그녀는 가톨릭교와 마찬가지로, 전통에 대해 양보하느니 어떠한 희생도 마다하지 않았다. 나는 걱정되기 시작했다. 그녀가 나한테 성이 난 것은 내가 낮에 그녀 집에 가려는 알베르틴을 막았던 사실을 알고 있기 때문이 아닐까. 지금 베르뒤랭 씨가 샤를뤼스 씨의 일로 바이올리니스트한테 일을 꾸미러 갔듯이, 그녀는 알베르틴을 내게서 떼어놓는 계획을—아직 손대지 않았지만—곧 시작하지 않을까. "어서 샤를뤼스한테 가보세요. 뭐든 핑계를 만들어서. 때가 되었어요. 제가 당신을 오라고 하기 전에는 샤를뤼스가 이쪽으로 오지 못하도록 특히 힘써주세요. 정말이지, 어처구니없는 야회였어요!" 이렇게 덧붙인 베르뒤랭 부인은 분노한 진짜 이유를 드러냈다. "그만한 걸작을 그런 바보들 앞에서 연주시키다니! 하지만 나폴리 왕비를 두고 하는 말은 아니에요. 그이는 영리하시고 호감이 가는 분입니다(다시 말해서 '내게 아주 상냥하셨다'라는 뜻). 그러나 다른 사람들은! 정말이지 화가 치밀어 올라서! 어쩔 수 없어요. 이제 나도 스무 살이 아니거든요. 젊었을 때는 싫증을 참을 줄 알아야 한다는 타이름을 들었고, 저도 억지로 참긴 했지만, 지금은 천만에! 더는 참지 않아요. 내 힘으로 어떻게든 할 수 있으니까요. 내가 하고 싶은 대로 할 수 있는 나이잖아요. 인생은 너무 짧아요. 싫증을 참는다, 바보들과 교제한다, 진심을 숨긴다, 바보들을 영리한 자로 여기는 체한다, 흥, 안 되지! 난 못해요. 자아 브리쇼, 잠시라도 허투루 보내선 안 돼요."—"가겠습니다. 부인, 가겠습니다." 델투르 장군이 떠났기 때문에 브리쇼도 드디어 말문을 열었다.

그러나 교수는 먼저 나를 잠시 따로 끌고 갔다. "'도덕적 의무'란 말이오." 그가 말했다. "우리의 '윤리학'이 가르치는 만큼 명료한 명령이 아니라네. 카페에 모이는 접신론자(接神論者)[1]나 술집에 모이는 칸트학파(學派)나 이를 각오해야 하지. 우리는 한심하게도 '선'이 뭔지도 모른다네. 자랑하려는 마음은 없네만, 나 자신도 학생들 앞에서 이마누엘 칸트의 철학을 고지식하게 강의했으나, 지금 내가 직면한 사교상의 미묘한 문제에 대해서는 《실천 이성 비판》 속에도 명확한 지시가 전혀 없단 말이야. 이 저서에서 다시 세속으로 돌아온 위대한 신교도 칸트는, 선사시대부터 감상적이자 긍정적인 독일에 대하여 포메라니아 (Pomerania)[2] 신비주의를 유효히 선고하기 위해 게르마니아식 플라톤 철학을 신봉했네. 이 또한 《향연》[3]임에 틀림없지만 쾨니히스베르크[4]에서 그곳의 관습에 따라 열린 향연, 소화가 잘 안 되고 순결하여 양배추 절임은 있지만 미소년은 없는 향연이지. 한편 우리의 훌륭한 파트론이 전통적인 '도덕'과 어디까지나 바르게 합쳐진 사소한 봉사를 부탁하는데, 내가 이를 어찌 거절할 수 있겠나. 뭐니뭐니해도 말의 올가미에 걸리지 않도록 조심해야 한다네. 세상에 그처럼 어리석은 말을 지껄이게 하는 게 그리 많지는 않으니까. 그러나 만약에 한 가정의 어머니들이 투표에 참가한다면, 마음을 바르게 이끄는 선생으로서는

---

[1] 스웨덴의 신비주의자 스베덴보리(1688~1772) 등이 창도한 신비적인 종교관을 신봉함 (theosophist).
[2] 옛 독일의 주(州). 지금은 폴란드 영토.
[3] 플라톤의 대화편 중의 하나.
[4] 칸트의 출생지. 이곳의 대학에 들어가고 또 교수가 되었음.

남작이 비참하게도 낙선할 거라는 점은 주저없이 인정하자구. 불행하게도 그는 난봉꾼 기질을 갖고서 교육자의 천직에 종사한단 말이야. 나는 남작을 욕하는 게 아닐세. 그는 정말 상냥하신 분이지. 구운 고기를 써는 데 세상에 맞서 겨룰 자가 없고, 남을 저주하는 데 뛰어난 재능이 있으며, 인자함이라는 보물창고를 지니셨네. 남작은 뛰어난 어릿광대만큼이나 재미있는 분이지. 그런데 내 동료 가운데 누군가—아카데미 회원이라고 해둡시다—와 같이 있으면 크세노폰의 말마따나, 시간당 100드라크마(drachma)*¹를 준대도 진저리가 난단 말이야. 내가 좀 꺼리는 바는 남작이 모렐에 대하여 건전한 도덕 이상으로 인자함의 보물을 낭비하고 있지 않은가 하는 점이네. 전도사가 고행으로써 가한 특수한 수업에 그 젊은 회개자가 어느 정도 복종하거나 반항하는지 알 길 없네만, 만약에 우리가 눈을 감고 남작의 악마적 행위에 정식 면허를 내준다면, 페트로니우스(Petronius)*²에서 비롯되어 생시몽을 거쳐 우리에게 이른 듯싶은 이 장미십자회원(Rose-croix)*³에 대하여, 사람들 말마따나 관용의 죄를 범하는 셈이라는 것쯤이야 성직자가 아니라도 충분히 알 만하지. 그렇지만 말일세, 지금 베르뒤랭 부인께서는 죄인의 행복을 위해 바로 이 성직의 직무를 행사하고 싶어서, 그 경망한 젊은이에게 단도직입적으로 말하여 남작이 좋아하는 걸 모두 빼앗고, 어쩌면 그에게 치명적인 일격을 가하려는 꿍꿍이야. 그동안 내가 그를 붙잡아두는 건 말하자면 그를 함정에 끌어들이는 셈이니, 비열한 짓을 하기 전처럼 망설여지네그려."

이렇게 말하고 난 그는 그 비열한 짓을 주저 없이 저질렀다. 그는 내 손을 잡은 채 말했다. "자아, 남작, 담배 한 대 피우러 갑시다. 이 댁의 훌륭한 물건들을 이 젊은이가 전부 구경 못했다는군요." 나는 집에 돌아가야 한다고 말하면서 거절했다. "그러지 말고 기다려주게." 브리쇼가 말했다. "나를 데려다준다 하지 않았나. 난 자네의 약속을 잊지 않았네."—"자네를 위해 내가 은그릇을 꺼내게 할 텐데 정말 바라지 않나? 수월한 일이니까." 샤를뤼스 씨가 내게 말했다. "아까 자네가 약속해준 대로, 모렐의 훈장에 대해선 한마디도 꺼내지 말아주게. 나중에 손님이 적어지면 그때 녀석을 깜짝 놀라게 해주고 싶으니까. 그

---

*1 고대 그리스의 은화(30분의 1달러).
*2 고대 로마 풍자 작가(20~66). 네로 궁정에 나감. 당시 로마 사회의 부패상을 묘사함.
*3 17세기 이래 유럽에서 활동한 비밀 단체 회원, 여기서는 샤를뤼스를 가리킴.

야 녀석은 그런 훈장이 예술가에게 무에 대수냐고 하지만, 그 아비가 바라는가 보더군(나는 얼굴이 벌게졌다. 베르뒤랭네 사람들은 나의 할아버지를 통해 모렐의 아버지가 뭐 하는 자인지 알고 있었으므로). 그럼 이 댁의 훌륭한 그릇을 자네를 위해 꺼내지 않아도 되겠는가? 그렇지, 자네는 라 라스플리에르에서 여러 번 보아 잘 알고 있구먼."

나는 아무리 값나가는 것일망정 부르주아의 평범한 그릇 따위에는 흥미가 없다. 한낱 아름다운 판화에 그려진 것이라도 좋으니 뒤 바리(Du Barry) 부인[4]이 소장한 그릇의 표본 같은 게 보고 싶다고 말할 기분이 나지 않았다. 나에겐 걱정거리가 너무나 많았던 것이다. 뱅퇴유 아가씨가 오기로 되어 있다는 사실이 분명히 드러났는데 어찌 걱정이 안 되랴. 게다가 나는 사교계에 나오면 번번이 마음이 뒤숭숭해지고 설레어서, 얼마쯤 아름다운 게 있어도 주의를 집중하지 못했다. 나의 주의를 끌 수 있는 것은, 내 상상력에 말을 건네는 어떤 현실의 부름뿐이었다. 이를테면 오늘 밤 같으면 낮 동안 그처럼 머릿속에 그려보았던 베네치아의 풍경화, 또는 좀더 일반적인 것에서, 수많은 것과 겉모습은 같지만 그 겉모습보다 진실한—평소에 잠들어 있는 나의 정신을 저절로 깨어나게 하고, 그것이 다시 의식의 표면에 올라오면 내게 큰 기쁨을 주는—것이라면 주의를 끌었으리라. 그런데 극장이라 일컫는 살롱을 나와서 브리쇼와 샤를뤼스 씨와 함께 다른 손님방을 지나며, 라 라스플리에르에서 보았을 적에 아무런 주의도 기울이지 않았던 살림살이가 다른 살림살이 사이에 놓여 있음을 발견하자 이 저택과 라 라스플리에르 성관의 장식 사이에 어떠한 유사, 변하지 않는 동일성을 느끼고, 브리쇼가 미소 지으면서 다음과 같이 하는 말을 이해했다.

"여보게, 이 살롱의 안쪽을 보게나. 저 모양을 보니 'grande mortalis aevi spatium(덧없는 세월에서의 긴 공간)' 25년 전 몽탈리베 거리의 모습을 그나마 상상할 수 있네그려." 그가 다시 보고 있지만 지금은 없어진 살롱에 바치는 미소를 보면서 나는 깨달았다. 아마도 브리쇼가 스스로 깨닫지 못한 채 가장 마음에 들어한 것은 커다란 창이나 주인 부부와 그 신도들의 명랑한 젊음보다도 옛 살롱의 비현실적인 부분이었다. 살롱 안에 있건 밖에 있건, 누구나 확인할 수 있는 겉으로 드러난 현실 부분은 그 비현실의 연장에 지나지 않는다(나

---

[4] 루이 15세의 후궁.

자신도 라 라스플리에르와 콩티 강둑 사이의 몇 가지 유사한 점에서 이 비현실적인 부분을 끌어냈다). 이는 순수한 정신적 부분으로, 그 색깔은 나와 대화하고 있는 노인의 눈에만 존재하며 그도 그 색깔을 내게 보여줄 수는 없다. 또한 이 부분은 바깥세계를 벗어나 우리 영혼 속으로 도피하여, 영혼에게 나머지 가치를 부여하고, 영혼의 여느 실체와 동화하고 말아, 그 영혼 속에서—기억에 떠오르는 허물어진 가옥들, 옛 사람들, 밤참 자리에 나온 과일 그릇 따위—추억의 투명한 설화석고(雪花石膏)*¹로 변하여 꿈틀거리지만, 우리는 우리 눈에만 보이는 이 색깔을 남에게 가르쳐줄 수 없다. 그 때문에 우리는 남들에게 사실대로 말할 수 있다. '이 과거의 일에 대하여 여러분은 상상도 못 하시려니와, 여러분이 지금까지 보고 들으신 바와는 전혀 비슷하지도 않습니다. 그래서 우리도 꺼진 등잔불이나 두 번 다시 꽃피지 않을 산울타리의 향기를 마음속으로 그려볼 때, 이런 사물이 잠시나마 살아남음이 우리 사념에 따른 것임을 생각하면 감개무량합니다'라고. 이런 이유로 브리쇼에게는 몽탈리베 거리의 살롱이 현재의 베르뒤랭네 저택을 존재감 없게 만들었는지도 모른다. 그러나 옛 살롱의 추억이 있었으므로, 새 저택은 교수의 눈에 다른 이에게는 느껴지지 않는 아름다움을 되살리고 있었다. 옛 살림살이 가운데 간혹 배치마저 그대로 이곳에 옮겨진 것들이—나 또한 라 라스플리에르에서 본 그대로를 다시 목격했다—현재의 살롱 안에 옛 살롱의 여러 부분을 합해 하나로 모으고, 그것이 이따금 옛 살롱을 환각처럼 떠오르게 하는가 하면, 뒤이어 별세계로만 여겨오던 파괴된 세계의 단편을 주위의 현실 한가운데로 불러내어 거의 비현실적인 것처럼 보여주었다.

현실 그대로의 새 안락의자 사이에 꿈속에서 나온 듯한 소파, 장밋빛 비단을 씌운 작은 의자, 트럼프 놀이 탁자의 수놓은 보. 인간처럼 과거의 기억을 갖춘 이래로 인격적인 존엄에까지 높아지고, 콩티 강둑 살롱의 써늘한 그늘 속에 놓여, 몽탈리베 거리의 창 너머로 들어오는 햇볕(그것이 몇 시쯤의 햇볕인지 베르뒤랭 부인 못지않게 잘 알고 있었다)이나 도빌 유리문 너머로 들어온 햇볕에 바랜 자국을 간직한 보. 그 보는 도빌까지 옮겨져 거기서 코타르나 바이올리니스트가 함께 어울려서 트럼프 놀이를 하는 시각까지, 꽃핀 정원 너머로 펼쳐진

---

*¹ 흰 알맹이의 치밀한 덩어리 석고.

깊은 골짜기를 온종일 바라보았다. 파스텔로 그린 제비꽃과 삼색제비꽃 다발은 이미 고인이 된 벗인 위대한 화가의 선물로, 아무 흔적도 없이 사라진 삶에서 유일하게 살아남은 조각이자, 뛰어난 재능과 오랜 우정의 집약이며, 그림을 그리던 때의 주의 깊고 온화한 죽은 자의 눈길과 기름 묻고 쓸쓸하게 보이는 고운 손을 떠올리게 했다. 신도들이 보내온 것이 여기저기 예쁘고 무질서하게 놓여 곳곳에서 안주인의 뒤를 따라, 마침내 성격의 한 특징과 운명의 한 선을 선명하게 새기고 말았다. 수많은 꽃다발, 초콜릿 상자, 그런 것들이 이곳에서도 몽탈리베에서도 같은 모양으로 꽃피어 하나의 체계를 이루고 있었다. 보내온 상자에서 갓 튀어나온 듯한 모습으로, 언제까지나 처음 그대로의 이상하고도 쓸데없는 새해 선물들이 신기하게도 그곳에 비집고 들어와 있었으나, 다른 것에서 떼어놓을 수 없는 이 모든 물건이 베르뒤랭네 연회의 오랜 고객인 브리쇼에게는, 마음속에서 만들어진 복제 영상이 거기에 덧붙으면서, 깊이 있는 물건들의 특별한 정취와 부드러움을 띠고 있었다. 그 모든 것이 마치 그리운 이들과 비슷한 모습을 마음속에 불러일으키는 소리의 진동처럼, 그의 눈앞에 어렴풋한 과거를 회상케 했다. 회상은 지금 이 순간의 살롱 여기저기를 얼룩무늬로 메우며, 화창한 날 대기를 가르며 비치는 햇살처럼, 이 살롱 한가운데서 가구나 융단을 뚜렷하게 오려내, 방석에서 꽃병으로, 걸상에서 케케묵은 향수 냄새로, 실내 조명의 조화에서 빛깔의 지배적인 분위기로 옮겨가면서, 베르뒤랭네 살롱의 어떤 이상적인 형태, 집은 연달아 변하나 항상 변하지 않는 내재적인 형태를 추구해, 그것을 새겨내고 불러일으키며 생명을 주고 있었다.

"힘써봅시다." 브리쇼가 내 귀에 속삭였다. "남작이 좋아하는 화제를 꺼내도록 말일세. 이 얘기가 나오면 남작은 굉장하지." 그러나 나는 한편으로, 샤를뤼스 씨한테서 뱅퇴유 아가씨와 그 여자친구가 온다는 것에 대한 정보, 그 때문에 내가 알베르틴 곁을 떠날 결심을 했던 정보를 얻을 수 있으면 얼마나 좋으랴 생각하고 있었다. 하지만 그녀를 너무 오래도록 혼자 내버려두고 싶지도 않았다. 내가 없는 틈을 그녀가 악용할는지 몰라서가 아니라(내가 돌아가는 시각이 일정치 않은 데다가, 이런 시간에 누가 찾아온다거나 그녀가 외출하거나 하면 너무나 남의 이목을 끌 테니까), 내가 너무 오랫동안 집을 비운다고 그녀가 생각할까 봐서였다. 그래서 나는 브리쇼와 샤를뤼스 씨에게 오래 있지 못한다고 말했다. "그래도 가봅시다." 남작이 말했다. 남작의 흥분은 가시기 시작했지만,

그래도 그는 계속 수다를 떨고 싶어했다. 이런 욕구는 남작뿐만 아니라 게르망트 공작부인한테서도 내가 이미 목격한 바로, 이 가문의 독특한 성질임에 틀림없다. 그러나 좀더 일반적으로는 대화가 지성에 불완전한 실현밖에 주지 못하므로 남과 여러 시간을 보내고서도 충족되지 않아, 기진맥진한 대화 상대에게 더욱더 탐욕스럽게 매달려 사교의 기쁨이 줄 수 없는 만족을 요구하는 잘못을 저지르는 모든 이에게 나타나는 욕구였다.

"가봅시다." 남작이 되풀이했다. "손님이 다 돌아간 지금이야말로 야회의 즐거운 순간, 도냐 솔*¹의 한순간이지. 아무쪼록 이 순간이 비참하게 끝나지 않기를. 유감스럽게도 자네는 서두르는 모양인데, 틀림없이 하지 않는 편이 나을 짓을 하러 가려고 서두르는 거겠지. 모두 언제나 서두른단 말씀이야. 오자마자 가버려. 우리는 쿠튀르(Couture)*²가 그린 철학자들처럼 이곳에 있어. 지금이야말로 오늘 야회를 돌아보고, 군대식으로 말하면 작전 검토라는 것을 할 때란 말씀이야. 베르뒤랭 부인에게 부탁해서 밤참을 갖다달래야겠군. 단, 부인이 직접 이곳에 오지 못하게 조심해야 하지만. 그리고 샤를리에게 청해서—어쩐지 또 〈에르나니〉*³지만—우리만을 위해 그 숭고한 아다지오(adagio)를 다시 한 번 연주해달라고 합시다. 어지간히 아름답지, 그 아다지오는! 그런데 젊은 바이올리니스트는 어디 갔나? 녀석에게 치하하고 싶은데, 지금은 감격과 포옹의 순간이니까. 어떻소, 브리쇼, 다들 음악의 신처럼 연주하지 않았나요? 특히 모렐 말이오. 녀석의 머리칼 한 타래가 흘러내린 순간을 주목하셨는지? 허어! 그럼 당신은 아무것도 보지 못한 셈이군요. 에네스코, 카페, 티보 같은 바이올린 명수들도 부러워할 만한 울림이었는데, 나는 말이오, 그와 같은 울림에 아무리 가슴을 진정시키려 해도 어찌나 심장이 죄어들던지 오열을 꾹 참는 게 고작이었죠. 모두 숨죽이고 있더군요. 친애하는 브리쇼!" 남작은 교수를 붙잡고 사납게 흔들면서 외쳤다. "참으로 훌륭했단 말이오. 오직 젊은 샤를리만이 홀로 석상처럼 까딱하지 않더군요. 숨을 쉬고 있는지 아닌지조차 판단키 어려웠죠. 테오도르 루소*⁴ 화백이 말

---

*1 위고의 시극(詩劇) 〈에르나니(Hernani)〉의 여주인공. 파란만장한 삶 끝에 애인 에르나니와 단둘이 만나게 되지만, 머지않아 두 사람이 죽고 마는 슬픈 사랑.
*2 프랑스의 화가(1815~1879). 여기서 암시하는 그림은 〈퇴폐기의 로마인들〉.
*3 〈에르나니〉극 중에 뿔피리가 울리는 장면이 있음.
*4 프랑스의 풍경화가(1821~1867).

한, 우리를 생각하게 하나 그 자체는 생각하는 일이 없는 무생물 세계의 사물이 된 듯했단 말입니다. 그때에 돌연." 샤를뤼스 씨는 과장되게 소리 높여, 뜻하지 않은 사건으로 사태가 변했다는 듯이 말을 이었다. "그 머리카락! 또 그러는 동안에 알레그로 비바체의 우아한 콩트르당스*5가 계속되죠. 그 머리 타래는 아무리 둔하다 한들 누구나 알아챌 수 있는 계시의 표징이었소. 그때까지 귀머거리 같았던 타오르미나 대공부인—귀는 있어도 들리지 않는 귀머거리만큼 딱한 귀머거리는 아니지만—도 이 기적의 머리 타래라는 분명한 사실을 눈앞에서 보고는, 지금 음악이 연주되고 있는 거지 포커를 하고 있는 게 아니로구나 깨달았단 말씀이야. 참으로 엄숙한 순간이었지."

"말씀 도중 죄송하지만." 나는 샤를뤼스 씨에게 말했다. "아까 작곡가의 따님이 오기로 되어 있었다고 말씀하셨죠. 왔더라면 꽤 흥미로웠을 텐데, 정말 오기로 되어 있었나요?"—"글쎄, 나는 잘 모르겠는데." 이렇게 말한 샤를뤼스 씨는, 아마 고의는 아니겠지만 질투하는 자에겐 아무것도 알리지 말아야 한다는 보편적 금기를 따른 셈이었다. 흔히 이 금기를 지키는 것은, 질투를 불러일으킨 여인을 미워할망정 자기 명예에 대한 일이므로 아무튼 자기가 '좋은 친구'임을 그녀에게 나타내려 해서거나, 아니면 보통 질투가 연정을 부풀린다는 걸 깨닫고 그녀에게 나쁜 짓을 하려는 것이거나, 또는 남에게 불쾌감을 주고 싶어서일 것이다. 평범한 사람들에겐 사실을 말해주면 불쾌감이 생기는데, 질투하는 사람의 경우에는 말하지 않는 데서 생긴다. 적어도 모르는 것이 질투하는 자의 고통을 더해주겠거니 생각하여 사실을 감추기 마련이다. 남에게 고통을 주고자 하는 사람은 그들이 가장 큰 고통으로 여기는 것—어쩌면 틀린 생각인지 모르나—에 따라 행동하게 된다.

샤를뤼스 씨가 다시 말했다. "아시다시피 이곳은 말이요, 모든 걸 좀 과장하는 집이라오. 좋은 사람들이지만, 어중이떠중이 갖은 명사를 다 끌어들이기 좋아한단 말이죠. 그런데 보아하니 얼굴색이 좋지 않소이다. 이런 축축한 방에 있으면 감기 들겠는걸." 그는 의자를 내 쪽으로 밀면서 말했다. "몸이 불편한 모양이니 조심해야 하네. 내가 자네 껍데기(pelure)*6를 가져오리다. 아냐, 자네가 직접 안 가도 돼. 어디가 어딘지 몰라 길을 잃고 헤매다 감기 들게 뻔하니.

---

*5 18~19세기 프랑스에서 유행한 경쾌한 사교춤. 본디 영국의 민속 무용임.
*6 속어로서 옷을 말함.

조심성이 이만저만 없지 않군. 네 살 난 어린애도 아닌데. 자네에겐 나처럼 돌봐주는 할멈이 필요하겠는걸."—"그대로 계시죠, 남작. 내가 갈 테니." 브리쇼가 말하고 나서 급히 뛰어갔다. 브리쇼는 샤를뤼스 씨가 내게 품고 있는 참된 우정도, 또 기고만장해 남을 학대하는 광기의 발작 사이에 일어나는 소박하고도 헌신적이며 쾌적한 간헐적 변화도 정확히 알아차리지 못하고, 베르뒤랭 부인이 마치 죄수처럼 감시를 맡긴 샤를뤼스 씨가 내 외투를 찾으러 간다는 핑계로 모렐한테 가서, 파트론의 계획을 망치지나 않을까 걱정했던 것이다.

한편 스키는 아무도 부탁하지 않았건만 피아노 앞에 앉아서 자기 딴에는 예술가인 듯 뻐기는 표정—미소 짓듯이 눈살을 찌푸리면서 먼 데를 바라보는 눈매와 조금 일그러뜨린 입가—으로, 비제의 곡을 뭐든 연주해달라고 모렐에게 졸라대고 있었다. "뭐, 싫어한다구? 비제의 그 장난스러운 면이? 하지만 여보게." 그는 혀를 마는 듯한 독특한 발음으로 말했다. "그건 정말 기막히다네." 모렐이 비제를 싫어한다고 야단스레 선언하자(도저히 믿기 어려운 사실이지만, 모렐은 이 작은 동아리에서 재치 있는 사람으로 알려져 있었으므로), 스키는 바이올리니스트의 혹평을 역설로 받아넘기는 체하고 웃기 시작했다. 그의 웃음은 베르뒤랭 씨처럼, 담배 피우는 사람이 담배 연기에 사레들렸을 때의 웃음이 아니었다. 스키는 먼저 능글맞은 표정을 짓고, 이어서 첫 번째 종소리처럼, 마지못한 듯이 한 번만 웃음소리를 냈다. 그러고는 말없이 능청스러운 눈길로 상대의 익살을 신중하게 음미하는 듯한 모습을 보이며, 이윽고 웃음의 두 번째 종이 울리고, 곧 너털웃음 같은 계시의 종소리가 우렁차게 퍼지는 것이었다.

나는 브리쇼에게 폐를 끼쳐 죄송하다는 뜻을 샤를뤼스 씨한테 말했다. "천만에, 그 사람 얼씨구나 하고 갔는걸. 자네를 무척 좋아하니까. 다들 자네를 좋아하지. 요전에도 자네 얘기를 했다네. '그런데 통 보이지 않는군, 집에만 있나봐!' 이렇게 말일세. 게다가 브리쇼는 참으로 좋은 사람이야." 샤를뤼스 씨는 이어서 말했다. 이 윤리학 교수가 그에게 말을 건네는 다정스럽고 솔직한 태도로 보아, 그가 없는 자리에선 서슴지 않고 헐뜯는 줄은 꿈에도 짐작 못했을 것이다. "그는 유능한 데다 매우 박식하지만, 그렇다고 해서 다른 인간들처럼 완고해지거나 잉크 냄새 나는 책벌레가 되지도 않았단 말이야. 그런 이들 가운데 드물게, 그는 넓은 시야와 너그러움을 지니고 있네. 인생을 어쩌나 바르게 이해하고, 공손히 예의를 지킬 줄 아는지, 한낱 소르본의 교수이자 전에 중학교 교장이던 사람이 어디서 그런 걸 배웠을까 싶어 다들 머리를 갸우뚱할 정도라네. 나 자신도 놀라고 있고." 게르망트 부인이 초대하는 인사들 가운데 가장 세련되지 못한 사람조차 어리석고 둔하다고 생각할 브리쇼의 말씨를, 까다롭기 그지없는 샤를뤼스 씨가 마음에 들어함을 보고 나는 더욱 놀랐다. 그러나 이런 결과가 나타나기엔 온갖 영향, 그중에도 다른 것과 뚜렷이 구별되는 몇 가지 영향이 있었다. 이를테면 스완도 이 영향력에 의하여, 오데트를 사랑했을 적에는 작은 동아리 안에서 내내 즐거움을 누렸으며, 오데트와 결혼하고 나서는 그들 스완 부부에게 탄복해 마지않는 얼굴로 뻔질나게 아내를 찾아와서는 자기 이야기에 넋을 잃고 귀를 기울이던 봉탕 부인을, 뒤에서는 그들 두 사람에 대해 깔보는 투로 말하던 봉탕 부인을 뜻이 맞는 여인으로 착각했었다.

문필가가 가장 현명하다고 치켜세우는 인간은, 사실 가장 총명한 인간이 아니라 여성에 대한 남성의 욕정에 대해 대담하고도 너그러운 자기 생각을 늘어놓는 난봉꾼이 일쑤인데, 그런 의견을 듣고서 문예에 대해 아는 체하는 작가의 정부는 작가와 의견을 같이하고, 집에 찾아오는 사람들 중 가장 똑똑한 이는 뭐니뭐니해도 색도(色道)의 경험이 풍부한 잘생긴 늙은이라고 생각한다. 그와 마찬가지로, 샤를뤼스 씨가 브리쇼를 다른 친구들보다 훨씬 현명하다고 여겼던 것은 그가 모렐에게 싹싹하게 굴어서만이 아니라, 그리스 철학자, 라틴 시인, 동방의 설화 작가들의 작품 속에서 남작의 취미를 별다르고도 황홀한 명문 선집으로 장식해주는 문장을 아주 알맞은 때에 말해주었기 때문이다. 남작은 빅토르 위고 같은 대시인이 바크리(Vacquerie)와 뫼리스(Meurice)[1] 같은 이들에게 둘러싸이고 싶어하던 나이에 이르러 있었다. 다시 말해 자기 인생관을 인정해주는 사람들을 누구보다도 좋아했다. "브리쇼와는 가끔 만나지." 그는 새가 삐악거리는 음률로 덧붙였는데, 성직자처럼 일부러 눈을 내리떴고, 분을 바른 그 엄숙한 얼굴은 입술을 빼놓고는 까딱도 하지 않았다. "나는 그의 강의에 나간다네. 그 대학가의 분위기가 내 기분을 바꿔주거든. 거기엔 근면하고도 사색적인 젊은이들이 있다네. 사회계급은 다르지만, 내 벗들에 비해 훨씬 총명하고 교양 있는 부르주아 젊은이들이지. 자네가 더 잘 알 테지만 그 사람들은 다른 인종, 젊은 '부르주아'야." 그는 '부'를 여러 번 되풀이하면서 부르주아라는

---

[1] 바크리는 위고의 주선으로 문단에 등장한 작가로, 그의 형이 위고의 사위임. 뫼리스는 바크리를 통해 위고와 친해진 작가이자 위고의 유언 집행인. 두 사람 다 범용한 작가.

낱말을 따로 떼어내어 버릇이 된 발음으로 힘주어 말했는데, 그 버릇 자체가 그의 독특한 사고 중 어떤 기호의 인상에 어울려서거나, 어쩌면 내게 거만을 부리는 쾌락에 견디지 못해서인지도 몰랐다.

이 오만함은 내가 샤를뤼스 씨에게 품었던 호의적인 강한 연민(베르뒤랭 부인이 그 계획을 내 앞에서 털어놓은 뒤부터)을 조금도 줄게 하지 않았으며, 그저 나를 재미있게 했다. 그에게 이와 같은 동정을 느끼지 않았더라도 내 마음이 언짢진 않았을 것이다. 나는 돌아가신 할머니를 닮아, 쉽사리 위엄을 잃을 정도로 자존심이 부족했다. 물론 스스로는 그 점을 거의 알아차리지 못했지만, 중학 시절부터 가장 우러러보던 학우들이 남의 무례를 참지 못하고 건방진 태도를 용서치 않는 것을 보고 듣는 사이에, 어느덧 나도 말이나 행동에서 높은 긍지를 보이는 제2의 본성을 나타내게 된 모양이었다. 나는 겁이 없어 툭하면 결투로 판가름을 냈으므로 몹시 용맹스럽다고까지 통했다. 하기야 나 자신은 결투를 비웃고 그 정신적 권위를 줄여버린 탓에 결투란 우스꽝스러운 것임을 남에게 쉽게 이해시키곤 했지만. 그러나 아무리 억눌러도 본성은 우리 가운데 여전히 남는 법이라, 우리는 이따금 어느 천재 작가의 새 걸작을 읽다가 경멸해온 저 자신의 의견, 억제해온 기쁨이나 슬픔, 스스로 업신여기고 개의치 않던 온갖 감정을 발견하고 기뻐하기도 하며, 책을 통해 갑작스레 그 점을 인식하고 그 가치를 배우기도 한다. 나는 어느새 삶의 경험을 통해, 아무개가 나를 업신여기고 있을 때 그에게 다정스레 미소 짓거나 원망하지 않는 게 나쁜 일임을 배웠다. 하지만 이러한 자존심과 원망의 결핍―내가 겉으로 나타내지 않으려 하여 그런 성향이 내 안에 있다는 것조차 거의 다 잊을 지경이었지만―이 내가 몸담고 있는 근원적인 삶의 환경임에는 변함없었다. 분노와 악의는 아주 다른 형태로, 맹렬한 발작으로밖에 닥쳐오지 않았다. 게다가 나는 정의감을 전혀 몰랐기 때문에 도덕관이라고는 조금도 없었다. 그래도 나는 마음속에서 약자나 불행한 인간을 전적으로 편들었다. 따라서 모렐과 샤를뤼스 씨의 관계 속에 선악이 어느 정도 포함되어 있는지 알지 못했지만, 지금 샤를뤼스 씨에게 닥칠 고통이 착착 준비되고 있다는 생각에 나는 견딜 수 없었다. 나는 그에게 그 사실을 알려주고 싶었지만, 뭐라고 말해야 좋을지 몰랐다.

"부지런하게 공부하는 귀여운 젊은이들을 보는 게 나 같은 늙은이로서는 참으로 유쾌하다 이 말씀이야. 그들과 아는 사이는 아니지만." 그는 이렇게 덧붙이면서 자랑삼는 모습을 보이지 않고, 자신의 순결을 증명하며, 학생들의 순결에 한 점 의혹도 남기지 않도록 손을 신중하게 쳐들었다. "그들은 어찌나 예의 바른지, 곧잘 내 자리를 잡아주기까지 한다네. 내가 늙은이니까. 정말일세, 자네, 아니라고 말하지 말게. 난 이미 마흔도 넘었거든." 사실 남작은 육십 고개를 넘고 있었다. "브리쇼가 강의하는 계단 교실은 좀 덥지만 늘 재미있다네." 남작은 젊은 학생들 사이에 섞일 뿐만 아니라 그 무리에 부대끼는 편이 좋았을 테지만, 이따금 그가 너무 기다리지 않도록 브리쇼가 그를 데리고 들어올 때도 있었다. 브리쇼는 소르본이 자기 집이나 되는 듯이 거침없이 행세했지만, 교문을 쇠사슬로 묶는 수위를 앞세우고 젊은이들의 존경받는 스승으로서 앞으로 나아가는 순간에는 아무래도 겁을 억누르지 못해, 자기가 자못 위대한 인물이라고 느껴지는 이 순간을 이용하여 샤를뤼스 씨에게 상냥함을 나타내려고 생각하면서도, 분명 좀 어색해했다. 학교 수위가 샤를뤼스 씨를 들여보내도록 브리쇼는 꾸민 목소리로 바쁜 듯이 남작에게 말했다. "나를 따라오시오, 남작. 자리잡아 줄 테니까요." 그러고 나서 그에게 마음 쓰지 않고 교실로 들어가기 위해 혼자서 복도를 성큼성큼 걸어갔다. 양쪽으로 늘어선 젊은 교수들이 그에게 인사했다. 브리쇼는 자기를 가장 권위 있는 이로 알아모시는 이 젊은 교수들에게 계속 눈을 깜박거렸고, 서로 속이 통하는 것처럼 머리를 끄덕였다. 끝까지 용감무쌍한 프랑스 국민답게 굴면서, 말하자면 '여보게들, 하느님의 이름으로 씩씩하게 싸우세' 외치는 노병의 '격려(sursum corda)'[1] 같은 구석이 있었다. 그 다음에 학생들의 박수가 터져나왔다.

브리쇼는 샤를뤼스 씨가 그의 강의에 출석한다는 사실을, 남의 비위를 맞추려거나 인사치레를 할 적에 곧잘 이용했다. 그는 학생의 부모님이나 부르주아 계급의 친구들에게 이렇게 말하는 것이었다. "혹시 부인이나 따님이 관심 있으시다면 말인데, 내 강의에는 샤를뤼스 남작, 즉 콩데 가문의 후손 아그리장트 대공이 오십니다. 프랑스 귀족의 진정한 후예이니, 자제분들이 보시면 기념할 만한 추억으로 남을 거예요. 만약에 부인이나 따님께서 오신다면 그분은 내 교단 옆에 있으니 당장 알아보시겠죠. 게다가 내 옆에 떡 버티고 있는 사람이

━━━━━━━━━
*1 미사의 봉헌 기도문 가운데 하나. '마음을 드높이'라는 뜻의 라틴어.

라곤, 흰 머리털에 검은 수염, 군사 훈장이 가슴에 즐비한 건장한 그분뿐이니까요."—"허어, 그렇습니까! 정말 감사합니다." 학생의 아버지가 말했다. 그리고 아내에게 할 일이 있건 없건, 브리쇼의 마음을 언짢게 하지 않으려 억지로 강의에 나가게 한다. 한편 딸은 더위와 혼잡에 시달리며, 남작이 프레즈(fraise)*1를 닮지 않고 현대인과 닮은 것에 적잖이 놀라면서도 콩데 가문의 후예를 뚫어져라 바라본다. 하지만 남작은 그녀 따위를 거들떠보지 않는다. 남학생들에게 애정 어린 눈길을 쏟지만 남작이 어떤 인물인지 모르는 그들은 어쩐지 꺼림칙하여 거만하고 매정한 태도를 짓는다. 그러면 남작은 생각에 잠겨 우울한 기분으로 교정을 나오곤 했다.

"다시 말하기 쑥스럽지만." 나는 브리쇼의 발소리를 듣고 부랴부랴 말했다. "뱅퇴유 아가씨나 그 여자친구가 파리에 온다는 소문을 들으시면 속달로 알려주시지 않겠습니까? 얼마 동안 파리에 묵는지 정확히 적어서요. 또 내가 이런 부탁을 했다고 아무에게도 말씀하지 말아주십시오." 이제 나는 그녀가 오기로 되어 있었다고 거의 믿지 않으면서도, 앞으로를 위해 세심하게 대비하고 싶었다. "그럼세, 자네를 위해 그렇게 하겠네. 첫째로 자네에게 큰 은혜를 갚아야 하니. 전에 자네가 내 제의를 받아주지 않은 덕분에, 자넨 손해를 보면서도 내게 큰 도움을 주었지. 내 자유를 그대로 남겨주었거든. 하기야 나는 다른 방법으로 그 자유를 버리고 말았지만." 그는 속내를 털어놓고 싶은 마음이 엿보이는 우울한 말투로 덧붙였다. "여기에는 내가 늘 중요한 사실로 여기는 것, 곧 온갖 상황의 결합이 있네. 자네는 그걸 이용하려고 하지 않았네만, 어쩌면 바로 그 순간에 운명이 자네한테 내 길을 막지 말라고 경고했기 때문인지도 모르지. 왜냐하면 '인간이 수선 피우나 이도 저도 다 신의 안배'니까. 하지만 누가 알겠나? 혹시 우리 둘이 빌파리지 부인 댁에서 함께 나오던 날 자네가 내 제의를 승낙했다면, 그 뒤에 생긴 온갖 일들은 결코 일어나지 않았을지도 몰라."

당황한 나는 빌파리지 부인의 이름이 나온 김에 화제를 바꿔, 부인의 사망에 애도의 뜻을 표했다.*2 "허어, 그래." 샤를뤼스 씨는 몹시 거만한 말투로 무뚝뚝하게 중얼댔는데, 나의 조사(弔詞)를 인정하지만 진정에서 우러나오는 말

---

*1 목에 두르는 둥근 주름 옷깃.
*2 빌파리지 부인은 살아 있으며 제6편 《사라진 알베르틴》에도 나옴.

로는 조금도 믿지 않는 모양이었다. 아무튼 빌파리지 부인을 화제로 삼는 게 그에게 고통이 아님을 눈치채고, 나는 모든 점으로 보아 대답해줄 자격이 있는 그의 입에서, 무슨 이유로 빌파리지 부인이 그처럼 귀족 사회에서 따돌림을 받았는지 듣고 싶었다. 그런데 그는 이 사소한 사교계의 문제를 해결하기는커녕 그런 일조차 모르고 있는 성싶었다. 빌파리지 후작부인의 지위는 후세에 높이 보이게 되었을 뿐만 아니라 살아 있을 때에도 아무것도 모르는 서민의 눈에는 그렇게 보였는데, 사회의 또 다른 한 극(極), 빌파리지 부인과 관계 있는 극, 곧 게르망트 가문에게도 이에 못지않게 높아 보였다는 사실을 나는 그때 깨달았다.

부인은 게르망트 가문의 큰어머니였다. 게르망트가 사람들은 부인의 출생, 인척 관계, 한 가문의 아무개 형수나 아무개 제수에 대한 영향력으로 유지되는 위엄을 알고 있었던 것이다. 그들은 그것을 '사회적인 면'이라기보다 '가족적인 면'으로 보았다. 그런데 빌파리지 부인의 경우, 이 가족적인 면이 내가 생각했던 이상으로 으리으리했다. 나는 예전에 빌파리지라는 성(姓)이 가짜라는 말을 듣고 깜짝 놀란 적이 있었다. 그러나 귀부인이 신분에 어울리지 않는 결혼을 하고도 높은 지위를 간직한 예는 얼마든지 있다. 빌파리지 부인은 7월 왕정 시대 대귀족 중에서도 가장 유명한, 하지만 시민왕(Roi Citoyen)*3과 그 집안과는 교제하기 싫어했던 ＊＊ 공작부인*4의 조카딸이라고 샤를뤼스 씨가 설명하기 시작했다. 이 공작부인에 대한 얘기를 얼마나 듣고 싶었던가! 그런데 그 두 볼이 부르주아 여인을 떠올리게 하는 친절한 빌파리지 부인, 내게 많은 선물을 보내주었고 내가 언제라도 쉽사리 만날 수 있던 빌파리지 부인은 그 공작부인의 조카딸로, 공작부인의 손에 의해 ＊＊ 저택에서 양육되었던 것이다. "공작부인이 두도빌 공작에게 물어보았다네." 샤를뤼스 씨가 내게 말했다. "세 자매의 얘기를 하고 나서, '셋 중 누가 마음에 드시죠?' 하고 말이야. 그래서 두도빌이 '빌파리지 부인'이라고 말하자 ＊＊ 공작부인은 그에게 '오입쟁이'라고 쏘아붙였다네. 공작부인께선 매우 '재치' 있는 분이었거든." 샤를뤼스 씨는 이 낱말을 게르망트네 사람들의 버릇대로 힘주어 발음했다. 그가 이 말을 그처럼 '재치' 있다고 여긴 데에, 나는 그다지 놀라지 않았다. 인간에게는 사물로부터

＊3 루이 필립을 가리킴. 1830년 7월 혁명으로 왕위에 오름.
＊4 원고의 이곳에 '이름을 찾아볼 것'이라고 씌어 있음—플레이아드판 주.

멀어져서 객관화하는 경향이 있으므로, 남의 재치를 음미할 때는 자기 자신의 재치에 대한 엄격성을 버리고, 자기 자신이 지어냈다면 수치스럽게 여길 것도 잘 관찰해 소중히 기억해둠을 나는 수많은 경우에서 알아차렸기 때문이다.

"저런, 웬일이지? 가져온 게 내 외투 아닙니까." 그는 브리쇼가 한참 동안 찾은 끝에 가져온 것을 보고서 말했다. "내가 직접 갈걸. 하여간 이걸 어깨에 걸치고 있게. 여보게 젊은이, 이게 더할 수 없이 위험하다는 걸 아시나? 같은 컵으로 마시는 격으로, 자네 속마음까지 환히 알게 된다네. 아니야, 그렇게 걸치는 게 아냐. 이렇게, 내가 걸쳐줌세." 그러고는 자기 외투를 내게 입히는데, 내 어깨에 지그시 붙여 목을 따라 올려 깃을 세우고, 손으로 내 턱을 스치면서 '실례' 하고 말했다. "자네 나이에 외투 하나 입을 줄 모르다니, 치장하는 데도 남의 손이 있어야겠는걸. 아, 난 직업을 잘못 택했어요, 브리쇼. 천성이 유모거든."

나는 돌아가겠다고 했는데, 샤를뤼스 씨가 모렐을 찾으러 가겠다고 말하는 바람에 브리쇼가 우리 둘 모두를 붙잡았다. 게다가 나는 집에 돌아가면 반드시 알베르틴이 있을 거라는 안도감, 그날 오후 알베르틴이 틀림없이 트로카데로에서 돌아올 거라고 믿었던 바와 똑같은 확신이 있었으므로, 지금 나는, 그날 오후 프랑수아즈가 전화 걸어온 뒤 피아노 앞에 앉아 있던 때처럼 알베르틴을 빨리 보고픈 초조함도 거의 없었다. 이렇듯 침착했으므로, 얘기 도중에 자리를 떠나려고 할 때마다, 내가 떠나버리면 베르뒤랭 부인이 부르러 올 때까지 샤를뤼스 씨를 잡아두지 못할까 봐 겁내는 브리쇼의 명령에 순순히 따를 수 있었다. "자아, 우리와 좀더 있읍시다. 그와 포옹은 나중에 하고." 브리쇼는 남작에게 말하면서 거의 보이지 않는 한쪽 눈으로 이쪽을 물끄러미 바라보았다. 그 눈은 여러 번 수술을 받아 얼마간 생기를 되찾았지만, 장난스럽게 곁눈질하는 표정에 필요한 민첩함은 이미 없었다. "포옹이라고? 별소리 다하는군요!" 남작은 날카롭고도 들뜬 말투로 외쳤다. "여보게, 이 선생은 늘 상품 수여식에 있는 줄 여긴다네. 제 귀여운 학생들을 몽상하는 게야. 어쩌면 함께 자는지도 모르지."—"뱅퇴유 아가씨를 만나고 싶다는 거지?" 브리쇼는 남작과 내가 주고받은 말을 들었는지 내게 말했다. "그 아가씨가 오면 자네에게 가르쳐줌세. 베르뒤랭 부인이 내게 알려줄 테니까." 남작이 당장에라도 작은 동아리에서 쫓겨날 위험을 눈치챘다면 이렇게 말했을 것이다. "허어 그럼, 나보다 선생이 베르뒤랭 부인과 더 친해, 그 좋지 못한 평판이 자자한 아가씨들이 오는 것을 나보다 먼저 알게 된다 이 말씀이오?" 샤를뤼스 씨가 말했다. "그 사람들의 평판으로 말하면 온 세상이 다 아는 바, 애초부터 베르뒤랭 부인이 그런 아가씨들을 드나들게 하는 게 큰 잘못이지. 수상한 장소에 어울리는 이들이거든. 발칙한 무리와 절친하신가 본데, 아마 꿈에도 생각 못할 장소에서나 모일 거요."

이 한마디 한마디에 내 고통은 새 고통을 견디며 모양을 바꿔갔다. 그러다가 갑자기 알베르틴이 몇 번이나 안타까워하며 몸부림치던 것이 떠올라―하기야 그녀는 곧 몸부림을 억눌렀으나―나와 헤어지려는 계획을 품고 있는 건 아닌가 싶어 질겁했다. 이 의혹이 있는 이상, 내가 마음의 고요를 되찾을 때까지 우리의 동거 생활을 계속해야 한다고 생각했다. 그리고 혹시 알베르틴이 내 계획을 한 발짝 앞질러 나와 헤어지려는 속셈이라면 그 속셈을 알아채고, 내가 헤어지려는 계획을 이룰 수 있을 때까지 그녀의 몸에 얽어맨 쇠사슬을 좀더 가볍게 보일 필요가 있지 않을까, 가장 교묘한 방법은(어쩌면 나는 샤를뤼스 씨가 옆에 있다는 사실에 물들어, 그가 즐겨 연기하는 연극을 무의식중에 떠올리며 영향을 받고 있었는지도 모르지만) 알베르틴으로 하여금 나 자신이 그녀와 결별하고 싶은 마음을 품고 있다고 여기게끔 하는 게 아닐까 하고 생각했다. 나는 집으로 돌아가자마자 영원히 헤어지는 척할 작정이었다.

"천만에, 내가 남작보다 베르뒤랭 부인과 더 친하다니 말도 안 되는 말씀을 하십니다그려." 브리쇼가 남작의 의심을 불러일으킬까 봐 겁이 난 나머지, 한마디 한 마디 또박또박 잘라 말했다. 그리고 내가 물러나고 싶어하는 줄 알아차리고, 자못 재미날 듯한 이야기를 미끼로 던져 나를 붙잡아두려 했다. "그 두 여인의 평판에 대해 말씀하셨는데, 내가 보기에 남작이 미처 깨닫지 못한 게 한 가지 있습니다. 평판이란 무서운 것인 동시에 사실과 다를 수도 있다는 점이죠. 이를테면 가장 유명한, 평행적이라고 할까, 그렇게 하나로 이어지는 사건 중에는 잘못된 판결이 수두룩하여 아무런 잘못도 없는 명사들에게 소도미(sodomie)*¹의 죄를 선고하고 낙인을 찍은 예가 역사상 적지 않아요. 미켈란젤로가 한 여인에게 깊은 연정을 품었다는 최근의 발견만해도, 레오 10세의 벗인 미켈란젤로에 대해 사후의 재심을 요구할 만한 가치가 있는 새로운 사실이

---

*1 남색·계간·수간.

라 하겠습니다. 미켈란젤로 사건은 또 하나의 사건,*¹ 말다툼이 일어날까 봐 그 사건을 입 밖에 내진 않겠으나, 무정부주의가 날뛰어 선량한 호사가들 사이에 유행하는 죄악이 된 이 사건이 끝나면, 반드시 속물들을 열광시키며 라빌레트(La Villette)*²를 들끓게 할 겁니다."

브리쇼가 남색가로 소문난 이들에 대해 말을 꺼내자마자, 샤를뤼스 씨는 당장 얼굴에 여느 것과 다른 안달, 아무것도 모르는 사교계 인사들이 임상 실험이나 군사 작전에 대한 어리석은 말을 시작할 때 의사나 군사 전문가의 얼굴에 드러나는 그 조바심을 보였다. "선생은 스스로 하는 이야기를 전혀 모르고 있습니다." 드디어 그가 브리쇼에게 말했다. "아니 땐 굴뚝에 연기 난 예를 하나만이라도 인용해보시구려. 이름을 말해보시오. 암, 나도 다 안단 말입니다." 샤를뤼스 씨는 조심조심 말을 꺼내려는 브리쇼에게 사나운 기세로 반박했다. "한때 호기심에서 그런 이들이 있다는 거겠죠. 또는 죽은 벗에 대한 유일한 애정에서 그런 이들이 있다는 거잖습니까. 너무 깊이 탐닉하지 않았나 걱정스러워서 남이 사내의 아름다움에 대해 이야기하기라도 하면, '난 통 모르겠는데요. 기계 지식이 없어서 자동차 모터의 우열을 분간 못하듯, 사내의 아름다움과 추함도 구별 못하겠는데요' 대답하는 자가 있다는 거 아닙니까. 하지만 이런 것 따위는 다 속임수죠. 그야 나도 고약한 평판(혹은 고약하다고 부르는 평판)이 옳지 않게 자자한 경우가 절대로 있을 수 없다는 건 아니에요. 다만 그런 경우는 아주 예외이고 드물어서 사실상 없다시피 하단 말씀이죠. 나는 호기심 많고 꼬치꼬치 캐길 좋아해서 그런 예를 몇 가지 알고 있죠. 꾸며낸 말이 아닌 예를 말입니다. 암 그렇고말고, 내가 지금껏 사는 동안 근거 없는 풍문 두 가지를 확인했소이다(과학적으로 확인했다는 뜻이지 어정쩡하게 확인했다는 뜻이 아니오). 풍문이란 흔히 이름이 비슷하다든가, 어떤 겉모습의 특징, 예컨대 반지를 수두룩하게 끼고 있다든가 하는 특징 때문에 생겨나게 마련인데, 보는 눈이 없는 사람들은 그런 특징을 선생이 지금 말하는 것의 틀림없는 특징이라고 여기죠. 마치 촌놈이 두 마디째에는 '자르니기에(jarniguié)*³라고 외치고, 영국인은 '갓댐(goddam)'이라고 내뱉어야 옳다고 여기듯이. 하지만 이 따

---

*1 드레퓌스 사건.
*2 파리 북동부의 노동자 거리.
*3 '염병할' '빌어먹을' 등을 뜻하는 욕.

위는 통속극의 대사에 지나지 않는 거요."

놀랍게도 샤를뤼스 씨는 내가 발베크에서 만난 '여배우의 친구'까지도 성도착자로 꼽았다. 그는 4인조의 우두머리 격이다. "그렇다면 그 여배우는?"—"그녀는 겉보기에만 애인이야. 게다가 그는 실제로 그 여배우와 관계도 있지. 아마 사내들 이상으로 있을걸. 사내들과는 그다지 많지 않았으니까."—"다른 세 사람과도 관계가 있나요?"—"천만에! 그것 때문에 맺어진 친구가 아니야. 그중 둘은 전적으로 여자 상대야. 하나는 그쪽이지만, 우두머리 격은 잘 모르는 모양이야. 어쨌든 서로 본색을 감추거든. 깜짝 놀랄 테지만, 이런 마땅찮은 풍문이 일반인의 눈에는 가장 확실한 것으로 보이거든. 당신도 마찬가지요, 브리쇼 선생. 이 살롱에 드나드는 아무개의 미덕에 대해 당신이 천지신명께 증언한들, 그 길에 정통한 이들 눈에는 그의 본성이 손바닥처럼 훤히 드러나 보이죠. 또한 선생은 일반 사람들 눈에 그쪽 취미가 있다고 비치는 어느 유명인에 대한 항간의 풍문을 그들처럼 곧이들을 거요. 그런데 이 아무개는 2수(sou) 정도의 푼돈으로는 그 축에 들어오지 않는다 이 말씀이오. 난 두 푼이라 말했소. 왜냐하면 만약 그 일에 500프랑 내기라도 한다면 고상하신 성자의 수가 줄어들어 영(0)까지 내려갈 테니까. 그렇지 않아도 성자의 비율은, 이런 이들을 성자라고 친다면 말이지만, 일반적으로 열 명 중에 고작 서넛 정도란 말씀입니다." 브리쇼가 아까 고약한 풍문의 문제를 남성의 경우로 옮겼다면, 이번에는 내가 거꾸로 샤를뤼스 씨의 얘기를, 알베르틴을 떠올리면서 여성의 경우에 맞춰보았다. 나는 이 숫자에 소름이 오싹 끼쳤다. 분명 샤를뤼스 씨는 자기 멋대로 숫자를 부풀렸을 테고, 또 그 숫자는 험담하기 좋아하는 자들이 대부분 거짓말로 한 보고에서 나온 것임에 틀림없다. 어쨌든 험담가들 자신의 욕망에 속은 데다 샤를뤼스 씨의 욕망으로 틀린 숫자가 더해져서 그 계산을 왜곡한 게 분명하다고 침착하게 생각해보았지만, 그래도 소름이 끼쳤다.

"열 명 중에 셋!" 브리쇼가 외쳤다. "그 비율을 거꾸로 해도, 내가 상상했던 성도착자의 수를 백 배나 늘려야겠는걸. 남작, 정말 말씀하신 숫자 그대로라면, 당신이 잘못 계산한 게 아니라면 털어놓고 말씀드리겠습니다. 남작은 우리 주위에서 아무도 짐작 못하는 사실을 꿰뚫어보는 드문 안목을 가지신 분이군요. 바레스가 의회의 부패를 발견한 것도 이와 같았습니다. 이 발견은 르베리에

(Leverrier)*¹의 유성처럼 나중에 확인되었거든요. 베르뒤랭 부인이라면 차라리 참모본부나 정보국 내부의 음모,*² 분명 애국에 불타는 열정 때문이었지만 아무래도 나는 상상도 못한 음모를 간파한 이들을—그 이름을 대고 싶지 않소—증인으로 내세웠을걸요. 프리메이슨 단원, 독일 간첩, 모르핀 중독자에 대해 레옹 도데가 매일같이 놀랍고 터무니없는 이야기를 쓰는 줄 알았더니 그게 다 사실 그대로였군요. 열 명 중에 셋이라!" 브리쇼는 아연실색하며 되풀이했다.

한편 샤를뤼스 씨는 현대인의 대부분을 성도착자라고 비난했으나, 자기와 관계 있던 자들은 이야기하지 않았다. 그 관계에 조금이라도 소설적인 부분이 들어 있으면, 사건이 한층 복잡할 거라 여겨졌던 것이다. 여인의 정조 따위를 믿지 않는 탓에도 전에 정부였던 여인에게만은 얼마간 경의를 나타내고, 진지한 얼굴로 자못 수상쩍은 듯 반박하는 것도 같은 이유다. '천만에, 자네 오해지. 그런 여인이 아냐.' 이런 뜻밖의 존경심이 입에서 나오는 건, 일부는 자기만이 그런 호의를 받았거니 생각하는 게 자존심을 만족시켜주기 때문이고, 일부는 정부가 사실로 믿게 하려던 것을 순진하게도 곧이곧대로 믿었기 때문이며, 또한 실제 인간이나 생활에 가까이 다가가 보면 미리 만들어진 꼬리표나 분류도 너무 단순해 보이기만 하는 그 생활 감정 때문이다.

"열 명 중에 셋이라! 그런데 조심하시는 게 좋겠습니다, 남작. 말씀하신 바의 통계표를 후세에 제출한다면, 앞으로 그 정당성을 인정받을 역사가와는 달리 이 통계표를 엉터리로 여길지 모르니까요. 후세는 구체적인 증거로 판단하게 마련이니, 남작의 자료를 보고 싶어하겠죠. 그런데 이런 집단적 현상은 어떤 자료로도 입증할 수 없으며, 그 길에 능통한 이들은 은폐하는 것이 가장 좋은 방법이라고 생각할 겁니다. 그러니 고귀한 영혼의 진영은 하늘을 찌를 듯이 분개하여, 의심할 여지없이 남작을 헐뜯는 자 아니면 미치광이로 볼 터. 풍류와 문아(文雅), 즉 시(詩)를 겨루는 마당에서는 지상 최대의 왕좌에 올랐다고 하나, 죽은 뒤에 배척받는 비운을 당해서야, 실례되는 말이지만 보쉬에의 말마따나 '그래선 아무 뜻도 없노라'이지 뭡니까."—"난 역사를 위해 별로 힘쓰지 않소이다." 샤를뤼스 씨가 응수했다. "이 삶만으로 만족하죠. 삶이 어지간히 재미나거든요. 죽은 스완의 말마따나."—"아니 남작? 스완과 아는 사이였습니까?

---

*1 프랑스 천문학자(1811~77). 1846년 정밀한 계산으로 해왕성의 존재를 예상함.
*2 드레퓌스에게 죄를 씌우려는 음모.

난 까맣게 몰랐는걸요. 스완도 그런 취미가 있었나요?" 브리쇼가 불안스러운 듯 물었다. "망측한 사람이로군! 아니 그럼 선생은 내 벗이 다 이런 축의 사람이라고 생각하십니까? 천만에, 스완은 아닐 거요." 샤를뤼스 씨는 눈을 내리깔고 득실을 계산하면서 말했다. 그리고 스완은 정반대의 성향이 있는 걸로 오래전부터 알려져 있어서, 반쯤 털어놓고 말해도 스완에게는 해로울 것이 없고, 또 그걸 슬쩍 암시해보는 것도 나쁘지 않다고 생각해선지, 이렇게 말했다. "하지만 옛적 학창 시절에 우연히 한 번." 남작은 자기도 모르는 사이에 흘러나온 혼잣말처럼 중얼거리다가, 금세 생각을 고쳐먹었다. "하지만 옛날 옛적 일이니, 어떻게 다 기억하겠소? 귀찮게 구시는군요, 선생." 그는 껄껄대며 이야기를 매듭지었다.

"아무튼 스완은 인물이 그리 잘나진 않았으니!" 브리쇼가 말했다. 그는 심한 밉상인 주제에 스스로 잘생긴 줄 알고 남들을 쉽게 못생겼다고 여겼다. "입 닥치시오." 남작이 말했다. "선생은 자기가 무슨 말을 하고 있는지 모르시나 보구려. 그 시절에 스완은 혈색 좋은 잘생긴 젊은이였소. 게다가." 그는 한 음절을 다른 가락으로 발음하면서 덧붙였다. "사랑의 천사처럼 아름다웠죠. 더구나 언제나 변함없이 매력 있어서 여인들에게 미친 듯한 사랑을 받았지요."—"그런데 스완의 아내와도 아는 사이였나요?"—"알다뿐이겠소, 내가 스완에게 소개해주었는걸요. 나는 그녀가 사크리팡 아가씨로 분장한 날 밤, 그 모습에서 매력을 발견했죠. 나도 클럽 친구들과 함께 있었는데, 그날 밤 모두가 여인 하나씩 데리고 돌아갔단 말씀이오. 그때 나는 오로지 잠만 자고 싶었는데도, 입이 험한 치들은 내가 오데트와 잠자리를 같이했다고 우겨댔죠. 참으로 사교계 인간들은 심술이 고약하다니까. 그 뒤로 오데트만이 얼씨구나 하고 자꾸 찾아오더군요. 그래서 스완에게 오데트를 소개하면 귀찮은 짐이 덜어질까 생각했던 거요. 그런데 그날부터 내게 매달려 떨어지지 않지 뭡니까. 철자법 하나 몰라 내가 편지를 대신 써주기도 했소. 그 다음에는 그녀를 데리고 산책하는 소임을 맡게 되었죠. 여보시게, 이게 바로 좋은 풍문이 도는 이유랍니다. 아셨나. 하기야 나는 그 풍문의 절반밖에 받을 자격이 없지만. 오데트는 내가 억지로 대여섯 명에게 함부로 행동하게끔 했으니 말이오." 오데트는 연달아 애인을 가졌다(처음에는 이 사내 다음에는 저 사내 하는 식으로—불쌍한 스완은 질투와 사랑에 눈이 멀어 있었으므로 이러한 사내들에 대해서는 아무것도 모른 채 차례로 그들의 가능성을 찾고 상대의 맹세를 믿었다. 그러나 그 맹세는 지조 없는 여인의 입에서 나오는 앞뒤 안 맞는 고백 이상으로 사실을 알리고 있었다. 조리에 맞지 않는 그 고백도, 쉽게 포착할 수는 없어도 의미심장하여, 질투하는 사내라면 애인의 불안을 자아내기 위하여 자기가 얻은 가짜 정보보다 이것을 더욱 적절하게 이용할 수 있었을 것이다). 샤를뤼스 씨는 오데트가 연달아 삼았던 애인의 이름을, 마치 역대 프랑스 왕명을 암송하듯 확신을 갖고 늘어놓기 시작했다.

사실 질투로 번민하는 인간은 같은 시대의 사람처럼 상대에게 너무 가까우므로 아무것도 모르게 마련이고, 잇달아 되풀이되는 간통의 소문은 오히려 제삼자의 눈에 역사와 같은 명확성을 갖고 일람표를 만들며 뻗어나간다. 하기야 아무래도 좋은 이런 일람표는 같은 질투에 번민하는 인간—들은 얘기를 아무래도 자기의 경우와 비교해보지 않고는 못 배기며, 자기가 의심하고 있는 여인에게도 똑같이 소문난 일람표가 있지 않나 전전긍긍하는 나 같은 인간—에게만 비통 거리가 된다. 그러나 그도 진실에 대해 아무것도 알 수 없다. 마치 애인이 이 사내에서 저 사내로 옮겨가는 동안 눈가리개로 그의 눈을 가리는 데 목적이 있는 것처럼 그에 대한 음모와 박해에 모두 잔혹하게 한몫 끼고 있는 것과 같다. 그가 눈가리개를 떼어내려고 아무리 애써 본들 헛수고이다. 불쌍하게도 모두가 그를 눈먼 상태로 두려고 하기 때문인데, 착한 이는 선의에서, 악한 이는 악의에서, 상스러운 이는 야비한 우롱에서, 고상한 이는 예의와 교양 탓에, 다시 말해서 모두 저마다 원칙이라고 일컫는 관습에 의하여 그를 눈먼 상태로 둔다.

"하지만 스완은 남작이 오데트의 호의를 받았던 걸 알고 있었나요?"—"천만에, 그걸 말이라고 하시나! 샤를에게 이야기하다니! 생각만 해도 머리털이 곤두섭니다. 이봐요, 선생, 그가 알았다면 아주 간단히 나를 죽였을 거요. 그는 지독하게 질투가 심했으니까. 나는 오데트에게도 그런 이야기는 안 했고, 했다 해도 오데트야 별로 개의치 않았을 테지만……. 자아, 이제 이런 쑥스러운 이야길랑 시키지 마시오. 아니, 가장 심했던 건 오데트가 스완에게 권총을 쏘아대 하마터면 내가 탄알에 맞을 뻔한 일이었어요. 정말이지, 그 부부와는 많은 재미를 보았죠. 스완이 오스몽과 결투할 때 당연히 내가 스완의 참관인을 맡았는데, 그 뒤로 오스몽이 나를 잡아먹지 못해 안달이더군요. 오스몽이 오데트를 슬쩍 채가버려, 스완은 홧김에 오데트의 누이를 진짜 정부인지 가짜 정부인지로 삼았던 거죠. 더 이상 나에게 스완 이야기를 시키지 말라니까요. 다 하려면 10년은 걸릴 테니. 아시겠나, 누구보다도 내가 더 잘 안단 말이오. 오데 트가 샤를 만나기 싫어할 때는 내가 데리고 돌아다녔으니까. 참 귀찮았어 요. 더구나 내 가까운 친척으로 크레시라는 이름을 가진 놈이 있어서 더 그랬 죠. 물론 이 이름을 가질 자격이라곤 티끌만치도 없는 놈이었지만, 아무튼 그 로서는 유쾌하지 않았단 말씀이오. 왜 그런고 하니, 그녀는 자기를 오데트 크 레시라고 부르게 했고, 또 그만한 권리가 충분히 있었죠. 크레시라는 분의 아 내였다가 헤어진 지 얼마 되지 않았으니까. 이분이야말로 진정한 크레시, 매우 훌륭한 신사였는데, 오데트한테 마지막 한 푼까지 탈탈 털리고 말았답니다. 그 렇군, 일일이 말하지 않아도 되겠군요. 당신이 그분과 시골 열차 안에 있는 걸 보았고, 발베크에서는 당신이 저녁 식사를 내지 않았소. 그 사람, 한턱 받을 처 지에 있었다니 불쌍도 하지. 스완이 보내주는 아주 적은 보조금으로 겨우 살 았으니까. 그것도 스완이 죽은 뒤로는 완전히 끊겼는지도 몰라요. 그건 그렇 고, 내가 이해 못하는 것은 말일세." 돌연 샤를뤼스 씨가 내게 물었다. "자네는 샤를 집에 자주 드나들었으면서, 조금 전 나한테 나폴리 왕비를 소개해달라 고 하지 않았단 말이야. 이를테면 자네는 신기하게도 인물에 흥미가 없나 본 데, 스완의 벗이 그렇다니 정말 놀라워. 스완으로 말하자면 이런 종류의 흥미 가 매우 발달해 있어서, 내가 그의 선생인지 아니면 그가 내 선생인지 알쏭달 쏭할 정도였네. 휘슬러 화백의 벗이 취미란 게 무엇인지도 모르는 거나 진배없 이 놀라워. 아차, 모렐이야말로 나폴리 왕비에게 소개해줘야 했는데 잘못했군. 녀석도 그렇게 해주기를 몹시 바랐지. 아주 현명한 놈이거든. 왕비께서 가버렸 으니 난처한걸. 가까운 시일 안에 두 사람을 대면시키기로 하지. 반드시 녀석 을 왕비에게 소개해야겠다 이 말씀이야. 단 하나 장애가 있다면 어쩌다 왕비 가 내일 급사라도 하는 것이겠지만, 설마하니 그런 일이 일어날라구."

샤를뤼스 씨로부터 '열 명 중 셋'이라는 비율을 들은 충격에서 벗어나지 못 하고 계속 그 생각만 곰곰이 하던 브리쇼가 피고를 자백시키려는 예심판사와 도 같이 느닷없이—하지만 실상은 통찰력 있어 보이려는 교수의 소망과, 이 처럼 중요한 비난을 퍼붓는 데서 느끼는 긴장의 결과였는데—암담한 표정으 로 샤를뤼스 씨에게 물었다. "스키도 그 축이 아니오?" 그는 이른바 천재적 직 관이라는 것을 보여 남을 놀라게 하려고 스키를 지목했던 것이다. 무고한 자가 열 명 중에 셋밖에 없는 이상, 좀 괴이쩍어 보이며 불면증이라고 엄살하고, 향수 냄새를 풍기며, 한마디로 규칙에서 벗어난 스키를 지목해도 빗나갈 위험이 적을 거라고 생각했기 때문이다. "어림도 없는 소리!" 남작은 쓰디쓴 야유, 짜증 섞인 독단적인 목소리로 외쳤다. "당신의 추측은 잘못도 이만저만이 아닌, 당치도 않은 말이오! 아무것도 모르는 이들에게는 스키야말로 바로 그렇게 보이겠지. 그러나 만약 그것이 사실이라도, 영락없이 그렇게 보이거나 하진 않을 거요. 그를 비난할 생각이라곤 조금도 없소. 매력적인 분이고, 뭔가 대단히 내 마음을 끌기도 하니까."—"그럼 몇몇 이름을 대주시겠습니까?" 브리쇼가 간곡히 청했다. 샤를뤼스 씨는 교만한 태도로 몸을 젖히고, "여보시게 선생, 나로 말할 것 같으면, 알다시피 추상 세계에 사는 인간이외다. 지금 왈가왈부한 것은 선구자적인 관점에서만 내 흥미를 끌죠." 그는 그 같은 축의 특유한 의심과 감수성, 호언장담하기 좋아하는 그들만의 독특한 말투를 드러내며 대꾸했다. "내 흥미를 끄는 것은 일반적인 것뿐이라, 인력의 법칙을 논하듯이 당신에게 말했던 겁니다."

그러나 남작이 자기 상황을 숨기려고 조바심하는 이 순간은, 그가 자기 생활의 진실을 짐작케 하며 자랑스럽게 늘어놓은 지난 몇 시간—남에게 털어놓고 싶은 욕구가, 폭로되는 근심보다 더 강했다—에 비하면 찰나에 지나지 않았다. 그가 다시 입을 열었다. "내가 말하고자 한 바는, 근거 없는 고약한 소문이 하나 있다면, 그에 못지않게 좋은 평판으로 근거 없는 소문이 몇백 개나 있다는 점이오. 물론 좋은 평판을 받을 만한 가치가 없는 자의 숫자는, 그와 같은 이들의 말을 믿거나 관계없는 이들의 말을 따르거나에 따라 달라지죠. 하기야 관계없는 이들의 악의는 가공할 악덕—다정다감한 줄 알았던 이가 범한 도둑질이나 살인처럼 무시무시한 악덕—을 믿기 힘들기 때문에 한계가 있소. 그런데 그와 같은 이들의 악의는, 자기 마음에 드는 사람들이 있기라도 하면—뭐라고 할까—다가가기 쉬운 인간으로 믿고 싶은 마음이나 비슷한 욕망에 농락당한 이들한테서 얻은 정보, 보통 그자들이 일반에게서 격려당하고 있다는 사실로 인해 지나치게 자극받게 마련이지. 나는 그 기호 때문에 어지간히 좋지 못한 평판을 받는 녀석이, 사교계의 아무개도 같은 기호를 가졌나 보라고 말하는 걸 들은 적이 있소. 그런데 그 녀석이 그렇게 여긴 유일한 까닭이 뭔고 하니, 이 사교계의 아무개가 그 녀석한테 싹싹하게 굴었다는 점뿐이지 뭐요! 수를 계산할 때도 참으로 갖가지 이유로 낙관적이 되거든." 남작은 순진하게도 그만 '낙관적'이라고 말했다. "그러나 문외한이 계산한 수와, 정통한 자가 계산한 수가 엄청나게 차이나는 진짜 이유는, 정통한 자가 자기 행실이 남의 입에 오르내리지 않도록 그것을 신비로 감싸기 때문이오. 이 사실을 알 길 없는 문외한이 진실의 4분의 1이라도 안다면 말 그대로 놀라자빠질 거요."―"그럼 현대도 그리스 시대와 같군요." 브리쇼가 말했다. "뭐라고, 그리스 시대와 같다고요? 그것이 그리스 시대부터 쭉 이어져온 것을 모르시나? 들어보시게. 루이 14세 치하에는 소(小)베르망두아(Petit Vermandois),*¹ 몰리에르, 루이 드 바덴(Louis de Baden),*² 브룅스비크(Brunswick),*³ 샤롤레(Charolais) 백작,*⁴ 부플레르(Boufflers),*⁵ 콩데 대공, 브리사크 공작*⁶⋯⋯."―"잠깐만, 남작, 나도 브리사크에 대해서는 생시몽의 회상록을 통해 알고 있습니다. 물론 방돔 공작 루이 조제프*⁷도 그랬고, 그 밖에 여러 사람이 그런 줄 알아요. 그런데 망할 생시몽 영감 같으니라구, 콩데 대공이나 루이 드 바덴 공작에 대해 자주 말하면서도 그건 단 한 마디 대꾸도 없습니다그려."―"소르본 교수라는 분에게 제가 역사를 가르쳐야 하다니 유감인걸요. 그런데 선생, 당신은 정말 아무것도 모르는 분이군요그래."―"너무 심한 말씀인데요, 남작. 하지만 옳은 말씀입니다. 그렇지, 재미난 걸 가르쳐드리죠. 지금 막 생각났는데, 그 무렵 라틴어로 된 익살스러운 노래가 있었어요. 내용인즉, 콩데 대공이 친구인 라 무세(La Moussaye) 후작과 함께 론 강을 내려가다가 불현듯 뇌우에 휩쓸립니다. 콩데 공 왈이 말하죠.

Carus Amicus Mussexus,

Ah! Deus bonus quod tempus.

Landerirette,

─────────

*1 루이 14세의 적자(1667~83).

*2 장군(1677~1707).

*3 장군(1624~1705).

*4 콩데 대공의 아들(1700~60).

*5 원수(元帥,1644~1710).

*6 생시몽의 처남(1645~99). 생시몽《회상록》에 의하면 아리송하고 수치스러운 생활을 했다 함.

*7 앙리 4세의 증손자(1654~1710).

Imbre sumus perituri.

절친한 벗, 무사에우스*¹
아아! 끔찍한 날씨로고.
우르르 쿵 쾅
뇌우로 숨이 끊어질 것 같네.

그러자, 라 무세가 다음과 같이 받아넘겨 그를 안심시킵니다.

Securae sunt nostrae vitae,
Sumus enim Sodomitae,
Igne tantum perituri,
Landeriri.

우리 두 목숨은 튼튼하외다.
무시무시한 하늘의 겁화(劫火)*²만이
소돔의 겨레를 멸망시킬 수 있기에.
우르르 라라."

"앞서 한 말을 취소하겠소." 샤를뤼스 씨가 날카롭고 점잔 빼는 목소리로 말했다. "당신이야말로 지식의 샘이올시다. 그 노래를 좀 적어주시지 않겠소. 우리 가문의 기록에 보존해두고 싶소이다. 증조할머니께서 콩데 공의 누이시니까요."—"적어드리죠. 그런데 남작, 루이 드 바덴 공에 대해서는 아무것도 생각나는 게 없는데요. 더구나 그 무렵 전쟁은 보통⋯⋯."—"한심한 말을 다 하시는군요! 그때라면 방돔, 빌라르, 외젠 공, 콩티 공이 있고, 또 현대의 통킹(Tonkin)이나 모로코의 영웅들, 그것도 참으로 숭고하고 경건한 '새 세대'의 영웅들이 있는데, 내가 만약 그들에 대해 얘기한다면 선생은 놀라 자빠질 거요. 부르제 씨도 말했거니와, 앞 세대의 쓸데없는 복잡함을 거부한 새 세대 영웅들을 조

────────────

*1 이라 무세를 라틴어식으로 부른 것.
*2 세상이 파멸할 때 일어난다고 하는 큰불.

사하고 있는 이들에게*³ 가르쳐주고 싶은 게 산더미같이 많단 말씀입니다! 나는 그 방면에 매우 유능한 친구가 하나 있는데, 소문도 자자하고 훌륭한 일도 많이 했죠……. 아니, 남의 험담을 하고 싶진 않으니 17세기로 돌아갑시다. 아시다시피 생시몽은 위그셀(Huxelles)*⁴ 원수에 대해 특히 이렇게 말하고 있어요. '그리스적 방탕에 탐닉한 나머지, 그걸 숨기려고조차 하지 않았고, 잘생긴 젊은 하인뿐만 아니라 젊은 장교까지 차례로 손아귀에 넣어 말을 듣도록 했으며, 더더구나 군대 내에서건 스트라스부르에서건 공공연히 그걸 했다.' 당신도 아마 왕제비(王弟妃)*⁵의 서한을 읽어보셨겠지만, 부하 병사들은 그분을 주로 '퓌타나(putana)'*⁶라고만 불렀다는군요. 왕제비께서는 그걸 어지간히 뚜렷하게 말하고 있단 말입니다."—"남편이라는 최고의 정보원이 있었으니까요."—"그 왕제비는 매우 흥미진진한 인물이죠." 샤를뤼스 씨가 말했다. "이분을 바탕 삼아, '남색가의 아내'라는 서정적인 결정판을 만들어낼 수 있을 거요. 먼저 남자 같은 여자. 보통 남색가의 아내는 사내같이 튼튼해 식은 죽 먹듯이 애를 낳을 수 있죠. 다음으로 왕제비는 남편의 악습에 대해 한마디도 하지 않았지만, 정통한 이의 자격으로 남들의 그러한 악습을 끊임없이 말하고 있죠. 이는 자기 가정을 괴롭히는 결함을 다른 가정에서도 찾아내서, 그 결함이 그다지 예외적인 것도 불명예스러운 것도 아니라는 점을 스스로에게 이해시키려는 버릇 때문이오. 나는 아까 온갖 시대에도 다 그랬다고 말했소. 그렇지만 우리 시대는 이 관점에서 볼 때 유다른 특성을 나타내고 있단 말입니다. 나는 17세기에서 몇 가지 예를 들었지만, 만약에 내 위대한 조상이신 프랑수아 드 라 로슈푸코가 현대에 살아 계셨다면 그때보다 더욱 정당한 이유로 이렇게 말했을 거요. 이봐요, 브리쇼, 틀린 인용이 나오거든 도와주시오. '악습은 온 시대에 존재한다. 한데 세상이 다 아는 인물들이 고대에 태어나 있었다면, 인간은 과연 현재 엘라가발루스(Elagabalus)*⁷의 매음을 운운하겠는가?' 이 중 '세상이 다 아는'이라는 구절이 내 마음에 쏙 든단 말씀이오. 총명하고 민첩하신 저의 조상께서는

---

*3 제1차 세계대전 전에 젊은이의 성향을 조사한 사회학자들.
*4 루이 14세의 신임이 두텁던 장군.
*5 여기서는 필립 오를레앙 공작부인. 일명 팔라틴 공주(1652~1722).
*6 매음부라는 속어, 팔라틴과 비슷한 음에서 나온 욕.
*7 고대 로마 황제(204~222). 얼굴에 분 바르고 여장을 하여 광태를 부렸다 함.

그 무렵에 가장 이름난 이들의 '후림대수작'에 정통하셨나 봅니다. 내가 현대인의 '후림대수작'에 정통해 있듯이. 그러나 현대는 이런 축이 더 많아졌을 뿐만 아니라, 그들은 뭔가 색다른 것도 갖고 있죠."

나는 샤를뤼스 씨가 이와 같은 풍습이 어떤 형태로 변화했는지 말하려 한다는 것을 깨달았다. 하지만 그가 지껄이고, 브리쇼가 떠드는 동안, 알베르틴이 나를 기다리고 있는 내 집의 영상은 어떤 때는 뚜렷하게, 어떤 때는 무의식으로 나타났는데, 언제나 뱅퇴유의 부드럽고 친밀한 주제와 연결되어 한순간도 내 머릿속에서 떠나지 않았다. 내 사념은 끊임없이 알베르틴에게 되돌아가곤 했는데, 실제로도 그처럼 알베르틴 곁으로 돌아가야 했다. 죄수의 몸에 어떤 모양으로 매달려 있는 쇠구슬 같은 것 때문에 나는 파리를 떠나지 못하고, 또 지금 베르뒤랭네 살롱에서 머리에 떠올리는 내 집도 텅 빈 공간—내 마음을 자극하지만 좀 쓸쓸한 공간—처럼 생각하지 않으며, 거꾸로—이 점에서는 어느 날 밤의 발베크 호텔과 비슷하여—그곳에서 움직이지 않는 존재, 나를 위해 언제까지나 거기에 있고 마음 내키면 반드시 만날 수 있는 존재로 가득 찬 공간처럼 느껴졌다.

샤를뤼스 씨가 늘 그 화제로 돌아오는 집요함에는 어지간히 복잡하고 불쾌한 무엇이 있었다. 게다가 그의 지성은 그 화제에 대해 늘 같은 방향으로만 단련되어 있어 어떤 통찰력이 뛰어났다. 그는 자기 전문 분야가 아니면 눈길조차 주지 않는 학자처럼 진저리나고, 비밀을 쥐고 있는 게 자랑스러워 입 밖에 내고 싶어 몸이 단 소식통처럼 성가시고, 자기 결점에 대한 말이 나오면 남들이 기분 나빠하는 줄도 모르고 즐거워하는 이들처럼 야비하며, 성미가 까다로운 자처럼 한 가지에만 골몰하고, 범죄자처럼 억제할 수 없는 경솔함을 지닌 인간이었다. 이런 특징은 어떤 때는 미치광이나 범죄자의 특성과 마찬가지로 소름끼치는 것이었지만, 다른 어떤 때는 내게 안도감을 가져다주기도 했다. 왜냐하면 그러한 특징에 필요한 변경을 보태서 알베르틴과 관계된 판단을 끌어내고 생루와 나에 대한 그녀의 태도를 떠올리면서, 분명 내게 이 첫 추억은 괴롭고 우울한 것이긴 했지만, 샤를뤼스 씨의 사람됨이나 대화에서 강렬하게 퍼져 나가는 것 같은 뚜렷한 일그러짐, 어쩔 수 없이 빠져들게 되는 특수화의 흔적은 이 추억에 티끌만치도 없는 것 같았기 때문이다.

그런데 공교롭게도 샤를뤼스 씨는 이런 밝은 희망의 원인을 내게 가져온 것과 같은 방식으로, 곧 무의식으로 깨부수고 말았다. "암, 그렇지." 그가 말했다. "나는 이제 20대의 젊은이가 아니지. 주위에서 여러 가지가 변해가는 걸 보아왔는데, 나는 이제 도무지 분간 못하게 됐단 말씀이오. 사교계만 해도 울타리가 허물어져 품위도 없으려니와 예의도 지킬 줄 모르는 무리가 내 집 안까지 들어와서 탱고 따위를 추고 있으니. 유행도 정치도 예술도 종교도 무엇 하나 분간이 되지 않소. 하지만 터놓고 말해 가장 심하게 변한 것은 뭐니뭐니해도 독일인이 일컫는 동성애라는 것이오. 참말이지 내가 젊었을 때만 해두 여인을 죽도록 싫어하는 사내나, 여인만 좋아할 뿐 다른 것은 이해관계로밖에 생각지 않는 사내를 빼고서, 동성애자는 한 가정의 선량한 아버지였으며, 첩을 두는 것은 그저 세상의 이목을 피하기 위해서였소. 만에 하나 혼기가 찬 내 딸의 행복을 너럭바위 위에 놓고 싶으면, 서슴지 않고 그런 축에서 사위를 골랐을 거요. 그런데 한탄스럽게도 세상 온갖 일이 다 변했습니다그려. 요새는 여인에게 넋을 빼앗기는 축에서도 그런 자가 나온다는군요. 나는 조금 눈치가 빠르다고 자부해, '확실히 아닌걸' 짐작하면 빗나가는 법이 없었죠. 하지만 이젠 두 손 번쩍 들 수밖에 없게 됐습니다. 한번은 내 친구 중 그걸로 소문난 이가 내 형수인 오리안의 주선으로 마부를 고용했죠. 놈은 콩브레 출신답게 온갖 일에 두루 손을 대왔는데 특히 치마를 걷어올리는 일에 익숙한지라, 난 그걸 아주 싫어하는 녀석으로 확신했거든요. 녀석이 여배우와 비어홀 아가씨—그 밖에도 많았지만—하고 어울려, 애인을 속이고 몹시 울리곤 했으니까. 내 사촌인 게르망트 대공은 모든 걸 너무 쉽사리 믿어 상대를 짜증나게 하는 사람인데, 하루는 내게 '한데 X녀석, 왜 그 마부와 같이 안 잔다지? 테오도르(이게 마부의 이름이오)가 좋아할지도 모르고, 어쩌면 주인이 집적거려주지 않아서 화내고 있는지 누가 알아?' 이렇게 말하는 게 아니겠소. 나는 견디다 못해 질베르에게 입 닥치라고 무안을 주었죠. 아무리 날카로운 통찰력을 자부한들 분별없이 써먹는다면 통찰력은 있으나마나 아니겠습니까. 더구나 질베르가 친구인 X로 하여금 먼저 위험한 다리를 건너가게 한 뒤에, 안전해 보이면 자기도 뻔뻔스레 건너려는 그 교활한 속셈이 들여다보여 내 비위에 거슬렸단 말씀이오."—"그럼 게르망트 대공도 그걸 좋아하나요?" 브리쇼가 경악과 불쾌감이 섞인 투로 물었다. 샤를뤼스 씨는 유쾌한 듯이 대답했다. "허어, 다 아는 바이니 내가 그렇다고 한들 비밀

누설은 아닐 테죠. 그런데 다음해 발베크에 갔을 때 나를 가끔씩 낚시질에 데리고 가는 뱃사람에게서 들은 소문인데, 그 테오도르—참고로 그 누이동생이 베르뒤랭 부인의 벗인 퓌트뷔스 남작부인의 몸종이오—가 날마다 항구에 나가서는 뻔뻔스레 이 선원 저 선원을 닥치는 대로 낚아 배를 타고 그 주변을 한 바퀴 돌거나, '다른 짓'도 했다는군요."

이번에는 내가, 그 테오도르의 주인 되는 이가 온종일 애인과 트럼프 놀이하던 신사인 줄 알아차리고, 역시 게르망트 대공과 같은 인물이냐고 물어보았다. "허어, 세상이 다 아는 사실인걸. 그는 그걸 숨기지도 않아."—"하지만 애인과 같이 있지 않았습니까?"—"그게 어쨌다는 거야? 당신들은 순진도 하이, 어린애들인가?" 샤를뤼스 씨는 내가 그의 말을 듣고 알베르틴을 생각하면서 고통스러워하는 줄은 꿈에도 생각지 못한 채 아버지 같은 말투로 대답했다. "귀여운 여인이지, 그의 애인은."—"그럼, 그의 친구 세 사람도 같은가요?"—"천만에." 그는 내가 악기를 연주하다가 음정을 틀리기라도 한 듯이 귀를 막으면서 외쳤다. "이번엔 정반대로 치닫는구만. 그렇다면 이런 치들은 사내인 친구를 가질 권리도 없다는 말인가? 허어! 젊은이란 모든 걸 혼동한단 말이야. 교육을 다시 받아야겠어. 그런데 이 사람은 말일세." 그는 말을 이었다. "나는 이런 경우를 여럿 알고 있지만, 이 사람의 경우는 내가 온갖 뻔뻔함에 대해 아무리 허심탄회하게 생각하려고 애써도, 좀처럼 당황하지 않을 수 없네그려. 내가 시대에 뒤졌는지, 아무튼 이해를 못 하겠어." 그는 나이 든 갈리아주의자[1]가 교황지상주의의 어떤 형태를 논하듯, 자유주의적 왕당파가 악시옹 프랑세즈(l'Action Française)[2]를, 클로드 모네의 제자가 입체파를 평하듯 말했다. "나는 이런 혁신가들을 비난하는 게 아니네. 오히려 그들이 부러워서 이해하려고 애쓰지만 그게 잘 안 돼. 그토록 여성을 좋아한다면, 동성애자를 고약하게 생각하는 노동자 계급이나 제도 때문에 비밀로 숨기려는 사회에서, 왜 이른바 '어린애(môme)'를 구한단 말인가? 까닭인즉, 그게 그들에게 다른 의미를 가지기 때문인데, 그게 무엇이겠는가?" 나는 '여성이 알베르틴에게 어떤 다른 의미를 가지는 걸까?' 생각에 잠겨 있었다. 그리고 바로 이것이 내 고통의 원인이었다.

브리쇼가 말했다. "온 세상에 밝히노니, 남작, 혹시 전학부평의회(全學部評議

---

*1 프랑스 교회의 자주·자유권 옹호자.
*2 극우적(極右的) 왕당파.

會)에서 동성애 연구 강좌를 신설하는 문제가 거론된다면 나는 서슴지 않고 남작을 첫 번째로 추천하겠습니다. 아니, 그보다 특수정신생리학연구소 쪽이 안성맞춤일까. 아니지, 뭐니뭐니해도 콜레주 드 프랑스(Collège de France)의 강좌가 적격이라는 생각이 드는군요. 그렇게 된다면 타밀(Tamil)어*³나 산스크리트어 교수처럼 개인적인 연구에 몰두하여, 관심을 보이는 몇몇 사람에게 그 성과를 발표할 수도 있습니다. 청강생이라야 두 명 정도, 거기에 대학 수위가 한 명 따르겠지만. 그렇다고 대학 수위를 티끌만치도 의심해서 하는 말이 아닙니다. 의심쩍어할 사람들이 아니거든요."—"모르는 소리." 남작은 엄하게 딱 잘라 대꾸했다. "첫째로 이것에 흥미를 보이는 인간이 그렇게 적다고 생각하면 큰 오산입니다. 오히려 정반대란 말씀이오." 그리고 그의 얘기가 변함없이 잡아드는 방향과 남에게 퍼부어대려는 비난이 모순됨을 알아차리지 못한 채, 분하여 마음이 북받치는 표정으로 브리쇼에게 말했다. "정반대로 무시무시한 수효지. 이제는 모두가 온통 이 얘기밖에 하지 않는단 말입니다. 수치스럽지만 내가 말한 그대로니, 한탄할 일이 아니고 뭐요. 그저께도 예양 공작부인 댁에서 두 시간이나 이 주제로 이야기꽃을 피웠다죠. 요새는 어엿하신 여인들마저 이 얘기로 왁자지껄하니, 이것이 추문이 아니고 무어란 말이오! 가장 상스러운 것은, 여인들이 그 길에 훤하다는 점이오." 그는 비상한 열의와 힘을 실어 소리를 높였다. "그것도 샤텔로의 아들놈처럼 버르장머리없이 함부로 까부는 녀석들이 남들에 대해 이러니저러니 떠들어댄다는군요. 나를 두고도 고약하게 왈가왈부한다지만 나는 낯도 간지럽지 않소. 트럼프 놀이에서 속임수를 써 자키 클럽에서 제명될 뻔한 놈이 어떤 난잡한 험담을 하든지 어차피 누워 침 뱉기니까. 만약에 내가 예양 부인이라면 좀더 자기 살롱을 존중해서 그런 화제를 꺼내지 못하게 할 테고, 또 자기 집안이 지저분한 얘깃거리가 되는 걸 용서치 않겠지. 그러나 사교계도 이제 끝장이오. 대화든 몸단장이든, 예의도 법도도 없어졌으니. 허어, 정말이지 말세야. 다들 악의에 차 있소. 누가 남의 험담을 더 잘 하느냐가 관건이니까. 이 얼마나 무서운지!"

어린 시절 나는 콩브레에서 할머니가 할아버지한테 코냑을 마시지 말라고 헛되이 애원하는 광경을 차마 볼 수 없어 도망친 일이 있었는데, 그때부터 비

---

*3 인도 동남부 드라비다 어족에 속한 언어.

겁했던 나는 지금도 단 한 가지 생각밖에 하지 않았다. 바로 샤를뤼스 씨의 처형이 시작되기 전에 베르뒤랭네를 떠나는 일이었다. "아무래도 그만 가봐야겠습니다." 내가 브리쇼에게 말했다. "나도 같이 가겠네만, 잠자코 가서야 쓰겠나. 베르뒤랭 부인에게 작별인사하러 갑시다." 교수는 이렇게 말하고, 어떤 놀이에서 '돌아가도 좋은지'를 보고하러 가는 사람처럼 살롱 쪽으로 발길을 돌렸다.

우리가 담소하는 동안 베르뒤랭 씨는 부인의 신호에 따라 모렐을 끌고 갔다. 하기야 베르뒤랭 부인이 여러모로 숙고한 끝에 모렐에게 폭로하는 걸 연기하는 편이 가장 좋은 방법이라 생각했더라도, 이제 그렇게는 되지 않을 것이다. 어떤 욕망은 설사 나가는 곳에서 여러 번 억누른들 그것을 키우기 시작하면, 결과가 어찌 되든 간에 기어이 충족되기를 바라기 마련이다. 너무나 오랫동안 드러낸 어깨를 바라보다간 거기에 입맞출 수밖에 없어 새가 뱀 위에 내려앉듯이 입술이 저절로 어깨 위로 떨어지고, 심한 배고픔에 저도 모르게 과자를 아귀아귀 먹지 않고는 못 배기며, 뜻밖의 말을 내뱉어 아무개의 마음에 경악·당황·고통·기쁨을 일으키고 싶어 참지 못한다. 이와 마찬가지로, 멜로드라마에 취한 베르뒤랭 부인은 모렐을 데려가서 기어코 그에게 말하기를 남편에게 엄명했던 것이다. 모렐은 첫마디에, 나폴리 왕비가 떠나버려 자기가 소개받지 못하게 된 걸 한탄하기 시작했다. 샤를뤼스 씨가 모렐에게 왕비야말로 엘리자베트 황후와 알랑송 공작부인과 자매지간이라고 귀가 아프도록 되풀이했었으므로, 그의 눈에는 왕비가 엄청나게 위대한 분으로 보였던 것이다. 그러나 베르뒤랭 씨는 나폴리 왕비의 얘기를 하려고 부른 게 아님을 설명한 뒤 문제의 핵심으로 들어갔다. 그는 얼마 동안 변죽만 울리다가 이렇게 결론지었다. "이봐, 모렐. 자네가 좋다면 내 안사람의 의견을 들어보세. 명예를 걸고 맹세하지만, 난 그녀에게 이 일에 대해 한마디도 하지 않았네. 안사람이 어떤 판단을 내리는지 들어보자구. 내 의견이 옳지 않을지도 모르겠지만, 안사람의 판단이 얼마나 정확한지는 자네도 잘 아는 바이고, 또 그녀는 자네에게 그지없는 우정을 품고 있으니 말이네. 어디 그 사람의 의견을 물어보기로 하세."

한편 그동안 베르뒤랭 부인은 이제부터 바이올린 명수와 얘기할 때나, 그가 돌아간 다음 남편에게서 그와 나눈 대화 내용을 모두 들을 때 맛보게 될 흥분을 초조히 기다리면서, "그런데 두 사람은 뭐하고 있을까? 이렇게 시간이 걸렸으니 귀스타브가 용케 설득시켰으면 좋겠는데"라고 끊임없이 되풀이했다.

마침 베르뒤랭 씨가 모렐을 데리고 내려왔다. 보아하니 모렐은 몹시 동요하는 듯했다. "모렐이 당신에게 물어보고 싶은 게 있다는군." 베르뒤랭 씨는 이 청을 들어줄지 자신 없다는 투로 아내에게 말했다. 베르뒤랭 부인은 무척 들뜬 나머지 남편이 바이올리니스트에게 말한 내용은 전혀 못 들은 체하기로 미리 약속해둔 걸 언제 그랬냐는 듯이 까맣게 잊고, 남편에게 대답하는 대신 모렐한테 "나는 이이와 완전히 같은 의견이에요. 더 이상 그걸 용서할 수 없어요!" 앙칼지게 외쳤다. "뭘? 뭘 용서한다고?" 베르뒤랭 씨가 매우 놀라는 체하며 제 거짓말을 부인하려고 했지만, 당황한 탓인지 서투르게 더듬더듬 말했다. "당신이 모렐에게 말한 내용쯤이야 뻔하죠." 베르뒤랭 부인은 설명이 그럴싸하게 보이건 말건 아랑곳없이 모렐이 나중에 이 장면을 돌이켜보고서 파트론의 진실성을 의심하건 말건 전혀 개의치 않고 대꾸했다. "못써요. 그런 불명예스런 낙인이 찍힌 인물과의 수치스런 생활을 더 이상 참아서는 못쓴다고 생각해요. 그이는 어디에도 초대받지 못하는 인물이거든요." 그녀는 아무런 근거도 없는 말에 신경 쓰지 않고, 자신이 거의 날마다 그를 불러들이고 있는 사실마저 잊고서 덧붙였다. "모렐은 콩세르바투아르의 웃음거리예요." 그녀는 이것이 가장 효과 있는 핑계라고 생각하며 강조했다. "이런 생활을 한 달만 더 계속해보세요. 예술가로서의 장래야 볼장 다 본 거죠. 샤를뤼스만 없다면 한 해에 10만 프랑은 충분히 벌 텐데."—"저는 그런 소문은 처음 듣습니다. 어리벙벙해서요. 정말이지 말씀만이라도 고마워요." 모렐은 눈물을 글썽거리며 중얼거렸다. 그러나 경악을 가장하면서도 부끄러움을 감출 수 없어서, 베토벤 소나타 전곡을 연이어 연주할 때보다 더 심하게 얼굴이 붉어졌고 땀을 흘렸다. 그 눈에는 본(Bonn)의 거장*1도 짜내지 못했을 만큼의 눈물이 글썽거렸다.

이 눈물에 흥미를 느낀 조각가 스키는 히죽 웃으며 나한테 곁눈질로 샤를리를 가리켰다. "모렐 혼자만 금시초문이죠. 그이는 평판이 몹시 고약한 데다, 흉악한 소문이 자자한 인물이에요. 경찰이 그를 노리고 있는 것도 나는 알아요. 하긴 그에게는 그 편이 다행인지도 모르죠. 그런 치들이 다 그렇듯이 불량배의 손에 살해되진 않을 테니까요." 그녀가 이렇게 덧붙인 까닭인즉, 샤를뤼스 씨를 생각하다가 다시 좀전의 뒤라스 부인의 일이 머리에 떠오르자 약이 머리

---

*1 베토벤을 가리키는 말.

끝까지 올라 머리가 멍해지면서, 불쌍한 샤를리에게 내리치는 상처를 더 중하게 여기고, 또 그녀 자신이 오늘 밤 받은 상처에 대한 복수를 노리고 있었기 때문이다. "게다가 물질적으로도 그이는 당신에게 아무런 도움이 되지 못해요. 협박하는 놈들의 먹이가 된 뒤로는 완전히 파산해, 협박꾼들에게도 대가를 치르지 못하는 형편이니, 하물며 당신 연주의 대가로 돈 한 푼 나올 리가 없죠. 저택도 별장도 모두 저당 잡혀버렸으니까." 샤를뤼스 씨가 모렐을 상대로 불량배와의 관계를 곧잘 이야기해온 만큼 모렐은 이 거짓말을 더 쉬이 곧이들었다. 하인의 아들이란 자기 자신은 아무리 게으를망정 보나파르티스트적인 사고*1에 집착하는 것 만큼이나 불량배들에게 강한 혐오감을 드러내기 마련이다.

벌써 그의 교활한 마음속에는, 18세기에 동맹역전(同盟逆戰)*2이라고 일컫던 것과 비슷한 계획이 싹트고 있었다. 앞으로 절대 샤를뤼스 씨에게 말 붙이지 않기로 결심한 그는, 다음 날 저녁 쥐피앙의 조카딸에게 가서 모든 걸 자기 손으로 해결해야겠다고 생각했다. 그러나 공교롭게도 이 계획은 실패하게 된다. 같은 날 저녁 샤를뤼스 씨가 쥐피앙과 만나기로 약속되어 있었고, 옛 재봉사인 쥐피앙은 무슨 일이 있어도 이 약속을 어기지 못했기 때문이다. 모렐에게 앞으로 다른 사건이 차례차례 밀어닥친 뒤에, 쥐피앙이 울고불고하면서 자기 불행을 남작에게 얘기하자, 쥐피앙 못지않게 불행한 남작은 버림받은 여자애를 양녀로 삼아 자기가 붙일 수 있는 칭호 가운데 하나—아마도 올로롱 아가씨라는 이름—를 그녀에게 이어주고, 이제부터 오롯한 교육을 받게 하여 부자와 결혼시키마 하고 딱 잘라 말했다. 이 약속은 쥐피앙을 기뻐 날뛰게 했지만, 그의 조카딸은 여전히 모렐을 사랑하고 있는지라 이에 무관심했다. 그런데 모렐은 바보인지 파렴치해선지, 쥐피앙이 없는 틈을 타서 농담을 던지며 가게로 들어갔다. "무슨 일이 있었나, 눈언저리에 시커먼 그늘이 생겼네그려?" 모렐이 싱글대면서 말했다. "실연이라고? 제기랄, 내일은 내일의 태양이 뜬다잖아. 아무튼 신발이 발에 맞나 안 맞나 신어보는 것도 자유인데, 하물며 계집애랑 궁합이 맞는지 어떤지 알아본다고 해서 뭐가 나쁘다지. 또 발에 맞지 않는다면……" 그가 화낸 적은 단 한 번, 그녀가 울었을 때인데, 그는 우는 게 비겁

---

*1 세습적인 귀족을 멸시하고, 제 힘으로 영달하는 게 제일이라는 생각.

*2 1747년에는 프랑스가 프러시아와 한편이 되어서 영국과 오스트리아에 대항하고, 1756년에는 거꾸로 오스트리아와 한편이 되어서 프러시아와 영국에 대항한 것을 말함.

하고 괘씸한 태도라고 생각했다. 인간은 언제나 자기가 흘리게 한 눈물을 견디지 못하는 법이다.

그러나 우리는 너무나 앞섰다. 이 모든 게 베르뒤랭네 야회 뒤에 일어난 일이므로, 중단된 야회로 되돌아가야 한다. "저는 전혀 짐작도 못했어요." 모렐이 탄식하며 베르뒤랭 부인에게 말했다. "물론 대놓고 말하는 사람이 어디 있겠어요. 하지만 당신이 콩세르바투아르의 웃음거리임에는 변함없어요." 베르뒤랭 부인은 오로지 샤를뤼스 씨하고만 관련된 일이 아니라, 모렐 자신과도 연관된 문제임을 꼬집어 말하고 싶어 심술궂게 말을 이었다. "당신이 몰랐다는 것을 나는 곧이듣고 싶지만, 남들은 헤아려주지 않아요. 스키에게 물어보세요. 요전날 당신이 극장에서 내 칸막이 좌석에 들어왔을 때, 바로 옆인 슈비야르(Chevillard)[*3]의 칸막이 좌석에서 뭐라고들 했는지. 뒤에서 당신을 흉봤대요. 나 자신은 그런 걸 별로 대수롭지 않게 여기나 그런 손가락질은 한 사내대장부를 굉장히 우스꽝스럽게 만든다고 생각해요. 한평생 모든 사람의 웃음거리가 되는 거라고요."—"뭐라고 감사의 말씀을 올려야 할지 모르겠습니다." 모렐이 대답했다. 이제 막 무섭도록 아프게 한 치과 의사한테 아픈 표정을 보이지 않으려는 말투였다. 또는 참관인이 하찮은 말꼬리를 잡아, "자네는 저 모욕을 못 본 체 넘길 수 있는가?" 묻자 마지못해 결투를 하게 된 사나이가 그 혈기왕성한 참관인에게 말하는 투였다. "당신은 기개 있고 남자다운 분이라고 생각해요." 베르뒤랭 부인이 말했다. "샤를뤼스가 사람들에게 당신의 목덜미를 잡고 있으니 감히 어쩌지 못한다고 아무리 말한들, 당신은 뚜렷하고 떳떳하게 말할 줄 아는 분이잖아요."

산산조각 난 자기 위신을 대신 덮을 위엄을 찾고 있던 샤를리는 어디서 읽었는지 아니면 어디서 들었는지, 다음과 같은 구절을 떠올리고는 당장 분명한 목소리로 말했다. "아무리 굶주려도 훔친 빵을 먹을 내가 아닙니다. 오늘 밤에 바로 샤를뤼스 씨와 절교하겠습니다……. 나폴리 왕비께서는 떠나셨나요? 안 가셨다면, 절교하기 전에 그에게 부탁해서……."—"굳이 그이하고 완전히 절교할 것까지야 없어요." 작은 핵심의 붕괴를 막으려고 베르뒤랭 부인이 말했다. "이곳에서 그이를 만나는 건 상관없어요. 이 작은 동아리 안에서 당신은 높이

*3 라무뢰 오케스트라 지휘자.

평가되고 있고, 아무도 당신의 험담을 하지 않을 테니까. 하지만 당신의 자유를 요구하세요. 그리고 겉으로만 상냥하게 구는 그 멍청한 여인들의 집에 끌려가지 않도록 하세요. 뒷구멍에서 그녀들이 뭐라고 하는지 들려주고 싶을 정도라니까요. 그들에게 미련을 갖지 말고, 당신의 일생을 쫓아다닐지 모를 오점을 씻어버리세요. 예술에 있어서도 그래요. 설령 샤를뤼스의 명예롭지 못한 소개가 없었더라도 지금과 같은 가짜 사교계 한가운데서 체면을 더럽히면, 견실치 못한 사람으로 보여 비전문가니 살롱의 엉터리 음악가니 하는 소문이 퍼질 거예요. 당신 나이에 그런 소릴 들으면 큰일나요. 그 어엿하신 귀부인들은 당신을 공짜로 불러서 친구 부인들에게 답례하는 게 얼마나 편리한지 이해하지만, 피해를 입는 건 예술가로서의 당신 장래입니다. 물론 한두 분은 예외죠. 지금 당신은 나폴리 왕비에 대해서 말했는데—참석해야 하는 야회가 있어서 가셨지만—그분은 훌륭한 분이시죠. 보아하니 그분은 샤를뤼스를 그다지 존중하지 않더군요. 뭐니뭐니해도 나를 위해 오셨나 봐요. 아무렴, 그렇지. 왕비가 우리 바깥양반이나 나와 벗이 되고 싶어하는 걸 난 알아요. 그분 댁이라면 연주해도 좋고말고요. 그리고 내가 당신을 데려가는 경우는 사정이 달라요. 또 내가 어떤 사람인지 다른 예술가들도 잘 아는 바이며, 그들은 늘 내게 친절하고, 얼마쯤 나를 그들의 일원처럼 그들의 파트론으로 여기니까. 하지만 뒤라스 부인 댁에는 절대로 가지 않도록! 그런 실수를 하지 않기를! 우리집에 드나드는 예술가들 중, 뒤라스 부인에 대한 속내를 내게 털어놓으러 온 분이 한두 분이 아니랍니다. 알다시피 그분들은 나라면 믿을 수 있다는 걸 잘 아니까."

그녀는 얼굴에 자못 겸허한 기색을, 눈에는 그에 어울리는 매력을 풍기면서 온화하고도 솔직한 말투—그녀는 금세 그런 말투를 취할 줄 알았다—로 말했다. "그분들은 그처럼 나한테 와서 겪어온 일을 이야기하곤 해요. 가장 입이 무겁다는 이도 이따금 나하고는 몇 시간 동안 수다를 떨곤 하는데, 그 얘기의 재미는 이루 말할 수 없어요. 고인이 된 샤브리에(Chabrier)*1도 늘 말했답니다. '그들을 고백시킬 줄 아는 이는 베르뒤랭 부인밖에 없다'고요. 그런데 그들 전부, 한 사람도 예외 없이 뒤라스 부인 댁에서 연주한 일을 눈물이 나도록 후회하더란 말이에요. 그녀가 재미로 하인들을 시켜 그들에게 모욕을 주었을 뿐만

---

*1 프랑스의 작곡가(1841~94).

아니라, 그 뒤부터는 어디서도 일자리를 얻지 못하게 되었다는군요. 지배인들이 '홍, 뒤라스 부인 댁에서 연주한 사람이군' 하더라는 거예요. 그러고는 모든 일이 끝장. 이처럼 당신의 장래를 망치는 게 또 있을까요. 사교계 사람들과 잘못 어울리면 견실치 못한 인간으로 보여요. 이런 말 하긴 딱하나, 아무리 재능이 있다 해도 뒤라스 부인이라는 한마디면 당신에게 비전문가라는 딱지가 붙기에 충분하죠. 나는 40년이라는 긴 세월 동안 예술가들과 사귀어왔고, 그들을 세상에 내보이며, 그들에게 관심을 가지고, 그들을 잘 안다고 자부해요. 그들한테 한번 '비전문가'라는 이름을 듣고 나면 볼장 다 본 거죠. 그리고 실제로 당신을 그렇게 말하기 시작하고 있으니. 내가 마구 성내면서 샤를리가 그런 우스꽝스러운 살롱에서 연주할 리 없다고 딱 잘라 항의한 게 몇 번인지 모른다니까! 그러자 사람들이 나한테 뭐라고 대꾸했는지 아세요? '천만에, 그는 그렇게 할 수밖에 없을 거요. 샤를뤼스가 그와 의논도 하지 않고, 의견도 묻지 않고서 다 정해버리니까' 하지 뭐예요. 아무개가 샤를뤼스를 기쁘게 하려는 생각으로, '당신 친구인 모렐에게 참으로 감탄해 마지않습니다' 했는데 말이에요. 당신도 잘 아는 그 거만한 태도로 그가 뭐라고 대답했는지 아세요? '녀석이 내 친구라는 말씀인가? 허어 참! 녀석과는 신분이 달라. 내가 기르는 녀석, 돌봐주는 놈이라고 불러주게' 했다던가."

이때 음악의 여신이 튀어나온 듯한 이마 아래에는 단 한 가지, 사람에 따라서는 자기 가슴속에 간직 못하는 어떤 것을 누설하는 게 치사할 뿐만 아니라 경솔하기까지 한 한마디가 꿈틀거리고 있었다. 그러나 그걸 입 밖에 내고픈 욕구는 명예나 조심성보다 끈질기다. 심통이 난 듯한 둥그스름한 얼굴을 여러 번 경련하듯 찡그린 뒤, 파트론은 이 욕구에 지고 말았다. "샤를뤼스가 당신을 '내 하인'이라 부르더라고 우리 바깥양반에게 일러바치는 사람마저 있답니다. 근거 있는 말인지 단언할 순 없지만." 그녀는 이렇게 덧붙였다. 샤를뤼스 씨가 모렐한테 '절대 자네의 출신을 아무에게도 누설하지 않겠네' 하고 맹세한 직후, 참지 못하고 베르뒤랭 부인에게 '녀석은 하인의 아들이죠' 얘기한 것도 이와 같은 욕구에 굴복해서이다. 그리고 이 말이 입 밖에 나오면, 이번에도 또한 똑같은 욕구가 입에서 입으로 두루 돌아 비밀을 지키라는 조건으로 남에게 털어놓지만, 비밀을 지키겠다고 약속한 이들도 앞서의 사람들처럼 약속을 지키지 않을 것이다. 나중에는 이런 말이 다람쥐 쳇바퀴 돌리듯 돌고 돌아 베르뒤랭 부인에게 되돌아오고 말아서, 이를 알게 된 당사자와 베르뒤랭 부인 사이를 틀어버린다. 그녀는 이 점을 잘 알고 있었지만 혀끝을 간질이는 이 한마디를 참을 수 없었다. 하기야 '하인'이라는 낱말은 모렐의 마음을 상하게 하는 효과밖에 없었다. 그래도 그녀는 '하인'이라고 말했고, 또 확실한지 어떤지 단언은 못 하겠다고 덧붙인 말은 그런 인상을 풍김으로써 다른 말은 확실하다는 점을 보였는데, 동시에 공평성을 나타내고자 함에서였다.

그녀는 자기가 보인 이 공평성에 스스로 어찌나 감동했는지, 샤를리에게 다정하게 말하기 시작했다. "나는 샤를뤼스를 비난해서 하는 말이 아녜요. 샤를뤼스가 자기의 깊은 구렁에 당신을 끌어들였지만, 당신 잘못이 아니죠. 그 자신이 그 구렁에 굴러떨어지고 있으니까, 바로 그 구렁 속에 굴러떨어졌으니 말이에요." 부인은 어쩌다가 입 밖으로 튀어나온 비유의 정확함에 스스로 감탄한 나머지 가슴을 두근대며 겨우 따라잡아, 그걸 강조하려고 힘주어 되풀이했다. "내가 비난하는 건." 그녀의 말투는 성공에 도취된 여인처럼 차분했다. "그이가 당신을 배려하지 않는다는 점이에요. 상대가 누구든 해도 되는 말이 있고 삼가야 할 말이 있는 법. 이를테면 조금 전까지도 그이는 당신에게 레지옹도뇌르 훈장을 받게 되었다고 알려주면 당신이 기뻐 날뛸 거라고 잘라 말하지 뭐예요(물론 허풍이죠. 그이가 추천하면 받을 훈장도 못 받게 될 게 뻔하니까). 이 정도는 아무것도 아니에요. 친한 친구들을 속이다니, 난 썩 마음에 들지 않아요." 그녀는 섬세한 마음씨를 가진 듯한 얼굴로 말을 이었다. "하지만 사람은 대수롭지 않은 일에 마음이 상하기 마련이죠. 예를 들어 그가 쓰러질 정도로 웃어대면서 당신이 훈장을 받고 싶어하는 이유는 당신 아저씨 때문이고, 그 아저씨가 하인 신분이었다고 우리에게 지껄이는 경우 말이에요."—"그런 말을 하던가요!" 샤를리는 이 능숙한 고자질에, 베르뒤랭 부인이 지금껏 한 말을 모두 곧이들으면서 외쳤다. 베르뒤랭 부인은 나이 먹은 정부가 젊은 애인에게 당장에라도 버림받으려는 찰나에 보기 좋게 그의 결혼담을 망쳐놓기라도 한 것처럼 기쁨으로 온몸이 짜릿했다.

아마도 그녀는 거짓말의 효과를 계산에 넣지도 않았거니와 의식적으로는 거짓말하지 않았을지도 모른다. 어떤 감정적인 논리, 어쩌면 더욱 근본적인 어떤 신경반사가, 삶을 즐기며 행복을 누리고자 그녀로 하여금 작은 동아리 속에 '평지풍파를 일으키게' 했을 터이며, 사실인지를 가려볼 틈도 없이, 엄밀히 정확하지 않더라도 아주 효과적이고 알맞은 이런 단언을 충동적으로 그녀의 입에 올리게 했는지도 모른다. "우리에게만 그런 말을 했다면 또 몰라요. 우리야 그의 말에서 취할 것과 버릴 것을 알고 있고, 또 직업에는 귀천이 없으니까요. 당신은 당신대로 가치가 있어요. 그런데 샤를뤼스가 이 얘기를 포르트팽 부인(베르뒤랭 부인이 일부러 포르트팽 부인을 들먹거린 것은, 샤를리가 그녀를 좋아하고 있는 줄 알기 때문이었다)에게 지껄여 자지러지게 웃겼다니, 우리로서야 마음이 언짢죠. 우리 바깥양반이 이 소문을 듣고서는, '뺨을 얻어맞는 편이 낫겠느걸' 하셨답니다 이이는 나처럼 당신을 아끼시니까. 알다시피 귀스타브(이래서 베르뒤랭 씨의 세례명이 귀스타브인 것을 알게 되었다)는 다정다감한 분이에요."―"난 당신한테 샤를리를 아낀다고는 한마디도 한 적 없는걸." 베르뒤랭 씨는 퉁명스럽지만 근본은 착한 사람처럼 꾸미며 중얼댔다. "샤를리를 아끼는 사람은 샤를뤼스야."―"아닙니다. 이제야 나는 완전히 차이를 깨달았습니다. 난 고약한 놈에게 배신당한 겁니다. 댁이야말로 좋은 분이십니다." 샤를리가 진정으로 외쳤다. "그런 말 말아요." 베르뒤랭 부인은 승리를 확신하면서도(이걸로 수요일 모임은 문제없다고 느꼈으므로) 함부로 하지 않고자 속삭였다. "고약한 놈이라니 너무 심한 말이에요. 그야 그이가 고약한 짓을 셀 수도 없이 많이 하긴 했지만 무의식중에 그런 거예요. 레지옹도뇌르 훈장 얘기만 해도 그리 자주 하지 않았거든요. 하긴 샤를뤼스가 당신 가족에 대해 한 말을 이 자리에서 전부 되풀이한다면 나까지 기분이 나빠지겠지만." 베르뒤랭 부인은 이렇게 말해도 막상 고자질하게 되면 할 거리가 없어 몹시 당황했으리라. "흥! 슬쩍 흘렸을 뿐이라고 해도, 그건 그가 배신자라는 증거죠." 모렐이 외쳤다.

바로 이때 우리가 살롱에 들어섰다. 모렐을 본 샤를뤼스 씨는 "여어!" 소리치면서 자못 기쁜 듯이 음악가 쪽으로 걸어갔다. 그 모양은 어쩐지, 여인과 밀회할 목적으로 처음부터 끝까지 교묘하게 야회를 준비한 사내가 우쭐한 나머지 자기 손으로 친 올가미에 자신이 잡히고 말아, 여인의 남편이 매복시킨 장정들에게 공공연하게 두들겨맞게 되는 줄 꿈에도 모르는 꼴과 같았다. "허어, 겨우 찾았군. 명성 드높은 젊은이, 마침내 나이는 어리지만 귀하신 몸으로 레지옹도뇌르 5등 훈장을 받을 몸이지. 만족하는가? 머잖아 훈장을 달고 사람들 앞에 선 자네 모습을 보겠군그래." 샤를뤼스 씨는 모렐한테 부드럽고도 의기양양한 투로 물었지만, 이 훈장이란 말 자체가 베르뒤랭 부인의 거짓말을 뒷받침하게 되어, 그 거짓말이 모렐에게는 의심할 여지없는 진실로 보였다. "상관 마시오. 내게 가까이 오지 마시지." 모렐이 남작에게 소리 질렀다. "시험 삼아 해보는 일은 아니겠지. 당신이 타락시키려고 한 게 내가 처음은 아니겠지!"

내 유일한 위안은, 모렐과 베르뒤랭네 사람들이 샤를뤼스 씨의 손에 가루가 되는 꼴을 생각하는 것이었다. 1천분의 1쯤의 확률로 나는 그의 격노를 산 적이 있었고, 누구 하나 그의 격노를 피하지 못했다. 국왕도 그를 겁나게 하지 못했을 것이다. 그런데 괴상한 일이 일어났다. 샤를뤼스 씨가 잠자코 어리벙벙하여 까닭도 모르는 자기 불행의 크기를 재면서 대꾸할 한마디도 찾지 못한 채, 묻는 듯한, 화난 듯한, 애원하는 듯한 모양으로 거기 있는 모든 사람에게 차례차례 눈을 맞춰, 무슨 일이 일어났는지 묻기보다 뭐라고 대꾸해야 좋을지 묻는 듯 보였다. 그를 다름 아닌 벙어리로 만든 것은(베르뒤랭 부부가 눈을 피하고, 아무도 그를 도와주려는 기색이 없는 걸 알아보고서) 눈앞의 고통 때문이긴 하나, 특히 닥쳐올 고통에 몸서리났기 때문이리라. 아니면, 상상력으로 일이 일어나기 전에 격분하여 노여움에 단련되어 있지 않아 손안에 준비해둔 격노가 없기 때문에(예민하고 신경질적이며 히스테릭한 그는 글자 그대로 충동적인 사람이었지만, 가짜 호걸일 뿐 아니라 내가 늘 생각해 왔듯이—그래서 나는 그에게 호감을 가져왔지만—가짜 악당으로, 체면을 깎인 인간이 일상적으로 나타내는 반응이 없었기 때문이다), 무방비 상태인 순간에 느닷없이 붙잡혀 두들겨맞은 탓인지도 모른다. 또는 지금까지의 환경과는 다른 곳에 있게 되자, 귀족 사회에 있을 때만큼 편치 않고 용기가 나지 않는 느낌이 들어서인지도 모른다.

아무튼 늘 멸시했던 이 살롱에서, 이 대귀족은(혁명 재판소에 끌려나와 불안에 벌벌 떤 그의 조상 아무개와 마찬가지로, 평민에 대한 우월감이 뿌리 깊지 않았으므로) 팔다리와 혀가 마비되어, 오직 겁에 질려 자기에게 행한 폭행에 분개하는 눈초리로, 의문을 품고 애원하는 듯한 시선을 겨우 주위에 던질 뿐이었다. 그래도 샤를뤼스 씨는, 오래전부터 속을 부글부글 끓인 격노에 사로잡혀 잔인한 말을 냅다 퍼붓고서 상대를 어리둥절 꼼짝 못하게 하던 경우에, 설마하니 그렇게까지 잔인하기 짝이 없을 줄 몰랐던 사교계 인사들이 낯을 찡그릴 정도로 기세 사나운 웅변뿐만 아니라 대담무쌍한 온갖 슬기로운 꾀를 갖고 있었다. 그때 샤를뤼스 씨는 노기에 불타, 마치 신경 발작을 일으킨 것처럼 날뛰어 누구나 다 벌벌 떨었다. 그러나 그것은, 그가 선수를 쳐서 공격해 들어가, 입에서 나오는 대로 지껄였기 때문이다(마치 블로크가 유대인을 우롱할 줄 알면서도, 남이 그의 눈앞에서 유대인의 이름을 말하면 얼굴을 붉히듯이). 그는 자기를 업신여기고 있다고 생각한 몇몇 사람들을 미워했다. 만약 그들이 그에게 상냥하게 군다면 하늘을 찌를 듯이 화에 치받치기는커녕 그들을 품에 안았을 것이다. 그런데 이처럼 예기치 못한 상황에 무자비하게 걸려들자, 이 위대한 수다쟁이도 "무슨 일이지? 왜 그런다지?" 우물쭈물할 수밖에 없었다. 하지만 그 목소리는 남의 귀에 들리지도 않았다. 심한 공포를 드러내는 무언극 (pantomime)은 예나 지금이나 변치 않으므로, 현재 파리의 한 살롱에서 유쾌하지 않은 사건에 말려든 노신사는, 어느새 고대 그리스의 목신(牧神) 판(Pan)에게 쫓기던 요정들의 경악을 양식화한 그 몇 가지 꼴 그대로의 자세를 재현하고 있었다.

다른 사람에게 자리를 내줘야 했던 대사, 자리에서 물러나게 된 국장, 냉대받은 사교인, 애인에게 쫓겨난 사내는 자기 희망을 산산조각 내버린 사건을 때로는 몇 달 동안 깊이 고민해본다. 누가 어디서 쏘았는지 모르는 탄알처럼, 거의 운석(隕石)처럼, 사건을 이리저리 면밀히 조사해본다. 자기 머리 위로 달려든 이 야릇한 무기의 구성 요소를 캐내고 싶고, 누구의 악의를 거기에서 볼 수 있는지 알고 싶어한다. 화학자라면 적어도 분석이라는 방법이 있을 것이다. 원인 모를 아픔에 시달리는 환자라면 의사를 불러올 수 있다. 또 범죄 사건이라면 예심 판사의 손으로 어느 정도 실마리가 풀린다. 그러나 자기와 비슷한 인간이 어처구니없는 행동을 한 경우에는 그 동기를 파악하기 힘들다. 따라서 샤를뤼스 씨는—야회에 대해서는 나중에 말하기로 하고, 야회가 있은 뒤의 며칠에 대해 먼저 이야기한다면—샤를리의 태도에서 뚜렷한 점을 단 한 가지밖에 보지 못했다. 남작이 자기에게 얼마나 뜨거운 정열을 불태우고 있는지 폭로해버리겠다고 여러 번 협박해온 샤를리가, 이제는 제 날개로 충분히 날 수 있을 만큼 '출세'했다고 스스로 믿는 이 기회에 그걸 실행으로 옮긴 게 틀림없다, 지금까지 입은 은혜를 말끔히 잊어버리고, 베르뒤랭 부인에게 모두 털어놓은 게 틀림없다는 점이다. 하지만 베르뒤랭 부인은 어째자고 그런 말에 속아넘어갔다지?(전부 부인할 작정인 남작은, 남들이 이러니저러니 비난하는 자기 감정은 그들이 멋대로 공상해낸 거라고 이미 스스로 믿고 있었던 것이다) 베르뒤랭 부인의 벗들이, 어쩌면 그들 자신도 샤를리를 사랑해서 자리를 마련했는지도 모른다. 이렇게 생각한 샤를뤼스 씨는, 야회가 있은 지 며칠 동안 여러 '신도'에게 무시무시한 편지를 써 보냈는데, 아무런 죄도 없는 그들은 남작의 머리가 돈 줄로만 생각했다.

그러고서 남작은 측은한 마음을 금치 못할 긴 하소연을 하러 베르뒤랭 부인에게 갔지만, 바라 마지않던 효과라곤 하나도 없었다. 왜냐하면 베르뒤랭 부인이 일방적으로 남작에게 "모렐 따위에게 신경 쓰지 않으면 그만 아닙니까. 개의치 마시라니까. 어린애잖아요" 되풀이했기 때문이다. 그러나 남작은 오로지 모렐과 화해하는 것밖에 원하지 않았다. 한편 남작은 샤를리가 손에 넣었다고 확신해 마지않는 것을 모두 없애면 제 발로 화해하러 오리라 생각하고서, 베르뒤랭 부인에게 다시는 샤를리를 받아들이지 말라고 청했다. 부인은 이 청을 거절하여, 샤를뤼스 씨한테서 조바심과 증오가 빼곡히 담긴 편지를 몇 통이나 받기에 이르렀다. 샤를뤼스 남작은 이리저리 궁리해보았지만, 결코 이 공격이 모렐한테서 직접 튀어나온 게 아니라는 사실을 알아채지 못했다. 만약 모렐에게 몇 분 동안이라도 이야기해보자고 청했다면 알아냈으리라. 하지만 그는 그런 부탁을 하는 것이 자기 위신에 위반되며, 더불어 자신의 애정에도 이롭지 않다고 판단했다. 모욕을 받았으니, 그 해명을 기다리고 있었던 것이다. 게다가 담판을 지어 오해를 푼다는 사념에는 거의 언제나 또 하나의 사념이 연관되어 있어서, 이유야 무엇이건 그것이 담판을 짓지 못하게 가로막았다. 이제껏 스무 번이면 스무 번 다 허리를 낮추고 자기 약점만 보이던 사람이, 스물한 번째에 갑자기 거만한 태도로 나오는 일이 있다. 그런데 이 스물한 번째야말로, 거만한 태도를 고집 피우지 말고 오해를 푸는 데 유효하게 쓸 기회이건만, 가타부타 부인을 안한 탓에 오해는 상대방의 마음속에 더욱더 뿌리내리게 된다.

이 사건이 사교계에 미친 영향을 보면, 샤를뤼스 씨가 베르뒤랭 댁에서 젊은 음악가를 겁탈하려는 찰나에 내쫓겼다는 소문이 나돌았다. 이 소문 때문에 샤를뤼스 씨가 베르뒤랭 집에 다시는 모습을 나타내지 않는 걸 보면서 어느 신도도 의아해하지 않았다. 또 그가 혐의를 두고 편지로 욕설을 퍼부은 신도 중 아무개와 어느 장소에서 우연히 만나더라도, 신도는 신도대로 앙심을 품고, 남작은 남작대로 그자에게 인사조차 하지 않아서, 그 모습을 본 사람들은 작은 동아리에서 아무도 남작에게 인사하고 싶어하지 않는다고 생각하여 놀라지 않았다.

모렐이 이제 막 내뱉은 말과 파트롱의 태도에 단번에 녹초가 된 샤를뤼스 씨가 공포에 벌벌 떠는 요정의 자세를 취하고 있는 동안, 베르뒤랭 부부는 마치 외교 단절의 표시이기나 한 듯 첫 번째 살롱에서 물러나, 샤를뤼스 씨를 혼자 있게 했다. 한편 단상에서는 모렐이 바이올린을 싸고 있었다. "일이 어떻게 되었는지 말씀해보세요." 베르뒤랭 부인이 안달이 나서 남편에게 물었다. "뭐라고 말씀하셨는지 모르지만, 그가 퍽 감동한 모양이더군요. 눈에 눈물이 글썽거렸어요." 스키가 말했다. 베르뒤랭 부인은 알아듣지 못한 체하면서 "내가 그에게 한 말 따위는 전혀 대수롭지 않았나 봐요" 말했는데, 이는(아무도 속아 넘어가진 않지만) 어떤 술책이었다. 즉 조각가로 하여금 샤를리가 울고 있던 것을 다시 한 번 말하게 할 속셈이었다. 또한 샤를리를 울린 게 미칠 듯이 자랑스러워, 신도들에게 이 말이 잘 들리지 않아 이를 모르면 어쩌나 하는 걱정에서였다. "천만에. 오히려 그의 눈에 구슬 같은 눈물방울이 글썽이던데요." 조각가는 여전히 단상에 있는 모렐에게 이 이야기가 들리지 않는다는 것을 곁눈으로 확인하면서, 짓궂은 속내를 털어놓을 때와 같은 낮고도 웃음을 머금은 어조로 말했다.

그러나 한 인물이 그 이야기를 듣고 있었다. 그의 존재를 알았다면, 당장에라도 모렐이 잃어버렸던 희망 한 가지가 되돌아올 인물, 나폴리 왕비였다. 부채를 놓고 간 왕비는, 다른 야회에서 돌아오는 길에 몸소 찾으러 오는 게 좀더 예의 바른 행동이라고 생각했던 것이다. 왕비는 황송한 마음을 금치 못하는 듯이 살그머니 들어가 미안하다고 말하고, 이제 아무도 없는 살롱에 잠깐 들렀다 갈 셈이었다. 그런데 한창 사건이 벌어지고 있어 아무도 왕비가 들어오는 기척을 알지 못했고, 왕비는 곧바로 사건의 형편을 알아채고 노여움에 얼굴을 붉혔다. "스키 씨가 모렐의 눈에 눈물이 고였다고 말씀하시는데, 당신은 봤나요? 내 눈엔 보이지 않았지만. 어머! 그렇지, 생각나네요." 베르뒤랭 부인은 사실을 부인하면 그대로 곧이들을까 봐 고쳐 말했다. "샤를뤼스의 그 꼬락서니라니. 풀이 죽어 다리가 후들후들, 의자를 잡지 않으면 쓰러질 것 같더군요." 부인은 매정한 찬웃음을 띠며 말했다. 이때 모렐이 허둥지둥 부인 쪽으로 달려오더니, 샤를뤼스 씨 쪽으로 걸어가는 왕비를 가리키면서(그런 줄 알면서도) 물었다. "저 귀부인이 나폴리 왕비십니까? 이런 일이 있고 나서라니, 아뿔싸! 이젠 남작에게 소개를 부탁할 수도 없네요."—"잠깐, 내가 소개해드리죠." 베르뒤랭 부인은 몇몇 신도를 거느리고—맡긴 옷가지를 찾아 들고 서둘러 돌아가려는 나와 브리쇼는 빼놓고—샤를뤼스 씨와 얘기하고 있는 왕비 쪽으로 나아갔다.

샤를뤼스 씨는 조금 전까지만 해도 모렐을 나폴리 왕비에게 소개한다는 자신의 큰 소망의 실현을 방해할 수 있는 건, 가까운 시일 안에 일어나지도 않을 법한 왕비의 급사밖에 없다고 생각했었다. 인간은 보통 미래를 텅 빈 곳에 던져진 현재의 반영으로 생각하기 쉬운데, 사실 미래란 대부분 손에 잡히지 않는 급작스런 원인의 결과이다. 그런 생각을 한 지 한 시간도 못 되어, 샤를뤼스 씨는 모렐이 왕비에게 소개되지 않도록 하기 위해서라면 모든 걸 버려도 좋을 심정이었으리라.

베르뒤랭 부인은 왕비가 자기를 알아보지 못하는 듯한 모습을 보이자 왕비에게 공손히 절했다. "베르뒤랭의 안사람입니다. 폐하께서 저를 몰라보시는 듯하여⋯⋯."—"아뇨, 잘 알고 있어요." 왕비는 매우 자연스럽게 샤를뤼스 씨와 계속 얘기를 나누면서 말했다. 그 투가 어찌나 건성이었는지, 베르뒤랭 부인은 이 '잘 알고 있어요'가 정말로 자기에게 한 말인지 의심스러웠다. 한편, 사랑하는 자의 비탄에 잠겨 있는 중에도 샤를뤼스 씨는 그 건성으로 하는 대꾸를 듣고서 무례한 말과 행동을 가장 능한 재주로 삼는 동시에 탐하는 미식가다운 감사의 미소를 금치 못했다. 모렐은 멀찌감치서 소개될 준비가 되었다고 판단하고 이미 가까이 와 있었다. 그러나 왕비는 샤를뤼스 씨에게 팔을 내밀었다. 왕비는 그에게도 단단히 화가 났지만, 그것은 오로지 그가 자기를 모욕한 하찮은 자들에게 좀더 단호하게 맞서지 않았기 때문이다. 왕비는 베르뒤랭 부부가 그를 감히 그렇게 다룬 것 때문에 얼굴이 달아오를 정도로 부끄러워졌다. 몇 시간 전 왕비가 베르뒤랭 부부에게 보인 아주 솔직한 호의와 지금 그들의 눈앞에 떡 버티고 서 있는 방약무인한 거만은, 왕비의 마음속 똑같은 한 점에서 나온 것이었다. 왕비는 선량함으로 가득 찬 여성이긴 하나, 그 선량함은 먼저 자기가 아끼는 이들, 집안사람들, 한 가문의 왕후(王侯)들—이 중에 샤를뤼스 씨도 들어 있었다—에 대한 공고한 애정의 형태를 띠며, 다음으로 자기가 아끼는 이들을 존경하고 호의를 품을 줄 아는 부르주아나 신분 낮은 서민들에 대한 애정이라는 형태를 띠고 있었다. 베르뒤랭 부인에게 보였던 왕비의 호감은, 그러한 뛰어난 본능을 타고난 여인을 대우하는 뜻에서였다. 이는 선량함의 비좁은 개념, 좀 보수적이자 더욱더 시대에 뒤진 개념인지도 모른다.

그러나 그렇다고 해서 왕비의 선량함이 덜 성실하고 열의가 없다는 말은 아니다. 고대인이 헌신한 인간 집단은 도시 국가의 한계를 넘지 않았으며, 현대인의 경우 조국을 넘지 않지만, 그렇다고 해서 세계 연방을 사랑할 미래 사람들보다 애정이 약한 건 아니다. 내 주변에서는 우리 어머니가 그러하다. 캉브르메르 부인과 게르망트 부인이 아무리 권해도, 어머니는 어떠한 자선 '사업'이나 애국적인 일자리 지원 시설에도 참가하지 않았고, 결코 자선장에서 물건을 팔거나 후원하려 하지 않았다. 자기 마음이 움직였을 때 말고는 행동하지 않았으며, 풍요한 애정과 너그러움을 자기 가족, 하인들, 우연히 만난 불행한 이들을 위하여 아껴두었다. 어머니의 태도가 옳았다고 말할 생각은 조금도 없지만, 어머니의 풍요한 애정과 너그러움이 우리 할머니의 마음과 마찬가지로 이루 다 헤아릴 수 없으며, 캉브르메르 부인이나 게르망트 부인 같은 사람들이 실행한 모든 것을 훨씬 뛰어넘음을 나는 잘 안다.

나폴리 왕비의 경우는 이와 아주 달랐지만, 그래도 인정해야 할 점은 그녀가 생각하는 동정할 만한 인물이, 알베르틴이 내 책장에서 빼내어 자기 것으로 삼은 도스토예프스키 소설의 경우와는 다르다는 것이었다. 다시 말해 아첨하는 식객·도둑·주정뱅이처럼 허리를 굽실거리다가도 금세 우쭐거리는 방탕자, 필요하면 살인도 서슴지 않는 따위의 사람들이 아니라는 점이다. 하기야 양극은 일치하게 마련이다. 왕비가 옹호하고자 한 귀족, 가까운 일가붙이, 모욕당한 친척이란, 곧 샤를뤼스 씨처럼 문벌이나 왕비와의 온갖 친척 관계에도, 그 미덕이 수많은 악덕으로 둘러싸인 인물이었기 때문이다. "얼굴빛이 좋지 않군요, 사촌." 왕비가 샤를뤼스 씨에게 말했다. "내 팔에 의지하세요. 이 팔은 언제나 반드시 당신을 받쳐줄 거예요. 그만한 힘은 있으니까요." 그리고 왕비는 거만하게 앞쪽을 노려보면서(스키가 얘기한 바로는, 그때 왕비 앞에 있던 사람은 베르뒤랭 부인과 모렐이었다고 한다) 말을 이었다. "아시다시피, 지난날 가에타에서 이 팔이 비열한 놈들을 위압한 적이 있답니다. 앞으로 당신을 위해 이 팔이 성벽 구실을 할 거예요." 이와 같이 남작을 자기 팔에 의지하게 하면서 모렐을 거들떠보지도 않고, 엘리자베트 황후의 영광스런 여동생은 조용히 물러났다.

샤를뤼스 씨의 사나운 성격이나, 제 친척까지 무서움에 떨게 하는 처사로 보아, 이 야회 뒤에 그가 격노를 터뜨려 베르뒤랭 부부에게 복수를 시도했으리라 생각할지 모른다. 그러나 아무 일도 일어나지 않았다. 그 주된 이유는, 야회가 있은 지 며칠 지나 남작은 오한이 들어, 그즈음 널리 퍼진 유행성 폐렴에 걸렸고, 의사한테 목숨이 며칠 안 남았다는 진단을 받았는데, 자기 자신도 그렇게 판단하여 몇 달 동안 삶과 죽음의 경계를 넘나들었기 때문이 틀림없다. 이 병은 그때까지는 홧김에 미친 듯이 날뛰어 제정신을 잃게 했던 신경증이 단순히 몸으로 전이되어 다른 병으로 탈바꿈한 것에 지나지 않았을까?(왜냐하면 그가 사회적인 관점에서 베르뒤랭 부부를 제대로 상대한 적이 없었다고 해서, 같은 신분인 귀족을 원망하듯이 그들을 원망할 수 없었다는 생각은 너무나 단순하기 때문이다. 또한 걸핏하면 해롭지 않은 가공(架空)의 적에게 화를 내는 신경질적인 사람이 누구한테 공격을 당했다고 해서 곧바로 무력해진다거나, 그런 자들의 마음을 진정시키는 데는 그들의 불만이 부질없음을 조목조목 설명하기보다는 얼굴에 찬물을 끼얹는 편이 낫다는 생각도 너무 단순하기 때문이다.) 샤를뤼스 씨가 그들을 원망하지 않은 이유는, 아마 병의 전이에서가 아니라 오히려 병 자체에서 찾아야 한다. 병이 남작을 녹초로 만들었으므로 베르뒤랭 부부를 생각할 여유조차 거의 없었던 것이다. 그는 반죽음 상태에 있었다. 나는 앞서 공격이라는 말을 했는데, 설사 죽은 뒤 효과를 발휘하는 공격일망정, 그 효과를 적절히 '꾸미고자' 하면 체력의 일부를 희생해야 한다. 한데 샤를뤼스 씨에게는 체력이 거의 남아 있지 않아 그걸 준비할 만한 힘도 없었다. 같은 하늘 아래 살 수 없는 원수들이 죽음에 임하면, 서로 눈을 떠 상대를 본 다음 만족한 듯 다시 눈감는다고 흔히들 말한다. 그러나 이런 경우는 삶의 한창때에 죽음이 닥치는 때를 빼놓고는 드문 일이다.

반대로 더 이상 아무것도 잃을 게 없는 순간에는, 생명감에 넘치는 시절이었다면 선뜻 무릅썼을 위험에도 뛰어들려고 하지 않는다. 복수의 정신은 삶의 일부로, 죽음의 문턱에 이르면—같은 한 성격 속에 인간적인 모순이 나타난다는, 나중에 말할 여러 예외가 있기는 하나—보통은 우리 몸에서 떠나고 만다. 샤를뤼스 씨는 베르뒤랭 부부를 잠깐 생각해보다가 곧 피로를 느끼고, 벽 쪽으로 돌아누워서는 아무런 생각도 하려고 들지 않았다. 그가 말재주를 잃어버린 게 아니라, 그저 말솜씨가 그에게 지난날만큼 노력을 요구하지 않게 된 것이다. 유창한 말재주는 여전히 샘물처럼 콸콸 솟아나왔지만, 그 질이 변해버렸다. 그토록 그 웅변을 장식했던 사나운 행동에서 벗어나, 이제는 부드러운 말과 복음서의 비유, 죽음에 대한 체념으로 보이는 것으로 채색된, 거의 신비적인 말재주에 지나지 않았다. 그는 살았구나 싶은 날에 특히 잘 지껄였다. 그러다가 다시 건강이 악화되면 침묵했다. 그의 엄청난 사나움이 탈바꿈하여 나타난 이 기독교적인 부드러움(마치 〈앙드로마크〉*¹의 특성이 매우 다른 〈에스테르〉*² 속에 우러나듯)은 그의 주위 사람들을 감탄케 했다. 베르뒤랭 부부마저 감탄했을 것이다. 결점 때문에 샤를뤼스 씨를 미워했던 만큼 이제는 존경할 수밖에 없었으리라. 물론, 그것은 겉모습만 그리스도교적으로 보이는 사념이었다. 그는 대천사 가브리엘에게 애원하기를, 예언자 다니엘에게 알렸듯이 자기에게도 언제 구세주가 오시는지 알려주십사 했다. 그리고 온화하고도 비통한 미소로 입을 다물었다가 덧붙였다. '하지만 대천사가 다니엘에게 고했듯이 〈일곱 이레와 예순두 이레〉*³ 동안 참으라고 한다면 곤란합니다. 그 전에 난 죽고 말 테니.' 이와 같이 그가 강림을 기다리는 인물은 모렐이었다. 따라서 그는 대천사 라파엘에게, 아들 토비야를 데려다주었듯이 모렐을 데려다달라고 간구했다.*⁴ 또 더욱 인간적인 수를 섞어서(병든 교황이 미사를 올리게 하는 동시에 잊지 않고서 의사도 불러오라 하듯이), 만약에 브리쇼가 그 아들 토비야를 빨리 데려다준다면, 대천사 라파엘이 토비야의 눈먼 아비의 눈을 고쳤듯이, 또는 병자가 베데스다의 성지(聖池)*⁵에 내려가 나았듯이 브리쇼의 시력을 회복시켜줄지도 모른다고, 문병객들에게 넌지시 말했다. 그러나 이러한 속세로의 돌아감에도, 샤를뤼스 씨의 담화에 넘치는 정신적인 순수함은 분명 아름다운 것이었다. 허영심, 험담, 미친 듯한 악의와 거만 같은 모든 게 가뭇없이 사라져버렸다. 샤를뤼스 씨는 이전의 정신적 수준을 훨씬 넘어 있었던 것이다. 하지만 이 정신의 완성—하기야 그의 말재주가 듣는 이를 감동시켜 좀 속였는지도 모르지만—은, 이를 위하여 작용했던 병이 나으면서 사라져버렸다. 샤를뤼스 씨는 나중에 보듯이 점점 더 속도를 내어 비탈을 다시 내려갔다. 그러나 그에 대한 베르뒤랭 부부의 태도는 이미 좀 묵은 추억에 지나지 않았으며, 그들에 대한 분

---

*1 프랑스의 극작가 라신의 운문 비극. 1668년 초연.
*2 라신의 종교비극. 1689년 초연.
*3 구약 〈다니엘서〉 제9장 25절.
*4 구약 외경 〈토비트서〉 제2장.
*5 신에게 바치는 제물을 정하게 씻던 예루살렘의 연못, 〈요한복음〉 제5장.

노는 더욱더 절박한 노여움이 그 재현을 방해하여 두 번 다시 일지 않았다.

이야기를 베르뒤랭네의 야회로 되돌리면, 그날 밤 집주인 부부만 있을 때 베르뒤랭 씨가 아내에게 말했다. "코타르가 왜 안 왔는지 아오? 사니에트의 곁에 있었기 때문이야. 사니에트는 재산을 되찾고자 주식에 손댔다가 망했어. 이젠 한 푼 없는 빈털터리인 데다, 엎친 데 덮친 격으로 100만에 가까운 부채를 지게 된 걸 알고는 졸도했다는군."—"어쩌자고 주식 같은 것에 손을 댔다죠? 바보 같으니라구, 그이만큼 투기에 걸맞지 않은 이도 드물건만. 아주 야무진 사람도 빈털터리가 된다는데 그이는 아무에게나 속아 넘어가기 딱 알맞거든요."—"누가 아니래. 그 작자가 바보인 줄이야 진작부터 알고말고." 베르뒤랭 씨가 말했다. "그런데 아무튼 일이 이렇게 됐으니. 내일 당장 집주인에게 쫓겨나, 비참한 구렁 속에 빠질 신세야. 친척들도 그를 좋아하지 않으니, 포르슈빌도 그를 돌봐주지 않겠지. 그래서 생각해봤는데, 당신 마음에 거슬리는 짓을 하고 싶진 않지만, 얼마간의 연금(年金)을 그에게 주어 파산을 의식하지 않고 자기 거처에서 몸조리할 수 있게 해주면 어떨까?"—"대찬성이에요. 참 좋은 생각을 하셨네요. 하지만 '자기 거처'라 하셨는데, 그 바보께서는 아직도 엄청나게 값비싼 아파트에서 살거든요. 계속 유지하기란 불가능해요. 방 두 개짜리를 세내어주기로 합시다. 지금 아마 6~7천 프랑짜리 아파트에서 살고 있을걸요."—"6,500프랑이야. 한데 그 작자 자기 거처에 무척 애착을 가지고 있거든. 아무튼 첫 졸도를 했으니, 오래 간대야 고작 2~3년이겠지. 그를 위해 3년 동안 1만 프랑씩 쓰기로 합시다. 우리 살림으로 그 정도는 꾸려나갈 수 있을 것 같은데. 예를 들어서 올해, 라 라스플리에르를 빌리는 대신 좀더 아담한 별장을 세낸다든가. 우리 수입이라면 3년 동안 1만 프랑씩 절약하는 게 불가능하진 않을 듯싶군."—"옳은 말씀이지만 사람들에게 이 일이 알려져서 남들에게도 그렇게 해야만 할까 봐 걱정이군요."—"그런 생각쯤이야 나도 했소. 이 일을 하려면 아무도 모르게 한다는 분명한 조건에서뿐. 인류의 은인이 될 생각은 추호도 없어. 박애인지 뭔지 내가 알 바 아냐! 그 방법 말인데, 세르바토프 대공부인이 그에게 남겼다고 꾸며대는 거야."—"하지만 그 바보가 곧이들을까요? 세르바토프 대공부인은 유언을 남길 때 코타르와 의논했다는데."—"정 안 되면 코타르에게는 터놓고 말해도 되겠지. 의사라서 직업상 비밀엔 익숙하니까. 그런 일로 엄청난 돈을 벌고 있으니 설마 그 수고비를 요구하지는 않겠지. 어쩌면 대공부인이 자기를 중개인으로 삼았다고 스스로 책임지고 말해주는지도 몰라. 그렇게 되면 우리는 겉으로 드러나지 않아도 된단 말이야. 그럼 감사인사를 듣든가, 이러쿵저러쿵 길게 늘어놓는 불만을 들어야 하는 번거로움은 피하게 되겠지."

베르뒤랭 씨는 이어 한마디 덧붙였는데, 물론 그들이 피하고 싶은 눈물겨운 장면, 장황한 타령을 뜻하는 말이기는 했으나, 내게는 그것이 정확하게 전달되지 않았다. 왜냐하면 그건 프랑스어가 아니라 가족들 사이에서만 특히 어떤 불쾌한 것을 가리킬 때, 관계가 있을 성싶은 사람들 앞에서 그 말을 해도 상대가 알아듣지 못하도록 하기 위해서 특별히 쓰는 언어였기 때문이다. 이런 표현은 보통, 한 가족의 옛 상태를 현재까지 전하는 유물이다. 이를테면 유대인 가정에서 그것은 본디 뜻에서 벗어난 의식 용어, 지금은 완전히 프랑스화한 그 가족이 알고 있는 단 하나의 히브리어인지도 모른다. 토박이 시골 가정이라면, 그 고장에 남아 있는 사투리 중 하나일 것이다─만약 그 가정에서 더 이상 사투리를 쓰지 않고 알아듣지도 못할지라도. 남미에서 이주해와서 이제 프랑스어밖에 쓰지 않는 가정이라면, 에스파냐어의 한 낱말일 것이다. 그리고 다음 세대로 가면 그 낱말은 어린 시절의 추억으로밖에 존재하지 않는다. 부모가 식탁에서 아이에게 이해도 가지 않는 말을 쓰면서 하인들에 대해 이야기했던 것은 훗날 떠올려보아도 그 낱말이 정확히 무슨 뜻이었는지, 에스파냐어, 히브리어, 독일어, 사투리였는지, 그뿐더러 어느 나라 말에 속한 낱말이었는지, 고유 명사였는지, 아니면 완전히 꾸며낸 낱말이었는지조차 모른다. 이 의심은 틀림없이 같은 낱말을 사용했을 종조할아버지나 나이 든 사촌이 아직 살아 있지 않으면 풀리지 않는다. 그런데 나는 베르뒤랭네 친척 중에 아는 이라곤 하나도 없어서 그 낱말을 정확히 복원할 수 없었다. 하여간 이 낱말이 베르뒤랭 부인을 미소 짓게 했음이 틀림없다. 일상어처럼 일반적인 게 아니라 더욱 개인적이자 비밀스런 이 말은, 그걸 자기들끼리만 쓰는 이들에게 반드시 어떤 만족감이 따르는 독선적인 감정을 주기 때문이다.

이 유쾌한 순간이 지나가자, 베르뒤랭 부인이 반론했다. "하지만 코타르가 지껄이면 어쩌죠?" "그는 지껄이지 않아." 베르뒤랭 씨가 바로 대꾸했다. 한데 그는 적어도 내게는 지껄였다. 몇 년 뒤 사니에트의 장례식날, 나는 이 사실을 그의 입을 통해 알았으니까. 나는 좀더 빨리 알지 못했음이 유감스러웠다. 이를 알았다면 첫째, 어떤 경우에도 남을 원망하지 말라, 어떤 심술궂은 말과 행동의 기억을 가지고 절대로 남을 판단치 말라는 사고에 좀더 빨리 다다랐을 테니까. 이유인즉, 그들의 마음이 다른 때에는 얼마나 훌륭한 일을 바라고, 얼마나 성실하게 수행하는지 모두 알 수는 없기 때문이다. 이와 같이 간단한 예측의 관점에서도 사람은 틀리기 일쑤다. 물론 뚜렷하게 확인된 좋지 못한 행위를 상대는 되풀이하겠지만 영혼이란 훨씬 풍요로워서 다른 꼴을 갖추고 있고, 그 또한 그 사람에게 되돌아올 테니까. 다만 우리는 상대가 앞서 행한 좋지 못한 꼴을 마음속에 두느라, 다른 꼴이 주는 기쁨을 거부하고 만다. 좀더 개인적인 입장에서도 이 일이 밝혀졌다면 내게 영향을 주었을 것이다. 나는 점점 베르뒤랭 씨가 누구보다도 심술궂은 사람이라고 생각하게 되었는데, 코타르가 내게 좀더 일찍 털어놓았더라면, 알베르틴과 나 사이에서 베르뒤랭 부부가 어떤 역할을 맡은 게 아닌가 하는 의혹을 모두 지워버렸을지도 모르기 때문이다. 하기야 모두 지워졌다는 생각이 틀린 것인지도 모른다. 왜냐하면 베르뒤랭 씨가 미덕을 갖추었다고 하더라도, 그는 분명 가장 잔인한 박해도 서슴지 않는 짓궂은 인물이다. 작은 동아리를 손안에 쥐고자, 작은 단체의 강화만을 목적으로 삼지 않는 유대가 신도들 사이에 생기면, 그걸 끊기 위해서 아무리 고약한 거짓말과 전혀 근거 없는 증오의 망언도 서슴지 않는 인물이었기 때문이다. 그는 이해관계를 떠나, 자랑삼아 드러내지 않고 남에게 자선을 베풀 줄 아는 인물이긴 하나, 그렇다고 해서 감수성이 풍부하고 공감을 자아내며 섬세한 구석이 있고 정직하며 늘 선량한 인물이라는 뜻은 아니다. 부분적인 선량함—아마도 거기에 나의 왕고모와 친하던 집안의 여운이 다소 남아 있었는데—은 내가 위와 같은 계기로 그 선량함을 알게 되기 전부터, 마치 콜럼버스와 피어리(Peary)[*1] 이전에도 아메리카와 북극이 존재했듯이 그 마음속에 존재했을 것이다. 그렇지만 내가 이 발견을 한 찰나, 베르뒤랭 씨의 성격은 뜻밖의 새로운 면을 내게 보여주었다. 그래서 나는 사회나 정념과 마찬가지로 인간의 성격도 고정된 형상을 나타내기 어렵다는 결론을 얻었다. 인간의 성격은 사회나 정념 못지않게 끊임없이 변한다. 혹시 성격 중 비교적 변함없는 것을 필름에 담으려고 한다면, 당황한 렌즈 앞에서 잇따라 다른 모습(성격이 가만히 있을 수 없어 끊임없이 움직인다는 것을 뜻하는 모습)을 나타낸다.

[*1] 원고엔 '피어리'를 빠뜨리고 빈 곳으로 남겨놓았음. 작자는 북극 발견자의 이름을 잊은 듯싶음—플레이아드판 주.

나는 시계를 보고 알베르틴이 심심해하지 않을까 걱정이 되어, 베르뒤랭네 야회를 나오면서 브리쇼에게 물어보았다. 내가 먼저 내 집 앞에서 내려도 괜찮겠는가, 그 다음 내 마차가 댁까지 모셔다드리겠다고. 집에서 젊은 아가씨가 나를 기다리고 있는 줄 알 리 없는 브리쇼는, 이처럼 곧장 집에 돌아가다니 기특하다, 야회를 이처럼 얌전히 빨리 끝내다니 갸륵하다고 말했지만, 사실 나는 진정한 밤의 시작을 이제껏 늦춰왔을 뿐이다. 브리쇼는 나한테 샤를뤼스 씨 얘기를 꺼냈다. 샤를뤼스 씨는 만약 자기에게 그처럼 싹싹하게 구는 브리쇼 교수, 늘 입버릇처럼 '나는 절대로 고자질하지 않는다'라고 맹세하는 교수가 자신과 자신의 생활에 대한 얘기를 거침없이 지껄이는 것을 들었다면 벌어진 입을 다물지 못했으리라. 또 샤를뤼스 씨가 브리쇼에게 '자네가 내 욕을 했다면서' 따졌다면, 브리쇼도 샤를뤼스 씨 못지않게 진정으로 놀라 분개했을 것이다. 실제로 브리쇼는 샤를뤼스 씨에게 호감을 품고 있었으며, 샤를뤼스 씨에 대한 대화를 돌이켜볼 필요가 생기더라도, 남들과 같은 것을 말하면서 그 내용 자체보다도 남작에 대하여 느꼈던 공감의 정을 훨씬 더 잘 기억해냈으리라. 샤를뤼스 씨에 대한 얘기를 지껄이는 동안에도 브리쇼는 어떤 우정을 느꼈으므로, '깊은 우정을 담아 당신 얘기를 하는 나'라고 말한들 스스로 거짓말을 하고 있다고는 생각지 않았을 것이다. 샤를뤼스 씨는 브리쇼가 무엇보다 먼저 사교 생활에서 요구하는 매력, 곧 교수가 오랫동안 시인들이 지어낸 말로만 여겨왔던 것의 산 본보기를 제공해주는 매력이 있다고 여겼다. 브리쇼는 베르길리우스의 제2목가*²를 강의하면서도 이 허구에 어떤 현실의 근거가 있는지 잘 몰랐다. 그런데 만년에 와서 샤를뤼스 씨와 담소하던 중에, 자기 스승인 메리메 씨나 르낭 씨, 동료인 마스페로*³ 씨 등이 에스파냐, 팔레스타인, 이집트를 여행하면서 느낀 기쁨, 그들이 서적으로만 연구해온 고대 정경의 무대와 변치 않은 등장 인물을 현대의 에스파냐, 팔레스타인, 이집트의 풍경이나 주민들 속에서 찾아냈을 때 느낀 기쁨을 얼마쯤 맛보았던 것이다. 집으로 돌아가는 마차 안에서 브리쇼가 내게 말했다. "그 명문의 용사를 모욕하는 뜻으로 하는 말은 아니지만, 그분이 좀 미치광이 같은 활기를 띠고 부르봉 왕당파와 망명 귀족에게 흔히 있는 고집—무심코 순진함이라고 말할 뻔했지

---

*2 동성애를 노래한 시구.
*3 프랑스의 고고학자(1846~1916). 고대 이집트의 연구로 유명함.

만—을 갖고서 악마의 교리 문답을 강론할 때는 한마디로 굉장해. 만약 감히 월스트(Hulst) 예하[1]를 본떠 표현할 것 같으면, 이 무신앙의 시대에 맞서 아도니스를 옹호코자 제 종족의 본능에 따라 소도미스트로서의 순진성으로써 십자군에 몸을 던진 이 봉건 영주의 방문을 받는 날이면, 나는 조금도 심심치 않다네.”

나는 브리쇼의 말에 귀를 기울이고 있기는 했으나, 그와 단둘이 아니었다. 집을 떠났을 때부터 줄곧 그랬듯이, 나는 지금도 내 방에 있는 아가씨와 어렴풋하긴 하나 맺어져 있는 느낌이 들었다. 베르뒤랭 댁에서 이 사람 저 사람과 담소하고 있을 때마저, 나는 내 곁에서 막연히 그녀의 존재를 피부로 느끼며 마치 자기 팔다리처럼 그녀를 아련히 의식했고, 어쩌다가 그녀가 뚜렷하게 머릿속에 떠오르면 자기 육신을 생각할 때같이 그 육신에 꼼짝없이 노예 상태로 매여 있는 갑갑증을 느끼곤 했다. 브리쇼는 이어 말했다. “게다가 그 사도 이야기는 《월요한담》[2]의 부록[3]을 모두 채울 만한 굉장한 험담의 샘이란 말이야! 생각해보게. 존경해 마지않는 동료 X씨의 《윤리학 개론》은 당대의 가장 호화로운 도덕의 구축으로서 내가 늘 경의를 표해왔던 것인데, 이게 사실 젊은 전보 배달원에게서 영감을 얻어 쓰인 것이라는 점까지 그를 통해 알았으니 말이야. 탁월한 우리 동료가 그 논증 과정에서, 젊은 집배원의 이름을 밝히지 않았던 점을 주저없이 지적해야겠소. 이리하여 이 동료는, 제가 아끼는 경기자의 이름을 올림포스의 유피테르 조각상 반지에 새긴 피디아스(Phidias)[4]보다는 체면을 차렸다고 할까, 아니면 배은망덕했다고도 할 수 있지. 남작은 이 피디아스의 애기를 몰랐다네. 두말할 것도 없이, 이 애기는 남작의 정통파적인 사고방식을 매우 기쁘게 했지. 자네는 쉬이 짐작하겠네만, 박사 논문의 심사 자리에서 이 동료와 토론할 적마다, 나는 그의 비할 바 없이 정묘한 변증법에서, 마치 자극적인 사실이 드러났다 해서 샤토브리앙의 충분치 못한 고백서(샤토브리앙의 《무덤 저편의 추억》)가 생트뵈브에게는 별미였듯 그런 맛을 보았네. 우리 동료야 황금의 지혜를 가졌으나 가진 돈이 변변치 못하니, 그 배달원 녀석

[1] 파리의 가톨릭 학원의 창설자, 주교(1841~96).
[2] 비평가 생트뵈브의 평론집.
[3] 보통 평론집 각 편에 부록이 있어 자세한 일화 따위가 실려 있음.
[4] 고대 그리스의 조각가.

은 그의 손에서 남작의 손으로 '아주 뻐젓하게'(그의 이런 말투는 귀로 들어야 실감이 난다) 건너갔네그려. 이 사탄(Satan)은 참으로 친절한 사내라, 제가 돌보는 놈을 위해 식민지에 직장을 얻어주었다는군. 녀석은 은혜를 아는 놈이라 거기서 철 따라 맛난 과일을 보내온다네. 남작은 이 과일을 상류 사회의 벗들에게 돌리지. 요전번 젊은이가 보내온 파인애플이 콩티 강독의 식탁에 올라오자, 베르뒤랭 부인이 악의 없이 이렇게 말했지. '샤를뤼스 씨, 이런 파인애플을 받으시는 걸 보니 미국에 아저씨나 조카분이 계신가 봐요?' 이제야 털어놓고 말하네만, 나는 디드로가 애송하던 호라티우스의 서정시 첫 구절을 '남몰래' 읊조리면서 어떤 유쾌한 기분으로 이 파인애플을 맛보았다네. 요컨대 우리 동료인 가스통 부아시에가 팔라티노(Palatino)*5 언덕에서 티부르(Tibur)*6 근처까지 거닐었듯, 나는 남작과 담화를 나누고 있으면 아우구스투스 시대의 작가들(베르길리우스와 호라티우스를 말함)에 대한 유달리 생생하고 아취 있는 사념에 사로잡히고 마네그려. 퇴폐기의 로마 작가들은 말할 것도 없거니와, 그리스 작가들까지 거슬러 올라갈 것도 없네. 한번은 이 탁월한 샤를뤼스 씨를 보고, 당신 곁에 있으면 어쩐지 아스파시아(Aspasia)*7네 집을 찾아간 플라톤과도 같은 기분이 든다고 말한 적이 있네만. 난 사실 이 두 인물을 극단적으로 확대해, 라 퐁텐의 말처럼 내가 든 예는 '가장 작은 동물'에서 인용한 거야. 하여튼 자네는 설마하니 남작이 이 말에 언짢아했다고 생각하지야 않겠지. 나는 남작이 그같이 철부지처럼 기뻐하는 꼴을 본 적이 없어. 아이처럼 황홀해하는 꼴이라니 모든 일에 태연한 귀족답지 않더구먼. 남작은 기뻐서 '소르본의 선생들은 모두 말솜씨가 뛰어나단 말이야! 이 나이에 이르고서야 아스파시아와 비교되다니! 나같이 짙은 화장을 한 늙은이가! 오오, 내 젊은 시절이여!' 외치더군. 늘 그렇듯 심하게 분 바른 낮바닥에, 그 나이에 멋쟁이처럼 향수까지 뿌린 남작이 그렇게 외치는 꼴을 어찌나 자네에게 보이고 싶었던지. 결국 그분은 족보라는 고정 관념에 사로잡혀 있긴 하지만 세상에 둘도 없는 훌륭한 인물이지. 이런 여러 이유로, 오늘 밤의 불화가 돌이킬 수 없게 되어버리면 난 정말 섭섭할 거야. 내가 깜짝 놀란 일은 모렐 녀석이 반항하던 그 태도야. 녀석 얼마 전

---

*5 로마의 일곱 언덕 중의 하나.

*6 옛 로마 시대 별장지.

*7 기원전 5세기 그리스의 이름난 창부. 지성과 재기와 미모를 갖추었다 함.

만 해도 남작의 눈앞에 있으면 마치 광신자나 신하 같은 태도라서, 그런 반란의 기색은 티끌만큼도 예측할 수 없었거든. 아무튼 남작이 다시는 콩티 강둑에 돌아오지 않는 사태가 벌어질망정(Dii omen avertant, 원컨대 신들이여, 이 예언을 물리치소서) 이 불화가 내게까지 미치지 않으면 좋으련만. 내 빈약한 지식과 남작의 체험을 교환하여 우리 두 사람이 서로 적잖은 득을 보고 있으니까(하지만 나중에 알게 되듯이 샤를뤼스 씨는 브리쇼에게 심한 원망을 나타내진 않았을망정 적어도 교수에 대한 호감은 땅에 떨어져, 교수를 가차없이 판단하기에 이르렀다). 가슴에 손을 얹고 말하겠는데, 이 교환은 쌍방이 똑같은 가치를 주고받는 게 아니라네. 남작이 삶에서 몸소 겪은 바를 내게 전해줄 때, 삶의 꿈을 가장 실답게 꾸리면 역시 서재 안에서만이라는 실베스트르 보나르[1]의 의견을 인정할 수 없어."

마차가 우리집 문 앞에 이르렀다. 나는 마차에서 내려 마부에게 브리쇼의 주소를 일러주었다. 보도에서 올려다보니 알베르틴의 방 창문이 눈에 들어왔다. 그녀가 내 집에 살기 전에는 밤마다 캄캄했던 창이, 지금은 덧문의 문살에 잘게 나뉜 실내의 전등빛을 받으며 위에서 아래까지 금빛 가로줄 무늬를 긋고 있었다. 읽어내기 힘든 이 마법 문자도 내게는 분명하여, 평화로운 내 마음의 바로 옆에 있는 온갖 영상, 지금부터 내 것으로 하고자 하는 영상의 윤곽을 뚜렷이 그리고 있었다. 그러나 마차 안에 있던 거의 장님이나 다름없는 브리쇼의 눈에는 보이지 않았고, 또 보았다 해도, 저녁 식사 전에 알베르틴이 산책에서 돌아와 있을 즈음 나를 찾아오는 벗들과 마찬가지로, 모든 것을 내게 맡긴 한 아가씨가 옆방에서 나를 기다리고 있는 줄 알 리 없는 교수는 이해 못했으리라.

마차가 떠났다. 나는 잠시 보도에 홀로 멈춰 섰다. 내가 쳐다보는 저 빛나는 줄무늬가 남의 눈엔 그저 그런 것으로 보이겠지만, 나는 그 뒤에 남들이 예상치 못하는 보물을 숨겨놓았고—저 수평의 빛은 그 보물이 퍼뜨리는 것이다—그 보물에 온갖 뜻을 담아놓았으므로, 빛나는 줄무늬도 지극한 실체·충만·견고성을 띠게 되었다. 만일 알베르틴이 저 위에 있지 않다면, 또 내가 소망하는 게 쾌락뿐이라면, 나는 이를 미지의 여인들에게서 구하고, 그녀들의 삶에 들어

---

[1] 아나톨 프랑스의 소설 《실베스트르 보나르의 죄》의 주인공, 세상 물정에 어두운 학자.

가려고 했을 것이다. 아마 베네치아에서, 아니면 최소한 밤의 파리 어느 구석에서. 그러나 지금, 애무의 시각을 맞닥뜨리고 보니, 내가 해야 할 일은 여행도 아니요, 외출도 아니다. 집에 돌아가는 것이다. 게다가 집에 돌아가 혼자 있기 위해서가 아니요, 밖에서 사고의 양식을 마련해준 남들과 작별한 탓에 그런 양식을 마지못해 자기 속에서 찾기 위해서도 아니요, 거꾸로 베르뒤랭네에 있을 때 이상으로 고독하지 않고, 곧 나를 맞이할 인간 속에 나라는 인간을 완전히 포기하고 맡겨버려 자아를 생각해볼 짬이 잠시도 없을 뿐만 아니라, 상대가 내 곁에 있으니 상대를 생각하는 수고조차 없애고자 함에서였다. 그래서 곧 내가 들어갈 방의 창 쪽으로, 바깥에서 마지막으로 또 한 번 눈을 쳐들었을 때, 나는 빛나는 쇠창살이 덮쳐 내려와 나를 가두어버리는 듯한 느낌이 들었다. 그 튼튼한 황금 창살은, 영원히 노예가 되고자 내가 손수 만들어낸 것이었다.

  알베르틴은, 내가 시새워한 나머지 자기 행실을 일일이 걱정한다는 뜻의 말을 한마디도 비친 적이 없었다. 우리가 시샘에 대해 주고받던 몇 마디 말만으로도—꽤 오래된 말이긴 하나—그녀가 그런 의심을 품고 있지 않음을 보여주는 듯싶었다. 나는 우리 둘의 관계가 시작된 첫 무렵, 아직 그녀를 여러 번 배웅하지 않았던 무렵의 달이 휘영청 밝은 어느 날 밤, 내가 그녀를 배웅하는 걸 그만두고 작별한 다음 다른 여인의 뒤를 쫓아가보는 것도 나쁘지 않다고 생각해 이렇게 말한 적이 있음을 떠올렸다. "배웅하겠다고 한 건 시새움 해서가 아닙니다. 혹시 아직 볼일이 남았다면, 나는 이만 물러가겠습니다." 그러자 그녀가 대답했다. "어머, 당신이 시샘하지 않는다는 것도, 배웅해주시건 안 해주시건 당신에게 아무렇지 않다는 것도 난 잘 알아요. 하지만 난 당신과 함께 있는 것 말고는 할 일이 없답니다." 또 한번은, 라 라스플리에르에서, 샤를뤼스 씨가 남몰래 모렐 쪽을 흘깃흘깃 바라보며, 여봐란듯이 알베르틴한테 환심을 사려는 싹싹함을 보일 때였다. 내가 그녀한테 "어때, 그이가 당신한테 마구 치근덕거리는 것 같은데" 말하고 나서, 반쯤 비꼬는 투로, "난 온갖 시새움의 고통을 겪었어" 덧붙이자, 알베르틴은 그녀가 자란 비속한 사회의 특유한 말씨, 혹은 아직도 사귀고 있는 한층 더 비속한 이들의 말씨로 말했다. "잘도 비웃으시네! 당신이 시새워하지 않는 것쯤은 잘 알아요. 언젠가 당신 입으로 그렇다고 말한 데다가, 척 보면 알거든요!" 그 뒤로 그녀는 단 한 번도 그 생각을 바꿨다고 말하지 않았다. 그렇지만 이 문제에 대해, 그녀의 마음속에는 수많은 새 의견이 이루어져 있음에 틀림없으며, 그녀는 그걸 내게 숨겨오다가 우연한 일로 본의 아니게 드러내기도 했다. 이를테면 그날 밤, 집에 돌아와 그녀의 방에 찾아가 그녀를 내 방으로 데리고 와서 말했다(나는 스스로도 이해할 수 없는 어떤 거북함을 느꼈다. 왜냐하면 알베르틴에게 사교 자리에 가노라 알리면서, 어디에 갈지 모르겠다, 어쩌면 빌파리지 부인이나 게르망트 부인, 또는 캉브르메르 부인 댁이겠지 말해놓고 나왔지만, 베르뒤랭네 이름만은 대지 않았기 때문이다).

"어디 갔다 왔는지 알아맞혀 봐. 베르뒤랭 댁이야." 말끝을 맺기가 무섭게, 알베르틴은 얼굴빛을 바꾸고 참지 못하는 사나운 기세로 말이 멋대로 작열하는 듯이 "그런 줄 알았죠" 대꾸했다. "내가 베르뒤랭 댁에 가는 게 당신을 난처하게 하는 줄 몰랐어."(그녀가 난처하다는 말을 입에 담진 않았으나, 그렇게 생각하고 있음이 눈에 환히 보였다. 또한 나는 그녀가 난처하리라고 지레 짐작한 건 아니나, 그녀가 느닷없이 노기를 폭발시키자, 과거를 되돌아보는 어떤 천리안으로 갖가지 사건이 이미 전부터 알던 사건으로 생각되는 것처럼, 그 밖의 일은 내가 전혀 예기할 수 없었던 듯한 느낌이 들었다.) "내가 난처하다구요? 그런 게 나와 무슨 상관있담? 아랑곳하지 않아요. 뱅퇴유 아가씨가 와 있지 않았나요?" 나는 그녀의 이 말에 얼빠져, 그녀가 상상하는 이상으로 내가 여러 가지를 알고 있음을 과시하고자 말했다. "요전 날 베르뒤랭 부인과 만났던 일을 내게 말하지 않았잖아."―"내가, 그분과 만났던가요?" 그녀는 꿈꾸듯이 물었는데, 기억을 그러모으려고 자기 자신에게 묻는 동시에, 그걸 가르쳐줄 수 있는 게 나인양 내게 묻는 투였다. 사실 내가 알고 있는 바를 말하게 하여 듣고자 함이고, 어쩌면 까다로운 대답을 하기에 앞서 시간을 벌려고 그랬는지도 몰랐다. 그런데 나는 이제 뱅퇴유 아가씨에 대해서보다, 아까 언뜻 머리를 스친 걱정, 지금은 더 강하게 나를 사로잡고 있는 걱정 쪽에 훨씬 더 마음을 빼앗기고 있었다. 아니, 뱅퇴유 아가씨와 그 여자친구가 오기로 되어 있다는 얘기는 순전히 베르뒤랭 부인이 허세에서 지어낸 거라고 여겼으므로, 나는 집에 돌아와서도 마음이 편했다. 다만 알베르틴만이 '뱅퇴유 아가씨가 와 있지 않았나요?'라고 물어, 내 첫 의혹이 틀리지 않았음을 보여주었던 것이다. 그래도 나는 이 점에 대해, 알베르틴이 베르뒤랭 댁에 가는 걸 단념하고, 나를 위해 뱅퇴유 아가씨를 희생했으므로, 장래에 대하여도 안심하고 있었다.

"그리고 말이야." 나는 화가 나서 말했다. "당신, 내게 숨기는 일이 한두 가지가 아니지. 하찮은 일까지 숨기거든. 이를테면 3일 동안 발베크로 여행 간 일. 말이 나왔으니 하는 말이지만." 나는 '하찮은 일까지 숨기거든'에 보태는 말로 '말이 나왔으니 하는 말이지만'이라고 덧붙였다. 이렇게 해두면, 혹시 알베르틴이 '발베크 여행에서 뭐가 나빴단 거죠?'라며 반박해올 경우 '이젠 잊어버렸어, 남이 일러준 얘기가 머릿속에서 뒤범벅이 돼서 말이야. 대수롭지 않게 생각했었으니까!' 대답할 수 있기 때문이다. 사실 나는 그녀가 운전사와 함께 발베크까지 간 사흘 동안의 유람—거기서 그녀가 보낸 그림엽서는 몹시 늦게 도착했었다—을 아주 무턱대고 끄집어낸 탓에, 예를 서투르게 택했구나 후회했다. 왜냐하면 겨우 오가는 시간밖에 없어, 이 여행 중에 상대가 누구건 얼마쯤 긴밀회를 해볼 틈이 없는 게 사실이었기 때문이다. 그런데 알베르틴은 내가 지금막 말한 것으로 보아, 내가 진실을 전부 알고 있으며 그저 아는 바를 숨겨왔을 따름이라고 여겼다. 게다가 그녀는 얼마 전부터, 내가 어떤 수단으로 그녀의 뒤를 미행시킨다든가, 아니면 그녀가 지난주에 앙드레에게 말했듯이, 어떠한 형태로든 그녀 자신의 생활을 '그녀 이상으로 알고 있다'고 확신하고 있었다. 그래서 그녀는 내 말을 가로막고 쓸데없는 고백을 했다. 쓸데없다는 이유인즉, 그녀가 말한 것을 나는 꿈에도 생각지 못했을 뿐만 아니라, 오히려 그 고백에 낙심했기 때문인데, 태연히 거짓말하는 여인이 왜곡해버린 진실과 그 여인을 사랑하는 사내가 그 거짓말에 따라 진실이라고 믿어버린 것 사이에는 이처럼 큰 간격이 있는 법이다.

내가 '3일 동안 발베크로 여행 간 일. 말이 나왔으니 하는 말이지만'이라는 말을 입 밖에 내자마자, 알베르틴은 내 말을 가로막고 아주 당연한 일처럼 털어놓았다. "당신은 내가 발베크에 갔던 게 아니라고 말하려는 거죠? 옳은 말씀! 당신이 그 여행을 왜 곧이곧대로 믿는 척하나 늘 이상하다 생각했어요. 하지만 조금도 죄가 되는 건 아니었어요. 운전사가 3일 동안 볼일이 생겨서 말이에요. 그걸 감히 당신에게 말하지 못한 것뿐이죠. 그래서 운전사를 도와주려고(나도 딱하지! 이런 일은 늘 내 탓이라니까) 이른바 발베크 여행이라는 것을 지어낸 거예요. 나는 오퇴유(Auteuil)*¹의 아송프시옹 거리에 있는 한 여자친구

---

*1 파리의 서부 지역.

집에 내려달라고 했을 뿐이에요. 거기서 3일 동안 심심해 죽을 지경이었어요. 대수롭지 않죠, 안 그래요? 별일 없었으니. 그림엽서가 이레나 늦게 왔다며 당신이 웃음을 터뜨렸을 때, 난 당신이 다 알고 있구나 생각했어요. 우스꽝스러웠던 것은 나도 인정해요. 그림엽서 따위야 없느니만 못했죠. 하지만 그건 내 탓이 아니에요. 난 미리 그림엽서를 샀고, 몇 자 적어 오퇴유에 내리기 전에 운전사에게 주었거든요. 그런데 그 바보 같은 운전사가 주머니 속에 넣은 채 까맣게 잊어버린 거예요. 실은 그걸 봉투에 넣어 발베크 근처에 사는 친구에게 보내면, 그 친구가 당신한테 다시 보내기로 되어 있던 것인데. 나는 이제나저제나 기다렸어요. 그런데 바보 같은 운전사가 그걸 닷새째에야 겨우 생각해내고서, 나한테 그렇게 됐다는 말도 하지 않고, 바보 같으니라구, 당장 발베크에 보냈다지 뭐예요. 운전사가 그 얘기를 했을 때 녀석의 얼굴에다 마구 욕을 퍼부어줬지. 아니 글쎄, 제 사소한 집안일을 처리하러 갈 수 있게 내가 3일 동안이나 갇혔던 보답으로, 바보 같은 녀석이 당신에게 쓸데없는 걱정을 시키다니! 오퇴유에선 남의 눈에 띌까 봐 감히 외출도 못 했는데. 딱 한 번, 재미 삼아 남장하고 외출했었어요. 그런데 어딜가든 나를 따라다니는 운수라고 할까, 첫발에 턱 마주친 게 당신의 유대인 친구 블로크였지 뭐예요. 하지만 발베크 여행이 내 공상에 지나지 않는 걸 당신이 블로크에게 들어서 알았다고는 생각지 않아요, 블로크는 나를 몰라본 모양이었으니까."

  나는 놀란 내색과 기막힌 거짓말에 기가 질린 기색을 보이기 싫어, 뭐라 말할 바를 몰랐다. 소름이 오싹 드는 느낌에, 알베르틴을 내쫓고 싶어지기는커녕 오히려 마구 울고 싶었다. 이 정념은 거짓말 자체 때문도 아니었고, 이제껏 진실이라 굳게 믿어왔던 것이 단번에 모두 와르르 무너져, 내가 마치 죄다 멸망한 거리―집 한 채 남지 않고, 그저 헐벗은 땅에 집의 잔해만이 울퉁불퉁하게 튀어나와 있는 거리―에 홀로 서 있는 것같이 느꼈기 때문도 아니었다. 오퇴유 친구 집에서 권태롭게 지냈다는 3일 동안, 알베르틴이 하루쯤 살짝 나를 만나러 온다든가, 아니면 오퇴유로 만나러 와달라고 속달을 보내고자 하는 소망을 품은 적이 한 번도 없었을 뿐만 아니라, 어쩌면 그럴 뜻조차 없었거니 생각하자 서글픔이 밀려왔기 때문이었다. 그러나 이런 감회에 빠져 있을 겨를이 없었다. 특히 놀란 낯빛을 보이기 싫었다. 나는 입 밖에 낸 것보다 더 많은 여러 가지를 알고 있다는 듯 미소를 지었다. "그러나 그건 빙산의 일각이야. 오늘 밤만

해도 베르뒤랭 댁에서 알았지만, 당신이 나보고 뱅퇴유 아가씨에 대해 말했던 것은······."

알베르틴은 괴로운 듯한 표정으로 나를 뚫어지게 바라보면서, 내가 알고 있는 바를 눈 속에서 읽어내려고 애썼다. 그런데 내가 알고 있는 바와 그녀에게 말하고자 한 바는, 뱅퇴유 아가씨의 정체였다. 물론 내가 이를 알았던 건 베르뒤랭 댁이 아니라 지난날 몽주뱅에서였다. 다만 지금껏 일부러 알베르틴에게 얘기하지 않았기 때문에, 이날 밤 처음으로 알았다는 듯이 꾸밀 수 있었다. 그리고 나는 작은 열차 안에서 그토록 심한 고통을 겪었음에도 이 몽주뱅의 기억을 잊지 않은 데 거의 기쁨을 느꼈으니, 내가 실제보다 날짜를 늦추더라도 분명한 증거임에는 틀림없으며, 알베르틴에게는 뜻하지 않은 타격일 테니까. 적어도 이번만은 나도 '알고 있는 체'하거나, 알베르틴에게 '사실대로 말하게 할' 필요가 없었다. 나는 정말로 '알고' 있고, 몽주뱅의 환한 창 너머로 '보았던' 것이다. 알베르틴이 아무리 뱅퇴유 아가씨나 그 여자친구와 깨끗한 관계였다고 우긴들, 내가 그 두 여인의 소행을 알고 있다고 딱 잘라 말한다면(그렇게 말해도 거짓말이 아니니), 그녀들과 날마다 친하게 지내고 그녀들을 '언니'라고 부르던 알베르틴이, 두 사람에게 어떤 제의도 받은 적이 없었다고 어찌 주장할 수 있겠는가? 그 제의를 승낙하지 않았다면 그녀들과의 사이는 깨졌을 것이다.

그러나 나는 이런 진실을 밝힐 겨를도 없었다. 알베르틴은, 혹시 뱅퇴유 아가씨가 베르뒤랭 댁에 참석했다면 그녀 자신의 입을 통해서거나, 아니면 뱅퇴유 아가씨에게 제 얘기를 했을지 모르는 베르뒤랭 부인의 입을 통해서거나, 아무튼 내가 발베크의 거짓 여행에 대해서처럼 진실을 알고 있구나 여겼고, 내 이야기를 가로막으며 한 가지 고백을 했다. 그것은 내가 믿어온 바와는 정반대인 내용으로, 끊임없이 내게 거짓말해온 것을 증명함으로써 마찬가지로 나를 괴롭혔다(특히 이제 막 말했듯이, 나는 이미 뱅퇴유 아가씨를 시새워하지 않았으므로). 하여간 알베르틴은 선수를 쳐서 이렇게 말했다. "당신이 하려는 말은, 언젠가 내가 뱅퇴유 아가씨의 여자친구 손에 키워졌다시피 했다고 말한 게 거짓말이었다는 사실을 오늘 밤 알았다는 거겠죠. 내가 좀 거짓말한 건 사실이에요. 하지만 나는 당신에게 멸시당하는 듯한 느낌이 들던 참에, 당신이 그 뱅퇴유의 음악에 열중하는 것을 알고, 내 친구 하나가—이건 정말이에요, 맹세해요—뱅퇴유 아가씨의 여자친구의 친구였으므로, 그 두 아가씨를 잘 안다고 말하면 당신의 관심을 끌 수 있으리라고 생각했던 거예요. 나는 당신을 싫증나게 하는구나, 당신의 눈에 누른도요(bécasse)*¹로 보이는구나 느꼈다고요. 난 그 두 아가씨와 친한 사이여서 뱅퇴유 작품에 대해 세밀한 것을 얘기할 수 있다고 말하면, 당신의 눈에 내가 좀 돋보여 우리 둘 사이가 더 가까워지지 않을까 생각했던 거죠. 내가 당신에게 거짓말하는 건 언제나 당신에 대한 애정 때문이에요. 그런데 드디어 오늘 밤 베르뒤랭 댁 야회에서 진실을 알게 되었군요, 하기야 매우 과장된 진실이겠지만. 내기해도 좋아, 뱅퇴유 아가씨의 여자친구는 나를 모른다고 말할걸. 아까 그 내 친구 집에서 적어도 두 번쯤 만났지만. 하기야 그처럼 유명하게 된 이들에게는 나 따위야 촌뜨기에 지나지 않겠죠. 그래서 나를 한 번도 만난 적이 없다고 말하고 싶겠죠."

불쌍한 알베르틴, 뱅퇴유 아가씨의 여자친구와 무척 친숙했다고 말하면 '버려짐'을 늦추어 나와 더 가까워질 수 있으려니 여겼을 때, 그녀는—흔히 있는 일이지만—생각지도 않은 다른 길을 통해 진실에 이르러 있었다. 생각했던 것 이상으로 음악에 밝다는 사실을 보여주었다 해도 그날 밤 작은 열차 안에서 내가 그녀와 절교를 생각했다면 그것을 막지는 못했을 것이다. 그럼에도 그것을 막기 위해 그녀가 한 그 말이 당장에 절교의 불가능성보다도 더한 것을 가져왔다. 다만 그녀는 판단을 그르쳤던 것이다. 이 말이 가져올 결과에 대해서가 아니라, 그 결과를 일어나게 한 원인의 해석을 잘못하고 있었다. 그 원인은 그녀의 음악적 교양이 아니라, 그녀의 고약한 교우 관계를 알게 된 것이었다. 돌연 나를 그녀에게 접근시켰을 뿐만 아니라 그녀 가운데로 녹아들어가게 했던 것, 그것은 쾌락—아니, 쾌락이라고 하면 지나친 말이고 오히려 가벼운 즐거움—에 대한 기대가 아니라 가슴이 죄어드는 고통이었다.

나는 이번에도, 경악의 인상을 줄지 몰라 오랜 침묵을 지킬 겨를이 없었다. 그래서 나는 이렇듯 겸허한 마음씨를 갖고, 베르뒤랭네 무리에서 자기가 무시당한다고 여기는 그녀가 측은하여 다정스럽게 말을 건넸다. "이봐, 나도 그 점을 생각해왔지. 기꺼이 몇백 프랑을 내줄 테니 맵시 있는 차림으로 어디든 가고 싶은 데를 가구려. 베르뒤랭 부부를 멋진 만찬에 초대해도 좋고." 아뿔싸!

---

*¹ '바보'라는 뜻도 됨.

알베르틴은 여러 인격을 갖고 있었다. 그중에 가장 야릇한, 가장 단순하고 포악한 알베르틴이 모습을 드러내 혐오하는 말투로 대답했는데, 사실 나는 그 말을 잘 알아듣지 못했다(그녀가 중간에 입을 다물어버리는 바람에 끝은커녕 말머리조차 알아듣지 못했다). 나는 좀 뒤에 그녀의 속셈을 짐작하고, 처음으로 그 말을 다시 생각할 수 있었다. 우리는 나중에 이해했을 때 과거를 돌아다보고 알아듣는다. "고맙구려! 그런 늙다리를 위해 한 푼이라도 쓰느니 차라리 날 한 번쯤 당신의 간섭 없이 깨뜨리게(me faire casser)……." 순간, 그녀는 얼굴이 확 붉어져 어쩔 줄 몰라하면서 손을 입으로 가져갔다. 방금 한 말, 무슨 말인지 나는 전혀 알아듣지 못한 그 말을 다시 입속으로 밀어넣으려는 듯이.

 "뭐랬지, 알베르틴?"—"아무것도 아녜요. 잠이 덜 깼나 봐요."—"무슨 소릴. 당신은 멀쩡하게 눈을 뜨고 있었어."—"베르뒤랭 부부와의 만찬을 생각하고 있었어요. 당신이 한 말이 무척 고마워서."—"아니, 당신이 지금 뭐라고 했는지 물어보는 거야." 그녀는 이러니저러니 주워섬겼지만 하나도 그럴싸하지 않았다. 말을 하다가 멈춰 그 뜻이 아리송한 채로 남아 있는 그녀의 말이 그렇다는 게 아니라, 말을 꺼내다가 갑자기 입을 다물고 얼굴을 붉혔다는 사실과 맞아떨어지지 않았다. "이봐, 당신이 하려던 말은 그게 아니야. 그렇지 않다면 꺼내다가 말 리가 없잖아?"—"내 부탁이 너무 염치없다고 생각했기 때문이에요."—"부탁이라니?"—"저녁 식사에 초대하는 일 말이에요."—"설마! 그런 게 아니었어. 우리 사이에 염치고 뭐고가 어딨어."—"아뇨, 있어요. 좋아하는 이에게 너무 버릇없이 굴면 못쓰니까요. 아무튼 난 맹세코 그 말을 하려던 거예요." 나는 그녀의 맹세를 의심할 수도 없었지만, 반면 그녀의 설명은 나의 이성을 만족시키지 못했다. 그래서 나는 끈덕지게 캐물었다. "아무튼 용기를 내서 끝까지 말해봐. 당신은 깨뜨린다는 말을 하다가 말았지……."—"그만 해요, 제발!"—"왜 그러지?"—"아주 상스러운 말이니까요. 그런 말을 당신 앞에서 하다니 너무도 부끄러워요. 내가 무슨 생각을 한 거지? 그 말뜻도 잘 몰라요. 다만 언젠가 한길에서 몹시 상스러운 사람들이 그런 말을 하는 걸 들은 적 있는데, 그 말이 무심결에 입에서 튀어나온 거예요. 잠꼬대를 했을 뿐이에요."

 더는 알베르틴에게서 그 어떤 것도 끌어낼 가망이 없어 보였다. 아까는 너무도 버릇없이 구는 건 아닌가, 염치가 없어서 그랬노라 맹세했지만, 사실 그것은 거짓말이며, 지금은 내 앞에서 너무 상스러운 말을 입에 담기가 부끄러워

서 그랬노라는 이유로 바꾸고 말았다. 그러나 이것 또한 그녀의 두 번째 거짓
말일 게 뻔하다, 왜냐하면 알베르틴과 단둘이 있을 때는 서로 애무하면서 어
떤 상스러운 짓이나 지저분한 말도 거리낌없이 지껄였으니까. 아무튼 지금은
다그쳐도 소용없었다. 하지만 내 뇌리에는 이 '깨뜨리다(casser)'라는 말이 박혀
있었다. 알베르틴은 '실컷 욕해주었다!'라는 뜻으로 '장작을 팼다(casser du bois)',
'설탕을 으스러뜨리듯 아무개를 깨뜨렸다(casser du sucre sur quelqu' un)',*¹ 간단히
'호되게 깨뜨려줬지!(ah! ce que je lui on ai cassé)'라고 곧잘 말했다. 그녀는 내 앞에
서도 그런 말을 거리낌없이 지껄였었다. 그런데 만약 그런 말을 할 작정이었다
면, 왜 갑자기 입을 다물어버렸을까? 왜 그처럼 새빨개져서 손으로 입을 막고
말을 완전히 바꾸어버렸다가, 내게 '깨뜨리다'라는 말이 분명히 들렸다는 눈치
를 채자 엉터리 설명을 하려 들었을까? 하지만 어차피 대답을 듣지 못할 심문
은 계속해보았자 헛수고인 이상, 이미 그런 일은 잊어버린 체하는 편이 가장
좋은 방법이다. 나는 파트론에게 갔던 일에 대한 알베르틴의 비난을 떠올리면
서, 참으로 졸렬한 말을 그녀에게 했다. 말하자면 얼빠진 변명이었다. "마침 오
늘 저녁, 베르뒤랭 댁 야회에 가지 않겠느냐고 당신에게 물어볼 참이었어." 이
것은 이중으로 졸렬한 말이었다. 만약 그런 생각을 정말 했다면, 늘 그녀와 얼
굴을 맞대고 지내는 만큼, 그러자고 말할 수 있었을 게 아닌가? 알베르틴은
내 거짓말에 발끈 성이 나서, 또 내가 주뼛주뼛하자 도리어 기세가 등등해져
서 말했다. "당신이 천 년을 두고 부탁했던들 난 가지 않았을걸요. 오래전부터
나를 눈엣가시처럼 대하는 사람들이니까. 갖은 수로 나를 괴롭혀온 사람들이
거든요. 발베크에선, 베르뒤랭 부인에게 있는 정성을 다해 굼뜨게 대했는데,
참 알량한 보답을 받았죠. 그이가 숨을 거두면서 부른대도 나는 절대로 안 가
겠어요. 세상엔 용서할 일과 못할 일이 있어요. 당신도 말이죠, 전에 없던 무례
한 짓을 했어요. 프랑수아즈가 내게 당신이 외출하셨다고 말했을 때(프랑수아
즈는 나한테 그렇게 말하는 게 여간 만족스럽지 않았나 봐), 나는 차라리 정수
리가 쪼개지는 편이 나았을 거라구요. 눈치 못 채게 애썼지만 내 평생에 이런
모욕은 처음 당했어요."

　그러나 내 속에는 매우 생생하고도 창조적인 잠재의식의 잠(그 잠 속에는

─────────────

*1 당사자가 없는 자리에서 그의 욕을 한다는 뜻의 속어.

살짝 스치고 가는 것도 깊게 새겨지고, 이제껏 헛되이 찾던 여벌 열쇠를 잠든 손이 꽉 쥐고 있다)이 있어, 그녀가 지껄이는 동안에도 조금 전 별안간 멈춰버린 그 말씨로 뭘 말하려고 했는지, 그 말의 끝머리는 무엇인지 알고자 하는 마음을 멈출 수 없었다. 그러다가 돌연, 상상도 못했던 추악한 한마디가 내 머릿속에 떨어졌다—'항아리(le pot).'*2 어떤 불완전한 기억에 오랫동안 지배되다 보면, 천천히 신중하게 그 기억을 확장해 나가려고 애써도 거꾸로 이쪽이 그 기억에 달라붙어 꼼짝 못하고 마는데, '항아리'라는 낱말이 그런 경우처럼 단번에 머리에 떠올랐다고는 말할 수 없다. 나의 여느 회상과는 달리, 평행한 두 탐구의 길이 있었나 보다. 하나는, 다만 알베르틴의 말씨뿐만 아니라, 내가 돈을 낼 테니 멋들어진 만찬회를 베풀어보라고 제의했을 적에 그녀가 몹시 귀찮아하던 눈길, '싫어요, 그런 귀찮은 일에 돈을 낭비하다니, 돈 없이도 난 썩 재미나는 짓을 할 수 있는 걸요' 말하는 듯한 눈길마저 헤아리고 있었다. 그녀의 이 눈길을 기억하고 있었으므로, 나는 다른 방법으로 그녀가 말하고자 한 끝머리를 발견할 수 있었을 것이다. 지금껏, 나는 '깨뜨린다'는 마지막 낱말에 정신이 팔려 있었다. 뭘 깨뜨린다는 말인가? 장작을 팬다? 아니지, 사탕 덩이를? 아니야. 깨뜨리다(casser), 패다(casser), 부스러뜨리다(casser). 문득 만찬회를 베풀어보라고 제의한 순간에 그녀가 어깨를 으쓱하면서 지은 눈길이 머리에 떠올라, 이것이 나로 하여금 그녀가 한 말을 거꾸로 더듬게 했다. 그러자 나는 그녀가 '깨뜨리다(casser)' 말한 게 아니라 '깨뜨리게 하다(me faire casser)' 말했던 점을 깨달았다.

소름끼치는 일! 그게 그녀의 소원이었다. 거듭 소름끼친다. 까닭인즉, 하급 창부조차도 그에 동의하거나 바라는 경우라도, 사내 앞에서 이런 추잡한 표현은 쓰지 않으니까. 쓴다면 자기 자신이 너무나 타락한 느낌이 들 것이다. 다만 여인을 상대할 경우, 동성을 좋아하는 창녀라면, 곧 사내에게 몸을 맡기는 게 미안쩍어 이렇게 표현한다. 알베르틴이 비몽사몽 중에 있었다고 말한 것은 거짓말이 아니었다. 방심해 순간 충동에 이끌려 나와 같이 있음을 까맣게 잊고, 어깨를 으쓱 추켜세우면서 그런 여인의 아무개, 어쩌면 꽃다운 아가씨들 중의 아무개와 하듯이 말하기 시작했던 것이다. 그러다가 갑자기 정신이 들면서 부끄러움에 얼굴 붉히고 튀어나오려던 말을 허둥지둥 도로 삼키고 나서, 다시는

---

*2 le pot는 속어로 항문을 뜻하므로, casser le pot는 동성애를 말함.

끽소리도 내지 않으려고 했던 것이다. 내가 절망한 사실을 그녀가 알아채지 못하게 하려면, 잠깐이라도 머뭇거릴 겨를이 없었다. 그러나 화가 벌컥 나면서 벌써 내 눈에는 눈물이 글썽거렸다. 발베크에서, 뱅퇴유가 사람들과 친했다고 털어놓은 날 밤처럼, 내 비탄을 설명할 가장 그럴 법한 이유, 동시에 알베르틴에게 큰 충격을 주어 내 결심이 서기까지 며칠 간의 여유를 얻을 수 있는 이유를 당장 꾸며내야만 했다. 그래서 알베르틴이, 내가 혼자 외출함으로써 그녀에게 입힌 모욕만큼 심한 모욕을 받은 적이 없다, 프랑수아즈에게 그런 말을 듣느니 차라리 죽는 편이 낫다고 했을 때, 나는 그녀의 가소로운 악감정에 진저리가 나서, 내가 한 짓은 특별히 탓할 게 못 된다, 혼자 외출했다고 해서 당신이 마음 상할 이유는 아무것도 없지 않은가 말하려고 했다. 그러나 그 사이에 이와 평행하게, 그녀가 '깨뜨리다'라는 낱말 뒤에 하고자 했던 말의 무의식적인 탐구가 성공해서, 그 발견으로 내가 빠진 절망을 빈틈없이 감출 수가 없었다. 나는 변명하는 대신 나 자신을 책망하기로 했다.

"나의 귀여운 알베르틴." 나는 눈물에 젖은 부드러운 말투로, "나는 말이야, '당신이 잘못이다, 내가 한 짓은 아무것도 아니다' 말할 수도 있지만, 그렇게 말하면 거짓말하는 게 되지. 당신이 옳아, 당신은 사실을 잘 이해하고 있단 말이야. 반년 전, 석 달 전, 아직 당신에게 애정을 품고 있던 무렵이라면 나도 그런 짓은 결코 하지 않았을 거야. 일 자체야 하찮은 일이지만, 내 마음이 한없이 변했다는 증거로서 이건 아주 중대하지. 내 마음의 변화는 되도록 숨기고 싶었지만 당신이 알아채고 말았으니, 나는 이제 이렇게 말할 수밖에 없게 되었어. 나의 귀여운 알베르틴." 나는 깊은 다정스러움과 슬픔을 담아 다음과 같이 말했다. "당신은 이곳에서 보내는 생활에 진저리가 날 테니, 우리 헤어지는 게 좋겠어. 헤어질 때는 빨리 행동으로 옮기는 게 가장 좋은 방법이니, 내가 이제부터 가질 크나큰 비통이 당장 사라지도록, 오늘 밤 작별인사를 하고, 내일 아침 내가 아직 잠들어 있는 사이에 말없이 떠나줘, 부탁이야." 그녀는 어리둥절하여, 아직 반신반의하면서도 벌써 얼굴에 슬픈 빛을 드러냈다. "뭐라구요, 내일? 정말 그러기를 바라나요?" 우리의 작별을 이미 정해진 일처럼 말하기는 고통스러웠지만—어쩌면 얼마쯤은 그것이 고통이었으므로 그랬는지도 모른다—그래도 나는 알베르틴에게 내 집에서 나간 뒤에 이렇게 해라 저렇게 해라 하고, 아주 명확하게 주의를 주기 시작했다. 온갖 것을 권고하는 사이에, 나는 이윽고 아주 사소한 일까지 들먹이기 시작했다. 나는 끝없는 슬픔과 더불어, 진지하게 덧붙였다. "미안하지만, 당신 아주머니 댁에 있는 베르고트의 책을 내게 돌려보내줘. 별로 급하지 않으니 3일 뒤든, 일주일 뒤든, 당신이 마음 내킬 때 말이야. 다만 잊지 말아줘. 내가 재촉하기 난처하니까. 우리는 행복했어. 그러나 우린 앞으로 불행하게 될 거라는 느낌이 드는군."

"우리가 불행하게 될 거라는 느낌이 든다니, 그런 말 집어치워요." 알베르틴은 내 말을 가로막았다. "'우리'라고 말하지 말아요, 그렇게 느끼는 건 당신 혼자니까."—"그렇군, 당신이나 나니, 마음대로 말하구려, 이유도 아무래도 좋아. 그런데 밤이 깊었는걸, 당신 자야지…… 아무튼 우리는 오늘 밤 헤어지기로 정했어."—"틀려요. '당신'이 정했고, 나는 그냥 따를 뿐이죠. 당신을 괴롭히기 싫어서."—"정한 게 나라고 한들 상관없어. 하지만 그렇다고 내가 고통스럽지 않은 건 아냐. 하기야 고통이 오래 간다고 말하진 않겠지만. 당신도 알다시피 내게는 한 가지를 오래도록 떠올리는 능력이 없으니까. 그래도 첫 며칠 동안 난 당신이 그리워 애타겠지! 그러니 편지로 옛일을 새롭게 할 필요도 없다고 생각해. 단번에 끝장내야 하니까."—"하긴 그래, 당신이 옳아요." 수긍하는 그녀는 밤늦게까지 잠자지 못해 피로로 우그러진 얼굴 때문에 더욱 구슬퍼 보였다. "손가락을 하나하나 잘리느니, 차라리 머리가 댕강 떨어지는 게 낫죠."—"이런, 이토록 늦게까지 당신을 못 자게 하다니 나도 심했군, 정신 나갔나 봐. 하지만 우리의 마지막 밤이니! 당신이야 앞으로 한평생 마음껏 잘 테고." 이와 같이 나는 밤인사를 나눠야 할 시간이라고 말하면서, 그녀가 나한테 잘 자라고 말하는 순간을 되도록 늦추려고 했다. "첫 며칠 동안 당신의 심심풀이로, 블로크에게 부탁해서 그 사촌누이 에스테르를 당신 있는 곳에 보내도록 할까? 블로크는 그쯤이야 내 체면을 봐서 해줄 텐데."—"어쩌자고 그런 말을 하는지 통 까닭을 모르겠네요(내가 그런 말을 한 건 알베르틴의 고백을 이끌기 위해서였다). 내가 만나고 싶은 이는 단 한 사람, 당신뿐이에요." 알베르틴의 이 말은 내 마음을 다사로움으로 가득 채워주었다. 그러나 곧 얼마나 심한 아픔을 내게 주었는지 떠올렸다. "이제 막 생각나네. 전에 에스테르에게 내 사진을 준 일이 있었어요. 에스테르가 어찌나 달라고 졸라대는지 주면 기뻐할 줄 알았기 때문에 주었지만, 에스테르에게 애정을 느꼈다든가 보고 싶다든가 하는 마음은 티끌만치도 없었어요!" 그러면서도 알베르틴은 조심성 없는 성격이라서, 곧바로 이렇게 덧붙였다. "만일 에스테르가 나를 만나고 싶어하면, 나 아무래도 상관없어요. 아주 싹싹한 사람이니까. 하지만 내 쪽에선 전혀 만나고 싶지 않아요." 말인즉슨, 블로크가 보내준 에스테르의 사진 얘기를 내가 그녀에게 꺼냈을 때 (이 얘기를 했을 때, 나는 아직 사진을 받지도 않았는데), 알베르틴은 에스테르에게 준 제 사진을 블로크가 내게 보인 줄 지레짐작했던 것이다. 최악의 사태를 생각해도, 나는 설마하니 알베르틴과 에스테르의 사이가 이토록 친밀하리라곤 꿈에도 생각지 못했었다. 전에 내가 사진 얘기를 꺼냈을 적에, 알베르틴은 대답할 말을 한마디도 찾지 못했다. 그런데 이제 와서 그녀는 내가 사정을 알고 있는 줄 착각하고, 고백하는 편이 현명하다고 생각했던 것이다. 나는 맥이 탁 풀리고 말았다.

"그리고 알베르틴, 부디 내 부탁을 한 가지 들어줘. 절대로 나를 만나려고 하지 말아달라는 부탁을. 만에 하나라도, 1년, 2년, 3년 뒤에 우리가 같은 거리에서 우연히 만나더라도 나를 피해줘." 그녀가 내 부탁에 긍정하는 대꾸를 하지 않자, 나는 말을 이었다. "알베르틴, 이승에서 두 번 다시 나를 만나려고 하지 말아달라는 거야. 우리가 만난다면 나에게는 너무나 심한 고통이겠지. 나는 진심으로 당신에게 애정을 품고 있으니까. 알고 있어. 내가 요전 날, 발베크에서 우리가 얘기한 적이 있던*¹ 여자의 친구를 다시 만나고 싶다고 당신에게 말했을 때, 당신은 아마 준비가 다 되어 있구나 여겼겠지. 천만에, 다짐하지만 그런 따위야 내게는 아무래도 좋았어. 틀림없이 당신은 내가 오래전부터 당신과 헤어질 결심을 하고 있었고, 내 애정은 연극에 지나지 않는다고 확신했겠지."—"어머, 그 무슨 뚱딴지같은 소리람, 나는 그렇게 생각한 적이 없어요." 그녀는 구슬프게 말했다. "그럼 다행이고, 그렇게 여겨서는 안 돼거든. 나는 진심으로 당신을 사랑했어. 연정이 아닐는지는 몰라도 크나큰, 아주 깊은 애정을 품어왔단 말이야, 당신이 믿을 수 없을 만큼."—"믿고 말고요. 분명히 그런 줄 믿는다니까. 그럼 내가 당신을 사랑하지 않는다고 생각하시나요?"—"당신과 헤어지다니 크나큰 슬픔이구려."—"나는 그보다 천 배는 더 슬퍼요." 알베르틴의 대답에 나는 조금 전부터 눈에 글썽거리는 눈물을 참을 수 없을 것 같은 느낌

---

*1 제4편 끝에서 '내'가 '약혼녀와 헤어졌다'고 꾸민 이야기를 말함.

이 들었다. 이 눈물은, 지난날 질베르트에게 '다시는 만나지 않는 편이 좋겠습니다. 인생이 우리 두 사람을 가르니' 말했을 때 느꼈던 것과는 아주 다른 슬픔에서 오고 있었다. 질베르트에게 그런 내용의 편지를 썼을 때, 나는 앞으로 질베르트 아닌 다른 여인을 사랑하게 되더라도, 지나친 내 애정이 상대의 마음속에 일어나는 애정을 줄어들게 하리라고 생각했다. 마치 두 인간이 가질수 있는 애정의 정량은 운명의 안배로 정해져 있어, 한쪽이 지나치게 차지하면 다른 한쪽은 그 분량만큼 줄어들고 마는 듯이. 그리고 나는 질베르트와 갈라지듯, 그 여인과도 갈라질 운명이라고 느꼈다.

그러나 지금의 상황은 여러 이유로 먼젓번과 아주 달랐다. 그 첫째 이유—이것이 다른 이유를 만들어냈다—는, 할머니와 어머니가 콩브레에서 나 때문에 근심하던 그 의지의 결여였다. 환자란 자기의 약함을 억지로 들이미는 데 강한지라, 할머니와 어머니는 연이어 항복하고 말았는데, 이 의지의 결여는 더욱더 빠른 속도로 심해졌던 것이다. 내 존재가 질베르트를 귀찮게 한다고 느꼈을 때, 나는 아직 그녀를 단념할 만한 기력을 갖고 있었다. 그런데 알베르틴에 대하여 같은 확인을 했을 때는 그럴 만한 기력이 없어, 그녀를 억지로 붙잡는 것밖에 생각지 않았다. 그래서 질베르트에게는 정말로 다시는 만나지 않을 생각으로 앞으로는 만나지 않겠다고 썼었지만, 알베르틴에게 그렇게 말한 건 오로지 화해를 하기 위한 새빨간 거짓말에 지나지 않았다. 이렇게 우리는 서로 사실과는 매우 다른 겉모양을 보이고 있었다. 두 인간이 마주 대할 때는 늘 이런 법이다. 서로 상대 속에 모르는 부분이 있거니와, 아는 것도 부분밖에 이해 못하고, 또 두 사람 다 자기 개성과 가장 동떨어진 것만 상대에게 나타내기 때문이다. 뭐가 가장 참된 개성인지 자기 자신도 분간 못해 그걸 대수롭지 않게 판단하거나, 자기와 관련 없는 하찮은 이익 쪽이 더욱 대단하며 자랑스러운 것으로 여기고, 더더구나 한편으론 자기가 애착하는 것을 갖지 못하기 때문에, 남의 업신여김을 받지 않도록 그것에 관심이 없는 체, 다시 말해서 그게 바로 자기가 멸시하고 증오하는 것이라는 얼굴을 한다.

그런데 사랑에서는 이 오해가 최고조에 이른다. 어린 시절 말고는, 우리는 제 사고를 정확히 반영하는 모습을 취하기보다, 오히려 바라 마지않은 것을 손에 넣는 데 가장 알맞다고 사고가 판단한 겉모습을 취하려고 애쓰기 때문이다. 집에 돌아온 뒤로 내가 바라 마지않은 바는, 알베르틴을 이전같이 온순케 만들어, 약이 오른 그녀가 더욱 큰 자유를 요구하지 못하게 하는 데 있었다. 언젠가는 그녀에게 자유를 줄 셈이었지만, 그녀가 자립할 생각을 품지 않았나 전전긍긍하는 지금 그런 자유를 준다면, 나는 심한 질투에 미쳐버렸을 것이다. 사람은 어느 나이에 이르면 자존심과 꾀가 생겨서 가장 원하는 것을 그다지 애착하지 않는 체한다. 그러나 사랑에서 참다운 슬기와는 다른 한낱 꾀는 우리로 하여금 금세 이중 성격을 갖게 한다. 어린 시절, 내가 사랑 중에서 가장 감미롭다고 꿈꾸던 것, 바로 사랑의 정수로 생각했던 것은, 사랑하는 여인 앞에서 이쪽의 애정이나 그녀의 호의에 대한 감사, 언제까지나 둘이서 같이 살고 싶은 소망을 마음 그대로 토로하는 것이었다.

하지만 나는 나 자신의 경험과 친구들의 경험을 통해, 이러한 정념의 표현이 결코 상대에게 전염되지 않는다는 사실을 몹시 잘 알고 말았다. 샤를뤼스 씨처럼 겉멋부리는 할멈 같은 경우, 상상 속에서 늘 잘생긴 젊은이만을 그리는 탓에 어느새 그 자신도 잘생긴 젊은이가 된 줄 여겨, 우스꽝스럽게 사내다움을 뻐기면서 더욱더 할망구가 되어가는 게 남의 눈에 환히 보인다. 이런 경우는 오직 샤를뤼스 씨와 같은 인물에 한하지 않고, 널리 적용되는 법칙이자 더할 수 없을 만큼 일반적인 법칙이라서, 사랑마저 그 법칙을 완전히 규명하지 못한다. 우리는 남들이 보듯이 자기 몸을 보지 못하고, 또 자기 사고를 '좇는'다. 사고, 곧 자기 눈앞에 있고 남의 눈에 보이지 않는 대상(때로는 예술가가 작품 속에서 이를 보게 해주는데, 그러므로 독자들은, 작가 본인을 만나 그 얼굴에 내적인 아름다움이 거의 반영되어 있지 않음을 보고는 환멸을 맛보는 일이 잦다) 말이다. 먼저 이 점을 주목하면 우리는 다시는 '본심을 얼굴에 드러내지' 않는다. 이날 오후, 나는 알베르틴이 트로카데로에서 금세 돌아와준 걸 얼마나 고맙게 생각하는지, 그녀에게 일부러 말하지 않았다. 그리고 그날 밤, 그녀가 내게서 떠날까 봐 겁이 나서 그녀와 헤어지고 싶은 체했다. 이윽고 알게 되려니와, 이와 같은 위장은 이전의 연애에서 얻은 교훈—내 깐에는 교훈을 얻었다는 생각에서—을 현재의 연애에 써먹으려 했기 때문만은 아니다.

알베르틴이 '나 혼자 밖에 좀 나가고 싶어. 스물네 시간쯤 나갔다 오겠어' 하는 따위의 요구—그것이 어떤 일이라고 분명히 생각해본 적은 없지만, 나는 그것이 두려웠다—를 하지 않을까 하는, 그런 염려가 베르뒤랭네의 야회가 한창 무르익었을 때 문득 내 마음을 스쳤다. 그러나 알베르틴이 이 집에서 행복하다고 입버릇처럼 말한 게 떠올라 이 근심도 가셔버렸다. 혹여 알베르틴이 나와 헤어지려 했더라도, 그것은 어렴풋한 투, 어떤 슬픔에 가득 찬 눈길, 왠지 모르게 초조한 태도, 언뜻 듣기에 그런 뜻이 조금도 비추지 않는 말 따위로밖에 나타나지 않았다. 이런 말씨는 겉으로는 그런 뜻을 전혀 지니지 않았지만 잘 살펴본다면(아니 살펴볼 필요조차 없는 게, 이런 정념의 언어란 당장 이해가기 때문인데, 서민들도 이와 같은 허영, 한(恨), 질투로밖에 설명할 수 없는 말을 충분히 이해한다. 이런 정념은 말씨로 표현되지 않지만, 어떤 직관력, 데카르트가 말하는 양식(良識)*1처럼 '이 세상에서 가장 고르게 분배된' 직관력이 금세 말하는 이 속에서 그걸 맡아낸다), 상대 여인이 어떤 정념을 숨기고 있고, 그 때문에 그 여인이 나 없는 딴 생활을 계획할지도 모른다는 것으로밖에 설명할 수 없는 말씨인 것이다. 그날 저녁부터 나는 그녀의 의도를 계속 예감하고 있었음에도 논리적인 말로 표현할 수 없었던 것과 마찬가지로, 내가 속으로 품어온 예감 또한 어렴풋하여 잡아낼 수 없었다. 나는 지금까지 알베르틴의 말이라면 모두 참말이라는 가정하에 계속 생활해왔다. 그러나 그동안, 내가 생각하고 싶지 않았던 정반대의 가정도 줄곧 내 마음에서 떠나지 않았나 보다. 그렇지 않았으면, 아무 거리낌 없이 베르뒤랭 댁에 갔다 왔다고 알베르틴에게 말했을 테고, 그녀가 느닷없이 화내는 데 내가 별로 놀라지 않았던 것도 이해하지 못했을 테니까, 더욱 이 가정에 신빙성이 생긴다. 그러므로 내 안에 살아 있던 것은, 나의 이성이 지어내거나 그녀의 말이 그려내거나 하는 알베르틴과 정반대인 알베르틴, 그렇긴 하나 완전히 꾸며냈다고는 말 못할 알베르틴의 관념이었나 보다. 왜냐하면 그 관념은 내면의 거울처럼 그녀 마음속에 일어나는 어떤 움직임, 이를테면 내가 베르뒤랭 댁에 간 데 대한 불쾌한 기분 같은 움직임을 반영하고 있었기 때문이다. 게다가 내가 오래전부터 느껴온 불안, 사랑한다고 알베르틴에게 말하기를 꺼리는 마음, 이런 모든 것은 두 번째 가정과 일치했다. 이 가정은 첫 번째 가정보다 더 많은 사실을 설명해줄 뿐만 아니라, 첫 번째 가정을 채택하더라도 두 번째 가정 쪽이 더 그럴듯하게 생각된다는 장점을 갖추고 있었다. 왜냐하면 알베르틴에게 내가 무심코 애정을 털어놔도 그녀에게서 받은 것은 짜증뿐이었으니까(하기야 그녀는 그 짜증에 다른 이유를 붙

---

*1 "양식은 이 세상에서 가장 고르게 분배되어 있다." 《방법론 서설》 서두의 한 구절.

이긴 했지만).

　사실 내게 가장 중대해 보이고, 가장 충격을 준 것은, 그녀가 비난을 받기 전에 방어선을 긋듯이 다음같이 말한 점이었다. "오늘 밤 뱅퇴유 아가씨가 와 있었겠군요." 그 말에 나는 되도록 냉혹하게 대답했다. "아니, 베르뒤랭 부인을 만났었나? 당신은 내게 그런 말은 안 했었는데." 나는 알베르틴이 샐쭉해졌다는 것을 알아채면, 그것을 섭섭하게 생각한다는 말은 하지 않고, 금세 짓궂어지곤 했다. 이상의 사례를 들어, 나는 곧 내가 느끼고 있는 바와는 정반대로 대꾸한다는 불변 법칙에 따라 분석해보건대, 이날 밤 내가 그녀와 헤어지겠다고 말한 까닭은─내가 그걸 의식하지 못했더라도─그녀가 자유를 요구할까 봐 겁이 났기 때문이 분명했다(나를 전율케 하는 이 자유가 뭐냐고 물은들 나는 명확히 대답할 수 없겠지만, 요컨대 그녀가 나를 속일 수 있는 자유, 아니면 적어도 속이지 않는다고 보장할 수 없는 자유라고 하겠다). 동시에 내가 자존심을 걸고, 빈틈없어 보이려고 그런 따위를 조금도 겁내지 않는 체하고 싶은 마음도 있었다. 마치 전에 발베크에서 그녀에게 뽐내보려고 하거나, 좀더 뒤에는, 그녀가 나와 함께 있는 동안, 싫증날 틈을 주지 않으려고 했을 때처럼.

　위에서 말한 두 번째의 가정, 뚜렷하게 꼴이 잡히지 않은 가정은 얼마든지 반박할 수 있으리라. 이를테면 알베르틴이 가장 좋아하는 생활은 내 집에서의 생활·휴식·독서·고독이며, 내게 늘 해온 말은 모두 사포(Sappho)적인 동성애에 대한 증오라고 하지만 이런 반박에 얽매일 필요는 없으리라. 왜냐하면 알베르틴 쪽에서도, 내가 그녀한테 말한 바를 통해 내가 느끼는 바를 판단하려고 했다면, 그녀는 사실과 정반대인 것을 알게 되었을 테니까. 나는 그녀 없이는 못 배길 때 말고는 그녀와 헤어지고 싶다고 절대로 입 밖에 내지 않았으며, 발베크에서 두 번이나 그녀한테 딴 여인을 사랑한다고 고백했을 때에도, 한 번은 앙드레, 또 한 번은 불가사의한 여성이었지만, 그건 두 번 다 질투로 인해 알베르틴에 대한 연정이 다시 살아났기 때문이었다. 따라서 내 말은 정념을 털끝만큼도 반영하지 않은 셈이었다. 만약 독자가 이런 인상을 그다지 받지 않았다면, 이는 내가 이야기하는 사람으로서 내 말을 전하면서 더불어 내 정념도 서술하고 있기 때문이다. 그러나 만약 내가 정념을 숨기고, 독자가 내 말만을 이해한다면, 내 행동이 말과 너무나 달라, 기이하리만큼 돌변하는 인상을 곧잘 받고, 나를 거의 미친 사람으로 생각할 것이다. 하기야 그런 서술법은 내가 채택한 방법에 비하여 더할 수 없을 만큼 바르지 못한 것은 아니다. 왜 그런고 하니, 나를 행동케 하는 심상, 내 말 속에 포함된 생각과 상반되는 이 심상은, 그 무렵 매우 어렴풋했기 때문이다. 나는 내 행동을 지배하는 본성에 대하여 불완전한 지식밖에 없었다. 이제 나는 그 본성의 주관적 진실을 분명히 알고 있다. 하지만 본성의 객관적 진실, 곧 이 본성의 직관은 나의 이성적 판단 이상으로 알베르틴의 진정한 의도를 징확하게 파악했는지 못 했는지, 그 본성을 믿은 게 옳았는지 아닌지, 반대로 그 본성이 알베르틴의 의도를 밝히기는커녕 도리어 일그러뜨리지 않았는지 하는 점은, 나로서는 말하기 곤란하다.

알베르틴이 내 곁을 떠나지 않을까 하는, 베르뒤랭네에서 느낀 어렴풋한 두려움은 이제 사라졌다. 집에 돌아왔을 때, 나는 갇힌 여인을 다시 만난다는 생각은 조금도 없었고, 나 자신이 갇힌 사내로 여겨졌던 것이다. 그러나 내가 베르뒤랭 댁에 갔다 왔노라고 알베르틴에게 말한 순간, 그녀 얼굴에 야릇한 노기 같은 것이 서렸을 뿐만 아니라, 그것이 나타난 게 이번이 처음이 아님을 깨닫자, 사라졌던 두려움이 한층 강력하게 내 마음을 사로잡았다. 나는 잘 알고 있었다. 이것은 타당성 있는 불만이나 명확한 관념—그런 불만이나 관념을 품으면서도 그것을 입 밖에 내지 않는 사람에게만 타당성 있고 명확한 것이지만—이 육체 속에 결정(結晶)된 것이며, 눈에는 보이게 되었을망정 이미 합리성을 잃은 하나의 종합일 따름이라는 사실을. 또 사랑하는 사람의 얼굴에 그 종합이 남긴 귀중한 부스러기를 주워 모으는 자는, 상대 마음에 무슨 일이 일어나고 있는지 이해하기 위해 그 종합을 분석하여 지적인 요소로 환원하려고 애쓰는 법이라는 것도 잘 알고 있었다.

알베르틴이 무엇을 생각하고 있는지 나로서는 미지수였지만, 근사(近似) 방정식을 통해 어림잡아 다음과 같은 답을 내렸다. '그가 나를 의심한다는 건 알고 있었어. 틀림없이 그 의심을 확인하려 들 거라고 생각은 했지만, 그는 내가 방해할까 봐 몰래 일을 꾸몄던 거야.' 만약 알베르틴이 이런 의뭉한 속셈을 품었으면서 내게 한 번도 그런 말을 하지 않은 채 지내왔다면 제 생활에 진저리나서 더 이상 그런 생활을 계속할 힘을 잃고, 언젠가는 그것을 그만 둘 결심을 하지 않겠는가? 그런 생활에서 만일 그녀에게 죄가 있는 소망이 있다면, 늘 그 소망을 들키고 추궁받아, 절대로 제 기호에 탐닉하지 못한다고 생각할 터이며, 내 질투는 좀처럼 누그러지지 않을 것이다. 또 만일 그녀가 속으로도 실제로 결백하다면, 그처럼 참을성 있게 앙드레와는 절대로 단둘이 있으려 하지 않기 시작한 발베크의 체류부터, 베르뒤랭네를 방문하는 일도 트로카데로에 머무는 일도 단념해버린 오늘에 이르기까지, 도저히 내 신뢰를 얻을 수 없다는 생각에 낙담하는 것도 당연하다. 하물며 그녀의 태도가 빈틈없던 만큼 더욱더 그런 생각이 들었다. 발베크에서, 좋지 못한 부류의 아가씨들의 소문이 나돌자 알베르틴은 곧잘 그런 아가씨들의 천한 웃음과 가슴 펴기 등을 흉내냈다. 나는 그게 그녀의 아가씨 친구들에게 뭘 뜻하는지 추측하고 가슴 아파했는데, 그녀는 그것에 대한 내 의견이 어떤지 알고 난 뒤부터, 이런 애기가 나오자마자 대화에서 빠져나왔을 뿐만 아니라 표정까지 무관심을 꾸미게 되었다. 도마 위에 오른 여자의 험담에 끼어들고 싶지 않아선지, 아니면 다른 이유에선지, 아무튼 그런 경우에 나를 깜짝 놀라게 한 것은 단 한 가지, 수다가 이 문제에 미치자마자, 여느 때는 잘도 움직이던 그녀의 얼굴이 한순간 전의 표정을 그대로 지니면서 멍청한 꼴을 보이는 점이었다. 아무리 가벼운 표정이라도 이와 같이 움직임을 그치면 침묵처럼 짐스러웠다. 그녀가 이런 짓을 비난하는 건지 찬동하는 건지, 알고 있는지 모르는지 말하기란 불가능했을 것이다. 그녀의 얼굴 하나하나의 특징은 이제 그녀 얼굴의 다른 부분과 관련을 맺고 있을 뿐이었다. 그 눈·코·입은 다른 것에서 외따로 떨어져 완전한 조화를 이루고, 그녀는 마치 파스텔 그림처럼 존재하며, 사람들이 라 투르(La Tour)[1]가 그린 초상화 앞에서 이야기하기나 한 듯이 방금 한 말도 들리지 않는 성싶었다.

브리쇼의 주소를 마부에게 일러주면서 창의 빛을 쳐다보았을 때에 나는 아직 내가 속박되어 있음을 의식했지만, 그 직후, 알베르틴도 지긋지긋하리만큼 자신이 노예 상태임을 의식하는 모습을 보고는 그 속박도 더 이상 짐스럽지 않게 되었다. 이 상태가 그녀에게 조금이라도 가볍게 보이고, 또 그녀가 제 손으로 속박을 끊어버리겠다는 생각이 들지 않도록 하는 가장 교묘한 수는, 이것이 결정적인 게 아니며 나 자신도 이를 끝장내고 싶어한다는 인상을 그녀에게 주는 거라고 생각했다. 내 거짓 꾸밈이 성공한 이상, 나는 마땅히 기쁨을 느껴야 했으리라. 첫째로 내가 그처럼 겁내던 것, 알베르틴이 떠나고 싶어하는 게 아닐까 하는 추측을 이로써 물리친 셈이었고, 둘째로 실제 노린 효과 말고

---

[1] 프랑스의 파스텔 초상화가(1704~88).

도, 나의 거짓 꾸밈의 성공 자체만으로 내가 알베르틴한테 멸시당하는 애인이나 온갖 술책을 부려본댔자 일을 시작하기도 전에 들켜서 비웃음거리가 되는 질투쟁이가 아님을 증명하여, 그 결과 둘의 사랑은 어떤 순결성을 되찾고, 지난날 내가 다른 여인을 사랑한다고 말해 알베르틴이 아직 쉽사리 믿었던 발베크 시절을 다시 살아나게 해줄 테니까. 물론 그녀도 더 이상 다른 여인을 사랑한다는 내 말을 곧이곧대로 믿지 않았겠지만, 오늘 밤으로 영원히 헤어지사고 꾸민 내 생각은 곧이곧대로 믿고 있었다.

그녀는 그 원인이 베르뒤랭 댁에 있다고는 믿기 힘든 모양이었다. 나는 어느 극작가, 곧 블로크를 만났는데, 그는 레아와 매우 친한지라 여러 괴상한 애기를 그녀한테 들은 모양이라고 알베르틴에게 설명했다(이렇게 말하면, 블로크의 사촌누이들에 대해 내가 입 밖에 내지 않았을망정 많은 것을 알고 있는 줄 보이리라고 생각했던 것이다). 그러나 헤어지자는 거짓 꾸밈을 한바탕 하느라 울렁거리는 내 마음을 가라앉혀야만 해서 다음같이 물었다. "알베르틴은 내게 거짓말한 적이 절대로 없다고 맹세할 수 있어?" 그녀는 허공을 물끄러미 바라보더니 대답했다. "그럼······. 아뇨. 앙드레가 블로크에게 빠져 있다고 했던 건 헛나온 말이었죠. 나나 앙드레나 블로크를 만난 적이 없었으니까."―"그럼 어째서 그런 거짓말을?"―"당신이 앙드레에 대한 다른 여러 가지를 사실로 믿을까 봐 걱정돼서요."―"그뿐이야?" 그녀는 또다시 허공을 물끄러미 바라보더니 말했다. "레아와 3주 동안 함께한 여행을 숨긴 건 내 잘못이에요. 하지만 그 무렵 당신과 그다지 잘 아는 사이가 아니었는걸요."―"발베크에 가기 전의 일인가?"―"네, 두 번째로 가기 전이에요." 그런데 그날 아침, 그녀는 레아와 아는 사이가 아니라고 잡아떼었던 것이다! 나는 몇천 몇만 시간을 들여서 써낸 소설이 단숨에 활활 타버리는 모습을 멍하니 바라보는 심정이었다. 그게 무슨 소용인가? 무슨 소용인가? 물론, 알베르틴이 이 두 가지 사실을 밝힌 것은, 내가 레아한테 간접적으로 들어 알고 있다고 생각했기 때문이며, 이와 비슷한 사실이 수없이 있을 수 있다는 점을 나는 잘 이해하고 있었다. 또한 내가 따져 물었을 때 알베르틴의 대답에는 한 가닥의 진실도 포함되어 있지 않다는 점, 그녀가 지금껏 숨겨두기로 한 사실, 그 사실이 남에게 알려졌구나 하는 짐작이 돌연 그녀 마음속에서 뒤섞이는 경우에만, 그녀가 무심코 진실을 누설하고 마는 점도 나는 알아채고 있었다. "그러나 두 가지 정도는 아무것도 아니지." 나는 알베르틴에게 말했다. "네 가지 정도 말해 봐, 당신의 추억으로 내 마음에 남게. 그 밖에 어떤 일이 있었지?" 그녀는 또다시 허공을 물끄러미 바라보았다. 대체 미래에 어떤 생활이 있으리라고 믿고, 그것에 거짓말을 맞추고 있는 걸까? 예상외로 다루기 힘든 어떤 신들과 타협을 시도하고 있는 건가? 하지만 쉽지 않은 듯, 그녀의 침묵과 응시는 어지간히 오래 계속됐다. "없어요, 다른 건 아무것도." 드디어 그녀가 말했다. 그러고는 내가 아무리 추궁해도, 태연히 '다른 건 아무것도' 없다고 되풀이했다. 엄청난 거짓말! 그녀에게 그런 기호가 있는 이상 내 집에 갇히기 전까지 그녀는 여기저기 머문 곳이나 산책에서 수없이 그 기호를 만족시켰을 것이다.

고모라 여인은, 아무리 혼잡한 사람들 속에 있을지라도 반드시 다른 고모라 여인의 눈에 띌 만큼 그 수가 적기도 하고 많기도 한 법이다. 그래서 그녀들은 쉽게 어울릴 수 있다. 나는 어느 저녁의 일, 그 무렵에는 그저 우습게만 보이던 일이 생각나 몸서리쳤다. 한 친구가 자기 정부와 그의 다른 친구—이 친구도 자기 정부와 함께였다—와 함께, 나를 식당으로 초대했을 때의 일이다. 두 여인은 금세 서로 알아채고, 한시바삐 상대를 제 것으로 하고 싶어서 수프가 나올 즈음부터 벌써 발끝으로 서로를 찾느라, 그녀들의 발이 내 발에 여러 번 스칠 정도였다. 오래지 않아 다리가 서로 얽혔다. 두 친구는 아무것도 눈치채지 못했다. 나는 진땀이 나도록 괴로웠다. 두 여인 가운데 하나가 더는 참지 못하고 무엇을 떨어뜨렸다는 핑계로 식탁 밑에 머리를 들이밀었다. 그러다가 그녀는 머리가 아프다며 화장실에 다녀오겠다고 말했다. 또 하나는 극장에 있는 어느 여자친구를 만나러 갈 시간이 되었음을 알아차렸다. 결국 나는 두 친구와 함께 남게 되었는데, 두 친구는 여전히 아무것도 눈치채지 못했다. 머리가 아프다는 여인이 다시 왔지만, 안티피린을 먹으러 혼자 돌아가서 당신 집에서 기다리겠노라고 애인에게 말했다. 두 여인은 매우 친밀해져 같이 산책하곤 했는데, 한 여자는 남장을 하고 여자애를 꾀어다가 또 다른 여자의 집으로 데려가서 가르치곤 했다. 또 한 여자에게는 사내애가 있었는데, 그 아이 때문에 애를 먹는 체하며 상대 여인에게 매질을 시켰고, 상대는 어린애를 사정없이 때렸다. 어떠한 공적인 자리라 할지라도 이 두 여인이 가장 비밀스러운 짓을 삼가는 장소란 없었다.

"하지만 레아는 그 여행 동안 내게 아주 깍듯했어요." 알베르틴이 말했다.

"사교계 부인들보다 더 조심스러울 정도였어요."—"사교계 여인들 중 당신에게 함부로 구는 이가 있다는 말이오?"—"설마."—"그럼 무슨 뜻인지?"—"그러니까, 레아는 말씨가 신중했거든요."—"예를 들면?"—"사교계에 드나드는 다른 여인들처럼, 앙베탕(embêtant)*¹이니, 스 피셰 뒤 몽드(se ficher du monde)*²니 하는 상스런 말은 쓰라고 해도 쓰지 않을걸." 타다 남은 소설의 한 부분도 결국 재로 변한 느낌이었다. 내 낙심은 더 오래 갔을지도 모른다. 알베르틴의 말을 곰곰이 되새겨보자, 낙심에 뒤이어 격노가 일어났다. 그런데 그 노기도 뭔가 측은한 마음을 금치 못하고 곧 가라앉았다. 나 또한 집에 돌아와 그녀한테 헤어지자고 말한 뒤부터 내리 거짓말만 하고 있지 않는가. 게다가 이 거짓 꾸밈을 하다 보니, 정말로 갈라질 생각이 있었다면 느꼈을 슬픔이 조금씩 솟아나기 시작했다.

나와 아는 사이가 되기 이전부터 알베르틴이 영위한 난잡스런 삶을, 발작적으로 육체적인 고통에서 말하는 욱신거리는 아픔처럼 되새김질하다가도, 나는 갇힌 여인의 온순한 태도가 갸륵하여 원망하는 마음도 사라져버렸다. 이제까지 같이 사는 동안, 알베르틴이 이 생활에 싫증을 낼까 봐, 둘이서 같이 지내는 것은 잠깐의 방편에 지나지 않는다고 나는 늘 말해왔다. 하지만 그날 밤나는 더욱 적극적인 태도를 취했다. 그저 막연히 헤어지겠다고 위협한들, 알베르틴은 마음속으로 내가 자기에게 반해서 질투한다고 여기는지라—베르뒤랭에게 알아보러 간 것도 그 때문이라는 듯한 태도였다—내 위협은 가뭇없이 사라지고 말 테니까, 그것만으로는 불충분하다고 생각했다. 나 자신도 조금씩 알게 된 일에 불과하지만, 그날 밤 나는 느닷없이 이별 연극을 꾸밀 결심을 하게 만든 갖가지 원인 가운데 특히 다음과 같은 것이 있다고 생각했다. 곧 아버지가 자주 그러했듯이 격노에 사로잡혀 남의 안전을 위협할 때, 나는 아버지와 달리 협박을 실행에 옮길 용기가 없는지라, 내 협박이 상대에게 헛말로 들리지 않도록, 어지간한 정도까지는 협박을 실행에 옮기는 체하여, 내가 진심인 줄 상대가 착각하고 정말로 부들부들 떨 때까지 물러서지 않는다는 점이었다.

게다가 우리는 이런 거짓 속에도 얼마간 진실이 있음을 실감한다. 삶이 사랑에 변화를 가져다주지 않으면, 우리 자신이 그 변화를 가져오거나 변화를

*1 '귀찮다' '성가시다'는 뜻의 구어.
*2 '세상이 뭐라든 내 알 바 아니다', '세상 같은 건 우습다'는 뜻의 속어.

가장하여 헤어짐을 입에 올리고 싶어 안달한다. 그런 만큼 우리는 온갖 사랑이, 온갖 사물이 급속히 이별 쪽으로 줄달음치고 있음을 실감한다. 이별의 순간이 오기도 전에 사람은 이별이 불러일으키는 눈물을 흘리고 싶어한다. 물론, 이번에 내가 한바탕 연극한 장면에는 실제적인 이유가 있었다. 내가 갑자기 그녀를 붙잡아두고 싶었던 까닭은, 그녀가 남들 속에 흩어져버려, 그들과 하나가 되는 것을 막을 수 없다고 느꼈기 때문이다. 그러나 만일 그녀가 나를 위해 다른 모든 이를 단념해주었다면, 아마도 나는 단연코 그녀와 헤어지지 않겠다는 결의를 더욱더 굳혔을 것이다. 헤어짐은 질투로 인해 고통스러우나, 감사의 정은 이별을 불가능하게 만들기 때문이다. 어쨌든 나는 승패를 가리는 굉장한 전투에 임해 있음을 느꼈다. 모든 일이 이 전투에 달렸다고 혼잣말하면서, 한 시간 안에 내가 가지고 있는 모든 걸 알베르틴에게 바쳐도 괜찮았다. 하지만 이런 싸움은 몇 시간 안에 끝장나버리는 옛 전투보다는, 다음 날도, 그다음 날도, 다음 주에도 쉽사리 결판나지 않는 오늘날 전투와 비슷하다. 우리는 번번이 이번에야말로 마지막 힘을 다해야 한다고 여기며 온 힘을 기울인다. 그러나 한 해가 지나도 '승패의 결말'은 나지 않는다.

알베르틴이 떠나가버리지 않을까 하는 걱정에 사로잡혔을 때, 내가 마침 샤를뤼스 씨의 곁에 있던 탓인지, 샤를뤼스 씨가 잘 부리는 거짓 연극의 무의식적인 기억이 어쩌면 이 전투에 단단히 한몫을 했나 보다. 하지만 나중에 가서 어머니의 이야기를 듣고 보니, 그때는 몰랐던 일이지만, 나는 아무래도 이와 같은 연극을 꾸미는 온갖 요소를 나 자신 속에 아리송한 유전의 축적으로 갖고 있었던 모양이다. 알코올이나 커피 같은 약물로 몸속에 저장된 남아 있는 힘을 자유로이 쓸 수 있듯이, 이런 유전의 축적도 어떤 감동에 의하여 자유로이 사용할 수 있는 것 같았다. 레오니 고모는 욀라리의 고자질로, 프랑수아즈가 주인 마님이 다시는 나들이하지 않을 거라고 생각하여 고모 모르게 비밀리에 나들이 계획을 꾸미고 있음을 알고는, 그 전날 아무렇지 않게 내일 산책해보기로 결심한 체했다. 반신반의한 프랑수아즈에게 고모는 가져갈 물건을 준비시키고, 오랫동안 넣어만 두었던 것들을 바람 쐬게 할 뿐만 아니라, 마차까지 불러 15분도 어긋나지 않을 만큼 자세한 하룻길을 짜게 했다. 프랑수아즈가 정말 외출하려나 보다 확신했거나 아니면 적어도 당황해 어쩔 수 없이 자신의 계획을 고모에게 털어놓으면, 그제야 고모는 프랑수아즈의 계획을 방해하지 않기 위해서라면서 공공연히 자기 계획은 그만두겠노라 말했던 것이다.

이와 마찬가지로, 알베르틴이 내 말과 행동을 과장으로 여기지 않도록, 또 우리가 헤어진다는 의식을 될 수 있으면 알베르틴의 마음속 깊이 불어넣고자, 나는 내가 한 말을 멋대로 밀고 나가, 내일부터 영원히 헤어진다고 전제하고, 이제부터 화해가 가능하리라는 생각을 못 하도록 알베르틴에게 이것저것 일러주기 시작했다. 장군들이 양동작전(陽動作戰)*¹으로 적을 속이는 데 성공하려면 그 작전을 철저히 밀고 나가야 한다고 판단하듯, 나는 이 연극이 실제인 경우라도 더 쏟지 못할 정도로 온 감수성을 거기에 쏟아부었다. 그러다가 이 이별 연극은 실제 이별과 다름없을 만큼 나를 슬프게 하고 말았는데, 까닭인즉 어쩌면 두 배우 가운데 하나인 알베르틴이 이를 실제로 여겨서 상대역인 내 착각을 증가시켰기 때문일 것이다. 인간이 살아가는 하루하루는 고통스럽기는 하지만 그럭저럭 견딜 만하여 습관의 무게와, 설사 내일이 아무리 괴로울지라도 반드시 소중한 사람이 곁에 있어주리라는 확신에 의지하며 비속한 일상생활에 머물러 있게 마련이다.

그런데 나는 어리석게도 그 짐스러운 생활을 와르르 무너뜨리려고 했던 것이다. 물론 나는 이를 머릿속에서 파괴했을 뿐이지만, 그것만으로도 충분히 괴로웠다. 설사 거짓이라도 입 밖에 낸 슬픈 말은 고유한 구슬픔을 지녀, 우리 마음속 깊이 슬픔을 부어넣기 때문인지 모른다. 영원한 이별을 가장하면서, 앞으로 숙명적으로 닥칠 이별의 시간을 지레 떠올렸음을 알았기 때문인지도 모른다. 게다가 이별의 시각을 알리게끔 지금 막 시계 장치를 켜지 않았다고 딱 잘라 이야기 못하지 않는가. 아무리 거짓말을 해도, 속아넘어간 상대가 어떻게 나올지에 대해서는 아주 적으나 확실치 않은 부분이 남게 마련이다. 이 거짓 이별극이 실제 이별에 이르고 만다면 어떻게 될까! 있음직하지 않더라도 그 가능성을 생각하면 가슴이 미어진다. 우리는 이중으로 불안해진다. 그런 경우의 이별은 견딜 수 없을 뿐더러, 여자 때문에 받은 고통이 낫기도 전에 여자가 떠나버릴지도 모르니까. 요컨대 우리는 고통 속에서도 몸을 쉴 수 있는 습관이라는 의지할 곳마저 잃고 마는 것이다. 우리는 스스로 의지할 곳을 없애 오늘이라는 이 하루에 예외의 중요성을 안겨주고, 앞뒤로 이어지는 나날에서

---

*1 적의 경계를 분산시키기 위해, 마치 공격할 것처럼 꾸며 적을 속이는 작전.

이 하루만을 떼어놓고 말았다. 어디로 떠나는 날처럼 이 하루는 뿌리 없이 떠다니기 시작한다. 습관 때문에 마비되어 있던 우리의 상상력이 깨어난 것이다. 우리는 나날이 되풀이되는 애정에 느닷없이 감상적인 몽상을 덧붙이고, 그것이 애정을 커다랗게 확대시켜, 이제는 그리 기대를 걸 수 없게 되고 마는 존재를 없어서는 안 될 존재로 만든다. 물론 우리가 이 존재 없이도 가능한 연극을 한 것은, 앞으로 이 존재를 확보하고자 하기 때문이다. 그러나 우리는 새롭고 익숙하지 않은 짓을 한 탓에 스스로 자신의 연극에 속아 넘어가 다시 괴로워하기 시작한다. 이는 아픈 병을 머잖아 낫게 하겠지만 처음 한동안은 병세를 악화시키는 치료법과 비슷하다.

방에서 홀로 이것저것 몽상하다가 사랑하는 이의 죽음을 상상한 이들이, 슬픔을 면밀하게 머릿속으로 그려본 끝에 드디어 진짜 슬픔을 실감하고 말듯이, 나는 눈에 눈물을 글썽거렸다. 헤어진 뒤 내게 어떠한 태도를 취해야 좋은지 알베르틴에게 미주알고주알 권하는 중, 나는 우리 둘이 앞으로 화해할 일은 없을 거라는 슬픔을 실감하게 되었다. 그리고 나는 의문을 품었다. 알베르틴과 계속 함께 사는 쪽으로 다시 끌어올 수 있을까? 오늘 밤은 그 일에 성공한대도, 이번 사건으로 사라진 그녀의 마음이 다시 살아나지 않으리라는 확신을 가질 수 있겠는가? 나는 자신을 미래의 지배자로 느꼈지만, 정말 그렇게 확신한 것은 아니었다. 그렇게 느끼는 건 아직 미래가 존재하지 않기 때문임에 지나지 않고, 내가 아직 미래의 필연성에 압도되어 있지 않다는 사실을 알고 있었기 때문이다. 요컨대 나는 거짓말하면서, 내 말 속에 뜻밖의 진실을 포함시키고 있었다. 아까 알베르틴한테 금세 당신을 잊어버릴 거라고 말한 게 그 한 예이다. 사실 그건 질베르트의 경우에 일어났던 일로, 현재 그녀를 만나러 가지 않음은 고통을 피하기 위해서가 아니라 고역을 피하기 위해서였다. 질베르트에게 다시는 만나지 않겠다고 편지를 썼을 때, 나는 물론 괴로워했다. 그런데 나는 그때까지 질베르트한테 이따금 갔을 뿐이었다. 한편 알베르틴의 시간은 내 것이었다. 또 연정에서는, 정념을 단념하는 편이 습관을 저버리기보다 수월하다. 그러나 내게 이별에 대해 가슴 아픈 여러 말을 지껄일 만한 기운이 있었던 건, 그게 터무니없는 말임을 잘 알고 있었기 때문이다.

한편 알베르틴이 다음과 같이 외쳤을 때, 그녀의 입에서 튀어나온 말은 진정이었다. "좋아요, 약속해요, 다시는 당신을 만나지 않겠어요. 당신이 이토록 우는 걸 보느니 무슨 일이든 감수하겠어요. 당신을 괴롭히기 싫으니까, 그래야 하니까, 다시는 만나지 않기로 해요." 내 말은 그렇지 않았지만, 그녀의 말은 진심이었다. 첫째 알베르틴은 내게 우정밖에 품고 있지 않아서, 어쩔 수 없이 단념한다고 약속해도 내 경우만큼 쓰리진 않았고, 둘째 애정이 강하면 눈물 따위는 더할 수 없을 만큼 대수롭지 않은 것에 불과하지만, 우정의 영역에 머물러 있는 그녀는 내 눈물을 우정 속으로 옮겨놓았으므로 그것이 사뭇 이상하게 보여, 그녀의 마음을 혼란시켰기 때문이다. 방금 그녀의 말에 따르면, 그녀의 우정은 내 우정보다 강하다. 그녀가 그렇게 말한 까닭은, 헤어지는 마당에 애정이 직접 말로 표현되지 않지만, 상대에게 연애라고 할 수 없는 호의를 가지는 자는 다정스러운 말을 하기 때문이다. 하지만 그녀의 말이 반드시 부정확하다고는 잘라 말할 수 없다. 왜냐하면 애정에서 비롯된 수많은 호의가, 본인은 사랑을 느끼지 않으면서 상대에게 애정을 쏟게 하는 사람의 마음에도 어떤 애착과 감사한 마음을 자아내는 수가 있는데, 이런 정은 이를 불러일으킨 감정보다 덜 이기적이라 갈라진 지 몇 년이 흘러, 옛 애인의 마음속에 흘러간 정이 가뭇없어질 때도, 사랑받던 여인 쪽에는 여전히 애착이나 감사의 정이 남을 수 있기 때문이다.

나는 그녀에게 한순간 미움 같은 것을 느꼈지만, 그것은 그녀를 놓치고 싶지 않다는 마음을 더욱 북돋을 뿐이었다. 그날 밤 나는 오로지 뱅퇴유 아가씨만 질투하고 있어서, 트로카데로에서 있었던 일을 생각해도 전혀 아무렇지 않았다. 오로지 베르뒤랭네 사람들을 만나지 못하게 하기 위해 알베르틴을 트로카데로에 보낸 것뿐 아니라, 레아 때문에 알베르틴이 돌아오고, 알베르틴과 사귀지 못하게 한 그 레아가 트로카데로에 있다고 상상해도 아무렇지 않았다. 그래서 나는 무심코 레아의 이름을 입 밖에 내고 말았다. 그러자 알베르틴은 경계하는 표정을 짓더니, 아마도 내가 여러 사실을 듣고 온 줄로 알았던지, 이마를 조금 가리면서 앞질러 지껄여대기 시작했다. "나, 레아라면 잘 알아. 지난해였던가, 친구들과 같이 레아의 무대를 보러 갔었거든. 연극이 끝난 뒤에 분장실로 올라갔지. 레아는 우리 앞에서 옷을 갈아입었어. 참 재미있었어."

그때 나의 상념은 어쩔 수 없이 뱅퇴유 아가씨를 버리고, 절망적인 노력 속에서 도저히 재현 불가능한 것을 다시 나타내보려고 심연을 뛰어다니면서, 여배우 레아에게, 또 알베르틴이 그 분장실로 올라갔던 저녁에 집착하기 시작했다. 한편 그녀는 내게 자못 진지한 말로 거듭 맹세하기도 하고, 또 그녀의 자유를 완전히 희생하면서 한 일이었으므로 거기에 나쁜 일이 있었다고는 생각할 수 없다. 하지만 내가 품는 의혹은 진리를 향하여 둘러친 안테나가 아닐까. 왜냐하면 설사 알베르틴이 나를 위해 베르뒤랭 댁에 가는 일을 단념하고 트로카데로에 갔다 해도, 분명 베르뒤랭네에는 뱅퇴유 아가씨가 오기로 되어 있었고, 또 트로카데로도 결국은 나와 산책을 하기 위해 도중에 단념하고 말았지만, 거기에는 그녀를 돌아오게 할 이유로서 레아가 있었기 때문이다. 나는 그 레아에게 불안을 느낀 것이 실수였다고도 생각되지만, 알베르틴은 내가 요구하지도 않았건만 내가 걱정하던 이상으로 레아를 알고 있다고 선언했다. 뿐더러 누가 분장실로 데려갔을까를 생각하면 매우 의심쩍은 상황이 아닐 수 없다. 이날 온종일 나를 시달리게 한 두 사람, 뱅퇴유 아가씨와 레아, 그 뱅퇴유 아가씨로 인한 고통은 레아 때문에 괴로워하기 시작하면서 끝나버렸지만, 그것은 나의 나약한 정신이 한꺼번에 많은 정경을 그리지 못하기 때문일지도 모르고, 내 신경의 동요(나의 질투는 그것의 메아리에 지나지 않는다)가 서로 충돌하기 때문일지도 모른다.

여기서 이끌어낼 수 있는 결론은, 알베르틴이 뱅퇴유 아가씨는 물론 레아의 것도 아니라는 점과, 레아의 것이라고 생각하는 점은 지금도 내가 그로 인해 괴로워하고 있기 때문에 그럴 뿐이라는 사실이다. 하지만 나의 질투가 가셨다고 해서—하기야 그것은 또 꼬리를 물고 되살아나는 경우도 많지만—질투 하나하나가 어떤 진실의 예감에 들어맞지 않는다는 뜻은 아니며, 이 두 여인 중 어느 쪽도 관계가 없다고 할 것이 아니라, 둘 다 의심해야 옳다는 뜻이다. 나는 예감이라는 말을 했는데, 그것은 내게 필요한 시간과 공간의 모든 점을 차지하기가 불가능하기 때문이다. 뿐더러, 어떤 본능의 힘으로 그 점들을 연결할 수 있단 말인가? 그것을 연결해야 비로소 알베르틴의 허를 찔러, 여기서, 어느 시간에 그녀가 레아와 같이 있는 현장을 발견할 수 있고, 발베크의 아가씨들, 알베르틴과 우연히 몸이 닿은 봉탕 부인의 여자친구, 그녀를 팔꿈치로 찌른 테니스장의 아가씨, 또는 뱅퇴유 아가씨와 같이 있는 현장을 발견할 수 있건만.

"알베르틴, 약속해줘서 정말 고마워. 적어도 처음 몇 년 동안은 나도 당신이 가는 곳을 피하겠어. 올여름 발베크에 갈 거야? 만약 당신이 간다면, 난 가지 않는 쪽으로 하겠어." 내가 이처럼 계속해서 지어낸 말을 앞질러서 지껄인 것은 알베르틴을 겁주기 위해서라기보다 오히려 나 자신을 괴롭히기 위해서였다. 처음부터 그다지 화낼 이유가 없던 한 사내가, 제 큰 목소리에 도취돼, 불만에서가 아니라 더해가는 노기 때문에 격분에 사로잡히듯, 나는 더욱더 절망 쪽으로, 마치 추위를 느끼면서도 그것과 싸우려 들지 않고 그저 부들부들 떠는 것에 어떤 기쁨마저 느끼는 사람처럼 무기력하게, 슬픔의 비탈을 점점 더 빨리 굴러떨어졌다. 만약 내게 생각한대로 몸을 가누어 무기력에 저항하고, 뒤로 되돌아갈 기력이 있었다면, 오늘 밤 잘 자라는 알베르틴의 입맞춤은 내 귀가를 그처럼 쌀쌀하게 맞아준 슬픔이 아니라, 머릿속으로 이별을 상상하면서 그 절차를 밟고 결과까지도 예상하는 가운데 생긴 슬픔을 달래주었으리라.

아무튼, 이 마지막 인사를 그녀가 먼저 하게 해서는 안 된다. 그렇게 되면, 방향을 바꿔 헤어지지 말자는 말을 그녀에게 꺼내기가 더욱 힘들어지니까. 그래서 나는 밤인사를 해야 할 시각이 지난 지 이미 오래되었다고 여러 번 그녀에게 말했다. 그러면 내게 주도권이 남아, 그 시각을 좀더 늦출 수 있으니까. 내가 알베르틴에게 물어보는 사이사이에, 이미 밤이 깊었다. 우리는 피곤하다는 암시를 끊임없이 비추었다. "어디로 갈지 몰라." 그녀는 마지막 질문에 불안한 기색으로 대답했다. "어쩌면 투렌 지방의 큰어머니 댁에 갈지도." 그녀가 세운 이 첫 계획이, 실제로 우리 둘의 결정적인 결별이 실현되기 시작한 것처럼 나를 소름 끼치게 했다. 그녀는 방을, 피아노를, 푸른 양단을 씌운 안락의자를 바라보았다. "이 모든 것을 내일도 모레도, 영원히 못 보게 되는군요. 아직 실감이 나진 않지만. 그리운 방! 있을 수 없을 것 같아, 도무지 그런 생각이 들지 않아요."—"하는 수 없지. 당신은 이곳에서 불행했으니."—"천만에, 난 전혀 불행하지 않았어요. 이제부터 불행하겠죠."—"그렇지 않아, 이러는 편이 당신한테 좋아." —"아마 당신한테 좋겠죠!" 나는 퍼뜩 떠오른 한 생각과 싸우면서, 크나큰 망설임에 시달리는 듯이 허공을 물끄러미 바라보기 시작했다. 그리고 갑자기 "이봐, 알베르틴. 이곳에 있는 편이 행복하고 이제부터 불행할 거라는 말이야?"—"물론이죠."—"그 말은 내 마음을 뒤흔들어놓는걸. 그럼 몇 주 미뤄보면 어떨까? 한 주 두 주 지나는 중에 아주 멀리까지 갈지 누가 알아. 한때의 일이 언제까지나 계속되는 경우도 있으니 말이야."—"어머나, 참말로 싹싹한 말을 하시네!"—"다만 이렇게 되고 보니 하찮은 일로 몇 시간 동안 서로 가슴 아프게 한 게 제정신이 아니었지. 여행 준비를 다 해놓고서 그만두는 것 같아. 유감천만이야."

나는 그녀를 무릎에 앉히고, 그녀가 줄곧 갖고 싶어하던 베르고트의 자필 원고를 집어들어 표지에 '나의 귀여운 알베르틴에게, 계약 갱신을 기념하며'라고 썼다. "자아, 내일 저녁까지 푹 자구려, 기진맥진해 있을 테니."—"무엇보다, 나 매우 기뻐서."—"조금은 나를 사랑해?"—"전보다 백 배는 더 사랑해요."

이 시시한 연극의 결말을 좋아 기뻐하는 것은 잘못이리라. 나처럼 본격적인 연출을 하지는 않더라도, 결별의 말을 입 밖에 낸 것만으로 이미 사태는 심각하다. 당사자는 이런 대화를 진심에서 한 것이 아닐 뿐더러—사실 그렇다—멋대로 화제로 삼았을 뿐으로 여긴다. 그런데 보통 이것은 우리가 꿈에도 생각지 못한 폭풍우의 첫 살랑거림으로, 우리가 모르는 사이에 예기치 않게 속삭이기 시작하는 것이다. 이런 경우에 우리가 입 밖에 내는 것은 사실상 우리의 욕망(그것은 사랑하는 사람과 오래오래 같이 사는 일이다)과는 반대되는 말이지만, 그것은 또한 우리가 함께 살아갈 수 없음을 뜻한다. 그 불가능성이 나날의 고뇌를 만든다. 헤어지는 고통보다는 낫지만 뜻과는 달리 마침내 두 사람을 갈라놓고 만다. 그렇지만 단번에 헤어지는 것이 아니다. 보통의 경우—나중에 알게 되듯이 알베르틴과 내 경우는 달랐으나—곧이든지 않은 말은 내뱉은 지 얼마 뒤, 희망하던 이별의 고통 없는, 일시적인 어설픈 시도를 실행에 옮긴다. 나중에 자기와 같이 누리는 생활이 좀더 재미나도록, 한편으로는 그치지 않는 슬픔이나 피로를 잠시나마 피하고자, 여인한테 혼자서 며칠 동안 여행을 떠나라고 권하거나 또는 자기 혼자 다녀 오게 해달라고 부탁한다. 그러고서—참으로 오래간만에—전에는 생각지도 못한 일이었지만, 여인 없이 처음 며칠을 지낸다. 여인은 재빨리 가정으로 돌아와 제자리를 차지한다. 다만 잠깐이지만 실제로 이루어진 이 이별은, 우리가 생각하는 만큼 제멋대로 정해진 것도 아니려니와, 한 번만 이루어지는 것도 아니다. 같은 슬픔이 다시 시작되고, 같이 사는 어려움은 날로 심해지며, 오직 이별만이 전보다 어렵지 않은 일이 되고 만다. 우리는 먼저 헤어지자는 말을 꺼내고, 이어서 이를 다정한 형태로 실행에 옮긴다. 그러나 이는 당사자가 의식치 못한 잠복 전염병이나 뇌출혈, 간질 따위가 일어나기 직전에 나타나는 증상에 지나지 않는다. 오래지 않아 일시적이고도 화기애애한 갈라섬에 뒤이어, 우리가 모르는 사이에 준비해온 잔인하고도 결정적인 이별은 찾아온다.

"5분쯤 뒤에 내 방에 와줘요. 잠깐이라도 좋으니 만나고 싶어요. 정답게 굴어주시겠지요. 하긴 나 졸려 죽을 지경이니 금세 곯아떨어지겠지만." 나중에 그녀의 방에 들어가보니 그녀의 모습은 정말 죽은 여인과 같았다. 눕자마자 잠들어버렸던 것이다. 수의(壽衣)처럼 몸에 감은 이불은, 아름답게 주름 잡혀 돌같이 굳어 있었다. 마치 중세기에 그려진 〈최후의 심판〉처럼, 머리만 무덤 밖으로 내밀고, 졸면서 우두머리 천사의 나팔 소리를 기다리고 있는 듯했다. 그녀의 머리는 어느 순간 잠에 붙들려 흐트러진 머리칼과 함께 뒤로 벌렁 자빠져 있었다. 거기에 누운 보잘것없이 작은 육신을 보면서 나는 생각했다. 팔꿈치로 미는 짓부터 스치는 옷자락에 이르기까지, 이 육신이 겪었을 온갖 행동은, 공간과 시간 속에 육신이 차지하던 모든 지점에서 끝없이 확대되어 이따금 내 기억 속에 갑자기 되살아났는데, 그 행동이 그토록 괴로운 불안, 그렇지만 그녀의 동작이나 욕망에 의하여 결정되었음을 내가 알고 있는 불안을 주다니, 대체 이 육신은 어떠한 로그표(log表)를 이루고 있는 걸까. 만약 다른 여인이거나 또한 그녀의 경우라도 5년 전이거나 뒤였다면 그 동작이나 욕망은 아무 관심도 끌지 않았을 것이다. 이 육신은 거짓말 덩어리였다. 그러나 그 거짓말에 대하여 나는 내 죽음 말고 달리 해결을 구할 용기가 없었다. 그래서 나는 베르뒤랭 댁에서 돌아와 아직 벗지 않은 외투에 몸을 감싼 채 이 비비 꼬인 육신, 이 비유적인 모습 앞에 서 있었다. 무슨 비유인가? 내 죽음? 내 사랑? 이윽고 그녀의 고른 숨소리가 들려오기 시작했다. 나는 산들바람과 응시에 의한 진정 요법(鎭靜療法)을 해보려고 침대 가장자리에 앉았다가, 그녀가 깨어나지 않도록 살그머니 물러나왔다.

시간이 너무나 늦어서, 나는 아침이 되자마자 프랑수아즈한테 알베르틴의 방 앞을 지날 때는 조용히 걸으라고 일렀다. 그래서 프랑수아즈는 그녀가 이른바 술을 잔뜩 마시고 추는 어지러운 춤이라 일컫는 하룻밤을 우리 둘이 보낸 줄로 여기고, 다른 하인들에게 '공주님을 깨우지' 않도록 조심하라고 비꼬는 투로 분부했다. 내가 겁내고 있던 것 가운데 하나는, 프랑수아즈가 언젠가는 더 견디지 못하고 알베르틴에게 무례하게 굴어, 그 때문에 우리 생활에 말썽이 생기지나 않을까 하는 점이었다. 이 무렵의 프랑수아즈는, 고모에게 귀염받는 욀라리를 보고 눈꼴 틀려하던 시절처럼, 씩씩하게 시새움을 감내해낼 나이가 이미 아니었다. 시새움이 프랑수아즈의 얼굴을 어쩌나 일그러뜨리고 마비시키는지, 나는 아무도 알아차리지 못한 사이에 프랑수아즈가 열에 받쳐 가벼운 졸도를 일으키지나 않을지 이따금 걱정할 정도였다. 이렇듯 알베르틴의 잠을 보호하라고 당부했지만, 나 자신은 한잠도 이루지 못했다. 나는 알베르틴의 본마음이 어떠한지 이해하려고 애썼다. 딱한 연극을 꾸민 끝에, 나는 현실의 위험을 피했는가, 그녀는 이 집에서 참으로 행복하다고 우겼지만, 실은 이따금 정말로 자유를 바라진 않았나, 아니면 거꾸로 그녀의 말을 곧이들어야 하는가? 두 가지 가정 중 과연 어느 쪽이 진실인가? 나는 어떤 정치적 사건을 이해하고자 할 때, 특히 내 과거에 일어났던 어떤 사실을 역사적인 규모까지 확대하는 경우가 자주 있었다. 앞으로도 그럴 테지만, 그날 아침은 생각했던 바와는 반대로, 전날 밤 사건의 영향을 이해하려고—매우 다른 일인데도—어제의 한바탕과 최근에 일어난 외교상의 사건을 같은 눈으로 보기 시작했다.

내가 그와 같이 따져본 것은 당연했을지도 모른다. 왜냐하면 나는 샤를뤼스 씨가 참으로 당당하게 연극하는 걸 자주 보아와서, 이번 거짓 연극에서 나도 모르는 사이에 샤를뤼스 씨의 본보기를 따랐을 것이기 때문이다. 한편으로 샤를뤼스 씨의 연극은, 독일인의 피를 이어받은 그 종족의 뿌리 깊은 성향, 곧 술책으로 남을 선동하고 필요하면 당당하게 전투도 마다하지 않는 성향이 무의식중에 사생활의 영역에 끼어든 게 아니고 뭐겠는가?

모나코 대공을 비롯한 여러 인사들은 만일 델카세(Delcassé)[1] 씨를 멀리하지 않으면 협박을 해대는 독일이 실제로 전쟁을 벌일지 모른다고 프랑스 정부에 시사했으므로, 델카세 외무부 장관이 의원 사직을 요청받은 일이 있었다. 다시 말해 프랑스 정부는 이쪽에서 양보하지 않으면, 독일이 개전할 의사가 있다는 가정을 인정한 셈이다. 그러나 이는 한낱 '공갈'에 지나지 않으며, 프랑스가 강경한 태도로 나간다면 독일도 칼을 뽑지 않을 거라고 생각하는 이도 있었다. 물론 내 경우는 각본이 다를 뿐만 아니라, 사뭇 정반대였다. 왜냐하면 나와 절교하겠다는 말이 알베르틴의 입에서 나온 적은 한 번도 없었으니까. 하지만 마치 프랑스 정부가 독일에 대하여 그렇게 믿었듯이, 나는 전체적인 인상을 통해 알베르틴이 절교를 생각하는 줄로 믿었던 것이다. 한편으로 만약에 독일이 평화를 바라 마지않는다면, 프랑스 정부한테 전쟁을 바라고 있다고 믿게 하는 짓은 쉽게 수긍할 수 없는 위험스런 술책이다. 이와 대조적으로, 나로

---

[1] 프랑스의 정치가(1852~1923). 1898년~1905년 7년간 외무부장관 역임, 반독 정책으로 일관했음.

서는 알베르틴과 헤어지려는 결심이 절대 서지 않을 거라는 생각이 갑자기 그녀의 마음속에 자주 독립의 소망을 일으켰다면, 내가 취한 행동은 어지간히 능수능란했다고 하겠다. 내가 베르뒤랭네에 다녀온 줄 알게 된 그녀가 버럭 화내며, '그런 줄 알았죠' 외치든가 '뱅퇴유 아가씨가 와 있지 않았나요?' 말함으로써 모두 폭로하고 마는 것으로 보아, 그녀에게 독립을 바라는 마음이 없다고 생각되거나, 그녀의 비밀스런 삶이 진부 그녀의 악습 쪽으로 쏠려 있다는 사실을 외면하기는 어렵지 않겠는가? 게다가 알베르틴과 베르뒤랭 부인이 만났다는 앙드레의 누설로 이는 모두 입증되었다. 그렇지만(하고 나는 본능에 맞서려고 할 때면 언제나 생각했다) 독립을 얻으려는 갑작스런 소망—그것이 실제로 존재한다고 가정하고—은 어쩌면 정반대의 사고방식에서 비롯된 게 아닐까, 또는 언젠가 생기게 되는 것이 아닐까? 곧 내게는 결혼할 의사가 애당초 없었고, 내가 무의식적으로 그렇게 말하기라도 한 듯이 가까운 시일 안에 우리가 헤어질 것을 비쳤을 때야말로 내가 본심을 말했으며, 어쨌든 내가 언젠가는 그녀를 버릴 거라는 사고방식에서 차이가 있었다. 그렇다면 그날 밤의 내 연극은 이 확신을 견고히 하는 데 이바지했을 뿐, 결국 그녀의 마음속에 '어차피 언젠가 일어날 바에야 당장 결판내는 편이 낫지'라는 결심을 낳게 했는지도 모른다.

"평화 의지를 관철하려면 전쟁 준비를 해야 하느니라." 이 엉터리 격언에 의하면, 사실은 거꾸로, 전쟁 준비는 먼저 양쪽의 마음속에 적수가 결렬을 바라는구나 하는 확신을 만들어내어, 그 확신이 결렬을 이끌어내고, 막상 결렬이 일어난 경우 이러기를 바란 건 상대라는 또 하나의 확신을 양쪽에 가져온다. 설령 공갈이 진심이 아니었더라도, 그게 성공하면 또다시 공갈을 되풀이하게 마련이지만, 공갈이 어디까지 성공할지 정확한 한계를 정하기란 어렵다. 만약 이쪽이 지나치게 멀리 가면, 이번에는 이제까지 양보해오던 상대 쪽이 전진하기 시작한다. 이쪽에서는 결렬을 겁내지 않는 체하는 것이 결렬을 피하는 최고의 방법이라는 관념에 젖어, 방책을 바꾸지도 못한다(오늘 밤 알베르틴에게 내가 취한 태도가 바로 그것이다). 게다가 진작부터 양보하느니 차라리 싸움터에서 쓰러지는 게 낫다고 생각하고 있으므로 어디까지나 협박을 계속하다가 마침내 양쪽이 모두 더 이상 물러나지 못할 지경에 이른다. 공갈이 본심과 섞여 서로 번갈아 나타나는 경우도 있고, 어제의 연극이 내일의 현실이 되는 경우도 있다. 결국에는 한쪽이 실제로 싸울 결의를 굳히는 수도 있다. 이를테면 알베르틴이 머잖아 이 생활을 그만두자고 결심할 수도 있다. 반대로, 그런 생각이 그녀의 머릿속에 떠오른 적은 한 번도 없으며, 하나에서 열까지 내 상상력이 꾸며낸 것일지도 모른다.

그날 아침, 그녀가 잠들어 있는 동안 이와 같은 갖가지 가정을 살펴보았지만 마지막 가정으로 말하면, 그 뒤에 내가 헤어지자는 말로 알베르틴을 위협한 것은, 자유를 바라는 그녀의 고약한 사고방식에 대응하고자 하는 목적밖에 없었다. 그녀는 그런 사고방식을 내게 분명하게 드러내진 않았지만, 정체를 알 수 없는 어떤 불만, 어떤 말투나 몸짓에는 그것이 포함되어 있는 듯했고, 그녀가 모든 설명을 거부하는 태도야말로 오로지 자유를 바라는 그녀의 사고방식으로써만 해명될 수 있었다. 그래도 나는 보통의 경우, 이런 불만과 말투와 태도를 눈으로 직접 보면서도, 고작 하루면 끝날 나쁜 기분 탓이려니 여겼으며, 이별의 암시를 터럭만큼도 입 밖에 내지 않았다. 그런데 이 고약한 기분은 때때로, 끊임없이 몇 주 동안 쭉 계속되기도 했다. 그런 때의 알베르틴은 그 순간 어딘가 외떨어진 장소에 쾌락이 있는 것을 알고 있지만 내 집에 갇혀 있는 몸인지라, 그 쾌락을 빼앗겨 쾌락이 끝날 때까지 영향을 받기도 하는 상태여서, 마치 발레아레스(Valeares) 제도*1같이 먼 곳에서 기상의 변화가 일어나도 자기 집 난롯가에 있는 우리 신경이 영향을 받듯, 일부러 갈등을 도발하려는 듯싶었다.

그날 아침, 아직 알베르틴이 잠들어 있을 때, 나는 그녀의 마음속에 뭐가 숨겨져 있는지 점치고 있다가, 어머니에게서 편지 한 통을 받았다. 편지에서, 어머니는 내 결심을 통 모르겠다는 불안을 다음과 같은 세비녜 부인의 말을 통해서 나타내고 있었다. "나로서는, 그분이 결혼하지 않을 거라고 확신하고 있지만, 그렇다면 어쩌자고 결혼 상대로 삼지 않을 아가씨의 마음을 산란케 하는지요? 어쩌자고 아가씨로 하여금 다른 혼담을 거들떠보지도 않고 거절하는 위험을 무릅쓰게 하는지요? 피하려고 하면 쉽사리 피할 수 있건만 어쩌자고 남의 마음을 괴롭히는지요?" 어머니의 이 편지는 나를 땅 위로 돌아오게 했다. 어쩌자고 나는 잘 알지도 못하는 영혼을 찾아 헤매고, 얼굴색을 살피며, 감히

_____

*1 지중해 서부에 있는 제도.

깊이 파고들어갈 용기도 없는 주제에 온갖 예감에 둘러싸여 있다고 생각하는 가? 나는 꿈꾸고 있던 거다. 사물은 이렇게 단순한데. 나는 우유부단한 젊은 이일 뿐이다. 이런 일은 결혼을 하느냐 마느냐를 아는 데에 얼마간 시간이 걸리는 흔한 혼담의 하나일 뿐이다. 알베르틴이라고 해서 남다를 게 하나도 없지. 이런 생각에 나는 깊은 안정을 맛보았지만 그도 잠시뿐, 금세 이렇게 생각했다. '무엇이긴 사회의 관점에서는, 사실 모두 평범한 3면 기사에 결론 지을 수 있지. 밖에서 보았다면 나 또한 그렇게 보았으리라. 그러나 내가 생각한 모든 것, 내가 알베르틴의 눈 속에서 읽어낸 것, 나를 괴롭히는 이 공포, 알베르틴에 대해 끊임없이 스스로에게 내놓는 문제가 진실이고, 적어도 진실의 일부라는 점을 나는 잘 안다.' 약혼한 남자의 망설임 때문에 혼담이 깨지는 이야기와 이 경우의 관계는, 마치 영리한 신문 기자가 쓴 기사에 의하여 입센의 연극 주제는 알 수 있지만, 그 연극에는 기사에 쓰여진 내용 이상의 것이 있는 바와 같다. 그런 사람이 얘기하는 사실과는 다른 것이 극에 있다. 똑똑히 볼 줄 아는 자라면, 망설이는 온갖 약혼자들, 질질 끄는 온갖 혼담 중에서 그 다른 것을 볼지도 모른다. 왜냐하면 일상생활 속에도 신비한 것이 있을 테니까. 다만 남들의 생활에 대해서는 이 신비한 것을 무시할 수 있었지만, 알베르틴과 나의 생활이고 보니, 나는 이를 내부에서 꾸려 나가고 있었던 것이다.

알베르틴은 그날 밤 뒤로도 이전과 마찬가지로, "당신이 나를 믿지 않는다는 건 알고 있어요. 난 당신의 의혹을 가시게 할 거예요" 말하지는 않았다. 그러나 이런 사고야말로, 그녀가 결코 입 밖에 내지 않았을망정, 그녀의 사소한 행실까지도 충분히 설명하고 남았다. 그녀는 자기 진술을 내가 믿거나 말거나, 자기 행동을 내가 남김없이 알 수 있도록 잠시도 절대 혼자 있지 않으려고 마음을 썼을 뿐만 아니라, 전화를 걸 때도 상대가 앙드레건, 차고건, 승마 연습소건, 혹은 그 밖의 어느 곳이건, 교환원이 이어주는 그 잠깐이 오래 걸려 기다리기 심심하다는 말로, 그녀 곁에 나 아니면 프랑수아즈를 반드시 있게 했다. 마치 내가 그 전화를 밀회 약속에 사용되는 비난받을 만한 전화로 상상하고 전전긍긍하지나 않을까 겁을 내듯이.

슬프도다! 그래도 나는 안심할 수 없었다. 에메가 에스테르의 사진을 돌려보내면서, 그 여인이 아니라고 말해왔던 것이다. 그럼 또 다른 여인이 있었나? 누구지? 나는 사진을 블로크에게 돌려보냈다. 내가 보고 싶은 것은 알베르틴이 에스테르에게 주었던 사진이다. 그녀는 어떠한 모습으로 찍혀 있을까? 가슴과 어깨를 드러내고 있을지도 모르지. 어쩌면 그녀들 둘이 함께 찍혀 있는지 누가 알겠어? 그러나 감히 알베르틴은 물론(말을 하면 사진을 못 본 것으로 알 테니까) 블로크에게도—알베르틴에게 내가 관심을 가진 듯 보이기 싫어—말을 꺼낼 용기가 없었다.

이와 같은 나의 의혹과 그녀의 속박 상태를 아는 사람이라면, 나에게나 그녀에게나 견딜 수 없는 생활로 여겼을 테지만, 밖에서 보는 사람, 프랑수아즈에게는 '간사스러운 여자'—여성을 더 질투하기 때문에 남성 명사보다 여성 명사를 더 많이 쓰는 프랑수아즈의 말에 의하면, 알베르틴은 '샤를라탕트(charlatante)'*¹이기도 했다—가 교묘한 수단으로 분에 넘치는 호강을 누리는 것으로 보였다. 게다가 프랑수아즈는 나와 지내는 동안 자기 어휘에 새 말을 보탰을 뿐만 아니라 그것을 자기 투로 바꿔버렸으므로, 알베르틴만큼 페르피디테(perfidité)*²하고 교묘하게 연극(이 말을 프랑수아즈는 '무언극(pantomime)'이라고 했다. 특수와 보편을 곧잘 혼동하는 그녀는 연극의 갈래에 대해서도 아주 막연한 개념밖에 없었던 것이다)을 꾸며 '내 돈을 우려내는' 여자는 처음 보았다고 했다. 알베르틴과 내 생활의 진실에 대해서 그녀가 이런 그릇된 생각을 하게 된 데에는 나 자신에게도 얼마쯤 책임이 있었을 것이다. 나는 프랑수아즈와 이야기할 때, 그녀를 지분거리고 싶거나, 또는 알베르틴한테 사랑받는 체하진 못하더라도 적어도 행복한 체하고 싶어서, 이 그릇된 생각을 막연히 긍정하는 따위의 말로 그럴듯하게 둘러대며 입 밖에 냈기 때문이다. 그래도 나의 질투, 알베르틴에 대한 나의 감시를(들키지 않기를 그토록 바랐건만), 프랑수아즈는 오래지 않아 눈치채고 말았다. 눈가리개를 해도 물건을 찾아내는 심령술사처럼, 프랑수아즈는 직관으로 내게 고통을 줄 만한 것들을 알아내어, 그녀를 속이려고 내가 아무리 거짓말을 해도 좀처럼 과녁에서 눈을 떼지 않았다. 게다가 알베르틴에 대한 미움은 프랑수아즈로 하여금—적을 실제 이상으로 행복한, 실제 이상으로 교활한 배우로 여기게 할 뿐 아니라—적을 쓰러뜨려 몰락을 재촉하는 방법까지 찾아내게 했다. 그야 물론, 프랑수아즈는 단 한 번도 알베르틴에게 시비를 건 적은 없었다.

---

*1 '협잡꾼'이라는 말인데, 프랑수아즈는 '여자 협잡꾼(charlatane)'이라는 뜻으로 쓴 말.
*2 페르피디(perfidie, 불성실)를 틀리게 한 말.

나는 가끔씩 헤어지자는 이야기를 꺼내 알베르틴에게 겁을 주고 있었지만, 내가 감시하는 걸 알아채고 그녀 쪽에서 떠나가지 않을까 하는 생각이 들기 시작했다. 왜냐하면 삶이란 변해가면서 우리가 지어낸 이야기를 현실로 만들게 마련이니까. 나는 문이 열리는 소리가 날 적마다 할머니가 임종의 고통 속에서 내가 울리는 벨 소리를 들었을 때처럼 소스라쳤다. 머리로는 알베르틴이 예고 없이 외출하리라고는 생각지 않았지만, 무의식적으로는 그렇게 생각하고 있었던 것이다. 마치 할머니가 의식을 잃었을 때, 그녀의 잠재의식이 벨 소리에 떨고 있었듯이. 어느 날 아침, 나는 문득 알베르틴이 잠시 외출한 것이 아니라 멀리 떠나서 돌아오지 않는 게 아닌가 하는 갑작스런 불안에 사로잡혔다. 그녀의 방에서 나는 듯한 어떤 소리를 들었기 때문이다. 나는 발소리를 죽이고 그녀의 방까지 가서, 방 안으로 들어가 문어귀에 섰다. 어슴푸레한 빛 속에 덮개가 반원형으로 부풀어 있었다. 몸을 구부린 알베르틴이 발과 머리를 벽 쪽으로 두고 잠들어 있음에 틀림없다. 풍성한 검은 머리칼만이 침대에서 비어져 나와 그녀임을 알 수 있었고, 또 그녀가 문을 열지 않았으며, 거기서 움직이지도 않았음을 알 수 있었다. 나는 그 반원형이 꼼짝도 않지만 분명 살아 있으며, 거기에 한 인간의 모든 생명이 깃들어 있음을, 그것이야말로 내가 아끼는 유일한 것임을 깨달았다. 나는 그것을 내가 지배하고 소유하고 있음을 알았다.

그러나 나는 교묘하게 비꼬거나, 의미심장한 장면을 꾸며내어 이를 이용하는 프랑수아즈의 재주를 잘 아는지라, 알베르틴이 이 집에서 맡은 굴욕적인 역할을 날마다 본인에게 깨닫게 하거나, 나의 애인이 놓인 감금 상태의 처음부터 끝까지의 과정을 잘 아는 체 과장해 그려내어 본인을 격분하게 만드는 유혹을 프랑수아즈가 견디어냈으리라고는 믿기 어렵다. 한번은 프랑수아즈가 커다란 안경을 쓰고 내 서류를 뒤적이다가 그 사이에 종이 한 장을 돌려놓는 모습을 본 적이 있다. 그것은 내가, 스완에 대한 이야기와 스완이 오데트 없이는 못 산다는 내용을 적은 종이였다. 프랑수아즈는 그것을 깜박 잊고 알베르틴의 방에 두고 왔던 걸까? 하기야 그녀의 온갖 암시는 뒤에서 음험하게 속삭이는 악담에 지나지 않았다. 한층 높고 두드러지게 들이닥친 것은 아무래도 베르뒤랭 집안의 비난과 중상의 목소리였다. 그들은 알베르틴이 무의식적으로 나를 작은 동아리에서 떼어놓고, 나는 나대로 의식적으로 알베르틴을 거기서 떼어놓으려 하자 머리끝까지 성이 났던 것이다.

내가 알베르틴 때문에 얼마만큼의 돈을 쓰는지 프랑수아즈에게는 숨길 수 없었다. 그 액수를 숨기기란 거의 불가능했다. 프랑수아즈에게는 결점이 별로 없었지만, 그 몇 안 되는 결점이 그녀 안에서, 결점을 유지하는 뛰어난 재능, 결점을 행사할 때 말고는 흔히 그녀에게 없는 재능을 만들어냈다. 그중에서도 주된 재능은, 우리가 그녀 아닌 남들 때문에 쓰는 돈에 대한 강한 호기심이었다. 지불할 계산서를 들고 있거나 혹은 하인에게 얼마쯤 더 챙겨줘야 하는 경우, 내가 아무리 그녀와 떨어져 있으려고 해도 소용없었다. 프랑수아즈는 접시를 챙긴다, 냅킨을 가져간다 하면서 내게 다가올 수 있는 핑계를 찾아냈다. 내가 화를 내며 그녀를 내쫓아버려, 한번 흘끗 보는 틈밖에 주지 않더라도, 셈도 제대로 할 줄 모르고 눈도 거의 어두운 여인 프랑수아즈는 마치 재봉사가 사람을 보고 본능적으로 옷감의 값을 정할 뿐만 아니라 손으로 만져보지 않고는 못 배기는 것처럼, 또는 화가가 어느 색깔의 효과에 예민하듯이, 그와 똑같은 취미에 이끌려 내가 얼마를 주었는지 흘끗 보고는 즉석에서 계산해버린다. 프랑수아즈가 알베르틴에게 도련님이 운전사를 매수해놓았다고 고자질하지 못하도록, 선수를 쳐서 그 따로 쥐어준 돈에 대해 변명했다. "운전사와 친해지려고, 그에게 10프랑 주었지." 그러면 가차없는 프랑수아즈는 거의 눈먼 늙은 솔개의 눈빛 하나로 모든 걸 알아채고는 이렇게 대꾸했다. "천만에, 도련님은 43프랑을 주셨는걸요. 운전사가 45프랑 들었다고 하니까 도련님은 100프랑 주셨지만, 운전사 녀석은 12프랑밖에 거슬러드리지 않았거든요." 프랑수아즈는 나 자신도 모르는 돈의 액수를 눈여겨보고 계산할 만한 틈이 있었던 것이다.

알베르틴의 목적이 내 마음을 다시 진정시키는 데 있었다면, 그녀는 어느 정도 성공한 셈이었다. 게다가 나의 이성이 알베르틴의 본능을 사악한 것으로 생각했던 게 틀렸듯이, 그녀가 고약한 계획을 짜고 있다고 생각했던 것 또한 틀렸다고, 내게 한결같이 증명하려고 들었다. 물론 이성이 제공하는 이러한 논법 속에, 그녀의 계획이나 본능을 옳다고 여기고픈 욕구가 작용하고 있음은 인정한다. 그러나 예감과 정신감응으로밖에 진실을 알지 못하노라고 생각한다면 몰라도, 공평한 처지에 서서 진실을 파악하려면 다음과 같이 생각해야 옳지 않았던가? 곧, 이성이 내 병을 고치려고 나의 욕망에 맥없이 이끌려갔지만, 반대로 뱅퇴유 아가씨나 알베르틴의 나쁜 습관, 그 악습의 필연적인 끝맺음인 다른 생활을 꿈꾸는 그녀의 의사나, 이별 계획에 대한 한, 본능은 나를 병들게 하려고 내 질투심에 현혹되어버렸을지도 모른다고 말이다. 하기야 알베르틴이 스스로 재간 있게 꾸며낸 완벽한 은둔 상태는 나의 고통을 덜어주면서 조금씩 나의 의혹도 없애, 나는 저녁 무렵 불안이 되돌아올 때에도, 알베르틴이 옆에 있는 것만으로 처음 무렵처럼 마음의 안정을 되찾을 수 있었다. 그녀는 내 침대 가에 앉아서 내가 선물로 준 옷가지나 물건들 얘기를 했다. 그녀의 생활을 더욱 즐겁게 하고, 감옥을 더욱 아름답게 만들고자 끊임없이 그런 것들을 선물하면서도, 때론 그녀가 라 로슈푸코 부인─그녀는 리앙쿠르 같은 아름다운 저택에서 지내니 얼마나 즐거우냐고 묻는 이에게, 아름다운 감옥이란 없다고 했다─과 같은 의견이 아닐까 두려웠다.

그래서 나는 샤를뤼스 씨에게 프랑스제 옛 은그릇에 대해서 물어보았던 것이다. 전에 우리 둘이 요트를 살 계획을 세웠을 때─그 계획은 알베르틴에게나 내게나 도저히 이룰 수 없는 일이었는데, 나는 알베르틴의 행동을 믿기 시작하자 질투심이 약해져서, 그녀와 상관없는 다른 것을 하고 싶다는 욕망(이것을 만족시키는 데에도 돈이 많이 들지만)을 누를 수가 없었다─그녀는 요트를 살 수 있으리라고는 생각하지 않았지만, 아무튼 우리는 엘스티르의 의견을 물었다. 그런데 옷을 고르는 여자만큼이나, 요트 안을 꾸미는 데에 대한 화백의 취미는 세련되고 까다로웠다. 화백은 영국제 가구와 옛 은그릇 말고는 전혀 들여놓지 말아야 한다고 우겼다. 처음엔 입는 옷이나 실내 장식밖에 관심이 없던 알베르틴도 이리하여 지금은 은그릇에 관심을 보였다. 우리 둘이 발베크에서 돌아온 뒤에는, 은기 공예나 옛 조금사(彫金師)의 각인(刻印)에 대한 서적을 읽을 정도였다. 그런데 옛 은그릇은─위트레흐트(Utrecht) 조약[1]을 맺을 때 국왕 스스로 은기류를 내어놓고 대귀족들도 이를 좇던 때와 대혁명이 있던 1789년, 이렇게 두 번에 걸쳐 녹여버렸기 때문에─그 수효가 매우 적다. 한편 최근의 금은 세공사가, 퐁 토 슈(Pont-aux-Choux)[2]의 도안을 본떠서 은기류를 만들어냈지만, 엘스티르는 이런 새 고물을 고상한 부인의 거처─물 위에 떠다니는 거처라도─에 늘어놓을 만한 가치가 있다고는 생각지 않았다. 뢰티에(Roettiers)[3]가 뒤바리 부인을 위해 만

---

[1] 에스파냐 왕위 계승 전쟁(1713~1715)을 종결시킨 조약.

[2] 18세기의 도기 공장.

[3] 18세기의 금은 세공사.

든 여러 물품에 대한 묘사를 알베르틴이 읽었음을 나는 알고 있었다. 만일 그 물건 중 몇 가지가 아직 남아 있다면, 그녀는 그게 보고 싶어 죽을 지경이었고, 나는 나대로 그녀에게 그걸 사주고 싶어 죽을 지경이었다. 그녀는 예쁜 물건의 수집까지 시작해, 수집품들을 유리 상자에 아름답게 늘어놓았는데, 나는 그걸 볼 적마다 측은한 마음이 드는 동시에 걱정스럽기도 했다. 그런 것들을 늘어놓는 그녀의 솜씨는, 갇힌 자들 특유의 인내, 정교함, 향수, 잊어버리고픈 욕구에서 나왔기 때문이다.

　의상으로 말하면, 그 무렵 그녀는 특히 포르튀니 의상실의 것이라면 거의 다 마음에 들어했다. 전에 게르망트 부인이 입은 걸 본 일이 있는 포르튀니의 드레스로, 그건 엘스티르가 카르파초와 티치아노 시절 여인들의 으리으리한 의상 얘기를 들려주면서, 가까운 시일 내에 잿더미 속에서 호화롭게 되살아나서 다시 나타날 거라고 예견한 바 있는 그 드레스였다. 베네치아의 성 마르코 성당의 천장에 씌어 있듯, 또 비잔틴풍 기둥머리의 대리석이나 벽옥(碧玉) 항아리에서 물 마시는 새들, 죽음과 부활을 동시에 뜻하는 새들이 소리 높이 알리듯, 삼라만상은 되돌아오게 마련이기 때문이다. 여인들이 이 드레스를 입기 시작하자, 알베르틴은 당장 엘스티르의 예언을 떠올리고는 자기도 갖고 싶다고 졸랐으므로, 우리는 앞으로 그것을 한 벌 고르러 가기로 되어 있었다. 그런데 이런 드레스는 진짜 고대 의상, 오늘날의 여인들이 입으면 얼마쯤 가장무도회 의상처럼 보여서 차라리 수집품으로 간직하는 편이 나을 성싶은 그런 고대 의상이 아니었으며(하기야 나는 알베르틴을 위해 그런 고대 의상도 찾고 있었다), 그렇다고 해서 모조품이나 가짜 의상의 차가움도 없었다. 오히려 그 드레스는 이 무렵 러시아 발레 무대에서, 예술적으로 가장 사랑받던 시대와 그 시대 정신에 젖으면서도 독창적인 예술작품으로 표현한, 세르, 박스트, 부누아[1]의 무대장치와 같았다. 이와 마찬가지로 포르튀니의 드레스는, 고대를 충실히 재현하면서도 강력한 독창성이 돋보였고, 마치 한 장치처럼, 아니 장치는 상상력에 달려 있으므로, 장치보다 더 강력한 환기력을 갖고서, 동방의 것들로 넘치는 베네치아를 재현했다. 여인들이 입었을 베네치아의 그 의상은 성 마르코 성당의 성유물함에 간직된 유물 이상으로 베네치아의 태양과 주위의 터번

────────────

*1 세 사람 모두 당시 러시아 발레의 무대장치가로 활약했음. 특히 세르(Sert)는 프루스트의 친구.

(turban)*² 무리를 선명하게 불러일으켰으며, 단편적이고 신비스런 색채로 그 베네치아를 보완했다. 그 시대의 것들은 모두 사라지고 말았지만 찬란한 풍경과 북적대는 생활로 인해, 베네치아의 역대 총독부인들이 입었던 의상이 목숨을 부지하다가 산발적으로 나타남으로써, 멸망한 모든 것이 되살아나고, 여기저기 흩어져 있는 이런 의상을 서로 연결한 것이다.

나는 이 드레스의 일로 한두 번 게르망트 부인과 의논해보려고 했다. 그러나 공작부인은 분장 차림으로 보이는 의상을 그리 좋아하지 않았다. 그녀 자신은 다이아몬드를 장식한 검은 벨벳이 가장 잘 어울렸으므로 포르튀니의 드레스와 같은 의상에 대해서는 그다지 유익한 조언을 해주지 않았다. 게다가 나는 오래전부터 매주 몇 번씩 부인의 초대를 거절해왔으므로, 이런 일을 물어보러 간다면 어쩌다 부인의 도움이 필요할 때만 만나러 오는 걸로 생각할까 봐 꺼림칙했다. 하기야 부인한테서만 이처럼 자주 초대받은 것은 아니었다. 공작부인이나 그 밖의 여러 여인들도 늘 내게 친절했다. 하지만 이런 호의는 나의 칩거 생활에 의해 더욱 두드러진 게 틀림없었다. 애정 속에서 일어나는 일들은 극히 조금밖에 비추지 않는 사교 생활 속에서 인기를 끌 수 있는 최상의 방법은 초대를 거절하는 일이다. 남자는 여인의 마음에 들고자, 자랑할 수 있는 온갖 특징을 계산한다. 끊임없이 옷을 갈아입고 용모에 신경 쓴다. 그러나 여인은 거들떠보지도 않는다. 이와 반대로 세심한 주의를 기울여주는 다른 여인의 경우는 그녀를 배신했으므로, 마음에 들려는 노력도 없이 불결한 차림으로 앞에 나타나도 영원히 그녀의 마음을 사로잡고 마는 것이다. 이와 마찬가지로, 만약 한 사내가 사교계에서 그다지 인기를 끌지 못함을 한탄한다면, 나는 그에게 좀더 자주 방문하라든가, 더욱 화려한 마차를 준비하라고는 말하지 않을 것이다. 어떠한 초대에도 응하지 말라, 당신 방에 틀어박혀 아무도 들이지 말라, 그러면 문전성시를 이룰 거라고 충고하겠다. 아니, 오히려 그런 말도 하지 않겠다. 왜냐하면 이는 인기 끄는 확실한 방법이긴 하나, 여인에게 사랑받는 방법과 마찬가지로, 이에 성공하는 건 조금도 사랑받고자 하는 의도 없이 이렇게 행동할 때뿐이기 때문이다. 예컨대 중병이라든가, 스스로 중병이라고 여기고 있다든가, 또는 한 여인을 방에만 있게 하고 사교계보다 그 여인 쪽

---

*2 인도인이나 이슬람교도들이 머리에 둘러 감는 수건.

을 더 소중히 여긴다든가(이 세 가지가 한데 겹쳐도 좋다) 하는 이유로 실제로 늘 방 안에 죽치고 있는 경우 말이다. 사교계 인사들은, 여인이 있는 줄도 모르고 오직 자기들이 거절당하고 있다는 사실만으로, 스스로 찾아오는 그 어떤 사람들보다도 당신을 더 좋아하여, 당신에게 집착하는 하나의 이유로 삼는다.

"방이란 말이 나왔으니 말인데, 당신이 입을 포르튀니의 실내복 일로 머잖아 시간을 내야겠는데." 나는 알베르틴에게 말했다. 오래전부터 포르튀니 의상실의 실내복을 갖고 싶어하던 그녀는, 그걸 살 때는 나와 함께 오래오래 고를 테고, 옷장 속뿐만 아니라 공상 속에서도 미리부터 그걸 넣어둘 장소를 마련해놓고 있었다. 그런 그녀에게, 세세한 것까지 오래 숙고하여 수많은 중에서 마음에 드는 것을 고른 드레스는, 탐나지 않는 드레스를 많이 가지고 있으면서 그것들을 거들떠보지도 않는 돈 많은 여인의 경우와는 달리 그 이 상의 뜻이 있을 것이다. 그렇지만 알베르틴이 "참 친절도 하셔라" 말하며 내게 고마워하면서 방긋 웃었음에도, 나는 그녀의 몹시 지치고 쓸쓸한 듯하기까지 한 모습에 주목했다.

여느 때는 그녀가 탐내던 드레스가 완성되는 동안, 나는 몇 벌의 드레스를, 때로는 옷감만을 빌려와서 알베르틴에게 입히거나 몸에 두르게 했다. 그럼 그녀는 총독부인이나 패션 모델 같은 위엄을 보이며 내 방을 오락가락했다. 다만, 베네치아의 정취를 불러일으키는 이런 드레스를 보면, 파리에 묶여 있는 내 생활이 더욱 막막하게 느껴졌다. 물론 알베르틴은 나보다 더 심하게 갇힌 몸이었다. 게다가 신기하게도 사람들을 바꿔버리는 운명이, 그녀가 갇혀 있는 감옥의 벽을 꿰뚫고 들어와서 그녀의 본질 자체를 바꿨고, 발베크의 아가씨를 따분하고 온순한 갇힌 여인으로 만들어버렸다. 감옥 벽도 운명의 영향력이 스며드는 것을 막지 못했다. 아니, 어쩌면 이 영향력을 만들어낸 것이 감옥의 벽자체였는지도 모른다. 그녀는 이미 옛날의 알베르틴이 아니었다. 발베크에서처럼 자전거를 타고 번번이 도망가던 아가씨, 수많은 작은 해수욕장에 흩어져 있는 아가씨 친구들의 집으로 묵으러 갔기 때문에 만날 수 없었던 그녀, 게다가 거짓말을 잘하기 때문에 더욱 붙잡기 어려웠던 알베르틴이 아니었다. 내 집에 갇혀 온순하게 홀로 있는 그녀는 발베크의 바닷가에 있던 그녀가 아니었기 때문이다. 내가 가까스로 찾아내도 금세 달아나버리는 여인은 신중하고도 교활하며, 눈앞에 있어도 교묘하게 숨긴 수많은 밀회의 그림자를 길게 늘어뜨리고 있다. 그 밀회가 가슴 아파서 사랑하게 된 알베르틴은 남들에게 보인 쌀쌀한 태도와 싱거운 응답 밑에, 어제와 내일의 밀회, 나에 대한 경멸과 속임수의 의사가 느껴지던 알베르틴이 이미 아니었다. 이제는 바닷바람이 그녀의 옷을 부풀게 하지 않았기 때문이려니와, 특히 내가 그 날개를 잘라버림으로써 그녀는 이미 승리의 여신이 아니었기 때문이다. 그녀는 이제 떨쳐버리고 싶은 짐스러운 노예였다.

나는 이런 사고의 흐름 방향을 바꿔보려고, 알베르틴에게 트럼프나 장기 놀이를 시작하는 대신에 음악을 좀 들려달라고 부탁했다. 나는 침대에 있었고, 그녀는 방의 한구석, 책장 사이에 놓여 있는 자동 피아노(pianola) 앞에 가서 앉았다. 그녀는 한 번도 틀지 않은 새것, 또는 한두 번밖에 틀지 않은 곡을 택했다. 나에 대해서 천천히 알기 시작한 그녀는, 내가 아직 완전히 파악하지 못한 것에 대해서만 관심을 두려했는데, 몇 번이고 연주를 듣는 동안에 점차로 높아가는 지성의 빛, 그러나 유감스럽게도 사물의 본질을 변형시켜버리는 미지의 빛을 통해, 처음에는 안개 속에 묻혀 있던 작품 구조의 토막토막 끊어진 단편적인 윤곽을 서로 연결하기를 좋아한다는 사실을 알고 있었던 것이다. 형태도 갖추지 못한 애매모호한 것에 살을 붙이는 작업이 초반에 내게 주는 기쁨을 그녀는 알고 있었으며, 이해하고 있었다. 그녀가 곡을 틀고 있는 동안, 그 숱 많은 머리털 중에서, 내게는 오직 하트 모양으로 묶은 검은 고수머리, 마치 벨라스케스가 그린 왕녀의 리본처럼 귀 옆에 착 붙은 그 고수머리밖에 보이지 않았다. 이 음악을 연주하는 천사는 내 마음속에서 그녀의 추억이 차지하는 과거의 갖가지 지점과 그 추억을 붙잡는 온갖 감각중추—그것은 시각에서 비롯되어 내 존재의 가장 은밀한 감각에까지 이르며, 그로 인해 그녀의 존재 내면 깊은 곳까지 내려갈 수 있다—사이를 오가는 헤아릴 수 없는 과정에 의하여 묵직한 양감을 구성하고 있었다. 그와 마찬가지로, 그녀가 연주하는 음악에도 무게감이 있었는데, 그것은 내가 갖가지 악절에 대해 어디까지 조명할 수 있느냐, 작품을 구성하는 윤곽—처음에는 거의 안개 속에 묻혀 있는 것처럼 보이던 윤곽—을 파악하고 서로 연결할 수 있느냐 없느냐, 그것에 의해서 여러 가지 악절이 눈앞에 떠오르느냐 마느냐 하는 따위의 차이에 따라 다른 무게감이었다. 나는 자신의 사고가 아직 파악하지 못한 것만을 제공받고도, 그 애매모호한 것에 형태를 부여하는 작업이 즐거웠거니와, 알베르틴도 그것을 잘 알고 있었다. 서너 번째의 연주에 이르면 나의 지성이 곡의 온 부분을 파악한 결과 모든 부분을 같은 거리에 놓기 때문에, 그것들에 대하여 이제는 활동을 전개할 필요도 없으므로 그것들을 한결같은 면 위에 고르게 펼쳐 붙들어두고 마는 것도 알베르틴은 알아채고 있었다. 그래도 그녀는 아직 다른 곡으로 넘어가지 않았다. 왜냐하면 내 마음속에 어떠한 작업이 이루어지고 있는지 뚜렷이 이해하진 못했을망정, 그녀는 지성이 한 작품의 신비성을 없애버리고 말 때, 이 마음에 꺼림칙한 일을 하면서도 지성이 보상으로 뭔가 유익한 고찰을 손에 넣지 못하는 적이 매우 드물다는 사실을 알고 있었기 때문이다. "이 곡의 두루마리를 프랑수아즈에게 내주고 다른 것으로 바꿔 오라고 합시다." 알베르틴이 이렇게 말할 때는, 흔히 내게는 이 세상에서 음악이 하나 적어지는 날이었지만, 진리가 하나 많아지는 날이기도 했다.

알베르틴은 뱅퇴유 아가씨와 그 여자친구를 전혀 만나려 들지 않았고, 우리 둘이 세운 여러 피서 계획 중에서 몽주뱅 바로 근처인 콩브레에 가는 계획은 그녀 쪽에서 멀리한 정도였으니, 나는 뱅퇴유 아가씨와 그 여자친구를 질투하는 게 바보 같은 짓이라고 분명히 이해하고 있었다. 그래서 나는 알베르틴에게 뱅퇴유의 음악을 틀어달라고 자주 부탁했으며, 그 일로 괴롭지도 않았다. 단 한 번, 뱅퇴유의 음악이 내게 질투의 간접 원인이 된 적이 있었다. 베르뒤랭부인 댁에서 모렐이 연주한 뱅퇴유의 음악을 내가 들은 것을 알게 된 알베르틴은 어느 날 밤 모렐의 얘기를 꺼내면서, 모렐의 연주를 듣고 그와 아는 사이가 되고 싶다며 자꾸 보챘다. 모렐에게 보낸 레아의 편지, 샤를뤼스 씨가 본의 아니게 가로챈 편지의 일을 내가 들어서 안 지 바로 이틀째 되는 날 밤이었다. 나는 레아가 알베르틴에게 모렐에 대한 얘기를 하지 않았는지 의심해보았다. '더러운 여인', '악습에 젖은 여인'이라는 표현이 머리에 떠올라 오싹 소름이 끼쳤다. 그러나 이와 같이 뱅퇴유의 음악이—뱅퇴유 아가씨와 그 여자친구가 아니라—레아와 연관되어 나를 괴롭혔으므로, 레아로 말미암은 고통이 가라앉음에 따라 나는 고통 없이 이 음악을 들을 수 있게 되었다. 하나의 아픔이 다른 아픔의 가능성에서 나를 낫게 해주었던 것이다. 이 음악을 베르뒤랭 댁에서 들었을 때는, 분간할 수 없을 만큼 어렴풋한 애벌레처럼 눈에 띄지 않고 지나가버린 악절이, 이제는 눈부실 만큼 크고 화려한 건축물로 바뀌어 있었다.

처음에는 몹시 꼴 보기 싫던 이들도 한번 사귀고 보면 그 사람됨을 알게 되듯이, 어떤 악절은 처음에는 거의 눈에 띄지 않고 고작 추한 여자로밖에 보이지 않았지만 오래지 않아 나의 벗이 되었다. 이 두 상태 사이에는 말 그대로의 변질 현상이 있다. 그 반면, 처음부터 분명히 분간했지만 그때는 본디 모습을 알아보지 못했던 악절 중에는 다른 작품의 악절과 같다는 사실이 판명된 것도 있다. 이를테면 파이프오르간을 위한 종교적 변주곡의 어느 악절은, 베르뒤랭 댁에서 7중주곡을 들을 때는 몰랐지만, 신전(神殿)의 계단을 내려온 성녀처럼 이제는 7중주곡 속에서도 뱅퇴유에 특유한 요정들 사이에 끼여 있었다. 한편 처음에는 멜로디가 적어서, 지나치게 기계적인 리듬처럼 들렸던 정오 종소리의 비틀거리는 환희를 표현하는 악절은, 내가 그 추함에 익숙해진 탓인지 아니면 그 아름다움을 찾아낸 탓인지, 이제는 가장 좋아하는 악절이 되었다.

걸작이 처음에 주는 환멸에 대한 이 반동은 사실 첫인상이 점차 사라지기 때문일 수도 있고, 혹은 진실을 꺼내는 데 필요한 노력의 결과일 수도 있다. 이 두 가설은 온갖 중요 문제, 예술의 실재성 문제, 영혼의 실재성과 불멸성 문제에 나타난다. 두 가설 중 하나를 골라야만 한다. 뱅퇴유의 음악에서는 이 양자택일이 모든 순간에 여러 형태로 나타났다. 예를 들어 이 음악은 내가 아는 어떤 책보다 더 참다웠다. 이따금 나는 그 이유를 이렇게 생각했다. 곧 우리는 삶에서 관념의 형상으로 사물을 느끼지 않으므로, 감각한 바를 문학적으로, 다시 말해서 지적으로 옮겨놓는 경우, 그것을 전하고 설명하며 분석할 수 있긴 하나, 음악처럼 재구성하지 못하는 데 반해, 음악에서는 소리가 존재의 억양을 파악해서, 감각의 가장 내밀한 끝을 재현하기 때문이 아닐까. 이 감각의 끝이야말로 우리가 이따금 느끼는 특수한 도취감, 우리가 '날씨 참 좋구나! 얼마나 아름다운 태양인가!' 감탄해도, 같은 날씨와 같은 태양을 보지만 아주 다른 마음의 진동을 일으키는 남들에게는 조금도 전달할 수 없는 그 특수한 도취감을 우리에게 준다. 뱅퇴유의 음악 속에는 이와 같이 표현할 수도 없고, 바라보는 것조차 거의 금지된 환영(vision)이 있다. 잠드는 순간에, 이승의 것으로 생각되지 않는 그 환영의 매혹적인 애무를 받을 때, 이미 이성은 우리를 버리고 떠나서 눈이 저절로 감기고, 표현이 불가능한 것을 알기는커녕, 눈에 보이지 않는 것을 접할 겨를도 없이 잠들어버리기 때문이다. 예술은 실재할 거라는 가설에 골똘했을 때, 음악이 전해줄 수 있는 것은 좋은 날씨 또는 아편

맞은 하룻밤이 주는 단순한 신경의 기쁨 이상의 것, 적어도 나의 예감에 의하면 보다 현실적이고 더욱 풍요한 도취인 듯싶었다. 그러나 더욱 고상하고, 더욱 순수하며, 더욱 참답게 느껴지는 감동을 자아내는 조각상이나 음악이 어떤 정신의 현실성과 서로 통하지 않을 리 없다. 그렇지 않다면 삶이란 아무 뜻도 없을 것이다. 그러므로 뱅퇴유의 아름다운 한 악절 이상으로, 내가 이제껏 살면서 이따금 실감했던 그 특수한 기쁨, 이를테면 마르탱빌의 종루나, 발베크의 길에서 몇 그루 나무 앞에 섰을 때, 혹은 더 단순하게 이 작품의 첫머리에 한 잔의 홍차를 마시면서 느낀 기쁨과 비슷한 것은 따로 없었다. 이 한 잔의 홍차와 마찬가지로, 뱅퇴유가 미지의 작곡 세계에서 보내오는 수많은 빛의 감각, 맑은 웅성거림과 시끄러운 색깔은 내 상상력 앞에서 집요하게, 하지만 잡을 수 없을 정도로 재빠르게, 향기로운 쥐손이풀 꽃의 비단 같은 감촉에 비유하고 싶어지는 그 무엇을 얼씬거리게 했다.

기억에서는 다만, 어째서 어느 맛 하나가 빛의 감각을 떠올리게 했는지 설명하는 여러 상황을 알아냄으로써, 이 막연한 것을 깊이 파고들어가진 못하더라도 적어도 밝힐 수는 있다. 뱅퇴유가 선사한 어렴풋한 감각은 기억에서가 아니라, 인상(마르탱빌 종루의 인상처럼)에서 온 것이어서, 뱅퇴유 음악의 쥐손이풀 꽃의 향기에 대해서는 구체적인 설명이 아니라 심오하게 대등한 것, 다채로운 미지의 축제들(뱅퇴유의 작품은 그 축제의 조각난 단편들, 새빨간 흠이 난 단편처럼 보였다), 그가 그것에 따라 우주를 '듣고', 우주를 자기 밖으로 내던진 방식을 찾아내야만 할 것이다. 둘도 없는 세계, 다른 음악가들은 누구 하나 우리에게 보여주지 못한 세계의 알지 못하는 특질이야말로, 어쩌면 작품 자체의 내용보다 훨씬 큰, 천재의 가장 진정한 증거일는지도 모른다고 나는 알베르틴에게 말했다. "문학에서도 그럴까?" 알베르틴이 물었다. "아무렴 문학에서도 마찬가지지." 그리고 나는 뱅퇴유의 온갖 작품의 동일성을 다시금 생각하면서, 위대한 문학가들은 단 하나의 작품밖에 쓰지 않았다는 것, 아니 이 세계에 유일한 아름다움을 갖가지 환경을 통해 반사한 것에 불과하다고 알베르틴에게 설명했다. "이렇게 밤이 깊지 않으면 내가 잠자는 사이 당신이 읽는 모든 작가에 대해서 이 점을 증명해 보이겠는데." 나는 그녀에게 말했다. "뱅퇴유의 경우와 똑같은 동일성을 증명해 보일 텐데. 이봐, 알베르틴. 뱅퇴유의 전형적인 악절도 깨닫기 시작했겠지. 소나타에서나 7중주곡에서나 그 밖의 작품에서도 똑같은 그 악절은, 예를 들어 바르베 도르빌리의 경우라면, 뭔가 구체적인 흔적으로 드러난 숨은 현실에 해당할 거야. 구체적인 흔적이란 《홀린 여인》*¹이나, 에메 드 스팡*²이나, 클로트*³의 얼굴에 타고난 붉은 기, 《진홍빛 커튼》*⁴에 나오는 손, 뒤에 '과거'를 숨긴 옛 관습, 옛 풍습, 옛 말씨, 예부터 내려오는 기이한 직업, 시골 양치기들의 말로 전해 내려온 이야기, 잉글랜드 냄새를 풍기지만, 스코틀랜드의 마을같이 아담한 노르망디 지방의 고상한 시가들, 어쩔 수 없는 저주를 흩뿌리는 사람들, 벨리니,*⁵ 양치기*⁶ 따위지. 《나이 든 정부》에서 남편을 찾는 아내나, 또는 《홀린 여인》에서 황야를 헤매는 남편이나, 또 미사를 마치고 나오는 홀린 여인 자신이나, 언제나 같은 불안의 감각에 휩싸여 있지. 그리고 토머스 하디*⁷의 소설에 나오는 석공의 기하학 또한 뱅퇴유의 전형적인 악절에 해당해."

뱅퇴유의 악절을 얘기하는 중에 그 소악절이 떠올라, 나는 알베르틴에게, 그 소악절이 이를테면 스완과 오데트의 연정의 국가(國歌)와 같은 것이었다고 말했다. "알 거야, 질베르트의 부모 말이야. 당신은 질베르트가 고약한 족속의 여인이라고 말했었지. 그런데 당신과 관계를 맺으려고 했던 게 아닐까? 질베르트가 내게 당신 얘기를 꺼냈거든."—"네, 날씨가 너무 고약하면 수업이 끝나고 질베르트를 데리러 그 집에서 마차를 보내더군요. 아마 한 번쯤인가, 질베르트가 나를 태워다주면서 내게 입맞춘 일이 있었던 것 같아요." 그녀는 잠깐 말을 쉬고 웃으면서 재미난 속내 이야기를 하듯 말했다. "질베르트가 느닷없이 나보고 여자를 좋아하느냐고 물었어요(그러나 질베르트가 태워다준 일이 있었다는 정도밖에 생각나지 않는다면, 질베르트가 이 괴상한 질문을 했다는 사실을 어떻게 그토록 정확하게 기억할 수 있겠는가?). 그때는 왜 그렇게 야릇한 생각이 들었는지 모르겠어요. 질베르트를 속여넘기려고, '좋다뿐이야' 대답했거든요(마치 알베르틴은 이 사실을 질베르트가 나한테 누설한 게 아닌가 겁내는 동시

---

*1 도르빌리 작품의 동명 소설의 주인공으로, 수사에게 홀린 시골 여인.
*2 도르빌리 소설 《데드슈 기사》의 여주인공으로 위급한 기사를 구함.
*3 《홀린 여인》에 나오는 인물.
*4 도르빌리의 단편, 만찬회에서 아가씨가 갑자기 동석한 사내의 손을 잡는 장면이 있음.
*5 도르빌리의 소설 《나이 든 정부》의 여주인공.
*6 《홀린 여인》에 나오는 인물.
*7 영국의 소설가(1840~1928).

에, 거짓말이 들키지 않기를 바라는 것 같았다). 하지만 우린 아무 짓도 하지 않았어요(둘이서 이런 속내까지 털어놓았다면서 아무 짓도 하지 않았다니 알다가도 모를 일이다. 더구나 속내 이야기에 앞서 알베르틴의 말대로라면 둘은 마차 안에서 입까지 맞췄다는데). 이렇게 네 번인가 다섯 번, 아니 더 많았는지 모르지만, 질베르트가 나를 데려다주었을 뿐이죠." 나는 가까스로 질문을 삼키며, 그런 따위야 하나도 대수롭지 않은 체하면서 토머스 하디의 석공 얘기로 돌아갔다.

"토머스 하디의 작품《미천한 사람 주드》는 잘 알고 있지? 혹시《사랑스런 여인》에서 아버지가 섬에서 캐낸 돌덩이가 배로 운반되어 아들의 아틀리에에 쌓이고, 조각상이 되어가는 구절을 읽어봤어?《푸른 눈동자》에서는 묘비가 나란히 늘어서 있고, 배들도 평행선을 달리고 있지. 그리고 한쪽 객차에는 두 남자, 다른 한 칸에는 그들이 사랑하던 여인의 유해가 실린 채 잇달린 객차. 한 사내가 세 여인을 좋아하는《사랑스런 여인》과는 반대로 한 여인이 세 사내를 좋아하는《푸른 눈동자》사이에도 평행 관계가 있어……. 요컨대 그의 소설은 모두 서로 겹쳐놓을 수 있지. 마치 돌투성이 섬에 가옥을 수직으로 헤아릴 수 없이 쌓아올린 듯이. 모든 위대한 작가는 이런 투로 짤막하게 얘기할 순 없지만, 그래도 스탕달의 경우, 어떤 높은 감각이 정신 생활과 이어져 있다는 점을 알아볼 거야. 쥘리앵 소렐[*1]이 투옥된 높다란 곳, 파브리스[*2]가 유폐된 탑 꼭대기, 거기서 블라네 신부가 점성술에 몰두하기도 하고, 파브리스가 절경을 흘긋 바라보는 그 높은 종루. 당신이 베르메르의 그림을 몇 점 보고 싶다고 말한 적이 있었지? 당신도 잘 알 거야, 그 그림이 같은 세계의 단편이라는 사실을. 천재적인 재능으로 재창조되었을망정, 그것은 변함없이 같은 탁자, 같은 양탄자, 같은 여인, 같지만 새롭고도 유일한 아름다움이야. 만약 주제에 의하여 전체를 연결하려 하지 않고 색채가 낳는 특수한 인상을 전체에서 끌어내려 한다면, 그와 비슷한 것이라곤 하나도 없었고 그것을 설명해줄 것도 전혀 없었던 그 시대에는 수수께끼의 아름다움이었지. 그런데 이 새로운 아름다움이 도스토예프스키의 모든 작품에서는 언제나 한결같거든. 도스토예프스키가 묘사하는 여성은 렘브란트가 그린 여성만큼이나 독특하고 늘 신비스런 얼굴에 상

[*1] 스탕달의 소설《적과 흑》의 주인공.
[*2]《파르마 수도원》의 주인공.

냥한 아름다움을 지니고 있지만, 마치 지금까지는 의뭉을 떨고 있었던 것처럼 그 선량함이 갑자기 무서운 교만으로 변해버려(속마음은 착한 듯하지만). 아글라야에게 사랑한다고 편지를 쓰면서, 아글라야를 미워한다고 털어놓는 나스타샤 필리포프나[3]도, 이와 똑같은 방문 장면에서—나스타샤 필리포프나가 가냐의 부모를 욕하는 장면[4]과도 비슷하지만—자기를 고약한 여자로 생각하는 카테리나 이바노프나에게 무척이나 다정하게 굴다가 갑자기 상대방에게 욕설을 퍼붓는 그루셴카(속은 착한 그루셴카이지만)도 같은 유형일 거야[5] 그루셴카도, 나스타샤도, 카르파초가 그린 창부, 아니 렘브란트가 그린 밧세바[6] 못지않게 독창적이자 신비한 여성이지. 도스토예프스키가 화사하지만 이중적인 성격이어서 갑자기 자존심이 풀리면 여인을 딴 사람으로 보이게 하는 표정밖에 몰랐던 건 아닐 거야(무이슈킨[7]이 가냐의 부모를 찾아가서 나스타샤에게 '당신은 이런 인간이 아니다' 말하잖아? 알료샤[8] 또한 카테리나 이바노프나를 방문했을 때 그루셴카에게 같은 말을 할 수 있었을 거야. 그런데 도스토예프스키가 '회화론(繪妓論)'에 대해 말하고자 하면 언제나 우스꽝스럽기 그지없는데, 언급되는 그림이라야 기껏 무이슈킨이 그린 사형수의 이러저러한 순간, 성모 마리아의 이러저러한 순간 따위뿐이지. 그러나 도스토예프스키가 세상에 이바지한 새로운 아름다움으로 말하면, 베르메르의 경우 피륙이나 장소에 어린 어떠한 얼, 어떠한 색조가 있듯이, 도스토예프스키가 창조해낸 건 인물만이 아니야. 가옥도 새로이 만들어냈거든.《죄와 벌》에 나오는 살인의 집, 문지기(dvornik)[9]가 있는 그 집은, 로고진[10]이 나스타샤 필리포프나를 죽이는 집, 도스토예프스키가 묘사한 살인의 집의 걸작이라고 할 만하지. 우중충하고 기다라며 천장이 높고 휑뎅그렁한 로고진의 집과 똑같이 훌륭하지 않아? 한 가옥이 지닌 이 새로운 엄청난 아름다움, 여인의 얼굴이 지닌 이 새로운 혼합의

---

[3]《백치(白痴)》에 나오는 인물.
[4]《백치》의 한 장면.
[5]《카라마조프의 형제》에 나오는 인물들.
[6] 구약성서 〈사무엘서〉 하편 제11장 3절 참조.
[7]《백치》의 주인공.
[8]《카라마조프의 형제》중 막내.
[9] 러시아 경찰의 끄나풀이기도 함.
[10]《백치》에 나오는 인물.

아름다움, 이거야말로 도스토예프스키가 세상에 내놓은 진귀한 보배야. 문예 비평가들은 도스토예프스키와 고골리를 비교하거나, 아니면 그와 폴 드 코크 (Paul de Kock)*¹를 비교하지만, 이 숨은 아름다움에 대해서는 한마디도 없으니, 아무 재미가 없어. 나는 지금 여러 소설에 같은 장면이 되풀이해서 나온다고 말했는데, 소설이 너무 길어지면 똑같은 작품에 같은 장면, 같은 인물이 다시 등장하곤 하지.《전쟁과 평화》에서 이 점을 쉽사리 지적할 수 있어. 예를 들어 마차 안의 장면……."

"잠깐, 얘기를 가로막고 싶지 않지만, 얘기가 도스토예프스키에서 떠나는 것 같으니 잊기 전에 한 가지 물어보고 싶은 게 있어요. 요전에 '이는 세비녜 부인의 도스토예프스키적인 일면이다' 말했는데, 무슨 뜻이죠? 털어놓자면 나는 통 모르겠어요. 도스토예프스키와 세비녜 부인은 영 다른 것 같은데 말이죠." —"이리 와요, 귀여운 아가씨, 내가 한 말을 그토록 잘 기억해주었으니 답례로 안아줄게. 그러고 나서 자동 피아노 곁으로 돌아가라구. 솔직히 말해 내가 그런 말을 한 건 좀 터무니없지. 하지만 두 가지 이유에서 그런 말을 했어. 첫째 이유는 특수하지. 세비녜 부인은 엘스티르나 도스토예프스키와 마찬가지로 사물을 논리적인 순서로, 다시 말해 원인부터 묘사하지 않고 먼저 결과부터, 독자를 움찔하게 하는 환상부터 시작하는 일이 있단 말이야. 도스토예프스키가 작중인물을 등장시키는 투도 이와 같은 식이지. 도스토예프스키의 작중인물 행동으로 말하면, 바다가 공중에 떠 있듯 보이는 엘스티르의 효과와 마찬가지로 독자를 속이는 것처럼 보여. 우리는 음험한 사내의 본바탕은 선량한 인간이거나, 또는 그 반대임을 나중에 알고 어안이 벙벙해지거든." —"그렇네요, 하지만 세비녜 부인의 경우는 어떤 예가 있죠?" —"솔직히 말하자면 좀 억지지만, 몇 가지 예를 들 수 있지." 나는 웃으면서 대답했다.*²

"그런데 도스토예프스키는 누구를 죽여본 경험이 있는 걸까? 내가 읽은 도스토예프스키의 소설치고 '범죄 이야기'라는 딱지가 안 붙은 게 하나도 없거든요. 그의 집념이랄지, 아무튼 항상 범죄 이야기만 쓰다니 자연스럽지 않아요." —"나도 도스토예프스키의 일생은 잘 모르지만, 그가 사람을 죽였으리라고는

---

*1 프랑스의 통속 소설가. 살아 있을 때 인기가 있었음(1794~1871).

*2 자필 원고에는 '예컨대 이런 묘사가 있지' 하고 끝내고, 비어 있음. 프루스트는 이 공백을 채울 시간적인 여유 없이 타계(他界)한 것임.

생각지 않아, 알베르틴. 그야 도스토예프스키 또한 모든 인간처럼 어떤 형태로든 간에, 법이 금하는 죄를 지었던 게 확실해. 이런 뜻에서 도스토예프스키도 그의 작중인물들, 완전한 범죄자가 아니라 정상 참작의 여지가 있는 작중인물들처럼, 얼마쯤 범죄자임에 틀림없지. 아니, 도스토예프스키는 범죄를 저지를 필요조차 없었어. 나는 그런 위대한 소설가가 아니지만, 작가가 몸소 겪지 않은 어떤 생활 상태에 끌리는 경우도 있을 테니까. 언젠가 전에 약속한 대로 당신과 함께 베르사유에 가면, 비할 바 없이 충직한 사내이자 이성적인 남편인데도 엄청나게 도덕에서 벗어난 책을 쓴 인물, 쇼데를로 드 라클로(Choderlos de Laclos)*³의 초상화를 가르쳐주지. 그리고 바로 맞은편에는 장리스 부인(Mme de Genlis)*⁴의 초상화가 있는데, 그녀로 말하면, 도덕적인 콩트를 쓰는 주제에 오를레앙 공작부인을 속였을 뿐만 아니라, 그 자녀들마저 가로채 공작부인을 괴롭히던 여인이야. 그래도 도스토예프스키가 늘 살인에만 구애하는 건 어딘가 이상하지. 그래서 그가 나와는 아주 다른 세계의 사람처럼 느껴져. 나야 보들레르의 다음과 같은 시를 듣기만 해도 아주 깜짝 놀라거든.

> Si le viol, le poison le poignard, l'incendie,
> N'ont pas encore brodé de leurs plaisants dessins,
> Le canevas banal de nos piteux destins,
> C'est que notre âme, hélas! n'est pas assez hardie*⁵

> 강간, 독약, 비수, 방화가
> 가련한 우리 운명의 초라한 화포(畫布)를
> 그 즐거운 무늬로 지금까지 수놓지 못한 까닭은
> 우리 영혼이, 오호라! 그 정도로 대담하지 못하기 때문이로다.

보들레르의 경우는 그가 본심에서 그렇게 말한 것은 아니지. 그런데 도스토예프스키로 말하면……. 그의 경우는 모든 게 나와는 영 먼 것 같아. 인간이란

---

*3 프랑스의 군인이자 소설가, 《위험한 관계》가 유명함(1741~1803).
*4 오를레앙 공 자제들의 가정교사이자 작가(1746~1830).
*5 《악의 꽃》 서시 중 한 구절로, 저자가 1행과 4행만 인용한 것을 역자가 4행 다 인용했음.

점차로 자기 자신을 실현해 나가니까, 내 속에 나도 모르는 부분이 있다면 얘기가 다르지만 말이야. 도스토예프스키에게는 매우 깊은 우물, 인간 영혼의 외딴 지점에 파낸 우물이 여러 개 있다고 생각해. 그래도 그는 참으로 위대한 작가야. 첫째, 도스토예프스키가 그린 세계는 정말로 그를 위해 만들어진 것처럼 보이거든. 레베데프, 카라마조프, 이볼긴, 세그레프 같은 어릿광대들이 잇따라서 기상천외한 행렬을 만들며 등장하잖아? 그들은 렘브란트의 〈야경〉에 나온 무리보다 더 괴상한 사람들이야. 그렇지만 어쩌면 도스토예프스키의 작중인물도 렘브란트의 그림 속 인물들처럼 조명과 의상의 효과로 괴상하게 보일 뿐, 결국 흔히 있는 인물들인지도 몰라. 어쨌든 이 어릿광대들은 진실로 가득 찬 심오하고 독특한 인물들이자, 도스토예프스키만의 독특한 인물들이지. 이 어릿광대들은 고대 희극의 등장인물처럼 더 이상 역할이 없는 존재로 보이나, 인간 마음의 참된 모습을 얼마나 잘 드러내고 있는지 몰라! 지긋지긋한 건 도스토예프스키에 대해 함부로덤부로 지껄이거나 쓰거나 하는 이들의 과장된 투야. 도스토예프스키의 작중인물들 속에서 자존심과 거만이 맡은 소임을 눈치챘나? 그에게는, 애정과 미친 듯한 증오, 선량과 배신, 겁과 방약무인, 이런 게 한 성격의 양면에 지나지 않는 것 같아. 그 자존심과 거만 때문에 아글라야, 나스타샤, 미탸에게 수염 뽑힌 대위, 알료샤의 적이자 친구인 크라소트킨 같은 인물의 '제 모습'이 가려지는 거야. 그러나 그의 위대성은 또 있어. 난 그의 책을 아주 조금밖에 모르긴 하지만 말이야, 카라마조프 영감이 불쌍한 미친 여자를 잉태시킨 죄라든가, 그 여인이 자신도 모르는 사이에 운명의 복수 도구가 되면서도 막연한 모성 본능에 따라, 아니 어쩌면 자기 몸을 더럽힌 사내에 대한 앙심과 육체적인 감사의 정이 뒤섞인 마음에 따라, 카라마조프 영감 집으로 숨어 들어가 분만하는, 그 신비하고 동물적인 형용키 어려운 심정의 움직임은 마치 조각의 주제 같지 않아? 고대의 예술다운 단순한 주제 말이야. '복수와 속죄'가 차례차례 펼쳐지고, 끊어졌다가 다시 이어지는 기둥머리의 조각과 똑같아. 이게 첫 번째 삽화(揷話), 오르비에토(Orvieto) 대성당*[1]의 조각 중에 '여성'의 창조처럼 신비롭고 위대하며 장엄한 삽화야. 이에 대응하는 두 번째 삽화는 스무 해 남짓 지나서 일어나. 실성한 여인이 낳은 아들 스메르댜

---

*1 14세기 이탈리아의 대표적 건물 중의 하나, 성당 정면 조각이 유명함.

코프가 카라마조프 영감을 죽이고, 카라마조프 집안에 치욕을 가하며, 좀 뒤에 카라마조프 영감 집의 마당에서 했던 분만과 똑같은, 설명하기 어려운 신비스런 조각과 같은 행위, 또한 수수께끼 같지만 자연스러운 아름다움을 갖춘 행위가 이어지지. 다시 말해서 범죄를 모두 마친 스메르댜코프가 목을 매는 거야. 그런데 아까 톨스토이 얘기가 나왔을 때, 나는 당신이 생각한 만큼 도스토예프스키의 얘기에서 벗어난 게 아냐. 톨스토이는 도스토예프스키의 흉내를 많이 냈으니까. 도스토예프스키의 작품 속에는, 나중에 톨스토이의 작품 속에서 활짝 꽃필 것들이 한곳에 집중되어, 아직 찡그린 우울한 형태로 잔뜩 숨어 있어. 도스토예프스키에게는 중세 예술가들과 같은, 시대에 앞선 침울성이 보이는데, 머지않아 제자들이 그 본질을 밝혀내겠지."—"이봐요, 당신이 게으름쟁이라니 아까워요. 보세요, 문학을 보는 당신의 관점이 학교에서 배운 것보다 얼마나 더 재미난지. 〈에스더〉에 대해 썼던 숙제, 그 편지 첫머리에 쓴 말을 기억해요?" 그녀는 웃으면서 말했다. 그녀의 선생들이나 자기 자신을 비웃기보다, 그녀의 기억, 아니 우리의 공통된 기억 속에서 이미 얼마쯤 예스러워진 추억을 찾아내는 게 즐거운 모양이었다.

그러나 그녀가 나한테 수다 떠는 한편, 내가 뱅퇴유에 대해 생각하는 중에, 이번엔 두 번째 가설, 유물주의적인 가설, 허무의 가설이 머릿속에 떠올랐다. 나는 다시 의심하기 시작했다. 뭐니뭐니해도 뱅퇴유의 악절은 달콤하고 부드러운 마들렌 과자를 홍차에 담가 맛보았던 때의 느낌과 비슷한 어떤 정신상태의 표현인 듯하지만, 이와 같은 상태가 모호하다고 해서 그것이 심오하다는 증거는 어디에도 없을지 모른다, 오히려 그 모호성은 우리가 아직 그것을 분석하지 못하고 있다는 증거에 지나지 않으며, 이런 상태 속에는 다른 상태 이상으로 실존하는 것이 아무것도 없을지도 모른다고 생각했다. 그렇지만 홍차를 한 잔 마셨을 때, 또 샹젤리제에서 오래된 목재 냄새를 맡았을 때 그 행복감과 행복에 대한 확신은 환상이 아니었다. 아무튼(하고, 의혹의 얼이 내게 속삭였다) 이것이 삶에서 다른 상태보다 더 심오한 것이라 할지라도, 또 이로 인해 우리가 아직 생각지도 못했던 너무나 많은 힘을 요구하여 분석이 불가능할지라도, 뱅퇴유의 몇몇 악절이 지닌 매력이 이런 상태를 떠올리게 함은, 그 매력 또한 분석이 불가능하기 때문이며, 그렇다고 해서 그 매력의 깊이가 같다는 증명은 되지 않는다. 순수한 음악의 한 악절이 지닌 아름다움은, 우리가 이전에 체험한 비지성적인 인상의 형상(形象)이나, 적어도 그와 비슷한 것으로 생각하기 쉬운데 이는 다만 이 아름다움이 비지성적인 것이기 때문일 뿐이다. 그렇다면 우리는 어째서 어떤 4중주곡이나, 뱅퇴유의 이 '연주회'에 자주 나오는 신비스런 악절을 유달리 심오하다고 여기는가?

하기야 알베르틴이 틀어주는 곡은 뱅퇴유의 음악만이 아니었다. 우리에게 자동 피아노는 이따금 과학적인(역사와 지리의) 환등기(幻燈機) 같아서, 콩브레의 방보다 더 근대적인 발명품을 갖춘 이 파리의 방 벽에는, 알베르틴이 라모를 트느냐 보로딘(Borodin)[1]을 트느냐에 따라서, 어떤 때는 우거진 장미 위로 '사랑의 정령'이 점점이 보이는 18세기의 장식 융단이 걸렸고, 또 어떤 때는 끝없는 거리와 겹겹이 쌓인 눈 속에 소리마저 사라지는 동방의 대초원이 펼쳐졌다. 게다가 이렇듯 순식간에 일어난 장식이 내 방을 꾸미는 유일한 것이었다. 레오니 고모의 유산을 상속받았을 때는 스완처럼 물건을 모으거나, 그림과 조각을 사자고 결심했지만, 그 돈은 알베르틴을 위해 말·자동차·의상을 사는 데 몽땅 써버리고 말았다. 그러나 내 방엔 그런 수집품보다 훨씬 진귀한 예술작품이 있는 게 아닐까?

바로 알베르틴 자체이다. 나는 그녀를 주의 깊게 바라보았다. 오랫동안 아는 사이가 되기조차 불가능하다고 여겼던 여인이 지금은 길든 야수처럼, 내 손으로 삶의 버팀목과 틀과 시렁을 만들어준 장미나무처럼, 날마다 그녀의 집, 곧 내 곁에서, 내 책장에 등을 기대고 자동 피아노 앞에 앉아 있다고 생각하니, 야릇한 감회를 느꼈다. 내가 골프채를 들고 돌아왔을 때 음험스럽게 보이던 그녀의 구부정한 어깨가 지금은 내 책장에 엇비스듬히 기대어 있었다. 그녀의 아름다운 다리—처음 본 날, 소녀 시절 언제나 자전거 페달을 밟던 다리이거니 했던 내 상상은 정확했다—는 지금 자동 피아노의 발걸이 위에서 올라갔다 내려갔다 하고 있다. 맵시 있는 아가씨가 된 알베르틴, 그 맵시를 내가 마련해준 것이라서 더욱 친근감이 드는 알베르틴이 그 발걸이를 금빛 헝겊 신발로 밟고 있었다. 전에는 자전거 핸들에 익숙하던 그녀의 손가락이, 지금은 세실리아 성녀[2]의 손가락처럼 건반 위에 놓여 있다. 침대에서 보면 다부진 그녀의 목 언저리가, 이 거리에서 전등빛을 받고 있으니 한결 더 장밋빛으로 보였

---

*1 러시아의 작곡가(1833~1887).
*2 로마의 성녀. 파이프오르간을 연주하는 성녀의 모습을 그린 그림이 많음.

다. 하지만 그보다 더 짙은 장밋빛은 앞으로 숙인 옆얼굴이었다. 내 밑바닥에서 복받쳐 오르는 뜨거운 눈길, 많은 추억을 지니며 욕망에 불타는 눈길이 예사롭지 않은 광택과 강한 생명을 덧붙이자, 마치 발베크의 호텔에서 그 얼굴에 입맞추고 싶은 강한 욕망에 사로잡힌 나머지 내 눈이 멍하게 흐려지던 날처럼, 그녀의 옆얼굴 기복이 거의 마술적인 기세로 날아올라 빙빙 도는 것 같았다. 나는 하나하나의 면을 눈이 닿는 한계 너머로까지 더욱 늘려보았다. 몇 겹으로 겹쳐진 면이 지어낸 기복을 숨기고 있는 반쯤 눈을 감은 눈꺼풀, 볼 위쪽을 가린 머리칼 따위가 오히려 그걸 더 잘 느끼게 해줄 뿐이었다. 뉴욕(아직 단백석이 박힌 채로 있는 광석에서 두 곳만이 광택이 나듯) 빛보다 더 반짝반짝하고 금속보다 더 단단해, 그 위를 덮은 윤기 없는 물질 한가운데 마치 유리 표본 상자에 넣은 나비들의 연보라색 비단 날개 같은 것을 보이고 있었다. 그녀의 곱슬곱슬한 검은 머리칼은 그녀가 어느 곡을 틀지 내게 묻고자 이쪽을 돌아보는 각도에 따라 다른 인상을 주었다. 때로는 멋들어진 날개처럼 끝은 뾰족하고 밑은 퍼져서 검은 깃털이 꽂힌 삼각형을 이루고, 때로는 그 물결치는 기복을 헤아릴 수 없는 산꼭대기와 분수령과 절벽이 있는 힘차고 다양한 산맥으로 완성했다. 그 풍부하고 다채로운 격심한 변화는 자연이 낳는 일반적인 변화를 뛰어넘어서, 차라리 조각가가 자기 작업의 유연성·강렬성·온화성·생동감을 강조하기 위하여 온갖 곤란한 것을 쌓아올리는 그 욕망에 부응하는 듯이 보였다. 머리칼은, 나무에 칠감을 칠하고 무광택 옻을 바른 듯한 매끄럽고 장밋빛을 띤 얼굴의 움직이는 곡선, 그 회전 같은 것을 멈추고 덮어버림으로써 그 곡선을 한층 강조했다. 파이프오르간처럼 알베르틴의 몸을 반쯤 가리고 있는 자동 피아노나 책장, 이런 것들은 그녀 머리칼의 섬세한 곡선과는 대조적으로 그녀와 완전한 하나가 되었고, 그녀도 그 물건들의 형태나 용도에 적합한 자세를 취하고 있었다.

방의 그 한구석은 불빛 휘황한 지성소(至聖所)[3]이며, 이제는 음악을 연주하는 천사가 머무는 곳으로 보였다. 예술작품 같은 이 천사는 감미로운 마술의 힘에 의하여 머지않아 그 오목하게 파인 공간을 떠나, 나의 입맞춤에 귀중한 장밋빛 육체를 내맡기겠지. 아니, 알베르틴은 내게 결코 예술작품이 아니었

---

[3] 구약 시대에 성전 또는 막 안의, 하느님이 있는 가장 거룩한 곳.

다. 물론 한 여자에 대한 예술적인 사랑이 무엇인지는 나도 알고 있으니, 이는 스완과 아는 사이였기 때문이다. 하지만 내게는 사물을 바깥에서 보는 능력이 전혀 없어서 자신이 보고 있는 것이 무엇인지도 모를 지경이었으니까, 상대 여자가 누구이건 내 쪽에서 그렇게 하기는 불가능했다. 스완이 옛날을 회상하면서, 내게는 시시해 보이기만 하던 한 여자에 대하여 예술적으로 미화해서 얘기하는 바람에 나는 매우 경탄했었다—이를테면 스완은 그전에 상대에게 즐겨 그랬듯이, 일부러 나를 위해 그 사람을 루이니가 그린 초상화에 비유했으며, 그 사람의 옷에서 조르조네의 그림에 있는 드레스나 장신구를 발견하기도 했다. 나에겐 그런 능력이 조금도 없었다. 있기는커녕 사실을 말하면, 나는 알베르틴을 놀랍도록 고색창연한 음악을 연주하는 천사상(像)으로 보았고, 이를 가지고 있다는 기쁨에 그지없이 젖어들기 시작하자마자 금세 그녀에게 관심을 잃어버렸다. 오래지 않아 그녀 곁에 있는 게 지겨워졌지만, 이런 권태로운 순간도 오래가지 않았다. 인간이 뭔가를 좋아함은 그 속에서 가까이 할 수 없는 어떤 것을 추구하는 경우만이다. 소유하지 못하는 것밖에 사랑할 수 없는 것이다.

금세 나는 내가 알베르틴을 소유하지 못하고 있음을 다시 알아챘다. 그녀의 눈 속에서, 나로서는 헤아릴 수 없는 기쁨에 대한 기대, 때로는 기쁨의 추억, 미련 같은 것이 스치고 지나가는 것을 보았는데, 이런 순간에 그녀는 그 기쁨이 뭔지 내게 털어놓느니 차라리 기쁨을 단념하는 편이 낫다고 생각하는 듯했다. 또한 나는 이 기쁨의 엷은 빛을 그녀의 눈동자 속에서 파악했을 뿐이라서, 마치 극장 안에 못 들어간 관객이 출입구 유리창에 얼굴을 붙여봐도 무대에서 벌어지는 것을 조금도 볼 수 없듯이, 그 기쁨의 정체를 도저히 알아차리지 못했다(그녀가 그랬는지 안 그랬는지는 모르지만, 무신론자가 선의 신념을 표명하듯, 우리를 속이는 모든 이가 자기 거짓말을 끝까지 고집함은 괴상한 일이다. 그들의 거짓말이 진실 고백 이상으로 우리를 괴롭힌다고 말해보았자, 설사 그들이 그 점을 이해한댔자 헛일이다. 그들은 처음에 자기는 이러저러한 인간이요, 우리를 이러저러하게 생각한다고 말한 말씨와 틀리지 않도록, 입술에 침이 마르기 전에 또다시 거짓말할 거다. 삶에 애착하는 무신론자가, 용감하다는 사람들 사이의 평판에 모순되지 않고자 목숨까지 버리는 것도 이 때문이다). 이런 때 이따금 나는 그녀 위에, 그 눈길 속에 부루퉁한 얼굴과 미소 속에 떠도는 그녀의 내면

극(內面劇)의 반영을 보았는데, 그런 저녁이면 내게는 거부되어 있는 이 내면극을 물끄러미 바라보는 동안, 알베르틴은 그녀답지 않게 되어서, 나와는 거리가 먼 존재가 되었다.

"무슨 생각해, 알베르틴?"—"아무것도." 가끔 그녀는 아무 말도 하지 않기냐는 내 비난의 대꾸로, 때로는 나나 남들이나 다 알고 있음을 그녀가 모를 리 없는 일을 말하기도 했고(새 소식은 아무리 사소한 것이라도 입 밖에 내지 않는 대신 전날 신문에서 다들 읽었던 뉴스를 지껄이는 정치가처럼), 어떤 때는 나와 아는 사이가 되기 전해에 발베크에서의 자전거 여행 얘기를 했지만, 그것은 처음부터 끝까지 하나도 명확하지 않아서 마치 거짓 속내를 털어놓는 것 같았다. 지난날 내가 그녀를 바로 알아보았으며, 며칠이고 여럿이 어울려 마음껏 놀러 다니던 말괄량이 아가씨임에 틀림없다고 추리한 게 옳았다는 듯, 자전거 여행 얘기를 하는 알베르틴의 입가에는 발베크의 둑 위에서 처음 만났을 무렵 나를 호리던 것과 똑같은 신비스런 미소가 살그머니 떠올라 있었다. 또한 그녀는 아가씨 친구들과 함께 몇 번인가 네덜란드의 시골로 떠난 자전거 여행 얘기, 저녁 늦게 암스테르담에 돌아오면, 거의 다 얼굴을 아는 이들로 거리나 운하 근처가 꽉 메워져서 흥겹게 북적거리더라는 얘기를 했는데, 그런 얘기를 꺼내는 알베르틴의 반짝이는 눈 속에서, 전속력으로 달리는 차의 뿌연 유리창에 비치듯 거리나 운하의 수많은 등불의 반영이 스쳐 지나가 사라지는 것을 보는 듯싶었다. 알베르틴이 살던 곳, 그녀가 어느 날 밤 했을지도 모르는 일, 그녀가 띠던 미소, 그녀가 던진 눈길, 그녀가 했던 인사, 그녀가 받았던 입맞춤 따위에 내가 품는 지칠 줄 모르는 고통스런 호기심에 비하면, 이른바 미적인 호기심은 차라리 무관심이라 불러도 괜찮으리라! 내가 언젠가 생루에게 품었던 질투 따위는 설령 지금까지 계속 남아 있더라도 절대로 이만큼 큰 불안을 주진 않았을 것이다. 이 여성끼리의 사랑은 내가 전혀 모르는 것이라서, 그 쾌락이나 본질을 확실히 옳게 상상할 만한 게 하나도 없었다. 알베르틴은—마치 자기가 데리고 온 많은 이들을 자기보다 먼저 극장 안으로 들여보내는 사람처럼—얼마나 많은 인간을, 얼마나 많은 곳(그녀에게 직접 관계없는 곳, 그녀가 쾌락을 맛보았을지도 모르는 곳, 수많은 사람이 들끓어 서로 살이 닿는 곳)을, 이제껏 그런 것을 걱정하지 않던 내 상상력과 기억의 문을 통해 내 마음속으로 들여보냈는가! 지금은 그런 인간들이나 장소에 대해 내적이고 직접적인 앎, 고통스런 나머지 경련을 일으키는 앎을 깨닫기에 이르렀다. 사랑, 그것은 마음에 느끼게 된 공간과 시간을 말한다.

하지만 내가 연인에게 어디까지나 성실한 인간이었다면, 불성실이라는 걸 생각해낼 수도 없으니 그로 말미암아 괴로워하지도 않았을 것이다. 그러나 알베르틴에 대해서 내가 상상하고 괴로워한 것은, 끊임없이 새로운 여인들의 마음을 끌고, 새 소설의 초안을 쓰고자 하는 나 자신의 욕망이었다. 요전 날 알베르틴의 곁에 있는데도 나는 불로뉴 숲의 음식점 식탁에 앉아 있던 자전거 타는 아가씨들을 바라볼 수밖에 없었는데, 그 눈길을 알베르틴의 것이라고 생각해본 것이다. 앎이란 자기 자신의 앎일 뿐이듯이, 질투도 자기 자신의 질투밖에 없다고 해도 거의 틀림이 없다. 관찰은 아무 가치가 없다. 자기 스스로 느낀 기쁨에서만, 사람은 지혜와 고뇌를 끌어낼 수 있다.

이따금 알베르틴의 눈 속과 갑자기 화끈 달아오른 그녀의 얼굴빛 속에, 나로서는 하늘보다도 더 다가가기 어려운 곳을 작열하는 한 줄기 번갯불이 소리도 없이 휙 지나가는 느낌이 들었다. 그곳은 내가 모르는 알베르틴의 추억이 소용돌이치는 곳이었다. 발베크의 바닷가와 파리에서 알베르틴을 알아 온 최근 몇 년 동안의 일들을 떠올려보면, 요즈음 내가 발견한 아름다움, 그녀의 존재가 여러 면에서 성장하고, 지나간 숱한 나날들을 품고 있다는 사실로 존재하는 그 아름다움에서, 가슴을 에는 듯한 그 무엇이 느껴졌다. 그러자 장밋빛으로 물든 그 얼굴 밑에, 내가 아직 알베르틴을 모르던 때의 수많은 저녁의 끝없는 공간이 심연처럼 숨어 있는 것 같았다. 나는 알베르틴을 무릎 위에 앉히고, 그 얼굴을 두 손으로 감쌀 수도 있다. 그녀를 애무하고, 오래오래 손으로 그녀의 몸을 어루만질 수도 있다. 그러나 태곳적 바다의 소금기나 별빛을 머금은 돌을 만지듯, 나는 그저 내부에서 무한으로 잇닿는 한 존재의 닫힌 껍데기만 만지는 느낌이 들었다. 육신을 분리하면서 영혼과 영혼의 교류를 미처 생각지 못한 자연계의 경솔 탓에 인간이 빠진 가련한 처지에 나는 얼마나 괴로웠던가? 그리고 나는 이제야 알아차렸으니, 알베르틴은 나한테도(설사 그 육신이 내 육신의 지배하에 있을지라도 그녀의 사념은 내 사념의 손아귀에서 스르륵 빠져나가버리니까) 신기한 갇힌 여인이 아니었다. 그런데도 나는 아무도 모르게 중국의 공주님을 병 속에 가두고 있는 인물처럼, 나를 찾아오는 이들에게 그녀의 존재를 감쪽같이 숨기고, 복도 끝의 옆방에 그녀가 있으리라고는 꿈에도 모르게 조심하면서, 이 신기한 갇힌 여인으로 내 거처를 장식해온 줄로 여겼던 것이다. 절박하게, 잔혹하고 출구 없는 형태로 나를 과거의 탐구로 유인하는 그녀야말로 오히려 위대한 '시간'의 여신이었다. 그녀 때문에 몇 년을 헛되이 보내고, 재산을 잃어버릴지라도 그녀에겐 아무 손실이 없었다고 스스로 다짐할 수만 있다면(아아, 그렇게 다짐할 수 있을지 어떨지도 모르겠다) 나는 아무런 후회도 없다. 그야 물론 고독한 생활을 하는 편이 훨씬 가치 있고 풍요로우며 훨씬 고통이 적었겠지. 그러나 스완이 내게 권유한 수집가의 생활, 샤를뤼스 씨가 기지와 오만과 세련된 취미를 섞어서 '자네 방은 정말 지저분하군!' 말하면서, 그런 생활을 알지 못하는 나를 타박하던 그 수집가의 생활, 또 오랫동안 찾아다닌 끝에 겨우 구한 조각이나 그림, 모든 일이 잘 풀려서 우리가 아무런 욕심 없이 들여다보는 조각이나 그림이 정말로 내게 자신의 밖으로 나가는 곳으로—금세 아물 상처이지만, 알베르틴이나 무신경한 제삼자나, 내 사념의 부주의 때문에 머잖아 다시 벌어지는 작은 상처 같은 출구처럼—이끌어주었을까? 자기 자신을 벗어나는 이 한 줄기 사사로운 길은 우리가 몸소 그 고통을 겪어보고서야 비로소 알게 되는, 곧 남들의 생활이 지나가는 큰길로 통하는 출구인 것이다.

때로는 달이 어찌나 아름다운지, 알베르틴이 누운 지 겨우 한 시간 남짓밖에 지나지 않았는데도, 나는 창을 바라보라고 말하고 싶어 일부러 그녀의 침대까지 가기도 했다. 지금도 나는 확신하건대, 내가 그녀의 방에 간 것은 이 말을 하기 위해서지, 그녀가 거기에 있는지 확인하고자 함이 아니었다. 그녀가 도망갈지 모른다거나, 도망하고 싶어한다는 기색이 어디에 있을까? 그러려면 프랑수아즈와 서로 짜야 하는데, 그건 있음직하지 않은 일이다. 어두컴컴한 방 안에는 흰 베개 위로 검은 머리칼의 작은 왕관밖에 눈에 띄지 않았다. 그러나 알베르틴의 숨소리가 들렸다. 무척 곤히 잠들어 침대까지 가기를 망설이다가 나는 침대 가장자리에 앉았다. 그녀의 깨어남이 얼마나 쾌활했는지 이루 형용할 수 없다. 나는 그녀에게 입맞추고 흔들어 깨웠다. 그러자 그녀는 곧 잠에서 깨어나, 눈 깜짝할 사이도 없이 까르르 웃어대며, 내 목에 두 팔을 둘러 깍지 끼고, "마침 당신 와주지 않을까 생각하던 차였어" 말하면서 더욱더 다정스럽게 웃었다. 마치 그녀의 귀여운 머리가 잠든 동안 쾌활·애정·웃음으로 가득 차 있었던 것 같다. 그녀를 깨움으로써, 나는 오직 과일을 쪼개어 갈증을 달래고 목을 축여주는 과일즙을 콸콸 솟아나오게 한 데 지나지 않았다.

그러는 동안에 겨울이 끝나고 또다시 아름다운 계절이 돌아왔다. 그리고 알베르틴이 이제 막 내게 잘 자라는 인사를 하고, 내 방도 커튼도, 커튼 위쪽 벽도 아직 어두컴컴한 때에, 이웃 수녀원 뜰에서 무슨 새인지 모르는 새소리가, 정적 속에 성당의 작은 풍금처럼 화려하고 경건하게 가락을 바꾸면서 곧잘 들려왔는데, 그 새는 리디아(Lydia) 선법[*1]으로 이른 아침 기도를 올리며, 나를 둘러싼 어둠 가운데 새의 눈에만 보이는 아침 해의 화려하고도 빛나는 가락을 넣고 있었다.

이윽고 밤은 더 짧아졌고, 이전 같으면 먼동도 트지 않았을 시각에 벌써, 나날이 커가는 흰 햇살이 창 커튼을 통해 비죽 나온 게 보였다. 알베르틴이 아무리 그렇지 않다고 한들, 그녀는 옥에 갇힌 기분일 거라고 의식하면서도 내가 그녀에게 이런 생활을 여전히 계속하게 한 까닭은, 오직 내일이면 일도 할 수 있으려니와 침대에서 일어나 외출하고, 어딘가 별장을 사서 거기로 떠나는 준비도 할 수 있으리라. 거기에서는 알베르틴도 훨씬 자유롭게, 내 걱정 없이 전원생활이나 바다 생활, 기선 여행 또는 사냥 같은 무엇이건 좋아하는 생활을 할 수 있으리라고 날마다 확신하고 있었기 때문이다.

다만, 그다음 날이 되면, 내가 알베르틴에게서 돌려가며 갈마드는 차례로 사랑하기도 하고 미워하기도 한 그 과거의 어느 때(그것이 현재라면 모두가 각자의 이해관계와 예의와 연민의 정에서, 우리 사이에 거짓말의 커튼을 짜내고, 우리는 그 거짓말을 현실로 착각하겠지만), 이 과거를 이루는 시간의 하나, 아니, 내가 잘 아는 줄 여겼던 시간의 하나까지 돌연 과거로 돌아가, 감추려고도 하지 않고, 지금까지의 그녀와는 아주 다른 모습을 나타내는 수가 있었다. 전에는 호의를 담고 있다고 여겼던 어느 눈길이 이제껏 짐작도 못했던 욕망을 드러내고 있으며, 내 마음과 같게 되었다고 믿었던 알베르틴의 마음의 일부를 또다시 거두어가 버린다. 이를테면 앙드레가 7월에 발베크를 떠났을 때, 알베르틴은 가까운 날에 앙드레와 다시 만나기로 되어 있음을 나한테 한마디도 꺼내지 않았었다. 게다가 내가 9월 14일 밤, 발베크에서 큰 슬픔을 당한 탓으로 그녀도 발베크에 남지 않고 나를 위해 즉시 파리로 돌아가는 희생을 치렀으니,

---

[*1] 고대 리디아 지방에서 발생한 선법.

나는 그녀가 예상외로 빨리 앙드레를 만나게 되었다고 생각했었다. 알베르틴이 15일 파리에 도착했을 때 나는 그녀한테 앙드레를 만나고 오라고 권했으며, "앙드레는 당신을 만나 좋아했겠지?" 묻기도 했다.

그런데 어느 날 봉탕 부인이 알베르틴에게 뭔가를 가져다주려고 왔다. 나는 잠깐 봉탕 부인을 만나, 알베르틴은 앙드레와 같이 외출했다고 알려주었다. "시골로 산책하러 갔답니다."—"그래요." 봉탕 부인은 대답했다. "알베르틴은 시골이라면 어디라도 덤벼드는 애죠. 3년 전만 해도 매일같이 뷔트 쇼몽에 가지 않고선 직성이 풀리지 않았답니다."

알베르틴이 한 번도 간 적이 없었노라 말하던 이 뷔트 쇼몽이라는 공원 이름을 듣고 나는 잠시 숨이 막혔다. 현실이란 가장 교묘한 적이다. 현실은 우리가 예기치 못한 곳, 방어도 준비해두지 않은 지점에 공격을 선언한다. 알베르틴은 제 숙모에게 날마다 뷔트 쇼몽에 간다고 거짓말했던 걸까, 아니면 그 뒤에 뷔트 쇼몽을 모른다고 내게 거짓말한 걸까? 봉탕 부인은 덧붙였다. "다행히 불쌍한 앙드레는 머지않아 건강에 더 좋은 시골로, 진짜 시골에 갈 거예요, 꼭 그래야죠, 얼굴빛이 그렇게 나쁘니. 이번 여름에는 충분히 신선한 공기를 쐴 틈도 없었지요. 7월 말에 발베크를 떠났으니까. 9월에 다시 돌아갈 셈이었는데, 그 애의 동생이 무릎을 삐어서 못 가게 되었다는군요." 그렇다면 알베르틴은 발베크에서 앙드레가 돌아오길 기다렸고, 이를 내게 숨겼단 말인가! 그러니 파리에 돌아가겠노라 말해준 게 나로서는 더욱 고마웠다. 하지만 어쩌면⋯⋯. "그렇군요, 생각납니다, 알베르틴이 그런 말을 했었지요(이는 거짓말이었다). 그런데 언제 삐었더라? 모든 게 머릿속에 뒤죽박죽이 돼버려서."—"어떻게 보면 아주 알맞은 때 삐었지요. 하루만 늦었어도 별장의 월세 기한이 다시 시작되어, 앙드레의 할머니가 공연히 한 달치를 치를 뻔했거든요. 다리를 삔 게 9월 14일이었죠. 그래서 앙드레가 15일 아침, 알베르틴한테 못 간다고 전보를 쳐서, 알베르틴이 대리점에 이를 알리러 갔답니다. 하루만 늦었어도 10월 15일까지의 집세를 물어야 했을 거예요."

그러므로 알베르틴이 마음을 바꾸어 내게 "오늘 저녁 떠납시다" 말했을 때, 그녀가 생각하고 있던 것은 내가 모르는 앙드레 할머니의 아파트였음에 틀림없다. 파리로 돌아가자마자 그녀는 거기서, 나는 짐작도 못한 바지만, 오래지 않아 발베크에서 재회할 셈이던 앙드레와 만날 수 있었을 것이다. 조금 전까지 '완강히' 돌아가기를 마다한 것과는 대조적으로, 그녀는 나와 함께 파리로 돌아가겠노라고 싹싹하게 말했는데, 여태껏 나는 그 이유를, 그녀가 갑자기 착한 마음씨로 돌아온 탓으로 여겨왔다. 그런데 그건 오로지 이쪽이 모르는 상황 속에 일어난 어떤 변화의 반영에 지나지 않았고, 그것이야말로 이쪽을 사랑하지 않는 여인이 태도를 바꾼 비밀의 정체이다. 그 여인이 다음 날의 밀회를 고집 세게 거절하며, '피곤해서, 할아버지가 꼭 저녁 식사를 하러 오라고 해서' 따위의 핑계를 붙인다. "그럼 그 뒤에 오구려." 이쪽은 간청한다. "할아버지께서 늦게까지 붙잡으시는걸. 나를 바래다줄지도 모르고." 사실 여인은 자기 마음에 드는 아무개와 만나기로 되어 있을 뿐이다. 그런데 갑자기 그 아무개가 도무지 틈이 나지 않자, 여인은 당신을 괴롭혀 미안했노라고 말하러 와서, 다른 일은 아무래도 상관없으니 할아버지를 용케 따돌리고 당신 곁에 있겠다고 말한다. 발베크를 떠나던 날 나는 알베르틴이 한 말 중에서, 마땅히 이런 말씨를 꿰뚫어봤어야 옳았다. 그러나 꿰뚫어볼 뿐만 아니라 이 말을 옳게 해석하려면, 알베르틴 성격의 두 가지 특성을 떠올릴 필요가 있었다.

그 순간에 알베르틴 성격의 두 가지 특징이 내 머리에 퍼뜩 떠올랐는데, 한 가지는 나를 위로했으며, 또 한 가지는 나를 실망시켰다. 왜냐하면 우리는 기억 속에서 무엇이건 다 찾아내게 마련이니까. 기억은 어떤 약국이나 화학 실험실 같아서, 아무렇게나 내민 손에 어떤 때는 진정제가, 어떤 때는 위험한 독약이 잡힌다. 마음을 위로하는 첫 번째 특징은, 단 하나의 행동으로 여러 사람을 기쁘게 하려는 습관, 제 행동을 다양하게 이용하려는 태도로, 이는 알베르틴이 곧잘 하는 것이었다. 그녀가 파리에 돌아와서(앙드레 없이는 지낼 수 없다는 뜻은 아니더라도, 앙드레가 발베크에 돌아오지 않으니, 더 이상 발베크에 있기가 불편했을지도 모른다), 이 한 번의 여행을 이용해 자기가 진정으로 좋아하는 두 인간을 감동시키려던 시도는 참으로 그녀다웠다. 먼저 내게는, 알베르틴이 파리에 돌아온 건 나를 혼자 내버려두지 않기 위해서, 나를 가슴 아프게 하지 않기 위해서이며, 나에 대한 헌신에서 나온 행동이라고 여기게 하는 것이다. 다음으로 앙드레에게는, 앙드레가 발베크에 오지 않는 이상 한시도 더 거기에 머물고 싶지 않아, 지금껏 그녀를 만날 기대로 돌아갈 날을 하루하루 미루어왔으니, 못 오게 된 걸 알자마자 곧바로 달려왔다고 믿게 한다. 그런데 정말로 알베르틴이 나와 같이 발베크를 출발한 것은, 내가 비탄에 잠겨 파리로 돌아가고 싶어한 직후이며,

한편으로 앙드레의 전보가 온 바로 다음이어서, 앙드레는 나의 비탄을 모르고 나는 그녀의 전보를 몰랐으므로, 당연한 일이지만 서로 알베르틴의 출발은 자기가 아는 유일한 원인 때문이라 믿어버렸고, 알베르틴은 그 원인이 있은 바로 뒤에 느닷없이 발베크를 떠났던 것이다. 그래도 이 경우, 나와 함께 가는 게 알베르틴의 진짜 목적이며, 다만 그녀는 마땅히 앙드레의 감사를 받을 기회를 하나라도 놓치고 싶지 않았다고 생각할 수도 있었으리라.

그러나 불행하게도 나는 거의 동시에 알베르틴 성격의 또 다른 특징을 떠올렸다. 억누를 수 없는 쾌락의 유혹이 그녀를 사로잡는 격렬함이었다. 그런데 내 기억에 의하면, 발베크를 떠날 결심을 하자마자 그녀는 한시바삐 열차를 타려고 안달복달했는데, 호텔 지배인이 우리를 붙잡으려고 해서 하마터면 승합마차를 놓칠 뻔하자, 지배인을 기세 사납게 떠다밀었으며, 시골 열차 안에서 캉브르메르 씨가 우리한테 일주일쯤 더 머물 수 없겠느냐고 물었을 때는 나와 공모라도 한 듯이 어깨를 으쓱(또 그것이 나를 어찌나 감동시켰는지)해 보였다. 그렇다, 그 순간 그녀의 눈앞에 선하던 것, 그녀를 출발하고 싶어서 참을 수 없게 만든 것, 그녀가 어서 재회하고 싶어한 그것은 내가 딱 한 번 보았던 인기척 없는 아파트, 앙드레 할머니의 아파트였다. 늙은 시중꾼이 지키는 사치스런 아파트로, 한낮인데도 텅 비어 어찌나 조용한지 햇빛까지 긴의자나 안락의자 위에 덮개를 씌우고 있는 듯 보였다. 이 방에서 알베르틴과 앙드레는, 사람됨이 소박해선지 경박해선지 모르나 공손한 시중꾼에게 둘이서 쉬게 해달라고 부탁했을 테지.

이제는 그 아파트가 언제나 눈앞에 어른거렸다. 텅 비어 침대인지 소파인지가 하나 놓여 있고, 속아넘어갔는지 한패인지 모를 하녀가 있는 아파트. 알베르틴이 애바쁘거나 진지한 표정을 지을 때는 반드시 거기로 앙드레를 만나러 갈 터이며, 그녀보다 자유로운 몸인 앙드레는 먼저 가서 기다리고 있었을 것이다. 나는 지금껏 이 아파트를 생각한 적이 없었는데, 이제는 그게 가공할 아름다움을 지니고 있는 듯 여겨졌다. 남들의 생활에 있는 미지의 것은, 과학적인 발견이 있을 적마다 물러서기만 할 뿐 없어지지는 않는 자연계의 미지의 것과 비슷하다. 질투하는 사내는 대수롭지 않은 갖가지 기쁨을 사랑하는 여인한테서 빼앗아 그녀를 격노시킨다. 그러나 삶의 기만을 이루는 기쁨인 만큼, 여인은 그것을 사내의 지능이 가장 날카롭고 제삼자의 정보가 가장 정확한 경우라도 찾아낼 엄두도 못 내는 장소에 숨겨둔다.

하지만 어쨌든 앙드레는 이제 파리를 떠나려고 한다. 단지 나는, 알베르틴과 앙드레에게 감쪽같이 속아넘어간 남자라는, 알베르틴의 비웃음을 받고 싶지 않았다. 그러니 언젠가 이 점을 알베르틴에게 말할 테다. 그녀가 기를 쓰고 숨기던 것을 내가 알고 있다고 밝히면, 그녀도 하는 수 없이 더 솔직히 말하겠지. 그래도 지금 당장은 말하고 싶지 않았다. 첫째, 그 숙모가 방문한 직후라 정보가 어디서 나왔는지 눈치채고는, 그 정보가 흘러나온 근원인 정보원(情報源)을 없애고, 내가 모르는 정보원은 두려워하지 않을 테니까. 둘째, 내가 바라는 만큼 오래오래 알베르틴을 내 집에 둘 자신이 전혀 없는 이상, 그녀를 지나치게 성나게 만들어 내게서 떠나게 하고 싶지는 않았다. 만약 그녀의 말에 따라 추론하고 진실을 찾으며 미래를 예측한다면 그녀는 늘 나의 모든 계획에 찬성했고, 이 생활을 매우 좋아했으며, 갇혀 있어도 전혀 불편을 느끼지 않는다고 말했으므로 그녀가 언제까지나 내 곁에 있을 것으로 의심치 않았다. 의심은커녕 나는 지긋지긋하기까지 했으니, 내가 아직 한 번도 맛보지 못한 삶이나 세계가, 이미 새로움이라곤 찾을 수 없는 여인을 대신해 나를 버리고 도망가는 느낌이 들었다. 내가 누워 있는 동안 곤돌라 뱃사공, 호텔 사람들, 베네치아 여인들이 알베르틴에게 다가오지 않을까 하는 근심으로 괴로울 테니, 나는 베네치아에 갈 수도 없다. 그러나 거꾸로, 알베르틴의 말이 아니라 그녀의 침묵, 눈길, 붉어진 얼굴빛, 부루퉁한 표정, 성난 얼굴—성낼 이유가 없다고 그녀에게 훈계하기는 수월했지만, 나는 차라리 알아채지 못한 체하고 싶었다—에 기초를 둔 다른 가정에 따라 추론한다면, 그녀는 이 생활에 견딜 수 없고, 줄곧 좋아하는 것을 빼앗긴 느낌이 들어 언젠가는 반드시 나를 떠날 것 같았다. 내가 한껏 바라는 바는, 그녀가 떠나간다면 적어도 내가 그 시기를 택하며, 이별이 그리 고통스럽지 않고 또 암스테르담이건 앙드레 집이건 뱅퇴유 아가씨 집이건 그녀가 방탕한 생활을 할 성싶은 그 어느 장소에도 가지 못할 계절을 택하는 것이다. 물론 몇 달 뒤에 알베르틴은 그런 생활로 되돌아갈 테지만 그때까지는 내 마음도 가라앉아 그런 일에 무관심하게 되겠지. 아무튼 이별을 생각하려면, 알베르틴이 처음에는 그렇게 떠나고 싶어하지 않던 발베크를 몇 시간 만에 갑자기 떠나고 싶어졌는지에 대한 이유를 발견한 탓에 재발한 가벼운 고통이 낫기까지 기다려야 했다. 만약 아무것도 새로운 정보가 없다면 이 증세는 차츰 약해질 테지만, 지금은 너무나 강렬해서, 이별을 위한 수술을 한층 고통스럽고 어렵게 한다. 그 수술을 피할 수 없다는 사실은 알고 있지만, 별로 급한 수술도 아니니까 그것은 '염증이 가라앉은 상태'에서 하는 편이 낫다. 어느 때를 택하느냐는 내 뜻에 달려 있다. 만약 내가 결정하기 전에 그녀가 떠나고 싶어한다면, 그녀가 이제 이런 생활은 지겹다는 말을 꺼내는 바로 그때, 그녀가 내세우는 이유를 반박하고, 그녀에게 좀더 자유를 주기로 하며, 며칠 안에 무슨 큰 재미를 보게 해주마고 약속하면 그녀도 그때까지 기다릴 것이다. 혹시 그녀의 심정에 호소할 수밖에 없다면, 그때 나의 비탄을 고백해도 늦지 않으리라. 따라서 이런 관점에서 나는 마음을 놓고 있었지만, 이 점에 대한 내 생각은 그다지 논리적인 것이 아니었다. 왜냐하면 그녀가 말하고 보는 것을 믿지 않는다는 가설을 세운 주제에, 그녀가 떠나버리는 경우에는 그녀가 미리 내게 이유를 말하고 나로 하여금 그 이유를 반박하고 부서뜨릴 여유를 주겠거니 상상했기 때문이다.

알베르틴과의 생활은, 내가 질투하지 않는 때에는 권태롭기 짝이 없으며, 질투할 때에는 고통스럽기 짝이 없는 느낌이 들었다. 설령 행복했다고 가정해도 오래 계속될 리 없었다. 발베크에 있을 때, 캉브르메르 부인의 방문 뒤 둘이서 행복감에 젖은 일이 있었는데, 그 저녁과 똑같은 슬기로운 정신이 작용하여, 이 이상 계속한들 얻을 게 하나도 없으니 차라리 그녀와 헤어지고 싶었던 것이다. 다만 나는 앞으로 두고두고 간직할 그녀에 대한 기억은, 말하자면 피아노 페달로 길게 늘인 이별 순간의 진동음 같은 것이리라는 생각을 여전히 하고 있었다. 그래서 나는 감미로운 한순간을 골라, 그 순간의 진동음을 내 마음속에 유지시키고 싶었다. 너무 까다롭게 생각하거나 지나치게 기다려서는 안 된다. 슬기로워야 한다. 그렇지만 이왕에 지금껏 기다려온 바에야, 지난날 어머니가 잘 자라는 인사도 없이 내 침대를 떠나버렸을 때나, 역에서 잘 다녀오라는 마지막 인사를 했을 때 느꼈던 반발심과 똑같은 감정을 품고서 알베르틴이 떠나는 꼴을 보느니, 차라리 받아들일 만한 순간이 오기까지 며칠 더 기다리지 못함은 어리석기 그지없을 것이다. 그래서 나는 만일을 대비하여 힘닿는 데까지 친절을 다했다. 포르튀니 의상실의 드레스나 실내복으로 말하면, 우리는 결국 장밋빛 안감을 댄 푸른색과 금색이 섞인 천으로 정했고, 이제 막 완성된 참이었다. 그래도 나는 알베르틴이 이 드레스를 택하느라, 아쉬움을 뒤로

하고 단념한 다른 다섯 벌의 드레스도 주문해놓았다.

그런데 봄이 오고, 그녀의 숙모 얘기를 들은 지 두 달쯤 지났을 무렵, 어느 날 저녁 나는 화가 벌컥 났다. 알베르틴이 처음으로 포르튀니의 푸른색과 금색 실내복을 입은 날이었는데, 이 실내복으로 베네치아를 떠올린 나는, 알베르틴 때문에 큰 희생을 치렀건만, 그녀에게서 고맙다는 말 한마디 듣지 못했음을 더욱더 뼈아프게 느꼈다. 베네치아에 가본 적은 한 번도 없었지만, 아직 어렸을 무렵에 부활절 방학을 베네치아에서 지낼 예정이었던 때부터, 아니 더 거슬러 올라가면, 지난날 스완이 콩브레에서 내게 준 티치아노의 판화와 조토 그림의 사진을 통해 나는 늘 베네치아를 꿈꿔왔다. 그날 저녁 알베르틴이 입은 포르튀니의 실내복은 눈에 보이지 않는 베네치아의, 마음을 유혹하는 그림자인 듯싶었다. 그 실내복은 마치 너울을 쓴 회교국의 왕비와 같이 뚫새김을 한 돌의 너울 뒤에 몸을 숨긴 베네치아의 궁전들처럼, 밀라노에 있는 암브로시우스 도서관의 장정본(裝幀本)처럼, 삶과 죽음을 번갈아 나타내는 동방의 새들을 조각한 둥근 기둥처럼, 베네치아다운 아라비아풍 장식으로 가득했다. 짙푸른 천은 눈을 가까이 가져감에 따라서 부드러운 황금으로 변했는데, 그것은 마치 앞으로 나아가는 곤돌라 앞쪽에서 대운하의 푸른빛이 화려하게 타오르는 금속으로 변질되는 것과도 같았다. 소매에는 티에폴로(Tiepolo)의 장밋빛이라 불리는, 베네치아에 독특한 앵두 같은 장밋빛 안감을 받쳐 색이 살아났다.

그날 낮에 프랑수아즈가 내게 누설한 바에 의하면, 알베르틴은 무엇을 해줘도 전혀 만족스럽지 않은 모양이었다. 내가 알베르틴과 함께 외출할 거라느니, 안 할 거라느니, 자동차가 데리러 올 거라느니, 안 올 거라느니 하는 소식을 프랑수아즈가 전해도, 그녀는 아무래도 좋다는 듯 어깨만 추켜세우고, 대꾸다운 대꾸도 하지 않더라는 것이다. 그날 저녁, 나는 그녀의 고약한 기분을 피부로 느꼈으며, 또 첫더위에 신경이 달떠 있어서 화를 참지 못하고, 은혜도 모르는 그녀를 나무랐다. "아무렴, 누구한테나 물어보라구!" 나는 흥분하여 고래고래 소리를 질렀다. "프랑수아즈에게 물어봐, 다들 하나같이 그렇게 말할 테니." 하지만 곧 나는 언젠가 한번 알베르틴이, 화낼 때의 내가 아주 무섭다고 말하면서, 라신의 〈에스더〉의 시구*¹를 읊조렸던 일을 떠올렸다.

---

*1 제2막 7장.

Jugez combien ce front irrité contre moi

Dans mon âme troublée a dû jeter d'émoi

Hélas! sans frissonner quel cœur audacieux

Soutiendrait les éclairs qui partent de vos yeux?

굽어살피소서 소첩에게 역정 내옵시는 그 용안이

얼마나 소첩의 흩어진 마음을 두려움에 떨게 하옵시는지……

오, 제아무리 겁 없는 이라 한들, 마마의 눈의 번갯불을

그 누가 떨지 않고 견딜 수 있으오리까?

　나는 내 난폭한 말투가 부끄러웠다. 그래서 그 말을 취소하려고, 하지만 패배가 아니라, 나의 평화가 가공할 무장 평화임을 보이고, 더불어 그녀가 헤어질 마음을 품지 못하게 하기 위해서는 내가 작별을 전혀 두려워하지 않는다는 것을 보이는 편이 유리하다는 생각이었다. "용서해, 귀여운 알베르틴, 심한 말을 해서 스스로도 부끄러워. 정신 나갔나 봐. 우리가 더 이상 서로 이해 못하고 헤어져야만 할망정, 이렇게 헤어져서야 되겠어? 우리답지 않잖아. 별수 없다면 헤어져도 좋지만, 먼저 나는 진심으로 고개 숙여 당신에게 사과하고 싶어." 심한 말을 내뱉은 대갚음으로, 또 앞으로 적어도 앙드레가 출발할 때까지(3주일 안에), 알베르틴이 그대로 있을 생각인지 확인해보고자, 당장 내일부터 그녀가 아직 경험하지 못한 크나큰 기쁨, 그것도 상당히 나중에 찾아올 기쁨을 고르는 게 좋겠다고 생각했다. 또한 내가 일으킨 불쾌감을 없애고 말 테니까, 이 순간을 이용하여 내가 그녀의 생활을 뜻밖에 잘 알고 있음을 보이는 것도 나쁘지 않다고 생각했다. 그녀가 기분 나빠할지 모르나, 친절하게 대하면 내일은 원래대로 돌아올 테고, 한편 경고는 그녀의 정신에 남을 것이다.
　"아무렴, 알베르틴, 내 말이 심했다면 용서해줘. 그래도 말이야, 당신이 생각하는 만큼 내가 전적으로 나쁜 건 아냐. 심술 사나운 이들이 우리 둘 사이를 틀려고 하거든. 당신 마음을 언짢게 하기 싫어 지금껏 이런 얘기를 꾹 묻어두었지만, 이따금 이런저런 밀고를 듣고 얼빠진 적이 한두 번이 아냐." 나는 발베크를 떠난 사정을 알고 있음을 보이고 그것을 이용하고자 했다. "예를 들어 당신이 트로카데로에 갔던 날 오후, 뱅퇴유 아가씨가 베르뒤랭네에 오기로 되어

있던 것을 당신은 알고 있었잖아." 그녀가 얼굴을 붉혔다. "네, 알고 있었어요."
—"그 아가씨와의 관계를 되돌리기 위해서가 아니었다고 맹세할 수 있어?"—
"물론 맹세할 수 있죠. 그런데 무슨 '관계를 다시 가진다'는 건지? 아무 관계도
없었는데. 정말이에요." 알베르틴이 이렇게 거짓말하고, 붉어진 얼굴로 분명히
고백했던 뚜렷한 사실을 이제와서 부인하자, 나는 한심스러웠다. 그녀의 불성
실함이 내 마음을 상하게 했다. 그렇건만 이 불성실함에는 몸의 결백을 주장
하는 항의가 포함되어 있고, 나도 모르는 사이에 그 결백을 믿으려 하고 있어
서, 오히려 다음과 같이 물었을 때 그녀의 성실성 쪽이 더욱 가슴 아팠다. "베
르뒤랭네의 낮 연주회에 가고 싶어한 이유 중에 뱅퇴유 아가씨를 만나는 기
쁨이 들어 있지 않았다고, 적어도 그것만은 맹세해 주겠어?" 그녀는 대답했
다. "아니, 나 그런 맹세는 못 해요. 뱅퇴유 아가씨를 다시 만난다는 생각에 아
주아주 기뻤는걸요." 몇 초 전까지는 그녀가 뱅퇴유 아가씨와의 관계를 숨기는
걸 원망했는데, 이번엔 뱅퇴유 아가씨를 만나는 게 기쁘다는 고백에 다리가
풀썩 꺾이는 느낌이었다.

　　물론 전에 내가 베르뒤랭 댁에서 돌아오자 알베르틴이 나한테 '뱅퇴유 아가
씨가 와 있지 않았나요?' 물었을 때, 이 말로 그녀가 뱅퇴유 아가씨가 온다는
걸 알고 있음이 증명되어 몹시 괴로웠다. 그러나 그 뒤로 나는 틀림없이 다음
과 같은 추리를 했나 보다. '알베르틴은 뱅퇴유 아가씨가 오는 것을 알고 있긴
했으나 조금도 기쁘지 않았다. 뱅퇴유 아가씨처럼 나쁜 소문이 도는 인간과
아는 사이라는 걸 들키는 바람에, 내가 발베크에서 절망한 나머지 자살까지
생각한 것을 나중에 가서야 안 거야. 그래서 그 말을 내게 하지 않았던 거다.'
그런데 지금 그녀는, 뱅퇴유 아가씨가 온 걸 기뻐했노라 고백할 수밖에 없게
되었다. 하기야 베르뒤랭네에 가고 싶어 안달한 그녀의 이상한 태도만으로도
이를 충분히 증명하고도 남았을 것이다. 그런데 나는 그 뒤 이 일을 곰곰이 생
각해보지 않았다. 그래서 지금 나는 '왜 알베르틴은 절반밖에 고백하지 않을
까? 마음씨가 나쁘다든가 음침하다든가 하기보다도 차라리 이것이 더 어리석
은 짓인데' 생각을 하면서도, 어쩌나 기가 죽었는지 더 이상 따져볼 용기도 없
거니와, 진실을 폭로할 증거 자료도 없으니 상대를 몰아세울 수도 없어서, 우
세를 되찾고자 서둘러 앙드레 얘기를 꺼냈다. 앙드레의 전보라는 압도적인 사
실로 알베르틴을 꼼짝 못하게 할 수 있을 테니까. "요즘 난 말이야, 당신의 여

러 관계를 이러쿵저러쿵 말하는 이가 있어 여간 괴롭지가 않아, 그것도 앙드레와의 관계를."—"앙드레와의?" 그녀는 빽 소리 질렀다. 그 얼굴은 노여움에 벌겋게 달아올랐다. 놀라움에, 아니면 놀란 것처럼 보이고 싶은 소망에 눈을 크게 뜨고 있었다. "좋은 소문이군요. 누가 그런 훌륭한 말씀을 하던가요? 그 사람들과 직접 만나, 그런 험담을 함부로 종알대는 근거를 알고 싶군요."—"알베르틴, 나도 누군지 모르는걸, 이름을 쓰지 않은 편지니까. 그래도 당신이라면 의외로 쉽게 짐작할 수 있을지 몰라(그녀가 찾아내도 아무렇지 않다는 바를 보이기 위하여). 당신을 잘 아는 사람일 테니 말이야. 속 시원히 말하면, 마지막에 온 익명의 편지—이걸 인용하는 건 내용이 대수롭지 않고, 말 꺼내기 거북스러운 편지가 전혀 아니기 때문이야—엔 사실 분개했어. 내용인즉, 우리가 발베크를 떠난 날, 당신은 처음에 떠나기 싫다고 했다가 나중에 떠나겠다고 했는데 그 이유가, 당신이 그 사이에 앙드레한테 발베크에 못 간다는 편지를 받았기 때문이라는 거야."—"똑똑히 기억해요, 앙드레가 못 간다고 통지해온 것. 그것도 전보로. 전보문을 남겨두지 않아 당신에게 보일 수는 없지만, 전보가 온 건 그날이 아니었어요. 또 그날이었던들, 앙드레가 발베크에 오건 말건 나와 무슨 상관이 있다는 거죠?"

'나와 무슨 상관이 있느냐' 따지는 말은, 약이 오를 대로 오른 증거이자, 그녀와 어떤 상관이 있다는 증거였다. 하지만 반드시 알베르틴이 앙드레를 만나고 싶은 소망으로만 파리에 돌아왔다는 증거는 되지 못했다. 알베르틴은 자기 행위의 동기는 이러이러하다고 남에게 말하다가, 상대에게 실제 동기가 들키거나 다른 동기가 있다는 말을 들으면, 실제로 그 사람을 위해 그 행위를 했더라도, 언제나 발끈 화를 내곤 했다. 알베르틴은 자기 행동에 대한 이와 같은 정보들이, 내가 원하지 않는데도 익명의 사람이 보내는 게 아니라, 내 쪽에서 열심히 캐내고 있는 줄로 믿는 것일까? 이는 나중에 그녀가 그와 비슷한 말을 했기 때문이 결코 아니며—오히려 그녀의 말은, 익명의 편지라는 내 거짓말을 믿고 있는 듯싶었다—차라리 나에 대한 그녀의 분노가, 쌓이고 쌓인 불만의 폭발로밖에는 보이지 않았기 때문에 이러한 상상을 하게 된 것이다. 그 추측에 의하면, 내가 염탐하고 있다고 그녀가 믿는 것도 당연하며, 그것은 그녀가 상당히 오래전부터 내가 자기의 온갖 행동을 일일이 감시하는 줄로 믿은 결과이다. 그녀는 앙드레에게도 화풀이하며, 이제는 자기가 앙드레와 함께 외출할 때도 내가 안심치 않을 거라고 생각해선지, 괜히 앙드레를 걸고넘어졌다. "게다가 앙드레에게도 화가 나요. 진저리난다니까요. 내일 또 와도, 나는 앙드레하곤 같이 외출하지 않을래요. 앙드레 때문에 내가 파리에 돌아왔다고 당신한테 고자질하는 이들에게 이 점을 딱 잘라 말하라구요. 앙드레와는 몇 년 전부터 아는 사이지만, 그 애의 얼굴이 어떻게 생겼는지도 모를 정도로, 주의 깊게 바라본 일조차 없는걸요!" 하지만 그녀는 발베크에서 첫해에 분명히 나한테 말했었다. '앙드레야말로 넋을 호릴 만큼 예뻐요.' 확실히 이 말은 앙드레와 애정 관계가 있다는 뜻도 아니고, 그 무렵 알베르틴은 그런 종류의 관계를 말할 때면 으레 역겨운 듯한 표정을 지었었다. 그녀는 스스로 달라진 줄 모르면서 변했는지도 모른다. 한 여자친구를 희롱하면서, 그것이 다른 여자들일 경우에 자기가 비난하는—분명한 의식도 없이—부도덕한 관계와는 다르다고 생각할 수도 있지 않을까. 이와 똑같은 변화와 변화에 대한 무의식이 나와의 관계에서도 일어나서, 발베크에서 그토록 화를 내며 나의 입맞춤을 물리친 그녀가 이윽고 스스로 매일같이 내게 입맞추게 되고, 내가 기대하는 바로는 앞으로도 오래오래 내게 입맞출 것이며, 오늘 밤도 곧 입맞출 것이었다.

"그렇지만 어떻게 말한다지, 누군지도 모르는걸?" 내가 이렇게 단호하게 대답했으니, 알베르틴의 눈동자에 맺힌 항의와 의혹은 마땅히 없어졌어야 했다. 그러나 그건 꿈쩍도 하지 않았다. 나는 입을 다물었지만, 그녀는 아직 얘기가 끝나지 않은 이에게 주목하듯이 계속 나를 물끄러미 바라보고 있었다. 나는 그녀에게 새삼 용서를 구했다. 그녀는 용서하고 어쩌고 할 게 아무것도 없노라 대꾸했다. 그녀는 전처럼 아주 온순한 알베르틴으로 돌아와 있었다. 하지만 그녀의 쓸쓸하고도 해쓱한 얼굴 밑에 어떤 비밀이 있는 듯이 보였다. 나는 잘 알고 있었다. 그녀가 내게 예고 없이 떠날 수 없음을. 그뿐더러 나와 헤어짐을 바랄 리 없으며(이레 뒤에 포르튀니의 새 드레스를 시침바느질하기로 되어 있으니), 주말에 나의 어머니가 돌아오고 그녀의 숙모도 돌아오니 절대 그런 무례한 짓을 할 리 없음을. 그런데 그녀가 우리집을 떠날 수 없는데, 어찌하여 나는 여러 번이나, 사주고 싶으니 내일 함께 외출해서 베네치아의 유리 제품을 구경하러 가자고 거듭 청하고, 그녀의 '그럽시다'라는 대답을 듣고서야 안도의 한숨을 내쉬는가?

마침내 그녀가 잘 자라는 인사를 하고 내가 그녀에게 입맞추었을 때, 그녀는 여느 때와는 달리 얼굴을 돌리고서—내가 발베크에서 거절당한 입맞춤을 매일 밤 그녀가 해준다는 이 감미로움을 조금 아까 생각한 터였는데—내게 입맞춤을 돌려주지 않았다. 마치 나와 싸웠으니, 나중에 이 불화와 모순된 거짓 행위처럼 보일지 모르는 애정의 표시 따위를 하나도 주고 싶지 않은 것 같았다. 또 자기 행동을 이 불화와 일치시키고 있는 듯도 했는데, 그래도 불화를 똑똑히 말로 나타내고 싶지 않아선지, 아니면 나와 육체관계를 끊더라도 그대로 내 친구로 있고 싶기 때문인지 그다지 노골적인 투는 아니었다. 나는 다시 한 번 그녀에게 입맞추고, 베네치아 대운하의 번쩍거리는 금빛 섞인 푸름과 죽음과 소생을 상징하는 짝지은 새들을 가슴에 꼭 껴안았다. 하지만 그녀는 내게 입맞춤을 돌려주는 대신, 죽음을 예감한 동물과 같은 본능적이고 불길한 고집으로 또다시 몸을 빼냈다. 그녀가 표현하고 있는 듯한 죽음의 예감은 내게도 미쳐 나를 공포감으로 가득 채웠으므로, 알베르틴이 문가에 이르렀을 때 나는 불안한 나머지 그녀를 그대로 가게 내버려둘 용기가 없어 다시 불렀다. "알베르틴, 나 하나도 졸립지 않은데. 당신도 자고 싶지 않다면 좀더 있구려. 꼭 그래 달라는 건 아냐, 당신을 피곤하게 만들고 싶지 않으니까." 만일 그녀의 옷을 벗기고 흰 속옷 차림으로 있게 할 수 있다면, 그녀의 몸이 더욱 장밋빛으로 더욱 뜨겁게 살갗에 닿아 내 관능을 더욱더 흥분시켜, 더 완전한 화해가 이루어졌을지도 모른다. 그러나 나는 잠깐 망설였다. 드레스의 푸른 옷단이 그녀 얼굴에 어떤 아름다움, 환한 빛, 푸른 하늘을 덧붙여, 그것이 없으면 그녀가 더욱 냉혹하게 보일 듯싶었기 때문이다. 그녀는 천천히 되돌아와서 매우 상냥하게, 하지만 여전히 해쓱하고 쓸쓸한 얼굴로 말했다. "당신이 바라는 만큼 여기 있겠어요. 졸리지 않으니까." 그녀의 대답에 내 마음은 진정되었다. 그녀가 여기에 있는 한, 나는 미래를 궁리해볼 수 있을 것 같았고, 그녀 안의 우정과 복종을 느꼈기 때문이다. 그러나 그것은 특수한 것으로, 그녀의 슬픈 듯한 눈길, 이전과는 다른 태도—절반은 무의식적인, 절반은 자기 태도를 내가 모르는 어떤 것과 미리 조화시키기 위해서 취했을 법한 태도—의 등 뒤에서 느껴지는 비밀이 우정과 복종에 한계를 정하고 있는 것 같았다.

그렇지만 그녀를 복종시킬 만큼 내가 대담해지려면, 발베크에서 침대에 누워 있는 모습을 보았을 때처럼 먼저 내 앞에 있는 알베르틴을 흰 속옷 바람으로 목덜미까지 드러나게 하는 수밖에 없을 성싶었다. "고마워. 좀더 남아서 나를 위로해줄 바에야, 드레스를 좀 벗으면 어떨까? 너무 덥고, 거북할 테니. 나도 이 고운 옷을 구길까 봐 감히 가까이 가지도 못하겠고. 게다가 우리 사이에 운명을 상징하는 새들이 끼여 있다니 말이 돼? 벗어, 응?"—"싫어, 여기서 드레스를 벗기는 거북해요. 나중에 내 방에 가서 벗을래요."—"그럼, 내 침대에 앉는 것도 싫어?"—"아아니, 전혀." 그러나 그녀는 조금 떨어져서 내 발 근처에서 꼼짝도 하지 않았다. 우리는 담소를 나누었다. 갑자기 호소하듯이 부르는 규칙적인 가락이 들려왔다. 비둘기가 구구구 울기 시작한 것이다. "벌써 날이 밝았네." 알베르틴은 마치 내 집에서 살다 보니 아름다운 계절의 기쁨도 놓치고 만다는 듯 눈살을 찌푸리며 말했다. "비둘기가 돌아온 걸 보니 봄이로군요." 이 비둘기 울음소리는 닭 울음소리와 비슷했는데, 그 유사성은 매우 깊고도 희미해서, 뱅퇴유의 7중주곡에서 아다지오의 주제가, 처음과 마지막 부분의 열쇠가 되는 주제와 같은 것을 바탕으로 삼고 있으면서도, 음조나 박자 등이 달라 그 모습이 완전히 변해 있는 것과 마찬가지였다. 뱅퇴유에 대한 책을 펼쳐본 문외한은 이 세 부분이 다 같은 네 가락을 기반으로 하고 있다는 사실을 알고 놀라지만, 그렇다고 해서 그 네 가락을 한 손가락으로 아무리 쳐본들이 세 부분의 어느 하나도 찾아내지 못한다. 그와 마찬가지로, 비둘기가 연주하는 이 애처로운 곡은 이를테면 단조(短調)로 된 아침을 알리는 닭 울음소리로, 하늘을 향하여 솟아오르지 않고, 당나귀 울음소리처럼 한결같으며, 부드러움으로 감싸여 한 마리 비둘기에서 또 다른 비둘기로 옮겨가고, 어떤 경우에도 절대로 몸을 바로 세우려 들지 않으며, 옆으로 옆으로 전하는 하소연을 첫 울음의 알레그로와 맨 끝 울음이 여러 번 질렀던 환희의 외침으로 바꾸려 들지도 않았다. 지금도 생생하게 기억하는데, 이때 나는 마치 알베르틴이 죽어가고 있기나 한 것처럼 '죽음'이란 낱말을 입 밖에 냈다. 사건이란 일어나는 순간보다도 넓고 커서, 그 순간 안에 전부 담을 수 없나 보다. 그래서 우리가 지니는 기억을 통해 사건이 미래 쪽으로 넘쳐흐름은 물론이려니와, 그 사건이 일어나기 전에도 자리를 요구하나 보다.*1 일어나기 전에야 앞으로 일어날 사건을 있는 그대로 보지 못한다고 말하겠지만, 기억 속에서도 분명 사건을 바꾸고 있지 않은가?

---

*1 이 구절은 알베르틴의 미처 생각지 못한 죽음에 대한 암시임.

그녀 쪽에서 내게 입맞추지 않으려는 것을 보고, 나는 이런 게 다 시간 낭비이며, 마음을 안정시키는 참된 순간은 입맞춤하고 나서부터 비롯됨을 깨닫고서 말했다. "어서 자구려, 너무 늦었으니." 이렇게 말하면 그녀는 내게 입맞출 것이며, 그 뒤는 둘이서 계속하면 그뿐이 아니겠는가. 그런데 그녀는 처음 두 번과 똑같이 "편히 쉬고, 푹 주무세요" 말하고 내 볼에 입맞출 뿐이었다. 이번에는 나도 그녀를 다시 부를 용기가 나지 않았다. 하지만 심장이 어찌나 뚝딱거리는지 다시 누울 수도 없었다. 새가 새장 끝머리에서 또 한쪽 끝머리로 줄곧 오락가락하듯, 나는 알베르틴이 훌쩍 떠나버리지 않을까 하는 불안에서 비교적 평온한 상태로 쉴 새 없이 왔다 갔다 하고 있었다. 이 평정은 1분 사이에 몇 번이나 머리에 떠오르는 다음과 같은 이치에서 나온 것이었다. '아무튼 알베르틴이 예고 없이 떠날 리 없지. 하물며 아직 떠나겠다는 낌새조차 보인 적이 없거든.' 이렇게 생각하면 어지간히 안심되었으나, 곧바로 고쳐 생각하곤 했다. '하지만, 혹시나 내일 그녀가 떠나고 없다면 어쩐다지! 내 불안에는 분명 까닭이 있고말고. 어찌하여 내게 입맞추지 않았을까?' 그러자 내 가슴은 갈기갈기 찢어졌다. 그러다가 다시 조금 전의 이치를 따져봄으로써 좀 가라앉곤 했지만, 끝내는 사고가 줄곧 같은 움직임을 단조롭게 되풀이하면서 두통에 시달리고 말았다. 이와 같이 어떤 정신 상태, 특히 불안은 선택할 수 있는 길이 둘밖에 없으므로, 단순한 육체적 고통과 마찬가지로 어딘가 한정된 곳이 있어서 그 부분이 격심하게 아프기 마련이다. 환자가 마음속으로 아픈 환부를 늘 짚어보면서 잠깐 그 자리에서 떨어졌다가 곧 되돌아오는 것처럼, 나는 내 불안을 옳다고 보는 이치와 불안을 그르다고 여기며 나를 안심시키는 이치를 언제까지나 되풀이하며 좁은 터를 어슬렁거렸다.

나는 밤의 고요 속에서 느닷없는 한 기척에 소스라쳤다. 듣기에 별다르지 않은 소리였으나 내 마음을 공포로 가득 채웠다. 알베르틴의 방 창문이 사납게 열리는 소리였다. 아무 기척도 들리지 않게 되자, 나는 이 소리가 어찌하여 나를 그토록 두렵게 했는지 생각해보았다. 그 자체로는 전혀 별다른 것이 아니었는데, 내가 그 기척에 틀림없이 두 가지 의미를 부여해 스스로를 겁나게 했는지도 모른다. 첫째, 나는 바깥공기가 들어오는 걸 몹시 싫어해서, 밤에는 절대로 창문을 열지 말자는 것이 우리 동거 생활의 약속이었다. 이는 알베르틴이 우리집에 살러 왔을 때 이미 다 설명한 사항으로, 그녀는 이것을 나의 버릇, 건강에 나쁜 버릇이라고 여기면서도 이 금지를 절대 어기지 않겠다고 내게 약속했던 것이다. 또 그녀는 내가 바라는 것을 알고 있는 경우, 마음속으로 비난할지언정 반드시 매우 조심하며 따랐으므로, 어떤 중요한 사건이 일어난다 하더라도 아침에 나를 깨우지 않던 것과 마찬가지로, 제아무리 벽난로 불 냄새가 지독한 가운데 자더라도 창문만은 열지 않으리라는 점을 나는 알고 있었다. 이는 우리 생활의 사소한 약속 가운데 하나에 지나지 않았지만, 내게 한마디 말도 없이 이를 어긴 이상, 앞으로는 아무런 거리낌 없이 모든 약속을 지키지 않으리라는 뜻을 나타내는 게 아니겠는가? 둘째, 그건 버르장머리없는 사나운 기척으로, 마치 그녀가 약이 발갛게 올라 '이런 생활은 숨이 탁탁 막힌단 말이야. 무슨 상관이람, 내게는 바깥공기가 필요하니까!' 종알대면서 창문을 벌컥 열어젖뜨린 듯했다. 나는 이런 모든 걸 정확히 그대로 생각한 건 아니지만, 올빼미 울음소리보다 더욱 정체를 알 수 없는 불길한 징조처럼, 알베르틴이 열어젖힌 창문 소리를 계속 생각했다. 콩브레에서 스완이 우리집에 저녁 식사하러 온 뒤부터 끊인 적이 없던 동요를 느꼈고, 나는 밤새도록 복도를 서성거리며 내 기척이 알베르틴의 주의를 끌기를, 그녀가 나를 가엾게 여겨 불러주기를 바랐다. 그러나 그녀의 방에선 아무런 기척도 들려오지 않았다. 콩브레에서는 어머니한테 와달라고 떼를 썼었다. 그러나 어머니의 경우엔 꾸중 듣는 게 겁났을 뿐, 내가 애정을 표시했다 해서 어머니의 애정이 줄어들지 않음을 알고 있었다. 이런 생각에 나는 알베르틴을 부르는 걸 머뭇거렸고, 그러는 사이 점점 그녀를 부르기엔 너무 늦었다는 느낌이 들었다. 그녀는 이미 잠든 지 오래인지도 모른다. 나는 방으로 돌아가 누웠다.

다음 날 나는 깨어나자마자—무슨 일이 있어도 내가 부르기 전에는 절대로 내 방에 들어오지 않기로 되어 있어서—초인종을 눌러 프랑수아즈를 불렀다. 그와 함께 '알베르틴에게 만들어주려고 마음먹은 요트 얘기를 꺼내자' 생각했다. 내 앞으로 온 편지를 받으면서 프랑수아즈를 쳐다보지도 않고 말했다. "조금 있다가 알베르틴 아가씨에게 얘기할 게 있는데, 일어나셨나?"—"그럼요, 일찍 일어나셨습니다." 한바탕 바람에 휩쓸린 양, 내 마음속에 오만 가지 불안이 단번에 이는 느낌이 들어, 그것을 가슴속에 그대로 묻어둘 수가 없었다. 쿵쿵거림이 어쩌나 큰지 폭풍 한가운데 있는 듯 숨이 끊어질 것 같았다. "그래? 그럼 지금 어디 계시지?"—"아가씨 방에 계시겠죠."—"알았어! 좋아, 그럼 조금 있다가 만나지." 안도의 한숨을 내쉬니, 마음의 소란도 가라앉았다. 알베르틴이 우리집에 있는 바에야, 그녀가 있건 말건 내 알 바가 아니었다. 본디 그녀가 없을 수도 있다는 상상 자체가 어리석지 않았던가? 나는 다시 잠들었는데, 그녀가 떠나지 않을 거라고 확신했음에도 얕은 잠, 그것도 오로지 그녀에 대해서만 얕은 잠이었다. 안마당에서 공사하는 기척이라면 자면서 어렴풋이 들어도 아무렇지 않았건만 그녀의 방에서 나는 들릴까 말까 한 울림, 그녀가 문 위에 달린 종을 살짝 누르면서 발소리를 죽이고 드나드는 기척이 나를 소스라치게 하여, 아무리 깊은 잠에 빠져 있어도 그 소리가 온몸에 퍼져 가슴을 두근거리게 했다. 할머니가 돌아가시기에 앞서 며칠 동안, 의사가 혼수상태라고 일컬었던 그 무엇에도 흔들리지 않는 상태에 빠져 있었을 때, 내가 프랑수아즈를 부를 때마다 늘 하는 버릇대로 벨을 세 번 울리는 소리를 들으면, 할머니가 잠깐 나뭇잎처럼 바르르 떨었다고 했는데 나도 그와 마찬가지였다—나도 할머니가 죽기 전 이레 동안, 죽음을 앞둔 분 방의 고요를 깨뜨릴세라 될 수 있으면 조용히 벨을 울렸었는데, 나 자신도 몰랐지만 내가 누르는 벨소리는 특별해서 다른 사람 벨 소리와 혼동할 수 없었다고 프랑수아즈는 잘라 말했었다. 그렇다면 나 또한 단말마의 고통에 들어섰나? 죽음이 가까이 와 있다는 증거일까?

그날과 그 이튿날, 우리 둘은 함께 외출했다. 알베르틴이 이제 앙드레와 외출하기를 싫어했기 때문이다. 나는 요트 애기를 꺼내지도 않았다. 이 산책으로 내 기분은 아주 가라앉아버렸다. 하지만 밤이 되면 그녀는 번번이 새로운 모양으로 내게 입맞추었으므로 나는 불같이 화가 났다. 그것은 그녀가 내게 뾰로통해 있다는 표시로밖에 볼 수 없었는데, 내가 온갖 친절을 다한 뒤라 지나치게 이상한 태도로 보였다. 그러므로 내가 바라 마지않는 육체적인 만족도 얻지 못했고, 또 뾰로통한 그녀의 모습이 매우 추하게 보여서 나는 활짝 갠 이른 봄날이 계속되는 며칠 동안 여인과 여행에 대한 욕망에 눈을 떴고, 그 모든 걸 누리지 못함을 더욱 생생하게 느끼기 시작했다. 아직 고교생이었을 무렵 이미 짙어진 녹음 아래에서 여인들과 밀회하던 일, 잊었던 이 경험을 두서없이 회상한 탓인지, 우리의 거처는 여행을 계속 하면서 여러 계절을 방황한 끝에 화창한 날씨를 마주하고 사흘 전부터 여행을 그만둔 이 봄의 나라, 모든 길이 야유회, 보트 놀이, 갖가지 놀이 쪽으로 뻗은 이 봄의 고장이야말로 나무의 나라이며 여인의 나라이기도 하여, 그곳 여기저기에서 주는 쾌락이 회복기로 접어든 내 체력으로도 감당해낼 수 있을 것만 같았다. 게으름을 받아들이는 것, 몸을 사리거나 좋아하지도 않는 여인과의 쾌락만으로 참고 견디는 것, 집에 틀어박히고 여행을 단념하는 것, 이 모든 게 어제까지의 옛 세계, 공허한 겨울의 세계에서는 아직 가능했지만, 푸른 잎이 돋아나는 이 새로운 세계에서는 어림도 없는 짓이었다. 이 세계에서 나는 처음으로 존재와 행복의 문제를 마주한 아담처럼, 쌓이고 쌓인 이전의 부정적 해답에 더 이상 짓눌리지 않는 아담처럼 깨어난 것이다. 알베르틴의 존재가 나를 무겁게 짓누른다. 나는 그녀의 온순하지만 뾰로통한 꼴을 가만히 바라본다. 그리고 우리가 헤어지지 않았던 게 불행이었음을 느끼기 시작했다. 나는 베네치아에 가고 싶었고, 그 전에 루브르 박물관에 가서 베네치아의 그림을 보고 싶었으며, 뤽상부르 미술관에 가서 엘스티르의 그림 두 폭—요즘 들리는 말에 의하면 게르망트 대공부인이, 내가 그 댁에서 감탄해 마지않았던 〈춤의 기쁨〉과 〈X가문의 초상〉을 얼마 전 이 미술관에 팔았다고 한다—을 보고 싶었다. 하지만 〈춤의 기쁨〉에 그려져 있던 어떤 음탕한 자세가 행여 알베르틴에게 서민적인 오락에 대한 욕망이나 향수를 느끼게 하여, 그녀가 누리지 못한 생활, 불꽃이나 싸구려 술집 생활도 나쁘지 않다고 생각할까 봐 꺼림칙했다. 나는 벌써부터, 알베르틴이 7월 14일 파리제 길거리 춤판에 가게 해달라고 떼쓰지 않을까 겁이 나, 있을 성싶지 않은 사건이 터져 파리제가 열리지 않기를 꿈꾸는 처지였다. 게다가 엘스티르의 그림에는, 프랑스 남부 지방 울창한 풍경 속에 여인의 알몸이 그려져 있어, 엘스티르 자신은 거기에서 조작적인 아름다움, 더 적절하게 말하면 초원에 앉은 여성의 몸에서 느껴지는 흰 기념비와도 같은 아름다움밖에 보지 못했을지 모르나, 그것이 알베르틴으로 하여금—그녀가 작품의 가치를 깎아내리지 않았다고 말할 수 있을까?—어떤 쾌락을 떠올리게 했을지도 몰랐다.

그래서 나는 할 수 없이 이쪽을 단념하고 베르사유로 가보려고 했다. 알베르틴은 앙드레와 같이 외출하기를 싫어해 방에 틀어박혀 포르튀니 실내복 차림으로 책을 읽고 있었다. 그녀에게 베르사유에 가지 않겠느냐고 물었다. 그녀는 전에 1년의 절반을 남의 집에서 살아온 습관이 있어선지, 겨우 2분 만에 우리와 함께 파리에 돌아가기로 결정했던 때처럼, 늘 무엇에건 척척 동의하는 장점을 지니고 있었다. 그녀가 말했다. "이 차림으로 가도 되죠? 차에서 내리지만 않는다면." 잠깐 실내복을 감출 만한 포르튀니의 외투 두 벌 중에서 어느 것을—두 남자 친구 중 누구를 데리고 갈까 망설이듯—입을지 망설이다가, 이내 곱고 짙은 감색 외투를 골라 입고 모자에 핀을 하나 꽂았다. 내가 외투를 입으러 나갔다 오기도 전에 그녀는 준비를 다 마쳤다. 우리 둘은 베르사유로 갔다. 이와 같은 그녀의 재빠른 행동, 절대적인 순종이 나를 한층 안심시켰다. 불안해할 뚜렷한 동기라곤 도무지 없는 내가 새삼스레 안심하고 싶어하다니, 야릇한 노릇이다. '아무튼 걱정할 건 하나도 없다. 요전 날 밤 창문 소리가 나긴 했지만, 그녀는 내가 부탁한 대로 바로 움직이니까. 내가 외출하자고 말하자마자 그녀는 실내복 위에 푸른 외투를 걸쳤다. 반항하는 여인, 나와 뜻이 맞지 않는 여인이라면 그렇게 안 하겠지.' 나는 베르사유에 가는 길에 생각했다. 우리 둘은 베르사유에서 오래 거닐었다. 산책을 하다가 들판에 누우면 흔히 머리 위에 보이듯이, 하늘은 온통 눈이 부시리만큼 아련한 푸른빛을 띠고 있었다. 그 푸름은 어디까지나 한결같고 그윽하여, 결코 다른 물감은 섞이지 않았음을 느낄 수 있을 뿐만 아니라, 한없이 풍요로웠으므로, 그 실체를 아무리 깊이 밝혀낸대도 그 푸름 말고는 아무것도 찾아낼 수 없을 성싶었다.

나는 할머니를 생각했다. 예술이나 자연의 위대성을 사랑하고, 이와 똑같은 푸름 속에 솟아 있는 생틸레르의 종루를 즐겨 바라보던 할머니가 그리웠다. 그러자 갑자기 나는, 처음엔 뭔지 알아듣지 못했으나 할머니 또한 틀림없이 좋아했을 어떤 소리를 듣고, 잃어버린 자유에 대한 향수를 새삼 느꼈다. 마치 말벌의 윙윙대는 소리와도 같았다. "저것 봐요." 알베르틴이 말했다. "비행기예요. 높기도 해라, 높기도 해라." 나는 주위를 둘러보았으나, 들판에 누운 산책자의 눈에 비치듯 검은 점 하나 없는 순수한 푸른 하늘의, 아련한 빛깔밖에 보이지 않았다. 그렇건만 여전히 윙윙거리는 날개 소리가 들려왔고, 갑자기 그 날개가 시야에 들어왔다. 높다랗게, 갈색으로 반짝거리는 작디작은 날개가 변함없는 하늘의 고른 푸른빛에 실오라기 같은 주름을 잡고 있었다. 드디어 나는 윙윙대는 소리를 그 원인에, 2천 미터는 됨직한 높이에서 날개를 떨고 있는 작은 곤충에 잇댈 수 있었다. 오늘날은 오래전부터 속도에 의하여 땅 위의 거리가 줄어들어 왔지만, 아직 그렇지 않았을 무렵에는 2킬로미터 밖을 달리는 기차의 기적 소리가 오늘날 고도 2천 미터의 윙윙거리는 비행기 소리에 나타나는 아름다움, 현재 우리를 감동시키고 앞으로도 얼마 동안 감동시킬 이 아름다움을 갖추었던 게 아닐까 하는 생각이 들었다. 왜냐하면 비행기가 수직으로 통과한 거리는 지상 2킬로미터와 같건만, 방향이 다르므로 도저히 거기까지 다다를 수 있을 성싶지 않고 거리 측정도 달라지는 듯해서, 고도 2천 미터의 비행기는 2킬로미터 떨어진 기차보다 멀지 않게, 아니, 오히려 가깝게 느껴지기조차 하기 때문이다. 윙윙거리는 그 하늘의 여행자는 언제까지나 출발 지점과 서로 사이가 떨어져 연락이 끊어지는 일 없이 한층 순수한 공간에서, 마치 잔잔한 날씨의 바다 위에 이미 멀어진 배가 지나간 자취나 산들바람의 숨결이 밀밭에 그은 긴 줄처럼, 변함없는 여로를 이어간다.

나는 과자가 먹고 싶었다. 우리는 거의 교외에 자리잡은, 그 무렵 상당히 인기 있던 큰 과자점에 들렀다. 한 부인이 가게를 나오는 참이라서 과자점 여주인에게 자기 짐을 달라고 했다. 이 부인이 떠나자, 알베르틴은 여주인의 시선을 끌려는 듯 흘끔흘끔 그쪽을 쳐다보았는데, 여주인은 이미 문 닫을 시간이 가까운지라, 찻잔과 접시, 프티 푸르(petit four) 등을 치우고 있었다. 그러다가 내가 무엇을 주문할 때에만 우리 쪽으로 가까이 왔다. 여주인은 가뜩이나 키가 큰 데다, 우리의 시중을 들기 위해 서 있었고, 알베르틴은 내 곁에 앉아 있었으므로, 그녀가 다가올 때마다 주의를 끌기 위해 금빛으로 반짝이는 눈을 안주인을 향해서 수직으로 드는 꼴이 되었다. 뿐만 아니라 상대가 바로 눈앞에 있기 때문에 눈길을 비스듬히 하여 기울기를 낮출 방법도 없어서 눈을 더욱 치떠야만 했다. 알베르틴은 그다지 머리를 들지 않고, 터무니없이 위쪽에 있는 여주인의 눈에 미치도록 눈길을 쳐들 수밖에 없었던 것이다. 나를 꺼려선지 알베르틴은 재빨리 눈길을 내리깔았지만, 여주인이 그녀에게 아무 주의도 기울이지 않자 또다시 같은 짓을 시작했다. 마치 가까이 갈 수 없는 여신한테 헛된 애원의 눈길을 연달아 올리는 것 같았다. 그러는 사이 과자점 여주인은 모든 일을 마쳐, 옆에 있는 커다란 탁자만 정돈하면 되었다. 알베르틴도 눈길을 옆으로 돌리기만 하면 되는데 여주인의 시선은 한 번도 알베르틴 쪽으로 쏠리지 않았다. 사실 이는 조금도 놀라운 일이 아니었다. 나는 이 여인과 조금 아는 사이인데, 그녀는 결혼한 몸이면서도 샛서방이 여럿 있으며, 그런 뒷구멍 관계를 빈틈없이 감추고 있음은, 그 우둔한 사람됨으로 보아 참으로 놀라 자빠질 지경이었기 때문이다. 나는 과자를 다 먹을 때까지 세심하게 여주인을 바라보았다. 정돈에 여념이 없는 그녀는, 예의에 어그러진 점이 하나도 없는 성싶은 알베르틴의 눈길을 거들떠보지도 않아 그 행동이야말로 거의 예의에 벗어날 정도였다. 과자점 여주인은 언제까지나, 곁눈질도 않고서 치우고 정돈하고 있었다. 작은 숟가락과 과일칼 따위를 치우는 데에 품을 덜기 위해서 이 키 큰 미녀가 아니라 단순한 기계에게 맡겼다 해도, 흘끔흘끔 바라보는 알베르틴의 눈에서 그처럼 완전히 고립된 모습은 볼 수 없었을 것이다. 그런데도 그녀는 눈을 내리깔지도, 생각에 잠기지도 않은 채 오로지 자기 일에만 골몰하면서 그 눈을, 그 매력을 빛내고 있었다.

확실히, 만약에 이 과자점 여주인이 남달리 바보스런 여인이 아니었다면(바보라는 소문도 있었고, 나도 경험으로 이 점을 알고 있었다), 이 초연한 태도야말로 기교의 극치로 보였으리라. 아무리 바보 같은 인간이 어리석기 짝이 없는 공허한 생활을 하고 있더라도, 제 욕망이나 이해관계가 얽히는 경우엔 당장 복잡하기 그지없는 톱니바퀴 장치에 자기를 적응시킬 수 있다는 사실을 나는 잘 안다. 그렇더라도 이 과자점 여주인과 같은 바보스런 여인에 대해서는 이런 상상이 지나치게 예민한 것인지도 모른다. 그녀의 어리석음은 상상할 수 없는 무례한 표현법으로 나타나 있었다! 과자점 여주인은 단 한 번도 알베르틴을 바라보지 않았지만, 그녀 눈에 알베르틴의 모습이 안보일 리가 없었다. 이런 무례한 표현법은 알베르틴에게는 좀 냉혹한 태도였는지 몰라도, 나는 마음속으로, 알베르틴이 이와 같은 교훈을 통해 여인들이 그녀에게 주의를 기울이지 않는 경우가 흔히 있음을 알아차리게 된 것을 좋아라 했다. 우리는 과자점을 떠나 다시 차에 올라 이미 집에 돌아가는 길로 접어들었는데, 그때 갑자기 나는, 과자점 여주인을 따로 불러서 만일에 대비하여, 우리 둘이 과자점에 들렀을 때 나가던 부인에게 내 이름과 주소를 일러주지 말라고 부탁하지 않은 사실을 유감으로 생각했다. 나는 이 과자점에 자주 주문했으므로 여주인은 내 주소를 잘 알고 있을 게 뻔했고, 사실 이런 식으로 그 부인이 간접적으로 알베르틴의 주소를 알게 되는 것은 불필요한 일이기 때문이다. 그러나 이런 사소한 일로 되돌아가기엔 너무 번거롭고, 그 어리석은 거짓말쟁이 여주인 눈에 내가 지나치게 수선 떠는 꼴로 보일 거라고 생각했다. 다만 나는 앞으로 이레 안에 거기로 과자를 먹으러 다시 가서 이 부탁을 해야겠다고, 또 말해야 할 볼일의 절반을 번번이 잊어버려서 아주 간단한 일도 여러 번 나눠 해야 하는 게 귀찮다는 생각이 들었을 뿐이다.

우리는 밤늦게야 집으로 돌아갔는데, 길가 여기저기에서 병사의 붉은 바지 곁에 치마가 보여, 몇 쌍의 연인들이 있음을 드러내고 있었다. 우리 차는 돌아가는 길에 마요(Maillot) 문을 지났다. 파리의 역사적 건물들은 마치 파괴된 도시의 겨냥도를 고쳐 그리려고나 한 듯이 선(線)만 있고 두께는 느껴지지 않는 건물의 순수한 소묘로 바뀌어 있었다. 그러나 그림 가장자리 쪽에는 파르스름한 윤곽이 아련히 솟아 있었는데, 찔끔찔끔 감질나게 보여주는 감미로운 빛깔의 조화가 아쉬워서 여기저기 두리번거리는 허기진 눈에 도시의 모습이 희미하게 떠올랐다. 달빛이었던 것이다. 알베르틴은 달빛에 감탄했다. 나는 감히 알베르틴에게 말을 꺼내진 못했으나, 나 혼자였다면, 혹은 미지의 여인을 찾고 있었다면 이 달빛을 얼마나 더 잘 음미했을까 생각해보았다. 나는 월광을 노래한 시구와 산문을 알베르틴에게 암송해주고, 옛날엔 은빛이던 달이 샤토브리앙에 의해, 또 〈에비라드뉘스(Eviradnus)〉와 〈테레즈네 집의 잔치(Fête chez Thérèse)〉의 빅토르 위고에 의해 푸른빛이 되어버렸고, 보들레르와 르콩트 드릴에 의해 다시 노란 금속성으로 돌아갔음을 설명해주었다. 그리고 〈잠자는 보즈(Booz endormi)〉*[1]의 끝부분에 있는 초승달을 그린 비유*[2]를 그녀에게 떠올리게 하면서, 이 시를 모두 암송해 들려주었다.

알베르틴의 생활을 돌이켜보면, 이루 말할 수 없는 숱한 욕망으로 뒤덮여 있을 뿐만 아니라, 한 욕망은 금세 사라지고 다른 욕망으로 바뀌었는데, 그것은 서로 모순되기가 일쑤였다. 아마도 거짓말이 그걸 더욱 복잡하게 만들었을 것이다. 이를테면 그녀가 전에 "저기 저 아가씨 예쁘죠? 골프를 썩 잘 치는 아이에요" 말해서 내가 그 아가씨의 이름을 물으니, 그녀는 성의 없고 무관심하며 초연한 태도—이 태도는 늘 자유자재로 사용할 수 있는지, 그녀와 같은 족속의 거짓말쟁이는 누구나 다 어느 물음에 대꾸하고 싶지 않으면 반드시 이 태도를 취하고, 게다가 결코 실수하지 않는다—를 보이면서 대답한다. "글쎄! 뭐더라(내게 가르쳐주지 못하는 게 매우 유감스럽다는 듯), 한 번도 들은 적이 없는걸요. 골프장에서 만났지만 이름은 몰라요." 그런데 그때의 대화가 한 달쯤 뒤에는 어렴풋해져서, 내가 다시 "알베르틴, 요전에 당신이 얘기했던 예쁜

---

*1 구약성서 〈룻기〉를 소재로 한 위고의 시. 여기서 '보즈'는 성서의 '보아스'를 말함.
*2 '별의 들판에서의 이 황금의 낫(Cette faucille d'or dans le champ des étoiles)'이라는 시구를 가리킴.

아가씨 말이야, 골프를 썩 잘 친다는" 하고 물으면, 그녀는 "네, 생각나요. 에밀리 달티에 말이군요. 그 애는 뭐하고 있는지 모르겠어요"라며 무심코 대답할 정도였다. 게다가 거짓말은 전투 준비로 구축해놓은 지역인 야전진지(野戰障地)처럼 방위하던 곳이 함락되자, 재회의 가능성으로 이동한다. "글쎄! 어디더라, 주소를 들은 적이 없어서요. 당신에게 일러줄 만한 이가 있을지 모르겠네요. 천만에! 앙드레는 그 애를 알지도 못해요. 그 애는 이제 깨져버린 우리의 작은 동아리도 아니었는걸요." 또 한번은 거짓말이 앙큼스런 고백처럼 들리기도 한다. "아이 속상해! 만약 1년에 30만 프랑씩만 가질 수 있다면……." 그녀는 입술을 깨문다. "있다면, 알베르틴, 어쩔건데?"—"당신한테 부탁할 거예요." 내게 입맞추면서 말한다. "맡아달라고 말이에요. 여기보다 더 행복한 곳이 또 어디 있겠어요?" 거짓말인 줄 빤히 알고 있어도, 그녀의 생활이 얼마나 자주 변하고, 그녀의 가장 큰 욕망이 얼마나 순식간에 달라지는지 도저히 믿지 못할 정도였다. 그녀는 한 인물에게 흠뻑 빠져 있다가도 사흘만 지나면 집에 오는 것조차 싫다고 한다. 그림을 다시 시작하겠다고 마음먹은 그녀에게 내가 캔버스와 물감을 사주기까지의 한 시간도 참지 못한다. 이틀 동안 그녀는 안달복달하여 젖 떨어진 갓난애처럼 눈물을 글썽거리다가 금세 말라버린다. 인간, 사물, 그때그때 하는 일, 예술, 고장에 대한 그녀의 감정은 이와 같이 변덕스럽고, 사실 모든 일에 그러해서, 그녀가 설령 돈을 좋아했더라도—나는 이를 곧이듣지 않지만—다른 경우와 마찬가지로 오래도록 집착하지 못했을 것이다.

"아이 속상해! 만약 1년에 30만 프랑씩만 가질 수 있다면." 그녀가 이렇게 말했을 때, 혹여 좋지 못한 의사를 드러냈더라도 그것은 금세 사그라들어, 마치 할머니가 갖고 있던 세비녜 부인의 책에서 레 로셰(Les Rochers)*³의 그림을 보고서 거기에 가고 싶다든가, 골프 친구와 만나고 싶다든가, 비행기를 탄다든가, 숙모와 함께 성탄절을 보낸다든가, 그림을 다시 시작한다든가 하는 것과 마찬가지로 그 계획에 오래도록 집착하지 못했을 것이다.

"결국, 우리 둘 다 배고프지 않았으니, 베르뒤랭 댁에 들러도 좋을 텐데요. 마침 손님 대접하는 날이고 시간도 맞았으니까." 그녀가 말했다. "당신은 그들에게 화내고 있지 않아?"—"하긴 그들에 대한 안 좋은 얘기들이 많긴 하죠. 그

---

*3 세비녜 부인의 별장.

래도 사실 그렇게 고약한 사람들은 아니에요. 베르뒤랭 부인은 늘 나한테 친절했거든요. 또 남들과 늘 틀어져 있을 수도 없는 노릇이고. 그들에게 결점이 없는 건 아니지만 세상에 결점 없는 사람이 있겠어요?"—"당신 옷이 그 댁에 갈 만한 차림이 못 되니 집에 돌아가 갈아입어야 하고, 그러자면 너무 늦어."—"그렇군요, 옳은 말씀, 이대로 돌아갑시다." 알베르틴이 대답했는데, 나는 그 고분고분한 태도에 늘 어리둥절해지고 말았다.

온도계가 더위로 갑자기 올라가듯이, 그날 밤 날씨는 대번에 좋아졌다. 봄날 아침이면 나는 일찍 일어나므로 곧잘 침대에서 향기로운 공기 속을 달리는 전차 소리를 듣곤 했는데, 그 공기는 조금씩 달아오르며 정오의 응결과 밀도에 이르렀다. 내 방 안은 오히려 서늘해, 끈적끈적한 공기가 세면대 냄새, 옷장 냄새, 긴 의자 냄새에 니스를 칠한 듯 그것을 고립시켜버리자, 커튼과 푸른 양단의 안락의자 광택에 더한층 부드러운 윤을 내는 아련한 유백색 빛 속에서, 이런 냄새가 벌떡 일어나 각각의 얇은 조각을 나란히 세워놓은 듯하다. 그것만으로도 나는—내 상상력의 한갓 변덕에서가 아니라 실제로 가능한 일이었기 때문에—발베크에서 블로크가 살던 곳과 같던 어느 교외의 신개지(新開地)에서, 햇볕에 눈부신 거리를 걷는 내 모습이 선했다. 내가 그런 거리에서 바라보는 것은 싱겁기 짝이 없는 도살장이나 흰 석재(石材)가 아니라, 내가 가고 싶으면 금세 갈 수 있는 시골의 식당인데, 거기에 닿자마자 버찌나 살구의 설탕절임 냄새, 능금주와 그뤼예르 치즈 냄새가 풍겼다. 그 냄새는 희미하게 빛나는 응고된 그늘 속에 매달려서 마노(瑪瑙)의 속 같은 미묘한 줄무늬를 그리고, 한편 프리즘 같은 유리의 나이프 받침은 거기서 무지개를 만들거나 밀초를 먹인 식탁보 위 여기저기에 공작 꽁지 같은 눈알 무늬를 그리고 있다.

바람이 고르게 천천히 세게 일듯이 자동차 한 대가 창 밑을 지나가는 기척을 듣고 나는 즐거웠다. 가솔린 냄새가 났다. 예민한 이들은 이 냄새를 유감스런 것으로 생각할지 모르고(그들은 한결같이 물질주의자로 가솔린 냄새가 전원의 아취를 망친다고 여긴다), 또 사실의 중요성을 믿는 나머지, 만일 인간의 눈이 더 많은 빛깔을 보고 코가 더 많은 향기를 맡을 수 있다면 인간은 더 행복해지고, 더 숭고한 시를 지어낼 수 있다고 공상하는 이들, 그들 나름대로 물질주의자인 어떤 사상가들도 그렇게 생각할지 모른다. 그러나 이런 공상은, 검은 옷 대신 사치스러운 옷을 입을 때 더 아름다운 인생이 된다고 여기는 사람들의 순진한 생각을 철학적으로 가장한 것에 지나지 않는다. 하지만 내게(나프탈렌이나 쇠풀 같은 방충제 냄새가 그 자체로는 불쾌하지만, 발베크에 도착하던 날에 본 바다의 순수한 푸름을 상기시켜 나를 흥분케 하듯이) 이 가솔린 냄새는, 생장 드 라 에즈에서 구르빌*¹까지 다니던 그 찌는 듯한 나날에 자동차 기관이 내뿜는 연기와 함께 끊임없이 희끄무레한 푸른 하늘 속으로 사라져간 냄새이자, 알베르틴이 그림을 그리던 그 여름 오후 동안 내 산책에 따르던 냄새였으므로, 지금 어두컴컴한 방 안에 있는데도, 내 좌우에 수레국화와 개양귀비와 분홍색 자운영의 꽃을 피워 전원 냄새처럼 나를 황홀케 했다. 그것은 아가위꽃 앞에 들러붙은 듯한 한정되고 고정된 냄새, 끈끈하고도 조밀한 요소에 사로잡혀 생울타리 앞에 걸쭉하게 감도는 그런 냄새가 아니다. 그 냄새 앞에서 길은 쏜살같이 달아나고, 지형은 모습을 바꾸며, 별장이 달려오고, 하늘빛은 옅어지며, 갖가지 힘이 불끈 솟을 듯한 냄새, 비약과 힘의 상징 같은 냄새, 발베크에서 유리와 쇠로 된 궤짝*²을 타고 싶어하던 그 욕망을 새삼 불러일으키는 냄새이다.

그러나 이번에는 너무도 친숙한 여자와 둘이서 친한 집을 방문하려는 게 아니라, 새로운 고장에서 낯선 여자와 사랑을 나누기 위해 차를 타려는 것이다. 이 냄새에는 스쳐가는 자동차의 경적이 늘 따르게 마련이어서, 나는 군대 나팔처럼 그 경적에 말을 붙이곤 했다. '일어나라, 일어나, 파리지엔들아, 들판에서 점심 먹자, 강에서 보트 타자, 예쁜 아가씨와 나무 그늘로 가자. 일어나라, 일어나.' 이러한 몽상이 어찌나 즐거웠던지, 내가 부르지 않는 한 프랑수아즈건 알베르틴이건, 그 어떠한 '소심한 자'도 '이 궁궐의 내전으로' 나를 방해하러 오지 못하는,

Une majesté terrible
Affecte à mes sujets de me rendre invisible.

무시무시한 위엄이

---

*1 《소돔과 고모라》에서 프루스트가 공백으로 남겨놓았던 부분임―플레이아드판 주.
*2 자동차를 가리킴.

나의 신하들에게 내가 보이지 않게 만들도다.*¹

이 '엄격한 계율'이 나는 기쁘기 그지없었다.

그런데 갑자기 무대장치가 바뀌었다. 이제는 옛 인상의 추억이 아니라, 요즘 포르튀니의 푸른빛과 금빛 실내복에 의해 생각난 옛 욕망이 내 눈앞에 다른 봄을 펼쳤다. 잎이 우거진 봄이 아니라, 내가 이제 막 중얼거린 베네치아라는 이름 때문에 오히려 나무와 꽃들을 갑자기 헐벗긴 봄이었다. 불순물이 걸러져서 그 본질로 되돌아간 봄, 더러운 흙이 아니라 맑고 푸른 물을 점차 발효시키면서 나날이 조금씩 길어지고, 더워지며, 꽃피는 봄. 봄의 그 물은 봄다우면서도 꽃관을 쓰지 않고, 오직 그 물의 반사에 의해서만 5월에 응답할 수 있을 뿐, 5월에 의해 만들어지고, 우중충한 사파이어 같은 알몸을 드러낸 채 꼼짝 않고 반짝거리면서, 5월에 딱 들어맞는 물이다. 그리고 계절이 바뀌어도 꽃피지 않는 이 베네치아의 물과 가까운 바다에 아무런 변화도 가져다주지 않듯이, 근대라는 세월도 이 고딕 도시에 아무런 변화도 주지 않았다. 나는 그런 사실을 머릿속으로는 알면서도 상상할 수는 없었다. 아니, 어렸을 적에 애타게 떠나고 싶어했기 때문에 도리어 마음속에서 출발할 기력이 꺾이고만 그 소년의 욕망으로 베네치아를 그리면서, 나는 내가 공상하는 베네치아를 마주 보고, 그 도막도막 끊긴 바다가 대양(大洋)이라는 강의 물결이 굽이치는 흐름으로써 세련된 도시 문명을 둘러싸고 있는 모습을 바라보길 갈망했다. 더욱이 그 문명은 푸른 띠에 의해 고립되어 외따로 떨어져서 발전하고, 회화나 건축의 독자적인 유파(流派)를 이룩했던 것이다. 그것은 색깔 있는 돌로 만든 과일이나 새가 있는 우화(寓話)의 정원, 바다 한가운데에 꽃피는 정원이다. 바다는 이 정원을 윤택하게 하고, 기둥머리의 힘찬 돋을새김 위로 어둠속에서 눈을 뜨고 있는 암청색의 눈처럼 빛의 반점(斑點)을 던져 그 빛을 끊임없이 뒤흔들고 있다.

그렇다, 출발이다. 이제는 출발할 때다. 알베르틴이 더 이상 나한테 화내지 않는 듯이 보인 뒤로, 그녀를 소유하는 일도 다른 온갖 행복을 버릴 만큼의 행복이란 생각은 들지 않았다(행복의 희생은 고뇌와 근심을 피하고 싶어서인데, 그 고뇌와 근심이 이제는 가라앉았기 때문이리라). 한때는 도저히 뚫을 수 없을

---

*1 〈에스더〉 제1막 3장에서 인용.

것 같던 헝겊 씌운 둥근 테를 거뜬히 뚫고 말았다. 소낙비를 그치게 하고, 싱싱하고 푸른 미소를 되찾기도 했다. 이유를 모르는 증오, 어쩌면 끝없을 증오의 고통스런 신비도 가뭇없이 사라졌다. 이렇게 된 이상 우리는, 불가능한 것으로 알았던 행복, 잠시 멀리했던 행복의 문제를 다시 마주 대한다. 알베르틴과의 동거 생활이 다시 가능하게 된 지금, 그녀가 나를 사랑하지 않으므로, 이 생활에서는 불행밖에 남지 않을 거라고 느꼈다. 그러니 차라리 그녀의 동의를 얻어 화기애애한 가운데 그녀와 헤어지고, 이 화기애애함을 추억으로 길이길이 되씹는 편이 낫다. 그렇다. 지금이야말로 이별할 때이다. 먼저 앙드레가 파리를 떠나는 날짜를 정확히 알아내서, 그날에 알베르틴이 절대 네덜란드로도 몽주뱅으로도 가지 못하도록, 봉탕 부인에게 강력히 손을 써야 한다. 우리가 연애 분석에 좀더 익숙하다면, 설사 여자를 둘러싼 싸움 때문에 죽도록 고통을 겪을망정 경쟁자라는 평형추(平衡錘)가 있으므로 여자를 좋아하는 경우가 많다는 사실을 이해할 수 있을지도 모른다. 이 평형을 이루게 하는 평형추가 없어지면 여자의 매력도 사라져버린다. 이것을 예방하기 위한 뼈아픈 보기로서, 사귀기 전에 잘못을 저지른 여자, 언제나 위험한 상황에 빠져 있는 여자, 연애가 계속되는 동안 끊임없이 다시 정복해야 하는 여자를 사내들은 특히 좋아한다. 이와 반대로 나중에 오는 전혀 극적이지 않은 보기로는, 여자에 대한 애정이 식어가는 것을 느낀 사내가 알지 못하는 동안 자신이 끄집어낸 법칙을 적용하여, 확실하게 상대방을 계속 사랑할 수 있도록, 날마다 여자를 위험한 곳으로 보내어 자기 보호가 필요하게끔 만드는 것이다(이 보기는, 여자에게 무대에 나가지 말라고 요구하는 사내―하기야 그 사내도 여인이 무대에 섰기 때문에 그녀를 사랑했지만―들과는 정반대이다).

이와 같이 출발에 아무런 지장이 없게 되었을 때 오늘처럼 화창한 날을 택하자―앞으로 많을 터이니―알베르틴에게 내가 무관심하게 되는 날, 수많은 욕망에 마음이 쏠리는 날을 택하자. 먼저 그녀를 보지 않은 채 외출해야겠지. 그러고 나서 일어나 부랴사랴 준비하고 그녀 앞으로 몇 자 적어놓는 것이다. 이때에는 내 마음을 동요시킬 만한 장소에 그녀가 갈 리 없으니까, 그녀가 못된 짓을 하지 않을까 여행 중에 걱정하지 않아도 괜찮으니―더욱이 지금은 그녀가 못된 짓을 하건 말건 내 알 바 아닌 성싶었으므로―이 기회를 이용하여 그녀를 보지 않은 채 베네치아로 떠나자.

나는 안내서와 시간표를 사오라 부탁하려고 초인종을 눌러 프랑수아즈를 불렀다. 나는 어릴 적에도 베네치아 여행을 준비코자 이런 심부름을 시킨 적이 있었는데, 그때도 지금과 똑같이 이 여행으로 강렬한 소망을 이루고자 했던 것이다. 나는 까맣게 잊고 있었으니, 그 뒤, 아무런 기쁨도 느끼지 못한 채 이룬 소망은 발베크에 대한 소망이었다. 베네치아 또한 눈에 보이는 현상인 바에야, 말로 표현 못할 하나의 꿈, 봄 바다로 현재에 다시 태어난 고딕 시대의 꿈, 다정하게 어루만지는 듯한, 손에 잡히지 않는 신비스럽고도 어렴풋한 마술의 모습으로 이따금 뇌리를 스치는 하나의 꿈을 실현하는 일은 발베크의 경우와 마찬가지로 아마도 어려울 것이다. 초인종 소리를 알아듣고 프랑수아즈가 들어왔다. 그녀는 자신의 말과 행동을 내가 어떻게 받아들이는지 끊임없이 탐색하면서 "아이고 맙소사"를 연발하며 말하기 시작했다. "오늘따라 이렇게 늦게서야 초인종을 누르시다니 어찌할 바를 통 모르겠네요. 오늘 아침 8시쯤, 알베르틴 아가씨가 나한테 자기 짐을 내달라고 하지 뭡니까. 쇤네야 감히 안 된다고도 못하고, 도련님을 깨웠다간 욕을 한 바가지 들을까 봐 그러지도 못하고. 좀 있으면 초인종을 누르시겠지 누르시겠지 하는 생각에, 아가씨를 여러 말로 구슬려보았습니다만 허탕이었어요. 아가씨는 마다하시고, 이 쪽지를 도련님께 드리라 하고는 9시에 떠나버리셨어요." 그러자—인간이란 제 마음속을 이다지도 모른단 말인가, 지금까지 알베르틴에 대해 아랑곳없다는 듯 스스로 믿어왔건만—나는 숨구멍이 탁 막혀 두 손으로 심장을 움켜쥐었다. 그 손은 알베르틴이 경편열차 안에서 뱅퇴유 아가씨의 여자친구에 대해 폭로한 뒤로는 한 번도 경험하지 못한 식은땀으로 갑자기 축축했다. 나는 가까스로 입을 열었다. "아아, 그래! 괜찮아, 프랑수아즈, 고마워. 물론이지, 나를 깨우지 않아도 되었고말고. 잠시 혼자 있게 나가줘, 조금 이따 부를 테니."

옮긴이 민희식(閔憙植)
서울대 졸업 프랑스 스트라스부르대 문학박사 성균관대 교수 이화여대 교수 계명대·외국어
대 프랑스과 교수 한양대 불문과 교수 저서 《프랑스문학사》 《법화경과 신약성서》 《불교와 서
구사상》 《토마스복음서와 불교》 《어린왕자 심층분석》 역서 《현대불문학사》 플로베르 《보바
리부인》 지드 《좁은문》 뒤마피스 《춘희》 바실라르 《촛불의 철학》 뒤 가르 《티보네 사람들》
《한국시집(불역)》 박경리 《토지(불역)》 한말숙 《아름다운 연가(불역)》 《김춘수시집(불역)》 허근
욱 《내가 설 땅은 어디냐(불역)》 《불문학사예술론》 프랑스문화공로훈장, 펜번역문학상 수상

세계문학전집082
Marcel Proust
À LA RECHERCHE DU TEMPS PERDU
잃어버린 시간을 찾아서 IV
마르셀 프루스트/민희식 옮김
동서문화사창업60주년특별출판
1판 1쇄 발행/2017. 3. 20
발행인 고정일
발행처 동서문화사
창업 1956. 12. 12. 등록 16−3799
서울 중구 다산로 12길 6(신당동 4층)
☎ 546−0331~6 Fax. 545−0331
www.dongsuhbook.com
＊
사업자등록번호 211−87−75330
ISBN 978−89−497−1547−6 04800
ISBN 978−89−497−1515−5 (세트)